孙东振
陶文冬

著

于成龙全传

全传

上卷

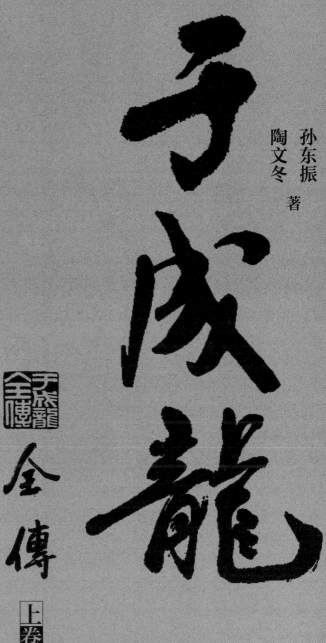

作家出版社

前言

清康熙一朝出了两个叫于成龙的著名人物。他们曾一起共事，均官至总督，而且同样清正廉洁、勤政爱民，具有很高的美誉度。出生早的于成龙（1617—1684），字北溟，号于山，谥号"清端"；出生晚的于成龙（1638—1700），则是汉军镶红旗人，字振甲，号如山，谥号"襄勤"。《清史稿》记载："同时两于成龙，先后汲引，并以清操特邀帝眷，时论称之。"有人称他们老于成龙、小于成龙。时直隶民谣赞颂他们："前于后于，百姓安居。"百姓在赞美二人德政的同时也像我们一样，觉得这两人同朝为官同名同姓同是清官颇有喜感。本书的主人公是后于成龙，也就是百姓口中的于襄勤公成龙。

于成龙1638年出生于辽东盖州，后举家定居直隶京南固安县，康熙三十九年（1700年）二月二十七日卒于淮安河道总督署，享年六十三岁。康熙七年，他任乐亭县令、署理滦州，后历任通州知州、江宁知府、安徽按察使，两任直隶巡抚，两任河道总督，此外还担任过左都御史、镶红旗汉军都统、兵部尚书等官职。虽在长达三十三年的宦海生涯中几度沉浮，但他心怀黎民，利益百姓始终不渝，世有"廉能天下最""本朝第一贤抚"赞誉。

于成龙青少年时代是在颠沛流离不断迁徙的艰辛生活中度过的。这些生活经历使他能贴近百姓，体察他们的痛苦，使他能始终宽仁慈爱、爱民如子。即使成为名声显赫、权倾一时的封疆大吏，他依旧刚直不阿、疾恶如仇，一身正气，两袖清风，深得康熙皇帝叹赏和百姓爱戴。直隶曾经流传着很多与他有关的民间故事，还有一些地方曲艺也以于成龙事略为素材，形成了侠义公案如《于公案》等作品。

本书历时四十四个月艰苦写作，本着对传主、对读者、对后代负责的态度，作为史料"搬运工"，我们搜寻研读了包括《如山于公年谱》《清实录》及康熙朝人物奏稿、日记、诗集、古地图、各类地方志等上百种史料，务求本书传主及相关人物事迹均有史料支撑，而非戏说轻滑之作。于成龙担任直隶巡抚后，相关事迹发生时间大多可精确到天。

本书通过大量搜集整理康熙朝"当事人"原始记载，力图最大程度还原历史，清晰历史发展脉络与人物事件内在逻辑，不粉饰，不掩恶，充分相信读者的评鉴能力，弥补了清史文献记录以"帝王"为核心之弊端，可谓别开生面。引用文献相互佐证，力求高度趋近真相，读来令人耳目一新。

本书还原了十年芝麻县令、事关百姓生死的"下河之争"、扫黑除恶的直隶巡抚、三征噶尔丹之战、浑河治理等历史图景。当然，选取视角的标准还是要说清传主在重大历史事件中举足轻重的作用。这将给关注这些话题的文史研究学者开辟一个崭新的视域。

对于历史人物，历来见仁见智，"一千个人眼中有一千个哈姆雷特"。今天我们去评判历史，对民本思想的关注应超越对封建皇权的艳羡与编排。一心为民的精神正是新时代我们需要借鉴和学习的重要内容。当然，于成龙属于他自己的时代，我们切勿用今天的标准苛求。三百八十多年过去了，我们依然能从于成龙的一生感受到中华优秀传统文化深沉厚重而又强大的塑造力量。

本书谈及了与传主有交集的同期大量历史人物。有些人无论品行还是能力，均堪称光彩照人，以往各类作品对他们表现还不够多，甚至有些人并没引起有效关注，与这些人在那个时代所坚持的操守及取得的成就不相称，不能不说是一个遗憾。为将读者带入更深切更为感同身受的阅读体验，通过多方查找比对，我们对大量有关地名、人物作了注解，这消耗掉我们大量的时间。但这项工作无疑会使相关地方的人感到惊喜：他们愿意家乡曾经留下先贤的足迹，曾出过和先贤共事的优秀人物。但愿我们的工作能让志同道合者受益。

我们从没有像写作本书时那样感受到时间的紧迫，虽然我们力求达到细节精准，但作为非专业历史研究者，我们不敢保证没有任何疏失。如果由此唤起更多同仁深入研究之热情，那就再好不过了。

"为历史存正气，为世人弘美德。"与诸君共勉。

自序一

孙东振

2019 年夏，好友史增尚先生把陶文冬先生介绍给我。

陶文冬先生是于氏家族的外甥，收藏于成龙相关资料很多。陶文冬先生将复制的《于襄勤公年谱》赠我。一来二去，他成了我的合作伙伴。这是我们联手写作此书的开端。

随着大量文史资料的阅读，我被于成龙的高尚人格所感动。我很庆幸自己能传扬他的事迹。

这是个宝贵的人生际遇。

于成龙任乐亭知县、滦州知州、通州知州时期，活动范围局限于直隶，影响属区域性的。

康熙二十三年（1684）十一月，皇帝巡幸江南的过程中，通过有针对性的寻访发现，对江宁知府于成龙的赞美不绝于耳，到江宁，于成龙见驾时，皇帝立刻联想起民间对他的颂扬，以至对其瞩目良久。回京之后，康熙皇帝立即赏赐于成龙的养父于得水，并传召汉军统领传旨八旗汉军，要求效法于得水教子有方。于成龙的仕途在此时就如同飞机上了跑道，开始了人生的展翅飞翔。这时候于成龙的影响就开始呈全国性了。

于成龙以按察使职务治理下河，因在太和门外侃侃陈述理由与河道总督靳辅抗争而名震朝野；被破格提拔到直隶巡抚任上，他大刀阔斧，削豪强，整吏治，清积案，拯民生，奏章每上，部院衙门争相传阅。几位学士在给于成龙的《抚直奏稿》作序时，将他和董宣、张纲、张释之、赵广汉、魏徵、包拯等古代名臣媲美，特别是每有建议皇帝无不允从这事，旷古仅见。至于后来，他两任河道总督治理下河流域，间任左都御史押运粮饷征剿噶尔丹，更是名满天下。

"北抵天山，惟幄运筹能足食；南澄方岳，官箴洁己望安澜。"康熙皇帝为于成龙撰写的这副对联是对他巨大贡献和影响的很好概括。

到了后世，颂扬于成龙判案如神的戏剧、话本种类繁多，最有代表性的就是各种版本各种艺术形式的《于公案》。这对于成龙事迹的流传起了推波助澜的作用。

于成龙青少年时代先是钻研科举之学，并深受儒家思想的影响，这能从他一生做人做官的各个方面看出。忠、孝、仁、慈、勤、廉、勇、恕、敏、学，康熙皇帝曾在研究性理之学后举出他作为例子夸奖，这是他人生的主基调。

于成龙的身上也有佛家思想的深刻影响。他践行"爱而公"，他心中对百姓始终保留着那最为柔软的部分。他公务之余去和栖霞寺的高僧谈论，并捐俸禄塑庄严弥勒圣像，重修通州大悲禅林；他青年时代就看不得百姓受苦，多次施舍自己的饭费救助哀哀待死的囚犯；他倡议捐资营救沉沦于军营苦海中的妇女，希望她们能活着回归自己的家庭；他为赈灾呼天抢地不惜得罪上级；他为救助下河百姓慷慨激昂于太和门外……种种善行不胜枚举。

他对待贪婪与罪恶却是水火不容，雷霆万钧，凌厉的作风之下又似有法家思想强力支撑。他的人格构成多面而又立体，既有高山的巍峨与峭拔，又有河海的宽博与幽深。

假如非要概括出他的核心品质，那就是强烈民本思想下的忠诚与担当。相信大家在深入阅读本书之后会有自己的答案。

正是于成龙人格魅力的多面和立体，使得不同的读者群体一定会有自己的收获。如何学习、交友、办事，如何面对困境，如何赢得最后的成功，如何大处着眼宏观规划、小处细致入微丝丝入扣抓好落实，言必信，行必果……这位有温度、高情商的古代廉政、干事典范会给出让人心悦诚服的答案。

写成个什么体例的书呢？反复权衡后，我们认为采用按时间顺序把事情说清楚的编年体，在适当位置进行一下语言的穿插连接，这样脉络清晰，整体性更强，事迹也不会遗漏。

我们约定，一定要原汁原味反映于成龙的生命轨迹，尽可能多角度多侧面考证，达到让表述更接近于实际历史的效果。

书里议论的话不多，无十足把握的材料也均不采用，以期尽量多留空间给大家。

因书里涉及不少重要历史人物，我们尽可能简单地做出注释。意在让大家了解于成龙生活在什么样的环境当中，他交往了哪些人，便于激活大家对那个时代的认识。

中华民族是个伟大的民族，历经风雨，百折不回。深厚的历史文化底蕴是这个民族生生不息的精神支柱。古代优秀历史人物的品质更集中体现了普世价值，能为后人提供学习效法的榜样，这种影响在一代又一代中国人身上形成了鲜明的中国印记。他们是人类文明最明艳的花朵。

历史是一面镜子，它照亮现实，也照亮未来；历史是最好的教科书，它记述了前人的成功和失败、经验与教训。

2021 年 5 月 9 日

自序二

陶文冬

写作此书的机缘，要从我母亲开始讲起。她叫于书荣，河北省固安县南房上村人，于成龙第十代族裔。小时候她经常带我去姥姥家。我表兄弟挺多，每次回去都像一次大规模的见面会。

南房上村一大半人都姓于，怎么称呼他们让我很苦恼；那些男男女女、老老少少的，也都要考虑怎么称呼我，这是辈分。姥姥家在于家辈分最大，不少年过古稀的老人，见了我也亲切温和地对我母亲问道："这是小表弟吧？"

母亲回娘家除了看望姥姥、姥爷，就是上坟。

在南房上村西南，有个巨大的墓园，这就是于氏家族墓。于成龙的生身父母、兄弟、部分后代就埋葬于此。其实小时候我一听坟地就胆小，可又充满好奇心。母亲每次都会给我讲一遍坟地原来什么样现在什么样。母亲说老祖宗叫于成龙，是清代的大清官。

母亲的文化水平并不高，自然讲故事也没什么文采或者多精彩，但说起墓地和祖先于成龙却是滔滔不绝："于成龙是清朝的大官，至于多大，那就是俗称的一品大官，至少是八抬大轿的那种。这个坟地是康熙皇帝赐给他的家族墓地，里面有高大的诰封牌楼、石狮子、阳光下闪着金光的墓碑，还有大香案……"

二十世纪六七十年代，这些碑刻几乎毁于一旦，后来仅剩几块石碑残块和两处不完整的龟趺散落在坟地周围，加上几十年的偷盗、破坏，残迹也越来越少。当时负责柳泉镇工作的李占云同志很有情怀，他与我舅舅于泽群拍板把石碑用车拉回村委会保存起来，保护了这幸存下来的珍贵文物，也才让我后来能有机会见到这些珍贵的碑刻：精心雕琢的龙纹、密密麻麻的汉字与弯弯曲曲的满文，汉白玉的材质在阳光的照射下闪闪发光。碑刻上边的文字记录着康熙皇帝两次诰封于成龙生身父母于国安夫妇的碑文。

于成龙一生清贫，为老百姓做了很多事，"民间公案"中就有于成龙的故事……特别是京南地区广为流传的关于永定河的传说，"东有西湖二景，西有太子三公"为民诰驾的故事，固安县街头巷尾的男女老少几乎无人不知无人不晓。

仿佛听到了来自遥远时空的召唤，我长大后莫名就喜欢历史题材的文学艺术作品。2000年，一部《一代廉吏于成龙》上演了，但我突然发现，原来还有个山西人于成龙。这部电视剧让我对于成龙历史人设的期待彻底垮掉了。居然有两个于成龙，这是怎么回事？于是我走进了图书馆，去寻找问题的答案。原来康熙一朝真的有两个于成龙，名字一模一样。他们年龄相差二十一岁，有很多官场交集。

通过对史料的查阅，我对于成龙有了初步的认识，而这种认识仿佛一下子让我进入了历史研究的黑洞，透过时空，我能去探索三百年前的历史真相。从这一刻起，我把学习、工作的闲暇时间几乎全部花费于各大图书馆。我发现那时几乎没有人真正能把于成龙的历史看完整。现代出版物上有关于成龙的内容几乎全是历史的片段，管窥一斑。我开始走访古籍馆、网上古籍书店、琉璃厂等地，收集与于成龙有关的一切原始史料。通过搜集，我发现这真是个历史研究的"富矿"。万万没有想到，一个古代大臣能留下这么多事例的记载。于成龙几乎没有为自己著书立传，就连年谱、奏稿也是别人整理所写，他的生平事迹大部分散落在康熙朝各种历史文献中，复杂而繁多，是一项需要系统整理的研究工程。

通过对于成龙基本生平的研究，我发现他是一位把忠诚、廉洁、担当体现得淋漓尽致的历史人物。他有着朴素的民本思想，身为旗人，却敢于突破统治阶级的利益枷锁，为老百姓不惜代价奔走、谋利。历史是客观存在的，而当今时代，我们评价一位历史人物的出发点，肯定不是争权夺利，亦非沙场点兵，而是一心为民、实干担当、任劳任怨、鞠躬尽瘁的吏治精神，这对历史车轮的滚滚向前有积极的推动作用。

为追求历史真相，最大限度还原历史，让世人了解这位十年乐亭县令、三载抗震知州、富庶江南知府、两任直隶巡抚、远征漠北督运、呕心沥血治河的大清名臣的一生，去了解下河之争的始末、直隶扫黑除恶的铁面、远征大漠的困苦、兴修水利的艰辛。本书参考了《如山于公年谱》《于氏家集》《康熙实录》《康熙起居注》《于成龙奏稿》《亲征平定朔漠方略》《治河全书》《清史稿》文献及人物奏疏、日记、诗集、大量地方志等上百种历史资料，尤其是大量人物奏疏、日记以及地方志的整理，让本书拥有更为翔实的史料依据，最大限度还原了历史真相。本书不杜撰历史，只做史料的搬运工。

为便于理解，本书写作风格定位为轻松易懂外，提供了大量地理以及人物注解，让读者更加全面了解康熙王朝走向鼎盛的历史脉络。

由于研究和写作水平有限，本书不少方面还有很大提升空间，这位一代名臣的故事背后蕴含的深意仍然等待我们深入挖掘，希望这位优秀历史人物未来会给人们提供更多的人生借鉴。希望此书开启于成龙历史文化研究的序幕。

也谨以此书献给深爱着我的母亲。

目录

一、青少年时代

兵荒马乱的年代。颠沛流离的童年生活。关键时刻舍得自己。清瘦俊逸的年轻人心中充满悲悯。

明末清初，战乱频仍。中华民族再次经历血与火、刀与剑的磨难。

后金政权在北方崛起，马背上的民族与关内农耕文明对决，大明王朝逐步衰微，矛盾丛集，内外交困，积重难返。不甘心被饿死的陕西农民在李自成等人带领下揭竿而起，奋力一搏，如岩浆般喷薄而出纵横奔流，起义如火如荼，直至攻入京师建立了大顺政权。

局势之复杂古今罕见，生灵涂炭，血泪成河，真个是"兴，百姓苦；亡，百姓苦"。

本书的主人公于成龙就诞生在这样的年代。他成了明清改朝换代重大历史事件的亲历者。他的青少年时期就是在这样的历史背景下度过的。青少年时期颠沛流离的生活使于成龙对黎民百姓的苦难感同身受，逐步形成了他同情百姓、利益苍生的民本思想，最终锻造出他那廉能刚强、戆直不阿的为政品德。

希望本书能在带您了解一代廉吏能臣于成龙生平的同时，带您领略他生命历程中的那些跌宕沉浮，了解清初直到康熙鼎盛时期的政治经济文化样貌。

崇德三年（1638）

于成龙，清崇德三年七月五日生于辽东盖州①。成年后，于成龙取字"振甲"，号"如山"。这是个大有深意的名字。

古人用"鲤鱼跳龙门"比喻飞黄腾达，鱼能"成龙"表示生命状态有了本质的飞跃，这是中国父母对子女的殷切希望；"振甲"这个字则承接成龙，更进一步，表示此龙非蛰龙，将会振甲飞腾而起；"如山"这个号则说龙体广大蜿蜒，"如山"般起伏，"如山"般稳重庄严，又能解"亢龙"②之弊，稳得住。

纵观于成龙一生，办理治河事务在他宦海生涯中占据了很大比重，这兴许就和他的名字有关。古代皇帝任用官员时往往有意无意关注候选人姓名，康熙皇帝博览群书，在这个方面恐怕也不例外。尊敬的读者不妨在读书时留心体会。

据于成龙家族文献以及《如山于公年谱》记载，于成龙的曾祖父叫于大恩，世居辽东铁岭地区。于大恩有两个儿子，长子于彦隆，次子于彦海。于彦海就是于成龙的祖父。

于彦海的长子叫于国安，次子叫于国宁。于国安是于成龙的生身父亲。

于彦隆儿子于得水③是于成龙的堂伯父。到后来，于得水成为于成龙的养父，过继的详细情况下文还会谈到，但无论如何，于得水深刻影响了于成龙的生命轨迹。

有个细节需要注意：民间传说中经常将于得水和于成龙混为一谈。有人认为"得水"是于成龙的字：鱼得到水才能成龙——仿佛顺理成章，但这是个很大的误会。对于成龙一生产生重大影响的亲属中，其养父于得水一定要排到前列：正是有于得水这样的养父，才使他"成龙"的机会比一般人更多。

历史不能假设，它是多重因素互相制约下形成力线的最终痕迹。偶然因素蕴含着绝对性结果的萌芽。

---

① 盖州：今辽宁省营口市盖州市。

② 亢龙：泛指刚愎躁进之人。《易经》有"亢龙有悔"。意为居高位的人要戒骄，否则会因失败而后悔。后也形容倨傲者不免招祸。亦指要懂得进退。

③ 于得水：字从跃，汉军镶红旗人。万历三十三年生。随清军征战湖北、湖南、云南，升任副都统。以于成龙子贵追封都察院左都御史、镶红旗汉军都统。康熙三十四年卒。享年九十一岁。

公元 1631 年，大凌河之战，明军败北，后金政权占领了辽东广大地区，改朝换代的历史进程加快了。1636 年，皇太极改年号"天聪"为"崇德"，国号"大清"。沿辽河一路南撤的于成龙家族在这一年进入辽东重镇盖州，无法通过水路退回关内的于氏家族只得暂居此地。

清崇德三年，于成龙在盖州出生。

清崇德五年（1640），松锦大战爆发，皇太极迁民于广宁军屯，用以充实补给，刚出生不久的于成龙随家从盖州迁徙至广宁卫间阳[①]，不久后编入汉军镶黄旗。

于成龙在离战争很近的地方度过了童年。

于成龙的生父于国安，戆直老实，以孝行闻名乡里，人们都说他是个忠厚长者。于国安的为人处世，特别是他对老人的孝顺给了于成龙深刻影响。时代大潮中的于国安没有能力左右自己的命运。现在，他和他的家人成为随水波回旋荡漾漂向远方的一朵小小浮萍。

顺治元年（1644）

于成龙七岁。

清顺治元年，李自成大军攻克京师，明崇祯皇帝在万岁山（今景山）自缢身亡，大顺政权取代了明王朝。李自成随后派重兵围困山海关。清军联手吴三桂在山海关大战李自成。这次战役里，于成龙的叔叔于国宁在海战中阵亡。于国宁之子——于成龙堂弟于化龙此时尚在襁褓之中。于国安果断担负起抚养弟弟遗孤的重担。于成龙像个大人一样哭泣、哀悼阵亡的叔叔，一片孝心令人动容。

所有王朝在国家政权动荡之时，各路政治集团都会倾全力拓展自己的势力范围。普通百姓、普通士兵的生命则随时可能成为奠基的石子，没人敢肯定自己能活到明天。

---

① 间阳：今辽宁省锦州市北镇市间阳镇。

悲剧经常在他周边发生。白花花的孝服，在风中飞卷的纸钱黑灰，撕心裂肺的哭喊，一切的一切，都给少年于成龙留下了痛苦回忆。杀戮、劫掠、病痛、死亡无时无刻不在侵袭普通百姓。他就是他们中的一员，他黑亮的眼睛充满迷茫与思索。这不是他这个年龄的孩子应承担的。

顺治三年（1646）

于成龙九岁。

三月十七日，清廷批准了吏部右侍郎金之俊①奏请，变通明进士授官制，力图"政体人情，俱得其平"：一甲进士外，二甲前五十名选部属，二甲后二十名及三甲前十名选中行评博，十一名至二十名选知州，二十一名至七十名选推官，其余尽数选为知县。这是清廷努力站稳脚跟的具体举措，也给了天下读书人进身的希望。

这一年，于成龙开始进入小学学习。这是于成龙人生的重要起点。家庭对他寄予厚望。很难设想从来没有读过书的于成龙一生会是什么状态。在那样的年月还能供于成龙读书，不光能看出于国安有培养子女的远见卓识，同时他的家庭经济条件也应该能满足供孩子读书的要求才行。

顺治五年（1648）

于成龙十一岁。

明王朝大势已去。他的伯父于得水因军功被顺治皇帝赐予三等阿达哈哈番②爵位，编入镶红旗汉军。于国安就在这一年带领于成龙和家人入关到了通州③。

---

① 金之俊：字岂凡，又字彦章，号息庵。江南吴江八都（今苏州市吴江区）人。

② 阿达哈哈番：轻车都尉。

③ 通州：今北京市通州区。

于得水地位的不断提升对于成龙的影响到现在还不明显，只是为于成龙今后生活发展奠定根基。于国安带领全家来到通州或许就有于得水的影响。毕竟在入关人潮中能有在通州驻足的机会算不幸中的万幸。通州更方便得到粮食，更容易躲过饥饿给这个家庭带来的致命伤害。

当时的通州是运河漕运终点站，粮食等物资从南方由水路运来此地集散。为方便取食，清廷将临时安置旗民的地点设在那里。

两个月后，人满为患的通州实在不堪拥挤，上边传来一纸军令，于成龙一家又迁到通州张家湾①居住。

张家湾作为运河上重要码头的资历要超过通州。到于成龙生活的那个年代，通州才取代了张家湾成为第一码头，但相比其他地方，张家湾还是个比较富裕热闹的大集镇。搬到这个地方同样也是因生存的需要。

顺治六年至顺治八年（1649—1651）

顺治六年，于成龙十二岁。

顺治七年，十三岁的于成龙随家移居延庆州。生活环境大有改观。

于成龙开始参加科举考试进行历练：感受紧张的考试气氛，锻炼在短时间内阅读理解题目，根据要求作答，干干净净地书写。这是于成龙初步体验带有竞争意味的生活。

需要指出的是，这种对孔孟、对宋儒理学的深入研习对他人生观和价值观结构的形成产生了极为深远的影响。儒家思想深深融入了他的精神血脉。终其一生，于成龙都是儒家忠孝仁爱思想的积极践行者。也正因如此，他的所作所为在这个刚刚平静下来的王朝能与百姓期盼深度契合。这一点对于读懂这个历史人物非常关键，各位读者不妨尝试用儒家的价值标准来衡量他。

读到后来，我们就会发现，康熙皇帝也好，朝廷官员也好，通过政务往来真正接触到他的士绅百姓也罢，都在不自觉地用这个标准来衡量他，并给他打

---

① 张家湾：今北京市通州区张家湾。

出高分。

一句话，他之所以成为书中记述的这个样子，与这种读书生活密切相关。

顺治九年（1652）

十五岁的于成龙迎来了人生的第一次婚姻。成为他新娘子的李家姑娘聪明漂亮而又知书达理。于成龙开始以大人的标准要求自己，顶门立户的使命从此降临到他还略显稚嫩的肩头。

顺治十年至顺治十二年（1653—1655）

顺治十年，于成龙十六岁。

南明军队还在南方奋力抵抗。率军队取得靖州大捷、桂林大捷的南明大将李定国[1]在衡州设下包围圈重创清军，致使清军主帅尼堪[2]和一等伯爵程尼[3]被杀，史称衡阳之战。于成龙的伯父于得水被紧急从沧州调往南方参战。因在湖南衡阳相关战役中有军功，得到御赐的蟒服和鞍马，当上了清军右路副总兵，获赐一面功牌。

后来，于家被要求迁往京南固安县定居，延庆州的土地已不足以养活于氏家族，于是于成龙随父亲移居京南固安县，并最终定居南房村[4]。

南房村地处京南，长期的战争加上顺治元年浑河泛滥，让这里十分凋敝。

---

① 李定国：字宁宇（或云字一人，初名如靖），南明永历政权抗清名将，陕西榆林（或作延安）人。
② 尼堪：爱新觉罗·尼堪，清朝宗室大臣，清太祖爱新觉罗·努尔哈赤之孙、广略贝勒爱新觉罗·褚英第三子，清初理政三王之一。
③ 程尼：瓜尔佳氏。满洲镶红旗人，劳萨之子。崇德六年袭父世职，进一等伯，任议政大臣。
④ 南房村：今河北省固安县柳泉镇南房上村。

吏部给事中梁维本①顺治元年的奏章中说，当时的固安，略微富裕的农户田地仅有将近一半能够耕种，贫苦农民的土地都成了茂草横生的荒野。由此可见，战争极大摧残了民生，百废待兴。

如果不是赶上旱涝，分到的田地供于成龙一家人生活问题不大。颠沛流离的生活终于结束了。一家人最终在这个小村子扎根定居，繁衍生息。

于成龙的伯父于得水只有三个女儿。夫人王氏所生大女儿嫁给文林郎②黎守明；夫人宛氏所生二女儿嫁给了顺天府平谷县知县郎秉和③；三女儿也是宛氏所生，后来嫁给了四川威州④知州李天祯。女婿都还称心如意，只是自己膝下空落落地没有个顶门立户的男儿，这成为他隐隐作痛的心病。不孝有三，无后为大。在古代，家中没有儿子可是个大问题，人们把这看得很重。

顺治初年，为照顾八旗子弟，让他们更容易进入统治阶层，加大八旗在政权中的占比，朝廷下令八旗子弟不再参加科举考试。于成龙于是开始学习满文。这是很重要的转变。有了科举学习的基础，再有针对性地学习满文，这个决策如果不是于成龙的选择也必定有懂行的先生进行点拨。以于得水在军中的地位和威望，掌握朝廷考试选官等方面信息，再来给家中子侄指点方向是可以想象的。

顺治十三年（1656）

于成龙十九岁。

于成龙进入京城国子监⑤做了国子生。前一年六月初十，清廷命名宫禁为紫禁城，后山为景山，西华门外台为瀛台。国子监就在紫禁城东，文庙西侧，这

---

① 梁维本：直隶真定人，字立甫。明天启元年举人。清顺治初除中书舍人，迁礼科给事中，疏请开经筵、日讲诸典。历刑科、户科给事中。
② 文林郎：清朝时为正七品文官所授的散官名。散官用来定级别，很像现在的"行政级别"。
③ 郎秉和：辽东人，监生，康熙十八年任处州府云和县知县，云和县为今浙江省丽水市下辖县；三十五年任直隶三河知县；三十六年任东路同知驻通州；四十年任沂州府知府（今属山东省临沂市）。
④ 威州：今四川省阿坝州汶川县威州镇。
⑤ 国子监：中国古代隋朝以后的中央官学，教育体系中的最高学府，又称国子学或国子寺。

是为朝廷培养基层官员的地方。在国子监结业后就有机会被朝廷补授个差事。于成龙走上仕途的开端看来不错。

事有不巧,于成龙入学前,每名佐领能带两个国子生。于成龙入学后却赶上朝廷颁布新规:每名佐领只能带一名国子生,多余的要裁掉。将来选官就按这个定额。定额之外的学生,不光得不到取用,将连参加科举考试的资格都没有了。

于成龙和另外一名国子生属同一佐领助教翁公管理。到底让谁回家?翁公犹豫不决。这个决定关系人的前途命运,从这走出去不见得还能回来。

翁公喜欢于成龙这个小伙:聪明透亮,稳稳当当,像是可造之才。可那个姓蒋的学生也不错呀,入学也早。让谁回家?翁公有些犯难了。

有趣的是,这蒋姓同学不是别人,而是固安南房村同村的蒋毓英①,后来,蒋毓英成了台湾首任知府。

真正的抉择来临了。

那一天,于成龙拜见了佐领,静静地说:"先生,蒋某是我姐夫,进入国子监读书比我早。我回家吧。"

翁助教眼前一亮:这小伙子真不简单!不光心里有亲情,在大是大非问题上也讲道理懂取舍。他心中暗暗称赞眼前这个玉树临风的青年。"好吧。"翁公思考良久,点了点头,做出了最终决定。

于成龙离开国子监,收拾行李回固安。他可能永远失去进身机会。能做出这样的决定的确让人叹服。在国子监,多少人为这个读书进身的机会明争暗斗,闹得不可开交。那段时间递进国子监的信件骤然增多,骑马坐轿的官人往国子监跑得格外勤快,佐领们腰板挺得笔直,走路也威风了很多。

于成龙走出国子监大门,回头凝视了那绿荫中高耸的牌楼一眼,心底暗问:"我还能回来吗?"

---

① 蒋毓英:汉军镶蓝旗人,字集公,祖籍浙江,移居沈阳,顺治元年定居固安县南房村,历任知泉州府、台湾知府、湖南盐驿道。

顺治十四年（1657）

于成龙二十岁。

兴许是他的善良感动了上天，幸运之神再次降临。国子监员额出了空缺，于成龙得以重回国子监读书。而且这一年又有了新规定，各部院笔帖式只能从这些官学生中录用，顺治九年部院可同时从这些官学生之外的举人秀才中录用笔帖式的规定被废止。朝廷加大了对八旗学子的使用力度。

消息传来，一家人欢天喜地，做了一桌子好吃的庆祝。妻子帮他收拾行囊，很快，他就动身赶往京城。当京师高大的城墙出现在他视野中时，他长出了一口气。

于成龙是自费进入国子监的，国子监不给他提供食宿。他只好居住在距国子监三里多路的地方。这样一来，他就需要节省日常开销。

每天去国子监读书路上，他常常在集市上拿钱买点东西吃。填饱肚子就急匆匆走进那个古木成荫的院子，开始发奋苦读。

上学路途中要路过督捕署，他常看到成串披枷戴锁的囚犯被差役押解着等在衙门外候审。他们衣服破碎，满脸污垢，瘦弱不堪。有些人身上的伤口还在流脓滴血。时常有人支撑不住栽倒在地呻吟，有的倒下去任凭衙役喝骂蹬踏却永不能起来。

于成龙经常见到这地狱般悲惨的景象。看有的犯人实在贫苦可怜，于成龙就把手头的饭钱施舍给他们，自己当天中午就只好饿肚子。其他太学生吃饭时，他就自己待在屋子里读书。渐渐地，他的思绪沉入书卷，国子监院子里清脆的鸟鸣之声变得更加清脆起来。

年纪轻轻的于成龙心中充满了慈悲。这种悲天悯人的情怀或许来源于家庭教育。"以慈修身"，这颗柔软之心一直伴随着他一生。我们如果忽略这样的细节，就不能理解于成龙这一生面对百姓时那些自然而然的举措。

起码的慈悲心，对于弱者的深切同情，对那些将来能有机会决定他人命运的人来说，往往要比杀伐决断的刚强更重要。

二、第一个职务：吏部笔帖式

跟着管官的官，看沧海横流。略显沉闷刻板的生活，竟是难得的冷眼旁观与见习……

顺治十七年（1660）

于成龙二十三岁。

通过考试，朝廷授予他吏部"笔帖式"差事。笔帖式又叫"笔帖黑"，是清代官府中执掌部院衙门文书档案的低级文书，主要职责是抄写、翻译满汉文奏折或官员的档案。做笔帖式三年如被考核为"勤奋"，就可授个七品官。

吏部是管理官员的地方。于成龙进入吏部就开始逐渐熟悉朝廷相关政务。官场的是是非非以及种种故事传说过去只是道听途说，如今实实在在进入了他的生活，走入了他的笔下：各部官员在哪里供职，哪些官员又因某事办得好得到皇帝首肯，或者庸劣不堪而被毫不留情地申斥；有谁升迁到哪里，有谁降调或免职去何方，他都一一记在心里。他飞快抄录的同时默默分析着为政的利弊得失。

笔帖式的差事表面看来不热闹，甚至有些单调，但容不得半点差错。于成龙笔下规规矩矩书写的内容常常是政治的暗流涌动，甚至是澎湃激荡的官场风云。

这个年轻人庄重自持，从不绮语妄言。他守规矩，干事妥帖，守口如瓶。上司渐渐喜欢上了他，经常派给他棘手的差事，每次他都办得很周到妥当。

这几年的笔帖式生涯，相当于正式踏入仕途的实习期，也是于成龙的知识和能力的重要储备期，为他今后的官场生涯做了必要的准备。不逾矩将成为他一生为官的主基调。

三、过继给伯父于得水

孝顺儿子为什么却要从亲生父亲身边离开？伯父怎么单单看中他？战功卓著的伯父给他带来了什么礼物？清初诗人、文学家、诗词理论家王士禛[1]说于得水和于成龙"父子得所"指什么？冥冥之中真有铁定的命数吗？

康熙元年（1662）

于成龙二十五岁。

这一年，于成龙的母亲康氏老夫人去世。根据儒家传统的孝道观念，朝廷官员在位期间，如若父母去世，则无论此人担任何官何职，从得知丧事的那一天起，必须辞官回祖籍为父母守制二十七个月，这叫丁忧。

母亲病势沉重时，于成龙日夜陪侍，满心忧惧，生怕母亲逝去。

有个被请来看病的先生开了个奇方儿：把蛇杀了烧成灰，病人喝下去可以痊愈。大夫走后，于成龙二话不说拿起棍棒就跑到荒野里去搜捕，过了几个昼夜才捉到一条蛇。这个偏方到底起没起作用不得而知。

---

[1] 王士禛：后因避雍正帝讳更名士祯，字子真，贻上，号阮亭，又号渔洋山人，谥"文简"。新城（今桓台县）人，常自称济南人。清初杰出诗人。博学好古，能鉴别书、画、鼎彝，精金石篆刻，诗为一代宗匠，与朱彝尊并称。

我们知道，不是所有儿子都有胆子去给父母找这个药引子，也不是所有当儿子的都能为父母不顾一切。于成龙孝心和胆量兼备，也许正是孝心激发了他的胆量。

母亲去世后，于成龙哀伤至极，形销骨立。邻里都称赞他的孝心。

孝顺父母是中华民族崇尚的精神品格。很多人在交往朋友时都留心这个人是否孝顺父母。听到对方对待父母有亏欠，人们往往会问：他对自己的生身父母尚且如此，还能指望他对别人好吗?! 听父母的话，重感情，成为中国古代考察人的重要指标。

康熙四年（1665）

于成龙二十八岁。

于成龙在吏部"笔帖式"岗位上勤勤恳恳办事的成绩为"一等称职"。这是个非常高的评价。听到这个消息，全家人又是皆大欢喜。

康熙六年（1667）

于成龙三十岁。

他的伯父于得水屡立战功，事业上顺风顺水。但古人讲究"不孝有三，无后为大"。于得水没儿子，恰恰就中了这句话。辛辛苦苦得来的世袭爵位没男孩子继承，成了他的最大遗憾。一个大胆想法在他心里翻腾很久了，但能行得通吗？

一天，他终于横下心，把那个想法原原本本告诉了堂弟于国安。他想让堂弟于国安把大儿子于成龙过继给他。

于国安未必没有想过大哥"无后"的事，只是有自己的打算。

开始，于国安想把弟弟于国宁的儿子于化龙过继给于得水。于国宁战死在山海关，丢下了于化龙，这样也算给孩子找了个好的归宿，自己也减轻点负担，大哥也有人养老送终，真的如此，无疑是一举多得的好事。于得水想都没想，不同意。看到大哥这么坚决地把自己的提议否了，于国安心里就翻了个。

于国安续娶的韩氏夫人已经给他生下二儿子于攀龙，于国安就想把于攀龙给堂兄，于得水也是没考虑就直接回绝了。于得水心里明镜儿似的：于攀龙也挺好，但他还有个更好的选择，那才是他想要的。

于国安心里想，堂兄这是怎么了？到底在想什么？他心里开始暗暗琢磨，越琢磨越感到触碰到了他心头最敏感的部分。他有点慌神。谜团迟早要揭开。

于国安猜想得一点不假：于得水心里只看好于成龙。于得水对堂弟说："我想要你家老大于成龙，你舍得吗？"

于得水多年军旅生涯，为人直爽干脆，说话不会拐弯抹角，再说临来之时，夫人不知在他跟前嘟囔过多少回了：咱就要于成龙啊。现在话头甩给了堂弟。

是的，舍得吗？难道那个算卦先生说的是真的？！于国安心里一惊，想起这么一件往事。

于成龙刚出生时，母亲康氏特别疼他。有一天，打旗摇铃走街串巷的算卦先生来到他家门前说什么也不走了，硬要送他们一卦。这种事过去并不少见。这是算卦先生主动推荐自己招徕生意的办法。

算卦先生对于国安说："你这个儿子将来得给别人，这么着才容易长大成人。他的命可有点硬。"这事也常见。小孩儿不好养活就给他认个干爹干娘，事儿就解了。

后来于国安夫妇就先后让于成龙拜有名望的李公、陈公二人为"义父"。现在回想起来，这拜了两个义父闹了半天还不行，于成龙过继出去兴许是天注定的：就这命。

反复权衡后，于国安最终答应了堂兄于得水。

由侄子变成儿子，于得水的夫人王氏得了于成龙，真像天上掉下来个大宝贝，把于成龙当亲生的一样疼爱。于成龙英明干练，不用过多调教就能成才，于得水也对他疼爱有加。

不久，于成龙得到了养父于得水顺治八年的爵位"恩荫"[①]，等候朝廷委任

---

① 恩荫：是指封建制度下，由于祖辈、父辈的地位而使得子孙后辈在入学、入仕等方面享受特殊待遇。

职务。

中国有句俗话："读万卷书不如行万里路，行万里路不如高人指路，高人指路不如贵人相助。"独特的中国文化中，"贵人相助"是个被频繁使用的词语。《易经》中称之为"利见大人"。

机遇的取得主要源于个人努力，这没有问题；人生的关键时刻，有更强大的人往上推一把或指点迷津也很管事。于成龙有没有这个在军队里有影响的养父，有没有这世袭的机会当然不一样。施展人生抱负的道路已修到了于成龙脚下。

四、初任乐亭知县

新任知县于成龙吃了熊心吞了豹子胆？于成龙发自肺腑地泣血质问。凡上级都收到了他的来信，他越级报告灾情究竟所为何故？

康熙七年（1668）

于成龙三十一岁。

四月，朝廷任命他为直隶永平府乐亭县①知县。乐亭在京师东南方向大概有五百里路程。此时乐亭正经历着极端恶劣的自然灾害。

这一年，康熙皇帝刚十五岁。从五月十五日他给吏部等大小各衙门的旨意中我们看到，直隶大地本年度开春以来正经历着一场严重旱灾。皇帝为此曾几次祈雨，但上天并没能如他所愿普降甘霖。皇帝于是认为这严重的自然灾害必然来源于官员德行方面的欠缺。他在旨意中如是说：

朕亲政以来，对国家治理孜孜以求，就是期望民生安定，上合天道。不料今年自春到夏，雨水误期。不久前金星又在白天显现。天象屡次警告。朕甚是惧怕。现在正力图修身反省，更加恭敬谨慎，励精勤政，来报答上天示警的苦心。

----

① 乐亭县：今属河北省唐山市。

在内各部院官员理应各尽其职，公正廉明自我约束，不辜负朕信任。现在看，你们只是看顾情面，希望滋润自家而不念国家大计，只求方便自己，而辜负了朕的依靠和信任。在外的总督、巡抚、提镇以下各位官员，就是指望你们安抚治理地方，抚育体恤军民，让他们各得其所。

最近朕经常看到大官剥削小官，小官迫害军民。滥行摊派征收，民脂民膏都要枯竭了，百姓甚至逃亡。这都是内外大小官员不务求公正清廉，违背了天意，以致灾害异象频繁发生。这之后你们必须洗心涤虑，痛改前非。如果仍然因循旧习，不行更改，一经查出，从重治罪。

旨意原文中有"太白昼见"四字，指的就是钦天监马祜 ① 报告的五月初七、初九、十三日这三天金星午时出现在南方天空，星体看起来发暗的情况，皇帝认为这种天象并非吉兆。

五月十八日，皇帝再次因恶劣的自然天气下旨吏部等衙门，表达了对朝政的不满。

> 近来见天气亢旱，向上天祈雨毫无结果。干风雾霾每天发生，禾苗枯槁。再不下雨，秋收就没希望了，民生有何依赖。这都是因内院、六部、都察院、大臣不能公忠体国，以致政事错误荒谬。
>
> 一切应完结事务查办拖延；惯例繁多，处理随意偏轻偏重。办事的下属官吏乘机舞弊……刑部、督捕等衙门，诉讼案件互相牵扯，久拖不决，无辜之人沉冤牢狱之中。官员拟定罪名引用律条，偏用沉重条款。严刑酷罚，拿苛察当成明断，拿深迫当成本事。怨气积累深了，导致上天不和，降下灾害和奇异天象……
>
> 科道官员职责就是纠察过错，提出建议。一定要对国计民生有益才可上奏，不得苟且塞责。各部院大小臣工应当同心协力，修举政事，挽回上天的慈爱之心，体会朕谋求国家治理的殷切心情。

这种反求诸己的自省古已有之。但我们不难看出，年轻的康熙皇帝对整饬吏治心情迫切。当然，我们还是要借这两个旨意来了解一下于成龙主政地方伊

---

① 马祜：字笃周，哲柏氏。满洲镶红旗人。

始时的自然环境和政治背景。

亢旱之后是奇涝，洪水泛滥，直隶大面积颗粒无收。

六月，大雨多日。滦河泛滥，大水淹到了乐亭县城下，七八尺深。百姓田地受灾，房屋毁坏严重。

接下来就是山摇地动。

六月十七日，受灾的直隶固安等三县的本年度赋税被分等级免除。这才不过开了头。

同日，山东发生强烈地震，波及乐亭境内。

七月，滦河洪水五次冲毁堤岸，向西淹没民田，乐亭河西地区受灾最为严重。

七月十日，这是一道即将与于成龙未来政务发生关系的旨意，不妨一看。

> 小民赖以生存的就是田亩。遇到灾害庄稼损伤，真让人怜悯。应抓紧免除赋税，来显示朕抚恤百姓恩情。之后凡有水旱蝗虫等灾，有司官员要连夜向总督、巡抚报告。总督、巡抚要按惯例驻扎在受灾地附近，随从差役一定要减少，所有仪仗都要撤去，这样才不至拖累百姓。
>
> 将受灾田亩迅速亲自勘察，确定好受灾等级造册上报户部。按惯例免除。一定要让每个人得到实惠。尔部速令直隶各省遵照执行。

此日，京南浑河洪水冲垮了卢沟桥东北方向十二丈桥体及堤岸，可见直隶洪涝之凶。这条河流将在三十年后与于成龙的人生产生深刻联系。此处按下不表。

八月，于成龙到任乐亭。真可谓是受命于危难之际。细心的读者通过阅读本书将会发现，于成龙绝大部分新职务都在急难险重时刻到来，"无灾无难到公卿"不过是人生梦幻般的呓语。挑最沉重的担子走最艰难的路好似于成龙的人生宿命。这刚开始。

八月十五日傍晚，大风，雷雨。

于成龙率乐亭百姓防洪守堤。滦河西堤决口，洪水淹没指挥庄村①百姓房舍数百间；东岸决堤，淹没明佛坨庄②民居数百间。这是于成龙第一次直面滔滔洪水抢险，谁都不能相信，他的一生就这样与水结缘，而且每一次都是惊心动魄的搏斗。

大灾之年，百姓颗粒无收，生计无着。于成龙为向上级申请免除赋税赈济灾民，紧急求见永平知府陈丹③汇报灾情。

陈丹是个有故事的人。他文武兼长，但以武科起家，明朝末期历仕淮安总戎从事，精通天文地理。清初率众归降，顺治皇帝把宫女罗氏赐给他。陈丹询问宫女家世，才知她是前朝官员的妻子，于是把她当女儿养着。一年后宫女找到了丈夫，陈丹就把她交还给了其丈夫。一些士大夫还写了诗歌来称扬这段传奇。

不久，他弃武从文进入太学，顺治八年乡试和儿子一起中举，又被传为美谈。后出任河南邓州知府及广西浔州知府，是个循例为官的好人。再后来做了三楚的臬台，以律己恕人著称。这时他是因过失降级到永平做知府。

陈丹做事精勤，严禁馈送，日用蔬菜米粮与寒士无异。

但这次陈丹的表现让于成龙大失所望。陈丹最终也没有答应于成龙，即使于成龙反复请求也无济于事。

这是怎么了？这其中到底有什么隐情，据实报灾请求赈济怎么会这么难？

这是于成龙在官场上碰到的第一个钉子。

于成龙回到县衙后泪流满面，因还有那么多老百姓在等着他。他无论如何也想不通，心急如焚，又左右为难，最终他拍案而起，豁出去了！

"发生这么严重的涝灾却不让皇上知道，还做什么地方官?！"于成龙慷慨激昂地说，"如果是因报灾情请求赈济获罪，这个官就算不当又如何！"

当天，于成龙写了书信遍告各级大官，这种越级反映问题的做法震惊了同僚：于成龙这小子难道是吃了熊心吞了豹子胆?！真是初生牛犊不怕虎啊，少年不知愁滋味，等着吧你！

---

① 指挥庄村：位于今河北省秦皇岛市昌黎县城西偏南的滦河沿岸平原。指挥庄村一带曾为滦河流经的地方，遗有七八百年前的滦河故道。

② 明佛坨庄：又名明福坨，今河北省唐山市乐亭县小圣庙村。

③ 陈丹：字自修，江南山阳人。康熙七年任永平知府。

直隶巡抚甘文焜①看到于成龙的上书非常震惊。甘文焜去年到直隶任巡抚，七月他向皇帝提出访查直隶各地的请求，这个请求先是被吏部否决，然后得到年轻皇帝的准许，一波三折。他自己乘着一辆马车巡视保定等地灾情，后来还捐出自己的俸禄赈灾，是个挺好的官。

见到于成龙的申诉信件，他决定去亲自勘察。到乐亭一看，于成龙所讲完全属实，就立即上奏皇帝。而且前一段时间皇帝也曾严令直隶各省总督、巡抚要及时报灾，这是各级官员的分内之事。

皇帝命户部主事敦某带着八千余两银子前去赈灾，又将田赋免除十分之三，灾情特别严重的地方田赋全免。为救百姓，于成龙这个新上任的县令连直隶巡抚都动员起来了。不管怎样，于成龙达到了目的。他胆子正，敢担当。至于陈丹那里怎么想，于成龙管不了那么多了。这就是见义勇为。

八月二十九日，康熙皇帝给户部的赈灾旨意证明了于成龙并非无中生有地出风头，他是为百姓生命鼓与呼。

> 今年水灾，顺天等府所属地方田地庄稼被淹没，房屋倒塌很多。除去受灾田亩，等该总督、巡抚亲自查勘受灾程度，详细提请免除。只是受灾百姓无以谋生必然导致流离失所。应怎样赈济抚恤，你们迅速商议后告诉朕。

不久，户部商议拟拨发常平仓粮食赈济，如果还不够用，靠近京畿的地方动用通州仓供给，远的令附近省份协助救济。

十月二十四日，直隶巡抚甘文焜上报顺天、保定等府下属五十州、县、卫水灾，请照例免除钱粮。户部拟同意他的请求。

皇帝看后说："甘文焜称水灾非常厉害，请求将今年钱粮全免，尔部照例上奏当然不算错。只是今年水灾比往年不同。在惯例之外怎样免除？再议。"

由此看来，直隶本年度水灾确实超乎寻常。乐亭除去水灾之外还受到山东地震的影响，更是雪上加霜。上个月，直隶山东河南总督白秉真②也曾提

---

① 甘文焜：字炳如，汉军正蓝旗人，祖籍丰城（今江西丰城），后迁至辽阳（今辽宁沈阳），石匣副将甘应魁之子。

② 白秉真：康熙六年正月至康熙八年七月任直隶山东河南总督。

请修理坍塌城墙，皇帝曾说今年雨水太大，各处城墙大多坍塌，与寻常修理不同……

十二月二十六日，左副都御史金世德被任命为直隶巡抚。他的到来对于成龙而言意义非凡。

五、滦州知州

盗匪，还是盗匪，于成龙也中招了！

康熙七年十月，滦州^①知州李溉之^②因遭盗匪诬陷被革职。滦州的官员百姓都因之惋惜。

十二月，于成龙代理滦州知州。机遇来了？

康熙八年（1669）

于成龙三十二岁。

五月，皇帝下诏归还了旗人三月份在滦州城周围圈占的田园房舍。六月，皇帝下令永久停止圈占民间房屋土地。这是一个影响很大的政治动向。

国家动荡还没有彻底平息。

圈占与被圈占，暴力与凄惨，失去故园的百姓举步维艰，民生惨淡。作为地方官该怎样尽力抹去他们的泪水，抚平他们心中的痛楚？

这一年，滦州有个重犯在押送途中逃亡，有人上书要求追究于成龙在逃脱

① 滦州：今河北省唐山市滦州市。
② 李溉之：荫生，刑部尚书李化熙之子，山东长山人。

犯人事件中的失误。结果，朝廷将于成龙降二级调离使用。

真是来得快，去得也快。不光滦州知州做不成，连乐亭知县的位子也丢了。祸福之间的转换就这么轻而易举地发生了。这是于成龙从政生涯的首次重大挫折。

"吃一堑，长一智。"于成龙后来成为有清一代公认的断案高手、扫痞灭霸专家，这样百密一疏的挫折一定让于成龙学到了很多。

于成龙涉足官场时间不长，现在锋芒和锐气的一面是主要的，总的来讲，经过的磨砺还不够多，翅膀还不够硬。"揣而锐之，不可长保。"过于锋利就容易锋刃折断，这个规律不光是于成龙，几乎所有人都逃避不了。

对比前边于成龙无所顾忌的投诉，这一次出现问题，恐怕有很多人会在背后掩口而笑，非常热心地打听上峰准备给他个什么教训。

八月十七日，皇帝将权臣鳌拜[①]、遏必隆[②]、班布尔善[③]下狱。鳌拜被革职免死，家产查抄没收，班布尔善等七位大臣、侍卫被正法，康熙王朝政坛翻开了新的篇章。

---

① 鳌拜：瓜尔佳氏，苏完部族长索尔果之孙，后金开国五大臣之一费英东之侄，满洲镶黄旗人，清朝三代元勋，康熙帝早年辅政大臣之一。

② 遏必隆：钮祜禄氏，满洲镶黄旗人。清朝外戚大臣，清太祖努尔哈赤外孙，"开国五大臣"额亦都第十六子。

③ 班布尔善：也有译为"巴穆布尔善"。爱新觉罗氏，清太祖努尔哈赤之孙，辅国公爱新觉罗·塔拜的第四子。

六、再任乐亭知县

是什么让乐亭百姓两次冒死叩阍？何以乐亭百姓百里相送？于成龙的名字一次次走进皇帝脑海。调查核实材料如何变成了表扬信？看于成龙怎样摆正官员与百姓的关系。"你是巡抚的叔叔我也不给你脸！"

康熙九年（1670）

于成龙三十三岁。

在现实生活中，官员的去来往往与百姓生活十分隔膜。来你便来，走你便走，关我甚事?! 但这去来的过程中一旦出现异动，很容易成为百姓津津乐道的话题。

乐亭县百姓非常感激于成龙的恩德，感觉他调离后就像失去了依仗和保护。老百姓不愿意让他走。他们采取了极其大胆的挽留措施。

于成龙是幸运的，他的故事并没有在突发事故里终结。历史记录下了他生命中这次重要的起承转合。

当地士绅顾明亮等带男女老幼去六七百里外的保定巡抚衙门敲门喊冤要求留下于成龙！在那时，这六七百里风餐露宿忍饥挨饿的行程该有多么漫长！若没有对于成龙深深的爱戴和依恋作为精神支撑，怎样才能走完？

百姓的这个要求并没有得到高度重视和及时回应。直隶巡抚也不敢违抗圣命，他也没有那个权力。

"虚其心，实其腹，弱其志，强其骨"，"善为道者，非以明民，将以愚之"，古代官吏不准许百姓参政议政。遇到这种事，十之八九的官员脑子里想的是"添什么乱，怎么不该干吗干吗去"，不管怎么说，乐亭百姓的诉求被实实在在漠视了。

百姓的吁请活动升级了。

乐亭百姓请愿团立即北上进入京师，到皇宫后身的景山向皇帝请愿，恳请皇帝让于成龙回到乐亭任职。难道这些人是居高临下向深宫中隔空喊话吗？还是皇帝去游览景山，他们趁机接近，向山上的皇帝喊话请愿？

但不管哪种方式都是朝廷三令五申禁止的。早在康熙七年三月，皇帝认为叩阍①者"诬告者多，实情者少"，决定今后"凡有冤情一律到通政使司登闻鼓衙门上告办理。永行停止叩阍"。可见乐亭百姓是在禁止叩阍的律令颁布后冒死找皇帝情愿的。

草民敢干预朝廷官吏任命的大事，而且是直接叩阍情愿，怎么着，还想把天捅个窟窿不成?! 吏部经议论后不予批准，肯定是不予批准! 平定措施是立即将顾明亮等人发配尚阳堡②治罪。这是很重的惩罚! 关于流放到尚阳堡或者宁古塔，大家恐怕了解得很多，九死一生，作为士绅百姓的顾明亮等人付出了惨重代价，他们应该对叩阍的结局有思想准备。

康熙九年八月十日，秋分。乐亭县百姓王尔正等人趁皇帝巡幸西郊至琉璃河，再次叩阍，乞求准许于成龙回乐亭任职。这是要反天吗?!

吏部再次商议决定：不准! 并像前边惩治顾明亮一样将王尔正等人治罪发配。

有个关于于成龙"私放犯人"的传说至今在乐亭流传甚广。兴许这个传说可成为我们解开百姓拼死挽救于成龙的主要动因的一把钥匙。从逻辑上讲，只有于成龙为百姓做了冒死之事，才能换来百姓冒死报答。

---

① 叩阍：是指中国古代平民或案件当事人直接向皇帝申诉冤抑。
② 尚阳堡：辽宁开原市东四十里，一作上阳堡，旧名靖安堡，清朝改称尚阳堡，在今清河区境内。

如果这传说是可信的，到底这出惊天活剧的第一幕是什么？有什么深层次的社会生活背景？是什么原因让于成龙做出这个大胆举动？

时间久远，关于此事的确切文字记载至今尚未发现，我们不忍心让这样惊心动魄的场景慢慢滑入深深的水底。也请各位读者展开想象的翅膀，通过时光穿越回到那个年代……

古代百姓越级鸣冤传统源远流长。拦住更高级别官员的马匹、大轿诉说冤情，要求给个说法，要求平反昭雪、报仇雪恨的情节在戏剧里经常出现。因类似事件矛盾冲突剧烈、波澜起伏而使阅读效果具有强烈震撼性，作家对此趋之若鹜，情有独钟。

这场面现在切切实实出现了。

康熙八年五月初四，刑部、户部曾提议："凡在圣驾出郊巡幸之处叩阍的，按刑部冲突仪仗的律条，杖打一百，发配边远充军。户部提议责打四十板的惯例相应停止。"责罚力度加大了。

皇帝下旨："……如果不审明事情的虚实，草率地照冲突仪仗律条处置，那其中或许有冤枉的。……不实的责打四十板，不再充军。"皇帝的意思还是不能不分青红皂白，这得相对冷静。

朝廷的相关政策在不断调整，但杜绝这种现象是不可能的。

去年的旨意吏部并没有认真执行，也没做认真核实，而是杀一儆百将请愿之人毫不犹豫做了顶格处理：流放。事实上，没有官员愿意自己的辖区出现叩阍事件，因这清楚地折射出自己的治理出现了问题。

到底流放有多残酷？就在本年度的二月二十四日，皇帝曾给刑部一道针对流放问题的旨意，不妨一观。

　　流放尚阳堡、宁古塔罪人向来在六月、十二月停止遣送，其他月份都可发过去。朕想，十月至正月都是严寒气候。受到流放的罪人很多贫穷之人，衣服棉絮单薄无以御寒。这些人罪不至死，却在路上被冻死，很让人怜悯。自今天开始，每年流放尚阳堡、宁古塔的罪人十月至正月以及六月，都不要发放了。

有些人根本就走不到流放地就死掉了，这就是当时的情况。

但康熙皇帝现在满耳都是于成龙的名字了。他在问自己，会不会有人指使？百姓真的为了给于成龙保官连自己身家性命都不顾了吗？百姓说的是否属实？皇帝命直隶巡抚金世德①核查事件真相后上奏。

金世德经过调查，开列了于成龙"宏才伟略、清正有为、念恤民难、首严苛派、岁饥请赈、实惠均沾、缮城垣、除积弊、政通事举、修学宫、劝开垦、革里催、详除美化、屯额粮以恤丁、绝请退任丘拨补地亩、礼贤爱士、缉盗安民"等十七方面的善政事例。

这十七方面几乎涵盖了知县日常事务的方方面面，调查报告无意之中把于成龙的出色政绩直接汇报给了皇帝。命运的微妙转换，真让人难以置信。

因管自己的官员去留问题不惜身家性命，两次叩阍，前边的被流放了，后边的接着干！这种现象从古至今极为罕见。百姓和于成龙的感情确实很深。不妨在此换个角度看，我们当然能够想象改朝换代的高压政策以及旗民之间的不平等关系给百姓带来的深重伤害，能够想象苛捐杂税给百姓带来的巨大痛苦。

于成龙来了，百姓痛苦减轻了，忽然觉得自己像有了靠山。奢望有个好官管自己，百姓的要求既简单直率又让人心酸。

看过金世德的奏章，皇帝下旨："时任乐亭知县张瓒承②到吏部候补，命于成龙回乐亭担任知县。"

皇帝大概也是被百姓的真情所感动，顺水推舟做出了人员调整。张瓒承在乐亭的衙门里椅子还没坐热，因要给于成龙腾位子回吏部候缺去了。

顾明亮、王尔正风波之后是否被免于处罚回到家乡我们不得而知。但他们舍身挽救于成龙的事迹却永远留在史册之中。没有这一环，于成龙的人生将彻底被改写。

通过这个事件，于成龙深有感触。下面这段来自三百多年前的遥远声音听起来让人振聋发聩，启发世人。让我们来看看他这段对官民关系的经典论述吧。

---

① 金世德：字孟求，汉军正黄旗人，兵部侍郎金维城之子。精通经史，擅书法。以荫生授内院博士。康熙七年，授直隶巡抚。
② 张瓒承：又名张瓒成，沧州人。后曾任兵部尚书，谥"恭襄"。

天下有贪官，无刁民。民之"刁"皆官致之。官言民"刁"，即非良吏。

他接着说：

> 我做乐亭县知县，不过是按做官的本分和世间的大道理，勤勤恳恳做好自己本职而已，根本没有什么私下的恩惠和标新立异的手段。可百姓竟然对我恋恋不舍到了这个程度！
>
> 保官的事过去也有，但那都是传说、故事。远途流放是很严重的惩罚，看到前边的人倒霉了，后边的人竟然还跟上来接着做这件事。这样做对他们有什么好?! 人心的公正也就可见到了。地方官是百姓的管理者，为什么不自我反省，却污蔑百姓是刁民呢?!

按他的话，百姓救他没有任何奥秘可言。真的没有奥秘吗?! 难道这"按做官的本分和世间的大道理，勤勤恳恳做好自己本职"不就是奥秘吗？

他心中一定在反复问自己：百姓舍身相救，你要怎样做才能对得起他们的信任和真情?!

永远不准对不起老百姓！

康熙十年（1671）

于成龙三十四岁。

三月，于成龙回到乐亭县担任知县。

三月二十二日、二十三日，乐亭地震。

早先，乐亭是个人口繁多的富庶之地，后来因兵荒马乱，十分之二三人口逃亡了。朝廷征粮却仍按户部《全书》里的数目计算，百姓大多赔本、受拖累。旗人圈地虽表面有拨补，但实际是有名无实。

于成龙回到乐亭后，抓紧剔除了根本不存在的人丁三千多人，又通过削减乐亭到任丘县①拨补土地的田赋数目，免除乐亭被拨补到滦州三里社②的征粮数，以及乐亭到昌黎县拨补土地的种子征收数，抵销了不该交纳的部分。

补来补去是怎么回事？

旗人入关第一步就是抢占耕地分给自己人用于奖励和稳定队伍。从皇室成员到王公大臣到军队将领，有功人员都有可以占有庄园田亩的定额。但原来的百姓怎么办？朝廷表面上也不白抢你的，在远远的没人占的地方补给你一块。这就是所谓的拨补。

这拨补的土地照样缴纳钱粮，有的拨补土地远在百里之外，百姓怎么耕种收获？不过你不是胜利者，你说不起。本书后边还要讲到于成龙奋力缓解因拨补带来的巨大痛苦的事。

这是于成龙为百姓解困减负的实在步骤：把不该交钱粮的人地负担拿下去进行消肿，为百姓省下了真金白银，乐亭县困顿的局面一下子得到了缓和。有这样的好县官，不知邻县百姓看着眼馋不眼馋。他用实际行动再次表明，乐亭百姓不惜以性命相搏换他回来，值！

康熙十一年（1672）

于成龙三十五岁。

金世德在写给朝廷有关于成龙的调查报告中写的"修学宫"指的是他重视教育教化的事例。学宫就是现在的学校。

二月下旬，于成龙带头捐出俸禄并倡导乐亭人捐款重修奎光阁。县学里的秀才姚延嗣③总理具体事务。工程七月完工。

科举考试是改变平民命运的重要途径，于成龙所处的时期也不例外，他修奎光阁不过就是营造良好学习气氛为乐亭百姓鼓劲加油，让大家多多鼓励支持子女读书的意思。在乐亭，于成龙支持教育的事例还有很多。

---

① 任丘县：今河北省任丘市。
② 三里社：今河北省唐山市滦州市三里庄村。
③ 姚延嗣：字振公，乐亭人，庠生。

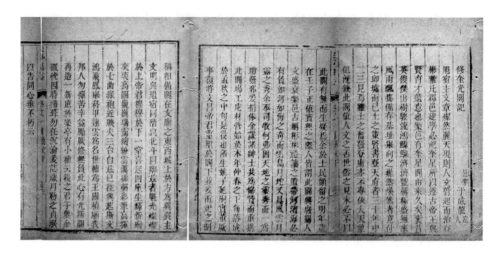

于成龙《重修奎光阁记》书影

于成龙所作《重修乐亭县奎光阁记》记载了此事。

奎星主文章和文运，在天空光辉灿烂。它一出现，人文兴旺，政治也会文质彬彬。大凡郡县建学校一定要祭祀魁星，这也是遵照古代帝王和圣贤的教诲培育人才的意思。

这是讲修阁的意义。开篇直入主题，爽利痛快。下边就是说乐亭修奎光阁的必要性。他幽默地说，这几年乐亭出人才不多，兴许就是这阁破烂不堪所致。

乐亭有奎光阁由来已久，过去这里出类拔萃的英俊人才豪杰层出不穷，极其兴盛。近年来风雨剥蚀，奎光阁颓败得只剩下了地基。可叹过去那高大庄严的奎光阁而今竟成了一堆废墟。乐亭读书人考中举人、进士的，三十年中只有二三人。虽说读书人考中功名不专靠天象，但既然缺少奎光阁，现在文运困厄的情况，生活在世俗中的人难保不会埋怨这事。

下边叙述的是修阁的具体过程和对乐亭灿烂辉煌未来的良好祝愿。在描述乐亭美景时，于成龙的笔调开始变得轻快活泼，文雅生动，有力唤起了乐亭百姓的自豪感和自信心。

姚延嗣这个年轻书生在修奎光阁过程中成为具体事务操办人，忙前忙后，受了不少辛苦。正因如此，他走进了于成龙的笔下，直到现在还能被我们知道。

乐亭百姓吁请挽留我的第二年（1672年）是壬子年，这一年正值乡试。人们都在说奎光阁的兴废关乎文运盛衰。

乐亭自古就是彬彬有礼的礼仪之乡，滦河为带，濒临大海，有如河如海的神奇之处，云勺岛、月坨岛又有风云月露之秀美。我在这里当地方官，何不凭借天地之灵秀，为乐亭文运兴盛尽自己的一分力量呢？于是，我捐出俸禄并和绅士们计议此事，赞助重修奎光阁，召集工匠，准备建材。当年农历二月下旬动工，七月中旬竣工。这工程实际是由秀才姚延嗣经手操办的。

我们再次将文昌帝君圣像重塑于阁下进行祭祀，形制也有了一定的规模。奎光阁在孔庙东南城墙上，位于县城东南，方位上属巽，象征文明。阁与天上魁星相和谐，与北斗星同时出现。现在，天上魁星光辉灿烂，地上文昌帝君端庄美好，一团喜气，可谓四座生辉。

新庙神采奕奕，高阁巍然矗立；瑞气缤纷，白云与星汉共相徘徊。文昌帝君于天上北斗七星高举彩笔，身上绿袍辉映着地下三台。从此后，祝愿乐亭文运大兴，人才辈出，连年登科如云，都成为声名赫赫辅佐国家的栋梁之材。

看，现在奎光阁也有了，大家就发奋读书吧。文思流畅自然，循循善诱。

希望我们乐亭学子，不要怕吃苦，要砥砺修习，不辜负我一片苦心，为此阁增光添彩，让乐亭文运焕然一新。希望此阁的建成可对乐亭有所补益。

后来的诸位君子请体察我微细的发心，及时对奎光阁进行修葺，任重道远。

于是我记下年月，刻此石碑，以告知与我同心之人，让他永远流传下去吧。

最后是文章思想的升华。修阁只是一时之事，但振兴教育则是千秋万代的大事，需要一代代持续发力，久久为功，语重心长。

整个碑记文笔简约畅达，意味深长，偶尔的幽默话语彰显了这位知县大人的执政自信和与当地百姓的亲密情感。行文风格颇得唐宋八大家韵致，想必他青年时代对古典文献用功颇多。

十一月二十七日，这一天竟然成为于成龙生命中的至暗时刻。谁都不会料到，他痛失爱子于永桢。

于成龙去永平府^① 会审案件暂时离开了乐亭县。

大盗李六等六十七人白天化装成过路旅客偷偷混进了乐亭城，肆意杀戮。

于成龙的长子于永祯率家丁奋起反击，终因寡不敌众被抓。他宁死不屈被贼人杀害外，家丁死伤各一人。守城把总陈柱国^② 挺身而出殊死搏斗，也不幸中箭被俘，贼人将他五花大绑，让他带路，陈柱国圆瞪双眼破口大骂，盗贼于是将其杀害。后来，盗贼六十三人被捕获，四人漏网。

为表彰于永祯、陈柱国等人的义勇，康熙皇帝下诏赐百金厚办丧事。永祯移葬于固安县南房村东南于家墓地。

乐亭濒临渤海，是直隶沿海第一大县，因便于向海上逃跑，历来匪患严重。这次盗贼偷袭乐亭人数众多，而且目标明确，最大可能就是对于成龙到任乐亭后铁腕剿匪进行报复。为加强城防，于成龙将马头营^③ 守备移到乐亭城内驻防。

直到今天，乐亭还流传着许多于成龙铁腕剿匪的民间故事。传说中于成龙疾恶如仇，百姓对匪患万分痛恨，给盗贼使用的是能够想象出来的最残酷刑罚，这是百姓心中愤恨怒火的宣泄。不难想象这些盗贼日常对善良无辜的百姓做过多少伤天害理的事。当读者看到后边于成龙实际处理案件情况的记录时，大家一定会对这些传说有新的认识。

当时的社会治安状况很差，普通百姓没有安全感。乐亭匪患并非个例：

---

① 永平府：今河北省秦皇岛市卢龙县。

② 陈柱国：卢龙县人，康熙十一年任把总。

③ 马头营：今河北省唐山市乐亭县马头营镇。

京师重地理应肃清匪患。近来朕听到京城内外恶棍横行无忌。有的借机讹诈，勒索欺骗钱财。有的公然抢夺，侵害扰乱集市。有的结伙横行，凶残地殴打良民。经常听到夜间盗匪抢劫，拿获的却很少。……奸盗不息、善良遭害……

三月十四日，皇帝给兵部、都察院、督捕衙门的一则旨意可让我们窥见当时社会治安的大概情况。

到后边，随着传记文字的展开，随着对于成龙铁腕治匪活动的深入记述，我们将更深刻了解当时的社会环境。

于成龙没有被盗匪所吓倒，盗匪的恶行更激发了他除暴安良的决心。他的一生大部分时间都在扫痞灭霸，保护那些善良无助的百姓。

康熙十二年（1673）

于成龙三十六岁。

这一年，有人弹劾原直隶山东河南总督白秉真通过欺骗手段侵夺赈济灾民银两。案情性质严重。

户部右侍郎马绍曾①、冬某②奉旨到保定查问此案。各州县主官都集合到保定对质。

于成龙根据自己了解的情况说：白秉真之前曾竭力为百姓捐献银钱、粮米赈灾。于成龙认为这是有人诬陷。他说："人不能昧着良心说话，我绝不能把没有的事说成有。"

冬某恼羞成怒，说非参于成龙不可。于成龙没有屈服，求见两位户部官员讲事实真相。等到这两名户部官员上奏案情时，于成龙的意见却被全部删除了。于成龙还因此被罚去了一年的俸禄。

---

① 马绍曾：字观扬。平湖人。顺治六年进士。历官刑部左、右侍郎，户部右侍郎。
② 冬某：或应为佟姓官员。

冬某为什么恼羞成怒？难道是因被调查人员中出现了不同声音吗？

于成龙与白秉真只有不到一年交集。康熙七年到八年也确实有过赈济灾民的事。于成龙本人所在的乐亭很有可能在此事上做得很好，经得住考验。他难道可以跟风捏造事实冤枉老上级吗？白秉真在直隶赈灾事务上确实出现了问题吗？众口一词正常吗？落井下石，墙倒众人推？

于成龙客观反映情况难能可贵，但他这次冒的风险太大了。回看一下：

康熙八年六月，吏部、兵部、刑部在审理鳌拜案件时曾向皇帝报告直隶山东河南总督白秉真曾向鳌拜行贿嘱托。皇帝考虑到向鳌拜行贿的官员太多，牵涉面太广，于是下旨："内外官员苟且贪图侥幸进步而舞弊的，一律从宽免罪。今后务必洗心改过，恪守法纪。如果不改过恶，仍照从前那样舞弊，一定从重治罪，决不轻易宽恕。"

康熙皇帝是从政治稳定上考虑的，为避免大的动荡而暂时做出饶恕白秉真等人的决定。但白秉真这事并没完。这次调查也许还是鳌拜案件的余波。于成龙的话很可能彻底终结自己的仕途。这是真正的忠诚老实，于成龙的做人品格令人称叹。

皇帝后来给他的评价是"憨直"，恰如其分。他的最终成功，跟他不同凡响的中正品格有关。

康熙十三年（1674）

于成龙三十七岁。

因去年秋天淫雨，滦河水泛滥冲毁了庄稼，乐亭百姓颗粒无收。春天，百姓难度饥荒，很多人流离失所。

于成龙再次请求朝廷赈济灾民。直隶巡抚金世德认为，正值吴三桂叛乱用兵，朝廷军饷匮乏，此时提出让朝廷拨款赈灾，时机不对，多有不便。但是他自己捐银两让于成龙用来赈灾。

原来，清廷入关后曾封云南吴三桂、广东尚可喜、福建耿精忠为"藩王"，以对付李自成农民军残部和南明政权。但随着局势稳定，"三藩"又让清廷感到尾大不掉。康熙十二年春，康熙皇帝决定撤藩。

吴三桂首先在十一月杀了云南巡抚朱国治，自称"天下都招讨兵马大元帅"，提出"兴明讨虏"，反了。吴三桂军由云、贵而开进湖南，几乎占据湖南全省。进而占据四川，四川官员纷纷投降。福建、广东、广西、陕西、湖北、河南、台湾等地汉官、汉兵和少数民族上层人士，一些地区的农民、奴仆都迅速响应。

当时的云贵总督甘文焜，曾是于成龙在乐亭当知县时的直隶巡抚，在镇远桥绝望自尽，可见情势危急。

这就是金世德所讲的对吴三桂用兵的大致情况。

回到乐亭，于成龙赶紧呼吁乐善好施的大官、富户慷慨解囊，最后筹集了三千石米。他亲自到受灾村落按名册分发，使百姓熬到麦收，接济上新粮。

七月，乐亭又遭阴雨，河道再次泛滥，城东平地水深达二三尺。河流泛滥十三次，都是由溃堤决口向西灌注新寨①，新寨一带遭灾最严重。

于成龙身先士卒，带领百姓深浚河道，开始治理滦河。据乐亭史料记载，经这次治理，滦河十年没有大的泛滥。

有必要说说金世德此番表现。他的政治视野很宽，国家有战事，前方吃紧的情况下，如何解决百姓疾苦？安得双全之法？他给于成龙做了很好的示范。

于成龙见不得百姓苦难。他把扶危济困作为第一要务，但这个时候，他还不可能像金世德这样老练。

金世德的为政品格一定会对于成龙产生积极影响。

于成龙这两年进入了我们常讲的人生低谷。

前年盗匪袭击乐亭的案子还没完。这次不是于成龙抓盗贼，而是因偷袭乐亭的六十七名盗贼未能全部抓获，吏部认为于成龙应降级调离。

于成龙又一次在乐亭位子不稳。

直隶巡抚金世德特别欣赏于成龙的才华，经常称赞他为"济世弘才"，因此向皇帝请求准许于成龙留任。

吏部不准。他们恐怕还记得百姓叩阍的事。于成龙那时候就给吏部添了麻

---

① 新寨：今河北省唐山市乐亭县新寨镇。

烦。这一次他们不准备高抬贵手。

皇帝驳回了吏部的奏章，命再议。

于成龙最终得以留任乐亭。一个县官的去留竟然再次惊动了皇帝。

表面看来于成龙没有彻底肃清偷袭乐亭的盗匪是失职，但这些人杀了他儿子，他怎么可能不想将这些人一网打尽？吏部依的是相关律法，抠的是条文，至于涉及谁他们并不特别关心，这看起来很冷酷无情。他们需要通过这种手段督促基层官员卖力气干事，完全彻底抓获盗贼。但这个政策在执行时出现了很多问题，这是后话。

关键时刻，又是仰仗金世德挺身而出仗义执言。能摊上这样的上级可真不容易。惜才爱才，关键时刻伸出援手挽救人才，实在难得。于成龙的一生多亏了这些贵人相助。

两次因失误被提议降职调离，都因皇帝特别开恩才得以避免，于成龙更感到自己应当勤勉奋发办事来报答皇帝。

但凡遇到这种事，不外乎有两种心态。第一是看破红尘急流勇退，再有就是于成龙这种心态：反求诸己，有韧性，抗挫折，抗击打，"吃一堑，长一智"，积极寻找走出困境的机会。当然，前提是有机会爬起来。

没有金世德拉他一把，于成龙的政治生涯最后能成个什么样子呢？不好讲。

康熙十四年（1675）

于成龙三十八岁。

通过去年治理，乐亭县迎来大丰收，还出现了一棵麦子长出两三个穗头的情况，乐亭民生大为改观。

这一年，蒙古察哈尔部落因长期战乱，人心浮动。察哈尔王林丹汗之孙布尔尼①见吴三桂南方叛乱拖住了清廷手脚，认为脱离清廷时机已到，于是在三月

---

① 布尔尼：孛儿只斤·布尔尼，蒙古族，漠南蒙古林丹汗之孙，蒙古察哈尔人。清初察哈尔亲王，蒙古族布尔尼氏得姓始祖之一。

二十五日举兵反清。

康熙皇帝有进取心有血性，特别是在他青年时代，对于分裂挑衅行为概不欠账，直接就动手了。

多罗信郡王鄂扎[①]为抚远大将军，大学士图海[②]为副将军，护军统领哈克山[③]、副都统吴丹[④]、洪世禄[⑤]为参赞，四月五日奉命率兵东出山海关讨伐布尔尼。不足两个月，叛乱被平定，蒙古王公全部顺从了清廷，清在漠南蒙古的统治从根本上得以确立，此役战略意义重大。

于成龙参与了军队过境的物资保障事务。

出征平叛的军队从永平经过。知府唐敬一[⑥]担心供应大军出现差池，传书令于成龙负责操办此事。跟军队打交道，唐敬一心里没谱。

他鼓足力气拨给于成龙七百两白银办差，心里还怕应付不过去。结果于成龙只用了一半就把大军送出了辖区，唐敬一对此赞不绝口。

当时有个叫郑四国[⑦]的同知，平常和于成龙关系不太好，看到于成龙这么有本事，也对于成龙心悦诚服。

为什么唐敬一单单选中于成龙担任此事？这也显示了唐敬一的睿智。

军情紧急，倘若误事，动不动可就是"斩、正法"，遇到厚道点的将军还好，遇到那鼻孔朝天骄横无比的，那就不好"拆兑"。清初军事上总体的顺利，造就了军官们的傲气，地方官统统不在他们眼中的。

这次并非于成龙运气好，也并非单纯花钱多少的事。他办事精干，威信高，在同级官员中是佼佼者，容易把事情办得更妥当细致；还有个更重要的原因，于成龙虽也是汉族，但他却是旗人，他父亲于得水也在军方，这就决定于成龙

---

① 鄂扎：爱新觉罗·鄂扎，清朝宗室，满洲镶白旗人。豫通亲王多铎之孙、信宣和郡王多尼第二子。

② 图海：马佳氏，字麟洲，世居绥芬河（今黑龙江省东宁市），隶满洲正黄旗。

③ 哈克山：佟佳氏，满洲正蓝旗人。

④ 吴丹：纳喇氏，满洲正黄旗人，叶赫金台石曾孙。

⑤ 洪世禄：瓜尔佳氏，满洲镶红旗人，世居瓦尔喀。祖噶锡屯，归太祖，授世袭牛录额真。

⑥ 唐敬一：永平知府，据考为遂宁黑柏沟张氏家族，与张鹏翮同宗。乾隆年间诗人唐乐宇曾祖，有《续永平志》。

⑦ 郑四国：山东乐陵人。字帅之，顺治二年乙酉科举人。由会试副榜入榆社县令。刑清政简，升永平府同知。

与以旗人为主体的军方沟通更顺利些。

知人善任是好官的特质。随随便便挑个官员前去，砸锅不说，也会连累到自己。这些原因恐怕唐敬一并不会说出来，官场上很多话并没有人明明白白地告诉你，就算别人打问，也只是一句："本官自有安排。"

少花钱，多办事，不误事，不辱使命。活儿扎手，难伺候，但于成龙以实际行动再次证明了自己的才干。

郑四国这个人看来很有个性，一般人他看不上眼。他能对于成龙出色的办事能力心悦诚服，说明他也是个耿直眼高之人。正直之人与正直之人一定就会融洽？未必。生活中像郑四国这样的人挺多。

四月，于成龙生父于国安去世，安葬于直隶固安县南房村西南家族墓园。

河北固安南房上村于氏家族墓御赐汉白玉碑遗存

于成龙天生孝顺。父亲于国安患病时，他回固安南房村把他接到乐亭县官署住处将养，日日侍奉汤药。在县衙内宅住下的国安却怎么都不自然：成龙既然已过继给了堂兄于得水，做官又清贫，他不想给儿子添麻烦。没住几天，于国安就要回固安南房村养病。

于成龙痛彻心扉，他给父亲跪下痛哭流涕进行挽留，并叮嘱勉励弟弟于攀龙在太学好好读书。这一切给了父亲很大安慰。儿子争气，有本事，于国安心里痛快。

不久，于国安去世了。于成龙因过度悲伤而病倒，后来竟到了水米不进的程度。

一天晚上，于成龙梦见了父亲：父亲用手反复抚摸他胸口。白天醒来，于成龙把存在身体里的秽物翻江倒海般呕了出来，身体开始慢慢痊愈。人们都说这是孝心感动了天地：骨肉至亲，魂来梦往，虽生死悬隔，还是彼此惦念。

祸不单行。

五月，于成龙又失亲人：结发妻子李氏去世。二十三年相濡以沫，李氏给了于成龙莫大的支持，为他生下了儿子永桢。三年前，于永桢被凶残的盗贼杀害，丧子之痛摧垮了李氏的身心，她再也支撑不下去了，虽万般难舍。

康熙十六年（1677）

于成龙四十岁。

为防土匪再次作乱，于成龙提请将刘家墩①守备移驻乐亭城内，加设把总一员，并派遣千总一名驻守滦州。

于成龙在乐亭十余年如一日，保持着清白的操守。大凡市井百姓苦乐，政事利弊兴替，官员百姓贤良与否，他都了如指掌。政事或兴起或革除；治理百姓或宽松或猛烈，都力争让百姓特别满意为止。

唯其操守清白，他才可能对百姓疾苦、社情民意了如指掌，正因深知施政对象情况，处理政务才游刃有余。

他不畏豪强，也从不会迎合上级的喜怒。大凡有使者往来，或是上级乃至办差的官人，即使因公通过县境，都是于成龙自己供应接待，从不去麻烦乡里百姓。

过去，除去正赋之外，乐亭每个男丁每年还要向县里交四五千钱，就是富豪也要出两三千钱，官员们称之为"杂费"。过去的官员收这些"杂费"都有自己的"道理"，振振有词，于成龙在任时把这些"惯例"全部废除了。这需要很大的勇气。

---

① 刘家墩：今河北省唐山市曹妃甸区刘家堡村。

他修城墙，修官署，更新文庙，也从不给百姓添麻烦。那些有余力的百姓很乐意参加进来帮他。

趋利避害是人的天性。比起耿介自持，趋炎附势往往更容易成为有些人的第一选择。

作为官员，不迎合上级喜怒比不畏豪强容易不到哪去。为长官喜怒所左右，忘记国家法条，可能一时为上级首肯，但就长远来说可能危害国家，给自己、给上级挖下深坑。下边这个事例很能说明一切：

旗人金某，知道城中姚家富裕，就趁夜间将自己家小仆人放入姚家花园。

第二天，他跑到县衙告状说："我家仆人跑了，让姚家给藏起来了。你把他抓回来还给我。"口气甚是霸气蛮横，谁呀这是？这底气来得蹊跷。

姚家也在家里发现那个小仆人，带着小仆人赶到县衙告状。

于公将人拘了，通过审问，了解清楚事情原委，他微微一笑，马上写报告准备把仆人交到刑部处置。事情闹大了，不好收场！金某哑巴吃黄连，想把迈出去的腿收回来。于成龙要给金某这样的欺心恶人一个教训，绝不收回成命。

金某同于成龙争求半天也不管事，就退一步想亲自护送小仆人到部里去：你不是不给我面儿吗？你倒是看看我自己有没有本事斡旋拆兑。刑部了不起啊，咱也平蹚。于成龙一口否决。金某一下就傻眼了。

眼瞅着要鸡飞蛋打，金某就说："我是你们巡抚（金世德）的叔叔，你干吗这么跟我过不去？"

谜底揭穿了。这小子抬出了于成龙的顶头上司来压于成龙，这招好使吗？他万万没想到今天算碰到了硬茬子，于成龙直接给他顶回去：

"乐亭县如今凋敝到这个程度，哪还禁得住你们这些人欺诈陷害百姓。就算你是巡抚的叔叔，我也一样严惩不贷！"

这番话告诉了金某人三层意思：第一，你侵害百姓我不容你；第二，你作为官员家里人竟然办出如此无耻之事给官员丢脸抹黑；第三，你想拿大帽子压我，仗势欺人，在我这里全部不好使。

后来巡抚金世德也听到了这个事。毕竟是牵扯到自己家里人，也必然有家属慌慌张张跑过去找他腻腻歪歪地给于成龙上药儿，金世德心里有些不悦。听到这个消息，做侄子的还兴高采烈也不正常。

康熙九年、十三年这两年中，金世德在于成龙仕途最凶险时曾力保于成龙，是于成龙最贴心的上级。于成龙因此拜见巡抚金世德给老上级赔礼。

金世德说："我并不介意。只是今后再有类似的事，你先让我知道比较合适，别这么急着处理才好。"

时间久了，金世德更知道于成龙这个下级有风骨，对他也更加器重。后来推荐提拔于成龙任通州知州，可见金世德的人品非常端正。

金世德没有干扰于成龙办案的意思，他可能更生气的是当叔叔的怎么变着法儿给他丢脸。在这种情况下还能更加器重于成龙，这不是一般官员能办到的。大部分人是"你不给我面子，那你走着瞧"，而不管事情的原委是非曲直，明里强打笑容暗地里使绊子报复。金世德这样有品德操守的官员不会办这么愚蠢小气的事。

设想一下，如果金某此次得逞，下次说不定还会惹更大的事，如果再打着巡抚叔叔的旗号做出更大的坏事，金世德因此受连累也未可知。于成龙毫不客气地给金某人一点教训，也是对上级高尚品德的捍卫。

于成龙如此这般刚正不阿的事还有很多，百姓从心里感激他。

张一跃①是从乐亭走出去的官员，官儿当得好，特别是他孝顺父母友爱兄弟让人佩服，是乐亭百姓敬重的名人。他担任邵阳县令时，他的母亲去世了，他应该回家丁忧。巡抚大人认为他平靖地方安抚百姓水平很高，他走不开，就打算向朝廷提请免去他丁忧，让他留任办差。张一跃几番痛哭请求，终于让上级收回了成命。大家都为他的孝心所感动。

家乡的变化，张一跃看在眼里，他由衷敬佩于成龙为人。那一年恰好乐亭大丰收，阖县百姓欢欣鼓舞，他写下《瑞麦志》赞美于成龙的德政。

张一跃写道：

"天下没有不受影响的气运，不易改变的反倒是人心。在上之人存虎狼之心自私自利，把民生福祉置之度外，人心抑郁背离，戾气就产生了。水旱、害虫、恶劣天气、冰雹、大雾等都是戾气所致，气运也就会衰败下去了。

"在上之人慈祥、孝悌，亲近百姓，恪尽职责，人们心悦诚服，天地之间和

---

① 张一跃：直隶乐亭人。顺治间拔贡。历任绍阳、万载、开化、黄安令，擢知黄平州。悉有循声。性孝友。康熙五十三年，祀乡贤。

气就产生了。风调雨顺、甘露、好庄稼、祥瑞的谷穗等都是和气的产物，气运自然会旺盛。所有乖谬与和谐，旺盛与衰败，难道不是人为的吗？"

文章回顾了于成龙在凶年荒岁来乐亭后，时刻以安抚百姓为怀，用恩德召回流浪百姓，让失业的贫民安居乐业，德政的美名传播到四面八方。他的事迹很多，文章不能写尽。于成龙因事失去乐亭官职时，百姓惶惶然如失去父母，匍匐在地叩阍向皇帝请愿，迫切要求于成龙留任。等皇帝答应之后，百姓欢喜得手舞足蹈，像疯狂了一样。

文章记述了于成龙复任乐亭之后，慎重刑罚，减轻赋役，查禁奸人，捕捉盗贼，对百姓的痛苦勤加抚恤，比从前更加努力的情况。

文章谈到，于成龙看到乐亭滨海，本来被圈占后土地所剩无几，竟还有不少土地被抛荒。他责令百姓自己认领土地耕种，并且亲自鼓励耕种，宽免赋税，于是乐亭就再也没有荒地了。

当时，城中的恶少成群游荡赌博，后来渐渐发展成盗贼。于成龙严加禁止，他在每个小巷口都安置了栅栏，每到夜晚亲自巡查，于是乐亭再也没有深夜被惊动狂叫的犬吠之声了，一片安详。

乐亭西南角外城被洪水冲坍，于成龙捐资买了石灰全部修砌一新。坍塌更为严重的是内城。他带头捐资不算，还倡议全县士绅、商铺捐资，雇人修筑，一点也不麻烦县里的百姓。没几个月，城墙彻底修筑坚固了，乐亭于是有了坚固的城防。

在文章里，张一跃还记录了于成龙的一个大胆举动：于成龙发现乡里催逼赋税已成为公害，仅用一天就废止了这种做法。他让百姓自己包好应缴赋税投到柜子里去。百姓很高兴这样做，这其中也就没有了更多的负担。

即使从现在的目光看去，于成龙这种做法也是何其大胆与自信。他与百姓间建立起了牢不可破的信任。

面对那些以死相拼挽救自己的百姓，他还有什么理由担心他们会做出格之事！

直至今日，我们仍要为乐亭百姓的淳朴古风击节叹赏。

文章接着写道：康熙十四年，乐亭大丰收，田野里出现三穗、五穗麦子的消息接踵而至。田夫野老开始是惊骇，后来是歌咏，他们把祥瑞的出现归功于知县大人。

于成龙听到后说:"京东几十个州县、永平府的几个州县都这样,怎么会单单落下乐亭呢?"冷静、幽默又谦虚。

张一跃有感于于成龙的虚怀若谷。他说,高尚的品德必然招致祥瑞出现。他认为国家若想长久延续繁荣的运势,完全依赖于成龙和他子孙这样的有德之人。

这一年,前妻去世已经两年,于成龙续娶了周氏为妻照料家务。

康熙十八年(1679)

于成龙四十二岁。

这一年,于成龙二儿子于永裕出生。永裕的出生使于成龙满是沉重阴霾的心里透进了阳光。似乎他的命运开始走出低谷。

这一年,直隶巡抚金世德推荐于成龙做了顺天府通州知州。

于成龙离开乐亭时,乐亭士绅赶到县衙为他饯行,大批旗人和汉人百姓到郊外送别,老幼簇拥着于成龙的马头流泪不止。于成龙也流泪不止,安慰大家,劝大家回去,大家就是不回去,有的人则一直把他送到通州任所才返回乐亭。

这就是乐亭百姓,为自己喜爱的官员舍生忘死,为自己喜爱的官员遮道哭泣百里相送。实质上,哪里的百姓不重感情啊,关键看有没有遇到他们值得动感情的人。

乐亭百姓在重压之下生活得太久了,于成龙伸过来的那双温暖的大手,他们舍不得松开。

于成龙曾说:"百姓有田地他自己耕种,百姓有家口他自己养活,我为此做了什么呢?该缴纳钱粮时,我也不许他们延期;应接受刑罚时,我也不可能都废除。百姓为什么还对我恋恋不舍呢?不过是我没剥削百姓,没做过分严苛的事。百姓有是是非非,我从来没偏向过谁。为民兴利除害,我一定让他们满意。这大概就是百姓不舍弃我的原因吧。"

"没剥削过百姓,没做过严苛的事,没有偏向过谁",这种谨守官德,这种冲淡平和，这种不偏不倚，说起来平平常常，但在那个时代能做到这种程度的官员何其少也?!

百姓总把本分公正的官员称作青天大老爷，演绎出一幕幕洒泪送清官的故事。这既是受到恩惠的百姓实实在在的心理反应，但从某种意义上说，又何尝不是一种悲哀!

"为民兴利除害一定要让他们满意"，此话出自一位三百年前的古代官吏之口，振聋发聩，发人深省。我们千万不要忘记于成龙说过的这句话，不然你很难理解于成龙不管走到哪里身后总有一大批追随者这种奇特现象。

其強項不阿多類此以故民感入肺腑去之日紳士儓於署旗民送於野老幼擁馬首涕泗長洗不絕公隕涕慰勞遣之不去有送至通州始遣者公嘗曰民有田自耕之民有家自養之余何與焉且錢糧未許愆期刑罰未能盡廢民何戀戀於余哉余惟無所剝削於民又不為刻浚之行是是非非無所偏向而凡為民興利除害必如所願後已此民之所以不能捨余也十九

《如山于公年谱》书影

这一年还发生了一件"惊天动地"的大事件。于成龙的仕途生活也因此迎来重大转机。

七、通州知州与抗震救灾

让皇帝下了《罪己诏》的大地震。草棚中办差的知州大人。他敢
叫皇帝的仪仗扛船过桥。刑部尚书发给州县鞭子惩罚旗人恶棍支持于
成龙。他的名字被康熙皇帝写在了屏风上。"爱而公"——永远的追求。
"前于后于,百姓安居",康熙政坛的不朽佳话。

康熙十八年(1679年)七月二十八日,京师及周边地区发生了有文字记载
以来前所未有的大地震。震中位于平谷、三河县,震级应有八级。灾害波及河
北、山西、陕西、辽宁、山东、河南,破坏十分严重。

《广阳杂记》记载:"京城倒房一万二千七百九十三间,坏房一万八千二十八
间,死人民四百八十五名……"

释大汕[1]《离六堂集》记载这次地震死亡一万七千人。死伤者中包含很多官
员:内阁学士王敷政[2],掌春坊右庶子、翰林侍读庄炯生,原任总理河道工部尚
书王光裕[3],大学士勒德洪[4]受重伤……王光裕的名字此前因治河经常出现在官
方史料中。他是高官,房子应该比一般百姓的结实,竟也遇难,可见此次地震

---

① 释大汕:本姓徐,字石濂,江南吴县人。
② 王敷政:字代工,号澹庵,原名敬正,字寅卿,山东淄川人。堂叔王樛死后无子,遂
   由王敷政承袭世爵,后升内阁侍读学士。
③ 王光裕:字中立,汉军正白旗人。
④ 勒德洪:又名爱新觉罗·德勒浑,满洲镶黄旗人。清代王公大臣,历任光禄大夫、议
   政大臣、武英殿大学士兼礼部尚书,户部尚书,以功封二等男。

破坏之惨烈！

《光绪顺天府志》记载："（康熙）十八年七月庚申，京师地震。通州、三河、平谷、香河、武清、永清、宝坻、蓟州、固安等处尤甚。蓟州地内声响如奔车，如急雷，天昏地暗，房屋倒塌无数，压死人畜甚多。"

清顾景星①《白茅堂集》记载："七月二十八日庚申时加辛巳，京师地大震，声从西北来，内外城官宦军民死不计其数，大臣重伤。通州三河尤甚。总河王光裕压死。是日黄沙冲空，德胜门内涌黄流，天坛旁裂出黑水，古北口山裂。""大震之后，昼夜长动（余震频发），先是正月至三月京师数黄雾雨土，夏，各省告旱。"

皇帝下了《罪己诏》检讨自己的过失，内外大臣也都写了检讨自己的奏疏，求上天减轻惩罚……君臣写下的检讨能不能感天动地不好说，通过自然灾害联想到自己为政方面的过失并非一件坏事。

通州城乡在这次地震中也都成了废墟瓦砾，标志性建筑燃灯寺塔也倒塌了，舍利佛牙坠落在地，后被收于胜教寺中。

于成龙在危难中赴任通州。

到任后他发现天灾之外，更严峻的是人祸：通州土地已完全被旗人圈占，当地百姓没有了赖以谋生的永久地产。这对百姓的伤害是致命的。

天气久旱，粮米、豆、草价格飞涨，官吏和百姓凄惨无比。通州衙署满地蓬蒿。他办公地点就设在席棚里。

于成龙召集流亡百姓，保证他们能休养生息。他吃的俸米只在官仓支领。吃蔬菜就到集市上自己买，国家正赋除去丁银之外一点也不给百姓增加负担。在支给疏浚修筑运河浅夫②的工钱时一点也不克扣，都是按时足额发放，大家无不感激于成龙。

有条不紊，从容镇定，这就是于成龙的风范。正赋之外一毫不取，辛苦钱应发尽发，这就是于成龙清廉刚正的品德。他和家里人像百姓那样清苦地生活。

---

① 顾景星：字赤方，号黄公。今属湖北蕲春县蕲州镇人。

② 浅夫：疏浚沟渠、打捞沉船的夫役。

通州文庙孔子像

他在用实际行动减轻百姓情感上的痛苦，激发大家渡过难关活下去的韧性。于成龙直接地气。

通州灾后重建工作也在这位新任知州的带领下迅速开展起来。

于成龙重视学校的教化作用。康熙十九年、二十年，在大震后的废墟上，他视察了被夷为平地的文庙、启圣祠等文化设施，他每月的初一、十五都要到文庙废墟那里拜谒圣人，给通州的读书人心灵以强烈震撼。

他围绕着废墟查看，长叹道："我不忍坐视学宫被摧毁，我们要把学宫修起来。"他把孔庙西边的堂舍安排给县学诸生做读书课堂，开办了义学，并捐出俸禄组织重修学宫。从康熙二十年九月开始动工，康熙二十一年五月告竣，历时九个月，一座崭新的文庙再次屹立于通州百姓面前。

大地震后的萎靡与哀愁得到洗刷，百姓向前奔的心气被重新振作了起来。

康熙二十年秋天，于成龙倡导在通州的山西商人捐资，选址通州北关修建供奉观世音菩萨的庙宇大悲禅寺。

八年后的康熙二十七年，已任直隶巡抚的于成龙，受邀撰写了《大悲禅林碑记》来纪念此事。《碑记》描述了通州过去繁庶的景象，表达了在大地震后祈

求观音菩萨护佑天下苍生的愿望。《碑记》结尾处写道:

> 众生当体菩萨大悲之意,毋迷正宗,毋堕邪径,毋忽因果,毋昧
> 休咎。忠孝贤良之节守之勿失;匪彝蹈淫之习翻然丕变。以之为己则顺
> 而祥,以之为人则爱而公,以之为天下国家,无处而不当,则得之矣。

"忠孝贤良","爱而公",这何尝不是于成龙一生为官做人品德的写照。他是真正的知行合一。

雍正八年秋,大悲禅寺住持智禅看到原碑石质不佳导致碑文毁损严重,倡导通州人选择优质石材重新翻刻了碑文。

康熙二十一年,于成龙将原察院衙署内的东西配房修复后作为试院。其他有利于教化的祠、守、表、坊也都陆续修复或重建。

当时的通州学正徐人望[①]等人找到吏部尚书张士甄[②]说:"我们要给于公立碑,牢记他给通州立下的功劳。我少年时开始游学,虽今天当了官,还要向他学习。大人是通州考出去的学子,给于公写文章的事可不应推辞啊。"张士甄欣然写下《通州重建儒学记》作为碑文。碑文中特别提到了皇帝听到于成龙执政美名,将其姓名写到屏风上以示欣赏这个细节。一时朝野上下传为

《通州重建儒学记》碑

---

① 徐人望:直隶祁州人。康熙年间任通州学正。为人正直和蔼,待人如春风暖阳。每月都要给县学的学生讲课,穷究义理文法,娓娓动人。
② 张士甄:字绣紫,号铁冶,清代通州人。顺治六年进士,累迁升刑部尚书,后改任礼部尚书,再转任吏部尚书等职。

美谈。

徐人望身为学正，是主管通州教育的官员，代表了通州学界的共同心愿。张士甄从通州考出，历任刑部、礼部、吏部尚书这样的高级职务，无论是执法还是选贤，都公正公平而不徇情谋私，他是通州人的骄傲。于成龙赢得了通州人的心。

在通州，于成龙曾和户部郎中宋之儒①先后为张氏题字，看看这位女性身上有什么故事吧。

张氏原来是无锡籍通州教谕龙起化的妾。

龙起化做官时以身作则，贤声卓著。当时学宫弟子立碑赞美他"清直廉厚"。崇祯十六年，龙起化做了国子监学正，学问着实了得。

这年通州暴发了严重的疫情，龙起化和妻子袁氏以及他们正在县学读书的儿子龙命相、龙命佐等三十多人染病死亡。张氏及袁氏所生的两个幼子龙命延、龙命锡侥幸活了下来。

张氏刚二十四岁。她看到孩子幼小无人照料，于是立志守节，没有改嫁。两个孩子不是自己亲生的，但她当成自己亲生儿子，从未放松抚养教育，直到命延、命锡二子长大进了县学、国子监读书。龙家的香烟因张氏得以延续。张氏六十岁去世。

户部郎中宋之儒为她题写了"闺内伊周"②匾额，通州知州于成龙为她题写了"柏舟雅操"③四个大字，表达了对这位女性的敬重之情。

于成龙特别善于办理诉讼案件。他忠诚律令，讲究诚信，明察决断，当地顽劣而不通情理的坏人都怕他服他。

于成龙在官衙设置了一面自拘牌，谁打官司自己传人和集合人。过了规定的时间还没有集合好一律打板子，绝不饶恕。因此只要传叫，相关的人很快就会赶到。人到了就审，审完没事立即散去。没有平常官吏那些烦琐公文的扰害，百姓非常高兴。

于成龙这个做法实属创举。案子涉及的多是一般的民事纠纷。官员使用这种极简版的诉讼程序必须有崇高威信做基础。如果经常出现相关人员因不按时

---

① 宋之儒：字二尹，江都人。

② 闺内伊周：意为家庭内伊尹和周公一样的贤人。

③ 柏舟雅操：化用《诗经·柏舟》，比喻女性坚贞自主，道德高尚。

到打板子的情况，那就证明这个办法没得到认可。

于成龙若没有对社情民意的充分了解，没有多年在此任职建立的自信，断然不敢用这办法。通州百姓如果不是对他心悦诚服，"打板子我还不去呢"，这就成笑话了。

这办法既节省了当事人时间，也充分淡化调和了矛盾。说通了就各自散去，而不是演变成诉讼双方死缠烂打的局面，最终结下世代冤仇，无疑也减少了官员差役从中玩弄伎俩渔利敲诈的机会。

脑补一下这种状态：于大人在堂上听完两边陈述，寥寥几句判断，两边息诉罢访。看上边的这段记录你似乎还能读出大堂上的气氛并不那么阴森，还仿佛让人听到偶尔的破涕为笑。说到底还是个信服，不然这招儿不好使，你也不敢使。

我们在历史类戏剧中常见到的是包揽词讼、翻云覆雨、颠倒黑白、屈打成招、暗箱操作、官官相护。贪官污吏还得通过打官司判案子抖官威收好处，于成龙的这个办法他不可能使：你不是爱打官司吗？管够！

看看下边这个史料记载的有趣案例，同样可以领略于成龙判案的风采。

通州曾发生过兄弟三人争家产的官司：两个哥哥在县学读书，弟弟做买卖。都传说他家过去埋藏过四坛银子，弟弟挖到了，于是一下子特别富裕。两个哥哥想入太学需用银子，就向弟弟借钱，弟弟不给。于是当哥哥的急了，以分家不均为理由告到了官府。

弟弟向于成龙行贿千两白银，想让于成龙治他哥哥诬告的罪名。看来当弟弟的手头还真有钱。传言并非空穴来风。

于成龙大怒，传叫了他们三兄弟和他们的子侄辈，责罚他们不讲兄弟之情，要以"大不悌"的罪名制裁他们。这个罪名非同小可，归于"十恶"中的"不睦、不义"，而并非现代的一般民事纠纷，弄不好会被板子打死。按道理这也不是什么人命关天的大事，于成龙有必要这么大怒吗？电闪雷鸣地吓人。有。

这时，县学的学生都来官府劝他们弟兄和解，息讼，劝弟弟出钱帮哥哥入国子监读书，并帮他们写下协议避免将来再发生纷争。

于成龙实际是要成全他们骨肉亲情，也就依从了学生们的提议，没有治这个弟弟的罪。我们甚至怀疑学生们就是于成龙安排人叫来的。那些人都是于成龙的铁粉。聪明学生从中悟出了于成龙办事的道道儿，暗中受到启发也未可知。

在案件处理上，于成龙虚张声势，顺水推舟，既保全了弟兄之情，又向百姓做了孝悌的宣扬，可谓充满智慧，灵活慈善，一举多得。

这个做弟弟的宁可向官员行贿也不帮助家里弟兄，可发一叹：确实该打屁股。最后把钱拿出来帮了哥哥也就算了，这桩难断的家务事总算有了完满结局。

即使到了现代，于成龙民事调解的功夫也大有用武之地。

下边这个案子和赌徒有关。

有个姓王的赌徒和徐家兄弟赌钱把自己爹活活气死了。于成龙大怒，打了王姓赌徒五十大板，要把他处死。但通过讯问知道王某是个独子，就教训他说："你该死，先放你回去安葬好你父亲，等事儿办完了马上回来受死就完了！"徐家兄弟也因与王某赌博惹了大事而担惊受怕。王某安葬完父亲，果真就回来受死。

于成龙问："你不怕死吗?！"

王某说："我父亲让我气死了，我还活着什么劲儿。"

于成龙说："你还知道悔罪自新，那我就给你留条命，让你给你父亲传递香火。"杖责之后就放了他。

第二天，徐家兄弟焚着香也来感谢于成龙。

于成龙问："我没轻饶你们，谢我干什么？"

徐氏兄弟说："我们遭遇这样的祸事，都觉着这回肯定家破人亡。今天我们只挨了顿板子一个钱也没破费，所以谢谢大人。"

后来，这三个人都成了良民。

看了这个案子，就知道于成龙使用自拘牌不是盲目自信。王某能把自己亲爹气死，倘若回家之后一溜烟跑了，于成龙也就成了笑柄。于成龙心里有底。

下边这个案例，也可见得于成龙的断案智慧。很有代表性。

有个乡下人，背着柴火要到集市上出卖。他把自家的两匹布就捆在了柴火上。走累了，在个书生的家门口歇脚。恰好书生走出门来，和乡下人彼此聊了几句闲话儿。一来二去，布没影儿了！奇也不奇！变戏法一样，自个飞了?！

乡下人就在书生家门外大声疾呼讨要自己的布。书生说他这是诬陷，有辱自己的斯文。没办法，乡下人到通州衙门告状。

于成龙当庭审问，问清乡下人丢失布匹的颜色、长短，秘密派人到书生家，谎称受书生之托来取布。来人说的布的颜色长短都对上了号，书生家就放心地把布给了来人。到了衙门，赶回来的衙役当堂把布拿出来给乡下人看，一点不差。于成龙把布还给乡下人让他拿走。乡下人把头磕得当当响，感谢于成龙。

明修栈道，暗度陈仓，不动声色，不留痕迹。不过怎么没让乡下人接着听听如何处置书生呢？于成龙的处置办法里边有讲究。

书生吓得面无人色，一句话也分辩不出，像被捆绑的粽子一样战抖着站在于成龙桌边，心里想，这下完蛋了。读书人知道自己犯的事是个什么性质：开除学籍还是轻的，关键是这顿板子没人替他挨。要知道伸手必被捉，干了如此下作之事，现在吓得屁滚尿流，何苦来呢？

于成龙压低声音对书生说："你这无耻的家伙，怎么还不给我滚?！"

通州人都佩服于成龙断案如神，更佩服他高抬贵手没给书生动刑，培养他的廉耻之心，对他进行挽救的仁慈态度。

于成龙维护了乡下人利益的同时，并没有像有些官吏大发淫威，借以扬名，他点到为止，给了书生洗心革面的机会。不过看书生所作所为，将来还能有很大作为吗？经过这次教训，他真把自己小手小脚的毛病改掉也就好了。

看到这里，忽然想起《儒林外史》中回教老师傅给县官送了点牛肉，想让县官允许破例宰杀受伤残疾耕牛的故事。

汤知县为了给范进等人亮相抖个威风，听了张敬斋的屁话，忽然翻脸大怒，骂一声"大胆狗奴才"，将老师傅"重责三十板，取一面大枷，把那五十斤牛肉都堆在枷上，脸和颈子箍得紧紧的，只剩得两个眼睛，在县前示众"。牛肉第二日就发臭腐败长了虫子，扛枷的老师傅第三日就活活被整死。

小题大做，滥施官威，结果百姓不干，围了县衙让狗官赔命，吓得那知县抱头鼠窜。

对照着看，于成龙的宽严适度、为政有德让人叹服。

下边这个案子可就不简单了。

有个叫杨玉坤的被刘某欺骗，错误投靠了旗人李某家。这个案子告到户部，户部判定杨玉坤脱离李家重新成为汉人。

多大点事就惊动了户部？

《大清律·名例》规定："凡旗人犯罪，笞杖各照数鞭责。充军留迁，免发遣，分别枷号。"枷号折抵法是减轻对旗人惩罚的变通办法，比如仅次于死刑的充军可折抵枷号七十到九十日，真犯死罪以外的杂犯死罪者也可枷号。"消除旗籍"即将旗人降为汉民，是旗人特有的处罚方式，社会地位降了一等。

其次需要注意的是司法方面，旗人案件由特定机关审理。京师平民旗人由步军统领衙门审理，旗人贵族由宗人府审理，民事案件由户部的现审处审理。地方官员可审理地方涉及旗人的案件，但无权判决，只能提出审理意见，交由相应的满人审判机关——理事厅处理。理事厅专门负责协调八旗驻军和地方关系，官员也都由旗人担任。

旗人的刑罚执行也是不同于汉人，减等发落：斩立决者可减为斩监候，刺字时不刺面而刺臂，徒刑则有专门监狱。

特权法使很多旗人"自恃地方官不能办理，固而骄纵，地方官难于约束，是亦滋事常见"。

总之，凡沾上"旗人"二字那就得走特殊途径处理。地方官审案却没权判案。这旗人高人一等的劲头就看出来了。

回到这个案子上。

杨玉坤有个侄子叫杨福才，经常虐待杨玉坤。最后，杨玉坤含恨吐血而死。杨福才趁叔叔死去，竟伙同旗人李某把自己的婶子张氏骗入李某家，并诱骗张氏的父亲一起去李某家，逼迫他立下了卖女契约。这等坏事一般人办不出来。

杨福才又伙同李某陷害原来骗杨玉坤进入李家的刘某。趁刘某不在家，侵吞了他家全部口粮、牲畜、家用器具。杨福才这祸害可是真不分人。

过了很久，被拐骗的张氏趁杨福才不备从李某家逃脱，跑到州衙找于成龙告状。于成龙很快查清原委，将人犯押解到刑部治罪，全通州人都拍手称快。这么看来，这个案子在当时的通州影响可不小。这些旗人平常日子为所欲为，让人敢怒不敢言。于成龙不光敢摸这老虎屁股，还敢剁它尾巴。

下边这个案子，乍一看还以为是戏剧脚本，但生活有时比唱戏还复杂。

有个郑寡妇要娶张四的女儿做儿媳,媒人是旗人张秉直。张秉直侵吞了郑家的彩礼,却把张四的女儿许给了蔡寡妇家。这就叫两头坑。郑寡妇人财两空,到州衙起诉。与张秉直对簿公堂时,张秉直隐瞒了自己身份,故意不说自己是旗人。你猜这个张秉直打的什么鬼主意?

于成龙通过审讯查清了案件的真相,追还了彩礼,张四的女儿最终嫁给了郑家。这时张秉直却到刑部控告于成龙"擅自给旗人用刑",执法犯法。张秉直的险恶用心这次完全揭开了:他给于成龙下了套儿。

于成龙详细写了状子驳斥,刑部查了几次,于成龙都是这样回复。小小诈骗案竟然和刑部走了几个回合,可见这旗人案子有多敏感多险恶。张秉直阴险可恶,后台很硬,否则怎敢这么大摇大摆地干坏事。

刑部尚书魏象枢[①]素知于成龙是个廉吏,最后反过来将张秉直治了罪。

在清廷优待旗人的政治背景下,于成龙处罚旗人的做法有很大风险:丢官、掉脑袋的可能性都有。于成龙本身也是旗人,他不但不包庇旗人,还敢于刀刃向内,推进旗民一体,这是真正的"爱而公"。

俗话说"贼咬一口,入骨三分"。下边这个案子很有传奇色彩。

有个通州百姓叫徐思义,告发朱尔玉窝藏盗贼,正好通州大营的将官抓获了抢劫的五名盗贼,其中曹七、辛二果真窝藏在朱尔玉家。这说明徐思义告发准确。此事已按律治罪,按道理,事儿就算到此为止了。

事情有了变数。

康熙十八年十二月,朱尔玉趁着晚上破开了枷锁越狱逃走了。手段了得!再后来朱尔玉投靠了旗人,不久又从旗人家逃走,过程很曲折。康熙十九年八月,朱尔玉又在顺义县被抓。审讯中朱尔玉反咬曾告发过他的徐思义是窝主。倘若糊涂官员对徐思义一顿严刑拷打,屈打成招,弄假成真,这个徐思义的命可能就保不住了。

小小伎俩焉能骗过于成龙,他轻而易举识破了朱尔玉的狡诈,说:"徐思义

---

① 魏象枢:字环极,一作环溪,号庸斋,又号寒松。蔚州(今河北省蔚县,清康熙三十二年,即公元1693年前,隶属于山西省大同府)人。进士出身。官至左都御史、刑部尚书。作为言官,敢讲真话;作为能臣,为平定三藩之乱立下大功;作为廉吏,他"誓绝一钱",甘愿清贫;作为学者,注重真才实学。后人以"好人、清官、学者"六字,对他的一生进行了概括。

是朱尔玉的旧仇家，不是窝藏盗贼的人。况且朱尔玉窝藏盗贼案发在通州，被抓到时又不在通州，通州的徐思玉怎么会是窝藏他的人呢?!"于是按律例报刑部治罪。

在这之前，于成龙捕获旗人门下恶少押解到部里治罪的案子就已有好几十个了。朱尔玉的主人犯了刑法。负责此案的刑部司官嫌于成龙太多事，给他们添了麻烦，于是召集了十四个司官议论如何处置类似案件。

看刑部的反应就可以知道，涉及旗人的案件太多了。说不定哪个旗人王爷、都统发句话就变通变通放了，这事白耽误工夫还得罪人。别的官员知道这事儿的厉害，睁一只眼闭一只眼，能不管就不管。

于成龙按律处置相关案件，刑部反倒认为多事。正常变成了反常。谁管你百姓的委屈与痛楚?!

刑部尚书魏象枢质问道："地方官按律不能责打旗人，但如果因案子小就不处置，老百姓怕连个安稳觉也睡不了。如果你们觉得押到部里审的案子太多，那就请旨给知州发个鞭子，让州县自行发落他们吧。"

刑部舍得权力下放吗? 魏象枢这话算是戳到了这些人的软肋。魏象枢力排众议，驳回司官们的意见，把朱尔玉发回通州治罪。

魏象枢仗义执言，端端是个好官。推动州县有权力及时处理涉及旗人的一般案件，于成龙也是首功一件，无异于天上炸响了惊雷，那些不法旗人心中惊悚，普通百姓拍手称快。

从此以后，那些投靠到旗人门下的恶人开始知道畏惧。

通州是大运河漕运的终点，建了粮仓储存打南边运来的粮食。朝廷还有仓场总督，在粮厅管辖的五仓办事，负责监督仓役。粮仓虽在通州，但里面的人觉着粮仓属户部管，地方上根本管不着自己，因此特别蛮横，打心眼里瞧不起州官。

有一天，有个仓役与回民常二、杜有志斗殴，有百余人搅了进去，拿着棍棒差点把常二等人打死。案件出在辖区，于成龙抓捕了相关人员惩治。当时粮厅总督赛某出头，让于成龙把粮仓的人放了。看这个赛某的口气可是没把于成龙放在眼里，狂得不行。

于成龙说："常二等被打成重伤，如果死了怎么办? 没有保人不能放人。"

冤有头债有主，把打人的放跑了，后边怎么解决案子？有事找谁？于成龙把人按得死死的，根本不买赛某的账。看来赛某对于成龙还不了解。

赛某恼羞成怒，声称马上就带几百人打回民去。于成龙想见他商量商量事情接下来怎么处理，做法比较客气低调与人为善，但被赛某一口拒绝，还放出种种狠话，这是拉开不怕把事情搞大的架势给于成龙好看。于成龙根本不吃那一套，直接就告到赛某的顶头上司仓场侍郎那儿。他的这种处理方法非常理智讲究：

这个案子虽涉及通州地方，但斗殴的另一方却并不直接属于自己管辖。他主动找仓场侍郎路数是很对的。倘若侍郎放任不管，恐怕不久朝廷里就会有于成龙对他的弹劾。

于成龙要求侍郎从严处理赛某，一招儿就掐住了赛某的七寸，把他的嚣张气焰打了下来。

一场大规模的群体性械斗事件平息了，仓役们的野蛮行为从此绝迹。

人世间总短不了下边这种让人拍案惊奇的怪事。

为报复仇人连自己命都不要了的士兵王珙，使出了让人难以想象的计策。看于成龙怎样破解这"弃子攻杀"的连环套。

有个穷苦的士兵叫王恤民，因守备派差不公，几次要状告守备。这撒出去的泄愤之语无意之间给自己埋下了祸根。

有一天，王恤民买了鸡和酒与同伴赌射箭，谁赢了谁就吃鸡喝酒。看来他技术不错，很自负。可他根本不知道自己已大祸临头了。

当时有个和王恤民在一块当兵的王珙和他有仇。为了复仇，王珙竟然到长官那里自首，说自己和王恤民等几个人歃血为盟拜了把子，准备着抢劫兵饷。这还了得?! 守备平常就看着这王恤民不顺眼，他立即信以为真，火速报告了上司，相关的七个人马上被逮捕，最后准备将他们全部处死。知情的士兵们为这几个人鸣不平，差点就闹了起来。

军中不稳。案子发到通州定案。

于成龙迅速澄清了这桩铁案，为七人平了反：这被状告的几个人简直就是死里逃生。士兵们都被感动得哭了。

告发别人谋反已是下了死手，说自己也参与了谋反，这就是典型的"弃子攻杀"，不由你不信。特别是被告王恤民日常对长官不服不忿，王珙告发王恤民就完全给自己的话打了双重的保票。

这个蔫蔫的王珙心思可真是缜密。要是砍头，告发人本身也不见得幸免。整个案件倘若不是于成龙，这七个人的性命估计都没有了。不知道最后于成龙把这个王珙做了怎样的处理。按现在的话说，他有诬告他人的嫌疑。

大运河通州到武清段，过去经常因泥沙淤积而使漕船往来受阻。于成龙亲自到运河岸边督促夫役进行疏浚，漕船通过时就再没有发生过搁浅的事。四十九只红剥船①都预备了篷帆和缆绳，有风可帆，无风可缆，通州到天津这一段从来都没有误过事。

这是于成龙再次主持整修河道，意义重大。运河是古代的运输大动脉，皇帝每天把"运道民生"挂在嘴上，其地位重要不言而喻。运河越往北地势越高，即使有直隶的几条河流补水也比水量丰沛的南方水少而浅。大船走到北边换成轻便的小驳船，加上于成龙将河道疏浚得又宽又深，航行起来有风则帆，无风则缆，畅通无阻就有了保障。

在过去，通州潞河大桥设立马法②看守，过河的大石车都必须在车上系红绸子，这叫"挂红"，另外交四两银子，买了猪羊和酒打点后方才准许过桥。于成龙严禁这种盘剥行为，消除了这种陋习。

用挂红辟邪来防止压塌大桥本来就是自欺欺人，要银子才是目的。在必经之路设卡，巧立名目盘剥往来商人，就是看准了车辆不经此地插翅难飞这一点。通州是天下货物集散之地，通过的车辆必然不少，这样一卡，每年收获银子数惊人。于成龙这么一禁止，商人车辆自然高兴无比，但背后也会有很多人咬牙切齿。

下边这个恶俗更可气。过去，通州还经常发生渡船走到河中心停下来肆意勒索客人钱财的事，于成龙也严格予以禁止。过往商人和旅客没有不感激喜

---

① 红剥船：涂红颜色转运漕粮的"驳船"。凡当漕船遇浅受阻时，即以剥船转运。剥船除剥运漕米、铜铅、麦豆外，空闲时可载运商货、盐斤。北河剥船在船尾编列字号，并写明州县船户姓名，烙印"直隶官剥船"字样。

② 马法：满语。汉译祖或老翁之意。初用于称谓大首领，表示尊敬。

悦的。

船到中流勒索客人的行为相当于打劫。勒索财物之人找了很多借口和理由，坐船的大部分又都是过河的百姓，在河边说好了价钱，到河心再变着方儿地跟你要个辛苦费或是慰劳河神什么的小钱。乘客不给吧，两边就是滔滔的河水，想下船都来不及了，心里的胆小和不高兴还不能挂在脸上，不然让船家看出来脚蹬着船帮晃悠晃悠，吓破你的胆子。

古人说，"车船店脚衙，无罪也该杀"。话有些偏激，但有些人不冤。不过真正把持着渡口的背后应该另有其人，这些人、船家也惹不起。要来的钱最后大批进了他们的腰包。

于成龙严格禁止必然采取有力措施，得罪一些人是难免的，但他赢得的是百姓的满意赞扬。他为兴利除弊可谓不遗余力。

于成龙赶走了游荡的无赖，肃清了道路，设置了夜间巡查人员，肃清了盗贼。通州地面肃然平安。

下边这个事看来简单，于成龙却用了若干年时间才赢得了胜利。

工部有个规定：京城宫殿修缮工地需用石灰由通州等七个县运送，仅通州一处地方就要出三百辆运灰车。于成龙认为地震后百姓穷到骨子里，就上书工部请求宽免。

工部左侍郎祁通额是皇太极第六子高塞的儿女亲家，一看事要卡，火腾地就上来了，责备于成龙说："公家的事可不就是让地方操办吗?! 你怎么敢违令，这不是找参吗?!"言外之意，我参你一本就够你喝一壶的。

于成龙不急不恼，对这蛮横的皇亲国戚说："你要是参我，那我也有话说。"

祁通额说："你说我什么?"

于成龙说："开始干这个事用车，每辆车车费七十两、六十两银子，都是工部自己安排有车的运输。今天每辆车工钱减到二十两还要从中扣八钱，这个活儿才派给州县。如果车费二十两就足够，那你们当时怎么每辆车给七十两六十两呢?"

祁通额说："那不是前任官员的事吗?"

于成龙说："前任官员走了，运灰的车户可走不了啊!"

这段对话堪称精彩。派差的振振有词，于成龙据理力争，特别是关于车价的质问肯定让对方打了个冷战：那么多年，能少花你们多花，浪费国家银子，每辆车每年多给的四五十两银子真都给车户了吗?!

于成龙不光有勇气，还有谋略。话不在多而在精，一枪下去就是哽嗓咽喉：官员拍屁股走人，百姓还在那里忍受痛苦，我现在这里当官，这个不公平的事儿就得管。

祁通额没办法，就向当时的工部尚书玛喇[1]汇报此事。玛喇说："我也不参于成龙，我就是要车。"

这个祁通额是官场上的油子，吃了瘪子马上后退一步，回去抬出更大的官来压人，看你服不服。玛喇才懒得跟个知州费事：少废话，我要车。这可不是官大一级压死人，这是官大好几级了。

于成龙不得已只好找了四十辆运灰车，一来回二百余里，工部每趟只给一两三钱车费。这趟又赶上下大雨，车都陷在泥水中走不了。

于成龙再三恳请督运的张姓官员向皇帝报告。还不错，皇帝知道后命直隶巡抚在三百里范围内把差事分派给二十五个州县，每个县派十五头骡子驮运石灰。原来那七个州县百姓的困境总算得到了些缓解。

于成龙通过张姓官员向皇帝反映情况，为了百姓的事再三恳求，最终总算有了比较好的结果。

工部一些官员如意算盘被打破，估计一定也给于成龙记上了一笔。列位，接着阅读就知道此话绝非无根据的猜测。

康熙二十年（1681）

于成龙四十四岁。

通州是皇帝前往东陵的必由之路，迎来送往很频繁。皇帝过境就算天大的事。

---

① 玛喇：马喇，又作玛拉，那喇氏，满洲镶白旗人，尚书尼堪从子。

康熙二十年二月末三月初，孝诚仁皇后①和孝昭皇后②的棺椁由沙河过通州送到东陵安葬。于成龙奉命到平家疃村③修桥修路以便仪仗通过。

于成龙晚上住在路旁小庙中，白天拿着工具和夫役们同甘共苦。通州士绅、旗人、平民、商家各阶层人士，带着羊、酒、鹅、鸭、米面、蔬菜来慰劳，连夫役的酒菜都有。于成龙去看望前来慰劳的人们，却不接受馈赠慰劳的东西。这是于成龙的一贯风格，不拿人家东西：拿习惯了，别人不给，自己心里就该别扭了。

慰劳的人说："大人到通州上任以来，旗人汉人相安无事，您从不向我们收一文钱。朝廷派这么大事，大人不论贫富一视同仁派差，没有苦乐不均的偏向。拿来点吃喝犒劳，您怎么推辞呢？"盛情难却，于成龙饮下一杯酒，剩下的都分给了夫役。

百姓都感激他，积极为他做事。很快桥修成了，道路也平整了。参加差事的百姓都心情舒畅，忘了辛苦。

"旗民一体"，本身就意味着还"不一体"。这事说起来容易做起来难，于成龙做到了。于成龙本身是个旗人，他是旗人里的汉民，他有时还必须向"旗下人"开刀。对于慰问之物，他只饮一杯酒，其余的东西和受苦受累的人一起分享。他不是因"清"字僵硬拘谨而拒人千里之外的人，他的处理方法非常接地气。

通州境内的平家疃大路已修得很平整了，但一场大风过后，沙土在大道上又起了大堆。于成龙赶紧带人平整，前脚刚平完，后边紧接着，沙子就又成了堆。这样的路面有三里长。第二天皇帝车仗就要路过了，风还不停。

于成龙又困又累，在沙堆上睡着了。他梦到自己说了这么一句话：靠大风刮走沙子不行，只能筑一道短墙挡着，沙子才过不去。

他一下子惊醒了，马上带领夫役修筑短墙。用了一晚上，短墙筑成了，沙子再也跑不到大道上来了，道路畅行无阻。

通过上边这段文字看，修的这段路正在风口上，地表植被不太好。那个时

---

① 孝诚仁皇后：赫舍里氏，康熙帝原配妻子，满洲正黄旗人，辅政大臣索尼孙女，领侍卫内大臣赫舍里·噶布喇之女。

② 孝昭皇后：钮祜禄氏，满洲镶黄旗人，康熙帝的第二任皇后，也是清首位钮祜禄氏皇后。她是开国名将额亦都的孙女，辅政大臣、太师、遏必隆之女，鳌拜义女，清代最后一位居住在坤宁宫的皇后。

③ 平家疃村：今北京市通州区平家疃村。

候的通州风可是不小啊，还经常来个沙尘暴。

当时皇帝途中歇脚的行宫门上席子没弄好，窗户又不能抵挡风雨，皇帝怒了。主管衙门的官员都吓坏了。皇帝传旨命加速修造。工部侍郎党古里[1]把事情交给了于成龙办。

当时天都黑了。于成龙还在平家疃工地上，听到消息骑快马赶了回来。他火速集中一百二十名匠人，一晚上就造成了宽六尺高一丈六的屏风。皇帝见到后，很满意，问是谁办的此事。近旁的侍卫告诉皇帝是汉军于成龙，皇帝面露喜色。

一波未平一波又起，于成龙东跑西颠忙得不亦乐乎。这有点像现代杂技里的转盘子：这个盘子刚被拨弄转得欢实，远处的盘子又要疲疲地倒下，害得杂技演员一路狂奔。不过事情办起来不容易，难度系数高，办成才显本事。这次于成龙的名字又到了皇帝的耳朵里。

皇帝要路过通州的里二寺村[2]，那里修了一座四十八丈的长桥。可当时皇帝却是坐龙舟从桥下过，侍卫们在陆上骑马过桥。龙舟较高，从桥下通不过去。

有个侍卫跑过来向于成龙传旨："先把桥拆毁过龙舟，等龙舟过去后再修桥过侍卫部队。等到圣驾回来时再拆，最后再修好。"拆了修，修了拆，拆了再修，听得人头晕。考验于成龙的时候到了。

于成龙对侍卫说："龙舟可以让人扛过桥去，桥可不能拆。拆桥就是一会儿，怎么能再很快修好?！"

侍卫质问于成龙："那圣旨就能违抗吗？"

于成龙说："那你应当把我说的话报告给皇上啊。"

等到侍卫把于成龙的意见报告给皇帝后，皇帝竟然同意了。所有侍卫都称赞佩服于成龙敢说话。

读者肯定有个疑问，这拆了修修了拆的主意真是皇帝的主意？如果真出自这刚过二十岁的年轻皇帝之口，那可真叫任性，给个"少不更事"的评价都不过分。

---

① 党古里：工部侍郎，康熙二十年曾辅助南怀仁试制新式火炮。
② 里二寺村：今北京市通州区张家湾镇里二泗村。

于成龙让人扛着龙舟过桥这个主意也是弄险，这问题得让皇帝移动金身大驾下船再上船地倒腾，万一碰上个不好说话的"硬气"皇帝，他就是找倒霉了。

但于成龙就是敢说话，皇帝还就是采纳了。不知有多少大臣同僚听了会惊得目瞪口呆。不用说给皇帝出这个扛船的主意，听到皇帝这两个字就吓得没了魂儿的官员不知有多少。

以于成龙这样的级别，敢实话实说，仗义执言，的确非寻常人可比。

试想扛船过桥的场景：时间正值乍暖还寒时节，于成龙一定会安排好一大批年轻力壮的棒小伙提前在长桥边等候，一声令下，将龙舟从河中抬出，喊着号子走上一段，稳稳当当再将龙舟放入桥那边的河水中。年轻的康熙皇帝站在岸上饶有兴致地看着这新奇的一幕。此情此景真难得一见。

有一段史料专门提到：皇帝的禁卫军班师回京路过通州，大家都惧怕于成龙的威名，没有敢在通州境内扰害百姓的。百姓从这位耿直清正的知州大人身上得到了实实在在的好处。

这时候，新来的直隶巡抚于成龙①（字北溟，因同名同姓，以下皆称于北溟，与传主区分）又把温义河（温榆河）等四座桥梁的修建差事交给他办。

于成龙怀疑自己听错了：是不是弄混了？这事儿可不能随便担起来。

于成龙提醒新任的巡抚大人说："这是顺义县管的地方，大人。"

于北溟说："顺义知县岁数小，恐怕误事，你有才干就努力多干点吧。"这就是于北溟，直来直去：我知道不归你管，这活儿你得担起来。

于成龙火速带人赶到温榆河，昼夜不停，四座桥梁如期完工。一声令下如山倒，上级说了马上执行。

历来能者多劳，前提是有担当。压担子几乎是所有官员考验属下的一个办法。

有时上级派活儿不讲理，鞭打快牛。但这些看着不讲理的安排往往暗含了赏识。世间的事情就这么微妙。

于成龙二话不说，办就办好的爽快劲头肯定让这个同名同姓的上级心中非常痛快。

---

① 于成龙：字北溟，号于山。清山西永宁州（今吕梁市方山县）人。清顺治十八年任罗城县知县，康熙六年升任四川合州知州。后迁任湖广黄冈知州，历任代理武昌知府、福建按察使、布政使、巡抚和两江总督等职。二十余年的宦海生涯中，三次举"卓异"，卓著政绩和廉洁刻苦，深得百姓爱戴，赢得康熙帝赞誉。

谁都知道干事儿多担风险就多。别看于成龙多干活儿，出了事他不也得担着吗？事情原本不该自己管不是理由：你接了，就找你。

在目前掌握的文字记载中，这是两个于成龙的首次交集。

于成龙治理通州两年的时间，政声卓著，特别是得到了直隶巡抚于北溟的器重。他经常称赞于成龙为"斯民保障"①，并以治理能力水平第一的理由推荐给上级以便提拔任用。

干得好按道理应该提拔，但于成龙履历里还有犯人逃跑官员失察的减分因素，吏部商议后没有批准提拔他，反而认为于成龙理应降级调离使用。

说起因犯人逃跑问责官员的事儿，这里有必要提及直隶巡抚于北溟给皇帝的《请宽盗案处分以惜人才疏》。这篇奏疏与本书关系密切，除能了解于北溟爱惜人才，还能帮我们了解当时直隶乃至全国吏治方面的一些情况，了解于成龙这些州县官员为官之难，客观评判因盗案他几次被牵累的历史背景。

奏疏写道：

"处分与强盗有关官员的法令实行很久了，臣不敢擅自请求宽大官员。只是人才因此淹留实属可惜。所以特别上书陈述看法请朝廷予以变通，鼓励那些受此困扰的劳苦官员。

"臣看到，与盗案有关处罚官吏的惯例是'在道路村庄发生盗案的，将承办缉拿的州县持印捕盗官员和捕道同知、通判停发俸禄，从行文到达那天开始扣；限一年捉拿，到期没能抓获，降一级调离使用''兼任道台级官员罚六个月俸禄，限一年缉拿，到期未能抓获再罚一年'等。这是惯例，臣怎敢轻率提议变更呢？

"直隶地方与其他省份迥然不同。这是旗人圈占土地后的残破之地，没有恒久产业的民人过去就胡作非为，现在又旗人和平民错杂居住，骑马带箭，呼朋引伴，难以查找。百姓纷纷扰扰到官府报案，几乎没一天空闲。所以与此相关监、司、厅、印官员，想要和盗案一点牵扯都没有还能升转的，十人里也没有三四个。

"这些受连累处分的官员中岂没有廉洁能干、非常知名、堪当大任的吗？只是到公务繁忙剧烈的地方当官，案件此伏彼起。一个案子侥幸破获，还有好多

① 斯民保障：老百姓生活的保障。斯，此处，这。

案子没查获。甚至一天之间就几起盗案。经年累月，这些官员皱着眉一点办法都没有。

"开始他们未尝不励精图治，谋求消灭盗贼祸患，敌不住那些飘忽无定的凶恶歹徒，烧杀抢劫，不知何时就来了。积累的案件多了，降级、处罚都来了，灰心丧气，想要自救但无计可施。好多有用人才都被盗贼案件沉溺阻滞，降职或者是离职，真可怜可惜。

"臣目睹了这么多淹留压抑的官员，急着请朝廷稍加变通。城内发生偷盗或者抢劫，官员仍照原规定处罚。州县村庄道路上出事的，官员身在地方，既不能防患于未然，劫案发生后又没捉拿，责任自然不能推诿，一年内不能抓获的，降级调离当然适宜。只是原出事时的州县官员离任了，恐怕继任缉拿官员因事情和自己没有瓜葛，不会实心实意搜捕捉拿。强盗倒有了漏网的机会。

"应将一年中未抓获强盗总数一半被弹劾降一级的州县官员仍留任，让他继续捉拿盗贼。已被弹劾处分但抓获了一半以上盗贼，就应允许官复原职，把降的级别还给他们。惩戒过失蕴含勉励。官员不因有离职危险灰心丧气，知道发奋，一定会尽全力捉拿，不至于让强盗侥幸逃脱惩罚。

"至于说推荐好官为'卓异'等级选取提拔，这是朝廷破格提拔人才的盛典，也是总督、巡抚为朝廷选拔人才服务君主的责任。那些才能操守兼优，值得被推选的，常因一两个案子没完，受限于规定就不敢轻易举荐了，以致有远大本领的人才受困于百里之地，实在可惜。

"近来臣看到江苏巡抚慕天颜[①]上了一道请求选取官员的奏疏，将没有完成钱粮征收的知县林象祖[②]、任辰旦[③]两人提请选取，皇上特旨恩准。臣看到皇上爱惜人才，没有用现成规定限制人才的意思。直隶地方盗案频发这一点和江南钱粮事务繁重一样。也有林象祖、任辰旦这样品行卓越、才能优长的。

"倘若皇上一视同仁，特开恩典破格提拔，遇到推荐、大计、选取之期，请容许臣将有真知灼见、确有才能操守的官员，不管盗案是否彻底销号，一样进

---

① 慕天颜：字拱极，甘肃静宁人。顺治十二年进士。授浙江钱塘知县，历任江苏布政使、江苏巡抚，请疏浚吴淞江、刘河等，又请免荒田赋额皆报可。坐事去官，起为湖广巡抚，终漕运总督。有《抚吴封事》《楚黔封事》《督漕封事》。

② 林象祖：字羽尧，号愧蓼，顺治十七年举人，康熙三年进士，历任常熟知县、内府科给事中，赠太常寺少卿。

③ 任辰旦：号待庵，浙江萧山人。幼奇慧，康熙六年进士，授上海县知县，有治绩。

行推荐称扬，以备提拔任用。这样有真正才能的人不至于被淹留阻滞，朝廷也会有获得人才的真实效果。"

于北溟这个奏疏非常有针对性。问题分析到位，写得也很有真情实感，他是为那些受盗案拖累的官员叹息，希望国家不要因盗案在选拔人才上错失良臣。

于成龙这个时候也受到盗案的拖累，他得知上级写了这个奏章，内心引发强烈共鸣，并深深感激这个与自己同名同姓的巡抚大人。

六月初二，辰时，皇帝到乾清门听政，部院各衙门官员面奏政事完成后，大学士、学士随即呈上奏折请旨。其中就有九卿①商议直隶巡抚于北溟的《请宽盗案处分以惜人才疏》。

皇帝看后说："朕亲自巡视这些地方，看到山海关以西，永平府以东，一面傍海，一面是边墙，盗贼没有潜藏之地，所以抢劫的强盗很少。至于玉田、丰润、遵化、蓟州、霸州、保定等处，民居密集，乡村甚多，所以贼盗就很多。现在处分之例太严，官民都受拖累。该巡抚所上奏的各款内容，命一一详细议论后上奏。"

其实早在二月初六，皇帝到乾清门听政时，大学士、学士请旨的奏折中就有吏部商议通州知州于成龙因失察犯人逃走、降一级调用的事。皇帝此时忽然想到此事。

皇帝问："于成龙做官怎么样？"

大学士明珠②启奏："此人原任乐亭知县，听说他做官很好。"

皇帝："是。朕也知道，于成龙还是可用之人。你们汉官怎么看？"

大学士李霨③、冯溥④启奏："臣等也听说他好。"

---

① 九卿：清上谕常用六部九卿字样，实无明确规定，通常指都察院、大理寺、太常寺、光禄寺、鸿胪寺、太仆寺、通政使司、宗人府、銮仪卫长官。

② 明珠：纳兰明珠，字端范，满洲正黄旗人，康熙朝重臣，历任内务府总管、刑部尚书、兵部尚书、都察院左都御史、武英殿大学士、太子太傅等要职。

③ 李霨：字景霨，号坦园，直隶高阳（今河北高阳县）人。顺治二年考中举人。顺治四年考中进士，选为翰林院庶吉士，除检讨，特改编修。历任秘书院学士、内弘文院大学士、工部尚书兼东阁大学士、太子太保、保和殿大学士加户部尚书、太子太傅、太子太师等职。康熙二十三年去世，谥号"文勤"，入祀乡贤祠。

④ 冯溥：清初大臣。字孔博，号易斋。益都（今属山东青州）人，冯裕六世孙。清顺治三年进士，初授编修，后被提拔为吏部侍郎。康熙年间为刑部尚书，拜文华殿大学士。

皇帝："于成龙就降一级，仍留原任。"

于北溟的推荐襄扬和于成龙在直隶百姓中的声望帮了大忙。于成龙越发感激皇帝，想着报答皇帝的知遇之恩。

九月，康熙皇帝巡幸雄县①。直隶巡抚于北溟请求到皇帝行宫拜谒，得到了皇帝允许。

见面后，皇帝问他前一段时间写的《请补驿站工料疏》的情况。于北溟极力向皇帝描述民间疾苦，皇帝为之久久动容。

皇帝问："爱卿所管的官员有特别好的吗？"

于北溟推举通州知州于成龙为第一。然后又向皇帝推举了另外几名官员。

皇帝说："于成龙的才能人品，朕早就知道了。"

没错，通州知州于成龙的名字被皇帝亲手书写在屏风上已经很久了，见到的人都知道，这是皇帝对臣子最大的褒奖。这意味着于成龙即将展翅翱翔。

这年冬天，三藩之乱②被彻底平定。

康熙二十一年（1682）

于成龙四十五岁。他将迎来重大人生飞跃。

首先是一则与于成龙关系密切的连带消息：老上级直隶巡抚于北溟升为两江总督。

二月初五日，一则至关重要的《恭报交代并举贤员疏》被即将卸任直隶巡抚的于北溟书就，呈递到皇帝案头：

"……作臣子的再有要说的：举贤才侍奉君主是臣子的天职。……柏乡县

---

① 雄县：今属雄安新区境内。
② 三藩之乱：清朝初期三个藩镇王发起的反清事件。"三藩"是指平西王吴三桂、平南王尚可喜、靖南王耿精忠。康熙二十年冬，历时八年的三藩之乱被平定，清廷稳定的皇朝统治确立。

知县邵嗣尧①矢志廉洁，高阳县知县孙宏业②捕盗十分专心，这样的官员还有不少。他们还需坚持下去，磨炼几年，作为国家未来的选择。

"心地皎然，不欺上天，办事卓有成绩，首推通州知州于成龙。他性格恬淡，特别通晓变化的道理，擅长治理剧烈繁杂政务，堪为大用……"

欲扬先抑，在谈到于成龙之前，北溟公先是表扬了邵嗣尧和孙宏业作为铺垫，强中自有强中手，最后将成龙推出。于成龙在通州的出色表现赢得了这个与他姓名相同长官的充分肯定和倾情推荐，认为他在政务管理方面具有深厚潜力。

没有嫉贤妒能，只有品德和能力的互相认可。英雄爱英雄，惺惺惜惺惺。这位比他年长二十一岁的老上级用心良苦。

五月某日，皇帝到懋勤殿听政，大学士、学士呈上奏折请旨，其中就有直隶巡抚于北溟推荐邵嗣尧、于成龙等人的奏折。

吏部商议不准。

皇帝说："于北溟为官清正，给属下官员做出了表率，直隶的官员近来都好。比如永平府知府佟世锡③，做官也很好。"

明珠启奏："直隶各位官员果然都好，大有起色。前随圣驾拜谒陵寝，也听到永平府知府很有名望。"

皇帝说："于北溟所荐各官应依他所请，以示鼓励。"调子已经定下了。于成龙的晋升指日可待。

康熙皇帝和明珠在于北溟奏章内容外评价较高的佟世锡几年光景就出了问题，时任直隶巡抚崔澄还因推荐佟世锡被革职。此是后话。

---

① 邵嗣尧：字子昆，山西猗氏人。康熙九年进士，授山东临淄知县。十九年补直隶柏乡县令。民安之。或毁于上官，以酷刑夺职。尚书魏象枢奉命巡视畿辅，真相大白。于成龙（振甲）复荐之，补清苑。人以包孝肃比之。二十九年升御史。三十年为直隶守道。三十三年任江南学政，著《四书讲义》。卒，同官捐资帮助乃得归葬。士民立祠祭祀。

② 孙宏业：又名孙鸿业，奉天人，举人。

③ 佟世锡：辽宁锦西尖山子村人，少有异才，荫生，康熙二十二年任直隶永平府知县。子佟铭，威宁知府。卸职后，父子归隐沧州佟家花园。

于北溟到任两江总督后，时任江宁①知府陈龙岩②特别贤能，于北溟非常喜爱他，可惜陈龙岩不久后就去世了。于北溟想有个贤能之人做江宁知府，自己好有个帮手，他特地向皇帝写了奏疏推荐于成龙。

于北溟在《请补江宁知府疏》中说：

"臣认为江宁知府不仅仅是八城表率，更是全省领袖。臣初到江南，一切与官民有关事务尚未熟悉，正需德才兼备官员弥补缺漏。臣目睹江宁知府陈龙岩老成持重，廉洁自律，办理各项钱粮、应付过往官兵确实人才难得。臣深深庆幸自己得到一名好官，可做臣臂膀和官员表率。不料陈龙岩于康熙二十一年六月十九日未时病故，臣闻讯真感到像失去了左右手。

"臣想：朝廷储备人才中当然不乏才能品德兼优之人，不过吏部选官有自己的惯例。知府出了缺必然按资抽签推荐补任，臣真怕所推荐的人操守有余而才干不足，或者才干很好却操守没有保证。用这样的官料理如此重要之地难免砸锅坏事。必须才干操守兼备如臣任直隶巡抚时推荐的通州知州于成龙、霸州州判卫既齐③这样的官员来谋划江宁事务，政事才有望得到整治兴办，既胜任又愉快。

"请皇上俯念江宁知府关系重大，不拘泥选官惯例，下令吏部即刻挑选或命大臣集体推荐久负清廉操守盛名、干练、办事有成效官员火速赴任，使臣能专心履职。果真如此，那就是地方上幸运，微臣幸运了。"

人品好还得有本事，还得干得好，这就是新任两江总督对左膀右臂的要求。通州是京师门户，全国进京物资集散地，当然重要，一般官员连这个地方也去不了，但如果知道江宁还有南京、建康、石头城、天京、应天、金陵等别名，你自然知道江宁自古至今分量都绝非通州可比。

---

① 江宁：南京旧称之一，寓意"江外无事，宁静于此""江南安宁"等。南京今简称"宁"便取自旧称"江宁"。

② 陈龙岩：字元瞻，号转菴，惠安人。康熙十八年任江宁知府。曾捐资刻元版六朝递修本《宋史》。

③ 卫既齐：字伯严，山西猗氏人。康熙三年进士，改庶吉士，散馆授检讨。后授直隶霸州州判。后历任固安、永清、平谷知县，有惠政。巡抚于成龙（振甲）疏荐后，逐步被提拔为山东布政使。三十年，授顺天府尹，不久为副都御史，遣兵捕治高洞苗金涛；上责既齐轻率虚妄，旋命逮至京师，令九卿诘责。九卿议当斩，上命贷之，遣戍黑龙江。明年赦还。三十八年，命承修永定河。三十九年，命督培高家堰，卒于工地。

皇帝说："于成龙才华和操守素来闻名，就依两江总督所请，补授于成龙为江宁知府。"

有皇帝这句话，两个于成龙得以再度聚首，谱写了康熙时期"两于公共治江宁"的佳话。

于成龙接到任命，正好左都御史魏象枢巡察直隶，于成龙向他辞行。魏象枢接待他时礼节特别优厚，于成龙连连表示不敢当。

魏象枢说："这不是对待知府的礼节。你清廉有才能，所以我用对待总督和巡抚的礼节对待你。"

临别，魏象枢赠给于成龙一首诗，其中有"冰清玉洁两于公，名姓相同志亦同"两句。这两句诗现镌刻于北京市通州区大运河廉政教育主题公园内。

魏象枢曾任左都御史、刑部尚书。作为言官，敢讲真话；作为能臣，为平定"三藩之乱"立下大功；作为廉吏，他"誓绝一钱"，甘愿清贫；作为学者，注重真才实学。担得起"好人、清官、学者"六字。

能得到魏象枢肯定并非易事。对全国官员清廉与否以及为政得失了解最清楚的莫过于左都御史，他们最熟悉用职业目光审视官员。到了刑部尚书任上，他经常看到于成龙主持审理旗人为非作歹的案件，对于成龙一举一动了如指掌。

魏象枢的称赞含金量很高。

魏象枢曾给予于成龙强力支持。刑部多次受理于成龙呈递的惩办旗人的案件，有些人很不耐烦。关键时刻，魏象枢力排众议支持于成龙对于旗人豪强的打击。或许他们未曾谋面，但有着强烈的心之共鸣。

这次，魏象枢用总督和巡抚的规格招待于成龙，平起平坐的见面方法，当然会把于成龙吓一跳。这完全是魏象枢对于成龙的了解和称许，里边也包含着对于成龙政治前途的乐观预期。实践证明，他识人的本领非同一般。

"前于后于，百姓安居"，通州百姓中流传着这样的歌谣。离开通州那天，送行的百姓遮挡了道路。他们拉扯着于成龙车辕不放他离去，此情此景令人难忘。

通州人感念他的德政，在他创办的义学东边不远的地方修了于公生祠，后任官员多次修缮。

八、江宁知府

他是"于北溟"的左膀右臂，配合默契。他和"于北溟"因公务也有过激烈的争执，关系却越来越铁。他泣血送别"于北溟"，迎来展翅高飞的"后于成龙"时代。于成龙成为汉军的榜样，于国安父以子贵。于得水父以子荣，做了皇宫宴客大宾。

康熙二十一年九月，于成龙到任江宁知府。

这一年，他裁撤了漕运的一些陈规，禁止官员馈送礼品，一切陈规陋习都被禁止。所到之处，雷厉风行。

康熙二十二年（1683）

于成龙四十六岁。于成龙三儿子于永世出生。

两江总督于北溟廉洁耿直，有古代名贤之风，下属官员都惧怕他。他唯独与江宁知府于成龙推心置腹，大大小小的公事，经常让于成龙拿主意。

有时，于北溟心里已有了处置的想法，但对有些事情了解得还不够透，或情理上还没理顺，征求于成龙意见时，于成龙都会辨析是非曲直，绝不肯随意雷同、附会自己的上级。生性戆直的于成龙即使有时惹得北溟公大怒，还是一样坚持自己观点，这样北溟公反倒更高兴，对他更加佩服。

北溟公的耿介与豪爽不同寻常。

"事关厉害，侃侃谔谔①，虽清端公（于北溟）亦不苟同"，宋荦②在后来纪念于成龙的文字中这样写道。

关于于成龙江宁断案的记载来了，情节很曲折离奇。

有个姓程的合肥人，仆人死了，他就把仆人的遗孀陆氏纳为妾。他的仇家就告他，说他纳了父亲的妾。这相当于娶了自己的娘，乱了伦常，大逆不道。情况属实，程某就没命了。

于成龙通过审讯得知纯属诬告。有人说总督判过此案，认为于成龙的结论属于误判。总督就是于成龙的顶头上司于北溟。

于成龙说："处理过这事的是总督就能错杀人吗?！"

管牢狱的官员就说："你救命，我愿意杀人吗?！"来言去语间有了火药味。但因证据确凿，这个主管官员还是听从了于成龙的意见。

这个案子算不上顶级复杂，难就难在涉及顶头上司。只要改判那就是说上级断案有误。于成龙在人命关天的重大时刻，没有大多数人的瞻前顾后、推诿扯皮、虚与周旋，甚至装聋作哑、伤天害理。他把错综复杂的私心杂念全部摒弃了：谁都不行，总督也得讲道理。

如果根据这件事就说于成龙六亲不认，那可是大错特错了。

他这样做何尝不是为上级负责。在错误判决尚未酿成惨痛冤案前果断拨乱反正，这是最好的止损方法。这才是真正的补台。反之，睁一只眼闭一只眼，将错就错，为了买好上级而听之任之，不光是对不起天地良心，退一万步讲，真相总有大白于天下那一天，汹汹然的舆论乃至言官的弹劾声里，你丢掉的就不单单是面子，被拿走的也许还有俸禄、乌纱帽甚至项上人头。结果就不像原来判案时候那么可控了。判错了案子不光彩，拧着扣儿就是不改，下场更难看。

---

① 侃侃谔谔：侃侃，理直气壮，从容不迫；谔谔，说话正直。见《论语·乡党》："朝，与下大夫言，侃侃如也；与上大夫言，訚訚如也。"《史记·商君传》："千羊之皮，不如一狐之腋；千人之诺诺，不如一士之谔谔。"

② 宋荦：字牧仲，号漫堂、西陂、绵津山人，晚号西陂老人、西陂放鸭翁。汉族，归德府（今河南商丘）人。诗人、画家、政治家。"后雪苑六子"之一。宋荦与王士禛、施润章等人同称"康熙年间十大才子"。顺治四年，年仅十四岁的宋荦应诏以大臣子列侍卫。后历任湖广黄州通判、江苏巡抚、吏部尚书、太子少师等职。

于成龙的可贵就在这里。此时你可能说他不管不顾，等脑袋凉快下来时，你肯定会感谢他救了你。良药苦口利于病，于成龙就是一剂让人清醒的良药。

飞来的帽子还有大个的。于成龙又为耿直续交学费了。

法司①认为于成龙判案有误，拿圣旨压下来。后来此案交法司再议。法司决定停发于成龙一年的俸禄作为处罚。这并不实事求是。

一年工资没有了，这代价可不小。上一回是给老上级做证实事求是被罚了一回，这一回是因给上级判过的案子翻案。

这年，还发生了犯人逃脱的事件。看来这古代押解犯人的措施不够严密。如果以于成龙干事的认真劲头仍然出纰漏，那因犯人逃跑耽误前程的官员肯定少不了。

按现在的说法，下边说的是个大型群体性事件。于成龙在处理案件过程中成功挽救了很多人的性命。

有个叫许可镇的进京告发徐州、山东、河南的某些人聚众九十二万，招兵，囤积粮草，收藏《东明历》②等书籍准备谋反。线索非常敏感，属于大案要案级别。朝廷将案子交给了江南的总督、巡抚审问。

于成龙和镇江知府高龙光③在关公庙中审讯此案。看来是涉及人员太多，衙门里转不开身了。

高龙光要在关公面前搞个宣誓仪式。奇了，这里边有几个意思？

于成龙直接表示了反对："这么做不合体统。公道自在人心，何必这样呢？"

这是个协同处理案件的临时班子，因涉案人员籍贯跨江宁和镇江两府。于成龙和高龙光都是知府。高龙光想在关公圣像前搞宣誓仪式，这是表决心效仿关公睁眼杀人的节奏。案子还没弄清楚先下了斩钉截铁杀人的决心，难怪于成龙不同意。

处理案件最后不是得看实际情节吗？国家有法条，事儿没干先咬牙瞪眼的，那还不影响公正？

---

① 法司：古代掌司法刑狱的官署。

② 《东明历》：明朝开国功臣刘伯温所著，主要内容是预测历朝的兴废和未来主宰国家的君王。

③ 高龙光：字紫虹，福建闽山人。他在镇江知府任上三年多，关心府吏，爱护百姓，知民情，顺民意，解民苦，得民心，"民怡士熙，惠政颇多"。

于成龙越逢大事越冷静,高龙光的定力尚显不足。

等到当堂对质时,许可镇所告发的没有真凭实据,于成龙反而定了许可镇的诬陷罪,情节大逆转。

两江总督于北溟弦绷得非常紧,质疑于成龙故意纵容,非常严厉地进行责问,但于成龙坚持自己的看法没有动摇。

结局并非为一般人所想,但总有人感觉到意犹未尽。

江南按察使金长真[①]说:"这个案子依我看不是谋反也是邪教!"于是就把许可镇告发的人定为邪教,按律当斩的有几十人。好在皇帝比较冷静明智,把告发人许可镇斩首,其余的人都释放了。

通过这个案子就能看到,不少官员视人命如草芥,割头如割韭,有点事儿就知道硬着头皮往前抢。案情涉及这么多人,如果真的瞪眼杀开了头,不仅仅会有很多无辜百姓人头落地,还有个是否会激起大规模民变的问题。

于成龙用他的坚持澄清了事件真相,将一场风暴化归乌有,他的判断得到了皇帝的支持。

这不是个无足轻重的小事,这是真正的国家大事。妥善化解就轻飘飘地风轻云淡,处理不好那就是扇动暴风骤雨的蝴蝶翅膀!

案件判决消息传来之时,多少被关押的嫌疑人卸掉枷锁走出牢房望望蓝天白云感叹自己捡回一条命,多少家庭又会因之喜极而泣,又有多少人会感念于成龙的恩德啊。

救人一命胜造七级浮屠。老百姓说的积阴德,就是说的这种情况吧。

江宁天妃宫在狮子山下、仪凤门外,传说明成祖朱棣派遣使节沟通海外,遭遇飓风黑浪,赖天妃显灵才得以生还。永乐十四年,皇帝下旨营建。当时龙江从宫殿脚下环流而过。殿宇高峻,廊庑上描绘着海中的异兽。玉皇阁高处可以看见江流和远近船只上的风帆和桅杆。宫殿后有娑罗树,亭子里有御制碑。明代汤显祖有诗流传。但入清后,天妃宫倾倒颓败很久了。

于北溟公调任两江后曾组织修缮。二月,于成龙到任后,捐出俸禄并请各

---

① 金长真:名镇,又名镳,浙江山阴人,户籍直隶宛平。明崇祯十五年举人。顺治元年由孝廉授山东曹县知县,后升任刑部员外郎。康熙十二年调扬州知府,不久升任江南盐法道副使。康熙十三年升任刑部郎中,康熙十五年任河南汝宁知府。康熙十八年升任江南按察使,康熙二十二年因病离职,第二年去世。

位官员动员百姓自愿捐助，他亲自督促动工，很快使得天妃宫焕然一新。成就了"前于后于"接力完成同一项工程的一段佳话。

北极阁在明朝是观象台。后来观象台废弃之后，城中经常发生火灾，当时一些研究风水地理的人认为这是因为水星失位。康熙二十年，江宁知府陈龙岩应刘思敬、罗德御、朱之翰、白梦鼎、王栻等士绅请求，在山顶建北极阁祭祀真武大帝，补上水星缺位这个遗憾，可惜工程未完就去世了。

于成龙到任后，继续前任陈龙岩未竟事业继续营修北极阁。他准备在阁下供奉文昌帝君。王栻、李况等七位士绅负责募捐迎请神像，并将山脚到山顶全部砌了台阶。从朝天宫请来道士严宏业主持北极阁管理事务。康熙二十三年，皇帝南巡到江宁时，严宏业献茶时向皇帝奏报了北极阁营建的事。康熙皇帝欣然为北极阁题写了"旷观"匾额。

灵应观坐落于灵应山与石城门附近。宋代叫隆恩祠，明代正统年间，住持俞用谦上奏请求赐名，皇帝题写了现在的名字。山下有乌龙潭，有百余亩水面。

今南京市乌龙潭公园放生庵

明代余大成[①]和金陵士绅创立了"护生巷"，此处成为金陵人放生的地方。百余年来，潭水被道士占用，私自种植莲藕，偷偷捕捉放生鱼鳖。百姓对此十分痛恨。于成龙知道这件事后，亲自前去勘察，立即将道士居仙极驱逐出境，拔除了莲藕，保护生灵又恢复了旧时景观。他捐出俸禄并倡导捐助，在乌龙潭上建立书院，作为"三学"[②]学生的学习场所。如此一来，既成就了先贤的志愿，又与湖光山色相映衬，相得益彰。

看看下边这首《秋日随侍于太守后湖观鱼》，可知百姓对乌龙潭"解网"活动反响很好。于成龙只有到了夜晚才有时间到湖边散心：

> 指水旌心处，衔杯碧太空。
> 一泓澄皎月，满座把清风。
> 争识临渊趣，因知解网功。
> 胜游真足纪，逸兴逐飞鸿。

于成龙解网拔藕，他赢得了大家的心。

于成龙在视察江宁府学时发现虽然他的前任陈龙岩在康熙二十年对府学两廊院墙进行过修缮，但尚未完工，于是带头捐俸修缮文庙大殿，更换屋椽，油漆彩绘，焕然一新。他每月初一、十五都会亲赴文庙拜谒孔夫子圣像，风雨无阻。他给江宁读书人树立了榜样，一时学风大振。

五月二十九日，于成龙主持开凿江宁府学泮池，两个月后工程完工。泮池就是古代学宫前的水池。古代凡新入学生员都需进行"入泮"仪式。《礼记·王制》记载：学童首先换上学服，拜笔、入泮池、跨壁桥，然后上大成殿，拜孔子，行入学礼。

修缮文庙时，于成龙得知，府学是前朝国子监所在地，本没有泮池，他认为这不合古制，就召集了江宁士绅商议确定增修。他找了阴阳官方显详细勘察地势，方显查勘后认为府学大的形势很美，但前部案山散乱，需要在此开凿泮

---

① 余大成：字集生，号石衲，江宁人。明朝万历三十五年进士，官兵部职方司主事。
② 三学：唐代称国子学、太学、四门学为三学。此处或指州、府、县三学。

池，从左右引水注入以聚拢文气。

整理后的泮池由一块上好大理石修砌而成。池成后，他又疏浚了文曲河，将玄武湖水从府学左转引入泮池，后曲折向西流入香河直达西仓桥下。同时，修建了照壁墙一面，石桥两座，东西木栅栏、戟门、大门上的对联匾额应有尽有。

于成龙发现，学宫中尚缺乡贤祠、启圣殿，认为这不利于"崇德报功""敦本寻源"，于是立即组织人工，汇聚材料修建，如此一来，江宁府学才真正做到了功能完备。

江宁人认为，于成龙的所作所为"创数百年未有之区画，新亿万人共快之观瞻"。于是，刻碑纪念此事，碑文中写道："山水之灵秀，人文之兴起，一时称美盛矣。"到此地游玩的人不妨留心观看，发一发思古之幽情。

走一路，修一路，于成龙兴利除弊，马不停蹄。兴建教育教学设施几乎成了于成龙必选项目。从乐亭县到大地震后的通州，现在又到了江宁这拥有深厚文化底蕴的地方，更是第一时间想到规范整修府学、泮池这些设施。此举无疑将对文化的发展及社会风气的转变起到积极推动作用。这些举动也无疑会赢得大批文化人的心。

朝天宫是江宁古迹，从三国时期开始历代营修，山后铸剑池据当时考证就是吴王夫差铸剑的地方。苏东坡、姚广孝、徐渭、金大章都曾赋诗赞美此处。偏西的西山道院中，三清观里供奉着龙牌，是官员学习礼仪的地方。因为这个地方比较宽阔但位置有点偏，游手好闲之人逐渐向此处聚集，污秽遍地，一片狼藉。

于成龙察看后在写给总督于北溟公的详文中说：朝天宫是焚香修行圣地，创始于先秦，年深日久，过去没人敢污秽轻慢。现在我看到该宫山门之外左右宽阔，近些年被无知旗人痞子三五成群，搬运了很多不洁之物在那里堆积、晾晒、翻扬，"清净之地几为污秽之场"。再加上这些人打鸟跳墙，作践殿宇，还有一些人撕拉扯拽摔跤、赌博、酗酒，胡作非为，经常挑起事端；甚至在圣殿前擅自晾晒兽皮，甬道上演习射箭，种种不法行径，让神灵难安，祭祀盛典难行。更何况三清大殿上供奉了龙牌。

于成龙请求总督大人派兵严加整饬，以达到"旗厮敛迹，棍徒知儆"，那样古刹的香火就得以振兴而不至于堕落荒废。

这封详文是两位于成龙文书交往的珍贵史料。

哪儿破修哪儿，有了于成龙的江宁到处焕然一新。这大概就是范仲淹说的"百废俱兴"，不过这次知府大人又得带头掏腰包了。

七月，于成龙主持重建江宁府前城隍庙。城隍产生于古代祭祀，经道教衍化成地方的守护神，有的地方称之为城隍爷，是中国古代宗教文化中崇祀的重要神祇。城隍大多由有功于地方民众的名臣英雄充当。

在相当于捐资倡议书的"引"中，于成龙说道：

"江南名胜荟萃，繁华甲于天下。连歌台舞榭都会加以修葺，田野中的寺院塔庙也非常壮丽，让人游览观赏。城隍是为我们抵御大灾大难的，国家都得依仗。城隍因声名显赫，人们都知道它的灵验，尤其会被人民瞻仰。城池巩固，能捍卫社稷。怎么能让城隍的屋子在风雨飘摇之中颓败呢？我身为太守亲自进到幽暗的殿中，见到殿宇即将坍塌，深深为其有碍观瞻而叹息。

"当然，巍巍大厦独木难支，兴建这样的大工程也必定需要大家托举。诚然，城隍降下祸福没有偏私，雕梁画栋对城隍这样的神来说也算不了什么。我还是期望借着城隍威神之力，请大家踊跃捐资。听到我的话，大家兴许会更加欢欣而乐于捐助。或者数倍，或是十百，或是千万，多少随缘。官员、百姓、商贾、绅士，不论尊卑都可募赠。

"只是这城隍生性正直，总是有德必报，断不会有施舍而得不到报答。从收集善款时开始就有五福百祥降临，绵绵不断。因此我写了这篇文章来鼓励大家。"

这于大人鼓励捐款有一套。先是把修理城隍庙的重要意义说得清楚明白。捍卫社稷，抵御大灾大难，巩固城池，这是国家层面的；破了的城隍有碍观瞻，过来过去瞧着不是个景，影响城市形象，让南来北往的人物看不起江宁，这样修的必要性、紧迫性就说透了。

接着说的就是大家的事大家办，捐款的话就算挑明了。不过人家城隍见识过什么叫金碧辉煌，这修与不修别说成是人家城隍爷的贪图，这是咱自个该办的事。捐的钱数不拘多少，谁都有资格，多捐更好，可别说我把你拒之门外，大门始终敞开着。

最后就有点幽默了。城隍有德必报，不赊账，从你捐款那个时候开始，这吉祥的回报不管你本心贪图不贪图都来了，而且是绵绵不断。这样轻松的文字，一点挤对人的意思都没有，信手拈来。知府大人的嘴角在搁笔时也许会漾出些微笑。

还是于成龙在江宁捐资办教育的事。凡有利于民生福祉的事情他兴办起来不遗余力。这次是于北溟动议，于成龙抓落实，两个于成龙配合特别默契。

康熙二十二年，于成龙倡议捐资重修明道书院。

北宋淳熙年初，留守刘珙为弘扬程颢、朱熹学术思想创建明道书院。淳祐年间，宋理宗为明道书院题写了匾额，此后朝代几次重修。至明嘉靖年间，御史卢焕在重修时将书院地址确定在江宁镇淮桥东北。康熙六年，江宁知府陈开虞再次修葺。康熙二十二年，时任两江总督于北溟要求时任江宁知府于成龙重修书院。于成龙为此专门写了《募修宋明道豫国纯公程夫子祠堂疏》。

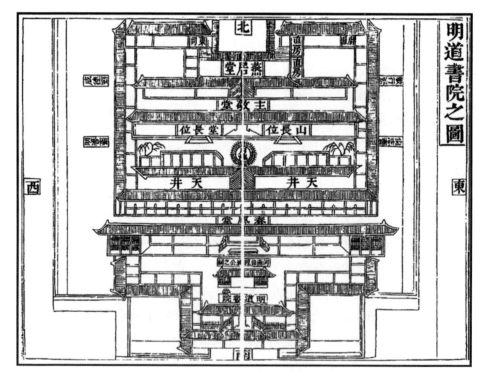

《景定建康志》中的明道书院布局图

这篇倡议书性质的文章首先从文化层面对程颢进行了高度认同，于成龙赞扬程颢"温良乐易，允为儒者之宗；中正粹精，不愧史臣之誉"。程颢能够照顾到各方利益的执政艺术，"学存致主，泽被生民"，让他敬佩。

但明道书院当前颓败之势也让于成龙感慨。他有强烈的责任感要让书院重新焕发生机："道行未坠，有待在人。"

他陪同两江总督于北溟公穿越满院荆棘亲自到书院察看。北溟公"先忧后乐，存心崇雅"，注重身体力行，于成龙认为他"躬行实践，不啻明道（程颢）再生"。

对于这次捐助活动，于成龙也考虑到了前一段时间已经有了几次修复文化地标的类似活动。所以他在这份倡议中希望"昭代巨公、艺林名宿"率先慷慨解囊。他列举了文翁在四川、老子在谯城都得到了很好纪念的事例，认为程颢在金陵完全当得起大家敬重。"集千腋以为裘，多多益善；合众锦而成采，缕缕衔情。"他不愿意金陵在教化方面走在别人的后边。他的这个说法必然会引起金陵儒林的强烈共鸣。

整个"疏"写得端庄文雅，入情入理，骈散结合，思路流畅，展现出于成龙深厚的文化修养和高超的文字表达能力。

于成龙和郡丞朱雯①亲力亲为，从募捐到修缮完成只用了一个月的时间，落成那天还组织了隆重的典礼。由此可见，这次倡议确实受到了金陵士民特别是"昭代巨公、艺林名宿"的积极响应。

程朱理学在康熙皇帝执政期间备受推崇。于成龙此举不仅是他本人尊师重教的表现，也是呼应皇帝推扬以儒学为核心的汉族传统文化、提倡尊孔读经、把崇儒重道作为基本国策的具体措施，此举有利于减少满汉文化隔阂和摩擦，促进文化融合。

康熙十六年十二月，皇帝的《日讲四书解义序》明确宣布清廷要将"治统"与"道统"合一，以儒家学说为治国之本。并反复向群臣宣谕"爱民""重民""安民""惜民"的道理，要求官员奉公守法，恪尽职守，清正廉明；还采取了一系列诸如减免赋税、惩治贪官等有利于民生安乐、社会稳定的措施；本着程朱理学"存天理，去人欲"之旨，通过所谓"闲邪存诚""省察克治"的功夫，达到

---

① 朱雯：字乔三，号复思，浙江宁波石门人，进士出身。

"辨明天理，决去人欲"的目的。

从某种意义上说，作为封建皇帝能有这样的认识非常难能可贵。于成龙作为朝廷官员，将皇帝的治国思想落到实处是他的重要职责。

江宁满洲公馆位置在原明朝东厂所在地。其中曾供奉龙亭，用于百官拜皇帝寿牌，学习礼仪，呈递表彰，迎接诏旨还有銮驾仪仗，曾经在那里供职的就有一百一十八人，但到了于成龙来江宁任职时，所有东西都已破烂不堪了。于成龙特地对满洲公馆进行了整修，使之焕然一新。随后他行文各位官员，将来可以郑重其事，来光大尊君的盛典。

对于修缮这些公用设施，很多官员担心引起百姓的哀告，于成龙则很好地处理了这些关系。百姓认为，于成龙在此执政会让好事接踵而至，他既为国家增了光，也为江宁百姓造了福，这个道理十分浅显。

八月八日，是秋祭至圣先师孔子的日子。按照惯例，整个典礼有很多关于祭品和礼仪方面的要求，比如牲牢、玉帛、黍稷的准备，执事人员需要七天散斋，然后需要再宿于静室吃斋三日。在此期间连本人经手的刑杀案件的判决审理都要停下来，更不用说祭祀典礼还要唱赞美圣人的诗歌，需要有挥舞的翟羽，需要干干净净的祭品、祭器了。总之要郑重其事。提前一天，知府于成龙不放心，还到府学查看了一下祭祀用品的准备情况，并和府学中的儒生谈话，谆谆告诫他们要把祭祀大典办好。

到了八日，于成龙所看到的情况还是让他非常不满。祭品、烹制器具的准备不得要领，使得制作出的祭品成了"土羹尘饭"；钟、鼓、盘、匜摆设不伦不类，连八佾舞蹈及雅乐都表演不出来。于成龙慨叹，圣人精心制作的祭祀规范"荡然其无余矣"。

于成龙认为：口读圣人之书就算是得到了圣人的恩泽。没有人能比尧舜、孔子贤德。即使是处于偏远的荒城，也应该尊崇圣人而不能荒废，更何况这是大伙都能看到的省会呢？就算祭祀条款没有保留下来都应该好好修订一个，更何况朝廷还有特设的规章。这些对于师生来说不过举手之劳，对于专管此事的有司也就是按规定领取个开销而已，怎么会出现视大典如玩笑，漠不关心，有的甚至不惧刑罚酗酒的情况呢？把圣人"祭神如在"的话撇到脑后，亵渎祭祀典礼竟然到了这种地步！

　　于成龙回顾造成这种现象的原因时说道：这都是因为明末纲纪刑罚废弛，风气蔓延到了学校，放任礼崩乐坏而从未想办法挽救过。

　　"大家可以想一下，前段时间国家用兵时，很多就算是从前规定可以的开销也能缓则缓，一切都要节省，只有对圣人的祭祀和对龙亭的修理普天之下稳如泰山，岿然不动。由此可知君臣、师生之道关系国家治理与人心善恶，这个道理实在并不浅显。

　　"万物都知道报答根本，人却往往忘记源头。尝试着反思一下，真是感到内心深深愧疚。如果不从现在开始修明作新，则会江河日下，败坏似乎不会有触底停下的那一天。"

　　于成龙一面行文府学并八县县学严格对今后履行祭祀规范的要求，对仍然不思悔改、放纵怠慢、玩忽职守之人也提出了惩戒措施。他希望荒废了四十余年的祭祀盛典能够得到恢复，"亿万祀不朽之声闻永镌于人心"。

　　以上就是于成龙《请修丁祭礼仪以崇祀典》一文写作前后的详细情况。"修丁"即修订。

　　地方志是地方的文化记忆。"文章，经国之大业，不朽之盛事。"史志著作在保护文化经脉上的重大意义是不言而喻的。

　　康熙二十至二十二年，于成龙主持纂修《江宁府志》。

　　这部《康熙江宁府志》共四十卷，现仅存三十四卷，分"星野、历代沿革、府属八县沿革、建置、疆域、风俗、山川、帝王世系（封建附）、学校、户口、田物、游寓、艺文"等部分。在康熙六年陈开虞本《康熙江宁府志》基础上增加了康熙七年以后的内容，编排体例也有调整和改进。特别在各门类之后，增加了"论曰"内容来进行评论和概括，画龙点睛，一改志书"述而不论"的传统，具有独特的史学风貌和较高的史料价值。

康熙二十三年（1684）

于成龙四十七岁。

于成龙担任江宁知府期间，江宁辖区旗人和原住民杂居，原住民经常被侵扰损害。于成龙在执法上一点也不因涉及旗人就想法袒护以讨好朝廷，或是回避案件来规避可能给自己带来的祸患。

下面通过几个案例，让大家领略一下于成龙明察秋毫的判案能力和据理力争的为官品格。

广德人潘科康熙六年买了孙四夫妇做仆人。过了几年，孙四夫妇在潘家生了女儿。潘科对他们夫妇俩很倚重。一天，潘科让孙四去收田租，没想到孙四带着收的租金逃了，把自己妻子和女儿抛弃在他家。

孙四见财起意，携款潜逃，连自己的妻子女儿都扔了，逃哪里挥霍去了也不清楚。

康熙十七年，孙四的母亲死了，孙四哥哥孙大找到潘科说："孙四跑了，他妻子和女儿还在你家（干事），你怎么也得帮着出点钱作为孙四的葬母费。"潘科可怜他，给了孙大四两银子。注意，让人拍案惊奇的情节在后边。

后来孙大卖身给旗人，康熙二十三年，孙大把孙四勾引到崔满洲家为奴，还把收留孙四的年月向前写，然后崔满洲就到于成龙那里控告潘科买旗人为奴。管辖事发地的将军把案子转到总督府。总督出具公文要求臬司^①会同满人官员审理此案。

于成龙明察秋毫，敏锐觉察到潘科手里的契约很旧，崔满洲手上的契约纸则比较新，墨迹虽看起来淡却是用水渍污染造成的。于成龙就把自己的看法和满人将军说了，准备拘捕崔满洲。满人将军不让。

于成龙就说："崔满洲不刑拘，那也不能判潘科有罪。"

来言去语争了一千多句，案件僵持了两个多月。潘科总算得以无罪释放。

案子放在一般官员手里，看得出来看不出来另说，敢不敢摸满族旗人的老

---

① 臬司：明清提刑按察使司的别称。主管一省司法。也借称廉访使或按察使。

虎屁股那可就难说了。案子真相大白了，满人将军偏向旗人，硬是不准惩办，看得出来这个崔满洲很有势力，很得宠。这恶人起名叫满洲，给自己挂着幌子，披着虎皮。旗人中的恶霸肆无忌惮是个全国现象。

很多官员怕麻烦估计就不敢管了，更未必有勇气跟满人将军这么硬的后台据理力争。两个月的拉锯战，估计好多人说一句犯不上就撒手不管了。都说邪不压正，但得看你是不是像于成龙这么有胆量敢于坚持。案子下来后，多少人心中暗挑大拇指——公开叫好肯定不行，这满人将军说不清什么时候发飙，真得小心。

明末清初，连年战乱，生灵涂炭。不少地方的妇女成为战争的牺牲品、人类厮杀后的战利品。她们被胜利者掳入军营，受尽非人折磨。

在江宁任职期间，于成龙亲自撰文募捐，组织对战乱中被困军营的福建、江苏两省妇女的救赎。这是个"前于后于"联手挽救身处困境中妇女的故事，催人泪下。

他在倡议捐助救赎的"引"①中说道：

"因这些地方遭受战火，百姓骨肉忽然分离，非常凄惨。只要人有善缘就会为离散家庭重聚感到高兴，救赎难民真可谓千古盛德！只是万事开头难，有个美好的结局更难。

"康熙十四年以来，已被救赎难民超千人。近来，还有福建、江苏两省受难民女滞留军营。可怜她们每日忍受惊人魂魄的鞭挞尚存着生还向往；即使蓬头垢面、身体毁伤也不能改变死别时盼望重聚的愿望。官署里的同仁很少不乐于救她们的。

"今年七月，总督大人于北溟给了一端缎子、一条洋席，变卖了三十两银子，倡议凑钱救赎。只是赎金有限，军营要价无穷。我虽深切领会总督大人旨意，紧急进行了鼓舞动员，怎奈我俸禄少力量绵薄，能捐助的不多。心中的感伤因此难以表达。

"只希望江左②官员、商户乐善好施不知疲倦，上遵总督大人旨意高高兴兴捐助，不要吝惜钱财。把你们取之不尽的钱箱稍稍打开，就会促成大地山川般的无量功德。我会把此事镌刻到石碑上，永垂不朽。"

---

① 引：拿来做证据、凭据或理由的文字。

② 江左：古代指长江下游南岸地区。古人在地理上以东为左，以西为右，故江东又名江左。

栖霞古寺

　　于成龙的倡导文字催人泪下，"可怜鞭挞惊魂，犹系生还之想；蓬垢毁体，莫改死别之心"，充满了人道关怀。尽绵薄之力帮这些可怜的女人回到亲人身边或者就是简单生还，胜造七级浮屠。

　　于成龙左右不了战争，但他不忍那些女子在军营之中遭到非人折磨和凌辱。我们看到了他的古道热肠，他的笔下充满同情与关切。

　　他不是冷血的旁观者，他是慈悲的有血有肉的普通人。

　　康熙二十三年，于成龙与江宁栖霞山楚云和尚建立了深厚友谊。于成龙常常利用半夜公事完毕后进山拜访楚云和尚，和大家见面。后来他还欣然为栖霞寺"三会殿"题写了匾额。见过于成龙的僧众都为他的风采照人而惊叹。

　　这年冬天的一日，暖阳高照，山中忽然五色云起，蔚为壮观。可巧次日于成龙前来拜访寺院。楚云和尚为纪念此事，建阁于栖霞山中峰之下，取"五云多处是三台"之意将其命名为"五云阁"。

　　五年之后，即康熙二十八年初夏，与宋荦、王又旦^①等人被王士禛并称为

<hr>

①　王又旦：字幼华，号黄湄，明邰阳（今陕西省合阳）县百良乡百良村人。清顺治十五
　　年戊戌科进士，由潜江知县历官户科给事中，户部都给事。擅诗，与诗坛领袖王士禛
　　并称"二王"。

"金台十子"的诗人丁炜①时任湖广按察使，他来寺中拜访楚云和尚。两人登上五云阁，楚云和尚提及于成龙来访的往事，丁炜有感而发，作诗一首记录此事抒怀，表达了对于成龙的敬佩之情：

> 杰阁凭临结构新，烟霞物外总无尘。
> 千岩佛静光初地，五色云生兆异人。
> 名世由来干气象，中台常忆奉星辰。
> 夷门何计酬知己，半日闲身感慨频。

蒙湖广巡抚杨素蕴②上书说明武昌兵变时丁炜并非逃走，而是拼死找自己搬兵求救，皇帝将湖广按察使的职务归还给了丁炜。但丁炜仕途多舛，去京师途中，忽然患了眼病，只能暂居江宁治疗。这个时候他需要静心，因此有时间与楚云和尚谈论佛经世事，言谈话语之间，于成龙必然是他们经常谈到的话题。

于成龙不忘与楚云和尚的友谊，后来升任直隶巡抚后还把自己的俸禄寄给他，用于庄严弥勒法身。

于成龙的能干是出了名的。有这样一个事例。

京口驻军需要演习水战，有几百艘沙船③备战，战船有了毛病要分派给各郡修理，有的郡修一艘沙船要花三千两银子。于成龙则亲临现场指挥谋划，修理完工花费不过几千贯钱。

修船乃是涉军的大事，特别是军队在着急使用时会不计代价。各郡长官不少人不懂行，只能让那些"能干"的手下大包大揽，结果就出现借着这"耽误不得"的大事大手大脚花钱的情况，各方牟利，最终苦的还是被摊派的百姓，至于说那些官员最后嘬瘪子那就谁难受谁知道了。假如碰上心术不正的长官，那就不用说了。

于成龙亲临现场当然要花费心力，但最后就不光是省钱这点收获了。决不

---

① 丁炜：字瞻汝，又作澹汝，号雁水。清泉州晋江陈埭人，回族，明天启七年生。入仕后历任漳平县教谕、鲁山县丞，后升直隶献县知县。康熙八年，内调为户部主事，官至湖广按察使。康熙三十六年卒。

② 杨素蕴：字筠湄，一字退庵，陕西宜君人。

③ 沙船：一种遇沙不易搁浅的大型平底帆船。

合着眼给自己给百姓挖坑，这个官当得可不是一般出色。

康熙二十三年四月十八日，两江总督于北溟在江宁去世。于成龙亲自主持料理了他的后事。

于成龙和陈廷敬①赶到总督府于北溟住处时，发现北溟公近乎一无所有。

一代廉吏名不虚传。

于北溟一生引荐人才很多，但江宁知府于成龙和他同名同姓，从政和品德的名声和他一样好，特别两个人的交往始终如一，其中可记录和称颂的事还有很多。

于成龙带领江宁县学诸生和有名望的士绅几万人走出二十里外送于北溟灵柩返乡。众人在大堤上伏地痛哭，连滚滚的江涛之声都听不到了，治丧礼仪和敬意的表达都做到了极致。如果没有于成龙，也许于北溟的灵柩回家都困难。

这是真正的爱戴，是百姓对清官廉吏的呼唤。这种情感来源于百姓对官员的普遍要求。唯因稀少更显珍贵。

于成龙满心中的不舍化作发自肺腑的痛哭与江宁百姓和鸣。

康熙二十三年九月下旬，皇帝开始南巡。途中发生的一些事与于成龙有关，不妨看看。

十月二十一日，皇帝经过高邮湖，见两岸民居田亩被水淹没，对刚到任才几个月的江南江西总督王新命②说："朕外出巡幸，遍观直隶、山东、江南，只有高邮等地方的百姓实在是值得怜悯。现在水虽然干了，百姓选择了高地栖息，但房屋田地仍被水淹，还没有恢复生产。朕心中实在不忍。你是地方大臣，怎样多方筹划疏浚使河水通流宣泄，拯救这一方百姓性命，不辜负朕体恤百姓的

---

① 陈廷敬：字子端，号说岩，晚号午亭，清代泽州府阳城（山西阳城县）人。顺治十五年进士，后改为庶吉士。初名敬，因同科考取有同名者，故由朝廷给他加上"廷"字，改为廷敬。历任经筵讲官、工部尚书、户部尚书、文渊阁大学士、刑部尚书、吏部尚书、《康熙字典》总修官等职。

② 王新命：汉军镶蓝旗人。康熙二十三年接替于北溟担任两江总督。康熙二十七年三月至康熙三十一年二月任河道总督。曾主持修撰《江南通志》。三十八年，管理永定河工。四十年以浮销钱粮得罪，因赦得免，卒于家。

深情？"

王新命听了皇帝发问心中一惊，连忙启奏："皇上心就是天地父母心，高邮等处百姓都万分幸运！只是须谋求长久之计，才对百姓有益，并非一时能议论清楚的。请皇上容臣竭力在此后开始谋划，挑选良策，来实现皇上的好生之仁。"

看这君臣。皇帝此前在山东兴致勃勃看泉、登山、题字，全然未见对下河[①]百姓采取果断措施施救。这新任两江总督立足未稳，脑子里也全然没有概念。

古代君臣面对降临到百姓头上的灾难也是太过冷静了。总算不错，皇帝算亲眼得见灾情，心里挂上了这根弦。

十月二十二日，皇帝乘龙舟过高邮、宝应等地，见民间田地、房屋大多泡在水中，心动恻隐，就登岸沿河堤步行了十来里路，查看堤防形势，并召集学校中的生员、当地的老人，询问受灾的缘故，和他们详细议论。

皇帝对他们说："朕此来就是要访问民间疾苦，凡为地方兴利除弊的事都要设法举行，使大家各得其所。过去尧看到一个农夫没有收获就担忧不已，朕现在亲眼看到这边遭遇水灾的情况，怎么会不加以拯救呢？"

登上龙舟，皇帝赋诗一首：

> 淮扬罹水灾，流波常浩浩。
> 龙舰偶经过，一望类洲岛。
> 田亩尽沉沦，舍庐半倾倒。
> 茕茕赤子民，栖栖卧深潦。
> 对之心恻然，无策施襁褓。
> 夹岸罗黔黎，跽陈进耆老。
> 咨诹不厌频，利弊细探讨。
> 饥寒或有由，良惭主仓颢。

---

① 下河：为串场河俗称。串场河初为唐代修筑海堤时形成的复堆河，是盐文化的摇篮。从宋代开始，沿新修捍海堤（世称范公堤）一线有富安、安丰、梁垛、东台、何垛、丁溪、草堰、小海、白驹、刘庄十大盐场，因复堆河将这十大盐场串联起来，所以称串场河。

古人念一夫，何况睹枯槁。

凛凛夜不寐，忧勤愁如捣。

亟图浚治功，拯济须及早。

会当复故业，咸令乐怀保。

亲民的皇帝对两岸围拢过来向他跪伏叩拜的黎民百姓做出了令他们山呼万岁的承诺。现在面对江南深重的灾难皇帝还能推敲赋诗一首。实际上，史官在此处用君臣和谐美好的文字粉刷掉了一段极其血淋淋的史实：为哭求皇帝拯救下游七州县，百姓拦住御路发生了大规模的叩阍事件。到后来，治理下河一事在皇帝嘴里竟然成了"并非必然"的工程，呼应此处便可一分为二看待这位远远超出一般皇帝之上的"圣主"。

皇帝南巡到达了江宁，于成龙作为江宁府的行政主官，这次会迎来怎样的人生际遇？

十一月初一，皇帝从江宁大校场进入，于成龙随省文武官员、士绅在江宁大报恩寺迎驾。一众官员山呼万岁后，康熙皇帝端坐马上，第一句话就问："江宁知府于成龙何在？"

"臣在！"

于成龙小步疾行来到皇帝马前撩衣跪倒："臣江宁知府于成龙见驾。"

皇帝在马上静静凝视了于成龙一会，轻轻点了点头。

皇帝下马进入大报恩寺，登上九级佛塔，并为寺院及佛塔题写了"不二法门""一乘慧业""二仪有象"等匾额。对佛家经典奥义，康熙皇帝十分熟稔，他很乐意在这些佛教名刹留下墨宝。这些无疑都在给他的臣子和百姓以潜移默化的影响。

说起大报恩寺，于成龙也非常熟悉，他在江宁期间也曾登临寺塔远眺。北方是他长时间注目的地方。他也曾于此地写下了《登报恩寺塔》诗抒怀：

百磴悬梯径甚纤，凭栏心战步徐徐。

宝珠吐纳光无定，金铎飘扬韵有余。

六代河山供指顾，千村烟火费踌躇。

专城莫报君恩重，北眺忙将倦眼舒。

管理江宁责任重大，他时刻如临深渊如履薄冰。倦则倦矣，但想起皇帝期待的目光，他赶紧把眼瞪大了。不惧劳苦、竭力为千村百姓办事以报答君恩的思想跃然纸上。

十一月初四，皇帝夸奖提拔于成龙。

他对大学士等人说："朕无论政务大小，从没有草率完结的。每次宫中默坐，胸中也在谋划天下大事。提拔任用总督、巡抚时，必然会详细访查。如果一方的封疆大吏贤能，自然能给下属做个表率。现在贪墨官吏未必完全消除，激励、劝导、澄清的种种措施，正是要将风气潜移默化啊。"

皇帝命大学士明珠传谕江宁知府于成龙说：

"朕在京师就听到江宁知府于成龙居官廉洁。今天临幸江宁，又切实对你加以访查，百姓对你的反映与从前听到的没有不同。因此赐给你一轴朕写的手卷。朕的字不是尔等级别官员该得到的，只因你操守清廉，才赐你字表扬你。

"一般开始做事时初心是好的，但很少有好结局。你必须自始至终，不能改变自己的操守。定要学习效法前两江总督于成龙的正直、干净、清廉，不辜负朕对你的优厚眷顾之意。"

这不是简单的巡游，皇帝一路之上通过访问，考察民间对官员的满意度。他始终在关注于成龙，这次访查到的与自己原来掌握的情况吻合。

"上巡行南国，翠华所届，闻蚩蚩者①颂公休德，如比丘呗佛名。"百姓的满意度是通过日积月累得来的，"临时抱佛脚"肯定不好使。熟悉清史的人都知道，康熙皇帝赐手卷是个象征，这是他奖励官员的重要方式：惠而不费，又把勉励的意思表达得淋漓尽致。

于成龙启奏：

"臣前任乐亭知县时，因办事失误被降级调用，蒙皇恩留任。后来经已故巡抚金世德保举推荐，臣被授予通州知州，再次因犯人逃跑被降级解职，又得到了皇上宽免。原任总督于北溟点名保举臣为江宁府知府，吏部合议不准情况下，

---

① 蚩蚩者：百姓。语出《诗经》"氓之蚩蚩"。

得到皇上准许而施行。

"想臣平庸低贱到了极点，从始至终的成就都是因有圣上的恩情。至于说廉洁奉公，这是臣分内应当做好的事。臣还没做出优异成绩回报皇上，竟得到御赐法书，乃不世奇珍，臣不胜惭愧惊恐。此后有生之日，只有为国捐躯才能报效犬马之劳，仰报皇上高深恩情于万一。"

父以子贵，父以子荣。皇帝在江宁召见了于成龙养父于得水。当时于得水跟着于成龙在江宁养老。皇帝对他夸奖备至，告诫八旗汉军效法于得水教子之道，并赐于得水一件朝服披领、一身貂裘予以奖赏。

他对于得水说："你儿子于成龙居官清廉是因你教导有方，所以特地给你赏赐。你要继续勉励他殚心竭力，始终如一。这样，朕不难频繁提拔他。如不始终如一，辜负国家，朕一定加以惩治，那就会成为你家的污点。"

干好有希望，干坏有办法。多措并举，这一下子把激励于成龙的各方面力量调动起来了。于得水那一天肯定说了不少"皇上圣明"和"谢主隆恩"的话。

为把赏赐提拔带来的社会效益最大化，以点带面，推而广之，皇帝又把八旗汉军都统、副都统、侍郎等官员召集起来，对他们说："自从祖宗建立国家以来，委任汉军官员与满洲一视同仁。汉军中有不少人通达事理，施展本领为国效力的，比如孟乔芳①、张存仁②这些人。朝廷也恰当使用了他们。"

"这几年汉军官员大不如从前。"皇帝开始表达他对汉军的不满，"每次到外地赴任都带很多随从，奢侈浪费，光知道贪污受贿拖累百姓。任性放纵，不能遵守法度。比如张长庚③、贾汉复④、白色纯⑤等人，数不胜数。朕虽多次告诫整顿，这些人还是因循过去的做法，不知悔改。"

"朕这一次到江南巡行见到的文武官员、当地军民众口一词称赞江宁知府于

---

① 孟乔芳：字心亭，直隶永平（今河北卢龙）人，汉军镶红旗人。
② 张存仁：辽阳（今辽宁沈阳）人，汉军镶蓝旗人。
③ 张长庚：顺治八年由秘书院编修迁弘文院侍读，累迁秘书院侍读学士兼佐领、国史院学士、湖广巡抚、总督等职。
④ 贾汉复：字胶侯，号静庵，山西曲沃安吉人。
⑤ 白色纯：汉军镶白旗人，初任内院副理事官，官至江西巡抚。吴三桂、耿精忠叛，色纯遣兵败耿精忠于会昌，克吴兵于杨村。卒谥"勤僖"。

成龙清廉爱民，朕十分高兴。已当面奖励，破格提拔他为安徽按察使。又特地把于成龙的父亲于得水召来赏赐，以示对廉吏的褒奖赞美。

"凡八旗汉军，从今以后都应洗心涤虑，痛下决心改变旧习。儿子在外做官的，你们都该写信给他们进行训导和勉励。如果真有像于成龙那样廉洁爱民的，朕立即提拔任用。如果怙恶不悛，国家有法，朕绝不饶恕。"

从某种意义上说，皇帝的训示就是对汉军特别是汉军年轻一代的总体不满：现在榜样找到了，你们学着点。

同时，皇帝又诰赠于成龙生父于国安"江宁知府"以示奖励。

一年后的康熙二十四年十月，皇帝举行乡饮①大会。八十一岁的于得水作为大宾②参加了此次盛会。

大宾在宾朋中最有面子，坐在上首，带着大家吃饭喝酒聊天，带着大家给皇帝叩头谢恩。这份荣耀让大家羡慕不已，让于得水受宠若惊。当时，远在南方的于成龙应该感到肩上的担子压力很大。

当日，江宁仪凤门外，于成龙随总督、提镇③以下大小文武官员与当地士绅百姓数十万人在两岸跪送皇帝启程回京。

皇帝停舟，对送行官员说："朕向来听说江南乃财富之地，今天看到这里的市镇、大路，感觉这里财富比较充盈。这里乡村富饶、人情朴实都赶不上北方。都是因粉饰奢华所致。尔等大小官员，应廉洁爱民、奉公守法、激浊扬清、体恤百姓疾苦，不要辜负朕老安少怀④的深情。"

十一月二十三日，皇帝看罢河堤，驻扎郯城县沙沟⑤。这一天他即兴写了一首《阅河堤诗》，诗中可见南方水灾给百姓带来的困苦。

防河纤旰食，六御出深宫。

缓辔求民隐，临流叹俗穷。

---

① 乡饮：是古代一种庆祝丰收尊老敬老的宴乐活动。一般乡饮都选德高望重长者数人为乡饮宾，与当地官吏一起主持此活动。

② 大宾：与官员一起主持乡饮仪式德高望重的长者。

③ 提镇：清代提督与总兵的合称。

④ 老安少怀：使老人获得安逸，少年得到关怀。旧指在位者所施的德政。语本《论语·公冶长》"老者安之，朋友信之，少者怀之。"

⑤ 沙沟：今山东省临沂市郯城县沙沟村。

何年乐稼穑？此日是疏通。

已著勤劳意，安澜早奏功。

皇帝对身边大臣说："朕南来目睹河工，夫役劳苦，乡间百姓贫困。让此方百姓能安心种田之日，方是河工告成之时。偶成此诗，聊写朕怀，不在乎辞藻是否工巧啊。"

第二天他亲自书写了这首《阅河堤诗》赐给了总督河道靳辅[①]。他把靳辅召入大帐，对他说："你这些年，修治河道，卓有成效，勤勉尽力，朕都知道。此后应当更加勉励，早告成功，使百姓各安旧业，才不负朕委任你的初衷。"

靳辅叩头启奏："臣自从被提拔担任河道总督以来，昼夜危惧，唯恐有负使命。只是河工艰难，以至于超出期限，未能告成，浪费了钱粮，臣怎敢推脱罪责呢？皇上看到臣愚昧朴实，未加谴责，仍让臣把事完成。臣唯有鞠躬尽瘁，以效犬马之报而已。"

皇帝问："你的僚属何人最清廉？"

靳辅回答：

"清廉二字是人最难做到的。当大官的必须洁己率属，然后才能要求他人。臣出身寒微，蒙皇上提拔，总督河务。治河工程浩繁，官员差役众多，奖赏、赠送、激励、鼓舞，让他们奔走效劳，不能没有费用。

"连臣衣食所依靠的也都是皇上的恩赐，这才能让臣全家能够温饱。像古人那样一介不取，一介不与，臣很惭愧不能做到。

"连臣都这样认为自己，怎敢保证僚属清廉，来欺骗圣明的天子呢。但非理妄取、枉法坏公的事，也断不敢为。"

皇帝听后笑道："你说这话正说明你不骗朕。"

做臣子的公开表示自己不敢保证廉洁，皇帝心情好，也没有怪罪训斥。谈话的气氛总体轻松，但这种轻松已看到了尽头。

为顺利进入对于成龙下一重要历程的描述，我们有必要说说几个月前李时

---

① 靳辅：字紫垣，汉军镶黄旗人，清顺治时为内阁中书，康熙初自郎中迁内阁学士，康熙十年授安徽巡抚，参与平定三藩。康熙十六年调任河道总督。康熙三十一年十一月逝世，赐祭葬，谥"文襄"。

谦① 弹劾靳辅的那封意味深长的上书。

巡视中城、河南道试、监察御史李时谦九月二十四日上书请求疏浚入海口，拯救高邮等七州县的农田：

"臣生长在西北，侨居在淮安，但淮安、扬州两郡河道分上下河臣还是知道的。上河自清口直达瓜洲、仪征后汇入长江，是漕运船只往来的要道运河。下河在山阳、盐城、高邮、宝应各州由串场河入海。明朝时排水还是有通路的，百姓可用河水来灌溉。所以年年有收成。

"康熙七年，黄河溃决与淮河交汇后东下，高邮、宝应一带各州河道都被黄河泥沙壅塞，田地都成了蓄水滩。遇到冬天积水退去，露出个个沙丘，像能耕种。到了春夏时节涨水，又是泛滥几百里，一片汪洋。近十六七年来，百姓仰仗皇恩停征钱粮活命。但百姓看似有田却无田，日渐荒凉流亡，真让人慈悲怜悯。"

李时谦叙述了下河水灾成因和百姓流离惨景。紧接着，作为言官，他犀利的笔锋一转，说道：

"治河大臣靳辅总督治河事务，只知道连年在运河上急急忙忙筑堤约束洪水，建设减水坝②保住大堤，注意力集中在上河，却不知高邮、宝应一带下河流域沃野千里，田地很多，听任黄河决堤的泥沙淤积拥堵入海通道。过去遇到连阴雨，下河已苦于淹没浸泡，现在又要容纳减水坝泄下的洪水，洪水却苦无出路。百姓生计与国家赋税密切相关，奈何任他在水乡办差却不知体恤百姓?！"

这就是直言不讳，指名弹劾。

"臣听说下河旧日入海河道共有七条，现全被淤成平地。急需开挖疏浚的有四条，长的六七十里，短的三四十里就可到海。串场河南北长千余里，多被淤

---

① 李时谦：字吉父，号苏庵。祖籍山西襄陵通城里（今襄汾县襄陵镇），后入淮安商籍。顺治十七年庚子科顺天举人，十八年辛丑科进士。曾任潞城县推官，乐陵、黎城知县，陕西巡视河东监院、湖广道监察御史。有奏议集《国朝李侍御奏疏》，曾上书弹劾时任河道总督靳辅治水之弊。

② 减水坝：河工名。又名"分洪坝"，是在河道一侧建造的溢流设施。当洪水上涨时，用减水坝以分洪使江河之水溢流他处，保护下游堤防，防止或减轻险情。清代减水坝启放有定制，平时闭塞，有洪水时按规度启放分洪。也有将坝顶齐地平的"滚水坝"称作"减水坝"的。

积变浅。可因势利导让他们全部流入串场河主干河道。几条入海通道须全部深挖，取出的土可将范公堤①培筑得很高，使海潮不能进入内地。内地洪水随到随泄入海洋。不单上天不能给下河造成灾害，减水坝也会受益。

"早先，御史许承宣曾也有过相类似上书。那个时候督抚们进行了公议，认为高邮等州必须开挖大中小几道河流，总计花费一百九十余万两白银。

"臣看这个案件，十几年过去了，下河干涸露出的希望还十分渺茫。每年十六七万的钱粮也有十几年没收了。与其无休止每年亏损正项钱粮，哪如从长计议一举而有成效。

"皇上惦记百姓，即使是一人没收成就有自己被淹、挨饿的顾虑和感受，更何况是面对万民依赖养命的土地年年沉在水底？

"请皇上下令部臣商议开浚之法。或节省其他开支，或设法变通筹集款项。工程完工，土地耕种之后宽限一年开始征收，每年立即就可增收十余万两。东南百姓就会共同沐浴皇上的恩德。"

上书有理有据，态度总体还是十分温和的，意见也极具建设性。对于靳辅的指责并非整个上书的主要目标，尽快开挖下河拯救百姓才是他最想要的。

皇帝没有下达旨意。只是批了个"已有旨了"，就搁置了。这是什么原因？是国家被其他大事拖住手脚，还是皇帝心里对下河治理已有安排？

于成龙当时未必清楚李时谦写了这个上书，但这个上书无疑揭开了下河治理历史上的重要一页，波澜壮阔，情节激荡。

于成龙也并不清楚，李时谦上书中的下河将会与他的生命产生如此紧密的关联。

---

① 范公堤：本名捍海堰，公元 1024 年（北宋天圣二年），范仲淹主持修建了从楚州盐城经泰州海陵、如皋至通州海门的捍海堰，俗称范公堤，它是一条重要的地貌界线，标志着当时苏中、苏北海岸的所在。后世屡圮屡筑，并续有增展，北起今江苏省阜宁县，南抵今启东市的吕四港镇，长五百八十二里。

九、江南安徽按察使

"子在川上曰，逝者如斯夫"，皇帝提拔于成龙。惊涛骇浪正从天边向于成龙袭来。朝廷否定了张鸿烈的发钞救急之法，意味着什么？

康熙二十三年十一月初五，一名官员的升迁与于成龙发生了关联：江南安徽按察使王国泰①升为浙江布政使司布政使。

十一月初六日，皇帝对吏部尚书伊桑阿②说：

"车驾南巡，了解到了百姓疾苦。路经高邮、宝应等处，见百姓民房田地被水淹没，朕心深为挂念。访问缘故，事情的梗概朕已全部知道了。高邮、宝应等处湖水下流原有入海口，因年久沙淤导致壅塞。现在将入海故道疏通，就能避免水患。从那时起，每当想到此事，就于心不忍。这一方生灵，必须谋图拯救使之安全，让他们各得其所，朕才能满意。

---

① 王国泰：字开先，盖平人，荫生。曾任福州同知，山西河东道，广东按察使司按察使，安徽按察使，江南江安督粮道兼巡池、太等处地方事务布政使，参与组织《博野县志》《温州府志》修撰，曾为围棋专著《弈墨》作序。

② 伊桑阿：伊尔根觉罗氏，清初大臣。顺治十二年进士，授礼部主事。累被提拔为内阁学士。康熙十四年，迁礼部侍郎，被提拔为工部尚书，调户部。二十一年黄河决，命往江南勘视河工，布政使崔维雅随往。崔上治河法，列二十四事责难靳辅，与靳辅议不合。

"你同工部尚书萨穆哈①前往水灾州县逐一详细勘察，十天之内回复朕。一定要救济百姓消除祸患，纵然有经费花销也在所不惜。"

看来下游七州县的治水救灾事宜已被皇帝提上了议事日程。目标思路明晰。对于成龙的提拔就是在此背景下做出的。这一阿一哈两尚书，都是九卿系列的大员。皇帝派他们前往巡视不可谓不重视，但他们前往下河，到底看出了什么门道？后边会看到。

十一月十六日，皇帝结束南巡回京途中至山东泗水县泉林寺，观览孔子感叹"子在川上"旧址，宿于大抃桥②。

山东是孔子故里，泗水岸边的康熙皇帝也许是像孔子那样深切感受到了生命之河奔腾向前不复回，感受到了光阴的易逝。他在圣人曾驻足之处"瞻眺久之，恍乎如有所得，殆移晷而后去"。

如同所有志向远大、想开创一番雄图伟业的人一样，他感到时不我待。从江宁回銮一路上，他脑子里经常出现于成龙的面影，有时这个面影让他不知不觉间忽略了眼前缓缓走过的大好江山。

他在考虑如何更好发挥于成龙的作用，他需要个能带头作表率的官员。大抃桥头，他决心已定，他不想按部就班，他不想再等了。他对于成龙的任命没有等回到京城。

在此地，他下令提升江南江宁府知府于成龙为安徽按察使司按察使。次日，他开始巡幸圣人故里——曲阜。

于成龙的这次晋升，引发了上上下下广泛关注。户部给事中王又旦还专门写了折子，赞美皇帝对于成龙的提拔，建议皇帝高度关注国家治理体系中知府这一级官员，这个名为《严立均赔之法，将申破格之用，以兴吏治，以逆民生事》的折子很能说明于成龙在当时知府级官员中如何卓越。顺便说一下，王又旦还是一位卓越的诗人。但这次他写给皇帝的可不是闲情逸致的诗歌，这是投

① 萨穆哈：吴雅氏，顺治十二年进士，授户部主事，迁员外郎。三十二年授工部尚书。三十九年上察知工部积弊，河工糜帑，受请托，发银多侵蚀，诘责萨穆哈等。萨穆哈寻以老疾乞罢，皇帝斥其伪诈，命夺官，仍留任，察工部积弊，一一自列。四十三年，以疏浚京师内外河道侵蚀帑银，萨穆哈得赇，逮治拟绞。卒于狱。

② 大抃桥：也作大卞桥。邻近曲阜。

枪一般犀利的檄文。

他首先论述了郡守一级官员的重要性："郡守是合郡的表率，如果能有合适的人担任，持廉守正，洁己爱民，那督抚、司道这些官员就不能为满足私欲恣意胡为，州县官员也就能谨慎小心地奉公尽职了。"

王又旦话锋一转：

"近来的郡守，侍奉上级官员唯恐不得上峰欢心，对待下属主管官员就像随时可以宰割的鱼肉。我们经常见到州县官员解任的时候，府库亏空，有的成千上万，这难道是州县官员大胆，损公肥私吗？按道理说，盗用国家钱粮这种罪行处罚是最严重的，家产会被没收归官，自己连命都保不住，再愚蠢也应该知道这个道理……

"知府这级官员与州县官员贴近，凡是自己有需要没有不是从州县这级索要的。州县这级官员在他们掌握之中，只能剜肉补疮满足他们的私欲。等事情败露的时候，知府以弹劾州县官员为借口，如果有州县官员控诉他们，他们就说州县官员反咬一口。这些州县官员只能忍气吞声忍受祸事。就算侥幸没有败露，可事事办起来棘手，自顾不暇，哪还有时间体恤百姓。"

王又旦建议彻查州县亏空，具体落实到年月日期间，责令知府参与平均赔偿，这样知府才知道体恤州县官员，州县官员才有余力爱养百姓。

"天下之大，难道就没有一两个贤能豪杰可以做有司的表率吗？近来，于成龙等人治行高卓，已被皇上智慧选拔到司道一级，皇上知人安民，足以跨越汉、明两代。

"臣查阅《品级考》，在外做官的都有机会得到内部提拔的惯例，知府这一级却不包含在内，实在是个缺憾。

"今后如果有特别贤能、体恤下属、培养地方元气的知府，一经督抚特别推荐，皇上下令廷臣共同推举，就可以给个京官。古代寇恂、侯霸这样的贤臣也都是由太守职务召进朝廷里边去的……"

折子文笔洗练，切中要害，康熙皇帝用朱笔加圈肯定三百六十余字，"伏乞赐览"的"览"，"敕部施行"的"行"字旁各加了一个红圈，表示"看过了"，"行"！

于成龙再次临危受命被破格提拔。这是机遇还是挑战？他此时还不知道，惊涛骇浪正从天边袭来。

康熙二十三年十二月初十,九卿、詹事①、科道②官员开会决定:疏浚车路河③、清河口,令其入海,事务应交总河靳辅负责。

皇帝说:"靳辅现在督理黄河堤岸,让他同时办理疏浚海口,一定会导致两头耽误。况且黄河、海口在两个地方,应另行特派官员督促办理,让靳辅同时兼管。命另外详细商议后上奏。"

十二月十六日,九卿、詹事、科、道会商疏浚下河事宜,拟举荐安徽按察使于成龙。

皇帝问:"尔等什么意见?"

明珠等奏:"臣等的意思,于成龙是皇上特旨越级提拔的,若派他去,他必然殚心竭力,似对治河工程有益。"

皇帝说:"修河原本就是为民,此河非黄河可比。只要谨慎勤勉,对于治河工程没有无益的。命差于成龙办。"

就这么两天的工夫,于成龙的命运走向就被确定了。

十二月十七日,翰林院检讨张鸿烈④上条奏⑤列举太和殿应紧急修造、淮南至淮北桃源一带等河道应开挖疏浚,应使用钞法⑥等三件事。这个事与今后于成

---

① 詹事:官名。詹,古时碑志亦写作"瞻事"。《汉书·百官公卿表》颜师古注引应劭曰:"詹,给也。"詹事即给事、执事。秦始置,掌皇后、太子家中之事。西汉相沿,皇后之官属及太子之官属均有詹事。东汉废。魏晋复置,历代相沿,为太子官属之长。辽金置詹事院,元亦置詹事院,或名储政院、储庆使司,变革不定。明清皆置詹事府,设詹事及少詹事,为三、四品官,其下有左、右春坊及司经局等。事实上只预备翰林官的升迁,并无实职,清末废。

② 科道:明、清六科给事中与都察院十三道监察御史总称,俗称为两衙门。

③ 车路河:在今江苏省泰州市兴化市境内。

④ 张鸿烈:山阳人。字毅文,号泾原,一号岸斋。康熙时由廪生被推应博学鸿词试,授检讨。历官大理寺副。疏请开支河转漕以避黄河之险,时以为卓见。工诗词。曾主修《山阳县志》。有《淮南诗钞》。

⑤ 条奏:逐条上奏。例如,《清史稿·高宗纪一》:"准本年新进士条奏地方利弊。"

⑥ 钞法:发行纸币。清朝统治者鉴于前代教训,唯恐通货膨胀,虽对中外商人印发私票采取放任政策,但对国家发行纸币持慎重态度。政府为应付战时财政困难,迫不得已印制纸币,难关一过便加废止。顺治八年,仿明旧制,印行钞贯,以制钱为计算单位,每年发行不过十二万八千一百七十二贯四百七十文,前后使用不足十年。

龙治河密切相关，不妨看看是怎么回事。

皇帝看完折子，问大学士等人："你们怎么看？"

明珠启奏："臣等的意思，他奏本中既说太和殿应紧急修造，就不必说扰民等话。如果扰民那自有一定律例来惩处。治河工程皇上特派于成龙修治，凡应做的事于成龙定会检查上奏。古代印钞是因国家财力不足。现在天下太平，钱粮充足，似乎不应印钞。"

皇帝："嗯。那就按你们拟定的票签下旨吧。"

于成龙刚刚上任，高层就开始讨论关于治河资金来源问题。张鸿烈提出了发行纸币解决资金紧张的策略。

明珠在回复皇帝质询时也发现了这是个棘手问题，但他使用娴熟的技巧轻轻避开了这个极其复杂的问题。首先他抓住张鸿烈条奏中认为三项工程容易扰民这条发力，首先说国家的紧急工程，你怎么能和扰不扰民挂钩呢。再者，真扰了民，朝廷有专门惩治扰民的措施。

言外之意，张鸿烈那就是小题大做，不讲原则。倘若张鸿烈本人在场听了就会心中一凛。

至于摆在面前的发行纸币问题，他直接推给于成龙。于成龙不是特派官员吗，那张鸿烈就别操这个心了。于成龙如果根本不提印钞的事那就是不必印钞，什么时候感觉需要印钞再议论也不迟，不必提前十年发愁。

最后祭出大杀器，天下太平，朝廷不缺钱。不缺钱印钱干什么？皇帝就爱听这个。

为了拯救家乡的水灾，张鸿烈不知熬了多少个夜晚写成的条奏就让这么几句话，轻轻丢在了地上不说，明珠还暗暗给他上了药。

我们可以看出，张鸿烈积极出主意想办法，这颗拯救家乡黎民父老的拳拳之心充满了渴望。

其实早在一个月前，这个"叹息肠内热"的张鸿烈就上奏陈述江南水灾的严酷："……李时谦只知道淮安以南水害，却不知道淮安以北八个城也遭遇水害，这是第一苦；只知道南边的民田受到河流决口扰害，现在受减水坝水灾，却不知那些在北边黄河岸内民田受灾更为严重……"请求皇帝派治河总督前去踏勘，等等。

到底缺不缺钱？需不需要汇集社会资金进行国家大型工程建设？这不是个

可有可无的问题。围绕这个问题在皇帝头脑中卷起的风暴最后衍化成了惨烈的官场斗争。于成龙也深陷其中。此是后话。

九月，御史李时谦曾有过一份治理下河的上书，皇帝下旨说"已有旨了"后就被搁置了。后来皇帝巡察江淮地区，眼见为实，皇帝准备采取措施办理下河事务。他传旨给吏部尚书伊桑阿同工部尚书萨穆哈前往查勘。

此前皇帝亲眼见到了民间房屋田地被淹没漂荡的惨景："淮扬罹水灾，流波常浩浩。龙舰偶经过，一望类洲岛。田亩尽沉沦，舍庐半倾倒。茕茕赤子民，栖栖卧深潦……"此诗现在读来仍然触目惊心。皇帝看到的还远不是全部，也并非最严重的灾情。

下河七州县百姓处于水深火热之中，而皇帝还要找人去再看一看议一议，以示慎重，一个来回再加上商讨决策，几个月就没有了。用现在的目光看上去行政效率不高。不是特事特办、马上就办。

伊桑阿等人到了下河，宣读了皇帝旨意，官员士绅百姓都感动得落泪了，庆幸自己有了活路。不处在那个时代、那时那地，想感同身受恐怕都很难。

对下河进行勘察之后，伊桑阿、萨穆哈向皇帝报告说："淹没高邮等七州县的河水过去由车路河、白途河（白塗）等河流入运盐河、串场河，然后从白驹、丁溪、草堰、刘庄等地到达苦水洋、斗龙港、信阳港、庙湾后入海。今天入海河道被泥沙淤积堵塞，河床高起，积水不能流出去。应当把入海河道疏浚得又深又宽，才能把积水引入大海。"

大家一定要记住这个报告。疏浚下河几乎就是个不用讨论的问题：堵了，水流不出去就得疏浚。很难吗?！如果看到后来对这个思路都争得你死我活、不欢而散，你一定会惊讶不已。

皇帝把事情交给九卿开会商议，并且把御史李时谦的奏本一起发下来。原因已查明，不过就是个疏浚放水的工程。皇帝这时又找出来李时谦的奏本，并案处理。

九卿通过会议决定，同意伊桑阿等人的意见，交由河道总督靳辅经办此事。这种例行公事的批转并没有得到皇帝首肯。皇帝曾讲过："靳辅治理黄河的同时还要疏浚下河入海口，恐怕精力难以兼顾耽误事情。应另设一名官员。"并让九卿再议。

这个意思实际很明白了。下河是靳辅眼睁睁看着泛滥成灾的，他作为河道总督，水来没有守住堤防，现在一片汪洋又没迅速泄洪，是不是精力有限呢？话说得比较客气，算给靳辅留足了面子。

在这之前，工科给事中许承宣①请求皇帝下令疏浚江都五塘。靳辅上书称疏浚五塘对治理下河水患无益，应疏浚的是丁溪河、白驹河、草堰河、刘庄等入海口，预算花费人工费用为一百九十六万两白银。时任两江总督于北溟等人因这样做花费太多就把奏折压下来了。

靳辅要兴起大工程疏浚海口很久了。到现在皇帝却要另设个治河的官员，这与他的预期不一致了。

一定要记住这个细节。首先是靳辅也要疏浚，之所以没有疏浚成功是因于北溟压下了奏折，理由是花钱太多。这指的恐怕是让总督巡抚会商那个情节。其次是靳辅不愿意另设官员。

这则史料记载必须通过和后续的文字比照来读。隐藏在烟海般史料文字中的真相总是那么扑朔迷离：有的话说得很隐晦，并没有痛快说出来，而是深埋在字里行间。这样细微而重要的文字恐怕会被当作平常而乏味的情节一带而过。但我们不能放过去，否则难以理解后续情节。

---

① 许承宣：字力臣，唐模（今安徽黄山市徽州区）人。康熙丙辰进士，授翰林院庶吉士。散馆改工科给事中，首陈扬州水利、赋役二疏。康熙二十年，主陕西乡试，归卒于家。著有《宿影亭稿》《青岑文集》《西北水利议》等。

十、督理高邮、宝应河务按察使司按察使

拒绝同事善意提醒，他是真的愚不可及还是高度睿智和清醒？为百姓慷慨陈词，声震大殿。据理力争绝不退步，戆直勇毅。这是他唯一无所作为却有所作为的差事。官职虽小却站到了历史的 C 位。

十二月十七日，九卿向皇帝汇报说：

"入海口及下河事务应派官员专门负责。安徽按察使于成龙才能和操守都可委任此职。请皇上发给关防① 和圣旨将他派过去办理此事。

"治理黄河和治理海口虽在两个地方，但必须协同起来才能有益。河道总督靳辅治河年头比较长，很熟悉水势、地形。于成龙应将一切事务详细向靳辅报告申请。如果工程完成，工部将靳辅和于成龙一起论功，反之，将两个人一起处罚。"

皇帝同意了九卿的建议。

从上边的文字看，最早提议于成龙参与下河治理的并非皇帝本人。是否得到过皇帝的只言片语？是皇帝经常挂在嘴边表扬的人九卿心知肚明而不妨顺水推舟？这既推荐于成龙，又明确于成龙必须听靳辅的辖制，成了靳辅也有功劳。

九卿的安排可谓天衣无缝。

即使于成龙需要听自己的话，靳辅还是十分失望。这种情绪是未来纷争的

---

① 关防：官印的一种，多为长方形。

起点。这位资深河道总督的目光似乎从顺流漂荡的百姓身上移开了。他盯住了他很不情愿拥有但却不得不拥有的助手。

下边这个提议，似乎要给治河事务上保险。提议的影响深远，后边发生的不少事和这个规定有关，这个规定无疑是把治河官员头上的"金箍"又紧了紧。于成龙就是在这个当口走马上任的。

十二月十九日，工部提出："黄河、运河堤岸被冲决的，照惯例处分。如果只是洪水漫过大堤决口，河流没改道，且在保修期限内的，命经办官员赔偿修理。过了保修期限，则命负责防守的官员赔偿修理。这一点要作为永远的规矩。"

皇帝同意了工部的建议。

十二月，于成龙奉旨督理下河工程。

"入海口关系运河下游安危，特命你督理高邮宝应等处下河事务，并管辖下河入海口附近州县等处地方事务。"皇帝在圣旨中说。

于成龙新职务全称为"督理高邮宝应按察使司按察使"。次年二月，他安徽按察使的职务被多弘安①接替。多弘安一生的大部分时光也与治河有关。

旨意中继续说道：

"车路河、串场河、白驹河、丁溪河、草堰河等河口要逐一切实勘察开挖疏浚，使河道加深加宽，从高邮等州县的减水坝一带运河口引流入海。

"要安抚黎民，勤勉宣传朕的德政，约束衙门里的官吏差役，让他们恪遵法纪，不准作弊生事。要严令入海口的主管衙门中的官员，严令他们各自遵循职守，不要让他们浪费钱粮，懈怠、松弛、荒废时日。

"所有入海口都要好好开挖疏浚，不要让沙土淤积致使河道变浅，以致河水泛滥，漫过堤坝，淹没民田、房屋。开挖河道一切事宜都应委派专门官员，分工情况均应详细报告给总河靳辅最后决定。旨意中没说到但也需要做的事务你要详细报告总河后，遵照执行。岁末，要把所修工程、动用钱粮详细数目一起

---

① 多弘安：字君修，直隶阜城人。顺治五年，选拔贡生。康熙初授广东灵山知县。七年迁奉天承德知县。十年升陕西延安靖边同知。十六年补江南淮安山盱河务同知。十九年升淮安知府。二十年升淮扬道。二十四年升安徽按察使。二十八年迁江西布政使，乞归。后值黄、运两河溃溢，起用弘安。会病卒，祀灵山名宦。

造册后转报总河。报销听总河节制。

"你要保持廉洁，秉公办事，精心尽力使水患永除，百姓恢复生计是你的功劳。如果执拗乖张，办事因循守旧，殃民误国，责罚也需要你承担。谨慎啊！"

除政治上的嘱咐，旨意指令性极强，治河方略明晰肯定。但皇帝不可能想到，他讲得很清楚的治河策略受到了一大批人的抵制。抵制过程很漫长，后来竟然衍化成一场深刻的政治搏杀让皇帝变相改口，"王顾左右而言他"，踏步，并用一种堂皇的方式规避风险，进行战略性后撤。

皇帝知道可能有风波，但蝴蝶翅膀扇起了如此剧烈的风暴，恐怕是他始料不及的。

康熙二十四年（1685）

于成龙四十八岁。

是年二月，于成龙抵达驻地泰州，准备像从前一样在下河大干一场。

到任第六天，于成龙就要起身去治河工地。

于成龙雷厉风行，抬脚就开走。这样的办事方法让好心的同僚感到不可理喻，或者干脆认为他愚不可及：这么简单的为官技巧难道还用我们教你不成?!

官署里有个同事对于成龙说："你太傻了，你上任按察使司再加上过年，能得到下属两次馈赠，干吗不收?! 收了不就能当去下河的路费了吗? 怎么六天就走啊?"

同僚的主意理解着没难度而且顺理成章，不着痕迹。他的"友情提示"算把话说到家了。

于成龙说："我要是不傻，皇上肯把刚当了两年的知府提升为臬司吗?"听到这话的人都感叹不已，认为于成龙戆直得有理。

于成龙理解同僚的"美意"，这些技巧他也没有什么不懂的，但同僚们真听懂他的话了吗? 于成龙无视那些"潜规则"，埋头干事，每个差事都干得漂亮，这才让他与众不同，卓尔不群。同僚听了他的话会不会如醍醐灌顶? 很多年后，于成龙如日中天，他还记得和于成龙这番简短而意味深长的对话吗?

于成龙是稳重的，他认为必须谨慎从事。他说："治河一事与七州县百姓性命攸关，做事之前不能不论证。"

开始，淮河水不能完全从淮阴的清口流出，与黄河交汇然后经云梯关入海。河道总督靳辅怕高家堰①决堤，就建了减水坝向一旁泄水，又怕高宝湖存蓄不了上游来水，就也建了减水坝。减水坝大堤有几百丈长，但减水坝下游没有泄水的引河，也没有储蓄来水的湖泊，又带来了大量的泥沙。浩浩荡荡的来水灌注在田野房屋坟墓之间，高邮、宝应、兴化、盐城、山阳、江都、泰州七城都被大水所淹。

这个减水坝其实就是河堤上设置的减压阀。水太大了就开闸泄水保堤。哪里危险、关键，就在哪里设置。但问题是不挖引河，漫无目的让下游变成蓄洪区，给百姓带来了巨大灾难。而且一再减压，水流变得乏力，泥沙沉积下来了，河防也逐步变得岌岌可危。

二月二十四日，康熙皇帝在乾清门听政时对九卿说："近日总河靳辅上奏请求在黄河南岸毛城铺、北岸大姑山等处适宜建造减水坝，分流洪水……朕以为导流之水汇聚清河县，水势湍急，必然导致越过堤岸，更可能毁损民间田地房舍。此减水坝虽然对河上工程有益，对百姓却毫无好处，你们一定要好好记着这件事。"

康熙皇帝嘱咐大家记住他当时关于减水坝所说过的话。笔者也提醒大家记住这个细节。这绝不是可有可无的文字。他的这个表态对于全书的很多章节都非常重要。看到后边就知道，此时若不是康熙皇帝聪明盖世未卜先知，那便是史官后来补写的。

四月，于成龙接受任命和官印后立即赶往水灾严重的高邮、宝应等七州县，他陆行骑马，水中坐船，遍访民情，对所有出海口都进行了查勘，观察地形，参考治河的各种图纸和过去的记载，咨询当地的士绅百姓，把治河的要领全部掌握了。

于是于成龙上书请求先疏浚海口，先把积水排出去，等到河渠沟汊的堤埂

---

① 高家堰：洪泽湖大堤。明嘉靖中始见记载，当时系指今江苏省淮阴县高堰村附近的一段淮河堤防（明万历年间成书的《河防一览》等书认为系东汉陈登创建），是世界上最早的人工堤坝。高家堰历经兴废，决而复修，毁而复建，史不绝书。

露出水面，再依次修治。

决策之前多侧面深入调查研究问计于民，验证了圣旨中所提出的治河方略是正确的。具体操作层面则讲究统筹，轻重缓急拿捏得很准确，这就叫干事有谱儿。如果顺理成章衍化下去，当然是皆大欢喜。

不过，历史很少是顺理成章的，"千里江陵一日还"这样痛快淋漓的场景并不多见，即使有这种顺风顺水，古人也笔尖淡淡地一滑，痕迹又短又浅。历史长河中石头太多，说不清在哪里就是个大转弯，说不清在哪里就是高山峡谷，一落千丈，举步维艰。

这个意见与靳辅不合，靳辅没有批准。

于成龙想上书阐述自己的意见，讲说自己这样治水的理由，靳辅心里很不悦，压下了于成龙的奏折，并几次去信质问责难于成龙。又当面告诫于成龙，让他听自己指挥。于成龙迫不得已，只好依从靳辅命令。

靳辅表现得很情绪化。他似乎脱离了技术方面的探讨和争鸣，更多是通过级别高低进行打压。虽然目前没有见到这些信件的具体内容，但是我们可以想到，火药味越来越浓。靳辅斥责于成龙的声音似乎从纸面上透了出来。

有一样东西不等人，那就是大自然对人类的惩罚。靳辅在对于成龙的盲目斥责声中错失良机，代价很快就来临了。

不久，连日大雨倾盆。史料上说："五月，雨，百日不止。"

这是罕见的洪涝灾害。洪水快速集中至洪泽湖，减水坝里的来水汹涌而至。由于大水来得突然，高邮等七州县的老百姓万般悲惨：有黑夜中不知道大水来了而在昏睡中淹死的，有知道洪水来了却无处逃命被淹死的，有把自己绑在树上躲避洪水饿死的，有把子女捆在树上避水，孩子被毒蛇毒虫蜇咬而死的……万千惨状！

州县官员瞒报灾情不敢让上级和皇帝知道。灾民到于成龙那里哭诉。于成龙写信把灾情如实上报给各大官、巡抚，让他们全都知道了。

悲惨的历史又重演了，这让人一下子想起了在乐亭时于成龙越级上报灾情的情景。百姓在洪流之中受苦，官员怕如实上报丢了乌纱。这等人命关天汇报灾情的事还要靠于成龙这样不管不顾的人。可悲！

江苏巡抚汤斌①很高兴于成龙讲真话，说了很多夸奖慰劳的话，询问于成龙有什么救灾策略。

汤斌是康熙时期的名臣，他对于成龙实事求是报告灾情的第一反应是他的本能反应，这让人想到了金世德，想到了魏象枢，想到了于北溟。

于成龙写了条陈②回复汤斌说：

"过去水灾只冲决一个口子，破坏一处堤坝，这能堵塞。自从设了减水坝，上边的河流水每天减少，下河的水每天增加。虽有运河分泄部分来水，但田野房舍变成了鼋鼍的洞窟、蛟龙的宫殿。如不疏浚海口排泄上游来水，下游的高邮等七州县恐怕就没有了。

"议论此事的总抓住一点，说疏浚海口将引起海潮向内陆倒灌，这种见解简陋片面。他们根本不知道，积水下不去根本就没办法修治。再说暴泄的洪水排下去之后，建个闸防止潮水倒灌并不难，泄洪防潮完全可依次办理。

"今天，灾民露宿野外，在运河两岸高处掘地做个地穴，上边苫上点荒草遮挡风雨，上边漏水下边潮湿，妻子儿女号哭，就是野兽山禽也没有这种痛苦。

"倘若准许在下疏浚入海口，九月初就可动工，沙滩的高处可搭房子住人。在下动工之前就召集人，等灾民拉家带口地过来，男人出工治河，女人做饭，每天提供做工的伙食，赶过来的灾民肯定很多。工程容易完成，百姓又免于饥饿，没有比这个办法方便好使的了。"

这个条陈反映了于成龙难以平静的心情。它像一面让人穿越到过去的镜子，里边映照的满是百姓辛酸的生活场景，惨不忍睹。他和靳辅间的分歧也在信中得到了透露。泄洪和防止海水倒灌哪个是当务之急？竟然连排涝都需要论证！

汤斌大喜，回复于成龙说："疏浚海口，排放积水是当务之急。不但对下河有益，更是永保运河安全的奠基之计。果真能及时开工，灾民乐于参与，编织茅草为屋，男人出工女人做饭，那可是有大大的功德、大大的阴德啊。"

两江总督王新命、漕运总督徐旭龄③都认为于成龙说得对。

---

① 汤斌：字孔伯，号荆岘，晚号潜庵。河南睢州（今河南睢县）人，清政治家、理学家、书法家，官至工部尚书，卒谥"文正"。汤斌一生清正廉明，是实践朱学理论的倡导者，所到之处体恤民艰，弊绝风清，政绩斐然，被尊为"理学名臣"。

② 条陈：旧时下级向上级分条讲述事情、建议或意见的文书。

③ 徐旭龄：字元文，号敬庵，杭州府钱塘人。顺治乙未科进士。初授刑部主事，累官至工部侍郎。宦迹到处，皆有惠政。卒于任，赐祭葬，谥"清献"。

汤斌、王新命、徐旭龄都是最了解下河情况的官员，可是，就算这几位官员意见一致，管用吗？他们说了不算！

裂痕在扩大。于成龙坚持自己的观点，靳辅对他的责备也升级了。

于成龙开始时依从了靳辅指挥，但因水灾又向靳辅请示疏浚入海口，估计用银三十万两。靳辅再次去信质问责备他。

靳辅同时向皇帝上书，其中很多说法让人吃惊匪浅。大概的意思是：

"下河田地被积水淹没从明代就如此，灾害不是一天造成的。淮扬等地人所推崇的治河法，不过是拿大禹疏导下游以治水的做法说事儿。即挑开入海口泥沙，把内地积水泄出去。这些人不知大禹治水用疏导法是因下游兖州地势低洼。海口地势较高，内地比海潮低五尺，宋代范仲淹修了堤坝来遮挡海水。如把入海口挖开，则会引起潮水倒灌。这与范仲淹筑堤的意义相违背。"

在靳辅看来，这灾害不是一天造成的，轻轻一句话就把严重的灾害与自己撇清关系，无辜无奈，在如此灾难面前保持了高度的冷峻为自己辩解。同时提出海水倒灌问题：狼没赶跑，虎来了，孰重孰轻？你疏浚海口是不是头疼医头脚疼医脚？最后，拉出来六百年前宋代名臣范仲淹给自己站台，腰板立时挺得更直了。

接着，他说："治水在于约束河水按既定道路入海而已。既然内地低于海潮五尺，那筑起的堤坝就应高一丈六。高一丈的洪水高过海潮五尺，洪水奔泻到海那就会十分迅速。但运河泄水闸何止几十处，七州县河渠沟港何止几十道。都修筑堤坝，费用何止千余万两银子？"

注意，他在反复强调"约束"二字，这将是他提出治河方略的主题词。围绕着"开挖"和"约束"将有一场史无前例的大论战。

"假如将高邮北和邵伯镇北零星的闸口水坝全部闭塞，高邮城南与邵伯城南建两座大石闸，洪泽湖与天长、盱眙各山涧水由高邮城南关、五里、八里、柏家墩、车罗等减水坝和新建大闸下泄八成。邵伯镇南水半由芒稻河入江，半由串场河入海；高邮城南洪水应自车罗镇修一道大横堤，到高邮，再从高邮城东筑两道大堤，经兴化、白驹，直到海东各闸坝，水直抵大洋。在地势低洼处修一丈六高大堤，河宽一百五十丈，海滩筑高一丈堤，河宽一百八十丈。"

筑堤，筑比海平面还高的大堤，宽阔的河面，靳辅似乎看到了海潮倒灌的次生灾害被他化解于无形。

"修堤堰最难的是取土。过去取一方土给三钱银子。可取土地点近的有几里，远的有一二十里远。要修的堤坝是在一望无际的万顷汪洋之中，近的几十里能见到土，远的一百多里外才能见到土，加倍计算费用，需要支付帑银三百六十余万两。寻找夫役船只都不易，不知什么时候才能竣工。"

靳辅开始用修河需要资金的天文数字吓退皇帝和于成龙。他似乎很了解皇帝软肋在哪里。

"臣有个就近取土法：先确定修堤坝地基位置，用船到远处装土，在水里修围埝。围埝高出水面二尺，三十丈宽。修成后，将围埝里水用水车车干，再在离堤十五丈外地方挖土，运至堤坝上筑成大堤。

"堤顶两丈，堤底十丈，堤高一丈六尺。每丈需要土九十六方，只需两钱六分银子，共需银子一百五十七万两千四百八十两，比平常节省近一半。白驹场①到入海口挑开两条大河，用银十九万四千四百两；自白驹场至庙湾南，经海安、泰州到芒稻河修筑堤坝十五万丈，用银七十六万八千两；修大石闸和木涵洞用银八万两。加上工程卷埽②镶石防护，用银十五万三千零九十两；白驹场到入海口大堤要用草防护，需银一万一千四百两，总共用银二百七十七万九千三百七十两。三年竣工。"

有施工方案，有工程概算，有竣工时间，河道总督打的算盘很精细。接着，靳辅脑洞大开，想出个为国家财政考虑的锦囊妙计：

"考虑到请求拨付的二百七十八万两帑银无法补回，臣很不安。臣考虑这钱算借朝廷的，等竣工后七年还完。田地被淹建堤坝的，从田亩收入偿还；与盐运有关的，从盐运收入中偿还；通过田亩收入可偿还一百九十六万九千三百七十两，通过盐运收益可偿还八十一万三千两。

"臣走遍七个州县，建堤坝后可恢复农田四十四五万顷，而七州县《全书》记载的法定缴纳赋税田地不过十一万顷。额外余出田地不下三四十万顷。拿泰州来说，幅员广阔，计算起来应有四五万顷，《全书》记载应征地亩仅九千二百余顷，是因百姓耕种的实际地亩也就是这个数目，其余都淹没在洪水中。其他州县可类推。"

① 白驹场：今江苏省盐城市白驹镇附近。
② 埽：用来护堤堵口的器材，用树枝、秫秸、石头等捆扎而成。或者指秫秸修成的堤坝或护堤。

扇动风暴的蝴蝶翅膀那么不起眼，下边大家可要看仔细了。

"臣今天逐一清理丈量，将《全书》记载的法定缴纳赋税田地全交还土地原主人，此外，将来修堤坝后多出的田地，称为'额余官田'。差派能干官员建起草舍，准备耕牛种子，供他们衣食，让哀哀无告的灾民安居乐业。起初照民间雇佃户方法给他们籽种，三年后照民间授受法让他们交租金，仍发给衣食。这种田地每亩值一到三两银子，最贫瘠的值一两以内。最肥沃的地才收一两二钱，贫瘠的只收六钱。额外官田最少也有三万顷，可收银子二百七十万两。

"其中一百九十六万顶朝廷费用，剩下七十多万两将高家堰大堤和山宝、高江大堤修得更坚实宽厚。用下河流域开垦的余钱来修建永远安全的大堤，真是利于国计民生的万代计策。这二百七十万两租金肯定可得到，又是百姓最情愿最乐意交纳的。这就是用田亩偿还国家债务。"

如果说看到上书那一刻皇帝没有心中暗喜，没人相信。靳辅自以为拥有了最高明的经世致用学问。

"淮南运河发盐引①一百三四十万份，运河修完，每张盐引可省下盘缠和驳运费用一二钱，现在每张盐引每年缴九分银子，七年之后不再缴纳，每年可收十二万两，这肯定能得到，用盐引偿还国债就是这样。可设监理五十四名，分管官员二百余名，等工程竣工择优升二级使用，失职误事的退还原职。再设六名厅官，佐贰②官员十九名负责清查地亩，督促开垦驻屯，等二百七十八万国债清偿完毕，择优每人提升三级，不是正途出身的按正途出身提升。"

靳辅算盘打得噼啪响，他现在更像经济学家，满是为国家着想的妙计：既把事干了，国家也不亏本。如何组织实施都讲清楚了。

奏章递进朝廷，皇帝交给九卿商议。

皇帝真让人捉摸不透。他给于成龙的旨意中说得非常清楚的治河方略，竟被靳辅的无影掌一一化解，皇帝不仅没下旨斥责，反而表现出从善如流的气度，把这意见交九卿讨论。九卿意见又是如何？

百姓在一片汪洋之中搏命，远在天边的皇帝却一板一眼开起了研讨会，是

---

① 盐引：宋代以后历代政府发给盐商的食盐运销许可凭证。源于盐钞法。
② 佐贰：副官。至明清时，凡知府、知州、知县的辅佐官，如通判、同知、州同、县丞、主簿等，统称佐贰。其品级比主官略低，但并非纯粹属员性质。其下尚有司狱、巡检、吏目等属员。两类人员也可合称为佐杂。

多谋少断还是有难言之隐？行政效率之低让人惊叹。也许官员们只能这样告诉南方百姓：朝廷正想法子，这不是小事，再让海水淹了你们可怎么得了？百姓也许会说：大人，先别说海水了，现在我们就在洪水里泡着呢。

靳辅的经济账有人看不下去了。这个人是田赋计算领域的专家——户科给事中刘国黻[①]。他没让靳辅带节奏，更没给这位治河总督兼经济学家留面子。他尖锐指出：靳辅偷换了概念，不带这么算账的。

刘国黻慨叹道："泰州地亩数本身就是折扣后的，靳辅怎么能用这说法欺瞒圣主?！"

刘国黻于是给皇帝上书，我们来看看他如何驳斥靳辅：

"江都田地一万七千余顷，额定征收银五万余两。《全书》已注明是减去亏损后数目。如高邮田亩数二万五千多顷，应征银子四万一千两，泰州地亩数九千多顷，征收银子四万四千多两。不是泰州地亩数只有高邮三分之一，也不是泰州缴纳比例比高邮高三倍。原因在于泰州地方大，高邮地方小。

"又如兴化地亩二万四千余顷，征收额二万八千多两；宝应地亩数二千余顷，征收额也是二万多两。不是说宝应地亩数只有兴化十分之一，也不是宝应征收比例比兴化高十倍。是宝应地面大，兴化地面小啊。

"地面小没受灾一亩就算一亩，地面大受灾几亩才合一亩。一亩算一亩就显得赋税比例轻，几亩算一亩就显得赋税比例重。靳辅卖田是错误的。"

这就一下指出靳辅理论致命缺陷。过去地也不少，不过是泡在水里，因灾没征赋税。现在按靳辅算计，不过是把原来未征或者少征赋税的田地拿出来单征赋税，相当于把百姓原有田产挖出一块归了官家。

你治水，露出来的田地就成你的了，合理吗？这还是治水吗？这是明抢！皇帝看到此处必然心中一震。

当时靳辅共有三个奏章：下河工程，修筑高家堰，修黄河两岸。共请求拨银五百万两。

---

① 刘国黻：字禹美，号后斋，康熙二十一年进士，改庶吉士，授户科给事中，历督捕理事官，改授鸿胪寺卿。退居后在家乡筑"接翠园"，又名"碧梧翠竹山房"，其子刘师恕笑称："堂构殊堪笑，容身只有窝。"

九卿都同意靳辅。只有监察御史钱珏①坚决不同意。

意见在九卿那里几乎一边倒。表达赞同时不光颂扬皇帝，更把皇帝往道义的高台阶上送了一程：花钱事小，救民事大。

大家此刻要注意钱珏，在整个下河之争中，他是不能被忽视的人物。

九卿觐见皇帝汇报此事时，皇帝问："三个奏章都可行吗？"

九卿回答道："臣等体察到皇帝解救百姓心意，不敢吝惜国家银两，臣等都同意河道总督靳辅。"

如果细细品读本书，你会发现康熙皇帝最喜欢秋后算账。他开始把大臣拉出来叫板：背后你从众，人云亦云，我当面让你讲，看你还是不是这么说。你在公议时是不是在顺情说好话？说了我给你记下来，最后算总账。

皇帝看了看杜臻②："靳辅的办法施行起来有益吗？"

杜臻："皇上如能同意这样做，利在千秋。"

皇帝看着阁臣们："抽干水后露出的田亩直接征税就够了，为什么要收租金呢？"

皇帝接着说："治河原本是拯救民生，如果露出田亩让他们租种后交租金还治河花销，恐怕拖累百姓。朕的意思，不如将田亩归还百姓耕种好。现在国库较前些时候稍稍宽裕，能救此百万苍生，就算舍二百七十余万钱粮也不多。"

皇帝在此时比较清醒，他非常清晰地用了"归还"字眼：征税地是百姓的，要租金，地就成了官家的，这很不一样。

杜臻的颂扬没彻底打消皇帝的疑虑，皇帝感觉到了靳辅给他算的账有问题。国家现在的形势不是入关之初那样想怎样圈地就怎样圈，没人敢跟胜利者说不字。

皇帝看来认真读了刘国黻的上书。

十月二十三日，九卿等会商总河靳辅的三个奏章。

皇帝问明珠："此事尔等怎么看？"

① 钱珏：清康熙十六年举人，授陕西泾阳知县。在任期间疏浚郑国渠，溉田万顷。升广西道监察御史。在巡视东城时，上书言笞杖枷杻等刑具尺寸混乱，随意使用。规定凡郡县衙门须以刑具轻重、长短、宽狭标准刊木榜谕，违者严加追究。又疏言山西府厅勒索百姓钱粮事，声名大振。二十五年为左金都御史。次年迁顺天府尹，不久授山东巡抚。康熙东巡，赐"作霖"额。三十年，因徇私被革职。

② 杜臻：字肇余，浙江秀水（即今嘉兴）人，顺治十五年进士，改庶吉士，顺治十八年任翰林院编修。历官礼部尚书、工部尚书，著有《粤闽巡视纪略》。

明珠奏："臣等的意思，这些都最宜修治，只是钱粮陆续拨付似为有益。"他回应了昨天皇帝担心三个工程一起上，需费钱粮太多，倘若他处有水旱灾荒，恐国用不敷、难以赈济的说法。

皇帝问："怎么办有益？"

明珠等奏："靳辅说'工程需三年'，若把钱一下都给他，实在不好办。若今年给三十万，明年给五十万，后年四十万，钱粮才不至迟缓耽误。"

皇帝问："那他别的内容怎么样？"

明珠等奏："昨天奉上谕'三项工程并举，恐怕难于竣工。修筑黄河两岸应缓一下'。臣将此旨告知衙门里各位大臣，大家都说圣谕极是。"

皇帝说："此事关系最要。现在正值寒冬，治河无修筑之事，可命靳辅将事务交所属官员，同按察使于成龙通过驿站速来京城，会同九卿、詹事、科、道，把事情考虑成熟，商议清楚后上奏。"

皇帝似乎要加快推进治河工程。他试图投入一子打破僵化迟缓的局面。让意见相左的矛盾双方畅所欲言看似充满民主气氛，却将引爆一场激烈的争执。

在当时的交通条件下，从黄淮流域到京城往返一次会消耗掉很多时间。这就是所谓遇见大事有静气？急脾气真干不了。

阅读下面细节可知，于成龙与靳辅已因下河产生了深刻裂痕。

与九卿一起议论治河方略之前，于成龙感激皇帝破格提拔，但他级别太低了，想请靳辅代自己向皇帝谢恩。实际就是请靳辅在上书中带上一句。

靳辅认为没有臬司（按察使）直接谢恩的惯例，级别不够。虽勉强答应，心里并不认为是好事。不料表章递上去后，皇帝认为于成龙是治河特设官员，便准许他独自写奏章。

这回倒好，不光能直接谢恩，意见还能直达皇帝，有了热线。此举宣告了靳辅对于成龙封杀失败。靳辅知道后就更不高兴了。

能独立向皇帝上书肯定是很多大臣梦寐以求的。但对开始防范于成龙的靳辅肯定不是好消息。皇帝想听到不同声音，也许还有互相牵制监督的用意。

于成龙向靳辅建议上书免去泰州百姓进贡柳枝。靳辅干脆传信给于成龙责备他沽名钓誉，收买人心。大策略的分歧殃及了小事务处理，靳辅开始频繁责备于成龙。

他对于成龙的办事风格也很不适应。于成龙很有个性，很犟，看准了可以为百姓解困的事情就不会放弃，哪怕持反对意见的是上级，否则就不会几次因坚持己见被罚俸。

贯穿史料从总体上进行观察，对人整体品格的把握才可能更趋近历史真实。历史证明，这个靳辅不喜欢的下级看问题比他透。

靳辅上交筑堤约束河水入海的奏章后，找到于成龙说："我奏疏交上去了，你何不也写一道，和本官到皇上跟前说自己的见解呢？"

这个说法很大气：本人没压制你言论的意思。

等皇帝找他们一起进京与九卿商议，靳辅一下不淡定了，顾虑到于成龙与自己意见不同，进京途中对于成龙多番慰问照顾，热情得让人不适应。

无疑，靳辅心里不踏实。开始对于成龙讲的算客气话，他知道挡不住于成龙说话，现在真要去一起面圣了，矛盾和分歧都要摆到桌面上讲了。靳辅对皇帝治河策略上的倾向性心知肚明。他于是开始试探于成龙火力，他想预先做个防范。

进京途中，靳辅问于成龙："见到皇上你说什么？"

于成龙说："没什么。"

靳辅说："你何不把要说的告诉我呢？"

于成龙说："我向皇上讲话依据什么我都清楚，还用说什么呢？"

于成龙这个话语带双关。靳辅不好追问，尽量往好处想。他高兴地说："我老了，三年后工程竣工就告老还乡了。到时候河道总督这个位置推荐你来。"

这是极具诱惑性的亲密信号，以于成龙当时的级别，想要一下做河道总督还几乎是幻想。但这是个众多官员都求之不得的许诺。有没有人推荐那可大不相同。估计很多人听到了这个许诺立刻就得美滋滋地晕菜。

两人赶到涿州时，靳辅更加殷勤，拿出一件昂贵的貂皮大衣让于成龙穿上。他说："你总不能穿你那羊皮袄见皇上啊。"

于成龙最终也没接受靳辅行贿的貂皮大衣。

于成龙当时的打扮我们是通过靳辅的口知道的：羊皮袄。靳辅年龄和职务都比于成龙大，这种贴心的关切如果在平常就很感人。但在节骨眼上就生硬了些，有点"急就章"的意思。一般官员很难扛得住，东西你接不接，心也领了。

于成龙不是别人容易改变的人，他当然不接礼品，不然他很难有自己的语言。

下边这一幕注定要凝固在时空的帷幕之上。实实在在、结结实实的碰撞后，火花四射，划过天宇，即使闭上眼睛，那炫目的光彩依然在脑海中燃烧。

十一月十八日，于成龙与靳辅在皇帝面前激烈辩论。

大学士等人启奏："河道总督靳辅、按察使于成龙已到京师，臣等遵照皇帝的旨意向他们询问治河工程事宜。靳辅建议开挖大河，修建高一丈五尺的长堤，约束一丈深的流水，来抵御海潮。于成龙建议疏浚入海口河流故道。两人各执己见。臣等和九卿赞同靳辅，通政使司参议成其范①、科道王又旦、钱珏等人同意于成龙。"

比较一下持议双方的分量，靳辅那边属于真正的"王牌军"，分量太重，于成龙这边从表面上看略占下风，但事态发展远远出乎人们预料。

皇帝说：

"朕听说宋代以来河道并不怎样为害。明朝隆庆年间河道开始淤积堵塞。康熙七年陶园堤决口，下游七州县遭遇水患。现两人各执一词，看着像都可建功。只不知谁的办法对百姓有益无害。

"你们可召集七州县现时在京官员询问，看两种说法哪个对。他们都是本地人，看法比较准确。如果因工程妨碍了自己产业，或者徇私情回答不实，即使掩饰一时，将来朕肯定会知道。让他们直言不讳。"

皇帝并没有因靳辅搁置他的下河方案而光火，而是开始搞调查研究。靳辅长期深耕河道治理，必然有心得，皇帝在靳辅不同的意见前开始变得犹豫。

---

① 成其范：字洪叙，号愚山昆，青州府乐安县颜徐店（今山东省东营市广饶县颜徐村）人。清顺治八年中举人，顺治十五年中进士，初任顺天府保定县知县。治绩最优，行取考选监察御史，巡按陕西道并稽查户、工二部钱局。康熙时巡按两浙盐漕，后任通政司参议、太常寺正卿，晋兵部右侍郎，封通议大夫，官居三品之位。康熙二十七年，为戊辰科文、武两闱会试大总裁。约康熙中叶，成其范病逝，乐安县城建司马牌坊一座。

来自七州县的官员被划在征求意见范围，皇帝认为他们的话会更贴合实际更有说服力。为防止官员涉及切身利益时发表意见不实事求是，皇帝给他们敲了警钟。

"下河之争"是康熙朝的重大历史事件。下边的记录颇为翔实。靳辅、于成龙两人在皇帝面前针锋相对。两个人都做了充分准备。他们唇枪舌剑，毫不留情，越到后来火药味越浓。这是于成龙首次在皇帝面前系统阐述自己意见。他的表述很清晰，论证很有力，从事理到情理对靳辅的治河方略进行辩驳，火力全开。

十一月二十日辰时，于成龙与靳辅治河策略的分歧再次成为朝堂上议论的焦点。

明珠等人启奏：

"……臣等因两人意见不合劝他们统一意见后动工，但他们各执己见。臣等与九卿的意思，治河工程臣等知道得不够详细。于成龙居官清廉，但治河还没有经验。靳辅长久治河，已有成效，似乎应听从靳辅意见。

"问到参议成其范、科道王又旦、钱珏等人，他们说：'我等也不能说是深深知道。只是从二人议论情况看，觉得于成龙似乎理由充分。'臣等问他们，高家堰与下河事务是个整体，若高家堰修筑得不坚固，下河开挖疏浚也难以成功。他们两个人都说：'只议论下河方略，不必考虑高家堰。'"

皇帝问汉人大学士："尔等意见如何？"

王熙[①]启奏："于成龙所持意见是个旧有的说法，依据是明朝河臣潘季驯《河防一览》之法。靳辅持的是有创见的策略。"

王熙在顺治时期和父亲一同在翰林院供职，成为文坛佳话，也引起了顺治帝关注，非常得宠。他是顺治遗诏的草拟人之一。汉人大学士中，他算代表性人物，说话占分量。

---

① 王熙：字子雍，号胥庭，又号慕斋，顺天宛平人。顺治四年进士，选庶吉士，授检讨。顺治十五年被提拔为礼部侍郎，兼翰林院掌院学士。康熙元年改兼弘文院学士。康熙五年迁左都御使。迁工部尚书。康熙十二年调兵部。康熙二十一年拜保和殿大学士兼礼部尚书，加太子太傅。康熙四十二年卒，谥"文靖"。

皇帝说："朕闻自宋以来河道危害不甚严重。明隆庆年间，河流故道开始壅塞，康熙七年清水潭①溃决才成为七州县的祸患。今各持一说，似乎都有道理。"

皇帝又问汉人学士："尔等的意见呢？"

徐乾学②启奏："臣家住在江南，不太知晓黄河事宜。只是靳辅治河已见成效，似乎可行。"

韩菼③启奏："依从于成龙，即使目前看不到功劳，最终也必然没有其他祸患。"顺天府乡试时，时任礼部尚书徐乾学将韩菼从遗卷中取出，结果韩菼一路高歌，康熙十二年高中状元。徐乾学算慧眼识珠，韩菼则算徐乾学的门生。师生现在同殿称臣。

皇帝命传旨询问高邮、宝应等七州县现任京官。要求他们直言，不得隐瞒。不得因妨碍自家产业，或徇私情不据实回答，违者严惩。

听取完大学士、学士们意见，皇帝召靳辅询问。靳辅的回答和表章中一样。

皇帝又问于成龙："你也和靳辅意见相同吗？"

于成龙启奏："不同。河臣自认为治河时间长，熟识地理、水性，不听臣的意见。如依河臣说的开大河，即使治河成功，老百姓也会怨恨。何况必然不能成功？"

皇帝问："怎么会不成功？"

于成龙启奏：

"上游堤岸是在坚硬地面上修的石堤，遇暴风雨尚且溃堤决口，何况他要把大堤修在一片汪洋之中？水中没有一寸能取土之处，就算有土可取，也不能夯实筑牢。一条细线般的烂泥堤坝，约束一百八十丈宽三万六千丈长河流，遇到狂风暴雨，怎么能不溃决？

"皇上不惜国家钱财疏浚海口乃救民之策。修这样的大河势必占用百姓田地

---

① 清水潭：高邮附近运河堤坝名称。

② 徐乾学：字原一、幼慧，号健庵、玉峰先生，江苏昆山人，清初大儒顾炎武外甥，与弟元文、秉义皆官贵文名，人称"昆山三徐"。康熙九年探花，授编修，先后任日讲起居注官、《明史》总裁官、侍讲学士、内阁学士，康熙二十六年升左都御史、刑部尚书。

③ 韩菼：字元少，别号慕庐，长洲（今苏州）人。康熙十一年入国子监做监生。康熙十二年状元，授翰林院修撰，修《孝经衍义》百卷。历官日讲起居注官、右赞善、侍讲、侍读、礼部侍郎、吏部右侍郎，官至礼部尚书兼翰林院掌院学士。

房屋，不光流离失所的难民不能安居乐业，还会有更多百姓流离失所。

"再者，皇上南巡，百姓给皇上上书要求的是疏浚入海口，大臣们调查回来回复皇上的也是疏浚入海口，臣奉命治河，圣旨上也是让疏浚入海口。臣不过是遵照圣旨和百姓呼声，并非有什么新意见。"

于成龙的意见很清楚。他并非标新立异，他坚持的一切都是按圣旨办事，回应百姓期盼。

皇帝问："朕听说海水高于河水五尺，入海口疏浚挖开后，海水岂不倒灌进陆地吗？"这是焦点问题。

于成龙启奏："权且算臣胡说吧。海水比河水高一丈，高邮等七个州县早不存在了。况且我们可以修石闸。涨潮就关闸抵御潮水，退潮就开闸泄水。听河臣的修宽一百八十丈的河流，若是大潮呼啸而来，无闸门可关抵御海水，民田可就真变大海了。"

靳辅启奏说："这是于成龙不了解水流规律的话。海水来到的是大河里，和百姓有什么关系？"

于成龙启奏："这才是靳辅不知道水流规律的话。河内是淡水，百姓靠它灌溉田地；海潮进河，还拿什么灌溉田地？海水灌入汉河，过去肥沃的土壤就会变成盐卤之地，这难道是皇上解救百姓的本意吗？"

皇帝说："不要争了。朕没有亲自去看，内阁九卿也是对此悬疑猜测而已。"

于成龙启奏："靳辅执意修大堤，请问到哪取土？"

靳辅启奏："取土当然不易，但我为国家着想，不敢逃避困难。"

于成龙问："百姓流离失所，对国计民生有何好处？"

皇帝对大学士明珠说："靳辅的意见有理，于成龙的意见也有理。你把九卿召集起来与他们再深入讨论一下，畅所欲言，不要阻挡他们表态。"

于成龙启奏："臣受皇上大恩，把畅所欲言放在第一位，为百姓着想就是报效朝廷。"

靳辅质问道："你受皇上大恩，谁没受皇上大恩？！你爱民，谁不爱民？！"

于成龙说："你爱民，怎么会毁老百姓房，挖老百姓坟，卖老百姓的田？！"

靳辅启奏："依着臣，不成功和于成龙没关系，有罪都是臣的。"

于成龙也启奏："依着臣，不成功与靳辅没关系，有罪都是臣的。"

皇帝问："挖开入海口，把过去淤堵的河流疏浚一下，真能成吗？"

于成龙说："当臣子实心报国，有一分钱就花一分钱治河，绝没有不成功的理由。"

于成龙话里有话，很有力度。今后已不可能再有平心静气的讨论了。

皇帝叫停之后，论战双方还沉浸在激战的气氛中，又继续向对方进攻了几招，真撕破脸了。皇帝也看出了这一点，赐饭给两个人吃，特意让他们进餐时拉开距离。

历史活剧就这样栩栩如生上演了，连脑补情节的力气都省了。

年富力强的皇帝看着这两位有老大哥年龄的臣子在他面前尽力厮打半晌似乎意犹未尽，竟然又将战场摆在了太和门外。为了下河，整个古代史上都罕见的大规模论战开始了。

皇帝搭建这样的平台，意欲何为？大殿之上难道没有听清楚吗？越来越多的大臣被摆上论战的沙盘，他到底想看什么？细思恐极。

太和门外，九卿参加了辩论大会。

于成龙、靳辅依然各执己见，治河方法久久不决。朝廷里的人大多倾向靳辅，劝于成龙依从靳辅。这种消弭矛盾的调停人自古至今都很多。

以资历和品级来说，朝廷大员们更熟悉的恐怕是靳辅而不是小小皋司新秀于成龙。很多官员和靳辅有往来，在过去也表示过对靳辅治河理念的支持，现在支持靳辅也很自然。放弃自己的看法顺从靳辅更容易规避风险。

于成龙此时选择坚持。

于成龙对大家说："做九卿的不用直接面对百姓，百姓也见不到九卿，我依从了靳辅，那这些危害百姓的事就要我亲自去做，我还有什么面目与百姓相对。我宁肯死在这里！"

这样的话就像是穿越时空的惊雷，至今听起来振聋发聩：

干事情到底要为谁负责？！于成龙的回答想必让不少官员吓了一跳。

朝廷知道于成龙不可能被扭转，就说："于成龙虽是个清官，但没治过河，他的话怎么能信？靳辅治河很久了，很有成效，我们应依从靳辅的意见。"

大臣们不愿意纠缠，这么争下去不知道什么时候自己就得弄一脸土一身泥，朝堂上那些老谋深算的政治家早摸透了皇帝性情，大家更乐于回到安静而平凡的生活中去。都散了吧。

御史钱珏赞同于成龙，当时与钱珏意见一致的有九人：参议李迥①、王承祖②、成其范，给事中任辰旦、王连瑛③、岳峰秀④、纪愈⑤，御史许三礼⑥、刘维祯⑦。

于成龙在皇帝安排的这次公开辩论中有个意外收获：这是他首次在众多朝臣面前闪亮登场，而且进行了尽情展示，过去口口相传的于成龙这一次真实地站在了大家面前。

他不是孤立的，一些很有分量的朝臣选择站在了他这一边。这些人水平如何，各位有兴趣的读者不妨看看下边对他们的简要注释。不管最后结果，毫无疑问，此次论战已实现了他一日千里的人生跃进。

第二天，内阁大臣把九卿议论的结果上奏皇帝。皇帝对每个大学士挨个询问，这些人依然与九卿说法一致。

皇帝并不满意这个顺理成章的讨论结果。他再次进行逐个询问确认。不知能有几人可参破其中的深意。

---

① 李迥：字奉倩，祖居江西南丰，明徙寿光。康熙三年进士。康熙六年改内阁中书，后授礼部精膳司主事。累官刑科给事中，升右参议、太仆寺卿，迁右通政、副都御史、刑部右侍郎。康熙三十三年，引年告归。

② 王承祖：字贻云，号岳生，陕西渭南县人。清顺治三年任福建晋江知县，治理颇有成绩，被提升为兵部主事。后任员外郎、武库司政郎、职方司郎中，任兵科给事中、吏科给事中、吏科掌印官、工部侍郎。去世后，乡人思念他的德行，立祠祀之。

③ 王连瑛：明崇祯六年生于永城。康熙三年考中进士，家居十一年。康熙十四年被任命为安萧知县。后考补户部给事中、礼部掌印给事中。康熙二十六年，赴福建掌管乡试，因不徇私情，得罪明珠，蒙冤受屈，被参奏降级调用。康熙二十七年，告假返回故里。康熙五十一年去世。

④ 岳峰秀：字镇九，号克亭，清代汶上县坡南岳家楼（今山东省济宁市嘉祥县孟姑集乡岳楼村）人。顺治八年中举。康熙元年进士第七名。初任河南省开封府封丘县知县。后任刑部掌印给事中，特简稽查两局。升任刑部掌印监管钱财之后，执政严明，按律办事，深得皇帝赏识、百姓拥护。后告老还乡，崇祀乡贤。

⑤ 纪愈：字孟起，河北文安人。康熙六年丁未科殿试第二甲赐进士出身第十五名。历官工科掌印给事中。

⑥ 许三礼：安阳人，顺治十四年中举，十八年登进士。康熙十二年赴京谒选，任职海宁八年，政绩卓著，"举循吏第一"。康熙二十年秋，入京考授御史。累官福建道监察御史、掌山东和江南道事、通政司右参议、太常寺少卿、大理寺少卿、顺天府府尹、都察院左副都御史。时原任刑部尚书徐乾学结党营私，争权夺利，并纵容子侄贪赃受贿，广占田产，许三礼上书弹劾之。康熙二十九年二月，因病乞归，奉旨留任。三月，晋升为兵部督捕右侍郎。康熙三十年正月初九日病逝于京师，葬安阳县西之灵药。

⑦ 刘维祯：字端公，江苏武进人，顺治乙未科进士。曾任莘县知县。康熙十一年修《莘县志》八卷。

这之后，皇帝又要问高邮等灾区七州县在京城当官的人意见，这些人有中允李铠①，检讨丘象随②，给事中刘国黻，御史郑为旭③，郎中刘始恢④、刘谦吉⑤，行人刘师峻⑥，正字张睿⑦，学正刘中柱⑧、张新抒⑨。这些人都先到侍读乔莱⑩家集合。

乔莱这时是皇帝的日讲起居注官，在仕途声望上如日中天。

这次他奉旨负责江南官员的总召集人。

刘始恢先赶到了乔莱家。

乔莱问："你什么意见？"

刘始恢说："官也得当，这个意见也需要'打点'。"

刘始恢所说的"打点"就是准备、考虑、力争的意思。

乔莱说："听你这么说，我就无忧了。"

刘始恢看出了其中的凶险，他不是不知道这次表态很可能连累自己的官帽，但他还是决绝地做了选择。

乔莱对李铠等人说：

"拨五百万两治理下河，国家财力有限；提拔五百名官员，选拔任用官员的制度就会被破坏！动用几十万夫役，几千里内的百姓就会骚动！对七州县而言，

---

① 李铠：山阳人，字公凯，号惺庵。顺治十八年进士，盖平知县。康熙间召试博学鸿儒，授编修。参与修《明史》。累官内阁学士。

② 丘象随：字季贞，号西轩，江苏山阳人。与弟象升号"二丘"。清顺治十一年拔贡生，康熙十八年召试博学鸿儒科，授翰林院检讨，官至洗马。

③ 郑为旭：字方旦，顺治八年贡生，授中书，迁工部主事，监察御史，卒祀乡贤。

④ 刘始恢：字价人，后改硕人，号诚庵。刘昌言次子。清康熙二年乡试中举，康熙九年中进士。初授大理寺右评事。后改任吏部考功司郎中，被升为文选司郎中。

⑤ 刘谦吉：字讱庵，一字六皆，号雪作老人。江苏山阳人。康熙三年进士。

⑥ 刘师峻：扬州人。曾任曲阳县知县，编修《曲阳县新志》。著《北岳恒山历祀上曲阳考》《塞北小钞》。妻卞梦珏，工诗文。

⑦ 张睿：山阳人。

⑧ 刘中柱：字雨峰，江苏宝应人，康熙中，由廪生授临淮县教谕。历官户部郎中，奉命监京仓，帝赐以诗轴。出为直隶真定府知府，裁革陋规，李塨为诗纪其事。未几，乞归。

⑨ 张新抒：山阳人。

⑩ 乔莱：江苏宝应人，生于崇祯十五年，卒于康熙三十三年，年五十三岁。字子静，一字石林。康熙六年进士，授内阁中书。举应"博学鸿儒"一等，授翰林院编修，与修《明史》。康熙二十四年大考，列一等四名。因学问优长，文章古雅，充日讲起居注官。不久被提拔为中允，纂修三朝典训。迁侍讲，转侍读，中蜚语罢归。晚治废圃名"纵棹园"，研究经学，潜心读《易》。

治河不成，危害不忍言说；就算成功，另外一种危害更不忍言说。治河不成的危害在于筑堤、派夫；治河成功的危害在于出卖百姓的田地，河堤溃决。

"大堤将修，需要先确定基础所在。甲家田地原在堤南，收了贿赂可移到大堤北面；乙家坟墓原在大堤北面，拿了好处可能就移到堤南。村落在河堤内，肯定就会被滔滔洪水所淹，一百八十丈以外也会被官员放出的假消息搅动，收取的却是实际的贿赂。贪官强征土地，地方上狡猾官差的扰害，方圆三百里百姓还能有漏网的吗？靳辅修堤的危害就是如此严重。

"照惯例，每名民夫一天四分银子，从前河官给的连三分之一都不到。每里、每甲、每名民夫每月要二两多银子，州、县有的要出几百、几千夫役。工程则要几十天甚至几个月。现在三项工程一起开动，势必波及周边省份。

"下河及周边各州县少说也要分派一万名夫役，工程持续三年之久，这样算来，每州每县每年要耗费二十多万两白银。富的变穷，穷的跑掉，不用三年就一个也剩不下了。这就是派夫的危害。况且这舍弃三万六千丈以内田野房屋

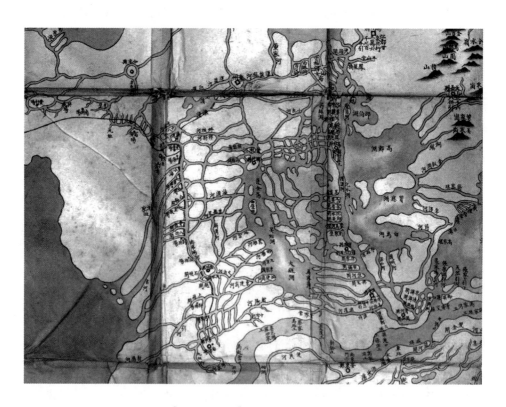

《两淮盐场图》中的下河河道图

坟墓，驱赶着几十万民夫，耗费二百七十八万两帑银，到底是怎样救了七州县田地?!

"治理不成时，水淹田地还是百姓的，鱼可捕，菰蒲可移植栽种。等治河完成，百姓的田就成了河臣的田。耗费国家资财，抛弃房屋坟墓，每天使用土筐铁锹勤奋劳作修成的治河工程，百姓万万不想让他成功的原因，就在于这个工程会侵吞他们的财产，断绝他们的食物啊，百姓从中能得到什么好处呢?!

"以泰州一处为例，四亩田折一亩，有四十顷就有三十顷被并入，十顷要交四十顷的赋税。这还能剩得下一家一户吗? 靳辅卖田的危害就在这里。"

他的措辞还是比较慎重的，他没有说是皇上的土地。

"过去高宝、江阴运河堤坝虽屡次决口，但决口不会超过十丈; 现在要用这区区一百八十丈的河流将洪泽湖水灌注其中，水位达到一丈六尺，而约束河水的不过就是一线烂泥堤坝，何必等入秋狂风暴雨才会溃决呢? 城郭都会变成龙宫! 哪还有村落? 哪还有房屋坟墓? 真不知几十万生命在溃堤时能跑到哪里去。

"况且淮河南流，水势直奔高邮、宝应，在此筑堤意在保护淮扬一带安全。现在引洪泽湖水由此入海，那我们的父母之邦就会沉没到洪水里，河堤溃决的危害就是这样。"

"君从故乡来，应知故乡事。"鞭辟入里的分析与于成龙高度吻合。这是认真思考的结果。

据《翰林侍读乔君墓志铭》记载，靳辅当时派门客以厚利行贿乔莱帮自己说话，乔莱笑而不应。

十一月二十日，皇帝在南暖阁就于成龙、靳辅治河策略质询徐乾学、乔莱。

这又是锋利矛和坚固盾的对决。

皇帝看着大学士徐乾学问:"你是江南人，你看靳辅和于成龙的意见谁对? "

徐乾学答道:"臣是江南人，不知道江北的地形地势，但臣知道于成龙没有治河经历，难以让人信服! 靳辅则长期治河，过去成效显著。朝廷议论时肯定靳辅，臣认为应依着靳辅的治河想法。"

徐乾学的议论首先讲明自己并不十分了解当地的地理形势，给自己的议论留下了退路，一下子回避了议论的真正主题，他没对具体策略表态。他议论的是人，他在讲"经验"的多少。他观点从众，但议论问题的方法精熟，说的话进可攻退可守。看来看去，这说法没毛病。这个说法也很有社会学基础，很有代表性。

皇帝又看看乔莱，问："你是江北人，你怎么看？"

乔莱答道："皇上圣恩如天，拯救七州县灾民。按于成龙意见，工程容易成功，对百姓有利无害。按靳辅意见，即使工程成功，损害百姓田地房屋坟墓也太多。"

观点鲜明，表述简洁。乔莱不愧是给皇帝讲书的官员。

皇帝久久注视着乔莱。这目光是惊奇，是肯定？在当时一边倒支持靳辅的舆论声浪里，这个声音如此与众不同，充满个性张力。

乔莱接着说道："按河臣（靳辅）的方案，修筑一丈六尺的河堤约束一丈深的河水，河面高出了民房的高度。另外，在水中取土难度太大；在水中建筑堤坝，即使建成又怎么能够坚固？到了秋天雨季，一旦河堤溃决，百万生命就都成了鱼鳖，这个方法断然不可使用。"

皇帝看着内阁大臣们说："朕曾去过下河，看见了高家堰的水泄入高宝湖，又由高宝湖泄入运河，再由运河泄入民田，一层层下泄。靳辅、于成龙的方案，似乎都可取得成功。"

王熙马上跟进皇帝的话头启奏："就是因都可成功，所以两人争着要立功。"

王熙这句话就有刺了。明显地，他故意把这次治河策略的争论说成了两个人都要争着立功，进而模糊了争论的实质性分歧。这种煽风点火式的议论无助于解决任何问题。

皇帝没有理会王熙的画外音，也没有对乔莱的观点直接表达意见，而是开始讲自己的丰富经验。"主持人"的这个插话似乎与上下文对不上茬。

这"王顾左右而言他"的讲话策略是为了给自己最终决策赢得空间和时间吗？

皇帝畅谈完自己对治河的深刻见解，才转脸看着乔莱问："治河不可有半点私心，准备开河的地方有你的房子、田地没有？"

乔莱答道："修建堤坝的地方在高邮、兴化、盐城，臣是宝应人，离着工程一百八十里。那里不光没有臣的房子田地，连宝应的土地都没有伤害到。这个工程的兴起并非朝廷万不得已，这是皇上在拯救百姓。皇上做拯救百姓的事，靳辅不应提出这样害民的方案。"

这时皇帝面露喜色，看着内阁大臣们说："如此看来，纵然靳辅于成龙两人都能成功，最终还是于成龙的方法更方便百姓。这个工程本来不是非做不可的工程，是朕拯救百姓的事业。对百姓有害怎么能施行呢？于成龙请求的钱粮不多，又不伤害百姓，朕看可依他的意见，让他前去动工，不成功再商议也不迟。"

请大家一定注意上边谈话的要点。皇帝的表态看起来很虚弱。表面倾向于成龙，但最后却是用商量的口吻讲话，给人的感觉是劝朝臣让靳辅等人也后退一步给于成龙试验的机会，败了再议也不迟。

皇帝又问乔莱："你意见如此，江北人和你相同吗？"

乔莱启奏：

"臣等的共同意见明天会呈上来。

"皇上如此惦念淮扬百姓，臣等本地人若徇私畏祸，不以实情奏对，上负皇上，下负苍生，也为清议所不容，家乡评论所共弃。"

明珠启奏："乡绅的意见如此，未知百姓怎样。皇上命治河章京①亲自去看看比较合适。"

这明珠更厉害，他让战线尽量拉长，这样拖一下看看彼此力量的消长，便于在中间闪展腾挪周旋。

明珠在胜负的天平刚倾向于成龙一方时急急忙忙吹哨把比赛拖入了加时赛：乡绅都和乔莱同一说法，等不等明天都一样。那就民意最可靠，听听大伙的总没毛病吧。自己责任推出去了，靳辅回旋的机会我可也给了。剩下就看靳辅你自己的了。话不多，水挺深。

皇帝点了点头，环顾了一下群臣，说："赐讲官乔莱茶。"

既是奖赏也是谈话结束的预告。喝过皇帝赐的茶，乔莱谢恩出来。

到中左门，大学士宋德宜②对乔莱说："你说得对，都是我要说的话。"

---

① 章京：官名。清代早期为武官的称呼，后不限于称武官。如军机处之军机章京，总理各国事务衙门之总办章京、帮办章京、额外章京，均为协助堂官处理文书等事的文职官员。

② 宋德宜：字右之，江南长洲人。顺治十二年进士，选庶吉士，授编修。累迁国子监祭酒，严立条教，六馆师生都敬畏他。康熙亲政，释奠太学，皇帝到彝伦堂，命德宜东向坐，讲《周易》《乾卦》辞，称旨。迁翰林院侍读学士，被提拔为内阁学士。

徐乾学对乔莱作揖，说："敬服！敬服！"

十一月二十二日早晨，翰林院侍读乔莱等人共同商议后形成的公议折子呈了上来，与于成龙意见完全吻合。

皇帝问："这是乔莱自己的意思？"

明珠奏道："淮扬所属七州县在京官员共十一人都是一个意思。筑堤之处并无这些人田亩、庐舍，都是从民生利害起见发的议论。"

皇帝环视大学士后说："尔等各陈己见。"

大学士等启奏："臣等不熟悉地方形势，难以定议。"

还是一样。不表态本身就是态度。

皇帝将乔莱等人的折子详细阅览后对大臣们说：

"疏浚河道原本是要救民，今天靳辅请示的与于成龙不同，或许有拖累百姓的地方也未可知。

"应派遣有见识的满汉大臣去那里询问地方父老，详细看看河流形势，一定要让民情和谐，使工程有利无害，才对事有益。"

宋德宜启奏："总漕徐旭龄、巡抚汤斌身在地方，似应派大臣会同访问地方父老。"

皇帝说："工部尚书萨穆哈、学士穆成格 ① 速往淮安、高邮等处会同徐旭龄、汤斌详问地方父老，计算往返，希望在二十天之内回奏。"

皇帝着急了。他开始借天象说事儿。

十一月二十九日，皇帝下诏："本月初一日食，过了十六日月食，一月之中交替出现日食和月食。天象示警，应加快修正反省。把大臣们集中起来商议治河的事，结果告诉朕。"

再次集会讨论。这样争来争去，何时是个尽头。

次日，内阁大臣、九卿都到左掖门 ② 集合，乔莱等人把大家讨论后形成的意见书面呈交给各位大臣九卿。

这份《公议》大致意思是：

----

① 穆成格：历任户部员外郎、鸿胪寺卿、太常寺卿，二十四年任内阁学士兼礼部侍郎。
② 左掖门：宫城正门左边的小门，供文官上朝出入。

"皇上圣恩如天，要拯救七州县受灾百姓；七州县百姓渴望被皇上拯救，要求也不过是疏浚入海口。吏部尚书伊桑阿等大臣踏勘的结果，臬司于成龙所参与治理下河所使用的办法也不过就是疏浚入海口罢了。

"入海口处原来就有河道，长长的河流与曲折港湾脉络相连。治河不过是把河道堵住的挖开，浅处挖深，让减水坝泄下和暴雨造成的积水都能够较快入海，这样百姓就能耕种了。这个方法不毁坏田地房屋，不用挖掘坟墓。上不用耗费大量国家钱财，下可使百姓从洪涝灾害中迅速恢复。这也就是为了百姓必须让积水顺流而下的道理吧，这样做肯定会事半功倍。于成龙的意见代表了七州县百姓的心声，也代表了圣上拯救七州县灾民的心声。

"至于说到河臣靳辅，担任治河工程已很久了，他的勤劳早已闻名。只是这次提出的意见，即使臣等愚昧也不敢同意。……按河臣的话去做，毁坏村落，在村落聚居的就没有立足之地；毁坏田地，卖力气耕作的就无饭可吃；挖掘坟墓把白骨抛弃在外，那种惨痛真让人不忍言说啊。

"这项工程不是皇帝非做不可的，不过是皇帝要拯救这方灾民罢了。照靳辅大人的方法，反让灾民生者流离失所，死者曝尸骨于荒野，这不是大大辜负皇上拯救百姓心意吗？这是靳辅方案不可行的原因之一。

"……臣等是当地人，知道家乡土地松软，土层很薄，三尺以下本来就没有干土，更何况这次要从积水多年的地方取土呢？运一筐土投到汹涌浩瀚的水中，工程肯定不易成功。就算成功也会迅速毁坏。这是靳辅方案不可行的第二个原因。

"河臣说'大堤高一丈六尺，约束的水深一丈'，这样堤内的水面高出外边田地房舍就太多了。把几百里路长一丈深的水停蓄在房屋之上，等到汛期风雨大作，波涛涌动冲击堤岸，堤岸必然溃决无疑。向南溃堤则邵伯以南百万百姓变为水中鱼鳖；向北溃堤则高邮以北的百万生命变为水中鱼鳖。至于说田地房屋坟墓等就不值一提了。即使没有溃堤决口也会有把火放进柴堆担心失火的忧愁，燕雀住在厅堂之上却不知大难临头的恐惧。还有能在枕上安眠的人吗？这是靳辅大人方案不可行的第三个原因。

"至于说'大堤高一丈六尺'，那河内的水可向下流进田野，田野中的水还能向上流进河里吗？水流不进河中也就意味着不能流进大海。就算耗费国库钱财，耗尽百姓力量，最终也对七州县的田地没有任何益处！这是靳辅大人方案不可行的第四个原因。

"臣乔莱、刘国黻、刘中柱是宝应人；郑为旭、刘师俊是江都人；李铠、邱象随、刘始恢、刘谦吉、张睿、张新抒是山阳人，开河的地方并无田地房屋和坟墓。臣等深念皇上宅心仁厚，恩泽遍于海内外百姓。皇帝特别惦记淮扬，淮扬百姓虽遭遇水灾非常痛苦，也因此更深厚地领受了皇恩。况且臣等几个人都是淮扬的同乡，怎能没有恻隐之心？如因徇私害怕灾祸，不把实情告诉皇上，那对上辜负了皇上，对下则辜负了苍生，不但逃不过皇上制裁的刀斧，就算满朝同僚的议论和民间百姓的评价也会抛弃臣等。以上就是乔莱等人的公议。"

这篇《公议》阐述了四大理由，史称"四不可议"。《公议》全文表达了对靳辅治河方略的彻底否定，就算不熟悉河道治理的人都能看懂。之所以再次大段引述这份《公议》，意在让大家感受古人思考问题的缜密，领略那些早已在时光长河中模糊了的面影曾放射出的光彩。

内阁大臣把《公议》的内容拿给靳辅看，靳辅一下子说不出话来了。

乔莱对九卿说：

"这不是非干不可的工程，这是救民工程。如果工程害民，那成或不成都不用说了。现在河臣请求国家拨款二百七十八万两银子却落得焚毁百姓房屋、挖掘百姓坟墓、出卖百姓田地，活人流离失所，死人曝尸荒野，说成救民能行吗？

"就说田地吧。有三十顷五十顷地是富裕人家；有十顷五顷是中等人家，河工一开，这些人家也连立锥之地都没有了。那些贫穷百姓，孤儿、寡妇，只有三十亩二十亩糊口田地，不就得等着饿死吗？！

"再说房屋。古人说，'老房卖一千两，老婆婆还会大哭'。现在下河村庄相望，茅草房多，高堂大厦也有。一旦拆毁，男女哭声还不震动上天？！坟墓贵贱不同，新旧有别，有的棺椁已腐朽，有的墓主人没有后世子孙。抛弃不忍心，迁移也不忍心，何苦要这样呢？

"假如说河臣治理上河有功，黄河、淮河在云梯关合流后流入海洋，那减水坝就不用设置了，下游就不用治理了！设减水坝不过是弃田保堤！

"皇上目睹了减水坝危害，疏浚河道入海口就是为了救治减水坝弊端而已。靳辅于是又设奇谋，使用这样的恶毒手段，侵吞国家财富，吞并百姓田地，中饱无穷私欲。我不把话说出来，活着做不了人，死了连鬼也做不成！"

此时，乔莱慷慨激昂，说话的声音在宫殿间回响，看到的人都感动，愤慨。

九卿之中有人落下了眼泪，即使那些极力支持靳辅的也不能对乔莱有一句话的责难。

这可能是乔莱一生中最为光辉灿烂的时刻，郁积在心中的块垒火山般喷发出来。没了瞻前顾后，没有虚与周旋，没有吹吹拍拍，只有被逼到墙角后绝地反击的良知。

感谢古人清晰记录下这一幕。

请记住乔莱对靳辅最得意的减水坝的责难。这是个极重要的线索。所有议论下河的人没有人能躲得开这个话题。

靳辅彻底沮丧了，从此，朝廷大臣没有能肯定靳辅方法的了。

吏部尚书李之芳^①给乔莱作揖称赞道："智慧、仁德、勇毅，这三种优秀品质，乔先生你都有了！"

刑部侍郎张可前^②早先拜访乔莱寓所时问乔莱向皇帝奏对的大致内容，乔莱当时没如实相告。张可前当即大怒："七州县百万生命是让你拿来保功名顾情面的吗?!"现在听到乔莱所说的一切，转怒为喜。

看罢这个情节就能够清楚当时情势危急。为对靳辅发动致命一击，乔莱向张可前隐瞒了实情：他担心交锋前泄密可能受到强大对手的阻击，这个阻击也许让他根本失去向大家表达自己的想法的机会。

相国梁清标^③、宋德宜等人赞叹说："江淮之间真有人啊！"

当时靳辅和于成龙并肩站立，张可前回头对于成龙说："于公，你的意见得到伸张，靳某这回无话可讲了。"这张可前不怕得罪人，还来了个现场点评。

---

① 李之芳：字邺园，山东武定人。明崇祯十五年举人，清顺治四年进士。康熙五年巡查浙江盐政将官场腐败如实上奏，请求严肃巡盐考核，注意官员俸禄罚除。不久升任吏部侍郎。康熙十三年率兵平定了耿精忠之乱。康熙二十二年官拜文华殿大学士兼吏部尚书。康熙二十七年离职家居，康熙三十三年病逝于家，享年七十二岁，康熙帝赐"文襄"。

② 张可前：顺治九年进士。初任瑞州府推官。后提至兵部任职，补文选郎中，历左右通政，太仆、太常二寺卿，副都御史。升刑部侍郎转兵部侍郎，掌管满洲八旗官兵。后乞养还乡，享年八十三岁。

③ 梁清标：字玉立，一字苍岩，号棠村，一号蕉林。明末清初著名藏书家、文学家，名列《贰臣传》。直隶真定（今河北正定）人，明崇祯十六年进士，清顺治元年补翰林院庶吉士，授编修，历任弘文院编修、国史院侍讲学、詹事府詹事、礼部左侍郎、吏部右侍郎、吏部左侍郎、兵部尚书、礼部尚书、刑部尚书、户部尚书、保和殿大学士等职。

户部尚书科尔坤①拉着乔莱的手说："说得太对了。你是七州县那边的人，看得真实，说得准确，我们这些人哪知道实际情况啊。"

一会儿，皇帝来到乾清门。内阁大臣把乔莱等人议论的内容向皇帝报告。

皇帝看过后说："朕的工程是救民工程，哪知会让百姓承受这么多呢。"于是派工部尚书萨穆哈会同漕运总督徐旭龄、江苏巡抚汤斌负责调查七州县百姓民意。

皇帝对他们说："……按靳辅的意见会导致百姓迁徙而流离失所，田地房屋也会遭到刨掘。依于成龙的建议对百姓有好处。不过看这两个人都能使水下泄至海。至于说最后照谁的办法挖掘疏浚，还是问问当地百姓，问问那些老年人的意见再告诉朕吧。"

皇帝判靳辅于成龙平局，他依从了大学士的观点，将社情民意作为决策的重要参考。

种种迹象表明局势十分复杂。这不过就是皇帝的拖延之术。他是做不出判断还是在顾忌什么？这种拖延耽误了对百姓的拯救不说，还给了这些大臣充分"厮打"的时间和空间。

这里边有个非常重要的"得已"和"不得已"的说法引人关注。七州县百姓深受严重洪涝灾害之苦，治理下河工程被说成"并非不得已"这是给足了皇帝面子，皇帝也顺势说"并非不得已"。

"不必然"只有皇帝能说得出口。这一切只有放到那个"君权神授、家天下"的环境中才显得不突兀。

减水坝，减水坝，还是减水坝。议论治河始终绕不开这个话题，但皇帝始终不理这个茬儿。

修减水坝并非靳辅个人决策，这些都必然上书皇帝，这里边必然有聪明皇帝的决策痕迹。用皇帝常说的话就是：朕都记录在案了。这让皇帝时时刻刻在节制着臣子的议论：你们只给我议论怎样救下河，至于说下河为什么闹得这么凄惨，先别说。

这个话题里，皇帝自己也是"剪不断，理还乱"。

———————————————

① 科尔坤：满洲镶黄旗人，世居嘉穆湖，其祖穆齐纳噶哈顺治初年归顺清廷，科尔坤最后官至户部尚书。

分析清楚这个局势就会知道，乔莱最终受冷落是必然的。

木秀于林，风必摧之。下河之争慢慢平静下来之后，京城中因之嫉恨乔莱的人很多。干实事难，造谣言就非常容易了。这种毁坏他人的方法毫无新意但屡试不爽。

时间不久，关于乔莱的流言四起，最后乔莱罢官。乔莱回到家乡开辟了"纵棹园"，钻研《易经》，在卦象幽隐而微妙的变化中体悟人间大道。

乔莱奋不顾身闪耀时难道没想到随之而来的围攻吗？打出一拳引来一脚甚至围殴，这一幕在中国古代比比皆是。"抱团取暖"，"宁扶旗杆，不扶井绳"，"木秀于林，风必摧之"，这些俗谚不就是一幕幕群架围殴场景的再现吗？

乔莱无惧。以他对《易经》的深入研究，以他对人情世故的充分洞察，以他长期在皇帝身边的所见所闻，他理应预判结果。

"明知不可为而为之"，"我不下地狱谁下地狱"，于成龙也好，乔莱也罢，他们就是那舍身为百姓鼓与呼的人。

皇帝后来的举动着眼点并非是非曲直，而是平衡。

乔莱是被平衡掉的。

原地踏步。皇帝反复研究细节，态度不像商讨救苦救难之策，仿佛要雕琢艺术品。言谈话语之间，我们会感觉到皇帝脚下不再坚实，正在不易察觉中轻轻后撤。

十二月初一，皇帝认为可以施行于成龙治河方略，皇帝说的就好使吗？

皇帝对大学士等人说：

"昨天朕召靳辅、于成龙来到内廷，拿着河图对二人进行了详细询问。又让他们两个人各抒己见，互相问难。朕问他们，淮安、扬州等地原本是因地势低洼导致河水潴留形成湖泊。这个地方遇到干旱年景仍然要靠河水灌溉田地。地势这样低洼，纵然尽力疏导，能让积水完全干涸吗？两个人都说不能。

"朕的意思是水势只要稍微减轻就对百姓有好处。应照于成龙说的开挖疏浚入海口，让洪水通畅入海。有没有好处不久就会看到。只是不清楚需要多少钱粮才能够用。"

看皇帝问话时"能不能保证洪水下泄后完全干涸"中这个"完全"二字就

知道，皇帝的脚跟开始暗转了。

王熙启奏皇帝说："据于成龙所说，需要的钱粮不能准确估计，想来疏浚旧有的河道，似乎不太费钱粮精力。"

这王熙，到现在也没有明确表示支持于成龙的治河策略。关键时刻一句"似乎不太费钱粮精力"真厉害，把于成龙直接挤墙角里边去了：于成龙你爱咋弄咋弄吧，费了钱费了劲都是你没本事。

皇帝开始更多地关注乔莱。

十二月初四日，辰时，皇帝到乾清门听政。部院各衙门官员面奏完毕，大学士明珠等拿上来奏折本章请旨。侍读乔莱得到了吏部升补其为左庶子的提请。

皇帝问学士牛钮①："你的前任翰林学士乔莱如何？你一定知道。"

牛钮启奏："乔莱学问颇优，勤于办事。"

皇帝又问王熙曰："乔莱为人如何？"

王熙启奏："乔莱学问颇优，他的为人，臣知道得不深。"

皇帝又问吴正治②、宋德宜："你们看乔莱怎么样？"

吴正治启奏："乔莱文章很好，至于说做事都在于各人内心，臣不能得知。"

宋德宜所说的和吴正治相同。

皇帝又转过脸问大学士明珠等人："听说翰林官员所作的文字都送给徐乾学评定，想必徐乾学一定知道乔莱。"

皇帝马上就问徐乾学。

徐乾学启奏："乔莱学问颇优，善于作文，而且勤于办事。只是臣是江南人，乔莱是江北人，不知他的为人。"一条大江成了不了解的理由，徐乾学也不想和上边的大臣说法有明显不同。他选择了从众。

皇帝又问学士韩菼。

韩菼启奏："乔莱学问甚优，也有才。"

皇帝又问讲官邬黑："乔莱为人怎么样？"

邬黑启奏："乔莱在衙门办事勤勉，这个人还是很好的。"

皇帝沉吟了好久："乔莱的人品命询问学士常书、孙在丰之后启奏。"

---

① 牛钮：姓赫舍里，生于顺治五年，卒于康熙二十五年。主要著述为《日讲易经解义》。

② 吴正治：字当世，湖北江夏人。顺治六年进士，选庶吉士，授国史院编修等职。二十六年，复疏乞休，诏许原官致仕。三十年，卒，谥"文僖"。

大家读罢上文可见，朝堂上似乎出现了非常微妙的默契。众口一词表扬乔莱的文章，因乔莱的文章皇帝自然看得到，你盖也盖不住。而且作为侍讲，皇帝想必也了解乔莱的口才与学问。至于说到他的人品，却都不由自主往外推说不了解。

明珠等人推给徐乾学，徐乾学竟然以江南江北之隔为由滑过了这个话题。不说好本身就是一种态度。非常重要的几个人没有热心推荐乔莱。

十二月上旬，皇帝在乾清宫，又找来靳辅询问治理下河的事。与靳辅谈完，又找来于成龙。

皇帝问："范仲淹筑堤的原因始末你知道吗？"

没错，康熙皇帝谈到的范仲淹治理下河入海口的事，也是靳辅维持自己治河方略的重要例证。

显然，于成龙不会忽略这个历史借鉴。

于成龙启奏："当地人传说宋朝那个时候一年内要发生一次两次海啸，毁坏百姓田地房屋，大堤屡修不成。范仲淹沿海边都铺撒上米糠麦麸，海啸过后按糠麸所在位置和踪迹修大堤，海啸就再不能漫过大堤，堤算修成了。"

这是六百年前范仲淹为测试海潮危害范围而采用的简易但非常聪明的方法。

皇帝问于成龙入海口一带的地形地势情况。他对海水倒灌问题十分关注。

于成龙启奏："滔子灶边有沙滩，沙滩外边有河，河外边又有沙滩。其余是大海，距离河道二三十里或百里不等。"

皇帝问："你说的河道就是海潮冲的大沟吧？"

于成龙回答："对。这个河道又叫苦水洋。潮来时，潮水与沟齐平，潮水退去，河道堤岸有七八尺高。"

皇帝问："朕听说海潮拥着泥沙淤积堵塞了入海口，比如说今天对河道进行了疏浚，潮水来了又淤住了，那怎么办？"

于成龙说："并非海潮淤塞了河道，那是两岸的沙土被百余年的风雨冲塌所致。附近的庙湾海口宽五六十丈，深十四五丈，由此看来，其他的海口河道的淤塞并非潮水造成的。"

皇帝问道："庙湾海口既然通畅，那积水为什么还排不出去呢？"

于成龙回答道："那是因射阳湖淤塞了将近三十里，加上马家荡等处水深实际只有几寸，淤泥却有几尺。如果加以疏浚，山阳、宝应、盐城等地的水就可排出大半了。"

皇帝又询问串场河的情况，于成龙启奏道："串场河也是水浅泥深，盐城一带淤塞更严重。"

皇帝问："入海口河道几处可开掘疏浚？"

于成龙回答："应开掘疏浚的有五处河道，分别是天妃、石䃮、草堰、小海、丁溪。"

皇帝问："这些地方挖掘疏浚后积水可退去吗？"

于成龙答道："如果这些地方得到疏浚，积水自然能排泄出去。"

皇帝问："你能办到吗？"

皇帝再次希望于成龙给出肯定答复。于成龙在回复皇帝时对自己如何处理与靳辅意见相左一事做出了解释。

于成龙说："臣如果不能办到怎敢妄奏。河臣连续驳回臣详细方案，臣虽有可自行上书的特旨，但写出详细方案报告靳辅在前，也就不敢再直接向朝廷报告了。臣料到河臣的奏疏九卿未必同意，即使九卿同意，皇上也不会准许。如果皇上准许施行，臣怎敢不向您报告臣的意见呢？"

虽然和上级存在分歧，但既然已向上级报告了自己不同的想法便不再向皇帝报告，静等上级的答复，这是程序和规矩。这就是于成龙的办事逻辑。但他话锋一转，如果真的出现皇帝批准靳辅方略的情况，他恐怕就不会顾忌这些规矩了。他那个时候就真的要使用皇帝特许的奏事方法了。

皇帝问："你怎么报告？"

于成龙说："动工之时，河臣未必到场，民间田地房屋坟墓被毁，男女啼哭呼天抢地的惨状，臣首先听到见到。臣会断然向您报告。臣怎敢毁坏百姓的一间房一座墓呢？"

皇帝问："靳辅的意见你知道吗？"

于成龙答："臣不知他是什么意见。"

这就是于成龙使用特许上奏权的底线。

皇帝问："朕听说兴化号称锅底，疏浚入海口河道能排出锅底的水吗？"

下边的回答，可见于成龙对排涝工程的深入思考。

于成龙答道："兴化原来就是水乡，这个地方多生蒲草，少有稻田，疏浚海口就可将水放出。臣看旧有河道疏浚后应有一丈多深，就算田地像锅底那样低洼，河道比田地还低洼，积水自然会顺着河道流出。"

皇帝说："你说得对，如果将锅底之中的旧河再挖深一丈，宽十丈，纵然有暴雨，过不了几天就会顺流入海，断不至于积蓄起来。"

于成龙说："臣的办法都是遵从古法，古人没有不如今人的道理。"

皇帝问："你把话向靳辅说过吗？请他斟酌考虑你的办法。"

于成龙答道："臣几次向他说，他说古人用过的方法不值得效法。"

皇帝问："靳辅的方法筑堤取土容易吗？"

于成龙回答道："用河臣的办法没土可取，就是有土也在一片汪洋之中。水深四五尺、七八尺、一丈不等，民夫何处立足？健壮的民夫在水中浸泡三天也受不了！十几万的民夫泡在水中，三天后就会体力不支，上哪再找十几万民夫过来？"

皇帝问："靳辅的土在哪里取？"

于成龙回答："取土地点在盐城、白驹场等处。取一方土需要一条船、两名水手。遇到南风，风一天不停就得停一天，十天不停就得停十天。取一方土需要一钱二分工钱。停工十天，那也需要一两多银子。区区一筐沙土投进一丈多深的积水之中，沙土随水就流走了，工程何年可成？纵然能成，修成的两道大堤只约束堤内的水，大堤之外的水从哪向外排？何况大堤高一丈六尺，比民房还高，出现问题，水一下子就从屋梁上流过去了，百姓如何受得了?！"

这些论证从根本上否定了七州县筑堤排水的设想。

皇帝问："邵伯这个地方有不能入海的积水，如将积水排入江河需要挖多宽？会不会损害田地？"

于成龙回答："臣完全按旧河道挖深疏浚，一垄田地一间房屋都不能伤损。"

皇帝问："挖开入海口对运河有没有妨碍？"

于成龙答："没有妨碍。修治下河也是为了保护上游运河。只有上游妨碍下游，下河对上游运河毫无妨碍。"

皇帝问："多长时间可完工？"

于成龙答："明年二月开工，九月即可完成。"

皇帝问："提交意见时你如何与河臣议论的？"

于成龙答：

"河臣当面命臣完全按他说的办，因皇上要臣听他管束，臣不敢不听他的话。

"最近臣看邸报才知道他奏疏中有'卖田、屯垦、分派盐引'等说法，臣写的奏折中原本没有这样的话。四海之内莫非王土，治河后露出的民田自然都是给皇上缴纳粮食的土地，为什么还用卖地等名目？再说皇上不惜帑银治河本意是拯救百姓。按靳辅提出的办法，就把皇上爱民的初衷泯灭，反像是皇要卖田才提出治河。"

通过君臣的再次单独探讨，皇帝的思路应更清晰了。这种单独探讨的形式也是经皇帝深思熟虑的：他看到了公开辩论治河理念有可能带来对自己"成绩"的全盘否定。

至于那天靳辅向皇帝说了些什么就没有人听到了。

过了两天，皇上对内阁大臣说：

"前者把靳辅、于成龙两人召进宫里各自询问他们的治河之策。朕按图询问靳辅，靳辅答不上来，只是说开河的地方都是乡绅的庄田。

"朕问他，乡绅的庄田就应当随便挖掘损坏吗？靳辅无话可说了，叩头表示愿意依从于成龙的意见。现在让靳辅回去，留下于成龙等待萨穆哈等人回来再做决定。"

当时，于成龙工程估价是三十万两，预计九个月完工；靳辅对工程的估价是二百七十八万两白银，预计三年竣工。皇帝倾向于成龙的建议。如果此时此刻就长出一口气那恐怕是太早了。博弈远远没有结束。

靳辅怕于成龙成功。

萨穆哈等人到淮扬调查，想把这两种办法都搁置起来，你让我不痛快，我也让你弄不成。据《宝应县志》记载，淮扬百姓凡说应疏浚河道的，淮扬道台高成美[①]就用动大刑威胁，"三木"[②]伺候。

江苏巡抚汤斌极力向萨穆哈等表明支持于成龙的治河方案，萨穆哈等人根本不听。这个细节大家一定要记住。汤斌回京任职时因此还受到了皇帝的仔细盘问，此是后话。

调查结果回报皇帝时，萨穆哈就说靳辅、于成龙这两个人的治河方法百姓

① 高成美：正蓝旗包衣出身，世居辽阳地方，时任淮扬道。
② 三木：三木为古人用木头制作的刑具，只有重刑犯人才会佩戴，因此也代指重刑。桎、梏、拲合称"三木"，可枷在犯人颈、手、足三处。

都不情愿，并举出都没有好处的原因，认为工程应作罢。这样做的目的实质上就是给皇帝支持于成龙的意见泼水、撤火。

这也着实奇了。萨穆哈操纵民调，人为控制了民调结果：公开反对于成龙风险太大，皇帝毕竟倾向于成龙的治河策略。假如明显倾向于靳辅恐怕引来皇帝警觉的目光。干脆平局：这两个治河方法老百姓都反对，谁的都不支持，工程放一放最好。这可能吗？聪明的皇帝会怎样处置这如此荒谬的民调结果？

康熙二十五年（1686）

于成龙四十九岁。

正月十四，皇帝在乾清宫大宴群臣。内阁大学士、学士、九卿等大臣共一百零五人出席。

大学士王熙、左都御史佛伦①代表全体大臣由左阶上前接受皇帝赐酒然后跪在中间台阶。满汉大臣依次接受皇帝赐酒，奏乐，撤宴，众臣谢恩。汉官中自太常少卿以下，满官自正詹事以下官员均没有资格参加宴会，史官则是以经筵讲官的身份出席。

有个人，按品级资历根本不足以出现在这个盛大的场合，但他却因持有皇帝特旨而闪亮登场。他的出现必然引起全场不易察觉的惊异和窃窃私语。

这个人就是按察使于成龙。

于成龙到场释放了个耐人寻味的信号。在场的官员可能都在心里飞快运算：怎么回事？怎么回事?！于成龙刚刚经历了下河之争，那振聋发聩的慷慨陈词仿佛还在众人耳边鸣响。明眼人更是一眼看出，那些支持于成龙意见的江南官员如乔莱、任辰旦、王连瑛、岳秀峰等人几乎悉数出现在了贵宾名单之中。

于无声处听惊雷，那些敏感的政坛老手隐隐有个感觉，官场的重大变动恐

---

① 佛伦：穆禄氏，满洲正白旗人。康熙二十八年为山东巡抚，三十一年为川陕总督，三十三年为礼部尚书，三十八年为内阁大学士，三十九年三月致仕，寻卒。

怕就要到来了。

这年正月，九卿再议治理下河，同意了萨穆哈等人的调查报告。

萨穆哈成功代言了九卿，调查结果拿给这些人看就是走个过场而已。但，又有不怕死的仗义执言者再次挺身而出，可胳膊拧得过大腿吗？

有个叫王永宗的到通政司①申诉："萨穆哈等人向皇帝汇报百姓不情愿治河的话与事实不符。"同行的还有三个人。胆子有多大！这就是将生死置之度外。

修理王永宗的办法果然有的是。

刚过了两天，宝应有个叫王肇荣的就告发王永宗"多年在京，冒充扬州百姓，其并非从故乡来"，言下之意就是：他不能代表家乡人的意见。

《宝应县志》书影

萨穆哈盼什么来什么。这个王肇荣来得太及时了！及时得让人诧异。

九卿中的某些人大喜，立即把王永宗捆起来带到法司动刑审讯，让他招出谁是主谋。和王永宗一起上书并遭到拷问的有四个人。这里边有个姓徐的已被打死了，严刑拷打还没停下来。王永宗等则始终什么也不说。

明眼人一下子就看懂了，这哪是取口供，这简直就是要杀一儆百杀人灭口。让你多嘴！

不怕死的就那么多。有些人堵天下人之口谈何容易。七州县百姓正漂溺于汪洋，渴望朝廷出手相救的求生欲望震天动地，岂是打死一两个徐姓义士就能

---

① 通政司：官署名。明代始设"通政使司"，简称"通政司"，其长官为"通政使"。清代沿置，掌内外章奏和臣民密封申诉之件，俗称"银台"。

彻底让他们彻底哑口的。

此时，泰州人薛亮向皇帝上书疏浚入海口。他愤怒地说："王永宗不从故乡来，我是从故乡来的！"他刺破手指用血书写了给皇帝的上书。王永宗等这才得到皇帝的赦免。

这一幕让人想起乐亭百姓前仆后继叩阍请求于成龙留任的情景。

民不畏死，奈何以死惧之！

议，再议，再议。皇帝手指里捏着的棋子悬停空中，僵在那里，久久一动不动。于成龙，靳辅，到底谁说得更有道理，很难说清楚吗？

二月初一，皇帝在乾清门听政时问几位大学士："九卿议论下河的事怎么样了？"

明珠等启奏："九卿公议，尚书萨穆哈、学士穆成格奉旨前去，会同总漕徐旭龄、巡抚汤斌到现场看视，审视当地形势，建议工程停止，似乎可听从。"

皇帝说："海口不进行开挖疏浚则泛滥之水终究无去路。若行开浚使水有泄导之处，高邮等处沿堤的地方淹没浸泡的田亩就可干涸露出，希望能对百姓有所帮助。命于成龙、萨穆哈、穆成格同九卿、詹事及掌印科道再加详细议论。"

二月初三日，于成龙疏浚入海口建议被搁置。

九卿、詹事、科道等官员又都开始同意萨穆哈的意见。据萨穆哈说，他亲自到河岸去查勘并询问了河边的百姓，百姓都说挑浚入海口无益，应予停止。

皇帝问大学士们："于成龙说什么？"

大学士等说："于成龙说'要开浚入海口，必须要修治串场河，费用大概在百余万两白银'。"

下边就是这些人的高见了："臣等的意思，如果工程果然有益，花费千万也在所不惜。拿百万的帑银来尝试未必能成功的工程，不如留下银子准备赈济各处地方。"

那意思，你不敢打包票，朝廷的钱是给你试着玩的不成！有了灾拿这个钱放赈不好吗？

这就是当时的大臣，真敢给皇帝出主意。

不过，这里边需要说明的是，不排除这些大臣早就看透了皇帝迟疑到最后也下不了手，这根本不是治河的事，这是人的事或者钱的事。干脆，别没事总围一堆议这个了。这么着迟早出大事。散了吧，省得溅一身血。

皇帝说："入海口关系到民生，自然应开挖疏浚。今天既然九卿都说应停止那就看看今年水势如何再酌情处置吧。九卿议论的本章你们衙门先收起来吧。"

皇帝的态度比较冷淡：东西朕就不看了，既然你们都这么咬定钢牙说先不弄。写那东西都给朕搁好了，有用！

回看一下萨穆哈等人是怎样搞调查的吧。

据《宝应县志》记载，他们先走访了临近出海口的几个州县，结果百姓其说不一。后来他们又给各州县行文，要求各找十个通达事理的百姓回答质询。这次"意见高度统一"了：疏浚入海口泄水不利！

受灾地域在入海口上游，这些人到下游问人家往下泄水好不好，这本身就很荒谬。然后还让各州县自己安排"明白人"接受调查，整个抽样哪里还有什么客观可言！这些"明白人"提前给个暗示就更"明白"了。

聪明的皇帝难道忘记了百姓叩阍哀哀求救?！派人问下游：我们往下排水好不好？趋利避害是人的天性，被访问的如果存着点明哲保身的小心眼，怎么愿意你往下排水？

如果被所谓民意调查蒙住双眼以为于成龙不过是一己之见，那无异于"一叶障目不见泰山"，否则就是故意闭上了双眼。

结局真闪瞎人的眼！真是给民意调查丢人。

皇帝面对执拗的双方无可奈何。于成龙还不足以跟靳辅和他背后的九卿特别是某人抗衡。这个人是谁？下文自然知道。皇帝选择了按兵不动。这难道就是所谓的保守治疗吗？

且看那熟练糟蹋了"中庸之道"的萨穆哈结局如何？

时间向后穿越到康熙三十九年，已做了七年的工部尚书萨穆哈终于让皇帝愤怒了。皇帝怒斥萨穆哈管理的工部积弊繁多，治河浪费帑银，接受请托，利益输送，下拨银两多方克扣肥己。

不知是委屈呢还是恐惧，萨穆哈不久就向皇帝以年老多病为由请求退养。皇帝愤怒地斥责他装样子，命夺了他官，仍让他留在工部，自己把清查出来的积弊一一开列出来。这太折磨人了。每天的心灵煎熬就是对他的惩罚。

四年后，也就是康熙四十三年，萨穆哈因侵蚀治河帑银、收受贿赂被抓捕判处绞刑。后来他就死在了监狱里。

天道人心。

二月初七日，九卿会议开浚海口暂行停止。

皇帝说："开浚海口关系民生，应该举行。今天你们说应该停止，那就再去商量一下。看看今年水势如何，再定行止，奏折暂时留在你处。"

二月初十日，九卿会商总河靳辅请求修理高家堰及黄河两岸，认为应准许施行。议论中再次提及了靳辅和于成龙的争论。

皇帝说："高家堰关系紧要，向来建立此堰就是为了堤防，当初设置高家堰的想法很好。朕的意思这个工程似乎不能停下来。"

明珠启奏："圣上的见解极妥当。从前靳辅、于成龙两人互相争执以为下河不修则高家堰这个工程也可停止，这不过是一时争胜负所以才有这样的议论。毕竟高家堰所关非小，即使不大兴工役，也应当稍加帮修。"

王熙启奏："高家堰关系南河一带及淮扬等处，此工实在不可停。"

皇帝："此事命靳辅重新确切议论后详细上奏。"

这一次，明珠的旗帜就非常鲜明了，而且借机将于成龙坚持疏浚下河意见说成了赌气争胜。不经意间，该做的事就都做了。

于成龙虽然努力争辩，九卿始终也不听他的意见。他的声音被选择性地忽略了。

工科给事中①王绅②，刚上任不久就大发议论说："罢免靳辅，任命于成龙治河，上河下河就都治理了。"九卿听到耳朵里非常不悦。

---

① 工科给事中：明代设置的监察官职。给事中专主封驳、纠劾等事。主要检验军器局所造军器、监收弓箭弦条、营建监工、按季稽核工部宝源局铸钱工料及钱数、查验工部修理仓账目、审核各派分竹木局账目等。

② 王绅：字公垂，睢州（今河南省睢县）人。生于官宦世家，刑部湖广司主事王天禄次子。康熙二十一年壬戌科进士，改庶吉士，补工科给事中。升大理少卿。每案反复评审，务必公正。后任都察院左金都御史，升户部右侍郎。康熙四十五年卒于任上。

议论就像回到了原点。

内阁大臣极力赞同九卿的意见，皇帝却始终不点头不表态，圣旨始终不下来，治河工程只能暂停。

于成龙罕见地还没来得及充分展开政务就匆匆结束了按察使生涯。这个事件背后是皇帝剧烈的思想斗争。

治河这个历来沉闷的领域因于成龙的到来，仿佛沉沉的天宇上忽然劈下一道势不可当的炫目闪电，紧接着就是一声不可逆转的浑厚雷鸣。闪电之后铁一般的天幕再次合拢，但闪电却长时间在人们的视网膜上停留，雷鸣之声也依然在人们耳轮中轰响。于成龙给皇帝和满堂朝臣留下了太深刻的印象。皇帝借着这道闪电看清了棋局上的每颗棋子。

于成龙成了一匹黑马。

此时此刻，所有偶然和必然的因素都历史性地完美相遇了。

皇帝不易察觉的退却未必不是另一次进攻的开始，没有强力支持于成龙未必不是将于成龙过于锐利的锋芒暂时雪藏了起来。"揣而锐之，不可长保。"这种搁置似乎也算一种保护。如果力挺于成龙胜出，势必会招来海潮般的反击，以于成龙当时的身份和地位，他有可能在这种围攻中折戟沉沙。

皇帝这样处理下河之争，也是尽量避免出现大规模的纷争导致政坛可能出现的巨大裂痕。他不想看到结局失控，于是宁可咬着牙把事情先放下来。但这样的处理是以牺牲下河百姓的生命财产为代价的，口口声声拯救下河百姓的皇帝表现出来的是难以理解的高冷。

十一、直隶巡抚

　　（特加太子少保，巡抚直隶等处地方，管辖紫荆等关、宣府一镇地方，密云等关隘，赞理军务，兼理粮饷，都察院右佥都御史）

　　被誉为"本朝第一贤抚"。判案足以媲美包拯、狄仁杰，百姓赞不绝口。扫痞灭霸如秋风扫落叶。隔十几天就有一封密信送到各知府手上，照单抓人无一漏网。这个令顽匪丧胆的于大人文质彬彬的像个教师。他的建议在皇帝那里几乎免检……《于公案》，活在百姓心中的丰碑。

　　康熙二十五年二月初七，吏部等部门共同弹劾：现任直隶巡抚崔澄[①]在康熙二十四年"大计"时把本来名声不好、朝廷已准备革职的永平府知府佟世锡列为"卓异"[②]，认为崔澄应降四级后调离使用。皇帝依议。

　　由于直隶巡抚出缺，大学士、九卿、吏部等向皇帝推荐了很多人，皇帝都没有首肯。

　　一天，皇帝看着辅政大臣们问："能直接起用按察使这个级别的官当巡抚吗？"

---

① 崔澄：曾任陕潼商道、刑部郎中、监察御史、江南按察使司按察使、右通政、光禄寺卿、太常寺卿、大理寺卿、都察院左佥都御史、工部右侍郎、直隶巡抚。

② 卓异：突出；出众。清制，吏部定期考核官吏，文官三年，武官五年，政绩突出、才能优异者称为卓异。

问话太出人意料了，按察使到直隶巡抚差着好几级呢！

皇帝就是皇帝，辅政大臣赶紧答道："经皇上慧眼选拔的人哪能受这些惯例的约束呢？"那意思是，要是按规矩那肯定是不行，不过这事分谁说出来的。

直隶巡抚是个非常重要的职务。各方面热心推荐的人选皇帝都不点头，直到这样略带玩笑地启发辅政大臣，一切才真相大白。

不难想象大家恍然大悟的情景：原来皇帝心里早有人选了。说的是谁？哪个按察使让皇上看上了？难道是他?!

康熙二十五年二月十三日，按察使于成龙被破格提拔为直隶巡抚。

此前一天，辰时，皇帝到乾清门听政。因直隶巡抚崔澄被降级调离，官位出现了空缺，吏部就开列了满洲、汉军、汉臣的人选向皇帝请旨。

皇帝对大学士们说："直隶地方旗下人与民人杂处，公务甚是繁重，此缺必须由贤能官员补授才对地方有益。尔等知道合适的人选吗？"

明珠等人启奏："户部侍郎董讷前任直隶学院，居官很好，旗人、民人都说他好，似乎可补授此缺。"侍郎级别担任直隶巡抚，从级别这个角度看比较顺畅。

很明显，明珠此时没有理会皇帝的暗示。

皇帝说："董讷现在已做了侍郎，如果补授巡抚他的品级较大。"那意思，如果这么用，董讷有点吃亏。明珠等人好似没有理会皇帝的启发，皇帝也没理会明珠等人的力荐。

"按察使于成龙在江南任职时很好，其他省百姓也称誉他。命于成龙升补直隶巡抚。"

他斩钉截铁说出了大家都在猜测但不揭锅时谁都不敢说出的名字：于成龙。

听到这个重磅任命，很多人心里肯定傻了：事态发展完全出乎人们的意料！可能吗？就是这样的。

回到家中，一些人必然偷偷凑起来议论：要知这样，让这个小子在下河蹲着不就完了吗？敢多翅就让靳辅捏他一下子。能有什么事！弓拉得太满了。这治河针插不入、水泼不进的。过了！过犹不及啊。皇上闹了半天下了这么一手棋。厉害！

小心点吧。

康熙皇帝将于成龙破格提拔到直隶巡抚的任上。政坛一场新的布局开始了。于成龙不负重托，在直隶巡抚任上书写了灿烂的人生华章。

二月十八日，吏部提请直隶巡抚于成龙兼职的事。我们看到，本节的标题下面那一长串"巡抚直隶等处地方，管辖紫荆等关、宣府一镇地方，密云等关隘，赞理军务，兼理粮饷，都察院右佥都御史"就是于成龙职务的全名。除去巡抚直隶，其余全是兼职。这时，皇帝还做出了另一个对于成龙来说很"重大"的决定。

皇帝说："于成龙所兼职衔，命令按吏部议论执行。"

"于成龙从前曾被罚俸五年，朕听到于成龙家计贫穷，如果得不到俸禄，怎么自给？这所罚之俸，都按当时标准补给。"这就是现在的补发工资。

对于成龙全家来说，这是个大好消息。

二月三十日，新任直隶巡抚于成龙得到皇帝赏赐的鞍马一匹。这是皇帝给于成龙的鼓励，也是看着他真穷。

三月初一，于成龙到养心殿向皇帝辞行，并接受皇帝训示。

于成龙对皇帝说：

"自从臣任乐亭知县、通州知州，三次被降级调任，都是蒙皇上宽恕才得以留职。特别是受皇上特殊恩典升任江宁知府，不久又提升臣为安徽按察使，再不久又特别提拔臣督理下河工程。工程没有开工，皇上又把臣破格提拔为直隶巡抚。大小官员能得到一次这样的光荣都会知道感激，何况臣得到皇上的恩宠真多到了极点。正月十四日，皇上又赐臣宴席、马匹，臣怎敢不竭尽全力报答皇上恩情。

"但直隶这个地方旗人和原住百姓杂居，最难治理，就算竭尽臣才能怕也不能达到皇上期望。恭请皇上教诲。"

于成龙对皇帝的这次提拔有着清醒的认识。他感激皇帝的赏识，他能做的就是尽力报效。他也十分冷静。

他曾任乐亭知县、滦州知州、通州知州，直隶这个地方他再熟悉不过。

他真切地感到了自己的责任重大。

皇上对于成龙说:"朕只要你奉公守法,给属下做廉洁的表率就足够了。"

于成龙对皇帝说:"奉公守法以及做属下廉洁的表率是臣做官的本分,是臣该做的。臣受的皇恩从古至今别人都不曾拥有过,臣也必然会做那别人不敢做的才能报答所受皇恩于万一。"

皇帝想听的就是这样的表态,没这劲头,直隶这团乱麻怎么理得清?

皇帝对于成龙说:"你从前官做得好,廉洁谨慎,朕都知道。现在直隶地方上应兴利除弊的事情太多。你到任上打算怎么办?"

于成龙:"现在直隶地方上百姓生活不安定,第一要做的就是消灭强盗。消灭强盗就是安民的措施。"

皇帝说:"朕听说去年冬天盗贼胆敢疯狂劫掠一直到了都城门下,盗贼怎么会猖狂到这个地步?"

作为首善之区的天子脚下,盗贼疯狂非止一日,兵匪勾结,明火执仗,百姓苦不堪言。有兴趣的读者可去翻看皇帝过去因此斥责直隶官员毫无作为的记录,比比皆是。

社会治安太差了。

于成龙答道:

"这都是过去那些巡抚的过失。他们徇私情纵容并放走了真盗贼,反过来却向上级弹劾办事官员,说他们诬陷良民,州县官员白白受到了弹劾与处罚。没有官员愿意因'诬害良民'而犯罪。

"那些来自满洲、蒙古以及关外跟皇上打天下的老部下守法的人占多数。那些平日里在本地为非作歹的匪人,无处藏身,不得已才卖身投靠到旗人门下。他们依仗旗人主子势力在外抢劫敲诈害人,无恶不作。

"衙门里官员并非不知道,只是碍着'旗下'两个字就不敢严格惩办,酿成了今天这样的局面。"

于成龙对直隶盗匪横行的原因分析得鞭辟入里。历任官员没人敢于碰硬,积重难返,养痈遗患,这个涉及"旗人"的钉子不知让多少官员头破血流。

旗人是胜利者,是给皇帝打江山立下汗马功劳的特殊利益阶层,坐江山了,这些人还是闹腾,有时虽连皇帝都看不下去,但他在处理有关事务时也是如履薄冰。于成龙直接就用了"匪人"一词来概括那些投靠到旗下的恶棍。

胆子太大了。

于成龙接着说:"今天如果有王子、贝勒或者公爵、侯爵、伯爵的家人像过去那样不法,臣会执法如山予以严办。即使皇庄上的人做出不法之事,因臣深深懂得皇上爱护百姓的心意,也会秉公执法绝不姑息。这样百姓才有可能有安全感。"

敢于碰硬,敢于下手。于成龙这样的表态可不是随口说说的应景之语。这句话他已深思熟虑了。

在场的人中恐怕在心里微微冷笑:真敢放炮啊你,你说你算老几?!你先动动试试吧。

皇帝对于成龙说:"那些王子庄上的人不守法,朕也任你依法惩治。即使皇庄上的人也不必瞻前顾后徇私枉法。这样办去不知道盗贼多长时间可平定?"

于成龙答道:"臣立即想法子搜捕缉拿,三个月大约就会稍微有些头绪。"

皇帝开了金口,表明了态度,是从整个政权稳固的角度看问题的:顾不了那么多了。具体的执行还得看于成龙有没有这个胆子。

于成龙说三个月初见成效相当于向皇帝立下了军令状。如此盘根错节的直隶,三个月能初见成效吗?

皇帝说:"外边的事没有朕不知道的。比如说工部吧,他们使用车辆时都是在京师周边雇佣,事后给脚夫现钱。现在把这个事分派到各州县去了,你知道这个事吗?"

于成龙回答道:"臣过去就在直隶地方上任职,也受过这事拖累。弊端远不止这一件。比如征收狐皮,每张狐皮折成现款后只需五钱银子,现在向州县官员分派,每张却征收到五六两银子不等。"

曾长期在直隶地方任职的经历让于成龙对政令弊端洞若观火。皇帝问到时他随手就举出一件。

皇帝说:"地方行政的利弊得失,民生疾苦,凡造成百姓痛苦的政令,你到任后可将这些弊端一一查明上奏。"

于成龙又说:"巡抚顾名思义,'巡'就是巡察地方,'抚'就是安抚百姓。兴利除害、为国为民才算恪尽职守。"

皇帝决心兴利除弊,给了于成龙系统梳理整顿地方政务的特许。于成龙深深懂得职责所系。

于成龙说:"臣看到各省总督、巡抚出巡时带了很多差役。这些人扰害民间,对下级提出过分要求，索要钱物。到臣这一概禁止。"这就是承诺。于成龙面对的是皇帝，君无戏言。

"臣这次去直隶，如仍旧在保定衙门发布公文整顿官吏，恐怕没出息不正派的下属会把这次巡抚看成和过去一样的老套子，这样就未必会马上振奋精神一洗旧习。臣这次决定自己单人骑马微服出巡，减少差役，所有州县全走到，巡察到。哪里方便就在哪里吃饭住宿，也不会住到各府、州、县的察院里，让那些主管官员借着臣巡察的名义向下边分派人、财、物，凭空生出事端扰害百姓。"

于成龙是从基层干起的官员，对下边的情况了如指掌，他不想萧规曹随走老路，他要让直隶官员警醒起来干事。

"如果巡察发现贪污或廉洁的官员，臣会以最快速度向皇上报告，听皇上的裁断，对他们分别予以处罚或提拔表示惩戒或奖励。臣心里只有皇上，不知有什么权贵。"

于成龙对皇帝的表白看来经过深思熟虑，这样接地气的巡查方式必然会实现和百姓的"零距离"接触。这不是稳坐在衙门里捕风捉影翻阅现成的大堆卷宗，这是直面问题的工作方法，连细节都考虑得十分清楚。这里边唯独没有摆进去考虑的就是他自己。

皇帝对于成龙说："你原是个好官，你这个巡抚也是朕亲自起用的。你认为该做的只管往好里做，朕没有不知道的。"

于成龙对皇帝说：

"皇上对臣有深厚的恩情，破格提拔臣到巡抚的职位上。臣不要钱，那些道台、知府、知州、知县级别的官员，怎么容许他要钱?！

"再说，朝廷内外的优秀官员比臣强的人太多了。臣今年已四十九岁，自小官升至巡抚完全出于皇上裁断，只是因个'廉'字罢了。臣有一点变节腐败，不只辜负了皇上破格用人的初衷，也为天理国法所不容。天下人都会说官员的所谓清廉都不可信，那些要做好官的人也会千秋万代唾骂臣。臣即使不死但丧失了名节，何以为人？"

于成龙把自己的出色工作，把自己的廉洁自律与皇帝知人善任破格提拔紧紧联系在了一起。自己干不好就是辜负了皇帝的信任，更重要的是一定会招来全天下官员百姓的唾弃。

皇帝在提拔于成龙时突破了自家定下的规矩，皇帝本人也自然面临着用人是否恰当是否英明的质疑。一旦于成龙出现闪失，即便朝臣不敢当面指斥，背后的腹诽以及千秋万代的嘲讽，都将是不可避免的结局。

皇帝何尝没有这方面的担忧？

皇帝对于成龙说："天下何尝没有清官？不过是做小官时好，官做大了就不好了。你这次出去巡抚地方当然要端正自己，给属下做个表率，廉洁奉公爱护百姓。"

皇帝首先担忧于成龙能否保持住廉洁的操守。一下子被提拔到这样高的位置，于成龙会不会在"名利"二字面前压不住阵脚，飘起来？皇帝不得不一次次提醒。

他发自肺腑地感慨，多少官员背弃了自己曾刻骨铭心的誓言。这种反面的例子太多了。即使翻开康熙的官方记录文字，我们也经常可见皇帝对腐败官员的入骨责骂，乃至最后痛下杀手。

"你也要用宽容来调和你的刚猛，办事不可过于严苛。朕以宽怀包容治理国家，你知道吗？"

皇帝并不担心于成龙干劲不足，相反，他担心于成龙矫枉过正，因刹车过猛导致颠覆的例子并不鲜见。

"过犹不及"是古代圣贤智慧的结晶。美好的本意和美好的结局往往并不重合，未来必须为曾经的过火行为买单。血的教训很多。

于成龙回答道："皇上就像天空，有好生天下的美德，从黄发童子到白发老翁没有不感激不敬仰您的。臣从州县一级官员做起，深知州县的痛苦，做事历来不敢过于严苛。到任后，不管大小官员，臣都让他们有改过自新的机会。过去做过不长进不正派事情的，臣既往不咎。之后如果仍然不改正过失，臣才弹劾他们。"

这是让皇帝放心的话，皇帝饱读经典，自然清楚过犹不及的道理。于成龙既往不咎的为政思想也是审视直隶整个吏治之后所做的明智选择。这样既给了某些官员改过自新的机会，也避免了大面积树敌给自己行政带来巨大阻力，甚至让所有的努力毁于一旦。

皇帝说："凡不做个好官的，纵然是自己侥幸漏网，他的子孙也绝对不会繁荣昌盛。朕最信赖的就是两江总督于北溟、江苏巡抚汤斌，还有你，这三个人。

你一定要善始善终，照着两江总督于北溟的样子好好干一番事业才好。"

已进入而立之年的康熙皇帝精力和智慧达到了巅峰状态。他已不再像青少年时期那样略带拘谨，而已形成从容不迫、游刃有余的执政风格。

他端坐龙椅对于成龙谆谆告诫、勉励，仿佛向准备去远方求学的孩子那样一次次提醒。

于成龙对皇帝说："臣今年四十九岁，前途有限了。臣如果干一件坏事，不但国法难容，就是上天也不会饶恕。臣是皇上从按察使职务上特别提拔使用的，没有经九卿集体推荐，臣如果干了哪怕一件坏事，皇上还怎么有颜面面对九卿呢？"

于成龙对自己前程的整体估计很冷静，在做官与做事之间他选择了做事，好好做事。他将自己做事成败与皇帝的荣辱紧紧联系在一起。

皇帝说："正是这样，你确实是朕亲自提拔使用的官。你明天就要出发到任上去吗？"

于成龙对皇帝说：

"臣选择初二启程，初十就可到巡抚任上。按惯例是先在良乡县接受官印，之后三天就能到保定。

"要求臣到任的时间不太紧张。臣的亲生父母的坟墓在京南固安县，臣自从到江南任职已几年没回家了，始终没能到父母坟墓上祭扫。臣想从固安县经过把墓地扩展一下，让父母和臣一样享受皇上给予的荣耀和宠爱。但这样不符合惯例，也许会导致监察御史们的议论。"

皇帝说："这是好事，你就是去又有何妨？"

这是皇帝再一次给于成龙开绿灯。

多年在外的官宦生涯使于成龙久违了自己的家乡。他要向父母报告自己在仕途上得到的荣宠，让他们在九泉之下共享愉悦，这样的表达何尝不是在向皇帝表决心？

皇帝很有情商，也为于成龙的孝道感动。他特批于成龙回乡扫墓。

于成龙谢恩，辞别皇帝出来。刚走到后左门外，皇帝又派侍卫萨木哈、吴什这两个人赶上他，传旨：

"朕知道你为官清廉，回家没有盘缠，特赏你一千两银子，衣服里子和面子所用的衣料二十匹。"

于成龙再次谢恩后出宫。

养父于得水知道于成龙受到提拔的消息后十分高兴，在于成龙来辞行时语重心长地告诫他要保持清醒头脑。

他对于成龙说："皇上三次提拔你，你明白其中的原因吗？""皇上的赏赐越重报答也就越难。"他提醒于成龙竭忠尽力报效皇恩。

处在盛势顺境之时头脑冷静没有丝毫飘飘然的想法，做父亲的给儿子敲警钟泼冷水一再提醒，这对子女很重要。康熙帝曾在汉军中表彰于得水教子有方：于氏家风的确可堪效仿。

辞别皇帝，于成龙顺路回到固安南房村老家。他叮嘱弟弟攀龙、化龙，自己虽多年在外为官，但无力修葺父母坟茔，只因皇帝体恤，赏赐银两，才使家族能感受皇恩浩荡，后世子孙一定要牢记这份恩泽。

于成龙家族墓地残块

于成龙担任巡抚下来时，家人跟着高兴。他的夫人周氏曾劝他说：事情如果不是犯了国法，还是要宽以待人。过去您的官小，现在当了国家的大臣，如果对下属过于严格，他们恐怕不能忍受。您千万要考虑这件事。"夫人的话似乎和皇帝的话如出一辙，令人感叹。从一个侧面我们也可以看出于氏一家承担的压力有多大。人还没到直隶任上，方方面面的吹风早到了。

三月初十，于成龙抵达保定府履职。

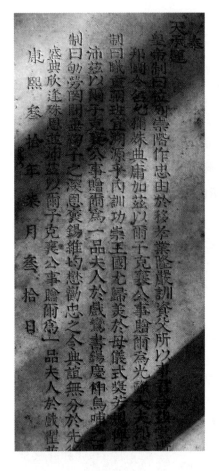

于国安夫妇诰封碑文（局部）

于成龙从来不回避矛盾。

上任伊始他就开始解决一项加重百姓负担的差役，这个差役竟然和皇家修造工程有关。

在这之前于成龙担任通州知州时曾字字血声声泪请求工部减免运灰差役的事。当时工部左侍郎祁通额和工部尚书玛喇让于成龙碰了大钉子，虽然后来情况有所缓解，但这项累民的差役并没有彻底免除。于成龙恐怕对此至今记忆犹新。

他就是这么个人，认准的事绝对会一直干到底。他旧事重提，再次向这苛派给百姓的负担发起进攻。

三月十五日，于成龙上书免除直隶顺天等州县运灰官差。

按皇帝临行前的嘱托，于成龙到任之后马上要求直隶分守道①参议朱宏祚②陪同他调查此事。

他在给皇帝的请示中说：

"康熙十九年建造天穹殿、太和殿等宫殿急需石灰，但因当时长时间下雨道路泥泞，工部紧急行文调用七百五十头牲口及套四匹牲口的运灰大车二百一十

---

① 分守道：明、清两代，在省与府之间设监察区称"道"，长官称"道员""道台"。明朝，各行省设布政使司管理行政、财政，设按察使司管理司法刑名、驿传等。代省布政司分理一道之钱谷者称"分守道"；代省按察司分理一道之刑名司法并节制辖境内军权者称"分巡道"，道台由二司佐官兼任。清沿明制，至乾隆时裁二司佐，专设分守道、分巡道，重要地方还设或兼兵备道，道台成为省以下管辖府州县的高级行政长官。

② 朱宏祚：康熙九年由举人选任江南盱眙知县。因成绩卓著进京为御史，改任刑部主事，迁兵部督捕郎中。康熙二十三年，出任直隶天津道金事。参与编修《大清一统志》，主持编绘直隶各地地图。后调直隶分守道参议。康熙二十六年，越级提升为广东巡抚。任职期间，尽力废除不实征收，严惩贪官污吏，整饬盐政，恢复民生。康熙三十一年升闽浙总督。后因疏奏被责"失言"，降级调用督修江苏高家堰工程，不久在任上去世。

辆。最后确定顺天、永平、保定、河间四府出牲口，真定、顺天、广平、大名四府出车辆。工程基本完工后用灰数量稀少，除去将牲口数酌量削减之外，只剩下真定府等地还有一百辆运灰大车随时听调遣，轮流运灰保证工程使用，到现在已七年了。

"这些地方离京城有千里或数百里之遥，地方上原来没有此项公差也没有维持这项公差的专款，只能向民间征收。偏僻乡村被派到差事的百姓都不懂怎么出这种公差，完全是随大流听任有车的大户承揽。

"听说每辆车的运输量是十二万斤石灰。计算下来，工部给的运费不够，要完成运灰差事，州县私下给承揽大户的补贴，每一万斤地方就要在部里拨付运费基础上补贴八到十两银子，一辆车要补贴八九两到十余两不等，这样一百辆车就要搭上一万多两银子。更不知押运官员往返饭食、杂费的消耗有多少。

"贤良的主管官员还能设法赔偿垫付，部分不正派的官员就会借机敛财。原来由司佐、贰谍官员押运，最近又加上了委听员，旷日持久，这些官员实属废职。修造工程紧张时，木、石、砖、瓦也要这些车辆运输。

"臣查到工部不过是暂时取用物料，原本不应成为惯例。皇上是否应动用正项钱粮直接在灰场附近的地方雇用车辆运输，永远停止让其他各州县协助运灰的差遣。

"只希望皇恩浩荡降下圣明裁决。此事本不是臣能擅自处理的，只是因圣谕让臣调查报告这样的事情。"

调查得一清二楚，分析得入情入理。这就是锲而不舍，这就是咬定青山不放松。

当时安平知县陈宗石①向于成龙报告了灰车摊派拖累百姓的情况。朝廷让安平县出七辆灰车，由于地方灰车带来的额外费用没有出处，他的前任胡宣②为避免给百姓带来负担，只能捐出自己的俸禄来完成摊派。

这陈宗石远没有他大哥江南才子陈维崧有名。但他也与一位传奇故事中的人物有关。他十四岁入赘商丘侯氏，是《桃花扇》主人公侯方域的女婿。陈宗

---

① 陈宗石：字子万，号富园，商丘籍，宜兴人。祖父是万历进士东林党魁陈于廷，父亲是明末四公子之一的陈贞慧，长兄为"江左三凤凰"中的携紫云"徘徊于暗香疏影间"的陈维崧。

② 胡宣：浙江会稽人，有善政。

石康熙年间中进士，可谓春风得意，不过这灰车弊政也把他搞得灰头土脸，焦头烂额。

陈宗石的前任胡宣也被此事弄得头痛不已。自己花钱平坑。这样的好官百里挑一，如果官员拿不出这笔钱或者不愿意拿这笔钱怎么办？还是要认定公家事公家办，最终要摊派给百姓。

工部回复来了："康熙十九年，宫殿需用石灰因未雇用大车运送，与大学士、内务府总管会商后，按康熙十四年惯例办。详细上奏后，让通州等七州县派车二百一十辆，每个州县派一名官员押运。去年七月就曾上书提出'通州等七州县车辆运送石灰时间很久了，应予以停止'。"

工部的意思，这事原来有过先例，而且是几个相关部门集体会商的结果，所以从决策的层面没问题。而且我们也提出过停止，不能说我们麻木不仁，视而不见。

下边就是转守为攻了：

"这些运送石灰的车辆在直隶地面未遇到过灾害和毁伤，而且各州县负担均匀也不至于拖累百姓。分派的七百五十头牲口预备了骆驼鞍子、口袋，让他们到灰场等待天晴路干时启运。停止使用骆驼运输后只剩下了二百一十辆大车，预备筐和席子运送。康熙二十一年奉先殿等处修完后，只有启祥宫以及城楼的修理需要石灰，将运灰车辆停用了一百辆，只剩下一百辆留用，这些工部都有详细上奏记录在案。"

第一，人员车辆我们保护得很好，谈不上损害。第二，现在正常使用的车辆微乎其微，不必一惊一乍。

"该巡抚奏疏中说，工部给脚夫和私自贴补揽活人的费用一百辆车竟然高达一万多两银子，这些多出的银子用在哪里？什么人摊派的？行文给该巡抚逐一严格审查详细上报后再议。"

"从前因不能快速雇到车辆，所以从各州县派车辆，按工部定价每辆六两六钱发放。现在该巡抚奏疏中既然说工部给的脚钱和私自贴补揽活儿人的钱一百辆车竟然高达一万多两白银，那就应将这些车辆停止使用。如各工程有需要石灰的地方由工部确查现时价格之后详细上报即可。"

工部绝对是厉害角色。他们准备给于成龙一个下马威。

答复皇帝的上书写得风雨不透：首先说这灰车的使用有据可查，这是事关皇家工程使用的，一下占领了高地，撇清了责任。然后说灰车的使用均摊匀散没有厚此薄彼，虽说不上轻松愉快但也谈不上累民。重点在后边，那就是给于成龙的反击了：你于成龙说灰车地方上每辆要贴补一百两白银，好，你于成龙给我查出来，到底贴补了谁，怎么贴补的。

于成龙的动议马上就被工部引入了岔道：你查吧，什么时候查清楚先不提，要是查不清的话可就别怪我们弹劾你了。

这工部可不是吃素的：这个办法执行了这么多年，你于成龙说是弊政我就顺竿爬，那不是自己打脸吗？你于成龙不是春风得意吗？你不是没事儿找事儿吗？好，那先把我出这道题回答清楚再说。

如果依着工部的这套路走下去，于成龙别想一时半会儿走出这个迷魂阵。

想给百姓做点好事谈何容易。最怕揣着明白装糊涂。

皇帝看到工部审议后说："不用该巡抚进行详细审查了。"灰车差派的负担被皇帝的一句话解除了。

关键时刻，皇帝站出来说话了。皇帝让于成龙不用回答工部这个问题。

也是，这么多年了，事情也办完了，你工部怎么操作的连朕都门儿清了，真让于成龙帮你们把账算清了，倒霉的说不清是谁，你们还是老实点吧。

兴许皇帝早就看出了工部的招法，如果让水草缠住于成龙的双腿，那在直隶恐怕什么事都办不下去了。

对新任官员办事给予强力支持，帮新官在属下在百姓面前树威，这样的招法，康熙皇帝使用得炉火纯青。

一个好汉三个帮。于成龙在直隶有强有力的助手，这就是上文提到的朱宏祚。在后边这个名字还会再三出现。他就像个递给于成龙炮弹的人，于成龙调整一下方向就毫不犹豫将炮弹打将出去。

朱宏祚最后官至闽浙总督，和他的老上级一样病逝在治河工地上。

同一天，于成龙的炮口还指向了另一目标：狐皮。这狐皮乃是皇家御用或用来赏赐大臣的。

于成龙火力全开。

三月十五日，于成龙上书要求免除直隶采买狐皮的额外负担。

大致内容是：

"直隶每年须上交狐皮一千五百九十六张，价值六百八十两四钱六分白银。

康熙二十四年奉户部文书减价降为六百八十三两四钱，分派到直隶各州县办理。

"经查，直隶各属地并不出产狐皮，都是照户部定价征收银子到京城就近采买后上交户部。康熙九年曾按户部发文改为折价上交，到康熙十八年又开始要求上交狐皮。狐皮并非直隶的土产，价格上涨后采买办理更加艰难。

"主管官员好的或可自行设法补足缺口，很难保证不好的官员借机向百姓摊派。总的是因上缴实物与实际不符合。各州县平价采买的话垫付的银子就不少了，何况直隶这个地方不出产狐皮，商铺一听到公家采买狐皮马上涨价，再加上押解、缴纳、守候、往返种种烦琐的破费，给直隶百姓造成拖累非止一日。

"现在正值修撰《赋役新书》①，臣奉皇上旨意参与钱粮款项的议定并最后永久采用。臣到地方上访查看到，缴纳买办狐皮确实是深深拖累百姓，请皇上下旨，将直隶应办理的狐皮缴纳一项仍然按康熙九年的惯例'每年按定额征收银两上交户部'执行，并刊入《赋役新书》永远作为定例，这样钱粮容易征收上交，百姓的拖累即可宽解了。"

于成龙实质上并非要求彻底免除狐皮缴纳，不过是要将这实物缴纳变为货币缴纳，这样就会减轻百姓负担。

户部在答复中说：

"查康熙九年，户部在回复科臣姚文然②关于'京师附近因发生旱灾，将直隶应缴狐皮一千五百九十六张暂时按《全书》内确定的价值折合成银子上交，如果日后狐皮不够用仍然要求上交狐皮实物'，动议时说，康熙十三年，户部商议将各省上交实物在康熙十四年暂时停止，折合银两充当饷银。将山东省应交狐皮一千三百三十八张、河南应交狐皮九十二张都改为折价上交。康熙十八年户部上报皇上，狐皮不够用，在京城采买要比在各省采买贵，令直隶等省恢复缴纳狐皮实物，记录在案。现在查制造库一年使用狐皮张数，他们说一年用七八百张，有的年头用过一千四百五十张，多少不等。

---

① 《赋役新书》：康熙二十四年至二十六年重修的《简明赋役全书》。将顺治以来新增户口、田土增入，并删去丝秒以下尾数，但书成以后，"以九卿议旧书行之已久，新书停其颁发"。

② 姚文然：字弱侯，号龙怀，江南桐城（今安徽桐城）人，姚孙棐第三子，姚之兰孙。明崇祯十六年进士，改庶吉士，曾任兵部侍郎、左都御史、刑部尚书等职。

"各省上交的狐皮都是大内赏赐人用的，如果一概停止恐怕耽误使用。可根据使用情况将直隶上交狐皮数减掉八百九十六张，交七百张；山东减去七百三十八张，交六百张；河南数量本来就不多就按原来数目上交。那些减去的狐皮张数按《全书》价格折合银两上交户部。"

户部在给皇帝的答复中简要回顾了一下狐皮采买征缴的发展脉络，指出之所以要向各地征缴实物，关键还是因在京师采买比在直隶贵还费钱，为了保证皇家赏赐之用不得已才把采买的活儿推给了各地。而且每次征缴数量方式有变动都上报给了皇帝，有据可查，并非私下做主。

户部怕承担不起采买狐皮增加的开销就把这个热煤球放到直隶等地官员的手里：你们守着这么大块地皮子上的老百姓，你拆兑去。现在看皇帝一心要兴利除弊，户部把事捋了捋又端到皇帝面前。现在库存还有不少，可适当减少征收数量，但仍然征实物：毕竟谁接这个实际操作的活烫谁手。答复也算比较积极。

但康熙皇帝还是决心支持于成龙。

四月十八日，皇帝下旨："三省上交狐皮如果由地方采买办理会花十倍的费用，恐怕拖累百姓，今后免除采买，折成银两上交。需用就让户部在京城采买。"

于成龙这个动议总算有了个完满结局。无底洞变成了有底洞，谈不上彻底革除，但直隶官员的肩头松快了一些，百姓的负担减轻了不少。

"灰车案"与"狐皮案"被直隶不少州县的地方志记载，可见上述减负事件在当时影响力有多大，大快民心。

时隔七日，于成龙再上解困奏章。由此可见于成龙到直隶后的办事效率之高，真是紧锣密鼓。

三月二十二日，于成龙上书请求免除追缴浅夫工食费。浅夫就是挖河的民夫，工食费就是给他们的工钱、伙食费。

上书的主要内容是：

"……疏浚运河的夫役大多是雇佣外来的穷人，工程完工之后人也就散了。剩下的不过是几个赤贫的领头夫役。现在要他们赔偿工食费至多也就是让他们在衙门的杖下毙命，情况实在可怜。

"过去的通州知州极力追回此款无果，向司、道上书说明又转给河道总督及前任的巡抚请求豁免。后任州官相继按程序上报申请都没有呈递到皇上手中，到现在已七年了。每天这样为追逼此款流血没有一丝一毫完整交回，就算继续追缴，不过是白白多了一些悬案。

"守道参议朱宏祚详细写来的报告和臣过去亲眼所见无异，请皇上开恩紧急豁免，臣据实禀告，请皇上明察，下令户部商议确定后施行。"

据于成龙所讲，追讨浅夫工食费已有七年之久，为此不知杖毙了多少受苦受累的贫苦河工，为难坏了多少办理追缴的官员。明知追缴无望还要心存侥幸咬牙指挥衙役给那些可怜人动刑：户部追得紧，板子棍子就下得狠，却始终没人能站出来终结这场残酷的游戏。

于成龙来了，他要救那些可怜人的命，也要把套在责任官员头上的紧箍咒卸掉。

四月初二日，皇帝下旨户部商议后上奏。

闰四月初五日，户部在给皇帝的报告中回复："四月初三日抄出皇帝的旨意，臣等随即将浅夫工食费一事行文工部查问，工部回复称'康熙二十年前均由户部批准核实报销，是否是应给的款项，应发回户部自行核查商议'。"

户部推给工部，工部推回了户部。除去铁着心按规矩办事图个稳当，没人愿意担一丝风险。

户部在回复皇帝的报告中继续说道：

"经查，康熙十八年地震免除档案中，此款命当时巡抚追回上缴户部。通州、三河等八个州县共支取了二千二百五十二两银子，康熙十九年，户部几次行文时任直隶巡抚追缴，陆续追回一千六百余两。通州支给浅夫工食费五百六十两白银，从前的巡抚称仍在抓紧追回。户部发文要求完全追回向部里报告。以上情况记录在案。

"新任巡抚于成龙所说豁免追缴的地方应不用商议。仍旧令该巡抚加速追缴完成上缴即可。"

这浅夫工食费发生在通州大地震期间，按道理这就是遇到了不可抗力。不知何故这工食费却不在免除之列。户部不断施压地方要求全部追回。到现在依然认为于成龙的提议"毋庸议"，不光不免而且要加速追缴。

由此看来，于成龙每次发出声音后进展都不像想象得那么顺利。可知过去那些巡抚或涉及的州县官员发出免除追缴的类似动议时面临的压力该多大。他们等来的将是户部迎头痛击，甚至连痛击你人家都犯不上。一个"毋庸议"就够你一呛。"少废话，我要的是钱。再拿不回来钱，弹劾你。"

闰四月初五日，皇帝看罢奏折说："浅夫的银两已支给他们了，再追回让他们赔偿恐怕让百姓受罪，就不要往回追了。"

也许户部等的就是皇帝发句话吧。"这钱皇上说不要了行，这话我不说，没权说。"

那些清理河道的浅夫总算逃脱了虎口，相关的责任官员恐怕也会长出一口气。五百六十两银子涉及的人并不见得少，兴许有几十人、上百人，因这些受苦人工食费标准并不会很高。

于成龙在直隶掀起的扫痞灭霸风暴来了。这是于成龙到直隶的最主要使命。

三月二十七日，于成龙上书请示严惩旗人恶棍沈颠。

于成龙在给皇帝的上书中说：

"沈颠是正黄旗巴泰①的家人，住易州②，扰害平民，前刑部尚书魏象枢曾缉拿问罪。但沈颠因康熙二十一年平定三藩后'大赦天下'侥幸躲过了惩罚。这之后沈颠仍然怙恶不悛。易州百姓殷弘勋到官府告发他恶霸杀人等罪行，臣要求易州知州立即审问沈颠。

"假使沈颠没做亏理之事，自然应静听公堂问话。他竟然咆哮公堂辱骂审问他的朝廷命官，两次持刀追杀审问他的知州。如不将凶器当场夺下，那官员就死在他手下了。

"他在公堂尚且如此凶横，庄屯上谁又能拿他如何？情况可以推断了。像这样逞凶的旗下人，吸食小民膏血，霸占小民的人口，污言秽语辱骂地方官还不算，竟想杀害官员而后甘心。

"沈颠目无王法，凶横已极，如不严加惩治，各屯旗下的人纷纷效尤，那官员威信何在？百姓生命堪忧！"

沈颠是非常典型的旗人中的恶霸，依仗主子势力无恶不作。连直隶巡抚都奈何不了他，公堂上持刀追杀知州就更暴露其凶蛮。过去不知道有多少类似案

---

① 巴泰：金氏，汉军镶蓝旗人。官至国史院大学士、秘书院大学士、中和殿大学士、吏部尚书、太子太傅，十九年任正黄旗汉军都统，二十九年卒，谥"文恪"。

② 易州：今河北省保定市易县。

子被大事化小小事化了。

现在直隶官员都瞪大了眼睛盯住了这件案子。此案最终的处理结果直接决定着于成龙在直隶是否能继续走下去。

好多人已在呼哒着扇子喝着茶水等着看笑话:"我们不行,你不是能吗?你来。"

四月初六日,皇帝下旨:"据奏旗下人沈颠辱骂掌印官员并持刀追杀,凶横已极,严重违犯法纪。要求该巡抚严拿审问追究,并详细上报该部。"皇帝也在关注这个案件。

五月初一日,于成龙在上书中说:

"臣奉旨查办沈颠一案。现据巡道佥事胡献徵^①审明,又亲自对沈颠进行了审问。沈颠恶迹累累,全部招认。

"律条中规定:'勒索逼迫写下借约,谎称别人欠债,不由分说蜂拥而上将对方抓去迫害的,斩立决。'殷弘勋父亲借沈颠的钱早已还清,他还谎称殷家欠债,将殷弘勋蜂拥拿去私刑吊打拷问,逼迫殷弘勋将弟兄三人都写了卖身契。假如不是殷弘勋找机会逃脱那就死在沈颠手里了。

"沈颠与'光棍'^②没有区别,并且持刀追杀官员,穷凶极恶。……似应为民除害,杀一儆百。可否将沈颠按处置'光棍'的律法在易州通衢大道上斩首。"

于成龙的态度非常明朗,陈述调查结论时冷峻的语言背后难掩奋起雷霆的决心。不仅要斩首,而且还要到易州最繁华的通衢大道上斩,让大家都看看。

刑部奉圣旨,大意是:"上天有好生之德,或可缓刑,或可将沈颠免死后发配奉天。"

皇帝似乎要放沈颠一马,留下沈颠这条命。这沈颠来头可真不小,看来说情的人连皇帝都够得到。是巴泰出马了吗?

刑部心领神会,于是有了下边的神回复:

"六月十三日刑部上书皇帝说'沈颠是随从旗下的人,是某人家奴。沈颠不

---

① 胡献徵:字存仁,湖南武陵人,胡统虞子,荫生。顺治间历官刑部郎中,平反多起冤案。康熙间任遵义通判、直隶巡道佥事、湖北布政使。有惠政诗名。解职归居十数年,后被召至永定河工效力,以疾卒。

② 光棍:民间称地痞无赖为"光棍",在元代就已流行。明清两代"光棍"之称颇为盛行,成为官方对流氓的通称,《大清律》中则有"光棍例"处置流氓罪。

肯吐露主子的姓名。念沈颠跟主子行走，情不得已，似应免于追究。沈颠勒索殷弘勋并霸占殷某房子、地产、家伙，让他照数归还。殷弘勋让人领回去即可'。"

首先是理一理是谁的人，旗人，不就是巴泰吗？沈颠连主子是谁都不敢说出来，这个主子来头可不一般。其次没有功劳有苦劳，这点最容易唤起皇帝的同情，毕竟跟着自己打江山，真就下狠手把他小命要了？下边更是神曲一般：情不得已？谁情不得已？是饶恕沈颠属于情不得已？朝廷欠了沈颠主子多大的情面？是沈颠诈骗勒索持刀蓄意杀人情不得已？既然情不得已，那就情有可原。

结局就像遇到了和事佬：反正没出人命，诈骗的东西还回去就算没诈骗；那个知州不是没被砍着吗？赔个不是，买点礼品慰问一下。那个告状人我们也别为难他了，领回家去即可。真是美妙的文章。

难怪直隶这个地方强盗抢劫到皇城底下，不难想象。

简单说说巴泰，汉军镶蓝旗人。最早随皇太极攻明有功。又先后随睿亲王多尔衮、郑亲王济尔哈朗打败明总督洪承畴。战斗中巴泰脸部中箭仍挥刀冲锋。顺治帝在世时做了贴身侍卫，后来被提升为内大臣。康熙三年做了国史院大学士，《世祖实录》总裁官。

鳌拜辅政时准备迫害辅政大臣苏克萨哈，厌恶巴泰不依附自己，就干脆把巴泰屏蔽在外边。

鳌拜被铲除后，被靠边站的巴泰否极泰来，康熙帝任命他为秘书院大学士，还做了《世祖实录》总裁官，这几乎是知识分子能做的最荣宠的工作。康熙九年，巴泰为中和殿大学士兼吏部尚书。《世祖实录》告成，巴泰被加封为太子太傅、正黄旗汉军都统。

沈颠案发时，巴泰早已因病乞休，康熙仍然让他入阁办事。巴泰是不折不扣的皇帝宠爱信任的大臣，功勋卓著，资历极老。官算做到顶儿了。沈颠作为奴才胡作非为的背景大概如此。

于成龙能够秉公判案的各方面阻力可想而知。

六月二十三日，皇帝命三法司核准定罪。

七月十六日刑部、都察院、大理寺会商后上报皇帝说："……臣等看到该巡抚并没有给沈颠定罪，现在不便着急给案子下结论。应下旨让该巡抚再行确认、定罪详细上报后再议。"

这又把球踢回来了：皇帝都发话了，刑部这边的意见也有了，于大人您也回回手吧。他们等着于成龙递过来的台阶。

让他们失望了，这个台阶于成龙根本没给，上边皇帝和刑部来言去语的启发于成龙似乎没有看到一样。

十一月三十日，刑部在给皇帝的报告中说，于成龙在接到确认沈颠罪行并为其定罪的旨意后，确定了沈颠的罪行。

于成龙上书称："刑部称'沈颠所犯罪行并无正式律条对应。臣等看到胡荣打死把成案，胡荣的主子王弘基被发配到乌喇给打牲^①的人做奴隶，有记录在案。今天沈颠也是旗人，不便仍留在屯里成为祸害，应发配到乌喇给打牲人为奴。'"

看，害怕于成龙不接茬，刑部还给于成龙找了个例子，沈颠案子这个可参照执行，发配到冷呵呵的地方给放牲口的当奴才也就行了。

前边有车，后边有辙。这还不容易拆兑?!

于成龙态度鲜明，立即针对这个例子进行了反驳：

"臣查王弘基因派家人胡荣向刘大金要钱，打死了刘大金的丈人把成。因此将王弘基发配乌喇地方给打牲之人为奴，但今天沈颠的案子和王弘基的案子不同。

"沈颠在易州仗势害民，霸占殷弘勋房产、家伙，又将殷弘勋蜂拥拿去，私用刑法吊打，逼他写下卖身文书。等到告发又不服审理，持刀追杀地方官员。《大清律》说：'勒索逼迫写下借约，谎称别人欠债，不由分说蜂拥而上将对方抓去迫害的，斩立决。'对照沈颠罪行没有区别。因此仍照从前拟将沈颠判为斩立决，如是旗人，押解到刑部后正法。"

于成龙尖锐指出沈颠案与刑部所举案例有着本质不同：一个是受奴才连累需要承担管束不严的责任，另一个是本人犯法，二者不能参照执行。

他特意强调说，仍照从前"拟将沈颠判为斩立决"，那意思很清楚，你们说我还没拿判决意见，这话说得不对，我怎么没有？我早说过了：斩立决！

---

① 打牲：清代对嫩江流域及大小兴安岭一带鄂温克、达斡尔、鄂伦春、锡伯、赫哲诸渔猎民族的总称。

这一次皇帝没再坚持，他心里说："话朕算说到了，你们可都看到朕跟刑部说的话了，老巴泰的人情朕可就算还了。没办法，就从沈颠这小子开刀吧，谁让你碰到了于成龙。"

十二月初五，皇帝对大学士等人说："沈颠是个有名的'光棍'，人无不知。你们什么意见？"

王熙启奏："此人是恶债累累的'光棍'，似乎应立即正法以警示众人。"

老臣王熙资格在那里，他没必要瞻前顾后的，这次是毫不留情，直接就上了个分量很重的词"恶债累累"。

一下子，别人不吭声了。

十二月初六日圣旨下：命立即将沈颠在他作案之处斩首，示众。

能不能想象直隶官员为于成龙击节赞叹，能不能想象直隶百姓人潮一般围观，拍掌叫好？

于成龙在直隶巡抚任上的第二个强有力助手出现了，他就是胡献徵。于成龙上书中的案件审理环节多次发现这个人的身影。

胡献徵先前曾做过刑部郎中，这个官职相当于现在各部的司长。胡献徵有着丰富的刑事办案经验，昭雪过很多冤案。因在直隶巡道佥事职务上办事出色，后来被提拔为湖北布政使。不过，后人往往更熟悉一个诗人的名字——胡期恒，这个诗人就是胡献徵的儿子。

下边的话题较为轻松。

于成龙按规定上报："井陉道安平县杏贡村 ① 张克先妻子苟氏于康熙二十五年正月一胎产下三个男婴并全部成活，因事关国家人口兴旺，所以按朝廷要求及时上报。"

在当时紧张的工作背景之下，于成龙语言极其简练。

还是回到于成龙到直隶之后的首要事务上来。

旗人，旗人，还是旗人。

于成龙下边处置的这个有组织犯罪团伙有众多的旗人恶棍掺杂在里边，拉大旗作虎皮，呼风唤雨。案件盘根错节，带有浓厚的结社色彩，为害日久。朝

---

① 杏贡村：今河北省衡水市安平县杏贡村。

廷对这种人员的组织聚集高度敏感。

四月，于成龙上书在闹市将司九等人斩首示众：

"司九冒称旗人，私自饲养马匹，并经常骑马带器械，联络几百名旗人和当地百姓设酒席成立'附众会'，党羽盘踞在大兴县、东安县①等地方。他们谎称有礼部赐给的鞭子。鞭子传递则党羽聚集，鞭子举起则百姓畏惧。有时讹诈百姓财物，有时抢劫旅客，横行无忌，没人惹得起他们。依赖的靠山就是正白旗人鞭杆'总大头儿'刘得功、镶黄旗人胡某、正白旗人高老公以及监生崔有库等人。

"首恶不铲除，则根源得不到肃清；盗匪的源头不清除，则流毒无穷。必须拿获首犯彻底追究完全扑灭，以保障地方安宁。

"臣受皇上天高地厚之恩，以平息匪患安定百姓为念，所以不避嫌弃、怨恨，冒昧向皇上报告，恳请皇上准许后执行。未敢擅自做主所以上书请示。"

于成龙在上书中"不避嫌弃、怨恨"这句话透露出了他当时面临的压力：牵扯进去的旗人太多，这些人的主子肯定不高兴了。

皇帝批示："据于成龙上奏，司九冒充旗人，骑马带器械，联络旗人和平民，分布党羽讹诈民财，抢劫行人旅客。旗人刘得功等首恶，合伙横行无忌，均属于严重违犯法纪。革去崔有库监生，奏本内提到名字的人犯都要捉拿提审并交该巡抚严加审问，定罪处罚。"

于成龙在后续的上书中说：

"经查，司九等向会众发出请帖，每人收取五百小钱；让于二、李胖子将已死掉的侯花子抬到内官庄村②敲诈百姓银子三十两、大钱八千文；又让郑小宇到仝家甫③村口装死，称是被村里人打死的，敲诈村人十四两银子大钱五百文；提供给傅大马匹弓箭，指使傅大、王二、丁龙子、谭二、刘胡子、杨道人、刘龙子、郝玉山等八人，康熙二十三年三月于东安县境内或步行或骑马，手持棍棒等器械对旅客实施抢劫，刀砍旅客，劫得钱财、衣物、毛驴、被褥等物到司九家分赃。经审问，上述人员供认不讳。

"司九应照'窝主分赃'处以斩首。傅大、王二作为强盗已得到赃物应斩。

---

① 东安县：今河北省廊坊市安次区、广阳区。

② 内官庄村：今北京市大兴区内官庄村。

③ 仝家甫：今北京市大兴区佟家务村。

"高登甫、陈五、郑小宇、梁三、傅仓、于二虽不是东安劫案中盗匪，但平日协助司九讹诈民财已全部供认不讳。这些恶棍虽律令之中没有特别相应的条款，但如果留在内地，贻害不浅，是否应发配到奉天等地安插，听从刑部商议定夺。

"刘龙子、李煤黑子、邓大、毛花子、小吴等人沿途抢劫行人旅客财物，除去毛花子已病故不再追究，刘龙子等人分别拟定徒刑。

"李大巴掌知情分赃，按'窝藏五名以上盗窃在家分赃的按律发配守边'执行。

"黄五、周五、王大、夏大、陈蛮子、孙二、戴光宗、李万才、金大、瑞云、宋大都传唤时不按时到审，按律杖责。其中有旗人孙二、戴光宗、李万才、金大押解刑部发落；瑞云年老，收监赎回。王二就是王之贤，发文香河县查明有无劣迹，另行押解刑部发落。

"东安县负责押解的皂典①朱文钦、张九常、王守成在押解孙大、孙二途中被劫，力量不敌劫匪，经审问没有受贿故意放走罪犯的情况，按法律免去处罚。孙大现在仍未抓获，待拿获后与刘得功另行结案。各罪犯名下的赃物银钱都追缴没收。李喇嘛通过密审查明与本案无关，已释放。"

案件中匪徒解救同伙的情节让人一下想起于成龙在知县知州任上犯人逃跑的事。

于成龙分清是非曲直，朱文钦等三人在遇到劫匪时奋力抵抗并无受贿做戏情节，构成了免责的重要原因。

皇帝看过刑部报告后降旨："傅大、王二枭首示众；司九斩首，其余依照刑部意见依律严惩。"

百姓对此心悦诚服。估计这个案子审结之后几个县的治安态势一下就稳定下来了。

横行霸道的恶势力在于成龙那个时代是比较普遍的社会现象。把持衙门，包揽词讼，抢占渡口，敲诈勒索；老实巴交的百姓挨欺负受窝囊气，这历朝历代的就像同一个版本，不同的只是时空。还好，这次直隶来了于大人。

---

① 皂典：负责押送犯人的差人。

四月十二日，于成龙上书要求严惩恶棍刘平成、王锡爵等：

"刘平成是危害百姓多年的恶棍。过去刑部巡察魏象枢曾捉拿追究此人，但他侥幸逃脱。之后继续伙同王锡爵等人把持衙门横行不法，敲诈陷害百姓，蓄意兴起或完结官司，侮辱官员，甚至强行霸占渡口，在涿州拒马河两岸敲诈勒索过渡的行人，如果不满足他们就不让人渡河。劣迹斑斑，有千百条肮脏的丑行。

"拒马河是各省来往京师的必由之路，刘平成肆虐不仅毒害了一个州县，普天下来来往往的人没有不被他敲诈勒索的。像这样穷凶极恶的人岂可容留他们在光天化日之下。

"臣通过查访刘平成等人罪行，又经巡道佥事胡献徵秘密拘捕详细审问，本人已供认，又有被害者多人告发。他所犯的罪行有大赦前的也有大赦后的。应当立即定罪，伸张国法，安定百姓。

"但他的党羽郭庄头是旗人，臣已批示巡道胡献徵查明是哪一旗、佐领①是谁之后再向刑部咨询后捉拿、审问、定罪。刘平成、王锡爵一个是县学生员，一个是会武的乡绅。臣已行文县里的学臣②夺去了他们的衣服装束再进行追究定罪。因这个案子关系到旗人，因此上书请旨后执行。"

刘平成、王锡爵都是地方上有本事的人，但这两个人不走正路，这也像很多有本事的人最终成了豪强一样，犹如横生的蔓草。这些人总是贪图夺占别人的阳光、空气和水，最后落得被铲除的下场。这两个人有旗人做后台，有恃无恐，这次算走到了尽头。

四月二十日，皇帝批复："据奏，刘平成纠集同党王锡爵把持衙门，敲诈陷害百姓，强行霸占渡口，蛮横勒索行人，严重违反法纪，连同郭庄头等人，命该巡抚一并捉拿，严查定罪，结果报刑部知道。"

七月十六日，于成龙将审理刘平成情况上报刑部说：

---

① 佐领：清朝官名。牛录章京的汉译。早期满旗社会，出兵或狩猎时，按家族村寨行动，每十人选一人为首领，称牛录额真。1601年，努尔哈赤定三百人为一牛录，作为基本的户口军事编制单位，由牛录额真一人管理，正式成为官名。1634年改称牛录章京，入关后改为汉称佐领，正四品。驻京师者置于参领之下；驻防则置于协领之下。战时为领兵官，平时为行政官，掌管所属户口、田宅、兵籍、诉讼诸事。其职多为世袭。也是社会与军事组织名。

② 学臣："提督学政"，尊称"学台"，简称"学政"，别称"学臣"，是负责一省风尚教化及教育科举的官员。

"刘平成霸占河滩地、添设煤场均事出有因而且未遂；霸占张元吉房地产一事无人可对证；唆使官员将贾三夹伤，将田进孝夹死，在派遣壮丁时从优免除差事等条款，通过审理都没有发现有得到赃银的实际罪行，不用深究。

　　"冒领民夫款项，勒索敲诈民夫头领戎万金等人银两；敲诈勒索棚匠白桁；接受孙万林钱财，唆使官员给孙氏动用拶刑①；霸占拒马河渡口勒索行人，勒索敲诈僧人万亭得、王允升钱财并强迫僧人实济写下借据；敲诈娼妓如官钱财；欺骗买娼妓做小妾的石魁银两，并因石魁向他索要怀恨在心，带领王锡爵等人绳捆毒打石魁，逼他写下借据；敲诈孙五、韩琇、范得才、杨二狗等人银两多少不等。以上罪行刘平成经历次审理、招供、证明确认，刘平成也低头认罪。

　　"其党羽王锡爵也对依仗恶人横行，接受勒索摆渡银两分赃；勒索敲诈白书办，帮助刘平成捆打石魁，勒索石魁写下借据，敲诈石魁银两；参与殴打州判官和差役供认不讳。"

　　这两个恶人所犯罪行让人感到就像戏剧中编排的情节，连很多底层官员都成了他们欺凌诈骗的对象，普通百姓所受的侮辱和侵害自然不在话下。

　　"这两个罪犯除去一些较轻的罪行可不定罪外，率众殴打石魁，勒索逼迫写下借据，刘平成应照'领头光棍条款判定斩立决'；王锡爵按'光棍胁从判处绞监候'；焦维藩和他弟弟焦维汉依仗刘平成势力作恶，将叔叔焦三手腕打伤，应按律法流放；董其三、赵壮奇号称'船头儿'，抢占渡口，勒索敲诈行人钱财，应按律充军……

　　"庄头边声道、边声美、金自贵、管二、王三、宋朝佐、雷继麟、刘双槐按律法应杖责、徒刑；经查是旗人，押解到刑部发落。孙万林、刘秉道、刘和恒分别杖责；范得才诬告董桂亭给吴三桂手下做事，经查是刘平成威逼胁迫，应免于处罚；石魁不遵守作监生的规矩携带妓女购买娼妇，相应革去监生身份；涿州降职调用的知州陈一凤②听从刘平成嘱托应予弹劾；其下属涞水县知县谈镕③没有将贾三按盗窃治罪，而是草率使用酷刑将其两脚夹掉……

---

① 拶刑：古代对犯人使用的一种酷刑。"拶"是夹犯人手指的刑罚，唐宋明清各代，官府对女犯惯用此逼供。
② 陈一凤：湖广人，康熙二十五年任涿州知州。
③ 谈镕：正白旗人，廪生，康熙二十七年曾任高唐州知州。

"经他查出的甄三德等人想要把废钱押解给道台衙门又中途停止，以致刘平成乘机诈骗被革职的知州曹封祖[①]，将范得才诬告董桂亭是逆贼吴三桂的下人，没有审问出是刘平成主谋，以致刘平成趁机勒索。

"经审问，虽曹封祖没有听信教唆得到财物的情况，但也有失察的过失。应与擅自受理民间诉讼又听从刘平成说情的前涿州知州、现丁忧在家的州判官梁天锡[②]、升任吏目的黄际喜[③]一起弹劾。但经查问，谈镕、曹封祖、梁天锡、黄际喜所犯事情均在康熙二十三年九月二十四日大赦前，应否免于处罚听从吏部决议。盗窃犯方三、李大、李二、金大已另案办结；贾三已被夹伤而且犯法时间在大赦之前，应免于定罪。刘平成等人名下所得的银子都追缴没收入官，发还原主人。刘和衷、张七拿获之后另行结案。"

案件中的一些细节真可谓令人发指，知县谈镕受两个恶霸的指使夹断了贾三的两脚，知州陈一凤、曹封祖，州判官梁天锡、吏目黄际喜被他们玩得团团转，整个的官场生态乌烟瘴气，官匪界限模糊，就像个烂泥坑。

曹封祖曾作《春闺花月词》六十四首，以诗词闻名，但这诗人似乎并不太适合在官场发展。几年前任涿州知州才不久就受到了刑部尚书魏象枢弹劾。这次又遇到了恶人诈骗的事情，心情一定十分不爽。还好，总算没有掉到泥坑之中，不然让诗人情何以堪。

七月二十六日，皇帝下旨由三法司核准定罪。

八月初七，三法司将核查于成龙关于刘平成等人的审讯定罪结果上报皇帝：

"刘平成冒领民夫款项银子三十六两；勒索民夫头儿戎万金等人银子二百四十两；历年来勒索棚匠白桁小钱三百一十二吊；孙氏与小叔孙万林争房子到官府告状，刘平成收取孙万林五十吊钱后嘱托知州陈一凤，给孙万林因房产打官司的嫂子孙氏动用拶刑，钱则是由刘秉道做中间人给陈一凤的；见强盗高升进入娼妓如官家饮酒就敲诈如官银子一百五十两；监生石魁买娼妓做妾，刘平成骗取石魁二百五十两银子，后石魁向其讨要，刘平成伙同王锡爵、儿子刘

---

① 曹封祖：字子峻，一字紫山、子山，奉天辽阳人，自署襄平、长白人。康熙十年任安吉知州，修《安吉州志》。清初高桥倒塌后，牵头重建石拱桥。善诗词，康熙十八年，曹封祖转任涿州。后被魏象枢弹劾。

② 梁天锡：字公纯，陕西耀州人。

③ 黄际喜：字皋赓，福建人。

和衷的家人张七对石魁捆绑毒打，王锡爵再次勒索石魁银子二十四两……

"方三等盗窃郭庄头麦子寄放在孙五家中，刘平成威胁勒索孙五银子二十五两；军营士兵要告发军营书办韩琇，刘平成以平事为由勒索韩琇银子七十两；煽动范得才与董桂亭打官司，借机勒索范得才银子一百二十两；刘平成指称杨二狗、甄三德、赵敏因将作废铜钱掺到新钱中使用，敲诈银子一百三十二两。伙同王锡爵、董其山、赵壮奇在涿州拒马河两岸占据渡口，敲诈勒索行人，三个月共得银三百五十两零二十九吊小钱，王锡爵分得三十两，船头儿董其山、赵壮奇各得二十两，船家边声逍等八人得大钱两万九千八百文。刘平成指责僧人万亭与王氏通奸敲诈小钱三十三吊；僧人实济向生员王允升索要不成互相状告，刘平成将王允升归还的二十吊大钱据为己有，将实济手上的借约烧毁。"

刘平成、王锡爵两个恶人多方向犯罪，选择作案对象除去强弱这个判断标准外几乎无其他顾忌，很像现代医学上的癌细胞或者说病毒，身上没有丝毫的利他因素。几乎任何政权和社会形态都不会容许这种现象长久存在。

最后，刘平成被判斩立决，王锡爵被判处绞刑。于成龙上书中所开列的其他犯罪人员也得到相应惩处，祸害一下子被消除了。

涞水县知县谈镕因在审讯贾三盗窃案时将贾三两个脚夹掉以及查出甄三德使用废钱未按规定押解移交道台审理，予以革职处理；陈一凤听信刘平成唆使，给孙氏动用拶指刑法，判处徒刑。

八月二十七日，皇帝下旨，同意三法司判决。

于成龙注意抓大，抓住那些特别有代表性的案件进行处置。每个案子审判结束就会带来一大片地域的治安稳定，吏治清明。这种工作方法即使现在看来也是很高明的。此中办案人的铮铮铁骨、疾恶如仇、敢于碰硬，认真缜密的调查研究、斩钉截铁的办事风格，不可或缺。这很像我们现在所讲的稳、准、狠。

伴随着具体案件的处置，于成龙对于直隶的长治久安也有了更加深刻的思索。他在寻求治本之策。

四月初二，于成龙上书请求将旗人与原住平民共同编入保甲管理。这是研究古代基层社会治理的很好内容。

于成龙说："直隶地方顺天、永平、保定、河间四府，旗人与当地百姓混杂居住，盗贼频发。地方官原本没有管辖旗人庄屯拨什库①的先例，只能稽查当地百姓却不能够稽查旗人庄屯，导致过去通过保甲平息盗贼的法律不能够普遍适用。"

于成龙认为：

"旗人家丁与当地百姓都一样是朝廷赤子，只有把庄屯上的旗人与当地民众一视同仁共同编入保甲，白天严加稽查，晚上守望相助擒拿盗贼，让庄屯的拨什库和原住民的保长、甲长、乡长都不准容留外来踪迹可疑之人，地方自然会安宁无事。旗人家丁与当地居民在外边做了盗贼，管屯的拨什库与原住民的保长、甲长、乡长都应以失察治罪。遇到盗贼案件发生，不管盗贼勒索抢劫的是旗人还是当地百姓，彼此都要齐心协力救护，对盗贼进行追拿，如果能捉到盗贼则分别给予赏赐；如果有不共同出动进行救援的严加治罪。这样一来满汉同心，盗贼自然知道畏惧而不敢横行无忌。

"各旗的都统②、佐领远在京城，恐怕庄屯上的拨什库不肯严加管束旗人家丁，或者自己本身就做盗贼或者窝藏盗贼。今后如果再有这种情况发生，请准许地方官查实后申报旗人都统、佐领，并呈送刑部进行追究。

"臣知道前任巡抚金世德曾屡次就此事向上请示但始终未获批准，臣怎么敢再次提起过去的这些琐事麻烦皇上考虑呢？只是臣在地方为官，亲眼见到了盗贼横行的情况，除极力推行旗民一致的保甲制度再无良策；如果顾忌过去有了结论而导致京畿地方盗贼充斥，不单单是臣没有尽到职责，同时也深深辜负了皇上对臣的信任之情。"

四月初十，皇帝召集九卿、詹事、科道会同兵部议论于成龙的上书。

四月二十五日，兵部报告会议结果认为应批准于成龙的请求。

四月二十七日，皇帝下旨："依议。"

保甲制度并非于成龙的发明创造。用这种网格化的管理办法使得管理变得更有针对性，细化精准到很小的社会单位，辅之以纪律或制度的约束，哪个时

---

① 拨什库：满语"催促人"的意思，汉译"领催"。管理佐领内的文书、粮饷庶务。又有分得拨什库，汉译"骁骑校"，是佐领的副手。庄屯拨什库（领催）执掌一村的生产、户口、婚丧、诉讼诸事，并协助管理本佐领的事务。

② 都统：官名。清代设八旗都统，是旗的最高长官。职掌一旗的户口、生产、教养和训练等。

代如果能认真地施行起来都会收到不错的效果。自然，不管是谁恐怕都会感到这个方法带来的约束，约束对于人的天性来说谈不上什么美好，但应看到感觉最不舒服的应是那些极其活跃的坏人。

于无声处听惊雷。于成龙努力推进这项制度的最大价值当然不限于稳定社会秩序。老上级金世德在直隶巡抚任上就曾试图推行这个制度，但没有得到批准，自有其深刻的社会原因。这次于成龙再次力推这个制度同样也会困难重重。

阻力来源于统治者上层。这些享受着特殊待遇的旗人并不想平起平坐地和原住民一起被划到保甲制度的网格里去。因此于成龙在奏章中着重强调了推行这个制度的深层次社会原因，希图打动皇帝，那就是"旗民平等"。

建立政权的战争结束了，皇帝不必再用"特别"的刺激召唤旗人追随他拼命打江山。现在皇帝坐了江山，旗人们这种特殊的待遇恰恰会激起原住民的反抗，成为新的不稳定因素。因此，皇帝着眼于整个政权的稳固而提倡"旗民一体"，也在不少领域努力推行，但阻力重重。

于成龙此时捡拾起保甲制度这个法宝，可谓一箭双雕。

于成龙历来讲求国家律法面前一视同仁，他当然也清楚这样的提议很有可能碰个大钉子。因此各位看到这件事情万万不可因其并非于成龙首创就轻视他，于成龙能够办成，在当时的政治气氛中担当了很大的政治风险。

保甲制在京畿落地施行，不知道会有多少汉人官员耳廓中猛地打了个霹雳，至于说那些满心都是低人一等悲哀的原住民人，也像头上搬掉了石头般舒服了很多。

于成龙目光深远，完全当得政治家称号。

这里说说魏象枢，他的故乡就在直隶管辖的蔚县。

魏象枢是康熙时代的名臣，也是于成龙敬仰的人。于成龙在乐亭和通州任上的所作所为代表了绝大多数非旗原住民的心声。终于有人大胆站出来做这些事，为非旗的原住民伸张正义，这样的官员可谓少之又少。

铁幕重重之下，自童年时代就开始形成的泛爱思想使于成龙跳出了自身所属旗人的圈子。在他的眼中，旗人和原住民都是没有区别的百姓，都需要同等享受做人的权利。

魏象枢在刑部尚书任上强力声援并以实际行动支持于成龙惩治旗人恶霸，这当然需要很大的政治勇气。特别是于成龙升任江宁知府之际，魏象枢高规格接待于成龙，无疑是因他已将于成龙看作同道，惺惺相惜。

魏象枢以他多年历练形成的政治经验，以他丰富的文化学养审视于成龙，认为人才难得，推断他将来必然前程远大。特别是"冰清玉洁两于公，名姓相同志亦同"的著名诗句，概括出康熙年间两个于成龙交相辉映的政治奇景，也反映了魏象枢本人的政治追求。这诗句更是对于成龙意义极为重大的人生寄语。以魏象枢的地位和声望而言，他的称许很有分量，很有代表性，很有影响力。

四月初五日，原刑部尚书魏象枢去世，于成龙及时上书将阁臣去世的情况禀告给皇帝，皇帝下令祭奠安葬，赐魏象枢谥号："敏果"。

前巡抚崔澄时期曾办过一件"子杀父"案件。杀父亲的儿子肯定是死刑，但这个案件竟然留下一个尾巴。刑部揪住了一个现在看起来并不重要但在当时人命关天的细节：杀人犯李子荣的妻子徐氏辱骂婆婆。刑部考虑可能一是婆婆李氏并未亲口告发，二是李氏因儿媳妇徐氏揭发了杀死公公的丈夫而进行诬告报复。刑部要求于成龙核查。

四月八日，于成龙回复了复核结果：据巡道佥事胡献徵审问查明徐氏在家就辱骂过婆婆李氏，李氏忍了；在押解的路上再次辱骂婆婆李氏情节属实。这一次是李氏在审讯时亲口对胡献徵说的。胡献徵传唤了邻居耿喜春和负责押解犯人的差役徐兴隆，两个人口供吻合。原上报情节属实，徐氏确实是骂婆婆了。

皇帝传旨三法司知道。

闰四月初六，三法司将判决徐氏绞刑意见呈报皇帝。

同月初九日，皇帝下旨：将徐氏立即处以绞刑，余依议。

在现代人看来，这样的量刑明显过重了，但在那时那地，法律规定是："妻妾骂夫之父母者绞。"

清廷倡导孝治天下。康熙八年，皇帝即颁布了《圣谕十六条》在全国城乡反复宣扬，其中自有这位年轻皇帝的道理。究其根源，皇帝还是希望孝在稳定国家政权秩序上发挥作用。

不管怎么说，李氏面临真正家破人亡的命运：丈夫被自己儿子所杀，儿子李之荣被处死也是肯定的，这次儿媳妇又因辱骂她被判处了绞刑。两年之间，整个家庭彻底崩溃。这个案件具有社会学意义。

下边看于成龙处置那些藐视国法、肆无忌惮欺压百姓的恶性事件。

首犯看身份应是个比较大的官宦或功臣家的子弟，能随随便便指使驿站上的厨师到自己家烙饼恐怕不是一般家庭。他的所作所为实在让祖宗蒙羞。想当初为他争取萌生的身份也是要他将来能有所长进光宗耀祖的意思，没想到他竟然在托举之下变成个坏人，可叹。事实上，特别努力正派的家长也不敢保证一个败家子都不出，不过这种概率要比家长本身就没有树立较好的榜样、对子女的教育放任自流的家庭出现败家子的概率要小得多。

于成龙社会经验丰富，德行深厚，没有在上书中提到那个为魏裔伺争取到萌生资格的人。谁的事就是谁的事。

经查证得知，魏裔伺的哥哥就是大学士魏裔介①，魏裔伺本人也已蒙荫为州同知，这个官是知州的副手，主管州里一个方面的事务。出自同一家庭，品质竟如此不同。

四月十五日，上书请求严惩魏裔伺：

"魏裔伺，柏乡县②人。康熙二十五年四月二十五日，呼唤驿站上的厨师任洪福去给他烙饼。任洪福到晚了，魏恼羞成怒，辱骂任洪福。任洪福还口，魏让家人将任洪福往死里打。家人李如门、王国彦等六人用棍子鞭子轮流殴打任洪福，魏裔伺本人觉得打得不够，上前用脚狠踢任洪福阴囊致使任洪福当夜死亡。因魏裔伺现在是荫生身份不便拟定罪名，按规定上书，请皇上命礼部将其荫生身份革去，以便按律拟定罪名。"

四月二十六日，皇帝下旨："革去魏裔伺荫生身份，由该巡抚严查审问拟定罪名报刑部知道。"

九月三十日，于成龙将魏裔伺罪行查明后上书皇帝。

十月初九日，皇帝下旨三法司核定后上报。

十月十七日，三法司将核定后情况报告皇帝：

"……魏裔伺革去荫生待秋后问斩；王国彦流放边地充军，到目的地后打

---

① 魏裔介：字石生，号贞庵，又号昆林，直隶柏乡人，清初大臣。顺治三年进士，选庶吉士。四年，授工科给事中、左都御史、太子太保、吏部尚书、保和殿大学士、太子太傅等职。著述有《兼济堂文集》传世。雍正间，祀贤良祠。乾隆元年，追谥"文毅"。

② 柏乡县：今河北省邢台市境内柏乡县。

四十大板烙印，其妻随同充军；李如门、冯夏、王国佐等五人各四十大板。"

十月十九日，皇帝下旨："同意判魏裔侗斩首待秋后处决，其他依照三法司意见。"

血案起源于一顿好吃的烙饼，到最后却搭进去卿卿性命，真令人拍案称奇。

风起于青萍之末。君子慎微。这对那些志得意满的人是个教训：满招损，骄必败。

下边的史实可让人窥见当时社会生活中极其隐秘的一个死角，细节很多，有的案例甚至十分离奇，往往超出人们想象，喜欢文化研究的人不妨顺着线索多做些延伸阅读。套用现代语汇大致是这样的：于成龙试图通过优化工作流程堵塞户口登记事务中的漏洞。

四月十六日，于成龙上书请求堵塞百姓卖身投靠旗人过程中捏造文书的弊端。

上书中说：

"百姓捏造身份卖身旗下后如果潜逃、藏匿，地方官捉拿到后，官员和百姓都要受害。康熙十八年户部命令中说：'旗人收买百姓直接到衙门盖章后报户部，户部发文给卖身人原籍所在地巡抚再转给地方官贴出告示，让大家都知道这件事。'

"臣想如果卖身旗下的人契约中登记的姓名、籍贯属实，那地方官奉户部的公文就可告诉村里保甲。如果卖身人逃回原籍，保甲、邻居都会报告官府捉拿，并押回主人家，不会发生藏匿现象。

"想不到有些人狡猾，或是犯了国法，或是躲避国家差使徭役，就想靠卖身旗人做掩护。写文书时竟捏造姓名、籍贯，村里边虽有官府告示，但契文上写的往往是假的，一旦私逃回乡，同乡往往根本不知道他卖身的地方，就算本人父母、兄弟也不知道他卖身，在没理由觉察情况下容留居住。等遇见主人说起他卖身才知道他捏造了假姓名、村庄，导致官员失察受弹劾，百姓承担窝藏罪名，给地方带来祸患的莫过于此。

"更有甚者只有一人卖身，卖身契里却捏造出妻子儿女的名字，买主不问他有还是没有妻子儿女，只把盖章的契约当凭据。等户部发文到卖身人原籍，官员查问后才知道这个人原本没有妻子儿女，那些奸诈恶毒之人不过想借机诬陷主人霸占自己妻子儿女罢了。"

下边这两个案子是把同一人卖给了两家为奴。

"如无极县^①闫成名，妻子徐氏已卖给了旗人马进表为妻，后来他把自己卖给正黄旗黑达子家，把徐氏又写进了给黑达子的卖身契。"

"束鹿县^②龚文秀妻子贾氏，已卖给了旗人朱保山为妻，后来龚文秀自己卖身给正黄旗石头家，又把贾氏写进了契文。"

下边这个案例是把仇人写进卖身契进行报复。

"深州^③冯秀魁和妻子邓氏、儿子黑狗卖身到镶黄旗班低家，卖身契内有妻子和儿子的名字，却写的不是他们的名字，因冯秀魁与冯遇星有仇，就把冯遇星父子的名字全都写进卖身契内。"

这三起案件都是前巡抚格尔古德^④曾上报刑部记录在案的。

下边的案例许是卖身之人不想让自己的妻子儿女也一起卖身为奴，但三个人的价格比一个人高，于是就干脆胡写了妻儿的名字。

"藁城县^⑤王殿把自己和妻子卖给了正黄旗赵文弘家，妻子仍然住在原籍，并没有归到旗里，而且他妻子叫石氏，儿子叫王三小，卖身契里写的是妻子是史氏，儿子叫金哥，这个案子前巡抚崔澄曾上报刑部记录在案。"

下边的案例则是将卖身时间故意写提前了两年，目的是借着旗人的身份给自己打掩护。

"天津卫贾至善抢在邱宗孔前边用邱宗孔谈好的价钱买房屋，被邱宗孔告发。贾至善卖身到正黄旗阿哈嗒家是康熙二十四年七月二十日，在北城兵马司盖的官印。契约内却捏造了康熙二十二年十月卖身的假时间。这个案件已由刑部查明记录在案。"

---

① 无极县：今河北省石家庄市无极县。
② 束鹿县：今河北省辛集市。
③ 深州：今河北省衡水市深州市。
④ 格尔古德：钮祜禄氏，字宜亭，满洲镶蓝旗人。自笔帖式授内院副理事官。康熙三年随定西将军图海平湖广茅麓山李自成余部。康熙十三年从安亲王岳乐讨吴三桂被提拔为詹事，迁内阁学士。康熙二十一年任直隶巡抚。会诏廷臣公举清廉官，首以格尔古德列奏。上念其羸疾，遣御医诊视。未几，卒，赐恤加等，谥"文清"。
⑤ 藁城县：今河北省石家庄市藁城区。

下边是卖身人和卖身人户籍信息都是虚假内容的案例。

"又如户部行文要求调查江陵县申报的镶黄旗军人康四儿买张岐凤为仆一案。张岐凤在顺义县南门内鼓楼前居住，据顺义县调查报告说，南门内并没有鼓楼也没有张岐凤卖身的事。"

下边这个是将女儿反复出卖闹出来的纠纷。

"束鹿县李兴旺的女儿大姐卖给赵万林做妾，女儿二姐卖给陈淳做丫头。后来李兴旺卖身给正黄旗颇勒家，又把大姐二姐写入卖身契内，刑部记录在案。"

"以上案件清楚表明，不消除弊端，种种假冒的案件就会长久存在。建议今后凡旗人购买汉人，先由当地衙门审问清楚卖身人真正姓名、籍贯，有没有妻子儿女，在盖印前上报户部，再转给卖身人原籍巡抚，由地方官核实无误后行文给办理契约的衙门，盖印后再把契约发给双方，自然就没有捏造的弊端了。与其盖印之后再告知卖身人原籍，不如由卖身人原籍核实清楚后再盖印，这样调整盖印的先后顺序，不违反原规定，官员、百姓都方便。"

四月二十五日，皇帝下旨户部商议后上奏。

于成龙的意思，这个问题很好处理，先去卖身人户籍地做个调查，确认一下然后再进行其他程序，自然作假的漏洞就可堵住，诉讼案子也就会少很多。很可惜没看到建议最后是否得到批准。买卖人口是旧时代的产物，离开特定时代背景，现代人理解起来也许会有不小障碍。

整个上书列举了很多实际的案例，久在宫墙之中的年轻皇帝许会看得津津有味，有司衙门中那些最先看到上书的年轻官员也会将它当成传奇故事来读。

四月底，口北道王骘[①]的一封信将宣化一场极严重的危机报告给于成龙。王骘进士出身，做过户部山西司主事，因四川松威道任上平定番民有功，被提拔为口北道。进京朝觐期间，他奋勇上书成功阻止了朝廷因太和殿修补需从四川取楠木二千六百六十三根的动议，名闻朝野。于成龙得知王骘到口北道任职很高兴，认为王骘是他心中的志同道合之人，给他写信问候。王骘也在回信中表示，自己虽然七十多岁了，但是必将尽力做事，"或救得一个百姓，或做得一件好事"，不辜负于成龙信中引用宋代范仲淹"微斯人，吾谁与归"的名句与他共

---

① 王骘：字辰岳（或作人岳），又字相居。山东登州府福山县人，清朝大臣。生于明万历四十一年，累官至闽浙总督、户部尚书，以操守清廉、为政有方，闻名于时。康熙三十四年卒于家，年八十二岁。赐祭葬如例。

勉的厚意，否则"天命不能勉强，人道不宜苟且，徒自作孽"。

本来王骘要去保定向于成龙述职，人已经走出宣化南口，但是户部派员来宣化查地，用公文把王骘叫回去配合。

宣化设了十个旗人庄头，正黄旗衡有林是庄头里的代表性人物。早些时候，他垂涎大园头土地肥沃，就与查地官勾结准备把这里的土地据为己有。但这块土地历来为百姓所有，到现在，寺庙石碑上都刻得清清楚楚。但地方官员惧怕京官，在给京官的调查结论中写得态度模棱两可，大园头就落入了旗人庄头之手。于成龙发现这一情况时，户部已经将此事定案，失去了解决问题的最佳时机，最后的结果不知会怎样。

这次，庄头尝到了甜头，准备将宣化城中所有的水浇畦田霸占，宣化百姓一下子不干了。王骘在给于成龙的书信中写道："合城士民巷哭街号。"成百上千的人聚集拥挤着要去找衡有林拼命。王骘亲自到百姓中劝慰大家一定要冷静，局势才基本平定下来。到现在，百姓仍然是昼夜悲伤痛哭。所幸户部派过来的官员还算正直，表示一定会明白正直，讲究天理公道。王骘立即将户部官员所写的满文稿翻译过来呈报于成龙。他说，百姓全赖"宪台拯救"，盼望于成龙早日英明裁决，解救正在"生死安慰"关头的百姓。

在于成龙与王骘共同努力下，地产二十余顷断归业主马端麟等八百余户，衡有林以谋夺他人资产论罪，其余徇私舞弊官员俱被指名弹劾，受到严惩。这次大规模群体事件得到了妥善解决。

于成龙、王骘因为这次事件也在宣化百姓中赢得了崇高威望。

前任直隶巡抚时期的案件中涉及的官员已从原任调离，关系放在吏部正等待提拔，但因过去的处分有些"尾欠"，而且这个"尾欠"让人细思恐极。于成龙于是和天津总兵刘国轩①联合上书硬是把他拉了下来。

闰四月初二，于成龙上书请求查处房山县千总张振明扰民案。

上书中说："臣看到房山县百姓齐揆揭发千总张振明劣迹斑斑。经巡道金事胡献徵逐条审问查明，除去张振明与手下兵丁李憨头违法扰民等条款赃证没有

① 刘国轩：字观光，福建省龙岩市长汀县四都镇溪口村人，明郑时期重要的军事将领。仕清之后的刘国轩在天津任上进行建设，政绩卓著。康熙三十二年，刘国轩在天津病逝，终年六十五岁。康熙帝追赠他为光禄大夫、太子少保。

根据而且事发在大赦前不再追究外，张振明曾擅自关闭城门向过往客商铺户索要小钱十五贯，经手人郭良弼提供了非常准确的证据。张振明是贪官，应统计赃款定罪，但尚未革职不便发落。巡道胡献徵曾报告前巡抚崔澄，崔澄批示令行文天津镇官员禀报吏部革职。"

吏部认为，张振明是任职届满送到吏部等待推荐的守备，不便呈报皇上。

看来吏部是得饶人处且饶人的态度，一个"不便"蕴含了很多意思：这个人都给皇帝推荐过了，这一下子出毛病了，好说不好听，说小了是失察，说大点叫欺君。看着事也不真大，高高手也就过去了。都不容易，得饶人处且饶人，算了吧。

于成龙和刘国轩根本没有松劲的意思：似这般竟敢故意关闭城门收小钱的，还能让他继续往上升吗?! 不拿下这样的官员才是失察。再说，百姓告发，还让受理的官员求百姓不成？性质恶劣，影响极坏，怪不得别人。

于成龙会同天津镇臣刘国轩一起上书请示皇帝下旨吏部，待吏部答复后对张振明进行处置。

皇帝下旨："这张振明革职，由该巡抚严审拟定罪名后详细向吏部报告。"

让百姓追着告状，这张振明真把百姓得罪苦了。

于成龙当了直隶巡抚，威风大了，冒充于大人家丁到处骗吃骗喝办坏事那可真就有人买账。类似事件古今都有。没想到有人替于成龙长了千里眼顺风耳。这个及时揪出坏人的就是时任通州知州傅泽洪 ①：想要抹黑于大人，吃不了让你兜着走。

傅泽洪是于成龙在通州的继任者，也是一位深受百姓喜爱的好官，公正清廉，爱民如子，后因事革职，通州百姓叩阍请留，康熙以居官贤良奖励，让他改任泾县知县。到后来，他做了扬州知府、江南淮扬道台，认真钻研业务，成了一名水利专家，一百七十五卷鸿篇巨制《行水金鉴》是他对河道治理的深刻思考。

傅泽洪的人生操守与于成龙十分相似。通州百姓对于成龙的深厚情感也在时时感染着这位继任者。他也不允许坏人抹黑他心目中的偶像。

---

① 傅泽洪：汉军镶红旗人，字育甫，一字稚君，号怡园。

闰四月初五，于成龙上书请求查处冒充于成龙家丁结伙诈骗案：

"旗下人黄四伙同在逃犯陈忠、刘明等人冒充臣家人在通州招摇撞骗，酗酒嫖娼，通州知州傅泽洪将上述人等抓获。臣认为这些人一定在其他地方还有诈骗行为，不过在刑罚之下没有全部招认。现已招供涉及镶红旗华善手下四宝家贩马的王回子。现在王回子在京师。因涉及旗人与民人结伙设定骗局并与功名法令有关，因此上书请求皇上下令将王回子押解到臣下这里，容臣严加审问定罪。

"至于通州知州傅泽洪，能够按臣的命令用心稽查，根据告发立即将奸人恶棍捉拿后押解到臣这里，虽是其职责所系，但他实心实意奉公办事，按常理一起上报给皇上，请皇上明察后施行。"

闰四月十四日，皇帝下旨："黄四等冒充该巡抚家丁结伙诈骗，严重违法。命该巡抚严拿审问王回子等人，定罪后上报刑部知道。"

八月二十一日，于成龙在上书中说：

"……据巡道佥事胡献徵审问得知，黄四与民人陈忠、刘明到保安、延庆、天津等处招摇撞骗，又到良乡县琉璃河伙同李四、刘二酗酒嫖娼；到通州又哄骗刘宝的家人毕大同去天津接船，说到蔡村①有旗人方可贵招待喝酒，周之鼎在下游送娼妓。毕大回来后告诉了主人，他主人立即告发。经历次审问均自行供认。

"黄四等人设计行骗有关功名法令，似应从重定罪，但因尚未取得财物，法律无相应从重条款；黄四、刘二、李四应按律区分首犯从犯判枷刑；王回子知道黄四设计诈骗没参与但没告发，应予警告；黄四、王回子是旗下人，应押解刑部发落；方可贵、周之鼎也是旗人，应由刑部就近提审治罪；陈忠、刘明待捉拿到后另行结案……"

九月初一日，皇帝下旨："刑部核查商议后详细上奏。"

九月初十日，刑部向皇帝报告说："……黄四是旗人，按律应押解到刑部枷号②一个月，打一百鞭；李四、刘二是随从，减一等，枷号二十五日，杖打九十，折合责打三十五大板；王回子知道黄四诈骗未予告发应杖责八十下，因

---

① 蔡村：今天津市武清区南、北蔡村。

② 枷号：旧时将犯人上枷标明罪状示众。

是旗人，押解到刑部鞭刑八十下；陈忠、刘明待拿获后另行结案；刘宝、毕大告发黄四免于处罚；方可贵、周之鼎未经审问出口供不便草率定罪，待二人押解刑部审问清楚后定罪结案。"

九月十五日，皇帝下旨："冒充巡抚家丁招摇撞骗实属可恶。黄四枷号一个月、鞭打一百；李四、刘二枷号二十五天，打三十五大板，枷责完毕后发配到宁古塔给满洲披甲之人做奴隶。"

闹剧结束，代价不小。

刘宝及时告发奸人，知州傅泽洪保持着高度警觉，全力捍卫于成龙形象，这些都可看得出直隶的官员百姓何等爱戴他们的巡抚大人。

康熙皇帝是出了名的爱学习，特别喜欢对照书中理论衡量臣子。这不，他和大学士谈自己读书感想时，不由自主就开始表扬于成龙。能成为皇帝读罢宋儒性理著作，对照先贤阐述的做人的准则自然而然想到并赞叹的大臣，可谓荣幸之至。

闰四月初五，皇帝与大学士明珠等人议论《性理》①一书，赞扬于成龙清廉。

皇帝对大学士明珠等人说："居官清廉能像于成龙的很少。世间全才难得。只要稍稍看看《性理》这本书，那每个人感到愧疚不安的地方就会有很多。虽不能完全按这个书做事，也应勉力钻研探求义理。只拘泥于其中词句，能有什么裨益呢？！"

闰四月二十一日，江苏巡抚汤斌升任礼部尚书兼管詹事府②事，到京师后，康熙召见了汤斌。

皇帝首先询问了江南吏治以及沿途风景，之后自然询问起了江南官员的情况。汤斌一一作了回答。之后皇帝问："当今的直隶巡抚于成龙怎么样？"言语之间可见于成龙已成为皇帝密切关注的官员。

---

① 《性理》：源头为明胡广等奉旨编辑的《性理大全》七十卷，此书与《五经四书大全》同辑成于永乐十三年九月，明成祖朱棣亲撰序言冠于卷首，颁行于两京、六部、国子监及国门府县学。此书为宋代理学著作与理学家言论的汇编，所采宋儒之说共一百二十家。康熙皇帝命儒臣李光地等"删其支离，存其纲要"，成《性理精义》二十卷，为此书删节本。此处应指的是《性理精义》。

② 詹事府：清沿明制于顺治元年设詹事府，为辅导东宫太子机构，同年十一月裁撤，其事务并入内三院。顺治九年复置，设詹事、少詹事，以内三院官兼任。康熙五十一年，废立皇太子后停止。

汤斌答道："于成龙曾为江宁知府，臣知道他这个人清廉而不刻厉，而且有才能胆略，有担当。皇上用他做直隶巡抚，天下都佩服皇上的知人之明。"

皇帝再次询问下河治理事宜。汤斌支持于成龙疏浚入海口意见，请求皇帝不要停止下河工程。

汤斌说："……今天议论暂停工程可以，但半路停止治河，这就不是做臣子的敢妄议的了。"

汤斌显然对前段时间停止下河治理的事持保留意见。怎么能置百姓于洪涝之中而不顾?!

皇帝没有说话。汤斌则硬着头皮继续说道：

"上游洪水滔滔而来，下游却没有个去处，不只是百姓田地永远没有干涸露出时，城里百姓生命安危也有巨大祸患。比如去年，兴化城内积水有几尺深，万一再遇到洪水，整个城市就会被大水淹没，做臣子的就罪责难逃了。如果说挖开疏浚入海口就会把洪水排泄干净，微臣当然不敢这样讲。

"但水有去路之后，挖一丈就有一丈的好处，挖一尺就有一尺的好处。假使洪水逐渐消退，那过去的河流湖泊形状就可找到了。再加以疏浚、修筑、防御，就有工夫依次展开了……"

汤斌巡抚江宁，对下河形势非常了解，在下河之争尚未开始时就极力支持于成龙的治河策略。现在他恳切地对皇帝说，有争议就彻底搁置下河治理，这可万万使不得啊。咱们得做起来啊，老百姓还在那里受苦呢。

汤斌从那里调离，但还心系百姓疾苦，就凭这一点，他就是个好官。他历练官场多年，何尝不知道议论此事的凶险。因为暂停键就是皇帝本人亲手按下的。

汤斌继续说：

"办事当顾念民生，特别应当为国家考虑。如果花费很多，洪水却不能全部干涸，这也不是长久之计。请皇上不用多拨发帑金，只在七州县钱粮中酌量安排治河款项，暂停一二年向朝廷起解，留作修河之用即可，之后再商议治理方法。

"总之，以本地民力、本地钱粮开本地海口，心既专一，民工也不会误用，不用做大的举动，不用多设官员，渐渐做去，就当有成效。"

汤斌的意见充分考虑到皇帝对治河资金的顾虑。可聪明的皇帝马上感到哪里不对头。他关注的似乎不是河流。

他问："你这个意见曾与萨穆哈等人说过吗？"

皇帝忽然想起了之前那个调查报告上没有汤斌刚才讲的这些话。且看汤斌如何解释。

汤斌启奏："臣与总漕臣徐旭龄曾向萨穆哈等人说过。"

这就更奇怪了，这不仅仅是汤斌个人的意见了，连漕运总督徐旭龄也是这个意见。当面不说，背后乱说，那可就是典型的两面派了。问题出在哪里？

皇帝马上开始追问："那奏本之内为何没说？"

汤斌启奏："当时是先起满文草稿，之后翻译成汉文，不便说得太烦琐。萨穆哈说自己只奉命询问社情民意，所以奏本就只应当开列民间口供上报。谁有什么话等皇上问再当面启奏，等皇上裁断。"

萨穆哈胆大包天，凡对靳辅不利的话一概不写。借口真冠冕堂皇：这是皇上的命题作文，出圈的不给分。皇上问民间意见就说民间意见吧。你们要愿意说，那就自己到皇上跟前说去。结果，汤斌和徐旭龄都没有表达自己的见解，京师那边因此闹得很激烈，他们想必都听说了。

下边算汤斌从理论上支持于成龙，虽然现在有点时过境迁，但也鲜明表达了他治河思想的倾向性。

汤斌说："海水内灌毁坏田地之说臣以为不必忧虑。臣询问当地人，他们说六百年前北宋范仲淹筑堤时海水与堤很近。现在时过境迁，海水远的有百里，近的也有六七十里。海潮像人呼吸有一定时刻，有一定力量，平常海潮所能达到的地方原本不很远。江河之水被海潮所推动，那也是江河之水，并非海水。至于飓风海啸这些非常灾异，无法预计。"

皇帝说："此理朕也深深知道，人们不知潮汐之理故有此言。"

皇帝并未就此罢手，他找来礼部侍郎穆成格质问，为什么没有将汤斌疏浚下河意见写进表章。

穆成格辩解道：

"臣等到江南地方，会同总漕徐旭龄、巡抚汤斌同至河岸看视，又传问七州县百姓，百姓们都说这洪水漫堤决口时间很久了，现在要开挖疏浚入海口，此事做起来很难。臣等公议治河工程应暂时停止。至于汤斌说开挖疏浚下河让积水逐渐流入大海的话，他并没向臣说起过。

"再说，徐旭龄、汤斌都是地方大员，如果认为开挖疏浚下河对百姓有益立刻就应上奏皇上知道，何必写在这个上书里呢？"

穆成格从下河归来心中有鬼，他早防备皇帝追查，辩解的话早就烂熟于心了：我不写你意见，你这么大官有意见你自己怎么不写奏本，跟我这个报告掺和什么。看似有理，实际是高度不负责任。

打酱油只管打酱油，香油瓶倒了和我无关。

皇帝又将工部尚书萨穆哈召来就此事质问，且看萨穆哈如何解释。

萨穆哈说：

"臣等到那边与总漕徐旭龄、巡抚汤斌会同踏看河道，传集七州县民询问，召来的人很多，人们各就自己地方情形议论。因百姓过多，口音不一，臣等就令每州、县派十个通晓事体的人。等到淮安集合询问时，他们都说不方便开挖疏浚。臣等于是公议，开浚下河花费太多，事关重大，应暂行停止。

"那汤斌等人的开挖疏浚下河淤高之处使水归海于民稍有好处等说法，闲谈时也确实有过，并非公议确定时候的话。臣等确实不曾有回京再面奏的话。"

这萨穆哈伶牙俐齿。但不难发现他是以什么理由统一思想的。至于说汤斌等人的不同意见，干脆被他说成是闲聊，非正式意见。而且连把汤斌的意见不写进书面汇报等到回京再面奏的话都否认了。

皇帝不依不饶："你前些时候回京面奏时，只说百姓都认为不便开挖疏浚，并没有说他们是各自就自己地方情形而言的话。"

那意思很清楚：你说开始各就家乡情况而言意见不一的情况怎么被你贪污不讲了？

看萨穆哈找了个什么借口："臣前些时候上奏皇上只是说了个大概，那些人各就自己地方的情形说的话，没有上奏给皇上是事实。"

皇帝追问道："你让每州、县派出十人，是让高成美传唤召集吗？"皇帝对这个高成美印象可不好，是不是他背后捣鬼？看来高成美的所作所为皇帝也有耳闻。

萨穆哈："是让徐旭龄传唤召集的。"

巡抚的意见在萨穆哈嘴里成了闲聊，皇帝自然是很不满意："尔等会议的是公事，哪来的工夫闲谈？！"

萨穆哈无语，皇帝这是责问。没有答案了。

皇帝问："今天尔等看下河能开挖疏浚吗？"

萨穆哈启奏："靳辅要修的大堤恐怕是不能修筑，如果将下河高阜处陆续开挖疏浚使水渐入大海似乎也可行。"

堂堂的工部尚书去了一趟江南，最后给的回话就是"似乎也可以"。

这不是饭桶，这是阴险。水太深了。

闰四月二十九日，于成龙的指令被快马送到时年七十三岁的口北道王骘手上，当时，王骘驻地为宣化府。指令的内容让他大吃一惊，详细调查后，王骘被于成龙的明察秋毫所折服。

指令言简意赅：柴沟堡①郭青假冒旗人，实为强盗，窝藏他的人叫张书绅。

第二天，王骘一面派差役前往访查二犯行踪，一面调集西路通判王佐②面谈，责成他设法擒拿。王骘办事非常缜密，他担心打草惊蛇，惊跑了贼人。于是他想起前段时间曾经有武生王见宾隐瞒怀安、柴沟交界土地的案子还没有上报结果，于是命王佐以查地为名，五月初二到宣化，三日赶赴柴沟堡，初四日派守备李仁龙诱捕了武生张书升，此人就是于成龙指令中所说的张书绅。

初八，王佐率李仁龙从东洋河郭栋家将郭青抓获。

十一日，怀安守备张天柱将张书升窝主田相高押解到案。

二十一日，西阳河堡守备姜际龙将郭青同伙白世威的妻子江氏及白世威弟弟白世德押解到案。

张书升是个彪形大汉，满脸凶相。仗着自己是青衣武生和家族势力，结交无数大盗、小偷，旗人郭青尤其是他的死党。二人联手，横行一方，官、民没人敢惹。抢卖人口，百姓王福之的娘到现在下落不明；霸占民女，闫允上的结发妻子至今还是他的小老婆。前任古北口道台参议杨某曾将此案审理清楚，并上书学院剥夺张书升武生身份，到现在只找到杨道台审过的案卷，但却没有学院对张书升的处理，足见张书升手眼通天。郭青偷盗黄国维马匹败露，杨参议即签给道署黄金事严行察拿，结果郭青远逃，张书升潜藏不出，道通判后来换成了陈某，张书升弟弟武举人张同升写了一个呈子，说张书升已经到吉林总兵

---

① 柴沟堡：今河北省张家口市怀安县柴沟堡镇。
② 王佐：浙江山阴人。

军前效力了，陈通判糊里糊涂就给了结论销了案子。案子不明不白撤销，如此一来，地方官员、百姓惧怕张同升，没人敢正眼看他。

王骘到任后，翻到了这个案子，非常惊讶，正准备按程序向上报告，于成龙责令抓捕这些人的文书就到了。

几名案犯被抓，地方士绅百姓无论老幼，就连案犯家族中那些老实人，没有不欢呼称颂于大人办案如神、为地方除害的。大家只是担心，几个人再被轻易饶恕放回来。

张书升虽然有两个案子在大赦范围内，但被擒之际还写信派人给盗贼，让他们冒充刘承鸾、王习文驴骡的原主人，用计解救田相高、张文旺这些惯贼。

王骘在审问张书升时，张书升仗着自己有武生的身份官府不敢给他用刑，派头十足，极力狡辩。王骘于是按照于成龙的命令将其押赴保定巡抚衙门，一是可以迅速审明案情，二是可以上书革除张书升武生身份，使他纵然手眼通天也再不能施展手段。

郭青在光棍、狡猾贼人中也是非常罕见的，他投身旗下真假莫辨，只是听他到处说梅勒章京洪世禄是他的靠山。这些年行踪不定，有时住在柴沟堡、东洋河之间窝主家。老老少少没有不知道他是劫匪的。他行劫范围远的到大同，近的到东路红塘沟，虽然有很多传闻，却没人敢出来揭发他。

他谋杀正白旗人蒋克裕，曾被押赴刑部，夹棍讯问都没有承认，只能结案。他偷盗西路厅书役黄国维马匹后逃走，后来和张书升一起销案，自此之后，郭青更为嚣张。他经常结伙骑马到厅员、守备家与地方官宴会交游，更加没了王法。

王骘抓获郭青后审问，每次郭青都是两个字"不怕"。再审就说自己主人洪世禄家人白世威的妻子就在朱家窑住着。王骘审问白世威妻子，她说白世威就在京城。再问就爱答不理地漫应付了。

王骘早查出了白世威是个大贼，偷盗牛马无数，曾被村里逐出。康熙十九年起，白世威妻子江氏住渡口堡哥哥江永旺家中。白世威也宣扬自己和郭青一样是洪世禄家人，骑马往来于朱家窑、渡口堡母亲和妻子住处，毫无顾忌。郭青被抓，白世威还去柴沟堡打探消息，之后逃走。

白世威卖身需要地方官府盖印，从前的卫官对此并不知情。如此一来，白世威假冒旗人势力，聚集匪类，庇护、指使抢劫偷盗真相大白。洪世禄也有明知白世威抢劫偷盗仍然违法收白世威为奴的嫌疑。王鹗请求于成龙追究到底，连根拔除。

这些大盗遇到于成龙后就走到头了。

五月初七，直隶巡抚于成龙报告原任大学士魏裔介在直隶病故，上书请旨祭葬。大学士们却因拟旨的口径不合皇帝心思挨了训斥。

皇帝问："这个折子上的旨意你们是照着给谁的旨意拟的票签①？"

明珠等人启奏："比照给黄机②、李霨③的旨意，只是措辞分量减轻了些。"

皇帝说："对待大臣应公平，岂可因他曾是大臣就不论所行，无区别对待呢？魏裔介生平实在好生事，尔等可将这个旨意重新拟了来奏。"

回到于成龙在直隶查办案件上来。

卢氏因奸情而谋害丈夫性命，手段残忍，令人发指，自家下场也非常悲惨。于成龙按律处置这桩杀人案，算还了被残杀的刘天明公道。

五月二十二日，于成龙上书请求惩处杀害丈夫的卢氏与奸夫陈孝：

"卢氏与陈孝通奸被丈夫刘天明知道后，刘天明殴打了卢氏，卢氏怀恨在心，与陈孝商议将刘天明杀害。康熙二十四年十月初三夜，陈孝潜入刘天明家，趁刘天明熟睡，卢氏按着刘天明的头，陈孝用刀将刘天明杀死，后将尸体抛入井中企图灭迹。

"康熙二十五年四月二十一日，刘天明的弟弟刘天付发现了井中尸体后向官府告发。经几次审讯，卢氏、陈孝招认了谋害刘天明的事实。卢氏谋害亲夫按律应处以凌迟，陈孝应判为斩首，监押至秋后执行。"

---

① 票签：拟于本章后的附签。提供给皇帝下旨的初稿。

② 黄机：字次辰，一字澄斋，号雪台。浙江钱塘（今属杭州）金墩武林积善坊巷人。清顺治四年进士，选庶吉士，授弘文院编修，迁弘文院侍读。累迁国史院侍读学士，擢礼部侍郎。康熙初进礼部尚书。疏陈民穷之由，主张严察地方各级官吏。寻调户部、吏部尚书。因以疏通铨法、议降补官对品除用为人所劾。寻以迁葬乞归。十八年特召还朝，以吏部尚书衔管刑部事。次年授光禄大夫、文华殿大学士兼吏部尚书。康熙二十五年卒。赠太傅、太师，谥"文僖"，赐祭葬于灵鹫山金墩武林白乐桥之南。

③ 李霨：字景霱，号坦园，直隶高阳（今河北高阳县）人。顺治二年考中举人。顺治四年考中进士，选为翰林院庶吉士，除检讨，特改编修。历任秘书院学士、内弘文院大学士、工部尚书兼东阁大学士、太子太保、保和殿大学士加户部尚书、太子太傅、太子太师等职。康熙二十三年去世，谥号"文勤"，入祀乡贤祠。

六月十二日，刑部核准了卢氏、陈孝判处情况上报皇帝。

六月十四日，皇帝下旨：将卢氏立即凌迟；陈孝斩首，监押至秋后处决。

下河治理计划迎来转机。于成龙可能会被再次被派到下河。

六月初二。九卿就应当开挖疏浚入海口，管理开挖疏浚是否派直隶巡抚于成龙，或是另派其他大臣请旨。

皇帝："此事将九卿及淮安、扬州所属七州县在京官员招集起来，详细问一下上奏。"

六月初三，大学士明珠等向皇帝报告议论结果：

"九卿会议讨论开挖疏浚入海口的事，臣等遵旨询问了淮、扬等处乔莱等现任京官及九卿。据乔莱等人称'积水必须有去路，开挖疏浚一尺就有一尺的益处，开挖疏浚一丈就有一丈的益处，低洼的地方未必完全干涸，因修减水坝淹没的田地断然能干涸露出。只要是有实心任事、为国为民的人，自然会成功。七州县钱粮有限，又多次因灾免除钱粮，毕竟还是皇上拨发帑金救民更快速'等等。

"九卿等人说：'早先萨穆哈、穆成格前往查看入海口，认为水势太大不便于开挖疏浚，臣等人因此认为原任江苏巡抚汤斌看事情必然确切。现在他已来京，他讲开海口有益，所以再次议论认为应开挖疏浚。'"

议论再次进入下一轮。

皇帝对萨穆哈、穆成格的反常表现十分警觉。

皇帝说："大家商议都说应开挖疏浚，萨穆哈、穆成格为何以为不可？等到了穆成格这儿又坚称断然不可？尔等命萨穆哈、穆成格跪在九卿之前，询问详细后上奏。"

次日，明珠等人启奏：

"臣等遵旨将九卿全部召集在一起，命萨穆哈、穆成格跪下接受提问。萨穆哈等人说：'我等离开时见到减水坝来水势头很大，泛滥成灾，工程难以成功，所以上奏请求暂停。况且地方百姓之言虽各不同，但大概是说四分的工价银子难以修理，所以我等上奏称不可修理。都是我等庸俗低劣，见识不到。'

"臣等又质问穆成格：'你先前称工程断然不成，是不是说过这话？'穆成格说'我原来是有断然不成功的话，这都是我平庸低劣，还有什么可分辩的呢？'

等语。"

奇也不奇！下河民意代表说的是修河工钱应提高，工钱太少就难以修成，而不是说不该修。到了萨穆哈嘴里就变成了修不成。确实欠顿板子。堂堂工部尚书被当众罚跪，咎由自取。

皇帝说："萨穆哈、穆成格所说的不应开挖疏浚河道都是听信高成美。他们只知道听高成美的，自己一点也不曾详细考察。"

征求社情民意简直就成了笑柄。

明珠等人说："此工程应差派于成龙，还是另外挑人选，请皇上定夺。"

皇帝考虑了很久才说："此事必须委任合适的人选方可成功。奏本后天再拿过来，容朕再想想。"

六月初六，九卿再次请示是否派于成龙前往下河督促工程时，皇帝对九卿说："孙在丰①有才，命拨发内帑二十万两前往督促修理，工程如果能成功，再动用支取正项钱粮。"

六月初八，皇帝告诫孙在丰遇事多请教于成龙、汤斌。

皇帝对前来请旨然后前往下河的孙在丰训示道：

"这下河海口朕屡次下旨议论，博采舆情，最终都说应进行挖掘疏浚，这样去做必然有益。这里边如果再有什么情况，你可问问汤斌、于成龙，和他们商议。至于治河工程钱粮出入，总是有豪强包揽以致滋生奸情弊端，不可不严行禁止缉查。

"你担任督修下河重大事务，必须亲自到河岸上查看谋划，希望最终取得成效。如果像一般汉官做事那样，就知道整天坐衙门，光靠公文来来往往那是不行的。"

皇帝动了自家的私房钱尝试性地对下河进行修治，而且给孙在丰推荐了两个有本事的参谋：于成龙、汤斌。皇帝下旨了，你请教这两个人就行。假如没

---

① 孙在丰：浙江德清人，世居归安（今湖州）菱湖，清朝治河名臣。康熙九年一甲二名进士，授翰林院编修。直起居注，升侍讲侍读、侍讲侍读学士，《明史》总裁，《明史》第十七卷《帝纪》即出于其手笔。康熙二十二年被提拔为任内阁学士，兼礼部侍郎，调任掌院学士，累迁工部左侍郎，仍兼翰林院学士。康熙二十六年监修下河。康熙二十七年，在丰劾靳辅阻挠下河，责在丰前后言不同，降调。命仍以翰林官用，不久又授侍读学士。二十八年迁内阁学士，兼礼部侍郎。

有旨意自作主张向这两个人咨询，那可就性质不同了。

孙在丰受命治理下河的消息传来，当时在下河七州县中的泰州知州施世纶[①]兴奋不已，连作数首诗表达对百姓即将得救的期待之情。但他高兴得太早了，百姓欢呼得也太早了。

六月二十二日辰时，皇帝到瀛台勤政殿听政。部院各衙门官员面奏后，九卿向皇帝报告会商结果："总河靳辅治河工程并没有成效，只是浪费钱粮，应革职留任，仍令他修河。"

皇帝问工部尚书伊桑阿："你以为如何？"

伊桑阿答道："因靳辅启奏前后矛盾错误，臣等才有此番意见。只是打开减水坝下泄之水会稍稍淹没民田；若堵塞减水坝河堤又不能保证没有问题。"

伊桑阿没有直接回答皇帝的问题，而是反过来抛出个两难的话头，把议论引开了。他对皇帝的脾气思路摸得一清二楚。

皇帝问："既不淹没民田而又可保证坚固河堤，有没有好办法？"

伊桑阿答道："若是两全似稍有困难。"

皇帝问户部尚书余国柱："你怎么看？"

余国柱答道："皇上不惜数百万白银，想要拯救民生水涝之患。如果治河工程有成效那靳辅前后矛盾罪过就小；若河工不成，靳辅就不止前后矛盾之罪了。臣等的意思是在工程完工时再议。"

余国柱不是像伊桑阿那样偷偷换掉话题，而是找了个理由将靳辅革职的时间尽量拖后。理由看起来也不错，将来治河工程真要是不成再从重处理靳辅。

时间就是回旋余地。

皇帝又问了余国柱一个问题："你在江南曾访问过本地人，除筑堤，还有其他治河办法吗？"

余国柱答道："黄河之水变幻无常，自从向南决口后，河底被淤垫抬高，过去漕船过黄河，岸上只能看见船桅杆，现在船身和河岸平了。靳辅修河以来，

---

① 施世纶：字文贤，号浔江，又号静斋，福建晋江县衙口乡（现晋江市龙湖镇衙口村）人，祖籍河南固始，后被编入八旗汉军镶黄旗。靖海侯施琅之子，有善政，民间公案文学《施公案》原型人物，是清朝著名的清官。

黄河回归故道，运输船只通行无阻。若不筑堤防止泛溢就不能约束河水流入漕运河道。此外并无别法。"

余国柱确实老练，只能不断高筑堤坝，没有说出什么新方法。倒是暗暗拿话引出了靳辅的功劳，开始不动声色挽救靳辅。

皇帝说："作为人臣，议论国家之事应居中公平。现在看，与靳辅好就说靳辅的对，与靳辅不好就说靳辅不对。靳辅原本就好说大话。治河事务哪能预先肯定？靳辅个人的去留没什么大不了，只是治河事务关系紧要。如果另外任用一人，必然会堵塞减水坝，如堵塞减水坝则万万不能保证河堤不出问题。可有两全其美之法？商议后明天口头上奏。"

次日，皇帝听完九卿准备将靳辅革职留任的意见后说：

"……靳辅一人的去留有什么大不了，只是大臣们像这样挟私议论、放纵偏执，朝廷大事还能指望成功吗？

"靳辅从前做学士，朕很了解他。此人出言轻率急躁，不从事情的始终通盘考虑。

"治河工程非常紧要，谁也不能预料一定能成。"

六月二十三日，辰时，皇帝在瀛台勤政殿听政。听罢九卿等堵塞减水坝不能确保大堤安全的报告，皇帝问："你们的意见都相同？"

达哈塔①等人答道："这是臣等共同商议的结果，意见都相同。"

汤斌出班启奏：

"臣原本不知河道情形，只因往年奉旨前往徐州一带看视河道情形，见减水坝太多。旧时减水坝只有四处，今天三十余处。直接堵塞减水坝，恐怕黄河冲决堤岸，民田仍受其害；若不堵塞减水坝又恐水势分散，河流水力缓慢微弱，那就会河底渐渐抬高，对运输通道有妨碍。

"臣的意思，将减水坝再稍稍修高一些，水大仍可分泄，水小就全部流入河道，河底就会渐渐冲刷变深，水也就没有泛溢的祸患了，减水坝也就可渐渐地堵住了。"

汤斌站出来再次指出靳辅大修减水坝的弊端。他所讲的加高减水坝是个调

---

① 达哈塔：满洲正白旗人，佟佳氏。顺治九年翻译进士。康熙间官至吏部尚书。曾监修《赋役全书》。

和分歧的折中办法。总的设想还是减少像靳辅那样为保堤滥用泄洪这种饮鸩止渴的方法给七州县带来的损害。

这时，余国柱及时出来灭火了："黄河大堤，想要让它永远都不溃决实在是件难事。明代潘季驯曾说：'治河无一劳永逸之法，只有补偏救弊之方。'"言外之意就是溃堤也没什么了不起，谁敢保永远不溃堤？这是为靳辅缓颊之意。

皇帝说："潘季驯之言很是。"

杜臻看不得一众大员如此麻木不仁地议论下河的灾难，跟进汤斌的话头：

"筑堤时加筑减水坝原是古人成功的方法。只是古人先开好引河，让水有个去处才不至于漫溢到民田里去。现在靳辅只多开减水坝没有引河，这就是民田所以淹没的原因。"

又顶上了。皇帝没有说话。

九卿等人退了出去。

继续回到于成龙在直隶将案件办成铁案的话题。

下边查办的佟世锡监守自盗，按现在说法是坐收坐支的案例很能说明问题。

历朝历代都有自己的财经制度，清朝也同样制定了非常严格的律令约束官员征收和使用资金行为。看下边史料对案情的叙述，我们发现康熙年间的一些账务处理方法已非常成熟，甚至非常严密，管控很严格。原任永平知府佟世锡被揭发隐匿税银二万多两，算数额巨大。于成龙依法第一时间向皇帝汇报，然后紧锣密鼓提审相关人员，历时四个月，将案件来龙去脉一一查清，既给皇帝个满意答复，也客观回应了举报人。

佟世锡虽已被革职，但也需要被公正对待，而不是像有些势利之人见到落难失势者就毫不犹豫落井下石，破鼓万人捶。此案非常能体现于成龙公正严谨仁慈的办案风格。大家可能记得前文有个交代，因这个佟世锡，前任直隶巡抚崔澄遭到革职。这个案子很不一般。

首先是六月十四日，于成龙上书要求严查已被革职的永平知府佟世锡：

"商人、牙行①都是国家征税范围，不容滥收、侵占、隐瞒。永平府商人、

---

① 牙行：是在市场上为买卖双方说合、介绍交易，并抽取佣金的商行或中间商人。

牙行税金向来由经历司①征收后上交永平府，后逐级上解。据守道参议朱宏祚、巡道佥事胡献徵、通永道佥事宋荦揭发报告，署府事同知②赵邦牧③举报，前革职知府佟世锡担任知府五年时间中，共隐匿税银二万二千二百余两，有《日收红簿》④和用印'报单'为证。被降职调离的通判黄鸿猷⑤收解的税银五十四两，与连年上解广平府隐匿税银应有六百余两，盖印封存，银子还在。

"皇上曾有'弹劾上谕事情的一概不准'的旨意，但隐匿税银达二万余两，关系重大。臣不敢隐瞒。除批示给通永道佥事宋荦提审革职知府佟世锡、现任经历方琚⑥、降职调离通判黄鸿猷、司书、课皂⑦、经手人，将隐匿税银的确切数目审问确实外，理应先行指名弹劾。"

六月二十四日，皇帝下旨："户部严查商议后上奏。"

六月三十日，户部上奏："……令该巡抚将佟世锡等隐匿税银迅速审问追究清楚再议即可。"

七月初二日，皇帝下旨："依议。"

十月十八日，于成龙上书报告佟世锡案件审理结果：

"……臣随即令朱宏祚等道台会同严审得知：朱宏祚等人报告是以同知赵邦牧的举报为依据的，而赵邦牧是以经手盖章的'两个月有六百多两的富余'来大概推算佟世锡侵占隐瞒了两万二千二百余两税银。等审问经手税银的经历方琚等人时，都说这项税银每月多少不均，须等年底全盘核算才有确定数字。

"赵邦牧盖过章的是三、四两个月票据，这两个月正赶上庙会，商人做买卖的比较多，所以才有这个数。佟在任期间，定额之外加上征收牙行的税银并无

---

① 经历司：明清中央及地方官署办事机构，掌理往来文移之事。宗人府、都察院、通政司等衙门设置此职，各设经历一人办理司务。地方布政使司，按察使司、府也各设经历一人办理司务，也有的掌理衙署之内部事务。光绪末年此裁撤此机构。

② 同知：明清时期官名。知府的副职，正五品，因事而设，每府设一二人，无定员。同知负责分掌地方盐、粮、捕盗、江防、海疆、河工、水利以及清理军籍、抚绥民夷等事务，同知办事衙署称"厅"。另有知州的副职称为州同知，从六品，无定员，分掌本州内诸事务。

③ 赵邦牧：奉天辽阳人，荫生，二十二年任。

④ 《日收红簿》：每天税收的现金流水账。红，营业利润。这里指税金。

⑤ 黄鸿猷：字方叔，潢川人或江宁人，二十二年任。

⑥ 方琚：字世良，江南歙县人，二十二年任。

⑦ 课皂：负责征收税银的衙门差役。

二万二千二百两，只有五千六百四十两。等到审讯佟世锡，他供称这些富余的银两确实因公使用完了，并没据为己有。佟世锡确因公事花完了这笔钱属实但未详细向上级报销。

"律例：'凡富余的钱粮私下使用在别的事项上，按监守自盗论处。'此案正与监守自盗符合。但事发康熙二十五年五月初一圣旨颁布前，可因皇恩浩荡而免去死刑。拟流放。但他是旗下被革职官员，应押解到刑部按惯例发落。富余银两、多收牙行税银和赵邦牧自首银两上缴户部充当饷银。

"再有犯者，按康熙二十五年五月一日上谕'侵占欺瞒正项钱粮的不准宽恕'惩处。佟世锡所收商人、牙行等税钱原本不是正项钱粮，且在圣旨颁布以后被发现，是否可免罪由皇上裁定，这就不是臣敢擅自决定的了。至于降级调离通判黄鸿猷上缴的税银是用来补还佟世锡垫付的康熙二十四年秋冬季节的士兵饷银；经历方琚经手税银随收随缴，没有隐藏作弊情节，均不必再议。

"牙行是因那些失业穷苦百姓没有生活来源，赶集评价牲口挣点钱糊口，似应免罪，仍应全部禁止。永平府商行杂项税银每年应增收一千两。从前各知府、经历等官员经过好多年而且在屡次大赦前，是否可免于讯问；各道台从前失于觉察，现在仍然是各道台揭发报告，相应不再议论。前任直隶巡抚崔澄的事也在康熙二十五年五月初一前，是否应免罪，请下旨户部议论后执行。"

于成龙充分为相关人员考虑了减轻刑罚的情节，详细将法律依据提供给户部和皇帝以便在做最后裁决时予以考虑。

请大家关注相关细节，这些细节耐人寻味，缺乏类似细节，人物线条就会粗犷模糊。

于成龙初到直隶，正以雷霆万钧之势扫痈灭霸整顿吏治，在这种烈火燎原般不可阻挡的形势之下，很容易因力度太大而造成办案失去客观公正的水准。河北民间讲"萝卜快了不洗泥"，大意就是什么事儿办快了往往难免有瑕疵。集市上萝卜价钱好时，卖萝卜的人连萝卜上的泥巴都懒得洗，客人也是照买不误。

片面追求高效率时忽视质量，这是人世间通常犯的毛病。经常看到古代有些贪功心切的官员为了政绩不惜严刑峻法罗织罪名。前边我们就曾看到酷吏直接将"犯人"双脚夹断的例子，后边还有类似案例，情节同样令人发指。酷刑难当之下，冤假错案也就应运而生了。

于成龙在加大办案力度的同时头脑十分冷静，他为各方负责，他要把案子办成铁案，这真是极难得的思想品质。

于成龙在直隶巡抚任上的三大得力干将之一宋荦出场了。宋荦少年成名，十四岁就做了皇帝侍卫，十五岁做了黄州通判，是少年得志的典型。三十八岁时，他以通永道佥事的身份来到于成龙身边，深得巡抚大人赏识。后来宋荦荣升江苏巡抚主政一方，被康熙皇帝誉为"清廉为天下巡抚第一"，我们似乎能觉察到在他身上有着于成龙清廉刚直的特性。

物以类聚，人以群分。"入芝兰之室久而不闻其香"，陶冶和示范的力量是无穷的。

宋荦精于政务之外，诗画俱精，名闻天下，是和王士禛齐名的"康熙十大才子"之一，官一直做到吏部尚书。他在康熙五十三年去世，享年八十岁。

有了朱宏祚、胡献徵、宋荦的于成龙，就像长出了三头六臂，在直隶扫痞灭霸、整顿史治更是所向披靡。

十四人被处决，下边的这个武装盗贼团伙被于成龙团灭了。

七月十八日，于成龙上书请示将盗贼单二等处决：

"贼人单二等多人结伙大肆抢劫，贻害地方已非一日。旗人王三、佟邦辅、王和尚、雄县百姓侯士伟、新安县百姓张凤鸣、容城县百姓宁承宗、新城县李天福等人分别告发了单二、杨西楼等，人犯已陆续抓获，经审问，单二等贼人已供认。

"经查，康熙二十四年十月初六，单二、白勇、杨西楼、侯君平、刘五回子、李大胡子、李明见、刘方盛、刘方正、朱一虎、张朝公、佟三、侯四、魏四、董昭等抢劫新城县李之虞盐店，将李之虞大腿刺伤，抢得银子、钱、衣服等物。

"康熙二十三年三月二十四日夜，杨西楼等六人又伙同周天才、梁之英、管二小、赵秃子、侯三抢劫新安县①李买直家，抢得银子、钱等。

"同年八月二十四日夜，杨西楼等九人伙同梁大桂、王遇奎、王和尚、康祥、孙二抢劫新安县刘向公家，劫得衣服、钱财等。

"同年十一月二十一日午后，杨西楼等三人伙同高文善、刘三、刘二达子、

———————————————

① 新安县：今河北省雄安新区安新县。

李二、高佐、高五骑马带弓箭腰刀，抢劫新城县高桥旅客张士惇银两。

"康熙二十四年三月二十五日夜，李大胡子等三人伙同张二破房子、王三抢劫固安县流朾村①彭麻子家，劫得衣服、钱等物。

"康熙二十五年正月初八，小赵秃子等五人伙同陈大傻子和不知道姓名的三人抢劫易州庄头郭尚义家，劫得衣物、钱等物；同年三月二十九日，李明见等八人伙同于士贤抢劫固安县李邦直家，并将李邦直砍伤，抢得马匹、枪、刀、衣服、银子等物。"

于成龙说：

"除朱一虎、张朝公、王遇奎病故，高佐拒捕被杀不必再议论外，杨西楼、刘三都应按'响马强盗，带弓箭等武器，白日劫道，不分人数多少，是否伤人，在抢劫地点斩立决，枭首示众'定罪。单二、侯君平等十六人'按已进行强盗只要得到赃物不分首要与胁从皆斩'条款拟定斩立决；张大破楼子虽未参与抢劫但分得赃物，按上款执行；佟三自首，曾在抢劫的两个案件中伙同贼人伤人但未致死，依'自首强盗虽曾伤人但受害者很快就痊愈未死，拟判到边境充军，如是旗下人押解至刑部枷号三个月，鞭一百'定罪……

"张福龙同谋作案但未参加也没有分赃，按律'杖一百折合责打四十大板'；张三瞎子知道侯四是强盗但不告发检举，按律杖八十折打三十大板；王三、王和尚自首，在所参与的劫案内没有伤人应免罪，所得赃物还给失主，如不够则将找不到主人的马匹和物品变卖折价补偿失主，如再不够则变卖各贼人的家产补偿……

"在逃的侯四、魏四、董昭、康祥、孙二、陈二傻子、高文善、刘二达子、李二、高五及不知道姓名的三名贼人严加捉拿，等到抓到后另行定罪；侯二、侯五、侯三傻通过审理与案件无关；佟邦辅家人是盗贼，他已告发，不用追究；王和尚和妹妹王氏既称在李大胡子家做工时被霸占，都应判出旗为民②；李买直、刘向公被抢劫没有向官府报告，固安县失主李邦直私养马匹情节等该巡抚查清后再行判断。"

八月二十七日，皇帝下旨："将杨西楼、刘三立即枭首示众；单二、侯君平、

---

①　流朾村：今河北省廊坊市固安县南流邵村。

②　出旗为民：清代八旗汉军人等被开除出旗籍编入民籍（或绿营）的称谓。上文指从旗人户籍除名，重新成为普通百姓。

刘五、方正、于士贤、侯三、管二、周天才、梁之英、梁大桂、张二破房子立即斩首；张大破楼子押监待秋后问斩，其余依刑部商议结果执行。"

由盗贼团伙牵涉人数之多可见当时京畿地区治安确实混乱，怪不得皇帝都知道这些盗贼敢于光天化日之下到皇城边上抢劫。不过看情节和最后的判决结果，当时的法律量刑很重。

京畿地区抢劫案件日渐减少。

七月初五，是于成龙的生日。

于成龙到任直隶后，给直隶带来了天翻地覆般的巨大变化。直隶八郡士民对他充满了敬爱，自发为他祝贺，委托内阁大学士郭棻①代为表达情感。

郭棻是清苑人，工诗文、善书法，当时的鸿篇巨制很多出自他的笔下，文笔可与松江的沈荃媲美，有"南沈北郭"美誉。他的书法妙绝，据说能和赵孟𫖯、董其昌媲美。请他出来写文章算得众望所归。

郭棻在《巡抚直隶中丞振甲于公寿序》中说：

……比如农桑，比如贡赋、讼狱、稽查管理学校、征讨的军事、缉拿逃亡、肃清奸人盗贼等，直隶巡抚实在责任重大，有个愉快胜任的人选何其难也?！直隶八郡就在皇帝光芒照射之下，朝廷有大的恩泽、直隶当然会首先得到，但率先响应皇命，参与不时的征伐也要首先承担。出役出力出牛出马，往往疲于奔命。

况且八郡一半是军屯之地及分封给王侯将相的采地②。土地不管是肥沃还是贫瘠，百姓手中十无其一。百姓拥有的都是贫瘠盐碱之地，荆棘丛生，少有人烟，不再有农人种桑养麻莺歌燕舞的景象。就这样还有天时的困窘：两三年大水淹到树尖，四五年又有极端的旱灾。战事也经常困窘着这里的百姓：百里以外的徭役要牵拉着成车的粮食去应承，十里的差使要在官人鞭子下像马一样承担。官人横行需索，百姓卖儿卖女，匪人大嚼他们身上剜下来的肉。

---

① 郭棻：字芝仙，号快庵、快圃，直隶清苑（今属河北）人。顺治九年进士。历官检讨、赞善、大理寺正、内阁学士，奏疏多直言。家居时先后主修《清苑县志》《保定府志》《畿辅通志》，著有《甲申保定殉难记》《学源堂文集》《学源堂诗集》等。

② 采地：古代诸侯分封给卿大夫的田地，包括耕种土地的奴隶。这里指被旗人王公贵族圈占的土地。

街市上有虎狼般的恶人，乡里有横行的恶少。这些人穿着光鲜的衣服，骑着发疯般冲撞的马匹，恶棍肩并肩手挽手，狐假虎威，就像汉代霍、卫两家的恶奴。恫吓虚诈，就像恶鸟飞来飞去啄食人肉，没有谁敢把他们怎么样。

唉！困窘于岁时，困窘于兵事，那是天意，人能把天怎么样呢？困窘于残暴的小吏，困窘于街市上的虎狼与恶少，那是人为的，人难道不能把人怎样吗？还就是无可奈何！三年前，皇帝曾派遣大臣巡察畿辅，主要想整治豪强，当时直隶有过一时的凛然，就像打个大雷刮过疾风，过去也就过去了。

……于公刚刚到任直隶时，案卷堆积，仅仅十天就如同画个直道儿那样处理完成了。下属忙碌劳累得快要跌倒还怕赶不上趟。直隶八郡的百姓开始时都害怕地说："于公廉洁而有威风，该不会来一场雷鸣电闪吧？"官员们心里害怕，如履薄冰。

但于公绝没有为自己立威的举动。他告诫太守县令时就像老师教育弟子那样，对待百姓就像父母爱着自己的婴儿。每过一个多月，就有一封密封的信件传达给巡道一级官员，打开一看，里边是直隶八郡豪强的名单，那些官员过去咬牙切齿却不敢把他们怎么样的人很少不在被逮捕之列，连那些在宫廷供职的人犯了法也不会被饶恕，那些像霍家卫家①一样豪横的家奴又算得了什么……

……几年以来，偷盗抢劫直隶北部多于南部，大都是倚仗豪强狡兔三窟，没人敢过问。自从于公扫除豪强的命令施行，八旗庄户执行保甲制度，互相提醒揭发，盗贼没有了藏身之处，像獐子那样惊惶，像龟鳖那样蜷缩，不是向东逃到山东就是向西逃亡云南、山西。直隶境内几乎达到路不拾遗的境界。

过去龚遂②治理渤海郡，让百姓卖掉宝剑买牛犊过了一年时间才做到，也不如于公这样神速啊。至于上书免除那些出车出牛的劳役，每年节省民间几万两银子，百姓颂扬的是天子的恩情，可没有于公的慷慨陈词，哪能到这一步

---

① 霍家卫家：西汉名将卫青和霍去病皆以武功著称，后世并称"卫霍"。借指最有权势的豪强之家。

② 龚遂：字少卿，山阳郡南平阳县（今山东省邹城市）人，西汉官员。初为昌邑国郎中令，侍奉昌邑王刘贺。刘贺行为不端，龚遂多次规劝他。刘贺继位后，骄奢淫逸，龚遂屡次劝谏，刘贺仍不改正，最终在位二十七天遭废。刘贺属臣二百多人都遭诛杀，只有龚遂与中尉王吉因多次规劝免于一死，但被剃发判处四年徒刑。汉宣帝继位后，龚遂担任渤海太守。龚遂平定盗贼叛乱、鼓励农桑，很有政绩。后升任水衡都尉，最终卒于任上。

呢……

这篇贺词真够直爽大胆。不仅说清楚了直隶的重要性，也把于成龙上任时直隶的严峻情况讲述得一清二楚：旗人恶霸横行无忌，平民百姓痛苦万状。没有点勇气恐怕是不敢如此直抒胸臆毫不避讳的。这样实事求是地写直隶的情况，倘若遇到奸猾小人添油加醋上纲上线一罗织，估计郭棻有可能会吃个大亏。

这篇贺词的巨大价值更在于透漏了于成龙工作的很多细节：办案的神速快捷，下属的劳累，官员的紧张，坏人的恐惧，百姓"是不是一阵风"的担心。郭棻的这种描述都是实事求是的。

在这种情况下，于成龙是不是个性格偏执脾气暴躁的酷吏呢？这恐怕是很多人很好奇的。

郭棻是写文章的高手，对读者的心理需求洞若观火，他特别写到了于成龙教师与慈父般的和蔼可亲循循善诱。于成龙海洋般的宽广胸怀，疾恶如仇坚定有力的鲜明态度，泰山崩于前而目不转睛的镇定，对待下属和蔼文雅的亲和力号召力跃然纸上。

值得一提的是于成龙的办案风格，即使在郭棻眼中也是充满了神秘色彩：

"每过一个多月，就有一封密封的信件传达给巡道一级官员，打开一看，里边是直隶八郡豪强的名单，那些官员过去咬牙切齿却不敢把他们怎么样的人很少不在被逮捕之列，连那些在宫廷供职的人犯了法也不会被饶恕，那些像霍家卫家一样豪横的家奴又算得了什么……"

叹为观止！百姓可能并不能清楚了解案件处理背后的故事，只是亲眼看到他们痛恨的豪强成批被于成龙"伐"倒，于是乎脑补了很多情节，一传十、十传百，后世形成了大批量的反映于成龙断案的神奇传说。

下边的案件再次牵涉旗人，罪犯还是个太监，案情可谓扑朔迷离。于成龙最后因罪犯量刑问题与三法司展开精彩的辨析，定罪原因讲得丝丝入扣，其思维之缜密、办事之精细令人拍案叫绝。

既然都是死刑，这种争论的意义何在？于成龙这样较真对还是不对？三法司会审结果和于成龙对案件的判断谁更精准？从敲诈勒索到非法拘禁，殴打致死，毁尸焚尸，抛撒骨殖灭迹，再到罪犯谎称曾收巨款拖延判决苟且偷生，竟然还牵扯到吴三桂分金储备大案。案件中出现的挺刑药丸到底管不管用？东安县令扯毁的借据最终给他带来什么？这是时运不济的倒霉还是平素不修官德的必然结局？

请看于成龙审理太监张进升杀人案的详细记载。

七月二十二日，于成龙上书请求严惩太监张进升：

"太监张进升杀害平民碎尸，真乃穷凶极恶之徒。

"经查，张进升原来是吴三桂的家奴，盘踞在采育^①一带作恶。因害怕他原来的账房高然告发他窝藏叛逆吴三桂同党，康熙二十二年将高然叫到自己采育的家中，先是向高然索要银两，高然不从，还反过来指责张进升曾藏匿逆贼吴应熊的资金。张进升大怒，叫仆人何大花子将高然衣服扒光后捆绑起来用棍棒殴打，张本人也用棍棒参与殴打，并让家人张锦伪造高然借据，指使朱国熙誊写清楚。高然当夜伤重死亡。

"张进升指使张天祥将高然割头卸足碎尸焚骨。遗骸先是埋到河堤坡上，后又起出，把骨灰扬到河里。张进升诈称高然到他家拐走了弓箭然后逃逸。捏造事实报告给东安县令。东安县令庇护张进升，致使此案冤沉海底，无处诉告。今天高然儿子高文功将其父冤情到臣这里来控告。

"臣上报刑部后提审张进升，现已查明受张进升指使捆绑高然的是生员卢万象及其家人陈进孝等人；目击张进升先让大花子行凶，然后张进升父子持棍棒狠击高然的也是陈进孝等人。陈进孝看守高然，等到高然毙命后，给张进升传消息的也是陈进孝、朱国熙等人。对于割头卸足情节，张天祥供认不讳；抛扬高然的残骨尸体灰烬，张文成、何二花子言之凿凿。这都是没有进行刑讯时这些人招供的，情节让人历历在目。

"更让人惊异的是，在开始审问时，张进升唯恐陈进孝等人受刑讯后可能吐露实情，就让张弘韬派吕奇给陈进孝、张文成送去挺刑麻药嘱咐他们服下，坚决不能招认。此后张进升凶谋完全败露。张进升仍然辩解说陈进孝污蔑，等到与弟弟张天祥当庭对质时，张进升语塞无词，还不肯将行凶的实情逐一招供。总之张进升依仗自己是旗下的太监不服审理。

"经查，'凡旗人做盗贼，外官可审理定案，但其他的事按惯例不能拟定'。现在这个案件，死者的亲人是民人（以下原住民均与旗人对应简称民人），重要

---

① 采育：今河北省廊坊市采育镇。

的证人也是民人，庇护张进升的原任东安知县吴兆龙①也有需要提审质问的地方。臣冒昧请示，可否将张进升等人容臣审理定罪后详细上报，或者由皇上直接下令三法司提审定罪。"

八月初四日，皇帝下旨："张进升打死民人高然碎尸后抛扬到河中极大触犯法律，命该巡抚严拿详细审问后报刑部知道。"

九月十八日，于成龙上书报告审理情况：

"……张进升害怕张文成、陈进孝等人走漏消息，准备暗害几个参与杀害高然的人。张天祥等人相继逃走。有人到高然家报信，高然家人唯恐其中有诈，不敢告官，一直到臣到任巡查时才到官府控告。通过历次审问，张天祥、何二花子等人都供认证明了凶杀的实情。张进升现在也供认不讳。

"张进升应按'光棍首犯拟定为斩首'，但张进升是旗下人，应当押解到刑部后正法。张天祥、何二花子、张文成残损烧毁抛撒高然的尸身，均拟定为徒刑；李辅臣向高然索要馈送礼物，应拟定为重重杖打。

"经查，张天祥、张文成、何二花子、李辅臣的事情犯在康熙二十三年九月二十四日大赦之前，相应要免罪。张弘韬将张进升给他的挺刑药丸派吕奇传送给张文成等人嘱咐他们熬过用刑，和对代人誊写假文书的朱国熙不加劝阻的陈进孝都要有应得的罪责。经查，吕奇、朱国熙、陈进孝都是听从主人唆使，应照惯例免罪；张弘韬是国子监学生，正准备报考州同知这样的官衔，应剥夺其监生的身份，听从刑部的决议。

"东安县原被革职的知县吴兆龙先是借了张进升七百两银子，后来陈进孝等人供出张进升杀害高然毁尸抛弃的情况后，应立即追究张进升。张进升这时将吴兆龙写的七百两银子的借据给吴兆龙送回，吴兆龙就搁置了案子不闻不问。应按康熙二十五年五月初一日皇上的旨意将吴兆龙免于死刑发往尚阳堡流放。但吴兆龙已在另外的案子中被发配到尚阳堡，仍旧在那个案子里结清。"

文中提到的大赦是指康熙二十三年九月二十四日皇帝东巡山东登泰山祭孔子途中做出的决定。

"赃银七百两按惯例由官家追缴没收。至于过去张进升领取吴三桂银子一事，据称原来和丁弘扬、李华一起领取了十八万两银子。张进升只领了三万两，

---

① 吴兆龙：安徽茂林人。弟兄前后两科中举。曾有棋谱付梓。

已被告发。丁弘扬被充军发配到辽东，其子丁应龙现在蓟州做买卖；李华在洪恩寺出家。丁应龙、李华都还没有到案，应等候刑部查案追缴。张奉在逃，等到拿获后另行结案。巡道佥事胡献徵向臣报告了审理情况，臣按规定上奏，请求皇上下令刑部核查后施行。"

九月二十八日，皇帝下旨："三法司核定拟罪后上奏。"

十月二十二日，刑部会同都察院大理寺核实案件后上书皇帝说："……张进升因高然指出他藏匿吴逆银两就让张天祥、何大花子等人持棍棒殴打高然致死后毁尸灭迹，据此分明是谋杀。经查律条之内'凡谋杀，主谋处斩，胁从帮忙的处绞刑……'。在这个案件中，该巡抚只将张进升一人拟定为斩首，张天祥等人拟定为流放杖责，情节与拟定罪名不相符合，请圣上下旨，让该巡抚将张进升等人再加审问拟定罪名，并将吴逆银两情节与李华等人对质审问明白，详细上报后再行商议即可。"

十月二十四日，皇帝下旨："依议。"

康熙二十六年二月二十日，于成龙上报复审定罪情况：

"……臣再次亲自审问，只因张进升熟知高然家有积蓄想借机讹诈，因高然不从，剥衣殴打并逼高然写下借据。张进升对高然说'没有银子就是人口、房子、地也行'。张进升这个时候意在榨取钱财还没有要杀高然的心思。只是因高然不仅没有满足张进升而且还极口辱骂张进升，张进升愤恨，再次狠打高然以至高然伤重殒命。这其中并没有预谋的地方。毁尸灭迹是高然死后张进升逃脱灾祸的办法，并非高然没死之前预先谋划的。

"现在审问张进升、张天祥谋杀高然的情由，他们坚不承认。这样张进升仍然应按'光棍诈取钱财不遂打死人命'的惯例判立即斩首是不冤枉的；张天祥等人既然不是同谋，相应照原来拟定的罪名；东安县知县吴兆龙手下的赃银仍然照原来拟定的由官家追缴没收。

"至于张进升原来领取了吴逆银两本金的事，臣提审了李华、丁应龙等人对质，他们都招供只有三万两，并没有十八万两。此事早经刑部审理结案。张进升因身犯死罪，想要借吴逆银两未结案图谋延缓对从前罪行的结案。请刑部将原案情况抄发给臣，查对如果与李华等人的供述相符，那就不容再商议了。"

二月二十九日，皇帝下旨："让三法司知道。"

三月初八日，刑部会同都察院、大理寺商议后上书皇帝说：

"……查惯例中'凡恶棍勒令写下借约恐吓敲诈财物不遂将人打死，事发后无论得到财物没得到财物，为首的判立即斩首，胁从的都判绞刑待秋后执行'。张进升应按光棍为首的惯例拟定为斩立决；张天祥应改拟为绞刑，监押至秋后处决。

"何二花子、张文成没有参与殴打高然，但烧毁了高然死尸并进行抛撒，应依照'残损毁灭别人的死尸，作为胁从按律法应判为杖责一百，徒刑三年'，但两人所犯罪行均在康熙二十三年九月二十四日大赦之前，都应免罪。

"张进升的侄子张弘韬的家人吕奇听从张进升指使，传递挺刑药丸给陈进孝和张文成，律法中规定'一家人共犯时，只给家长定罪'，吕奇应不予追究；张弘韬是监生，正在考取州同知这样的职务，应咨询礼部予以革除监生身份……"

三月十二日，皇帝下旨："张进升立即斩首；张天祥就依照三法司拟定的绞刑监押至秋后处决。其余依议。"

在对张进升案件的定性中，刑部与于成龙因预谋和普通光棍诈取钱财这个差别认认真真地走了几个回合。

这有必要吗？有。

张进升有过做吴三桂家奴的经历，如果确属预谋，朝廷将会不遗余力进行追查。虽距离吴三桂的败亡已过去了七八个年头，但与吴三桂有关的这个话题仍然非常敏感。于成龙缜密侦查后厘清了案件性质，这也让朝廷大员们轻轻松了口气。

这是埋藏在历史尘埃中的一件惊天血案，以至宁晋①兄弟五人膝跪铁链白骨外露也要表达决心找于大人为父申冤，到底发生了什么？强盗肆无忌惮到了何种地步？

且看于成龙如何让如海冤情真相大白，贼人授首。

孙祗修、孙奋修是宁晋县赵村人，兄弟五个都是县学的学生。他们的父亲孙瑞旭（字增广）被强盗杀害，兄弟五人携手到官府告状。强盗拿了很多财物贿赂官员，孙祗修等人竟被判诬告罪。

---

① 宁晋：今河北省邢台市宁晋县。

孙祗修为父亲申冤决心已下，跪在铁链子上不起，最后连膝盖的白骨都露出来了，但他们誓死不回。

于成龙担任直隶巡抚，兄弟趁着于成龙访察民情的机会在路旁跪着呼救，把冤情向于成龙控诉，冤情才得以昭雪。盗贼最后被抓捕后正法。

孙祗修兄弟用盗贼的首级祭奠父亲。之后他们把亲友召集来给父亲改葬，孝服穿了三年。他们的后世子孙每次谈到此事都不忍言说，但乡亲们钦佩他们的孝行。

不知在宁晋的乡间是否有人依然知道这个感人的故事。

钟二这厮着实可恶，公开霸占良家妇女并将人家丈夫殴死后抛尸井内，败露后辗转在旗人庄园内逃匿以图逃避惩罚，看于成龙如何惩治恶人。这一次，于成龙判定钟二为谋杀。

七月二十二日，于成龙上书请求捉拿旗人钟二并予严惩：

"钟二也叫钟国琏，盘踞河间府献县①作恶。他霸占了民人李进孝之妻，并将李进孝殴打致死后将其尸首藏到井内。知县白元亨②据地方上的陈所明报告，把井挖开将尸体起出。发现李进孝遍体鳞伤，经李进孝父亲李义认明是他儿子尸体，到县衙告状，民人蔡从知也以钟二霸占自己儿媳原因控告钟二。

"县令派差役准备拘禁审问钟二。钟二等人带着李进孝妻王氏和蔡从知的儿媳王氏潜逃藏匿在旗人褚名山、姚三府等人庄园中，依仗旗人特权，难以捉拿。现在该知县已将窝藏钟二的人家归属旗色和佐领名称查明向臣报告。

"臣看到，旗人家丁强奸霸占民人妻子杀害其丈夫，尸体已起获，事情败露。传唤他质问但其藏匿不出，认为没人能把他怎么样。将来再出现杀人伤人事件，地方官将难以禁止和抓捕。

"畿辅是首善之地，此风断不可长。臣所以敢冒昧上报，伏请皇上下旨刑部将钟二押送给臣，追究审问定案后详细上报，希望这样可让歹徒知道收敛，冤死的鬼魂也不至于夜间痛哭了。"

皇帝下旨："据该巡抚上奏，钟二奸污霸占民人妻子，杀害其亲夫，潜藏在旗人庄园，严重违犯法纪。提拿钟二等人交给该巡抚追究定罪，结果报刑

---

① 献县：今河北省沧州市下辖县。
② 白元亨：正黄旗人，监生，康熙二十六年任献县知县。

部知道。"

十月十三日，于成龙在给刑部的报告中说：

"接旨后，臣立即行文给巡道佥事胡献徵，抓获钟二等严加审讯后，又将其押解到臣这里，臣亲自审问。钟二将谋杀李进孝及奸污霸占两名妇女情由供认不讳。钟二应'按谋杀起意者判斩首'。经查，钟二是旗人，应押赴刑部监押候斩。

"李进孝的妻子王氏按'奸妇不知杀人情况'判监押等候绞刑；蔡君秀的妻子王氏判枷责，等待生产后发落；见尸不报的翟四，私下说和人命案的刘进礼、不向官府报告的王一冬、接受银子谷物的王之业分别判杖责，赃物追缴没收入官；在抓获逃犯吴四等后另行结案。"

十月二十三日，皇帝下旨三法司核查拟定罪名。

十一月十三日，三法司向皇帝报告核查拟定判决情况：

"经查，民人李进孝曾向钟二借米、豆，商议通过佣工抵顶偿还，并没有立文书。后来钟二看到李进孝妻子很有姿色就奸污霸占，给他做了小妾。恐怕李进孝告发，就令家人吴四等人将李进孝打死抛弃到翟四的井中。后来地方陈所明报官后起尸检验，囟门、肋部、阴囊等十处发现伤痕，到县衙控告。民人蔡从知也控告钟二奸污霸占他儿媳王氏作小妾。钟二事发后潜逃，随即被抓获。通过审问，钟二供认不讳。

"李进孝虽在钟二家做工但并未立下契约，商量好用工时限应按平常关系对待。钟二应按'合谋杀人的主谋'判斩首待秋后处决，因其是旗下人应押解到刑部监押等待处决……"

十一月十五日，皇帝下旨："钟二应斩，王氏应绞刑，均等待秋后处决。"

作为地方武官不按职权划定范围违规审案滥用酷刑，吴大任[①]这次"玩出了圈"：竹签钉指，夹棍夹头，亏这酷吏下得了手。犯到于成龙手里最后落得革职查办，杖责一百，多亏可用银两折赎，不然屁股打烂事小，这卿卿性命堪忧。

不按规矩执法，这个责他担得不冤枉。

七月二十二日，于成龙上书请求惩处宣化府守备吴大任：

---

① 吴大任：陕西榆林人，康熙八年武举人。

"按规定，'绿营武官在抓获盗贼后，应押送有司衙门审理，不准私自刑讯'，脑箍、竹签这样的刑讯方式早已禁用。竟有如宣化西城守备吴大任这样不畏惧法律的官员，将早先有过小偷小摸行为的刘登瀛随意指称为盗窃西城当铺宋士玉家的人，未按规定将刘登瀛送交有司审理，擅自动用脑箍、竹签刑法，后来又使用夹棍夹刘登瀛的脑袋。后又指使差役逼刘登瀛拉出无辜僧人满会等人，借机勒索银钱。吴大任夹、铐、拘禁满会，导致刘登瀛等人家属状告冤情。

"此案经口北道台王骘历次审讯后向臣呈报。臣请旨将吴大任革职，将其和吊打拷问、逼迫刘登瀛胡乱拉人的士兵张仲林、何三、常佐等人一并提审并拟定罪名。"

皇帝下旨："将这个被弹劾的吴大任革了职，奏本内有姓名的人犯命该巡抚严格提审拟定罪名，详细情况报刑部知道。"

十二月十五日，于成龙上书报告审问与拟定罪名情况时说：

"宣化府西城守备吴大任听到下属差役何三报告说'刘国金是偷盗西城宋士玉当铺的盗贼'。吴大任派差役张仲林协助何三抓捕刘国金后并没有按规定移送有司（主管官员）审问，而是动用各种刑法私自审讯，刘国金受刑不过胡乱供出刘登瀛为同伙，把自己家的蓝布单袍当作盗窃得来的赃物。何三借机敲诈刘国金的父亲一千一百文钱。

"经历次审问，各犯供认了真实情况。何三应予以杖责流放；常佐予以枷责，革除差事；张仲林重重杖责；吴大任予以满杖①，可折银赎买；何三名下的赃银按惯例追缴没收入官家；刘国金等供出指认刘登瀛等人是盗贼是因害怕刑法胡乱招供，应不予追究；布匹、单袍子归还原主人；行窃宋士玉家的盗贼待捕获后再行结案。请下旨刑部商议后执行。"

康熙二十六年正月二十七日，皇帝下旨刑部："核准拟定罪名后上奏。"

康熙二十六年二月十四日，刑部上奏核定拟罪情况时说：

"……应按'凡诬告他人，在徒刑上加上诬陷罪三等，杖责一百'，判其与妻子一起流放三千里，到发配的地方后折合责打四十板；常佐应按'番役抓获盗贼私自加刑'在本衙门枷号一个月，责打四十板；吴大任'未按规定办事'杖责一百，因其原是官员按律法可折合银两赎买……"

---

① 满杖：杖刑打一百下。

二月十六日，皇帝下旨："依议。"

七月二十九日，于成龙上书请示将保定府新城县^①知县巨文革职：

"县令这一级官员应与民最亲，必须保持廉洁的操守，爱护抚育百姓使他们各得其所，这才不辜负管理百姓的责任。臣蒙受皇上特殊恩情提升为直隶巡抚，因此时时注意检察官吏安定百姓。只恐怕各主管官员有借机私自摊派横征火耗银子等弊端。上任以来多次下令禁止，反复告诫不啻再三。但令人痛心的是，仍然有不惧怕法纪的官员，如保定府新城县知县巨文。借征收钱粮则加征火耗，派遣使用百姓车辆、驴子，贪婪索要银钱，纵容蛀虫虐待百姓以致怨声载道。现在道、府官员揭发的内容与臣亲自访查所见所闻完全一致。

"这名官员加征火耗贪婪肥私，不顾法纪，任意私自征派，不顾百姓艰难；在捕捉盗贼方面完全听任蛀虫下属诬陷良民，对待公务经常态度傲慢而迟误，难以姑息他继续在百姓头上，特上书弹劾，请旨将其革职，将其与上书中有名姓的人员一起提审定罪。"

八月初十日，皇帝下旨："将这个被弹劾的巨文革了职。该巡抚将巨文私派、虐待百姓等各款和上书中有名字的蛀虫差役严查拟罪，详细报告给刑部知道。"

经于成龙亲自审讯查明：

"巨文因奉命修城费用没办法措办，在朝廷征收的正赋之中加收火耗银子三百八十一两，赃款并没有中饱私囊，但需要承担借朝廷征收正赋对百姓分派负担的责任。

"在运送银鞘^②时以规定的运送人员、车辆不够为名向百姓摊派使用车辆。差役王九中以代雇车辆为由向有车百姓索钱共四十多贯，巨文也没有染指；捕役高振宇、孙小人诬陷佟文举为盗贼并捉拿，借机诈取一两二钱银子并四百文钱，巨文毫无察觉；白天经常关闭城门导致往来的百姓被阻滞。建议刑部依法惩处相关人员。"

刑部核查后认为："鉴于巨文已革职，将高振宇、孙小人充军；户书王承文、库吏骆廷杰等十人责打三十板，革去差事。"

---

① 新城县：今河北省保定市高碑店市新城镇。

② 银鞘：古时一种解饷银用的盛放物。

康熙二十六年二月十六日，皇帝批示："依议。"

巨文案件看起来虽涉案数额不大，但细研究可看到他违犯国家法令，私自向百姓摊派加重了百姓负担，如果不是于成龙及时处置，恐怕会变本加厉愈演愈烈。

连年战乱，水旱交并的直隶百姓生计维艰，巨文的过失不可单以数额衡量。他管束下属不严，那些任性的下属开始千方百计盘剥百姓，他却视而不见听而不闻，麻木不仁的县令成了摆设。当然，不排除这些事就是由他本人授意。这个松松垮垮的队伍出了问题当然要追究主官的责任。

很遗憾，没有看到于成龙下边这个上书得到回应的记录。但根据《抚直奏稿》记载，应是最后有完满结果。如果被彻底否了，文集按道理就不再收录此文了。

几名官员因支应上级来人支出公款被户部追缴，弄得十分狼狈。顺治五年开始，历任州官就上书向户部反映此情况，但户部一直咬定规矩没有吐口松劲，也就没有得到满意的答复。于成龙也曾做过通州知州，深知其中利害，这次上书皇帝旧事重提，希图彻底为这些官员解困。这个案例实质上很有代表性，不仅能够帮助了解古代行政的一些细节，还能引发对类似事件的思考。

于成龙上书请求免于追缴通州两年牙税开销。

他在上书中说：

"臣看到通州康熙二十一年、二十二年两年的牙税银子用来应付过来过往的官员、差役使用的灯油、蜡烛、木柴、木炭，上报到户部，户部不予批准这项开销，严令将花销追缴后上缴；同时将康熙二十三年应交税银也算作未完成计入账册，屡次催要押解入库，还没有完成的报告。臣将前任被革职的通州知州傅泽洪、州同知陈俊民 [①] 写的上书递交户部，户部仍旧让迅速催促追缴完成上交。

"据守道参议朱宏祚称：通州这个地方是水陆交通要道，实在是其他地方不能比的，这里往来官员差役络绎不绝。油、烛、柴、炭按惯例必不可少。顺治

---

① 陈俊民：浙江钱塘人，康熙二十四年任通州同知。

五年，知州张万春①就以这项开支没有专门银子支付向户部申诉，户部批准将通州张家湾牙税七百二十两留下抵顶此费用。到康熙十二年，户部驳回核查此事，前任知州阎兴邦②再次以没有款项支应此事为理由向户部申诉，前任直隶巡抚金世德向户部咨询最后允许用牙税开销。每年的税收账册都记载了此事，没有不同。现在户部追缴的康熙二十一、二十二、二十三等年份未完成上缴的银子，就是按惯例留下抵顶这项开销的银子。

"经手的前任州同知高荣③早就去世了，被革职的知州傅泽洪是离任的穷官，可以说贫穷到骨头里；经手此事的差役早已变化或逃亡，一旦按户部要求追缴，根本无从追起。接任的官员又岂能包赔垫付?！特此上书请求皇上下旨，仍将这项牙税留下，支付此项差事。"

又一个巨文式的官员倒下了，犯事的情节也像巨文案的复制粘贴。于成龙这次特别解散了安州④编制外的门军以压减开支，通过统筹调配差役，顺手解决了城门执勤的问题。此时涉事的官员胡大定⑤已到吏部候缺，但告发他的声音此起彼伏。

不是他倒霉，而是他先让百姓倒了霉。

八月初二，于成龙上书请求将保定府安州知州胡大定革职：

"臣以平庸的才干担当了直隶巡抚的重任。时时以整顿官员、抚养黎民为念。自到任以来屡次告诫所属官员廉洁奉公，爱养百姓，申斥严令告诫何止再二再三。如新城县知县巨文被臣上书纠治弹劾。现又查访出保定府安州知州胡大定罔顾法纪，私自在集市上加派征收损耗钱粮，滥抽私税，摊派秋秸柴草，不按市价贱价强买，懒于处理诉讼。这个官员虽已升任部里任职，但贪污不法难以宽容。

---

① 张万春：奉天人，镶蓝旗人，监生，康熙九年任淮扬道台，卒于任所，蒲松龄有《挽淮扬道》一首悼念。
② 阎兴邦：直隶宣化（今张家口宣化）人，号梅公。康熙二年中举，康熙九年被补授直隶新城知县，才能引起朝廷的注意，很快被提拔升为通州知州。康熙十五年升任工部员外郎，后升任监察御史，后再升鸿胪寺卿、光禄卿。康熙二十七年，任顺天府尹后转任贵州巡抚。康熙三十七年，卒于任，次年入宣化祖茔。
③ 高荣：镶黄旗人，康熙七年任。
④ 安州：今河北省雄安新区安新县安州镇。
⑤ 胡大定：陕西人，进士。

"今天，据道、府官员揭发，情节与臣访查听到的一致。这名官员或者加征损耗肥己或者私自抽税嚼民，甚至少给市场价钱，懒于审理诉讼，以致民怨沸腾，国法难以宽恕。特上书纠治弹劾，请旨将其革职，并与上书中有名姓的蛀虫差役一起提审，拟定罪名。"

八月十三日，皇帝下旨："将这上书中弹劾的胡大定革职，命该巡抚将他贪劣的各项罪名以及上书中提到的有名姓的蛀虫差役从严审问拟定罪名后报刑部知道。"

康熙二十六年正月，于成龙上书汇报亲自审讯拟罪情况：

"胡大定因修城墙、筑堤、赈济灾民等项开销没有办法措办，就在朝廷按土地、人口征收的钱粮内加收火耗银共计三百九十两。安州原有六十名看守城门的门军，朝廷没有定额拨付的工费伙食费。胡大定让门军头领向卖席子的百姓每领席子收取三文钱，共收钱一百八十贯分发给门军。胡大定又分派各地买秫秸柴火送过来使用，每捆少给三文钱，共少给钱十二贯；不及时审理百姓诉讼案件以致给百姓带来很大负担。

"除胡大定予以革职外，书役潘又安、朱凤鸣、袁九锡、马崇燕、王淑元、梁应徵、李宗周、马兆等十二人革去差役，处以杖责。除去门军饭食、火药费用，所收取的银钱全部追缴后退还百姓。门军不是朝廷设定的，应彻底裁除，城门改由身快体壮的差役轮流守护。"

二月初一日，皇帝下旨："刑部核实拟定罪名上奏。"

二月十五日，刑部上书报告核定罪名情况：

"……胡大定杖六十，徒刑一年；潘又安等各杖八十折合三十板，革去差使……"

二月十八日，皇帝批示："依议。"

这次问题又出在宣化。宣化当时是个荒凉贫瘠之所，应让百姓休养生息才对。

八月初七日，于成龙上书弹劾宣化府保安卫[①]守备傅之礼。

"宣化府是荒凉贫瘠的地方，百姓生活困苦。臣到任后严格约束各卫、堡，

---

① 保安卫：今河北省张家口市怀来县。

各官员注意抚恤百姓，洁己奉公。竟然有不称职的守卫官员，如宣化府保安卫守备傅之礼贪婪、败坏，失于检点，秽迹昭彰。现据守道参议朱宏祚、巡道佥事胡献徵、口北道参议王骘、宣府东路通判沈宏绪[①]揭发，与臣访查到的情况无异。

"这个官员额外横征暴敛加征火耗，指用百姓车辆却少给价钱，借抽取牙行税银渔利，听任蛀虫差役做坏事，甚至霸占寡妇，酗酒闹事，难以容留他在百姓头上。特此上书弹劾。请旨将此人革职，将上书中有姓名的蛀虫差役一起审问，定罪。"

皇帝下旨："将这个傅之礼革职，命该巡抚将其贪劣的各项及上书中有姓名的蛀虫差役从严提审定罪。"

康熙二十六年二月初三，于成龙上书报告审讯傅之礼情况：

"傅之礼于康熙二十四年通过各项摊派共得赃款四百八十六两，因事发在康熙二十五年五月初一大赦之前，应予以宽恕。五月初一以后抽取牙行税银三十六两，属监守自盗，应按律杖责流放四年；任性慧应按赃款在十两以上，判带妻子安插到奉天居住；判张玉、刘士枷责，革去差使；拟判林文达、傅政、窦科、尤天选、姜登杰等杖责；尤天选年过七十，照例允许折赎[②]。

"傅之礼各名官员手下的粮食、赃银照例追缴没收入官；赵忠娶的孙氏是傅之礼专断主张，赵忠、孙氏免于追究，按律法判处离异，财礼没收；傅之礼私自添设的牙行里都是失业的穷苦百姓，应免于追究，全部革除，然后按规定限额设立并征收税银。"

康熙二十六年二月二十日，刑部会议后，"拟判处傅之礼四年徒刑，流放三千里，到发配目的地杖责四十大板，永不叙用……"。

二月二十二日，皇帝批示："依议。"

旗人庄屯上的拨什库也就是个村级头领，但仗着后台硬就敢伪造证据诬陷守关衙役打伤守备，其蛮横表现就是当时很多旗人恶霸的写照。

案子报给刑部，因顾忌这个旗人恶霸背后的主子，刑部审问有点浮皮潦草，获取的证言完全倒向了蛮横的拨什库，然后顺手又把这个热煤球丢了回来。于

---

① 沈宏绪：曾任曲靖平彝县通判、宣府东路通判。

② 折赎：古代赎刑是一种以刑种为基础，以钱物或劳役折抵刑罚的换刑制度。亦即赦免原刑，而依本刑改科数量不同的罚金或一定的劳役。

成龙不偏不倚，迅速澄清了案件真相，给这个蛮横的王进祖好好上了一课。

康熙二十五年八月十一日，于成龙上书要求惩办山海关正白旗拨什库王进祖。

上书中说："奉差官员、差役在过州县驿站时常骚扰地方。鉴于这种情况，臣到任之后严加指示，多次申饬。据通永道佥事宋荦报告中山海关守备杨汇吉[①]称，'正白旗拨什库王进祖送梨到山海关，手中并没有上边签发的牌勘凭证，捉拿民夫，又带着好多人将马驮的梨子直接搬入卫堂，将梨子抛撒在地，讹诈勒索银两不遂，持刀扎伤衙役薛德才，凶器刺刀已拿获作为证据'，这个旗人蛮横放肆的情况严重违犯法纪。"

八月二十二日，皇帝下旨："于成龙将相关人员严拿审问、拟罪，情况报刑部知道。"

十月十三日，刑部在报告中说："……王进祖供述'我送梨来到山海关，并没有带着三十多个兵私自捉民夫使用'。向守备讹诈银子，追着扎伤薛德才的事王进祖也都没有招认。守备杨汇吉是现任官员，这个案子里受伤的人和证人如果不审问对质不便拟罪。应将王进祖押送给直隶巡抚于成龙逐一审讯明白后再行定罪即可。"

关键问题全没招认，刑部给人的感觉是对案件无能为力，案子到了京城，刑部办案受到很大干扰：王进祖后台很硬。再加上涉及现任官员，审问需要走手续，案子妥妥推回于成龙手里。

康熙二十六年正月，于成龙将审问王进祖案件情况报告刑部：

"王进祖因押送御用梨子用马驮着来到山海关，强行抓民夫使用。山海卫守备杨汇吉因王进祖没有牌勘凭证不敢违规应付，王进祖咆哮着将梨子篓抬进卫所，用刀将梨子篓割开，当时卫所差役薛德才上前阻拦，王进祖用刀扎伤了薛德才的手，将梨子抛下扬长而去。山海卫守备杨汇吉出关和王进祖理论，王进祖大肆咆哮将杨汇吉官帽打落在地。

"经巡道佥事胡献徵和臣亲自审问，王进祖供认不讳。按律法应判杖责徒刑。因王进祖是旗人应押解刑部发落。"

于成龙的审讯查办力度果然不同凡响。不仅让王进祖开口认罪，于成龙还

---

① 杨汇吉：河南武举人，康熙二十三年任。

把王进祖侮辱侵犯官员的事实查清，特别是以牙还牙，抓住王进祖损毁御用物资，犯了"大不敬"罪过的情节，捏住了王进祖的七寸，为最后惩治旗霸奠定了基础。

这么扎手的案件到于成龙手中被干脆利落地处理掉了。我们看到，于成龙并非没有原则的和事佬，他是通过抓住典型案例，强力震慑了那些蛮横跋扈的旗人官员。

康熙二十六年二月二十四日，刑部上奏拟罪情况："……王进祖应按'看守人将御用之物毁损抛弃的杖责一百，徒刑三年'，因王进祖是旗人，应押解到刑部，枷号三个月，鞭责一百。"

二月二十六日，皇帝依议。

看刑部最终判决结果，因王进祖是旗人对他的处罚力度相应减轻了层级：杖责一百变成了鞭责一百，徒刑三年变成枷号三个月。这就是当时旗人享受特殊待遇的例子。如果不是于成龙态度坚决盯紧查办，估计最后会大事化小，小事化了。

广平知府朴怀玉①不光自己挖空心思贪钱，下边的办事人员也是有样学样。事件发生在极度贫困衰弱的广平，显得更加可恶，难怪于成龙揪住不放坚决处置，意在形成震慑，以儆效尤。

康熙二十五年八月十二日，于成龙上书弹劾广平府知府朴怀玉：

"广平历来被称为要冲疲惫之地，加上连年饥荒，百姓非常穷困。郡守一级官员必须廉洁做下属的表率，才能使政务废弛的地方重新振奋兴起，百姓不致流离失所。接受直隶巡抚任命以来，臣考虑到所管束的官员不守规矩，严格管理申饬不止再三再四。

"岂料广平知府朴怀玉不思廉洁，不检点行为，贪污卑劣闻名。手下的经历龚士成依仗该知府庇护纵欲虐民。现在守道参议朱宏祚、巡道佥事胡献徵、大名道佥事梁忠②揭发报告的情节，与臣访查到的情况吻合。

"这两名官员，做编审则任由差役向百姓摊派索要，借考试则恣意贪婪肥

---

① 朴怀玉：字孟珍，奉天人，康熙二十二年任。
② 梁忠：奉天人。

私；或是勒索任职期满官员肥己，或是索取铺户布匹。纵欲殃民，再加上昏庸衰病，以致各种事务废弛。经历龚士成狐假虎威，豺狼一样贪婪，真难以容留他们在百姓头上一天。特此上书弹劾，请旨将其革职，并将上书中有名姓的蛀虫差役提审、追究、拟罪。"

皇帝下旨："将朴怀玉、龚士成全革了职，奏本中有名姓的蛀虫差役由该巡抚提审、追究、定罪。详细情况报吏部知道。"

康熙二十五年十二月十五日，于成龙上报审理情况：

"广平府知府朴怀玉以购买造册纸张为名，贪污银子五十两，下属书办侯步云、卢子耀各分得十二两。并有收受下属杯子、缎子折合银子二十四两。下属龚士成以修城墙为由将脱的坏卖掉得银二十四两，因捕鱼派船得钱八贯。"

康熙二十六年二月十九日，刑部上奏："朴怀玉杖责一百，流放两千五百里至辽阳安插，其妻一起流放到发配地责四十大板；龚士成徒刑一年半，到发配地打二十五大板；以上两人因贪污罪名永不叙用。侯步云与妻子发配奉天；卢子耀已死不再追究，以上几人所贪赃银均由官府追缴没收。"

二月二十一日，皇帝下旨："依议。"

既有对贪腐官员的重拳，也有把表现好的官员向上级推荐。于成龙疏堵结合，两个方向发力，营造直隶官场良好的政治生态。

八月二十四日，于成龙上书要求行取①阜城②知县王焯③。

这"行取"大概相当于现在的"担保""推荐"。这个办法从明朝开始使用。地方官中的知县、推官④，科目出身三年考满者，经地方高级官员保举和考选，由吏部、都察院共同标注拟授职务呈递给皇帝，优先使用。官员得到这个机会相当于上了高速路一样。到了雍正时期才废止了这个选用官员的方法。

上书中说：

---

① 行取：明制，地方官知县、推官，科目出身三年考满者，经地方高级官员保举和考选，由吏部、都察院协同注拟授职，称为行取。优者授给事中，次御史，再次各部官职。清初沿袭，并规定三年一次，各省有定额，雍正（1723—1735）后渐废。

② 阜城：今河北省衡水市阜城县。

③ 王焯：字青岩，一字仲敏，陕西三原人，进士出身，康熙二十一年任知县，有善政，后升任都察院左佥都御史、太常寺正卿等职。

④ 推官：古代官名。

"臣看到，阜城县知县王焞任现职三年以上，廉洁、能干、爱护百姓。

"对于臣给吏部行取的文书，吏部答复说：'王焞在任期内尚有李新家被盗的案件，需要捉拿盗贼，因此停止升迁。该巡抚虽称盗贼已被全部拿获，但兵部并没有详细说明。这种情况不应被行取。'

"现在，守道参议朱宏祚、巡道佥事胡献徵详细报告王焞承办的捉拿盗贼案已向兵部咨询获得批复。此外，王焞任内没有未完成钱粮情况也未出现其他盗案，符合行取的条件。臣写清了他的履历详细上报，请皇上下旨吏部施行。"

九月初四日，皇帝下旨吏部商议后上报。

九月十四日，吏部在回复皇帝的上奏中说："……经查，今年五月，吏部有关于阜城县知县王焞任内有盗案未结停止行取的上书，兵部还没有恢复行取的详细报告，记录在案。王焞属于未经恢复不准许行取的官员，从来没有行取完再补送恢复报告的。该巡抚提出的行取王焞，不必议。"

九月十六日，皇帝问大学士："王焞官当得怎么样？你们知道吗？"

明珠启奏："臣问了汉人大学士、学士等人，都说不知道。"

九月十七日，皇帝下旨："该巡抚在上书中说'王焞廉洁能干、爱护百姓，捉拿盗贼的案子已结案恢复'，按该巡抚所提的准许行取。下不为例。"

同年，知县行取科道，三十六人中应由康熙皇帝钦定二十人。按常规应按考试名次先后取用。但"郭琇①系汤斌举荐者，居官实善。王焞系于成龙举荐者，居官亦善"。所以郭琇、王焞虽名次不在二十名内，仍先于他人入选。

吏部先是没有准许于成龙的请求，理由是该名官员尚有不符合行取的问题，意思这一拨就赶不上了。于成龙很着急，查明问题实际出在兵部对相关问题说明得不够清楚，没有及时走程序给吏部，耽误了人家的前程大事，问题并不在王焞本人。立即紧急上书在关键时间节点将王焞这个优秀的官员推荐成功。爱才如命，与人为善。有这样的上司，干起事儿来当然更有盼头。王焞不负众望，后来升任都察院左佥都御史，康熙三十七年做了太常寺正卿。

直隶闹灾荒，粮价上涨，士兵如果按原来口粮拨款标准就吃不饱肚子。

---

① 郭琇：字瑞甫，号华野，山东即墨郭家巷人。康熙年间著名的清官，他为国为民，廉洁清正，勤勉干练，善断疑案，在地方任职期间，"治行为江南最"，很受好评。他不计私利，弹劾权奸，在"势焰熏灼、辉赫万里"的权臣面前毫无惧色，被称为"铁面御史"。郭琇平生耿直，以三次弹劾而名动天下，留名史册。

九月二十五日，于成龙上书要求上调士兵口粮拨银标准。

先是于成龙向户部请示将康熙二十四、二十五年士兵口粮定量定为每石折算拨款九钱五分银子。

户部认为按历年标准应为每石折款七钱二分到八钱一分银子，要求于成龙重新核对，进一步下调拨款标准。

于成龙调查后上书皇帝，内容大致是："士兵口粮是按士兵实际人数核算出拨款总数，由地方官在秋收后粮价较低时从周围民间采买。口粮标准要达到保证士兵吃饱，战马奔腾，担负起防守辖区的职责。核定标准既不敢虚高破坏考核标准，也不能报低亏欠士兵。"

于成龙先写出拨粮款要达到的目的，意思就是说，如果不以这个为标准那就没什么好讨论的了。然后说明自己之所以要上调标准的原因。于成龙的官衔里边清清楚楚写着"兼理粮饷"四个字，所以看到这个内容不要认为他管得太宽。

"今年直隶地方受灾导致农作物歉收，粮价上涨，士兵每天口粮标准是一升，每月三斗，按现在每月给的二钱八分五厘银子标准买不到三斗米。臣不敢删减口粮折银标准，辜负皇上体恤士兵的厚意。臣的意思是先按臣上报的标准拨付，等到大丰收年景粮价下降时再核实削减。"

十月十八日，皇帝同意了于成龙的请求。

民间《清官案》题材戏剧中，经常有旗人恶棍仗势欺人，犯下令人发指的不赦大罪，不杀不足以平民愤的情节，这是有历史上的真实事件作为基础的。于成龙惩办这等恶人向来不手软。难怪后世民间文学《于公案》中有那么多故事。

九月，于成龙上书请示将旗人贾二斩首。

玉田县旗人贾二，伙同数名恶人，将邻居岳仲金之女要挟到其住所，扒光衣服恣意轮奸。之后又让汤二去通知岳仲金花钱来赎女儿。岳仲金惧怕他们的凶恶给了他们三十九千文（三十九吊）制钱，贾二等才将人放回。但女孩的裤带、银圈却被陈四决子压下不给。岳仲金忍无可忍到官衙控告他们。贾二仗着自己旗人身份地方官不能给他用刑而百般抗拒，还污蔑岳家女孩与他们通奸。

如果真如恶贼所说，案件性质将会发生较大变化。于成龙审问清楚后依法惩处，证实了贾二一伙的歹毒与无耻，最终将贾二斩首示众。

这个案件记录简单，案卷也没有像其他案件那样在直隶和刑部之间跑来回，非常容易就取得了共识：斩！

　　滦州的户书①叶德宇在于成龙巡查过程中因贪腐行为被揪出，但他在审讯中坚称自己向民间摊派的事上级并不知情，这引起了于成龙高度警觉。他疑心这是叶德宇和上级订立了攻守同盟，很有可能是其对上司做的丢卒保车式的掩护，于是他下令反复调查核实。

核实后的结果与自己当初向刑部上报的情况确有出入，他实事求是予以了说明，并对初步做出的处罚做了调整：上级徐原本②在这个情节上只承担对下属所作所为失察的责任。责任界定清楚。官员不光要管好自己，也要管好自己的下级。于成龙办案的不偏不倚、公正严谨可见一斑。

十月十八日，于成龙在请示严惩已革职滦州知州徐原本手下户书叶德宇的上书中说：

"叶德宇假借清查登记人口时造册需要纸张、人工等理由，正赋之外私自向民间摊派索取费用：勒索长港社银子三十两，柏三社银子三十两，梅二社银子十七两，平原屯银子十六两，共得银九十三两据为己有。

"臣在原来的本章中称徐原本指名向民间摊派是根据访查与揭发的证据，现在叶德宇称徐原本毫无染指，臣恐怕这其中有逃脱推卸罪名的情况，于是批示从严审问。经再三刑讯，叶德宇坚称与徐原本无关。后又质问里长王子纯、皂隶王平吾等人，这些人都供述这是叶德宇私自摊派并非官家摊派。臣亲自审问，这些人的供述没有差异。叶德宇应根据'衙役勒索敲诈取得十两银子以上的'和妻子一起安插到奉天……"

十月二十六日，皇帝下旨刑部核查议定。

十一月十四日，刑部核查后判定将"滦州知州徐原本以'对叶德宇私自摊派行为毫无觉察'为由革职，叶德宇和妻子流放奉天。皂隶王平吾见到叶德宇私自摊派知情不报，得钱五百文，处三十板，革除差事……"。

---

① 户书：县级负责户口管理的文职人员。
② 徐原本：奉天辽阳人，荫生，康熙二十四年任。

十一月十六日，皇帝下旨：“依议。”

时至今日，部分村落的名字还能查到踪迹，但这些陈年往事却早已被清风吹散。这方土地上的人们还有几人知道曾发生在这里的故事？

于成龙特别注意对恶霸盘踞窝点犁庭扫穴式的清除，太监王启宇的落网，让他将炯炯目光聚焦在房山。至今房山尚有“于成龙微服私访”的传说。

“东顶上”[①]窑洞这个藏污纳垢的毒瘤已存在非止一日，要想彻底肃清绝非易事。这不，他在给皇帝的上书开头就从“普天之下，率土之滨”这样的大处着笔，历数这个法外之地的危害，让皇帝看了也不禁会面部表情严肃，甚至将于成龙的上书重重放在龙案上，对着大学士好一顿慷慨激昂的议论。总之，这些恶霸的好日子算到头了。

十月十八日，于成龙上书请求清查房山“东顶上”窑洞容留人员：

“普天之下，率土之滨，都归属依附版图管理，而房山县境内却有个叫‘东顶上’的窑洞，土豪、旗人中的恶棍在那里盘踞。每个大窑一二百人，小的窑也有八九十人，没有名字户籍，一向不服从当地官员的检查。太监王启宇逃跑后就藏在王三找子的窑里。几年来，官府一直进行缉拿却没人知道他逃到了哪里。若不是房山知县王又汧[②]想方设法进行侦查缉拿，那王启宇就永无被抓获时……

“王启宇是宫内太监，这些人尚且胆敢容留，那其他外逃的强盗，潜藏此地的又不知有多少。除太监王启宇已押解兵部督捕厅审理定罪，容留王启宇的王三找子需等到巡道提审后押解兵部发落之外，如果各处窑洞不责令地方官将其编入保甲检查，那其中藏匿的匪类将来不知要发展到什么地步。

“相应请旨令兵部商议，将现在窑主中是旗人的由臣命房山县统一稽查。现在窑洞要将所有人逐一查明籍贯、姓名报到县里备案，如果有逃犯强盗要据实自首报告，可免除从前隐藏盗贼的罪责；如果将法律当作玩耍而不遵照执行，请示应如何追究整治。希望能够职守专一，让法治得以施行，奸徒无处藏身，地方上安宁静谧。”

十月二十六日，皇帝下旨兵部：“严查，商议后上奏。”

---

① 东顶上：今北京市房山区东顶尖。

② 王又汧：字孝西，上海松江人，顺治十八年进士。

十一月十六日，兵经部核查商议后，上报皇帝说："……今后，将开窑的八旗包衣、佐领的人也让地方官统一编入保甲，设立甲长，对该甲内人员不时加以严查，如果有玩法不遵的由地方官捉拿并押解刑部按律例治罪即可。"

十一月十八日，皇帝"依议"。

将这个法外之地划入地方管理的范畴是直隶地方治理管控的重大进展。于成龙在直隶织就的这张法网更加严密了。这项措施削弱了某些不法旗人的特权，将"旗民一体"实质性推进了一步。有些过去无法无天的人对于成龙恨之入骨，但那些饱受欺凌的百姓将是另一番感受。

十月二十四日，于成龙举荐卢龙①知县卫立鼎②的本章递上了皇帝案头。

皇帝问道："于成龙推荐的卢龙知县卫立鼎怎么样？"

王熙启奏："格尔古德在直隶做巡抚时，就曾举荐过此人。只是卢龙距离京城遥远，臣知道得并不详细。"

王熙虽表示不太了解这个卢龙知县，但提醒皇帝，这个人算上格尔古德就有两任直隶巡抚推荐过了。实质上，格尔古德前边的直隶巡抚于北溟也曾对卫立鼎大力褒扬举荐。于北溟、格尔古德是皇帝非常认可的直隶巡抚，这次算上于成龙就有三位直隶巡抚举荐了，卫立鼎迎来了晋升的机遇。

皇帝说："这次举荐的奏折里还有原任巡抚鄂恺、崔澄所荐之人，鄂恺、崔澄居官太差，他们所荐之人岂能使用！"

明珠等人启奏："皇上所见极是。"

卫立鼎是康熙二年举人，后被任命为直隶卢龙知县。到任后，他废除了支应驿站来往的耗费对百姓的拖累，革除了征收钱粮过程中的诸多弊端。他清正廉明，兴行教化，奖拔士类，丕变风俗，尤以清廉著称。

于北溟任直隶巡抚时将卫立鼎考核第一，灵寿县知县陆陇其当时位列第二。格尔古德任直隶巡抚时到过卢龙，他对卫立鼎说："你当了知县还像当秀才时那么清苦。当秀才时清苦为自己，现在你做知县清苦为的是百姓快乐，这不就是苦中有乐吗？现在的清苦比做秀才时清苦更有意义。"格尔古德也在大计时将卫

---

① 卢龙：今隶属河北省秦皇岛市。

② 卫立鼎：山西阳城人道济里三甲人，字慎之。康熙二年举人，十九年任直隶卢龙县知县。为官清廉，二十五年，因于成龙举循吏，官至户部郎中、福建福州知府。卒年七十六。有《约斋诗文集》。

立鼎考核第一。

刑部尚书魏象枢巡查卢龙，没有吃饭，只喝了卫立鼎一杯茶。魏象枢笑着对卫立鼎说："你这个知县喝的是卢龙的水，今天我也喝你一杯水。"所有大案子处理时，魏象枢都非常尊重卫立鼎的意见。

卫立鼎说："百姓无知，做官的人要对他们心存怜悯，不能幸灾乐祸。"

魏象枢十分赞同他的话。

经于成龙此次举荐，卫立鼎很快升任户部郎中，后来又做了福建福州知府，告老还乡后，倡导乡里青年研读儒学，深受爱戴，七十六岁去世。

数月之间，于成龙将直隶积案基本处理完毕，按郭棻等人文章中的说法，整个直隶的吏治、治安等方面情况得到了根本性的扭转。上报到保定巡抚衙门的案件线索开始变得稀少，于成龙并没有歇歇脚、喘口气的想法。他要乘势扩大战果：他决定亲自下去看一看。

微服私访是我们经常在影视剧中看到的情节，由此演绎出很多带有传奇色彩的故事来，其中特别为人津津乐道的是皇帝微服私访，一直为戏剧家钟爱：打扮成富家公子的皇帝手拿一把风雅的折扇，身后跟着几个看似管家的得意大臣，侍卫们则躲得远远的，做游戏一般地除暴安良。

于成龙的微服私访到底是什么样子，又怎么就能够走出古今"暗访"变"明察"的怪圈？这次下去又有多少人开始变得惶惶不可终日、茶饭不思？

十月二十四日，于成龙上书请求出巡真定、顺天、广平、大名等四府。

上书中说：

"臣才能简陋，历任州县，没有什么长处，蒙皇上不因臣才能短浅，几年之间破格提拔臣直隶巡抚。受命以来，臣深切体会皇上用臣之意，以检察官吏安抚百姓作为头等大事。下属官员的好坏，地方上的利弊得失，没有不广咨博询的。

"不过直隶幅员广大辽阔，查访起来难以周到详尽。比如城池是郡城的保障，有的本来能修建开掘却借口工程费用浩大不能及时整修；免除钱粮之事关系国计民生，有的田地禾苗稍微有点损伤，就捏造称遭受重灾，上报不实；有的把编排保甲当成一纸空文；或者虽有蛀虫恶棍却包庇不予检举；或者是将士平庸懦弱怠慢防御；有的下属官员贪污却千方百计弥补掩饰……因此，臣需要亲自巡查才能不被欺骗蒙蔽。

"就任前，臣向皇上告辞时曾报告过这个想法，得到皇上允许。从前积案现已大部分结清。臣十月二十四日起行，除几名家丁和几名衙役护卫皇帝任命印章外，随身只带一名抚标①千总，数名标兵保卫。上述人员口粮由臣自己提供，沿途看哪里方便就在哪里住宿。

"臣会严禁铺张摆设，严禁下属官员迎来送往，也不干扰驿站。请求皇上不要把此次巡查的情况登上'邸抄'②遍发地方官员让他们提前知道。臣准备采取秘密出行方式，不让地方上立即知道，防止官员预先作假掩饰，以便了解到真实情况而不被蒙蔽。"

读罢这则上书，想必大家会有历史的穿越感，脑补出很多于成龙微服私访的画面来。

这一暗访不要紧，武强③县令倒下了。于成龙在上书中称此人"居心残忍刻薄"。那这个县令到底犯了什么事？这严肃法纪与草菅人命之间的界限如何守住？明镜高悬的青天大人与酷吏之间只有一步之遥。这真是个千古难题。

这被于成龙上书拿下的武强县知县名叫潘拱辰④。

于成龙在上书中说：

"县令应与百姓最亲，必须慈爱，平易近人，慎重诉讼官司和动刑，这样才不辜负作为百姓管理者的重任。臣体察皇上爱护养育百姓的深情，只恐怕下属有滥用刑法残酷虐待百姓的，不啻再二再三严饬……

"即使这样，仍然有真定府武强县知县潘拱辰，因百姓耿运昌被雇主宋亮工（贡生）打死，耿运昌妻到衙门控告时，对白大青、戴银等七名无辜人员动用包括夹棍在内的几种酷刑审讯，被审讯者中还有一名年过七旬的老人宋迈众，致使民怨沸腾。潘拱辰居心残忍刻薄，对无辜平民滥用酷刑，目无法纪，难以姑息他再在百姓头上。请皇上下旨刑部惩处。"

皇帝下旨："将所弹劾的居心残忍刻毒滥用酷刑的潘拱辰革职，由该巡抚提

---

① 抚标：明清时巡抚直辖的军队。

② 邸抄：亦作"邸钞"，即邸报，并有"朝报""条报""杂报"之称，四者皆用"报"字，可见它是用于通报的一种公告性新闻，是专门用于朝廷传知朝政的文书和政治情报的新闻文抄。

③ 武强：今隶属河北省衡水市，位于河北省东南部。

④ 潘拱辰：无锡人。监生。初为北直武强县知县，于康熙三十六年补任松溪知县。

审追究拟罪，报刑部。"

十月二十七日，于成龙传檄到达宣化，令口北道王骘立即核实乔应举供词内容是否属实：一、查明道、府官员是否因收受被告陈其友贿赂压下控告；二、乔应举是否与被告陈其友存在主仆关系，因而陈其友存在灭人伦要杀害主人情节；三、是否存在衙役收受贿赂玩弄法律情节。这是乔应举被押解到保定经由于成龙审问时于成龙从口供中发现的问题，他要一一查实，绝不放过任何蛛丝马迹。

王骘接到指令，二十九日就命南路厅提审相关人员。十二月六日，全部人员到宣化听审。王骘查明：厅衙役李蛟龙趁给乔应举下传票时曾经索要了二两差钱，虽然用刑审问但李蛟龙拒不承认，但赫仪指天发誓，证明李蛟龙绝对曾经索要差钱。乔应举供词中的其他说法则是毫无根据的连篇鬼话，纯属诬告。

这是由房间无主空地归属引发的案件。乔应举为报复案件另一方陈其友，企图借官方之手惩罚陈其友，于是信口雌黄，这将被于成龙以诬告罪惩处，可谓偷鸡不成蚀把米；厅衙役李蛟龙借职务之便索要财物，丢掉饭碗之外还会受到肉体上的惩罚。这一切都瞒不过于成龙的眼睛。

时间进入了康熙二十五年腊月，于成龙是不是也和普通百姓一样在做过年的准备？没有。过了腊八就是年，这渐浓的年味似乎对于成龙没有什么影响。初八那天拟就的几道请求减轻百姓负担的奏章飞上了康熙皇帝的案头。奏章的核心就是减免。皇帝将所奏内容发给户部，想必户部的官员都会一声长叹：于大人啊于大人，都快过年了您怎么还不消停消停啊？老几位，快看看他这次又写的啥？

于成龙这次上书主要是请求清除拖累民生的五个事项。

注意，一个折子上就是五项。怪不得连皇帝都说于成龙"戆"。于成龙满心里要解百姓倒悬之苦，这过年的事要么是让他扔到脑后了，要么就是有意找这个时间点，让皇帝趁着过年的高兴劲把这事痛快答应了。

第一件事是关于朝廷征收芝麻、花绒[①]的事。

上书中说：

---

① 花绒：棉花绒。脱去棉籽之后的皮棉。

"真定、顺天、广平、大名等四府每年上交朝廷芝麻数为一千二百七十二石八斗六升，每石芝麻部定价格一两银子；花绒一万七千三百三十二斤，每斤花绒定价七分。采买价格之外，雇车运送加上看守的费用超过芝麻、花绒本身。好的官员赔垫不起，那些品行不端的就会借机摊派负担给百姓，百姓受到的拖累一言难尽。

"即使严加查禁，清河县知县杨应雄、成安县① 知县张元士仍然额外加派给百姓负担，以致民怨沸腾。臣以为可照处理狐皮征收现银的办法，改征芝麻、花绒部定价格银两，解除百姓困苦。"

户部会议后决定"暂停向直隶征收芝麻、花绒实物，改为征收银两，待官仓库存三千九百八十二石芝麻、五万五千四百余斤花绒用完之后，再向直隶等地方征收芝麻、花绒实物"。

户部的回应还是比较令人满意的。地方上为上交实物而额外负担的费用一下子就免除了，于成龙算又给直隶百姓办了一件实在事。户部这么爽快也是因官仓库存量还很大，再征收实物恐怕贮存保管也会发生困难，因此顺水推舟成就了这桩好事。

第二项建议是自康熙二十六年后直隶各地免于刊刻《易知由单》②。

这"易知"就是"容易知道"或是"易懂"的意思，"由"就是事由，《易知由单》相当于现代的征缴告知书或是通知单。向百姓征收钱粮之前先发这么个单子打个招呼，作为准备钱粮的提醒、将来查考的依据。

于成龙看着这个单子别扭，百折不回，倒腾了好几年，最终促成皇帝下旨全国停刊。于成龙对自己看好的事到底干起来是个什么劲头，这真得慢慢品读。

于成龙认为：

"各地按土地人口征收钱粮数目与上一年相同，虽《易知由单》使百姓便于了解自己需要缴纳钱粮的数量，堵塞品行不端的官吏任意加码。刊刻《易知由单》需要有版、纸张、人工钱、饭钱等消耗，这笔消耗没有上级拨付的专款，

---

① 成安县：在属河北省邯郸市。
② 《易知由单》：明中期以后采用的在田赋征课前发给各纳税户令其限期缴纳的通知单。各州县将本地各等次的田亩面积、人丁总数及其应负担的各种赋税总额，以及本地应运出、应存留的钱粮数量等项印制成单，然后将各税户田亩、人丁及其应缴税额分别填于单上，在田赋开征之前发给各纳税户，限期按单缴税。此办法于明正德初年由地方刊行。

不得不向民间加派,有时项目计算有误,各级驳回检查,一张单子需要改刻几次,品行不端的官员就会借机向民间加派负担。

"单子上所写的内容就是《赋役全书》和《地丁奏销册》里所写的,部里和地方的大户百姓可通过这两部全书进行查考,一般百姓根本不识字看不懂单子上的内容。虽每年耗费银两进行刊刻,除去增加贪官向百姓借机分派负担外,名义上便民,实际上拖累百姓,建议从康熙二十六年开始不再刊刻这个单子。"

于成龙所讲的道理就是这个《易知由单》从理论上看起来有用处但从实际运作上来看作用不大,流于形式,而且这个形式最主要的是加重了百姓负担。户部这次没有顺水推舟附议,而是火力全开地回怼。读者也不妨做个裁判,看看谁说得在理儿。

户部会议认为:"各省每年按人口土地征收的钱粮数既有新开垦荒地,新增征收数也有因灾减少征收数的变化,必须刊刻到《易知由单》上去才能使百姓便于缴纳,部里也容易按单予以清查。如果不再刊刻此单,百姓不会清楚知道自己应交数量,不良官员也会趁机多征少报或者是把好地当成荒地上报,户部核查也困难重重。"不能同意于成龙的意见。

这意思就是不给单子那征收依据是什么,将来检查也是个麻烦事,你于大人把事说得也太简单了吧。

三是建议免除地方买办梨木板片。

于成龙说:"工部每年要求直隶采买梨木板片,但直隶地方较少出产梨木,不得不分派到民间多方购买,如果再出现不能使用的板子,工部驳回后还得另行采买,这样反复多次,民间负担较大,建议工部在京城就近采买。"

于成龙说的这个梨木板是印制图书雕版用的。梨木质地细腻坚硬,适合惟妙惟肖表达图文细节,而且遇水不易变形,便于保存和重复使用。

工部会议后驳回。

皇帝命九卿再议,最后同意如因所需梨木板尺寸特殊,工部确实在京采办困难仍需直隶地方代为购买之外,停止委托直隶代买并运送到京师的差使。

皇帝的意见算折中了一下:购买梨木板尽量由工部自行解决,不要什么事都推给地方,除非万不得已。总算对此事有了交代。

四是建议调整按人口定量分派"盐引"的政策。

这个建议现在看起来有点离奇,详细看于成龙奏章里所描述的情况,可谓触目惊心：一是清廷对食盐购销采取了极其严酷的政策，二是百姓因官家强行要求购买食盐而苦不堪言。

于成龙说：

"食盐是民间每日必须使用的东西，既不能禁止百姓不买，也不能强迫百姓多买。从前是按各州县人口多少确定购买食盐数量发给凭证，繁华地方赶上丰收年或者贫穷地方赶上歉收时能平易盐价，禁止私自贩卖。近年来，直隶地方水旱灾害较多，民不聊生，连正式按地按人口征收的钱粮都经常发生逃欠。遇上这种灾害，正式的赋税往往蒙皇恩予以免除，唯有食盐费用的征收没有变化。

"百姓苦于食盐价格高而宁可吃得淡一些。盐商担心完不成就按人口定量分派给百姓购买。每名百姓每个月需要购买二三斤甚至五斤七斤食盐。即使是外出谋生或者外出做工匠、服兵役的也要求妇女领回去。过去每斤食盐七八文钱，现在涨到每斤十四五文钱。这样一来，每个人每年分派购买食盐二三十斤乃至五十六十斤，花费四五钱到七八钱不等，十口之家因买盐的费用就达到四五两乃至七八两。

"贫民连日常生活都不能自给自足，不能多买食盐就会被登记造册送交官府。此项事务按月考核，官员比害怕考核正式赋税还害怕这项考核。百姓有余力购买的忍气吞声，无力购买的有冤无处诉，官吏和百姓都非常困苦。内黄①、元城②、南乐③等县没有不是这种情况的，魏县④情况最为严重，百姓纷纷要求减少买盐数量，降低食盐价格。

"臣因此项事务由专门官署负责，不敢越俎代庖。但臣巡查地方时目睹了百姓困苦的情况，又不敢不据实上书让皇帝知道此事。可否根据直隶地方贫富情况将购盐数量予以调整，稍微平易一下食盐价格，听由百姓根据家庭情况自行购买，希望这样既可完成盐商销售食盐差事，百姓生活也可得到些复苏。"

户部否定了于成龙的建议，理由是在此之前按皇上旨意派侍郎石柱前往长芦，按各地人口多少分派食盐定量已由九卿议定执行，更改定量凭证会造成意见纷纭，损伤国家收入，等等。食盐专卖，施行严格的管控，朝廷有多方面的

---

① 内黄：今隶属河南省安阳市。
② 元城：今河北省大名县一带。
③ 南乐：今隶属河南省濮阳市。
④ 魏县：今属河北省邯郸市管辖。

考虑。于成龙在寻求让百姓民生复苏的方法。

五是上书建议免除内黄县百姓包赔粮食。

上书中说：

"内黄县城南、司马村①等十八个村共有一百多顷盐碱地，寸草不生。臣巡查此地时，村民李光来等人申诉说此地寸草不生，只能是晒土制作卤盐。顺治初年，这里就是靠晒盐完成赋税的。后来朝廷禁止私自制盐，要求这里补交朝廷按地亩数算定的粮食。十八个村两千六百口人生活无衣无食痛苦不堪。

"恳请朝廷允许百姓可以煎制卤盐来完成赋税。这也是无可奈何的万不得已之计。臣知道朝廷严禁私盐，难容百姓煎制，只能包赔钱粮。臣看到百姓贫困不堪不能坐视不管，恳请皇帝能够指派官员确查土地亩数重新登记造册之外，从康熙二十六年开始免除本地百姓没有可资耕种的土地却要包赔钱粮的痛苦。"

户部会议认为，"内黄县钱粮征收每年都是按规定进行的，《全书》中没有见到'卤地'②字样，况且各地土地也没有盐碱地不征粮的先例等等"，没有采纳于成龙的意见。

户部这一次断然否决了于成龙的提议，认为要以原始档案记录为准，不能说免就免。那问题出在哪里？为什么最初登记土地时没有标记盐碱地？如果有过标记至少可少征钱粮。退一万步说，百姓正在那里受苦是铁的事实，这账本上就算没写盐碱地，而与实际情况不符，朝廷应怎么处理？！

这还没完，就在同一天，于成龙另有上书减免百姓负担，只不过这次是针对具体情况作出的申请。

十二月初八日，于成龙上书建议免除对水淹沙地征缴钱粮。

上书说：

"臣巡查顺德府③的任县，真定府④的宁晋县，广平府⑤的成安县，屡次遇到百姓控告土地受到水淹沙埋难以耕种，朝廷要求百姓包赔钱粮的情况。经随行

---

① 司马村：今河南省安阳市内黄县司马村。

② 卤地：盐碱地。

③ 顺德府：河北省邢台市在明清时的称呼。

④ 真定府：河北省石家庄市正定县古称。

⑤ 广平府：治所在今河北省邯郸市永年区广府镇，辖成安等九县。

道府官员勘察，任县地势低洼，不少河流汇入此地。现在滏河淤塞，积水不能排出导致此地成了水泊，共淹没土地七百八十多顷；成安县临近漳河，漳河大堤屡次坍塌导致水淹良田。从康熙二十三年秋天开始秋雨连绵，激流冲垮大堤淹没二百多顷土地。

"顺天、真定、广平三府连年庄稼歉收，民生困苦，缴纳正赋已非常艰难，如果再要求百姓包赔根本无法耕种农田的钱粮，势必造成百姓流离失所。恳请皇帝免除对这些水淹沙压农田的征缴，等积水退去、土地可耕种的当年再开始征收钱粮，希望可使百姓因此得到再生。"

因有别于针对改变长期政策的申请，所以于成龙将其写在另一折子上递进了朝廷。大过年的，于成龙给圣上送过去的礼物可真不少。他似乎无所顾忌的做法实际上就是他爱护百姓、忠于国家的最好体现。

同一天，即十二月初八日，于成龙上书请求皇帝破例起用邵嗣尧、陈伟①、宋燦②三人。

这三名官员离职各有原因，其中邵嗣尧和宋燦两人还是因事被革职。于成龙这样倾情推荐这三个人主要是看中了他们在百姓中享有的崇高威望。

他被百姓落下的眼泪所震撼和感动，他是否由此想到了自己在乐亭和通州时候的遭遇了呢？百姓苦苦挽留的官就是他于成龙喜欢的官。他没别人那么多顾忌，虽然为这三人重新启用历尽波折。

唯其有难度，结果才更显珍贵。

上书中说：

"臣看到，原柏乡县知县邵嗣尧因康熙二十二年滥用酷刑被革职，原元城县③知县陈伟在康熙十六年丁忧离任，邯郸县知县宋燦在康熙二十五年因兼职不慎重被革职，这三个人都已离任很久了。

"现在臣到这三人原来供职的县里，都有千百人环绕着臣马头哭诉这几个人在任时廉洁爱民的情况。呼天抢地，边说边哭，更有平常只知道耕种土地，连

---

① 陈伟：字宏子，号兰涯，闽县籍莆田人。顺治丁酉举人。后任元城县令。康熙十五年曾编修《元城县志》。

② 宋燦：辽阳人，康熙二十一年任邯郸县知县，监生。

③ 元城县：古县名，与大名同城而治。民国并入大名县。即今河北邯郸大名城区。

城里都没有来过的七八十岁老人，也携带干粮挂着拐杖蹒跚着赶来，同声呼吁，言辞极其恳切。

"臣想这几位官员如果在任时没有好的教化得到民心，做事感人到极点，现在离他们离任的时间比较长了，或者是已离任，怎么能让官员百姓众口一词爱戴不忘。臣查到这样离职的官员没有还给职务的先例。

"臣体察到皇上爱护养育百姓求贤若渴的迫切心情。臣既然见到了这三位官员离任后百姓感念落泪，大家怀念爱戴他们，臣不敢默不作声不让皇上知道，犯下遮挡贤臣的罪过，因此详细上报民情，并非臣敢违规保举他们。"

听到于成龙到来，百姓想要和他表达的话太多了。这就是百姓对于成龙的信任和爱戴。

这里不妨简略介绍一下陈伟。

陈伟是顺治年间的举人，康熙十二年左右做了元城知县。到任之初，他废除供给驿马多余费用；整顿了城关管理的政策；革除了门兵索要及对乡里的胡乱摊派；修正县界，修理学宫，严禁酷刑，节制反复刑罚；设立保甲，更新栅栏关隘，修整县衙，修筑城墙，疏浚护城河。四年间没有苟且懈怠。

陈伟堂上有一副对联："和风甘雨郊原外，白日青天笔研头。"宅内有联："官既居最难处位，品须学第一流人。"足见陈伟谨持操守，志向不凡。

十二月十七日，皇帝下旨吏部商议后上奏。

于成龙积极向朝廷推荐廉吏能臣，开州①知州马汝骁②因能干进入了他的视野。对于能干的这个细节，于成龙不仅源于自己亲眼所见，更有下级汇报，而且为慎重起见还专门派人去核实后续工程完成情况，直到完全属实才落笔写了这道为他请功的表章。推荐他人即使在三百多年前也马虎不得。

前直隶巡抚崔澄就是因考核官吏时将永平知府佟世锡的考核等级判定为"卓异"，推荐他人不成，反让自己丢了官。这种大失水准的推荐未必是无心之作，很有可能就是有心栽花，刻意为之。

我们通过于成龙的表章可知道这个知州马汝骁的确很能干。

康熙二十五年年底，于成龙上书请求为开州知州马汝骁记功：

---

① 开州：今河南省濮阳地区。
② 马汝骁：字天行，奉天辽阳人，荫生，康熙二十年任开州知州。

"臣看到州县这个职位专管里社百姓，责任重大。如果官员平庸，低劣无能而失于检点，贻误政务，当然难以姑息，不能让他再耽误地方事务。如果勤奋、敏捷履职，实心实意干事，也应当鼓励，宣扬勉励其他官员。

"据守道参议朱宏祚报告说，'开州知州马汝骁在清查隐瞒土地时开导有方，当地的绅士百姓都甘心情愿自己上报。共清查出土地二百六十三顷六十八亩五分，应征收粮款八百一十九两六钱八分。另外直隶所属地方城墙倒塌严重，圣旨要求修理。开州城墙宽大但倒塌损坏得很厉害。马汝骁极力倡导鼓励士绅捐款修理。士绅踊跃参加，互相鼓励捐助，将几十年倒塌的城墙修葺一新'。

"臣从康熙二十五年十一月到直隶南部巡查，曾亲自到过开州查看城墙护城河。开州是土城，当时砖垛和道路已更新铺设完成，只是南北两个城楼还没有完工，但已焕然改观。到现在臣又派官员前去查验，确实已修整坚固，全部完工。清查出的地亩充裕了国家收入，修葺的城墙保卫了百姓生活，都对于政治有益。马汝骁尽心尽力办公，尽忠职守，请皇上下旨吏部商议给他记功以示鼓励。

"另外，清查出的土地亩数应从康熙二十一年起征收钱粮，康熙二十六年的钱粮既然皇上已免除，这发现的地亩钱粮是否可一起免除？臣已造册分别送给户部、工部，请皇上下旨施行。"

康熙二十六年正月二十六日，户部复查同意后上报皇帝，二十八日，皇帝下旨："依议。"

快过年了，不是每个人都能欢天喜地。

为了直隶地方稳定，京城安宁，于成龙殚精竭虑，做出了细致的安排，对官员提出了更严格要求，再三再四告诫。

腊月初九，于成龙亲自巡察，结果让他吃了一惊：竟然有官员如此玩忽职守！怪不得盗贼如此肆无忌惮！——既然你不能保证百姓安全过年，那你们老几位也就别想高高兴兴过年了。

十二月十四日，于成龙便上书要求惩办失职千总[①]王朝干等。

---

① 千总：清代绿营兵编制，营以下为汛，以千总、把总统领之，称"营千总"，为正六品武官，把总为七品武官。

上书中说：

"臣时刻把捕盗安民放在首位，在村庄严格保甲，清查奸人，在道路上有将士以资防御。臣和镇守官员对要冲及偏僻之处进行斟酌，凡防区要冲之地，每个墩台增加兵丁，命他们与各墩台联络捕盗，务必使林间无警，道路安宁。申饬告诫不止再三再四。不料良乡一带大路盗贼往来奔驰，守卫墩台的将官竟置若罔闻。

"今年十二月初九日，骑马盗贼在良乡南窦店北边肆无忌惮抢劫百姓，官兵置若罔闻。臣秘密派遣官员询问墩台上放哨的士兵为什么不去追捕，士兵回答：'有贼没贼，理他干什么?！'兵丁如此胆大包天玩忽职守，完全是军官管理不严所致。这样的防守官兵不仅仅是虚耗钱粮，实际上更是纵容盗贼，祸害百姓。

"臣听报告后大为惊讶。良乡防区千总王朝干、分工防守窦店的把总张元世、拱极城游击①刘虎、涿州营参将朱翰应特别上书予以弹劾，以整肃营垒防守，安定地方。至于良乡被抢劫旅客是否报案，现在已行文巡道佥事胡献徵调查。臣谨会同天津镇总兵刘国轩一起上书，请求皇上下旨兵部，商议处理上述人员。"

刘国轩有勇有谋，曾是郑成功手下，康熙二十二年，清廷收复台湾，他力主归顺清廷。统一后，清廷将他安排到天津总兵的位子上，一则重用，二则便于掌控，考虑得比较多。

康熙二十六年正月二十三日，皇帝下旨："王朝干等人要严加处理上奏。"

康熙二十六年二月十二日，兵部商议后上奏："……武职官员傲慢以致废弛营伍的革职；没有查出的降一级留任。拟将千总王朝干、把总张元世革职，参将朱翰、游击刘虎各有四次军功，应削去一次。"

二月十四日，皇帝下旨："依议。"

如果认为这是因不负责任的兵油子出言不慎导致几个长官受到牵累，那就大错特错了。兵丁漫不经心的表现正是官员日常管束不到位的表征。

另一边，下河之争还在继续。于成龙离开督理下河按察使的位子之后，孙在丰受命接替于成龙整治下河。很显然，孙在丰更敌不住靳辅，显得比较弱。

---

① 游击：武官游击将军简称。清绿营兵军官有游击，秩从三品，位次参将，为将军、督、抚、提、镇分领营兵，也有充各镇中军官者。

我们需要了解一下于成龙背后发生的事，这有利于我们理解未来他所遇到的一切。

靳辅在上游控制着闸坝，就是不配合管控来水。这招可真厉害。

靳辅有自己的理由：我如果不向下放水，我这边的大堤承受不住，出了问题谁负责？！皇帝疏浚下河的决心又受挫了。九卿两头不得罪，给皇帝出主意让靳辅进京直接面圣汇报：还是让皇帝自己定，说来说去就是自己没有个肯定的说法。不看这个内容，列位恐怕真的以为康熙皇帝是金口玉言，容不得半点折扣。

实际上，从任命于成龙整治下河开始，皇帝就陷入了困境：下河百姓明明白白在受苦，呼天抢地想让圣明的天子救苦救难，可百姓不知道皇帝想要把积水放掉也绝非易事。

皇帝每天走过来走过去端详着河图运气，还时不时地找个大臣议论一番，可想要工程有实质性的进展那是难上加难。

看皇帝的议论就知道他现在气不打一处来：好端端的治河却怎么都统筹不起来，上下游各管一段不说，治河的官员还对着较劲，这河可怎么治？！

靳辅也把自己推进了进退维谷的境地：配合下游疏浚吧，那就是自己原来坚持的错了，自我打脸；不配合吧，这么顶着劲不要紧，下河的百姓可就遭了殃，时间久了能不出大事吗？

十二月十六日，康熙皇帝命九卿查靳辅有关减水坝堵塞说法并召靳辅进京。

大学士等人上奏说："监修下河的孙在丰请皇上'命河臣靳辅，看到水势稍小些就将减水坝全部关闭以便开挖疏浚下河'。"

皇帝说：

"刚才郎中郑都到了京城，对朕说他回来时就兴工开挖疏浚下河。朕对他说：'恐怕不能够即刻兴工吧！'现在孙在丰这样上书请，那他抗不过靳辅就是明摆着的事了。现在如果不将减水坝闸口关闭，那下河这边一面开挖疏浚，上边的河道一面向这边放水，那工程什么时候才能成功？！现在如果立即关闭，日后运河决堤，那靳辅就会有了借口。

"要找个两全的办法很难。可是之前靳辅曾上奏通过筑大堤约束河水归海，这个奏疏之中有没有关闭减水坝的说法呢？你们这些人和九卿要详细看一看，如果过去要关闭的话，现在孙在丰修理下河他又说不能关，行吗？"

同日，大学士会同工部尚书、侍郎等官员上奏说：

"臣等和九卿在查看靳辅和于成龙商议疏通下河的奏章中发现，靳辅确实有'准备将高邮州北面的小闸小坝全部关闭，在高邮州南边邵伯、镇南两处修造大石闸两座'等话。

"现在正值寒冬，并非大修河道时，况且孙在丰还没有动工，这两个人都应回京，那些减水坝是否应堵塞，让他们在九卿面前各抒己见。等到皇上亲自详细询问裁定后再动工似乎有益。"

皇帝说："下河绝对应开挖疏浚，断然不能停止。孙在丰不必让他到京城来。堵塞堤闸的地方，孙在丰怎么敢轻易说话，如果将来上河溃决，他担得起罪责吗？孙在丰请示的不过是上河不向下放水。假如靳辅治理下河使用开大河的方法，不堵塞这些放水口，他能在洪流中干事吗？让靳辅干下河，他肯定会把上游泄水口关闭。现在孙在丰干下河，靳辅又说不能关闭，这是不是有意阻挠啊?!"

王熙等人说："圣谕太英明了。靳辅从前的方法就要将各水口堵塞，现在又说不可闭塞，前后之言自相矛盾。皇帝圣明，又曾亲自到河岸考察，清楚河道情况，如果把靳辅召回问话，他自然就不能有所隐瞒了。"

皇帝转脸看着佛伦问："你以为何如？"

佛伦启奏："如果靳辅奏疏之中说明了不可闭塞的原因，皇上还可原谅。现在他不说原因，只是说不可闭塞减水坝，含含糊糊上奏。更何况他从前上奏说应闭塞。皇上睿智，下旨加以查看，最为公允妥当。"佛伦的说法就干脆是为靳辅开脱。按他的说法，靳辅你不关闸不要紧，要紧的是你没把不关闸的原因写清楚。

明珠奏曰："靳辅自背前言，皇上想到了他从前的奏疏，一令人查看，破绽马上就出来了。"明珠的侧重点还是在歌颂皇帝的睿智，臣子的小聪明怎么瞒得过圣明的皇帝呢。

皇帝说："就依你们所说召靳辅进京，朕当面问他。"

回到于成龙直隶扫痞灭霸的现场。

十二月十八日，于成龙上书刑部说明张九耐子杀人案相应情况。

张九耐子等人合伙贩运私盐，因官府对此稽查很严，殴打并致巡役宫起福等人死亡。

刑部接到于成龙上报案件后，要求查清："此案是否属于早有预谋，张九耐子等人将被害人引诱到预定地点谋杀后将尸体抛入河中的详情；被杀的宫起福等临时人员到底是由龙名雇佣还是由费济寰雇佣……"

于成龙责成守道参议胡献徵对犯人重新审问后亲自复审，确认："张九耐子等人属于预谋殴打而非预谋杀害，也不是在打死后抛尸河内；宫起福等人属于龙名临时雇佣，而并非常年雇佣的临时巡查人员。参与杀人的除刘某某已死亡外，吴之贵、张大秋两人仍按原定罪名惩罚。"

杀死官家人，背后没有更深层次的图谋，不过是个偶然事件。这个案子被于成龙轻轻画上句号。

十二月十八日，于成龙上书请求表彰昌平县吏目①石岱。

上书中说："安四儿偷窃昌平州海承锡家的驴子、马等牲口，等到拿获这些盗贼后，其中有个窝主季大托弟弟季三，用七两七钱银子央告有顶戴生员潘伊向吏目行贿，央求释放季大。吏目石岱据实揭发，将贿赂银子一起上交。石岱是干杂事的小官，没有接受贿赂，这是严格遵守法令的行为，理应鼓励。按惯例应在现任职务内加一级。"

皇帝下旨："依议。"

石岱在大是大非面前不糊涂，没有脚下一滑沦为盗窃集团的保护伞，说明了于成龙对于直隶吏治整顿成效显著。虽石岱的品级不高，但于成龙通过向皇帝为石岱请功再一次向全体直隶官员发出清晰而坚定的信号，可见其赏罚分明。

康熙二十六年（1687）

于成龙五十岁。

下河，又是下河；争论，还是争论。朝堂上的斗争旷日持久，这次是汤斌与靳辅的直接交锋。

靳辅在回答大学士关于减水坝是否能堵塞时明显在偷换概念。汤斌的议论

---

① 吏目：古代文官职务名，清为从八品、从九品或不入流。其职能通常总务杂役，为配置如太医院、兵马司的基层官员编制之一。

232 / 于成龙全传

则让人仿佛看到了下河的地形地貌，这是个长期在下河流域为官的人，这是个为了下河百姓心急如焚的人。皇帝此时像民间观棋的闲人。这是慎重还是优柔寡断？难道这就是所谓的"圣人不仁，以天下为刍狗"？

正月十七日，礼部尚书汤斌指责靳辅，并支持孙在丰开浚下河策略。

大学士在答复皇帝时说："臣等详细问了靳辅开挖下河应堵塞减水坝的地方。据他说高邮州南边的两个减水坝从正月可堵塞至五月，另外三个小的减水坝从正月可堵塞到三月，高邮州北边的减水坝也有能堵塞的，只有高家堰的减水坝断然不能堵塞。那些应堵塞的地方，靳辅与孙在丰商议时并没有商议出来，实在是不应当的，应将靳辅交给工部查处。"靳辅在避重就轻。

皇帝说："开挖疏浚下河关键不在高邮减水坝，关键在于高家堰的减水坝，现在不堵塞高家堰减水坝只堵塞高邮南边的减水坝有什么益处呢？"

皇帝召来靳辅问："九卿问你的和朕问你的有没有不同？"

靳辅说："有一处不同。大臣们说，如果堵塞淮河进入黄河水口，让水流入七州县，那下河的修治工程必然会延误。臣说修理上河的钱粮还发愁不够，哪会用来堵塞没有用的地方呢？况且黄河水势大就流入淮河，反之则流入黄河，这也不是能人为禁止的。臣要是阻挠治理下河能逃出国法的制裁吗？"

汤斌启奏：

"现在的云梯关与过去不同了。如果堵塞高家堰减水坝那淮河就会全部流入黄河，没有黄河水倒灌进入淮河的道理。从前河堤单薄，不修筑减水坝，黄河必然容易溃决。现在大堤高大坚固，如果堵塞减水坝使河水同流一处，那泥沙就不会停下来拥堵河道，河床也会逐渐深下来。

"靳辅唯恐黄河溃决，在南岸毛城铺等地方修筑减水坝让黄河之水进入洪泽湖；洪泽湖容不下又在高家堰筑减水坝让洪水进入运河；运河容不下又在高邮等处修筑减水坝让洪水进入七州县；现在七州县的洪水无处可去。不只是七州县的百姓遭灾，两三年后黄河、淮河以及三十六湖都失去停蓄功能，泛滥成灾，那连漕运都会令人担忧。

"皇上命堵塞高家堰减水坝修理下河，不只是七州县的百姓可逐渐安定有了活路，就是漕运也会永远受益。这是臣据理而言，应可行。"

靳辅上奏说："开挖疏浚下河让积水流入大海，虽看起来是个好办法，但下河开挖了恐怕海水会因此倒灌。"

皇帝说："开挖下河，海水断无倒灌之理。现在堵塞黄河南岸的毛城铺减水坝，那黄河水不进入洪泽湖，进入洪泽湖的只有淮河水，那高家堰大堤减水坝可堵塞一年，只有这样，开挖下河才能成功。"

第二天，旧事重提。靳辅狡辩说因为孙在丰从未谈到高家堰，所以他就只说高邮州等坝应该闭塞。

这靳辅只凭这话就足以治罪，很难想象这种顽劣狡猾不顾大局的议论出自堂堂的治河大臣之口：你不说，我知道也不说，真是包藏祸心之人。

明珠及时跟进弥缝，淡化靳辅有意为之的恶劣性质，他将靳辅的狡猾险恶当成了水平不如皇帝高，没有考虑周全。

余国柱也及时跟进，说孙在丰刚到那边，还未能熟悉情形。就算是臣等公议，也不过就知道个大概，不能清楚地知道水势。是说这件事孙在丰也有责任：你若不提议人家靳辅堵塞高家堰，人家当然就跟你谈不到这个高家堰。他怕这番议论过于露骨，就假意给孙在丰遮掩说在场的所有大臣哪个也都不真正了解治河。但这也是暗暗抬举了靳辅：你孙在丰不了解是正常的，治河这事你还真离不了靳辅！

汤斌在一旁气炸肺腑。他忍不住上前说道："皇上救民于河道淤堵的水灾之中，靳辅作为内大臣，皇上如此重用你，假如还有这样的私心，太辜负皇上的深恩了！"他把水灾再次放到首位，指出靳辅所作所为的恶劣性质。没人吭气。

佛伦："这个折子应誊写清楚呈皇上御览。"

这佛伦，这边议论了半天，按他说的意思，口说无凭，这东西必须落实到书面上。这不是拖延症。他吃准了康熙帝多疑的个性。这东西，明天皇上不一定怎么说呢。

皇帝轻轻点了点头。这个回合就算又过去了。

果不其然。

正月二十六日，明珠向皇帝报告九卿无异议，并说："假设今年雨水稀少，闸都可以不关闭了。"

皇帝说："是的。"

这让孙在丰欲哭无泪的关键问题，在明珠看来是个多余。

因在朝堂上指责靳辅，建议不要停止疏浚下河，汤斌也招来横祸。

九月，皇帝任命汤斌为工部尚书，升礼部左侍郎徐乾学为都察院左都御史。

很快，明珠、余国柱等人摘录汤斌的言论向上弹劾，汤斌之前在江苏时叹息自己"爱民有心，救民无术"的传闻在京城传开，他们断章取义把这作为对朝廷的诽谤，康熙帝传旨责问。

正赶上汤斌带病入朝，人们道听途说越传越广，听到的人都流下眼泪。住在京城的江南人，要击鼓为汤斌诉冤，后来知道没有这样的事，才散去。

听信明珠、余国柱等人谗言的皇帝也对汤斌的"讥讽之语"耿耿于怀，以致有一次对大学士们抱怨说："朕待汤斌不薄，而汤斌如此抱怨讪笑个不停，这是为什么？"

汤斌的话就像给皇帝着火的心里又浇了一瓢油。他不想承认过去在治河指挥方面的失误。这样下去，汤斌的话一定会成为后世对皇帝板上钉钉般的结论。

不久，汤斌染上重病，康熙二十六年十月十一日病逝于工部尚书任上，终年六十岁。

汤斌一生清正廉明，是实践程朱理学的倡导者，所到之处体恤民艰，弊绝风清，政绩斐然，被尊为"理学名臣"。据《觚剩续编》记载："其殁于京邸也，同官唁之。身卧板床，上衣敝蓝丝袄，下着褐色布裤。检其所遗，惟竹笥内俸银八两。昆山徐大司寇赙以二十金，乃能成殡。"

我们来看一位下河灾害的亲历者的感受吧。他叫施世纶，公正廉明，成为后世流传的民间文学《施公案》的原型人物，此时任泰州知州。他亲眼见证了洪水滔天，百姓遭遇的沉重灾难。他盼望朝廷迅速疏浚下河拯救黎民，望眼欲穿。但他等来的是一天比一天沉重的失望。来看看他的《下河感咏》，这首诗一点都不委婉，是典型的直抒胸臆，措辞极为大胆。我想在写作此诗时，他兴许忘掉这样说话的严重后果，但他和汤斌这些有良心的官员一样不吐不快了：

夕照沧波阔，征鸿去一群。

荒村惟见水，泽国但饶云。

尧日空虚度，禹功寂不闻。

未知疏凿意，拯溺愿如焚。

施世纶的慨叹非常有代表性。朝廷对百姓灾难麻木不仁、尸位素餐、毫不作为的态度彻底激怒了他们。

于成龙现在已远离了下河治理的风暴中心，正专心致志在直隶兴利除弊。

去年才担任天津税务的巢可托①，向朝廷提出了个设关征税的建议，而且此建议本来已得到了户部的认可，但于成龙坚决反对这个探头征税扰民累民的办法。

于成龙召集了相关各方的官员会聚保定巡抚衙门商议此举的利弊，最终让皇帝否决了这个表面上看来可为地方上增加收入的动议。研究经济的人士也许会对下边的文字更感兴趣。

正月二十日，于成龙上书报告关于天津盐关征税事宜，建议裁撤税课局。

天津盐关盐督巢可托上书皇帝建议在泊头②、莲儿窝③、赵北口④三处设立巡查拦截的卡子，向往来盐船收税。户部会议后同意了巢可托的建议。皇帝为慎重起见，命于成龙会同巢可托再次会商后上报。

于成龙在向皇帝汇报相关情况的奏疏中说：

"接到圣旨后，臣令守道参议朱宏祚将河间府各地方官员集合到保定，共同商议后认为，'落地税⑤与正税征收的比例不同，唯恐奸人避重就轻逃税。应将落地税合并到正税之中，货物那就可随时随地装卸转运了'。

"泊头、莲儿窝都在天津南三百里的地方，运河上从南边来的货物已在淮扬、临清各关口缴纳税金。凡发往京南各州县的货物肯定不能强迫它运到北边

---

① 巢可托：一作绰可托，字寄斋，阿颜觉罗氏。世居瓦瑚木地方。满洲正蓝旗人，累官刑部尚书、詹事府少詹事。著有《花雨松涛阁诗文集》。康熙二十五年任监督天津关税务兼理粮储。

② 泊头：今在河北省沧州境内泊头市。

③ 莲儿窝：今沧州市东光县连镇。地处五县交界，古时是水陆码头，两岸由肥城、宋家圈、曹家厢房、东光口、小郭庄等多个村落连起，逐步发展形成。因地势低洼，故亦名连窝镇。

④ 赵北口：今河北省雄安新区赵北口镇。

⑤ 落地税：清代杂税之一。即对各地城镇集市交易物品的课征。后成为厘金的一种。清前期的落地税全国没有统一税法，由地方官员随时酌收，无定额，附于关税征收。其收入地方留作公费，不入国税正项。

来，况且设关收税需要过关以后才产生税金，断不能没过关就收税。

"至于说赵北口，这个地方并没有通往天津的水路，从西边来天津的货物尤其与赵北口这个地方没有关系。臣认为应遵守过去制定的征税办法，不用在这三处设卡进行税务稽查。

"税课局大使这个职务是为征收落地税专门设立的，现在既然要将落地税并入正税征收，则税课局大使就是冗员，应予以裁撤，发给文书令其到吏部候补。"

二月十六日，皇帝批示："依议。"

税没征成，连收税的官员都当成冗员裁撤了。这就是力度。

整顿吏治并非一蹴而就的。上述三人在于成龙三令五申之下仍然违犯法纪。不管是哪个朝代，不管是哪个官员，一放松对自我约束，离出现问题就不远了。

于成龙巡抚直隶以来，不少官员因违法乱纪被"伐"倒。于成龙当然知道每个官员奋斗到现在都不容易，于是在处理这些官员时非常慎重。

他实事求是，勇于检视自己执政过程中的失误——哪怕是一点小小的瑕疵，以避免处理失当。

于成龙发现过去在处理大城县知县朱好义①问题上似乎力度偏大，根据实际情况似可挽回一些，他立即上书请求对原处理结果进行修正，却因吏部的断然否决出现了变数。

吏部仿佛和于成龙赌气一样，这次偏要维持于成龙原来的动议，难道是要看他的笑话吗？好在皇帝最后站出来让吏部反思，才使得最后的处理结果比较公允。

一波三折，难度不小。

二月初二，于成龙上书请求将原大城县知县朱好义官复原职。

"原任大城县知县朱好义因刘氏状告何三等人打死丈夫叶如松一案，未经详细审问就以赔偿刘氏烧埋银子结案。后来刘氏到原任直隶巡抚崔澄处状告，崔澄将此案发回道台审问。朱好义又没有及时将重要的人犯押解到道台那里审问，以致此案悬而未决。"原来这是发生在接近于成龙与崔澄交接时出现的遗留问题。

"道台将朱好义怠慢玩忽职守情况报告给臣。臣上书弹劾，吏部按'发生人命案不及时报告上司'将朱好义革职。臣将所有人犯全部拘齐后几次审讯得知，叶如松实际是被殴打后自缢身亡。臣将邵五虎、邵六虎、何三等人按'强力殴

---

① 朱好义：字质菴，镶红旗人。

打威逼致人死亡'分别将上述人等判徒刑、充军、杖责。援引大赦依据报吏部免罪，奉圣旨得到执行，被记录在案。

"现在让朱好义被牵连免职的罪犯既然沐浴了皇恩被免罪，那他因耽误公事被免官也请求皇上开恩宽恕，所以呈递请求，请皇上准许其恢复任职。

"臣又批示巡道金事胡献徽拿出核查意见。该巡道金事称：'因威逼自尽的案子原本不能和真正的命案相比，就是他延迟押解犯人也另有处理的惯例。只是因向上弹劾他时尚未审查出叶如松为威逼后死亡，所以吏部就按不报告真正人命案对他进行了处分。'现在罪犯都遇到了大赦盛典而朱好义单单被革职，实在是值得怜悯。

"臣等看到，处分官员，刑部自有惯例，臣怎敢冒失地让皇上费心呢。只是案子的真正罪犯邵五虎已因大赦免罪，问案的朱好义单单受到革职的责罚，按情理似乎是比较可怜。

"应否下旨刑部核查商议让他官复原职，按臣原来弹劾的'怠慢、玩忽职守'处分。使朱好义得以和邵五虎等人一起享受浩荡皇恩，自然在于皇上看一看的仁德，不是臣胆敢擅自请求的。既然据巡道金事把详情报来，臣按情理向皇上报告。祈求皇上睿智鉴别后执行。"

二月十三日，皇帝下旨给吏部："商议后上奏。"

二月二十九日，吏部回复："……于成龙请求将朱好义恢复原职不用再议……"

皇帝下旨："叶如松并非被人打死，先前将朱好义以'不报告'原因革职，现在既然经审讯知道'不实'再商议还说'不准'是否合适？命再议。"

吏部之后在回复皇帝的上书中说："……经查，刘氏将她丈夫叶如松命案控告原任大城县令朱好义时，并没有报告全部情况，隐瞒了有私下和解息讼情节，朱好义才断给她烧埋银子。直隶巡抚在上书中说了'叶如松实际是因自缢身亡，邵五虎等人已因大赦免罪，而问案的朱好义单单受到革职，确实可怜，请求将其恢复原来职务'等话，既然这样，将朱好义原职还给他即可。"

皇帝下旨："依议。"

后来，朱好义调任兵部督捕司员外郎，二十九年升任陕西延安府绥德州知州。

按道理说发配个犯了法的平民百姓对于直隶巡抚来说毫无难度可言，根本不用他操心。但在执行过程中，于成龙却要罕见地"高抬贵手"将人犯留下来，这是怎么回事？这样做有什么依据？他这样决定后竟有一群人跳起来反对，其中有着怎样的隐情？刑部看到后毫不犹豫否决了于成龙的建议，皇帝非常关注，参与了案件的探讨。到底于成龙和刑部谁对案情把握不准？

三月初九日，于成龙上书请示免除将东安县邵嗣昌发配尚阳堡以便其能赡养祖母。

上书中说：

"邵嗣昌是在东安县革职知县吴兆龙案子中免死但要发配到尚阳堡安插的犯人。刑部发文后，臣责成巡道佥事胡献徵追赃并安排流放派遣邵嗣昌的事。后来邵嗣昌的祖母毛氏到巡道衙门申诉，要求留下邵嗣昌来为她养老送终。

"案件批到东安县后查明，邵嗣昌确实是毛氏过继的孙子，之外就没有其他人了。竟有生员张淳等人到县衙状告毛氏捏造邵嗣昌为独生子，这些人被押解到巡道佥事胡献徵那里严加审讯。

"胡献徵报告说，毛氏确实是邵嗣昌祖父邵豫新的继室。因自己没有子嗣，邵豫新就将邵嗣昌从小过继为孙子。邵嗣昌虽从前有两个儿子，但长子早已过继给自己的亲大伯邵颖发，此事有东安县发给的执照为证；次子已死多年。向邵姓族长和邻居求证，都说毛氏确实是邵嗣昌的祖母，除去邵嗣昌之外没有其他赡养人。应否按惯例将邵嗣昌留下为毛氏养老送终，听候刑部定夺。

"张淳、田霖、曹钺、刘擎、杨言、扈翼升、刘进、张元庚、曹泓因与邵嗣昌有仇，捏造控告，应拟定杖责，准予折赎。再查，追赃时毛氏就曾呈状纸说邵嗣昌是独子。如果不进行核查恐怕有悖于惯例。又因张淳等人控告毛氏捏造独子，知县不得不详细审问，慎重行事，辨清虚实，并非故意拖延。"

三月十六日，皇帝下旨刑部："商议后上奏。"

三月二十七日，刑部上奏："……邵嗣昌现有个儿子，不符合留下赡养亲人的惯例，仍然应让该巡抚将其和妻子一起押解到刑部去尚阳堡安插。既然邵嗣昌按惯例发配，生员张淳等人处罚则不必议论。"

三月二十九日，皇帝下旨："既然该巡抚称邵嗣昌的长子已过继邵颖发为后，次子早已亡故，你们商议说邵嗣昌有个儿子不合惯例是否合适？命再议后上奏。"

四月十一日，刑部再次上奏回复皇帝："……邵嗣昌有个儿子应不准留下赡养亲人。但该巡抚在上书中称，邵嗣昌的儿子招弟已过继给亲生大伯邵颖发为后，除去邵嗣昌之外并没有其他可赡养毛氏的人。应将邵嗣昌停止发配，枷号两个月，打四十大板，准许留下给毛氏养老送终。其余也按该巡抚前边的提议办。"

四月十三日，皇帝下旨："依议。"

张淳等人挟私报复，企图落井下石，拿出了"不杀不足以平民愤"的气势逼衙门下狠手。当然，不排除这邵嗣昌曾给他们造成了不小伤害，这些人恨得牙根痒，恨不得一时把邵嗣昌发配到天涯海角，永远也别回来。

邵嗣昌犯罪不假，量刑却也并非无边无际。对于量刑分寸的把握，于成龙非常认真严格。

闹到最后，这些人客观上干扰了办案，也为法律所不允。如果舍不得出钱赎自己，于大人的板子可就不客气了。类似事件古今并不罕见。弄不好就是一团乱麻，最终搞得人精疲力竭才肯罢手。

留下邵嗣昌，毛氏就有了生活上的依靠，否则毛氏怕也活不了多久。在这个案件处理上，于成龙的冷静，不慕虚名，不忽视弱者的权益，想必给直隶很多官员留下了深刻印象。

这是本不应发生的凄惨案件，曹姓少女花季凋落，于成龙上书请求朝廷旌表，心里充满对女孩的同情和惋惜。

康熙二十六年三月二十二日，于成龙上书请示旌表烈女曹氏。

上书中说：

"曹氏是农人曹化白的孙女。康熙二十五年九月二十日，邻居李景根见曹化白全家到地里采花绒去了，只留下曹氏孤身一人在家。李景根跳墙进入曹家院子强迫威逼，想强奸曹氏。曹氏誓死抵抗坚决不从，衣服被扯坏，拼命喊叫。李景根强奸未遂害怕败露，顿生杀机以图灭口。先用鞭杆打倒曹氏，又拾起砖狠打曹氏头部，致使曹氏受伤过重第二天死亡。

"李景根在行凶后逃跑时被邻居李铉看见告发到县里。捉拿审问后，李景根供认不讳。按律应斩首，但未正典刑，李景根已死，可不必再议。

"曹氏作为村庄弱女子能够视死如归不被强暴所污，贞烈的操守确实少见。相应提请表彰，鼓励振作乡村风化。"

四月初二，皇帝下旨："礼部商议后上奏。"

四月初十，礼部上奏："……经查，康熙十九年八月，刑部等衙门曾商议吴近亭准备奸污焦氏和其女儿三姐，二人不从，吴近亭用小刀乱扎焦氏母女，焦氏母女受伤后死亡，礼部曾提请旌表，记录在案。现在曹氏被李景根强奸不从殴打致死和焦氏与三姐的案例相符。请皇上下旨该巡抚令地方官给曹氏三十两银子由曹氏家自行建牌坊即可。"

四月十二日，皇帝下旨："依议。"

大家应记得那个拿"三木"统一下河百姓意见的高成美，现在他被革职了。而孙在丰疏浚下河遇到了人员管理与资金供给的严重问题。

三月二十五日，九卿上奏："各位大臣公议认为……现在主管各官为方便自己心怀私念，不听侍郎孙在丰调度，真如皇上所讲。请旨命江南督抚及总漕，与孙在丰共同监修，希望治河工程无所阻挠，可待告成。原任淮扬道高成美是降调之官，竟然在此地故意停留，行事不端，实为可恶。应给地方官行文勒令其回京，交与吏部严加议处。"

这个高成美折腾到头了。百姓发表要求皇帝治河的真实看法，他就毫不留情大刑伺候，目下已成为千夫所指。他这真正是欺瞒了上天。

皇帝说："高成美这等小人不以国家工程为急，只贪图利益，以久在治河事务恋恋不去为得逞！尔等应传费扬古严加询问，将此事再行确议具奏。"

皇帝又说："朕特地拨下帑金开挖治理下河，原为救民起见。现在国家日子并不太紧，假设治河钱粮不够用，何妨再请示拨发。"皇帝的话真是耐人寻味："朕现在听闻，派过去的各位官员最初要把治河费用摊派到民间去，后来停止了又想要加到盐引中收取。这就是还没有拯救百姓先已害民，那岂不是与朕的最初想法违背？此事断不可行……"

皇帝这个表态还是不错的。但实际操作会走向何方？

三月二十六日，话接前言。

明珠等启奏："据费扬古说，'此次开挖疏浚下河，按工部确定的用工价格雇不够民夫，因此给督抚发文将用工价钱设法增添一点。总督、巡抚计算一年增加用银数量三十万两，如果通过增加火耗摊派给民间，可火耗停止征收很久了，恐怕再征收起来不方便，如果通过盐商按盐引摊派征收还能施行'。费扬古听到工部就是这样给侍郎孙在丰行文的。"

皇帝环顾了一圈内大臣："现今库内的钱粮难道不够用吗？摊派到民间的事

断不可行。尔等什么意见？"

余国柱启奏："挑浚下河，对小民实有裨益，但钱粮不可派征于民。"

陈廷敬启奏："用兵之时，皇上顾念小民，都没有加征钱粮。今议将负担分摊给百姓，实属不合。"

皇帝说："私派商民，着即行停止。挑浚下河之事，着江南总督、总漕、总河、江苏巡抚会同侍郎孙在丰料理。其差往司官，着撤回。总漕慕天颜着驰驿赴任。"

诸位切不要着急赞扬皇帝不给百姓增加负担的拍板定调，核心是要看看为什么官员要摊派开盐引。很简单，钱不够。

河道官员无利可图，根本不配合孙在丰，钱粮问题更是河道治理的硬结。于成龙未来也将面临上述困境。皇帝说起来慷慨激昂，一提拨钱就费了大劲。于成龙能破解这道难题吗？且待下文。

回到处理直隶事务的于成龙上来。

于成龙巡抚直隶一年多时间，风生水起，成绩斐然。皇帝再次提醒九卿：这样的官员该提拔了。

四月初八日，辰时。因于成龙表现优异，皇帝要求九卿推荐使用。

在议论完四川巡抚姚缔虞①关于减轻土司运输楠木痛苦的奏折后，皇帝说：

"国家设置官员，分清职守，原本就是为民着想。所在地方如果出个好官，百姓生活就有保证了。现在看各位官员，虽也有品行清正廉洁的，但那都是因畏惧国法。像直隶巡抚于成龙那样真实清廉的很少。

"朕观察他的为人，天性忠直，并无交游，只知爱民，就是他本旗的王公门上也不去行走，直隶地方百姓、旗人无不感恩戴德加以颂扬。如此好官若不从优褒奖，将如何鼓励众人？或是给他加升个宫保或是加升个尚书，可令九卿议一议。

"于成龙从前因九卿推荐朕才提拔重用。现在看来确实很好。若再有如此好官，不拘职务大小，可让九卿保举奏上来。"

---

① 姚缔虞：字历升，湖广黄陂人。顺治十五年进士，授四川成都府推官。总督苗澄、巡抚张德地荐廉能，举卓异，会裁缺，改陕西安化知县。行取，康熙十五年授礼科给事中。二十四年授四川巡抚。二十七年卒于官，赐祭葬。

九日，九卿上书推荐于成龙的同时，还推荐了云南贵州总督范承勋①、山西巡抚马齐、四川巡抚姚缔虞等官员。

皇帝说：

"范承勋等人做官确实不错，但他们做官还显得勉强努力，于成龙则出自一颗真诚的心，一点也没有瞻前顾后的意思。

"现在的人不到朝臣家里往来走动就怕人家不高兴。于成龙内心耿介，坚持操守，没有这些交游，可那些做大臣的又能把于成龙怎么样啊?!"

明珠等大学士启奏说："皇上的训示确实如此。人如果能端方自守，无所交游，大臣能把他怎么样呢？"

在对于成龙评价的语言中，皇帝充分肯定了他出于本然的廉洁，雷厉风行的果敢，特别是他一如既往的耿介。

社会风尚是下级官员要经常到上级家中行走，求得长官的关注提携。于成龙即使节日也不这样做，他没有掉到人情世故的旋涡之中，他就不必挖空心思积攒用于利益输送的财物，也就不必在执政时因各方向传递过来的声音而左顾右盼。哪怕这样的左顾右盼出现一次，那就会蚁穴般引发整个堤坝的崩溃。我们看到他处理的旗人的案件，不少直接牵扯到了他们背后的主子。于成龙自己能站稳脚跟，才能公正决断。这是他充满政治智慧的体现，不如此，很难想象他能在未来风暴中站稳脚跟。

皇帝分析于成龙在直隶乃至一路走来取得成功时所罗列的这几方面的原因都是极其关键的。不知道这些聆听皇帝对于成龙赞美的大臣是不是所有人心里都充满敬佩。

端方自守意思就是庄重正直，坚持操守。明珠概括于成龙的话是准确的，他此时慷慨激昂的表态不知是否发自真心。明珠可能还不知道，一张大网已在他自己头顶悬了很久，引而不发。

知行合一，这看似普通的做人准则，对于不少人，特别是为官之人往往变成一道天堑鸿沟。

---

① 范承勋：字苏公，号眉山，自称九松主人，辽宁抚顺人，隶属汉军镶黄旗。大学士范文程第三子，福建总督范承谟之弟。康熙二十三年举廉吏，被提拔为内阁学士。二十五年被提拔为云贵总督。三藩之乱时，督运粮饷于湖广、云南，有功劳。三十三年迁都察院左都御史。三十八年任兵部尚书，加太子太保。

四月十二日，皇帝加封于成龙"太子少保"^①宫衔，这是专为大臣及有功者加的衔，虽无职掌也无员额，但足以表示皇帝对臣下的激励。

于成龙立即上书谢恩。

我们要注意皇帝给于成龙的上谕内容，这是皇帝通过官方对于成龙的总体评价，于成龙所有的表现，皇帝看得清清楚楚。

我们应特别注意到，于成龙能够以如此大的力度扫瘴灭霸，推动旗民一体，肯定触动了一些旗人势力集团的利益，即便如此还能够得到普通旗人、百姓两方面拥护极其难能可贵。

很多官员面对旗人特殊阶层的跋扈选择了回避状态以图自保，把头颅深深扎进泥土里装聋作哑。清廷在关内立足初期，皇帝还要仰仗那些旗人为他卖命打江山，于是制定出一些保护旗人利益的特殊政策。

研究清朝史料可看到，很多官员也做过努力，也曾表达出对这种不平等的愤懑，但往往以失败而告终。绝大多数的官员干脆没有那个胆子，只能明哲保身。现在国家逐渐平定了下来，稳定的政局和长治久安变成守江山皇帝的第一追求。旗人过分强调集团的特殊利益开始成为国家政权稳定的毒药。

康熙皇帝在给吏部的上谕中说：

"国家设立官员分派职务，目的就是为了安抚地方、保持地方平定，使百姓得到好处和养育。总督、巡抚是封疆大吏，要给下级做出表率，这更需要才干和操守都十分优异。政务谙熟干练才对官吏治理、百姓生活有好处。

"直隶巡抚于成龙从做县令到郡守，历来秉持清廉的操守，爱护百姓、尽忠职守，朕于是把他从臬司破格提拔为巡抚。任职以来，他耿直方正不随流俗，清廉的品行更加显著。清查犯罪，分析弊端，扶弱锄强，使得直隶地方安宁，旗人与当地百姓都很佩服他，特别值得嘉奖。

"特从优加封'太子少保'衔，表示对那些清廉、能干、称职官员的激励。"

四月十三日戌时（下午五时到七时之间），于成龙接到皇帝派吏部传下的旨意，他立即设置香案，向京师皇宫方向叩头，并写了谢恩表章：

---

① 太子少保：太师、太傅、太保，都是东宫官职。太师教文，太傅教武，太保保护其安全。少师、少傅、少保均是他们的副职。后来已是名存职异，只是个荣誉称号。合称"太子三少"或"东宫三少"。

"臣出身卑微，才能平庸见识浅陋。担任县令后短短五年就由知州升到臬司，从臬司升到巡抚，这都是蒙皇帝的深深眷顾破格提拔。臣性格迂阔。辞别陛下那天，接受了皇上的谆谆教诲。臣接受任命至今，地方上一切事宜全是仰仗皇帝的圣德天威发布施行，不敢有半点松懈。

"臣有几次应罚去俸禄都因皇帝博大慈爱才得到宽免。扪心自问，深感惭愧，更加深了臣满怀谨慎与戒惧。现在又蒙皇上特殊恩遇加封臣太子少保。臣自问，臣是什么人？能承担起这样旷世的恩典。臣感激涕零，只有饮冰食檗，坚持廉洁的操守，竭尽微薄的力量勤勉做事，才能不玷污皇帝的恩宠，才能报答皇帝深恩于万一。"

于成龙的千恩万谢之中，反复表达了对于皇帝的忠诚。

"忠诚"二字，历朝历代都作为优秀品格为人所称许。在人们思想深处，正直与奸邪、忠诚与背叛水火不容，格格不入，尖锐对立，这是中国文化中极其鲜明的特色。

于成龙将一片赤诚全部落实到拼命为朝廷做事上，直到生命终点。这种忠诚让他不惧劳苦，不怕风险，心无旁骛，鞠躬尽瘁，特别是当这种忠诚凸显为强烈的民本思想时显得尤其可贵。不仅皇帝满意，百姓更成了这种忠诚的实际受益者。

据清王士禛《池北偶谈》记载："太子少保"这个称号，自康熙元年开始，地方上的大臣很少能得到的。只有编纂完成《世祖实录》《太祖实录》《圣训》三部典籍的六名内阁大臣以及刑部侍郎宋文运[①]这七个人得到过此称号。到于成龙是第八个人，也是得到此称呼的唯一地方官员。"

这时候，有一封书信引起了我们的关注。这封信来自已升任鸿胪寺卿的王骘，事实证明，这封书信很好地预言了未来发生的一切。

他首先祝贺于成龙取得的成就，同时，他也对于成龙如日中天、木秀于林的状态感到忧虑，暗示于成龙，朝中已有人嫉妒，一定要加倍谨慎提防……

"皇上聪明天纵，于中外重臣灼知而深信者，似宪台为第一人也，冰心在

---

① 宋文运：字开之，直隶南宫（今河北省南宫市）宋曹村人。顺治二年中举人，顺治六年进士，初授山东滋阳知县，历任刑部主事、吏部主事、吏部员外郎、吏部郎中、鸿胪寺少卿、光禄寺卿、顺天府府尹、都察院右副都御史、刑部左侍郎加太子少保等职。康熙二十三年卒，谥"端悫"。二十五年祀乡贤。

壶，遗忘利害，公家之事知无不为，则普天下真惟一人耳。

"女无美恶，入官见妒，况嫫母之遇娥眉乎？惟士亦然，盛名起忌，违众招尤，戒小持盈……"

言语之间，这位七十四岁的老者，充满了对于成龙的关切，这代表了那些敬佩于成龙的官员的共同心声，他们希望于成龙能够永远保持这样的状态为百姓做事。

对于直隶官吏的整顿还在持续推进。

抚宁县①知县刘镳②，借口户头③在圣旨未到之前就已代为缴纳钱粮，拖延执行皇帝免除百姓钱粮的旨意，甚至连皇帝上述旨意的告示都没有张贴。此案表面看起来似乎有情可原，但他实际上是犯了原则性的大错误。

刘镳没有去妥善解决户头已缴纳钱粮的问题，反而听信户头的诉状，按自己的节奏办事，装聋作哑，迈四方步，在不能变通的问题上搞变通，不该灵活的地方搞灵活，在大是大非问题上缺乏应有的决断，受到革职处罚之余还免不了被百姓耻笑。

他不是积极为灾荒中的百姓解困却反其道而行之，难怪被百姓状告到巡抚大人那里。

有令不行，有禁不止，多年的官场打拼毁于一念之差。

康熙二十六年四月初六，于成龙上书弹劾抚宁县知县刘镳。

上书中说：

"抚宁县知县刘镳，私自征收康熙二十五年皇帝下令免除的顺天、永平、保定、河间四府本年应缴及康熙二十五年未缴钱粮。臣根据揭发对其弹劾。奉圣旨将其革职后追究定罪。

"先据巡道佥事胡献徵提审追究，后来臣亲自审讯。据户头刘思恭等人在审讯时说，'抚宁荒凉残破，百姓因生计困难外出谋生的较多。这些人名下的应缴

① 抚宁县：今河北省秦皇岛市抚宁区。
② 刘镳：丹徒人，进士，康熙二十五年任抚宁知县。
③ 户头：代负责督催田粮的基层人员。清黄六鸿《福惠全书·钱谷·催征》："圣天子深知排年为百姓之大害，于是亟议革除，而催督之任，惟专责之各甲之户头……愚以为一甲之钱粮寄之户头，必就本甲择年力精壮、殷实粮多、小心畏法者充之。"

钱粮向来都是先由户头代为缴纳，等他们回来后再交割清楚。这个办法延续使用很久了'。

"康熙二十五年，刘思富等人的应交钱粮都是由户头刘思恭等人在没有得到皇上免除钱粮圣旨之前就代为缴纳了。刘思富等人不想偿还，因这一年的钱粮已被免除了不必缴纳。于是刘思恭等人向知县告状讨要。刘镰批准差役去要求刘思富偿还刘思恭的是他代为缴纳的银子，而不是征收已被下令免除的银子。刘思富等人供述的与此无异。

"对于刘镰来说，虽没有私征钱粮的情节，但永平府发的告示是奉旨晓谕免除钱粮的，刘镰根据刘思恭等人的状词请求免于张贴免征告示，抗命的罪责难逃。应按律判处杖责（可折赎），听候刑部议定。至于刘思恭，是轮流当上的户头，通过代缴钱粮让其他户可外出经营，并非里长包交那种情况。应和刘思富等人一起释放。"

四月十五日，皇帝下旨："刑部核查定罪后上奏。"

刑部在回复皇帝的上书中说："……刘镰应按'奉旨执行却故意没有执行杖一百'，但按惯例，凡官员革职之外再有杖责免于折赎，刘镰因此案已被革职，应不再考虑。……"

四月二十三日，于成龙上书报告免除钱粮后百姓谢恩情况。

于成龙在上书中讲述了免除顺天、永平、保定、河间四府两年赋税，免除真定、顺平、广平、大名四府和宣化府康熙二十六年钱粮后，士绅百姓颂扬皇帝圣德的情况。

于成龙说："虽没有将草野俚言上报皇上的先例，但臣看到这些祝愿的话实在出于百姓的实在感情，见到守道参议朱宏祚详细报告了百姓谢恩的情况不敢默不作声，所以上书呈报皇上。"

这个上书可是大有学问。即使没有将民间呼声上报皇帝的惯例，于成龙还是积极将民间的声音及时反馈给皇帝，形成了对皇帝体恤百姓的正向激励。

做臣子的不管皇帝做了什么都只知道说"皇帝圣明"算不得好臣子。于成龙让皇帝及时了解到百姓对减轻负担这方面的反映，用心可谓良苦。从心理需求看，皇帝希望看到这样的回应。

减轻庶民负担，"旗民一体"，不光工部、九卿，统治阶层的所有人都表现得像冰河岸边的小马驹，兜圈子，犹豫，退缩，特殊阶层嘴里这块奶酪，他们不敢动。

于成龙建议旗民一体承担修堤工程，皇帝当时也没有一下答应，而是反反复复在下边走程序，通过这种形式将减少旗人福利的"责任"化解掉，避免旗人阶层的怨气都发到他这个当皇帝的身上，同时也通过这种形式让旗人阶层从思想上有个准备和适应的过程，避免新政策引发突然的失衡。

果然，热烈讨论的背后是重重的阻力。

皇帝的担忧不是多余的。他已在执政过程中变得十分老练。他不准工部在征求于成龙意见时按工部自己的意思进行删改，完全让人体会到于成龙在皇帝心中的分量。

皇帝清楚，于成龙巡抚做得就是好。于成龙的意见、建议几乎达到"每言必中"的地步，成了顺利和成功的保障。

这是个具有历史意义的决断，平民百姓"低人一等"的悲哀再次被于成龙通过具体行动进行了纾解。于成龙的"爱而公"在稳定国家政权、缔造康熙盛世辉煌的进程中发挥了极其重要的作用。

四月三十日，于成龙上书建议旗人与民人平等分担修理堤坝工程。

上书说："满城、滦州等地旗人庄屯土地多，当地民人土地少，大部分堤埝又都在旗人圈占范围内。修理堤埝时，当地百姓只能从远处挑土培筑堤坝，有失公平分派夫役原则。应按地亩多少平均分派夫役协同修理，就近取土，以解决劳逸不均的问题。"

从于成龙上书中可见，旗人圈走了离水源近的土地，这样便于浇灌，多打粮食，他们成为河流的最大受益者。但到修河时，他们不光不管，还不准在自家离堤坝近的田地里取土。而那些浇水困难的平民到修堤时还得跑很远到自己田里挑土。这一反一正恰恰就是当时旗民不平等的写照。

于成龙的上书是在对旗人整个阶层的特殊利益发出挑战。这种特殊利益很有可能成为未来动荡的根源。

"臣行文守道彻查后发现，永平府下属的滦州境内，水稻田，沟渠、河堤坐落在旗人圈占的土地之内，外边与民人土地接壤的地方也是民人历年来进行修筑。臣等商议将满城、滦州应修的堤岸，各庄、各屯、属于哪个旗，佐领是谁，旗人和民人应协修的堤岸登记造册送交工部，同时应上书报告。请皇上下令工部商议后施行。"

五月十三日，皇帝要求工部商议后上奏。

五月二十七日，工部在回复中认为："康熙二年工部就提出对着八旗圈占土地的堤岸由旗下人来修理。但旗人圈地有用一两个人耕种的，也有没人耕地把地租给别人耕种的，因此确定不用旗人而由地方官分派原住地百姓修理堤坝，这样才不致溃堤损坏。"

"如果溃堤损坏的地方比较大，民夫也修不了的话，由巡抚亲自去决口的地方，准确勘察估计需用钱粮的数量，上报工部商议。既然已有明确办法，于成龙的建议没必要再议。"工部的态度不出人所料。他们肯定在嘟囔：你说的这弄得了吗?! 别捅娄子了。

六月初一日，皇帝命工部再议。皇帝对工部的这个回复看来不满意。

六月十三日，工部再次向皇帝建议按地出夫，而且是谁种地谁出夫，由地方官与旗人官员一同督促工程。工部这次似乎在原回复基础上有所改进，但真的是这样吗？他们的回复暗藏哪些小心思？于成龙又将怎样破局？且向下读。

六月十五日早晨，皇帝从畅春园回宫，到太和门视朝。大学士明珠、王熙、余国柱等呈上奏折请旨。其中有直隶巡抚于成龙修理堤岸的这个议题。

皇帝似乎要将奏本与于成龙的其他议题一起商议：

"于成龙从前提议平息盗贼的奏章虽是并不重要，但看起来也比较有益处。这盗贼平息的根本方法莫过于让百姓家给人足，不过话可以说，但一时达不到这个程度。这个奏折等九卿商议平息盗贼时，派遣各部主管官员前往直隶巡抚于成龙那里和他商议后上奏。"

六月二十日，皇帝通过大学士明珠传令，要求工部派一名司官与于成龙商议确认有关修堤的建议。工部将郎中党爱①、沈图②的名字写到绿头牌③上呈报给皇帝挑选，皇帝最终确认派党爱去。

---

① 党爱：满洲镶红旗人。
② 沈图：曾任光禄寺卿，后任都察院左副都御史。
③ 绿头牌：清制，凡觐见皇帝者，皆用粉牌书写姓名、履历。牌头饰绿色者称绿头牌。清代沿明制，凡遇紧急事务或事涉琐细，由六曹章奏者，即用绿头木牌，以满文书节略于其上，称为绿头牌。

工部郎中党爱、温保①六月二十三日准备启程，进宫请求皇帝训示。奏事官敦柱②转达了皇帝旨意：

"这是巡抚于成龙提出来的问题，已经九卿议论。你们只需把要讨论问题的情况带回来让各位大臣再次议论，事情和你们没有关系。你们只用问于成龙怎样做才好，让他多说。你们不准删改内容，阻拦他上奏。他提的问题里还有几条没有十分清楚，让他核实清楚报上来。"

党爱、温保两人赶到保定征求于成龙的意见。

于成龙说：

"修堤本为保护土地，今后如果有修筑堤坝的事，不论旗人还是民人都一致按地亩数派夫是最好的办法。倘若按工部提出的谁种地让谁出夫的话，那是个不管土地主人是谁而只问租地的佃户是谁的办法，我认为万万不可。

"我在地方做事，清楚旗人的土地绝大多数被佃户租种，当地百姓的土地从来没有被旗人租种的，所以凡耕种土地的都是当地百姓而不是旗人。

"如果专门责成种地的人修堤，那将来修理堤坝的仍然是民人，与旗人无关，旗人还是像过去一样袖手旁观。况且种田的佃户变动无常，每年辛辛苦苦却收获不大，他们何苦费自己的力气来为别人修堤呢？今天如果把责任交给土地的主人，那旗人因占地多负担反而大了。旗人不善于使用土筐铁锹，即使修理堤坝也坚固不了。

"我认为凡修堤坝的地方涉及旗人土地的，都应让旗人和当地百姓共同修理堤坝。方法是将工程量以十来计算，旗人和民人各领一半工程。之后按拥有土地的多少，不管是在京的还是在庄屯的旗人，或者出夫或者出钱，让他们自由选择。州县官员和庄屯的拨什库一起监督，命他们按需酌量取土，务必将堤坝修筑牢固。"

不妨想一想，这无形之间给平民争取了多大权益。

七月一日，工部郎中党爱通过他库尔使③、敦柱转奏了与于成龙讨论的结果。

九卿等遵旨会商后认为：

---

① 温保：曾任工部郎中、内阁侍读学士、内阁学士兼礼部侍郎。

② 敦柱：御前侍卫。

③ 他库尔使：清初，满洲八旗每旗内设他库尔使（给使应役之人）十名，内设壮尼大一员。

"于成龙提出由庄屯拨什库督促修堤，而拨什库都是小人与家奴，这些人不能管理修堤坝，倒反而会耽误修筑堤坝。

"可预先修堤或者堤坝决口后修理，让于成龙查明情况上报工部，工部再派贤能的官员会同地方官员，勘察清楚后将工程完成时限分解到日。工部按决口处所正对的旗人佐领家的地亩数计算工程量，派出旗下官员和修堤夫役同地方官一起把堤坝修理坚固。

"如果出现监督修理的官员给地方百姓增加负担和痛苦的情况，由该巡抚指名道姓弹劾，工部严加治罪即可。"

九卿没敢直接驳于成龙分摊治河费用的建议，而是跟皇帝说庄屯拨什库干不了这事。

话头递给了皇帝：您的这些子弟兵您还不了解吗？他们哪干得了这个。于成龙这不是为难人吗？这就把于成龙想动谁的奶酪暗暗给皇帝挑明了。

且看皇帝如何定夺。

七月四日将会商结果呈报给皇帝。

七月初六日辰时，于成龙商议修理堤岸的话题再次拿到朝堂。

皇帝转过脸看着大学士勒德洪问："你怎么看？"

勒德洪启奏："于成龙奏折上说'令地方官同庄屯拨什库派百姓与旗人同修'，工部的意见是派旗人官员去踏勘。"

皇帝听得很专注，马上听出勒德洪所讲和工部不同，立刻就是一顿训斥：

"工部商议的结果是派遣贤能官员去详细查看，将应修的堤岸分工情况带回来，并没有说派旗人官员前去踏勘。你们担负着受朕咨询的责任，凡事都应明白，彻底洞察。

"如果你们都并不清楚，那事务就会逐渐败坏。什么事务都不清楚，就知道每天早早散朝回家，行吗？应多在衙门里把事务详细问清楚，彻底知道才行！"

"贤能官员"和"旗人官员"这两种说法差距太大了，派谁去很关键。不知道勒德洪是有意偷换概念还是马虎糊涂，皇帝很敏锐，直接就抓住了。这顿训斥过去，勒德洪那头白毛汗是少不了的。

七月初七日，皇帝下旨："这修筑堤坝的事情，完全按于成龙的意见办理。"

公器私用，损公肥私，在于成龙这里不准许。

五月，于成龙的一项动议得到兵部肯定。看看是怎么回事。

清廷惯例，各省派出办差的役吏背包重量标准是十斤以内，如果是送到朝廷的本章干脆就使用轻便的小匣。如果是呈送文本书籍之类，一匹马驮载不得超过六十斤。标准负载之外，役吏再身背大皮箱被永远禁止。于成龙在巡察中发现各省派往京城的差役身背宽大皮箱，夹带私人物品，差役及驿站马匹都非常劳累，马匹经常出现受伤甚至倒毙的情况。这是典型的假公济私，损公肥私。累死累伤马匹，公家受损失，更何况借办公差之名夹带私活儿，败坏官员风气。带的都是什么东西，东西都送给了谁？延蔓不断。

兵部鉴于于成龙上书再次严令直隶、各省将军、总督、巡抚，报过负责驿递转运的官员，并转发提镇等级别官员：今后凡是呈送传递奏折本章一律按规定使用小匣装盛，如用包裹则不得超过十斤。若再有擅自使用宽大皮箱超过十斤夹带私人货物的，准许各州县驿站查验确实后弹劾。

于成龙惩治的贪官污吏并非只是知县这样的级别，如果这样，似乎就是百姓说的"捡着软柿子捏"了。这不是于成龙的性格，他处理案件时连王公大臣的面子也不给。

这不，景州①知州百般设计勒索百姓的丑行，在皇帝免除百姓钱粮的灾情背景下显得格外刺眼。于成龙在弹劾他时对该官员所犯错误的性质进行了剖析和谴责。

景州知州把巡抚大人再二再三的申饬当成了耳旁风，以为景州地处直隶东南边界地带，些小问题不易被觉察。但无奈民怨沸腾，百姓忍无可忍，几位官员联合揭发。可见直隶已形成了整顿吏治的良好社会氛围。

这位知州贪婪无忌狂妄无知的日子立即在于成龙的笔下被终结了。

康熙二十六年五月初九日，于成龙上书弹劾河间府景州知州恽驷②：

"顺天、永平、保定、河间四府康熙二十五年未完成征缴的钱粮蒙皇上隆恩一概免除了，这正是给了百姓休养生息的机会。直隶官员都应奉公守法，洁己爱民，不辜负皇上爱养百姓的厚意。我为此申饬告诫官员不止再二再三。竟然

---

① 景州：今河北省衡水市景县。

② 恽驷：一作恽肃。明末清初诗人、书法家。字元锦，号心山。武进（今常州市区）人。恽厥初孙。清顺治十八年进士。授河南通许（今属开封）知县，充河南省乡试同考官，秩满卓异，后升任直隶景州知州。著作有《心山诗集》等。

还有不畏法纪之人。

"河间府景州知州恽骥利欲熏心、贪婪而不检点，秽迹昭彰，民怨沸腾。经守道参议朱宏祚、巡道佥事胡献徵、天津道佥事石天枢①、河间府知府程汲②揭发。

"经查：恽骥借盘查庙会、护城河、城门等方式对百姓进行勒索；或借口修理城墙任意向百姓分派负担；或通过审理人命、盗贼、私养马匹等案件进行勒索，得到贿赂就放人，当官的与差役们将勒索到的钱物分掉。请皇上下旨，将恽骥革职后和上书中有姓名的蛀虫官吏一起审问追究拟罪。"

五月二十二日，皇帝下旨："将所参的恽骥革了职，贪婪的各种罪行及奏本中有姓名的蛀虫官员，命该巡抚提审追究拟罪。"

官不是那么好当的。

如果不认真阅读下边这段史料，有些人万万也想不到做官还会遇到如此委屈悲哀之事。

康熙二十六年五月初三日，于成龙上书请求豁免丰润③知县王绪禹④等州县官员因轮流供应守陵物资所造成的户部欠款。

"守陵官员和差役所用的米、豆、饲草向来由遵化州买办。康熙十三年前均是先由遵化州购买供应然后由户部按当时市价核实后报销费用。

"自康熙十三年国家对吴三桂用兵以来，米、豆等需要采买的物资费用必须压减节省，遵化州负担不了，户部就命遵化、蓟州和丰润县按年轮流采买。康熙十七年、十八年前，粮草价格还不贵，州县在户部核实报销后如果有多开支的费用还比较容易补偿。

"康熙十九年以后，连年饥荒歉收，各类物资价格飞涨。每年当差的州县把购买物资用银情况登记造册后到户部报销，户部全不按当年物资的价格只按去年的价格核准报销，多花的钱会被驳回削减。那时正是国家需要节省钱粮时，户部命令不能不执行。采买费用一概加以严格削减，务必与去年批准报销的低

---

① 石天枢：字右函，陕西富平人，举人，康熙二十五年任。
② 程汲：字公引，安徽严镇人，曾任保定分守道、河间府知府、刑部主事，康熙二十八年任直隶巡抚。
③ 丰润：今河北省唐山市丰润区。
④ 王绪禹：辽阳人。

价相同户部才会批准报销。

"康熙二十年到康熙二十五年，粳米每石市场价格二两二三钱银子，粟米①每石一两五六钱银子，豆子每石一两二三钱银子，饲草每捆二分二三厘银子。户部审核批准的价格却是粳米每石一两二钱五分，粟米每石八钱到八钱二分，豆子每石八钱，饲草每捆一分一厘。每年被户部削减的银子除去要由州县官员措办赔偿，银子需要照数目追缴后归还户部。

"康熙二十年，丰润县前任知县金应隆②应追缴的银子为七千零七十六两七钱四分；康熙二十一年，蓟州知州董廷恩③应追回的银子数目是二千五百零八两三钱六分；康熙二十二年，遵化州知州韦国佐④应追回的银子是一千八百一十八两五钱七分；康熙二十三年，丰润县知县王绪禹应追回银子数目为六千四百六十三两三钱五分；康熙二十四年，蓟州知州杨天祐⑤应追回银子数目为七千四百五十两一钱七分；康熙二十五年，遵化州知州韦国佐应追回银子数目六千二百七十七两六钱三分。

"这六年，应向五人追回银子的数目合计三万一千五百九十多两。丰润县知县王绪禹病故，只剩下妻子和一个儿子，没有衣服也没有吃的，在丰润没有任何房产土地，除将家里的碟子、锅、缸估价变卖了三两二钱五分银子之外，再也没有其他能措办的地方。臣在《两陵事关重大》等奏章中援引大赦请求豁免以上官员。

"现在蓟州知州董廷恩已升任陕西甘山道台，户部转命陕西巡抚负责追缴；丰润知县金应隆任义乌县知县，户部转命浙江巡抚负责追缴；其他韦国佐、杨天祐等也称即使粉身碎骨也难以赔偿。

"臣看到对吴逆用兵以来动用钱粮没有向上报告清楚，以及因户部核减开

---

① 粟米：原意泛指粮食，也指小米、稞子、黏米。禾本科草本植物粟的种子，去壳即小米。又称白粱粟、籼粟、硬粟。在我国北方广为栽培。秋季采收成熟果实，晒干去皮壳用。

② 金应隆：盛京人，康熙十一年曾任景县汛兵，重修开福寺。

③ 董廷恩：辽东人，荫生，汉军镶黄旗。康熙十六年任蓟州知州。后升为奉直大夫、户部员外郎、湖广衡永彬道台、湖南按察使、广东布政使。任湖广衡永彬道台时曾挫败陈丹书、叶尔藏、王安儿叛乱。

④ 韦国佐：奉天人，遵化知州，后任北路捕盗同知。

⑤ 杨天祐：正白旗，荫生。康熙二十二年四月二十六日到任蓟州，三十三年二月二日丁母忧离职。

销而拖欠百姓的征召夫役和购买物资款项，多发给士兵的款项等，康熙二十六年五月初三日皇上下诏一概予以豁免。遵化、蓟州、丰润三处被户部削减后的开销确实低于当时的市价，他们所亏欠的银子都实在花在为两陵购买物资上边，不存在虚假使用的情况。

"年复一年积累了上万的欠款，这些官员倾家荡产也没法补偿，也没有其他方法可想。其中如有品行不端的官员把亏空分派下去，最后连累的还是穷苦百姓。

"臣在直隶南部见驾时，皇上问臣直隶官员民生利弊，臣已将因供应两陵工程官员受到赔偿拖累情况据实上奏给皇上。特提请皇上洪恩浩荡，援引大赦规定下令将上述官员所欠银两豁免。"

康熙二十六年十一月初五，户部以于成龙申请内容与皇帝大赦豁免内容不符为由予以驳回，仍旧要求将上述官员所欠银两迅速追缴。

十一月初八日，皇帝下旨："这些户部核减的银两命按该巡抚于成龙所提请的予以豁免。"

看过于成龙上书便会知道，于成龙绝非放弃原则为其他官员脱套摘钩借以邀买人心。他讲理。户部却巧言回避了于成龙所讲的道理，只是说此事不在皇帝大赦范围之内，不光不准还要求加速追缴。

山海关把关章京是奉天将军手下，不归于成龙管，但因盘剥百姓受到直隶巡抚于成龙弹劾。这次，奉天将军察尼[1]站出来替自己的部下讲理。

到底孰是孰非？于成龙弹劾的重点在哪里？

五月初七日，于成龙上书弹劾山海关把关章京阿尔法。

上书中说：

"山海关扼守两京咽喉，人口稠密但土地贫瘠粮食短缺，关内百姓向来依靠向关外的百姓买些粮食才能糊口。据直隶守道参议朱宏祚，巡道佥事胡献徵，通永道印务、永平府知府卢腾龙[2]等人详称，武举人郭振状告'山海关章京阿尔

---

[1] 爱新觉罗·察尼：清朝宗室，隶属满洲镶白旗，清太祖努尔哈赤之孙，豫通亲王多铎第四子，母侧福晋佟佳氏。顺治十三年封多罗贝勒。康熙七年授宗人府左宗正，任议政大臣。十二年吴三桂反，从顺承郡王勒尔锦南征，参赞军务。十七年八月，贝勒尚善薨于军，命察尼为安远靖寇大将军，攻下岳州。二十四年授奉天将军。二十七年卒，追封辅国公，谥"恪僖"。

[2] 卢腾龙：曾任江南布政使参政。康熙二十四年，苏州知府。修《苏州府志》。

法借奉天将军察尼禁止不法商人进行粮食贩卖之机，勾结守关军士将所有百姓自产粮食车辆全部拦截盘查询问，百般勒索'。

"经查问知道，奉天将军禁止不法商贩倒卖粮食是因关外增设了驻防军队，人口增加造成粮食等物资紧缺。守关章京执行命令进行盘查是必要的。但关内的原住民或关外百姓自种的粮食，自己买一点粮食糊口并不属于不法商人贩卖。守关士兵不能正确执行命令一概拦阻肆行敲诈后放行，实属给百姓增加负担。"

六月初四日，兵部调查后向皇帝报告说：

"奉天将军察尼称，署理山海关城守尉、佐领布克寿上书说，武举人郭振拉了一车米进关，守关士兵告诉他禁止贩米，他不但不听反而说你这衙门管不着我，你这是要猴的衙门等等，郭振自恃自己是武举人脱掉衣服光着膀子嚷'盛京①将军、户部府尹也管不着我'，依仗强悍不守法纪。

"直隶巡抚说郭振状告的文中称守关士兵每辆粮车敲诈五六贯钱不等才准许通过，每天山海关通过的粮车达百余辆，敲诈的钱财士兵私分。

"请皇帝准许派盛京刑部侍郎阿里虎②前往山海关将奏本内有名人犯逐一审问对质，等案件完全查清后再上报皇帝处置。"

六月初四，皇帝批准了兵部的意见。

两方面强调的重点不同。于成龙弹劾的是守关人员盘剥百姓，奉天将军则特别强调的是武举人蛮横，不遵守制度。不知最后此案下场如何。

郭振，这个路见不平一声吼的武林高手，他不屈服于强权的胆色给人留下了深刻印象。隔着纸页，我们仿佛看到了他古铜色的胸膛，暴起的筋肉，冒火的双眼，雷鸣般的大嗓门……

贪污六十两白银就被发配到辽阳，康熙时代对贪腐的惩处不可谓不严厉。当然，在那个年代，六十两白银的购买力也是不容忽视的。

百姓生活困苦，如在泥淖之中负重远行，疲惫已极，此时不想方设法减轻他们的痛苦，哪怕再给百姓的肩头多放一两负担都极其残忍。即使翻看被史学界认为过于美化的《清实录》，我们也会知道直隶经常会处于饥饿灾害状态，被誉为"康熙盛世"这一历史时期也不例外。

---

① 盛京：清朝（后金）在1625—1644年的都城，即今辽宁省沈阳市。
② 阿里虎：阿礼瑚，二十五年任。二十七年，因事夺官。

作为官员，富于人道主义的慈悲心是百姓真正的福音。真定知县的所作所为无疑会受到于成龙的弹劾。

于成龙上书请求惩处真定知县徐王骢①。

上书中说：

"臣通过寻访，上书弹劾真定知县徐王骢。皇上下旨将其革职，并要求臣对其严查拟罪。

"经查，在征收康熙二十五年地丁钱粮时，徐王骢以修城墙、学宫为名加收除士绅外的普通百姓一千七百六十两银子，修城墙、学宫后剩余的六十余两银子，徐王骢中饱私囊。在押解运送过往银鞘等时不按惯例雇车，竟然在所属州县胡乱摊派，欠发雇车费三百七十八两。

"通过询问当地宗禄、车主刘奇等人，证据确凿。徐王骢也承认了。除追回徐王骢贪污赃款外，应将其流放辽阳安插。加收的火耗和欠发的车费追缴后发给户主。"

再看这个被革职的成安知县，贪污钱财还搞起了集腋成裘那一套，下属跟着有样学样地办坏事，整个官场风气都被带坏了。

于成龙请示惩处成安县原知县张元士②的上书中说：

"通过臣寻访发现并上书弹劾，皇上下旨将成安县知县张元士革职，并要求臣严查拟罪。

"经查，成安知县张元士革职前以驿马饲养工时草料费不足、修城筑堤等公务费用无处筹措为由加收百姓二千一百六十三两八钱；完成户部分派采买芝麻、花绒时于定价外多征钱款。扣除雇车等费用后，张元士收受回扣银子五十两，下属办事人员张濮必等三人收受好处银子二十、十五、五两不等。

"另外，按上边要求裁撤二十名轿夫后，张元士以应付不了公差为由让各村雇人伺候，雇佣人员的工钱、伙食费由雇人所在地方向百姓分派收取。

"应将张元士流放至辽阳。其余人因事发在康熙二十六年五月初三大赦前，免去杖责，但在罚没赃银后予以革职。已发出雇佣轿夫工钱饭费免予追回，轿夫予以撤销、遣散。前任知县王公楷③让各乡出夫伺候，也应当予以处理，但考

---

① 徐王骢：浙江秀水人，贡生，康熙十九年任。
② 张元士：字龙章，上海县人。
③ 王公楷：字木重，江南颍州人，顺治十八年进士。

虑王公楷已另案革职处理,此情节不再追究。"

劫牢反狱古今都发生过,一个马虎大意,犯人就要逃跑。清苑是直隶巡抚官署所在地,防范会更严密。功夫不负有心人,一起越狱图谋被扑灭在了萌芽状态。

整个案件情节颇为曲折,史料记述也较为详尽,戏剧性很强。

于成龙上书报告五月十三日清苑县破获一起内外勾结图谋逃狱案。

据于成龙亲自审讯查明:张五、王四等人让杜六给希虎山、董二写信,纠集辛胡子等人来保定接应反狱;张对亭让他儿子张三邀请窦见韶等人骑马带武器于康熙二十六年五月十二日晚到保定府南关一座空庙里等候接应。第二天事情败露,众人听到官府正在捉拿他们,四散奔逃。经审讯,窦见韶等对合谋反狱供认不讳,老米等试图狡辩,等到王四、杜六招供实情后也低头认罪。

于成龙在给刑部的报告中说:

"除张对亭、张三因病死亡外,窦见韶等都应定罪。但律条中'劫囚和罪犯反狱'两条都和此案中尚未发动已被发觉不同,似乎不应当适用。

"窦见韶、魏升平、李宁亭、李显台、傅子实、奚朝云、张大、张二、张四相当于盗窃未遂事情败露处置,依照已施行而还没得到财物的律款杖责、流放。

"齐登、蔡国旺、张九、金六回子、王找子、老米、尤大、于二达子、刘箭匠、苏大黑、杜六、王九成等人,都应参照'强盗窝主共谋抢劫未遂又没有分赃'论处,杖打一百。

"其中老米自称是监生,吃着七品官的俸禄,应提请吏部先将其革职,再与窦见韶、张二、齐登、蔡国旺、尤大、于二达子、张九、刘箭匠、苏大黑、王九成押送刑部发落。"

"希虎山是抢劫滦州开平县①当铺的窝主和分赃人,辛胡子参与抢劫西直门外红市口②地方,孙瓦匠参与抢劫沙河正西大御河村③一户姓刘人家,李四参与抢劫顺义县晏子里村④王会首家,地方官有没有瞒报掩饰,失主是不是丢了东西,都应在各盗窃案中定罪。

---

① 开平县:今河北省唐山市开平区。
② 红市口:在今北京市海淀区红山口。
③ 大御河村:今北京市昌平区玉河村。
④ 晏子里村:今为北京市顺义区晏子里村。

"在逃的李昆山、董二短腿、李二、朴儿、贾三、孙矬子、王二、大汉、麻子等人正被严加通缉，等到捕获后再拟定罪名。

"窝藏并放走李昆山的刘士甄坚称自己并没有指使李昆山隐藏躲避，等到抓获李昆山后再行对证定罪。

"殷一赞、殷得奇告发逃狱，经几次审讯情况属实，与本案自首不同，但没有改过自新的想法，仍应按斩首处理，应不应监押等待秋后问斩听从刑部定夺。

"张五、王四、王才、金二等人供出与司监同谋逃狱，其中许仲杰、王方远、王维开、王维庇、乔玉美、王光远已在抢劫任有美案件中正法。

"陈德元、赵彪、三达子、拐达子、大达子、丁七、刘守义、范三、王三烈、陈二、遵化李二、黄头李二、崔国忠、孙二、艾麻子、王八、陈登科，加上张对亭供出的县监狱同谋反狱的各犯人，除去赵大、曹二已在抢劫马骥一案中正法，霍进友在抢劫梁贵元案件中被正法外，魏林、张四取虎、王二、秦二、李二傻子、张彪、张进才、安五、刘二、刘三、郑二等都在各自案件中惩处，魏林、张四取虎、王二、秦二、李二傻子本来是监押候斩的贼人，已在大赦中赦免，大赦后同谋反狱虽没有成为事实，但实属不该，均应给予杖责。

"魏林、张四取虎、秦二是旗人，应押解到刑部发落。

"王胖子、郑三、郑二、周八、卢二、张四经审讯查明是仇人为泄愤故意扯进案子，应和毫不知情的王守义、李昆山的儿子李良佐、李昆山家人陈小旺、程世考一起释放。

"查获的李昆山的一匹马，窦见韶等人的马匹器械，王四、苏大黑偷窃的无主毛驴，一律追缴没收。

"地方官对私人养马失察。待事实查明后予以弹劾。"

这里边让人惊讶的是两个被判死刑的告密者，他们毫无改过自新的想法，因此告密未构成减刑的理由。

有什么原因让他们向官府告密？是在监狱里受到这些人欺负而为了报复相关人员才告密吗？是为了让大家一起坐穿牢底的复仇措施吗？不得而知。

大家想必感兴趣影视剧中常出现的密奏，这密奏都跟皇帝说了什么？

下边就是于成龙给康熙皇帝的长篇密奏。康熙皇帝到此时已特别重视于成龙对国家大政方针制定的意见和建议。于成龙思路清晰，方法简明有效，这正是康熙皇帝最希望听到的真知灼见。这些见解来自这样长期从事政务实践的忠诚官员，对于拓展皇帝思路大有裨益。且看：

五月十五日，于成龙秘密上书皇帝详陈捕盗安民策略：

"臣曾奉旨可密奏。康熙二十六年四月二十一日，侍卫吴达禅[①]奉钦差过保定，口头传达说：皇上因春夏以来天旱不雨，京城盗匪警报频发，恐怕百姓不能安家立业，宵衣旰食。命于成龙将平息盗贼以安定百姓的实际策略详细报告上来。"

由上文可见，即使是天子脚下的京畿要地，治安形势也极其严峻，皇帝感到了巨大压力。极端自然灾害与盗贼频发有着极其密切的内在联系。于成龙接着说：

"臣愚钝疏阔，履职不力。臣愧做直隶每寸土地和所有满汉军民巡抚这样的官。接受了皇上封疆大吏这样的寄托却没能周详谋划，致使京城重地疏于防御。上劳皇帝惦念，下边拖累了官员。如此失职，臣无地自容。皇上没有谴责臣，还看到臣些微长处，颁授臣太子少保的官衔，给臣如此天高地厚的恩情。有生之年，臣唯有鞠躬尽瘁来报答。

"朝廷的职责当然不仅仅是安定百姓，平定盗匪，但目前最重要、最刻不容缓的非捕盗安民莫属。臣深思正本清源的道理，认为在外文武官员的职责应分清；燕山六卫[②]的职能权限应变更；近京城地方应增添捕盗同知；京城内外都应编入保甲；家丁仆人做盗贼，主人应连坐；纵容披甲士兵做盗贼的将领应被追究；对把盗窃上报成强盗、损失以少报多、以无报有的失主处分不能不严。"

于成龙将要讲到的是七个方面的问题。

"为什么这样说呢？文官管理的是地方，武官负责防御，职责是共同的。现在盗贼以带着刀剑弓箭等兵器的旗人兵丁为主。旗人庄屯和文武官员是个整体，失盗之后，对文武官员的处罚甚至到降职、革职，庄屯拨什库却没有严查，只是鞭打五十，似乎轻重不均。

"臣请求今后再遇到地方发生类似问题，民人村子问责衙门主管官员；道路上出问题问责绿营防区军官；放哨的墩台出了问题就问责守卫士兵；庄、屯上的

---

① 吴达禅：以勇力闻名，授阿达哈哈番，一等御前侍卫，曾任正黄旗满洲前锋参领、蒙古副都统、都统、议政大臣，谥"襄敏"。

② 燕山六卫：大兴左卫、大兴右卫、燕山左卫、燕山右卫、永清左卫、永清右卫。

就问责旗下人。主管该地方的各位官员按处分地方官的方法一样处分。

"职责专一，防守涉及切身利益，没有推诿，盗贼自然就少了。巡逻防守人多了，盗贼自然就消灭了。再加上臣不时带领标下官兵二十人或三十人分路巡逻游击，闻声抓捕，怎么会还有探囊胠箧①的杀人偷盗之徒呢？这就是'在外文武官员责任应分清'的意思。"

思路清晰，针对性强。祸乱之源就是旗人兵丁，这是何等振聋发聩！如果不是一身正气怎么敢在当时的社会环境里这样直言不讳！

他提出将这些人背后主子的连带责任追究起来，避免隔靴搔痒。谁的孩子谁抱走。怪不得要密奏。如果公开上书，于成龙可能会广泛树敌。上书的后果不知道于成龙当时能不能事先料到。

"朝廷设立官员分清职务，各有自己的职责范围。如果这些人尸位素餐那就是不称职或者失职。燕山六卫的官员事务范围分别隶属于六部，连臣都知道得不太清楚。至于他们所管的辖区，远的有几十几百里路，和州县所管辖的道路、村庄犬牙交错，互相又没有管理和从属关系。

"抢杀偷盗、不务正业的棰埋②剽窃之徒因他们不管，疏于防卫，容易立足。这些人狡兔三窟隐藏在这些地方，肆无忌惮。从来京城一带出现问题只责成防区官兵捉拿，这些卫官照例得不到处分，因此漠不关心，就像秦国看越国的事一样。所以导致这些地方盗贼充斥，法令得不到执行。

"之后，请将六卫管辖地方离州近归州管，离县近归县管，离屯、卫近归屯、卫管，燕山六卫官员就不用参与了。如此一来则门牌保甲易于编制，匪类就容易清查了。遗留的弊端容易清除，地方主管官员就没有被掣肘的后顾之忧了。'燕山六卫的职能权限应变更'就是这个意思。"

于成龙这个建议极其尖锐。

燕山六卫管辖范围广，但并没有认真捕捉盗贼，防区反而成为藏污纳垢之所，这个话说给皇帝听那性质就和弹劾一样。而且他建议分割六卫辖区旗民百姓的管辖权，这就是在切割六卫的蛋糕。

不是不管嘛，这次让你永远管不着。估计那些六卫官员要是看到这个密奏

---

① 探囊胠箧：用手摸袋子，撬开小箱子。指偷盗。

② 棰埋：俗语说的打闷棍，活埋。

很难欢欣鼓舞。

木秀于林，于成龙把自己直接放在了风口之上。

"接近京师的这一带地方，东到通州，西到卢沟桥，南到黄村，北到沙河一带拱卫京师，是往来进京的通衢大道。响马贼、强盗、窃贼事件频发。这完全是因地方辽阔，加上地方事务繁多，应接不暇，而且专门负责捕盗的武官职位低，才能差，不足以弹压稽查盗贼所致。

"建议皇上在保定、永平、河间三府设置四名有才能的同知，派他们驻守在通州、卢沟桥、黄村、沙河四个地方专门负责捕盗抓贼，附近地方的一切盗贼案件专门委派这些官员。

"添设的这四名官员需要挑选那些不躲避豪强，不畏劳苦，善于骑马射箭，不拘泥于资历，从各府下属官员中按通州知州选拔的办法挑选、保举。三年之内如果强盗消灭，百姓安居，勤劳称职的则从优加以记功使用；如果仍旧盗贼横行，消灭乏术则严加处分。这样就树立了奖励和惩戒的标准。

"守备以下各辖区所有游击、管理墩台事务以及旗下庄屯保甲都委派他们稽查，不光武官们有所顾忌，旗人也受到约束。

"臣所说的'近京地区应添加捕盗同知'就是这个意思。"

他详细谈到了上述各府的治安状况，这些情况似乎的确不宜通过公开文字上奏，皇帝脸上不好看。再看他建议设置的捕盗同知，权力可不小，还有地区间交换执法的概念，明显带有专项督查的意思，这是无形之中给旗民官员头上戴上了配有紧箍咒的小花帽。

"保甲的方法，奉皇上旨意将旗人、民人同样都编入保甲，这样规定诚然是很好，民间施行起来感觉很容易，在旗人中施行却总感到很难。有些旗人强横习惯了，一旦被约束，那些飞扬跋扈的人总不安分。

"州县主管官员安抚约束他们听话真不容易。所以必须委派捕盗同知来加以管束。京师是首善之区，平日负责稽查的官员看脸色徇情面，从来没实际执行过。

"现在请将前门等城门外所有百姓不论满族汉族，按京城外办法编入保甲。胡同口竖立栅栏，多派'守老堆儿'①的巡捕营官兵，里边多设守堆的八旗官兵，

---

① 守老堆儿：留在家里看家护院的。老堆儿就是家里的财物。

让他们络绎不绝巡查；胡同内的小巷都设立栅栏，按时关闭。让栅栏内居住的十家一牌的牌长，不论是官还是民，每牌多派更夫鸣锣、敲梆子巡逻。一旦遇到强盗则合力救援。

"如果仍有虚应故事，懈怠、懒惰、偷安导致出事的，发生在大街上就拿守堆官兵是问，发生在胡同里就问责这天夜里值更的甲长。这样，奸人苦于没有藏身之处，也就自然瓦解作鸟兽散，不敢像从前那样肆无忌惮了。

"臣所说的'京城内外都应编入保甲'就是这个意思。"

这大概就是全民参与防御盗匪的办法。

"保甲的方法是对外而言，如果是王公之家就不便一并编入保甲，有伤大体。对于他们的随从、护卫、下属官员如果一概加以稽查恐怕会像捆扎湿柴一样有些过于急切。如果不加查问却有可能养成硕鼠。执法从切近处开始，贵在变通来弥补漏洞。

"满洲、汉军家庭习俗，以人口众多为好。有奉差遣在外做官签订契约收买的，有民人因犯罪投靠过来的。等回到京城，固定财产不多，主家又不准坐吃山空，没本事的有的就请假去外边做苦力做买卖来上交月份钱；那些强梁之辈则酗酒、赌博、嫖娼无所不为。等到交不上月份钱，没有办法就相继去抢劫。欺骗主人做强盗的当然有，主人知道却加以纵容的也不少。

"直隶各府查办的盗贼案件中，团伙盗贼主谋经常有旗人在里边，而且还有主人带领家里仆人做盗贼的。臣捉拿审问掌握实情，现在就抓住了这种人。从前已确定的可按户籍进行稽查。

"请皇上让户部下令各都统，严令官员和闲散人员约束家人不准做盗贼。每月初一、十五报告并没有擅自放家人外出的情况。并非为了让他们写东西而写东西，为的是送给都统留存备查。

"以后如果有盗案发生被发现，不管他主人知情不知情，一概严加处分。用家仆的好坏确定他主子的功过，就会见到人人自觉察问，雄鹰的眼神就不可谓不快了。

"所谓'家仆犯法主人应连坐治罪'的意思就是这样的。"

于成龙充分考虑到部分高层旗人官员如果一体施行保甲制时可能遇到的问题。他用了个"捆扎湿柴"比喻操之过急。湿柴看起来捆紧了，但等水分下去了，体积会缩小很多，所以即使你着急也捆不住。倒不如晒干之后从容捆扎垛起稳便。

这并非于成龙胆小，如果他说大话，放大炮，不光事情办不成，可能最后连办小事的机会也没有了。

他并没头脑发热只知道低头向前硬拱，多年的官场历练让他更加实事求是，更加老练。

有意思的是密奏中详细记载了旗人生活真实图景，这种描绘是从直隶巡抚的视角着笔的，因有大量案例和调查研究作为支撑，因此更加深入社会生活本质。

他提议由都统要求所管辖的庄屯按时书面上报家人外出情况，意在避免这些人把管理属下的责任扔在脑后，让他们时时刻刻绷紧这根弦儿，这报备制度看来不是现代人的发明。

"至于说行伍上的主管官员那就又不是家仆的主人可比了。官本名'管'，具有统治管辖的职能。管理那些贫穷但好勇斗狠旗下奴才的官员都能指挥。

"如果从小拨什库开始就能时时对这些人加以查问，主管官员法律严明，如有违犯绝不宽大，纵然他忍受饥寒但惧怕一转脸就会被管理的官员抓住或是告发，也断断没有不凛然知道畏惧的。

"臣请求皇上让刑部下令，今后凡各旗官员、武将以及闲散人员仍然不严加约束下人的，单人做盗贼怎样处分，两个人三个人做强盗怎样处分，过了很多年没发生盗贼案件而且能够捉拿属于别的旗管理的盗贼怎么奖励，如此守信必奖，有过必罚，就没有必要担心路不拾遗的古风不能重现于今日了。

"臣说的'纵容家人犯法的披甲将士要承担责任'的意思就是这样的。"

于成龙建议的意思就是制定奖惩细则严格执行，旗人是武装盗匪的重要源头，很显然，说起约束旗人武官时，于成龙的口吻比说起约束一般旗人要严格了很多。

在于成龙的上书中谈到了军伍上的奴才也有可能因忍受不了饥寒以致铤而走险，这对于客观认识当时的社会生活是个很好的提示。

"至于说失主把偷窃说成强盗，失物以少报多，没有丢失报丢失的，在京城外尤其出现过一些不好描述的案子。主要有两个方面：一是旗下的那些庄头经常向州县的官员说事求情，遇到有骨气耿直的官员不给面子，那碰钉子的庄头就会心怀怨恨。偶尔碰到有失窃驴子、衣服等不多东西时就虚夸失窃物品数目，谎称是大的盗贼抢劫。没有报告地方官，先报告给自己主子，他们的主子直接就报告了刑部，刑部咨文要求查找后上报，不满意就会被弹劾，这些人不过就图的是解恨快活一下，至于说被弹劾惩罚的官员和那些小偷小摸就一概没人管了。

"另外，偶尔有他们的主子派他们到下边屯子公干或者是事情完结回京，自己那点银子货物花费完了，就捏造谎称走到某个地方被贼人抢夺去了。审讯乡长保长，这些人根本没听说；向巡逻的士兵询问，士兵们也没见到。捕风捉影就是为了推卸罪责。这些弊端都是因没有规定，这些人才得以任意胡来。

"臣请求皇上下令刑部添加处分失主捏造谎报的规定，希望能让这些人知道有所畏惧，而主管官员不至于受到无妄之灾，平民百姓不至于受到牵拉敲诈的侵害了。"

看过上边，我们就能了解官场运作背后的隐秘情况。

耿直的官员非常容易遭到报复，略施小计就让你吃不了兜着走。陷害者达到目的之后躲在远处哈哈大笑，然后一阵痛骂。

人性狡诈以至于此。这种莫须有的诬陷如果缺乏有效的惩罚，将会让整个官场生态恶化。

于成龙从知县一路走来，这样的事情恐怕个人亲身经历或者发生在周边官员身上有太多实例，字里行间的愤懑溢于言表。

"再有，臣看到昌平等十四个城，过去都设有驻防的满洲官员，主要是用来防御，用他们来消灭盗贼那不是很合适吗？可使得地方安宁，草寇绝迹，居民安枕而眠，行走在道路上没有响箭声音的惊吓。但情况恰恰相反，地方上根本没有得到这些人驻防的好处，这一点再明显不过了。

"臣认为除去接近边境的山海关等关口，以及沧州、宝坻、保定、顺义等要冲仍然留下他们驻守，其他各城应让他们一概撤回旗下，免得他们搅扰地方。"

这一段，于成龙措辞比较严厉，几乎就是抨击的语气，他指斥这些驻守地方的满洲官员没有起到作用反而搅扰地方，除战略地位突出的地方，大部分都应撤回。

"宛平、大兴城外有不少看坟的旗人，他们窝藏游手好闲的匪类，平常没事就和他们在一起赌博喝酒，作践周围的居民；如果遇到做眼线的贼人'踩道儿'[①]，

---

① 踩道儿：俗语，意思就是贼人探路。

知道哪个殷实的大户可抢劫，就勾引同伙、党羽进行盗抢分赃。地方上敢怒不敢言，坟地的主人纵容却不敢过问。环京城一带大概都是这个样子。

"臣认为，今后应严令坟主挑选老成守本分的家人住在庄子里看守坟地，并且不时亲自稽查。如果再有违犯的，坟主如何治罪？对窝贼藏赃的应从严惩处以便彻底铲除。"

还是旗人，坟场也成为藏污纳垢之所，滋生匪患之源。矛头直指这些坟地的主人，有人看坟的旗人级别身份都不一般。

"再如投靠旗人的事。实际只有一户投在旗下养有马匹，而整个家族好多人都借着这一户投靠旗下的名义私自饲养马匹。这种情况很多。如果被查到就拿投旗作为掩饰。

"应严格禁止投靠旗下的人饲养马匹，禁止旗人或民人的闲人携带弓箭、鸟枪，让那些做盗贼的没有工具，那些掩饰的人就再也不能隐藏奸人了。严禁那些披甲兵士在城外过夜住宿，断绝他们做强盗的出路，那些不肖之徒自然就无计可施了。"

马匹作为重要的战略物资被清廷彻底管控了起来，平民不准养马，清廷应付反抗的压力就变小了。但那些能得到马匹兵器的强盗并非一般平民，大多是旗人中的匪类。

于成龙这次密奏篇幅之长，涉及范围之广，出谋划策力度之大都是罕见的。

于成龙没有浪费皇帝给的密奏权利。口若悬河滔滔不绝，把巡抚直隶的为政心得和盘向皇帝道出。

他也察觉到自己虽忠心耿耿但话说得太多了，所以在最后向皇帝表明心迹说：

"以上这些都是平息盗贼、安定百姓的首要事务，正本清源的重要途径。臣奉命担任直隶巡抚以来，每当想到臣作为孤陋之人，蒙受了皇上特殊提拔到了现在的职位上，夙兴夜寐来报答皇上的恩情，即使顶踵捐糜也在所不惜。

"其中如是臣职权不能去做，或是臣地位所不能超越的话，依皇上神明自然会洞察。臣不敢胡乱密奏来沽取正直刚强的名声，让那些主管行文法则的官员在后边追究臣越俎代庖。臣现在奉皇上旨意密奏的这些事项，这也是因臣为人戆直，敢说话，只知道愚忠皇上吧。在皇上日月般照耀之下，臣感激天恩就不知有所顾忌。

"上面是臣个人的一些想法，分条向您报告。是否可行，等待皇上选择采纳。只是密奏字数太多超过了规定，但也不敢另外贴黄①。请皇上明察鉴别后施行。"

恐怕皇帝看到此处，也会微微一笑：你这个于成龙就是戆直，就是敢说话，不过你所说的正是朕多年想听却始终听不到的话。

因于成龙所说关系重大，涉及面广，皇帝还是决定让这个密奏走到阳光底下晾晒，直接交给九卿、詹事、科道讨论。

想必这封密奏又在朝堂之上引发了于成龙热。

年轻官员们捧读不已，击节叹息，敬仰恋慕之心油然而生。那些世故老到的官员则会在不同会面之时，摇着脑后的花翎咬耳朵：这于成龙胆不小。

六月初五日，皇帝令九卿会同詹事、科道一起议论这个奏本里边的内容，确切后详细上奏。

六月十六日，九卿等上奏说：

"……经查，燕山等六卫发生盗贼案件并没有处分卫官的定例，因此发生盗贼案件时就像秦国人看越国人那样，漠不关心，以致盗贼会不会在这些地方隐藏也不敢确定。这样将燕山六卫过去分管钱粮的文武官员仍然让他们管理钱粮，各卫下属地方归属附近州、县、屯、卫，也令他们稽查盗贼。如果发生盗贼案件屯、卫官员将和州、县的官员一起处分。"

为了行文简洁，每一条回复前边的引述于成龙意见部分从略，下同。

"……添设捕盗同知对地方有益，应予批准。可令该巡抚保举提名设立，让他们分别驻守通州等处。"

上边两条回复基本上完全同意了于成龙的意见。

"……凡被抢劫的人躲避还来不及，怎么能确切知道盗贼的具体数目，只能是在被劫之后大概地报告。等到抓到强盗审理时，强盗必定少报伙同作案盗贼数目。如将失主按说谎多报处分，失主就会害怕，根本不上报盗贼，这样就会导致盗贼更加猖獗。

"况且九卿在会议时认为，失主所报告的强盗或失物数量只是备案，并非盗

---

① 贴黄：明清时摘取奏疏中要点粘附在奏疏后面叫作"贴黄"。明朝因奏章冗滥，崇祯元命内阁定贴黄之式，由上奏疏者自摄奏疏大要，附于疏尾，不许超过百字，以便省览。清初规定内外官员题奏本章，不许超过三百字，如难拘字数，则摄取内容大要，不许超过百字，贴于本后，亦称贴黄。雍正以后始不限字数。

贼等的准确数字，将抓到盗贼严审供出之后确定为盗贼或失窃数目，并没有将失主所报的数目当成确定数目。因此（于成龙所提的）这一项应不必议论。

"如果旗人将偷窃案报告成强盗案，或者并未被抢劫却谎称被抢劫，上报刑部后由该巡抚审出谎报情节，谎报人鞭打一百。"

九卿在回复于成龙意见时基本上回避了于成龙的问题。于成龙讲的是要严肃法纪惩治那些类似敲诈的陷害情节，九卿则认为不准确似乎难以避免。接着看。

"……养马，经查原有规定：'民人私自养马的，马匹没收归官家，养马人责打四十大板。'……以后旗下住在屯里的人及庄头准许养马，马匹用各旗图样印章烙印。如果查出或拿住没有烙印的马匹，或者被旁人告发，鞭打五十；告发的人免罪。"

九卿在于成龙建议的基础上形成了个处理决定，就是在官方准许饲养的马匹上烙印，于成龙的建议成为那个时代民间烙印马匹的源头。

"……带弓箭，经查，康熙二十年七月，议政王等人在议论汉军文武有实职无实职官员，满洲、蒙古告老、告病卸任官员安置时，'如果有愿意住在城关的准许住在城外附近。披甲的官兵不准住在城关……'。今后无故在城外住宿的披甲官兵鞭打八十。"

九卿采纳了于成龙建议，出台的政策对于披甲官兵的管束加强了，军方背景的盗贼将因此大大减少。

"……文武官员协力防守、巡查一方，一经发现发生盗案，将文武官员一同处分但盗贼仍然很多。如果让文武官员分头负责指定地方，那盗案发生时这些官员就会说各自有指定的防守区域彼此推诿，而不加以互相协助，对地方无益。更何况旗下庄屯上本来没有主管这个事务的官员。因此（该巡抚所说的这一条）应不用议论。

"至于说有庄屯上的人做强盗的就将庄屯拨什库鞭打五十，这个处罚比较轻。今后如果有庄屯上的人做强盗的就将庄屯拨什库鞭打一百。"

九卿认为于成龙提出的网格化会增加推诿减少配合，没有支持相关见解，但对庄屯拨什库的相应处罚加大了力度。这样也许会让这些旗人地方管理者警觉起来。

"……将前门内外统一编入保甲……经查，城内街道都设有栅栏，由巡捕营防守巡逻，五城兵马司的官员也不时进行巡察。如果再编保甲，可能会拖累单身穷人，对于地方没有好处。（该巡抚所说的这一条）应不用议论。"

九卿否决了于成龙在京城内普遍施行保甲制的动议。兴许是于成龙对京城内治安状况的描绘触怒了不少人，毕竟皇城之内住的都是核心级的人物，让他们一体，给他们提要求他们肯定是不满意。心里说：于成龙你还是把城外那一亩三分地管好就行了。

"……将闲散人等初一十五日到都统处报告……经查并没有确定处罚庄屯上的奴仆为盗贼的办法。之后可将此类情况参照主子在京城手下为盗贼的办法处置。"

于成龙这一条建议也算被采纳了，填补了一项法律空白。

"……将除通州等四处外的防守、防御等官员撤回……经查，昌平等各城的官兵原本就是为地方设置的，并且有按年终捕获的盗贼数量叙功的办法。（该巡抚所说的这一条）该不用议论。"

撤回部分地区布防的建议被九卿否决是在预料之中的事，对于这个建议估计兵部的官员可能是最不以为然的。于成龙密奏中对这些驻防官兵的总体评价让他们心里酸而不爽。

"至于说容留的人做盗贼的，将容留的房主治罪；窝藏盗贼赃物或提供商议场所的，将提供房子的主人及左右邻居治罪这个说法已在德珠①等人的上奏中有了定论。挑选老成人看守坟墓这个说法应不用商议。"

九卿在搁置于成龙这个建议时大概要轻轻微笑了。

第一是早有定论，难道你不知道吗？这不是老生常谈是什么？至于说挑选老成人看坟，难道还有谁故意挑强盗看坟不成？根本就没接于成龙要求加强对看坟人员监管的这个茬儿。

"……裁撤淘汰老弱之人，挑选强壮之人补充巡捕营，将捕盗家什器械整理齐备等地方都按从前议论办理。等到皇上旨意下达之日，让相关各部院衙门、八旗包衣、佐领遵照执行即可。"

回复呈递到皇帝手中，六月二十日，大学士明珠转达皇帝旨意说：这奏本中的事情命兵部派一名司官会同巡抚于成龙确切商议后上奏。

六月二十一日，皇帝传旨兵部派兵部郎中温保前去。

---

① 德珠：内阁学士，后任总督仓场户部侍郎。

六月二十三日，温保、党爱临行前请旨，皇帝让敦柱转达圣旨说：

"这本来是巡抚上奏提出的事，经九卿会议。现在怎么办，将你们议论的结果带回来，还让各位大臣议论。

"此事和尔等无关，只是其中怎样做更好让他多说，不要删除、阻拦，原来奏章中有说不明白的几条，让他核对议论明白带回来。"

看来于成龙的建议引起了皇帝的高度重视，九卿的意见激发了皇帝热情，他希望于成龙再丰富一下意见内容，确定一下相关说法。因此他再三叮嘱特使要保证原汁原味将于成龙的意见征求上来。

十天过后，也就是七月初四日，兵部将温保的奏章呈递给皇帝，奏章中说：

"直隶巡抚于成龙说，燕山等六个卫的钱粮为数不多，应当连土地一起归州、县管理，这样卫里的童生应进学的名额仍然照六卫的原有名额增添到州、县、屯、卫中去即可。这样就不用担心阻滞人才了。况且清查人口时就能得到准确实在的人数，土地亩数也就不会被欺瞒。过去的种种弊端就可全部清除。像这样的冗员理应被裁撤掉。"

兵部认为："应听从该巡抚的提议。"

这次于成龙讲得就更清楚了，指向性更明确：裁撤燕山六卫。而且这次还综合了教育、钱粮等方面的因素进行整体考量。兵部明确表态支持这个动议。

下边是于成龙对于武器管控的详细建议，这次可操作性更强。

"通令直隶各省，除去看家的弓箭鸟枪外，凡因公外出必须携带弓箭、鸟枪进行防护的，由所在衙门发给盖印的票证，写明'派出人数多少，鸟枪多少'。如果是在屯、庄里的旗人外出，不便赴京讨票证的，让他们到本州、县领取证明，发给票据，上边注明外出需经过的地方。地方管理辖区的文、武官员以及住宿的店家都要一一查问明白才准许放行。

"印票模糊、踪迹诡秘的，立即秘密报告，协助捕拿。不要让他像兔子一样逃脱。这就是去除他们做强盗的工具，找借口也没办法容留这些奸邪的意思。"

兵部议定：

"除去奉旨紧急差遣人员不用议论外，今后所有官员人等，或者是奉公差遣，或者是因私事走动需要携带弓箭、鸟枪，如果是各部院衙门、八旗官员因公出差由兵部出具印票；如果是因私事走动的由所属旗的都统发给印票；内务府管理的各衙门人员由内务府发给印票；汉人官员由所属地方官员发给印票。

"如果没有印票私自携带弓箭、鸟枪，是官员的，罚俸六个月；平常人责打八十鞭；民人责打三十大板。"

这是对于成龙建议的积极回应。

"旗屯上本来没有专门管理捕盗的官员，这只是因从前立法还不完备。但如果屯内人做了强盗将拨什库鞭打一百，而不将佐领、骁骑校定下处分，那这些人就会把自己看成局外人，没有责任而袖手旁观，也就不会实心实意做事。如果将佐领、骁骑校按在京官员所属之人做强盗的方法进行处分，那就能让他们凛然知道畏惧，共同觉察了。"

于成龙这次的建议在原有基础上进行了延伸，他认为不光是拨什库出了盗案需要问责，他的上司也要一并问责。

兵部认为：

"旗人屯子环绕在京师周围四五百里的范围内，在其他各处零星居住的不便设立专管官员。因佐领不便于在远处管控，每个屯子才设有拨什库这个官。如果屯里边的人做了盗贼处分拨什库，家仆做了盗贼也给一家之主一定的处分。没有处分佐领，原本不是立法不完备。

"况且，这个县的百姓到那个县做盗贼，也不过是只将发案地方的官员进行处分，并没有处分盗贼所在地官员的地方。现在如果因屯子里的人在远隔数百里之外做盗贼处分佐领、骁骑校，民人在其他地方做盗贼处分本地官员，事情有些繁杂多余。该巡抚这个建议应不用议论。"

这次兵部没有支持于成龙的动议，还是坚持处分基层的直接责任人。估计兵部审议这个动议时感受到来自中高层统治者的压力。

"至于申饬昌平等地的校尉让他们安定，管理士兵而不侵扰百姓原来就有禁约。官兵侵扰百姓也都有处分的办法。该巡抚这个说法应不用再议。"

"至于'今后有看坟的家仆或者做窝主或者做强盗，将坟主参照庄屯上的奴仆做窝主做强盗的处分，自然今后就不敢不慎重清查检察'的话，经查，'屯内家仆做强盗将他的主子现议处分'，看坟的人做盗贼将他的主人治罪也应在此范围内。该巡抚提的这个建议应不必再议。"

兵部肯定于成龙的意见但认为原有法规已在内涵上包括了于成龙所说的情形。

"其他如添设捕盗同知等处，既然与九卿没有区别，那就按议论的结果去办。"

七月十三日，皇帝下旨："依议。携带弓箭等项按现行规定执行。"

总之，于成龙这次密奏中所提建议被采纳的比例还是很高的。皇帝高度重视，朝廷广泛讨论，使于成龙京畿社会治理事务的政治气氛更加浓厚，开展得也将更加势如破竹。

下边的案件令人发指，其复杂程度远远超过一般戏剧情节。于成龙罕见主张从重惩处。

在对案情的分析及适用律法条款的选择上，于成龙的倾向性表明了惩治恶人的鲜明态度：不杀不足以平民愤。

康熙二十六年五月二十四日，于成龙上书请求严惩安二姐谋杀案凶手刘永芳、高氏：

"臣看到刘永芳、高氏谋杀安二姐一案，安二姐的父亲安进功出远门没有回家，安二姐的继母高氏和刘永芳相邻居住，通奸很久了。后来知道安进功回家日期临近，刘永芳恐怕安二姐泄露他与高氏的奸情就和高氏商量，企图将安二姐奸污后以便让安二姐为他们隐瞒。考虑到安二姐可能反抗又定下了杀人灭口的计策。

"康熙二十五年十月二十九日晚，刘永芳赤裸下体登床强奸安二姐。安二姐禀性贞洁坚决不从。刘永芳先是用棍棒狠击后来用烙铁烧烫安二姐。高氏用手按住安二姐双手并用火箸扎安二姐两腿。安二姐体无完肤。

"刘永芳、高氏见安二姐还没有死，又用麻绳狠勒安二姐脖颈，安二姐立时死亡，手段凄惨恶毒到了极点。刘永芳凶焰更炽，又用小刀扎安二姐阴户，割她的两个膝盖，发泄强奸不遂的愤恨。

"经历次审问，二犯供认不讳。查验伤口、器械都是真实的。刘永芳应按'谋杀主谋'拟定斩首；高氏按'故意杀害子女'应杖责，徒刑，因是妇人，按惯例可收赎，按'通奸'判处枷责，也还有遗恨……

"高禄听从嘱托，按律杖责一百，赃款追缴没收；刘三黑子、杨媒婆各处以杖责，因杨媒婆是妇人，照例可收赎；刘应昌按'通奸'惯例处枷责。

"因遇到热审①，高氏、高禄、刘三黑子、杨媒婆、刘应昌都应减轻一等发

---

① 热审：中国古代于夏天为疏通监狱而实行的对罪犯予以减免或保释的制度。

落。刘永芳送给高氏的四件衣服变卖后没收入官。安二姐这样的村庄幼女坚贞不屈，受到残杀也不肯被奸污，应请示皇上特赐旌表以提振风俗。

"至于高氏，身为继母，自己要满足淫欲，又和奸夫共谋逼女儿一起通奸，女儿不从就杀害之后残损尸体，全无做母亲的道德，灭绝伦理，如果仍然以母女身份定罪，而不加以严惩，如何告诫天下做继母并且淫荡歹毒之人?!

"但这种罪恶，律条中没有正式条文，是否比照'故意杀害前夫的儿子（孩子）'按平常人来定罪，拟定斩首，或者比照'凡谋杀胁从、帮忙'拟定绞刑。请皇上令刑部商议确定，从重拟定罪名，以正风气，以杜杀机，并警示淫乱歹毒之人。"

六月初五，皇帝下旨："三法司核定拟罪后上奏。"

六月初七，刑部上报：

"……但高氏犯罪情节可恶，应比照'故意杀害丈夫前任妻子之子'，按平常人判绞刑，监押候秋后处决；刑名书办高禄听从刘永芳嘱托，接受了四千钱，暗中更换证物刀鞘，高禄应按'官吏接受财物枉法，计算赃物一两到五两杖责八十，没有俸禄的人减轻一等予以处罚'，应杖七十，因遇到热审，杖六十，折合二十大板，革除差使。

"刘三黑子嘱托杨媒婆转求高氏不拉出刘永芳，刘三黑子、杨媒婆都应各杖责八十，折合三十大板；刘应昌从前曾和高氏通奸，应按'民和民妻子通奸'枷号一个月责打四十板惯例，但刘三黑子等人事情发生在康熙二十六年五月初三大赦之前，应予免罪；高禄所得的钱财，高氏所得的衣物追缴没收入官家。

"安二姐坚贞自持不被奸污应予旌表，交礼部议论。"

六月十一日，皇帝下旨："刘永芳、高氏都依照刑部所拟斩首，监押候秋后处决。其余依议。"

高氏按刑部的判决是绞刑，皇帝则和于成龙意见一致："斩！"

三河县知县彭鹏[①]是个很有作为的官员，到后来做了广东巡抚，民间称其为"彭青天"。

---

① 彭鹏：字奋斯，又字古愚，号九峰，莆田小横塘（今黄石镇，七境钱塘村）人，由于为官清廉而史称"彭青天"。三藩之乱时，吴三桂邀请为之效力，被拒绝。三藩平定后，康熙二十三年被朝廷选授为直隶三河知县。康熙三十九年因表现卓越，调任为广东巡抚。康熙四十三年因积劳成疾而卒，时年六十九岁。

下边于成龙上书反映的事就发生在彭鹏身上。这样的能臣竟然被购买军粮的事务挤压得无计可施而自我弹劾请求罢职，可见汉人官员在官场上想要出人头地难度有多大。

满人上级态度蛮横，"官大一级"，就知道拿大帽子压人。于成龙再次为下级脱套儿，让彭鹏在仕途上避免了一场危机。

彭鹏终其一生始终保持着对于成龙的深厚情感，这一次于成龙的仗义执言必然会让彭鹏铭刻于心。

康熙二十六年六月初七日，于成龙上书请求三河县按固安等处办理士兵口粮的方法，直接到京师或通州官仓领取以减轻百姓负担。

上书中说：

"三河属于旗人庄屯，民人手中土地很少，百姓生活艰苦。臣接到直隶守道参议朱宏祚关于军粮采买困难的相关报告后，三次上书请求仍旧按康熙二十三年标准折合银两发放或到京仓支领粮食，但都没有得到批准。臣只能下令朱宏祚动用库银按每石粮食九钱五分的标准采买。但三河县今年大麦小麦歉收，集市上没有可采买的粮食。

"三河县知县把情况上报给固山大①马库②，马库不允许并严厉催促进度。三河知县请求自己先捐款采买一百石军粮接续，等到民间有粮后再随时采买，马库也不允许。三河县知县又请示可否自己雇车烦请拨什库到京仓支领出军粮后运回三河，马库也不允许。三河县知县彭鹏无计可施，只好上书请求上级罢免自己。

"三河知县虽有拖延时间没有完成采买军粮的问题，但直隶由地方官采买粮食确实是既对官员百姓不利又对驻防士兵不利。即使朝廷预先拨付银两让地方四处采买，地方官也不过在不远的辖区内采买，粮价几乎没有差别还浪费运输费用，劳民伤财。

"三河县处于进京要冲，百姓贫困疲惫，比较其他地方官更是处在万难的境地，势必承受士兵和百姓双重埋怨。这就是三河县知县彭鹏不顾自己功名前途上书弹劾自己请求上级罢免申斥的原因了。

---

① 固山大：固山达，官名。一名"弓匠协领"。武备院毡库下属备弓处主官。乾隆二十四年闰六月改名司弓。
② 马库：时任三河县防守尉。

"臣想到皇上凡地方上利弊、民生的艰苦无时不挂记在心上，因此臣既然亲眼看到百姓受到拖累，怎敢不如实上报，辜负皇上爱护养育百姓的深情。

"请皇上下令兵部商议确定，是否应按固安等处的惯例，将驻防士兵的粮食到京城粮仓或者通州仓领取，不再要求他们采买，那样官员和百姓就没有赔偿拖累的痛苦，驻防士兵也就不会有迟延误事的担忧了。"

六月十六日，皇帝下旨："兵部商议后上奏。"

康熙二十六年夏，于成龙为前明贤臣谢迁《归田稿》写序。

谢迁，字于乔，号木斋，浙江绍兴府余姚县人，明代中期著名阁臣。历仕成化、弘治、正德、嘉靖四朝。嘉靖十年去世，赠太傅，谥号文正。他为人耿直，见事明白敏捷，善议论，与刘健①、李东阳②并称"天下三贤相"。后遭权宦刘瑾③迫害。归老于家乡杏山草堂，与冯兰④、王鏊⑤、李东阳等人诗词唱和，有《归田稿》八卷，《湖山唱和诗》二卷传世。

此时，谢迁的七世孙谢钟和⑥任职大名府。因押送要犯到保定有功，获得直隶巡抚于成龙的表扬。他谈完公事，从怀中掏出一卷文稿给于成龙看，并请于成龙为之作序。这文稿就是其祖先谢迁的《归田稿》。

于成龙鉴于谢迁闻名海内，此稿又已有黄宗羲⑦作序，因此侧重于议论谢迁还家养老时也不忘家国的情怀，赞美谢迁为后世留下了珍贵的精神食粮，欣然为《归田稿》写下了序文，成就了一件文化盛事。

---

① 刘健：字希贤，号晦庵，洛阳人。明朝中期名臣、内阁首辅。

② 李东阳：字宾之，号西涯。祖籍湖广茶陵（今湖南茶陵），因家族世代为行伍出身，入京师戍守，属金吾左卫籍。明朝内阁首辅。

③ 刘瑾：兴平（今陕西省咸阳市兴平市汤坊镇王堡村）人，明朝正德年间宦官。本姓谈，六岁时被太监刘顺收养，改姓刘，净身入宫当了宦官。

④ 冯兰：字佩之，号雪湖，浙江余姚人。明朝诗人、隐士。

⑤ 王鏊：字济之，号守溪，晚号拙叟，学者称其为震泽先生，汉族，吴县（今江苏苏州）人。明代名臣、文学家。

⑥ 谢钟和：谱名亮垣，字藏居，浙江余姚人，谢迁七世孙，康熙十九年任大名府府丞，后升任清军同知，龙安知府等职。

⑦ 黄宗羲：浙江余姚人，字太冲，一字德冰，号南雷，别号梨洲老人、梨洲山人、蓝水渔人、鱼澄洞主、双瀑院长、古藏室史臣等，学者称"梨洲先生"。明末清初经学家、史学家、思想家、地理学家、天文历算学家、教育家。"东林七君子"之一黄尊素长子。

皇帝祈雨，雨还真的从天而降，但时间已进入六月。百姓手中无粮，一片凄惶。动用常平仓粮食救济百姓成为当务之急。

于成龙将细节考虑得很周到：如何向没有偿还能力的百姓出借，怎样动员慈善的大户捐赠保持常平仓储备，讲得一清二楚。

整个批复过程用了十二天，扣除路途所用时间，总体还是很快的。

六月初五，于成龙上书请求皇帝批准开仓借粮接济百姓。

上书中说：

"康熙二十六年自春到夏天气干旱无雨，皇上保护百姓如爱惜伤者，每天白天黑夜为百姓焦虑操劳。五月二十日，皇上亲自到天坛斋戒祈雨。您的圣德打动了上天，您的銮驾刚回去就普降甘霖，感应之神速真超过了商汤在桑林的祈祷。臣紧急传令让各地检查一下降雨量和各地今年麦收的成色。

"据守道参议朱宏祚报告，保定府各地降雨湿地深度达三四寸到五六寸不等，土地湿润，田野上行路粘脚。百姓歌颂皇帝仁德，心里想这下把种子播种下去秋收就有希望了。但今年大麦小麦歉收，穷困百姓连吃食都没有。

"除雄县、博野、藁城、定州、衡水、宁晋、晋州、新城、容城、任丘、东明①、长垣②等州县麦秋有些收成外，直隶其余地方只有一二成到三四成的收获。百姓播种后离秋天收获还很遥远，没办法糊口。请求把积累的粮食借给百姓，使百姓在新粮收获之前吃到粮食、得到接济。

"臣清查了一下各官府康熙二十五年捐交的米麦粮谷账册，除捐存在宣化仓的三千九百一十七石外，实际剩下库存五万零三百三十一石二斗，银子一千五百一十五两，钱八百文。应让各州县查明那些虽已播种但没有吃粮百姓的数量，动用以上积蓄，酌量借给他们，解决百姓燃眉之急，以不辜负皇帝养育百姓的厚意。

"那些各州县过去没有捐赠过粮食给仓库的人，在向仓内通融借用后，等到秋天还照借用的数量收取还回粮仓。倘若有真正穷苦的百姓实在不能归还借用粮食的，就命各州县劝导其他人捐献粮食，补齐仓内备用粮食数量。一来可使仓中贮存的粮食不亏欠，二来可让百姓能尽力在田中劳作，获得秋天的

---

① 东明：山东省东明县位于鲁西南平原黄河南岸，是黄河入鲁第一县。

② 长垣：今属河南省新乡市代管。

收成。"

六月十二日，皇帝命户部迅速商议于成龙上书请求。

六月十五日，户部商议后上报说："……应同意于成龙请求准许他动用积蓄借给百姓。将动用的数量报告户部即可。"

六月十七日，皇帝依议。

违禁放高利贷，连军队的官员不及时还账都被打得稀烂，完事之后大摇大摆进京去"恶人先告状"，这旗人恶霸最终栽在于成龙手里。敢揭龙鳞的来了。

康熙二十六年七月，于成龙上书请求严惩旗人恶霸牛成麟。

上书中说：

"怀柔^①知县强致中^②报告，怀柔县镶白旗下庄头牛成麟伙同牛大爷、牛二爷、牛三爷、牛四爷、牛太爷父子数十人结成恶党在本城内违禁开设印子钱^③铺，放贷一两银子每天需还利钱一文，一月还清。还清的诱人再借，欠债不还的加利讨要，对那些还不上的动用私刑，敲骨吸髓，罪恶滔天。因大旱，没有吃食，穷困的士兵向牛成麟钱铺借贷。

"七月二十四日，因水洞坍塌，守备郭梅带士兵陈瑞、聂留州前去查勘。路过钱铺被牛成麟等截住索要欠款，拳打脚踢，陈瑞侥幸逃脱，聂留州被打得生命垂危。守备郭梅上前理论，被牛成麟等百般凌辱，捉到钱铺内殴打。郭梅的官帽衣服全被打成碎片，伞盖、官印和盒子被抢光。

"知县强致中准备传唤牛成麟等人时，牛成麟已带着家人进京城告诉旗人主子去了。

"牛成麟等开设印子钱铺违禁取利被明令禁止，殴打差官，毁坏官衣、官

---

① 怀柔：今为北京市怀柔区。

② 强致中：字诣极，宝鸡贾村塬陵一村人。顺治十一年中举，历任怀柔知县、户部四川司主事、吏部福建司员外郎和刑部湖广司郎中、江西吉安知府。有吏名。

③ 印子钱：是清朝时期高利贷的一种形式。放债人以高利发放贷款，本息到期一起计算，借款人必须分次归还，具体方式举例如下：放钱十吊，以一月为期，每月二分行息，合计一月间本利，共为十吊零二百文。再以三十日除之，每日应还本利钱为三百四十文。当贷出原本时，即扣除本利，然后按日索取每日应还的本利，到期取完。因每次归还都要在折子上盖一印记，所以人们就把它叫作"印子钱"。据《清史稿·张照传》记载：民间贷钱征息，子母相权，谓之"印子钱"。

帽、伞盖，更是法律难容。请求皇上下旨严惩牛成麟等人。"

古代的高利贷就这么厉害，堂堂守备都借了高利贷，真不知所为何来。

这是个斯文扫地的案件。

已有功名的武举人竟然为了夺取属于妹妹的房产逼得妹妹自尽。之后栽赃诬陷、贿赂官员等系列丑行早已超出了人伦底线。幸亏这宝坻知县是个明白官，不然掉进这贪赃枉法的染缸则万劫不复。

康熙二十六年七月十一日，于成龙上书请求严惩宝坻县武举人李名超。

上书中说：

"李名超妹妹嫁给了吴润深为妻，陪嫁中有七间房子，因此妹妹李氏还和李名超住在一起。吴润深父子到山东谋生，留下李氏在家。李名超纵容妻子对李氏百般欺凌，致使李氏在康熙二十五年七月初一上吊自杀。

"李名超为了掩盖罪行，捏造李氏与生员刘祚永有染，嫁祸无辜，污蔑死者。吴润深回家后到衙门控告。

"李氏自尽在康熙二十六年五月初三大赦前，但李名超逼死亲妹妹，捏造污蔑，并在大赦后贿赂宝坻县知县王嘉亮①，企图逃脱制裁，情节实属可恶。

"请皇上下旨革去李名超武举人功名以便于提审追究拟罪。至于宝坻县知县王嘉亮，操守廉洁，揭发了李名超贿赂官员行为，一并请求皇上下旨吏部讨论，论功奖励，以鼓励廉洁官吏。"

皇帝下旨："革去李名超武举人，由该巡抚严审拟罪。王嘉亮报告李名超行贿，行为可嘉，商议后上奏，并报吏部知道。"

自私至极，凶恶至极。于成龙焉能放过不管。

大兴知县在执行案件中搞"创收"，结果被吏部查出，紧接着就是紧急追缴。这下子他可就难过了。

康熙二十六年七月，于成龙上书弹劾大兴知县张茂节②。

上书中说：

"原任直隶总督白秉真名下的房屋被官府没收后，大兴县知县张茂节暗自提

---

① 王嘉亮：山东肥城人，贡生出身。有"执法惟谨，惠及穷檐"之名。

② 张茂节：字蔚宗，江南沭阳人，拔贡。

高了这些房屋的租金。案发后，户部令张茂节应将多征租金立即上交。臣令其在规定时间内加速追缴后上交户部。

"现据守道参议朱宏祚报告，经多次催促，张茂节还没上交相关款项，现在已超出规定时间。张茂节难辞拖延的责任，特上书请旨对张茂节予以处罚。"

估计这一次，程序会走得顺畅些了。

这里出现了个熟悉的名字，白秉真。贿赂鳌拜的罪行是皇帝不能容忍的，现在朝廷对白秉真的追究是比较彻底的，已到了没收家产的程度。

于成龙曾因朝廷调查白秉真受到过专员的询问，到现在，他恐怕对官场风云有了更深刻的认识。他不与王公大臣走动极其明智。趋炎附势虽往往容易得逞，但长远看来未尝不是把自己摆到了极其危险的境地。

"老实人常在"，这并非虚言。

徐元慎[1]忙忙碌碌地自家设计活动敛财，一下子遭到五名官员弹劾，案件飞速递到于成龙手里，不知道他惊出了几身冷汗。如果不是遇到皇帝的大赦，他就彻底玩完了。

七月十六日，于成龙上书弹劾原迁安县典史徐元慎。

上书中说：

"州县捕盗官员职位虽小但离百姓最近，都应按规矩办事，兢兢业业，敬畏法纪。

"迁安县典史贪婪无忌，秽迹昭彰。现在直隶守道参议朱宏祚、巡道佥事胡献徵、通永道参事宋荦、永平府知府卢腾龙、迁安县知县李继烈[2]揭发徐元慎，和臣寻访听到的相同。

"因擅自接受民间称誉之词，对下属衙役失察，收受贺礼、路费、锦幛，徐元慎已被革职。

"经查，徐元慎收受布店送来的四贯，乡里保行店送来的贺寿钱十七贯，应照'收受钱物但没有歪曲法律处以杖责'，所得的赃钱、贺寿钱、路费、锦幛都按原价没收上交官府。铺户金廷秀敛钱馈送给徐元慎，赵兴、王运龙敛钱给徐

---

① 徐元慎：江苏江都人。

② 李继烈：曾任杞县知县、迁安知县，修撰《杞县志》。

元慎贺寿都应按法律杖责，但事件发生在康熙二十六年五月初三大赦前，徐元慎等人都应被赦免。

"衙役曹自宪向范守才索取八百文小钱，已由迁安县审理结案并追责，革去差事；王维奇偷窃秫秸免于重罚。其他人与此案无关，予以释放。"

七月二十七日，皇帝要求刑部核查定罪后上奏。

刑部核查后上报，皇帝依议。

爱慕虚荣，借机敛财，最后蒙羞。这徐元慎恐怕最后悔到肠子发青，原本应慎，却没有慎，奈何。

巨鹿县因水最终引发大规模械斗，酿成三死血案，肇事恶霸贿赂知县但终究难逃法网。在这处理大规模群体事件的关键时刻，每个偏斜的裁决都将引发更大规模的骚乱。

巨鹿知县头脑清醒果断揭发，算在大是大非面前站稳了脚跟。于成龙上书请示表彰。

八月初九日的上书中说：

"康熙二十六年七月十五，巨鹿县监生张无染依仗财势趁夜带领多名党羽掘开河堤口，与徐士达等发生斗殴，当场杀死三人，杀人凶器已起获，证据确凿。

"知县拘留人犯严加审讯，张无染自知难逃法网，向县官投递门生手本，行贿五百五十两银子给知县企图得到宽恕。知县王朝佐①举报了张无染。请皇上下旨革去张无染监生资格以便追究定罪。巨鹿县知县王朝佐严格遵守法令揭发张无染贿赂情节，上交赃银，一起报吏部商议记功。"

八月二十日，皇帝下旨："将张无染革去监生资格，由该巡抚从严追究定罪。知县王朝佐告发张无染行贿，值得嘉奖，命礼部商议后上奏。"

头脑发热让在民间的一些平时以为"天是王大他是王二"的"能人"忘却天高地厚，什么主意都敢出，什么娄子都敢捅，最终换来万劫不复的下场。

"刚强者易折"，"勇于敢者则杀"，信然。

交河县②前后两任知县因办事不力被于成龙弹劾，难道这被执行对象是革职

---

① 王朝佐：奉天人，官生，主持修撰《安州志》。
② 交河县：金大定七年立县，名交河，隶属河间路献州。1983 年 5 月，交河县撤销，其行政区并入泊头市，2012 年，交河镇独立，属沧州独立镇。

后住在交河？这也是古代执行难的一个案例。

康熙二十六年八月九日，于成龙上书弹劾直隶河间府交河县原知县严曾业①、现任知县卢询②。

上书中说："山东武城县革职知县石润广③名下侵占挪用的赃款应追缴上交而没有完成上交的数目，据守道参议朱宏祚报告，数目总计二千一百三十二两五钱九分。屡次催缴只完成一百八十三两五钱，还有一千九百四十九两没有完成，而限定时间已到。承办催缴的交河县需回避原知县严曾业、接替承办追缴的现任交河县知县卢询都难以推卸追缴不力的责任。"

怪不得直隶盗匪横行，原来兵匪一家，这匪就是旗下士兵。他们所以肆无忌惮，不光是这伙武装强盗组织严密，分工明确，更是都有着自家保护伞。

下边这个案例有趣之处是保留了于成龙亲自审问被抓盗匪时的对话，相当于现在的审讯笔录。

于成龙的审讯简洁明了直指要害，那盗贼早已知道于大人的威名，不敢有半点隐瞒。于成龙这一问果然问出了背后隐秘的黑幕。天子脚下又将是一场扫痞灭霸的暴风骤雨。

康熙二十六年八月十三日，于成龙上书报告兵营李之茂伙同强盗抢劫分赃案件情况，请求予以严惩。

"涿州到良乡不过一个驿站远。涿州设有参将，窦店设有把总，良乡有满洲兵和绿旗兵千总，防守各有专门责任。竟然会出现将官纵容盗贼或是伙同盗贼分赃丑行，结果是旗人、民人盗贼横行无忌。

"比如琉璃河、窦店、十三里屯一带旗人张庄头抗拒执行保甲制度，不让人打更值班，不服州县官员的稽查，屡次窝藏囤积娼妓，招呼聚集匪类，非止一日。因十三里铺、七里屯、卢沟桥一带不时有悍匪大肆抢劫，臣对这里的官员屡次申饬，怎奈这些将官利欲熏心，藐视法纪。

"康熙二十六年八月，贼人胡大麻子探听到梁贵元等人将携带贵重货物出京，于是传递信息给李之茂。李之茂纠集陈应地、解进礼、霍进友、谢进忠、杨四、刘三、高二、张丫头、王白毛、张二、胡大麻子等十二人，计划于康熙

---

① 严曾业：字广成沆子，浙江余杭人。

② 卢询：镶红旗人，荫生。

③ 石润广：交河县人，进士。

二十五年十二月初九在洪恩寺松树林内实施抢劫。

"李之茂等十一人骑马带武器，刘三步行，于良乡县七里屯村北抢劫得手。李之茂等六人在望楚村^①东柳树林内将所劫九百余两银子交胡大麻子送到琉璃河^②家内藏匿，待日后分赃。李之茂等五人均是军营士兵，以追赶强盗之名掩盖实施抢劫之实。

"十二月初九，臣派标下官兵流动巡查捉拿盗贼，正走到七里屯^③，听到贼人抢劫行人梁贵元后向东南方向逃走。臣派出的把总任玉俊带兵追到柳林^④，有个强贼谢进忠张弓拘捕，官兵用鸟枪将其打伤。谢进忠逃入普安屯^⑤村民张小花家，大喊：'我是十三里张庄头家人（旗下人）。你们饶了我吧。'官兵和乡民将谢进忠捆绑后又抓获霍进友等押到良乡会审。

"经审讯得知：谢进忠等都是窦店把总手下吃粮的士兵，霍进友本人就是把总张元世的二儿子。张元世为逃避对儿子的惩罚，收买失主梁贵元翻供否认被抢劫事实。

"良乡县知县将抓获的罪犯押解到保定。十二月十三日，臣叫来巡道佥事胡献徵一同对李之茂等人逐一审讯。据各犯招认，同伙中有旗人张庄头等、民人刘三等，或者是窝主或者是强盗首领。

"臣等问：'你们都是防区的兵，屡屡在大道上抢劫，管你们的官怎么不稽查你们？想是和你们一同分赃吧。'

"盗贼回答：'小的们的官如果不知情分赃，小的们怎么敢做贼呢。'

"为了问出详情，臣又问：'你们这伙贼实实共有多少？如今现在哪里？'

"贼人供：'我们同伙的原多，都是张庄头结交的。各姓名住址张庄头都知道。只拿着张庄头，问他要同伙，这贼都有了。'

"又问：'你们从前在十三里屯打劫的银子有多少？'

"供：'只有两千来两银子，都是胡大麻子收着，还不曾分。又在卢沟桥行劫了一次，得银八十多两，小的们均分花费讫。'

---

① 望楚村：今属房山区窦店镇辖区。
② 琉璃河：今北京市房山区琉璃河镇。
③ 七里屯：今北京市房山区窦店镇之七里店村。
④ 柳林：今北京市房山区窦店镇之前柳、后柳。
⑤ 普安屯：今属房山区窦店镇辖区。

"又问:'十二月初九日你们劫得梁贵元的银子共有多少?现在哪里?'"

"供:'也是胡大麻子驮着先跑往琉璃河去了。'"

"又问:'张庄头既是贼头又是窝家,为何把银子给胡大麻子拿去呢?'"

"供:'张庄头就住在十三里屯,十三里屯是行劫地方,恐人看破,但凡得的银子俱驮到琉璃河胡大麻子家均分。'"

八月二十六日,三法司奉旨核定李之茂等人罪行。

九月初七日,三法司向皇帝汇报核准情况:

"……除谢进忠被枪击身亡,杨四、张二审讯后病死外,李之茂等九人白日抢劫,不分人数多少,是否伤人,按法律在抢劫发生地枭首示众,赃物追回,交还失主或充公。

"把总张元世革职,比照'军与民窝藏两名以上强盗在家中分赃,都应判发配边关充军',应和妻子一起到边疆充军,到驻地折合责打四十板。

"被革职的把总张元世央求嘱托失主梁贵元改口供,梁贵元和不及时救援的墩兵都应定罪,但事发于康熙二十六年五月初三大赦前,都应免罪。高实甫等案发后不进行支援,并听从张元世嘱托谎称李之茂等人外出目的是为了抓贼,责八十军棍三十大板;李之茂等五人的上级参将朱翰因失察,交刑部处理。"

九月初七日,皇帝下旨:"命将李之茂、陈应地、解进礼、霍进友、胡大麻子、张丫头、高二、王白毛、刘三立即处斩,枭首示众。"

这一次性就将九名盗匪正法,力度之大令人震撼。

清河县知县虽没有贪污加征的火耗银子,但这摊派本身就是大问题,更何况对下属疏于管理。

于成龙在直隶查办了不少乱摊派的案件,意在刹住这个毫无底线加重百姓负担的歪风。有的摊派虽有下情,官员有自己的所谓理由,但长此以往必然互相效尤,变本加厉。除去加重了百姓的痛苦,对于国家的危害也是不言而喻的。

八月十三日,于成龙上书弹劾清河县知县杨应雄[①]。

上书中说:

"清河县原任知县杨应雄私自加征火耗、摊派,昏庸渎职,臣在寻访中发现

---

① 杨应雄:字西云,南昌人。

相关情况后上书弹劾，奉旨将其革职并严加审问追究。

"经巡道金事胡献徵审问后押解到臣这里来，臣亲自审问得知：杨应雄借开销疏浚河道、修学校、修城墙等夫役工费、伙食费为由，于康熙二十五年征收正赋时加收火耗银子一千一百七十八两。

"虽此银用于公事没有中饱私囊，但对私加火耗摊派增加百姓负担难辞其咎；对书办李文沛在承办征收芝麻、花绒时摊派百姓四十两银子用于雇车盘费毫不觉察；对家人疏于管束，致使家人周朴生敲诈勒索杜开基银子十八两，敲诈勒索各里长二十四两银子用于包嫖娼妓，对衙役乱行毫无知觉。

"虽杨应雄加收的银子有部分属于康熙二十五年五月初一日大赦之前可不再处罚，但其后违反上谕私自征收的三百七十四两银子属于触犯了'严禁借正赋摊派'的律条应判杖责。

"鉴于杨应雄已在此案中被革职，且事发在康熙二十六年五月初三大赦前，不再给予杖责及徒刑的惩处。周朴生等革除差役，赃银没收上交官府。"

八月二十六日，皇帝下旨刑部核查议罪。

九月初八日刑部核定拟罪后上书皇帝。

康熙二十六年九月初十日，皇帝依议。

下边案件中的黄天保大概就是纯正的恶霸，他鱼肉乡里无恶不作。案发后，黄天保贿赂官员的银子一次就达三百两，可见日常已将上上下下打点舒服。于成龙将其打掉必然会大快人心。

康熙二十六年三月十四日上书请求惩处成安县原武生黄天保。

上书中说："黄天保为富不仁，捏造地契霸占苗自立家土地；盘剥百姓让刘恕赔偿粮食；蒙骗王复谏说他'作中人不明白'进而榨取其钱财；企图掠夺汪林生家房产；强种甘罗屯①随排土地。在被刘恕告发后，又行贿广平府通判马斌②三百两白银，企图逃脱制裁。马斌举报了黄天保的行贿行为。请皇帝对黄天保进行查办，对通判马斌举报黄天保贿赂行为予以嘉奖。"

三月二十三日，皇帝下旨："黄天保行贿官员求得宽大严重违犯法纪，由该

---

① 甘罗屯：今河北省邯郸市成安县有南、中、北三个甘罗村。

② 马斌：镶白旗人。

巡抚严加追究拟罪。马斌告发行贿值得嘉奖，命该巡抚商议后报吏部知道。"

八月二十四日，于成龙上书报告审问黄天保等人情况：

"……黄天保行贿官员以求宽大，应按'凡有以财物行贿官员按所给赃款与接受财物人同罪''贪赃枉法八十两拟罪为绞刑，监候''行贿三百两赃银没收入官'，所霸占的土地、房产及收的红利、钱粮全部追缴物还原主。

"他儿子黄如玉随父亲行贿，'如全家都共同犯法，只追究长辈'，免于拟罪；成安县知县张元士听信黄天保诬陷他人的禀告，判王复谏赔偿黄天保银两也应拟罪，但张元士已在别的案件中被革职，不再拟罪……"

于成龙还上书请求惩处大名道佥事梁忠、井陉道佥事李基和①、真定知府赵瑾②，原因是因为徇私庇护张元士、杨应雄，后吏部将上述三人革职、流放。

于成龙对于下属要求严格。遵守法纪当然是首要的，精明强干不误事也是必须做到的。

八月初二，于成龙上书请求将大名府知府庄存仁③革职，撤换保定府知府康正吉④。

上书中说：

"郡守这个职位要给有司官员做出表率，必须廉洁奉公，精明强干，才有可能不愧于职守。如果放纵贪欲，平庸软弱无所作为，不只是玷污官员操守，更难做下属的表率。

"臣履职以来每次到道府中都会严加申饬特别告诫。即使如此，仍然有大名府知府庄存仁利欲熏心，不畏法纪；保定府知府康正吉患病荒废政务，因昏庸而耽误了很多事情。据守道参议朱宏祚及巡道佥事胡献徵、大名道佥事王曰曾揭发的情况，与臣访查所了解的没有区别。

"这两个官员或者是贪污渎职，行为乖张，营私勒索；或者是昏庸，衰老疲惫，政务废弛。均难以姑息容忍他们在百姓之上，耽误政务。请皇上下旨将庄存仁革职，将上书中有姓名的蛀虫官员审问追究；将康正吉交吏部商议处置。"

---

① 李基和：镶红旗人。

② 赵瑾：奉天人，荫生，康熙二十六年任。

③ 庄存仁：奉天人，监生，康熙二十五年任。

④ 康正吉：原名元吉，字康山，湖广潜江人，监生。曾任山西太原西路同知、保定府知府。

谷生两穗甚至三四穗的情况并不常见，何况三年两灾非旱即涝的直隶。于成龙上报相关情况给皇帝，特别讲到自己对"民为邦本"的认识及百姓对皇帝"免除钱粮"等德政的感激，他将实物呈送皇帝御览。

皇帝的头脑很冷静，他没有因此沾沾自喜，他的脑海里也许还满是初春大旱的惨景。

八月二十四日，于成龙上书呈报直隶谷生两穗情况。

"东阳县褚仪村①、祁州南乡舍二村②，顺天府文安县③，定州刘家庄④、清风店⑤、念子疃⑥，新城县马村河⑦、中旺村⑧、泽畔村⑨等地方出现谷秀二穗、三穗、四穗情况。

"守道参议朱宏祚还报告说他奉旨到山海关查案子时，看到山上山下庄稼长势很好，是个大丰收的年景，认为是皇帝赦免、缓刑、免租等德政感动了上天。"

于成龙在奏章中继续说：

"民为邦本，民以食为天，丰收之年，百姓家有余粮，谷生双穗，人称祥瑞之兆。臣以为诗经《来麰》⑩讲的是盛世丰年，朱宏祚上书报告谷生两穗，实在是昭示了时代的祥和。

"皇上日夜勤劳，虔诚祈祷，感动上天，甘霖普降。好谷子呈现祥瑞是大丰收，和百姓共庆升平盛世的征兆。臣亲自看到这种美好吉祥，欢欣鼓舞，现将双穗谷用盒子封贮，奉献给皇上。"

---

① 东阳县褚仪村：今河北省衡水市冀州区褚宜村。
② 祁州南乡舍二村：今河北省保定市安国市舍二村。
③ 顺天府文安县：今河北省廊坊市文安县。
④ 定州刘家庄：今河北省保定市定州市刘家庄村。
⑤ 清风店：今河北省保定市定州市清风店镇。
⑥ 念子疃：今河北省保定市定州市开元镇念自疃村。
⑦ 新城县马村河：今河北省雄安新区安新县马村河。
⑧ 中旺村：今河北省保定市有崔中旺、台中旺、周中旺村。
⑨ 泽畔村：今河北省保定市高碑店、涿州境内有南北两个泽畔村。
⑩ 来麰：古时大小麦的统称。《诗·周颂·思文》："贻我来牟，帝命率育。"朱熹《集传》："来，小麦。牟，大麦也。"宋苏轼《章钱二君见和复次韵答之》之一："来麰有信迎三白，蕾卜无香散六花。"一本作"来牟"。也解释为双穗麦。

九月六日，皇帝见到于成龙呈送的谷穗后说："今年三春，润泽大地的雨水没有在相应农时来临，农人差点耕耘无望。所幸上天眷顾他的子民，降下丰沛的雨水，秋天才有了收成。两个穗头三个穗头不足以称为祥瑞，口外肥沃的土壤，多穗的庄稼很多，这些都应看得很平常。"

好学的康熙皇帝看到于成龙的上书，恐怕会微微一笑：这老于头儿，有学问。

山东武城县恶霸监生米清臣跨境作案危害到直隶百姓，直隶却因司法管辖范围的局限导致案件审理搁浅。丁理等一大群证人只能干等着。

米清臣自以为得计，躲在山东心中窃喜，殊不知于成龙的巨掌已泰山压顶一般凌空劈下。

九月初九日，于成龙上书请求跨境协同办案，严惩米清臣。这就是上天追到凌霄殿的节奏。

上书中说：

"米清臣父子作恶，横行无忌，危害直隶省河间、真定两府。霸占田产，杀害人命，敲诈坑害平民。被害百姓张乐生等二十四人控告米清臣。米清臣依仗居住地为山东，负隅抗拒，躲藏不出，以致直隶地方此案涉及的百十余名证人受到拖累，和米清臣对质都没有确定时间进行。

"被害人是直隶居民，但米清臣是山东省恶霸监生，被告罪行证据众多，案情重大，鉴于直隶不便对米清臣进行提审，请旨将米清臣革去监生资格，并下令山东派官员会审。"

九月二十一日，皇帝下旨："革去米清臣监生，由直隶巡抚于成龙与山东巡抚钱珏会同审理后上奏。"米清臣一路张狂的好日子到头了。

于成龙需要坚强的左膀右臂帮他管好保定，那些临时借调来值班的官员干事很难做到专心致志，两头跑还会耽误本职。于成龙也需要鼓舞那些尽心竭力追随他脚步的廉吏能员。

于成龙在上书中说：

"保定自从前任巡抚金世德府衙移驻之后，设立了守道、巡道，管理八个府的钱粮和刑事审理，实际成了省会。再加上旗人与民人杂居，事务繁多，与其他府不同。知府这个职位非富于才干、敏捷通达、操守廉洁慎重之人不能胜任。

"何况皇上命刑部处理的案件都责成知府审理，直隶的刑事审理事务都由各州县审理押解。历年以来，守道、巡道都因知府不得力，每年调同知、通判和附近州县官员到保定租赁民房替换着值班承接审理案件。

“臣想，国家设官分职各有各的职能。如果被调取来值班审案，那他肯定不能兼顾原本掌管的事务，不只是费时间荒废自身事务，更会耽误所管的地方。如果知府得力何必再调动官员轮流值班呢？事务纷乱，扰乱滋事，保定知府是最紧要的官员。

“现在，知府康正吉昏庸，因病连公务都荒废了。因臣上书弹劾，这个职位现在空缺，应照例选择官员补任，但必须才能操守双全、政务敏捷干练的人才能胜任这里繁杂繁重的事务。

“请皇上下令吏部挑选贤能官员补授，或恩准臣不拘常例在直隶贤能官员中保举升任，这样才对事务繁杂之地治理和百姓生活有益。”

九月十九日，皇帝下旨：“吏部知道。”“知道”就是现在“掌握一下情况”的意思。

吏部回复皇帝：

“……经查《品级考》，‘知州不准许升任知府’，理应不予准许。但该巡抚在上书中有‘请皇上令吏部挑选贤能官员补授，或恩准臣不拘常例在直隶贤能官员中保举升任’说法，皇上也有‘这个官缺命该巡抚挑选才能操守兼优的官员上奏’的旨意，可将通州知州方熺[①]按该巡抚推荐补授保定府知府。

“他在任内有三次记录仍要带到新任上去。因这个官员本身就在直隶，应停止发放凭证，将到任日期上报吏部注册。通州知州职缺让该巡抚照例挑选上报然后补授即可。”

九月二十日，于成龙着手解决一桩陈年旧案。他通过上书请求皇帝免除宁晋县水淹沙地百姓赔偿钱粮。

这个动议开始发端于百姓申诉。如果没有百姓申诉，地方官员难道就低着头假装不知？其实问题没那么简单。

从金世德做直隶巡抚开始就此问题向朝廷申请，到现在中间隔了几任，这几年洪水又把地淹了，朝廷还一直要钱粮。百姓知道于成龙来了，知道解决问题的最佳窗口期到了。百姓张奇豹的申诉书信递到于成龙手上。

---

① 方熺：江南江宁人，康熙二十四年任通州知州，二十六年任保定府知府。

于成龙态度积极谨慎，他组织几方面官员进行认真核对无误方才上奏。这样击鼓传花式的推诿拖延终于结束了。这是于成龙重视及时化解矛盾的很好例证。如果百姓话说得对，一封书信就管用。

上书中说：

"宁晋县地势低洼，九河汇聚。只要遇到涝雨，泛滥暴涨的洪水就会成为湖泊。河床淤积抬高，洪水无从下泄。臣去年巡查到这个地方，亲睹了洪水淹没田地的情形。

"据民人张奇豹递上控诉书信，臣批示给赵州知州查勘后写了奏本，现记录在案。现在根据守道参议朱宏祚详称，宁晋县洪水占据田地一事前任直隶巡抚金世德就曾上书说明，请求豁免。涉及土地一千七百四十一顷七十一亩。后来因天旱，洪水落下，田地逐渐露出。这些年陆续报告可开垦。自康熙二十三年，滏河涨水外溢，将新开垦的田地又全部淹没。

"除去在水边水沿露出的土地可耕种，实际被水淹没的土地共有一千四百六十七顷零二十八亩七分三厘。应征收二千零九十八两三钱一分二厘银子中，已刻入《易知由单》正式征收的土地一千零五十顷零二十一亩三厘五毫，另外需征收的一千四百二十七两四钱七分一厘五毫，确实是被水占据根本无从出产粮食。

"查勘的官员确认造册向臣呈递，臣逐一复核，没有出入，除去造册送交户部外，按规定向皇上请旨，恳请皇上按任县、成安的惯例，批准豁免，待水退之后田地可耕种之时再鼓励开垦。"

九月二十八日，皇帝下旨户部商议后上报。

十月初九日，户部同意于成龙意见并上报皇帝。

十月十二日，皇帝批示："依议。"

如果对于"横行乡里、一手遮天"这些词语理解不深的话，那就来看看于成龙查办的这个旗人恶霸鱼肉乡里的案件。

杀了人，轻轻松松就能抓个民人顶缸，没有于成龙这样硬气的好官，不光恶人得不到惩罚，而且一条无辜的民人生命即将不保。

那个拼死为嫌犯儿子申辩的老人——刘进的老娘——最令人激动：母爱就是伟大，为了挽救自己儿子的性命，恶霸的所有收买、所有威胁都将不在话下。

更何况，于大人来了。

九月二十日，于成龙上书请求严惩旗人恶棍侯大及其主子保定府城守正红旗六品官吴科。

上书说：

"康熙二十六年七月二十四日，民人魏良安在自家田地内收割庄稼。旗人侯大等人赶着大车采蒿子，到魏良安地头就开始割别人家地里的高粱喂自家的牛，还把人家的秫秸拿上车。魏良安上前和他们理论时，侯大等人仗着自己是旗人又人多势众，就肆意殴打魏良安，最后将魏良安打倒在地。等到乡约和地保[①]抬着魏良安到城中报告官府时，侯大的主子——正红旗六品官、保定府城守吴科——不但不约束家人，反而拿鞭子追赶殴打地保、乡约并脚踢魏良安，以致魏良安受伤过重，当天死亡。

"通过县衙对魏良安进行检验，尸体上伤痕累累，很多伤都是致命的。

"刚开始审讯时，有个当地的平民叫刘进主动承认罪行。后来刘进的母亲替儿子到县衙鸣冤，刘进才和盘托出侯大等嘱咐他顶罪经过。

"侯大等在衙门审问时，仍然依仗自己是旗人，衙门不能给自己上刑互相推诿，以致连打死人的真凶都找不出，即使是魏良安右肋及肾囊上的伤痕是否吴科脚踢所致也确定不下来。吴科挥着马鞭肆意施暴的情节，据众人指认证据确凿。特上书提请刑部将相关人犯严加审问惩处。"

情节令人发指。不阅读这样的史料将不能理解乐亭百姓、通州百姓、直隶百姓为何会如此依恋爱戴于成龙。如果没有如此耿介正直的官员，谁能给无助的百姓出这憋死人的恶气。

直隶地图画错了，而且已呈报到皇帝手上。事不小。这错误是你想改就改的?! 别说兵部不干，皇帝能善罢甘休? 皇帝可能要问责了。

问题出在哪里? 实际情况如何? 如果不把事情交代清楚，那地图上的信息标志恐怕不是小学生做作业，抄起橡皮想擦就擦。

康熙二十五年冬天，于成龙曾单车巡视直隶南四府，对沙河县官员整肃、

---

① 乡约和地保：清代一乡之中，乡董或乡长以下设庄头、乡约、地保各一人，分管乡里杂务，皆为无俸役职。

人民安定的情景留下了深刻印象。注意，这也是下边事情发展结局的重要基础。

沙河知县谭九乾①得知于成龙在沙河地界走访，跑着赶到黄沙白草的荒地上拜见了于成龙。

谭九乾详细介绍了沙河各方面的情况。此后谭九乾的一番话却让于成龙大吃一惊：原来是在上报朝廷的《沙河县志》里误将沙河与邢台接壤搞成沙河与山西和顺县接壤了：弄错了。虽这个错误早已有之，地图重要的参考资料或者说依据是老版本的《沙河县志》，那里边就是这么写的。

出问题肯定不是好事，但事后看出问题来了，却能看出沙河县令的办事态度很认真。怎么办？

于成龙在为新修订版本的《沙河县志》写的序文里详细描述了他当时听到这个消息的态度：慨然！

何谓慨然？就是咬牙做出决定：哎，改！豁出去挨训斥受责罚了。

他对谭九乾说：

"沙河古代属于温州管辖，是可前往南方九省的通路，十分重要。当今皇上文德武功超越百代，天涯海角都进入了国家版图。皇上特别期望这些情况辑录成册永远流传。于是特命各部和翰林院各位大臣纂修《一统志》。

"各省自总督、巡抚以下官员都要绘画标注分界线的里数，地图绘制完成装裱之后呈送内务府收藏。

"难道我们能因沙河出现纰漏错误而对上违犯政令对下无所适从吗？不能！"

于成龙的一番话，一定让恭敬站立的谭九乾热汗冷汗交流了。

就因纸上的几行字、一幅图，摊上大事了。一字入宫门，九牛拖不出！

于成龙纠正谬误的决心是坚定的。他不能因沙河一处地方的表述和描绘出现问题而影响整个国家地理信息的准确性。

他令谭九乾立刻亲自踏勘，一亩亩详细测量，并向当地百姓父老询问情况求证，多措并举把情况摸准。

九月二十日，于成龙上书请示更正此前已呈送皇帝的直隶沙河县地图。

上书中说：

"按皇上绘制直隶地图旨意和兵部奉旨下发的地图样式，臣传令各知府道台

---

① 谭九乾：字震方，康熙十五年进士，授中书，求外用，选直隶沙河县知县。

和井陉、口北两道，河间等府厅官员共同绘制完成直隶地图后，装订成册，连带详细的说明已呈送皇帝。

"现在，臣接到守道参议朱宏祚的报告说，按志书记载，沙河县与山西和顺县接壤。据此绘制的沙河县地图已呈报给了皇上。而现在沙河县会同和顺县勘测查明，沙河县与邢台县臭水村①相连并不与山西和顺县接壤，与和顺县接壤的是邢台县。

"邢台县和山西和顺县接壤处的黄榆岭②和《沙河县志》中所记载的五指山都属太行山脉，需要更正的接壤部分都在直隶管辖范围之内。臣看到直隶地图的说明上说'沙河县向西至山西省辽州和顺县界一百四十里，至和顺县城一百八十里'应改为'沙河向西至邢台县界一百五十五里'。"

九月二十九日，兵部奉旨核查于成龙的请示。

十月十一日，兵部核实情况后建议将呈送皇帝阅览的直隶地图请回，由直隶巡抚于成龙按实际情况迅速改正后呈报皇帝。

十月十五日，皇帝批准了兵部的意见。

于成龙纠正了地图所依据的老版本《沙河县志》中的谬误，最终拿出了切实可信的结果。

这就给后人提出个问题：盲从书本，只搞从书面到书面的搬家挪移式研究，如果所依据书本的内容本身就是错误的怎么办？很多问题确实需要这种脚踏实地的调查研究功夫。

也许有人就说，这荒山野岭的，画错了就画错了，他皇帝可能永远都不能发现。但如果这个问题因某种机缘暴露出来，后果就不见得是最终签字的人能够承受的。如果遇到战争，那还可能有人要掉脑袋。

校对勘误之后的《沙河县志》编辑完成后，谭九乾请直隶巡抚于成龙为《县志》写序。

看着表述描绘如此眉目清晰的山川土地，有感于谭九乾认真负责的办事态度，于成龙欣然命笔写下《沙河县志序》作为鼓励。

于成龙在序中高兴地写道："乐观厥成（我非常乐于见到这本志书取得的成就）。"

---

① 臭水村：今河北省邢台市信都区就水村。

② 黄榆岭：今河北省邢台市黄榆岭。

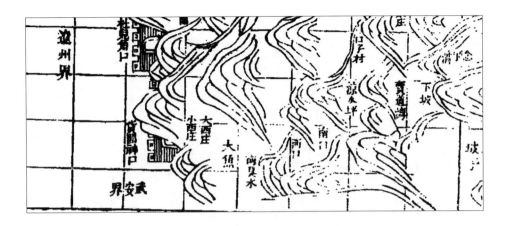

《沙河县志》舆图（局部）

经过这番波折的谭九乾想必也会从他亲身经历见识到的于成龙身上，从于成龙那率先垂范、直面错误和问题、敢于担当、勇于纠正的求是精神中获益良多。

我们需要注意一个行文细节。在给皇帝的上书中描述出现问题的原因时，于成龙谈到了古老志书记载的内容对此次修志的误导，而没有说知县谭九乾事先没有做实地踏勘造成了失误，甚至连谭九乾的名字都没有出现。整个事件的过程也被描述成朱宏祚按程序向上汇报公事公办，而隐去了谭九乾拦路反映问题求解的细节。

此事于成龙一定与自己的左膀右臂朱宏祚有过很好的沟通。整个上书体现了于成龙丰富的政治经验。

他对兵部甚至皇帝对此事会做出怎样的反应没有把握，他担心此事会对谭九乾造成伤害。谭九乾如果因此事被革职最平常不过：玩忽职守！

于成龙看到了谭九乾身上的可贵品质，他不想辜负这个从大老远满头大汗穿过黄沙蹚过百草跑着来见他的官员：谭九乾得多早就派出人去打听巡抚大人的行程啊。但话说回来，就算这样，你出错了，你也绝对不可能得到兵部和皇帝的表扬。不责罚你就便宜你了。既然如此，如果有斥责那就自己担起来吧！

给并非主观故意的下级扛一下风险而不是一句话先把下级卖出去挡枪。这就是官德。

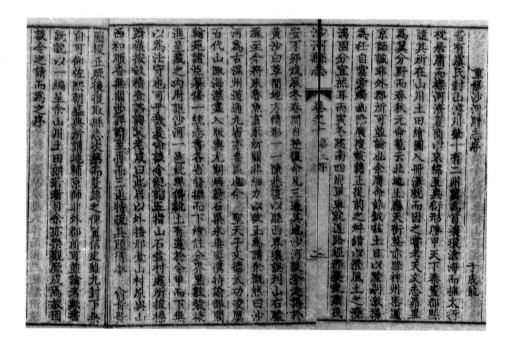

《重修沙河县志序》

又一贪官污吏被革职查办。

九月二十日，于成龙上书弹劾鸡泽县典史钟玉[①]。

上书中说：

"……石佳彝[②]、鸡泽县知县祖法敬[③]揭发举报钟玉劣迹，和臣访查到的情况无异。

"此官行止乖张、贪婪酷虐，擅自受理民间诉讼，任意勒索、敲诈行户肥私，捕盗事务废弛，秽迹昭彰。实在难以姑息容留侵害百姓，请求皇上下旨将其革职，与上书中有姓名的蛀虫差役一起提审严查、定罪。"

皇帝下旨："将弹劾奏本中的钟玉革职，他贪婪酷虐的各项罪行与奏本中有姓名的其他蛀虫差役由该巡抚提审追究定罪。结果详细报告给刑部知道。"

监生史启望本已成了候补同知，按道理应奉公守法。但他的所作所为演绎

---

① 钟玉：杭州人，康熙十年任。
② 石佳彝：奉天辽阳人，贡生。曾任怀仁知县、长子知县、广平府知府。
③ 祖法敬：正蓝旗人，监生，二十六年任。

了什么是无恶不作什么是一手遮天。偏偏芦台巡检①马廷菜趋炎附势一门心思要给这史启望站台撑腰，活脱脱就是保护伞。

于成龙拿下这两个官员真是为民除害。

九月二十七日，于成龙上书请求将恶霸监生史启望、芦台巡检马廷菜革职以便严惩。

上书中说：

"恶霸监生史启望肆意横行毒害百姓，素为乡里百姓侧目。他弟弟史启全以做买木头生意为由诓骗了王锡鲁的父亲王承业本金二百四十两银子。史启全依仗势力不归还王承业银两，以致王承业气闷抑郁而死。王锡鲁等人写了状纸到县衙控告。史启望于是捏造了工部捉拿漏税犯人的名目，带家什和义等人连夜打入王锡鲁家，将王锡鲁的母亲朱氏扯裂衣服，揪着头发游街，殴打侮辱。并将王锡鲁的弟弟王锡印和仆人陈邦宁一起抓进巡检衙门。

"芦台巡检马廷菜身为朝廷官员，却依附势力，与他们结党作恶。不问是非擅自将朱氏等人锁拿关押。又听从史启望的嘱托，肆意编造：或者说他们拒捕杀害差役，或者说他们殴打朝廷主管官员向上级申报。私下嘱托弓箭手张承业为史启望作伪证，凡能够陷害王锡鲁的办法没有不为袒护史启望而事先做好打算的。

"这样的恶霸监生，实在为法律所不容。但史启望是候选的同知，马廷菜是现任的芦台巡检，所以特请示圣旨将二人革职，以便进一步严加审理处置。"

十月初六日，皇帝下旨："将史启望、马廷菜革职，着巡抚于成龙对其严加审问追究。"

"旗棍土豪，肆意妄为，毒害无穷，百姓被害，难以忍受，请皇上下旨刑部追究定罪，为民申冤。"

于成龙在上书中愤怒指斥旗人恶霸张应秋。百姓不堪忍受群起告发。这个恶霸，百姓如果不成群结队互相仗胆都不敢单人匹马到官府和他单挑，其淫威可想而知。不过遇到于成龙算折腾到头了。

---

① 巡检：官署名巡检司，官名巡检使，简称巡检。始于五代后唐庄宗，宋时于京师府界东西两路各置都同巡检二人，京城四门巡检各一人。又于沿边、沿江、沿海置巡检司。掌训练甲兵，巡逻州邑，职权颇重，后受所在县令节制。明清时，凡镇市、关隘要害处俱设巡检司巡检，主官正九品，归县令管辖。芦台巡检司设在今天津市宁河区境内。

十月初四，于成龙上书请求严惩旗人恶棍张应秋。

上书中说：

"臣看到流氓无赖祸害百姓，虽立法很严，但仍然有不怕死的肆意妄为。

"张应秋卖身投靠到旗下，恣肆作恶，毫无顾忌。他奸淫了冯氏并与已有夫家的幼女姘居；勾结旗棍党羽张仰泉捆绑捉拿陈文学进行敲诈，勒索银两；向百姓硬性摊派柴草或暗中侵占他人土地，以致受害的穷苦民人靠典卖自身或出卖女儿偿还欠下他们的'债务'。旗人恶棍嚣张跋扈的同时，杨贵麟、闫东安等当地恶棍纷纷效尤以致毒害一方，讹诈勒索行为不断发生。梁大成等受害者实在难以忍受迫害，群起到官衙控告。"

十月十五日，皇帝下旨："由该巡抚捉拿张应秋等人严加追究，拟罪惩处。"

十月初九，于成龙到霸州城南朝见了皇帝。同时来觐见的还有卢沟桥同知王辅、霸州防守尉拜山。于成龙先后五次被唤入行宫，赐座、赐食、慰劳有加。康熙皇帝还和蔼地与于成龙拉了一些家常。

十月初十，于成龙上书请示截留漕米支付驻防官兵口粮，平易粮价。

上书中说：

"驻防官兵每年需要的粮食都因就地采买艰难，年年都有截留漕米的上书。守道参议朱宏祚称：'保定所属地方是圈地后的残破之地，又遭遇了蝗灾，收成很少，如果就地采买粮食发放给官兵浪费国帑。请求将康熙二十六年所需的军粮九千二百六十八石二斗五升按旧有惯例截留山东漕米支给官兵。并请求将此作为定例。'

"臣看到这项驻防官兵的粮食向来是截留河南漕米，后来河南漕运改道，变为就地采买，拖累很大。所以请求截留山东漕米，等到粮价平易后再进行就地采买。截留漕米和拨银两采买都要动用国帑，这个多了那个就少了，这样一转换，士兵和百姓都方便了。再加上保定所属地本来就不是产米的地方，市价历来比较贵，每年需要的几千石粮食采买起来不容易。

"请皇上将康熙二十六年的士兵口粮按数量截留山东漕米使用，并下令户部审核商议，将其永远作为定例。"

这是务实灵活的官员所提的见解和主张。

十月十四日，永清县信安镇。皇帝巡幸畿甸途中于此地赏赐于成龙御用上乘黄鞍马一匹，白银一千两。

皇帝又派侍卫赐于成龙御服、貂皮大衣和猎获的野鸡、野兔。这赏赐的衣服平常办公穿着未必方便，还可能出现磨损，也许于成龙要到庆典时才会穿出来。得到赏赐野味的臣子范围不会太大。

皇帝通过赏赐态度明确，传达出对于成龙的褒奖，由史官记录在案。

这次赏赐的不是亲手书写的折扇条幅等物件，很明显，这次赏赐的分量更重，含金量更高，看起来更实惠。

黄鞍马见身份，银子估计就是奖金：这于成龙成天私访，花费都自个顶着，怎么也得贴补贴补。

谁干事踏实卖力气，皇帝心里有谱儿。

同一天发生的另外几件事看起来似乎与于成龙无关，实则大有关系。写在这里可让读者更真切感受时代气息，埋下一条线索。

于成龙处理的一桩惊天大案即将从此拉开帷幕。可以说这是康熙朝第一贪腐大案。

打铁先要自身硬。湖广巡抚张汧[1]眼看自己危险，用弹劾下级的办法转移皇帝的视线，搞声东击西那一套。哪知道皇帝盯紧他了。张汧是官员中的书法家，遍地题字敛财，这次悬了。

十月十五日，皇帝巡幸京南，在永清县韩村北边这个地方接到湖广巡抚张汧的奏折。其中内容主要是弹劾上荆南道道台祖泽深[2]勒索、贪婪、敲诈等十二条；枝江县知县赵嘉星[3]私自摊派危害百姓五条；通山县知县邢士麟[4]才能短浅耽误公事。他请求将上述几人革职追究定罪。

张汧可能还不知道，弹劾他本人的奏折皇帝不知已看过多少。能够想象康

---

① 张汧：山西高平人，号壶阳，少工书，有文誉，顺治进士。始弱冠授庶吉士，改礼曹，屡迁至福建布政使，巡抚湖广。晚年失职问罪，处以绞刑。

② 祖泽深：明清之际名将祖大寿第四子。荆南监司，后死于狱中。

③ 赵嘉星：浙江绍兴人，贡生，康熙二十五年任。

④ 邢士麟：字玉书，浙江桐庐人，举人。

熙皇帝阅读张汧奏折时嘴角泛起的那不易察觉的冷笑。

皇帝下旨："这奏章中参的内容，让刑部右侍郎塞楞额前往察看审理。"

这塞楞额估计也不清楚自己这次出差就是自己人生最后一次风风光光地查办他人：钦差—阶下囚，一步之遥。

现在还不是于成龙上场的时候。

于成龙在永、蓟墩台①的去留问题上与兵部意见相左。他认为墩台是重要的军事节点，兵力理应保留。但此次上书受到兵部质疑。这拍板的活儿最后留给了皇帝。

十月十六日，于成龙与天津总兵刘国轩共同上书请求保留永蓟二协墩台守卫士兵。

上书中说：

"臣看到，永、蓟二协②共有编制外墩兵三百五十名，兵部行文要求全部开除。但永蓟二协驻守的范围向来极广，多是边境海防的重要地方，分别巡查防守，责任重大。但朝廷定额设定的绿营士兵没有几个，不足以布置在墩台上进行守卫。

"现有的五百三十五名墩台守卫士兵，原是在康熙七年兵部会议决定留下的兵力以外由前任天津镇臣陈奇③比照宣化设立驿夫、驿卒的先例特别上书申请保留下来的，现记录在案。凡有墩兵的地方，每次裁减军队都是裁减制兵④不裁减墩兵。

"现在如果把墩兵裁掉，那就剩千总、把总自己守关了，必定导致贻误军机。因此应照旧保留下墩兵，这是防御的需要。因此事万难商议裁定，所以臣和天津镇总兵刘国轩联合上书请旨，下令兵部商议后施行。"

十月二十五日，兵部商议后答复皇帝时说：

"康熙七年，议政王等人与兵部商议决定直隶省共留下三万兵力；到康熙

---

① 墩台：明清设立的报警台。

② 协：清军的编制单位，在镇之下。三营为标，两标一协。

③ 陈奇：曾任京口水师总兵、天津镇臣。

④ 制兵：清代称绿营编制的地方常备军为"制兵"。《清史稿·兵志二》："绿营规制，始自前明。顺治初始建各省绿营，绿营有马兵、守兵、战兵，战守皆步兵，额外外委皆马兵，综天下制兵计六十六万人。"

二十二年，原直隶巡抚格尔古德上书并经兵部商议后报皇上决定，天津镇保留兵力一万一千名。这两次都没有提到保留五百三十五名墩兵的事。

"至于说天津镇总兵官陈奇比照宣化设立驿夫、驿卒的先例建议保留墩兵，兵部商议后认为，墩兵原本在议政王等人与兵部会议决定保留的兵力范围之外，谈不上保留。

"于成龙、刘国轩的建议不用商议。应让他们在天津一万一千名制兵里拨人防守墩台即可。"

数天后的十一月初八日，皇帝下旨："墩台士兵，命按于成龙所提出的意见保留。"

于成龙没有因到直隶任职就与下河治理彻底脱离。皇帝看重他的意见。

十月十七日，大学士在南苑旧宫向皇帝报告征求于成龙整治下河意见的情况。

大学士等人向皇帝启奏说：

"前任总河靳辅启奏皇上说'要在高家堰外再筑重堤，请停止下河丁溪等处工程'。奉皇上旨意，臣等去问直隶巡抚于成龙意见。

"于成龙答复说：'我看到高邮宝应等处积水以及串场河淤泥久经淤塞，土地被淹，百姓困苦不堪，恰逢皇上南巡，看见了民间的疾苦，七县百姓得见天日，叩阍求助。'

"'皇上目睹水势，遣伊桑阿、萨穆哈勘察奏明，下旨会议九卿海口应开，皇上不惜帑金，特遣微臣督理工程，臣奉命之日亲身逐出踏勘明白估计造册两次，具详题请钱粮动工。

"'河臣各执己见，以挑浚海口无益欲筑大堤二道，泄水入海。又奉旨让臣与河臣来京会议具行停止，又蒙皇上洞鉴特遣工部侍郎孙在丰督理河工挑浚海口，万民欢呼感颂。

"'现在下河的岗门镇①河道已顺利通开，白驹场河道就快疏浚完成之时，河臣靳辅再次提出疏浚河道无益，而应在高家堰筑重堤的意见。微臣愚见筑重堤这种意见断然不可采纳。

"'如果疏浚入海口河道无益，那七州县的百姓怎么会叩阍冒昧向皇上请求做对自己无益的事?! 况且孙在丰是在亲自踏勘之后才开始动工的，如果疏浚工

---

① 岗门镇：今江苏省泰州市海陵区罡门村附近。

程无益,那动工之前就该停止,怎么会在疏浚工程开始一年已动用大量钱粮之后再停止?这是臣不能理解的。

"'臣前议高邮宝应等处筑堤拖累百姓,今靳辅改于高家堰筑堤绝不可能不累民。今河臣又题在高家堰筑堤屯田有悖于兴民救民之旨。孙在丰疏浚河道已有了头绪,何必要舍弃现在就要看到的成功而再去做劳民伤财的事情呢?

"'皇上对臣有格外洪恩,臣毫无报答。承蒙皇上不因臣愚蠢无知,命臣和大学士禅布等人议论下河治理方略,为了报答皇上的隆恩,臣怎么敢不竭忠尽智却去担心别人的怨恨和嫌弃,以致朝廷把有用的金钱丢到没有用的地方,花了钱反让百姓怨恨,辜负了皇上爱护百姓的厚意呢?臣认为下河疏浚工程宜开不宜停,高家堰堤坝宜停不宜筑,这是断然正确的事。

"'臣一片忠诚,但如果皇上感觉臣不足信任,那两江总督董讷①历来忠诚老实,为人耿直,漕臣慕天颜就在那里做事,所见所闻最为真实。请皇上派这两位大臣调查一下七州县灾民对于下河疏浚工程到底该不该停止的意见,呈报给您定夺。'"

由此可见,下河疏浚工程已经有一定进展,但又受到了阻碍。

皇帝说:

"开挖疏浚下河原意是要对七州县的百姓有益。靳辅在奏章中说'在高家堰等处筑堤后屯田,可收获百万万两银子的钱粮'。朕是从有利于民生考虑的,并非为钱粮。如果是为了钱粮,那就不必免除江南、陕西钱粮了,反还要向他们征收六百余万。

"开挖河道关系重大,命户部尚书佛伦、吏部侍郎熊一潇②、给事中达奇纳③、

---

① 董讷:字兹重,自表字默庵、柳林。山东平原县王杲铺镇董路口村人。康熙六年科举人,康熙七年一甲第三名进士。康熙十一年云南乡试主考官,十二年纂修官,十五年右春坊右中允,十六年日讲起居注官,十八年侍讲,十九年加侍读学士衔。后为顺天府乡试副考官、礼部右侍郎、经筵讲官、会试副考官、户部右侍郎、左侍郎、礼部左侍郎、都察院左都御史。康熙二十六年四月二十二日被任命为两江总督。康熙皇帝下诏赐祭葬,追加正一品。

② 熊一潇:字蔚怀,江西南昌人。康熙三年进士,改庶吉士,授浙江道监察御史。请罢投诚武官改授文官例,并议裁并各关,皆下部议行。累官工部尚书,坐夺官。

③ 达奇纳:因下河之争,降五级。

赵吉士①会同江南总督、总漕②确实查勘、议论后上奏。"

靳辅还在扛着劲儿,排除积水拯救下河七州县的百姓似乎在他那里排不上号,他每天都在谋划如何屯田之事,皇帝反复提示也毫无反应。

新一轮调查研究开始了。这真是康熙治水历史上的一大奇观。

十二月二十一日,户部尚书佛伦等人在查勘下河治理工程后向皇帝汇报说:

"河臣靳辅上书请示修筑高家堰的几重堤坝约束洪泽湖水使之从清口泄出,并且在黄河两岸建立闸门用来分头下泄黄河之水;直隶巡抚于成龙说下河应疏浚不宜停止,高家堰的几重堤坝应停修而且不应修,两人意见不同。

"臣等通过勘察上下游河道,得知高邮等七个州县的水患都是因洪泽湖水从减水坝向东灌注到高邮、宝应、邵伯的三个湖泊之后流入运河,又从高邮城东大堤减水大坝流进下河以至七州县民田被淹没。所以治理下河必须先堵住上游的洪水,那保住高家堰使洪水从清口流出自然就是第一要务。

"臣等查看高家堰的地势,应按河臣靳辅的意见,在史家店以南,石堤以东,修筑一道月牙大堤,使上边六道堤坝挡下的洪水从重重大堤之内流出清口,自然不至于冲击堤岸。但洪泽湖之水流入运河,运河大堤则至关重要,应消减下泄洪水。应将淮安以北的五岔河闸口开通疏浚,引导洪水从草湾流入大海。

"至于说淮安、宝应、涧河等地下河河道也应开通疏浚,引洪水由射阳湖到达庙湾后入海。高邮城东堤的五座减水坝是下河水患之根源。现在淮安府南北河道既然已开浚,这些地方就都应堵塞。

"仍然按河臣原来意见,在黄河两岸的仲家庄、草湾等处修建三座石闸分泄黄河水入海外,安东县五里墩修闸泄水由盐河入海。只恐怕开闸之处逼近安东城,安东实在危险。应将石闸移建到城东。

"下河情况现在水流通畅。既然要堵塞上游使洪水全部流入清口,那下河水势自然逐渐减少,应将白驹、丁溪、草堰等三口的工程全部停止。至于修筑月牙堤、涧河等处工程,开通疏浚修建闸门所需要的钱粮情况,应让河臣靳辅准确估算后上书请示。"

皇帝下旨:"意见交九卿、詹事、科道会议,商议结果详细上奏。"

---

① 赵吉士:字天羽,又字渐岸,号恒夫,安徽休宁人,入籍钱塘。

② 总漕:主管漕运的官员。

于成龙因在霸州信安镇受到了皇帝赏赐，他以书面方式向皇帝谢恩。

谢恩的上书中说：

"……（臣）以整饬官吏为念，来报答皇上恩德。此次恭逢皇上行幸霸州等地，臣在本月初九跪迎圣驾时皇上就派官员向臣问话。等臣朝觐天颜，皇上一开始就问臣直隶地方官员的贤能及民生情况，今年秋天百姓收成怎样，应怎样才能让百姓家给人足。……臣竭尽所知，详细向皇上做了报告。

"皇上五次在行宫召见臣，亲自问臣情况并赐臣座位，对臣慰问、劝勉。又命臣会同大学士禅布商议下河工程。臣蒙受皇上隆恩的幸运真超出寻常。銮驾临行时，又蒙皇上洪恩特别赏赐臣御用带黄缰绳和黄马鞍子的良马一匹，一千两白银。皇恩密集叠加，叮嘱眷念。皇上惦记着臣父母年迈，家庭贫困，温和地叮嘱臣惜身报国。

"臣考察古往今来的臣子，没人有过这种待遇，环顾各位大臣，又有什么人受到过这样的宠遇呢？臣感动落泪，寝食不安。从此以后，只能更加鞠躬尽力，竭尽愚鲁的忠诚，整饬下属官员，安抚好百姓。务期达到大官守法小官廉洁，百姓家给人足，将皇上的告诫落到实处，体现皇上爱护养育百姓的深情，来报答皇上的恩情于万一。……臣专门差遣提塘①黄维周②奉表上奏。"

康熙二十六年秋，于成龙《抚直奏稿》付印。

于成龙奉公守法，洁己率属，雷厉风行，缉捕盗匪，赈济灾民，整顿吏治，历经两年治理，使得京畿安定，吏治民风发生了根本性变化。

他关心民间疾苦，在处理重大政务时虚心向属下求教，经常轻车简从到各州县巡查访问。他为民请命、为国献计献策，奏疏言辞爽快干脆，直陈弊端切中要害，提出建议切实可行。每次上书送进朝廷，内阁大臣、各部官员都争相传阅默记。

除有些建议需要按惯例在部里周旋议论走一下程序，皇帝都很快首肯并予以施行。即使古代那些最贤能的臣子向皇帝上书言事，能有一半建议得到采纳施行都很难，能被皇帝采纳一条就是一生荣耀。

大多数士大夫为了保住高官厚禄，或是皱着眉头认为不能说，或是吓得直

---

① 提塘：清代官名。清各省督、抚选派本省武进士及候补、修选守备等，送请兵部充补，驻于京城，三年一代，称提塘官。掌投递本省与京师各官署往来文书。

② 黄维周：浙江绍兴人。

着舌头不敢说，最后归于不说，根子在于说过的话得不到认可和施行。像于成龙这样，写出来的奏章皇帝几乎全部言听计从实属罕见。

胡献徵、朱宏祚等下属官员多次请求于成龙将这些奏稿刻印成书。

于成龙说："这怎么拿得出去给别人看呢？我很幸运，受到皇帝特别提拔，即使我鞠躬尽瘁、舍去性命都不能报答皇恩于万一。何况我说的都是奉旨准许后施行的，皇上的仁德就像尧舜，如天似日，只有圣旨才可记录下来，这些东西怎么能拿来炫耀显示呢？"

"善世而不伐"①，这说的就是于成龙吧！

胡献徵、朱宏祚等劝说道："于公，您太小心翼翼了，谦虚的美德让我们拜服。都像您那样，《尚书》就只有《典》没有《谟》，《史记》等史册就只有《纪》没有《传》了。这些奏疏正可宣扬皇上仁德并用来晓谕百姓啊。《诗经》不说'辞之辑矣，民之洽矣；辞之怿矣，民之莫矣'吗？您何必这样谦逊推让呢？"

于成龙推托不过才把那些奏疏拿出来。历时三个多月时间，《抚直奏稿》成书。郭棻、熊赐履②、赵之鼎③、胡献徵、朱宏祚等人为此书作序。

朱宏祚在《抚直奏稿序》中曾描绘和抚院大人于成龙在一起共事的情景。这些文字也可帮我们领略于成龙的风采：

"（于公）接受皇帝任命之日，文官武将早听说过他的办事风格，所有人都努力精细、清白、坚守、严谨，都想在于公左右效命时能稍稍有所表现。所有人都感到这将是吏治民风大变的重大机会。

"于公廉洁公正，风采威严俊朗，但向下属咨询政务利弊得失时，充满仁义的语言和蔼可亲，像春天般温暖。

"宏祚从天津受到朝廷推荐来到直隶总理钱谷事务还不到一年，正担心不能

---

① 善世而不伐：对世界有好处却不夸耀。《易经》语。

② 熊赐履：字敬修，湖北孝感人。顺治十五年进士，选庶吉士，授检讨。康熙六年，康熙亲政后建议设经筵讲官，任起居注官。九年为国史院学士，更以为掌院学士。举经筵赐履为讲官，每日进讲弘德殿。十四年迁内阁学士，寻超授武英殿大学士，兼刑部尚书。二十九年仍直经筵。四十八年卒，年七十五，康熙命礼部遣官视丧，赐金千两，赠太子太保，谥"文端"。

③ 赵之鼎：字洛迁，沂水莒县人。崇祯辛酉孝廉，丁丑进士。曾任淮安府海州知事、通政使司左参议、江南道御史、左副都御史、刑部左侍郎，康熙二十六年升刑部侍郎。书法家。

胜任，总是思考如何以自己的寸壤细流帮助于公山高水深的事业。于是自己发奋努力，不想让别人讥笑自己尸位素餐。

"凡属于畿辅田亩的变迁，财政赋税盈亏、民生忧乐，官员评价好坏，过去心里有想法却闭口不敢言的，皱着眉头不敢做的，到现在没有不向于公当面倾吐的。于公斟酌轻重，权衡难易，依次向皇帝报告，都被肯定施行。

"畿辅百姓在道路上里巷中歌颂皇帝的仁德，当然也是在歌颂于公这样的君子。

"两年间，凡于公的奏章到了政府，文案到了六部，王公士大夫争相阅读，仿佛见到了汉代贾谊的策论，唐朝陆贽的奏章。"

十月二十一日，于成龙上书请求将清苑知县金绍祖①调往政务简单的偏僻地方任职：

"保定清苑县是省会重地，往来的差使络绎不绝，押解犯人过往的情况接踵而至。加之旗人、民人杂处，百务猬集。清苑县令这个职务如非资质敏捷、才干优长之人不能胜任。

"清苑现任知县金绍祖在任三年兢兢业业，从来没有出现过错误。但近来因患病感到耳沉②，虽勉力应付公事，但不能够处理繁杂艰巨事务的人在如此要冲之地恐怕难以长久任职。

"如果要指责弹劾，这名官员又醇厚、严谨、自律，也并没有出现什么耽误政务的事情，放弃他实在有些可惜。

"臣看到过康熙二十四年时左副都御史张可前上奏理财用人内容的奏章。吏部在答复时有'江南、浙江、湖广、江西、福建、广东、陕西七个省民生凋敝，钱粮难以完成。这些州县的巡抚、总督在确查后将其调往直隶任职'的说法。这虽不能算官员调剂的惯例，但清苑确实也是要冲，政务繁杂之地。

"请皇上下令吏部比照江南七省惯例，将金绍祖调到政务简单的偏僻之地，清苑县官员的缺额容臣另外选取贤能的官员上报补任。或者下令吏部将臣另外奏章中保举的邵嗣尧等人挑选一名补任此职。希望能够才干和任职地方相称，

---

① 金绍祖：字公望，号襄云，辽阳人，荫生。
② 耳沉：听力下降。

用人恰当。……在京畿南部行宫，臣已当面将金绍祖、邵嗣尧等人任用的事情向皇上报告……"

十一月初九日，吏部在回复皇帝时说："……经查，金绍祖理应到吏部通过抽签决定补授官职，只是该巡抚说他'不是处理繁杂巨大政务的人才，应另外调到政务简单的偏僻之地'，请皇上下旨命该巡抚遇到简单、偏僻地方的官职出缺时补任金绍祖即可。"

皇帝批示："依议。"

对于金绍祖的使用，于成龙是慎重的。他因身体问题导致不能承担繁重的工作，这是他被建议调换的根本原因。不涉及这个官员的品质和工作态度。于成龙的上书中掌握了很好的分寸。

十月二十一日，于成龙上书保举原柏乡县知县邵嗣尧等官员：

"臣从一介儒生蒙皇上委以直隶巡抚重任，未立寸功报效而频频受到皇上的宠爱赏赐，臣日思夜想，只觉得无以报答皇上山高水长的恩情于万一。

"……十月初九，到行宫拜见皇上时，皇上惦记百姓疾苦，向臣询问官员是否贤能。臣当时就将见闻真切的才守兼备但废弃时间很久的原柏乡县知县邵嗣尧、原元城县知县陈伟、由玉田县知县升任养利州①知州后因病在家休养的王光谟②、原任湖广安仁县知县后因病归家的祝兆麒③等四人向皇上推荐，这四人现在已痊愈，请求将这些人起用，不负皇上求贤若渴的心情。皇上不把臣话当成妄言，命臣根据实情保举推荐。

"这四名官员，邵嗣尧清廉耿直，才能操守兼备，虽离开柏乡县很久了，但现在那里的百姓爱戴他、赞美他的话众口一词；陈伟、王光谟、祝兆麒这三人政务勤勉干练、人品端正廉洁。臣自认为了解他们，见闻如果稍有不确切的地方，断断不敢胡乱推荐，自蹈欺君之罪。请皇上将邵嗣尧等四人按原来官职录用。对于邵嗣尧等人来说，臣敢保证，这些人既然蒙受皇恩必然能够赤心图报……"

---

① 养利州：今广西壮族自治区大新县北。

② 王光谟：辽阳人，荫生。康熙十六年任玉田知县，二十六年任昌平知县，三十五年任江宁知府，四十年任整饬肃州道，有善政。

③ 祝兆麒：汉军镶红旗人，康熙二十年任安仁县知县，二十六年任雄县知县，三十五任重庆府知府，三十八年任整饬肃州道，名宦。

十月二十九日，于成龙再次上书举荐安肃县①知县李会生②担任通州知州。

八天后，吏部将会商情况上报皇帝："……李会生担任安肃县知县四年有余，一切地方事务处理得十分恰当，确实属于贤能官员。将李会生补任通州知州，希望在公务复杂繁重的地方可收到用人恰当的成效。其在任内的三次卓异记录带到新的任上去。"

皇帝下旨依议。

这李会生不负于成龙的一双慧眼，最后做到云南布政使司参政。特别值得一提的是他任镇远知府时曾参与征剿贵州，战争结束后绘制了十二张连环画般的《监纪图》，成为后世研究清代历史的珍贵资料。

十月三十日，皇帝给吏部下旨："邵嗣尧、陈伟、王光谟、祝兆麒均照巡抚于成龙建议按原职位录用，邵嗣尧立即补清苑县知县缺。"

这其中的邵嗣尧后来一路被各方面举荐，连连升职，直到后来皇帝看到他提拔过快才发话让他踏步。这是后话。祝兆麒、王光谟人分别于康熙三十八年、四十年升任整饬肃州道。

下边的上书算上文的延续，皇帝发话了，于成龙马上上书吏部，雷厉风行，他将整个吏部用人的节奏带快了。迅速调整，迅速开展政务。皇帝一概照准。

十一月初六，于成龙上书为起用原任柏乡知县邵嗣尧、原元城县知县陈伟、原玉田县知县后任养利州知州王光谟、原安仁县知县祝兆麒、邯郸知县宋灿③等人谢恩：

"……邵嗣尧等四人全部准许录用，皇上破格的特殊恩情，臣和邵嗣尧等四人都感激不已，不知怎样才能报答。

"除邵嗣尧补授清苑县知县外，臣看到直隶顺天府昌平州等处为京畿要道，旗民杂处，奸猾之人容易潜藏，盗贼较多难以消灭，非常难以治理，急需人才。因前任昌平州知州曹文斑④辞职还家奉养老人，职务缺员。

---

① 安肃县：今河北省保定市徐水区。

② 李会生：字朴园，夏邑县桑堌乡李口村人，内翰林、国史院庶吉士、江南按察司副使李培真长子。幼习庭训，康熙十五年以岁贡授封丘教谕，升安肃知县、通州知州，内升历郎曹十年，改任贵州镇远知府，升湖广上荆南道道员，调云南布政使司参政，分守永昌道，卒于官。

③ 宋灿：辽阳人，监生，二十一年至二十五年任邯郸知县。

④ 曹文斑：曾任太平县知县，修撰《太平县志》，后任简阳知州。

306　／　于成龙全传

"今年二月，吏部遴选广西荔波县知县傅鸿业①补授此职，但其路途遥远，到任无期。若由顺义县知县钟韵远②代理，虽他的才能可处理繁杂事务，但顺义也是要冲之地，鞭长莫及，未免有顾此失彼的顾虑。至于保定府下属雄县，一向匪类众多，又加上地处要冲，治理起来也不容易。

"雄县前任知县王辅升为捕盗同知后，知县职位缺员。虽吏部于十月遴选浙江严州府教授朱进③，但到现在还没有给官凭，估计难以近期到任。

"这两个州县除非聪敏干练、名声素著、才能足以应付四方的官员很难胜任。不知道吏部遴选的官员才干怎样？更主要的他们到任无期，这种政务繁杂的重要之地难以空着职位长久等待。

"除去陈伟正在行文咨询河南福建两个省，查到相应职位缺员予以补任之外，臣请求将臣保举的王光谟补授昌平知州、祝兆麒补授雄县知县，希望可处理繁杂重大事务，人员才能与地方情况符合。"

十一月二十日，皇帝下旨吏部商议。

吏部奉旨商议上报：

"……查皇上圣旨中说：'邵嗣尧、陈伟、王光谟、祝兆麒均按该巡抚建议录用。'相应将王光谟、祝兆麒按该巡抚建议使用，邵嗣尧任清苑县知县，王光谟任昌平知州，祝兆麒任雄县知县。停止给发官凭，将到任时间报告吏部。他们在前任之内的所有加级都带到新任上。新升任昌平知州的广西荔波县知县傅鸿业、新升任雄县知县的浙江严州府教授朱进，由该巡抚给文书到吏部另补其他职务。"

十一月二十五日，皇帝下旨："依议。"

千山万水，接到通知到真正上任时间漫长，现在看只能另有任用了。这也是难以捉摸的人生际遇。很多人称之为"官运"，说的就是这种难以掌控猜测的情况，命运并没有掌握在自己手中。

于成龙不是迈着四方步的老学究，他是风风火火的实干家。能够得到皇帝的支持也可体会到康熙皇帝高度的进取心。

"兴利除弊乃治理百姓头等大事，兴一利远不如除一弊有效，其根本在于弊

---

① 傅鸿业：奉天（今辽宁）人，汉军镶红旗人，监生。康熙二十三年任。

② 钟韵远：奉天（今辽宁）人，汉军镶红旗人，监生。康熙三十六年任荆门知州。

③ 朱进：本姓金，字方城，海宁籍，举人。

端革除，百姓那边自然就没有不利的地方了。"于成龙这句话值得每个官员反思。于成龙认准了的事九牛拖不回，更何况这次来了"同盟军"——山西巡抚马齐①。

十月二十一日，于成龙还有一道奏折请求免除刊刻《易知由单》。

上书中说：

《易知由单》上刊刻的州、县、卫、所内按人口土地征收的钱粮数目及运输保存等内容都在《全书》及《地丁奏销册》里，单中所列的征收标准完全是翻查比照《全书》及《地丁奏销册》开列的，丝毫不差。每年刊刻《易知由单》的费用大多向民间摊派。有些不成才的官吏借机向百姓胡乱摊派，确实给百姓带来很大负担。

"臣做了十几年州县的官，了解其中的弊端很久了。每张白白耗费金钱刊刻的《易知由单》上面像微尘般的数字过万，那些通晓文字的人尚且不能念完，民间那些没文化的百姓怎么能知道上边写的是什么？

"至于说上边印着的土地人口以及缴纳钱粮的标准以及应缴钱粮的数量，父亲就告诉儿子了，家喻户晓，不用等到颁发《易知由单》后才知道。由此可知为什么始终没有人愿意去领这个单子，实际上这属于没有作用的东西。

"最近山西巡抚马齐也上书建议不再刻印《易知由单》，理由与臣所说的类似。户部仍认为没必要商议。

"臣认为治理百姓首要大事在兴利除弊，兴一利远不如除一弊，根本在于弊端一经革除，百姓那边自然也就没有不利之处。表面看来刊刻《易知由单》可用来稽查核实向百姓征收钱粮的情况，对百姓有利，其实这个单子给百姓带来很大负担，只是滋生了向百姓的摊派，从未有人用这个单子来稽查核实。

"近来，有些不成才的官员谎称收取刊刻《易知由单》纸和版的费用，使用一分向百姓摊派十分，每年习以为常，穷苦百姓实在不能忍受这种困扰。应紧急停止刊刻，革除这个多年弊端。

"户部大臣会议所说的因灾免除、开垦新增地亩数量及征收标准，虽没有预

① 马齐：富察·马齐，满洲镶黄旗人，清朝大臣、外戚。户部尚书米思翰次子，孝贤纯皇后的伯父。马齐由荫生授工部员外郎，迁郎中、内阁侍读学士。康熙二十四年出任山西巡抚，历任左都御史、兵部尚书、户部尚书、武英殿大学士、保和殿大学士、太子太保等要职。雍正帝即位后，任总理事务王大臣之职，曾在中俄《布连斯奇条约》的交涉中向俄方泄密。雍正帝驾崩后，称病隐退。乾隆四年去世，谥号"文穆"。后入祀京师贤良祠。

先写进《全书》，但臣通过查找相关规定知道'田地遭灾比例占五六分的免除征收钱粮数目的十分之一；遭灾七八分的，免除十分之二；遭灾九分十分的，免除十分之三。如果有发生特大灾害的，皇帝会开恩下旨免除一半钱粮或全免'。各地总督巡抚会把告示张贴到各处地方，应减免的数目，百姓很容易就知道了。

"至于说开垦新的土地的情况，一省之中也没几处，可向新开土地征收钱粮的头一年，也照免灾的办法贴出布告让百姓都知道，断不会发生征收钱粮数目多而向上边汇报数目少，把成熟的好地当成荒地上报的弊病。

"至于说百姓缴纳按人口地亩计算出来的钱粮数，百姓父传子，祖传孙，世代相传，每个人都有交完钱粮官家给的印票作为凭证。偶尔出现买卖土地的，买家事先问清楚原来的业主才会交割土地，缴纳钱粮的标准早就熟知了。新开垦土地都由百姓自己申报免除钱粮，免除的标准按先例很清楚，再由总督知府贴出告示公布。"

这《易知由单》其实就是废物。

"臣在京南见到圣驾时，皇上问起臣直隶地方政务与百姓生活休戚相关的弊端，臣就把刊刻《易知由单》的弊端向皇上详细汇报了。请皇帝下旨户部，不只在直隶，也在其他各省革除刊刻《易知由单》这个弊端。"

十一月初六日，九卿、詹事、科道会议认为："同意直隶、山西两省照于成龙、马齐意思停止刊刻《易知由单》；其他各省是否应当停止刊刻，请皇帝下旨各省总督巡抚详细商议上报意见后，户部再行商议决定。"

十一月初八日，皇帝同意户部商议的结果：直隶、山西两省不再刊刻《易知由单》。

虽只是直隶山西两省停刻，也是个巨大的进步。因事关重大，户部不敢自行做主也是可以想象的。为什么于成龙向皇帝口头汇报时很有可能已得到皇帝首肯还要上书？口说无凭，这就是在走程序，各方面都需要有政策变更的依据以备查考。户部要的就是皇帝的御批。

广东巡抚李士桢①解职后职位出缺，皇帝命从现任布政使中挑选提拔。于成

---

① 李士桢：字毅可，本姓姜，今山东省昌邑市奎聚街道东隅村人。历仕至浙江布政使、江西巡抚、广东巡抚。

龙得力手下朱宏祚迎来进身之机。

十月二十二日,九卿按皇帝的旨意遴选湖南布政使黄性震①、河南布政使田启光②等人等待皇帝选择。

皇帝询问了上述人员为官情况后,问道:"直隶的守、巡两道怎么样?"

兵部尚书梁清标、左都御史徐乾学启奏:"他们官当得很好!"

大学士明珠、余国柱、李之芳,学士齐色、额尔黑图等十四位大臣在九卿退出后进来拿大臣的奏折请旨,里边同样也有推荐广东巡抚人选的内容。

皇帝问:"尔等可曾问过九卿意见?"

大学士明珠启奏:"九卿说,布政使内品行操守出众的很难得,只有布政使黄性震、田启光可用。"

皇帝问:"他们怎么样?"

明珠启奏:"黄性震可用。田启光曾任内阁侍读,此人平常。"

皇帝问:"直隶守、巡两道怎么样?"

明珠启奏:"守道朱宏祚、巡道胡献徵,他们都可用。朱宏祚非常好。"

王熙启奏:"朱宏祚有才,操守也好。"

皇帝:"朱宏祚品行可嘉,着升补广东巡抚。"

朱宏祚靠着个人才华和勤奋,特别是有幸成为于成龙的属下,成为团队中非常有战斗力的一员,短短两年时间就帮助于成龙创造了直隶政治的辉煌。他的新生活开始了。

直隶吸引了全国官员的目光。

十月二十三日,于成龙上书报告直隶各地士绅百姓感谢皇帝免除钱粮情况。

上书中说:

"康熙二十一年被圈占土地的各州、县、卫、所赋税全免;圣驾东巡经过的地方,人丁银子全免;康熙二十四年没有被圈占土地州、县的钱粮免除三分之一,康熙二十二年没有上缴完成的钱粮全部免除;献县、河间康熙二十四年下半年、二十五年上半年钱粮全免;现在又特奉上谕将永、顺、保、河四府的

---

① 黄性震:字符起,号静庵,漳浦县湖西人。

② 田启光:奉天(今辽宁)人,康熙二十六年任。

二十六年各项钱粮和康熙二十五年未完成的钱粮全部免除。

"臣按户部行文在各属地张贴告示，士绅百姓看到后都颂扬圣上德行。守道参议朱宏祚汇集了士绅百姓谢恩的文字报告给臣。臣查到免除钱粮上报从来没有百姓谢恩的惯例，但看到百姓谢恩出于赤诚，不敢沉默而不报告。"

十月二十六日，皇帝表扬总督范承勋、巡抚于成龙，要求汉军官员敦厚风俗，美好人心。很多话充满了时代穿越感。

皇帝让大学士徐廷玺[①]传旨说：

"大凡做人没有比孝更在前边的。近来汉军在办父母丧事期间亲朋聚会、演戏喝酒、掷骰子赌博，就像宴会一样，没点办丧事的样子！孝服、鞍鞯辔头上用的白布都非常华美。丧礼只应穿粗陋的衣服，怎么能华美呢？办丧事时演戏剧，满洲没这个风俗，汉人也没这个风俗，单单汉军这样做。百行之中以孝为大，这么做，其他事情还有什么值得称道?！

"再有，汉军到京城外边做官常在京城借债置办行装，都追求行装华丽，带很多仆从，闹得债主到任上去讨债。这些人还要把仆从衣着吃食搞丰盛一点，这势必向百姓摊派敛财满足日常用度。亲朋好友、债主接连到官员任职的地方，请托、提要求、讨债，不一而足。

"这样，看起来是一个人在当官，实际上好多人在弄事，导致搜刮平民，百姓怎么受得了?！

"还有些汉军在外当官，根本不会骑马射箭，竟然自称行围打猎，带了很多鹰犬到村庄借宿，扰害百姓。禽兽都在山野中，村里难道有野兽吗?！

"另外，汉军服饰及日常使用的物件，很多越级超出本分。整天成群混在一起，打马吊[②]牌喝酒为乐。财力物力从何而来？还不是向百姓严苛摊派?！汉军

---

① 徐廷玺：汉军人，内阁侍读学士。《太宗文皇帝世祖章皇帝圣训》纂修官。康熙二十二年任内阁学士，康熙二十五年任会典副总裁官，后任工部右侍郎，迁工部左侍郎。康熙二十七年任顺天府丞，康熙三十年协理河务，次年，任奉天府府丞，后任奉天府府尹，康熙三十四年协理河务，康熙三十七年任河道总督（署理）。

② 马吊：古代中国博戏之一。原为游戏的附属品筹码，演变成为新的戏娱用具，即马吊牌。四十叶纸牌，十字、万贯、索子、文钱四门，万贯、索子两色是从一至九各一张；十万贯是从二十万贯到九十万贯，百万贯、千万贯、万万贯各一张；文钱是从一至九，乃至半文（枝花）、没文（空汤）各一张。十万贯、万贯上有《水浒》好汉人像，万万贯为宋江，意即非大盗不能大富。索子、文钱牌面画索、钱图形，是麻将牌的前身。

习气恶劣，已到了极点！

"原总兵诺迈①，原提督哈喇库②、祖永烈③等，任上购买良民带回家为奴。原总督张长庚④，原巡抚张德地⑤、韩世琦⑥等无一不贪得无厌，虐待百姓。

"今天朕命汉军都统、副都统等人，凡发现有办丧事期间演戏喝酒、掷子斗牌的，按法律有关赌博条款一律严行禁止。汉军官员在外当官的地方，如果有因亲朋好友、债主前去请托办事给百姓增加负担的也要查访清楚，指名道姓弹劾惩处。

"朕这个旨意目的是让风俗变得敦厚，让人心得到陶冶变得美好。汉军中当官的要都像总督范承勋、巡抚于成龙，朕有什么必要下这道旨意?！"

汉军如此，其余八旗该当如何？于成龙在直隶狂风般扫除旗人中的恶霸，我们现在看到的可能只是有代表性的部分，那些更加恶性的案件很有可能被隐去了，即使如此也足以窥见整个社会阶层的风貌。

马上得天下，却以这状态坐天下，如何长久？康熙皇帝感到了隐忧。只是作为"家天下"的王朝，这个死结万万不可能自我解开。

皇帝需要于成龙这样的官员，需要这样的榜样。

清朝初年，由于连年战争，人口大量减少，站稳脚跟的清廷特别重视人口发展，一胎三子作为国家人丁兴盛的标志，一概要按规定上报。这不，邢台又传来喜讯。

十一月初一，于成龙呈报邢台县人李美枝妻子王氏康熙二十六年九月二十六日一胎产下三子全部成活：

---

① 诺迈：满洲人，都统。
② 哈喇库：辽东辽阳人。
③ 祖永烈：祖可法之子，都统。
④ 张长庚：曾任秘书院编修迁弘文院侍读、秘书院侍读学士兼佐领、国史院学士、湖广巡抚、总督等职。
⑤ 张德地：初名张刘格，康熙七年改名，汉军镶蓝旗人。
⑥ 韩世琦：汉军正红旗人，祖籍山西蒲州。清世祖时，曾任吏部主事，后迁宗人府启心郎，曾先后担任顺天、江宁、湖南、四川巡抚，工部尚书，都察院右副都御史，四川军务提督，兵部尚书等官职。

"邢台县知县马希爵①报告李美枝妻子王氏一胎产下三男婴，全部存活，这确实是国家户口兴旺充实的祥瑞之兆。按惯例凡'一胎产下三个男孩的理应详细上报'，据守道参议朱宏祚查明，男婴至今全部存活。请旨户部定夺。"

　　于成龙真有个牛劲，上次截留山东漕米的动议没被顺利采纳，或者是朝廷需要进一步的解释，十二月初八，于成龙再次提笔论证了截留漕运的必要性：

　　"……臣查到康熙十八年户部等衙门会议曾请旨，皇上曾下旨'如何使百姓不至于困苦，使国家用度充足，对军队粮饷有益，速商议上奏'。前任直隶巡抚金世德曾上书请求截留河南漕米供给保定军粮，皇上批准，记录在案。并非康熙二十二年才提出截留山东漕米的请求。

　　"今年米价昂贵，每石粮食一两五六钱银子。如果在本地采买九千多石军粮，粮价会催升更高，平民的生活也会很艰难。如果命地方官四处采买还要再加上脚费，粮食价格最终可能要高上一倍。如何保证没有不肖官员摊派拖累百姓？

　　"辗转思考，没有比按惯例截留漕运更为便捷的，更何况仓储和国帑都是国家的，难分彼此。天津镇现在各营都是截留漕运粮食支给士兵，为什么单单不准许保定府士兵截留漕运粮食使用呢？在这样的转换方式之间，官与民都一样能得到浩荡皇恩了。"

　　通过一段时间的治理，京畿环境大为改观。

　　起初皇帝提拔于成龙到直隶巡抚任上，除去畿辅地区向来难以治理，还因这曾是于北溟治理过的地方。于北溟水平很高，每个继任者都会遇到超越高水平前任的艰难。皇帝期待于成龙有上佳表现，赓续于北溟的政声，现在这个愿望实现了。

　　皇帝高兴地对左右大臣说道："两个于成龙果然很像，朕很欣慰。"

　　百姓说："前于后于，百姓安居。"两个于成龙都让百姓同样爱戴，这真是古代史上的奇迹。

---

① 马希爵：河南辉县人，康熙十二年进士。奉天府府丞、提督学政，官至都察院左佥都御史。

于成龙在直隶扫痞灭霸如虎添翼。且看这四位猛虎般的官员是谁？

于成龙秘密上书皇帝，推荐顺天府卢沟桥、黄村、通州、沙河四处地方捕盗同知人选：

"顺天府接近京师，近年来盗贼抢劫案件频发，商人旅客及当地百姓痛苦不堪，建议顺天府之卢沟桥、黄村、通州、沙河四处地方各设一名捕盗同知。"

皇帝同意了他的建议，责成他考察挑选人才。

于成龙会同守道参议朱宏祚、巡道佥事胡献徵推荐开州知州马汝骁驻沙河，固安县知县武廷适①驻通州，雄县知县王辅长驻卢沟桥，长垣县知县秦毓琦②驻黄村担任此职。理由是上述四人年轻力壮，善于骑马射箭，可胜任捕盗的重任。这才是真实的"四大名捕"。

于成龙同时上书皇帝请求增设保定知府。治理之网越织越密。

于成龙眼光不错。这武廷适担任捕盗同知后又临危受命担任武昌知府，平息兵变有功，变卖田产筹集三千粮船六千船夫营救陕西饥民，担任广东按察使后设立炮台防御海盗有方，最后止步于广西布政使。这是名非常有作为的官员。

十一月二十日，皇帝对内阁大学士说：

"朕最近看到各地因修造等原因希望通过核销上交钱粮数目进行抵顶，户部不批准之后驳回的情况很多。屡次驳回核销上交钱粮数目的申请，官员也未必拿自己兜里的钱补进去，不过还是摊派给民间罢了。这样百姓更痛苦。

"过去因需求急切，核销上交钱粮的申请就没被立即批准执行，现在国家财力并不匮乏，再有这样的申请不必驳回，立即结清。官员可省不少麻烦，对百姓也有好处。旨意可传达给九卿、詹事、科道官员。"

于成龙上书中反复提到的问题终于得到了皇帝回应，而且是举一反三。

于成龙为悼念临城县③知县赵光显题写"堕泪碑"。

赵光显，字韫公，河南郏县人。康熙十一年拔贡，先是做了临漳县儒学教谕，后升任直隶临城县知县。

---

① 武廷适：字周南、浩然。山西大同人。监生。
② 秦毓琦：奉天（今辽宁）铁岭人，曾任深州知州，康熙三十一年任宣化府知府。曾修《庆都县志》《南和县志》。
③ 临城县：今河北省邢台市临城县。

赵光显为官洁己惠民。百姓宋宽因父亲去世没钱安葬就去卖妻子。等妻子真要和别人走时，夫妇悲从中来相对而泣，不忍分离。赵光显听说了，拿出银子替他赎回妻子，这才让他们夫妻避免了生离死别。

百姓陈德的妻子王氏生了个儿子，孩子刚三岁，陈德就死了。族人陈尚义千方百计逼王氏改嫁，王氏坚决不从，到县里告发。赵光显惩罚了陈尚义，每月供王氏二斗米，过年再给二匹布、十斤花绒来帮他们维持生活。

有一年闹灾荒，百姓吃不上饭，赵光显不忍向百姓征收赋税，就向邻近的县借了两千两银子替百姓交上了租税。麦子熟了，让交租的命令刚下达，赵光显却一病不起。百姓恐怕拖累他，争着来还贷。等他病好了，百姓交了四千两。

赵光显去世后，官民涕泣为之立碑。于成龙听说后题写了"堕泪碑"三个大字。碑文中"千百遗爱，空留碑泪，遂名为堕泪碑"，解释了自己将碑命名为"堕泪碑"的原因。

"堕泪碑"三字为擘窠大字，颜筋柳骨，非常有气势。

于成龙在直隶为官时，曾为知县陆陇其[①]和邵嗣尧的死而哀痛。赵光显的死更是让他感到痛惜。

赵光显一生自然还有其他事略，但他留在百姓心中更多的是他的慈悲情怀，在这一点上与邵嗣尧、陆陇其类似。于成龙为他题字只撷取了他作为官吏令人泪目的爱民之心浓墨重彩大书特书，这是一次情感认同的文化活动。

我们发现于成龙再一次使用了"爱"字，至今读来非常有穿越感。这是他做官为人的准则。通过对赵光显的叹惋，也对官员如何摆正与百姓关系作了进一步强调。当地士绅百姓请于成龙题碑也一定是斟酌再三：这字于大人题最合适！

于成龙在直隶扫痞灭霸威名赫赫，特别是他出色的断案本领名震朝野。能者多劳。这次来了个大活儿。

十二月十八日，辰时。皇帝到乾清门听政。部院各衙门官员当面上奏。山

---

① 陆陇其：原名龙其，因避讳改名陇其，谱名世穮，字稼书，浙江平湖人，学者称其为当湖先生，清代理学家。

西道御史陈紫芝①的奏本，不啻在朝堂上响了一声暴雷："湖广巡抚张汧居官贪劣，应下令吏部严惩，使贪官引以为戒。那些保举张汧的官员也应一起审查商议处理。"

九卿、詹事、科、道遵旨看完塞楞额等人审问结果后进入启奏。

皇帝问："张汧居官如何？"

吏部尚书陈廷敬启奏："张汧是臣同乡亲戚，性格行为向来乖张暴戾。"

又是同乡还沾亲，在旁人眼里这关系太密了。但陈廷敬这次一点面子也没留，立即出来指斥张汧。

刑部尚书张玉书②启奏："张汧任职时间不长，名声很是贪劣。"

左都御史徐乾学启奏："张汧五月到任湖广巡抚，中间还经历了文武科场，办事时间不长，污秽名声就传遍了。此人怎能容他长久在百姓之上？"

御史陆祖修等启奏："臣等久闻张汧劣状，只因没有掌握他实际的罪状，所以不敢向皇上告发。"

皇帝说："似这样贪恶之人，岂可一日姑容在百姓头上。科、道官员就是朝廷的耳目，今天陈紫芝据实参奏，甚为可嘉。"

尚书科尔坤、佛伦等启奏："祖泽深口供内有'巡抚张汧向他索银一万两，未给'，因此弹劾。塞楞额等人将这样的情节审问明白后，应交吏部一起议论定罪。"看看后边就知道，这两个人故意把皇帝的注意力从塞楞额身上引开。

皇帝说："张汧、章钦文③贪劣之状天下人共知，若不严加处分，如何惩戒贪官？"

皇帝直接将巨掌劈向塞楞额："塞楞额等人不秉公审理，照顾情面，实在可

---

① 陈紫芝：字非园，浙江鄞县人。康熙十八年进士，选庶吉士。改陕西道御史，力持风纪，绝外僚馈赠。时督、抚、监司官员皆由廷臣保举。湖广巡抚张汧与大学士明珠甚密，恃势贪暴，无人敢言。二十六年，紫芝上书劾之。后张汧被判绞刑。保举汧为巡抚的侍郎王遵训、学士卢琦等均革职。"以峭直受上知，同朝多侧目。无何，卒。或传紫芝一日诣朝房，明珠请同坐饮茶，回家后暴卒"。

② 张玉书：字素存，号润甫，江苏丹徒（今江苏镇江）人。顺治十八年进士，精《春秋》三传，深邃于史学。历任翰林院编修、国子监司业、侍讲学士。二十三年授刑部尚书，调兵部尚书。二十九年拜文华殿大学士兼户部尚书。康熙三十五年随皇帝征噶尔丹叛乱。康熙四十九年告病辞官，仍慰留在朝，康熙五十年以七十岁高龄随康熙至热河，病死塞外，谥"文贞"。

③ 章钦文：富阳大章村人，曾任山西潞安知府、江南凤阳知府、江苏按察使、江苏布政使。

恶！若不一并议罪，恶人更肆无忌惮了！"塞楞额听了非瘫地上不可。

康熙皇帝说的章钦文就是刚刚被江苏布政使宋荦弹劾的官员。司库中竟然亏空了三十六万两白银。皇帝责令前布政使刘鼎、章钦文赔偿。这章钦文一下子陷入了灭顶的泥潭。

现在张汧这个名字开始和章钦文并列了，他的辉煌仕途一下子化为乌有。

九卿退出后，大学士、学士进来拿折子请旨。

议论完李光地在原籍侍养母亲的话题，刑部提交了侍郎额星格等喂养蒙古官马时将他自己的私人马匹一同喂养的弹劾折子，建议将侍郎额星格、喇巴克革职。主管官员色黑臣等人私自将上述人员消耗的草料折合银两，应判处绞监候。

皇帝的火儿腾的一下子就被点燃了："他们这些人所为，朕越想越觉得可耻，卑鄙肮脏到了极点！从来此等贪图利益之人，只是一时侥幸，子孙必然不能久享富贵。额星格等人就依你们拟定的革职，有司官员等这事处理完毕，免死发往黑龙江。"

群臣中有几个人一直沉默不语，与现场的几位大臣纷纷指斥张汧罪行气氛很不协调。

但恐怕不吱声也躲不住。谁呢？

皇帝转过脸去问余国柱："你是湖广人，必定知道张汧劣迹。"他并非无的放矢，问就有问的道理。

余国柱奏："臣久在京师，湖广的事不能尽知。然而张汧五月到任，臣在七八月间就听到他臭名昭著。皇上明见万里，张汧自然难逃皇上慧眼。"

顾不了那许多了，余国柱也开始炮轰张汧。

皇帝说：

"似这样的贪官，当日保举之人不过希图他的贿赂，自己反思也应是莫大耻辱，应一起惩处，以儆将来。

"张汧犯罪情节命直隶巡抚于成龙、山西巡抚马齐、副都御史开音布通过驿站飞速前往再行严审。如果情节真实，将张汧与穆尔赛同日正法，以为居官贪污之戒。"

某些大臣的腿已开始颤抖，朝服后背不知不觉中已被冷汗浸湿了。

十二月二十一日，湖广巡抚张汧因巡视南城山西道监察御史陈紫芝弹劾被皇帝下旨革职。这算走了一下免职程序。从此，张汧已不再是官员了，可进入司法程序了。

原派往调查的侍郎塞楞额报告：上荆南道道台祖泽深贪污黄金七两、白银四十两；枝江县知县赵嘉星①违法征收得赃银四百二十两，属实。建议将祖泽深、赵嘉星革职，判处绞刑，监押待秋后处决。对陈紫芝重点控告张汧的内容避重就轻，只是认为张汧误告通山县知县邢士麟②，应降职一级调离使用，妄图蒙混过关。

皇帝见到塞楞额奏疏后怒斥塞楞额审问不当，命于成龙与马齐、开音布③三人立即启程赶赴湖广会审原巡抚张汧案件。一切证据表明皇帝已掌握了大量线索。他雷霆震怒，命进京朝觐途中的马齐停止北进，与于成龙约齐后即刻前往。

十二月二十四日，于成龙移交关防印信给胡献徵。

十二月二十五日，孝庄太后崩于慈宁宫。

十二月二十六日，开音布赶到了保定府，与于成龙会合后二人即刻启程。十万火急。

于成龙此行不仅彻底查清了张汧贪污犯罪事实，而且掌握了余国柱嘱咐塞楞额包庇张汧，张汧进京行贿打通关节企图逃避惩罚的细节。

惊天大案即将被于成龙彻底揭开盖子。

---

① 赵嘉星：浙江宁波府贡生，由教谕升知县。

② 邢士麟：曾任乐昌知县、通山知县。

③ 开音布：又名凯音布，西林觉罗氏，满洲正白旗人。康熙二十六年与于成龙审理湖广巡抚张汧案，论罪如律。二十七年，擢户部侍郎，命监理高邮、宝应下河工程。二十八年，康熙皇帝南巡，成龙扈行，命开音布与侍郎徐廷玺阅视下河，还奏丁溪至白驹，水三道入海，上流冯家坝引河仍应开浚，余工悉可停。乃召开音布还，授正白旗满洲副都统。寻擢步军统领，迁兵部尚书，授镶白旗满洲都统。三十八年，命专管步军统领。四十一年，卒，谥"肃敏"。

康熙二十七年（1688）

于成龙五十一岁。

正月十八，出差湖广审理张汧案件的直隶巡抚于成龙、山西巡抚马齐、左副都御史开音布等人回到京师，第一时间请求叩拜太皇太后①灵柩，皇帝答应了他们的请求。

在拜谒太皇太后灵柩掩护下，于成龙还有一些非常重要的话要向皇帝秘密启奏。

一场强烈风暴即将席卷朝廷。

叩拜完太皇太后灵柩，于成龙秘密向皇帝控告明珠卖官受贿等罪行，拉开向明珠贪腐集团斗争的大幕。前有康熙皇帝对张汧案的彻查，现有于成龙对张汧的严审，清算明珠党羽的时候到了。

有理由相信于成龙是将火种投进干柴堆的第一人。

明珠字端范，满洲正黄旗人。他只比于成龙大三岁，但他少年成名，进步神速，是康熙王朝名副其实的重臣。

于成龙在江宁做知府的时候，明珠早成了康熙身边的红人。我们都应记得，康熙帝在江宁对于成龙发出的第一次明确赞许口谕，就是由明珠传达的。

明珠历任内务府总管、刑部尚书、兵部尚书、都察院左都御史、武英殿大学士、太子太傅等，在议撤三藩、统一台湾以及抗御外敌等重大历史事件中作用巨大。

于成龙揭发明珠这年冬天，明珠已是一人之下万人之上的真正实力派。

敢于向明珠发起挑战，需要勇气。看看细节。

---

① 太皇太后：孝庄文皇后，博尔济吉特氏，名布木布泰，亦作本布泰，蒙古科尔沁部（今通辽）贝勒寨桑次女。清太宗爱新觉罗·皇太极之妃，孝端文皇后侄女，顺治帝福临生母。中国历史上著名贤后，培养、辅佐顺治、康熙两代皇帝，是杰出的女政治家。康熙二十六年十二月二十五日去世，享年七十五岁，葬昭西陵。

他向皇帝说:"当今的官都让明珠、余国柱 [①] 卖完了。"控告开门见山,言简意赅,一剑封喉。当时不允许长篇大套。

这余国柱可也不是等闲之辈,顺治八年就因勇夺乡试甲科魁首名动湖广,是名副其实的学霸。次年中进士后一路顺风,从兖州推官干起,担任过左都御史、户部尚书、文华殿大学士、武英殿大学士,走到了权力的巅峰。

他最后这些年将自己牢牢绑上了明珠的战车,人送绰号"余秦桧"。如今危险了,在劫难逃。

不知皇帝听到于成龙这些话后,镇定的外表下是否难平心绪汹涌的波涛?

皇帝问于成龙证据何在。

于成龙说:"请皇上派亲信大臣去检查各省布政司库银,要是还有没亏空的,那就是臣胡说。"简言之,送礼的银子都是公家的。

言之凿凿,于成龙给皇帝提供的线索可谓一针见血。看看最终张汧倒台的罪状就清楚于成龙所言不虚。

康熙皇帝把高士奇 [②] 召过来,将于成龙揭发明珠等人的话对他讲了。

高士奇也是康熙朝名臣,此时也登上了人生的巅峰。

作为皇帝的侍讲大学士,高士奇每天陪王伴驾以备垂询,不仅探讨古代性理经典,也会与皇帝纵横捭阖议论天下大事,是皇帝身边智囊团成员。

他问高士奇:"怎么没有人弹劾明珠?!"

高士奇回答:"谁不怕死!"

高士奇的回答简单而切中要害,一语道破了明珠权倾朝野一手遮天的基本事实。以高士奇的身份尚且如此战战兢兢,如履薄冰,如临深渊,其他大臣的

---

① 余国柱:字两石,号佺庐,大冶县人。顺治八年,余国柱以甲科魁首中举轰动湖广。顺治九年进士,任兖州推官,迁任行人,掌传旨及册封事宜。后转任户部主事。康熙十五年,授户科给事中,值三藩之乱,用兵频繁,屡次上书论筹饷之策。二十年升左副都御史,不久出任江苏巡抚。迎合明珠,得左都御史、户部尚书等高职。曾向江苏巡抚汤斌勒索被拒,后尽力倾轧汤斌。后授文华殿大学士兼户部尚书、光禄大夫。康熙二十六年升为武英殿大学士。后左佥都御使郭琇在《特纠大臣疏》参劾了明珠和他二人的贪赃行为,明珠被罢,他也被革职,后居江宁。因营造宅第被给事中何金兰弹劾,乃被逐回原籍,卒于家。

② 高士奇:字澹人,号瓶庐,又号江村。浙江绍兴府余姚县樟树乡高家村(今慈溪匡堰镇高家村)人,后入籍钱塘(今浙江杭州)。官员、史学家。康熙四十二年卒,追谥"文恪"。

感受可想而知。

见证奇迹的一幕上演了。

皇帝说："有朕在，他们难道比四辅臣^①势力还大?!朕说除掉四辅臣就除掉了，怕什么?!"

信息量太大了。循循善诱，加油鼓劲。

高士奇说："有皇上做主，那还有什么不行的！"

于是，高士奇与徐乾学秘密起草参劾明珠的文本。这两个都是天下公认的大笔杆子！此稿先后三次呈皇帝亲自改定！明珠等人估计当时也不知道，这个奏折是康熙皇帝亲自修改的。

因明珠等内大臣正在操办太皇太后丧事，牵涉较多，所以这场弹劾被皇帝暗暗放下，暗地进行，并没有立即发难。

正月二十三日，江南道御史郭琇率先向靳辅开炮，上书弹劾靳辅治河无功，

皇上洞知其累民查勘諸臣亦如其累民則靳輔陳潢之罪燎如指掌矣總之陳潢之策爲靳輔營一家之謀於真國計民生全無裨益忘功之念重而圖利之心堅國之蠹而民之賊也監司何等之貴僉事何等之尊豈容一介小人冒濫名器僅以快靳輔酬恩償賄之私顧乎伏祈皇上乾斷立賜譴革

皇上委任於河臣靳輔靳輔又專聽命於幕賓陳潢如果洪水歸明日議挑濬永息猶得有辭以報君上乃今日議築堤明日議挑濬糜費帑金數百萬而河患如故今日題河道明日題河應以朝廷爵位爲私恩而卒無止期又復攘奪民田妄稱屯墾橫取米麥越境貨賣皇上以下河爲必可開而靳輔百計阻撓必令功壞成而終止至於屯田一事

郭琇《华野疏稿》书影

---

① 四辅臣：索尼、苏克萨哈、遏必隆、鳌拜。

听信幕宾陈潢^①言论阻挠下河开浚等过失，应加惩处。

郭琇上书中写道：

"皇上委任治河事务给靳辅，靳辅却专门听命幕僚陈潢。倘若洪水归海，狂澜永远息止，靳辅还有辩白理由。

"靳辅今天说筑堤，明天议论开掘疏浚，白费数百万帑银而水患如故。今日提请成立河道，明日提请成立河厅，把朝廷的爵位当成自家邀买私人恩情的手段，没有休止。并且掠夺民田妄称屯垦……皇上认为下河必须开挖而靳辅千方百计进行阻挠，一定要让事情功败垂成才肯罢休。

"至于说屯田，皇上洞察这个举措拖累百姓，去踏勘下河的大臣们也知道此事拖累百姓，对靳辅、陈潢罪行了如指掌。陈潢献计为靳辅一家利益，对于国计民生毫无益处。他们嫉恨成功心思太重，谋图私利想法顽固，真是国家的蛀虫、百姓的盗贼……"

户部尚书王日藻^②等议论说："靳辅奏请屯田对百姓有拖累，请圣上下令停止。至于高家堰之外再筑一道大堤的事，应同意靳辅请求。"

皇帝说："河道必须亲自到现场去看，然后才有资格议论。你们这些九卿都没有亲自去看过，不过是凭空的猜测，怎么能有定论。"

皇帝将郭琇叫到御座跟前，环视九卿说：

"朕南巡时前往勘察河道，高家堰南北及清口以南、高邮等处，朕都是沿堤步行，亲自详细查勘，河上情形朕知道得很清楚。

"靳辅要修筑重堤让水由清口入海，如果真有裨益，那过去怎么不早修啊？高邮等七州县百姓痛苦异常，朕亲眼所见感到伤心。现在大堤之外又要修筑一道大堤，这是加重了百姓的困苦啊！至于屯田，对朝廷的有些大臣有利，但损害百姓很厉害。

"陈潢本是一介小人，全国尽知。江南人没有不怨恨屯田的，难道尔等没听说过？"

---

① 陈潢：字天一，号省斋，浙江嘉兴人。康熙十六年，陈潢协助靳辅继承潘季驯"束水攻沙"思想，堵塞决口以挽正河，修筑堤防以束水攻沙，建减水坝泄洪。

② 王日藻：字印周，号闲斅、却非，一号无住道人。江南华亭人。顺治十二年进士，授工部主事，累官至河南巡抚，升为刑、户两部侍郎，工部尚书，后转户部，纂修《赋役全书》总裁。因事削职。康熙三十八年以永定河工起用。翌年卒于工所。

兵部梁清标说："屯田确实有害于百姓，断不宜施行。"

皇帝拿起郭琇参靳辅的奏折，命九卿一起核查商议后详细报告。

同日，皇帝向前来辞行领受训示的新任江西巡抚王骘、广东巡抚朱宏祚说："巡抚是地方大员，秉持廉洁的操守最为重要。大法则小廉，百姓就有福气了。"

王骘说："臣在四川，不拿民间一粒米一捆草。臣只带一两个家僮，盘缠都从家里拿，不敢有私。"

皇帝说："身为大臣，平常日用哪能一点消耗都没有呢，如果一分一毫都从家里拿，势必有所不能。只要操守廉洁，心心念念从百姓着想就算好官了。"

康熙皇帝接着说：

"总督、巡抚中的两个于成龙和范承勋都是真正的好官。

"有些当总督、巡抚的在朕跟前说得都不错，等到了地方，所作所为往往和他们说过的不符合。人贵能始终如一。朕特地选拔了你们任这个职，你们当砥砺清廉操守，不辜负朕提拔任用你们的初衷。"

王骘启奏："臣一定严禁属下官员胡乱摊派及在诉讼中接受贿赂等弊端。"

皇帝说："做大官必须安静。能安静就是地方上的福分。对贪污的下属首先应予以训诫，如终不思悔改，然后再弹劾他们即可。"

正月，皇帝命于成龙筹备太皇太后梓宫出殡时所用夫役等事务。孝庄文皇后是康熙皇帝最尊崇的人，给她操办丧事，和给老上级于北溟操办丧事不同，那一次只要将江宁百姓的情感抒发出来，自愿参与，多多益善，自由发挥的成分更多些。这一次则要求事无巨细，每一个环节都不能出现任何纰漏。

二月初，直隶巡抚于成龙主持蓟州、遵化、丰润三州、县建造各五间仓廒^①十二座，储存截留的漕米供应守陵夫役。因修仓款项支付受阻，于成龙后来又上书解决问题，一来二去颇费周折。此是后话。

二月初三，康熙皇帝到乾清门听政，再次议论郭琇弹劾靳辅损害国家拖累百姓，他的幕僚陈潢大肆干扰公务的奏章。

皇帝说："科、道官员都是朝廷耳目，但凡有所察觉都应该陈奏，如果不陈

---

① 仓廒：粮仓。

奏，朕怎么能知道？朕就是因为郭琇弹劾治河工程这件事，特别下旨提拔。”

王熙启奏：“这是皇上在激励言官啊。”

皇帝说：“佛伦本来是个低贱的人，朕破格提拔为大臣，理应尽心效力。朕下旨派他参与议论治河事务，他却徇私偏袒靳辅，执拗好胜，其人如此，不加严惩，能行吗？”

他又环顾学士，说道：

“朕南巡亲自到河上视察，高家堰以南一百八十里，以北一百八十里，朕全看到了。清口以南高邮等处，朕沿堤步行，也全走到、看到了。知道减水坝确实拖累百姓。

“靳辅在治河上虽不是一点事没做，但他浪费钱粮，贻害地方，天下共知。

“他百口莫辩！”

皇帝的态度肯定，慷慨激昂。大殿上气氛一下子仿佛凝固了。这时一个人及时站出来说话降温了。

明珠启奏：“漕臣慕天颜弹劾佛伦、赵吉士途中篡改本章，本章已送入内阁，正在派人翻译。”

明珠的话似乎并不违和，仿佛是在讲自己正紧锣密鼓处理此事。但明眼人立即知道，他暗暗地拨转了皇帝议论的方向。他的话看似深入探讨，但意在搅乱局势。

此时此刻，他想保靳辅不让他倒下去，但他还不清楚大水已经淹到自己脚下，灭顶之灾就在眼前。他自身难保了。

皇帝的话头又转了回来：“郭琇弹劾的本子，命九卿等一起严查议论后上奏。”

二月初五，漕运总督慕天颜上书：“臣等会同勘察治河工程，河臣靳辅提议修高家堰重堤。臣等的意见却是修高家堰旧堤。后来尚书佛伦等人奉命再次进行勘察，完全依从靳辅臆断，臣不敢附会他们。”

佛伦的上书确实存在重大问题。所谓公议结果是不全面的。

慕天颜接着说：“河臣提倡举办屯田，主管屯田官员丈量土地侵占民田，百姓苦累。这是臣根据实际情况上奏。”

皇帝下旨：“这奏本里说的，命九卿、詹事、科道，查清议论后详细上奏。”

二月初七，康熙皇帝到乾清门听政。今天上朝的大学士名单里已经没有了明珠、余国柱等人，相关内容在《实录》中悄悄被删掉了。

处理完钦天监南怀仁病故等事宜，大学士退出。

皇帝把学士齐稣等人叫进来，一顿毫不留情的电闪雷鸣开始了：

"你们这些学士都是应该裁撤淘汰的官员，朕以为一切事务都要公开议论辩清道理，所以让你们留任。

"尔等都是有议事责任的大臣。朕曾屡次下旨，尔等凡事要各抒己见，不准徇私做事。一切事务，朕岂有不知道的？尔等真能各抒己见据理力争，除去朕，谁能奈何尔等？！

"至于说治河工程和屯田这些事，九卿和各位大臣在其中都有利益，只有朕知道这拖累百姓，再三详细斟酌。事到如今，尔等未发一言。每件事顺从他人说话，并不争论，这才闹到今天这个样子。假如将来惩罚，尔等都得一起论罪。就算尔等从没说过一句话，谁都不能免罪！为何不各抒己见，坚持自己的观点？！

"至于那些受贿贪赃之辈，朕未尝不知，朕只是宽大他们而已。真详细追究起来，岂有一个可以免罪！朕从前将鳌拜、班布尔善全部正法，再有搅乱国家的，朕难道会宽恕吗？"

学士等人上奏："臣等都是微末卑贱之人，都是皇上隆恩，才坐到这个职位。不过是因为才智平庸低劣，看不到这个地步，所以没有说话。真有真知灼见，岂敢不说话？升降生杀都有皇上做主。臣等生逢圣主，谁敢加害我们？皇上之外，臣等畏惧何人？！"

这君臣的对答，特别是学士们的话，韵味深长。

康熙皇帝余怒未消：

"各部、各衙门官员凡事不发一言的，置身事外，希图富贵的也有，此辈扪心自问也应该觉得惭愧。朕阅读《太宗皇帝实录》看到，凡事默默无言、退后议论国政者，太宗皇帝也曾禁止。

"尔等都曾在榷关当差，都有所得，朕岂不知？大凡人到衣食可以自给，便应知足，理应廉洁守本分，遇到事则应该各抒己见。"

言外之意，都有事，你们都应该知足，小辫子我攥着呢。

学士等人启奏："皇上说得太对了，臣等谨记，遵照执行。"

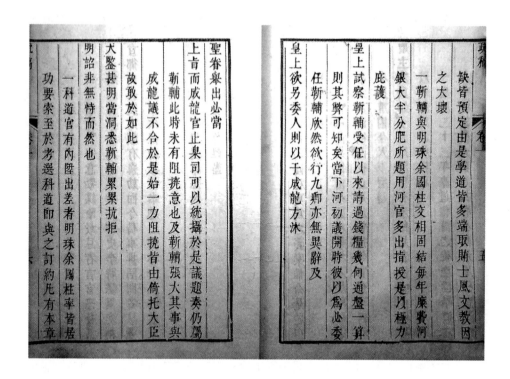

皇上欲另委人則以于成龍方沐

任靳輔欣然欲行九卿亦無異辭及

則其弊可知矣當下河初議開時彼以為必委

皇上試察靳輔受任以來靡過錢糧幾何通盤一算

庇護

銀大半分肥所題用河官多出指授是以極力

一靳輔與明珠余國柱交相固結每年廉費河

之大壞

缺皆預定由是學道皆多端取賄士風文教因

功要索至於考選科道即與之訂約凡有本章

一科道官有內壁出差者明珠余國柱率皆居

犬鑒非無特而然也

明詔甚明當洞悉靳輔累累抗拒

故敢於如此

成龍議不合於是始一力阻撓皆由倚托大臣

靳輔此將未有阻撓意也及靳輔張大其事與

上旨而成龍官止皇司可以統攝於是議題奏仍屬

聖眷甚出必當

郭琇《华野疏稿》书影

二月初九，皇帝到乾清门听政。郭琇弹劾明珠的奏折被正式公开。这个过程太曲折了，如此刀光剑影的政治斗争竟然充满了喜剧味道。

弹劾明珠从于成龙开始，起草文本由高士奇、徐乾学操刀，堂堂皇帝在后边当起了文字师父，字斟句酌亲自修改，等需要赤膊上阵了，炮弹却递给了少壮派郭琇。

郭琇作为御史，弹劾明珠合情合理。他官儿不大不小，正是个进可攻退可守的合适人选。

郭琇战斗力骇人。这个来自山东即墨与于成龙同年同岁生人的"铁面御史"将因毫不畏惧而名满天下。

郭琇《纠大臣疏》指控的明珠八大罪状与本书有千丝万缕的联系。其中不少内容有助于我们厘清与于成龙相关历史事件的头绪。单线条地介绍人物往往让人迷惑，一家之言也自然不如多侧面、多角度去观察，将其放到更广阔的历史背景下则更容易理解，所以将郭琇弹劾的内容择要开列在下边：

"凡由内阁呈送皇上奏章上的'票拟'①均由明珠指挥拟定，于是他能任意影响皇帝批复措辞的轻重。余国柱听明珠指挥，'票拟'内容中有错误，同事官员也没有敢批驳改正的。有时因'票拟'不妥被皇上责备，明珠也漫不经心而不醒悟加以改正。

"御史陈紫芝弹劾湖广巡抚张汧奏章中曾提请讨论处理保举过张汧的官员，皇上曾当面命九卿'考虑惩罚这些保举张汧的官员'。内阁'票拟'上竟然没写。保举张汧由明珠指使，一目了然。

"凡受皇上旨意表扬的人，明珠便会对他说'这还不是我极力推荐'；有人不符合皇上心意，明珠便说'皇上不喜欢你，放心，我在里边从容挽救你'。揣摩皇上旨意加以任意附会邀买人心，树自己威风，结党营私，收取礼品贿赂。

"每天明珠奏事后从中左门出来，满汉部院大臣、心腹都围成圈子等他。明珠和他们密语片刻，皇上意图没有不泄露出去的。与部院衙门稍有关系的事必须向他请命才能去做。

"明珠勾连党羽。满人中有尚书佛伦、葛思泰②及其同族侄子侍郎傅腊塔③、席珠④等人；汉人中有余国柱和他结为死党，作为他心腹。过去开会、会商、推荐都是佛伦、葛思泰等把持；余国柱更是勾结明珠，唯命是听，只知对明珠感恩戴德。

"总督、巡抚、藩台、臬台职务出缺，余国柱等无不辗转贩卖，直至私欲彻底满足才罢手。督抚等官员变本加厉盘剥，百姓陷入深重困苦。今天，皇上爱民如子，竟还有百姓不能自给自足，都是这些贪官搜刮索要用来奉献给某些私人所致。

---

① 票拟：明清内阁代皇帝批答臣僚章奏，先将拟定之词书写于票签，进呈皇帝裁决，称为"票拟"。它可以是先与皇帝共同讨论做出决定后再草拟成文字，更多是内阁先拟好批答文字，连同原奏请文书一起送皇帝审批。清代设军机处后，重要章奏改用奏折，此制遂废。

② 葛思泰：满洲镶黄旗人。曾任四川盐官、左都御史、总督四川陕西等处地方军务，兼理粮饷，兵部右侍郎兼都察院右都御史加四级职务。

③ 傅腊塔：一作傅拉塔。满洲镶黄旗人，伊尔根觉罗氏。明珠外甥。由笔帖式任内阁中书。康熙二十七年官两江总督，清弊政，斥贪墨，劾大学士徐元文、原任尚书徐乾学不法，按治降职侍郎胡简敬、江苏巡抚洪之杰等，为康熙称赞。后卒于官。

④ 席珠：曾任巡盐御史，明珠族侄。

"康熙二十三年，学道职务期满出缺后，应升学道的都去他那里打听价钱。九卿在选择时公然顺从明珠，任意分派空缺职务，所有空缺都被预先决定了！于是学道通过各种方法索贿，官员风气及文化教育，因此变得很坏。

"靳辅与明珠、余国柱互相勾结，每年浪费的治河银子大半被他们中饱私囊。提拔的河官多数按明珠意思安排，为的是极力庇护靳辅。皇帝查看一下靳辅做河道总督以来共请示朝廷拨了多少治河钱粮，通盘一算就可知道其中的弊病了。

"当初商议疏浚下河时他以为必然是委任靳辅，欣然同意，九卿也无不同意见。见皇上真要把工程派他人，他又认为于成龙刚取得皇帝信任，推荐必须符合皇帝的旨意，特别是考虑于成龙当时还不过是个臬司，还能辖制，于是向皇帝上表时仍然推荐靳辅。

"靳辅这时还没阻挠于成龙，等靳辅把事情搞大，和于成龙意见不合时，明珠就开始全力阻挠于成龙。完全是依仗自己内阁大臣的身份才敢。靳辅抗拒执行圣旨并非没有依仗的。"

这一段话就把下河之争的线索梳理得很清楚。读到此处再回首前文，很多内容豁然开朗。简单问题为什么被复杂化？靳辅为什么敢将康熙的旨意一次次搁浅？于成龙为什么会困难重重？全部真相大白。

于成龙不是明珠圈子里的。他出任按察使督理下河完全出乎明珠预料：皇帝没按明珠设计好的路线走，明珠被打了个措手不及。朝廷大员大多倒向靳辅，原因一目了然，全出于明珠一手操纵。

靳辅深耕治河事务多年，与各部深度交集。没人想看他倒下，明珠更是如此。若没有明珠撑腰，恐怕这靳辅早就折了。

"科道官员有内部提升或外出办差的，明珠、余国柱都会仗着自己举荐有功进行索要。至于说对那些等考察选拔做科道的，这几个人会和他们约定好，今后凡有上奏表章必须先给他们看，因此，这些言官大多受他们牵制。

"明珠自知有罪，见人就说柔和甜蜜的话百般殷勤，背地里却阴谋陷害，心毒手黑。他实际最忌怕言官，唯恐这些人揭露他们。

"佛伦做总宪时，见御史李时谦每次上奏皇上都很满意，而御史吴霖方却对他有些弹劾的意见，就让李时谦借着某件事对吴霖方进行排挤陷害。听说过这事的没有不惊讶恐惧的。

"以上各条不过是大概的指责。总之，明珠一人智谋就足以窥探皇上旨意，伎俩足以掩盖放纵他的罪恶，更何况余国柱与他狼狈为奸。他辜负皇恩，罪行罄竹难书。请皇上立即对他加以严惩，果真如此，那天下人就没有不感到欣喜畅快的了。"

郭琇的奏章绝对是一声晴天霹雳，朝堂上不知道有多少人立刻就蒙了。

看过郭琇上书，皇帝对吏部说：

"国家设官分职经营管理政务，官员必须立志精心清白。大官守法，小官廉洁，各自坚守职责事业，实心实意办事，才不辜负国家选拔任用目的。

"朕亲自处理众多事务也有很多年了，你们部、院中大小官员做事，朕没有不深深知道的。做臣子享受爵位接受俸禄，父母感到荣耀，子孙得到荫庇，家庭生活能够自给就当知足，才不至于失职或出格。"

皇帝在给大臣们敲警钟画重点。

"前段时间，朕屡次颁旨严加申斥训诫，又当面谆谆教导，再三训导教诲。现在朝廷各位大臣，从大学士以下有权力管理官员的都不勤于职守，就知道早早离开衙门官署，好去苟且偷安放任自流。三五成群互相交往联络。同年的门生互相提携、倾轧陷害，商量的都是私事。徇私包庇同党，谋取财物贿赂，营私舞弊，朕早都清楚知道。

"九卿、詹事、科道都是朕委任的，遇事自然应当拿出自己意见，共同来商议斟酌。现在却一两个要倡议，带头的在前边刚拿出意见，后边就一群人随声附和。雷同、草率，就知道躲事而不辨是非。更有甚者，虽位列会议成员却毫无见识，不过是随着大官儿说话，希望早些了事。这样议论事务，商议出来的国策还有什么用?! 还有人集中议事一声不吭，有事巧于推卸。朕对此推诿苟且之辈深深厌恶，也多次严加申斥。

"至于说用人，关系重大。每位大臣是否贤能，朕很难知道周全。所以遇到重要职位出缺就会下令部院会同推荐。本希望为国发现人才，切实对事情有益；也是让被推举的人内心警醒，改变不好的想法，唯恐因自己失职而连累推荐他的官员，办事勤勉努力。九卿和众位大臣要领会朕的心情，公正地进行选拔推举，才算不辜负朕的委任。

"可是看你们历来所推举的官员。称职的当然有，如于成龙、范承烈、王骘等。像张汧、章钦之这样贪污、渎职的匪类，也已经败露。这都是因你们有些人看面子、徇私情，培植党羽，收受贿赂所致。种种内情和弊端，朕不是不知道。前者班布尔善、阿斯哈等人身为大臣，所作所为却狂悖混乱甚至触犯国法，于是被正法，现在朕还耿耿于怀。

"过去大小官员背弃公正，徇私枉法，互相联络收受贿赂，朕虽看得很清楚却没有立刻指责揭发，还是希望你们自己知罪，痛改前非，这样才有希望善始善终。没想到积累的风气根深蒂固，一点也没有改悔的意思。比如审判蔡毓荣①一案时，竟然对其进行庇护挽救，关照同党，百般营私。朕清楚他的罪行，才没让阴谋得逞。

"最近朕派塞楞额前去审问张汧。朕对塞楞额说'张汧贪污肮脏，你必须严行审问'。等到塞楞额回来交差，朕又询问塞楞额案情。他对朕说'臣对此案尽心审问，如有失实之处，甘愿受死'。等到朕看他报告案情，因恐怕连累保举张汧的人，塞楞额竟对他们进行庇护。

"朕知道内阁原来拟定的票签没有提到处理保举张汧官员的人，已发出折子时，又考虑到张汧案件审结之后这些事情自然暴露出来，所以仍然采用了原来票签上的意见。

"靳辅下河屯田一案，朕早就查清了内情和弊端，特派佛伦等前往勘察商议，看今天议论实属偏颇。每次会议商议时，科尔坤、佛伦就会固执己见，争强好胜。不是满心私心杂念，怎么会听不进去大家的意见?!

"朕也当面对他们进行训诫，至今不见他们畏惧悔过。这样的积弊，时间越久越深，以致议论沸腾，舆情愤怒。

"这次言官开列这么多条款进行弹劾，本来应把事情弄清楚整肃官员，但朕不忍这么快就给大臣治罪。国家用兵之时，这些人有的曾效力建功，所以就免于清查。"

康熙的引而不发来了。这背后有些内幕需要知道。

据李光地《榕村续语录》记载，办案的于成龙曾接到一道旨意，要求他"须按条款拘留人审问，不可蔓延，如果蔓延，则受牵连的人就太多了。若有别的事，尔等记下来向朕密奏"。于是于成龙等人将张汧交代他人的书信及口供直接密奏给皇帝。

---

① 蔡毓荣：奉天（今辽宁）人，号仁菴，蔡士英第二子。

"命革去勒德洪、明珠大学士职务，交领侍卫内大臣酌情使用；李之芳退休回家；余国柱革职；科尔坤保品免职；佛伦、熊一潇免职，在治河工程一案内处理。从此后，大小官员应洗心革面，痛改前非，洁己奉公，勉力尽职。"

就这么简单，皇帝一句话，一大批国家要员下台。

康熙帝非常有魄力。通过这场风暴，皇帝的权威得到了捍卫，整个政治格局也发生了巨大变化。

明珠，皇帝虽给他留足了面子，但他从此刻开始离开了康熙王朝政治核心。

有一点可以肯定，于成龙在下河所遭遇的风波绝非偶然，这不是简简单单的思路或策略的碰撞，绝非单纯的技术问题。

我们可以想象，破格提拔于成龙做按察使去下河，破格提拔于成龙做直隶巡抚，特派于成龙审理张汧案，都不会是康熙一时心血来潮。

这是康熙精心布局的一盘大棋。

撕开口子，打开局面，于成龙这个人最合适。但是，明珠案后，于成龙的人生也发生了重大的变化，明珠党人对于成龙等人怀恨在心，伺机报复，他将面对始料未及的艰难险阻。

二月初十日，山东御史陆祖修[①]上书说：

"下河工程与屯田两件事，皇上让九卿召开会议讨论。臣发现河臣靳辅人虽在外地任职，但与九卿互相通气十分方便。召开会议时，吏部尚书科尔坤、户部尚书佛伦、工部侍郎傅腊塔、左都御史葛思泰等人不顾大家意见偏袒河臣靳辅。

"河工之事于成龙自有成算，应请于成龙到京城后奏明，皇上可加以判断。"

互相勾结，串通一气，这种风格与惩罚发出不同声音的百姓左右民调结果一脉相承。但陆祖修作为御史弹劾的面积太大了，势必引发剧烈反弹。

下来发生的一切证明了这种判断符合事物发生发展的逻辑。

皇帝下旨："讨论下河与屯田两件事会议暂停，等董讷、于成龙到京，与陆祖修上书中说的情况一起严肃查清，讨论清楚详细向朕报告。"

转了一圈，事情好像回到了原点。但其实不是，这种螺旋式发展是悄悄进

---

① 陆祖修：康熙十八年进士，御史、顺天府监试。精书画鉴定。

行的，以至结果似乎重合但已产生了本质性偏移。

时间这个东西最容易被老练的政治家利用。

因明珠倒台，朝堂弹劾之风骤起，大批官员被检举揭发，弹劾之风愈演愈烈，人事任免密度也骤然增高。

康熙皇帝觉得有些过火了，他要给风闻言事降降温。

二月二十日，他对大学士们说："朕近来见科、道官员弹劾他人的奏折太多，如果真有大贪大恶之人，为什么不早些弹劾？有些人，通过扬言要弹劾他人，讹诈他人，希望捞取好处，致使各位官员心神不安。这些讹诈之人，准许他人告发。吏部、都察院传旨下去让大家知道。"

有点要乱套，这是皇帝内心纠结的反映。官员们莫衷一是，他们看着皇帝脸色行事：不参不行，参又不行。这到底是让参还是不让参啊？

二月二十四日，吏部提请：通政使司右通政这个职务出缺，请求用太常寺少卿李绍闻[①]补缺。康熙皇帝对这个李绍闻评价不高，让问问九卿意见。

他就此事发表了一段议论，很有借鉴意义，也事关张汧案的处理，不妨写出来看看。

他对大学士等说：

"现在每使用一个人，外边的人就说，这是因为某某大臣荐举，皇上才用他。刚有用人的事要商量，马上就传言某某大臣称赞某某官好，某某官不好。于是那些不踏实的人，马上奔走谋求。

"大凡官员好坏，如果不问问，怎么能知道。大臣就算荐举，用不用也都取决于朕。偶尔用一两个人，也是朕了解才使用。如果大臣推荐，朕就用，那朕是干什么的？

"就算是使用的有通过询问九卿推荐的，那也不过占一半。不过是侥幸碰对机会了。原任尚书佛伦曾推荐学士赵山，原任大学士明珠曾推荐学士齐穑及学士舜拜、阿喇尼[②]，朕也都是了解他们才使用，而且屡次提拔重用。这并不是因为朕听别人的话。

---

① 李绍闻：字德中，山东蒙阴县人。

② 阿喇尼：亦称阿尔尼，生卒年不详，满洲镶蓝旗人，时任理藩院尚书。

"朕曾拿使用噶尔图的事问詹事尹泰，尹泰刚向朕启奏后，马上到外边放话，说是他推荐的噶尔图，你们难道没听说过吗？侍读学士德格勒曾向朕启奏说，如果有人向臣打听朝廷的事，臣就说宫里的门窗朝哪边开都不知道。

"他后来竟把某某的优劣胡乱向朕启奏，企图蒙混过关。尹泰只不过粗粗认识几个字，什么事都干不了，是个真正的低微下贱的小人。

"巡抚张汧也是九卿保举之人。现在张汧贪秽恶行被发觉，那些保举他的，都应该惩处。原任侍郎塞楞额派往审讯张汧，徇私失实。命令将塞楞额看守议罪。"

靳辅脱离治河谈治河的机会来了。

因明珠倒台，弹劾靳辅的奏折陡增，墙倒众人推，皇帝高度敏感，他内心深处始终是危机四伏，他担心政治失衡，大臣们在下边结成团块搞事。

所有大臣只能跟他站一起。他需要平衡。

二月二十七日，河道总督靳辅上书反击漕臣慕天颜等人结党陷害他，阻挠治河事务。靳辅开始以攻为守。

皇帝对大学士等说：

"什么事都有个是与非，应据理直言。现在朕看只要一出现议论别人过失的，大家就随声附和，认为被弹劾的这人不好，并非根据情理分辨是非。最近靳辅被弹劾，结果议论他过失的声音就比较多。

"靳辅做总河有些年了，疏浚河道，修筑堤坝以及漕运等事务并没有迟误过。说他一点儿没为国效力也不对。但他想下河屯田，长一百张嘴辩解也难逃罪责。当然要把靳辅判重刑，也需要等上七八年，等到继任者把治河工程完成时才能给他定罪，确定如何处置。

"事情有不容辩解的，也有应当让他辩解的。古语说：'人到了山穷水尽时就会呼天抢地。'今天如果不让靳辅申辩，那就算定案了。靳辅不把事情在朕跟前说清楚，还到哪里去控告呢？

"朕曾看过《河防一览》，他对治河的事知道得很清楚。每件事情都要考虑长久，不要只看目前。靳辅控告这件事和治河的事，九卿要一起查清，讨论后上奏。"

注意，这是个转折点。皇帝的表态出现了大幅度变化。他说靳辅对治河知道得很清楚，那无疑就是说有人知道得不够清楚。

这难道仅仅是议论靳辅吗？议论的核心被皇帝悄悄换掉了。让靳辅说话，让九卿参与调查，天平悄悄偏向了靳辅一方。皇帝葫芦里卖的什么药?!

他在修复明珠阵营垮台后留下的伤痕。

三月初一，两江总督董讷到乾清门觐见皇帝。他所上奏的内容令人听了吃惊匪浅。读罢这样的文字，你才能真正了解于成龙。

皇帝问："你有什么要启奏？"

董讷道：

"臣第一次上书，原本要向皇上奉献臣的愚见。本章记载的咨文很详细，也有反复辩论的内容，当时靳辅就执意要回复他过去说过的那两句。臣写奏本时，原指望皇上洞见此意。臣今天在皇上前，不敢不以实相告。

"皇上虽耗费金钱雇佣民夫，其实到地方上还是派夫。每处派夫五千名，衙门需要补贴银子一二万两。"

派夫不给报酬，雇佣民夫得给报酬。不要看字面差别不大，实际运作起来差别太大了。这个话题可是极端敏感。

他在这里没有点靳辅的名字，但说的就是靳辅。那么多雇佣民夫的钱哪里去了，就不言而喻了。两江总督董讷在这件事上最有发言权。

他万万不敢撒谎，皇帝会调查。

董讷继续说："民夫到治河工地报告死亡的很多，真成了地方上的拖累。此事各处都有呈文，臣都带到京师来了。今日臣初到，还没敢呈皇上御览。"

各地的呈文就是董讷反映问题的佐证资料。他照顾到皇帝的情绪，刚见皇帝就报丧一样什么堵心说什么，不合适，因此今天没有呈递上来。但他这样说了，估计皇帝的情绪就不稳了。

"臣看下河岗门、白驹、丁溪、草堰四处海口，地势大约是南高北低。如上河不放水，只开岗门、白驹两处，似乎容易干事。臣起初体察皇上爱民之意，所以只说了开岗门、白驹两海口，停止丁溪、草堰二处工程的意见。后来臣见到孙在丰面议此事，说起了派夫拖累百姓的事。就问孙在丰：'你能雇佣民夫吗？'孙在丰说：'能。'臣又问他：'你能承担雇佣民夫这件事吗？'孙在丰说：'能承当。'"

这是地方大员董讷和治河专员孙在丰一次意味深长的对话。董讷的意思，如果再和靳辅那样干事，地方上可没地方给你出银子堵窟窿。你要是不用地方出银子那我就是另一个说法了。都该开。

"臣想到，过去提议只开两处海口不过就是因为要让地方派夫，地方根本承担不起。现在既然有人承担雇佣民夫的事，那臣就仍要提议全部开掘。"

这是董讷对自己见解的全面破译。

"至于有人说开掘海口后，遇到海啸、海潮，只怕海水倒灌，对地方不利，其实，海啸为数十年不常见的事，真的见到了那就是奇特的灾变了。海潮来原本有固定时间，一点不差，所以叫信潮。"

他的意思，靳辅问题大了，他咬住的海潮倒灌也根本站不住脚。堂堂的两江总督，这样的话还是讲得起的。这是基本常识。

最后，董讷好似总结似的说："总之，佛伦为人执拗，不容臣说话。至于屯田一事，过于拖累地方。"意见的倾向性非常鲜明。

皇帝："屯田拖累百姓，朕都知道了，你不必说了。可将高家堰之事奏来。"

董讷："此地的祠堂湖，原本有河南睢水流入，现在于湖堤东南方向开坝放水，导致了湖堤溃决。"

皇帝："水从堤上漫入洪泽湖，朕已知道了。"

董讷："皇上南巡，那边的情形您都看到了。洪泽湖就是古淮河形成，各处山水流入，从清口进入黄河。现在又加上睢水，汪洋浩瀚，所以从周桥、翟坝等处决堤进入高邮、宝应、邵伯等湖泊。"

皇帝："还有界首湖。"皇帝的记性很好，他对那边的水情了解得确实很到位。

董讷："是。圣上说的是。高邮、宝应、邵伯三湖接受天长、盱眙各条河流，水势原本很大，又加上淮河水注入，都从减水坝排下去，所以七州县百姓都遭受了水灾。"

皇帝："你始终没有提到重堤的事。"这重堤就是靳辅一再坚持的。

董讷：

"高家堰本来有石堤，只是近来损坏了。总河靳辅将石料拿去干别的用了，所以要筑一道重堤。臣等公议以为重堤可以不必修筑。若筑重堤，高家堰将两面承受洪水冲击。

"当时，佛伦和臣所讲的一样，他说依着臣的意见。后来忽然又不这样说了，说这事说来说去也必须总河靳辅承担起来。臣等就当面问靳辅，靳辅见不支持他修重堤就拒绝担承，因而大家的意见就开始游移不定。佛伦就提出筑一道月堤。

"臣想，这是他们这些人故意做了这个局。"

董讷的议论客观重现了一众大臣如何被靳辅牵着鼻子走。

皇帝问："你说筑月堤有益吗？"

董讷："筑月堤无益，不过就是苦累百姓罢了。"

皇帝追问道："既如此，你为何画题（签字同意）？"

董讷："臣原本就被孤立。臣早年在京师供职时，蒙圣恩隆重，不敢闭口不言。每次会议，在朝班中多持公允之论，因此得罪的人太多。现在做了外官，又遇到治河成了国家大事，臣怎敢固执坚持自己私人的见解？加上佛伦又不让人说话，臣不得已才顺从他。臣所依赖的只有皇上。"

董讷说到此处，把手伸进怀中，继续说：

"臣当天共同定稿，那时没誊写，佛伦走到红花埠才誊写奏疏，誊写完后他们才把定稿给臣寄过来。臣看原稿，又改了两句。

"臣原稿说'将百姓田地用来屯田'，他改为'百姓多出的田地来屯田'。臣因屯田官员拖累百姓，曾经上书弹劾了几个，所以原稿说的是'不肖屯官'，他们改为了'不肖屯吏'。被改动的稿子，臣带着呢，请皇上过目鉴别，自然清清楚楚。"

他从怀中取出文稿，去掉了包封的白纸给皇帝呈了上来。

皇帝转过脸来问董讷："这是谁改的？"

董讷："或者是佛伦自己改的，或者是别人改的，臣就不知道了。皇上只要看看改过的地方，就知道他们是怎么想的了。"

皇帝说："佛伦也说有你亲手写的底稿。"

董讷："佛伦先确定满文稿，一定要臣翻译成汉字，臣不得不翻译。"

皇帝看罢书稿，仍旧将书稿还给了董讷。

皇帝问董讷："你还有什么要说的？"

董讷："臣还有话要讲，只是恐怕皇上身体过劳，容臣别的日子再上奏吧。"

皇帝点了点头。心里都满了。闹心。这段对话的信息量是非常大的。

同日，孙在丰在上书中说："河道总督在与佛伦等人在勘察治河工程时，原来的意见是入海口应开挖疏浚并拟定了上书草稿，后来这个意见竟然没有上报皇帝。虽是由佛伦执笔奏疏草稿，但实际却是靳辅的阴谋。他的幕僚陈潢贪污纳贿，法律不容。"

这就十分犀利了。不顾国事民生，拿拯救百姓的大事开玩笑，满脑子都是报复对方和个人私利。孙在丰的话就这意思。

皇帝下旨："九卿、詹事、科道一起查明商议后上奏。"

三月初八日，皇帝在乾清门召集大学士、学士、九卿、詹事、科道及总督董讷、总河靳辅、直隶巡抚于成龙、原任尚书佛伦、熊一潇、原任给事中达奇纳、赵吉士等人议论治河工程事宜。

这一天，对于很多人来说注定极不平常。

暴风雨就要来了。

皇帝问董讷等人说："治河工程的事你们谁先启奏？"皇帝的问话显得很突兀，他并没有直接点人上前答话，可见他的思路还不够清晰，语气中略显疲惫和不耐烦。

两江总督董讷启奏："皇上命谁先说谁就先说，臣等遵照圣旨就行了。"

皇帝看看董讷："那你先来。"

董讷上前启奏："河流入海口本来应开挖疏浚，但臣看如果工程向民间摊派夫役，而百姓现在劳累已极，所以随大家意见认为应停工。如用招募民夫的办法，臣认为各入海口都应开工。"

董讷企图隐藏自己：如果看呈报上来的结果，他就从众说该停工。你如果问他到底应不应开工，他又说应开工。左右逢源，他似乎感到这样进可攻退可守。事按道理该干，但根子在于谁花钱。

佛伦为避免被动，他及时跟进推脱责任，给自己辩解："臣等会商修理下河时，董讷、慕天颜和臣等商议的结果是只停修白驹这个出海口，臣也没有执意要停止所有工程。"

他这个说法很明显就是说自己动议停止所有下河工程是不准确的。他这也是躲避皇帝棍棒的闪避之法，接着他把更大的责任推给了别人："至于说停止丁溪、草堰，都是董讷和慕天颜在从前会商时的主张。"

接着佛伦的辩解进入深水区："至于说靳辅动议屯田的事，臣等人会商，凡丈量出百姓田产之外的田亩、湖塘、滩地，都应交给州、县，然后租给百姓耕种。现在慕天颜弹劾臣，说臣将奏稿中'民田'改为'民之余田'，臣并没有更改，将原稿和奏疏比较一下就知道了。"

佛伦的意思，这民田和"民之余田"虽两字之差，意思却相差到十万八千里。这决定着土地的产权问题。"余田"，顾名思义，田不是百姓的。而且篡改奏疏措辞，大搞两面三刀，我没有做过，但他此时并不知道董讷之前的密奏。

"况且靳辅原来只是要把百姓土地外的田地拿来屯田，并非要拿百姓需要缴纳赋税的田地来屯田的意思。"

这是佛伦在为靳辅张目辩解。下边，佛伦几乎就是妙语连珠了："如果靳辅拿百姓缴纳赋税的田地搞屯田，皇上圣明，当时就把靳辅治罪了，哪有还将此事交给九卿议论的道理。"

佛伦真高，他把皇帝顺手扯进了自己的阵营：皇帝当时没治罪就说明靳辅的说法没问题，因皇帝总是圣明的。反之，如果没治罪靳辅而否定靳辅屯田，那只有一个解释——皇帝不圣明。他把屯田的土地产权直接从百姓手中剥离了。

他灵巧地运用着语言技巧，不光让其他人不敢挑战这个说法，也将皇帝置于两难的境地，有苦说不出。

佛伦攻防兼备，下边他放手开始进攻董讷、慕天颜：

"果真董讷、慕天颜写的是拿百姓的田地用来屯田，那就是大错特错了。这怎么能写到奏章中，让这等文字拖累圣明的治理而留在盛世的史册中呢？就是臣见到这样的话也应主动改正的。"

厉害！按佛伦的说法，董、慕二人不光是污蔑了当今的圣明天子，连整个盛世的历史都让他们抹黑了。敲打董、慕二人不忘记表白自己的责任感：我不准许出现这样的事情！

董、慕二人听了佛伦的话绝对是有些摸不着头脑：这怎么变成我们写屯田的事了？！

就安你头上了！

下边就更不再兜圈子，佛伦直接指责董、慕是既不负责任，又包藏祸心的小人：

"董讷、慕天颜都是大臣，治河事务关系重大，有不同见解，完全可再议；就算当时向皇上陈奏也没有什么不可。这两人竟然拖了几个月才向皇上启奏。

"董讷报告自己起身日期的奏折中就弹劾了微臣，但贴黄的提要文字中并没有写出来。据此可知，董讷、慕天颜是同伙密谋，暗暗对臣进行巧妙诬陷。"

佛伦的意思：董讷弹劾自己不光明正大，他故意明修栈道，暗度陈仓，使用这样的方法，他还能是好人吗？言语直抵得上锋利的刀枪。

熊一潇启奏："臣刚上路就患了痢疾，到淮安寒病大发作，也就没能到河上详细看情况，也不曾参与会商，辜负了皇上的差遣，臣罪该万死。"熊一潇想以自己生病作为理由跳出旋涡。

皇帝何等精明，马上就质问："那你为什么不及时上奏？"

那意思，干不了你怎么不早说！不说话那你就是干着呢，你得负责任。

熊一潇毫无招架之功："臣甘愿死罪！"完全服气。他只能这样避免激怒皇帝。

达奇纳启奏，他的话语之间生动描述了所谓的会商是怎样演变成一场闹剧的：

"臣到了下河，立刻跟随佛伦等人到河堤上巡视。佛伦和熊一潇都说高家堰应增修。赵吉士就说，如果不亲自问问靳辅，假如靳辅认为不行，那怎么办？于是意见就定不下来。臣等把靳辅叫来一问，靳辅说：'必须修重堤。如果修高家堰旧堤，你们修，我不管。'于是大家就合议修筑重堤。

"臣说：'如果要修重堤，那水就会在两道大堤之间流动，大堤恐怕要受损害。'佛伦想了一个折中的办法：'既然这样，那就修月堤，大堤就可不用顾虑了。'董讷、慕天颜都认为这个想法很好。"

靳辅轻而易举吓退了不同意见。对于所谓的公议结果必须慎重对待，古今皆然。

皇帝转过脸看着熊一潇，问："商议增修高家堰大堤时，你也参与了吧？"

熊一潇回答："臣参加了会商，认为高家堰大堤应当增修。"

皇帝立即抓住了熊一潇："你先说你有病不曾参与议论，现在又说商议增修高家堰时，你也在一起。这样看来，你明显就是在推诿，希望逃脱罪责，深负做大臣的职责。像你这样的，如果不惩处一个示众，能行吗？！"

靳辅上奏："臣专管上河工程，再三考虑谋划。臣以为唯有高家堰外再筑几道大堤使洪水不流到下河，这样才对淮扬七州县有利。至于说开通疏浚下河，臣恐怕那样会有海水倒灌的隐患。"

靳辅的意思就是：既然让我专管上河，那我就说说上河。下河我只说担心。这算把丑话放在前边。这严重后果放在那里，将来出了问题，我可是有言在先。

靳辅把皇帝凡事都追求尽善尽美、疑虑甚多的心思摸透了。完美主义者的突出表现就是多谋少断。这既给皇帝布下大阵使之举棋不定又撇清了自家责任。

进可攻，退可守。

皇帝说："朕就是不忍心淮扬百姓遭受水患，才让你们这些人在一起详细议论。你说的海水倒灌没有道理。只是海潮不易确定，但这何足称为危害！"

站在一旁的于成龙启奏："以臣愚见，下河必定应开挖疏浚。靳辅听信陈潢言语，千方百计进行阻挠，让海口已开工的工程不能成功，这都是因他的嫉妒和私心。皇上自然会洞察。"

靳辅赶忙启奏："大家都污蔑臣阻挠下河工程，臣实在并无此意。臣曾说过'开挖修治下河即使不能排泄洪水，也可排泄积水'，于成龙曾有咨文向臣咨询此事，臣的回答非常明确，怎么能说臣阻挠？这都是因慕天颜、孙在丰结党排挤臣。这两个人原本是亲家，这董讷都知道。"

靳辅行动上反对疏浚下河工程，但面对于成龙的指责，他马上说自己并不反对，而且说我回答你的咨文时写得都非常清楚了。这样浅显的道理我靳辅懂。既不让你干，还不让你抓到小辫子。然后，他祭出更加凶狠的杀招，把孙在丰、慕天颜扯进来，这两亲家结伙陷害我，什么陷害我的话说不出来？

他知道皇帝最警惕的就是结党，他就把结党这个词给慕天颜、孙在丰使上了。然后回手一掌打向董讷：

你也别高兴得太早，这里也有你的事！

整个议论慢慢离技术层面的探讨越来越遥远了。水被成功地搅浑了。

董讷听后心中一凛，马上向皇帝说明情况："臣等人在和慕天颜讨论下河事务时，慕天颜说'这是我亲家的事，我不便插嘴'。臣马上就提醒他：'这是国家的公事，怎么能够因私情而避嫌不说呢？'就因这个，臣才知道他们两个人是亲家。"

达奇纳启奏："臣奉命查看海口，怎敢不对皇上说实话。臣见到，海口工程报价是六分，有的是七分八分银子不等，但臣看水流，并没有差别。"

达奇纳极其幼稚愚蠢的辩解挑战了人的认知。

皇帝忍不住教育了他两句：

"这你就不清楚了，大凡水流表面看起来虽相同，但水所以流动就是因有深有浅。你光看水面，那能有什么区别。"

达奇纳是故意自黑，通过卖萌借机博得皇帝讪笑之后的怜悯吗？

大家看看赵吉士怎么说。

据赵吉士《勘河诗记》所记实情，赴江淮一路上他都很轻松，时常作诗怀古。但到了下河，先是与靳辅"议筑古沟重堤"，然后出发前往下河，在泰州发现"田地一望尽是汪洋"，而串场河"每年原有挑浚公费，十数年来徒有虚名，以致泥沙淤积，丁溪诸口俱从此河入海，灶丁商人恐开沟疏通，串场水涸不便行盐，故不愿开"。此外，丁溪等处挑浚工程已完工七分，多处要地已开始泄水。草堰等处稍慢有二分，白驹工程也在进行，兴化田地积水四尺五寸，岗门附近工程快要完工了。那个时候，他还是有良知的。但在巡河及后来的整个争论过程中，找不到他明确的态度。他没有实话实说，而是摇摆、骑墙，像个墙头草，最后因巡河不称职被革职。到底发生了什么让他如此闪避不得而知。

"臣是小臣，又已被革职，臣怎么敢说话？只是臣不敢不对皇上说实话。臣同佛伦他们会商时，慕天颜想把所有减水坝全部堵住，增修高家堰大堤。臣认为今天河道和古代不同，现在归仁堤那里的睢水也流入了洪泽湖，因此洪泽湖水势浩大，因此高家堰加修了很多减水坝。如果增修高家堰大堤而堵塞减水坝，一定会导致大堤溃决。靳辅修重堤的策略，臣以为可行。

"至于说下河，臣也说应开挖，更应当深深疏浚，只是因大家认为工程会因摊派夫役拖累百姓所以才停止了。"

董讷立即说："臣和佛伦等人议论下河时，确实说到了摊派民夫会拖累百姓。佛伦马上说'下河既然拖累百姓，便应当停止'。一句就把事定了，根本不容许臣等人再接着议论。"

董讷的话再现了会商时的微妙场景：大家话刚说了一半，佛伦敏锐地抓住话风中有利于自己的因素，马上断章取义，一锤敲定了结果。有的还想再说那"虽然"后边的半截话，对不起，定了。别来回来去说了。

主持会议的高手！

佛伦马上还击，从语言上与董讷厮打在一起：

"臣等查看河道形势完毕，在宿迁会商，大家共同商议，意见统一了之后，臣怕他日有变，就对董讷说：'此事关系甚大，你离开朝班时间不久，这些话我看就由你把它写下来吧。'

"董讷亲自执笔，站着写了记录稿；臣等都看过记录稿修改确定后，臣对众人说：'你们的意见都是这样，还有不同的意见吗？'众人都说：'这是根据我们共同意见确定的，我们并没有别的意见。'董讷等人就亲笔写下了自己的名字。

"臣又对大家说：'日后或许汤斌、萨穆哈等人认为我曾说过跟他们一样的话，也说不好。'董讷等人对我说：'我们都不是那样的人。'现在董讷写的书稿还在，可呈递皇上查看。"

佛伦讲得很清楚，我反复征求了你们这些人意见，而且你们的签字昭昭俱在，不能说是我的责任。我不背这个锅。

董讷马上由主动变被动了。他下边的话中却有更雷人的细节："原本是共同商议确定了修建重堤，停止下河工程，汉字稿的确是臣写的。屯田的稿却不是臣写的。等佛伦走到红花铺，派笔帖式把奏疏的初稿拿来给臣过目，臣看到他们已把臣写的原稿篡改了。"

佛伦马上否认："臣并没有篡改原稿，将底稿和奏疏拿出来对比一下就知道了。"

听着都让人头大。

皇帝坐在宝座之上，看着大臣在下边来言去语纠缠厮打，他没接他们话茬儿：陷进这个话题，他再想脱身出来就难了。

皇帝问站在一旁的于成龙："你曾说过上游向下放水，你相信吗？"

于成龙启奏："河道总督王新命对臣说过，每年因上游向下放水，所以下游田地庄稼都被大水淹没了。"

靳辅启奏："于成龙并不熟知上河，这些都是听人胡说得来。雨后河内才会有水，不下雨，洪水从何而来？怎么能说臣向下游放水？臣从来没向下游放水。"

靳辅的意思有洪水也是老天所为，与我何干?! 他不下雨不发洪水，我想放水拿什么放?! 堂堂的治河大臣忘记了自己的本分。没人说干旱时候的事。

于成龙启奏："纵然不是靳辅亲自向下放水，也是他的属下所为。靳辅不对下属进行约束，所以江南受灾百姓都要吃他的肉。"

这段对话，已接近白刃格斗了。汤斌在进京任职向皇帝汇报时非常清楚地讲过放水这事。上游治河官员害怕自己防守的河堤工程溃决，先是千方百计修建了减水坝，作为应急减压出口。一旦洪水超出心理承受预期，便立即开闸泄洪保堤甚至是保官保命。但他们并没有预先给下泄的洪水安排好出口，结果漫无边际地将下游当成行洪区。

古代缺乏快速有效的预警机制，结果不光是田地被淹，百姓房屋乃至生命都要交给上天了。于成龙现在指责的就是这个特定时间点上的事。百姓之所以要吃靳辅的肉也是因为此事。

注意，皇帝挑起了这个话头，但对始料不及的剧烈争吵却似乎听而不闻。

他无话可讲，靳辅的失败背后站着的就是他自己。再进行下去就引火烧身了。

他及时调整了言语方向，避开了迎面撞来的礁石。

皇帝问于成龙："你到过高家堰吗？"

于成龙启奏："臣没有到过高家堰。"

靳辅启奏："臣为朝廷效力，将富豪们暗暗占有的土地清查出来很多，所以豪强怀恨在心，和百姓有什么相干？（为什么说百姓恨我？）"

靳辅是个语言高手。他先是说自己都是一心一意为朝廷效力的，就把自己对下河所为和朝廷和皇帝进行了捆绑。即使出现失误也是无心之过。

他暗暗换掉了于成龙讲的百姓的内涵，认为自己由于忠于朝廷而触犯了豪强利益，那些所谓要吃自己肉的不是什么百姓，而是那些吃了亏的豪强。他的意思很明显，于成龙没能像他那样为朝廷着想，反而偏向豪强，就是不忠。

他规避了向下游放水导致七州县受灾的话题。都是被恨，但他所讲的和于成龙讲的根本不是一件事。

于成龙没有放过靳辅，而是对靳辅的话头紧追不舍。他立即启奏："靳辅巧立屯田名目，损害百姓坟墓，损害百姓生计，这种事也不少。"

靳辅启奏："那些多出来的田地现在还在，皇上若派人前去查勘，如果没有余出来的田地，臣甘愿服罪。"

靳辅盼望皇帝被利益打动，时刻提醒皇帝下河确实有利可图。

那么多地，不要白不要。

董讷启奏："做臣子的大多愚昧，谁能不犯错？皇上圣明，只求您宽恕。在至尊面前，这样争辩，就失去了臣子的奏对的体统。"

董讷此时的表现最为莫名其妙。他所说的犯错误到底是谁？他没说，只是像个助理裁判，说两个人这样在皇帝面前争论等于出现了技术性犯规。

皇帝问于成龙："上河放水究竟是谁？在哪里放的水？水能想放就放，想停就停？"

于成龙启奏："臣实在不知。只是听到了传闻。"

皇帝又问董讷："你知道吗？"

董讷启奏："臣也是听到过这个传闻。至于说屯田，原本就是害民的事，所以臣屡次弹劾想搞屯田的官员。"

皇帝问九卿："你们什么看法？"

张玉书直言启奏："下河应修。"

郭琇上奏：

"靳辅在上河摊派百姓之事很多，比如说向民间派车派驴，给百姓添了不少麻烦。靳辅屯田的事明摆着是抢百姓产业。

"江南土地在征收钱粮时本来就有两亩算一亩的，原因就是地势低洼，一会淹没一会又露出来，如果按亩算计钱粮征收数目肯定会拖累百姓。皇上原本爱民，现在因治河搞屯田，反而拖累了百姓，靳辅实在是大大辜负了皇上。"

郭琇的话表达的逻辑很清楚，分量很重。

陆祖修启奏："凡治水之人必须依顺水性，就算《禹贡》这本治水的书上也不过就是此意。"

他的意思大概就是说，水性向下，堵了就挖开，议论来议论去有意思吗？

皇帝并没顺着他的思路说。他抓住共性中存在的特殊因素，直接否了陆祖修的话："你不知道黄河的性情，所以才说这样的话。如果依顺黄河之性，让黄河水都从宿迁北面入海，这算河的下流规律。那样的话，清口到宿迁一百八十里都干涸了，漕运船只从哪里通过？"

陆祖修启奏："河流入海口若不早些挖开，那从前治河耗费的钱粮岂不可惜？"

陆祖修说话也很直截了当，下河如此狼狈，上河花钱不也白花了吗？下河出了问题要不要解决？从前下河半途而废了吗？

君臣议论的空气看起来很民主，皇帝没有去揪陆祖修和他说话时咄咄逼人态度的小辫子。皇帝此时像脱光膀子和高中生挤挤挨挨争抢篮球的校长。

皇帝说："屯田害民靳辅百口莫辩。挖开入海口是必然之事。你们只用议论下河该不该挑开，那几重大堤该不该修就行了。"

皇帝作为这次辩论大赛的主持人，看到双方互相指责又要开始，火药味渐浓，于是再次限定了议论范围。

董讷启奏："高家堰并不如前了。很单薄，非常让人担忧。今天如果再修筑重堤，那高家堰大堤就会两边受到冲击，势必会崩塌坍毁。"

话不多，分量极重，此时他并没有挑明靳辅挪用高家堰石料的事。

靳辅立时出班反驳："高家堰如果真单薄，怎么能到今天？"

靳辅的话很清楚：你那意思我是一点功劳都没有吗?!

皇帝问靳辅："如果修筑重堤，你能保证高家堰肯定不会被冲毁？"

这是皇帝的撒手锏，从侧面也可看出皇帝还拿不定主意。

靳辅说："皇上殷切希望拯救七州县百姓于水灾之中，所以臣不顾身家，修筑重堤，不让洪水流向下游，不辜负洪水拯救百姓的心情，上书请求皇上批准施行。如果不能保证，那臣不是不爱惜自己的性命？"

皇帝又问靳辅："毛城铺减水坝流出的水，可否淹没过百姓的田地房屋？"

靳辅启奏："毛城铺堤岸只有二十三年有水，平常每年没有水。"

皇帝转过脸来看了看伊桑阿，问道："你曾前去察看，所见到的情况怎么样？"

伊桑阿不敢隐瞒，直接啪啪打脸靳辅，回奏："臣康熙二十一年时去看河，那里已经有水了。"

这就是赵吉士用小字在《勘巡河道》里说到的康熙十八年泗州被淹没的事情，伊桑阿说"有水"还算是最淡化事实的表述。康熙十八年冬，由于靳辅未开挖泄水的专用渠道，导致泗州上游湖水无处宣泄，泗州顿成泽国。大水冲开泗州城东北方向的石堤，决口七十余丈，城墙西北角崩塌数十丈，大水入城，人们四散逃命。康熙十九年，泗州城彻底沉没，远远望去，只有普照王寺的僧伽塔、明元大师塔的塔顶露在水面。

皇帝说："屯田害民，靳辅纵然百口莫辩。修治上游河流，说靳辅'不效力、不勤劳'也不行。只是下河事务究竟应当怎么办？"

董讷启奏："臣在江南，只知道地方上的情况和百姓的疾苦。至于说河道的曲折，臣知道得实在不深。"

佛伦启奏："河道的事只有于成龙、靳辅在那边时间长，他们自然能够知道得更清楚，臣也实在不能明晰其中的曲折。"

靳辅启奏："臣以为高家堰修筑重堤将水截住，使之全部从清口流出，不让它流入下河，那样七州县遭水淹没的田地可以露出，所以臣题请修筑重堤。从前启奏时，臣就已考虑得非常妥当才题请。就是现在仍然认为修筑重堤是对的。"

靳辅的意思是，既然下河灾害因上游来水造成，那我修筑重堤不让它流过去不就行了。

于成龙启奏：

"修治下河，开海口，是奉旨而行之事。今天在高家堰修筑重堤而停开入海口，纵然是上游河水不来，到了秋汛时河水暴涨，天长县^①、六合县^②等地所汇聚来的洪水从哪里泄出？

"臣的意见，入海口河道仍然应疏浚。"

仍然是不能形成一致意见。

靳辅启奏："凡做地方官不肯清查田地数目，总是想宽容隐瞒来博取虚名的人，见到实心实意要干事的，反倒一起怨恨嫉妒。"

靳辅的话就差点名了。他认为所有反对他的人都在嫉妒他、都是在为自己博取好名声。

皇帝紧接他的话茬，说了一句让所有人都摸不着头脑的话："三代以下，也是唯恐没个好名声而已。"

那意思就是不光这些人图虚名，连他们三代以下的儿孙都会是这种图虚名的人。这句话说得很简短，但被史官敏锐地捕捉到了。

那些反对屯田的官员心中一惊：皇上不也是一直反对靳辅屯田吗？现在看来，他的内心深处并非这么想的。他在暗暗怨恨这些人。他反对靳辅屯田实际是畏惧舆论声浪。他未必不喜欢靳辅的提议。他也喜欢土地，他也喜欢银子。饱读圣贤书的皇帝只是觉得，从百姓手中巧取豪夺田地的名声不好罢了。

---

① 天长县：今天长市，安徽省县级市，由滁州市代管，位于安徽省东部，除一面与安徽省来安县接壤外，三面被江苏高邮市、仪征市、六合区、金湖县、盱眙县五县市区环抱。

② 六合县：今江苏省南京市六合区。

靳辅也势必捕捉到皇帝不经意间透露出的内心独白，他立即跟上一步，率先向于成龙发难：

"于成龙和臣的幕僚陈潢结为兄弟，私通信件，这哪里是正人君子所为？"

于成龙启奏："臣为了公事，不得不求靳辅；求他无益，不得不求陈潢。臣与陈潢所通信件都是使用的公函露封，随时可以查阅，有何私处？"

于成龙的意思更加直白，我向你请求下河事务却受到你的百般阻挠，我不得已才求你的幕僚陈潢搭话劝你回心转意。公家的事务被你搞到这种程度，你说是谁的问题。再者，我与陈潢完全是公务交往。我给他的信都是使用的公函，而且采用的露封方法传递。你说的秘密在哪里？

露封是邮寄的一种方法。为了方便他人查看，信封都被剪去个角，而且信封开口故意不粘牢固。想要查看信件的根本不用费力就会轻而易举掏出信件，甚至不用去动封口。想必靳辅对于成龙给陈潢的信中内容一清二楚。

于成龙做事光明磊落，所有细节都考虑得非常缜密。未思进先思退，他知道这种白纸黑字的厉害。他懂规矩。

靳辅立刻改口另一个话题："于成龙从前在泰州妄自尊大，谣传他要升兵部侍郎，他信以为真。后来知道消息不切实，怀疑是臣从中阻挠。今天，圣主在上，若想给于成龙升部级官职，谁敢阻挠？"

那意思，现在所有反对自己的行为都是于成龙在报私仇。

靳辅为进一步证明这一点，说道："泰州官员百姓中流传着一首民谣'兵部侍郎冒不得，八人轿坐不得，司道官管不得'。于成龙恼羞成怒，恨臣恨到骨髓里。"

靳辅这段话意在羞臊于成龙的面皮，把于成龙所坚持的一切与睚眦必报的小人德行连接在一起。

于成龙启奏："那时臣怎么敢坐八人轿子？兵部侍郎的说法都是高成美捏造的。"

他指出这种指责纯属无稽之谈。如果真有兵部侍郎的说法，那来自满朝皆知臭不可闻的高成美之口，高成美和你靳辅是什么关系大家一清二楚。

话既然说到这份儿上，于成龙只能选择反击：

"靳辅在治河事务上，每件事都贪污渎职，把事情都扔给陈潢，而这陈潢更是横行无忌。就比如说常君恩①为巴结陈潢，让儿子拜陈潢为父，陈潢接受华美楼房、三千两银子的馈赠，诸如此类的累累恶行，死有余辜。"

于成龙把话放在当下：靳辅你如果不服气就请皇上派人查查看！

朝堂上此时恐怕掉根针大家都会听得很清楚。

这次靳辅感觉到了真正的痛苦。他向上启奏："这都是诬陷臣的话！"

皇帝发现两人越说越激烈，而且话题越来越不好控制，赶紧把话题扯回来："河道关系漕运，关系民生，所以才把查看河道人员和各位大臣召过来询问，互相辩难讨论，为的是把事理弄清楚。你们这些人，并不对靳辅、于成龙刨根问底，难道你们害怕靳辅、于成龙吗？"

九卿听到此言，赶紧启奏："皇上对上河、下河形势知道得很清晰，臣等实在不熟知河道，没有敢凭空议论，不知问什么，所以就没有问。臣等有什么可惧怕他们的？"

佛伦再次启奏：

"从前，董讷、慕天颜等人所写治河奏章中只说如果修筑重堤让洪水从清口流出，那高家堰大堤实在让人忧虑；淮河水必然分流进入运河，运河大堤让人忧虑；如果引黄河水从东安县西流过，那东安县实在让人忧虑。怎么处置才能没有这些忧虑并没说明。

"臣这次被派去，商议出保护高家堰大堤，修一道月堤到淮安，运河上的黄埔闸、子婴闸都修宽大，让河水河流进入射阳湖、草湾河入海的方法。董讷、慕天颜身为大臣，对这样的事并没详细议论。

"至于说治河事务与地方的关系、水的大小，臣的意见也不到位。这些并没有详细议论的地方，怎么能免罪？只是臣并没有徇私情包庇靳辅的地方。请圣上睿鉴。"

皇帝没有理会佛伦弃子攻杀各打五十大板的说法，但他感觉到今天的议论不会有太好的结果，就对九卿说道："把谁是谁非以及治河怎样谋划详细商议后奏上来。"

---

① 常君恩：浙江定海人，恩贡。十七年任山清安海河务同知，二十三年升补分巡河务兵备道。

九卿退了出去后，皇帝环顾大学士们，说："河道确实难以知晓，朕留心很久了，深知其中的情形。九卿各怀私心，畏惧汉军（靳辅）这厮，所以不敢肯定地议论。今天他们如此失去体统，互相攻击责骂。"

九卿惧怕靳辅这一点，皇帝比谁都清楚。

小小下河泄水这点事，说什么也干不成，九卿人人兜圈子，自己有个意见让靳辅轻轻一句"要想修你修"就吓回去了。

"朕的意见暂不要说出去。如果让他们知道朕的意思，那九卿就会望风顺从朕的旨意说话了。这样的大事，议论时需要最公正，才能有恰当的道理出来。"

三月九日，下河治理问题继续。

工部尚书李天馥①上奏："臣等遵旨询问靳辅、于成龙，这两人都还是坚决抱定从前说法，与昨天他们上奏皇上的没有差异。臣等共同商议认为下河应当疏浚，那几重堤坝应停止修筑。"

皇帝又问九卿："议论的结果怎样？"

九卿："如果再修筑重堤，那高家堰将内外受水冲击，恐怕不能坚固。"

九卿的意见转向了，看来皇帝"汉军这厮"这句话又跑风漏气了。这就是典型的揣测上意，墙头草。

明珠事件后，很多大臣心神不宁，不敢有自己的主见。在水面露出脊背是危险的，不少人需要把自己沉到水底。

皇帝问："董讷怎么说？"

董讷启奏："现今大堤还不至于有大决口，运河河道也未损坏，上河似乎不必再搞新工程。雇佣招募夫役，则入海口不难开挖疏浚。假如将上河进行更改，修治不得法，唯恐堤岸被冲决，妨害到运河河道。"

董讷的话概括起来就是，疏浚下河是当务之急。这和靳辅的意见完全相反。

皇帝问靳辅："你有什么要说的吗？"

---

① 李天馥：字湘北，号容斋。科举寄籍归德府永城县，合肥人，其先祖徙自黄冈。顺治十四年中举，顺治十五年中进士，改庶吉士，授检讨。历官少詹事、工部尚书、刑部尚书、兵部尚书、吏部尚书。康熙三十一年，拜武英殿大学士。康熙三十八年卒，谥"文定"。

靳辅启奏："洪水干涸后露出的田地都是无主的。臣提出屯田并没妨碍百姓。"

皇帝："土地都有业主，屯田拖累百姓已自不待言。你为什么修筑重堤？"

靳辅："如果堵塞高家堰滚水坝，恐怕大堤抵不住风浪，所以仍然留下滚水坝，修筑重堤，让水从中流过。"

皇帝问于成龙，于成龙回奏："修理高家堰大堤是靳辅分内本该修筑之事，为何又要再筑重堤？"

皇帝问："佛伦你怎么说？"

佛伦启奏："下河丁溪、草堰两处口子，从前由董讷等人商议停止开浚，臣等人前去公议时，董讷等说开挖疏浚下河会派夫役拖累百姓。臣的意思，皇上要救的就是这七州县，现在摊派夫役受到拖累的也是这七州县，所以臣等人共同议论停工。现在众人都说高家堰重堤应停工，下河应开挖疏浚，臣想大家的议论自然公允恰当。"

佛伦墙头草似的表达让皇帝感到不快，他立即责问道："你当时去看河，为什么不持这个说法？"

佛伦脱下帽子叩头请罪。

皇帝又问："熊一潇，你怎么说？"

熊一潇启奏："臣过去就说应增修高家堰，停修重堤。"

皇帝马上翻出旧账，质问道："你昨天还说有病不能去看河道，现在又说'你说过高家堰应增修'，为何前后矛盾？朕在十八年就下旨说'做臣子的要同寅协恭，自古如此'。今天，各部院办事，大小汉官凡事都推给满人官员，只贪图早回家宴饮玩耍，全不为国家尽力担当，料理公务。今后，尔等各宜协力同心，各尽职责，不能仍像从前那样推诿。"

说到此处，他把话锋平扫，对准了科、道官员：

"至于说科、道官员，平日里所写的奏章内容只有一两件可行，但暗中夹杂私情，希望舞弊。凡有条奏，很少没有私因。

"朕看这些奏章，都把自己说成最公平最廉洁。这些人办公事时夹杂私人嘱托，肆意妄为，对外炫耀威风、权势，多方胁迫制约其他官员。地方上总督、巡抚没有不畏惧的，小民的困苦未必不是由此产生。"

皇帝将话锋转回，再次对准熊一潇。

"你奉朕差遣查看河道，为的是国家大事，身为大臣，究竟怕什么而不敢把话说明？明摆着是不实心实意做事，借病推诿，希望脱卸罪责。你还算大臣吗?!

"陈名夏、刘正宗二人的事还不远，可作借鉴。今天这事如果问罪，那首先应追究的就是你！"

熊一潇浑身战抖，手足无措，只能脱下官帽伏地叩头。

皇帝问靳辅："开挖疏浚下河，那水就有了去处，七州县的民田就没有水患了？"

靳辅："开挖下河只能排泄出一点水，没有好处，而且还有海水倒灌的忧患。"

皇帝："你今天所说的，日后就会有验证的时候，终究掩盖不了。如果依你的话，下河就算开挖疏浚成功，竟然不能疏导上游的洪水吗？"

靳辅启奏："现在正是二三月，雨水稀少，还可排出几分水，如果到了六七月以后，洪水一到，仍然淹没，不能排泄出去。"

于成龙质问靳辅道："现在下河开挖的地方，水就在流通，怎么不能排泄洪水？靳辅如果将治河工程的钱粮都用在治河上，那堤岸就会坚固，怎么会有冲毁决口的忧患？现在看到他的下属抢夺他人妻子，霸占他人房屋，怨声载道，

《清河县志》所记载"屯田案"书影

这些人现在就有被弹劾的！"

董讷继续启奏："臣现在弹劾靳辅手下的丁理就有这样的事。"

皇帝对九卿说："靳辅施行屯田，用的是治河后分给百姓剩下的田地，所以百姓都哀叹埋怨。对此，靳辅本人也应当无可争辩。"

九卿启奏："圣上的见解很妥当。"

靳辅回复皇帝说：

"过去河道损坏严重，到处是冲决的口子，百姓田地都被洪水淹没。臣担任河道总督之后将决口堵住，在两旁修筑堤坝。仰仗皇上如天洪福，这几年河流故道没出现过被冲毁的险情，过去多年被水淹没的农田也都干涸露出了。

"臣的意思是将民间原本缴纳租税的额定土地还交还土地原来的主人，多出来的土地由官家组织开垦，抵顶贴补修理河道耗费的钱粮。臣下属在执行中有不好的举动，百姓有埋怨也属实。这事臣无法辩白，只有等待处分。"

这丁理做了什么，靳辅再清楚不过。

丁理是靳辅屯田的马前卒。

清河县"当三河之冲，七十二山泉之汇，地势低下，山陵河谷经常变化，河流沙土最易淤埋田地，激流最易冲击田地，田地的肥厚与薄瘠经常增减……"。

历来朝廷征收赋税亩数采取二折一的方法。这就是户部刘国黼上书所讲的道理。

据《清河县志》记载：丁理奉靳辅屯田之命到清河后，走遍民田，不管是不是沟河、道路，不管是不是被堤坝柳丛占据，一共丈量出土地一万零四百多顷，仓促上报给了靳辅。报告中割裂了村庄联系，随意就写下庄屯名字。

丁理通过这种手段勒索驱逐土地主人，致使清河百姓人心惶惶，田野里到处是号哭之人。

其时，正赶上管钜^①做了清河知县，看到此情此景，他把清理屯田的毒害作为己任，找到上峰各位大官哭诉清河县的实际情况。

他在给上峰的书面文字中说：

————————————

① 管钜：字维庵，临川人，少负经世才，康熙二十六年知清河县事，兴除利，修学校，建仓储，有善政。

"清河土地亩数二折一，有百余年的历史了。这和邻县、邻郡乃至京城的田亩总数差得并不悬殊。《赋役全书》记载清河纳税地亩是四千八百四十二顷，实际上记录的是'小亩'，现时量出的九千六百八十四顷，如果比山阳县土地四折一、清河县的二折一都不到。

"假如听凭屯垦官员胡报，将七千三百顷还给百姓，三千三百顷用来屯田，这是把百姓的田地、世世代代的产业夺走了三分之一，不知道清河县额定的纳粮田地亩数不过是五千八百多顷。近日《易知由单》上开列的地亩数加到一万零五百，这样就又把百姓世代的产业抽走了三分之一。

"这样一来，纳税的银子根本没法措办，逃欠的情况一定很多，村落必然因百姓逃亡而荒废。

"再者，河督也只让将河湖滩涂多出的土地拨出屯田。丁理私自决定使用小弓①，一尺一寸地累积民田亩数，这肯定不是河道总督的本意。"

管钜清理出沟涧、河滩、水浸、沙淤土地三百零四顷，请求仍然按过去地亩数征税。

不久得到圣旨：所谓多余而用来屯田的田地还给原主人。没主的土地都给了开垦之人，按原来的惯例征税。

清河百姓"饮水者必先思其源"，记住了这位为民请命的知县管钜大人。

另据《宿迁县志》记载，与丁理一样在百姓心中遗臭万年的官员还有：宿迁县屯田县丞骆龙友、于宣、把总韩文廷、海州屯田千总李永培。这些人肆意侵占百姓财物田产，不仅将干涸的土地屯田，未干涸的水田也屯田，对水田甚至荒山草地、坟墓余地加征屯税，滥用刑罚，横行不法，鱼肉乡里，百姓切齿痛恨。乡民卓佩找到新上任的两江总督董讷，控诉屯田之害，董讷将上述人等绳之以法，百姓额手相庆。河道总督靳辅半夜为此事提着小灯笼骑马来董讷处求情，董讷以受了风寒闭门不见，这还不算，他还写了折子上奏皇帝屯田之害。最终，被夺走的土地归还了百姓。董讷为民请命，百姓为他立生祠祭祀。而此时，这次廷争中董讷将面临意料之外的打击。

一年后，康熙南巡，数千百姓执香跪董讷生祠前，请求皇帝为董讷恢复官

---

① 小弓：长度单位。与大弓之比为四比五。宋赵令畤《侯鲭录》卷四："一大弓长五肘，小弓长四肘。"

职。康熙还京，笑问董讷："你在江南做官给了老百姓实惠，百姓还给你建了小庙。"不久，董讷复出为漕运总督。董讷的漕运总督大堂上曾悬挂一副楹联，时时提醒自己关注百姓疾苦："看阶前草绿苔青，无非生意；听墙外鸦啼雀噪，恐有冤情。"

此时，靳辅完全忽视了洪水覆盖过的土地都是百姓的这一基本事实。过去缴纳税款粮食的土地亩数是折合而来的。现在不折扣了。水淹前四亩地，现在变成一亩了，国家硬夺了三亩。

皇帝也深知这样做理亏。他下不去手，他知道这"贪吃蛇"有可能付出惨重的代价。

此时已不再是拿着刀剑骑着大马硬行圈地的开国初期了。坐稳了江山的大清再这样野蛮从事，下个倒台的就会轮到自己。所以他在暗中尝试水的凉热。

从上边来自县级的史料告诉我们，康熙皇帝口口声声反对的屯田，靳辅已在下边搞开了，似乎得到了皇帝默许。

因此我们看到皇帝态度有时候莫名其妙地暧昧甚至口是心非，敲打那些阻挡屯田的大臣，而靳辅的态度则异常坚定。

出馊主意指瞎道，但靳辅就是硬着头皮往前拱，为自己狡辩。可发一叹。

皇帝问靳辅："重堤修多少了？"

靳辅启奏："有四成了。"

皇帝开启了全方位的火力。他质问道："修筑重堤如果有好处，那你治河这么久了，为什么你不早修?！"

这是逻辑的辩难。皇帝的意思，假若你说修重堤好，你没有早早修好，你这也是失职。

靳辅："臣过去也没有想出这个办法。去年进京，听到皇上讲上下河彼此关联，下河的水都是从上游流过去的，必须探求治河的来龙去脉。臣仰见皇上逐本穷源的洞察智慧，于是就在心中记下，反复思维，这才想出了这修筑重堤的策略，所以才上奏给皇上。"

靳辅高明，他话里有话：我修重堤还不是受了圣明皇帝您的启发？果然，皇帝放掉了这个话头。

皇帝问："海口淤塞从何年开始？"

王日藻等人说："想必是从明朝就淤塞至今，臣等知道得不清楚。"

皇帝又问靳辅。

靳辅顺着王日藻的话说："臣也不知道。只是根据当地人说，从明代隆庆年间开始淤塞，至今每次海潮来一次就增加一树叶厚的沙子，渐渐地导致了河道淤塞。"

皇帝说：

"你说海潮来一次河底就增加一树叶厚的沙子，这种说法纯属无稽之谈。河道内遇到海潮来时海水推动河水倒流，等到潮水退去，那些涌过来的积水退去速度很快，就算略微有些停止蓄积的东西，也会被顺流冲刷干净，哪里还有沙子存留积蓄？

"大概情况应是这样的，那些人工开凿的河道，年深日久，两岸的大堤被雨水冲坍，于是造成河床底部逐渐淤积，这其中的道理是必然的。就是那些接近水的土地，或者是由河床坍塌到河内形成，或者是由洪水淤积的沙滩形成，怎么会是因海潮倒灌形成的？！

"据你所言，疏通海口，海水必然会倒灌进来，那等将来入海口真的被挖开，就能验证清楚了。朕记着你今天说的话，作为日后的证据。"

靳辅启奏："假如开挖入海口，海水必然倒灌。海水很咸，容易损坏田地。"靳辅不忘给要做完美主义者的皇帝泼冷水，敲警钟。

皇帝环顾九卿，说："海水必然没有倒灌的道理，只是潮水来了，河水向后退而已，潮水退下那河水也跟着退去了。比如天津卫也有出海口，根本没有海水倒灌。同样是下河的庙湾，什么时候看到过海水为患？海水倒灌的说法，只能糊弄愚蠢的人，明白事理的断然不会被这种说法所迷惑。"

九卿启奏："事情确实如圣上所说。"

于成龙启奏："靳辅之前摊派柳枝一事，实属拖累百姓。"

靳辅启奏："臣当初担任总河，河堤上没有栽种柳树，而堵塞各决口需要很多柳枝，所以在山东、河南给钱摊派柳枝。现在堤上所种的柳树都长成了，所以就不再有摊派的地方。"

皇帝问于成龙："河堤上的柳树你见过吗？你当年去过哪里？"大家注意这个话头。几年之后，皇帝重新就这个话头和于成龙进行了深度交流。

于成龙启奏："臣见宿迁一带稍微有点柳树。靳辅从山东摊派的柳枝很多，

十一、直隶巡抚 / *355*

使用得却很少。"

靳辅说："柳枝不用在治河上，你说用在哪里了？臣用柳枝的事皇上都知道。"

靳辅也在逻辑上动了脑筋。过去的事皇上都知道，有问题皇上早就知道了。到底是皇上知道得清楚还是你清楚?! 这是两难问题。

皇帝又成了挡箭牌。

皇帝又拿柳枝的事问董讷，董讷答道："臣见到宿迁、东安都有小柳树，但也不多。"

皇帝环视九卿说："你们都没有细看，不过就是顺着别人的话说。朕南巡时，亲眼看到黄河南北两岸，都有柳树枝条。"

大学士伊桑阿以及九卿等人启奏："难逃圣鉴。"

皇帝又问于成龙："减水坝能堵塞吗？堵塞减水坝掘开入海口，河堤能够不被冲垮吗？"

于成龙上奏说："不能保证不被冲垮。臣对上河的情况确实知道得不够清楚，岂敢胡乱回答皇上。"

于成龙面对皇帝这个问题的回答比较冷静。治河本身就是个庞大的系统工程，上下游必须综合考虑。他没办法为上游大堤打包票。下边他的话更加尖锐。

"如果靳辅真按皇上圣谕治河，早就成功了。这些年来，河道都让靳辅败坏掉了。"

皇帝问："河道坏在哪里？"

于成龙："靳辅自从担任总河，听信陈潢的话，在山东、河南向百姓摊派柳枝，一直到几年后才给百姓柳枝钱，拖累百姓太厉害，这谁不知道？"

靳辅："于成龙一点都不熟悉治河事务，妄行议论，只能等皇上圣明的鉴别。"

拖累百姓的话皇帝不喜欢听，不及时给付百姓柳枝钱，朝廷未必没有责任。因此皇帝并没有睿鉴这两人的辩难。拖欠百姓柳枝钱，他心知肚明。

皇帝又问于成龙："上河的水怎么能放入下河？"这明显是个反问语气。"朕深思了很久，除非建闸，把黄河水先积攒起来然后才能放水。"

于成龙说："靳辅放水自有诡计，这就不是臣能知道的了。如果他的诡计都被别人知道，他就放不成水了。"

皇帝问："这么要紧的事搞不清楚，怎么能妄议？"

皇上又问于成龙："你曾说过崔维雅①治河的方法可行，真的可行吗？"

于成龙说："臣确实说过崔维雅的方法可行。"

皇帝问："哪里可行？"

于成龙回答："崔维雅的方法可行，臣只是听别人这样说，臣确实知之不详。"

这个说法也是客观的。他没机会实际运用过崔维雅的治河方略。他没有评判断定这个理论的资格。

实际上，于成龙治河更多的是受到了同时代的另一位高人的影响。此是后话。

皇帝问："汉九卿你们怎么看？"

兵部尚书张玉书说："臣虽也看过，却并不明白。"

吏部尚书陈廷敬启奏："臣等都知道得不详细。"

"犯了招架，迎来十下。"这些汉人大臣都没有和皇帝进行治河方面的理论探讨。"抛玉引砖"的路数他们太熟悉了。

皇上对九卿说：

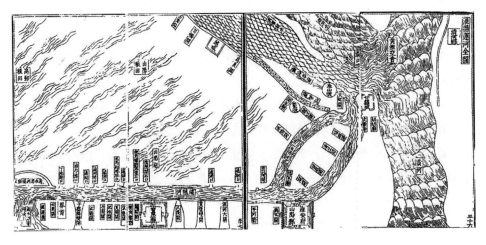

崔维雅《河防刍议——淮阳运河图》（局部）

---

① 崔维雅：字大醇，号默斋。保定府新安县人。顺治三年于顺天中举，为濬县儒学教谕。授河南仪封知县，迁浙江宁波府知府。累迁江苏按察使、湖南布政使，补广西布政使、大理寺卿、候补通政使。著有《河防刍议》《两河治略》《明刑辑要》等书。崔维雅力主疏导引河让洪水有下泄途径避免治河后患。

"朕对于治河事务留心很久了。崔维雅写的治河书籍朕也曾详细看过，他提出的方法肯定行不通。就拿他所说的自宿迁萧家渡到清口全面开工，每天使用民夫七万人，五十天可大功告成为例来说吧。朕想过，从哪来那么多夫役？就算能有那么多夫役，吃的粮喝的水以及烧的柴草，从哪里运来那么多？

"大凡著书立说贵在结合实际，首要问题是符合事理。于成龙说崔维雅治河之说可行，朕看崔维雅说的于理不通。朕不信他的。"

皇帝不敢想象一下能够动用如此多的民工，于是他认为不可能，不可行。但没有大兵团的速战速决，下河怎么可能把握住旱季修治的窗口期？

到了后来，于成龙治理浑河，他用生动的实践告诉康熙皇帝，这很可以！

国内刚刚稳定下来的清廷皇帝，对自己与百姓的关系心里没底。这不是他能解决的命题。

崔维雅当年曾上书开列二十四事责难河道总督靳辅，皇帝却搁置了争议。于成龙当然对这段历史心知肚明。此时，听到皇帝斩钉截铁否定崔维雅的话，于成龙立刻被挤到了墙角。

他脱下头上的官帽，伏地叩头道："这是臣愚昧看不到的地方。"

做臣子的没有顶撞皇帝的权力。

不过各位细心的读者可以发现，皇帝评价崔维雅的话也与过去他的表述大相径庭。此一时，彼一时。

皇帝问郭琇："你怎么看？"郭琇在此前弹劾明珠事件中名震朝野。

郭琇一如既往地保持着尖锐的风格："自古治河无善策。"

紧接着，郭琇的话锋直指靳辅："靳辅听信陈潢，浪费钱粮，治河无效，现在应派遣贤能大臣到他治河的地方去，访问土著居民。"

皇帝说："土著的话也不足为凭。比如泗州与扬州接壤，那里的土著往往偷偷挖开堤岸向对方放水。因这边方便，那边就不利。如果访问那些土著居民，他们不过是说对自己方便的，怎么肯对你说对他不方便的事。你说访问，让大臣问这些人，还是问那些人？就算直隶霸州地界相连的地方，民间也是彼此有很多官司。"

不经意间，皇帝竟然把放水之事说了出来。

看到此处，我们就会看到皇帝似乎遇到了鬼打墙：前进不能，后退不得，只能在原地打转。

皇帝最后责备了郭琇几句："凡发议论都要努力让它合理。如果于理不合，那就只能说说，却根本施行不了，对干成事没好处。"

九卿启奏："圣见极当！"

皇帝对九卿等人说："继靳辅治河的，必须不再用减水坝，不保举推荐官员，不摊派民夫，河道的治理还要比现在强。这还需要反复考虑。"

赵吉士又从怀里掏出奏章想要当面上奏。

兵部尚书阿兰泰等人早就不耐烦在这里耗下去了，一看赵吉士还要啰唆，马上就给他来个眼里插棒槌："赵吉士已是有罪被革职的人，怎么有资格奏事？！"

皇帝说："暂且听听他说什么。"

赵吉士启奏：

"当日董讷、慕天颜、田雯等人会议后题奏都说重堤应修筑，海口疏浚应停止。九卿会议时也是照总督巡抚的意思上奏。等到于成龙说话才说重堤不可修筑，下河必须开浚。皇上让臣等人去看河，一同商议时，董讷等人也没有不同的说法，到现在忽然改变了原来的说法。

"臣原本说的是，修重堤约束洪水未尝不可，如果堵塞滚水坝则关系重大。佛伦主张修筑月堤，似乎可行。只是臣还有没有说完的话，都开列在奏章中。至于说海口被淤塞，是因串场河没有疏浚的缘故，应该疏浚串场河。"

皇帝命左都御史马齐收了赵吉士的奏章，然后让他出去了。

皇帝又对九卿说："屯田害民之事朕已洞悉。各省民田数没有不多于应缴钱粮地亩数的，如果把治河后多出的田地由官家开垦，剩给百姓的土地一亩就按一亩核定应缴钱粮标准，那不是太扰民了吗？屯田不可行，不用再议了。"

确实，如果这样可以，今天故意让这里决堤，明天故意让那里决堤，百姓死的死逃的逃，土地都归了官家，剩下几亩薄田难以糊口，那国家存在的必要性就会大打折扣。百姓有大灾大难，朝廷却因之有利可图。康熙皇帝还是表现了对欲望的极大克制，这并不太容易。他做出这个决定无疑是正确的。巧取豪夺，甚至是明抢百姓的土地将置朝廷于不利境地。

"至于说下河如何开凿疏浚，重堤是否应停止修筑，你们一起详加斟酌，确定后详细上奏。"

皇帝转头看着大学士伊桑阿等人说："于成龙也不是特别通晓治河事务，朕因他直隶巡抚做得很好所以就没有特别责难他。有治世的能人，没有治世的固定方法，关键看是不是真心实意做事。如果只靠口舌相争，能有何益?!"

三月初十，皇帝问："治河的事各位大臣议论得如何了?"

伊桑阿启奏："结论似乎和圣旨差不多一样。"

康熙皇帝说道：

"又不浪费钱粮，又能疏通河道的，朕才答应。谁能做到这样?不过现在你刚追问治河工程，就会被这些人看成仇敌。

"比如直隶巡抚于成龙。难道连朕都不让问了?!只不过于成龙在地方官当得很好。朕凡事不过是要一碗水端平，难道还要顾这些人的面子吗?何况明珠、余国柱等最近已被革职，朕难道能让于成龙专权吗?从顺治元年以来，专权之人虽然屡次被罢官，重蹈覆辙的却未曾断绝。"

皇帝时时刻刻不忘敲黑板画重点：治河得听朕的，别老看于成龙!

康熙皇帝此处讲了一段非常难以理解的话。内容完全超出了治河范畴，这是赤裸裸的权术。这才是他真正的内心独白。

读者往往会很迷茫：不是治河救百姓吗?怎么到现在成了一团乱麻?这种体会是真实的。这就是康熙皇帝真正的心理动态，他心里只有完全不能撼动的皇权。

现在他的注意力根本不在治河之上，他需要政坛保持平衡。

三月十二日，辰时。康熙皇帝到乾清门听政。部院各衙门官员面奏毕，九卿等人公议的结果也有了，写了折子呈了上来：下河海口应该开挖，高堰重堤应停筑，各减水闸坝留下紧要的，堵塞那些不紧要的，等到海口开通后，各闸坝哪些应堵塞再议。

皇帝看了看九卿，问："各闸坝中哪个是紧要的，哪个不紧要?"

礼部尚书麻尔图 ① 启奏："臣等原本不了解河道，不过听他们口头说的和绘制的河图，估计猜测而已。"

他的话倒是实在。还好皇帝没抓住他的话痛斥一顿。

皇帝问："治河工程，汉人官员有能担任大任的吗?"

---

① 麻尔图：满洲正黄旗人。

兵部尚书张玉书启奏："这件事实在太难了。"

皇帝问："科、道官员怎么说？"

科、道官员推诿了一阵子，给事中杨尔淑①才启奏："臣有一言，目前治理下河的只顾下河，在上河的只顾上河，彼此推卸责任，终究难以成功。以臣愚见，不如专门责成一个人，才有望成功。"这位督察官员的言官，说得还算靠谱。

皇帝又向下边问道："郭琇，你怎么说？"

郭琇启奏："治河工程皇上虽让九卿议论，但九卿都不知详细情况，这事不能靠凭空猜测。"这郭琇真是口无遮拦，有胆量。

他接着说："靳辅身为总河十余年，理应事事熟悉。现在靳辅身边经常带一包档案，凡是皇上责问，只凭查阅档案，可知平时光靠陈潢，原本就没有留心治河。靳辅亦非无才之人，若肯实心任事，河工岂有不成之理？只因他将河工钱粮分送给他人，又和陈潢分享，始终就是为私，所以导致现在的结果。"话很尖锐。

皇帝问："商议惩处他们的事怎么样了？"

麻尔图等启奏："此案共有七条奏疏，昨天才抄完。臣等以为孙在丰、慕天颜不久就到京师，等二人到了，问明再议才好。"

皇帝说：

"何必等候孙在丰、慕天颜。董讷、慕天颜、孙在丰身为大臣，凡有见解，就应当上书讲清楚。他们在事前并不弹劾，于别人弹劾后才说话。今天这么说，明天那么说，一点主心骨都没有，这叫大臣吗？此真是连妇人都不如，岂不羞愧而死！

"下河海口应开挖疏浚，那些减水坝等入海口开挖完成或堵或留，才能定夺。"

董讷等三位大臣遭到严厉指斥，这不是什么好消息。

九卿等人退出。

皇帝传旨吏部："河道总督靳辅、总漕慕天颜、侍郎孙在丰互相责难弹劾，靳辅、慕天颜不便留在任上，孙在丰也不便再参与修河了。他们的职务空缺出来应速速更换派遣。"

---

① 杨尔淑：字敬菴，直隶新安人，进士出身。

三月十二日当天，刑部等衙门审议并向皇帝报告直隶巡抚于成龙、原山西巡抚马齐、原左副都御史开音布奉旨赴湖广审讯湖广巡抚张汧贪污案件的处理结果。

于成龙等在上书中说：

"张汧假称担任福建布政使时藩库①亏空了国家帑银，勒索下属官员胡戴仁②等拿出银两补偿，并向盐商摊派，收取九万余两白银据为己有。上荆南道道台祖泽深勒索百姓李二杨等人八百余两白银据为己有。

"总督徐国相③与张汧同城为官，未发现、弹劾张汧，失察。朝廷派往湖广审问张汧案件的刑部侍郎塞楞额徇私枉法，向皇帝汇报案情不实，欺骗蒙蔽皇上。"

果然是案情重大。

于成龙曾在弹劾明珠时对皇帝说请皇帝盘查各地藩库银子，绝不是空穴来风。

"据此，侍郎塞楞额应判处斩首，现予监押，待秋后执行；张汧、祖泽深藐视法律，贪污受贿，应判处绞刑，现予监押等待秋后执行。

"湖广总督徐国相与张汧同城为官，不弹劾张汧，属于徇私包庇，应革职；布政使胡戴仁、按察使丁炜④应降两级调离使用；大学士梁清标、尚书熊一潇曾保举张汧为布政使；户部侍郎王遵训⑤、内阁学士卢琦⑥、大理寺寺丞任辰旦曾保举张汧为巡抚，都应革职。"

案件牵连的官员众多，朝廷又不啻一场地震。

皇帝区别对待各时期保举过张汧的官员，但对首问张汧案件的塞楞额则痛下杀手，毫不留情。

---

① 藩库：清代布政司所属的粮钱储库。
② 胡戴仁：直隶容城人，拔贡出身。曾任香山知县、湖广粮储道、广东按察使司按察使，升任湖北布政使。
③ 徐国相：汉军正白旗人，号行清。康熙间官安徽巡抚，请行沟田法，使皖民得水利之惠。官至湖广总督。
④ 丁炜：字瞻汝，又作澹汝，号雁水。泉州晋江陈埭人，回族。
⑤ 王遵训：河南西华人，字子循，号信初，一号湜庵，顺治十二年进士。初官御史，章疏凡百十余上，官至户部右侍郎。
⑥ 卢琦：字景韩，号西宁，仁和人，康熙六年二甲进士。曾任少詹、左谕德、侍讲学士、内阁大学士，曾参与《明史》纂修。

刑部等衙门提请："侍郎塞楞额前往审理原任巡抚张汧、原任道台祖泽深，未将实情审出，反接受张汧、祖泽深嘱托，违背旨意，企图消灭事情。等到皇帝询问时，反而说如有不实甘愿被诛杀，谎奏案情。拟将塞楞额斩监候，秋后处决。

"郎中对兰枷号两月，鞭一百。刘始恢和妻子流放三千里，到发配场所责打四十板。原任湖广巡抚张汧、原任道官祖泽深藐视法律贪污受贿，均拟判绞监候。

"总督徐国相与巡抚张汧同城，不行弹劾，应革职。保举张汧升布政使的是大学士梁清标、尚书熊一潇；保举张汧升巡抚的是户部侍郎王遵训、内阁学士卢琦、大理寺丞任辰旦，都应革职。"

皇帝说：

"塞楞额本来就有甘受诛戮的话，张汧、祖泽深都是贪官，都按你们说的结案。

"保举过张汧的都革职，似乎没有区别。张汧犯事在巡抚任内，那保举他为巡抚者都革职；保举他当布政使的，从宽免于革职，降三级留任。对兰鞭责枷号，刘始恢从宽免于流放，革职。其余依议。"

该有结果了。下场可发一叹。

"提升弹劾张汧的陈紫芝为大理寺少卿。"英勇无畏的陈紫芝得到了皇帝的充分肯定，但很快，陈紫芝猝亡。

据《清史稿》记载："紫芝以峭直受上知，同朝多侧目。无何，卒。或传紫芝一日诣朝房，明珠延坐进茗，饮之，归遂暴卒云。"

后来又有兵部尚书张玉书弹劾与张汧有亲戚关系的陈廷敬。陈廷敬向康熙帝上《俯沥恳诚祈恩回籍以安愚分疏》，向皇上谢罪，恳请回家守孝。

次年九月，高士奇上书弹劾徐乾学。

据李光地《榕村续语录》记载：张汧案发后，徐乾学曾向李光地哭诉："张汧的事出来了，我还能保住项上人头吗？"于是上下活动，散布"张汧使用银子，有送银子给陈廷敬，收银子的是高士奇，和我徐乾学没关系"。直接把事情推到陈廷敬和高士奇头上。

陈廷敬则说："实实在在推着张汧做巡抚，要银子的是徐东海（乾学）。后来看张汧送银子不应手，叫人参张汧的又是徐东海（乾学），始终都是他做的。"

当时曾流传着这样的歌谣："去了余秦桧，来了徐严嵩。"这个余秦桧就是余国柱，徐严嵩就是徐乾学。

还有个歌谣："五方宝物归东海，万国金珠贡澹人。"这里边除去徐乾学，还有个澹人，说的就是高士奇。

康熙三十年，谭明命冒死叩阍控告曾任山东潍县知县朱敦厚①贪污白银四万两。案子又牵扯到徐乾学。

徐乾学作为前刑部尚书写信给审讯案子的钱珏，钱珏此时犯了原则性错误，给当时的布政使卫既齐行文让他撤案。钱珏关键时刻没有把持住自己，最终被革职。

总之，此时一片鬼哭狼嚎，乱套了。

康熙二十八年九月十九日，左都御史郭琇上书弹劾原任少詹事高士奇结党营私，与原任左都御史王鸿绪②，现任劾臣何楷③、翰林陈元龙④、王顼龄⑤等人做事招摇，收受贿赂。

皇帝下旨："高士奇、王鸿绪、陈元龙退休回原籍。王顼龄、何楷留任。"

后来，左副都御史许三礼弹劾徐乾学，徐乾学被康熙皇帝赶回了老家，他的政治生涯也就结束了。

---

① 朱敦厚：字逸菴，顺天府大兴人，顺治甲午举人，康熙丁未进士。
② 王鸿绪：学者、书法家。初名度心，中进士后改名鸿绪，字季友，号俨斋，别号横云山人，华亭张堰镇人。康熙十二年进士，授编修，会试总裁、左都御史，官至工部尚书。
③ 何楷：曾任翰林，工科给事中，户部侍郎。
④ 陈元龙：字广陵，号乾斋，海宁盐官人。康熙二十四年一甲二名进士，授翰林院编修，入值南书房，次年充日讲起居注官，后被劾结党营私、招纳贿赂，罢官回籍。三十年，复任，迁侍讲转侍读。三十六年迁右庶子。三十八年，任吏部侍郎。五十年，出任广西巡抚。五十七年，升工部尚书，转礼部尚书。雍正七年授文渊阁大学士兼礼部尚书。因在广西巡抚任内亏空遭劾，不久，雍正帝恩免全部赔款。十一年，归老，加太子太傅衔。死后谥"文简"。人称"陈阁老"。
⑤ 王顼龄：字颛士，一字容士，号瑁湖，晚号松乔老人，江南华亭县张堰镇人，御史王广心长子。康熙十五年中进士，授太常寺博士，举博学鸿儒，授翰林院编修，历官日讲起居注官、四川学政、侍讲学士、礼部侍郎、吏部左侍郎、经筵讲官、武英殿大学士兼工部尚书。

张汧案是明珠案件的重要组成部分。通过对张汧案的处理，皇帝"伐"掉了一批朝廷中一言九鼎的大臣。他察觉到朝廷管控系统出现了严重问题。于是他鼓励官员特别是言官"风闻言事"，致使朝野相互弹劾之风大盛。

风闻言事在使用初期显然有力鼓舞了言官向贪官污吏开战，明珠、余国柱、穆尔赛、张汧等大批巨贪多米诺骨牌般倒下。康熙皇帝也借此对各方政治力量进行了调整，实现了新的平衡。

此外，郭琇等汉人官员的势头开始让满洲势力集团担忧，他们向康熙皇帝施压。皇帝也开始感觉到汉人官员"势力太大"，从同一时期的《康熙朝满文朱批奏折》中发现，皇帝与佛伦、傅腊塔等满洲官员通信往来频繁密切，皇帝要利用满洲对汉人的不满大搞平衡之术，傅腊塔等官员则热衷于搜罗各种"据说"，并按照皇帝安排好的节奏"弹劾"，这足以证明于成龙仕途进入低谷是有背后原因的。他们开始利用"结党营私"这种说法向汉人官员发起进攻，一时人人自危。一批皇帝过去曾深深信任多次夸奖的杰出官员纷纷凋零。

两年后的七月，张汧案再起波澜。

先是此前的四月份，户部接到原安溪县①知县孙鳙②举报：福建巡抚张仲举③、布政使张永茂④催征已被皇帝恩准免征的钱粮，将征收所得通过欺瞒手段中饱私囊。

皇帝派户部郎中吴尔泰⑤前往会同福建总督兴永朝⑥对案件进行甄别审讯。不久，皇帝听到吴尔泰人还没到那里就拘押审讯了六名知府，受到牵连的州、

---

① 安溪县：今福建省泉州市安溪县。

② 孙鳙：又名孙镛，奉天（今辽宁）人，监生，二十四年任。

③ 张仲举：汉军镶红旗人。由笔帖式任通政司知事。康熙间任福建泉州知府。曾守城拒郑经，坚持两月余，因功迁兴泉道。历山东按察使、湖南布政使、福建巡抚。不久因侵蚀重帑，依律判斩监候，不久病故。

④ 张永茂：历任白水县知事、江南江安督粮道兼巡池太等处地方事务布政使司参议、广西按察使、福建布政使。

⑤ 吴尔泰：曾任翰林侍讲、兵部侍郎。

⑥ 兴永朝：汉军镶黄旗人。由笔帖式授吏部主事，迁员外郎。康熙十三年以吴三桂叛，受命随刑部尚书莫洛经略陕西，授关南道。二十一年补广西苍梧盐法道。二十三年迁四川按察使。二十八年迁闽浙总督。三十一年调漕运总督。三十五年从征准噶尔部噶尔丹，署副都统，在火器营行走。三十六年授镶白旗汉军副都统。四十年以老病，解任，五月，卒。

县官员有几十人。

事态极其严重。

这个时候，于成龙刚刚卸任直隶巡抚，继任直隶巡抚的郭世隆[①]奉命前往处理案件。

郭世隆一到，刚审问了相关司、府、州、县的几个差役，就查清了基本事实：张仲举与原布政使张汧索取州、县赋税的账册，私自进行篡改，通过重新造册的方法将已征缴的土地人口钱粮伪造成百姓欠账已被免除的样子。张汧在湖广巡抚任上亏欠国家三十余万两白银，现任福建巡抚张仲举原来也是湖广巡抚，也亏欠国家银子。于是两人秘密约定互相抵顶。

张汧败露后，张仲举指使按察使田庆曾[②]将截留府、州、县官员俸银、差役的伙食费交给布政使张永茂；命张永茂同时加收下属解送银两的火耗银子，替他弥补福建任上的亏空。

各种证据齐备之后，郭世隆首先释放了被吴尔泰拘押的府、州、县官，让他们回到任上。同时对张仲举、张永茂、田庆曾进行彻底查问，结果三人无话可讲。孙鳙控告这些人其他的贪赃情节也都被查实。

最终，张仲举侵占挪用国家银子二十六万三千余两，应予斩首；张永茂违法收取百姓白银一万七千余两，应予绞刑；田庆曾受贿白银二千二百两，应判处徒刑。以上人员涉及赃款全部予以没收。受到张仲举胁迫办事的下属官员及参与改造账册档案的文书官吏，一概免罪；皇帝痛斥吴尔泰荒谬虚妄，将其户部郎中革去，发配黑龙江效力。

至此，张汧案落下帷幕。

三月二十四日，皇帝到乾清门听政。九卿会议治河工程的事，提议将总河靳辅革职，枷号两月，鞭一百，不准折赎。尚书佛伦、熊一潇，给事中达奇纳，侍郎孙在丰，两江总督董讷，总漕慕天颜革职。陈潢革职，责打四十板，流放三千里。给事中赵吉士已另案革职，不再议。

① 郭世隆：字昌伯，汉军镶黄旗人。康熙四年，世袭佐领，授礼部员外郎，改御史。二十七年任内阁学士。二十九年代于成龙为直隶巡抚。三十四年被提拔为闽浙总督。四十一年调两广总督。四十六年起湖广总督任刑部尚书。五十年因失察，夺官。五十二年恢复原品级。三年后去世。入直隶、福建、浙江、两广、湖广名宦祠。有吏名。
② 田庆曾：字介梅，山东昌乐县人，顺治三年拔贡，曾任河南河北守道、福建按察使。在河南任职期间曾捐修卫辉吕祖辉阁。

皇帝看看学士等人，问："这个商议结果你们怎么看？"

赵山等人启奏："靳辅等人身为大臣，对治河事务不从公据理说话，各怀私意，固执己见，不应该。如此处分，也不算重。"

皇帝又看看大学士等人。

伊桑阿启奏："九卿的意见感觉比较公允。"

王熙启奏："靳辅想要屯田，他的说法很不对。慕天颜、董讷等公议此事，既然已经画过题，后又说并非本人意思，失去了做大臣的体统。九卿所议对各官的处分，似乎觉得都很恰当。"

皇帝说：

"南方地有大亩，有小亩，有的二亩算一亩。靳辅启奏要将丈量出来的余田搞屯田，太不恰当了。

"靳辅担任治河事务年头久了，人们都说河道就坏在他手里，就是他弄得河底淤浅抬高。真是这样，堤岸就低洼下去了，那堤岸怎么现在还在？粮船又怎么能运行无误？朕不信。

"现在不等继任者治河，就将靳辅判重刑，如果继任者治理河道还不很好，都还是老样子，那靳辅就该不服气了。现在如果有人想顺着靳辅意见又怕被说成靳辅一党，谁还敢说？朕就不这样，凡事就要办合理。等继任者干六七年后再定吧。"

伊桑阿启奏："圣谕确实很对。如果继任者真能治河，再没有水灾，那靳辅还有什么话讲！"

皇帝说："凡做大臣的怀挟私意，互相陷害，自古有之。不但汉官沿袭了这个坏习俗，做陷害之事，就算满洲大臣也如此。做大臣的要竭诚秉公，改变这个习俗。"

伊桑阿启奏："皇上说得太对了。"

皇帝说："此案命将靳辅革职。至于佛伦就任工部时极其勤劳，凡奉差遣也能胜任，只是此事议论得一点好地方也没有。赵山、阿喇尼，你们曾做佛伦手下司官，你们怎么看？"

赵山启奏："佛伦在部里勤劳。臣等奴仆做的事，怎能逃过皇上的眼？"

阿喇尼说："佛伦曾是臣上司，为皇上尽心办理，这样的人也少。"

皇帝说："嗯。佛伦仍算勤慎中人，何以错到这个地步？"

他看着大学士等说："佛伦佐领职务留下，以原品级随旗行走。董讷、孙在丰在翰林院时很不错，从宽免于革职，降五级，仍以翰林官使用。熊一潇极其庸劣，慕天颜居官不善，依议革职。达奇纳降五级，随旗行走。赵吉士极其鄙陋不端之人，着依议。陈潢着革去职衔，解京监候。余依议。"

皇帝特意减轻了相关人等的处罚力度。这大有深意。

三月二十七日，辰时，皇帝到乾清门听政。部院各衙门官员面奏后，户部侍郎开音布因为要前往修下河，向皇帝陛辞，请求皇帝训示。

皇帝："从前已经有旨意了，不必再训示了。今春微旱，夏天雨水一定多。"

开音布启奏："臣前往后就迅速修理。孙在丰来京，臣必然和他途中相遇，遇上他就带他一起去，还是让他到京师，再问部里怎样安排？"

皇帝："你要和孙在丰一起去吗？一起去真有好处吗？"

开音布："那边留下的都是小官，臣向皇上启奏的治河事务，应同孙在丰将他修理过的地方一起详细看看，所以要同他一起去。"

皇帝："那你就同孙在丰去。"

开音布的用意很明确，商量事情是小，区分彼此责任是大，皇帝认为这样做合理。

就是下边这件事将来差点把千里之外的于成龙扯进一个旋涡之中。

四月初二日，皇帝到御乾清门听政。皇帝问："粮船从靳辅新开的中河① 通过有没有阻滞的地方，你们议论过吗？"

张玉书："中河新开，恐河道太窄，重载船只不能通行，所以臣等公议，应让新河臣详细看过上奏。"

徐乾学："目下正好是粮船运行之时，若今年可行，每年就都可行了。粮船由中河而行，也可避免行走黄河的危险。"

阿兰泰："靳辅上书中称，三月内粮船可由中河运行。"

---

① 中河：今江苏宿迁市至淮阴市间废黄河北岸一段运河的前身。康熙二十六年，河道总督靳辅主持开凿。河身在当时黄河北岸缕、遥两堤之间。起自宿迁市西张庄运口，经骆马湖口、桃源县（今泗阳县），至清河县（今淮阴市西南废黄河北岸）西仲家庄，建石闸与黄河相通为运口。

皇帝："靳辅在那边时自然会勉力料理。现在他已被革职，如果等到运河里的船只堵在一起，进退两难之时，再将靳辅议处，他肯定不会心服口服。议处靳辅事小，漕船受到阻滞，关系甚大。"

后来，皇帝确定学士开音布带一名部员同两侍卫速速前往，看明白河上情形后回京上奏。

不妨先记下这个不起眼的事件，且徐徐读去即可。

四月七日，于成龙奉命督理夫役送孝庄皇太后梓宫到清东陵起行。护送途中，皇帝赐他住进銮驾护卫队的帐房，并命一名校尉跟随伺候。

四月十一日，太后梓宫移驻清东陵途中，皇帝在行宫处理政务，吏部题请：直隶巡道因胡献徵升迁缺员，开列了福建兴泉道丹达礼等人等皇帝挑选。

皇帝："这个缺很要紧，你们问于成龙，让他推荐上奏。"

直隶治理的态势良好，皇帝不想弄一个水平不够的官员让于成龙分心。

靳辅背后毕竟也站着一大批官员。拿掉他，皇帝担心朝野政治失去平衡。

四月十八日，漕运粮船顺利通过了靳辅新开的中河，中河的开通大大便利了漕运，直接关系到皇帝的钱袋子，得到了皇帝的力挺。皇帝在议论中河段治理形势图时指责于成龙妄言。

内阁学士开音布、侍卫马武等人奉旨查勘中河地形回京后，将中河形势绘制成地图呈报皇帝。

皇帝将大学士、学士、九卿、詹事、科道等召到行宫，对他们说："从前于成龙向朕报告说，靳辅治理中河没有好处，给百姓造成很大拖累，河道已被靳辅搞得很坏了。"但是皇帝并没有提到中河狭窄的隐患问题。

"开音布等人勘察中河回来向朕报告说'中河段内商船往来不绝，如果堵塞支流，那骆马湖之水汇流到中河去，水势大起来后就可通过运粮船只了。这几年来中河从未被冲开决口，运粮船只也从来没被耽误过'。如果说靳辅治河一点好处都没有，不单是靳辅不服，朕听着心里也不舒服。

"于成龙在直隶热爱百姓，缉捕盗贼，官当得很优秀。只是在议论治河上夹带私仇，阻挠治河工程，这不是很合情理。

"朕不是要起用靳辅，只是因治河事务关系重大。现在九卿已将靳辅定罪，大家都说他治河没有益处，如果王新命听到后也顺从于成龙的说法，各怀私心，认为靳辅治河不善，把河道都搞坏，将原来整修过的地方全部更改掉，以致贻误治河大事，这能行吗?! 况且黄河自宿迁以下河道如果被冲决还可修治，如果是宿迁以上河道被冲开决口，洪水泛滥，危害就太大了。

"前些时候，朕准备让马齐前往俄罗斯办事，现在治河工程要紧，改命他停止前往俄罗斯，和张玉书、图纳①前往视察治河工程。这次务必将毛城铺②、高堰等地方全部看到，查清靳辅本身修治得很好断然不可更改的地方有几处，修治得不好而应更改的有几处，了解详细后进行商量斟酌。

"参与治河的汉军里边的汉人官员还应增添，让他们将名单开列出来详细上报。

"开音布等人报告朕'慕天颜命中河中运行的运粮船只全部退回，分支河道入口也不准许堵塞'。慕天颜如此阻挠治河工程实在可恶。你们火速回京，捉拿慕天颜夹刑审讯，问清是谁唆使的他，背后的情况一下子就清楚了。这样的人不严加惩治不行。

"朕从不食言，也不说日后不能验证的话。岳州洞庭湖进剿吴三桂的兵船大家都说应撤回，就是朕认为撤回不行，最后获得了成功。

"靳辅把治河后丈量出来的民间剩余土地拿来屯田以及阻碍压制开通疏浚下河，罪责难逃。至于他说黄河沙底逐渐抬高，这断然不可相信。这就像盆子里贮满水，遇见风，水尚且会溢出盆外，假如说黄河泥沙造成河底果然抬高，一遇上风浪，那黄河水怎么有可能不漫出堤坝肆意横流，大堤被冲溃决口?!"

四月二十七日，康熙皇帝到乾清门听政。部院各衙门官员面奏后，皇帝召九卿、詹事、科、道和直隶巡抚于成龙上前来说：

"前一阵子差于成龙、马齐、开音布前去审张汧一案，曾对他们说：'你们前去审这个案子，必须按照开列的条款讯问，不能蔓延，如果蔓延，那受牵累的就太多了。如果真有别的事，你们记下来密奏。'他们回来时，曾将张汧检举和自首的书札及口供密奏。

---

① 图纳：字谨堂，满洲人。曾任川陕总督。康熙二十七年二月接替廖旦担任刑部尚书。康熙三十六年去世，谥"文恪"。有《牖東集》印行。
② 毛城铺：今安徽省宿州市砀山县毛堤口村附近。

"朕不想让此事蔓延，诚恐牵累众人，并非偏袒徇私。何况张汧供称他是按俸禄补授的官职，又称自己是在开列的几个候选人中被挑中的。凡补用总督、巡抚，都是朕和九卿、内阁各位大臣共同商议后补用。这些事，《起居注》文档内记得很详细，一看就知道了。"

看来，是那些保举过张汧的大臣受处罚后曾为自己做过申辩。这种按年头资历进行的例行调动毕竟与其他提拔升职的情况不同，皇帝这几句话还是实事求是的。提拔时自己确实是点了头。

刑部尚书图纳启奏："臣前去审张汧时，他的口供也有不少差错。"

皇帝说："你们可以看看于成龙等人带回来的张汧自首检举书札，这样查审案件的人也心服。"

皇帝转脸看着于成龙说道："你不是曾经向朕说张汧、祖泽深、姚缔虞、金铵、钱珏、王国安官当得不好吗？"

康熙皇帝把他问起于成龙时于成龙给过差评的所有官员名字在朝堂上全晾晒了出来。不是一两个，而是一片。没人敢挑战皇帝的权威，但大臣们可不是所有人都不敢挑战。

他把这些非常私密的话揭出来，只能有一个解释，那就是孤立于成龙。如果被谈到的官员听到于成龙曾和皇帝说过自己官做得不好，得需要特别宽广的胸怀才能做到心情非常愉快。

于成龙不愧为胸襟坦荡之人，他认为皇帝向他征求意见实话实说很正常，没有什么不敢见人。所以他的态度很坦然。

于成龙启奏："臣从未说过王国安官当得不好。"

那意思就是，我确实说过一些官员官做得不好。皇上你记得不准，我没说过这个王国安。

皇帝并没就此放过于成龙："你在城外，不是曾和塞楞额说过话吗？"

这个话题比较严肃，如果有跑风漏气的情节，性质将比较严重。

于成龙启奏："臣和塞楞额确实说过话，臣曾向皇上详细报告过此事。"

没有可隐瞒的。说过什么可以对质。于成龙对于自己该做什么不该做什么非常清醒。

皇帝没有讲话。九卿退了出来。

五月初一，午时，皇帝召满人大学士、学士、尚书到乾清宫问话。这些人是政权核心的核心。

乾清宫成了鼓动大臣打击于成龙的动员会现场。

皇帝对刑部尚书图纳说："你们报告一下要取于成龙口供的地方。"

问的就是所谓的审讯大纲的准备情况。

图纳："臣等共同审问慕天颜。慕天颜供称，于成龙在给他的书信中说：'董讷、慕天颜你们这二人，我曾推荐你们治河，你们为何顺着靳辅说话，不在皇上面前各抒己见？你们不启奏，我启奏，有什么了不起？我就是要启奏。'为此，臣等曾上奏，就要质问于成龙这件事。"

皇帝：

"凡为大臣的议论事务，是则是，非则非，从公而言。前些时候召九卿及靳辅、于成龙到乾清门，各位大臣都怕靳辅、于成龙，没一个敢和他们辩论，敢责难他们的。

"于成龙说上河故意向下放水，你们这些大臣有一个敢和他辩论责难吗？朕问他：'放水的到底是谁？在哪里放的？'于成龙没话说了。对朕说这是曾听王新命讲过。

"于成龙说，河道让靳辅弄得太坏了，你们这些大臣也没详细问问他到底怎么弄坏了。"

倒退回去那个时间点，皇帝沉吟不语的时节竟然是心里急盼着有人跳出来和于成龙干仗！奇也不奇？！看看皇帝还有多少心里话吧。大殿上嘴里和大臣说着一套，心里却是这样想的！

"朕问于成龙若是堵塞减水坝，河堤能保不被冲决吗？于成龙没话可说，就说'臣对于上河实际并不清楚'。"

皇帝的意思，你们怕于成龙，我不怕。他在给大臣们壮胆子。

"朕在乾清门曾对各位大臣说，你们为何畏惧靳辅、于成龙？你们升迁都是朕屡次提拔任用，并非别人说话的缘故。于成龙官当得很好，也是朕屡次让他升迁。现在于成龙说九卿要陷害他。

"于成龙能提升谁，能害谁？就是你们九卿各位大臣又岂能提升于成龙、加害于成龙？就算有不好的人将人谗害，朕怎么会不详细斟酌，就随随便便听信他的？你们这些大臣要一心为朝廷效力，秉公而行。"

皇帝给这么多满人高官打气加油,让他们立即上手。你们怕他哪里?升不升官又不是他说了算!不用怕!说!

很有趣,这些都被清楚记录了下来,非常有助于研究康熙皇帝内心世界的复杂构成。这些记录将想象的空间挤压馨尽,都是干货。

果然有人立即欢欣鼓舞了。

尚书鄂尔多、阿兰泰叩首启奏:"臣等听闻皇上睿智的旨意,真有说不出的喜悦。"

皇帝又说:"从前你们都说靳辅所修的上河不好,朕单说靳辅所修上河不可谓不好。若所修上河真的不好,堤岸如何存在这么多年?京城这么多官员赖以生存的就是这上河坚固,漕船没被壅塞住。况且朕前些时候南巡,在高家堰、宿迁等处朕亲自步行,全都详细看过,所修之处,不可谓不好。"

尚书苏赫应声虫般启奏:"靳辅所修上河真不可谓不好,这么多年堤岸并未冲决,漕船未曾有误。"

皇帝说:

"靳辅阻挠开下河,拿百姓多余的田地搞屯田很不对。你们这些大臣从前议论时,就拿这个当理由要给靳辅定罪,那他没什么好讲。只是你们顺从于成龙的话说靳辅修河不好,朕心也不服。

"至于靳辅筑重堤也没有益处的,于成龙参靳辅也有真凭实据。他说靳辅摊派柳枝确实是拖累百姓,也是靳辅不是。现在图纳、马齐等人去看治河工程,靳辅修的,几处对,几处不对;于成龙说的,几款是实,几款是虚,都要公平详细查看,商议确定了带回来。朕派你们如果也不成,朕不会从重处罚你们。

"你们就算亲自踏勘,怎么能保证大堤一百年都没事?不但你们不能,就是朕也不能保证,只不过朕要知道真实情况而已。朕听政年头长了,对把事情延蔓开来觉得特别厌烦。

"从前朕命你们给慕天颜上夹棍审讯,于成龙当即惶恐变色,把寄书给慕天颜的事也承认了。现在你们这些大臣只需要质问于成龙,派遣的督河大臣及地方总督、巡抚,都应该拿出意见来,你给慕天颜寄书信到底是什么意思?看他怎么回答!

"讯问的结果口头向朕上奏。"

五月初二，辰时，皇帝到乾清门听政，听部院各衙门官员面奏政事后，九卿进前启奏："臣等遵旨问于成龙与慕天颜通书信的原因，于成龙说：'我听人讲开挖中河无益，拖累百姓，就致书慕天颜，说你受皇上深恩，为什么不启奏？我有书信是实，有什么需要分辩的呢？'"

皇帝说："于成龙启奏开挖疏浚中河拖累百姓，必定是有人向他说的。你们可以追问于成龙，问他此话出自何人之口。"

九卿退出。皇帝让问，那就问吧。

过了一个时辰，巳时，九卿到后左门，让敦柱转奏："遵旨问于成龙：'你上奏开挖疏浚中河拖累百姓，必定是有人向你说的。谁说的？'于成龙说'并无有什么人对我说，我听七州县百姓所说'，就马上转奏给皇上。将没有真实证据的话妄行启奏，还有什么可分辩的？"

兵部尚书张玉书、刑部尚书图纳、左都御史马齐、兵部侍郎成其范①、工部侍郎徐廷玺奉旨查勘治河工程，临行前请皇帝训示。

这次派出的人阵容更加强大。慕天颜被关押，于成龙依然回直隶任职，这些人调查的结果将产生巨大作用。

如果认真读过整个治河的来龙去脉，皇帝下边对靳辅的议论就有些不好理解了。相信在场大臣不少都会莫名其妙。

皇帝说："你们这些人到那个地方要秉持公心详细查勘。对就是对，错就是错，要根据实际情况向朕报告。"

他转脸看了看张玉书："这件事对错，可不可以，你要秉公报告，不能像熊一潇借口生病推诿此事。"

熊一潇因曾保举张汧担任布政使刚刚被皇帝降了三级，对于他可说是飞来横祸，压力太大了，这次干脆躲了：称病不出。官员在大是大非面前背负得太多，一不小心就可能万劫不复。熊一潇这种企图自保的小心思，皇帝看得很明白。

皇帝又对图纳等人说：

"朕听政二十余年，经历过的世间事务已很多了，感到战战兢兢危险恐惧。

---

① 成其范：字洪叙，一字愚昆，明御史成勇之第六子，顺治十八年进士。

开始时遇见什么事情都看得很容易。自从吴三桂叛乱之后反而觉着世间的事情难处居多。每次遇到事情一定要慎重谋划，详细商量之后再决定。

"朕做过的说过的事负责起居记录的官员都详细记录下来了。你们历年上报的河道变迁图朕都在宫内留着，便于随时查看。"

皇帝对自身心理状态的描述是准确的，我们可通过他的言行进行验证。他的锐气开始消减，取而代之的是他的过于谨慎，怀疑一切。

"治河是最难办的。朕从十四岁就开始反复详细考证从古到今的治河之法。人人都说治河从靳辅放水、淹没民田开始变坏，朕不这么看。

"靳辅如果真能自如收放河水，那他也不是平常人了，治河肯定能成功。怎么能说河道从他开始就治坏了呢?!"

靳辅治河数十年也是在康熙皇帝指授之下进行的，全盘否定靳辅治河就是变相否定了他自己，他私下就是这逻辑。

下河七州县百姓，于成龙、乔莱、汤斌等众多大臣面对滔滔洪水难道还要给河道总督唱赞歌吗?

皇帝这时文章做得可就比较生硬了。

"宿迁、高家堰等处运河，朕很了解，别的地方朕没有亲自看到，不能够特别清楚。

"《尚书》中说：'无稽之言勿听，弗询之谋勿庸。'你们都是国家的大臣，这是国家公务，你们应尽心竭力。如果真有异常大的水灾导致堤岸冲决，也不是你们这些人能担保的。你们这些人只需要根据现在情况，以一颗公正的心详加勘察即可。

"之前佛伦勘察下河回来报告的情况有很多错误，他已受到处罚。你们这次前去与总河王新命一起，将毛城铺、高家堰等处情况秉公详查。了解到总体情况的三分之一或三分之二，就可派人把大致情况先行向朕汇报。等到查勘彻底完毕之后再总体详细报告。毛城铺减水坝没有好处。你们将入海口处河道也查勘一下。下河那边自然有朕专门派遣的人去看，你们就看个大概，不必将那里的情况写到报告之中。"

每次启动对下河调查研究的程序似乎都是合理的。但这次皇帝最让人感到意外的是将过去争论的焦点下河地区的情况排除在调查范围之外，报告里干脆不让写。这种转换，明眼人不难明白。

九卿回复皇帝说：

"遵照圣旨，臣等甄别审问了慕天颜阻挠治河工程的情况。

"据慕天颜供称，于成龙曾写信给他说'治河工程上的事不应当顺从靳辅说话'，所以他后来就弹劾了靳辅。臣等就此事询问于成龙，于成龙也说确实给慕天颜写过信。

"慕天颜说，靳辅疏浚中河没有好处都是根据传闻而没有切实的依据。所以他甘愿承受妄奏的罪名。"

不过现在这书信成了小辫子，被牢牢抓住了。

皇帝说："于成龙做直隶巡抚，官当得很好，仍然让他去赴任吧。慕天颜官做得不好，平时做事就乖张暴戾，仍旧将他关押起来，等查勘中河的大臣回来时再做定夺。"

这里有必要说说慕天颜。也顺便看看他被于成龙串通左右的可能性。

《皇朝经世文编》所收录慕天颜奏疏

慕天颜比于成龙大十四岁。康熙十三年慕天颜做江苏布政使时，于成龙还是乐亭县令。这一年，慕天颜在实践基础上写就的《治淮黄通海口疏》就递到皇帝桌面上。上书详细分析论述了黄淮直至入海口水患的治理方略。大家有兴趣不妨找出来详细研读。这个上书提出了上下游统筹考虑综合施治的思路，现选取非常精彩的两节：

臣想，今日国家的重大考虑哪有比黄、运河工程更重的？民生今日之灾难困穷哪有超出淮扬百姓的？建议治河人人都能说说，却没有能收到完全的效果的。都是因急着看到眼前的功劳，对于长久之计却动作迟缓。因此溃决的大堤堵住又冲开，河流变迁无定。根本病因在于黄淮未能合力冲沙，洪水通过入海口难以排泄。

有人说海口广阔，有二三十里，窄处也有十余里，从来没有听说过疏浚的事，更何况束水攻沙？全然不知道古代的溃决和淤塞并没有现在这样严重。只知道用古法而不知道变通无异于胶柱鼓瑟、刻舟求剑。

臣未尝没用过束水攻沙之法，要点也是把水引来使水流冲击有力。但下游决口多，各河流没有汇聚，遇到转折的地方就会回流，难免向旁边冲开决口。比如七里沟已堵住，新庄口不久就被冲决即是明证。

有人提议既然河道迁徙无定不如另开新河入海。殊不知新开的人工河，断不能像天然的河流那样宽广。现在天然河还被淤塞，谁能保证新开的人工河不被淤堵？邢家口被冲决后自己又淤塞上了，就是明证。

有人提议多开新河将黄河分头引入海洋，可避免河流再次决口，殊不知河流最忌讳的就是不能汇合。古人说的分黄，设减水坝防止夏秋洪涝漫堤，滚水坝用来调节水量，平坝减少河流的威势，原本就是不想让固有的河流被硬性拆分。这样看来，疏浚、堵筑这两件事还是有机可乘的，难以偏废。

如果是先疏后堵，那水流就会散漫；如果是先筑坝后疏浚，洪水就没有去路。似乎应从下游水流放缓的地方开始先行堵住减水坝。如果上游先关闭减水坝，洪水大量排入下游，下游就会浪费更多力气，难免会很快使桑田又变成沧海。

尽人事再配合天时，此事就像呼吸那样难以等待，伏望皇上给治河大臣更多便宜行事的权力，那更容易收到成效。

慕天颜顺治十二年就考中进士进入政界打拼，十三年前就实地操作治河，此后又在湖北巡抚、贵州巡抚、漕运总督的位置上历练多年，看看他非常系统深刻等治河方略，说他轻而易举就被官职小于自己的新秀于成龙一句话左右，这种可能性到底有多大?!

回到朝堂之上。

皇帝的目光当然不会只局限于治河，他是天下的主人。推而广之，他继续说：

"凡开会商议政事，一定要详察情况，议论合理，决不能懈怠疏忽，不重视。朕每次遇到大事，就和内阁大臣商量斟酌之后才作决定。每次任命大官无不如此，以至吏部每次升补官员也都要遵循一定的先例。偶尔也有些品质不好的人不停贿赂谋求官位，这都是习俗不好所致。从现在开始，你们要痛改前非，秉公而行。

"朕听政的时间久了，对人的善恶、事情的对错没有不知道的。有些事情微妙渺茫，朕大多宽恕了。如果仔细研究人的过错，那就没有人可免罪了。朕处理过的事每一件都做了详细记载，日后肯定有得到验证的那天。"回想'三逆变乱'时不少人彷徨畏惧，只有朕坚定主持讨逆。大大小小事情都要详细审慎处理判断，'三逆'才得以平定。

"今天你们这些大臣凡事都应各抒己见，一心一意秉公而行，不能庸庸碌碌随顺他人。没有主见、随顺他人究竟有什么好的? 哪个人好哪个人坏，朕岂有不知道的呢? "

康熙皇帝再次用过去的胜利坚定着自信。他在证明自己在治河事务上同样没有任何失误。

古代对官员办事的时间要求很严格。于成龙五月初二接旨回署办公，次日启程，初四日即到保定官署，离开的四个多月积攒了一大堆需要处理的案件，按规定期限根本处理不完。于成龙向吏部请示宽限一个月结案时间，吏部想都没想就拒绝了。理由是没那个先例。

皇帝特批：给三个月。

五月初三，于成龙上书汇报回到保定的时间并请求皇帝宽限处理积案时间三个月：

"臣蒙皇上隆恩提拔巡抚畿甸，日夜想竭尽驽钝之力报答皇上。又蒙皇上不以臣才能短劣，特命臣前往湖广会审原任巡抚张汧等人案件。臣康熙二十六年十二月二十六日启程前往湖广，等到审理完成之后回京，皇上又命臣恭送太皇太后灵柩。康熙二十六年四月二十六日，臣回到京城，五月初二奉旨回署办事。康熙二十七年五月初三启程，初四到达保定府衙门，接受了直隶巡抚的关防印信。

"臣本领粗疏平庸，见识偏执浅陋，过去所做的事有不少过失，只是蒙皇上天高地厚恩情格外优待宽容，屡次加以教诲。臣效犬马之劳的心情和对皇上的眷恋更深厚了，怎敢不愈加砥砺报答皇上。

"臣自奉皇上差遣外出办公已四个月有余，平常事务虽经当时署理巡抚事务的直隶巡道——现已升任江苏布政使的胡献徵陆续办理，但如'康熙二十六年分赃被罚自理建筑款项、已升任守道的朱宏祚交来结转账目和免除钱粮账目、各镇绿营联络扣留银两'等事务，已由胡献徵上书户部等待答复，臣到官署后会立即行文京师询问结果。

"再如'土地人口、兵马、驿站各方面需要上报核销事务；米清臣父子作恶案件臣奉旨和山东巡抚会审；真定总兵奉旨裁撤，分管真定地方裁减士兵数量命臣会同天津、宣府镇总兵商议'……

"皇上批示的其他案件事关紧要，官署其他官员不便上报，只等臣回衙署结案。每个案件都很紧要，但现在都到了处理时限，有的已超出时限，又必须详细核查，到期势必难以全部清理完成。

"臣查到惯例：'新任巡抚以到任之日开始计算，扣两个月时限。'臣奉差外出时间较长，案件堆积繁多，请皇上恩准，以到署衙那天开始，宽限三个月，依次上报结案。这样才能够悉心处理，详细核查，而不会顾虑出现延迟或者是谬误。"

皇帝下旨："吏部商议后上报。"

吏部回复皇帝说：

"……九卿、詹事、科道会商认为，总督、巡抚到新的任所，都按到任接受印信办事日期来扣除计算。如给四个月期限的，批准宽限两个月办结，已全国通行各总督巡抚执行，记录在案。

"于成龙提请的宽限三个月办结一事，应不必商议。仍然让他按惯例在两个月时间内办结即可。"

皇帝下旨："命按于成龙请示的执行。"

真定总兵裁撤了，他手下的兵留下，捕盗正好用。

六月二日，直隶巡抚于成龙上书请示增加捕盗军事力量。

上书说："顺天府管辖的通州、卢沟桥、黄村、沙河过去设有四名捕盗同知，但因这四个地方属地辽阔，现有力量难以覆盖。现在奉命裁撤真定总兵，他手下的官兵也被要求裁撤并入其他军队。请分拨一名千总、一名把总，一百名马步兵归捕盗同知管辖、指挥。"

皇帝下旨："依议。"

八月十五日，出巡的康熙皇帝，驻扎色尔白格里昂阿。

兵部尚书张玉书、刑部尚书图纳、左都御史马齐等看河归来上书皇帝。这份不包含下河情况的上书，总体意思就是保留减水坝，另有五处还需要加建减水坝，等等。这是一个让皇帝比较气顺的调查报告。皇帝命九卿、詹事、科道官员会议商讨后上奏。

九月二十三日，康熙皇帝到乾清门听政。大学士等出去后，他将九卿、詹事、科、道召至近前，问："你们这些前去看河的大臣意见一致吗？"

刑部尚书图纳："臣等意见皆同。臣等看黄河两堤都很高，而河底也冲刷得较深，并无淤塞之处。从前王光裕做总河时，黄河曾决口九处，有一处堵塞刚要完成，又被冲开。自靳辅修减水坝以来，河底深，堤岸增高，可不用担忧了。这些年虽然水不漫堤，臣等以为如有大水也不敢肯定，所以应仍留减水坝。"

皇帝说："你们奏疏上写的，朕完全洞悉。"这样的交流就比较痛快了。

皇帝转过脸来问张玉书："你和他的意见相同吗？"

张玉书答："臣等的意见都一样。"

皇帝又看着兵部侍郎成其范及科道官员："你们的意见一致吗？"

成其范及科、道官员启奏："臣等之意也都相同。"

皇帝又看着工部尚书苏赫 ① 问："你们工部各位大臣意见怎么样？"

---

① 苏赫：满洲正蓝旗人

苏赫答："皇上特派遣五位大臣详细查看河道回到京师，臣等的意见都相同。"皇帝耐心地询问在场的每一个人。

皇帝又问图纳关于新建三闸的意见。

图纳启奏："要建这三闸，都是因为靳辅开挖的中河狭隘，恐怕水大不能容留停蓄，才建这减水闸，水大就能减压下泄了，保护中河。"

皇帝点了点头。九卿退了出去。

皇帝将新任礼部尚书熊赐履叫到近前，问："你身体还好吧？"

熊赐履启奏："皇上圣学、圣孝，天下臣民无不景仰称颂。"

皇帝又问："你在江南居住年头长，河道的事想必也知道。"此时皇帝的问话就很有深意了。

熊赐履答："皇上洞鉴，下河已令人开挖疏浚。靳辅开挖中河确实有裨益。"

皇帝点头同意。

熊赐履又启奏道："臣乃负罪之人，蒙皇上保全，提拔使用臣礼部尚书，皇上隆恩实不能仰报，乞叩圣恩。"

没有了一点的反对之声，文章算是作圆了。下河灾难引发的对治河事务的质疑到此时似乎让皇帝努力画上了句号。他不允许质疑他的权威。

事情不算完。大自然从前没有因为皇帝的自负而放过他的百姓，淹了他的七州县，那今后还会吗？

对于成龙的坚韧不拔，看看下边这个例子你感受会更深刻。于成龙的提议最后在全国施行，节省了大量行政成本不说，各地方主管钱粮官员的事务压力也减轻了，最主要的是避免了不良官吏骚扰百姓。

九月二十四日，皇帝到乾清门听政。

此前，户部曾在回复于成龙"直隶省百姓正赋的数额刊刻《易知由单》，不良官吏借收取纸张、刻版费用，用一个收十个，百姓深受困扰，应停止"上书时说："各省风土人情不同，应由各省巡抚详加商议上报后再确定。现在，各省报告《易知由单》上所刻内容与赋役《全书》上刊载的内容没有区别，应参照直隶做法全部停止刊刻。"

此时，户部尚书鄂尔多启奏："臣等公议，将各省《易知由单》刊刻晓谕百姓，应行停止。"这议论的就是于成龙的上书。户部能作出这样的决定实属不易。

皇帝问："你们众人的意见相同吗？"

刑部尚书图纳启奏：《易知由单》虽然有刊刻后晓谕百姓的作用，百姓终究不清楚，似乎无用。"

皇帝追问道："你任川陕总督时，为何不奏？"

图纳启奏："因为此事实行太久，所以未曾奏请。"图纳的意思，传统习惯的力量是强大的，过去的人刻这个单子必然有自己的用处，不能轻易动。这种想法非常有代表性。

左都御史马齐启奏："臣在山西巡抚任上时，将《易知由单》刊刻晓谕百姓无益的事情，曾经启奏。"

皇帝看着汉大臣问："你们怎么看？"

户部尚书王日藻启奏："凡征收钱粮都记载在《赋役全书》中，《易知由单》刊刻似乎无用。"他用了似乎表示不能说绝对无用，但还是倾向于废除。

皇帝接着又问其他汉大臣。兵部尚书张玉书、工部尚书翁叔元、左都御史徐元文、通政参议高层云、给事中钱晋锡等都说：《易知由单》刊刻晓谕，于百姓无益。"

皇帝说："你们今天启奏应停止刊刻此单，今后再说应该刊刻，也不好说。所奏知道了。"九卿退了出去。事情就这样定了下来。

皇帝批准了户部的报告，于康熙二十六年十一月起全国免刻《易知由单》。这就是于成龙的全国影响。

同日，董讷向皇帝启奏的话遭到了皇帝指斥。

董讷说："数年以来运道无阻，河底逐步冲刷加深，臣从前也曾启奏。"

皇帝说："你奏事前后差别太大。凡事是非自有分别，你一个人的功名是小事，治河关系重大。你是读书人，本来应该秉公启奏。反复如此，天理良心何在?!"

董讷想要在重大事件中左右逢源以便自保，他的摇摆并没有赢得皇帝的宽恕。皇帝现在已经不在乎有没有董讷给他背书了。

九月二十八日的一份资料可以见得当时的治河大臣、工部衙门已经完全陷入了决策恐慌。

那一天，皇帝到乾清门听政。部院各衙官员面奏后，九卿、詹事、科、道官员上前奏事。

工部尚书苏赫启奏："去看治河的大臣要在中河修三座减水闸坝，去问靳辅。据他说应在二三十里之间距离修小闸涵洞。但河工关系重大，臣等不敢擅自决定，伏乞皇上定夺。"

工部成传声筒了。

"臣等再次恳请皇上亲临治河工程指示修筑，不只对万年漕运、对百姓有益，也能让各方折服。只是皇上屡次巡幸劳苦，恐怕麻烦到圣躬。"

意思就是除皇上到场，这事谁也定不了。就这样，皮球又被踢回给皇帝。冠冕堂皇地推脱，朝廷陷入了集体无意识状态。

做个好人好官实际并不容易。于成龙下边的提议被户部认为"毋庸议"，说是影响国家收入。

户部是皇帝的钱袋子，打交道的是账簿和算盘，考虑百姓的疾苦似乎不是他们的事。旗人圈地给内地百姓带来巨大困苦，但你曾经的国家灭亡了，困苦不困苦你说不起。旗人占了通州百姓土地，到宣化拨补。这次户部想"查漏补缺"，把过去顺治时期少征的数补征上，甚至要写入《新编全书》作为永久标准一直征下去。

于成龙想为民解困，户部这关就过不去。

皇帝可能早已严令户部不准开口子。

最终还是皇帝出来说话，采纳了于成龙的提议，但也没说户部不对。户部是站在皇帝这一边说话的，这么一大坨钱，不能说不要就不要了。皇帝心里明镜一样，不驳回也就很给面子了。看看细节。

九月，于成龙上书请求按原标准征收拨补土地钱粮。

上书中说：

"臣看到顺天、永平、保定、河间四府百姓土地被圈占，失业的穷苦百姓只能接受别的地方拨补给的土地。户部现定拨补土地钱粮征收标准与原来不同，并且更正后的新征收标准已写进了《新编全书》。据守道参议董世琦①详细介绍，拨补土地都处在偏远的乡间，荒芜贫瘠，与家乡被圈占的肥沃土地根本不能相比。

---

① 董世琦：奉天（今辽宁）人，岁贡，曾任盐驿道，康熙二十七年任直隶钱谷守道。

"顺治《全书》是经几次户部会议后确定的。那时怎么会不知道拨出土地的州县应减去若干征收数，接受土地拨补的州县相应增加征收数？拨补土地征收钱粮数比修改后的少，是因他们深知去拨补土地往返路途遥远。受拨补的百姓自己不能种，只能靠出租土地收入完成赋税。这其中既有跋涉之难又有路途盘费之苦。

"不能完成赋税的零星拖欠这么多年从没征收清楚过。如遇荒歉年景，收入随时亏减，往往还不够国家额定征收的。当时酌量确定的征收标准是顺治皇帝恩准并经户部大臣核实确定的，绝对不是外边的官员敢于自行确定轻重，或是什么因循下来的漏洞和弊病敢相比的。

"一旦按现户部更正标准征收，那比过去有一下子增长一倍的，还有增加二三倍的。百姓不可能增加拨补土地租金，而征收钱粮数量前后相差悬殊，一定催收困难，让官员和百姓陷入困境。这次征收内容还有米类、豆类、饲草等，如在拨补土地内征收，那运输会极其困难；改为让他们采买实物后缴纳，那百姓赔本垫付也会很困苦，百姓十分不便。

"康熙二十六年五月初三，臣得到圣旨：'凡直隶省内出现政令给百姓带来不便的，督抚于成龙要详查后开列出来准确上报，由户部商议后酌情更正。'由户部对臣意见进行商议。

"祈盼皇上能够顾念拨补给穷苦百姓土地远隔州府的困难，批准仍照过去标准征收钱粮。那四府百姓就都能感受皇帝的恩泽了。"

十月初十，皇帝命户部讨论。

十月十四日，户部认为："毋庸议（不用议）。"

户部反驳于成龙说：

"以宣化府为例，宣化拨补通州地亩数是一千一百零五顷零七十亩，这些地亩原在宣化府征收二千二百零六两银子，粮食二千三百一十九石；通州接受拨补后，这些地亩征收数只有一千三百八十二两银子，粮食征收根本就没有。其他州府也有类似不照原地块征收数分派到被拨补州县的。

"国家征收钱粮总量是有一定标准的，这儿不征收那里就得征收。同一块地，征收标准差别怎么会这样悬殊？明显是要把重的弄轻，亏欠国家赋税。还按老标准征收，那国家征收数量的缺口就永无堵齐那一天。何况《新编全书》就是为了清除过去的征收漏洞和弊端。

"更定后，征收数目都是照原地亩数核算，不过是把过去少收的补上，并非额外加征，没有什么对百姓不便。该巡抚不清查更正征收数量亏欠，反说应照惯例征收，还根据皇上旨意提出此事，实在是不合法度。因此，该巡抚意见不用再议。"

十月二十日，皇帝下旨说："征收拨补土地钱粮的标准已执行很久了，现在不应再提高了。按该巡抚的意见办吧。"

我们应关注前一段时间治河官员的重大变化。靳辅、孙在丰被革职，算各打五十，于成龙这边也不能连个水点儿都沾不上。和慕天颜通信涉嫌串通勾连，皇帝最忌讳这个。虽没查出实质性问题，那也得敲打敲打，搞个平衡以示公正，这是皇帝的御人之术。

于成龙这边被拿掉荣誉称号，赶紧摆上香案谢恩；慕天颜虽免于处分，但最近在刑部反复接受刑讯，一定也是吃惊匪浅。从国家重臣一下被关到牢里过堂刑讯，反差太大，太突然。慕天颜这一次恐怕要"黯淡了刀光剑影，远去了鼓角争鸣"了吧。

十月初二日，于成龙被取消"太子少保"宫衔，免于降级调离，于成龙接旨谢恩。

刑部等衙门共同商议原任漕运总督慕天颜阻挠治河工程一案后认为：

"慕天颜指派游击马德胜暗中抵制靳辅堵住支河口让漕运船只通过中河命令，变相掣肘靳辅。于成龙曾对慕天颜说，'靳辅为屯田，惹得百姓怨声载道，怎么是好人做的事'，给慕天颜通信，鼓动他上书参奏靳辅。后慕天颜又鼓动董讷上书弹劾靳辅。于成龙本人也有在上书中反映情况不实的情节。

"慕天颜应判杖打一百、徒刑三年，不准折赎；直隶巡抚于成龙上报有失实之处，应取消太子少保衔，降两级调离使用。"

皇帝下旨："于成龙削去太子少保宫衔，从宽免于降职调离。慕天颜从前造船有效力的地方，也从宽免于治罪。"

于成龙上表谢恩，表章中说：

"慕天颜虽在口供中说'我曾吩咐过冯通判，如果漕船已驶近皂河口①，不便

---

① 皂河口：今江苏省宿迁市宿豫区皂河镇附近运河口。

让他们再回中河通过，那就不要堵塞河口，让他过去；如果是没有到清河的漕船，就让他从中河通过'，这话确实是说过。

"至于游击马德胜，臣只是派他催促粮船，并没有让他将进入中河的船赶回去。将进中河的船赶回去是在臣动身后发生的事，臣就不知道了。

"董讷虽招供说我曾对慕天颜说：'靳辅因屯田惹得百姓怨声载道，怎么是好人做的事？'臣并没有说他治河工程的事。臣要是想要弹劾靳辅由我来做河道总督，难道自己不会上本却让漕运总督上本吗？

"根据慕天颜口供说，他曾到淮安船上见董讷，董讷对他说'靳辅做人不太好，行为举止不端正，我要是谙练河工事务早就启奏了。你对治河工程谙熟，你不启奏，你这是辜负了皇恩'。这些都是真的。

"臣向程同知的家人说：'皇上不惜帑金要疏浚下河救百姓，他们做总督、巡抚的何必要商议决定停止呢？'这个话臣也说过。

"接到削去臣宫保免于降调的圣旨，臣立即排摆香案，向皇宫方向叩头谢恩。皇上破格提拔使用臣做直隶巡抚，并在河工案件上宽容优待臣，臣会更加勤勉，廉洁尽力，以报答皇上特殊的恩情于万一。"

靳辅的意思，你于成龙不说我得堵其他减水坝吗？好，堵不堵的别说，先别过船了。

于成龙当时则是比较好地执行了靳辅命令的，已进入支流的先通过，走出很远你硬让人家向后转，于情于理说不通。靳辅就说于成龙串通慕天颜和他对抗。

靳辅的办法是突然死亡法，我修了中河就都要走中河河道。

于成龙"谢恩"之余并没有完全失音，他再次向皇帝说明自己和慕天颜的来往的具体内容，是则是非则非。

这就是于成龙的性格。见到圣旨便俯首帖耳地认罪，乖乖把自己没做过的事情一下子坐实，这样愚蠢的举动更加危险。如果真那样做更是对皇帝的欺骗，根本算不得真正的忠诚。

十月十三日于成龙上书弹劾内黄县知县沈士禄[1]，称其举动乖张。乖张就是不靠谱，经常做出别人想不到的事。且看这沈知县怎么乖张。

上书中说："沈士禄目无上司，举动乖张。康熙二十七年七月二十一日擅自

---

[1] 沈士禄：字慎余，无锡人，康熙二十二年监生。

派衙役到学臣考场前锁拿无辜生员董枏等人。造成生员不服，议论沸腾。"

十月二十三日，皇帝下旨："将沈士禄革职交于成龙查办。"

这个事件涉及康熙一朝对生员的态度问题。康熙九年，皇帝曾下旨："嗣后生员如果犯事情重，地方官先报学政，黜革后治以应得之罪。若词讼小事，发学责惩，不得视同齐民一律扑责。"

说简单点就是生员即使有罪也必须先报给学政，把生员的身份拿掉再说。一般的小事不能随随便便就像对待一般百姓那样说打就打说罚就罚。这是重视教育的意思。毕竟生员有可能成长为国家栋梁。

沈士禄随便就到考场上抓生员，有点粗鲁，程序不对。生员不干，学政也不答应，酿成了群体性事件。他得担责，为此事埋单。

皇帝这次有点耍小性子了，他是在虚张声势做给旗人看吗？不，这里边讲究很大。

五月至十月间，于成龙上书刑部说明情况，回应皇帝的责备。

在审阅刑部关于于成龙呈报的"旗人彭起声殴打致人死亡并且贿赂官员谋求宽大处理"一案时，皇帝下旨给刑部，要求于成龙说清楚凭什么在上书中下结论说"凶手是在依仗旗人的威势行凶"。

皇帝说：

"凡事处理起来要公平，不偏不倚。旗人和原住民人要一视同仁。原住民人也有打死旗人的事情，如果说他依仗旗人威势行凶的话，那原住民打死人是在依仗谁的威势？

"作恶的人总是存在的，与是不是旗人没关系。你现在把行凶的案子都认为是依仗旗人威势，那扰害百姓的都是旗人不成？于成龙一定是见到了。让他写明白报上来。"

皇帝在措辞上很严厉，故意在向大家强化一个概念：朕就是旗人。你总这么说，朕还是真不爱听！

于成龙在接到吏部咨文后上书说：

"感谢皇帝不嫌弃臣才疏学浅能力低劣，屡次破格提拔臣直到直隶巡抚任上。到任后，臣没有什么出色的表现，倒是屡次犯下错误。皇帝格外宽大优待，免去了给臣的处分，臣即使肝脑涂地也难以报答皇恩之万一。

"只是这直隶地方旗人和原住民混杂居住，争讼很多。旗人打死原住民和原住民打死旗人的案子都有。旗人和原住民都是朝廷的孩子，都是一个整体。遇到类似案件，臣只有公平慎重，据理推断拘拿，不敢有一点偏向和徇私枉法，辜负了皇帝关爱养护旗人和原住民的深厚情义。

"因这彭起声是旗人，臣就事论事，在奏疏中出现了'恃旗行凶'这样的话。臣不是说行凶的人都是依仗旗人威势。原住民行凶的也很多，并非扰害百姓的都是旗人。都是臣愚昧疏忽，用词没有考虑详细，并非臣对旗人有成见才说出这样的话。请皇上明鉴。"

这段可不是一般的斗嘴。皇帝那意思就是：你于成龙也是旗人，话里话外把旗人说成什么了？

这个责备可非同一般。皇帝的话恐怕是代表了一大批重量级旗人的心声。

于成龙上任以来，查办的案件多数牵涉到旗人，连王公大臣的面子都不给，估计有很多人直接找了皇帝发牢骚。

皇帝恐怕也是要通过这个行文方式给这些人个交代：朕没忘自己是旗人，朕心里有旗人。

于成龙赶紧上书说明自己不是有意而为，不过是就事论事而已，算给皇帝道了个歉。

但于成龙惩处恶霸的脚步根本没有停下来，而且一点也没手软。

于成龙弹劾涿州城守备张涵，皇帝认为张涵人才壮健就将他留任了。是于成龙对这个官员的判断有误吗？

几年后，做了游击的张涵还是出事了。他在用兵丁干私活伐木时，兵丁林四被老虎咬死，兵部建议将张涵降三级使用。

"……朕看他投机钻营，肆意妄为，不长进，不安静，命令降三级回家。"皇帝这次比较实事求是，言外之意是不如当时就着于成龙的弹劾将张涵拿下了。

于成龙弹劾之后，张涵没有醒悟，依旧我行我素，这下栽了大跟头，也让看好他留下他的皇帝很没面子。

动用公家人干私活，还让老虎咬死了士兵，这是个大事故。

于成龙这次提议停止大计考察，意欲何为？

康熙二十七年下半年，于成龙上书请求停止直隶官员三年大计。这可是重磅内容：

"臣查惯例，在京城外任职官员每三年一次大计。康熙二十六年，原都察院左都御史徐乾学曾提出请皇上下旨停止大计，严查军政方面的陋习弊端。

"九卿、詹事、科道会商徐乾学的上书后回复皇上说：大计目的是整饬官吏，安定民生，应照例举行。'卓异'的仍然举荐，不称职的按八种办法弹劾。留任官员的账目停止开具四柱清册 ① 报吏部，道台朝觐皇上也应停止。记录在案。

"从康熙二十四年十二月到康熙二十七年十二月，算起来三年已满，在京外任职的官员在大计中评为'卓异'的仍然推荐到吏部，'不称职'的仍然按八法 ② 一本参奏，全部在康熙二十七年十二月之前完成，详细上报。

"康熙二十八年正月之前，吏部将会同都察院吏科核查，等圣旨颁下之日直隶各省总督巡抚遵照执行。康熙二十七年五月初三，圣旨下：'依议，钦此。'

"大计的命令传送到臣这里，臣随即令各下属官员遵照执行。此事被记录在案。

"臣看到，大计原本是为澄清总结做官情况的方法，整饬吏治，只因恐怕不肖官员借进京朝觐，将进京盘缠、账目造册纸张等项花销私自摊派拖累百姓，已遵照圣旨将官员账目四柱造册，道台朝觐全部停止。对于卓异者的举荐和对不称职者的弹劾，臣接到吏部公文后就全部通知执行，细细加以采访。

"直隶所属大小官员廉洁自持，按规矩供职的当然不乏其人，说起他们的操守才能，不少人值得举荐，可造就。如果要全部刻入推荐表章，那就会局限于定额不敢提到很多人；如果要筛选后上报，那没有被举荐的未免会有被冷落的向隅之叹。如果人心不和谐，那就达不到鼓励官员的目的。

"臣蒙皇上特殊恩情，赶上大计这样的盛典，怎么敢草率执行，虚应故事。这其中'卓异'这一项，臣之所以再三再四踌躇，是因不敢冒昧上报。

---

① 四柱清册："旧管""新收"，古代重要的会计结算方法——四柱结算法中的重要构成部分。它们和"开除""实在"一起构成了"四柱结算法"的基本要素。"旧管"的基本含义即"期初余额（或上期结存）"，"新收"的基本含义即"本期增加额"，"开除"的基本含义即"本期减少额"，而"实在"的基本含义则为"期末余额"。四柱结算的基本公式为"旧管＋新收－开除＝实在"。是进行会计核算及会计结算的四大要素。古人形象地称之为支撑大厦的四根支柱，故名"四柱结算法"。

② 八法：古代官员考核不称职官员处理办法。《清会典·吏部·考功清吏司》："纠以八法：曰贪，曰酷，曰罢软无为，曰不谨，曰年老，曰有疾，曰浮躁，曰才力不及。"

"康熙二十七年直隶管辖官员的大计，似乎应停止。这之后，如果通过查访发现清廉昭著才能品行兼优的，容臣再上书推荐，以表彰守规矩的好官；如果发现不肖的卑劣官员，臣也会随时查访弹劾，绝不姑息纵容，使之贻害百姓。

"胜典在即，臣为使朝廷慎重这样重大的制度，谨慎详细地写了奏章上报，请求皇上明鉴，下令吏部商议确定后施行。"

这样重大官员管理政策的调整，恐怕不是于成龙一次上书就可改变的。于成龙结合自己的体会向朝廷提出意见，用心良苦。真是知无不言，言无不尽。

这个建议得到的回响未必多，特别是吏部，一定会写出一大堆话来论证大政方针不能更改，也必然会在结尾处脆脆生生写上个"毋庸议"。

但于成龙不是别人。他心里只有对皇帝的忠诚，他希望把事情办得更好，让皇帝满意，让江山千秋永固，百姓少吃点苦。至于说可能有很多人不爱听他的建议，那不是他考虑的问题。他的很多建议并非从一般官员的"拥护"开始的。

康熙二十八年（1689）

于成龙五十二岁。

正月初二，皇帝命于成龙扈驾①巡幸江南。作为直隶巡抚，于成龙主要使命是监督各地执行皇帝南巡旨意的情况，并巡视下河治理现状。于成龙直隶巡抚事务，暂由巡道程汲②代理。扈驾期间随都察院③办公。

这次扈驾是皇帝对于成龙巡抚直隶的肯定，拿下张汧也让他在江南官员心

---

① 扈驾：随侍帝王的车驾。

② 程汲：安徽歙县人，贡生，康熙二十四年任。

③ 都察院：清初仿明制，崇德元年五月设立。主掌监察、弹劾及建议。与刑部、大理寺并称三法司，遇有重大案件，由三法司会审，亦称"三司会审"。清代都察院是法纪监督机关，既审核死刑案件，另外参加秋审与热审，还监督百官。其职能与历朝御史衙门差不多。初设承政一人，左右参政各二人。顺治元年改承政为左都御史，参政为左副都御史。三年规定左副都御史满、汉各二人。五年则定左都御史满、汉各一人。右都御史为总督兼衔。右副都御史为巡抚、河道总督、漕运总督兼衔，不设专员。左都御史是都察院的主管官员，"掌察核官常，参维纲纪"。

目中的威望如日中天。这既是荣宠，又有特殊使命。监督各地官员执行圣旨的情况兴许不是最主要的，巡视下河才是真正目的所在。

随都察院一起办公是个伏笔，皇帝没有点透，日后便知。

皇帝这次南巡降旨说：

"朕做皇帝二十八年了，白天劳作，夜晚思考，勤勉从事以求天下治理，体恤百姓以谋求国家长治久安。如黄河、运河，关系国计民生。朕每天为治理好这两条河流费了很多心思。历年动工修治虽逐渐有了些头绪，但到底是堵是疏，朝野意见纷纭。

"过去朕去江南曾批准淮扬一带官员百姓请求，对下河进行了疏浚，现在还不知道效果如何。几次朝廷商议请求朕亲自去巡视一下。现在朕择日南巡，亲自去下河看看。顺便可体察民情，了解官员办事的情况。

"政务失当在下，则感应灾祸在天，就像影子和响声一样跟随得那么紧。《尚书·洪范》中说：做事超越本分，天就会干旱；做事蒙昧，就会经常刮大风。

"去年，朕把过去的老臣罢免申斥得太多，现在选择那些有品德有操守的重新起用起来。至于说在外的总督、巡抚、臬司、道台等官员，近来也听到他们不少好的传闻，他们好的作为似乎会感召及时的风雨。可见干旱等灾害的根源一定在朕，并非有别的原因。各位大臣肯忠诚地对朕讲实话吗？

"朕自幼操劳，智慧和谋略不如从前了。现在眼神不好，开始写不了小字，各种疾病也经常发作，每天几乎离不开艾灸。朕不敢过分依仗自身的见识和精力，只能靠你们这些大臣勤勉谨慎做事了。"

三十六岁的皇帝正在壮盛之年，却连眼神都不好了，还经常闹病，言谈话语之间饱经沧桑。想做个有所作为的好皇帝也不是件容易事。

康熙二十八年正月十一，于成龙受赐服装、吃食等。

皇帝看于成龙的衣服太不时兴而且很陈旧了，到献县冯家庄南休息时，赏了于成龙缎子绣团龙袍子和天马皮①上绣团龙马褂各一件，还有一双靴子。

于成龙被皇帝叫到跟前换上了新衣服给他看。于成龙叩头谢恩。他又展示马上和步下射箭，皇帝面露喜色。

---

① 天马皮：天马锦。用沙狐皮做成的皮大衣。沙狐活动于沙丘地带，身小皮白，肚子下的皮称为天马皮，下巴下的皮称为乌云豹，都是极为贵重的皮料。

这是个很重要的细节。除去因皇帝继承先祖的尚武传统经常练习骑马射箭之外，亲自看于成龙骑马射箭的功夫，更是一种暗地里的考察。其中玄机日后便知。能让皇帝面露喜色，可见于成龙身手不错。

沿途之上，皇帝每隔一天赏赐于成龙一只羊。

这是一段很细致的记述。这段材料对于成龙的清廉是个很好的说明。毕竟是直隶巡抚了，却连件光鲜的衣服都没有。这种几十年如一日的坚持操守值得后世为官者效法。

正月二十三日，于成龙等扈从大臣及江南江西总督傅腊塔、河道总督王新命、漕运总督马世济①等陪同皇帝视察靳辅所修中河段。阵容不可谓不强大。

皇帝在支河口下马在大堤上落座，令人拿出河图指点各处险工给各位大臣看。

他对随行人员说：

"河道工程关系漕运，关系民生。不深入研究河流规律，不根据实际随时采取不同的措施，只凭书上的陈词滥调或是因循某一时期的传统说法，那必然导致河堤工程崩溃毁坏。目前看修理某个地方有益，将来却有可能连带到其他地方受害。朕虽几次派大臣来查勘，但治河方略上的是是非非却始终没有定论。

"朕经常惦记河道被频频冲毁，百姓屡次受到灾害，因此河图不离左右，经常拿出来详细查看。地方上堤岸及河流形状朕都很清楚。今天朕特地来看视中河，尝试着把意见说一下。

"这中河河道实属狭窄，靠近黄河堤岸，从徐州北镇口大闸流出的黄河水以及微山湖、荆山口流出的水都进了内运河，必定会流入中河。骆马湖的水也会流入内运河。如果遇到暴雨连绵，水势暴涨，万一黄河大堤溃决而我们防御不力，那中河与黄河必将混而为一。中河开凿疏浚后，百姓和商旅之人没有不称赞水路便利的，主要是避免了过那一百八十里的黄河险段。但这种观点只知道贪图目前的小利，又怎么知道今后到底是有利还是不利呢。"

他问大学士开音布："你们从前是怎么看中河的？"

---

① 马世济：字元恺，汉军镶红旗人。三藩之乱后十余年间，历任大理寺少卿、光禄寺正卿、刑部侍郎、兵部侍郎、吏部侍郎、贵州巡抚，直至漕运总督。其间参与了吏制改革、监理钱法、要案重审、舒缓贵州地方民力、漕运管理及平定噶尔丹叛乱等重大历史事件。

开音布回答道："臣等只看到那时中河上可行船，至于说河道狭窄，水大之后河堤工程堪忧，依臣等的见识，当时还看不到这一点。"

皇帝又问尚书图纳、左都御史马齐说："查勘中河时，中河存在这样狭窄的危险，你们为什么没有考虑到？"

图纳等人回答："臣等来看中河时正好赶上中河水大，臣等亲眼看到中河逼近黄河堤岸而且河身狭窄，恐怕不能承受内运河与骆马湖的来水，所以建议在向北的遥堤修建三座减水坝，让洪水从过去的黄河故道入海。"

皇帝回视原任河道总督靳辅问："你当时是怎样谋划开浚中河的？今天还有什么话可说的？"

靳辅回答说："皇上东巡时曾问臣，拦马河减水坝泄出的洪水怎样才不至于淹没农田？臣当时认为开浚中河即可约束洪水入海。等到竣工之后发现中河也可通行漕运船只，就想与其让漕运船只走黄河一百八十里的险路，不如走这条河更为便利。今天如果加固遥堤，保全加固黄河堤岸，应当就没有隐患了。"

皇帝问河道总督王新命说："你怎么看？"

王新命回答道："以臣看来，支河口只需修一座大闸。镇口闸、微山湖等地水量很大，遇到连降大到暴雨，一座闸门行洪恐怕不能支持住，肯定会被冲毁。如果制作一批埽及时开启关闭来保护大坝，再于骆马湖入口将竹篓盛满石块做

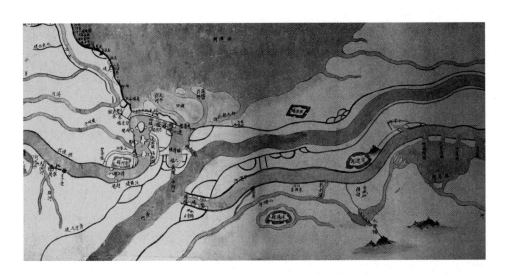

《全漕运道图》（局部）

成减水坝抵御洪水，酌量存留足够运河使用的水量外，让汛期洪水流入黄河，再重新修筑郯城禹王台①来抵御进入骆马湖的洪水使之进入沭河②，那样中河就没有忧虑了。"

皇帝说："如果重载船只与回程空船并行时，中河就会显得非常狭窄，而且中河逼近黄河，朕看中河狭窄还是令人担忧的。镇口闸、微山湖两处水量很大，可仍然开放支河口。黄河运输水道，原来就没有毁坏，现在仍旧保留吧。"

虽在中河狭窄行船有隐患这个问题上皇帝拨乱反正，但于成龙、董讷、慕天颜等人遭受的打击也就白挨了。这里要说的是中河的狭窄成了后期漕运的一大难点，只有靠减水坝才能解压，后经历了于成龙与张鹏翮的两次拓宽，十年之后才得以解除险情。

二月十一日，杭州。于成龙等扈从大臣聆听皇帝治河、拜谒大禹陵、赦免等方面旨意。特别是陪同皇帝拜谒大禹陵，于成龙一定会心潮起伏。

皇帝对于成龙等大臣说：

"朕一路追寻古迹查看地方，访问、咨询管理国家的方法。朕亲自视察河道，期望河道得到彻底治理。凡对民生有利的朕一定让百姓普遍享受到实惠。

"这次到了浙江省，离大禹陵③已不远了。朕感念大禹治水的丰功伟绩，使千秋万代受益。朕应亲自去拜谒，表达朕仰慕他的热忱。有司立即查考先例，进行拜祭典礼仪式的准备……

"推崇文化教育很重要。江南、浙江人文荟萃，进县学的名额应酌量增加，永远昭示朕对这个地方的奖励。

"驻守江宁、镇江、杭州等战略要地的满汉官兵，好多年了，朕深深惦念他们，如何用奖励来表示朕对他们的优待抚恤，兵部商议后上奏。

"朕南巡经过地方的官员除受到八法惩处或八法所列条款正在被追究弹劾之外，凡因贻误公务降级留任的全部准许官复原职。降级调任的准许带着所降级

---

① 禹王台：在今山东省临沂市郯城县。

② 沭河：又名沭水，位于山东省南部及江苏省北部，源出山东临沂的沂水县沂山南麓。同沂河平行南流，过郯城县入江苏省。

③ 大禹陵：古称禹穴，是大禹的葬地。它背靠会稽山，前临禹池，位于浙江省绍兴市越城区东南稽山门外会稽山麓，距绍兴城区三公里。

别留任。朕所经地方在押犯，除十恶不赦、有旨特别指出以及官员贪污等不准宽恕的几种情况外，康熙二十八年二月十一日前判死刑以及充军流放等徒刑以下已结案、尚未结案的，全部准许宽大释放，彰显朕赦免罪行，宽恕过错。

"备办船只的地方官员，勤劳效力，命总督巡抚会同办差官员明察后详细上报，各升一级。纤夫和服役的百姓劳累辛苦，也要查清人数酌量给予赏赐。

"朕感念百姓的依赖，特此准许免除租税。总期望有实际恩惠造福苍生。近来看到民间有立碑建亭颂扬朕德行的，虽这出自百姓感恩戴德的诚心挚意，只恐怕各地方都这样做未免会损耗民间财力。真能使乡村殷实富足，百姓获益良多，那给朕立不立碑建不建亭又有什么关系呢？今后这样的活动也应停止。

"江浙的百姓钱粮已免除了，朕考虑可能有品德不良的官吏假借诉讼剥削百姓，两江总督巡抚要严格整顿。

"至于各处榷关①，本来就有行事的规则常例。朕的大船所到之处，去访问那些通过榷关的商人百姓，大多是说按标准交税不难，往往是因滞留关卡不能迅速通过而苦恼。榷关的官员理应遵照朕屡次颁发的旨意体恤商人，惠及百姓，怎么反而给百姓增加拖累？从今天起，你们要革除弊端，凡商人百姓过关缴纳了正税的要立即放行，不准滞留勒索，给百姓带来痛苦、负担。违令者从重处分。

"朕早晚勤奋，只是希望官吏军民、士农商贾，没一个不安居乐业。朕对有关民生问题及对官吏的管理，认真谋划，务求周到详细。可立即传旨下去告诉大家，使得所有人遵照执行，这样才符合朕的心愿。"

大段引述皇帝的话意在让大家了解于成龙所处的时代、所遇到的皇帝，于成龙就是尽力按皇帝的旨意做事的官员，也就是古代所说的循吏。

当天皇帝分别赏赐随行的王、大臣、侍卫直至军校不同数量的银币。于成龙受到一匹缎子的赏赐。

二月十四日，于成龙等大臣在皇帝带领下祭拜大禹陵。大禹是与尧舜齐名的中国古代贤王，他最杰出的功绩莫过于治理滔天洪水。治水是于成龙一生中很重要的组成部分。想必禹王的盖世功勋让于成龙心潮起伏。

---

① 榷关：钞关，民间俗语称之为榷关，晚清改称常关。是明清时期官方设置的对过往关卡的船只、商品征税的专门机构，主要设在运河、长江、沿海等地交通枢纽处。

同日，侍郎徐廷玺、巡抚于成龙在萧山县西兴镇①向皇帝汇报查勘下河情况。

原来，康熙皇帝到扬州之后，本来准备亲自到下河巡视，于是命侍郎徐廷玺、侍郎开音布、直隶巡抚于成龙先去查勘一番。

三人一直查勘到浙东，回来后赶往镇江金山寺向皇帝报告说："通往下河所应经过的水道很浅，皇上的船不能通过，陆路也很难行走，而且皇上住宿休息都没有合适的地方。臣等看到，各处堤坝的修整工程都是按皇上的指挥谋划进行的，工程目前为止已进行了一半，修整过的堤段质量没有可疑之处，皇上可不用亲自去巡视。"

三月十七日。浙江石门县石门镇②，于成龙等扈从大臣在皇帝回程途中接受皇帝训谕。

皇帝说：

"朕巡察民生、风俗，进入浙江，见到省会士兵、百姓关系融洽，人口蕃庶，邻里太平。反观民间习俗则特别喜欢争执诉讼。只要一有诉讼，那些不良官吏就会借机敲诈勒索，这是必然的。纵然是官员没有从中盘剥，那些差人小吏难免没有私下勒索的弊病。小民受到的牵连痛苦拖累就多了。

"如果有一点愤恨没有发泄就构成怨恨，小则损耗物力，大则身家性命不保。诉讼的危害难以说完。可怜这些愚昧无知之人，确实应当深以为戒。地方上大小衙门官员也要精简诉讼，规劝乡间百姓让他们各守本分，平息争端，安心过好自家日子。

"朕又听说东南的那些大商人大富豪，号称像车轮辐条那样密集。行走在吴越州郡里，朕观察市场上贸易之人大多来自山西，当地人却很少。

"那是因山西风俗崇尚俭朴、善于积累才导致富饶。南方人习俗奢靡，家里面没有什么储蓄，经营就是供眼前早晚日用罢了。一旦遇上水旱年月，粮食没有收成，百姓只有坐等贫困。如果不改变陋俗，怎么能形成家给人足的风尚？

"你们把朕旨意传达给将军、总督这些人，让家喻户晓，务必使百姓淳朴礼让，崇尚俭朴，停止浮夸，士兵与百姓日益和谐，诉讼日益减少，积累日益丰

---

① 西兴镇：原属浙江省萧山市，1996 年划归杭州市滨江区。该镇地处钱塘江渡口，隔岸与杭州相对，又为浙东运河起点，水陆交通便利。古代在此设渡置驿称为西兴驿，为商旅聚集之地。元、明、清又置有盐场。今仍为浙赣铁路线上重要的商业市镇。

② 石门镇：今浙江省嘉兴市桐乡市石门镇。

盈。只有这样，教化才能得以施行，朕确实是对此嘉许和倚赖大家啊。"

皇帝这些话也曾在给于成龙的旨意中反复出现，减少争讼，勤俭持家，这些实实在在的指示也给于成龙执政很大的影响。

康熙二十八年二月二十五日，刑部尚书图纳、左都御史马齐、直隶巡抚于成龙在江宁城聆听皇帝旨意。

皇帝说：

"朕在巡行所到之处看见士兵与百姓相处较好，地方宁静平安，村庄稠密。还是担心相邻屋子还有没有收成、小民生活无着的情况。士兵和百姓虽享受太平幸福，朕还考虑他们会因无知触犯法律。因此广布恩泽，免除钱粮，赦免罪犯，以至对官兵、商户百姓都加以抚恤。

"不通船的地方就命绿营备马来满足需要，绿营兵丁也参与保护随行。这都是他们分内职责。兵丁准备马匹劳苦，马也有些疲劳了。值得怜惜，要全部加以恩典。你们把绿营有多少兵丁参与准备马匹，查明人数报告，好酌量给予赏赐。

"绿营兵只有当官的才有马匹，怕他们时间长了疲乏。已令他们各自返回防区。驻防满洲兵马已足够使用了，扬州准备马匹的事让他们停下来吧。你们把朕的旨意传达下去让他们都知道。"

皇帝也在刻意强调旗民一体恩泽，这是他所执政的王朝迅速走向兴盛的重要原因之一。

于成龙无疑是强有力推进旗民一体的官员，他所推进的是更深层次的平等，绝对不是一般小恩小惠。他有时连皇帝也惹得有些不高兴，虽然他做这一切都是出于对皇帝对王朝的一片赤诚。

二月二十六日，皇帝就地方安排船只一事对于成龙等扈从大臣谈话。于成龙扈驾的使命之一就是看各地官员接待皇帝时有无违反皇帝旨意的行为。

两江总督傅腊塔装饰了大船准备给皇帝享用，但康熙帝一点也没领情，责令拆除，不给面子，不开口子。三十六岁的皇帝如此有定力，给于成龙等一众大臣留下了深刻印象。

江宁是于成龙曾做官的地方，此次故地重游，面对着熟悉的山川风物，心里想必也会别有感慨。

皇帝说：

"朕过去巡幸过江宁，对这个地方的情形都已很熟悉了。这次借视察河道又来到了这个地方，不久还要拜谒洪武皇帝①的陵墓。

"过后湖时，朕见地方官装饰好船只在等待。朕从出京以来，除去纤夫之外需要的一切都是国库银两采办，一分一毫不准从民间征取。乘坐的沙船是特地从国库拨款制造的。随从们需要乘坐的小船也是按官价租赁的。所以今天地方官员预备的船只朕不光不坐，也没过去看。朕想让你们知道朕的用意。

"你们传达朕的旨意给江南江西总督傅腊塔，等朕回京后不准说这艘船是朕乘坐过的，也不准存留。将船上装饰的材料全部拆毁后，只能在应使用的地方使用。"

这里有个重要的细节需要提一下，就是康熙皇帝拜谒前朝开国皇帝朱元璋陵墓的事。皇帝通过这种方式安抚前朝遗民的心。这是清政府对待前朝的总基调。

于成龙在保定题写"泉水犹香"碑碣，肯定张罗彦誓死忠于大明王朝而不向李自成手下刘芳亮②投降，这种观点和康熙皇帝对明王朝的态度一脉相承。

治河是庞大的系统工程，一定要站在全局高度进行统筹考量。其中统一指挥权一直是治河也是其他重大事务必须首先解决的大问题。

前边我们谈到慕天颜，曾引述他在康熙十三年给皇帝的上书中提议统筹治理黄淮河上下游而不能割裂工程各管一段的事，我们应佩服他的远见卓识。

这次于成龙再次和徐廷玺联合动议将治河指挥权统一交到一位治河官员手中，想必二人对靳辅与孙在丰较劲知道得一清二楚。

于成龙在下游时，靳辅和于成龙对着干，孙在丰在下游时，靳辅跟孙在丰对着干，各说各话。靳辅在上游以堤坝安全为由拒绝管控向下游的泄水，让下游的孙在丰徒唤奈何，给皇帝的申诉本章写了一道又一道。

现在上游是王新命，下游是开音布，会不会又搞龙虎斗？

于成龙和徐廷玺一路考察议论最多的未必是治河的细节，扼腕叹息的一定是上下游的各行其是。这次两人将统一指挥权的建议提出来机会正好。

---

① 洪武皇帝：明太祖朱元璋，字国瑞。原名重八，后取名兴宗。濠州钟离人，明开国皇帝。

② 刘芳亮：明末农民起义军将领。早年从军，是李自成的心腹部将之一，任左营制将军。

三月初二，于成龙、徐廷玺疏浚冯家坝小河等建议获准。此日，皇帝御舟停泊金山寺外。

于成龙和徐廷玺通过查勘下河后认为，从丁溪到白驹有三处通向大海的河口。淘子灶①上有流入丁溪的冯家坝②小河，如果将这个地方挑开进行疏浚，那河埭之水可由丁溪流进苦水洋，如此，其余工程就都可停止。

重点来了，这是重大人员调配的建议。

"另外，上河是下游的源头，治河互相关联，如果责成一个官员统一管理，那上下河治理就可统筹兼顾。请将上下河的治理事务全部交给河道总督王新命，将开音布撤回京城。"

皇帝听从了他们的建议。这就是力度。

三月三日，于成龙等扈从大臣与皇帝在扬州宝塔湾③议论中河形势。

"朕从前看中河就怀疑它狭窄，今天经丹阳查勘中河河道，确实是狭窄。听到很多官员百姓说疏浚中河有益，关系重大。你们这些人会同总河、总漕议论

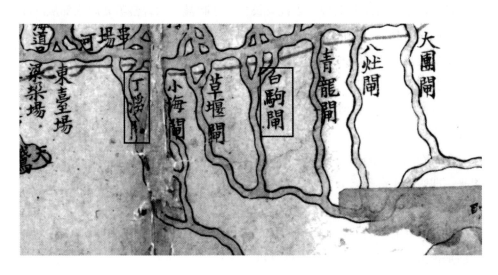

《黄河下游闸坝图》(局部)

---

① 淘子灶：今江苏省盐城市大丰区西灶村附近。
② 冯家坝：今江苏省盐城市大丰区冯家坝附近。
③ 宝塔湾：今江苏省扬州市宝塔路附近。

切实后上奏。"皇帝对于成龙等人说道。

这次议论成为于成龙担任治河总督后的整治中河的重要起点。

皇帝君臣面对浩瀚的洪泽湖，再议治河。

三月初七，于成龙等扈从皇帝自七里闸[①]、太平闸[②]开始查勘堤岸闸坝。

皇帝环顾各位大臣，说：

"这里的堤岸很坚固，但这个堤也不能不设减水坝。否则当湖水太大时堤岸怎么能保证没有问题？

"旧有大堤之外还修筑重堤实在无益。主要因湖面高，堤岸低，如果旧石堤不能保住，那外边新筑的土堤怎么遏制得了洪水？白白让石堤两面都受到水的冲击。任何事都是亲身经历才能确切知道。"

皇帝在亲眼看到高家堰大坝的形势后立即否定了靳辅修建重堤的设想。他认为重堤作为第二道防线不但起不到抗御洪水的作用，反而有可能让大坝腹背受敌。同时，他再次提议加筑减水坝，各位应清楚前边关于减水坝的争论为什么态度不明朗了。

从前河道总督王新命曾报告说天长县、盱眙县、六合县等处雨水都从洪泽湖流入高邮等湖泊，湖水溢出时，田地房屋往往被淹没。皇帝想起了这个建议，于是提议疏浚此处河道。

"河流如果被疏浚，必须在它与淮河的汇合之处修建闸板。如果淮河水暴涨就打开闸门分流；黄河、淮河水势势均力敌之时，就关闭闸门不让水流外泄。这样也许就没有忧患了。"

皇帝在大堤上首次承认了减水坝的负面作用。他用很委婉隐晦的办法表达出来。即使这样也难能可贵。

皇帝在大堤上纵横议论，显示了他对治河事务的高度关注和努力思考。随行大臣也必然各抒己见，但作为皇家的专门记录中只保留了皇帝的声音。皇帝的话是否为集思广益后的结果不得而知。

皇帝认为王新命的建议也有合理之处，那是自然的。作为新任河道总督，此前又接替于北溟担任两江总督好几年，王新命对于此地河道形势比较熟悉，

---

① 七里闸：今江苏省扬州市宝应县七里闸。

② 太平闸：今江苏省扬州市广陵区太平镇闸。

如果连一点个人的见解都拿不出来是不可想象的。但王新命最后在治河事务上栽了大跟头，这是后话。

三月初八，皇帝在船舱中处理政务。王新命等人动议中河减水坝为节省银子使用竹篓盛石块筑坝，引起皇帝注意："这能用得长久吗？"

图纳："臣等原本商议建石坝，王新命要用竹篓盛石块抵御洪水。"

徐廷玺："从来闸坝都用大石头，有时候还会被冲毁。现在用竹篓，怎么抵御洪水？"

王新命启奏："若建石坝，所费不少，不如竹篓省钱还好建成。臣家乡河流泛滥，也曾使用这个办法，很管事。就算是有损坏，修治也不难。"

皇帝："干成大事的不惜花费小钱。现在王新命既说竹篓可用，权且按他说的办，尝试着看看……"

小的沟汉与大江大河有很大区别，这王新命真是在玩火。皇帝竟然答应了。我们可以从细微之处体会皇帝"精打细算"的办事风格。过分精细将使他在未来痛失治河最佳时机。

三月二十一日，回到京师的康熙皇帝将靳辅原官级别还给了他，理由是南巡中河时不少百姓和行船的夫役，都称赞原任河督靳辅，对他感念不忘，于是认为"靳辅疏理河道及修筑上河一带堤岸，于河工似有成效，可恢复其从前的衔级"。综合前一段时间朝堂上的议论，现在做出这个决定并不让人感到意外。

闰三月十三日，直隶巡抚于成龙请示百姓叩阍事件的解决归属问题。

折子里说："吴桥县百姓杨居易等人及陕西成县百姓樊豫辉等人亲自到臣这里说，他们这些人的叩阍事件，奉旨交臣办理。臣未知真假，故行奏闻。"

皇帝说：

"朕巡幸江浙、山东，经过的地方都有官员昼夜随行，如有百姓叩阍事件，随时交这些官员议定，当时面奏结案。当时直隶并无地方官跟随，百姓叩阍状词没地方交付，所以让这些百姓拿着状子交与该巡抚。

"别的省百姓的状子并未令交直隶巡抚，这些人在一处叩头奏事，大概没听明白，也就拿着状子交给直隶巡抚去了。这百姓状子内是直隶的，着于成龙议奏，其余交部议奏。"

闰三月十七日，吏部的一道弹劾于成龙手下的折子呈递到皇帝面前："直隶巡抚于成龙凡是涉及使用夫役的事情都让程汲处理，以致迟误，应降五级调用。巡道程汲等人凡应用夫役不先行预备，疏忽规避，以致误事，俱应革职，交刑部。河间知府黄锦①等都应革职。"

这是指皇帝南巡期间路过直隶境内，需要使用直隶的夫役伺候皇帝过境。这程汲没有于成龙的本事，事没办好，不光给自己惹事，还连累了上级。皇帝公开的旨意中说不让惊扰百姓，但他浩浩荡荡的巡幸队伍所到之处不可能不让地方提供各种方便。公开旨意之外肯定还有细致安排。

程汲把事弄砸了。皇帝南巡刚结束回京，吏部弹劾的折子就递上来了。

皇帝说："于成龙当时和内大臣在一起扈从南巡，直隶巡抚事务是程汲署理的，于成龙免于处分。程汲、董世琦、石天枢革职，交刑部。黄锦革职。同知以下官员，有从远处调来协理，没来得及骑马赶到，有的平常当官很好。那些确属逃避、玩忽职守以致误事的，让该巡抚察明分别具题，到时候再商议后上奏。"

想想于成龙在通州迎接皇帝过境时态度那是多谨慎，玩命干才没出岔子。关键时刻精神得提起来。

这程汲在大事上有点马虎，不在状态，不知这三人今后还有没有机会被起用。可惜。

下边是在于成龙陪皇帝南巡归来之后发生的事件。他亲自带队发放朝廷银两赈济灾民。

本年度，直隶发生特大旱情，这次旱情是前一年旱情的延续，时间长、范围广，灾区百姓生活遭受了异常严重打击。

自康熙二十七年秋季以来，京师地区的天气一直处于干旱状态。至二十八年闰三月"天气亢旸"，五月天时亢旱。其后，虽有降雨，但雨量较小，不能缓解旱情。六月，干旱没有任何缓解，清廷遣官至天坛祈雨。至七月，畿辅地方虽有降雨，但雨量较小，且已错过了播种时节。九月，清廷下旨免除受灾地区

---

① 黄锦：湖广人，进士出身。

钱粮，说明大旱已造成严重影响。

　　因京畿地区一年没有收成，于成龙考虑到散发赈济银两经常出现的弊端，直隶幅员辽阔，不可能自己一一亲自发放。他先行给各郡县发布命令，要求按保甲将灾民男女登记造册，告诉他们发放赈灾银子的确切日期，让他们在那个时间都在家里等待发放。大人每人一两，小孩每人五钱。

　　于成龙挑选了道台刘殿衡①、清苑县知县邵嗣尧、三河县知县彭鹏、参将王廷彪②带着赈灾银子到各地散发。于成龙也亲自参与赈灾，并加以巡查，百姓因此全都得到了赈济而能够存活下来。

　　二月初三时，部院官员李振裕③等奉旨前往直隶核实百姓接受赈灾银两情况，发现穷苦的百姓都得到了救济，包括宣化府最偏僻地方的百姓都得到帮助。

　　直隶或旱或涝，风调雨顺让百姓太太平平有个好收成的年景不多。不少年份急得皇帝发《罪己诏》，六部官员也写自查材料找原因。赈济灾民如何保障赈灾款项能够全额送到灾民手中，如何保证赈灾事务的全覆盖、无遗漏事关成败。

　　皇帝派员前往直隶进行专项巡察，最终给予直隶赈灾事务高度肯定。

　　这位刘殿衡也是一名不错的官员。后来他在担任江苏布政使时遇到大灾之年，当时百姓经常抛弃子女，刘殿衡捐出自己俸禄创立育婴堂，救活了不少孩子。

　　于成龙慧眼识人，自然非常信任这样有德的官员，赈灾事务委托他来做非常合适。

　　直隶这场载入史册的重大干旱，造成一百个州县不同程度的绝产，百姓陷入极端困难之中，除调动一切可用资源赈灾，于成龙还上书请示免除相关州县的钱粮、豁免百姓开荒。

　　这是一桩比较离奇的案件。于成龙厘清了案件因果情由，惩治了不法之徒。

　　郝士友因为本村遭了水灾，携妻子孙氏投奔到李明秋家谋碗饭吃。郝士友

---

① 刘殿衡：字玉伯，顺天宝坻（今属天津）人，汉军镶白旗。康熙三十七年曾任江苏布政使，官至湖广巡抚、光禄大夫、都察院右副都御史。吴人立生祠于圆妙观羹衣真人殿左，祀之。

② 王廷彪：福建泉州人，曾任石匣副将、古北口总兵官。

③ 李振裕：清江西吉水人。字维饶，号醒斋。十九岁参加乡试，成绩名列前茅，康熙九年二十八岁时中进士。由庶吉士被安排在史馆参与修编《明史》。历官刑、工、户、礼四部尚书等职。

因为有利可图，纵容妻子与李明秋行淫。后来李明秋的东西也差不多没有了，就被郝士友夫妻抛弃了。故事本来到这里就结束了。但本年四月，李明秋邀郝士友一起喝酒，意图修好和郝士友的关系。郝士友因为贪杯，酩酊大醉，大骂李明秋。李明秋顿生杀机，将郝士友打死。

李明秋按故意杀人判斩首。孙氏因死者郝士友纵容与李明秋通奸，按律杖九十，估计也多半会被打死了。

故事从凄凉开始到凄惨结束，可发一叹。"衣食足而知荣辱"，信然！

下边的案子也很特别。判罚带有鲜明的时代特征。

刘国良听从母亲的话将哥哥刘国栋殴打致死。于成龙在处罚时认为情有可原，于是减等发落，判处了刘国良枷号两个月，四十大板。刘国栋虽被打死但有辱骂母亲的前因，刘国良虽然打死了哥哥却是因为母亲的命令。

十三年后，也就是康熙四十一年四月，这个案例又被翻出来作为相似案情处理比较恰当的前例参照，皇帝还亲自作了批示肯定了这种"情有可原"。

四月十八日，河道总督王新命上书报告正在督促开挖丁溪、草堰、白驹等入海口情况。但进度不容乐观。

四月二十日，于成龙上书报告昌平州百姓冯三等人开垦荒地一百二十一顷后自首案件：

"按律法，这些人理应按隐瞒土地不报治罪，但既然已自首，建议不再追究，征收钱粮从开垦之日起。没有及时查出问题的主管官员，照惯例也应免于治罪。"

皇帝在看到于成龙的上书和户部审核的意见后下旨说："冯三等人既然自首，就免去从开垦之年开始追缴钱粮吧，那些没明察问题的官员也不要查他们的官职和姓名了。今后凡百姓向官府自首新开垦的土地亩数的，不要拘泥开垦年限，从自首那年开始征收钱粮。对主管官员也不要弹劾处罚了。"

这明摆着就是鼓励百姓开荒种地的意思。免去前几年应交钱粮就当是给了优惠政策。这可不是什么放水，这是政治远见。无怪乎皇帝照准。上书让昌平冯三等人从偷逃赋税因而可能锒铛入狱的嫌疑犯一下变成了首批享受减免政策的开拓者。

三年后，户部旧事重提，想推翻这次君臣互动后的结果，两相比较，境界眼光的差距一目了然。

七月，于成龙的一个题请得到刑部肯定。

上书中说："天津卫陈升飏和商人龙名互相状告。今后，盐店设立小票，私自容留盐丁一概禁止。如有违犯，一律治罪。如借故搅扰百姓则严肃追究相应罪责。"

透过这个上书我们可以知道，在朝廷如此严酷的盐政之下依旧有盐商通过发放小票、容留盐工加工等方式牟利。这样的举动伤害了国家税收，自然是不被容许的。

七月初六日，于成龙对一个案件的处理引起了兵部和皇帝的关注。

辰时，康熙皇帝到畅春园内澹宁居听政。兵部动议：永平守卫军的罪人潘泉妻子郑氏应留在原籍。这涉及特殊情况的处理，比较有代表性。

皇帝问："你们怎么看？"

伊桑阿启奏："凡是军队罪犯本人死后还有儿子的，则儿子按次序充军。对那些没有儿子的寡妇，应否发回原籍，没有过定例。巡抚于成龙称：'潘泉之妻郑氏已经回籍，应令她留在原籍。至于犯人死亡，寡妇应否回原籍，望兵部商议确定。'兵部商议后认为此种情况可回原籍。这是新定的规矩，伏乞皇上定夺。"

皇帝说："犯人死了，孤寡的妇女仍然让她去发配的地方，确实值得怜悯。就是那边留下这样的妇人也没益处，因是新定规矩，朕又详细想了想，就依兵部议定结果好了。"

由此看来，于成龙在具体案件的处理上还是比较人性化的。

七月二十一日，皇帝到乾清宫，召大学士伊桑阿、都察院都御史马齐等人到跟前来，对他们说："直隶今年大旱，即使偶尔有雨，但也不普遍，秋天肯定没有收成了，百姓怕又要流离失所。可以差户部贤能司官同于成龙一起详细查勘，怎样救济，让他们不遭灾患，内阁立即拟旨上奏。"

九月十七日，于成龙陪同户部郎中殷特视察直隶灾情后，上书请求免除受灾地区钱粮。这是一份救济灾民的实施方案。

"臣等查勘了直隶受灾的地方，宣府、广平、真定等府受灾达到十分的州、县、卫、所有四十四个，请求将本年度未征钱粮予以免除，并动用所属地方的仓粮贮存进行全面赈济。如果赈济用的米、谷物不够，就动用正项钱粮折合成米进行赈济。保定、顺德、大名、顺天、河间等府的五十六个州、县、卫、所，受灾程度在八九分不等。"

户部请皇帝同意他们的请求，照惯例按受灾程度，酌情免除钱粮。

皇帝对大学士们说：

"百姓的日子痛苦，辛劳最多。现在的人动不动就说'耕九余三'①，谈何容易。农家整年辛勤劳动，刚刚幸运地遇到好收成，粮食价格又贱下来。想要准备八口之家的衣服、吃食还有来年的耕种用的农资恐怕还不够，哪里来的宽裕。遇到歉收的年岁又难免颠沛流离困苦不堪了。

"只有那些富饶的大户总能新粮压着旧粮。粮食便宜时买进，昂贵了卖出，常常获得厚利。也还靠着有这些富户能够积累下粮食，灾荒年月卖给百姓接济饥荒歉收的年景。如果全都是灾民那可怎么办？

"自古以来，帝王生长在深宫，很少知道稼穑的艰难和民生的疾苦。朕惦记百姓的艰难，经常出去巡视看望，广泛咨询访问。穷苦人家屋檐下的困难与苦恼实在让人哀痛和怜悯。直隶遭灾的地方本年度还没有征收的钱粮以及明年（康熙二十九年）上半年应征的钱粮都免了吧。"

康熙皇帝不是听到百姓挨饿就惊讶地问"胡不食肉糜"的糊涂人，他思想上比较朴实。官员实事求是体恤百姓的动议更容易得到他的回应。

于成龙在直隶这样给百姓减压的动议很多，这些动议最终能够得到批准，除去于成龙本人所作所为得到了皇帝认可外，也多亏有这样的皇帝。

皇帝到底还是发脾气了。

灾害仿佛看不到头，赈灾，赈灾，怎么还是赈灾？！皇帝失去了耐心，他开始通过指责直隶官员发泄心头的怒气。

九月十八日，皇帝下旨户部："……直隶被灾州县卫所，所有本年地丁各项钱粮，除已征收到官家的，其余未经征收的及康熙二十九年上半年钱粮全部免

---

① 耕九余三：耕作九年而余三年的粮食。

除。尔部速发该抚让百姓全都知道。……如民人仍然因灾导致流散。或是出现不肖官役蒙混侵蚀、私自征收的，将该抚一并严加处分……"

严酷的旱灾让士兵的吃粮也成了问题，户部看到于成龙的上书认为他夸大灾情，驳回了于成龙的请求。最后还是皇帝拍板才算解决。

于成龙上书请求增加士兵口粮折价银子的供给。

上书中说："兵丁靠着每月的定量口粮度日。今年天旱，米、豆类粮食价格涨了很多。请在原定量口粮折发银两数量上增加一倍拨款。"

户部在答复中认为：于成龙的请求过于夸大，应将米豆的现时价格详加核实后再上报商议。

十月十八日，皇帝对于成龙上书请示受灾地方邻近州县参与赈灾予以答复。于成龙为救百姓几乎能动的脑子都动了，皇帝却唯恐周围救援州县灾荒来临时将自顾不暇，并对于成龙进行了训谕。

于成龙上书中说："今年赈济分散钱粮的事情很多，受灾州县仓中粮食不够用，请求邻近遭灾地方各府、州、县搬运粮食参与接济。那些离受灾地方远的州县按粮食现价变卖粮食，带银子过去赈灾。"

皇帝在看完户部的答复后说：

"各州县仓库里积累的粮食，本来专门为本处灾荒而设立的。如果因应赈济的州县没有粮食，就将别处仓里的粮食变卖成银子给遭灾的地方，那就会造成现在有粮食的州县也没了防备灾荒的粮食了。

"都在同一时间卖出粮食必定贱价，对于赈济灾民也没什么好处。对那些仓库没有储备粮食的州县，安排户部拨给三十万两银子解往灾区迅速赈灾。"

皇帝给于成龙下旨说：

"直隶这个地方，朕每年都免除钱粮，大灾之年百姓生活竟然没有起色。今年大旱比往年更厉害。朕在深宫之中惦念民间生活的困苦和衣食的艰难，宵衣旰食，焦虑操劳，有时甚至落泪。朕已派出官员去巡察赈灾的情况，又免除了正赋的征收。

"你们这些地方的大小官员，一遇到这样的饥荒年景便束手无策，对百姓有什么好处?! 你们享受了国家的厚恩，作为百姓的父母官，怎么能不心有惭愧!

你们应当想出更好的办法来，让那些贫苦的百姓不至于饿死，以不辜负朕对百姓的爱惜之意。"

为百姓饿肚子发脾气可以理解。作为皇帝，责问官员也很正常。

不可抗拒的自然灾害历史罕见。于成龙在直隶奋力救助灾民，他需要任劳任怨，他需要扛住疲于奔命之时皇帝挥过来的鞭子。他需要尽全力减轻大自然给这个王朝百姓带来的伤害。

十月二十四日，皇帝在迁安县米儿口①下旨户部："直隶受灾地方人民现在等着赈灾，受灾州、县如现在仓中有粮，立即发给本处百姓。若无粮或粮食不够，动用正项钱粮迅速赈灾。"

十万火急了。

十月三十日，皇帝在蓟州。在看过户部的答复后他说："今年直隶地方大旱，米豆、饲草的折价银子如不增加供给，必定造成士兵痛苦和拖累，可按该巡抚请示增加供给。宣府、古北口等边境现在还有存粮，可支付给附近士兵，不必给折价银子。地方上赈济灾民也可动用。"

十一月，于成龙处置了一起凶杀案。李从周打死义父李玉厚和堂弟，但《大清律》中并没有罗列出这种特殊情况如何惩处。这种情况古今都有。于成龙认为，这种情况完全可以抛开杀人者与被害人双方的特殊关系，直接比照故意杀人判决斩监候。

刑部同意了于成龙的题请。

因下级查案出现不准确的情况，于成龙险些降一级。

十一月初六，辰时，皇帝到乾清门听政。部院各衙门官员面奏后，大学士伊桑阿、王熙、梁清标等呈上折本请旨。其中有吏部题请郭二故意杀害严命新一案，滦州州同李成寀②等未进行详察，认为是盗案，应予革职。巡抚于成龙应降一级留任。

---

① 米儿口：今河北省唐山市迁西县米峪口村。
② 李成寀：奉天（今辽宁）人，二十一年任滦州州同。

皇帝:"于成龙从宽免于降级,孟卜^①等人全部留任。"

十一月二十三日,辰时,皇帝到乾清宫听政。

直隶巡抚于成龙题请:散发给饥民银两太多,请动用邻省山西、河南三十万两银子,协助救济,以便迅速散给灾民。我们可以想见于成龙每天都在为赈灾奔忙。人命关天。

皇帝对大学士说:"赈济饥民所关紧要,可由户部库银拨给三十万两,立即派官员押解护送给该巡抚,迅速赈灾。"大灾当前,皇帝这次表现得非常果断。

十二月初一,辰时,皇帝在乾清宫听政。

直隶巡抚于成龙题请在遵化州驿站照常设三十辆马车,供陵寝用,事情完毕,就把车辆留在紧要驿站。兵部建议,同意该巡抚提请,设车三十辆,事毕后,裁去十四辆,在遵化、石门二驿站各存八辆。

皇帝说:"巡抚于成龙是怕拖累百姓,才有这个上奏。就依该巡抚题请执行。"公家常设就避免了向民间摊派,皇帝对于成龙题请的解读很准确。

十二月,兵部肯定于成龙的一项动议。

于成龙在上书中说:"经查,凡是接受朝廷差遣上任、回京时,家人恐怕在道路上有闪失,规定可使用护兵护送出辖区边界,这个惯例执行的年代已经比较久远了,如果彻底停止似乎也有不便。但现在用来防御的士兵太少了……"

兵部最终确定:再有上任、回京、护送家人的,如果过去标准需要派给二十名士兵的,少给十名。单独前行的披甲人给两名士兵护卫。

有些法律规定年深月久,从未按实际情况进行"升级变更",很多人都觉着别扭但都懒得去管。清建国之初治安形势尚不稳定,这一点我们通过于成龙的行文就可以看出:需要出动的护卫的士兵越多那就说明环境越乱。于成龙上书的时间点上形势更加稳定,可以少派几个兵跟着了,既减轻了防卫力量不足的问题,也省得有些官员借着士兵护卫的阵势摆排场。

本月还有这样的一起命案,足以见得于成龙在执行律令时非常严谨。

---

① 孟卜:字恒仲,河南夏邑人,举人,二十六年任通永道,后升任浙江按察使。

李化云在一场斗殴中打死了李双，本该抵命，但因为于成龙的一封上书被免于死罪。看看是怎么回事。

事起李化云杀人案共犯李明贤在押解进京途中染病身亡。李明贤虽然并非与李化云同谋并且帮助殴打重伤李双的人，但这场斗殴的起因确实缘于他。于成龙认为，根据律例，李明贤可以为李双抵命。李化云则改判为杖责流放。

刑部同意了于成龙的题请。

十二月初二，辰时。皇帝到乾清宫听政，于成龙上书请求豁免长芦盐场新增盐引。

上书中说："长芦盐场新近增加了盐引，理由是因国家用兵需要军饷而暂时增加。但长芦过去积累的盐引还没销售完，请皇帝下旨豁免。"

户部答复说："康熙十四年曾因军需给每个盐引增加了一半的定量，康熙二十五年停止；今年增加的盐引实际是康熙十七年按人口增加的，并非因用兵需要增加军饷，对于成龙的请求应不予批准。"

皇帝下旨："今年五谷绝收，百姓吃饭都困难，哪有余钱买盐？长芦新增的盐引，按该巡抚的提议豁免了吧。"

十二月初五，皇帝到乾清宫听政。他对大学士们说：

"三屯营副将师帝宾身材壮健，骑射也好。总兵官王化行、金世荣、黄大来、赵弘灿、蒋茂勋都是矫健的人才，当地百姓也称他们为好官。做武官就是要看地方形势提前预防。如湖广洞庭湖、黄梅、马蓬各处以及各省险要，素有盗贼藏匿，要不时巡察。有的任职却不肯尽力，这种混日子却贪图提拔的人很多。

"朕看直隶巡抚于成龙，确实为地方尽职，严拿盗贼，为人敏捷，雷厉风行。只是他肯听信左右亲密官员的话，恐怕将来有时候会被人拖累。"

十二月初六，户部会议准许江苏巡抚洪之杰[①]自行捐款开挖疏浚自镇江至无锡河道一事。

皇帝说："今年雨水少，河道大多淤浅，命河道、运漕总督及沿河督、抚，

---

① 洪之杰：字万夫，号龙洲，又号念菴，江陵人。

文武各官，设法开挖蓄水，务必使漕船通行，不得阻滞。"

皇帝没有对洪之杰开展小范围捐资的事表态，算是默许。这个态度并不是偶然的，这段文字暂且留在这里，以便大家读到相关内容时互相参照。洪之杰捐款修河皇帝虽然没表态，但这个折子提醒了康熙皇帝，于是他下旨要求搞一次大规模的河道整理活动。

十二月十六日，辰时，皇帝到乾清门听政。兵部题请曾叩阍代理守备张龙贵[①]照例应发往山西巡抚处，以该省营千总、把总之类的缺补用。

皇帝说："若将张龙贵发往山西，恐怕他力气不能到达，必然导致中途死亡，可就近，发给直隶巡抚于成龙酌量录用。"

旗人庄头属于特殊阶层，是圈地的直接受益者，但等级较低的士兵除去庄屯收入外其他生活来源较少，无力赈济自己所管辖的庄屯中的百姓，可见本年直隶大旱多么严重。

这是于成龙议论这个特殊阶层生活状态的上书，较为罕见。

十二月二十六日，皇帝看罢于成龙上书，要求于成龙进一步查清难以度日的受灾百姓生活情况。

皇帝对大学士等人说："今年直隶地方大旱，颗粒无收，百姓生活困苦到了极点。虽遭灾程度九成十成的百姓应缴钱粮都已下令免除，又进行了赈济，其中七八成受灾百姓即使免了应缴钱粮，恐怕还有不能度日以至贫困的，这种情况也应进行赈济。此事交直隶巡抚于成龙迅速查明上奏。"

又对大学士等人说："近来，于成龙上书说直隶地方受灾百姓通过免除钱粮和赈济都有了生路。只有部分旗人庄头度日艰难。大臣、官员以及富裕的庄头还能发粮赡养庄民。那些穷苦士兵哪里养得起庄屯上的人？那些在受灾州县居住的旗人中不能赡养自己庄屯上人口的情况也应查明进行赈济。你们可与九卿斟酌商量后向朕报告。"

次日，康熙皇帝再次要求大学士传旨于成龙对庄屯上的孤儿寡母、种地为生、家中没有当兵的只有一名贫苦铁匠的情况进行清查并予以赈济。

清朝的史书中对于灾害的描绘极其克制，我们只能通过这特殊阶层的受灾情况倒推一般百姓生活的困苦。完全的掩盖与粉饰也很难。

---

① 张龙贵：字云峰，襄垣县虒亭镇大池村人。浙江抚标中军参将，赐"武德将军"。

救灾也出奇闻。于成龙管蔚州卫、广昌所，可这两个卫所所处的蔚州、广昌县却不归他管，一样受了灾，救不救？

于成龙并不是各人自扫门前雪、莫管他人瓦上霜，他是有责任感有全局意识的官员。他立即上书说：这得一块救！赶紧救！看看细节。

十二月二十九日，辰时，皇帝到乾清门听政。大学士、学士等人呈上的奏折中有直隶巡抚于成龙的一个题请："蔚州、广昌县属山西，但蔚州卫、广昌所却是直隶所属，都在一座城里。现在卫、所的百姓已动用库银赈济，请求将州、县百姓也加以赈济。"九卿认为蔚州、广昌县确实应一体赈济。

皇帝说："这受灾地方，命山西巡抚叶穆济亲自去赈灾，一定要让穷苦百姓全部得到实惠。"

为什么让叶穆济亲自亲去赈灾？

康熙皇帝的意思很明显：叶穆济，你地皮上的百姓闹灾你怎么置若罔闻？！别人去不行，就你去！

这事情小吗？不小。同一个城市，一边受灾百姓发钱粮一边受灾百姓干看着，时间长了那还不出事！

这是重大不稳定因素。康熙皇帝很清楚于成龙上书的意思。

于成龙对钜鹿① 县救灾进行表彰奖励。

钜鹿县属直隶顺德府管辖。据康熙《钜鹿县志》记载，此处：

"……水质发苦，土地多半是盐碱地。即使是好年景，家家也没有存粮。遇到旱灾，百姓引河水浇庄稼，庄稼就会枯死。

"这一年，遭受了旱灾，赤地千里，乡村茅屋上没了烟火，人饿得倒在地上就爬不起来，乞讨的百姓络绎不绝。"

下边这首诗记述了当时百姓的凄凉情景：

> 行行且止问行人，行人未言泪先洒。
>
> 百谷家家无一收，间有收者不盈把。

---

① 钜鹿：今巨鹿县，隶属于河北省邢台市，位于邢台市中部。

"巡抚于公奉命清查因盐碱不能耕种的土地，全县百姓共同写了状子申诉。"清查后的结果上报给了于成龙。于成龙及时上书，皇帝"免去了本年度钱粮四千九百五十两，后来又发下一千七百两银子和一百石零一斗官仓小米赈灾，（于公）派出王姓官员前来督促放赈。放赈之日，欢声雷动，百姓摩肩接踵而至。

"后续到来的灾民超出了事先统计。"知县不忍再上报，捐出俸禄，并写了文告号召全县父老、绅士捐助赈灾。"给路远的灾民发给干粮，为那些倒在路上要死的人熬制了汤药救治，先后赈济灾民超过万人。这些都是指天发誓自己确实是灾民的人……"

鉴于钜鹿救灾卓有成效，于成龙传令对该县知县进行了奖励。

康熙二十八年夏天，于成龙在保定为明末抵抗李自成起义军殉难的守城官员张罗彦[①]捐资购回井亭并撰写纪念文字铭刻于碑板之上。

崇祯十七年，李自成义军手下大将刘芳亮攻打保定城。崇祯皇帝派监军李建泰[②]前往保定督战并为其行扶毂礼[③]，但李建泰一到保定便临阵投降，并执皇帝令箭命守城官员献城。

城中官绅拒绝投降。

知府何复[④]战死，同知邵宗元[⑤]先被擒后被杀，监军御史金毓峒[⑥]投井自尽；光禄寺少卿张罗彦在井亭上自缢，张罗彦兄弟或战死，或投井或逃出城外，一家大小二十三人皆投井自尽，誓死效忠明王朝。

---

① 张罗彦：字仲美，明崇祯戊辰科进士。官至光禄寺少卿。

② 李建泰：字复余，号括苍，明末山西曲沃人。天启进士。崇祯十六年提拔为吏部右侍郎兼东阁大学士。次年春，请命驰至山西，以私财召募士卒御李自成农民军。刚出都门，闻家乡曲沃被占，胆惊而病。入保定时，为大顺农民军俘获，献城投降。清兵入关后，召为清内院大学士，坐事罢归。后姜瓖反大同，李建泰在太平与之遥相呼应，为清军所攻迫降被杀。

③ 扶毂礼：扶住车轮，表依仗之意。

④ 何复：字见元，山东平度人。崇祯进士。崇祯十七年三月由水部郎升任保定知府。刘芳亮攻城时，集诸生于城隍庙讲《论语》"见危受命"章，亲抬西洋火炮射击，火发焚死。

⑤ 邵宗元：字景康，徐州砀山人。由贡生任保定同知。城破，抱印大骂不止，被杀。

⑥ 金毓峒：字鹤冲，一字樨鹤，完县人。崇祯进士，中书，转御史，陕西按察使。崇祯十七年被召回监军赴山西。未果，入保定。城破被执，投井死。

早在顺治年间就有科臣上书，请求在保定府学祭祀为守城死难的明代官员，得到批准。这是清廷争取大多数来稳定人心的政治需要。

直隶巡抚于成龙到任保定的第四年，张罗彦死难处的小花园早已卖给其他人，园中一片荒芜。

于成龙捐出俸禄替张家赎回小园，又在园中建了亭子来祭祀张罗彦。取《易经》"改邑不改井"之意，题写了"不改亭"匾额，表达对张罗彦一家忠贞报国的敬仰之情。

当年还在襁褓之中才满周岁，通过关卡时竟然奇迹般没哭侥幸逃出城外的张罗彦之孙张秉曜[①]已三十多岁了。他找到于成龙，请巡抚为其祖父写文章记述此事。于成龙作《重建张光禄井亭碑额》，并题写了"泉水犹香"四个大字作为纪念。这张光禄指的就是在前朝曾任光禄寺少卿城破时殉国的张罗彦。

同年，于成龙为保定府撰写了《创建上谷五贤祠记略》。

五贤祠是由保定乡绅魏一鳌[②]提议兴建的。

魏一鳌字莲陆，新安人，明崇祯年间举人，曾任山西忻州知州。他礼贤下士，多施惠政。明末变乱，他毅然辞职，带着书童匹马还乡。回到家

保定古莲花池于成龙手迹

---

① 张秉曜：字尔韬，号老园，清苑人，明光禄寺少卿张罗彦孙，庠生。

② 魏一鳌：字莲陆，新安（今安新县）人。明崇祯年间举人，曾任山西忻州知州。礼贤下士，多施惠政。与理学家汤斌交往甚多，有《四书偶录》《诗经偶录》《北学编》《夏峰年谱》《雪亭梦语》《雪亭诗草》。

乡后建"雪堂"专事学问研究，与学问家汤斌等往来切磋。

魏一鳌找到直隶巡抚于成龙，说准备把自己居住的五间楼房捐献出来建这个五贤祠堂。于成龙对此表示赞赏，就传令守、巡两道协力倡导捐助，来成就这个美好的善举。从春到秋，祠堂告成。

于成龙率阖署官员，准备了蘋藻①作为祭品，举行了盛大的仪式。大批百姓前去观看。

仪式后，于成龙带领官员进入祠堂瞻仰了五位贤人。他们是宋代程颢、程颐②兄弟，元朝的刘因③，明代的鹿善继④、清本朝孙奇逢⑤。魏一鳌恳请于成龙作文纪念此事，于成龙欣然命笔，写下《创建上谷五贤祠记略》。

被祭祀的这五位都是大儒，后三位还是直隶籍，当地士子学习起来更有亲切感。

于成龙为官以来，多次亲自参与修复和修建儒学文化场所，这种做法既有高度重视儒学特别是性理之学教化作用的意义，同时也是在努力落实康熙皇帝的治国理念。

仁慈与善良是中华民族骨血中流淌的优秀基因。历朝历代都有一些人在大灾大难来临之时，紧急投入拯救同胞的事务中。

"老吾老以及人之老，幼吾幼以及人之幼"，于成龙从小就接受了这种教育，

---

① 蘋藻：蘋与藻均为水草名，祭祀之用。唐韩愈《湘中》诗："蘋藻满盘无处荐，空闻渔父扣舷歌。"

② 程颐：汉族，字正叔，伊川（今河南洛阳伊川县）人，世称伊川先生，生于湖北黄陂，北宋理学家和教育家。

③ 刘因：字梦吉，号静修，雄州容城（今河北容城县）人。元朝著名理学家、诗人。少有大志，熟习儒家经典，颇有名声。

④ 鹿善继：直隶定兴（今河北定兴）人。鹿正之子，字伯顺，号乾岳，晚年号江村渔隐。万历四十一年进士，观使兵部。历任户部山东司主事、户部河南司主事、署广东司事、兵部职方司主事、员外郎、郎中。崇祯元年复起为尚宝卿，迁太常寺卿，管光禄寺丞事。后告归田里，以课徒讲学为乐，生徒益众。鹿善继为明季硕儒，宗主陆王，尤精王阳明学说。

⑤ 孙奇逢：明末清初理学大家。字启泰，号钟元，直隶容城人。晚年于辉县夏峰村讲学二十余年，从者甚众，世称夏峰先生。顺治元年，清廷屡召不仕，人称孙征君。与李颙、黄宗羲齐名，合称明末清初三大儒。孙奇逢一生著述颇丰，他的学术著作主要有：《理学宗传》《圣学录》《北学编》《洛学编》《四书近指》《读易大旨》及《书经近指》。

他施舍钱财拯救那些忍饥挨饿囚犯的事情大家想必还有印象。冷血之人怎么能做百姓的统领呢?!

沧州人急公好义、乐善好施的品德深深打动了于成龙,他希望能有更多的人站出来在大灾之年拯救那遍地悲哀的流民。

康熙二十八年,于成龙上书皇帝请求表彰沧州人李一鳌、卫其杰、张罗氏。

李一鳌字虹西,号乐谦,原籍蒲城人,后随父亲李绍芬迁居沧州。李一鳌天生孝悌仁爱,崇尚气节,兄弟三人多行善举。曾开办公益学堂二十多年,培养人才无数。康熙二十五年,天津灾民死在逃荒路上的很多,李一鳌捐献价值五千两白银的木材做成棺木及时予以埋葬。李家迁居沧州百年,五世百余口人,和睦亲密。对他没有不好的传言。

"死生亦大矣。"让逝者尽快入土为安而不弃尸荒野,这施舍棺木确实是大善之举。古人为了能够埋葬自己故去的父母亲人,有很多卖身葬父葬母的传奇故事,可见古人对这丧葬之事何其重视。

当然,李一鳌的善举还同时立下防疫方面的功劳。腐烂的尸体暴露在空气中极易传播疾病。

再看卫其杰乐善好施的例子,他赈济饥民规模之大世所罕见。这是民间人士开展慈善活动的范例,闪耀着人性的光芒。这也是直隶巡抚大灾之年拼死拯救竭力号召的结果。相关记录让人窥见康熙盛世的真实图景。地方史志中的相关记录无意中揭开了这层神秘面纱。这类描述恐怕在清廷的正史记载之中难以找到。那正史里边记载的大多是皇帝赈灾、万民感恩的情节。

卫其杰,字卓万,山西泽州人,徙居沧州,以乐善好施著称。康熙二十八年大旱没有收成,百姓没有吃的。卫其杰捐资万两白银在城南财神庙开粥厂舍粥。每个灾民每天早晚可得到各两大勺粥。邻近县灾民闻风拥入,来不及熬粥,卫其杰就每人发给一斗小米。他准备了很多棉衣、棺材来接济那些寒冷的人或及时掩埋饿死在路上的人。之后,卫其杰做善事习以为常。仅州牧吴瑾[①]登记在册受到救济的灾民就有一万六千多人。

于成龙将他的善举上书报告皇帝。

不久皇帝就下旨表扬,卫其杰去世后还被诰封"光禄大夫"。

---

① 吴瑾:康熙九年中进士,先后任山东莱阳县知县、山西蒲州知州,后任刑部奉直大夫、江西司员外郎。

张罗氏教子有方，自己的儿女都很有出息。她带领家人赈济灾民让人想到积善成德这个词。

于成龙在极力倡导这种风尚：日常耕读传家，诗书继世，这是农耕社会让人羡慕的最佳生存状态；有难则守望相助，施以援手，这是见义勇为、当仁不让的儒家文化的最好体现。

是年，于成龙上书表彰武强县张罗氏乐善好施的美德。

武强人张星耀、张星辉、张兴法、张兴阔兄弟之中，张星耀为知府，张兴法为御史，张星辉、张兴阔为候补官员。父亲张镇因家里做官的孩子多被当地百姓称为"张半朝"。张镇本人则因父辈被赠予中宪大夫。母亲张罗氏是武举人罗佩衮之女。

张罗氏勤俭持家，教子严格，乐善好施。那些年家乡频遭旱涝灾害，百姓饥馑，每次张罗氏都积极赈灾，救活了很多人。本年，张罗氏招呼儿子捐谷两千石赈济灾民。

时任直隶巡抚的于成龙上书皇帝报告他们的善举。皇帝下令建牌坊旌表，并欣然题写了"一门好善"匾额，诰封张罗氏四品"太恭人"①。

同年，于成龙为蓟州城隍庙题写"福荫渔阳"匾额。

蓟州城隍庙在州西北，庙南牌坊写的是"显佑坊"，庙前牌坊写的是"理幽赞化"，大门上的匾额是"城隍庙"三个大字。这一年，直隶巡抚于成龙巡视至此地，对蓟州地方官员赈灾的情况非常满意，官员请于成龙给城隍庙题字，他思索良久写下了"福荫渔阳"四个大字。他心里涌起的是对直隶百姓的深深关切与祝福。灾难频仍，他祈祷城隍能保佑渔阳这一方百姓。

保定清苑是于成龙直隶巡抚衙门所在地。于成龙担任直隶巡抚期间坐在衙门里处理公务的记载相对较少，我们见到更多的是他"巡"的状态。他曾向皇帝表示要走遍直隶所有县份，这就会占据他大部分时间。

从《抚直奏稿》所保存的案件来看，这些案件的处理都在案发地而不在保定这个地方。在保定他都做过些什么，留下过什么痕迹，想必是很多人关心的。

---

① 太恭人：清四品官之母或祖母的封号。

这一年，于成龙在保定始建城守尉、骁骑校尉、笔帖式衙署及甲兵营房等设施。

其中建设城守尉衙署一所，五十二间；防守尉衙署四所，十三间、十四间各两所；骁骑校尉衙署四所，十一间、八间、十六间、七间各一所；笔帖式衙署二所，十间、七间各一所；甲兵营房共七百二十五所。以上设施均在保定府城南门内，周围有三百七十六丈五尺。另外建设大校场一处，在南门外西边，周围有二百八十九丈。保定城的军事职能被大大增强了。

无论走到哪里，于成龙作为官员都在努力修整破败的衙署、学校、寺庙、城墙……这些活动成为他身上进取精神的外化符号。得过且过、疲疲沓沓、做一天和尚连钟都懒得撞一下的生命状态不属于于成龙。

清苑知县邵嗣尧的一个举动，引起于成龙关注，他对此予以高度评价。于成龙在《新建金台驿馆记》中写道：

保定是河南、湖南、湖北各省进京的通衢大道。过去士大夫往来京城路过保定都是住在旅馆里，不光狭窄简陋，而且商人、雇工也都混住其中。这不是善待使者的道理。清苑知县邵（嗣尧）特为此建造了一处公馆，不费民力，不费公家的银子，所有的开销都是自己捐献的俸禄。

这是四十余年来历任知县都没有留意去做的事。邵县令毅然去做了，毫不吝惜自己的钱财，转瞬之间，大功告成。从此以后，凡是奉命出使或请求回归田园的官员，再歇息就有了合适的落脚之处，不再有日暮途穷的叹息。

邵县令所为，比起那些把做官当成住店、只知道搜刮营私的人真是风格迥异，确实值得嘉奖。

此后，年代久了，假如在这里当官的不是合适的人，使公馆在风雨飘摇中坍塌损坏，本院的这篇文章就是对后来的贤德官员寄予的厚望。

文风质朴，语重心长；切中要害，言简意赅。

邵嗣尧同事好友赵旭[1]的《金台驿馆记》记录新建馆驿位于县衙西北离附城数十步的地方。除驿馆外，周边还修了亭子、荷塘，一个月就完工了。当赵旭

---

[1] 赵旭：河南怀庆府修武县人。康熙十五年进士，初授直隶蠡县县令，清廉方正。以行取擢广西道监察御史，协理河南道事。生平周恤邻党，排解急难，未尝望报，邑人德之。康熙三十八年，祀乡贤。

要去保定任职时，心情很复杂。邵嗣尧拉着他的手到郊外散步，只见：

> 鸡水曲折萦回北汇为池。縠纹穿流，俨若湖溪。有亭浮于水面，与波上下。环植芙蕖，清荫翠盖，错落缤纷。白鸥彩兔时飞，浴于绿荫碧沼之间。凭栏仰睇，见榭舍弘敞，清雅萧疏，无半点尘俗气。池系小舟，舵橹不具，所谓轻舠也。随荡桨往来溪沿柳巷，波转莲陂。郎山爽气，飒尔西来，盈我襟袖。殆不知此身在人世间也……

赵旭这篇记文辞优美。邵嗣尧不是一个把做官当住店的懒官。

邵嗣尧这样出色的官员，难怪于成龙要把他推荐给皇帝。这是一个线索，后文还有与于成龙、邵嗣尧这两人有关的文字。需要与之参照阅读。

康熙二十九年（1690）

于成龙五十三岁。

从二十八年冬至二十九年六月间，甘肃靖远卫旱饥，宁夏、陕西、山西、河南、河北大旱，沁、济、泌河均枯竭，虫、蝗、雹疫纷至沓来，这场灾害在中国历史上留下了深深的划痕。

正月初三，按皇帝旨意，御史李时谦的奏疏曾拿给直隶巡抚于成龙会商，其中的一些话让这位勤奋的皇帝感慨了很久。

李时谦在上书中说："为官员的，应在未发生饥荒之前未雨绸缪，才有可能在灾荒发生之后比较从容。若是平时缺乏储蓄，忽然遇到饥荒，不得已再采取补救的办法，就晚了。"

这大概就是皇帝特意让于成龙过目会商预防灾荒措施的内容。大灾难以避免，但之后的复盘也很重要。人类始终在与自然的搏斗中寻找出路。

"朕治理天下，本应对上感召天和，对下让亿兆百姓安居乐业。朕因为德行凉薄，见识不周，虽然下旨积累粮食，但实际并未贮藏，以致现在用尽了补救方法。就算频繁免除钱粮，豁免逃欠，百姓却更加贫穷。官员收受馈赠，科敛杂派，屡禁不止，愈演愈烈。这都和各位大臣各位官员没有关系，这都是朕薄德所致。

"古书上不是说了吗？'上有好者，下必有甚焉'。董子 ① 说'朝廷以正百官，正百官以正万民'。朕看到此处，深夜摸着胸口惭愧不已。"

太扎心了。皇帝的自责一定会让在场有良知的官员感到非常痛苦。

"朕千年不幸遭遇重大变故，气血过损。又遇百姓年景艰难，这情形哪里用陈奏，朕自有耳目，想听不到都不行。因此更焦心劳碌，心跳头晕，精神恍惚，颜貌清减，不离服药艾灸，想大家也都知道了。朕虽然劳累，但还是日夜勤勉。朕的为民之心，想上上下下官员百姓都会体谅。"康熙时期政治鼎盛局面的出现不是偶然的。

"李时谦和于成龙会商的事情，九卿、詹事、科、道官员，同样会商确定后上奏。"

大年正月零星传来的爆竹声，灾荒中的新年没有一点热闹的气氛，朝廷与灾省都在紧张救灾。

正月十二日，于成龙奉旨抓紧安排帮助受灾百姓备耕事宜。

皇帝在给户部的旨意中说：

"让百姓生活殷实的方法就在于重视农业。只有勤于劳作才会有所收获。

"直隶地方去年遭遇了荒歉年景，朕已免了百姓钱粮，发下银两，又从官仓支米赈济。百姓糊口的粮食有了，籽种、耕牛、农具恐怕缺少很多。快开春了，春耕就要开始了，如不操办供给就会贻误耕作时机。播种不好，收获还有什么希望?!

"直隶受灾州、县、卫、所穷苦百姓不能自备耕牛籽种的，直隶巡抚要督促，率领有司劝导捐献，分头帮助及时解决。务必使田地全部得到耕种，不准稍有荒芜。……不要辜负朕夯实根本鼓励农业，爱惜抚养士兵、百姓的厚意。"

开春时节，官府都要督促春耕事宜，古今皆然。

天公作美，下了一场不大的雪。

---

① 董子：董仲舒。

同日，于成龙向皇帝报告保定府下雪情况。

读罢于成龙的奏章，皇帝下旨："朕拜谒帝陵，见到初二那场雪，洼地仅能种春麦、高粱，高地尚未能够播种。朕心里焦虑，急盼下雨缓解旱情。这所奏知道了，让户部知道。钦此。"

各位大臣于是劝他且放宽心，保重身体，康熙皇帝说："各位大臣说雨露滋润固然可喜。只是去年大旱，饥民还未复苏，饿死的百姓埋填沟壑的不知有多少。汉文帝算汉三代以下的好皇帝，贾谊还以处在'厝火积薪 ① 之上而说没有危险'为喻，和现在比较起来，现在的情况如同火已烧得焦头烂额了，你们还说不用忧虑。眼下虽下了一点雪，夏季还不知怎么样，也不知道秋季会怎么样啊……"

于成龙干事心切，求才心更切，井陉道台出缺，急缺实干人才赈灾，他把求才目光看向了全国，吏部没说什么，皇帝可就给于成龙上纲上线了。对着吏部就直隶救灾发了一顿牢骚然后一顿责备。

许是因直隶灾情让皇帝看不到边际，他的心中有些恼怒。于成龙推荐的武昌府知府武廷适等不光没提拔，还得在现任岗位上多干些年才行。

虽没有直接面对于成龙，但皇帝的旨意迟早会来个实况转播，对于成龙而言不啻兜头一瓢凉水。推荐的官员超出了直隶圈子，皇帝很忌讳，特别在皇帝因直隶灾情心情很差时。看看到底是怎么回事。

正月二十二日，于成龙因井陉道台职务出缺，向吏部推荐湖广武昌府知府武廷适、汉阳府知府戴梦熊 ②、黄州府知府王辅 ③ 三人，请吏部择优选用。吏部回复："毋庸议。"

皇帝认为吏部不够力度：

"用人权力关系最大。于成龙意在收罗别省官员的心。他破坏规矩，把那些已得到破格提拔任现职时间还不长的这么多官员保举推荐，你们吏部不认

---

① 厝火积薪：把火种放到柴堆上。

② 戴梦熊：字汝兆，浙江浦江县人。清康熙十五年以监生任阳曲县知县，兴教育、重农桑，居官廉洁，曾推荐名士傅山。康熙二十二年初因政绩卓著升任汉阳知府，后升任户部员外郎。

③ 王辅：字元公，汉军镶蓝旗人。清康熙二十七年任黄州知府。同年主禴问津书院春祭，捐俸银维修书院学官。康熙二十九年撰"万古津梁"匾额献书院，调拨官田租银以补书院经费不足，撰有《书院祭田碑记》，有善政。

为这是错误，不过说了个'毋庸议'就算了，实在于理不合！

"他不是说直隶地方好官很多吗?！那今天这些人看起来并不能拯救那些旱灾中的饥民，让那么多人流离失所四处逃荒。如此看来，他平常说的那些有才能的官员，到底都给国家办了些什么事?！武廷适等人升迁转任一律停止，让他们在现任岗位上为国家效力时间更长久些。"

正月二十六日，于成龙上书请示，未及时上报灾情州县的百姓个别情况也要动用官仓正赋钱粮赈济一下，户部不准。一个想要灵活处置灾情，一个是按条文来。

上书中说："请求直隶地方清苑等州县在赈济灾民时，如仓中预存的粮食不够用可动用官仓正赋钱粮赈济。有些州县虽未上报灾害但偶尔也发现有饥饿的百姓，请示按统一标准赈济。"

户部回复中说："动用正赋钱粮赈灾应同意；没有报受灾州县的饥饿百姓赈济的事，应不用商议。"

皇帝下旨说："那些没有报灾的州县饥饿百姓赈济的事也按于成龙的意思办。"

于成龙悲天悯人的目光没有遗落那些极端弱势群体，他不想看着他们活活饿死。他不愿意用爱莫能助、上边没给粮食我也没办法之类的话搪塞那些可怜人。

无论怎样赈灾似乎都不能逼退饥饿的大潮。赈灾效果到底如何，皇帝不放心。二月初三，皇帝派出检查验收赈灾情况的部院官员驰向直隶四面八方。对于于成龙等直隶官员而言，这是一次大考。

皇帝对内阁、九卿、詹事、科道等人说：

"去年直隶荒歉，朕考虑到百姓吃饭都困难，有的甚至会流离失所，所以既免除了他们田租又特地下发三十万两白银，还支出常平仓粮食，命直隶巡抚普遍予以赈济、借贷，就是期望灾民能生活，不让他们家人离散。

"现在朕听说靠近大道居住的百姓都已得到好处，那些穷乡僻壤的百姓还有活不下去的。离开家乡逃荒的人很多。

"百姓流亡到这种程度，那些掌事的官员，你们赈济解救的人在哪里？从前所发给百姓的三十万两银子，不清楚是如何散发的，那些地方上的百姓有没有搬走逃荒的？派户部、都察院的大臣前去详察。

"至于四方流浪的百姓，大多来京城找吃的。今年五城粥厂虽比往年给的银子、大米多了一倍，开的日子也放长了，只恐饥饿的百姓逐渐集中过来，还有看不到遗漏的地方，以至不能都得到恩惠。应增设粥厂，选各部满汉贤能官员亲自赈济。

"侍郎索诺和①、阿山②、席珠、齐穑、李振裕、李光地③、王维珍④、徐廷玺分成四路飞马赶往直隶各地巡察，如有赈济百姓不切实的，一经发现立即弹劾。

"在原有五城粥厂基础上增设五处粥厂。各部精选贤良官员亲自到场参与赈济。每个粥厂每天给大米二十石，银子十两。与五城粥厂一起舍粥赈济到六月末。"

这场大灾的严重程度超出了想象。管理好国家何其难也。人到中年的康熙皇帝此刻内心恐怕涌起的是阵阵苍凉。设若没有于成龙这样实心干事的官员，直隶百姓将会更痛苦。

我们在于成龙每日拼死拯救的同时，会给于成龙求贤若渴的心态多一些理解。直隶灾情火上房，没有力敌千钧的猛将何以力挽狂澜。古往今来哪个想干事的官员不渴望自己手下有个能干事的得力干将？

千军易得，一将难求！

直隶地方大旱，一直没有雨雪。二月初七日从早晨到半夜，一场及时雨下得很大，很充沛。

皇帝面露喜色，环顾随从大臣说："朕心里惦念百姓生活日夜焦虑操劳。每当出巡，沿路只要看到耕种的百姓就派人过去访问。有了这场雨，已种下的农田庄稼当然就可生长了，那些还没有耕种的农田，现在也可开始耕种了。朕心里很高兴，很安慰。估计你们的心情也和朕一样吧。"

这从天而降的雨丝也会让在直隶为赈灾日夜奔忙的于成龙感到一些清凉吧。

----

① 索诺和：黑龙江人，曾任侍读学士、光禄寺卿、工部尚书、兵部尚书。

② 阿山：伊拉哩氏，满洲镶蓝旗人。

③ 李光地：字晋卿，号厚庵，别号榕村，福建泉州安溪（今福建安溪）人。理学名臣。

④ 王维珍：字峒谷，汉军镶蓝旗人，康熙九年庚戌科二甲进士，选庶吉士，散馆授编修，曾任通州知州，修《通州志》。后任顺天府丞、兵部左侍郎、浙江巡抚，谥"敏惠"。

同日，因体例内容繁冗，新编修《赋役全书》被废止，仍按旧有版本执行。此前，作为直隶巡抚于成龙也需要配合国家层面的《全书》编纂工作。

于成龙曾几次上书指出新书地亩钱粮问题。表面上看来精确得不能再精确的《新书》操作性很差。这和于成龙的预判一致。

朝廷通过派发盐引增加国家收入，但强迫买回去的盐，百姓或是吃不起或是吃不完。早先于成龙就曾上书陈述盐引弊端。时间到了康熙二十八年，康熙十七年的盐引竟然还没有处理完，户部还顶着劲说于成龙上书"毋庸议"。如果没有于成龙站出来说话，盐场的官员愁死不说，百姓大旱大灾之年还得多吃好多咸盐，多花好多冤枉钱。

于成龙这次上书说盐引的事还拉上了专业组同盟军江蘩①。连巡盐御史也这样讲，这该有说服力了吧。

户部照样说："不行。早在十二年前皇上就给过话了，这动不了。"差点让这次动议无果而终。

三月初一日，皇帝同意直隶巡抚于成龙、巡盐御史江蘩关于免除天津新增加的购盐数量的请求。

户部在答复中说："接到直隶巡抚于成龙会同巡盐御史江蘩提出的免除天津新增购盐征收标准的申请，臣等发现这个标准是在康熙十七年由御史傅廷俊②上书请求增加的，执行时间已很久了。这个问题不用再议。"

皇帝下旨说："天津新增的购盐及征收标准可按于成龙、江蘩所提的意见办。"

这江蘩，也是于成龙敬重的好官。他在河南灵宝县做知县时，官当得风生水起，深得民心，百姓在县境内给他建了好几处生祠祭祀他，表达对他的依恋之情。后来他做了都察院左都御史，攀上了人生的顶峰。此次他联合于成龙上书就是他勇于担当的突出体现。

去直隶检查验收赈灾情况的官员陆续归来向皇帝报告。评价很高。这个考核结果凝聚了于成龙等官员努力办事的心血和汗水。如此大范围，如此多人口，如此多钱粮，如此多官员，没有严肃的约束，没有身先士卒，很难做到这一点。

---

① 江蘩：字采伯，号补斋，湖广汉阳人。

② 傅廷俊：顺治十六年乙亥科进士，曾任金乡县知县，修撰《金乡县志》，后任巡视河东监院、巡盐御史等职。

于成龙强大的组织领导才能由此可见一斑。

三月初十日，皇帝到畅春园澹宁居听政。

伊桑阿等启奏说："浙闽总督兴永朝请拨各州县常平仓所贮米谷充作该地方军粮。臣等遵旨传问九卿，九卿、詹事、科、道官说'臣等见兴永朝所讲的用陈米给发士兵，用新米收入仓中补足，认为可行'。臣等以为皇上旨意很对，睿见深远，断断不是臣等所能考虑到的。"

皇帝说："朕的旨意和九卿所议结果都抄出来，派户部一名司官前去问于成龙。"

三月十四日，兵部侍郎王维珍等汇报巡视直隶赈灾情况。

王维珍等在上书中说："……那些已遭受灾害的，从沿途大路到乡下偏僻的山村，臣等进行了普遍的查勘。赈济过的饥民超过万万，都感受到了皇恩。皇上的至诚感动了上天，雨雪按时而来，农事已渐渐普遍，可等待麦秋了……"

三月二十日，畅春园澹宁居。

伊桑阿启奏："据于成龙说：'九卿议论的结果乍一看可行，等到细想皇上的旨意，九卿议论的结果很不对。常平仓原是用来准备饥荒年景赈灾之用，如果把仓里的粮食用于春季给士兵发饷，那日后百姓怎么办？'皇上时时以民生为念，所以考虑到这一层，确实不是各位大臣的见识所能达到的。皇上的旨意非常对。"

皇帝说："常平仓的米谷仍按现在惯例使用。"

果然，于成龙与大家见解不同。

他担心粮食被挪用后不能补足，若再有饥荒恐怕会被打个措手不及。军队的口粮毕竟最终有官仓盯着，普通百姓将更加危险。

这种顾虑和皇帝相同。

事情还没完，于成龙又来请示追加赈灾银子了。这灾情到底多严重，真让人难以想象。

三月二十六日，皇帝批准于成龙上书追加拨付救灾银两请求。

于成龙在上书中说："……之前户部奉旨拨付的三十万两赈灾银子还不够用，请求追加拨付用于后续赈灾。"

户部商议决定：不予批准。

户部是皇帝的大掌柜，死死捂住钱袋子就是不放手。

皇帝下旨："再拨五万两银子赈济灾民。"

三月，于成龙豁免天津新增盐引的请求最终得到皇帝准许，也是一波三折。

于成龙在上书中说："天津本来就是产盐区，从来都没有征收过盐引费用。康熙十七年，朝廷向天津每年征收盐引银子一千六百四十多两，这些年来食盐积压，如果按人头摊派给百姓，民怨沸腾。康熙二十六年，皇上曾准许我将对百姓不便的条款详细上报后由各部商酌后更正。天津新增盐引除商人张行曾从代认的一千道盐引内酌情留下了七百道外，剩下的三千三百道盐引，实在于百姓不便。请朝廷豁免。"

户部商议后回复皇帝说："康熙十七年酌量增加的盐引并不能和其他项目相提并论。毋庸议。"干干脆脆就否了。

倒是皇帝也觉得向产盐区推销盐的这项征收不通情理："这天津卫新增盐引，着照该抚等人所提豁除。"天津卫的相关官员一下子就可以松口气了。

六月，皇帝在给户部的旨意中说：

"朕养护百姓，每天勤勉思考治国之道。朕认为让百姓富足的办法就是在生活宽裕时懂得收藏。

"水灾干旱从来没有常规。丰收年景有积蓄才有望在歉收之年不担心忍饥挨饿。

"康熙二十七年可以说是丰收年，假如民间生活节约，早为来年做些储备，何至于到康熙二十八年偶遇旱灾就家家无粮。还不是因事先没有准备才弄得糊口艰难。直到免除正赋，下发国帑进行赈济，灾害所在地方官员体察到朕爱民情怀竭力办事，遭灾百姓才算安全度过灾年。若不是多方拯救，百姓必然流离失所。

"今年雨水调匀，庄稼覆盖了田野，收割在即，期望能有个好收成。只怕有些百姓不知爱惜粮食，随意消耗浪费，只顾眼前而不思来年。纵然是屡获丰收也难以逐渐殷实。

"直隶及其他各省总督、巡抚，要严令地方官员让百姓家喻户晓，务必要及时积累贮存粮食，计划好一年吃食，让家里常有余粮储备。这样才不辜负朕用心思考、百姓依从、早做谋划的深情。"

大饥荒让皇帝心有余悸，他现在像个老当家的一样告诫家人省吃俭用，防备饥荒再次来袭。于成龙不容易，做个皇帝也不容易。

康熙二十九年，于成龙赠匾表彰吴中衢。

吴中衢，字鸣珂，沧州人。贡生出身，后来当了州同知，因特别孝顺母亲闻名乡里。他们弟兄五个，后来逐渐分家另过。他大哥吴康衢因过于奢侈，产业败得差不多了。吴中衢就把自己家产中的四千亩地让给了大哥。过了些年，大哥又挥霍光了家产，吴中衢就又把自己的产业送给了大哥一些。他大哥败家成性可真就有点欠收拾了。

这年是大旱之年，百姓饿死不少人。吴中衢捐出六百多石谷子，在化身庵舍粥赈济百姓，百姓因此活下来的很多。他又施舍棺木，建立义冢，及时埋葬那些因疾病和疫情死亡之人。

于成龙听到吴中衢所做的善事，为其书写了"好义乐施"四个大字匾额以示表彰。

康熙二十九年，于成龙配合大军初征噶尔丹①。本次战役，于成龙几乎是全程参与，他承担了整顿驿站的工作，驿站的主要职能就是保障信息、人员、物资的快速传递。

我们先简要梳理一下噶尔丹与清廷的恩怨，了解一下为什么康熙皇帝要下决心彻底铲除北疆这一巨大分裂威胁。

准噶尔部落首领噶尔丹第一次带领三万人马东征喀尔喀是在康熙二十七年，理由是土谢图汗②察珲多尔济杀了他弟弟，他要复仇。但他的两个侄子索诺木阿

---

① 噶尔丹：准噶尔部首领巴图尔珲台吉第六子。
② 土谢图汗：土谢图汗部，一作"图什业图汗部"，又称喀尔喀后路、汗阿林盟，简称土盟、图盟，是喀尔喀蒙古四部之首。

喇布坦①和策妄阿喇布坦②在大后方策划政变，想要夺回父王僧格③死后本应他们继承的准噶尔部落。

后院起火，噶尔丹只好停止追击落荒南逃降清的喀尔喀部落首领土谢图汗和哲布尊丹巴呼图克图④，挥军赶回科布多。

回到科布多，他先毒死了大侄子索诺木阿喇布坦。动手果断，招法凶狠。二侄子策妄阿喇布坦闻讯逃脱。

在博尔塔拉，策妄阿喇布坦召集准噶尔散落族人立誓报仇。很快噶尔丹战败，被赶出了科布多，生存空间被大大压缩：下人大部分逃散，在极其饥饿窘迫时还出现了吃人肉的情况。

从前边一段历史看，噶尔丹在部落权力之争中虽不遗余力，但以落败而告终。他开始向东发展寻求新的落脚点。

康熙二十八年十二月，噶尔丹率部二万人再次东下征讨喀尔喀部落。此次除抢人口、扩地盘外，他还于康熙二十九年正月派达尔汗寨桑到伊尔库茨克与俄罗斯基斯梁斯基将军和科罗文特使见面，磋商军事合作事宜，意图向整个漠南蒙古扩展，最后将整个蒙古逐渐收归囊中。野心勃勃。

六月，俄罗斯特使基比列夫到达噶尔丹行营。

受噶尔丹侵犯的喀尔喀是清的藩属，虽然不是一个国家，但属于亲密的小弟级别。喀尔喀年年进贡清朝皇帝表示效忠。康熙二十七年，战败的喀尔喀首领土谢图汗和哲布尊丹巴呼图克图走投无路，带领十万军民向南投靠了大清求生。

康熙皇帝密切关注着北方噶尔丹的一举一动，并力主通过政治外交手段劝和。但噶尔丹拒绝放弃复仇，多次逼清廷交出喀尔喀部落两大首领。要人是假，将喀尔喀收入囊中是真，这不符合清廷的利益。清廷更不能容忍的是贪婪的俄罗斯在背后插手。

---

① 索诺木阿喇布坦：准噶尔部首领僧格长子，后被噶尔丹所杀。
② 策妄阿喇布坦：卫拉特蒙古准噶尔部首领。号卓里克图珲台吉，绰罗斯氏，僧格次子。
③ 僧格：又作僧厄，17 世纪准噶尔部首领。因不满俄国强行对准噶尔部征税出兵攻打俄军哨所，1670 年，僧格被异母兄车臣台吉和卓特巴巴图尔谋杀。之后六弟噶尔丹继位。
④ 哲布尊丹巴呼图克图：简称为哲布尊丹巴（一作折卜尊丹巴），蒙古语亦称温都尔格根（高位光明者）、帕克托格根（圣光明者）或博格多格根，是蒙古藏传佛教最大的活佛世系，属格鲁派，17 世纪初形成，与内蒙古的章嘉呼图克图并称蒙古两大活佛。

噶尔丹与清廷矛盾于是全面升级。

康熙二十九年三月，康熙皇帝命出使噶尔丹的特使商南多尔济喇嘛掩饰清军向乌尔会河方向集结消息，称温达①等带兵是因迎接济隆忽图克图②在北疆迷路。如问为何有军队开拔过来，则用勘界做理由麻痹噶尔丹。

同时，康熙皇帝派使臣出访策妄阿喇布坦及其母亲阿奴喀③，馈赠他们各色绸缎二十匹，并请他们详细讲述与噶尔丹结仇始末缘由，意图联合策妄阿喇布坦夹击噶尔丹。军事外交一起下手。切断噶尔丹退路，军事上谋求给噶尔丹致命一击。

噶尔丹嗅觉十分灵敏。他觉察到了危险。

噶尔丹在六月十四日见到喀尔喀部落的护卫额克济尔质问道："我攻打的是我的仇人喀尔喀，并没侵犯中华疆界。可我听到大清理藩院尚书阿喇尼带军队向北赶过来，想干什么？那逃走的我仇人哲布尊丹巴、土谢图汗、车臣汗在哪儿？"

噶尔丹反复申明所作所为与清廷无干，在这一点上明显与清廷尖锐对立。他态度强硬，索要逃到清廷避难的哲布尊丹巴三位大头领，根本没留妥协余地，切断了和平解决问题的可能。

这边，康熙皇帝釜底抽薪，开始动用外交手段切断噶尔丹后援。

皇帝命内大臣索额图紧急召见驻京俄国公使吉里古里、伊里法尼齐传达圣谕："噶尔丹迫于内乱，食物用尽却不能西归，于是转向内地进行抢劫。现在扬言要与你们国家的军队合兵攻打喀尔喀。喀尔喀已归顺了大清，如果你们轻信他，那就是背叛与大清信誓要与大清动兵。你们可速派两个善骑快马之人把朕的话传递给你们在尼布楚的头目伊凡，然后让俄罗斯人都知道朕的意思。"

清廷对俄罗斯当时保持着较为明显的威慑力。这个外交动作效果明显：俄罗斯的确没有派遣军队参加进攻喀尔喀，只是派使者基比列夫到噶尔丹行营"观阵见证"。

康熙二十九年六月二十四日，康熙皇帝确知噶尔丹执意进攻喀尔喀之后也开始了紧急军事动员。他下旨说："噶尔丹已到达乌尔会河④，大军应迅速出发。

---

① 温达：费莫氏，满洲镶黄旗人。

② 济隆忽图克图：藏传佛教格鲁派活佛。

③ 阿奴喀：僧格妻，策妄阿喇布坦母。

④ 乌尔会河：今内蒙古自治区乌兰浩特西乌拉盖尔河地区。

那些军中没有火器，前一段时间派出的军队和盛京的军队都要增发火器。命议政王大臣紧急商议拿出意见。"

不久，议政王大臣上书说："应到养马场催领马匹分派各军队。辅国公苏努①的前锋护卫军仍七月初一出发；前锋护卫军收到马匹初二出发；后派出的前锋护卫军、骁骑初三出发；每军各安排一名都统、护军统领、副都统率领，开拔到边境外有水草的宽阔地带驻扎等候。其余各王七月初四起兵出发。"

于成龙也接到了战争动员令。

圣旨说：

"直隶巡抚于成龙及天津镇、三屯营协直管火枪兵一千，宣化府镇一千标兵、藤牌兵一千由宣府总兵官许盛②带领，和各王爷一起出发；京城军队每佐领增派两名护军，每旗军队派护军参领一名，每名参领护军带一名护军参领，每翼派一名副都统；八旗火器营再加一千人，增派护卫军和火器营兵护驾前行。

"盛京军队增两千人，由将军与副都统率领赶赴科尔沁达尔汉亲王③军前，与先行的盛京军队会合；吉林将军亲率两千乌喇兵全部出动；兵部官员乘驿站马匹前往；再从巡捕三营取马八百匹派发士兵。京城军队陆续派出，皇帝亲统大军相继前行。理藩院命四十九旗各自准备军队分区防守侦察军情，并传书让阿喇尼、额赫纳④、阿南达⑤知道。"

皇帝下旨：

"后派出的各二名护军由都统阿席坦⑥、副都统那秦⑦、希禅⑧率领，等朕启行

---

① 苏努：清太祖努尔哈赤四世孙。
② 许盛：字际斯，号武岩，同安县人。康熙三年自海上率众归清，授参将衔，屯垦赣南。二十七年移镇襄阳道，值夏逢龙之乱，随清兵讨平。两次随征噶尔丹，以老乞归。捐资三千八百金，修文庙及明伦堂、乡贤祠，卒于家。
③ 达尔汉亲王：也作达尔罕。科尔沁左翼中旗扎萨克和硕达尔罕亲王。
④ 额赫纳：叶赫那拉氏。江宁理事官、护军参领、镶蓝旗满洲副都统、都统、学士、议政大臣。曾参与平定三藩、平定噶尔丹战役。
⑤ 阿南达：乌弥氏，蒙古正黄旗人，哈岱子，清猛将。康熙四十年，卒，赐祭葬。雍正二年，追谥"恪敏"。
⑥ 阿席坦：曾任杭州将军兼浙江陆师提督、前锋统领、正白旗蒙古都统。
⑦ 那秦：朝鲜族人。韩云侄。朝鲜人韩云归附清朝后，入山海关参加与大顺政权的战役，立大功，授一等轻车都尉。韩云弟弟韩尼四子那秦，曾任黑龙江副都统、镶白旗蒙古副都统、镶白旗满洲副都统。
⑧ 希禅：曾任正红旗前锋参领、蒙古副都统。

后出发。副都统噶尔玛等人带军队和大炮，令内大臣阿密达①率领，及时侦探敌情向朕奏报，等朕到达。总兵官许盛带领、操练藤牌军一千，可从他的标兵里挑选出六百士兵北出张家口，由前锋参领索柱②巴图鲁引导，经岱阴达巴汉赶赴阿密达军前听令。

"直隶巡抚于成龙和天津镇所辖一千标兵，由三屯营③副将师帝宾率领，随各王爷前行。每名士兵携带两个月口粮。巡捕营八百匹战马拨火器营士兵使用。

"朕听到目前沿途驿站荒废松弛，命直隶巡抚于成龙整顿管理。"

驿站是信息传输、物资传输的重要节点和官方粮食马匹补给站，作用极为重要，不可或缺。

古代远程作战中，传递情报的士兵纵马飞驰，到驿站后立即更换疲惫坐骑，简单吃点东西后立即上马绝尘而去。疲惫的传信士兵还会被驿站中以逸待劳保持旺盛体力的士兵替换掉。这是古代最快捷的信息传输方式。当然，也会有公职人员到驿站上歇脚后继续向前赶路。

"绿营候选军官、武进士、举人及林兴珠④等革职官员，有愿意为国效力者让他们与火器营兵同行，这次有功劳战绩根据情况提拔使用。初二，都统彭春⑤、护军统领杨岱⑥、副都统塞赫⑦起行;初三，都统喇克达⑧、护军统领苗齐纳⑨、副都统海澜⑩起行。"

在这重大时刻，似乎多少人都不够用。这些革职官员和自愿效力者被大量

---

① 阿密达：他塔喇氏，满洲正白旗人。顺治间授三等侍卫、擢正白旗满洲副都统。康熙初，擢领侍卫内大臣、议政大臣。
② 索柱：舒舒觉罗氏，镶蓝旗人。曾任二等轻车都尉、镶黄旗汉军副都统、前锋统领。
③ 三屯营：驻地在今河北省唐山市迁西县境内。
④ 林兴珠：原名进周，字而梁，永春县升平里（今福建省泉州市永春县蓬壶镇汤城村）人。
⑤ 彭春：也称朋春，栋鄂氏，满洲正红旗人，何和礼四世孙，和硕图之孙，哲尔本之子。康熙时期重要将领、抗击沙俄入侵民族英雄。
⑥ 杨岱：琶帕子，世袭三等奉国将军，护军统领、副都统。
⑦ 塞赫：曾任礼部侍郎、保和殿学士、《清世祖章皇帝实录》副总裁、盛京户部侍郎、世管佐领、副都统。
⑧ 喇克达：努尔哈赤之侄爱新觉罗·喇世塔第一子，顺治十五年封三等辅国将军，康熙三十二年卒。
⑨ 苗齐纳：乌扎库氏，曾任议政大臣、江宁将军、镶红旗副都统、护军统领。
⑩ 海澜：曾任长史、正蓝旗满洲副都统。

启用了。这个细节将来还会被反复提到。

随后给议政王大臣下旨说:"康亲王杰书①、恪慎郡王岳希②、副都统海笃、牛尼有③率派给每个佐领的各一名骁骑,初二起行出张家口到归化城屯兵。如大同驻军可使用,也听从各位王根据情况变化调遣。借口乘用将厄鲁特④商人贩卖的马匹全部没收。"

排兵布阵。紧急状态下,厄鲁特族的所有人都被警觉的目光注视起来。

"直隶巡抚于成龙率一千士兵驻扎遵化。西安将军尼雅翰⑤、副都统巴赛⑥、柏天郁率二千满洲兵、一千汉军兵驻扎宁夏。命宁夏绿营兵备战。"

于成龙被放置在唐山遵化,这个地方可以迅速出关,他做好北进准备。

与噶尔丹的首次接战是一次准备不足而贸然发动进攻导致失败的战例。战斗层面上以清廷失败而告终。

史料中大量笔墨记载的是后两次征剿行动,因后两次行动清廷占据了绝对优势,场面上更好看一些。

先看看这第一次清廷是如何吃败仗的。

十天前的六月十四日,噶尔丹手下率先头部队到达乌尔会河东岸乌兰之地,抢劫乌珠穆沁人马,寻找追击喀尔喀部落车臣汗和土谢图汗。车臣汗是康熙二十七年噶尔丹第一次侵扰时被康熙皇帝安置在乌珠穆沁部落边境外的,至此噶尔丹决意挑战清廷已毫不掩饰。

按一般行军速度,清军各部到达乌尔会河附近需要十七天左右,理藩院尚书阿喇尼率先头部队比噶尔丹军队晚了八天到达。这一下就处于下风。噶尔丹是以逸待劳,早准备好了。

六月二十一日清晨,乌尔会河战斗打响。

---

① 杰书:爱新觉罗·杰书,清太祖爱新觉罗·努尔哈赤曾孙,礼烈亲王代善之孙,镇国公爱新觉罗·祜塞第三子,为清代六大亲王之一。

② 岳希:岳乐四子,康熙二十三年正月封郡王,二十九年二月降贝子。

③ 牛尼有:蒙古副都统。

④ 厄鲁特:厄鲁特蒙古是中国清代时期对西部蒙古的称呼,中国西北地区以畜牧业为主的游牧民族。

⑤ 尼雅翰:曾任奉天防御、镇南将军、西安将军、散秩大臣、镶白旗满洲都统。

⑥ 巴赛:辅国公巴尔堪长子,康熙二十一年封三等奉国将军、三十四年任镶蓝旗汉军副都统。

清廷大部队还没有赶到。但阿喇尼错误估计实力，向噶尔丹带领的厄鲁特人发动了进攻。阿喇尼士卒用的全是刀、矛、弓箭等轻武器，而噶尔丹军队装备了大量火器，居高临下，占尽先机。

当阿喇尼指挥二百名蒙古勇士冲向敌阵，喀尔喀五百士兵则去负责抢回厄鲁特人掠走的亲人、牛马。但参与进攻的士兵也按捺不住对亲人的思念转身去夺被抢劫的亲人、财物，场面一片混乱。正中噶尔丹布下的陷阱。这个诱饵对于那些急于让亲人回到身边的喀尔喀汉子们已经足够了。

厄鲁特人挥军进攻，中央火枪猛烈射击，两侧山头埋伏的军队包抄进攻，喀尔喀军队顶不住火枪射击率先逃走，其余蒙古各军也纷纷一再退却。联军被彻底击溃，退守乌珠穆沁的鄂尔折伊图等待大军前来。

兵败如山倒。被噶尔丹击溃的喀尔喀人野性暴露，反而开始抢劫。

失败后的喀尔喀扎萨克、台吉额尔克阿海等竟然带千余人开始进行抢劫。六月三十日，皇帝命察哈尔军队进行防范，并派出军校传旨阿喇尼命其和额赫纳、阿南达军队会合。嘱咐阿喇尼不要因失利就胆怯败退，立即收集被打散的士兵从严戒备侦察。各扎萨克军队如果足以依仗，就令他们向内地转移。喀尔喀有横行抢劫的，严加缉拿。

于成龙迅速进入角色。

六月三十日，皇帝命直隶巡抚于成龙火速赶到京城负责整顿靠近京城的驿站。

"从古北口到西巴尔台①，命兵部派笔帖式前往设立驿站；从西巴尔台到阿喇尼驻地由蒙古设置驿站。学士布彦图②设置各驿站结束后，将张家口驿站撤销，驿站里的笔帖式和军校赶赴于成龙那里听从调遣。

"直隶巡抚于成龙火速赶到京城负责整顿管理靠近京城的驿站，他手下士兵以及天津镇手下士兵，要选择有本事将官率领赶赴遵化。萨穆哈以兵部侍郎起用，前往安驿直接赶到布彦图驻地。"

第一次与噶尔丹的交锋就这样落下了帷幕。这次军事行动暴露了清廷在远程打击手段上的不足和漏洞，给三十七岁的年轻皇帝敲响了警钟。

---

① 西巴尔台：又名石博尔台，在今蒙古国境内。

② 布彦图：满洲镶蓝旗人，曾任内阁学士、刑部右侍郎、吏部侍郎、理藩院侍郎。

他很镇静，这次失败并没有影响他彻底解决噶尔丹问题的决心。

阵云散去。于成龙再次回到直隶巡抚的本职上来。

清廷通过对食盐严格管控征税增加国家收入。于成龙曾上书请求允许边远穷苦地方百姓自行熬制食盐但被否决，只在下派定额时减免了特别不合理的部分。这次上书却被罕见地批准了。

大灾后的宣化困苦程度一定超乎想象。不知朝廷这次首肯能维持多久，此举很可能是个临时措施。从理论上进行推演，这不应成为常态。

果然到了康熙三十七年，食盐问题在宣化竟然衍化成百姓拦截皇帝请愿的"叩阍"，二次出任直隶巡抚的于成龙出面摆平了这次大规模群体事件。这是后话。

七月初一，皇帝批准于成龙建议允许宣化自行熬制食盐。

直隶巡抚于成龙、长芦巡盐御史江蘩上书称，长芦盐场销售食盐范围内宣化最苦，请求免除宣化购盐定额，任由百姓自己熬制食盐。但仍然按原定额征收税银。

皇帝在看过户部答复后同意了上述请求。

七月份斩立决和斩监候挨到秋分后有区别吗？有。于成龙追求的就是量刑的精准。

七月初二，辰时，康熙皇帝到乾清门听政。部院衙门官员面奏后，大学士伊桑阿、阿兰泰、王熙等人呈上折子请旨。其中有三法司题请将后续抓获的强盗李大娃斩立决的奏折。

皇帝说："李大娃虽然伤人夺财，巡抚于成龙已经引用律条详细上奏，就依该抚所提，从宽免于斩立决，令押监等候秋后处决。"

皇帝更倾向于于成龙的判断。

"民隐力达于中朝，大经纶由大经术；圣治宏敷于上谷，真仁政畅朕仁心。"宣化百姓在祭祀有于成龙的生祠楹联中这样写道。

担任直隶巡抚是于成龙生命历程中最辉煌的部分：封疆大吏，拱卫京师，官足够大，事业也足够光彩夺目。在这个时期，于成龙所有对政务的设想几乎都得以实施，他的动议绝大多数都被皇帝采纳，不少结果甚至让各部官员瞠目结舌，这种现象古今十分罕见。

能有这样的成就，很大程度上是于成龙遇到了康熙皇帝。

康熙皇帝比他小十六岁，年富力强，聪明又能干，而且高度自信。这种自信是建立在事业不断成功的基础之上的。

这位康熙皇帝痛斥大臣是家常便饭，特别是常在不同领域引经据典针对各方面的主管大员开炮，像训斥不懂事的孩子。固然这有负责整理历史的大学士妙笔生花的缘故，但不可否认拔高也毕竟有所本。动乱再怎样也不可能写成太平盛世，失败再怎样曲笔也不是胜利。

康熙皇帝水平超出绝大多数封建皇帝。在他手下做大臣，特别是做个出色的大臣可谓难上加难。这种高要求高标准促成了那个时代出现了于成龙这样高水平的大臣，这就叫应运而生：皇帝从来没有忘记充分肯定于成龙直隶巡抚官当得好。

百姓对于成龙最美好的印象似乎也以直隶巡抚前的事迹为多。于成龙已成为百姓膜拜的偶像级人物。

根据于成龙断案而产生的大量公案小说、评剧、评书、大鼓，让于成龙断案如神的清官形象深入人心。这些作品从清代中期绵延至今，衍化出了各种艺术形式的公案文学。

于成龙与狄公狄仁杰、包公包拯，直至后来出现的施公施仕纶等一起，成了智慧、果敢、刚强、正义的化身。

当然，于成龙在直隶取得的成就是多方面的，整顿吏治、纾解民困、扫痞灭霸，不一而足。

就每个生命个体来说，真正被用来建功立业的时间也就短短三五十年，在人生短短数十年时间很难有大的作为。多少有强烈建功立业自觉意识的英雄好汉、仁人志士都对自己未能达到光辉四射的璀璨顶峰感叹、遗恨。

"念天地之悠悠，独怆然而涕下。""修身、齐家、治国、平天下"，大部分的人在齐家阶段止步。无怪乎在国家、世界舞台上产生重大影响的人物往往被人膜拜。

于成龙并没有逃脱道家关于发生发展规律的"物极必反"铁律，继续上升的生命轨迹之中也必然蕴含了下降的因子。人对于生存优势的占有必然受到其他生命个体的制约。蛋糕也好，奶酪也好，不止一个人想要。

于成龙的人生追求、使命既然已被设定就没有退路。他永远是那个义无反顾的实干家、国家危难时刻的灭火队员、皇帝舍不下的最佳选择⋯⋯

他在不停地螺旋式上升，这是他的宿命。

孙东振
陶文冬　著

于成龙全传

全传

下卷

作家出版社

十二、左都御史、镶红旗汉军都统

宽厚容人，不因事情对自己或利或害而或取或舍，不把个人喜怒当成判断是非的标准，道义才是他从政为人的尺度。他曾用"宜慎、宜宽、宜简"告诫友人，到底发生了什么？

于成龙也许还不知道，自己离开直隶的时候来临了。

康熙二十九年七月初九辰时，朝堂之上，部院各衙门官员在乾清门面奏后，吏部报工部尚书张英①转任职务出缺，开列了都察院左都御史陈廷敬等人职务姓名信息供皇帝钦点。

"陈廷敬可升补工部尚书。看直隶巡抚于成龙实心效力，考察他，细节也无可疑之处，可升补都察院左都御史。"经过前一段时间的波折，皇帝发现于成龙并没有可疑的行为，当即拍板，事情就定了下来。然而这次升迁，让一些人开始不安和躁动起来。

次日，于成龙接替陈廷敬正式升任都察院左都御史。内阁学士郭世隆在于成龙后继任直隶巡抚。

于成龙的生活翻开了新篇章。

七月二十七日，刚上任的左都御史于成龙上书请求整顿京北沿途驿站。前

---

① 张英：字敦复，又字梦敦，号乐圃，又号倦圃翁，安徽桐城县人。康熙六年考中进士，选为庶吉士，官至文华殿大学士、礼部尚书。康熙四十七年卒，谥号"文端"。

段时间皇帝让于成龙整顿驿站成了提拔他的前奏。我们看到于成龙提出的都是可操作性强的实际问题。

于成龙上书中说："通州、昌平、顺义等州县及榆林①、土木②等驿站，是盛京、喜峰口及古北口、张家口、杀虎口③等关隘重要通道。驿站原有马匹不够多，遇到大差使还要跟其他地方调剂，时间长了就会成为负担。

"请在通州等州县定量增加五百零八匹马分发给各驿站。古北口驿站向来由满洲章京管理，原来没有设文职人员。臣看到大名府有二名通判，请裁去一名，改任顺天府通判驻扎古北口，这些专门设置的驿站，仍由霸州、昌平、通州、永平管辖。至于石匣驿站，在离县城很远的中途，应裁掉密云县驿丞，改设一名县丞驻扎石匣管马匹、粮草补给事务。"

兵部在回复康熙皇帝时同意于成龙意见。皇帝下旨：依议。

这份上书，提出充实马匹，设立文职官员驻站，调整管理区域布局等建议，环京驿站提档升级。

大战在即，文书传递事务势必陡然增加，文职官员必须确保快速传递那些需要及时交流的信息。

噶尔丹之前在与清廷的乌尔会河之战中占了便宜，但从四面赶过来的清廷大军还是把他吓跑了。当然，也有可能是他的游牧习性使然，抢了，占了便宜就走。捕捉狠狠教训一下他的机会都很难。

看到噶尔丹远去根本追赶不上，康熙皇帝不久也收兵回到了北京。

离开直隶，有一样东西也得带走。看看是什么。

八月二十四日，辰时，畅春园内澹宁居，大学士伊桑阿、阿兰泰，学士朱都纳等人呈上的折子中有吏部"左都御史于成龙在巡抚任内有降一级留任及未完成的罚俸四年，都应带到新任上"的提请。

"于成龙降级、罚俸都从宽，免于带到新任。"他们得到的回复很干脆。这算是皇帝对于成龙直隶任职成效的肯定。以当时的各种规矩，下级的失误或者

---

① 榆林：今北京市延庆区榆林堡。

② 土木：今河北省张家口市怀来县附近。

③ 杀虎口：也称西口。位于山西省朔州市右玉县境内晋蒙两省区交接处。

皇帝对办差不满都有可能导致罚俸降级。管理千头万绪的直隶，没有这种处分也不正常：定例如此，不提醒算我们失职，免了就是皇恩浩荡，不免那就是吃不了兜着走。

九月二十四日，于成龙的继任者郭世隆向皇帝辞行时，皇帝不忘再次肯定于成龙，提醒这位新任直隶巡抚，达到于成龙水平，难，你得铆劲干事儿：

"大凡接任好官办好差事困难，接任平庸低劣官员干事就容易。于成龙官当得好，继任官员想有好名声很难。你有才华，应当勤奋谨慎，竭尽全力做事。"

这几乎是个铁律。于成龙这样卓越的官员打下的基础太好，后来人完成超越的可能性就很小。只有一种可能，你比这样的前任更强大。

刚上任左都御史，于成龙就差点被"转岗"。十一月十二日，辰时。部院各衙门官员面奏后，大学士伊桑阿、阿兰泰、王熙等人拿上折子请旨。吏部题请礼部尚书张英提拔后出缺，建议都察院左都御史于成龙转任礼部。于成龙刚刚履新，他不适合做礼部尚书，皇帝当即否决。

于成龙就任左都御史并不是所有人都感到欢欣鼓舞，有很多人恐怕还会觉得犹如芒刺在背，骨鲠在喉了……于成龙在直隶扫痞灭霸，整顿吏治，谁的面子都不给。我们还应该记得巴泰求情救沈颙那一段，以巴泰的资历威望尚且不能撼动于成龙的意志。现在于成龙一下子成了"管官的官"，专门挑毛病的官，好多人心里肯定很不是滋味，寝食难安地不舒服。最近一段时间，于成龙的名字经常登上推荐名单，不少人"热心"地盼着于成龙再"高升一步"。

十一月二十五日，因为镶红旗汉军都统赵璟[①]因病请求退养，于成龙得到了一个新的兼职，这个兼职实际非同小可。

皇帝说："于成龙人材壮健，长于统辖，就用左都御史官衔补授都统。"这成了于成龙直接掌控军队的开始。

皇帝当时讲了于成龙的两个优点：身体强壮健康，擅长管理领导。

---

① 赵璟：上元人，历任光禄寺卿、太常寺卿、监察御史、蒲州知州、户部侍郎，康熙十八年由工部右侍郎升左侍郎，镶红旗汉军都统。

康熙王朝时期"都统"这个职务品位最尊贵，尤其能一身兼任军队统帅和都察院掌管监察的左都御史，在这个盛世十分罕见。于成龙在汉军中的崇高威望使得他在皇帝心目中成为都统的不二人选。

于成龙的一生贯穿着对皇帝对朝廷的忠诚。他认为自己的所有荣耀都是皇帝给的，自己则只有不惜身命地报效皇帝了。

于成龙接受任命叩谢皇恩的那天，感动得落下眼泪。

从此后，他更加勤勉和自警，凡职责所应做到的都会竭忠尽智要求自己，希望自己不辜负这个职位。竭忠尽智是于成龙做人的品格，也是他能一直走下去的奥秘所在。

康熙二十九年冬天，于成龙推荐陈廷敬为于北溟写传记以示纪念，此事堪称古贤交往的一段佳话。

这一年，于成龙的老上级两江总督于北溟的孙子于准[①]已担任了户部郎中。此时北溟公已去世六个年头了。逝者如斯，令人唏嘘。

于准因公事拜见了左都御史于成龙。事毕，于成龙对于准说："……清端公还没有传记，我听说陈廷敬很有文采，擅长记载当代著名公卿的言谈举止，何不前去请他来给清端公写个传记呢？"这是一个极其重要的提议，充满了热情。于准于是到陈廷敬家请他为祖父写传记。

于成龙的文笔也很好，我们也引用了他的部分文章，简练朴实。但于成龙在这件事上并没有亲自执笔。陈廷敬写文章本领高于自己，是了解钦慕北溟公的文化名人，更能写出老上级的精神风貌，于是让贤。还有"于成龙"给"于成龙"写传记，无论如何有些怪怪的。他考虑问题很细致，这不是怕麻烦。无论如何，于成龙的古道热肠令人钦佩。

陈廷敬后来采用楚人李君中写的《于清端传略》和进士范鄗鼎[②]编辑的于清端的杂文、轶事，写成了《于清端公传》。这是最早系统记述于北溟生平的历史文献，对保留这位清廉官吏的事迹发挥了重要作用。

陈廷敬是举世皆知的文士。《传略》从某种意义上对广泛传播于北溟的高尚

---

① 于准：字子绳，号莱公，山西省永宁人，清端公于成龙的长孙。
② 范鄗鼎：字彪西，山西洪洞人。康熙六年进士。

节操起到了重大推进作用。大概是受到陈廷敬的启发，陆续又有一些知名人士给北溟公作传。这些文献资料到几百年后的现代起到了多大作用，想必大家深有体会。

于成龙促成了此事，算通过陈廷敬表达了对老上级的敬仰之情。"英雄爱英雄，惺惺惜惺惺"，"君子成人之美"，大概说的就是这前后两个于公吧。

康熙三十年（1691）

于成龙五十四岁。

正月二十九日，太仆寺卿李元振[①]调任都察院左副都御史。李元振品行端方，刚直不阿，风范出众，在朝明人察事，敢于直陈时弊。出任副督御史后，曾上书整顿朝纲，考察官吏，严惩不法。他说："监抚贤良清正，百姓才能归服，官吏廉洁奉公，国家才能振兴。"他建议建立百官考核制度，每年记册，上报吏部，作为官吏赏罚升降之依据。现在成了于成龙重要的左膀右臂。

五月十九日，乾清门。于成龙都察院上书题请处罚吏部的主要官员，原因是云南学道吴自肃[②]、山西学道李观光[③]、陕西学道张光豸[④]、湖广学道郑侨生[⑤]，所在地总督、巡抚以这些人革除十项弊端称职等理由提请奖励，但吏部尚书鄂尔多[⑥]等人不遵定例会议答复皇帝，违例将四人长处议为三项。

都察院建议应将尚书鄂尔多、张士甄，左侍郎沙海、李振裕，右侍郎赵士麟，俱应降三级调用，不准加级，纪录抵消……

---

① 李元振：字贞孟，号惕园，归德府（河南省柘城县）人。元振天资聪颖，十四岁名驰乡里。二十八岁考中榜眼，任翰林院编修。以后，以其德才兼备，屡受拔擢，官至工部左侍郎，深为康熙皇帝所倚重。

② 吴自肃：字克庵，山东无棣人。

③ 李观光：字宾王，山东东昌府堂邑人。

④ 张光豸：字映绣，直隶南宫人。

⑤ 郑侨生：字惠庵，江南邳州人。

⑥ 鄂尔多：满洲正白旗人，费扬古的堂侄。初授侍卫，累迁至侍郎，历户、刑二部。授内务府总管，擢尚书，历兵、户、吏三部。谥"敏恪"。

皇帝说道："张士甄年老体弱，向朕奏事时经常默默无语，降三级解任。鄂尔多、沙海、李振裕、赵士麟着各降三级，法喀等着各降四级，俱从宽留任……"

于成龙主政直隶时，龚燦①曾任赵州知州。这次推荐龚燦担任松江府知府的就是老上级于成龙。

六月十七日早晨，畅春园内澹宁居。部院各衙门官员面奏后，大学士伊桑阿、阿兰泰②，学士王国昌、年遐龄③等奏："九卿会同拟定出能够补授松江府知府之人，礼部郎中镶红旗李毓柱，昌平州知州镶黄旗王光谟，赵州知州龚燦等八人，都是人材俱优，因此选举给皇上。"

"龚燦是何出身？荐举者是谁？"皇帝问。

伊桑阿等奏："龚燦福建贡生出身，左都御史于成龙、侍郎赵士麟④所举。""松江府员缺让龚燦去。此荐举内吴秉谦⑤，朕知道他人材颇优，应于山东登州等处滨海地方要职补授……"

四个月后，于成龙推荐参领吴洪⑥担任了陕西西安副都统。

近来一段时间，暗流涌动，京师内谣言四起，朝廷的一些重臣甚至一些王公都听到了这些传闻。关心了解于成龙的人自然知道谣言所传依据连个影子都

---

① 龚燦：或龚嵘，福建闽县（今福州）人。字岱生。龚其裕之子。初随父在军营效力，历官浙江余杭知县，力除宿弊，葺城垣，修文庙，创义学，除杂徭，开渠筑堤，尤长司法。后为直隶赵州知州，兴修赵州水利。再提升为江苏松江知府，理余杭疑案，赈崇明灾荒。江西广饶九南道任上单骑定万年县暴乱。陕西甘山道，累署按察使，所至皆有声。卒后祀饶州名宦祠。

② 阿兰泰：富察氏。满洲镶蓝旗人。由兵部笔帖式升兵部侍郎兼管佐领，工部、吏部尚书，武英殿大学士，谥"文清"。

③ 年遐龄：原隶汉军镶白旗，后雍正元年全族一百七十余丁抬入镶黄旗。以笔帖式累官至湖广巡抚，雍正元年加正一品尚书衔，雍正二年三月加太傅衔、并封爵一等公，赐双眼孔雀翎。后年羹尧获罪，着革太傅衔，免罪。雍正五年卒，还原职太傅，雍正特恩致祭。

④ 赵士麟：字麟伯，号玉峰，云南省澄江县人，顺治十七年庚子科中举，康熙三年甲辰科考取进士。康熙二十五年调江苏巡抚，"恤刑狱、厘钱法、兴水利、办学校、奖孝悌、尚廉洁"，人称善政。康熙二十六年升兵部督捕右侍郎，旋升吏部右侍郎，转左侍郎。

⑤ 吴秉谦：汉军正红旗，监生，辽东人。

⑥ 吴洪：二等阿达哈哈番吴汝玠之孙，吴国鼎之子，吴淇之兄。康熙十一年初次世袭，后因军功加为一等阿达哈哈番。

没有。他们为于成龙担心，于成龙明察秋毫，用"宜慎、宜宽、宜简"座右铭与友人共勉。这就是君子处正之道。对于谣言，站稳脚跟，冷静处置。毕竟谣言止于智者。

很快，于成龙对推荐自认为公道耿直的邵远平①换来皇帝的敲打恐怕始料不及。

闰七月初四日辰时，畅春园澹宁居。于成龙、赵士麟、卫既齐三人遭到了皇帝训斥，因他们举荐了一个叫邵远平的人。

于成龙给出了他推荐邵远平的原因，他赞赏邵远平讲话公道正直，关键时刻有自己的主见。

卫既齐调任都察院副都御史后顺天府府尹出缺，九卿遵旨将推举布政使马如龙②等七人的折子进呈皇帝御览，被推荐人里边就有邵远平。

"这所举官员内的邵远平怎么样？"皇帝转过头问日讲官起居注掌翰林院事侍郎库勒纳。

"学问平常，人还行。"库勒纳给邵远平的打分并不高。

"这个人的行为如何？"

"臣从前在翰林院时，听闻他所行不端。自从他补任外官以来，没有听到过他做事怎么样。"库勒纳这次可就是明说了。

皇帝回顾大学士等说："邵远平是何人所举？"

大学士伊桑阿答道："都御史于成龙、侍郎赵士麟、副都御史卫既齐。"

"邵远平所行很是悖谬狂乱。卫既齐也是个道学之人，竟将此行事乖乱者推荐上来，难道不折损道学的名誉吗？命查问推荐人。"推荐人是要担责任的，皇

----

① 邵远平：字吕璜，一字戒三。康熙三年进士。选授庶吉士，历户部郎中，出为江西学政，至少詹事。寻致仕归，筑园于城东，杜门谢客。清圣祖南巡，赐书"蓬观"额，因自号"蓬观子"。其祖经邦曾著《弘简录》，起唐迄宋，附以辽、金，未遑及元。他乃循其作作《续弘简录》，并进而成《元史类编》。朱彝尊称其书水平非官局所能及。尚著有《史学辨误》《京邸》《粤行》《河工见闻录》《戒庵诗存》等。

② 马如龙：字见五，陕西绥德人。康熙十一年举人。康熙十四年组织武装挫败朱龙叛军。康熙十六年授直隶滦州知州，有吏名，尤善断案。后任户部员外郎、刑部郎中。康熙二十四年出任杭州知府，百姓咸颂。二十八年升按察使，二十九年升布政使。康熙三十一年，为江西巡抚，广积贮，备凶荒，时淮扬饥馑，率僚属捐米十万石赈之。其间仿白鹿洞书院振兴教育。三十八年，皇帝御赐"老成清望"匾。

帝的一句话，形势急转直下。

闰七月初七日辰时，畅春园内澹宁居。责问的结果来了。"臣等遵旨询问于成龙、赵士麟、卫既齐等人。"伊桑阿等回复皇帝说。

"于成龙说：'邵远平素行为臣等不知。九卿会议商讨进士中榜卷子名额时，南方官员所议的结果大多偏向本地人，只有邵远平和他们持不同意见。臣等人看到后认为他能坚持己见，所以这次推举出来。至于说他的品行，还是皇上洞察得极对。'"于成龙的话分为两部分，一部分是自己对邵远平的印象，另一部分则是说自己站位毕竟不够高，这是对皇帝权威的高度认同，从某种意义上说，于成龙并没有因为责问就改变自己的看法。

"卫既齐又说：'臣在刚刚补授府尹时，邵远平来见臣，曾对臣建议说：你在城外居住，如果有人来相见，或者有向你请托办事情，你恐怕不能推辞。顺天府衙署里可居住，还是移居为好。臣想这话与理学所讲相近，所以就推举了他。'至于他后来所做的事，臣实在不知。他的行动怎么逃得过皇上的洞察呢？'"为同僚能够远离请托避免腐败出谋划策，卫既齐也是由小见大的意思。

全方位了解别人很难。往往是以小见大、见微知著等方式。于成龙列举的原因主要是邵远平敢于坚持、耿直，不"同俗自媚于众"，物以类聚，人以群分，大抵如此。

这两个人的解释并没有让皇帝回心转意："令九卿大臣选拔推举，本来是要得到人才。现在看，结党行私，不论美恶，都是只想各自扶持自己的门生、同年。邵远平朕知道得很清楚，还不能被举荐。"皇帝虽没有点名于、卫，表面是面向九卿全体说话，但事情还是由这次推荐引起的。那么，这个邵远平，皇帝怎么就觉得他不能被推荐呢？

皇帝的着眼点并不在于此，史料记载，邵远平编修《明史》时对"建文帝并非死于大火"这个情节考证极为详细，在撰写《帝后纪》以及跟随死难的各位臣子时，所持观点和同馆史官不合。皇帝不悦，那实际就是邵远平的论证让皇帝不悦了。也许是皇帝更喜欢建文帝死于大火这个说法，其他史官是比较好地领会了皇帝的意思而已。文化水平高，治学精神比较严肃，至少在这件事上帮了邵的倒忙。

虽说这邵远平不久后退养到故里，康熙皇帝还给他题了"蓬观"两字匾额，那不过是因他已离开了修《明史》这样重要的岗位，对于皇权来说也已无害，皇帝便想起了他的文才，起了怜惜之意。类似的情节并不少见。

朱彝尊认为邵远平的《元史类编》水平超过了官家著述。但兴许就是这所谓的"超出部分"被皇帝认为悖谬。

总之，于成龙的这次推荐成了皇帝释放不满的管道。

作为左都御史，于成龙指出尚书图纳对葛柦一案处理拖延，难辞其咎。于成龙没有顺情说好话帮图纳缓颊。拿"要查的档案多"作为案件久拖不决的借口确实有点说不过去。

九月十六日辰时，乾清门。三法司官员面奏完毕，皇帝问尚书图纳："户部审理葛柦一案，你们因何旷日持久不行完结？"

图纳："提取牵连人犯要查阅档案，所以日期迟延。"

皇帝说："户部天下钱粮案很多，都这么迟延行吗？"

图纳："档案堆积，难以查阅，故此迟误。"

皇帝又说："你保证是这样吗？"

图纳答道："皇上问臣为何拖延日久很对。此案臣等详细审理，并无怠慢、徇情庇护之处。如徇情庇护、拖延日久，臣等有何脸面面对皇上，更丧失了做人的道理！"

皇帝转过脸看左都御史于成龙等人问："此事拖延日期的缘故，尔等知道吗？"

御史台是监察督促官员的机关，皇帝问于成龙可就是准备下手问责了。

于成龙答道："因寻查档案就迟延日期，负责的官员还有什么推卸责任的理由！"

于成龙的意思再明白不过："别找借口了，再这样拖拖拉拉没实质性进展，御史台衙门可真弹劾你了。"

十月初六，武科进士殿试结束，一甲前三名产生。这是国家大事。于成龙作为九卿之一参与议论评定进士，他建议简化武进士考试内容。

学士张英就把公推的十份考卷呈上龙书案。很快，张文焕①、袁钤②、韩良

---

① 张文焕：字灿如，甘肃宁夏人。
② 袁钤：字孝辰，徐州人。

辅①成了状元、榜眼、探花，也就是一甲前三名；高天位②、叶世奕③名列二甲前两名。

读卷后，君臣漫谈。皇帝说到武臣从行伍出身的往往优于科考出身的，只有王化行这个武进士很有成就。这是一个关于学院派与非学院派的老话题。

大学士王熙："行伍出身，走功名之路很难，所以都在边疆效力，很是勤劳。近来提拔提镇大帅，多从行伍选拔，他们都能称职。"他讲的是一个非常实际的情况。行伍出身的是从基层摸爬滚打成长起来的，科举考试出来的带兵打仗缺乏历练。

吏部尚书李天馥："今天皇上亲自考试弓马，反复比较，再三再四。各位武举应当感激皇上提拔弘恩，竭力图报。"看来他是怕顺着上边的话题说下去，冲淡了考试成功的喜悦，于是想把话题引开。

康熙皇帝说："考中武科举，重在骑射，文章不过是附带的事，古来名将不能写文章的多了，真有骑射娴熟、技勇过人之人，却因文章不行放弃，也很可惜。"

到了左都御史于成龙发表意见的时候了："武举重在弓马、胆略，那些举石、舞刀等非实战科目也没什么用。"于成龙认为武举考试内容更应有实用价值。他还是像以往一样，说起话来言简意赅。他的观点来自多年官场对官员各方面素质的认识。银样镴枪头的比比皆是，名头很响亮，做起事来很不济。他的话算质疑考试内容设置的科学性。

皇帝也是未置可否，他轻轻拨转了话头："而今绿旗官兵很苦，正应该注意安抚。"

礼部尚书熊赐履："养兵之道，主要在于挑选将帅。有好的主帅，兵自然不苦了。"这是非常原则的大实话，什么时候说都没毛病。

十月初八日。郎中石楞机、工部尚书席柱等人出了大问题。

事起大学士等人将侍读学士温保等人复核护城河桥闸等处修理工程造价的结果呈报皇帝：比工部原估价银两少了四万四千八百余两，还有详细的对比册子。这就是明摆着有猫腻了。

---

① 韩良辅：字翼公，陕西甘州人。
② 高天位：陕西西宁卫人。
③ 叶世奕：顺天府大兴人。

康熙皇帝拿起册子看得很细。在花钱问题上他历来很细。他让工部尚书席柱①、高尔位②、侍郎伊尔格图③、王承祖等人近前，说："修理工程是尔等专门负责，必须清查核算，只知道一味徇情，苟且从事，怎么能整理？你部郎中石楞机等人估计的钱粮数目，完全浮夸。竟要将桥闸整齐的地方拆了重修，还多估计丈尺，想干什么?！"

尚书席柱等启奏："这都是臣等平庸懦弱，没有查出，还有什么可以分辩的。"再三叩首。

"这难道不是尔等部院衙门不改积弊一味徇情吗?！"力度加大了。

"……刑部、都察院严审石楞机，拟罪上奏。席柱等人明知官员估计浮夸冒领，竟然不据实弹劾，反而看面子徇私庇护，一起严加议论处罚详细上奏。工程照温保等人估计价格修理。

十月二十七日。吏部、都察院题查明："郎中石楞机等疏浚护城河各自想欺瞒侵占，估计造价银两浮夸，请将尚书席柱等人各降五级调离使用。"这就是于成龙给出的处理方案。

"工部尚书席柱、侍郎伊尔格图等人确实平庸懦弱，别人说什么就知听从，毫无主见，丝毫不懂朕提拔使用他们的用意，竭力奉公。这怎么能做部堂大臣！就依部议，降五级调离使用。"几名满洲大员下课。

派往陕西救灾的官员让皇帝想起于成龙在直隶救灾的事。

十二月十二日，乾清门。部院各衙门官员面奏完毕，差往陕西西安等处赈济饥民的户部侍郎阿山、内阁学士德珠启奏："臣等明日起行，恭请皇上训谕。"

"训谕你等也没更多的话，只是你们要将饥民详查，让他们均沾实惠，流离百姓让他们回家。尔等别看总督、巡抚面子。他在地方办事让百姓这样饥荒，多亏副都统巴西启奏朕才知道，这督抚到底管了什么事?！尔等到他们那传朕旨意严加申饬。

"去年直隶地方遭灾，巡抚于成龙竭力谋划维护，百姓才没有流浪迁徙。西

---

① 席柱:（马佳）席柱，又名石柱，满洲正黄旗人。

② 高尔位：汉军正黄旗人。

③ 伊尔格图：宜尔格满洲正黄旗人，萨穆哈之子。

安等处今冬若有沾足的雨雪，来年就麦秋有望，百姓无忧了。"

大面积灾荒对任何一名官员都是一场大考。作为督抚却连及时上报灾情都做不到，隐瞒真相，那还能像于成龙那样奋力扑救吗？真替陕西的百姓担心。

于成龙从县令起步做官直到左都御史，财力却不足以经营好家室。等把家人带到京城，还是满天星似的分散居住。皇帝对于成龙的清贫知道得很清楚，赏给他一百九十四间房。全家这才能住在一起享受天伦之乐。据于氏家族文献记载，所赐房屋在今天北京市西城区兴隆街附近。这次超规格赏赐荣宠至极，既是对于成龙清贫生活的体恤，也是对其办事业绩的认可，康熙一朝罕有其匹。然而这次赏赐，让一些人更加嫉妒，蜚语流言不断。

康熙三十一年（1692）

于成龙五十五岁。

作为左都御史听皇帝讲说乐律、数学知识的轻松场景也是极为罕见的。

正月初四，于成龙与伊桑阿等大臣在中左门等候皇帝关于乐律、数学等方面的垂询。从记录上看，大部分时间都是皇帝给大臣上课搞文化普及。于成龙等人被叫到近前交流的机会几乎没有，他们是作为学生和观众被宣进皇宫的。

一会儿，皇帝驾到乾清门。各位大臣快步进入，来到皇帝座前。皇帝拿起桌上的《性理》书阅览，指着《太极图》对众大臣说："这太极图说的都是确定无疑的真理，没有可怀疑的地方。"

接着，康熙皇帝对着《五声八音八风图》说声律，对着《律吕新书》讲圆周率，议论《隔八相生图》，和大臣探讨流量的计算方法……皇帝兴致勃勃。

大臣们说："臣等今日仰承皇上圣明教诲，闻所未闻，见所未见，真太高兴了。"

最后，于成龙等人看到康熙皇帝命人取来测日影的晷表，拿起笔来在上边画了个记号，说："这就是正午日影所到之处。"他令人把晷表放在乾清门正中，让于成龙等人在那里等着看，自己回宫去了。正午，日影所到之处与他标记的毫厘不爽……

官员们的一阵惊叹正是康熙皇帝想要的结果。在大臣一片颂扬声中，皇帝势必心情非常痛快，自信心更加牢固。于成龙等人回去则想必要好好下一番功夫了。虽没有听到于成龙说话，但我们能知道他正努力把皇帝所说的话记在心里。好在看到后边我们发现于成龙非常好学，他的工作仅凭一腔热情是远远不够的。

有一个消息在不知不觉中与于成龙的未来产生了关系。

二月初一日，河道总督王新命被解职。消息传来，打破了初春的宁静。

原来，运河同知陈良谟①状告河道总督王新命向他勒索六万零七百两银子，王新命反过来弹劾陈良谟欠治河库银，互相撕咬。皇帝听完吏部报告后大怒，当即将王新命革职。

王新命被罢免，年老多病的靳辅再次做了河道总督。办差八个多月后，靳辅因病向皇帝请求退休，得到了皇帝允许。

治河成为让皇帝头痛不已的烂摊子，他已在心里寻找那个力挽狂澜的人。

下一任河督可能是谁？朝廷的人心里开始暗暗猜测。

三月二十四日，于成龙等五位大臣请求宽大王鸿绪、徐乾学。两人因前案议罪，如何处罚这二人，满汉官员都参与了讨论。这五个人的声音显得与众不同。

事起百姓状告嘉定知县闻在上②私自摊派一案。按察使高承爵前去审问。闻在上交代，曾经贿赂当时是举人身份的徐乾学之子徐树敏五百两银子，案发后徐将银两退回。巡抚郑端③复审核实后，弹劾徐乾学纵子纳贿，染指赃银，玷污大臣名节。

畅春园澹宁居。伊桑阿启奏："王鸿绪、徐乾学处分一事，满汉九卿官员皆

① 陈良谟：字显夫，奉天人。
② 闻在上：字尔达，山阴人。曾任江苏嘉定知县八年。
③ 郑端：字司直，顺治十六年殿试金榜三甲进士，翰林院庶吉士，官至江南巡抚、兵部侍郎、都察院右副都御史等职。

赞同圣谕。只有尚书李振裕、都御史于成龙、金都御史宫梦仁[1]、参议周清源[2]、给事中刘国黻五人讲'王鸿绪谢恩折子内有牵连巡抚郑端的话,因此才有郑端启奏的事。徐乾学、王鸿绪理应处分,但皇上近来已有宽大仁慈旨意,此案并非上谕后新出的事。还是请皇上睿智裁决。'"

于成龙等人的提醒针对的并非案情本身。我们看于成龙担任直隶巡抚对于贪官的追究就知道,他从不手软。现在作为左都御史,发现皇帝处理案情有悖于原有赦免的相关旨意,及时提醒是他的职责。说到哪儿办到哪儿,言出必行,减少瑕疵。切不要认为于成龙是在纵容徐乾学、王鸿绪贪赃枉法。恰好在大赦期间,如果皇帝真的赦免他也算他便宜。

通过王士禛《居易录》我们见到了于成龙在案中为他申辩的情况。整个事件看起来意味深长。

席珠糊里糊涂的上奏引得皇帝大怒。皇帝命吏部、都察院严查。

事起四月十一日督捕衙门绿头牌启奏(康熙)三十年逃亡人员数目,有个二等侍卫逃走,已拿获。当皇帝问席珠"侍卫什么名,哪个旗,逃往何处"时,席珠对皇帝说:"是镶黄旗麻喇希。"

"镶黄旗侍卫里没有叫麻喇希的。"

席珠又说:"可能是因病退职的,不知逃往何处。"

皇帝:"告病退职的只有马三捷,没有麻喇希。"

"督捕衙门特地启奏逃人的事,逃跑之人姓名尚且不知,他们还奏什么事?!这难道不是因为司官不亲自处理却推给笔帖式翻译有误造成的吗?席珠一点也不熟悉事务,尼满、何玺都像木偶,怠慢懒惰,部院衙门事务还有什么可说的!将席珠、尼满、何玺以及司官等人交吏部、都察院,严察议奏。"

四月十九日,吏部、都察院题请:督侍郎席珠、王士禛,理事官何玺、劳之辨、尼满在原侍卫马三捷逃走一事上不能准确答复皇上,应各降一级留任,罚俸一年。

---

① 宫梦仁:字宗襄,号定山,江苏泰州人。康熙十二年进士。累官翰林院庶吉士、河南督理粮储道中州漕运参议、贵州道监察御史、湖广提刑按察使、布政司参议、山东提学副使、福建巡抚等职。所官之处,皆有善政,尤熟理河务。

② 周清源:字蓉湖,江南武进人。

皇帝直接把席珠、何玺、尼满的处罚加到降三级。

督捕衙门惯例，每年四月集中上奏本年度八旗官兵逃跑及拿获的情况，逃的官兵总数还记在绿头牌上，不过光记了个总数，预备皇帝询问时提个醒。具体人名、地名，上边都没有。拿牌上奏的是满洲堂官。

乾清门启奏时，席珠答不上来，王士禛却不懂满语，所以不能替席珠回答。结果与席珠等人连带着遭到皇帝斥责，皇帝还令吏部、都察院严察处罚。

于成龙经过调查认为："拿绿头牌启奏时，汉人官员照例不让听见，此事与王士禛无关。"他到了内阁陈奏此事原委，又为王士禛申辩。王士禛因于成龙申辩而处罚减等，最终只降了一级，罚了一年俸银。

九月十九日辰时，于成龙关于量器准确度的意见得到皇帝高度重视。

部院各衙门官员当面启奏完毕后，大学士伊桑阿、阿兰泰、王熙等人拿上大臣的折子请旨。

有个折子上说："九卿回复陕西巡抚布喀[①]上书时说，'自湖广运至陕西的米粮，量米用斛与户部颁发标准铁斛相比，湖广斛略小二合，请旨定夺'。臣查到顺治十二年曾铸二十面铁斛，颁发给户部仓场总督、漕运总督各一面，直隶等各省各一面。此斛颁发时间久远了，应交给工部按户部铁斛修造木斛，发往陕西使用。"

这可不是小事，积少成多，假如布喀所言属实，那少了的粮食哪里去了？时间久了，保得住保不住脑袋就是事了。再者说，全国标准不统一，将来是稳定的隐患。这个话题在朝堂上议论，太有必要了。

皇帝："顺治年间曾造铁斛二十面，颁行各省。此斛已在西安使用。今天又令工部颁给。湖广斛较西安斛只少二合，没什么分别。这或许是小人在量米时故意摇撼所造成的也说不好。"

"朕从前详细询问大臣，马齐辞穷讲不上来，熊赐履只是用'谨权量'[②]的成语启奏，只有于成龙认为'斛之大小确实不同'……"

---

① 布喀：字霖苍，满洲人，由监察御史升任陕西按察使、山西布政使、甘肃巡抚，康熙三十一年任陕西巡抚，后因事革职。

② 谨权量：《汉书·律历志上》："谨权量，审法度。"颜师古注："权，谓斤两也；量，斗斛也。"

熊赐履说的是个原则话：这度量衡是国家大事，不能不谨慎。这个判断应不会有争议，但没有建设性。

于成龙认为斛子大小确实不同，他做直隶巡抚这几年，积累了大量实践经验。于成龙的说法引起了皇帝的重视。

真的吗?! 按道理工部铸造的斛子应等大。他却说不一样大，他有依据吗? 在这个话题上随便表态可不是什么好事。

次日，大学士伊桑阿启奏："臣遵旨向九卿询问斛子大小问题，九卿都说臣等人议论的大错特错。"

皇帝："……如果看它能容多少米多少谷子还会有不实之处，这还不足以当成校正标准。想要精确推算，或者用容多少水或者水银来衡量才能让各省标准斛子彼此符合。现在通行的斛子，全都参差不齐。"

实践证明，于成龙的话非常正确。敢肯定各省斛子不一致，他一定亲自试验过，心里有底。

十三、初任河道总督

（总督河道、提督军务、兵部尚书兼都察院右督御史、正一品加四级）

河道总督出缺并没有出现官员蜂拥而上的情景。相反，九卿直接把球传回了皇帝手里。太烫手，没人敢接茬儿。九卿心里话：让皇帝自己看着选吧。于是皇帝陷入了长考……吏部这次反而成了催进度的了，康熙皇帝一拖再拖，说了三次"容朕再想想"。

康熙三十一年十月二十二日，左都御史于成龙再次"被推荐"接替熊赐履担任礼部尚书，又被皇帝否决了。

于成龙在康熙二十八年担任直隶巡抚期间曾有一道上书得到批准：如果百姓开垦荒地后自首，那官府就不要拘泥于开垦了几年，就从自首那年开始征缴钱粮。这个建议当时得到了皇帝首肯。

于成龙上书的意思是鼓励百姓垦荒，这将有利于那些贫瘠之地迅速复苏，对国家有利，不动声色，表面看起来有些迟钝，实际上是深谋远虑，深得先贤无为而治之精髓，可谓良策。

本年十一月，距于成龙上书刚三年多一点，户部就按捺不住了，上了一个折子，说这样一来隐瞒不报的开垦者太多了，应该限直隶各省百姓在自行开垦荒地四个月内自首免罪，否则失察的地方官和总督巡抚一起由户部议罪，开垦的百姓也将从重治罪。这实际就是彻底否了于成龙从前上书所取得的成果。

百姓主动开垦荒地的多了不好吗？户部的思路没有打开。

皇帝并没有照准，而是折中了一下："……限四个月为期太紧迫，限两年……"

实质上，官府在不断巡查，百姓偷偷开垦荒地很难隐藏。只有那些荒僻之地才有可能躲过官家的眼睛。皇帝给的两年期限，因为四个月的新地还没养熟，白受累还犯法，如此一来百姓的垦荒热情将丧失殆尽。"水至清则无鱼。"这些高高在上的官员，自以为明察秋毫，他们和百姓打交道恐怕太少了。因小失大，聪明反被聪明误。

十一月二十日，辰时。于成龙在皇帝征求他对靳辅中河疏浚工程等上书意见时选择了同意。他和靳辅的分歧在下河治理方略，至于说中河疏浚（拓宽），之前巡河已经发现中河狭窄的安全隐患，于成龙也没理由反对靳辅。

先是，工部尚书萨穆哈等提议同意总河靳辅"高家堰应加筑小堤，中河应开挖疏浚河沟，增高遥堤，添造闸口"等请求。

尚书熊赐履被问到的时候认为靳辅身在河道，历年甚久，那些对河道有益之处必然能够洞察知晓，表示同意。

皇帝又问左都御史于成龙："你的意见也和他们一样？"

于成龙回答："臣的意见与大家相同。"回答得非常干脆痛快。

尚书马齐则以临时经过为由，认为河道关系重大，不可凭空揣摩议论。

皇帝提出了疑问："……高家堰堤外欲改筑一小堤，这难道也行？承受洪泽湖大水，全依靠高家堰。将高家堰堤修筑得更坚固即可，在大堤外边再筑小堤，有什么益处？倘若高家堰大堤被冲决，一个小堤能顶住洪水吗？这都是靳辅坚持他过去加修重堤的意见在做事罢了……

"朕将畅春园内河堤令人整治为斜坡，几乎每次被水从中冲毁。细流尚且如此，何况黄河水势如此浩大！

"……他年老有病，已到了昏昏老年，情况现在还不能确定啊。"

实际上，靳辅病逝的消息已在昨日传到了京城。

现代学者对于靳辅治河历来评价褒贬不一。本书侧重于叙述于成龙与其深度交集的这段历史时期，以图客观展现事件发展演进的过程。希望能给读者提供更为新颖更为全面回视历史的窗口。

十一月二十四日辰时，总河靳辅去世，职位出缺。皇帝让伊桑阿等征求九卿意见。九卿说："总河责任很是要紧。知臣者莫若君，臣等不敢妄拟，臣等伏候皇上选用。"

九卿这次连推荐的"荣耀"都彻底放弃了，群体性向后一闪。

"协理河务府丞徐廷玺办事也行，只是为人轻浮。河道总督责任甚为紧要，一定要才干和事务相适宜，能够办理河工紧急事务的人才有好处。用满洲、汉军官员补用为适当。"徐廷玺的名字被皇帝提起按道理是个好事，但皇帝后边的话一点面子都不给。他似乎完全不用顾及大臣们的心理感受。

十一月二十六日，辰时，乾清门。伊桑阿启奏："臣等遵旨问九卿，九卿说河工关系最为重大，如果预先筹划稍有不到的地方，遗患就不小。总河这个职务满洲、汉军适宜，也并非出门就坐轿，只会说空话能议论之辈所能胜任，还是等待皇上睿智鉴别选拔使用吧。"

一般的汉军官员不行，九卿这次开始帮助皇帝缩小包围圈。

球又传回了皇帝手里。且看皇帝如何安排。

"治河工程责任最为重大，得到合适的人选确实很难。如果再让王新命做总督，那就太容易了。王新命在河道职务上干了三年，幸好赶上河道无事，这才得以安静。如果河道有事时，那该怎么办？现在正值天寒地冻，河道无事，暂且迟缓几天，容朕好好想想。"王新命没出事是因运气好，康熙皇帝这话可不算夸奖。

遴选官员的过程好像在皇帝脑子里大比武。难怪大臣不敢说话。思考过程变成有声语言——从皇帝口中出来，听了让人咋舌。

十一月二十九日，畅春园澹宁居。

伊桑阿等在回答皇帝关于河道总督人选的时候答道："治河事务最为紧要，还是请皇上选拔任用吧。"伊桑阿不愧是老手，严守不出，任凭皇帝几次提问坚持交白卷。

"众多国家事务没有比治河工程更重要的。从前李闯流贼作乱，曾将河南黄河掘开数处，百姓深受其害。之后陆续修治，直至康熙二十年以来才好了。

于成龙生父于国安诰封碑

"黄河关系国计民生，从前靳辅修河，弹劾他的人很多，朕都记下了。如果拿弹劾靳辅的人补用，他必定会抱着偏见，随随便便地稍微修改，也让人不能觉察，等到河道出现大的损坏，那时该怎么办？朕实在是害怕啊。"

这就是皇帝内心最隐秘的想法！他顾虑的不是技术问题，下河之争的后遗症发作了。

"皇上透彻治河事务，如果选用他，谁敢胡作非为？连身家性命都不要了不成！"伊桑阿就差说出这个人的名字了。他对皇帝的顾虑心知肚明。

心照不宣，两个人写在手心里的答案几乎完全亮给了对方。

几天前的十一月二十日，于成龙的生父于国安等人受到诰封。

诏书中说："……于成龙在朝廷位居高官，之所以尽忠是他把孝顺父母之心转化为孝敬君王之心，事业所以昌盛完全是由于严父训诲，将赡养和侍奉父母之心转化为孝顺君主……"

诰封针对的是官员的父母，但用意还是激励他们的官员子女好好干事。

这是皇帝发出的强烈信号。看下边对于成龙的任命就知道这个诰封不是偶然的。这是铺垫。

十二月初四日，畅春园澹宁居。于成龙的人生走向已经逐步被确定。这个背后的过程恐怕于成龙本人也未必全部知道。

吏部再次提议确定河道总督人选，他们反成了要账的了。的确，这个职务不能长时间空着。

"河道总督人选难得，巡抚宋荦、朱宏祚官当得不错，但治河事务与地方事务不同，擅长地方事务的，未必擅长治河事务。

"巡抚郭世隆官当得很好，品行忠诚坚定，谨慎小心，学问也好。从前任内阁学士时，朕就了解他。从来汉军学士中没有超过此人的。

"侍郎思格色品行诚实，非阿谀巧诈之人，是这些年来满洲学士中无人能及的。总督佛伦做官也不错，从前做过内务府总管，曾经实心效力。赴任陕西时，听闻山东百姓无论老幼哭着把他送到境外，至今想起他还落泪。佛伦在山东时，安静，不扰民，所以官民心悦诚服。总督傅腊塔官当得也不错，并不逢迎畏惧他人，只是一心效力。

"凡官员赴外地任职到这里请求朕训示时，朕总是告诫他不可诬陷弹劾。凡有人在朕这里获罪，还会有解脱豁免的机会。不可得罪朋友，被得罪的朋友肯定会专心等他出纰漏时去排挤陷害他。

"佛伦不违抗朕的旨意，所作所为都遵照朕旨意。依朕看来，遵旨的都吉祥，违旨的都有灾。朕希望所有官员都能够保全、有成就，难道愿意看到他栽跟头吗？凡官员互相扶持结党的不祥，诬陷他人的更不祥，总不如安分尽职、倾心效力为好。"

皇帝把满洲官员一个个拉出来比较，举棋不定。他想把满洲官员的重视度提升，他担心满汉官员力量失衡。满洲是他的根基，而且佛伦、傅腊塔这样清廉的满人也很争气，说给满人听，也说给汉人听，但是毕竟这还是需要经验的活儿，不能太任性。

"此缺容朕再想想。"

这个话题又被放下了。这就是一而再、再而三。难！

十二月初七日，畅春园澹宁居，辰时。靴子终于落下：于成龙。

吏部再次提出河道总督职位缺员时，皇帝这次终于拍板了："左都御史于成龙凡事尽力，材干亦优，而且曾在治河工程效力，命补授总河职务。"

十二月初八日，于成龙被正式任命为河道总督。董讷继任都察院左都御史。

于成龙接到的圣旨中说："因于成龙谙熟河道的疏浚开凿，皇帝特别派他到外地担当这个重任。"

于成龙赶去南苑猎场向皇帝谢恩。

于成龙向皇帝报告说："治河工程事关重大，臣年老无才，恐不堪担此大任。"他几次恳切推辞，皇帝都不准许。

从十二月十三日至十九日这七天，于成龙每天进宫聆听皇帝训导。

十二月十五日，乾清门。于成龙上奏："臣于本月二十日起程。治河工程最为紧要。恭请皇上训谕。"

"国家诸事以河工为紧要，河道必须全部亲自看到。治河事务切勿轻信旁人虚言，也不可固执己见。"皇帝的话言简意赅，均有所指。

于成龙答："上谕诚然。现今河道安澜，漕运无阻，皆因皇上指点训谕。臣到任一定一心守旧，不时巡视。凡工程钱粮照数亲自发给官员属下，令他们给足夫役。

"臣断然不接受属吏财物。自身既然清廉，所有下属自然不会克扣，夫役工钱就能全部领到手上，所修工程自然坚固而且速成。治河官员真正有勤劳担当成绩卓著的方敢举荐，绝不敢徇私接受贿赂。倘有应修工程必须请皇上指点训谕后才施行，丝毫不敢任意更改。

"臣到任时，不等候大学士张玉书、尚书图纳，先往河南查勘黄河两岸及各处工程，再往清江浦。勘察完毕，料理数月，仍由济宁至通州开挖疏浚运河浅滩，现在粮船因河道淤积变浅而改用剥船，很是苦累。"

皇帝问："通州河道淤浅之处，你能通过开挖疏浚让它长久变深吗？"

皇帝再次刻意强调了"长久"二字，这措辞很重要。于成龙聚精会神，他敏锐捕捉到了这个倾向：

"臣十一年前任通州知州时，自通州至南铃十余里浅滩曾经开挖疏浚。后任江宁知府，臣问那些运河上的船夫从前所开挖的南铃浅的地方又有阻碍了没有，都说没有阻碍。"

于成龙的回答很客观，他说的是自己在五六年前了解到的情况。

皇帝说："朕今岁四月巡幸窝头庙①，乘舟行走了三十余里，过南铃一带时，水都很浅。沙地纵然开挖疏浚，怎么能长久变深呢？"

----

① 窝头庙：又名馒头庵，今北京市通州区张家湾附近。

水深浅和枯水期有着密切的关系，畿辅地区夏初干旱几乎是规律性问题。皇帝说的是今年了解到的情况。我们看到这个对话内容各自针对的时间点并不一样。

于成龙似乎有先见之明，或者是在皇帝的言谈话语之间有过相关内容。他主动谈到一个问题：

"臣家中并无仆人，今有跟随臣的笔帖式苏信、随印笔帖式吴什图①，请皇上准许带到任上。"

皇帝说："可以。"

于成龙叩谢而出。

一品大员，钦赐宅邸，家中竟无仆人，这样节俭，让人赞叹。

十二月十六日，董讷接替了于成龙左都御史职务。看看皇帝为何这样安排。

"董讷曾在靳辅修河时有阻挠的意见，现在于成龙已任总河，董讷可能会固执地坚持前边的做法，嫉妒坏事也说不好。将董讷升任左都御史，治河工程希望能清静清静。"这不是自言自语，这是公开表达的不信任。

十八日早晨，于成龙进宫向皇帝辞行。皇帝命撤掉御膳，赏赐于成龙吃饭，并赏赐给他全副弓箭、撒袋②、蟒缎披领。

这次就是情感激励了。治河这个事儿极其辛苦，于成龙多年来忠心耿耿，给皇帝效力给朝廷办事不遗余力。这顿御膳也好，赏赐衣物也好，都是皇帝给的荣耀，肯定之余也算给于成龙壮行。

很久没有写到于成龙的养父于得水了。不妨看看他得知儿子荣任河道总督后的反应。

于得水在战火中建功立业，历练得十分成熟。后来又有了于成龙这么出色的儿子，皇帝赏赐、表扬，乃至到皇帝举办的宴席上当大宾，父以子贵。

于得水写下"君恩臣职，运道民生，冰衡国帑，节用爱人，躬行表率"二十个字家训送给于成龙，让他牢记皇帝的恩情以及做臣子的肩上重担。运河

---

① 吴什图：满洲镶白旗人，礼部侍郎吴努春之孙，员外郎吴敏之子，由笔帖式考取举人。

② 撒袋：即櫜鞬，是古代盛装弓箭的器物，櫜盛箭，鞬装弓，多以皮革制作。弓囊为上宽下窄的袋形，箭囊为长方包形，二物合称为撒袋。

关系国计民生，一定要节约使用国家的银子，每一分银子都清清楚楚花到刀刃上，不能存半点私心；要爱护属下，身先士卒。

于成龙可能意识不到，聆听这位饱经沧桑的老人讲人生大道理的机会已不多了。这种父与子的交流，被王士禛称为"各得其所"。父亲和儿子的角色鲜明，作用明显，相得益彰。

于成龙有这样的父亲，人生道路上得到了助力；于得水遇到于成龙这样的儿子，才成了康熙皇帝心中的教子模范。

有一条几乎被时光湮没的信息引起我们高度关注。

于成龙从乐亭知县治理滦河时就开始将理论与实践相结合，不断完善和丰富自己的治河策略。谈起这个话题不能不谈谈于成龙的"朋友圈"。这里重点提提他的一个传奇朋友。

关于这个朋友甚至有个说法：如不是南怀仁出于嫉妒鼓动挑拨康熙帝处理掉他，整个大清历史很有可能被改写。当然，这种推理只能让人对人世间沧桑巨变的不确定性、偶然性多了一分慨叹。

这个奇人叫戴梓。

戴梓，顺治六年生，比于成龙小十一岁。他一生在很多领域成绩卓越，但最重要的成就还是兵器制造及治河理论研究方面。

在父亲戴苍影响下，少年戴梓即喜欢上了机械制造，曾自己制造出多种火器，其中的一种能击中百步以外的目标。这非常具有传奇色彩。

清康熙十三年，耿精忠自福建起兵进犯浙江，响应吴三桂叛乱。康熙皇帝派遣康亲王杰书为奉命大将军，率清军赴闽浙征讨耿精忠。戴梓欣然弃笔从戎，随军出征。戴梓对军事形势条分缕析，与康亲王高度吻合，很受尊敬。戴梓曾向康亲王献"连珠火铳"。这是一种射击效率极高的火枪。那年戴梓刚刚二十五岁。

康熙十九年，康亲王班师回朝，康熙帝召见戴梓，看重他的才华，授其翰林院侍讲官职，入南书房，并命他参与纂修《律吕正义》。戴梓那年三十一岁，已很有点羽扇纶巾的潇洒劲儿了。

康熙二十五年，荷兰政府派遣使者来到中国，并进贡"蟠肠鸟枪"，戴梓奉命仿造了十支枪，康熙将仿造的枪支回赠给了荷兰使者，让来使大为惊讶。不久，戴梓奉命仿造西班牙、葡萄牙"佛郎机"炮，只花了五天就成了。

康熙二十六年，康熙帝令戴梓监造"子母炮"，八天即成。炮长二尺一，重约三百斤，便于运带。铸造的炮弹外形如西瓜，每枚二三十斤左右，内装"子弹"，"子在母腹，母送子出，从天而降，片片碎裂，锐不可当"。

康熙三十年，嫉恨戴梓才华的南怀仁与张献忠的养子陈弘勋勾结以"风闻言事"诬陷戴梓勾结东洋人，皇帝起疑将戴梓发配至盛京。

这里重点要说的是戴梓对治河理论很有研究，并结合中国历代治水之法写成《治河十策》。金兆燕在《耕烟先生传》中说："戴梓先生抱经世大略，举凡天文历法、算数、兵法、治理河渠没有不深入研究的。河道总督于成龙得到了他写的《治河十策》，到今天还在使用他说的办法。"这一说法在《辽东文献征略》《杭州府志》等文献中均有记载。

人生中总会有一些让我们极度羡慕的天才，戴梓无疑就是这样的人。他在治河上也一定会有自己的真知灼见。至于这部著作于成龙是怎么得到的，于成龙和戴梓两人属于神交还是有过切实的来往，现在都成了谜。

虽戴梓《治河十策》全文已散失，但通过文献史料以及于成龙的治河实践可知其理论核心内容大体上可概括为："对自然故道的利用，疏堵兼施的方法，分段管理的措施，民夫招募的策略。"感兴趣的朋友可拓展研究戴梓的治河策略，也许还会有更多新发现。

关于于成龙担任河道总督，当时是一个很有影响的事件，引发社会人士的广泛关注。我们来看看当时钱塘诗人顾永年[1]写的《闻诏总宪于振甲治河授以方略》吧：

> 廿载黄淮使，金钱掷浪涛。柳堤增不已，河底厚无挑。减水归临塞，屯田久驿骚。何人排众议，一怒斥邪蒿。
> 徒来疏浚筑，底事只培堤。湖面皆沙涨，城闉与岸齐。鱼龙终欲窟，燕雀暂安栖。泄水归支派，开渠计不迷。

---

① 顾永年：字九恒，号桐村，钱塘人，后居天津，康熙二十四年进士，曾官甘肃华亭知县。

禹奠山川后，海为百谷王。谁言高出地，不令决归洋。铁限淤虽久，梯云开有方。刷泥宣去水，胜似塞宣房。

不饮河源水，公真到骨清。治人虽已得，画策未全行。赖作中流砥，凭将八柱擎。庙堂休掣肘，慎选在虞衡①。

四首诗中有对下河之争的回顾，有对前任治水官员的评判，更多的是对于成龙的廉洁担当和治河策略赞赏，对下河摆脱沉重水患的热切期待。

康熙三十二年（1693）

于成龙五十六岁。

正月到任后，于成龙立即全面视察两河。尤其是查看堤坝险工，每天谋求补救的方法。这就是雷厉风行。

高家堰为淮扬地区的防洪保障工程，就凭着一条危险的堤坝防御茫茫万顷波浪，哪里经受得住水波的澎湃冲击？于成龙首先加固了高家堰大堤，修整后的大堤堤顶达到五丈宽。大堤坚固，周桥②就安然无恙了，裴家场的洪水像奔驰的野马一样排泄下去。

正月二十日，前去视察河道的大学士张玉书、尚书图纳向皇帝反

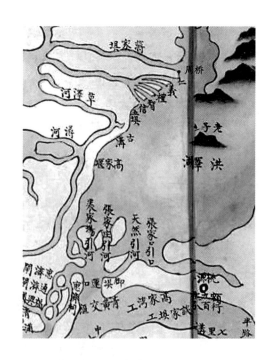

《两淮盐场图》中的洪泽湖引河

---

① 虞衡：掌管百姓的官。

② 周桥：今江苏省淮安市洪泽区周桥村附近。

馈：靳辅去年准备修筑小堤的位置距高家堰太近了，如果遇到洪泽湖涨水，高家堰大堤被冲决，小堤也断难保护。

二月初二日，皇帝命于成龙加紧修筑三官庙等河口。

"高家堰大堤工程，特别是史家刬至周桥最为紧要。若此堤失于防护，即使多筑数层土堤俱属无益。史家刬至周桥只有一万四百余丈，应命河道总督等人迅速加筑三官庙①等六处河口，等竹笼腐朽损坏时改用石头。原本就是石头堤岸应用土培护之处也应加土培覆。高家堰大堤应于每年修筑后，命河道总督亲自详细查勘，写明情况上报。"张玉书的踏勘结果再一次否定了靳辅于高家堰大堤外修筑重堤的思想。

这些都是于成龙例行工作之事，总体一句话，一切顺利。

二月初七日辰时，于成龙任直隶巡抚时曾推荐的河间守备②刘贯通成为皇帝议论的话题。于成龙举荐的这个人才他非常满意：

"刘贯通人材健壮，朕巡视江南时，刘贯通曾在河沿随行两个昼夜，人材实属健壮，随即将他升为湖广参将。朕昨日召见刘贯通，见他骑射特别优秀，并且对军旅营伍之事干练通达。

"武进士中能通晓营伍事务的很少，刘贯通是武进士出身，竟也能通晓营伍事务，若用此等人于地方事务，肯定会有所裨益。"

如果没有史官记载的这段皇帝的话，于成龙在直隶巡抚任上曾经建议优化宣化行政机构设置这事便无从得知了。这到现在也不能算小事。这是根据国家形势发展淡化宣化军事防御功能的举措，当时的宣化毕竟不再是国家边关性质的地域。

二月初八日，吏部未同意直隶巡抚郭世隆裁撤宣化府厅卫改为府县，设立知府、知县等官的建议。

"此事于成龙任直隶巡抚时就曾经启奏过，如将宣化改为府县则所有事务易于办理，有益民生也未可知。九卿切实议论后详细上奏。"皇帝因于成龙曾提过相同的建议，要求吏部认真对待，再次商议。

---

① 三官庙：江苏省淮安市淮安区三官村附近。
② 守备：清武官名，指管理军队总务、军饷、军粮职务之正五品官。该官职受各省提督、巡抚或总兵管辖。另外，该职亦可由参将、游击充员代之。

三月二十二日，这则吏部回复直隶巡抚郭世隆奏请宣化府新设知府缺员的史料就能知道宣化已裁撤厅卫建制设立了宣化府，于成龙的提议已经变成了现实，而且首任长官还是于成龙推荐过的官员。

皇帝说："涿州知州秦毓琦曾经于成龙、郭世隆推荐，说他居官颇善，明达事务，这宣化府知府的缺，命秦毓琦升补。"

四月，于成龙作《关帝圣迹图志全集序》。这是于成龙参加文化活动的珍贵记录。

关云长是三国时期蜀国名将，是历代公认的忠义典型，也得到了清朝皇帝的推崇，当时各地祭祀关公的庙宇很多。但关云长身世及其祖先情况此前史传记载一直比较模糊，算当时史学研究盲点，一个偶然发现让这一切立即明朗了起来。

康熙三十一年三月，四明①孙锡庵从南方过来，将解梁②州太守王朱旦写的《井砖记》带给淮阴桃源画家卢湛③。

《井砖记》记述了解梁在寺庙井中发现镌刻有关云长父母、祖父、妻子姓名、居住地、职业等信息的方砖。此砖解开了关云长身世之谜，在当时引起巨大轰动。

据传说，井砖发现前，关云长曾给当地一个叫叶梦的读书人托梦，增加了此事的传奇色彩。

卢湛详细梳理了关云长谱系，辑录了反映关云长各个时期事迹的图画及名人论述、传记题咏等内容，编成《关帝圣迹图志全集》，全集分为"仁、义、礼、智、信"五部。卷一收录关羽生平事迹版画五十多幅："圣帝（关云长）遗像、悯冤除豪、桃园义聚、涿州全胜、大破张角、迅斩华雄、救释张辽、三约明志、秉烛达旦、五关斩将、华容释曹、辱使绝婚、退守麦城、正气归天"等。

卢湛仰慕于成龙威望，携《关帝圣迹图志》请于成龙过目鉴定并请其作文

---

① 四明：宁波府别称，因境内四明山（传说山上有方石，四面如窗，中通日、月、星宿之光，故称四明山）得名。

② 解梁：解梁城旧址在今山西永济市的古城村，解梁城东为解州，南为虞乡，北为临晋，西为蒲坂，都属智伯的封地。解梁古城是东周列国时期智氏最为兴盛时建造的。

③ 卢湛：字浚深，江南淮阴人。清康雍王朝宫廷专职画家。

记述此事。于成龙详细阅读了书稿，欣然写下《序》。

《序》中盛赞了关云长忠义"气之充塞流行而万古不朽"，"忠臣义士以一身系国家之安危，关气运之盛衰"，"浩气磅礴亘千秋而不泯"，"……无一不归于忠，生杀予夺，何事不精乎义?! 故其严气正性，挺然独行，勇烈威风，勃然难犯。"

《序》中分析了关云长忠义气节来源于理，来源于关云长始终没有放弃对《春秋》义理的学习，充满对关云长的敬仰之情。

于成龙盼望这部颂扬关公忠义之气的著作出版，同时他联想到了自己肩上的使命。

他写道：关公原来在天妃庙祭祀，曾经在高家堰大堤发洪水时显灵，如果真能够保佑自己，让两河安澜永远平安，护国庇民，那功劳就太大了。

于成龙倡议各方捐资"出版"了《关帝圣迹图志全集》。

关云长忠义思想的来源对性理的学习的说法，主要源于关云长喜读《春秋》的记载，这和康熙皇帝提倡全国研究学习性理之学一脉相承。

清在全国的军事征服已结束，统治趋于稳定，皇帝很需要臣子们像关云长一样忠于自己。

于成龙青少年时在固安南房村口的关帝庙读书，耳濡目染了很多关公事迹，关云长的忠义已深深扎根于他的灵魂深处。

纵观于成龙的一生，对皇帝、对朝廷的"忠"是最为核心的内容。看上边的《序》就能了解于成龙对关云长的崇拜之情，崇拜他就是因关云长对皇帝的忠。

下边的事真像《关帝圣迹图志全集》作序那件事的续集。河道总督于成龙把美好的希望刻到高家堰大堤的石碑上，祈愿关公保佑高家堰大堤平安。

《关帝圣迹图志全集》书影

这年冬天，于成龙奉命担任河道总督，上任之初即亲自视察高家堰大坝工程，其间拜谒了高家堰上的关帝庙。

当得知康熙二十三年皇帝视察高家堰时曾经亲临关公庙拜谒，很是感慨。他撰写了《高家堰汉寿亭侯关帝庙碑记》。

于成龙首先对于高家堰的重要性进行了议论。他说："淮河发源于桐柏山区，流经凤、泗，汇聚成洪泽、富陵、泥墩、万家等湖泊，浩浩汤汤。如果没有高家堰作为屏障恐怕淮南都会成为泽国。高家堰就是淮河水的堤防。

"高家堰牢固，淮河水就会出清口，汇黄河，经安东县下云梯关入海；高家堰不坚固，淮河水就会向一旁漫溢而进入高邮宝应等地湖泊。淮河出水口水流力量不集中则刷沙力量就不大，淮河、黄河都会受害，因此高家堰又是保障这两条大河的关键。

"汉代陈登①修筑了高家堰，明代陈瑄②又加以修葺。到了潘季驯③用石砌堤才使高家堰坚固到足以依仗。在大堤上建关帝庙，就是希望关帝降福保佑大坝。"

于成龙分析说："古往今来忠臣烈士很多，单单关云长祭祀庙宇遍布城乡，大概就是因关云长威灵无所不在，能够抵御灾害，就像有关祭祀典籍中所说的那样吧。"

---

① 陈登：字元龙，下邳淮浦（今江苏涟水西）人。东汉末年将领、官员。二十五岁时，举孝廉，任东阳县长。虽年轻，但他能够体察民情，抚弱育孤，深得百姓敬重。后来，徐州牧陶谦提拔他为典农校尉。他考察徐州土壤状况，开发水利，发展农田灌溉，使汉末迭遭破坏的徐州农业得到一定程度的恢复，"秔稻丰积"。建安初奉使赴许，向曹操献灭吕布之策，被授广陵太守。以灭吕布有功，加伏波将军，又迁东城太守。年三十九卒。其子陈肃，魏文帝时追陈登之功为郎中。

② 陈瑄：字彦纯，合肥（今属安徽）人，明代军事将领、水利专家，明清漕运制度的确立者。陈瑄早年曾参与明军平定西南的战争，历任成都右卫指挥同知、四川行都司都指挥同知、右军都督府总督佥事等职。靖难之役时率水师归附明成祖，为奉天翊卫宣力武臣、平江伯。陈瑄历仕洪武至宣德五朝，自永乐元年起担任漕运总兵官，兼管淮安地方事务，督理漕运三十年，改革漕运制度，修治京杭运河，功绩显赫。宣德八年，病逝于任上，享年六十九岁。追封平江侯，赠太保，谥号"恭襄"。

③ 潘季驯：字时良，号印川。湖州乌程县（今浙江省湖州市吴兴区）人。明中期大臣、水利学家。嘉靖二十九年登进士第，曾于江西、广东等地任职。从嘉靖四十四年开始，到万历年间止，他奉三朝简命，先后四次出任总理河道都御史，前后持续二十七年。官至太子太保、工部尚书兼右都御史。万历二十三年逝世，年七十五。著有《宸断大工录》《两河管见》《河防一览》《留余堂集》等。

接着，他又说："当今皇上文武神圣，海内外一派升平景象，还这样时刻挂念高家堰，几次派遣大臣视察，不惜花费万金预防水患，大概是要为百姓造万年之福吧。

"臣肩负重任，没有时间安宁地闲处，必须不辞劳苦亲力亲为，只有如此才能够上解皇上日夜忧思，下使百姓享受千里耕桑的利益。至于说抵御灾害，使风雨不破坏大堤，大家共享安澜，那就是我对关帝的期望了。因此向关帝祈祷，并把这些话记录在石碑之上。"

于成龙抚今追昔，前有陈登等古代圣贤建功立业，历史的接力棒传递到自己手中，他心里满是使命感、责任感。

三十年的官宦生涯，如果不是真正了解和亲眼所见，于成龙从不敢轻易称扬他人。他很慎重。唯恐所言与实际不符或是落入亦步亦趋的俗套。

这年六月，于成龙却罕见地写下了一篇祝寿文字并题字祝贺。来看看到底是谁有这么大面子？

于成龙在北地南方为官，经常从临清路过，对临清周家积善起家的事迹耳熟能详。山东省几级有司也对这个家庭进行了表彰，将他们作为国人的楷模。

康熙三十一年，吏部向皇帝推荐的通判中就有来自山东临清这个家庭的周介庵。周介庵醇厚严谨，有古人遗风，在公事交往中给于成龙留下了深刻印象。于成龙认为周介庵的做派为人完全是因为受到家庭美好德行的影响。

康熙三十二年春，于成龙升任河道总督再次路过临清。他了解到周介庵不光先父品行善良，道德纯正，他母亲李老夫人更是善良贤淑，与过去听到的完全相符。因为有这样的美德，她不光自己有了古稀的高寿，她的儿孙也是人才济济，不少人是当时的英才。

六月，到了李老夫人生日，当时她已经被朝廷诰封为"太安人"。周介庵到云南任职去了。他秉承母亲的教育，一举一动注重德行，致力为百姓带来好处，边寨的人都很感念他的恩德。

于成龙破例前去周府祝寿，并即席写下"乔年寿母"四个大字庆贺。

六月十八日，于成龙建议免除向相关官员追缴当年用于购买柳树的银两。这是前任河道总督靳辅遗留的问题。用现在的话说就是靳辅当年花钱突破了预算。这突破的部分朝廷就要让靳辅以及经手官员担起来。于成龙新官理旧账，帮这些官员解套儿。

他在上书说："康熙二十五年栽的柳树不够，因而靠购买额外柳树来补足使用。当时总河靳辅没有预料到所栽柳树不够用。现在把购买柳树使用的一万八千余两银子向经手的主管官员追索，未免给官员造成痛苦和拖累。"

"经查，需用柳枝时各位官员没有详细的报告，理应进行追缴补足。"工部那意思就是不准。

皇帝传旨："柳条用于治河工程已很多年了，命按于成龙意思免于追缴。"

这个历史遗留问题就被于成龙化解掉了。那些官员能松一口气了。

有个比较有意思的现象，于成龙做了河道总督之后，紧张的议论变少了，皇帝只是在汛期来临时想起来派人去南边问问水大还是水小。风口浪尖上紧张的情绪被纾解了。

"命派一名司官前去问总河于成龙水势怎么样。"六月二十一日，皇帝对大学士伊桑阿说道。原因是他听山东、山西来人，说今岁雨水甚多，于是推想北方雨水多则黄河水必然浩大。下河的紧张空气离他远去了。

紧张的情节对于戏剧家是个好消息，但对于国家对于百姓不是好事。不战而屈人之兵的治军高手往往不如洒血疆场的将军更为人们津津乐道。这是非常奇怪的社会现象。

又是靳辅的遗留问题。四万多两治河银子预支给民工后，工程停止了，人四散了，钱是要不回来了。工部跟经手官员要钱，经手官员全傻眼了。于成龙几个回合下来，帮他解了这个套。

原河道总督靳辅曾经上书称："过去治河工程都是派遣夫役，当地百姓非常痛苦。臣于是将招募当地百姓改为雇佣招募民工。为了重堤早日竣工，派各位官员带着银子去江北、江东、河南等处分头招募民工，每人预先支给几两银子的工钱，数量不等。正在动工期间，奉旨停工。民夫四散而去。预发银两没凭据追回。

"过去凡预发工钱都是完工后扣除。对于工程来说有预支银两的实际情况却没有在账册中体现预先支给银两的记录。不过，工程突然停止，才在账目中出现了预支的内容。请求免于追缴。"

工部不这么看："一切工程都有预支工钱的先例，河道总督于成龙所提出的请求应不用议论，应该让相关官员追赔。"

事情被皇帝放到于成龙怀里。

于成龙在回复皇帝的上书中说："经过察访，靳辅所说属实。应同意前总河靳辅的请求，不再追赔。

"修建高家堰重堤工程于康熙二十六年八月开始，到康熙二十七年三月工程停止。筑堤夫役四散回家。预先支给的四万四千七十两银子没有凭证进行扣留追缴，请皇上予以豁免。"

态度几乎每次都是复制粘贴一样，工部照常认为于成龙的奏折"不用议论"。

"这修筑工程中止了很多年了，预支给夫役的银两，命免于追回。"皇帝才是金口玉言，这话的含金量比较高。

既然完全不可能，那纠缠无益，应迅速止损。毕竟涉及那么多执行上级指令的官员，再这样揪住不放对官员是场噩梦，没法继续效劳，于国家也是损失。

九月初八日，于成龙上书建议加筑运河子堤，以保障运河通畅。

"中河是漕运要道，两岸加筑约束水的子堤，酌量留涵洞泄洪，希望可使运河河道不至于被淤积抬高。"

工部、皇帝依次同意了这个建议。

于成龙闲庭信步般开始重新分布治河力量，他在另一个奏折中请求将瓜州、仪征河道大闸①移交江防同知②专门管理。皇帝同意了他的请求。自此，扬州府管河通判移驻高邮，专管高邮、宝应、江阴三个州县运河工程。

这几则都是于成龙的日常业务，非常平静。

有一段历史记录，可算作于成龙这两年治河成绩的总结：康熙三十二至三十四年堤防维护修筑得当，淮扬地区也安然无恙，百姓很高兴有了收成。黄河水没有全部流入运河，运河就听不到因淤塞导致河水变浅影响漕运的事，下河也同样安然无恙。清江段运河水流清澈，深有丈余。即使是康熙三十二年秋

---

① 仪征河道大闸：今江苏省扬州市仪征市境内。

② 江防同知：清代知府之佐官。江苏省江宁府、安徽省安庆府及江西省九江府各设一人。专管江防事务。

天进入汛期后，湖水暴涨，水量比平时多几倍，淮扬地区也平安无事。各处险工得到修补整治，就好像河伯显灵一样，黄河两岸没有出现河水漫过堤坝乃至堤坝溃决的情况。三年之中河水安澜。国家定量拨付的修治河道的银子，还节省下几万两。

这一年，就于成龙的一生来看，总体上是平静顺利的，还喜得了第四子永禧。

树欲静而风不止。不平静的事情就要来了，一场酝酿已久的"战斗"即将打响……

十一月二十九日，河道总督于成龙接到了命他回京的旨意。

康熙三十三年（1694）

于成龙五十七岁。

济宁是南北咽喉，运河锁钥。河道总督统管的四营将士就在此地驻扎。康熙三十三年时，它东南北三座城门将要坍塌的状态已有十几年光景，西门外干脆就没有城楼。因为朝廷有修城不得动用正项钱粮的规定，只能由民间捐资完成。

春天，钱塘人吴柽①到任济宁，组织捐修。南门楼、东门楼，城墙四处、炮台一座依次修缮。给付工匠夫役工料银共计一千二百六十五两二钱。

河道总督于成龙赞赏吴柽的主动作为，他带头捐出自己的俸禄六百两以示支持。当地百姓、士绅也纷纷慷慨解囊，其余吴柽本人一体承担了。

在这些应做的事情上，于成龙总是以身作则，把自己摆在前边，古道热肠，当仁不让。

据《清河县志》记载，康熙中叶，淮阳、徐州临河州县都要协助治河。清河县摊派下来的夫役人数为三百零一人，另有借用的夫役四百人，共七百零一人。

---

① 吴柽：字青圻，号潜竹。官泰安府经历。著《翠岱吟》。《碧黪诗话》：观卷中寄弟诗，知由康熙戊午赴闽幕，以平台湾军功议叙，得泰安倅，官迹可见者只此。

每到修河季节，夫役被差人鞭抽棍打前往工地。百姓往往因为畏惧而远走他乡。

于成龙看到治河拖累百姓的弊端，上书请求将摊派借用夫役改为折合三千五百两银子，随正赋征收，大大减轻了百姓的痛苦。

于成龙生命中的狂风暴雨来了。导火索就是下边的几份上书。上书引发了皇帝对于成龙的讨伐，引发了官场地震。

这是多年酝酿的结果。所有雷霆万钧的斥责都由皇帝亲自启发动员。这两年，在空间上远离皇帝视线的河道总督于成龙迎来了有生以来唯一一次信任危机。

于成龙奏请豁免夫役，以工程量议价招募河工，引来了包括康熙皇帝在内的质疑之声。

因黄河、运河都到了大修之年，于成龙奉旨回京后立即上书要求全面大修运河沿岸堤岸低矮削薄之处，及时增加治河官员力量配备，力求全河同步治理。

"运河自通州、天津至山东峄县①，河堤低矮削薄处均应加筑高厚；武清八百户②等处，宜增建月堤③；黄河自荥泽县④至江南砀山县⑤，河堤低矮削薄的地方都应进行加筑；高家堰六坝、周桥大坝、永安西堤均应改建成石砌工程；毛城铺诸处原有引河都应疏浚深挖使之通畅；檀度寺东堤⑥及茆家园⑦等处开挖引河，就地使用挖出来的土，筑增两岸束水子堤⑧；徐州城石岸应及时大修；清江浦以下至黄浦⑨东西两堤、扬州辖区江都东堤、高邮西堤都需要加筑；闸坝、涵洞需要修葺。"

又说："河道防护各自设置专门官员就不会有顾此失彼的忧虑。天津道河道

---

① 峄县：今在山东省枣庄市峄城区。

② 八百户：今在天津市武清区八百户。

③ 月堤：半月形堤防。在险要或单薄堤段内或堤外加筑形如半月之堤以备万一。

④ 荥泽县：今河南郑州市西北古荥镇。

⑤ 江南砀山县：安徽省宿州市砀山县。

⑥ 檀度寺东堤：明万历年建，在灶君庙后，康熙四十四年康熙南巡改为觉津寺。

⑦ 茆家园：即茆家围。

⑧ 子堤：堤顶上临时加筑的小堤用来防止洪水漫溢决口，也叫子埝。

⑨ 黄浦：今江苏省宝应县黄浦村。

事务由地方管理，还应增设两道，一个驻河西务①，一个驻沧州，分管北自通州南至德州治河事务。江南河工使用的钱粮一向分头在不同藩库收支，不属淮徐、淮扬两道掌管，应增设河库道进行管理。

"桃源治河同知现驻扎南岸，应增一名北岸同知。邳睢②、宿虹治河同知现皆驻扎北岸，应各增设一名南岸通判。山阳县、清河县过去只设一名同知，应增一名官员分管上述两县治河事务。毛城铺闸坝关系紧要，徐属治河同知难以兼顾，应增加一名通判驻扎砀山县。"

这一年，黄河运河都到了大修期，我们发现于成龙此次提出了长达近两千里的黄河与运河大修工程。应该说，这份规划时机的把握上是恰当的，就国家整体形势来说，是一个系统整理河道的良好窗口期。作为河道总督，于成龙正探索更精细化的河道分段管理策略，如此可更加有效及时应对河道突发性危害，弥补通信不及时漏洞，河道分段、责任到人，可以理解为是古代"河长制"的一次重大探索。

以他河道总督的身份提出这样的总体规划应该不算过分。但这份规划却出乎意料成了他不久之后受到攻击的靶子。

同月，于成龙上书请示准许民间捐修治河工程。

他在上书中说："治河加固工程耗费繁多，建议使用捐修之法。不过用银子太多，那些没有气力的仍会裹足不前，如此就会只落个使用捐修名义却无捐修实效。应仿效陕西赈灾成功例子另外开列方法，这样就有可能使得捐助修理的人众多，工程能够及时开展、完成。"

陕西赈灾是指康熙三十年的西安、凤翔等地旱灾赈捐。清廷允许国子监的贡生、监生、各部郎中以及其他候补官员通过捐资优先做官或提升。于是出现报捐"分缺即用"和"以应升之缺先用"的情况。

捐纳制度，秦汉时就已出现，明清两代最为盛行。它既是一种选官制度，同时也是一种财政制度。清顺治六年设捐纳制度。从《六部则例》中可以发现，清朝对捐纳制度制定了严格的审批与管理制度，不只是简单的报捐，还涉及报

---

① 河西务：今在天津市武清区河西务。

② 邳睢：在今江苏省西北部。1948 年由邳县、睢宁两县析置。1953 年撤销，仍划归邳县、睢宁两县。

捐人的三代以上出身、教育、品德、考试成绩、是否有人保举等等。由于捐纳会占用官员名额，也遭到不少正途科举学士的极力反对。清中后期，社会管理漏洞频出，政治腐败加剧这个制度的负面作用，也滋生了权力寻租等腐败现象。

从历史进程看，此制度起到过一些正面作用。比如，可以弥补财政不足，但仅限拯荒、河工、军需三者可开捐例；捐纳还能丰富精英阶层的人才种类。清史上出过不少捐纳出身的名臣、能臣。

于成龙看到治河工程浩大，他急于筹集治河资金，谋求尽快甚至彻底解决黄运河的安全隐患。康熙初年的反复用兵造成国库空虚，即使在皇帝反复申明"不差钱"的情况下，好多大事的兴办还是一拖再拖，陕西赈灾就是典型的例子，这种问题到征剿噶尔丹乃至于成龙第二次担任河道总督期间更加突出。皇帝好不容易下了决心拨款，工部还会一再克扣，有的时候连皇帝自己都看不下去了。多少年官场历练，于成龙深深知道朝廷在救助百姓的紧急事务中的拖拖拉拉。下河之争时他更是有着切肤之痛。他万万没想到这个提议会带来悲剧性后果。他未必不知道捐纳可能带来的负面后果，但他觉得百姓危难在前，时不我待，他无法选择，这样的提议实属无奈之举。他在上书中有关陕西捐纳赈灾的说法直接点燃了皇帝的怒火。

这是个因言获罪的典型案例。

正月十八日，畅春园澹宁居。工部否定于成龙开捐纳建议，皇帝也最终对此予以否决。工部否定这些提议的说法时直接拔高为态度问题，火药味十足，攻击性极强。这一切都是当着于成龙的面发生的。

工部尚书萨穆哈率先发难："九卿等官会议，总河于成龙所奏'黄、运两河，自直隶通州至江都县，自河南荥泽至海口，数千里工程尽行修筑，请行捐纳，增设河道官员与豁免派用民夫'，均不准施行。于成龙明知此事难以施行，故意写了这个奏章，没有尽到大臣实心实意干事的本分，应将他革职。"于成龙的计划周全的上书却被他用难以施行概括。就是这些人让治理全国河道的最佳窗口期白白错过了。

民夫劳役就是徭役，属国家强制性活动，不给钱或给少量生活费。如招募民工或以工代赈，就要增加大量资金投入。于成龙看到百姓负担沉重，很多人死在工地上也得不到补偿，希望通过改良对这种痛苦予以缓解。

皇帝对于成龙的最大信任危机就源于这次上奏，事件最终几乎脱离了治河技术问题，演变成了一次政治事件。《清实录》对此次事件记述得毫无逻辑，一边倒地变成了对于成龙的抨击。对很多鲜为人知的隐情，本书也进行了多方查考，力图呈现给读者较为客观的历史图景。

"河工事务关系重大，看尔等所议论的内容都不够详尽。朕今天应当和你们详细说说。"皇帝这话意思很明显：你们的指责根本没有抓住要点。

皇帝亲自上阵了。工部的指责很明显就是由皇帝亲自发动的。皇帝的关注点并没有聚焦在治河技术上，而是对资金的来源产生了较大的分歧。

皇帝转脸看了看于成龙问："治河工程照你请示的，修筑几年完工？"

于成龙答道："若钱粮无误，约计二年可完工。"

"河工既然需要二年，那你所请示的捐纳的事，也需要两年了。你说捐纳不会拖累百姓？"

对话气氛在此陡然紧张了。

"从前进行捐纳，或因军需紧急，或因拯救饥民，银子米粮不能及时送到，属万不得已。九卿、詹事、科、道官员再三再四上书请示，此为一时权宜之计。日常修理河道，那是固定的事。钱粮并无不足，绝对不是难于措办。"皇帝向着于成龙开火了。

"如果进行捐纳则正规科举仕途就会壅塞停滞。捐纳的人难道都家境殷实？大概是借贷的很多。这样的人去做官，不剥削百姓就会拖欠债务，他怎么偿还？

"人最重要的就是礼义廉耻。作为臣子都应懂得官场'难进易退'。这种人知道所谓礼义廉耻吗！况且那些处在显要位置上的并不给银子，假冒捐纳的不少。

"陕西捐的银子，到现在还有很多亏空。朕从宽执政，未进行检查追究。这都是主管官员耐不过情面，不得已接受他人嘱托之故。不让百姓最后偿还，如何把这个窟窿堵上？这样说来，说捐纳不拖累百姓行吗？"

有些官员参与捐纳存在问题却没有追究。皇帝把账算在了捐纳救急这个建议上。议论的重心暗暗转移了。

吏部尚书库勒纳率先受到了皇帝责问："你是诚实人，从前降级时就进行了捐纳复官，你未必差遣家人拿着银子前往捐纳，也是央求托付别人干的吧？"

"皇上所说确实。臣的确未曾派人去，确实是在这边顶换了一下。"这吏部尚书就算当场招认了。但皇帝的目的竟然不是处罚他，而是指斥再次建议使用捐纳的于成龙。

于成龙免冠叩首，对皇帝说："圣谕极是。"

王骘："皇上所见英明。捐纳的那些人确实不顾礼义廉耻。"

皇帝并没有因王骘的极端依附而放过他。

皇帝对王骘斥责道："你也配说这样的话?! 你从前被差往陕西赈济灾民，也不过是为办别人捐纳的事，你曾救过几个饥饿的百姓？"

皇帝又对大臣们说："请求捐纳的，都各有自己意中之人，想让他被录用升级或转任罢了。从前商议开捐纳时，降级革职的藩台臬司也想通过捐纳重新被起用，朕屡次不准。九卿等人再三奏请，最后才施行。其实这不过是为了李国亮（时任河南布政使）一人而已。如果追究审问吏部左侍郎布彦图，真相就完全败露了。

"也曾有人启奏捐纳的人应停止补用为官。朕曾经和大学士们说起，这样的人既然准许了他们捐纳，如不补用官职，那他们的银子就白花了，这不诚信。

"现在于成龙要让连家产都没有的人捐纳，比如因革职赔补钱粮的人。本旗都统及地方官通过上书保证他们家产已绝才免去追赔，现在这些人又托人说话或让亲友帮助他捐纳来恢复官职，这已欺瞒了他们的佐领、都统了! 这样的人当官还指望他洁己爱民?! "

于成龙叩首启奏说："臣只是仰见皇上为百姓忧劳，在陕西灾荒之年屡次拨发百余万帑银，赈济饥民，又在各省陆续免除百姓钱粮，动不动就数百万。臣愚拙无知，现在看到治河工程费用浩繁，所以冒昧请求再用捐纳之法。这确实是臣的罪过。"于成龙知道经过当下国库紧张，又急需钱粮治河，明知捐纳困难，不得不硬着头皮上奏。

皇帝基本没接他的话茬儿。

皇帝的火儿还没发完，他又拉出了别人在常平仓出现的问题和于成龙的建议类比。如果这段记录原汁原味，我们甚至能想见皇帝的恼怒，大概他的语调都高昂起来了。

"积累粮食的常平仓原本是为了赈济饥民而设。从前各州县都被指派收贮米谷，地方官怕粮食日久霉烂，就上书请示春天平价粜出，秋收后再照数买回补足。九卿就批准了。朕当时就认为这样做将来必然导致常平仓关键时刻没有存粮，难以批准施行，让你们议了两次。九卿再次上奏最终施行，到今天仓里粮食缺额还没补完。现在补充粮食的限期已到，弹劾表章络绎不绝。

"直隶去年没有收成，该巡抚郭世隆并没有用常平仓粮食放赈的折子。这样看，（倒换粮食的请示）不过是个虚名。一下子就知道仓中没粮食了！你如果责问他亏空的原因，肯定推诿说是主管官员干事不力。哪里有给百姓的实惠？朕看捐纳和这事没什么区别！"

常平仓这种新旧粮食的循环也是保证粮食质量的举措，问题是出在了监督问责环节。但皇帝将澡盆里的孩子也一起泼掉了。

"九卿、詹事、科、道官员你们都是读书人，谁没良心？不要只会说圣谕极是。捐纳到底有没有好处，尔等可直接说出来。"

除对皇帝的赞颂，大臣们纷纷选择了躲避。库勒纳、王骘遭到的迎头暴击他们都看得真真的。

九卿、詹事、科、道官员说："皇上至圣至明，最隐蔽细微的事也无不洞悉，臣等如果真的有可说的，听了皇上的话，哪有敢不上奏的。"

"朕平昔爱养百姓，有急需就明明白白告诉清楚百姓，按亩数加征钱粮，朕想百姓也是乐意听从的。怎么能让这些捐纳之人趁机暗中剥削百姓，百姓有什么罪过？"对于皇帝加征而乐意听从的想法，康熙皇帝本人也信心不足。

加征不用回报，属强制性。捐纳算承诺，需要兑现。

"皇上睿鉴彻底，洞照情弊。捐纳之人做官剥削百姓来偿还负债，这是肯定会发生的事。"

伊桑阿赶紧跟上了皇帝的思路。捐纳的人想办法把钱捞回来，剥削百姓，所有的逻辑推演的链条完整起来了。

熊赐履的表达方式看来要和缓一些，他不动声色想要挽回一点皇帝对陕西捐纳赈灾的态度。

尚书熊赐履说："从前商议开捐纳的事，皇上断然不允许施行。臣等和九卿、詹事、科、道官员只因见到陕西连年干旱饥荒，拯救饥民太紧急，再三再四请皇上使用这一时的权宜之计。刚刚听到上谕，这里边的情由弊病一下就洞若观火了。"

"不得已，不得已"，不知皇帝听出来这言外之意没有。但总的一点是毫无疑义的：皇帝看得比所有人都深远。他在大灾当前时的犹豫与拖延是有道理的。

皇帝意犹未尽，他需要有人站出来背书。

李光地："捐纳这个方法不宜使用，皇上说的已很详尽了，臣没有什么可讲的了。"他直接从了。

彭鹏启奏："捐纳的弊端皇上洞照如天，确属无益。臣也没有可上奏的了。"他却不紧不慢地跟上了这么一句话，"这不过是因于成龙急于干事罢了。"后边这句非常需要彭鹏的勇气。

有个问题没有人敢问皇帝：陕西大灾每天都在死人，这个不让，那个不让，你皇帝也说不差钱，那你就赶紧拿钱救灾啊。如果不是你始终不吐口，做臣子的能提出这个让民间捐钱的办法来吗？人命关天啊。

有兴趣的人不妨深入研究一下陕西赈灾为什么会捐纳的事。

现在也一样，河堤这里也该修，那里也该修，豁免民夫就要动用大笔钱粮支付工资。刚说修河，皇帝就鼓动工部指责于成龙是在做难为之事。天天说不差钱，花钱就心疼。皇帝的事谁也说不清。

彭鹏说的话皇帝可全听明白了。哦?! 你彭鹏还给于成龙搭话茬儿! 那好，彭鹏你给我听着：

"做大臣的必须干实事，不应当沽取虚名。于成龙上书中说派民夫拖累百姓，又说工程被恶棍蛀虫包揽。国家能不用百姓的力量就能干事吗？就说陕西运米，不用河南派夫来拉运，陕西的百姓怎么活下来？假使河南百姓遇到饥荒，怎么能不借助邻省百姓的力量来救他们？

"给事中彭鹏从前上奏河南赈灾运粮的百姓又苦又累，朕之所以不以为然，就为了这个缘故。

"说有恶棍蛀虫包揽工程损害工程大事，那就应当指明弹劾，光泛泛地说恶棍蛀虫有什么好处？况且修筑河道工程如果不是本地谙熟工程的人能有什么好处？就像如今户部、工部，如果没有官办作坊和专门负责采买的铺户，断然不能供应急需。

"至于说河道增设一名官员，民间就多个事。现在所设的这些官员，历年以来并未迟误治河工程。办理事务最要紧的是使用合适的人，不在多增设官员。于成龙上奏的这些事不过是听信淮扬那边小人的话，就是要向上题补官员，在百姓间沽名钓誉罢了。"

看来，于成龙到京之前一切就已经酝酿好了，皇帝听到的贴心话太多了，刚才的那番话中的信息量已经非常说明问题了。

九卿、詹事、科、道等官员答道："圣谕诚然。"

这是皇帝等待的结果。

于成龙耳边的讨伐还在继续。

"你过去议论治河，当面向朕说减水坝宜塞不宜开，你现在看减水坝果真能堵塞吗？"

于成龙答："臣那时妄言减水坝宜堵塞，今天看起来，实在不能堵塞。"

"你过去说靳辅浪费钱粮并未尽心修筑河工，你现如今怎么看？"

于成龙回答："臣现在也是按靳辅的方法进行，如果靳辅修筑得不好，去年大水怎么能不溃决损坏？臣见去年大水，不胜畏惧，所以才请求增修工程。"

"既然如此，那你所奏的错误之处，靳辅所做的正确的地方，为什么不明白地报告上来？你排挤诬陷他人容易，自己亲身作河道总督难，这不是最明白的验证吗？"

上边这段君臣对话是最耐人寻味的。于成龙刚刚被任命为河道总督时，皇帝连续多天把于成龙叫去耳提面命，核心内容就是不准于成龙更改靳辅做过的治河工程。有新的做法要上奏。

于成龙听命而行，现在这一切都成了他的罪行：你按靳辅说的办就证明你过去错。这个逻辑就有意思了。可问题是这萧规曹随的举措是在皇帝严令下进行的。皇帝于是把于成龙问得张口结舌。

靳辅时期，泄洪用的减水坝因没有确定的引河毫无目标漫溢导致下河七州县变成水晶宫，不少大臣指陈弊端，老百姓拦住皇帝本人叩阍情愿，皇帝忘了吗？堵塞减水坝是有先决条件的，那就是对河道堤坝的彻底整修。一切还没有来得及展开，刚有了总体规划就遭到暴击。于成龙面临的就是这样的困境。

时空变化了，标准变化了，话题的指向性也变了。读者可对照于成龙靳辅下河之争时的种种记录，皇帝的表态已发生了重大转变。这种忽东忽西的立脚点就是为了避免沾湿自己的龙靴。

读者想必不会忘记于成龙请求解除追缴靳辅遗留的拖欠柳树款项的上书。

这个事儿又回来了。

皇帝下边这段话的意思很清楚：你对靳辅的指控内容的不实，导致了整体结果的荒谬。

事实上，皇帝在借机奋力涂抹那段历史，他不想为凄惨的下河水灾负责。得出的结论必然是：靳辅做得很好，本皇帝治下怎么会发生这样凄惨之事，你们这些人都在陷害他。

全面否定靳辅，那就是全面否定自己。皇帝把自己摆进去了。从某种意义上说，他的确应为整体结果负责。

"于成龙从前上奏中说靳辅未曾在河堤种柳防护，朕南巡时指着河堤上的柳树问他，他无辞以对。于成龙又奏靳辅放水淹毁民田，朕也到那个地方查看时问他，靳辅从哪里放的水，淹没的是哪块田。于成龙说，没有亲眼见到，是听王新命讲的。"皇帝抓住细节不放。你说的有任何瑕疵都不行。

"朕就问王新命，王新命说没讲过这样的话。朕恐怕王新命羞愧，当时就没有发作。等问开音布靳辅开的是哪个闸导致淹毁麦田，他也无辞以对。这于成龙不过是附会别人的说法罢了。王骘、董讷、李应廌①等人都是山东人，他们畏惧于成龙，竟然也附和于成龙说话。

"没见到靳辅栽柳树的话董讷也曾说过，九卿都说靳辅应当从重治罪。如果当时就把靳辅杀了，那就成了过去，死者还能活过来吗？你们这些九卿、大臣，也应知道警惕畏惧。"

这样的链条被丰满起来之后，于成龙就有了结党陷害他人的嫌疑。形势就是这样转过来的。

"于成龙任直隶巡抚时居官好，也曾效过力，但他为人胆大、凡事必欲取胜，他所奏之事不过要照顾别人情面，让别人对他感恩吧。现在司、道这样的官想要捐纳被重新起用的有几个？不过是董世琦、胡献徵这些人！他推荐表扬的人很多，这也是想让人感激他个人恩情，彼此结党。提拔选用人才是朝廷大

---

① 李应廌：字谏臣，号愚庵，又号柱三。日照城太平桥人（今日照市东港区巨峰镇辛留村人），明崇祯十二年生。康熙丙辰科进士，康熙二十五年提督顺天学政，后任内阁学士兼礼部侍郎。康熙三十一年授内阁大学士光禄大夫，两年后罢职归里，康熙亲征"厄鲁特"，李应廌捐车十辆，马三十匹，运粮议叙头等军功，复原品。十一月奉旨修永定河，十二月奉旨修南河，康熙四十三年卒，被康熙帝视为"股肱良臣"。

权，不是做大臣的为市恩沽名能擅自做的事。"

一听便知，不少人已经在皇帝跟前做足了功课。

"至于成龙所说修理通州、天津一带河道，以及培修高家堰大堤的事，也有应当斟酌、议论的地方。高家堰大堤保证淮河水能抵住黄河水，非常重要。此处稍有疏忽大意，则淮安一带州县居民、田庐都会受到水害。"

这是于成龙受到的最有杀伤力的挫折。

正月二十一日，钦天监遵照皇帝命令将占卜立春的结果通报给于成龙，因为占卜结果中有"大兴土木工程的事让百姓劳苦"的内容。

占卜让皇帝吃了一惊：这不就是说修河的事吗？今年雨水大，这堤得抓紧修啊。

于成龙等人受到皇帝召见。

工部尚书萨穆哈："高家堰关系紧要，三官庙等六口竹笼工程并接石砌工程到周桥大坝为止如何修筑；又通州起至天津，天津起至峄县工程如何修筑，令该总督查明详细提请。其余仍照前议，均不准施行。于成龙对于治河工程事宜妄行上奏，前后内容不同，应革职枷责。"

别讨论治河方略了，这治河没你什么事了。皇帝要看看董讷的态度："治河工程的事你怎么看？"

董讷："臣愚昧无知，不知晓治河事宜。"

"你曾任总漕，也曾管过河道总督事务，怎么不知道?!"

董讷并没有被皇帝带起节奏，他不想附和罢免于成龙的声音。既然皇帝问的是治河的技术问题，董讷干脆是左不懂右不懂。他不想接盘河道总督。皇帝有点恼了。

董讷脱下官帽叩首，答道："臣实在愚昧，早应严格处置，是皇上特加宽恕。至于说河工事宜，臣实在不知道。"这是真正的示弱。对这样的表态，皇帝也没了脾气。

康熙皇帝于是转身"按"住了于成龙，让他自己表态："九卿议论的结果，你有什么话说？"

于成龙脱下官帽叩首，答道："臣现今修理河工也只是照着靳辅的工程进行大修，并非另有建树。"我确实是遵旨行事的。下边还有话：

"臣个人见解怎抵得过众人？臣还能有别的什么可说？只求皇上宽恕。"

没有得到让他满意的回答，皇帝话锋又转回具体技术细节："去年黄河水势怎么样？"

于成龙答："去年河水满槽。"

"像你所上奏需要动工的修筑工程，今年六月之前断难完工。"

皇帝的语气措辞已经有了变化，似乎理性下来，开始讨论技术问题了。他似乎已经不明确反对于成龙的动议了。

于成龙答："就算现在准许动工，备办物料也需时日，六月之前断然不能完工，皇上预料得太对了。"

时间不允许。治河需要当机立断。于成龙很冷静。

"既然如此，那就已过了发水时了，还有什么好处？"皇帝这次的话语中有了丝丝的无奈。

这段对话颇有趣味。不能在汛期前结束的工程就没有好处了吗？如果确实有益，那持续干个三两年也值得的。有的庞大工程甚至需要几年或更久。工程到底弄不弄，皇帝并没有顺着这个话头继续说下去。

"于成龙刚才面奏'黄河云梯关以下入海口因水势散漫，泥沙逐渐淤积……'他又说到了海水泛涨。朕看海水潮汐往来乃是平常之事。朕曾记得史册上说，自古海水泛涨不过数次，唐代以后就没有过海水泛涨之事。入海口乃黄河入海之路，海口水势迅急足以冲刷泥沙，河水才得以顺畅流淌。这是最为紧要需要疏浚的。"皇帝论证来论证去，疏浚入海口还是必须的。这算又回到了遥远的事件原点。

皇帝又问于成龙："上游河南一带黄河险工有变更的地方没有？"

于成龙答道："险工并无改变，仍是照常下埽抵挡水势。"

皇帝说："河南黄河堤岸单薄低矮的地方应加以培土修筑，费的钱粮也不多。这些花钱少的地方可酌情商议。尔等九卿、詹事、科、道如有什么见解，都应详细说说。"

花大钱大修的先放下，就这意思。

九卿、詹事、科、道等对皇帝说："圣见明晰，臣等更无可奏。"

皇帝说："这奏本带回去，再加详细商议后奏上来。"

花钱不多的基本上就没什么阻力，容易和皇帝取得一致。

立春的占卜结果通报给于成龙看后的反应有了。"既然占卜结果说雨水多，那就一定要谨慎看守河道。至于说治河工程拖累百姓的话，也是人们经常说的话。民工都给工钱，并非摊派民间百姓修河，不至于拖累百姓。"正月二十三日辰时，伊桑阿向皇帝汇报了于成龙听完占卜结果所说的话。毫无瑕疵，一点锋利的棱角都没有，他在尽量避免激怒皇帝。现在的这个节骨眼上，他把自己的姿态调到了最低点。

"就算河道都毁坏了，全都需要修理，官员难道能自己操作版筑吗？都是百姓修理。怎么又能说不劳累百姓呢？民为根本，民安则无所不安。"于成龙这次说不劳累，皇帝就说怎么会不劳累，然后讲民本的大道理，对如何推动事情的进展却无甚益处。

皇帝打压于成龙，背后的动因逐渐清晰起来。原来他顾忌的是于成龙的影响力，他担心于成龙周围的人太多。

他曾问了李楠这样的一个话题："乔莱在地方上怎么样？"

李楠答道："他干了什么没听说过，特别安静。"

"乔莱从前曾经倡议阻挠河工，为人特别不端正。如果留在地方上，断然不肯安分，肯定又会阻挠于成龙的河工，借机生事。"很难想象这话出自皇帝之口。

皇帝脑洞大开。当时征求有关下河意见的是皇帝，被感动得赐茶给乔莱的也是皇帝。这次说乔莱阻挠河工的竟然还是皇帝。皇帝这次回避了七州县这个概念，统称为"河工"。这可就不一样了。

乔莱阻挠于成龙的治河工程，这个判断毫无根据。

"此人曾带头议论治河工程，为人确实属于不端。"伊桑阿、阿兰泰跟话很紧。

再看看王熙："乔莱曾经率先另说一套上奏皇上，确实是多事。"

"命乔莱离开原籍来京居住吧。"皇帝的着眼点还是于成龙。

据历史资料介绍，于成龙非常敬佩乔莱，出任河道总督之后，地方上涉及百姓利益或治河方面的利弊得失，还常去咨询他的意见。乔莱每次都坦诚相告，没有隐瞒之处。

这是于成龙做人上的明显长处。他因下河之争结交了乔莱，没有因乔莱失势而故意淡忘他。他待乔莱亦师亦友，他从乔莱身上获益良多。

但就是这种相知，给他们两人最终招来了更多猜忌，几乎酿成滔天大祸。

听到皇帝招乔莱到京城居住的消息，人们都认为乔莱这次老命不保了，但乔莱坦然上路。早先乔莱居住京城时，曾在宣武门斜街南开辟了"一峰草堂"，这次回京他依然住在那里。

他将门锁上，谢绝一切客人往来，和过去一样专心读《易经》，写专著。没半年，乔莱患病去世了。

不知道易学大家乔莱先生在世时可否准确预测到皇帝对他的打压，但我们可以看得到，乔莱深谙这"变易之学"。他从容面对所有人生"卦象"，他是真正的学问大家。没有人能像他那样懂得与这个世界相处的道理。对于他来说，这都不叫事。

史料记载，乔莱为人聪敏，表里如一，没有城府。与兄弟友爱，与故旧朋友交往真诚。能够急人之难，仗义疏财。乔莱特别重视推荐帮助人才。他对治理家乡水患提出很多有益见解。

这就是真正的坚守正道，这就是"贞"。他为家乡百姓不遗余力鼓与呼，虽遭此劫难，但他不会为自己的选择后悔，下河百姓也不会忘记他。

乔莱去世后，朝野人士都很悲伤。

正月二十六日，于成龙上奏的五个事项的结果又拿到朝堂上议论。冲击与震荡并没有停息。康熙皇帝再发两问动员大臣责难于成龙。

"明末大臣结党彼此排挤，全无公道，导致覆灭失败。从前大臣同谋要加害靳辅，朕南巡时详细查看河道，有自己的见解，始终没有改换过说法。即使挖掘民田是靳辅的罪过，但靳辅在河道工程上很卖力气，修筑的河堤至今坚固。靳辅在时各位大臣都说修的减水坝冲毁民田。现在于成龙自己担任总河，仍旧不废减水坝，各位大臣怎么不说他不对?! 靳辅修理河堤时共用银三百万两，于成龙重修靳辅所修过的大堤反倒需要用银一千万两，是什么缘故？"

"做大臣的辅佐君主应诚实，不能欺瞒矫饰。于成龙想要掩盖他曾排挤诬陷靳辅的事，所以朕才将过去的事拿出来痛切地斥责他。此事完全按九卿议论的结果办。"

"只是于成龙修河之事未完，将于成龙革职，从宽免于处理，留在任上戴罪立功。"

三百万两白银和一千万两白银对比，吓人不吓人。但诸位不能忘记，这修河的内容完全起了变化，这两个数字完全没有可比性，豁免民夫，就要支付河工工资，成本自然猛涨。至于对下河之争的概括，皇帝总是对大臣说自己的每句话史官都记录得很清楚，那他真应抽时间好好找出史官的记录来看看。

他反复论证的就一句话：朕没错过！虽没有人公开将下河灾难直接与他挂钩，但他的心里的那片阴影挥之不去。这次他通过对于成龙的驳斥完成了论证。

圈子兜得太大了。

康熙皇帝无疑在中国古代历史人物中出类拔萃。这个结论具有广泛共识。国家在他的手上发展到了历史高峰，虽然这种高峰是相对的，但百姓毕竟享受到了相对温饱稳定一点的生活。

将他的《实录》贯通来读，也经常发现很多逻辑混乱的地方。这其实不过是他因追求毫无瑕疵的圣人境界带来的副产品，这就像人穿着过于洁净的鞋子走在乡间路上，却害怕哪怕任何一个泥点沾到脚上，这个心态就让穿鞋人的步伐显得扭扭捏捏。

如果实事求是的话，历史记录中的康熙皇帝也许会更加"可爱"。

暴风雨来了。王骘等人因支持于成龙而被痛骂成了猪狗不如。大臣们恐怕也真切地感到了在辛辛苦苦辅佐的皇帝心中自己真实的位置是个什么样。读到此处你就能理解为何有些人宁肯老死山林也不愿效力皇家。

嵇康①在答山巨源②的书信中称这种陪王伴驾的生活如黄金络首的马匹。现在皇帝都发话了，自己还不搭茬儿，不主动表态请求辞职，这种态度激怒了皇帝。

三月初四日，与于成龙意见相同的官员受到了处罚。这是要从侧面对于成龙形成震慑。

"朕前些日子指示于成龙治河工程一事时曾经说过，王骘、董讷、李应廌

① 嵇康：字叔夜，三国时期曹魏思想家、音乐家、文学家，治书侍御史嵇昭之子。

② 山巨源：即山涛，字巨源。河内郡怀县（今河南武陟西）人。三国至西晋时期名士、政治家，"竹林七贤"之一。

都像于成龙亲儿子一样。九卿、詹事、科、道官员都听到了。这些人听到朕如此严厉的旨意，至今不写奏疏引罪辞职，只知道低头贪恋位子，全无廉耻，这样的人简直猪狗不如！科、道官员竟也没有弹劾他们的言论。"皇帝对大学士等人说。

"朕对待汉人官员，凡事大多宽容。作为人，作为大臣立身于世，以廉耻为重。这些人结党互助，必然像陈名夏①、刘正宗②，有什么好处呢？尔等可把九卿叫到一起，让王骘、董讷、李应廌跪着听这个旨意。"

"皇上圣恩如天，每次都宽容臣下。作为臣子更应小心谨慎，断然不应依仗皇恩宽大而自己不知道收敛。"伊桑阿等人说的话几乎就差点于成龙的名字了。

当众把辱骂大臣的话宣读出来羞辱他们，皇帝就是皇帝。这不是康熙皇帝的加分因素。不知道宣读这份骂人圣旨的大臣心里是个什么想法。

得什么心理素质才有可能喜气洋洋呢？

这一天，还有个细节清楚地表明了皇帝对于成龙的信任度降到前所未有的水平。前边于成龙上报决堤的尺寸，后边皇帝立马派人去丈量核实。

结果不一致！这种"不一致"立即就被放大了。

这个话题一定要读完整。

"于成龙查看通州南面至天津卫的运河河堤，把武清县大王家甫③等三处河堤冲决尺寸及估计所用钱粮数目详细写了折子启奏，朕将折子留下，之后派仓场侍郎常书、巡抚郭世隆等人，将冲决尺寸进行丈量，重新估计所需钱粮。朕看于成龙所量丈尺及估计钱粮数浮夸冒领的地方很多。

"这样的小工程就如此虚夸欺骗，那于成龙凡事都要争强好胜已显而易见了！作为人臣，行事不可执拗。要是朕做事执拗，大臣能受得了吗？将此折子给九卿、詹事、科、道官员看。"

皇帝的意思，于成龙，朕没跟你较真呢。你也把这脾气收收。由此推断，于成龙这种直爽痛快，不达目的不罢休的犟脾气让某些大臣不爽了。

---

① 陈名夏：字百史，江南溧阳（今属江苏常州溧阳市）人，顺治得知其伏法后，"悯恻为之堕泪"。陈名夏之子陈掖臣被押到北京，杖四十，流放东北。诗文有名于时，著有《石云居集》十五卷，诗集七卷。

② 刘正宗：字可宗，号宪石，赐号中轩，世称"刘阁老"，山东安丘城里人。

③ 大王家甫：今天津市武清区大王甫村。

不过皇帝所谓浮冒丈尺的说法有道理吗？下文自有分晓。

三月初五日，王骘、董讷、李应廌在九卿面前跪着听宣读上谕情况，这三个人对依附于成龙等说法根本没有照单全收！

这种表白再次遭到了皇帝雷霆般痛击。但不表白却更有可能万劫不复！

这三个人走到了决定命运的三岔路口，从来没有任何时候比现在更能体会到语言这东西的杀伤力。祸从口出，一切后果都开始变得不可捉摸。

他们身不由己，因他们必须硬着头皮说话。

董讷说："臣闻旨不胜羞愧，真无地自容。"这是套路性的表态。

紧接着，他不紧不慢地说："前日听到皇帝斥责的旨意时臣就想要请求皇帝罢免，但因惶恐未敢上奏。早年臣当侍郎时于成龙刚当知府；臣当左都御史，于成龙刚做按察使、巡抚。臣不是受于成龙恩被于成龙提拔使用之人，所以并无谄媚依附他的地方。只是臣和于成龙交往走动，是臣的罪过。"

这并非真正的认"罪"。

王骘说："臣原是于成龙下属官员，和他交往是臣的罪过。但臣并无谄媚依附到他门上行走的事。"王骘是于成龙的下属，他说不应和上级交往，那差怎么办?! 这算哪门子认罪。

李应廌说："臣任提督学政时，于成龙刚做巡抚。所以和他认识后，就应与他断绝来往，还互相拜望是臣的罪过。"

董讷和李应廌的话意思就是自己资格比于成龙老，地位比于成龙高，大官追随小官，完全没必要。

皇帝听了当然不满："从前董讷在治河上始终附和于成龙，排挤诬陷靳辅。现在治河工程上的事显而易见，这事谁不知道，还说没有谄媚依附的话，能行吗？"皇帝不想放过下河风平浪静这样的最佳翻案窗口期，不为靳辅，为了他自己。

有些人开始迫不及待"烧火"。

伊桑阿："臣等将于成龙折子传给九卿看，九卿说，皇上亲临巡察，于成龙欺骗皇上很明显。这样的小工程尚如此浮夸冒领，那大工程更浮夸估价也说不好。请将此折子交给臣等，与常书等人估算查对后详细向皇上启奏……"

三月初九日，"附和于成龙"的左都御史董讷写了奏章请罪。皇帝依然按住

不放:

"大臣引咎陈述罪过,应据实明白详细上奏,支支吾吾粉饰含糊,就不是做臣子的本分。董讷做漕运总督时极言靳辅浪费钱粮,治河不善,明是附和于成龙排斥诬陷靳辅。看如今修筑治河工程成效已很显著,是非功罪已有了明确的定论。从前商议河工事务时,朕已当面加以严责。

"董讷不立即写奏疏认罪,而是在不久前听朕盘问才陈奏。但竟然还不把如何依附于成龙从实说出,用假话来粉饰,希望掩人耳目,与做大臣的本分背离。命吏部查明详细报告。"

意思很明显,和于成龙意见统一就是依附,不早些表态请罪就是最大的错误。

三月十六日,吏部跟上了皇帝节奏,提请户部尚书王骘谄媚附和于成龙,玷污了做大臣的体统,应将王骘革职。

"王骘在外边当官好,从宽免于革职,着照原品休致。李应鹫这样的钻营之人,就是罢职,有何不可?"这是皇帝听后的表态。

户部尚书、左都御史、内阁学士,位高权重的三位大臣都被赶下了台。

时间过去了几百年,人们依然可以尝试着体会一下这个事件在当时朝野引发的巨大震动,其中的是非黑白留给后人去评说吧。

下边这些隐秘的线索,仿佛深埋水底,但恰恰就是这一事件的本源。

二月底,康熙皇帝谴责完于成龙后,朱批回复时任两江总督傅腊塔的密奏中说:"朕安。漕运总督已调离。于成龙也已有圣旨(训斥)了。招乔莱到京城等事项,江南舆论怎么样?"

这一切都表明,这不是偶然的发作,所有一切都在计划之中按部就班,皇帝就是组织者和操盘手,傅腊塔充当了急先锋。我们来看看此前发生了什么,尽力梳理这惊涛骇浪背后的原动力。

通过《康熙朝满文朱批奏折》可以发现,康熙皇帝对于满洲的利益更加关切,他极力庇护满洲官员,安抚他们的情绪。康熙二十七年,汉人御史郭琇弹劾满洲首臣明珠、科尔坤、佛伦等,为满汉官员对峙埋下了伏笔。佛伦等人对徐乾学、郭琇怀恨在心,极力谋求为靳辅及支持者平反。佛伦认为"徐乾学给稿使郭琇弹劾（明珠）、索额图为首令陈氏参劾，于成龙倡导结党……"。佛伦转任山东巡抚时，甚至布置调查郭琇的家庭情况，密奏其"乖张劣迹"。但遭皇帝训斥后，上折"反省"郭琇之事是自己不周、鲁莽具奏。

满洲官员一直没有放弃寻找报复机会，他们的折子里，汉人多劣迹斑斑。直到三十九年，皇帝质问佛伦，佛伦自己承认所讲不实，本当夺官，但正遇上大赦，才保住官位。不久，以原品休致，但很快便去世了。

再来看看傅腊塔。伊尔根觉罗氏，属满洲镶黄旗，明珠的外甥，二十七年授两江总督，因居官清廉又有满洲贵胄出身背景而成为康熙皇帝宠臣。他还把自己十四岁的女儿献给了康熙皇帝，又进贡蒙古马、川马、字画等物，深得信任。此时，傅腊塔开始写信联络王骘，试图拉拢王骘，寻找于成龙结党营私的证据，王骘多次回信都很谨慎，仅是敷衍和套话。

据《康熙朝满文朱批奏折》记载，康熙三十年傅腊塔弹劾徐乾学及其弟徐元文不法之事"招摇纳贿，争利害民"共十五款。康熙三十一年初，傅腊塔又上书奏陈其遭江苏巡抚郑端、河南布政使李国亮、原任尚书翁叔元诬陷，并指出这些人结党营私。但皇帝最终宽恕了徐乾学，并安慰傅腊塔"放宽心态"。傅腊塔认为帮助徐乾学逃脱罪责的汉人甚多，且应该严惩。

康熙三十二年，傅腊塔向皇帝分别发出了多封密奏，参劾扬州知府施世纶、郭琇等汉人官员，同时举荐大量官员任职。傅腊塔也收到了皇帝的朱批："尔奏之事朕都知道了。"

三月初五日，傅腊塔上奏推荐安徽按察使、江西赣南道、六安州知州等的人员，但是皇帝也并没有特别痛快答应。朱批："近来外臣保举下属超升者甚多，且今于成龙已有旨（训斥）了，为此颁旨不久。此缺实属紧要，朕将酌情简补。"

三月十七日，傅腊塔向皇帝上了一封"听说"来的奏折，详尽描述自己"了解"到的情况：于成龙虽担任直隶巡抚时官声好，但被授予左都御史，特别是皇帝赐给家宅并补授汉军都统之后，骄傲自满，网络门徒，积累财富，扰民生事。现在治河大量任用汉人子弟，事务多与地方上乔莱、罗京[①]、张英、冯大齐

---

① 罗京：字周师，浙江会稽人，贡生。康熙九年任永平同知。康熙二十年曾得于北溟以"清廉属吏"向皇帝推荐。

等人商量，并且为了治河招募大量人员。

为了突出于成龙的影响力，傅腊塔还绘声绘色地写到了布彦图向于成龙借马，于成龙直接送布彦图二百两银子让他自己去买，布彦图感激涕零给于成龙下跪等情节。

傅腊塔建议皇帝严惩于成龙，否则其权威将无限增大，甚至成为威胁。同时，另附奏折推荐桑格担任江西巡抚。

这就是康熙三十三年这场事件的幕后原因。傅腊塔充分利用了皇帝对结党营私的敏感心理，特别是抓住汉人官员相互走动往来这个把柄，向于成龙等人发动反击。这是明珠案所造成的强烈余震。皇帝精通帝王平衡之术，他似乎津津有味地在高处欣赏臣下在泥水中厮打，但他可能对这种平衡之术对官员队伍的伤害程度估计不足。

又到了大比之年。

三月二十二日酉时，皇帝在烛光下与熊赐履等阅卷大臣议论进士试卷时感慨道："看文章容易，写文章难。士子入场，一昼夜要完成七艺，要誊写近万字，也不是容易事。可真正从政更难，朕驾驭天下三十余年，有的事也没知道透彻，何况草莽书生？

"就说赈济灾民这件事，过去朕只知道有益，却不知赈济得法多难。昨天总督、巡抚们入宫见朕，朕亲自访问，才得以知道。受灾地方百姓流亡迁移，乍听到赈济，则成千上万人聚在一起吃东西，若不得其人，不得其法，反会生出事端。"

皇帝这样谦虚地称自己有很多不太了解的内容，很是难得。纸上得来终觉浅，要知此事须躬行。

于成龙就是因为在处理政务上的杰出本领才走到了今天。

吏部准备继续加大责罚，于成龙的政治生涯迎来了一个拐点。

四月二十六日，畅春园澹宁居。吏部请示："总河于成龙测量计算运河决口尺寸不符合，修治需用钱粮估计浮夸，应革职枷号两个月，不准折赎，鞭一百。"

皇帝说："于成龙从前朕已从宽免罪，让他留任效力。命从宽免于治罪，仍然革职留任，戴罪效力。"

执政多年，他很清楚于成龙的这个"错误"到底是怎么回事。各位读者看到后边也自然清楚于成龙这样上报究竟出于什么考虑。

于成龙事儿接着干，官没了。

比较董讷等三人，皇帝还给了于成龙继续办事的机会。但他还是尊重于成龙意见将"帮而不办"的徐廷玺调离了。

皇帝对吏部说："从前因靳辅年老，派遣顺天府府丞徐廷玺前去帮助办理治河事务。现在于成龙年纪还没老，并且在奏章中说徐廷玺对于治河事务一直不熟悉，在那边没事。令徐廷玺回京。"

闰五月初二辰时，大理寺正卿陈汝器请求皇帝赏赐给其父陈启泰[①]谥号，这本来是一件比较普通的事，结果皇帝把于成龙和他的一段对话拿出来晾晒，一下子这事就不普通了。对于成龙的打压已经无所不在了。

"陈启泰在福建逆贼反叛之际，忠诚不屈，阖家尽节，实在值得怜悯。令给谥号，以示旌表。"

"朕看陈汝器[②]，好似为人老成，品行也好。"答应给陈汝器父亲谥号，充分肯定陈汝器，听完下边这个话才知道有点和于成龙较劲的意思了。

伊桑阿、阿兰泰、王熙、张玉书跟进："并不见陈汝器与人往来，品行也实不乖张。"

看到对陈汝器的评价基本取得了共识，皇帝适时抛出后边的话。他加大了话锋力道说："朕曾问于成龙'陈汝器为人何如'，于成龙说'陈汝器平常'。朕问'陈汝器有什么不好处'？于成龙又说'没有'。"

"于成龙与陈汝器同在一旗，陈汝器如果到于成龙家来往谋求，于成龙难道会不上奏说他贤能？这正是陈汝器品行好。

"况且赋《柏梁》诗时陈汝器举笔便作，看来学问也好。陈启泰阖家从容为气节而死，他儿子岂有不肖之理。像这样节义人家的孩子肯定有好的地方。"

于成龙说不好的就是好，此时的皇帝抱定了这个逻辑。特别是他用这个例子想要证明于成龙推荐他人出于私心优亲厚友：要是给你于成龙送礼，你早给人家上好话了！

---

① 陈启泰：字大来，汉军镶红旗人，顺治四年自贡生知直隶滑县，后任御史。

② 陈汝器：陈启泰子。曾任大理寺卿，兵部右侍郎兼都察院右副都御史、通政史司右通政，康熙三十五年升任安徽巡抚。

作为皇帝，此时他显得十分世俗。他最后需要为现在这个判断和选择买单。

不妨先让时间向后穿越到康熙三十七年十一月二十五日。皇帝在这一天对大学士说："福建巡抚宫梦仁、安徽巡抚陈汝器这两个官当得很差，命将他们解任。"

皇帝最常说的一句话就是"朕所说的话史官都清楚地记下来了"。不知道这个时候会不会有人把三十三年这段记录拿出来给他看。

"君不密则失臣"，皇帝这个时候就是要多方面打压于成龙。难怪大学士、学士、九卿常常是一问三不知，只做"回音壁""传声筒"，能躲尽量躲。

皇帝就是这样出卖了实心讲话的大臣。

五月二十日，康熙皇帝要亲自去看看运河修筑工程进展如何，出宫巡幸京师以东于成龙所修通州至天津运河段新堤。

由于于成龙修治疏浚有方，加之年景较好，康熙皇帝兴致勃勃，春日行舟一百八十里而毫无阻滞搁浅之处。他说："观新筑堤工，甚属坚固，此地百姓可免数年水灾。"此时他应该对于成龙大规模开展整修工程多了一些理解。

回宫后不久，也就是闰五月初二日，他就批准了于成龙在毛城铺以北修建月堤的题请。

这回该轮到彭鹏了。彭鹏在朝堂上为于成龙说话，皇帝忍他好久了。

闰五月初七日，辰时。畅春园澹宁居。

"给事中彭鹏从前当三河县知县，官当得挺好，朕因此提拔他做了言官。任职以来专门谋求虚名，向他人示威，随意苛求指摘。"皇帝对尚书库勒纳[1]、马齐、索诺和[2]、图纳说。

"侍郎李光地，朕因直隶学政关系紧要特地挑选任用了他，在他母亲病故期间，朕令他在任上守制。彭鹏先是弹劾说官员不应当在任守制，弹劾本章内明明就是说的李光地。朕于是下旨申饬。彭鹏羞愧，竟然以'大不忠不孝'弹劾

---

① 库勒纳：满洲镶蓝旗人，瓜尔佳氏。历官员外郎、翰林院侍讲、日讲起居注官、侍讲学士、经筵讲官、詹事府詹事。康熙二十一年授刑部左侍郎，调兵部。二十五年调礼部侍郎，翰林院掌院学士，充《明史》总裁及《三朝国史》副总裁官。三十年为户部尚书，后调吏部。三十九年不称职，解任，在佐领处行走。

② 索诺和：满洲正蓝旗人，曾任兵部尚书等职，康熙三十五年八月革职。

李光地，太过分了。因此众人没有不惧怕彭鹏的。"

古代倡导"百善孝为先"的儒家传统理念，父母、祖父母病故身亡事关孝道，因此不论官员级别多高，都需解职回籍，这就是守制，也叫丁忧。清朝执行这个制度非常严格。"父母之恩，昊天罔报，丧礼以三年为断"，因此历代王朝都将守制的时间定为三年。不过需要指出的是，这里的三年只是头尾相接的二十七个月，且不计闰月。但是，有一种特例是在国家特殊之时，最常见的就是朝廷用兵。这个时候如果是前方领兵大将或是后方负责供应粮草的官员，如遇守制经皇帝特批可以在任守制，此为"夺情"。丁忧官员离职涉及其他官员职务变动，所以这件事上上下下盯得非常紧，加上传统社会对孝的看重，所以有时皇帝下旨夺情，也会遭到臣下的谏阻，原因颇为复杂。

彭鹏的这次"谏阻"认为，凡规矩定了之后就一视同仁，李光地是怎么的？他于是揪住不放，皇帝申饬之后还不回头松口，话说得反而更尖刻了，当然让做出决策的皇帝非常尴尬：李光地没朕话他敢不回家守制吗？你就直接说朕不对得了！放肆，太放肆了！

伊桑阿、阿兰泰启奏："彭鹏太愚蠢，是个不懂义理之人。"这就是拱火。不知道左顾右盼，不懂人情世故，这帮人忍了很久了，今天正合适，干他！

王熙、张玉书启奏："彭鹏为人太狂妄，不知大体。"

库勒纳、马齐、索诺和启奏："彭鹏狂妄，在九卿会商之时，只知道厉声呼喊大喝要威风，人们确实是都怕他。皇上的看法太对了。"

图纳启奏："彭鹏太蠢，凡说事就知道固执己见，谋求胜过他人。"

皇帝说："彭鹏太狂妄，如果还让他在这个位子上，或会任意诬陷他人，或自己最终获罪。彭鹏原是总河于成龙保举的。朕看他也善于骑马，能胜任个跑来跑去的差事。那就把他派到于成龙那，按他现在的级别让他在治河工程上效力。把九卿集合起来，再把这道旨意宣读给彭鹏。"

这是读来让人喷饭的情节。

"让我和于成龙一起去治河，好啊，正好找于大人去，这朝廷里可把我憋坏了。"

彭鹏兴许回到家等不及关上门就是一阵放肆而愉快的仰天大笑。

这之后，彭鹏又连续三年被朝廷升用：先是回京补刑科给事中，再任贵州按察使，后升金都御史，巡抚广西。在广西任上，他省刑减税，弹劾贪官，积弊为之一清。

康熙三十九年，彭鹏因政绩突出，调任广东巡抚。时值当地久雨成灾，他广开仓廪赈灾，救活不少百姓；他一如既往治吏恤民。去世前一年，还禁收私派银捐数十万两。

他致力昭雪冤狱，开释无辜受栽赃诬陷三百余人，备受当地民众拥戴，百姓称之为"彭青天"，民间艺术中有《彭公案》流传。

今福建省莆田市金桥巷彭鹏故居内悬挂的于成龙所题写"帝眷忠清"匾额

闰五月初十日。于成龙接到对中河子堤修筑事宜进行确认的圣旨。

事起于成龙前边奏报中说中河水势盛大，难以开工，等枯水季节再进行修治。

"朕想，治河事务，关系重大，如果一定要等到枯水期再修筑，那夏秋季节河水、湖水泛滥，能保证不冲决堤岸吗？速速传令于成龙，让他再加详查，斟酌确定后详细上报。"

治河事务不等人，但于成龙说条件不允许动工。皇帝现在开始着急了。

到了为于成龙"浮冒丈尺"的事平反的时候了。

天津总兵官李镇鼎①上奏："通州运河河道东边所修堤工并无妨害，只是旧

———————————

① 李镇鼎：字威远，凉州人，康熙三年武进士。

堤冲开的口子太宽，都是上游水太大的缘故。"皇帝此时恐怕知道为什么于成龙上报的尺寸略微放大了一点了。户部郎中鄂奇①、兵部员外郎靳辅之子靳治豫②被命令通过驿站骑快马速往于成龙那里看堤坝工程情况。

河道的土堤在上游水量没有削减的情况下决口会继续加大。冲一尺的口子如果只报一尺而资金到位后却发现早就不是一尺了，最后必然堵不上，土堤决口不是铁打的。

常书此前报告于成龙浮冒丈尺是没有理解于成龙为什么会把决口的尺寸略微多报一点。

皇帝现在清醒了很多。

治河工程就是个吃钱的老虎。钱花不到，事干不到，洪水就不买账。工部说于成龙一下子呈报的工程太多，根本不可能完成，已惹出一场风波。

这次于成龙又来了，干脆是想要把高家堰土堤变石堤，一次性解决问题。这浩荡的洪泽湖可不是闹着玩的。

闰五月，于成龙上书再次确定年初护理河道总督印务、前顺天府府丞徐廷玺关于运河清淤修治费用的核查结果，要求工部予以拨付。

原来，南旺③、临清④等处运河河道按惯例应隔年大规模疏浚一次，康熙三十二年正是大年。这年共疏浚大、中、浅程度淤浅河道与河口十一段，筑拦河坝十三道，花去了工料银三千一百八十八两二钱八分。费用核销时受到清吏司质疑，皇帝下旨严格核算费用。

于成龙行文济宁道佟国聘⑤、济东道陈俞侯⑥详查，据兖州府管理运河同知鲁一翰⑦、东昌府管理上河通判黄应登⑧反复核算认为：工程是按要求式样严格施工。派出夫役到湖里打草及原库存物料等都没有计算在此次消耗之内，还算

---

① 鄂奇：满洲人，工部郎中。
② 靳治豫：汉军镶黄旗人，靳辅之子。
③ 南旺：今南旺镇，隶属于山东省济宁市汶上县。
④ 临清：今临清市，山东省辖县级市，由聊城市代管。
⑤ 佟国聘：字君莘。奉天人，汉军正蓝旗。
⑥ 陈俞侯：福建晋江人，官生。
⑦ 鲁一翰：正红旗人，监生，二十七年任。
⑧ 黄应登：顺天通州人，三十一年任。

节省了资金。最终核算确定费用为三千一百六十七两四钱八分，比原上报数目节省银二十两零八钱，实在难以再向下削减压缩。

二十两银子对于偌大的工程费用来说几乎是没变化。

于成龙对自己经手过的工程充满了自信，对借机核查进行勒索的行为一点都不感冒。

很多衙门官员也对于成龙当这差事不感冒：和于成龙共事没油水，真不知道"拆兑事儿"，东西是你们家的怎么着？！

于成龙命提塘官俞宗发通过驿站快马将这个本章送到北京。本章里于成龙的身份变成了"总督河道、提督军务、兵部尚书、兼都察院右督御史、授为正一品加四级、革职留任、戴罪效力、臣于成龙"。

康熙皇帝的内心对"结党"一直保持着高度的敏感，所有大臣几乎无一幸免。一时之间大臣间的走动、保举、议论都可能触及这一敏感话题，满朝文武不敢言事，纷纷躲避，一大批官员也因此免官去职，这也成为康熙王朝的一大争议话题。

六月三十日，皇帝在乾清门听政时借责骂库勒纳等人，说满人已结为三党，其中于成龙名列榜首。话一出口，吓得大臣们纷纷表白自己没结党。

"自古以来汉人结党，各自拉拢提拔自己同党，欺瞒上级，并且习以为常。朕的满洲素来朴素诚恳忠厚老实，现在看来，满洲中也已结为三党。三党之中，于成龙那党最强胜。"这是皇帝对朝廷势力的基本分析。

"这里边只有尚书索诺和并没有结党，也不去大臣家里行走，老实安分，能赶上他的少。此外谁没有结党？你们欺瞒不了朕！"

一年后，此时被皇帝点名表扬的索诺和因不勤勉效力，办理军务玩忽职守被革职了。

吏部侍郎常书①："这被保举的人中也曾保举了臣，臣蒙皇上之恩极为深厚，一心眷恋皇上，就想在离皇上近的地方效力，请必在推荐时开列臣的名字。这个话臣曾在大臣前说过，臣并没有党类，皇上平常也知道。臣只知道有皇上，并无二心。"

常书干脆放弃了被推荐的机会，可见皇帝的话把他惊着了。这话可不是说

---

① 常书：历任侍读学士、翰林院掌院学士、教习庶吉士、吏部侍郎等职。

的小孩儿结伙玩游戏，这是掉脑袋的罪过。

伊桑阿："从来九卿的事皇上命臣等参加议论，臣等才敢参加议论。如果皇上命臣等传达询问，臣等也只是传达询问后详细上报，从未参加过议论。这保举总督之事，臣等就是传达询问后上奏，原本没有参加议论。"

伊桑阿也吓得蹦出去多远，生怕沾上一点。看他这一说，整个自己就是个传令兵，哪像个大学士。

远在江淮的于成龙继续埋头苦干。七月，于成龙上书建议高家堰大堤改为石砌工程：

"洪泽湖离淮安城太近，是淮河、濉河两条河流的汇聚之地。等到秋汛来临，波涛澎湃，仅依仗高家堰土堤，即使加筑坚固仍须每年修理、抢修，应迅

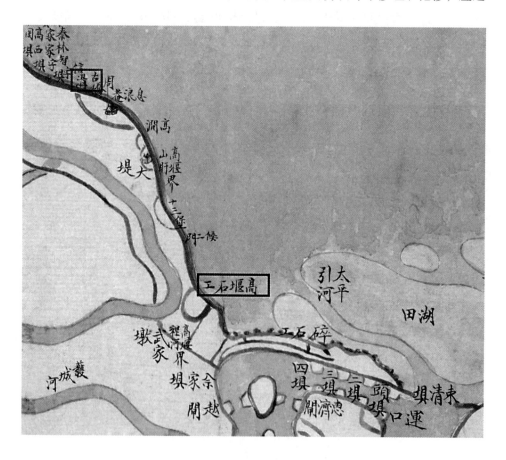

《全漕运道图》局部

速改建为石砌工程。六坝及自小黄庄起至古沟以东涵洞工程估算共需工料银五十万余两。"

钱多，话少，于成龙受到挫折后的字里行间能让人体会到细微的变化。

九月二十二日，因为治河资金一直没有下拨，大修工程又迫在眉睫，于成龙不得不硬着头皮再次倡议捐纳以筹集资金。

"于成龙请求开捐纳，大字不识的都能捐，怎么没官员弹劾？朕听说汉军中有人今天刚当官，明天又捐纳。捐纳的人中汉军最多。这不是于成龙要把这些人收为朋友和党羽吗？山东当官的没有不依附他的。

"他的那些朋党朕都知道，太危险。他要诬陷人就能诬陷人，他要杀人就能把人置之死地。就是因有朕在上边，所以才没有放纵的干事。如不是有朕，那就有可能无法收拾了。像于成龙这样胆大的人也少。"

看来皇帝"听说"了很多事，基于这些传闻，皇帝认为于成龙是专为汉军设计了这个捐纳政策，有朋党的嫌疑。

以汉军人在八旗中的地位当然排不到前边，这似乎动了其他旗人的蛋糕。如果汉军人当官的机会多，相应地其他各旗当官机会就少。反对就起来了。特别是皇帝和王公本族的满人，人口数量虽不多，但因是打天下的核心力量，奉天承运几乎人人有官当。

皇帝一定感受到了来自王公大臣的压力。

正项资金看来无法到位，捐修又阻力巨大，于成龙不得不谋求重点"突破"。十月二十日，于成龙题请高家堰应改修石堤，引出了皇帝的一大片议论。

皇帝："修此堤所需石料从何处取来使用？"

萨穆哈："于成龙本内未曾写明。"

"高家堰堤理应修筑坚固，只是需用石料浩繁，如果运输办理不得法，只怕拖累百姓。"他对于成龙开河运送石料的想法有些疑虑。

"……听说过去河上回程的空船，也有运载石料带过去的惯例，此项工程所需物料如何运输办理才不致拖累百姓，必须要详细筹划方可举行。"

皇帝不答应开小河运石筑堤其实另有缘故。

二十一日，议论继续。

"……靳辅在时，也要在高家堰内另筑一堤，在中门那挖道小河运送工料。九卿认为在两堤之间挖河，那就会旧堤两面受水冲荡，没有同意。朕也没让开挖。

"后来于成龙认为湖水干涸露出土层，就要从接近大堤的地方取土筑堤。朕以为，若取堤前之土，则对堤根冲刷得更深，没准许。后来于成龙到京师，朕问他这件事。于成龙说'皇上所见极是，臣从前因不知而妄言，湖内的土一毫也不可取'。

"先年佛伦等回来，议论开挖这道小河时，将佛伦等人议罪，认为董讷等人说的对。现在又要开挖这条小河，后人怎么看我们？朕作为人君，只求处事合宜，并无照顾人情面的意思。朕现在还照过去的说法讲。"前所未有的纠结。皇帝这个议论非常离谱，不讲事理讲面子。

看看伊桑阿的想象能力："如开挖小河，必须连接运河，漕运就危险了。现在既有湖水，就由湖内运送河工物料未尝不可。"这就进入胡说状态了。

湖水退得较远，从湖边卸下的石料到大堤这段距离完全不是人工扛抬能够克服的。

二十二日，辰时。于成龙开挖小河运石料的动议引出朝堂上君臣近似阴谋论的怀疑。

皇帝问九卿："高家堰内开一条运料小河的事，你们怎么说？"

礼部尚书熊赐履："臣等愚昧无知，事情没有经过详细议论，还有什么可以分辩的？"这是一种回避的态度，至于于成龙建议的正确与否他并没有做出明确回答，他道歉的重点是自己当时不认真不细致不深刻。

马齐、图纳："据于成龙奏称'不动钱粮稍加开浚即可'。臣等不知详细审查，就向皇上启奏，甚是差谬。皇上圣鉴甚明，指示臣等，臣等始知，不然高家堰太让人担忧了。"这完全就是随顺皇帝赔礼道歉的节奏了。

"各位大臣意见都相同吗？"皇帝要把这种否定落到实处。

吏部侍郎常书："大家的意见都相同。于成龙乘修筑高家堰之机，奏请开挖小河，想要趁人不注意办过去他想办的事。很显然这是在弄巧。"这位就是典型的阴谋论了。他对这个建议的评价上升到了道德层面。他的话想必此时很合皇帝胃口。

皇帝说:"从前靳辅任总河时,请在高家堰外侧另筑重堤,令水从两堤间流过,朕没准许。现在于成龙请求开挖小河,就是靳辅要让流水通过的地方。

"如果开挖此河,势必到前界沟引来洪泽湖水。此水浸润冲刷,加上湖水泛溢,河水暴涨之时,高家堰断不能保。于成龙那时候又要大修堤岸了。

"何况修堤土石并非高邮等地出产,与其在小河中用小船载运,哪如就从洪泽湖用商人的大船载运,那岂不是很好?这个折子发回去另写。"

这可就是大是大非问题了,这不是可以随意附和皇帝的话题。九卿没人表态跟进,退出。

皇帝的话很严重:于成龙这是故意弄坏大堤好借机修堤花钱。

这是对于成龙人品的根本质疑。

事实真的如此吗?继续阅读便见分晓。

皇帝听从了九卿的"议论"否决了开挖小河的动议。大家应记住这个细节。

按道理说人物传记应按时间顺序叙事,但为了方便大家,我们不妨把次年也就是康熙三十四年十一月初七日发生的事调整到这个地方来。

康熙三十四年十一月初七日,原河道总督于成龙上书报告河工进度。这是个绝对不能草率读过的细节,这涉及前边非常重要的一桩公案。

"朕对于治河的事留心研究很久了。朕几次亲自视察河道并且详细查看河图。朕现在看到于成龙上书中说,龙王闸闸底逐渐空虚,应在五空桥等处建闸。又说高家堰运料很难,应另行开河来运输物料。所说的都很恰当。从前靳辅也曾这么讲,请求疏浚一条小河来运料。这个奏章可批准。"开小河运料是批准了,但这样一耽误就是一年。

"现任河道总督于成龙如果真的要对于河道百姓生活做有益处的事情,那就一面估计动工所需要的花费,一边详细报告上来。如果有什么不能做的,也要一一商议确切详细报告。"

这条因谋划开条运料小河而被大学士们附和为于成龙花钱搞钱阴谋的动议,终于一块石头落地。圈子兜得太大了。真不知道那些曾经参与抨击否决于成龙动议的大臣是什么感想。

于成龙遭受挫折遭受斥责之后仿佛就知道低头挨鞭子,找不到他有什么辩解的声音。这种"隐忍"的风格贯穿了他的一生。

也许是于成龙过于了解皇帝了解朝廷，他仿佛做到了"泰山崩于前而色不变，麋鹿兴于左而目不瞬"，就是这样稳如泰山，就是那么一直任劳任怨。

古往今来不知有多少人被政坛巨浪掀翻之后就沉入水底，万劫不复。于成龙却以他的定力顽强地继续向前走。他的动议几乎弹无虚发，彰显了他的聪明智慧和高超的办事本领，皇帝嘴上不说心里想必也是佩服的。

于成龙在此情况下还有一段向皇帝道歉的话，皇帝在朝堂上津津乐道地讲给满洲大臣。很有意思，不妨看看。

"朕不久前当面质问于成龙治河事务，于成龙对朕讲'臣亲身担任治河总督，数年以来才知道见解都错了，事事都超不出皇上的睿智明鉴。这都是臣向时愚昧、不谙事情的缘故，臣自行认错'。"我们通过皇帝津津有味的描述看到了于成龙不失时机的示弱及"全面否定"，他很理智。所有强硬都是愚蠢和不被允许的。他比皇帝大十六七岁，他这种对皇帝的彻底崇拜让皇帝生不起气来。

伊桑阿跟进："皇上深切惦念治河工程，讲求极其精密，数千里河道形势皆了若指掌，不只臣等愚昧不能及，即使身在河岸上的各位大臣，都远远赶不上皇上。"皇帝听了心里一定非常受用。这一页好像就算翻过去了。

史官们忙忙碌碌地修饰着高大着圣上的一言一行，我们必须理解这种行为。但他们往往顾此失彼。这段记录想必让细心而又聪明的读者莞尔一笑。

时间再次回到康熙三十三年，这一年可说是于成龙的至暗之年。事情并没有完全过去。

十一月十六日辰时下达给于成龙的一道旨意恐怕让他张口结舌。皇帝在于成龙这里可真有点不说理了。

事情缘起他的一则上书："原总河靳辅借用两淮盐税十八万两银子，用来修筑毛城铺等处大堤闸口，提议用屯田及每年修河节省下来的银两分十年归还。现在靳辅所说要屯田的田地已归州县征收正项钱粮，没有可补还的了，他说的节省这项内应补还一半，计八万三千五百余两。从三十三年起，按节省数目扣出补还盐税。"意思就是只能在河道工程中省钱归还了。

靳辅算计失误，他的屯田没有走下去，结果一下子欠了朝廷这么多钱。看看皇帝怎么说。真让人跌掉眼镜。

皇帝说："此项银两如果靳辅还在，早就完结了。"

"于成龙前些年陷害靳辅，他现在所说的肯定是有了自己的主意。现在他担起此事，就想让别人捐银子，行吗？银子数量太多，关系到国家税收。"

"跟着于成龙的人很多，处理这项银子在他那很容易，就让于成龙完结。"

这是皇帝内心世界的最真实反映——靳辅能搞钱、会搞钱，你于成龙只知道让我拨款，要钱没有，自己去搞。

说来说去，根本就是一个"钱"字。

怎么想辙，去抢钱吗？

皇帝也要看看于成龙是不是真的托大，是不是开始不听话了。皇帝是故意的。

这反复的揉搓真考验人。不知这银子到最后是怎样的完结法。

康熙三十四年（1695）

于成龙五十八岁。

五子于永禄出生。

浙闽总督职位出缺，九卿推荐了直隶巡抚郭世隆、山东巡抚桑格[①]。郭世隆调离后，直隶巡抚让谁来当？于成龙等前任再次让皇帝如数家珍般评说。

二月初七日辰时，乾清门。

"直隶巡抚这个位置要紧，"皇帝接着说，"挑个能胜任的补授。前任巡抚于北溟操守清洁，只是在地方上没有建树。"

"后任于成龙善于捕盗，畿辅才安定下来。格尔古德官做得很好，官员百姓大都称赞他。……"

前于北溟来直隶时间短，来不及彻底展开事务。后于的使命就是平定匪患，安定京畿治安形势，都算不辱使命。

派个官员就包治百病是不现实的，更何况皇帝现在还没有从贬斥于成龙的

---

① 桑格：又名桑额，官至吏部尚书。曾任江宁织造。康熙三十一年升湖广巡抚，后任山东巡抚。康熙三十四年至四十九年任漕运总督，坐兵部右侍郎、右副都御史衔。康熙四十八年，加太子太保；次年，担任吏部尚书，卒于任上。

情绪中彻底走出来。这样评价于成龙已很不错了。

七月十四日辰时，于成龙养父于得水在京去世，享年九十一岁，成为那个时代罕见的长寿老人。

于得水的见识和度量超出常人。他最喜《诗经》，爱谈《礼记》。大家认为于得水的德行和风范对于成龙产生了重大影响。

八月初二日，于成龙上书报告运河、黄河相关工程进度，并申请回旗丁父忧，请皇帝指派官员交接河工事宜。

看完于成龙交接河务的详细奏折，皇帝恢复了于成龙职务。虽只有短短的这么三言两语，但这三言两语成为于成龙走出至暗时刻的标志。

皇帝的威力太大了。他是能决定他人命运的人。

皇帝对大学士说："于成龙凡遇事争强好胜，因倡议捐纳治河被革职。现在看治河工程上尽心竭力很是勤劳。他当官原本就不错，治河总督的官就还给他吧。"

于成龙"尽心竭力，勤劳"让皇帝回心转意。更重要的是，皇帝在观察经他反复打压的于成龙有什么反应，也没有发现结党的证据。现在看，他放心了。

在于成龙治河期间，黄、淮、运三条河道太平无事乃至大幅度改善，虽然黄、运河道大修工程未获皇帝准许，但是运河通州至山东段、黄河荥阳至砀山段以及各处堤坝得到加修。在这几年史料中少有灾情记载，黄河、运河度过了安定的几年。

另据《济宁直隶州志》记载：济宁洸河、府河汇合后经杨家水口①自天井流出。自从靳辅建坝，河流改为向西进入马场湖。马场湖容纳不下就会漫堤决口，危害百姓。

康熙三十四年，正赶上运河水量小，连运粮船都难以运行。于成龙上书请示的同时，立即组织人力拆除杨家坝②，清理河道，放水接济运河并解除了马场湖水灾隐患。这马场湖在济宁西四十里，占地四十余顷，后复垦，这也应是于成龙将杨家坝拆除后的事情。

---

① 杨家水口：今山东省济宁市杨家河公园附近。
② 杨家坝：今山东省济宁市杨家坝街附近。

于成龙的评价在皇帝心里占的分量是很重的。他说的是"太不济",肯定是这个官员的懒散无用让于成龙受了刺激。

八月初九日,皇帝外出巡幸,在青城①驻足时吏部请示:山东按察使职位空缺,拟将按察副使李成林②转正,拟将朱士杰③补按察副使缺。

皇帝想起了于成龙对朱士杰的评价一下子警觉起来:"李成林朕不知道,但朱士杰为人不济。于成龙做直隶巡抚时曾经上奏说朱士杰'太不济'。这个官员的缺问九卿各道官员谁好,并将各道员职务姓名写折子详细上奏。"

于成龙在直隶时那种高强度的办差,这个官员大概是没有赶上干事的节奏。

于成龙也曾经给过金云凤④差评。上级对下级做出评价是其工作之一。金云凤这次是直接把皇帝本人气坏了。事儿干不了还全是理由。

伊桑阿上奏:"臣遵旨行文工部讯问道员金云凤及搭桥的章京郎中鄂齐尔等人。金云凤供称:'六七月间工部行文,要求准备搭桥木料,随即命令密云县知县孙国辅⑤遵照操办。至七月十四日部中才行文说圣驾二十六日起行。我正要前往施工的地方查看,正好兵部又行文让给驿递人员准备马匹车辆,我料理驿递,十八日料理完毕,十九日前去沿途看搭桥情况,至二十五日全部完工。剩下木料还有一千余根,并没有耽误事情的地方。'据鄂齐尔等供称:'我等搭桥,于十六日至密云,十七、十八、十九日守候了三天,金云凤没来搭桥,木料也毫无准备操办,看着将要误事,因而就把事情报告给工部。工部让向姓邓的木商租借木料使用,我们就从邓姓商人那里租借木材搭桥。不这样肯定就耽误了。'"

"金云凤如果将搭桥的木材预备好,章京等人怎么会不肯用?本来有现成的木材难道会向别的地方租赁使用?!于成龙任巡抚时就曾上奏说金云凤'平常',尔等看这个人怎么样?"皇帝问。

伊桑阿启奏:"看来这个人也确实'平常'。"

"把这二人口供重新加以研究追问后详细上奏。"看来这金云凤最后受处罚

---

① 青城:今山东省淄博市高青县高城镇驻地田镇西十二公里。
② 李成林:字茂远,辽东广宁(今辽宁北镇)人,监生,康熙十三至十八年任湖北黄梅知县,有《令梅治状》记载其事迹。康熙二十五年任顺庆府知府。曾主持编辑《顺庆府志》。康熙三十九年由福建按察使专任河南布政使。
③ 朱士杰:清奉天辽阳人,荫生,康熙六年任山西榆次知县。曾官衡永郴道、天津道等。
④ 金云凤:汉军镶黄旗人。
⑤ 孙国辅:陕西籍,辽东人。

是难免的了。

官越大，管的事越多。密云知县是他的下级，说不清是与金云凤关系不好还是本身就做不了事。但总的来讲还是他这个做上级的要求不严，管不了下级本身就是失职。

十二日，皇帝在汗特木尔达巴汉①巡幸看工部奏折时认为：巡察官员赵山所说河堤工程情况和于成龙上奏完全不符，做出了彻底终止此项巡察的决定。

工部将第二次派去勘察已修河堤的侍郎赵山开列的治河大臣的职务姓名罗列后上奏。皇帝看到视察结果不高兴了。

"……视察治河工程原本是要核查有没有浮夸冒领的弊端，大堤工程是否坚固。赵山等人前往视察，总河说没修理的地方他反而说工程坚固。如果是这样，视察还有什么用?!"皇帝看完工部的奏折立时就来火了。

伊桑阿："总河于成龙上奏中说的难修的地方赵山等人前往后说的都是工程坚固，实在是荒谬。"

"赵山等人前去视察治河工程，并不详细查明，反而让河道官员特别劳累。现在就是再派遣大臣去，如果不谙水性也就是照着前人所做的说而已，对事有什么好处?!命严厉草拟票签，将赵山等人交给工部论罪。命此后河道工程视察永远停止。"

因为这次"形式主义"的巡视被皇帝拿下，赵山未必能预料得到。两个月后，如果不是皇帝开金口，这赵山就送刑部拿问了。

八月十四日，于成龙正式开始丁忧，河道总督的职位自动终止。

先是于成龙按礼法请求回家操办养父于得水的安葬事宜。皇帝下旨同意了他的请求，命他回家守孝。

四天后，漕运总督董安国②继任河道总督。

---

① 汗特木尔达巴汉：今河北省承德市围场满族蒙古族自治县四道沟骆驼梁附近。

② 董安国：镶红旗人，康熙元年由都察院左金都御史迁为左副都御史。康熙五年，由左副都御史升礼部右侍郎。后由户部左侍郎管右侍郎事升刑部左侍郎。康熙十四年任杭州知府，后任四川按察使、贵州布政使司布政使，康熙三十四年六月任漕运总督后转任河道总督。

十月初八日，于成龙将养父于得水安葬于京西杨庄村。兵部尚书李振裕为其父亲撰写了墓志铭，工部左侍郎、翰林院编修检讨李元振篆写了棺盖，翰林院查升①给碑文书丹。于成龙在父亲坟旁搭了房子守孝，"绝意仕进。"

南房村于氏家族曾有个说法，于成龙虽丁忧但依然没有放下公务。这个说法大概与丁忧期间于成龙曾奉旨办案、北征督粮有关。于成龙将于得水暂时安葬于京西杨庄，欲待养母百年后一起回迁至固安南房村。但后来于成龙先于养母去世，那时于家清贫，已无力迁坟，后世大部分子孙也就安葬在此。至于未回固安南房村家族墓地的真实原因现在不得而知。也有康熙皇帝赐给坟地的说法，到底哪一个切实，现在无从查证。

十一月初二日，丁忧中的于成龙受命会同户部尚书马齐等审讯胡什图②。上文也有说到，因国家紧急大事丁忧中被征召办事叫"夺情"。

事件起因为刑部等衙门将诬告镶红旗都统公苏努受贿作弊的卫图布议革职，枷号百日，且不准折赎，鞭一百。这种案子一般人的威望镇不住。皇帝说："镶红旗满洲副都统尼黑、参领胡什图都不是能用的人，行为乖张。参领胡什图是特别狂妄彪悍之人，此事朕很怀疑。命交给尚书马齐、佛伦、原总河于成龙会审。"

这个审讯专班由户部尚书、礼部尚书、前河道总督组成，分量够重。于成龙、马齐都是公认的审案高手。案子牵连到了公爵苏努，会审专班人员构成本身就说明了案情重大，皇帝一定要把胡什图等人的案子搞清楚。很遗憾这段历史没有再记录下去，但可以查到胡什图等后来终于被革职。

①　查升：字仲韦、号声山，浙江海宁人。清书法家、藏书家。
②　胡什图：镶红旗满洲第一参领所属第一佐领。

十四、都察院左都御史（衔）督运中路军粮

　　他的高远之见没有被采纳。转过年来皇帝顺理成章地使用了他的办法。那个在前边连声催促前进的皇帝每天也只有一顿饭吃。看到衣衫褴褛的于成龙后他的怒气烟消云散。又是什么让皇帝在宁夏搂住于成龙的肩头亲密地窃窃私语？

　　康熙三十四年十一月十八日，在家守孝的于成龙再次奉旨"夺情"以都察院左都御史职务督运征伐噶尔丹中路大军军粮。大理寺卿李钠[1]、太常寺卿喻成龙[2]协同料理。李钠有参与征剿吴三桂的经历，喻成龙则是以断案才能闻名的官员。

　　十一月十九日，于成龙接受重大任命后第二天，康熙皇帝下旨祭祀于得水，这个安排耐人寻味。

---

① 李钠：字长源，汉军正黄旗人。李荫祖之长子。康熙五年补授佐领，次年覃恩加一级，康熙十三年参与征讨吴三桂，二十二年升刑部郎中，二十三年升都察院监察御史，二十七年特简湖北按察使，加三级，三十一年内升京堂，三十三年补太常寺卿，本年升兵部督捕右侍郎，三十五年随军北征噶尔丹。官至兵部侍郎、安徽巡抚。康熙四十二年赈饥山东，卒，葬直隶完县城西黄山坡北。

② 喻成龙：字武功，汉军正蓝旗，奉天人。由荫生官安徽建德县知县，历池州府知府、江西临江府知府、山东按察使、布政使，太常寺卿、大理寺卿、刑部右侍郎。由于政绩卓著屡被提升，协同左都御史于成龙督运中路军粮平定噶尔丹叛乱。督修高家堰有功。康熙四十二年，被提拔为湖广总督。著有《塞上集》、《九华山志》十二卷、《西江草》一卷。

谕祭诏书中说："朝廷举行这类盛典就是要让死了和活着的人都得到皇帝恩赐。儿子与朝廷同甘共苦就会把光荣带给他的亲人。你于得水是总督河道、都察院右都御史兼兵部右侍郎于成龙的父亲。你儿子做官以来做事非常勤劳，追根溯源还是因受到你良好的家训。按惯例，特颁祭祀圣旨，让在九泉之下的人也感到荣光。如果你的灵魂尚未昏昧，那你应能够感受得到。"

这谕祭于得水能不能感受到，正在料理父亲后事的于成龙肯定是感受到了。捧着圣旨的大臣出现在丧礼现场，高声唱诵谕祭文。于成龙感激涕零，叩头谢恩。

不管古人还是现代人，都特别重视自己在丧亲之时来自各方面的精神安慰与支持。皇帝激励大臣很会选择时机。

于成龙的人生挑战再次来临。以下经历丰富了于成龙的生命格局。他的生命将与维护国家整体利益，反对外部势力武装干涉侵蚀的斗争紧密联系在一起。如同激流撞击河床中的怪岩，于成龙生命的绚烂色彩因奋力搏击而在新的时空里浓重铺陈开来。

实际上，清廷与噶尔丹之间的矛盾斗争始终没有停歇。

康熙三十四年正月，噶尔丹厄鲁特蠢蠢欲动，他们杀害了清廷特使马迪，并强烈要求康熙帝逐回喀尔喀七旗并交出仇人哲布尊丹巴呼图克图、土谢图汗，并以财力不济为由拒绝参加康熙皇帝提议的约地会盟。清廷也开始积极布子。

首先是在四月初七日，否决了达赖喇嘛①和第巴②派使臣来清廷请求康熙皇帝不要免去噶尔丹的策妄阿喇布坦汗王称号请求。

本年四月二十八日，有条件地限制扎萨克③人在中原活动自由，战争气氛正明显地浓厚起来。

七月初一日，清廷开始在宁夏紧要地方设官派兵驻防，派遣官员前往监造

---

① 达赖喇嘛：五世达赖阿旺罗桑嘉措。
② 第巴：西藏地区旧官名。原为西藏部落或地方首领称号，也称总理西藏地方事务的官员，后又以指西藏地方政府所委派的地方官及中下级执事官。《清会典·理藩院五·典属清吏司》："司门第巴三人，司糌粑第巴三人，司草第巴一人，司薪第巴二人。"
③ 扎萨克：官名，蒙古语"执政官"，清对蒙古族和满族人授予的军政爵位。

营房。

费扬古^①将军开始奉命率领满洲官兵驻扎归化城北地形有利之处，相机行事。

噶尔丹没有耕种田地，而是在把马烙上印，收集猎户，向塔米尔^②以东运动，可能掠取根敦戴青后顺克鲁伦下游侵犯车臣汗、科尔沁以西地区。

七月二十五日，清兵与噶尔丹小股部队接火，紧张气氛加剧。

八月十八日，清军头队、二队、三队兵出发时间确定。

八月二十四日，科尔沁土谢图亲王沙津被指派以科尔沁十旗全部归顺噶尔丹为由诱使噶尔丹前来，伺机彻底解决。康熙皇帝的决心已下。

噶尔丹两支部队追击随后亲清的西卜退哈滩巴图尔、纳木扎尔陀音。

八月二十六日，清廷使臣被派出传旨谴责噶尔丹不遵教义，肆行杀戮。

"朕对此事痛恨已久，风寒雨雪在所不辞，即使他惯于战斗朕也不会回避。朕要亲自征讨。"皇帝对大臣们说。

康熙皇帝身上的战斗激情被点燃了。现在他需要引燃他的臣子们心头的怒火。

但噶尔丹并未继续东下，他像风吹走的云朵一样飘向了西北方向。朝廷上下绷紧的神经略微得到缓和。

九月二十三日，八旗满洲蒙古汉军都统以下，阿达哈哈番参领以上官员，奉命在各旗聚集商议如何剿除噶尔丹、军队如何设备等问题。于成龙开始参与组织讨论征讨噶尔丹军事策略。

十月初三日，军粮等后勤保障事宜被提上议事日程，于成龙出场亮相开始倒计时。

议政大臣被要求考虑"官兵做何分派，军队行军要自带几月粮食，随运粮米车载还是驼负及需要多少骆驼车辆，多少差役，需要多少口粮"等问题。

积极进取的康熙皇帝已不耐烦了。他要让他的军队暗地里向前运动，将噶尔丹纳入打击范围之内。

我们仿佛见到草原上准备猎杀对手的花豹，肚皮贴着地面在草丛掩护下悄

---

① 费扬古：董鄂氏，满洲正白旗人，内大臣、三等伯鄂硕之子。
② 塔米尔：今蒙古国后杭爱省的塔米尔河。

无声息令猎物难以察觉地向前移动。

十月初六日，议政大臣八旗都统等奉旨为军士添加马匹。"……春冬给草豆钱粮，明年四月起发一半草豆钱粮拴喂，另一半马匹放牧吃青草。放青马匹至九月赶回来照常拴喂。"

战马增加了一倍，部队机动能力增强。相应的后勤保障的压力加大。

战云密布，朝廷上有些官员思想还处在涣散状态，战斗热情不高。这是所有战事来临之前的共同特点，对战争结局的不同预期使得人们很容易形成不同阵营。

康熙帝敏锐地察觉了这种思想动向。他向议政大臣们分析了噶尔丹对清廷的潜在威胁，论证了进行这场战争的必要性。

"……近日，噶尔丹于巴颜乌阑屯聚。纵然他不敢深入内地，但偷偷来到边境劫掠我外藩也不能确定。听到警报再开始派大兵势必不能朝发夕至。我进彼退、我还彼来。再三如此，那蒙古诸部也会全部遭受他蹂躏了……"

康熙皇帝非常重视北疆藩属，他联络起那些反对噶尔丹的军事集团，逐渐织成一张大网。

车臣汗、科尔沁土谢图王、达尔汉王等人接到皇帝旨意嘱咐他们不要怕厄鲁特。

第二次征讨噶尔丹的大幕徐徐拉开，但大军长途奔袭，大将军费扬古的上书将后勤补给问题摆上桌面。这是任何时代都不容回避的问题。运筹帷幄的重要内容就是物资供应等战略支援。

十一月十七日，安北将军伯费扬古请示西路进剿官兵自带八十日口粮，外应随队再运两个月口粮。

康熙三十四年十一月十七日，皇帝左思右想认为："中路进剿，最重要的就是军粮。拉运军粮一事，必须有个大臣统一指挥管理，才能成功。于成龙、李锬、喻成龙愿为朕效力，不及此时，更待何日。"

丁忧是孝道，国事当前，孝道则必须立即转化为对国家的忠诚。于成龙丧事假期中断，立即上岗履职。

十一月十九日，皇帝在南苑大阅兵。

为使读者能更深刻浸入这场时代风雨，我们用了一些笔墨对战争背景进行了简单回顾。感兴趣的读者还可以做专题研究。

随着形势发展，战争进程推移，于成龙的重要作用将被凸显出来，直至最后成为决定整个战争胜败的关键性因素。

简单解释几句，"普天之下莫非王土，率土之滨莫非王臣。"在封建社会，史官是为皇帝服务的。所有的臣子也罢、百姓也罢，都很难在史料中留下影子。即使那些极重要的大臣，记录他们的文字也是极简略的。当然，也有很多人"视名利如寇仇"，讲究"功成身退，天之道"。这个话题我们曾经在朱宏祚等人准备为于成龙出版《抚直奏稿》时看到，给他出书的提议当时是吓了于成龙一跳的，差一点被他彻底否决。他并不是装样子。有深厚儒学佛学功底的他深知追求名利的危害，那简直就是死路一条。康熙皇帝曾经多次否决臣子出书，出"专著"。那意思很清楚，你算个老几啊！由此我们将不得不一次又一次提到皇帝，只有在叙述皇帝的文字中我们可以偶尔窥见于成龙的身影，了解他在干什么。历史镜头角度的选择权并没有在后人手中。

十一月十九日，皇帝要求大学士和兵部，今后凡属运米事务均由于成龙直接上奏，不必会同兵部。这样的安排可以让战争管理更扁平化，省去了各部之间的扯皮与形式流程。

先看看让人头大的军事部署，这是未来于成龙每天都要面对的课题。"西路进剿军队右卫兵、京城增派士兵、大同绿旗兵、官兵夫役共计二万四千二百六十余名。先前议政大臣议论说'京城增发的士兵每人给四匹马、一名夫役，除各带八十日口粮外，每名士兵每月供给二仓斗①米'，用湖滩河朔的米随运。

"运粮车、骡马饲草、料豆及赶车士兵口粮由山西巡抚准备。遴选四名有才干道台、同知、知州、知县会同部院派出的四名官员随车押运。请皇上从特地

---

① 仓斗：康熙十二年，清廷为避免各地粮食量具标准不统一制造了统一的铁斛、铁升颁行全国。规定官府征粮、地主收租必须以国家"仓斗"为凭，各县"勒石"永禁"用大斗剥佃"。自此以后官府根据朝廷标准铁制造了统一的官斛令各州县按官斛标准翻制以期全国统一。坐粮厅收兑漕米用"洪斛"，各仓用仓斛。凡正兑米洪斛每石合仓斛一石二斗五升；改兑米洪斛一石合仓斛一石一斗七升。所余即系耗米之数。

提拔的于成龙等三位大臣内拨出一人，配备一名满洲堂官①迅速赶赴山西，会同巡抚温保②料理各种事务。

"中路进剿官兵、炮手、绵甲军、盛京兵、黑龙江兵二千，宣化府绿旗兵再加上官兵厮役共计三万二千九百七十余名。各带八十日口粮外，每名士兵每月给二仓斗米，由通州仓米运给。

"运粮车及兵、夫、马、骡，需用食物都让直隶、山东、河南三省巡抚准备供给。押运官员也由各巡抚遴选，要求与西路相同。再遴选十二名有才能官员十二名部院衙门与每省派出的四名官员分管，尾随中路大兵前进。

"既然已派出于成龙等人总理运输的事务，有事应就让这几人会同料理。"

皇帝看后说："既然派出于成龙等人，就由他们专门承担运务。今后凡属运米事务均由于成龙直接上奏，不必会同兵部。"

规模浩大，整个战斗部队还要自带八十天的军粮，再加上于成龙运粮大军，浩浩荡荡的征剿大军同时也成了运粮大军。这是军事史上的奇观。

皇帝简化了指挥系统。他不想循规蹈矩，因繁文缛节影响关乎军队命运的运粮大事。特事特办，一切都纳入极简程序。这既是对于成龙的高度信任，也是天大的责任。

兵部看起来权力变小了，但这样能集中精力专注于军力调配。

用人不疑，疑人不用。关键时刻，康熙皇帝的决断力再次被激发出来。

于成龙得到了皇帝的最大信任。

十一月二十日，通政使司左通政喀拜③奉命协助于成龙办理中路运粮事务。

喀拜供职的通政使司是朝廷掌管文书上传下达的机构。他熟悉各方面情况，熟悉各方面官员，熟悉沟通协调的整个流程。很显然，这个官员就是为帮助于成龙协调各方关系而来。

十一月二十日，于成龙开始督造五千辆运粮大车。

"中路四千辆运粮车如果责令直隶、山东、河南三省通过捐资雇佣的方式解

---

① 堂官：明清对中央各部长官如尚书、侍郎等的通称，因在各衙署大堂上办公而得名。"堂官"对"司官"而言，各部以外独立机构长官如知县、知府亦可称"堂官"。

② 温保：满洲正蓝旗人。

③ 喀拜：翰林院笔帖式，历任通政使司左通政、索伦总管，后于甘肃巡抚任上因隐瞒灾情被革职。

决，恐怕各地方官不领会朕的旨意借机向百姓摊派，给百姓带来负担。

"朕今天不动用户部钱粮，特地拨发内帑①银子六万两命于成龙等人督造。但每辆车载六石②粮再加上炊具、营帐等物品太重了。再添造一千辆……"

军令如山。

五千辆大车同时打造，木匠铁匠云集京师，专业铺户作坊不分昼夜抢工。

据宋大业③《北征日记》讲，这五千辆大车都是在南苑内统一建造的。叮叮当当嘻嘻拉拉，忙成一锅粥，场面何其壮观。木材商人也被调动了起来。手艺人成了香饽饽。

车是用来长途载重的工具，道路漫长崎岖，这些日子于成龙一定会将大批官员派过去紧盯修造质量。

这事来不得半点马虎。

十一月二十日，光禄寺卿辛保④、内阁侍读学士范承烈⑤奉命督运西路军粮。这是与于成龙对应的左翼。

辛保是皇帝身边讲学问的人，大学士范承烈也不愧是个大文化人，他记录下了亲身经历的战争经过，如果放到现在就是战地作家，作品大红大紫风靡全国也未可知。

范承烈做得也确实不错，有人根据他的记录出了一本连环画性质的图集——《北征督运图册》。他还为这部画册作了题跋。这些都成为后世研究于成龙北征督粮业绩的佐证资料。

十一月二十二日，康熙皇帝举行盛大阅兵，但此时的于成龙估计满脑子都在盘算粮食的事。这么多人每天要消耗很多粮食。经过上一次战争的消耗以及直隶、山东、山西等省几年的灾荒，朝廷的财政情况也成了大难题。皇帝不得

---

① 内帑：指皇帝、皇室的私财、私产。

② 石：古代的容量或者重量单位。十斗为一石，一百二十斤为一石。

③ 宋大业：康熙二十三年举人，康熙二十四年进士。历任日讲起居注官、翰林院侍读、编修，内阁学士。康熙三十二年主持江西乡试，将朱轼从落榜考生卷中选拔出来定为第一。康熙三十五年参与北征噶尔丹中路督粮，凯旋后升右赞善，累迁内阁学士。后有《北征日记》行世。康熙四十七年，因赵申乔弹劾其收受馈赠被革职。

④ 辛保：曾任翰林侍讲、光禄寺卿。

⑤ 范承烈：沈阳人，汉军镶黄旗人，字彦公。范文程之子。康熙间历任内阁侍读学士、户部左侍郎、兵部左侍郎、正蓝旗汉军副都统，以病休。有《雏凤堂集》，《北征督运图册》即根据范承烈经历所绘，范承烈也为此亲自题跋，记述督运史略。

不拿出自己的内帑筹备物资，于成龙也赶赴各地筹集粮草。

十二月初五日，中路督运、都察院左都御史于成龙根据塞外实际情况上书请求营造小型运粮车辆并携带志愿效力者前往。

这是极其重要的一次上书，这也是中国历史上有记载的罕见的"志愿行动"。大家一定要记住上书的核心内容。于成龙是极具办事经验的官员，深谋远虑。他的建议简直就是金不换，字字珠玑：

"中路运粮车辆有四千两，络绎前进整个队伍蜿蜒百余里，跋山涉水或泥泞难行之处未免耽搁。为更加灵活，中路运粮应兼用小车、驼、马分载；现在押运的官员只有十二人，凡到路途艰难之处唯恐鞭长莫及。

"请求批准将情愿效力押运人员带往前敌；拨派几名久经边疆事务的将官对运粮队伍进行巡察，这样不仅对军需运输有利，而且能扬威域外。"

但是皇帝对自己的经验很自负："这条路朕曾亲自走过，都是大道，并没有险岭、大河、泥泞等难行之处。如果使用驼、马、小车反而觉得烦乱复杂。不必这两种方式都准备。其余的意见令大学士会同户部、兵部二部商议后报告。"

皇帝凭着他的"聪明才智"否决了于成龙的使用小车及骡马骆驼作为机动补充的建议。平时皇帝出行，都会有地方对道路派夫整修，走到哪里都是坦途，他不会知道真实的大路是什么路况，大车负重前行又会是怎样的麻烦。皇帝的自负带来了极其严重的后果。

毫不夸张地说，皇帝这次不起眼的决定让他与胜利失之交臂，太让人惋惜。

看到后边你就不会感到作者小题大做言过其实了。

不久，商议结果报告给皇帝："不论旗、民，有官还是没有官的，只要愿随运粮部队效力，准许于成龙全部编录带走。至于说粮米车分前后行进需要昼夜巡防，可调副将王起龙 ①、游击刘虎 ②、守备林之本 ③ 等人协力前往。"

皇帝批准了大学士会同户部、兵部给出的意见。

于成龙充分发挥自愿效力者作用的提议被采纳了。康熙皇帝的态度再次

---

① 王起龙：汲县人，曾任河南北镇左营游击、直隶真定副将、福建海坛总兵官。

② 刘虎：字辅臣，宁阳县泗店人。曾任拱极城游击将军、蔚州参将、石匣副将。康熙三十六年，刘虎因功升南部右翼总兵官，镇抚东粤，不久以孝养亲母辞官归乡。

③ 林之本：燕山卫人，武进士。

反转。

于成龙的追随者也不再是皇帝心中的阴影：多多益善，全带着。

上自旗人、大小官员，下至戴罪之人、普通百姓、京畿商贾等，于成龙号召力空前绝后。这其中有很多山西籍志愿人员，他们曾受于成龙恩惠，通州文庙、大悲禅寺重修时都有他们的身影，这次运输活动对山西晋商文化的崛起、中蒙商道的开发都起到了巨大的作用。有兴趣的读者不妨深入研究。

同时，无论是山西还是其他省文武职官、闲散人员、旗人百姓等都被皇帝批准前往。皇帝许诺凯旋之日一定照军功封赏。

不久，于成龙向皇帝请示说："请将愿意效力的人员分拨一百人给西路军。同时，现在宣化、山西喂养的马匹随西路进剿大军出发。"

在宣化府喂养的马匹加上山西紧急捐献的马、骡，共有一万二千一百九十匹。

大军长途奔袭少带粮食不行，多带粮食又影响进军速度，西路军反馈的问题非常有代表性。仅西路军一万名士兵粮食辎重的保护就用了三千绿营兵，这三千人本身也需要消耗掉不少粮食。

十二月初六日，原兵部督捕右侍郎王国昌[①]、太常寺卿喻成龙奉旨督运西路军粮。

皇帝认为西路运粮比中路还要紧要。除左都御史于成龙外，应拨一大臣去督促西路运务。那些效力人员也应酌情分拨。具体事宜由议政大臣与于成龙商议。

不久，西路运粮命侍郎王国昌、正卿喻成龙奉命前去西路督促军粮。动用正项钱粮再增造运粮车四百辆，山西及其他省文武职官与闲散人员、旗人百姓等情愿效力人员也都准许前去。

西路运粮被皇帝摆到了较高的位置。实践证明他的这种担心不是多余的。

粮食问题关系着全军的生死存亡，西路大军一度被粮食推到了悬崖边上。即将杀死他们的不是噶尔丹，而是饥饿。

---

① 王国昌：奉天人。曾任学士、兵部督捕、右侍郎、山东巡抚，皇帝曾亲书《督抚箴》与之，泰山有其"雄峙天东"题字刻石。

十二月十一日，刑部尚书图纳等上书说："西部陕西一路总计满、汉、绿旗官兵、厮役等共二万二千四百余人。每名士兵各配给五个月行军口粮。"

十二月十三日，原福宁总兵官许靖国①奉命率山西抚标兵，西路押运。

十二月十六日，要求带足口粮的旨意以最严厉的口吻下达。于成龙运粮重要性再次凸显。

"……军粮关系重大，所有出征官兵必须各自按人数天数支领携带。如果不按量足额携带，一经查出，从重治罪。

"……此令让各路官兵知道，如传达不到，将传达的人军法从事。兵部将此和朕南苑圣旨一起刊发，使各自严格遵守，不要玩忽轻视。"

气氛陡然严肃，空气为之一凛。粮食问题作为其中一项重要内容被明确提出，彰显了重要性。在遥远的北疆，手中没有粮食必然就是死路一条。

十二月二十日，于成龙增派一千五百名古北口士兵参与运粮：

古北口士兵素称劲旅，一千五百名士兵奉命跟随大军出发，另五百名士兵镇守，所需口粮则由于成龙等人商议后处置。盛京、宁古塔、黑龙江三将军还将奉旨酌量增兵。

于成龙等人商议后上奏说："拉车原来只派直隶抚标及天津镇标二处士兵。古北口兵原本没有派到他们，因他们出征很方便，才有了上边的动议。只是古北地属边陲，也需要士兵守卫。应以其中一千五百名从军，另五百名居守关口。

"应照进剿大兵标准各自亲自携带八十日所需口粮。他们随运的两月粮食，以臣等增造的车辆装运。"

奏章呈送后，很快得到了皇帝批准。

中路督运于成龙等人上书申请增加运输马匹、夫役。实践证明于成龙想象力超强。牲口大量死亡，夫役极度缺乏将成为铁的现实：

"驾车的马、骡子应令三省巡抚在原分派数量基础上多加准备以防牲口中途累死。如果一时难以购买，请将江北、湖北驿站马匹借来使用，等大兵起行后

---

① 许靖国：奉天盖平人。

再由三省如数补上。"

"赶车兵卒在宿营后担负着守粮、放马、掘井、做饭等事务。每辆车配备一人怕难以应付，请每五辆或十辆车加一名夫役。"

皇帝照准。

于成龙同时恳请皇帝令盛京将军绰克托①参战一千士兵各带三月口粮：

"盛京地面今年庄稼歉收，恳请在盛京户部和直隶所属州县借豆子五千石，草三十万捆。"

这里有必要说一下，常见史料中，往往只见康熙皇帝自己在纵横捭阖布置的情景，做臣子的只是唯唯诺诺，给人以康熙皇帝无所不能的感觉，实际上并不符合历史真实。像上边这则资料较能体现整个事件运作流程。

主管大臣拿意见，皇帝根据情况拍板。不然皇帝肯定应付不了。做大臣饱食终日无所用心，没那么便宜。很多时候拿不出真知灼见都会遭到皇帝训斥。

十二月二十一日，天津总兵官岳升龙②奉旨随中路于成龙护运米粮。

兵部接到的旨意中说："军粮的事很重要，护运重任要与行兵打仗一样看待。让岳升龙随于成龙等人护运中路粮草，等到其他地方有需要再调动其他人即可。"

未雨绸缪，不仅要运输，而且还要护卫。让运粮车队长出牙齿。这是于成龙对战争的周密准备。他要确保粮食万无一失。

这时，直隶巡抚沈朝聘③、山东巡抚杨廷耀④、河南巡抚李辉祖⑤率领参加运

---

① 绰克托：满洲镶红旗人，爱新觉罗氏，清宗室，爱新觉罗·努尔哈赤第三子阿拜孙，世袭辅国公，曾任宗人府右宗人，理藩院右侍郎。康熙二十八年任奉天将军，工部尚书、兵部尚书。

② 岳升龙：甘肃永登人（清属临洮），入籍四川成都。名将岳钟琪之父。

③ 沈朝聘：辽东奉天人，镶蓝旗人，曾任晋江知县、四川茂州知州，康熙二十三年任台湾知县，康熙二十五年任霸州知州，康熙三十四年由直隶守道升直隶巡抚。康熙三十七年乞休，允之。为官方正，有吏名。

④ 杨廷耀：奉天海城人。字彤华，贡生。正黄旗汉军人。康熙二十二年曾任湖广郧阳府知府，修《湖广郧阳府志》，升济宁道台，以及山东、福建等处布政使（加三级），为《台湾府志》作序，康熙三十四年任山东巡抚。

⑤ 李辉祖：字元美，汉军正黄旗，明朝名将李成梁之亲族（李成梁叔祖父李春茂的后裔），副都统、一等轻车都尉李恒忠之长子，湖广总督李荫祖的堂弟，官至湖广总督、刑部右侍郎。

粮操练的官兵已先后抵达京师，盛京等三省赶车兵卒也将到京师集结。

于成龙遵命在直隶、山东、河南三省士兵夫役到齐后，务必操练熟悉，使之从容前进、停止。让他们和押运官互相认识、呼应，驱使才能灵便。

第二天，于成龙等人上奏："参加演习士兵要同时学习放枪，请八旗汉军火器营的几名官员参与教练。"

皇帝给予其最大支持："尔等按需调取教官，在南苑操练演习。"

又一名高手到来了。

二十三日，石匣副将刘国兴①接旨成为古北口总兵官，协助于成龙押运护送中路粮食。此人曾击退耿精忠，并在收复厦门战役中立功，非常骁勇。

十二月二十四日，五百名蒙古士兵奉命到于成龙这里来了。这些壮汉不是来牵牲口的，每辆车上都有车把式，他们是应急救援队，如果有车陷住了，这些大汉就会一拥而上。这种情景很快就成了现实。

"蒙古士兵膂力壮健过人，特别能承受艰辛，熟悉牵拉车辆。再拨给你五百名蒙古翁牛特兵。要随行就市购买车辆马匹，不要给工商增加负担。"皇帝特别提到了这些士兵的壮健，他对未来的路程估计也没有那么乐观。

康熙三十五年（1696）

于成龙五十九岁。

康熙三十五年正月初三日，兵力配备还在加强，运粮压力持续增加。军粮准备工作有序展开。

于成龙将米交仓场总督，因为仓米在春米时会有很多亏损消耗，需要仓场总督春好后再发给士兵，这样到手的粮食才能是净粮食，足斤足两。

---

① 刘国兴：直隶人，曾任游击，康熙十三年驻屏南县水口，击退耿精忠叛军，康熙十九年参与攻取闽地收复厦门有功。先后任怀庆总兵、广东碣石总镇。

正月初六日，于成龙还加强了对军粮马匹的防护，并奉旨对塞外可能出现的各种安全情况进行部署。运输粮食到塞外绝地要特别注意防火，严加防守保护。喀尔喀人最擅长偷马，安排喀喇沁士兵看守马匹与防御盗匪，将他们分给各营，白天赶车，晚上看马，有备无患。那些新满洲兵擅长行军，熟悉牵马驾车，安排酌情使用。

三月初十，孙思克①带领陕西满洲兵三千、汉军火器营兵一千、绿旗兵九千共一万三千，出宁夏与费扬古大军会合，后分路前进。

现在看来，皇帝摆出的阵型很像一把三齿钢叉，东西合围，中路突进。这是在围场狩猎时惯用的办法。

天津总兵官岳升龙等人率骑兵护送中路粮车。岳升龙以粮车前后非骑兵不能往来巡护为由，请求选拔二百名直属精锐骑兵和在山东时所管辖的一百名精锐骑兵带到前敌效力。

正月初八日，于成龙开始考虑岳升龙护粮骑兵处置问题。

于成龙认为："岳升龙所请求携带前往的百名山东兵不必带来，由他率领自己直属的二百名骑兵在前边引导即可，刘国兴率领二百名河南骑兵在车后催运。这四百名士兵所需一百四十天的口粮在通州仓支领，使用新增车辆装运。"

"准许岳升龙把请求带来的一百名山东骑兵带到前线，其余依你们所议意见。"于成龙认为保护粮车的力量已可以了，皇帝现在比他态度还积极：带着，多一百人更保险！

正月初五日，通过兵部准确核算士兵行李重量知道，每匹马竟然要驮粮食在内的一百多斤物品，人的分量还没算进去。每名士兵四匹马的配置，队伍非常浩大，消耗惊人：

"原定兵士每人给马四匹，四人一伍。每人配差役一名。一伍合计军器粮食以及所有应用物件共重九百七十五斤。一伍马十六匹，士兵本身与仆从骑坐八匹，余八匹，每驮应载一百二十一斤。加上每伍增给骡子一匹，每驮应以一百

---

① 孙思克：字荩臣、号复斋，汉军正白旗人，河西四汉将之一。康熙三十九年（1700）病逝，追赠太子太保，谥号"襄武"，后定封一等男。

零七斤合算。"

正月初八日，确定于成龙运粮车队使用旗帜为白底飞熊旗。于成龙可以使用都统大旗。

督运于成龙等人原本请求运粮车上所用旗帜按汉军火器营旗帜样式制办，但皇帝认为火器营也关系重大，和它一样则辨识度不够高。他说："运粮车用白色飞熊旗。你是镶红旗都统，督理运务仍用都统大旗。"

正月十二日，于成龙需要再增造五百辆运粮车。

皇帝鉴于中路运粮车载过大，沙漠远途运输恐怕马匹力气不济，命于成龙多造五百辆运粮车，把其他车辆的东西均分一下。这样平均负载就小了一些。

皇帝还特别强调自己怕拖累百姓，在造中路运粮车时用的都是内帑银子、粮食……他把拉运御用之物的任务交给了于成龙。

"……朕的东西就用你们预备的车装。这事你会同兵部商议一下。"

兵部除遵照皇帝旨意办理外，又提出押车人员除从中路效力官员及地方官中酌量派遣，同时派出兵部章京、笔帖式。

皇帝看完商议结果后认为："这样才不至于拖累百姓，抓紧施行吧。"

所谓于成龙负责押运粮饷，实际押运内容不只作战部队的粮饷，其中还有皇帝使用的物品，其他很多物资也将陆续交到于成龙的手上。我们将来可以陆续读到。

正月十四日，于成龙得到皇帝亲手赏赐的御酒，另有按品级赏赐的缎子。

正月十四日巳时，皇帝到太和门升座。两旁内大臣、侍卫、大学士等列坐在台阶下。

金水桥内，出兵大臣、官员、前锋、鸟枪、护军等分左右按旗分坐；运米大臣、官员坐在左边，绿旗提督、总兵官等坐在右边；桥外护军参领、护军校尉、护军等亦分左右按旗分坐……

午门外，参与效力的曾被免职的官员、鸟枪、骁骑、火器营兵、炮手等也依次坐定。

大家坐下后，音乐大作，演出了内监戏，有《班定远封侯》《韩范讨西夏》

等很多剧目。这些都是作战旗开得胜最终官兵受到封赏的吉祥戏。

都统、前锋统领、护军统领、运米左都御史于成龙、督捕侍郎李钠、提督张云翼①、总兵官岳升龙、马进良②等在费扬古后依次走上前去，接受皇帝亲手赐给的一金碗酒一饮而尽。副都统、前锋参领、护军参领及运米官员，自护军校尉以上级别，十人一班走上台阶，跪着饮酒……

参加宴会的大臣、侍卫、八旗参领、前锋侍卫、部院大臣、学士、督运大臣、提督总兵官都赏了御用立蟒缎绸，不同级别官员赏赐各有差别。出兵、运粮官员及护军校尉、骁骑校尉、前锋护军等都赐给了缎子；鸟枪骁骑、火器营兵、炮手等人都赏赐了布匹。

正月十九日，于成龙等人开列的二十七名参与押运官员名单得到批准。这些人奉命由直隶、山东、河南、江南四省凡记录在案或由各自上司保举的官员组成。

四天后，于成龙等人开列了山东胶州副将周洪升③等二十七人职务姓名上奏皇帝。他们全部被派到中路押运粮车。

这一天，内阁侍读学士伊道④报告在厄折忒图、哈卜七尔发现四百厄鲁特骑兵踪迹。

噶尔丹出现了。山雨欲来。

皇帝发布诏书将发兵原委通报给所有汉人官员。如果要认识于成龙参与此次战役的意义，需要知道这个诏书的要点：

"……今天，噶尔丹屯聚巴颜乌阑，距蒙古边界不远，因此朕不怕劳苦，亲

---

① 张云翼：字又南。咸宁（今陕西长安）人。康熙二十四年袭封靖逆侯，康熙二十五年授福建陆路提督，以大理卿驻泉州六载，统属队伍，井井有条。暇则酌酒论文，弈棋赋诗。著有《式古堂集》。卒，谥"恪定"。其父张勇，字非熊，清河西"四汉将"之首，康熙十四年封靖逆侯。

② 马进良：字栋宇，青海西宁人，清朝将领。后升古北口总兵。征噶尔丹，进良率千五百人从。升直隶提督，谕奖饬营伍，训练严明。中军参将缺，特授其子马龙。以老乞休。卒，赐祭葬，谥"襄毅"。

③ 周洪升：号麟图，山东莱阳人，周敦颐后裔。原籍道州，后徙山阴，明崇祯时任宣化张家口。后迁莱阳。洪升少工骑射，康熙丁未中武进士。初任天津大沽营守备，升登州镇右营游击，迁福宁营参将，不久为胶州副将。征噶尔丹有功，迁江南京口协镇，镇守南澳，六年后辞归，卒于家。

④ 伊道：内阁侍读学士，康熙四十一年转理藩院右侍郎，四十六年五月任镶白旗副都统，十月卒。

临边塞。大兵分路并进，就是要迅速扫荡逆贼以绝后患。噶尔丹一灭，天下就不再有战事了。即使噶尔丹望风远逃，趁机把我朝神威传扬到外藩不也很好吗?! 失去今天机会，那噶尔丹反过来侵犯我四十九旗，我们必然会调天下绿旗军队沿边防御，忧虑不就更多了吗?!"

皇帝这番话无疑对御驾亲征的利弊得失做出最为全面最为深刻的解读。

没有人会喜欢战争。康熙皇帝就是要在北疆抓个典型，一战而天下太平，后顾无忧。他也希望朝野长期的满汉矛盾因为这次战争而被转移。

正月十九日，于成龙负责处理抬运鹿角①的八旗汉军所用口粮。这一下子又多出将近五百人两个月口粮运输量。

此次战役古北口绿旗兵一千五百名、宣化府绿旗兵一千五百名将奉命走在汉军中间，三千士兵共带鹿角一百六十架。抬鹿角的八旗汉军步兵、甲兵需要四百八十名。步兵甲兵每人拨一匹马，四个人一辆车，每人八十天口粮就装在这个车上。鹿角用五十四头骆驼驮运，每匹骆驼驮运三架鹿角。注意，这些驮运鹿角的骆驼是多方筹集的捐赠。八十天之外的两个月口粮运输相关事务就交给于成龙等人办理。

正月二十五日，中路督运左都御史于成龙等人正式接受印信。

这份颁印旨意将中路运粮责任进行了认真梳理，言简意赅，不再像平时皇帝吩咐相关事宜时那样琐碎。

"厄鲁特噶尔丹蔑视、撕毁盟誓，伤害我国使者，抢掠喀尔喀人，又派阻尼班禅、库图克图前来，暗地酝酿狡诈图谋，违抗圣旨肆意妄行。因此，朕遣发各路大兵声讨征剿。

"进剿大兵所需粮米浩繁，督运责任重大，须专门委派大臣统一办理。今特命都察院左都御史于成龙，兵部督捕右侍郎李锸、通政司左通政喀拜负责总理运送中路大兵军粮事务。

"尔等督运之米务随大兵运到，勿得迟延有误。军需驻扎之处务安排营垒，命兵丁加意巡防。所派副都统、总兵官、部院官员以及尔等提名带去文武官员要分派好押运差事。情愿效力人员也要适量分派差事随行押运。车辆行进

---

① 鹿角：军事防御设备，形似鹿角而名。

到境外，如有用蒙古兵之处就将附近地方所有蒙古兵酌情调用。有贻误修路、搭桥事务的要立即指名道姓弹劾。

"凡与运粮有关的事务各部院不得掣肘。

"你们总理运务也必须熟悉征战事宜，要不时操练官兵，务必做到赏罚严明。旨意中的未尽事宜，你们可视情况共同商议后施行。如果遇到战斗，与副都统卢崇耀[①]、总兵官岳升龙、刘国兴等商量计议而行。

"对于运米事情勤劳供职的，要及时汇总题名进行奖励。有懈怠、玩忽职守的，不效力、不勤劳的，立即弹劾予以惩治。官员、赶车兵役偷盗粮米、马匹胡作非为者，立即军法从事示众。

"你们肩负重托，务必殚竭心志，勤勉劝力将米粮运到，确保大军需要，这样才算称职。如因循懈怠，疏忽大意，处置方法荒唐以至渎职失职，你们各自责任都很清楚，要谨慎小心。"

旨意再次明确于成龙在运粮事务中的独立地位。六部不得掣肘，必须全力支持。这就是责任重于泰山。君无戏言。

正月二十六日，军粮问题以军令形式明确下来。中路官兵自带八十日口粮，各位王、大臣、侍卫官员都自带百日口粮。

高级别官员每人比士兵多带二十天口粮。这意味着在极端情况下这些人生存概率要相对大一点。

正月二十七日，于成龙受命赏赐运粮士兵："……这些从外省调来的步兵拉运军粮，一路之上会尤其辛苦，朕更惦记他们。"圣旨中这样说道。

"所有人每月应支领的银子和粮食，原营地照常支给，好让他们养家糊口。此外，发给你们口粮路上吃。军粮按期运到，没有发生亏损、迟误，大军凯旋后将你们补入马兵营以示奖励；勤敏效力，才干值得提拔的，记下名字一起上报等待酌情使用。

"士兵们劳苦饥寒，督运大臣、官员要及时关心、安慰、勉励。这样才能人人争着效力，踊跃办差。西路拉运大军参照执行。你们可把朕旨意转给士兵原

---

① 卢崇耀：广宁人，汉军镶黄旗。康熙三十七年至四十一年任广州将军，后任镶白旗汉军都统。

驻地巡抚，让大家都知道，将朕体贴爱护军士的情意传播出去。"

这份旨意中有几个要点引人注目，那就是所有运粮士兵都是步兵，他们表现出色将来可能被提拔为骑兵。看来骑兵要高出步兵一级。另外，每个士兵在军中吃粮之外原驻地仍然发粮作为奖赏，这很像现在的双工资。

听到于成龙得到委任督运粮饷的消息，无论贤愚都惊为重任。大家蹙着眉头跑过去看他，或到他的府邸去慰劳他。

于成龙坦然对大家说："为皇上竭忠尽智的时候到了。"

这段记述生动而真实地反映了于成龙受命于危难之际时众人正常的心理反应。负担繁重责任重大程度超出了一般人的心理承受能力。

轻轻松松做事，威风八面做官，这才是一般人心里对飞黄腾达的期许："惟愿孩儿愚且鲁，无灾无难到公卿"，轻轻松松挣大钱。但现实是军令如山，一不小心就掉脑袋。

读者恐怕会注意到，这个任命没人表示异议，也没有人抢。皇帝甚至都没有让九卿拿意见、搞推荐、走程序。

和康熙三十三年部分大臣打于成龙快拳的情景大相径庭。没人敢提异议。如果一不小心受到皇帝青睐"抓了大奖"，皇帝把这大活儿派给自己，那可就是叫天天不应叫地地不灵了。自己有几斤几两的分量和本事，人人心里明镜一般。

于成龙是一步一步历练出来的能臣，百姓威望在那摆着，只有他能快速筹集这样庞杂的战略物资，调动这么庞大的后勤保障工作。他当的官几乎都是救火性质，他的本事是毋庸置疑的。更何况他脑子里只有对皇帝肝脑涂地忠心耿耿，国事当前，他有置自己身家性命于不顾的忘我担当。

呜呜嚷嚷的几万头牲口是什么景象？

为运输粮食于成龙修造了六千辆大车，每辆大车需要四头牲口来拉。其他的东西都能马上办理，只有数万牲口难于一下子备齐。筹集物资的重担几乎都压给了于成龙。

皇帝在随后的圣旨中说："大小官员乃至于民间人士、平民百姓如有想帮助于成龙渡过难关的都可以帮助他。"

经过于成龙的各方奔走筹集，直隶、山东、河南、山西等地牲口马匹开始源源不断向京师集结。不到一个月，征集的牲口数量就超出两万四千头。而且前来的济济人才，都被安排在所需的位置上。一切需用之物分头制造，有条不紊，按规定时间完成了出征准备。

这就是号召力，这就是人气指数。官员们也都没闲着：朱宏祚捐马捐骡二百余匹，以助转饷；那个性如烈火的彭鹏也象征性地捐了两匹马……

> 六千五百辆车多，
> 二万余头计马骡。
> 三省中丞均派出，
> 不教州邑叹偏颇。

这是书法家、藏书家陈奕禧[①]当时的《丙子春日燕台杂诗》中记述的情景，中西两路粮车，共六千五百辆，每车牲口三头，直隶、河南、山东巡抚预备，各方面的记录完全吻合。

二月初五日，全体出兵人员及于成龙等人奉命预备油布单子，中途遇到雨雪立即拿单子苦盖马匹。现在正值早春，经过一冬喂肥的马匹被雨浇淋恐怕会死亡。皇帝非常关注马的安全，这是来自马背上的民族在征战中形成的经验。这种准备绝对不是多余的。

二月初八日，于成龙奉命加运军粮以备亏耗。

"你们所运军粮是按士兵人数和行军打仗天数准备的。一路上风吹日晒、车辆晃动或许会导致粮食损耗。可每石再加运一斗米，到发放时才不至缺少。"

二月十三日至二月十五日，于成龙带领官兵、车辆，赶赴海子[②]操练。军队车辆布置安排全听于成龙调度，由他根据情况相机处置。属下部队车辆浩浩荡荡南出永定门来到海子，分布排列官兵队伍，指挥车辆阵营。他将官兵与车辆

---

① 陈奕禧：字六谦、子文，号香泉，晚号葑叟。浙江海宁人，贡生。出身名门，自幼即爱作诗学书，其诗"斜阳一川汧水北，秋山万点盆门西"曾得当时诗坛盟主王士祯赞许。

② 海子：北京南城明清时期皇家狩猎的园林，今新发地附近。

分为二十七"运"。

《北征日记》作者宋大业就是掌管第二运第二营的夸兰大^①。这是被委派临时带兵的正六品官。

此外，《张诚日记》中也记录了康熙的大军行程。

张诚并非中国人，而是来华的法国耶稣会神父，原名荷尔德，中文名张诚。曾陪领侍卫内大臣索额图、一等公国舅佟国纲参与《中俄尼布楚条约》签订工作，担任清廷方面的翻译。他也全程参与了北征过程，为后世留下了宝贵历史资料。

我们将结合《亲征平定朔漠方略》和这两部日记将整个战争叙述得尽量精彩一些。

这里要讲一个年轻文官在战争中的故事，他的命运将紧紧与于成龙联系在一起。

去年十二月十二日，做了十年翰林侍讲的宋大业渴望建功立业。他在乾清门当面向皇帝请求，趁自己年轻力壮，愿自备马匹口粮去塞北督运粮草报效国家。

皇帝看着宋大业说："好！"然后转过脸对大学士们说："甚好！"当即就传旨于成龙酌情安排事务。这样宋大业就有机会见证了这次惊心动魄的北征督粮。

宋大业是后人了解这次重大历史事件的一双眼睛。只是他的《北征日记》在他去世的二三百年后才在一次偶然的机会里被近代学者吴丰培^②发现。本传描述运粮特别详细之处，不少地方借助了该日记内容。

> 朝臣有旨许从戎，
> 奏绩归来始叙功。
> 珍重君恩思效力，
> 西曹张宋两郎中。

---

① 夸兰大：满语音译。亦作夸兰达。清初执行某一军事使命时所委任的临时带兵官。

② 吴丰培：现代藏学家，版本目录学、文献学专家。祖籍江苏省吴江县，生于北京市。1930 年北京大学研究所国学门研究生，师从朱希祖、孟森研习明史，历时五年以《明驭倭录校补》十六卷获毕业证书。1936 年被北平研究院史学研究会聘为编辑，在继续研究明史的同时，整理家藏蒙藏旧档，开辟西藏史地研究。

诗人陈奕禧在这首《丙子春日燕台杂诗》的自注中说：刑部郎中张仕可，刑部主事宋定业，一起到左都御史于成龙那请求捐赠马匹，并希望参加运米，报效国家。

这宋定业正是宋大业的亲哥哥。兄弟二人都参加了这次北征督粮。

通过这首诗我们得以从另一个视角看到当时战争动员的情况。

以宋大业的二运二营为例，我们来看一看每一运的人员配置：夸兰大一名，运官八名，赎罪官员两名，笔帖式两名，游击一名，车夫二百名，绿营兵一百七十名，大车二百辆，地方上的骡马七百匹，捐纳骡马二百匹。

回到运粮大军操练上来。

祭过大旗之后，于成龙登上将坛发布命令。

官兵按队而行，车辆按阵形前进。上有首领，下有护卫。行进既不能掉队也不能拥挤在一起，队伍停下后还能守望相助。

行军途中敌人来犯，打队伍左边，右边来救援；攻击右边，左边队伍就来救援；攻击中间，那么左右两边队伍救援。队伍先用火枪攻击敌人，近了就用弓箭射杀，再近一些，就用长枪对敌人进行刺杀。这样一来，自然无坚不摧。各位将领把握战机进攻，再加上预先传下口令，让兵丁夫役知道，熟练运用，这样就能保证万无一失。

整个运粮车队被于成龙打造成不会主动进攻但并没有忽视防守的刺猬，为了保证粮食万无一失做好了预案和事先的演练。

二月二十日，于成龙遵旨及时整修运粮道路。在此之前，皇帝已派内阁学士齐稿监督整修塞外道路："如果有人贻误修路搭桥事务，你们要立即指名道姓弹劾。你们见到道路有坍塌不平的地方，马上命修路大臣整理修复，不要给后边粮车行进带来麻烦。"

同日，于成龙被要求拨二百辆大车供皇帝的御营使用。皇帝自带的东西不少。

二月二十一日，于成龙等再次接到军队自带粮米事务严令。这是最为严格的粮食管控。偷盗米粮将被"正法"。

军士被要求如数携带米粮。从出发到行军，主管官员将不时严查。如有人偷偷减量携带粮米，除士兵本人，士兵的主管官员也要一起从重治罪。偷盗米粮、马匹逃回或军士纵酒杀人、斗殴伤人，扎萨克蒙古偷盗军马，军士及随从、差役盗窃或贸易蒙古马匹的立即正法。

过去随军放牧马匹的差役被精简掉了，这既可让大军更精干，也会减轻粮食供给压力。

下边内容更为有趣，部队前进竟然还产生了商机，有些商人追着大军随时卖东西。如果不看历史记录，这种场面很难想象。

随军贸易得到允许，但被要求在距离营房一里外驻扎，才准其贸易。

"严禁他们喧哗、使用火烛，并禁止向军士卖酒。如果贸易的人不遵守法律禁令，偷盗马匹、米粮，立即正法，带他们来的人也要一并治罪。军士将粮米私售给贸易之人，或强买、抢夺从重治罪……"

后来这部分随军商贾还担负了部分物资采购工作，这其中就有不少山西籍小贩，这也是晋商大盛魁崛起的重要源头，感兴趣的读者可以继续研究这一线索。

至今，杀虎口依然流传着"于成龙筹粮"的传说。传说描述了杀虎口百姓、商贾积极帮助于成龙筹集粮草、马匹等军用物资的故事，信息与史料记载大部吻合，表现了于成龙善于调动各方力量办大事的超强能力，气氛轻松活泼。

二月二十五日，因总兵官岳升龙、刘国兴所率五百护米骑兵没有备用的马匹，于成龙将粮队备用车马酌情拨给他们乘坐和装东西用，以减轻他们的负担。

二月二十六日，于成龙等人被要求有情况要提前报告听从指教。皇帝把丑话讲到前面，不请示出了问题就坚决治罪：

"减下多余粮食后，车辆走起来肯定就轻快了。今后，你们凡遇到疑难情况要立即向朕报告，朕肯定立即加以指示。如果你们没事先向朕报告，事情延误后朕治你们罪有什么难的?! 那时治你们的罪也是恰当的，但对朕有什么益处呢? 你们从今天起遇到事情不要疏忽!"在皇帝的话语里，他用了轻快二字，看到后边的记述可知，他过于乐观了。

二月二十七日，帮助于成龙中路运粮大军拉车的一千喀喇沁士兵、五百翁牛特兵抵达京师。于成龙给拉车的蒙古士兵发放行军口粮、兵器等。这又是一千五百人的口粮需要解决。这些喀喇沁及翁牛特士兵内凡能使弓箭的，每人配发弓一张、战箭二十支、撒袋一个以及鸟枪、铅弹、火药。这些人推车的同时，具有了武装保卫的职能。他们原属三省的巡抚奉命发给每名士兵一身衣服、一双鞋……

> 西华门里打街严，
> 无数行人避断垣。
> 后日亲征期已定，
> 乘舆归自畅春园。

诗人陈奕禧本日在西华门，正好遇到皇帝命令祭祀先农打街，他躲到光明殿旧黄墙有缺口的地方观看。《丙子春日燕台杂诗》中记录了当时京城日常生活的图景，康熙皇帝依然按部就班演绎元旦的民俗，看得出他的心理素质非常好。

二月三十日征剿大军出德胜门。

军队出发不久就给于成龙传回一个不利的信号。皇帝之前对道路的判断是过于乐观了，出征道路并非一路平坦，实际道路很不好，军士车辆也没按次序前进，好多都是并排着向前走。运粮车还没到，路已被作战部队轧坏了。于成龙等人运粮车辆通过之后还必须立即修理。这是为班师所做的准备。
于成龙运粮大军的负担加重了，不光要瞻前还要顾后。

皇帝出发后三天，即三月初三日，于成龙的运粮大军从南苑出发到天坛外集结。祭祀完白底飞熊大纛旗，大军宣布了各项纪律。

三月初四日，粮车从天坛出发进正阳门，到兴平仓①、禄米仓②等四个官仓领取军粮。每名运粮官员管二十五辆粮车，除士兵、差役的口粮小米之外，领取军粮一千石。每车装载两千斤。之后到齐化门外列队。

每辆运粮车插上了一面小飞熊旗。每名夸兰大颁发了一面大纛旗。这样，整个运粮车队都飘扬起了旗帜，假若从高空望去定是一番壮丽的景象。

同日，大军前进三十五里，宿营于土木堡以外五里许的一小河旁，此地名为石河③。天气晴好，只有微弱北风及西北风，皇帝在石河村询问于成龙运粮前进情况。

学士觉罗三宝④回报于成龙的情况：

"臣出了古北口又走了二十多里就赶回来了。臣看到道路整修得都很平坦。"

皇帝问："你遇到于成龙了吗？"

今北京朝阳门南新仓一角

---

① 兴平仓：位于今北京市平安大街东端，为明清时代京都贮藏粮米的官仓之一。
② 禄米仓：禄米仓就是明清两朝存储京官俸米的地方。在今北京市朝阳门里南小街，地名禄米仓胡同。
③ 石河：今河北省张家口怀来县石河村。
④ 觉罗三宝：宁古塔大贝勒德世库五世孙，万宝之子，卓尔会之孙，祐兴阿之曾孙，素赫臣的四世孙，康熙皇帝玄烨堂兄。历任翰林院侍读学士、内阁学士兼礼部侍郎、刑部右侍郎、兵部右侍郎、兵部左侍郎、礼部左侍郎。

三宝回答："于成龙尚未动身。臣遇到已动身的运米郎中噶礼①等人，据他们说路整修得很好，车辆不致延误。仰赖皇上洪福，所有地方都能走。"

三月初五日，皇帝驻扎真武庙②。因米未领完，于成龙运粮大军依然驻扎齐华门③外，运粮队正排队装运粮食。

三月初六日，中路大军向正北方前进三十五里到达雕鹗堡④。半夜起到早晨六七点钟下了厚约半尺的雪。大军等待积雪融化及修整道路。中午的太阳将雪晒化，晚间天气异常晴好。

同日，于成龙运粮队伍终于起行了。阴。运粮队前行了三十里路，到了孙河⑤。运粮车通过水上架设桥梁完成渡河。全营在运粮歇息时按皇帝旨意训练射箭，傍晚微雨才停止。

这里要注意，康熙中路大军与于成龙粮草运输队并非线路完全一致。康熙中路大军从独石口方向出关，于成龙运粮队从密云古北口方向出关。

三月初七日。康熙大军仍在雕鹗堡。

这天五鼓⑥，于成龙运粮部队号角吹响三次。第一次是催促睡醒起身，第二次是集合车辆，第三次拔营出发。今后每天都会如此。前行三十里。第二运宿营三家店⑦。

---

① 噶礼：董鄂氏，满洲正红旗人。开国五大臣之一何和礼四世孙。起自荫生，授吏部主事，再迁郎中。三十五年随康熙帝亲征噶尔丹。为官勤敏但贪婪无厌，虐吏害民，多次被弹劾，仍历任内阁学士、山西巡抚、右副都御史、户部左侍郎。康熙四十八年升任两江总督，因噶礼与张伯行互参案革职。康熙五十三年噶礼母亲叩阍，控诉噶礼、弟弟色勒奇、儿子干都等在食物下毒，图谋弑母；其妻以养子干泰纠众毁屋。经刑部审问属实，拟处噶礼凌迟极刑其妻绞刑、色勒奇和干都斩首、干泰发黑龙江，家产籍没入官。康熙帝勒令噶礼自尽，妻子从死。
② 真武庙：今河北省张家口市赤城县长安岭附近。
③ 齐华门：今朝阳门。元称齐化门，门内九仓之粮皆从此门运至，故瓮城门洞内刻有谷穗一束，逢京都填仓节日，往来粮车络绎不绝。"朝阳谷穗"为南粮北运的第一位喜迎神。
④ 雕鹗堡：今河北省张家口市赤城县雕鹗镇。
⑤ 孙河：今北京市朝阳区孙河村。
⑥ 五鼓：我国古代把黄昏到拂晓分为五个更次，每个更次相隔两个小时。五更，也叫五夜和五鼓。一更指晚上八时左右，二更指夜间十时左右，三更指夜间十二时左右，即夜半时分，四更指夜二时左右，五更指夜四时左右，即拂晓时分。
⑦ 三家店：今北京市顺义区三家店村。

三月初八日，皇帝大军驻扎赤城县[1]。赤城县知县张弼[2]、守备张德化[3]等人前来朝见。

于成龙运粮大军本日前行五十里，通过牛栏山[4]，罗山[5]宿营。傍晚，天色放晴，月色皎洁。

三月初九日，大军前进五十里。行军三十里后经过云州堡[6]，城墙及城楼良好。在距此二十里小溪旁一座半坍毁的碉堡处宿营。本日有皇帝的牧马官因绝望自杀。其所有行李、马匹、骆驼及家奴分给其他牧马者，财产充公，曝尸示众。

于成龙运粮车队则继续向东北方向前行三十里到达密云县。道路多污泥碎石，颇难行。于成龙等人的挑战刚刚开始。宋大业在二更巡营时发现士兵大多裸体酣睡，于是对士兵们进行了警告整顿。

士兵们大概忘记了可能存在的威胁，完全没有军人的样子。现在他们还不清楚，疲乏后能睡成这样肆无忌惮香甜的日子就要结束了。

三月初十日，中路大军向正北行军三十里宿营于独石城[7]。

这一天，于成龙运粮队出密云新城东门。四面环绕的山坡上开满了杏花。运粮车队首尾相连在山间迤逦前行。日行三十里，至省庄[8]一带宿营。午间燥热。山路崎岖。

三月十一日，大军北行四十里，在索忽河旁宿营，皇帝驻扎齐伦巴哈孙[9]。多沼泽，天寒地冻，马匹、骆驼甚至载重车辆都很少能在地面上留下痕迹。

当天，运粮队行军至石匣[10]。此处四面环山，中间是巴掌般的平整地面。

---

① 赤城：今河北省张家口市赤城县。

② 张弼：字鼎实，山西人。

③ 张德化：直隶人，武举人。

④ 牛栏山：位于今北京市顺义区北部。东接下坡屯，东北靠史家口。传说村北山中洞穴有金牛出没，故名牛栏山。

⑤ 罗山：今北京市怀柔区小罗山村。

⑥ 云州堡：今河北省张家口市赤城县云州镇。

⑦ 独石城：今河北省张家口市赤城县独石口镇。

⑧ 省庄：今北京市密云区南省庄村。

⑨ 齐伦巴哈孙：今河北省沽源县石头城子村。

⑩ 石匣：位于密云县东北部的潮河之畔。距县城三十公里。据记载：原石匣城西平地上有块巨石如匣，故名。石匣城，明弘治十七年始建。

午后起了大风。夜晚一片静寂，开始有了塞外边疆的感觉。

皇太子在后方参与了捐纳的具体操作。他在奏折中说，于成龙在京城时曾向皇帝请示，捐助的马匹如果瘦小则拒绝收下，其他官员想要使用这个捐助的指标应该被准许。当时备办骡马的压力很大，因此这个说法得到了皇帝认可。可见于成龙在接受捐助这件事上态度是很谨慎的，他一切以完成运粮为标准，那些瘦小的牲口被他断然拒绝了。

皇太子胤礽向父皇报告了邵远平愿意顶替李振、徐凤朝捐助指标捐献马二十匹、驼四只的事情，兵部认为邵远平是皇帝特旨要求禁止回原籍的人，因此以马驼数量已够为由拒绝。皇太子援引惯例拟准许捐助。

同时报告：散给宁古塔兵丁粮车，首队已于二月二十八日抵达，悉数交付，开始赈灾，其余粮车，亦将相继抵达，没有延误。官兵、妇幼、奴仆等，无不腾欢。

皇帝朱批："朕闻此事，不胜喜悦。前所忧虑者，不过此事耳。"

三月十二日，大军北行六十里。地形更为开阔。大军在靠近由西向东蜿蜒于平原之上的上都河附近诺海和朔 ① 宿营。

两名负责保卫水井的内务府官员没有在井旁守护，交刑部审判后被流放乌拉，他们的马匹被另行分配。

这两个玩忽职守的官员即将开始九死一生的徒步流放行程。

因行李整理运输延迟以及仍然有人早起做饭，宫廷大臣们受到严厉申斥。幼小的皇子也必须遵旨每天只吃一餐。

宿营后，四位领侍卫内大臣来到皇帝帐前承认过失，跪地请罪，得到必须卖力赎罪才可得到宽恕，否则回京后将下令查处的旨意。

当天，于成龙运粮队行军四十里到古北口 ②。山冈重叠，乱石嶙峋。

车辆沿途断裂折损，押运的官员们急得顿足喧嚷大喊。每一运只配备了两名修车木匠，这显然太少。仅二运车队就绵延十几里，一有车辆坏了车队就

---

① 诺海和朔：今河北省张家口市沽源县北部，旧称上都河。

② 古北口：长城上关口之一，北京与东北地区间咽喉要道。北京市密云区东北部。北齐天保六年（555），修筑一道自西河（今陕西榆林河）起至山海关共一千五百余千米的长城。其中，古北口是重点设防的关口。有"地扼襟喉趋朔漠，天留锁钥枕雄关"之称。古北口关城建于明洪武十一年，并设有守御千户所。

首尾难顾。

距离关口还有七里路。已可见高插云天的长城了。

进入山区后，二十七支运粮队开始拉开距离，前后绵延数十里。

三月十三日。康熙中路大军向正北方行进五十三里。于博洛和屯①处宿营于上都河旁。两名偷盗马匹的喀尔喀人被割去鼻子、耳朵，打断胳膊、腿，以儆效尤。在这样的环境中估计也没命了。

直到中午天气甚好，也很热，下午两三点钟时天气转阴。下了大雨及冰雹。有雷声，强风持续。雨下到深夜。

而于成龙运输队的第二运已出古北口，山上长城如线，山下涧水奔流。

来自直隶的中军游击葛永芳②到后边去接应车辆，一直到了三更天后边的车队才赶上来。

这一天只走了二十里路。宿营在个叫榜式营③的地方。

三月十四日，大军驻扎博洛和屯。薪柴不足，军人开始出现掉队情况。

费扬古传来坏消息，因京师大炮迟迟不到，西路军可能不能按时到达指定地点。

运粮大军宋大业的二运粮队行至三岔口④。天气不错。宋大业以诗意化的语言对此进行了描述："青山夹岸，红杏参差，道路平坦，春鸟和鸣。"

稍微轻松一点，文人的雅兴便会自然而然地拱出土来透气。

三月十五日，雨雪交作。中路大军到达滚诺尔⑤。士兵衣服被打湿了，没吃饭的人很多。

雨雪太大，天气太冷。马匹苦盖防护也冻得吃不了草料。瘦的还好，肥的更容易被冻死。那些打仗的马匹，牵着顺风跑出去二三里，让人围着。马稍微暖和点才能便溺、吃草。

此日午时，于成龙的二运粮车赶到十八盘村⑥。道路虽盘旋曲折却不险峻。

---

① 博洛和屯：汉义为青城，今内蒙古自治区锡林郭勒盟正蓝旗老黑城子。

② 葛永芳：曾任金门督标左营署守备千总，参加康熙二十二年施琅收复台湾之战立功。

③ 榜式营：今河北省承德市滦平县巴克什营村。

④ 三岔口：今河北省承德市滦平县三岔子村。

⑤ 滚诺尔：又名昆诺尔，今内蒙古自治区锡林郭勒盟正蓝旗上都镇西，意为井深的地方。

⑥ 十八盘村：今河北省承德市滦平县十八盘村。

工部已预先修路，所以道路比较平坦。

"粮车衔尾而上，呼喝鞭策之声震动山谷。"

傍晚微雨。这一天行走了三十五里路，运队前后已绵延百里。

皇帝带领的中路大军行进速度较快，和运粮大车距离逐渐拉大。

官方文件显示这一天皇帝遭遇了雨夹雪天气，验证了宋大业记述的准确。这次降水过程影响范围较广。

三月十六日，微雨。宋大业的运队各车多损折不前，驻营修理。从京城押运来的皮绳、车瓦①等修车急需之物到了。

三月十七日，于成龙运粮大军的二运过安象屯②。行五十里到王家沟③。天晴了。

同日，大军前进八十里，在一条小河边名为撰宿布喇克④的地方宿营。小河流入泊契湖，湖距驻地几里路，湖面有五六里宽。

沙岗难行，马匹劳苦。仆从人等被责令全都步行。兵丁有爱惜马匹愿意步行的，也被允许步行。

三月十八日，二运粮车行三十五里，至波罗恼镇⑤下营。中途下起了大雨。

于成龙奉命酌量预留凯旋时所用粮米后，大军也要照此办理以减轻行军负担。运米粮已预留在各驿站，随军的一千三百辆车内所载米粮也受命酌量存留在库勒诺尔⑥，等回军时食用。如此一来，车辆轻快了，回军时也容易拿到米。蒙古官军看守的这些留存米袋上各自写好本人姓名及米数。坐塘的地方从独石口⑦存的十石米运过来分头放三石米；第一、二、三、四驿站前的每个驿站从于成龙运到的粮米中取三石安放。

看守的蒙古士兵没有带口粮，就从于成龙处领粮米，按每人口粮数量再加一倍分给他们。这是非常优厚的待遇。

---

① 车瓦：指大车木轮外围的铁皮。
② 安象屯：今河北省承德市滦平县安匠屯村。
③ 王家沟：今河北省承德市滦平县王家沟村。
④ 撰宿布喇克：又称魁苏泊，内蒙古自治区锡林郭勒盟正蓝旗哈毕日嘎镇辉斯高村一带。
⑤ 波罗恼镇：今河北省承德市丰宁满族自治县波罗诺镇。
⑥ 库勒诺尔：今河北省张家口市沽源县天鹅湖一带。
⑦ 独石口：今赤城县西北白河上游距县城四十五公里处，北与沽源接壤。为外长城南北交通要口，形势险要，因南有独石屹立平地得名。

同日，皇长子及内大臣马思喀因在滚诺尔察看出车辆沉重牲口疲乏及时上报，收到皇帝赏赐的一百一十头牛拉车。

战斗部队开始卸载，一是给大军回程预先放粮，最重要的是现在的负载严重影响了行军速度。通过皇帝怜惜皇长子的举动可知一般官员士兵前进的艰难。

皇太子的奏折中说：三千匹马已在三月二十日发出，正在赶赴前军。然后他详细报告了在京城组织养马准备陆续支援大军的情况。

三月十九日，二运车队行至沙河营①。道路崎岖，车行甚迟。

中路大军停留下来等待落在后面的辎重车辆。

本来大军预定与费扬古四月二十四日土喇②会师，但被雨雪所阻，因要守候辎重，急行军也不能在二十四日之前赶到那里。费扬古虽然迟延，也没有受到皇帝责备。

"……出行以来，中间也遇雨雪数次，并没感到艰苦。等草长起来，羊能饱食，马也就能与枯草一起吃了。只求上天眷佑，无雨无雪，那就能立刻建功。……"皇帝在给太子的信中尽量把话说得比较乐观。

后边于成龙运粮大军就没那么乐观了，他们在泥泞中向前拼命赶路。

二运的宋大业已听到运粮车队对他不停的督促快行产生了怨言。但他觉得自己顾不了那么多了。

于成龙接到了皇帝反复催促快行的旨意。这种压力迅速传导到各运。

部队加大了卸载的力度。这是恶劣天气下极其无奈的选择。

放下包袱，轻装前进。

多余米粮将被提前存贮于揆宿布喇克。

明珠、散秩大臣博第、苏永祚③、侍郎戴通④、副都御史阿山受命将收贮粮米交看守人员后回来。十名新满洲侍卫砍伐柳枝，将所留之米下边垫好，上边盖严，周围进行苫盖，谨慎收贮，交给看守人员。

---

① 沙河营：今河北省承德市丰宁满族自治县凤山镇附近。
② 土喇：又作图拉、土拉、土兀剌。即今蒙古国乌兰巴托西南阿勒坦布拉格附近。
③ 苏永祚：叶赫那拉氏，清初四大辅臣之一苏纳额驸之子，三等阿思哈尼哈番，正白旗满洲副都统。归化城副都统，因事革职。
④ 戴通：历任笔帖式、内阁学士，康熙朝起居注官，督捕侍郎，随征噶尔丹，病逝。

看守军粮的二十四名蒙古官兵每名发给了两月口粮。尚书班迪奉命从于成龙处领取发到他们手上。

西路督理运米事务侍郎王国昌等报告：于成龙等咨文中开列的情愿效力人员现到湖滩河朔捐助车辆马匹，准备亲身效力的原少卿沙拜①等人及自备口粮马匹，情愿效力的原侍郎赵山等，山西省具呈情愿捐助马骡亲身效力的总兵官毛来凤之子、闲散人员毛克杰等，自备口粮马匹情愿效力之太原府通判白重熙等人，从中路分送过来的八十四人现有四十人已经赶到。

山西省具呈情愿效力的三十七人所捐牲口共四百六十九匹、车共三十五辆。已到达官员被均分为六处，跟随车辆行走。未到官员人等三十四名，骆驼牲口共二百二十三匹，陆续到达后，也将被分为六处。

三月二十日，大军驻扎和尔博。运官队伍中已有人称病向皇帝请求离队养病了。

运输队有人从前方带消息回来：百里之外泥深数尺，车马根本不能前行。最早出发的第一运押运官员噶礼被风雪所阻，寸步不前已四天了。

中午又刮起大风，地上满是乱石污泥，车马行进艰难。二运前行了三十五里，渐渐离开山地，到达小官儿营②。

晚上又下起了雨，非常冷。

三月二十一日。早晨阴天，东南风，天上的云去留不定。最后天气转晴。行李装上了车。中路大军向北在小沙丘中行进了三十里。

虽经用力修缮，路却很不好走，特别是车辆不易通过。车轮、马蹄深深陷入沙内。队伍在沙地上宿营，附近有几处小水池。东边十里远有一股清泉。许多人到那里取水喝。此地名昂儿尔图。马匹及拉车的牲口疲乏不能再用的都被留在驿站。疲惫的马匹，皇帝反复叮嘱不得轻易抛弃。皇帝今天目睹了古北口绿旗兵车辆负载甚重又没有人帮助推拉，行进艰难的情况，令内大臣迅速拿出妥当的行进顺序，以免阻挡大军前行，并快马传旨于成龙速来。

晚些时候，二运前去探路的毛凤仪归来汇报了前路难行的情况。宋大业心情郁闷到极点，闷闷地坐了半夜。忽然听到鸣锣放枪，喊声大震。派人查看，

---

① 沙拜：满洲人，康熙三十年任巡视两广盐课太常寺少卿，康熙三十二年，广东巡抚江有良与沙拜互相弹劾。傅腊塔往按，有良、沙拜同因受贿，夺官。

② 小官儿营：今河北省承德市丰宁满族自治县西官营村。

原来是头营刘暟①手下飞马给于成龙传旨的笔帖式赶来了。营里的人不明真相，看到有灯火就闹了起来。

三月二十二日。中路大军行进三十七里，在一大片平原的北侧，宿营于湖边。湖水很充足但全是硝盐不能饮用，地名胡什木克②。

大军就地休整，恢复体力。大军并没按旨意将疲惫瘦弱马匹留在驿站将养育肥，甚至有些马匹已死，牵马的仆人仍然毫无意义地跟随大军前行，白白消耗粮食，还会让大军臃肿而难以移动。有的官员竟然在车辆上拴带了鸡鸭鹅用来吃喝享受，这让皇帝十分恼怒。士兵手上特别疲惫的马留驿站放养，如果其中有二三匹需要留下，士兵本人也要留在驿站，在有青草的地方放牧马匹，等大军归来。吏部尚书库勒纳奉命从京城赶来反复稽查。

是日，内阁侍读学士拉什赶到运输队，奉旨传达给于成龙每站留米之旨。

二运宋大业坐在高冈上督促士兵在污泥中将陷下去的车辆合力扛抬出来。这一运到黄昏时还没全赶上来。其他车队情况可知。二运前行了二十里，最后在二道营③下营。

三月二十三日，雨雪交加。

于成龙快马赶到皇帝行营见驾。

在先，皇帝赐于成龙三十六名新满洲精壮士兵，为他打着大旗排开仪仗护卫他。皇帝赏赐给他吃的用的各种东西，不能一一详述，也很难都记录下来。

皇帝问："沿途之上骡子、马受伤的很多，运粮车可还安然无恙吗？"

于成龙答道："无妨。只是近来雨雪较多影响了行军。如果再往前走，可在接近水草之地宿营，赶牲口时不把牲口力气使完，自然没有什么妨碍。"

于成龙叩辞皇帝出来。

皇帝随即派人赏赐给他鸪丁鸟蛋、乳酥、鹿肉干，并传话给他说："这是太

---

① 刘暟：大兴人，监生。曾任归德府河捕通判、直隶守道，康熙三十三年升安徽按察使，因助于成龙运粮有功任山东布政使。康熙四十一年，因山东库银亏空，刑部拟斩监候。皇帝下旨着两月之内由六知府赔补。

② 胡什木克：即胡什木克湖，今内蒙古自治区锡林郭勒盟正蓝旗附近。

③ 二道营：今河北省承德市丰宁满族自治县二道营村。

子进献的东西，于成龙是老年人，给他在路上吃吧。"

于成龙即刻动身返回了自己营地。

当日，二道营驻扎的运队，每人发银十两赏赐兵卒。

三月二十四日，运粮队路况不佳，微雨，道路泥泞。前行十五里。

宋大业在蒙古土室中和福建官员张仪山①、元氏县知县俞大文②聊天。谈起了粮车又重又大路途难行，大家忧虑愁闷了很久。这时正好来自满洲的吴姓工部郎中因修路也到了这边。

他详细描述了前边路况：污泥深得没底，根本不是人力所能克服的。拉着重载的车辆怎么能通过呢。大家听了只有仰天长叹听天由命而已。后来又听到皇帝行在那个地方雪深三尺余。

于成龙恐怕掌握的情况比宋大业这级别的官员更详细。他不能和下属议论这些困难。前途已开始考验人的意志力了，更考验着带头人的决心。

三月二十五日。数日强烈的西南风，下了约三四寸厚的雪，偶尔还有冰雹袭来，天气恶劣而寒冷。

瘦马被命拉进帐房内御寒，多带的口粮喂给它们一点以免冻饿而死。

战斗部队尚且如此，于成龙载重运粮车队情况又是如何呢？

也是微雨雪。不少运粮车辆在泥泞中陷住，三四十人连扛带抬，几乎用尽了全身的力气，骡马急促喘息体力难支。从辰时至申时③才慢慢移动了几里路，人马都累坏了。

遥望北边的山头，都被雪覆盖变白了。

三月二十六日，于成龙从后运赶往头运途经第二运，召见了宋大业，他们一起坐在山坡上看车队前行。泥泞之处，一二十人用铁钩长绳奋力逐一拖拽粮车。那一定是体力壮健的蒙古士兵。

---

① 张仪山：即张云翼。

② 俞大文：名俞尧，山东人。

③ 辰时至申时：即现代时间上午七点起到下午五点，十小时。

三月二十七日，皇帝在郭和苏台察罕诺尔^①下旨："明日离驻宿处很近，有三十里沙砾，跟随的仆人夫役全都要步行。"

他决定：留在驿站中的仆役放牧瘦马，都要在河边居住捕鱼为食。不给留米。等于成龙到达时再酌量发粮。这个决定非常残酷。河里有没有鱼，留下的人捕得到鱼捕不到都很难讲。后来的一些记述证实了这种所谓的留守离死亡已很近了。读者可留心这些可怜的夫役是怎样被对待的。

二运行进至波七岭^②下。道路极其狭隘崎岖，车辆到此最易倾覆。骡马很多倒毙。这是运粮途中第一危险的所在。

于成龙奉命拨给修路都统奇塔忒^③手下跟随差役粮米。

三月二十八日，中路大军驻扎胡鲁苏台^④。应留马匹牲口计一千四百有余。被精简掉的仆人数目并没有出现在报告内容中。兴许是史官故意忽略了这个数字。

督运于成龙奉命将多带数千石米，酌量留在所过驿站交蒙古官兵看守。到喀伦再将正额米留下一千石，退出来的牲口，也都听于成龙调用。出喀伦^⑤后大军如有用米之处，就会有官员来催。没有用米的地方也会有官员前来告知。

看来于成龙已及时将运输的艰辛情况及时报告给了皇帝。

三月二十九日，领侍卫内大臣公富善赶到胡鲁苏台，向皇帝报告去库勒诺尔收贮古北口王以下官兵所带余粮的情况。特别是他讲到了汉军前进遇到了很大困难：

……十四日由郭家屯起程到达距镶蓝旗护军营十里的地方。十五日雨后大雪仍留在原地。十六日雨雪交作，泥泞难行，又留一日，派夫修道。十七日，到达距三道营十五里地方。十八日又大雨，路皆冲坏，甚属难行。十九日派出

---

① 郭和苏台察罕诺尔：也作库尔查汗诺尔，古湖名，又名白海子、长水海子。即今内蒙古自治区阿巴嘎旗南查干淖尔。

② 波七岭：今河北省承德市丰宁满族自治县北部旧岭山区，俗称老山。

③ 奇塔忒：拜他喇布勒哈番额布根子，喀喇沁翁牛特镇国公。

④ 胡鲁苏台：又名瑚鲁苏台或珊鲁苏台，今内蒙古锡林郭勒盟阿巴嘎旗德格图苏伟乡附近。

⑤ 喀伦：又称卡伦、卡路、喀龙，为执行不同使命的"台"或"站"的满语音译。

官员兵丁，臣等亲视修道。炮位、火药车辆仅能运过，而山水渐至，所搭浮桥俱被冲坏，后兵皆不得进。现今派夫搭桥修道，已过者日行十数里等候未过之人……

这一天，于成龙的二运终于通过了艰难的波七岭。连绵高峻的波七岭，有人说这种老山中有野兽。岭上路途之难，难于上青天。第二运一整天才通过了一半。

四月初一日，中路大军在胡鲁苏台命继续驻扎等候尚未赶上来的古北口四旗汉军火器营兵。

于成龙运粮队这边，宋大业同葛游击坐在道边催促车辆下岭，正好遇见大名道杨令五，聊了会儿，然后前进了四十里到了郭家屯①。

四月初二日，中路大军行进了五十五里，在苏勒图②宿营。这里水草丰富，周围有三个池塘，细长的枯草成了备饭的燃料。连皇帝也开始带头每日一餐了。

玲珑山景观

---

① 郭家屯：今河北省承德市丰宁满族自治县郭家屯子。
② 苏勒图：又名塞拉索瑞图。

于成龙运粮队的二运此时已过玲珑山①，山石峭削，山顶有一穴前后相通，故称玲珑。山石陡峭。车声如雷。

四月初三日，中路大军仍旧等待着后方运输队，休整牲畜。

于成龙运粮之路狭窄崎岖，泥深数尺，人马只要一失足陷进去就不能再起来。于是用柳树枝垫路。两丈宽的道路仅容一车通过。数十名士兵夫役待通过后再次砍伐柳枝铺垫在刚刚碾轧过的地方。

四月初四日，中路大军向北、西北行进三十八里，在哈必尔汉宿营。挖了几眼水井，水质良好。

于成龙粮队二运过小半壁山②。峭壁嶙峋，山上点缀着松树，好似京城假山屏风的景致。到三道营③下营。

四月初五日，大军到达和尔和宿营。

于成龙运粮队二运过大半壁山④。山体向北高插天表，虬松掩映。行走了四十里后下营。天黑后刮起了南风，很大。晚上下起小雨。

四月初六日，大军向正北行进三十里至格德尔库⑤，道路崎岖多荆棘。地面是荒凉的硬沙。

运粮队四面山上都有了雪，那些赶上下雪的车队牲口不知又倒毙了多少。到午时天晴了。二运车队通过骆驼岭⑥。岭不太高峻。

过岭六七里，只见林木疏朗挺秀，山谷曲折平坦，涧水奔流，清澈见底。

---

① 玲珑山：今河北省承德市丰宁满族自治县窟窿山乡附近，山体有两个直径约六米的圆孔穿山而过，《水经注》称"孔山"。晴天望孔山似峰头嵌日，遇风雨天气，则可观赏千变万化的"孔山流云"。

② 小半壁山：《清一统志·承德府二》：半壁山"在丰宁县北。石壁陡削，形状堵墙，小滦河流径其下，其北即围场界"。今河北省承德市丰宁满族自治县北沟村附近山区。

③ 三道营：今承德市丰宁满族自治县三道营子村。

④ 大半壁山：今河北省承德市丰宁满族自治县宜啃坝下附近山区。

⑤ 格德尔库：又名喀德尔库。今内蒙古自治区锡林郭勒盟阿巴嘎旗包恩木努如附近。

⑥ 骆驼岭：今承德市丰宁满族自治县西北千松坝国家森林公园内骆驼峰。

这一天车队走了二十五里。

此日，于成龙赶到格德尔库行在，接受皇帝关于运粮情况的询问。

于成龙向皇帝说："臣等多带的八千石米请陛下批准酌量留在喀伦以内驿站。定额带来的一万九千石米包含将来支给凯旋官兵的口粮，不知此米应留何地？"

皇帝说："剩下的米每个驿站都要留贮。军队的定额粮米等朕旨意再安排。你们的车与牲畜情况如何？"

于成龙奏道："臣来时连日有雨，车行走在泥淖中，牲畜都很劳苦，倒毙者有之，因病残废者也有之。"

皇帝说："朕所携带的牲畜都安然无恙。这都是你们这些主管的官员不知敬畏、不谨慎小心的缘故。之后再有牲畜倒毙不准再予补充。"

这就是皇帝赌气的话了。于成龙只是静静聆听圣旨，听不到他的任何声音。

皇帝问："你们的米车已到何处？"

于成龙答道："头队米车已到巴颜乌阑（滚诺尔附近），初七、八日间可到和尔博驿站。"

皇帝说："鲍复盛 [1] 并不照管随驾先行的车辆。凡遇到沙漠戈壁都是朕亲自与诸位皇子、诸位大臣帮助推车通过。朕听说后边运粮车上牲畜倒毙了很多。朕这儿随驾兵丁的牲畜也都没有问题。你那牲畜怎么倒毙？！这都是不尽心饲养的缘故。不许再多支领牲口了，朕直接就处罚你就行了。

"那些从宣化府取到的大炮交给都统诺木图等人。朕听说炮车又大又沉，让官员取留在驿站上的车装载。这个炮营与前四旗炮营相距一站路程，不用让他们太快，只照常追随行进即可。

"朕应当留下等你们一天。"

于成龙又说道："臣听说官兵将自带的口粮抽出二十天定量留在驿站，臣等车上的米都是等官兵自带口粮用完之后按人数定量发放用的。今天官兵抽出口粮留贮，那短少的二十天口粮，臣等的米车肯定赶运不过来的。"

于成龙的账码算得清清楚楚：前边卸下来的这二十天粮食拿什么补？我这里粮食有数，堵不上这个窟窿。

---

① 鲍复盛：山西应州（今应县）人，字克广，通满汉文，以荫生于康熙十年授太仆寺。康熙十三年，升礼部主事，后至监察御史、御营通政司左参议。

皇帝说:"这抽出留下的二十日米,把你们押运的米,挑选三百头骆驼,每头驮仓斛一石六斗,每辆车运载四百五十斤,共装一百五十车,先押解前来。命喀喇沁兵每人牵两头骆驼。他们每十人给一只羊,口粮不要给米。喀喇沁兵不太熟悉拉骆驼的方法,命带内府管驼首领郝尚图将骆驼押运前来。这项事上使用的骆驼、马、骡子到这里后就不给你了,朕要用了。

"米车不能按时赶到,不要太害怕。你勤劳尽力朕都是知道的。就算稍微有些迟误朕也不治你的罪。但凡遇到该办的事一定要按朕说的做。

"你在每个驿站中留下的三石米,遇到应当支给蒙古兵口粮的情况不得动用官兵定量支给,就在你们多带的留在驿站中的米内支给。"

于成龙向皇帝说:"臣从京城来时有给臣帮忙赶着牲口追过来的很多百姓,今天车上所用牲畜不够了,臣请求把他们收下。"

皇帝说:"可以。"

这里可以充分感受到于成龙的百姓号召力。这些百姓自带干粮追赶着帮于成龙赶牲口,已经出来数百里才被皇帝收留编入队伍,他们应该很清楚前途的艰辛。

下边谈到了让皇帝特别愉快的话题。隔着纸页我们都仿佛看到皇帝喜笑颜开的样子。

于成龙又对皇帝说:"收到的捐助银子十八万多两,还有三省巡抚捐的银子三万两,除分给夸兰大外,剩下的臣都带来了备用。"

皇帝说:"带来了银子,很好很好。这个银子朕有用处,你们不能动。那三省的银两你可酌情使用。"

于成龙又对皇帝说:"微臣料理米车的事结束后,请求能赶到驾前听用。"

皇帝说:"到二十四日你能来则来,不能来就不用来了。"

事情的发展证明:不管是皇帝也好,还是于成龙也罢,两个人对后边发生的事估计得过于乐观。

皇帝真正的心声在下边的文字里得到了真实表露,书信要传递给的是他心爱的太子。

皇帝在给皇太子的信中再次讲到三月路途多雨雪,心情不舒畅等语。告诉他,从京城送来的三千肥壮军马已到大营。

四月初七日，大军向北行进三十里。在塔尔奇喇①群山环抱的小盆地上一大雨水池旁宿营。

四月初八日，于成龙运粮队的二运通过蛤蟆岭②。多沙石，高低曲折，牲口疲乏。路旁石壁间有一山泉，水不多，人畜都不能畅饮。

山下一望都是平坦的沙子，看不到边，高高的沙丘低矮的树丛，远近好似漂浮着一般。出关以来所经历的无非是山路，现在要进入沙漠了。

四月初九日，康熙大军向北行进四十二里在僧色宿营。兵部受命催问于成龙运粮队"第一运"所在位置，消息通过驿站立即奏报，其他"运"所在位置都要陆续报告。

于成龙运粮大军第二运行进四十里，路途难得的平坦。

四月初十日，大军在科图③宿营。此处有三处水泉、一个水池，草料甚少，大军已领先后队二运粮车三百余里。

四望长空，风沙扑面，有河流像一条带子在一旁流过，水流甚急。车队行走了十余里，出现了上百步远的污泥，非常难走。后来铺上板子才得以通过。一度有猛虎拦路。

于成龙奉命配发京城赶来骑兵的口粮。

紧急军情出现了。

噶尔丹有二万兵，又借了俄罗斯六万火器兵的消息到来后，内大臣索额图、伊桑阿大惊。二人进帐劝皇帝慢慢还朝，留下西路兵前进即可。这段记录有利于了解于成龙运粮的重大意义，了解于成龙所面对的是怎样一位皇帝。不妨来看看。

"大臣内却有心怀怯懦、不实心勇往向前之人。有的是在先前有罪却不思效力、自我救赎，或者是因出身微贱而畏惧。大臣做事迟疑，朕只知道一心一意前进，心里只有剿灭噶尔丹。何况你们这些大臣都是情愿效力自告奋勇从军之人，今天却不奋勇前往，逡巡退后，朕必诛之！"

上边这段话还是泛泛地谈现象，下边就聚焦火力把痛骂直接拍在两个重量级人物的脸上。

---

① 塔尔奇喇：又称塔尔奇拉。

② 蛤蟆岭：今河北省张家口市沽源县闪电河乡大凹山附近。

③ 科图：又名阔多。

"不知索额图、伊桑阿把朕看成何等样人！我太祖高皇帝、太宗文皇帝亲行仗剑建立江山基业，朕不效法祖宗行事能行吗?! 挥手之间噶尔丹就可擒可灭！既然到了此地，却学妇人怯懦退缩吗?!

"大将军费扬古兵与朕约好日期夹击噶尔丹，今天朕失约而回，那西路之兵会怎样就不用问了！如此一来还怎么有颜面回到京城？何以昭告天地宗庙社稷!? "

这段议论简直惊天地泣鬼神，我们宁愿相信它是原汁原味的，没有那些御用学者的努力修饰。历史的关键时刻领袖人物的巨大作用充分显现出来。

紧要关头总要有人说话，总要有人拍板。历史走到了三岔路口。康熙皇帝做了最勇敢的选择。他的话不光是痛骂这两位大臣，更是在激励全军。

相信这两个劝皇帝见好就收的聪明大臣被这一顿惊雷吓得瑟瑟发抖。

不久，侦察的车克楚[①]回来了，上奏说："噶尔丹没逃走，仍在克鲁伦[②]。"

历史的关键时刻，需要激情，需要爆发。

同日，京城送来马匹被散发给各旗，从京城派来的每佐领手下七名士兵每人给四匹马，四人共用一头骡子。现在每旗留下八十名，八旗共留下六百四十名士兵。还有绿旗兵、察哈尔兵和京城赶马来的二百名护军，留下的八十名兵丁，每人留下十五日口粮，其余米粮交给前去的兵丁。于成龙奉命配发京城来骑兵的口粮外，还要照数补回那八十人的口粮。

据宋大业记载，他的第二运也从京城赶来的南昌太守张士伟[③]手中分到了一百匹骡子。

每个细节都被精打细算，通过补充，战斗部队和运粮大军的机动能力得到了一定程度的恢复。

四月十一日，康熙大军继续宿营以使驮畜得到休息。

宋大业的二运行走的路旁土冈之间出现不少蒙古帐篷。行五十里到土城下

---

① 车克楚：驻大同护军参领。

② 克鲁伦：指克鲁伦河。此河曾称弓卢水、卢朐河、庐朐河、胪朐河、饮马河、怯绿连河，清朝至今，称为克鲁伦河。"克鲁伦"在蒙古语中译为"光润"之意，取其转意"发扬光大"命名。

③ 张士伟：镶白旗人，副榜。

营，据说这里是元上都[1]的旧址。此处水浑，黑，味不堪。无柴，烧马粪。晚上风刮了一整夜。

四月十二日，中路大军仍旧留在原地。雪继续下着。

晚十点钟左右有两名官员前来报告他们曾十分接近厄鲁特前哨，这些厄鲁特人正沿着克鲁伦河向前推进，似乎正向我们这里进发。西路军统帅奉命对敌军进行合围。

二运那边，刮起了大风，寒云四布。骡马冻得腿不住战抖。

隐隐看到城墙垛口，前边看到有两个白塔，略有颓败坍塌之处但大致坚固完好。

这里就是元上都了。

运粮队走了五十里下营。没有水。洼子里的雨水黄浊，微微散发着臭味。

岳升龙调集了五十名士兵在修整道路。

督运于成龙写了折子向皇帝报告运粮车辆方位。

于成龙在奏章中写道："直隶省第一队夸兰大噶礼的二百辆车四月初十日已到位于和尔博的第六驿站。今天前去领取驮运粮食的骡子，骡子一到就立即匀装车上的粮食，驮运出发。"

四月十三日，于成龙奉命催促运队加速前进。前边大军已出了喀伦，到了苏德图[2]宿营。

"兵部应给于成龙行文，命他们将三百骆驼一百五十车粮米陆续运到，不要延误。噶礼的头运米粮也令他们随后运到，命总兵官岳升龙挑选兵丁日夜兼程赶到御营来。"皇帝如是说。

噶尔丹就在十天路程的地方，于成龙被催促快一点，再快一点。

四月十四日，于成龙到达六台的和尔博。

运输队头营的刘暄开始使用骡马驮运粮食，不再使用车辆，头运距离皇帝仅约百里。这既是无奈之举也是绝境之中的变通。这又回到了于成龙最早的驮运建议上。

---

① 元上都：今内蒙古自治区锡林郭勒盟上都镇正蓝旗附近。

② 苏德图：又名苏达图。

这一天傍晚宋大业赶到六台拜见了于成龙。

中路大军此日到达胡鲁苏台察罕诺尔①，在一个大的咸水塘旁边宿营，此地草料比前边都好。大明永乐皇帝和元朝王族宣战的纪念碑就在路旁。

四月十五日，大军原地休整等候部队及火炮跟上来。噶尔丹从克鲁伦河顺流而下，已到达伊渣尔厄尔几纳克②。从西而来的两路兵马和中路兵都接近了克鲁伦河。噶尔丹感到情势紧急或许东窜，命盛京、宁古塔兵马、黑龙江兵奉命前往乌珠穆沁左旗东北的索约尔济山驻扎。

对噶尔丹钳形包围的态势已形成。

这一天，督运于成龙的报告也到了，康熙皇帝看后大喜，报告中说："本月十二日将三百头骆驼一百七十三辆车装的一千石米交给侍郎噶礼、管骆驼首领郝尚图等人已经出发。同日，直隶头运第二队夸兰大游击刘泽寰③所管粮车二百辆内，一百辆已至和尔博站，其余一百辆至库勒诺尔。头运第三队夸兰大都司④丁延祥⑤所管粮车二百辆内的七十五辆已到了和尔博驿站，其余一百二十五辆到了库勒诺尔，二运头队夸兰大按察使刘暲督运的二百辆粮车都到了库勒诺尔。"

"这真是大喜报。"皇帝高兴地说，"后队运粮车到达和出发时间，于成龙都要按顺序奏报。"

这一天，宋大业第二运正在经过的路旁柳丛很密，阻挡了道路，沙子陷得也很深，车子拥堵，极其难行。忽然阴云密布，大雪横飞，可不一会儿就放晴了。天气冻得人两腿发抖。

四月十六日。大军向西北行进五十里，在喀喇莽乃哈必尔汉⑥宿营，此地处于一片大平原北侧十多里处的群山之中。

见到的几个水池看起来全是硝盐。营地上方有一股泉水喝起来颇有甜味。

早晨日出前有点冷，但日出后气温升高，天气晴好，中午刮起西北风，温

① 胡鲁苏台察罕诺尔：今蒙古国境内，明成祖统帅大军征伐蒙古本雅失理汗时经过的"擒胡山"附近。
② 伊渣尔厄尔几纳克：又名伊德尔莫格，今蒙古国温都尔汗东北。
③ 刘泽寰：辽东人，汉军正蓝旗。
④ 都司：都指挥司的简称。正四品绿营武官。
⑤ 丁延祥：正黄旗人，廪生。康熙十一年任山海路都司，五十八年任靖远协副将。
⑥ 喀喇莽乃哈必尔汉：又作"喀喇芒鼐哈必尔汉"。

度又降了下来。

有个蒙古亲王来到营地，他曾经被派遣到噶尔丹那里佯称想与之联合反对满洲人。噶尔丹准备尽快和亲王联合并保证派给他六万名俄国生力军。简言之，若他们能打败满洲人将直接进军京师，征服了皇朝他们将一起瓜分地盘。

这位使臣还说噶尔丹郑重地接见了他。噶尔丹的身材高大，脸很瘦，看起来约五十岁。

四月十七日，三千名汉人士兵，两千名八旗步兵，八百皇室卫队，八百匹蒙古马，以及一串大炮所组成的前锋部队被命加速前进，其余部队则原地休息。

四月十八日，晴。宋大业二运按于成龙指令在六台开始将车上绳索、垫路用的大板全部卸下，日用品留下一半奋力向前赶路，这时候他们已被其他运队超越，落在了后面。

车队进行了极端化卸载。这是破釜沉舟式的冲刺态势。沙深无底，寸步登天。倒毙的牲口让人不忍直视。沙丘高高低低的，看起来也有些险峻，阳光照耀上去，白光炫目。赶路之人面容凄惨，有的人对望一眼后就痛哭起来。这一天，车队前进了三十里。

康熙大军向北、西北方向前进七十里，在席喇布里图①扎营，这里有一水池但全是硝盐，不得不挖井取水。

四月十九日，中路大军原地休息使驮畜消除疲劳，皇长子统帅的六千至七千人的前卫部队受命没有旨意勿和敌人交战，只应完全采取守势等待后援部队到来。

四月二十日，中路大军向正北高速前进了一百二十里，宿营于一大平原的西巴尔台，挖了许多井，水很凉，但不卫生。

运粮队那边午间则极热。漫漫沙丘砾石一望无际，毫无生趣。无水可用。官员命兵夫在低洼的地方向下挖掘了四五尺，见到了坚冰，冰下五六寸的地方开始见水，人马争着去饮用。

---

① 席喇布里图：又称西拉布里图，或锡拉布里都泊。

四月二十一日，午间热。烈日黄沙，风吹铺面，眼目昏眩筋骨疼痛。运官赵履祥因粮食交付的数量不清楚粮车不能再继续前行，痛哭流涕。

大军原地休整。整日有强烈的西北风，晚间下了雨，风力减弱。一名喀尔喀台吉带来两名厄鲁特俘虏。俘虏说："厄鲁特兵不到一万人，他们的汗（噶尔丹）未预料到满洲人会走这么远来搜寻他，但若真的来了，他决定战斗。"

一名被派去观察敌情的蒙古下级官员返回营地。据他报告说：在克鲁伦河彼岸不远处，他遇到三四十名厄鲁特骑兵。这些骑兵长时间追赶他，要不是一阵暴风使他们放弃了追捕，他很可能被他们捉住。

晚间，另一急差到来。他带来消息说西边行进前往土喇去切断敌退路的第二军，因过于疲乏，五月初三日前不能到达位置。

四月二十二日，风雨整日，有雷。大军留在宿营地，皇帝再次命于成龙运输队加速前行。

四月二十三日，天气晴好，很热，几乎无风。此时的宋大业二运在雨后的沙地上走起来比较便利。见到比较深的沙坑，于成龙派出了士兵、夫役及效力的旗人官员砍伐柳枝进行铺填，使车辆不至于深陷下去。

《于襄勤公年谱》也记载了几乎同样的内容：大军到了"和儿拨昂吉图"时，只见四百余里黄沙弥漫，沙子松软下陷二三四尺不等，人畜难行。载重大车更难以逾越。

于成龙传令不管是大小官员，凡能够砍伐道路两旁柳树枝和泥沙一起垫道让车辆通行的，一定按姓名上奏皇帝加以晋升赏赐。

他亲自到有柳树的地方，抽出随身佩戴的利剑，身先士卒砍伐柳枝。随从押运的大小官员没有不拼命砍伐柳枝修路的。于成龙真的拼了老命。

四月二十四日，大军向西北方向行进一百里，最后在有一片小山包的"察罕布喇克"宿营。有三个水泉，在水泉附近还挖了几眼井，其中一眼井水清澈可供牧畜饮用。

四月二十五日，整日北风及东北风甚烈。午后天气少云，晚间下了点雨使风力减弱。二运宋大业车队通过九台附近。路旁倒毙的马骡叠压，腥臭难闻。傍晚，风雨交加，帐篷都快被大风掀翻了。

四月二十六日，于成龙被命令趁大军踏步等待费扬古西路军时机，将所运粮米加速陆续运到。

内大臣索额图认为听任噶尔丹逃窜比和他作战更为有利。皇帝则认为大军已接近噶尔丹，西路之兵也很快赶到土喇。完全能直接将其歼灭。

"朕考虑此贼的事情，时间已很久了，此次噶尔丹必然会被朕消灭。噶尔丹抗拒必然被打得稀烂，如果他逃走也会被破坏。只是恐怕于成龙所运粮米不能按期抵达啊。"

此时，二运宋大业车队牲口在严寒中都快冻死了。

四月二十七日，大军休息，仍旧在等待着粮草的到来。对于前一天晚上做出的关于再等待两天粮草再赶一天路程的决定，又开会议论了一上午。于成龙再次被命令督运米粮加快前进速度。

西路军的报告给皇帝带来个坏消息："王国昌所运米粮断不能如期运到。孙思克称他所带七千名绿旗兵途中遇到风雨，马匹也有一半迟误了行程。费扬古兵本月三十日可到土喇阿喇克山之西、克勒河朔，五月初七日可到达巴颜乌阑。"

"中路大兵现今已逼近噶尔丹，西路大将军费扬古兵也已很近了，大军米粮关系重大。两路大军会合后所需米粮会很多。迅速将旨意传达给于成龙，命多方设法将所运米粮务必陆续加速运到。"皇帝对兵部说，"目前需用的米粮，噶礼已运到哪里？必须先由驿站向朕报告。命他快速运到，后队夸兰大加速押运米粮前来。"

此日，各运都在十台卸下一些口粮，牲口车辆很多聚集在那里。十台于是开始像个村庄集市般热闹。

四月二十八日，大军仍在等待粮草。整日晴天，强烈的北、东北风一直吹着，傍晚风向转为西风，天空为云遮盖。晚间云又散去，改为北风。

据拿获的两名厄鲁特人交代：噶尔丹现在克鲁伦的拖诺山，顺克鲁伦河下游前行。商南多尔济上奏：费扬古带兵于本月三十日到达土喇的阿喇克山克勒和朔，五月初七日当至巴颜乌阑。与噶尔丹已很接近了，包围态势基本形成。拟给噶尔丹的圣旨初稿呈递给皇帝预览时，皇帝要求使者不要骑乘太肥的马匹，以展示不太强大的面貌，意图稳住噶尔丹，避免他如惊弓之鸟般飞走。

四月二十九日，察罕布喇克。此日阴天，但气候尚好。有强烈西风，到傍晚转为东北风。一则消息让皇帝心情好起来：于成龙运粮大军第一运终于赶到了前军。车上大米进行了分发。皇帝还下旨给士兵发放牛羊。

运官发现驮队中的几匹最肥壮的马由于水质不好或饮水不足死了，马的喉部出现了肿块。肥马都累死了，可见运队为了快速运达所付出了多么巨大的代价。

五月初一日，于成龙所派骆驼运米队伍到达察罕布喇克，燃眉之急已解。皇帝命制订和敌人遭遇时的作战计划、宿营方式，以及构筑阵地事宜。但是，察罕布喇克已没多少草了，后三旗兵命在过此八九里有水泉的地方驻扎。

内府管骆驼的首领郝尚图等人的米也到了，八旗夸兰大每旗立即得到了三十石米。古北口、宣府来的绿旗兵得到二十二天米粮、牛羊，把米粮留在后边存贮，不够八十天口粮的也得到补给。

拖陵①所留的喀喇沁公爵沙木巴喇锡旗下赶车的六百五十名步兵中六十八人已到，没口粮，噶礼如果不能供给，则由左都御史于成龙、原尚书杭爱②算计他们口粮数，用后到米粮发给。"再留十头牛、一百只羊，有米就不要吃牛羊。牛羊死了的能吃。后边米粮陆续可到，真接济不上，牛羊也得省着吃。"皇帝在回复理藩院时说。

皇帝开始默默使用骆驼驮粮了，这样一来速度明显快了。

此日第二运粮车通过了十三台。风沙拂面，帐篷里听起来就像擂鼓一样砰砰响。路旁出现了很多乞丐，很让人怜悯。

五月初二日，于成龙在回复四月二十七日由兵部转达皇帝催进运粮速度的咨文时说："臣正在和尔博等地督催车辆前行，沙上铺垫柳树枝车辆才能通过。

---

① 拖陵：又称拖陵布喇克，距克鲁伦河二百三十里。

② 杭爱：满洲人。曾任都察院右副都御史、户部尚书。

臣将直隶八运车内余下的粮食酌情留在和尔博等处，车辆轻快了一些。二十九日粮车全部驶出沙漠。臣又将山东第一运车内米粮酌情留下，目前已过噶尔图。

"臣于二十九日自滚诺尔出发，尽力催促前边运粮车辆。后运车内米粮酌情留下，命侍郎李钠、左通政喀拜亲身催赶。前边士兵留米后的缺额，很快交付三省道府等官员，命他们接续转运到喀伦境内各驿站。"

大学士伊桑阿通过奏事官敦柱把于成龙的折子呈递上去，皇帝看后说：

"于成龙报告内只说了米车已出了沙漠，并没有写清楚现在到了什么地方和运来米粮的数量。命兵部再次询问后报告。"

同日，随从差役和瘦弱的马匹被留在拖陵，使战斗部队更加精悍。官兵借贷的俸禄军饷被下令免除，官兵临阵退缩的则再次申明先斩后奏。临战气氛开始紧张起来。

二运车队大部分通过十四台。已有一部分夫役成群南返。这些人都说前边口粮用完了，所以相约聚在一起找吃的。

五月初三日凌晨两点，正装运行李，突然刮起大北风，很冷。后来，北风吹散了积云，但风一直很大。步兵、骑兵，前卫部队以及大部分火炮还是顶着风出发了。

五月初四日，运粮左都御史于成龙受命拨出六七千石粮，选牲口快速运到拖陵准备。其余粮食都存在喀伦附近以备凯旋之用。前边士兵开始缺粮，一升米七八个钱都买不着。

五月初五日，端阳节。大军前进九十里，在平原北侧距一小山脉几里远的阿敦齐陆阿鲁布喇克处宿营，这里水草优良。两名骑手宿营前疾驰赶回，他们是康熙皇帝派往噶尔丹的两名使者的随从。

二人报告了陪代表去找噶尔丹的两名官员被一群敌兵包围，剥光衣服。要不是丹济拉提出交给他们四名俘虏，他们也要以同样方式对待两名代表。

"后来他们知道皇帝率大军亲自前来，距离不过一百至一百二十里路，他们就把人放了，但既不还衣服也不还马匹。他们抢去共约四百匹马。从一名受伤被俘的厄鲁特人那里获悉：噶尔丹正率主力驻距离他们三四十里远处。这天晚上，受厄鲁特人攻击的二百名人员回到营地报告'敌人约上午十时渡过克鲁伦河退走'。"

气氛紧张，大战迫在眉睫。噶尔丹神出鬼没的闪电战给人留下深刻印象。他们将使者赤身逐回无非是羞辱对手，但他们心底里对大军的顾忌也从释放使者的举动上表露了出来。

二运已到十七台附近，地上还有霜。这里是清廷边界。前边传来消息。一斗小米价格已涨到了三两多银子。粮食成了金豆子。

五月初六日，大军向西北行进约一百里。前半程是小山，大部分地面有些牧草但没有树、灌木，有些地方只有新生的草，旧草已被厄鲁特人烧掉。大军在佑库车尔宿营，营地旁边有小水泉，水量连人喝都不够。

派往噶尔丹那儿去的使者回来报告噶尔丹行踪隐秘，很难见到。

"另外一位特使被扣下当人质。由一队厄鲁特兵陪特使回到离大营十五里处。他们从一块高地上发现了皇上的部队，立即离开特使，飞速地回到自己人中间去了。"

这时各运因口粮接济不上纷纷遣返士兵的夫役仆从。连运粮队都在遵旨这样做。仅二运就有三十名喀尔喀士兵被打发回程。

一路上，饥饿的士兵气势汹汹的让人畏惧，他们一见到粮车就蜂拥而至，围上来问后边口粮什么时候能来。听到"不久就到"的答复后才低头离去。粮车拼着力气赶紧离去向前。

这一天前进了六十里。没有水。

五月初七日，于成龙运粮到达西巴尔台的消息传来。于成龙调整了运队次序：宋大业二运因行程迟缓已成了第五运。

下边这份报告是为回应皇帝要求详细报告运粮队所在位置、运粮数量而写的。

报告中说："直隶第一运郎中噶礼运米一千石，第二运游击刘泽寰运米四百石，第三运都司丁延祥运米六百石，第四运按察使刘暟运米七百石，第五运编修宋大业运米七百石，第六运参领陈镠[①]运米三百六十石，原知府于翔

---

① 陈镠：陈奇策之子，二等阿达哈哈番，曾任镶蓝旗汉军佐领，宁夏驻防参领。

汉[①]运米八十石，都已过位于格德尔库的第十五驿站。

"现在第七运郎中索尔璧[②]运米六百石，第八运候补知府祝钟俊[③]运米六百五十石，初四日到了位于和尔博的第十四驿站。

"山东省第一运员外郎硕色[④]运米六百二十石到了位于塞拉索瑞图的第十二驿站，后运山东、河南两省之车辆，由侍郎李钠、左通政喀拜督催陆续而来。"

又有郎中噶礼报告说："第四运夸兰大刘瞪从和尔博驿站，将米七百石、面八千斤，以骆驼、马、骡驮载，四月十六日起程。五月初五日到达位于西巴尔台第二十三驿站，初六日从西巴尔台起程。"

被安排在第一运的噶礼具有开路性质，是整个运粮队的先锋。现在他没有辜负于成龙的希望，已将粮食散发给皇帝身边部队。噶礼得到了皇帝"有应升职务空缺优先使用"的承诺，让其他官员见到他如见天人般羡慕。

此日，于成龙运粮队的宋大业五运来到十八台附近。永乐八年明成祖征讨蒙古路过此地时的纪念碑就在此处。碑只有四尺左右，上书："瀚海为铎，天山为锷，一扫胡尘，永清沙漠。"碑侧有"擒胡山、灵济泉"字样，大概就是这个地方的名字。

五月初八日，大军按次序前进二十里到达克鲁伦河岸。一名叛逃的厄鲁特人来到营地。他说六年前在厄鲁特和清军一次交战后他妻子儿女被掳走了。他是厄鲁特汗帐下名门之后。很快，一些年前就投奔过来的厄鲁特官员证实他没有说谎。

来降之人透露噶尔丹于几天前，曾在克鲁伦河岸扎营，距这里三十至四十里。但他听说皇帝亲自率领军队来了急忙后退，恐怕此时相距已不止二三百里。据此，皇帝命全部三千名蒙古骑兵和三百名家兵组成的部队追击敌人。

五月初九日，沿克鲁伦河上行发现许多厄鲁特人驻地。当大军抵达宿营地

---

① 于翔汉：汉军正白旗人，监生，康熙十三年任陇州知州，后擢凤翔知府。《平定朔漠方略》记为于汉翔应为笔误。

② 索尔璧：曾任祠祭员司员外郎。

③ 祝钟俊：监生，镶黄旗人。康熙三十八年任松江府知府。有《青浦县为禁地方弊害告示碑》。曾由湖北镇守云南。

④ 硕色：即乌雅氏硕色，接替尹继善担任两广总督。谥号"恭勤"。

时，前卫部队带来一名厄鲁特叛逃者，他说厄鲁特汗（噶尔丹）带领三千部下逃到克鲁伦河南山区丛林中去了，距此不过二百里。牲畜留在后面走，有一部分人照看。大军急速前进就能追上并征服他们。

五月初十日，阴。宋大业运队通过了二十一台。得知西路大军缺粮严重。天气忽雨忽晴。后来大雨夹着冰雹如注。人马无处躲避，就连帐房内也是漏雨如注，所有行李衣服都湿透了。帐房外传来人倒在地上号哭的声音。一问才知那是披甲士兵的仆役因没粮食被赶出来了。没牲口骑，没粮食吃，还有不死在这沙漠戈壁中的吗？从这个时候起，连运官也只能每日一餐了。

同日，中路大军沿克鲁伦河前进七十里，看到另外一处厄鲁特营地，从留下来的帐篷杆及其他用具看，敌人是慌乱逃走的。康熙皇帝决定追击，那些过度疲劳的人被留下来看守马匹及辎重行李。

五月十一日，大军向西、西南方向沿克鲁伦河行进九十里。遇见一老妇人，她是被敌人抛弃的，三天没吃饭了。她说一些厄鲁特台吉和厄鲁特汗（噶尔丹）意见不一。有想依附皇帝的被汗（噶尔丹）发现了，给他们上了铁镣铐。她还说他兵不多，慌忙逃走的。

大军宿营于克鲁伦河彼岸山口处。北山名拖诺，西边那座山叫隋勒席图[①]。大米日渐不足，马匹也都疲乏了。以五六千匹马组成的分队奉命携带轻型火炮追敌，他及其余部队应立即回原来筹备给养的地方。

此日，于成龙运粮大军宋大业五队已过二十二台。前方传来了噶尔丹逃走的消息。沿路官兵无不欢呼。天气一会儿晴一会儿雨的，变换了六次。

前面原本二运的刘泽寰那里的牲口已疲乏得再也不能走快一点了，落为三运。一行人忧愁凄惨到了极点。无水可用。

五月十二日，皇帝命令集中口粮派出精锐小股部队追击噶尔丹，大军奉命回迎于成龙所运粮米。

---

① 隋勒席图：又名绥尔哈图。

在决战决胜的关键时刻，粮食问题成为制约部队续航能力的关键因素。

前锋兵马穷追噶尔丹。噶尔丹将器械、甲胄、帐房及患病儿童全部抛弃乘夜逃跑。从路上抓获的老年妇女口中得知，厄鲁特人仓皇溃散，彼此埋怨，沿途内讧，自相打斗。皇帝命队伍、马匹、牲口日夜谨慎防备。

"厄鲁特噶尔丹逃窜已远，沿途溃散，人也不多，现在应挑选士兵带口粮循着噶尔丹踪迹穷追不舍。官军米粮关系重大，兵丁带的八十日口粮快完了。于成龙所运米粮还没到，大兵前进则距米粮太远，回兵时粮饷必定匮乏。应让大兵迎粮而还。朕有牛羊，断然不至于缺乏。西路大兵也由中路归来。粮食很是紧要。"皇帝如是说。

同日，侍卫内大臣马思喀领兵追剿，满洲火器营兵及亲随护军及前锋被尽行派出。诸王手下人自己有二十日粮不用官粮的也奉命一同前往。一同回兵的士兵留到拖陵，五日以外口粮被全部收回。各旗大臣亲自监督将此粮发给前进追击的兵丁。

这时议政大臣开始出来给于成龙上眼药了：

"用兵是国之大事。军队平时需要足食，大军起行粮食要跟上，因此筹划军饷是第一要务。皇上考虑到大兵出塞征讨需要粮饷太多，运输之事关系重大。特地选拔于成龙总辖运粮事务。既配备了足够车马使之能拉车快走不至停留，又给足了官兵使他能加强防守。皇帝将如何前进如何驻扎以及巡逻警卫、酌情处置之法给了他详细指示。

"于成龙等人不遵皇上训诫，转运迟缓，过期也未运到一粒粮食，官兵几乎到了绝粮地步。皇上仍然在向前追捕噶尔丹，务期剿灭。考虑到数日后粮米肯定不能到达，倘再深入，两路兵会集一处需要粮食会更多，大军肯定陷入困境。现在分兵平均发给所存之米，交将军马思喀穷追噶尔丹。皇上亲统其余士兵回迎催促粮米，又派遣管骆驼首领郝善图驱赶骆驼、马匹赶运米粮，西路官兵才得以吃饱，才谈得上凯旋。

"如此看来，将帅能够遵照皇帝旨意行动无不成功，违背皇上节制无不误事。皇上的圣明谋略臣下不能赶上万一的。"

议政大臣把于成龙里里外外否了一遍：车少吗？牲口少吗？你要是全听皇上的话至于到时候粮食上不来吗?!

皇帝对此未置可否，他大概正在心中反思出现这种现象的真正原因。

同日给皇太子的信中，皇帝也谈及因军粮未到而不敢放手全军追击。

他说："从上一次给你的谕旨发出后，初十、十一、十二日三天我军前进穷追，噶尔丹溃败逃窜，狼狈之状惨不忍睹。他们的妇人、孩子都被杀戮抛弃而去。通过抓获的老妇人得知他们部落里自相残杀，已被严重打残。噶尔丹昼夜向前奔逃已有四天了。由此看来已跑远了。如费扬古能及时堵截，此贼决不能逃掉；如果费扬古误期，噶尔丹许会趁此机会逃走。此贼已丧胆落魄，断然不能存在下去，永远失败了。

"大军本来想全部出动追赶，但八十日口粮已用尽。万一因军粮缺少被困，我们如何达到全胜？官员、军士已报告成功，为何因追捕残寇，以至大军严重受困？因此与诸臣合谋公议，由前方费扬古大军追击，赶不上就返回。"

这似乎是康熙皇帝的内心独白，比较中性，比较理智。

五月十三日，为了早日将粮食送到前方，于成龙麾下运粮队有的已开始晚上向前赶路了。但狂风骤起，吼声震地。这一夜，宋大业运队前进了四十五里，过了二十五台。这是生命力的比拼，随时都可能会有牲口疲惫致死。

中路大军回迎十里。在群山峰谷之间，再次渡过克鲁伦河。天空多云。整夜西北风。下午两点到傍晚下了大雨，牲畜有了饮水。同日，西路军费扬古与噶尔丹在昭莫多① 遭遇，噶尔丹惨败。史称"昭莫多大捷"。费扬古不是理藩院的阿拉尼。携带先进火器的清军这次凭实力碾压了噶尔丹。由于信息传递速度的关系，康熙皇帝对已取得的胜利还不知情。

五月十四日大军回程。向东南方向行进一百二十里，塔尔浑柴达木② 宿营。克鲁伦河畔。大将军费扬古的奏疏到了。皇帝在马背上看罢再次与众大臣议论于成龙运粮。

奏疏中说："五月初一日臣遵旨率大兵星夜前进，但因行程遥远，牲口疲乏。噶尔丹为阻挡我军把布尔察南十余个驿站的草全烧了，臣派人在前边找草地向前赶路，以便初三日到土喇断噶尔丹退路。只希望圣上稍微放缓前进步伐，给

---

① 昭莫多：蒙古国首都乌兰巴托南郊的宗莫德市附近。"昭莫多"蒙语意为大树林，"其北大山，千仞壁立，山下平川广数里，林木断续，有河流其间，曲折环绕，其南山差低于北，逶迤而下，有小山横焉，战地也。"

② 塔尔浑柴达木：又名塔尔浑差达穆泊。

臣等留下毕生颜面。

"……臣曾派扎萨克在大军两旁前出哨探。五月初一日行至半途，前锋统领硕岱①追上并抓获妇人五名、儿童八人、马十二匹、骆驼二头、怀犊乳牛三头、羊及山羊十五只。三名男子逃到山中去了，追赶了五十里后将他们都抓获了。

"审讯擒获的朱尔布等人说：'我们都是阿喇卜滩弟弟丹巴阑的人，跟噶尔丹下克鲁伦河到了肯特山。我主待我不如从前，因此逃回，准备捕捉禽兽为生。

'我们听说噶尔丹曾向俄国请求援兵。前月俄使者二十余人到了，与噶尔丹约定等青草出来后援助一千鸟枪手及车载大炮，发到克鲁伦东边界上，俄罗斯使者现在还没回去。噶尔丹听闻圣上大军前来，所以顺克鲁伦河而下去赴俄罗斯援兵之约。我们这些小人物听到的就是这样。'"

"因得不到费扬古消息，于成龙运米又赶不上来，所以才凑了些粮米给马思喀军队前往追击。朕统军回迎军粮。今天看，费扬古初三日到土喇，正合朕意：谅噶尔丹必不能逃走了。"皇帝的兴奋和喜悦之情溢于言表。皇帝好强。他把自己停止追击的理由讲了又讲，唯恐别人说他胆怯。

"费扬古又在向朕求粮，"皇帝说，"朕考虑大军粮饷至关紧要，西路大军必然粮饷困乏，所以先给骆驼首领郝尚图骆驼、骡匹，令他将头运噶礼的粮米全运去，已发给他们。又命刘暄、宋大业随后运到的粮米不准动，迎接到西路大军时立即发。现在军饷不用再担心了。

"朕曾与于成龙讲定，八十天内不用他的米，八十日后才开始用，他的米运到土喇以备向北进剿。现在于成龙所运之米不但没到土喇，就是克鲁伦河也没运到颗粒粮食，怎么如此延误?！"

于成龙所运粮米有力接济了西路大军。此举的意义到后边才会慢慢显现出来。皇帝第三次亲征时目睹了西路军饿死在道旁的累累白骨，他才真正体会到中路运粮的于成龙有多大贡献。但他现在认为于成龙美中不足，他的运粮队没有追上作战部队的脚步。

我们及时听到了国舅等人对皇帝的呼应。

佟国维、伊桑阿等人说："如果不是圣上及时谋划，不只费扬古，就是我们这里也肯定会军粮匮乏。于成龙确实是延误了。"

---

① 硕岱：又名硕代，喜塔喇氏，满洲正白旗人。

皇帝把大将军费扬古前后奏章给各位大臣传阅。对议政大臣说："费扬古怎么不将西路情形早奏?! 朕派去的侍卫抄近路去问，让他留下好几天才回来。西路军绝粮，请朕把中路米粮拨给他们，耽误了三次。好在朕看得很清楚，全预先谋划好了。今天他奏章才到，你们都看见了，你们怎么看？"

可见，费扬古西路的米粮遇到了大麻烦，负责西路督运的辛保、范承烈等人的后勤保障出了问题，最后竟然到了绝粮的地步。

众人开始赞颂皇帝谋划妥当，同时无形中把于成龙的成就做了总结。没有头运噶礼改用牲口驮运及时赶到，皇帝本人也快挨饿了。

"事务都安排完了，西路大军前来会合要粮甚急，应多拨给他们上驷院[1]的马匹和余下的骡子。朕营内大臣以及后营诸王以下官员，有情愿捐助的就让他们捐助马匹、牲口，都交给运粮官快速将粮食运到。"皇帝对议政大臣说。

议政大臣说："除此之外还要移文左都御史于成龙，他所辖情效力官员有愿意捐出所有马匹、牲口的，马上交给运粮官，令他们快速把粮食运来。"

皇帝说："现在正好是牲口疲乏之时，即使捐助牲口又能如何？把朕内厩里的三十头骆驼、一百匹马发给他们。给于成龙发文，'路途遥远，可留下明珠去克勒和朔驻扎，粮米一到马上用骆驼、马匹助运；没到的粮米频繁催促。'给运官刘暄一名有才能的乡导，从朕的来路前去。明珠既然在克勒和朔驻扎，让他不时侦探贼寇消息。"

注意，皇帝开始不再固执于自己确定的运粮方法。真正快速有效的方式，在京城被他轻而易举否决了。他现在正用实际行动证明于成龙动议的正确。

五月十五日，明珠向皇帝建议后续米粮照于成龙建议用牲口快速驮运前来。

这一天，皇帝赶到顾图尔布喇克。马匹已疲惫瘦弱，仆从人等都是步行，军队开始被允许动火，这样做饭后可以早些动身。

明珠启奏："从前因运官刘暄米车迟缓，所以用骆驼、马骡驮运前来。现在应将后边陆续运来米粮交与于成龙，由他使用效力的人、牲口以及他预备的牲口驮米运来。"

皇帝采纳了他的建议，也证明了康熙皇帝坚持的大车运米计划脱离实际。

---

[1] 上驷院：清代内务府所属的上驷院、奉宸苑、武备院"三院"掌管宫内所用之马。

于成龙是大部分时间在基层打拼的官员，按实操这个层面说，用小车、骡马运输的思路实用性明显高于皇帝。皇帝和于成龙这两个人谁更了解北边的情况？皇帝。但对于实际运粮方式的想象力，皇帝的想法堂皇却没接地气。山路、沙路，天气，车轮薄窄，载重量大。这些皇帝都没有做出清晰预判。但这个"锅"还是要于成龙背，皇帝不会有错，也不会认错。

从司马迁《史记》的互见法开始，史官在记录历史的时候必然对"轻重"进行职业化的取舍，但他们的智慧在于留下了蛛丝马迹和某种逻辑，留给后人研究历史的真相提供线索而不是只看字里行间。

五月十六日，皇帝驻扎顾图尔布喇克。大将军马思喀报告西路军胜利的消息。

马思喀报告说："臣等十三日起行，走了六十里左右到了渣喇宿营。随即派人行文给前锋统领硕鼐①，命他侦察噶尔丹逃跑踪迹，看其所逃方向，如与噶尔丹后尾相近就酌情处置，如不便行动就快速派人回报，臣立即率兵赶到。

"同时命新满洲侍卫及蒙古喀尔喀郡王纳木渣尔等人在两旁山上侦察，发现噶尔丹并无别的去向，只是顺着克鲁伦河逃去。臣等看到，噶尔丹驻扎过的地方，锅还放在火上，帐房、铜钹及猎犬被抛弃。

"十四日，臣等赶到巴颜乌阑以南十五里，遇上前锋喀瓦尔达带着投降的厄鲁特人奔第回来。奔第说：'噶尔丹在特勒尔济②与大将军费扬古相遇交战，噶尔丹战败后撤，又摆开阵势抵抗。我军步军向前，在两军对垒之际，就见噶尔丹士兵开始散乱，士兵开始奔逃，我就逃了出来投奔皇上。'"

"臣等倍道前进。又派喀尔喀纳木渣尔王、盆楚克贝子十人，命他们骑官马带信给大将军费扬古，将开战后情形迅速写明发回。把降将一起解送回来。"

消息迅速传回京城：噶尔丹土崩瓦解，此役已取得决定性胜利。

五月十八日，皇帝向东南及东方前进三十里，到拖陵附近接应于成龙。费

---

① 硕鼐：镶蓝旗人，由骑都尉征云南贵州等处屡立战功，授二等轻车都尉。

② 特勒尔济：昭莫多附近，今蒙古国乌兰巴托东南。

扬古手下的一员大将到达营地，带来他的一封信，信中叙述了和敌人交战并将其妻阿奴斩首的过程。

皇帝走出帐篷，大臣都已聚集在帐篷之前。官员来到皇帝面前，拥抱其膝盖敬礼。所有亲王、大人及满族官员按品级习惯，行三跪九叩礼向皇帝致敬，庆祝他歼灭厄鲁特人的伟大胜利。

当队伍极端困乏极端缺乏给养之际，士兵们缴获的大量牲畜解了燃眉之急。他们共缴获六千头牛、六七万只羊、五千匹骆驼及同样数量的马匹，以及五千件各类兵器。

于成龙手下宋大业带领的运粮队此刻到达二十八台^①——拖陵。宋大业赶紧请求进入行在觐见皇帝。皇帝特旨允许自己的侍讲官觐见，得知粮食已到分外高兴。

五月十九日，于成龙粮队宋大业奉命继续前行至克鲁伦河，接济西路军。康熙大军开始原路回京。于成龙则奉命配合皇长子完成分发大军回京口粮，收容掉队士兵，安排厄鲁特降将等事务。

"大兵人马正回师京城，你在此地酌情发给粮食。到于成龙那里命他拨粮。""兵丁内有无马匹全靠步行的也未可知。于成龙那里的牲口可取出让他们乘用。大军士兵众多，里边有放弃仆从自己向前出发的。这些仆从要交给于成龙给他们饭食，用他们拉车、看马，最后带他们回家交还原主人。大兵还家，兵丁丢弃盔甲、器械、什物也未可知，有卸完米的空车，把东西载在车上带回。"皇帝要求皇长子传令于成龙配合安排好厄鲁特降将，于成龙又增加了收容的差事。

投降的厄鲁特人被安排暂居张家口以外，等丹巴哈什哈家人到达后，酌情发给牛、羊、锅、帐等。为解决他们的食粮问题，侍郎西喇奉命从于成龙那取银五百两，在张家口外候旨。

五月二十日，于成龙运粮历尽艰辛，但差评却已经传到了兵部，这样的评

---

① 二十八台：拖陵。

价实际很好地反映了皇帝的思想动态，非常有助于我们了解于成龙。光任劳不行，还得任怨，他面对的是一个具有"完美主义"情结的皇帝：

"大军运粮事务紧要。于成龙才能可用才挑选他专门督理大军运粮。他提出的请求朕没有不答应的。当初在京城与于成龙议定兵丁八十日内口粮自备，不用他运的米，八十日后用他的。让他把米运到土喇，满足向北进剿之需。

"朕留下二十日口粮之时，他对朕说，'兵丁自备口粮原来议论的是到八十日期满才用臣所运的米粮。现在兵丁各卸下二十天口粮留下，只剩六十天口粮，到吃完就用我所运米粮，车辆肯定赶不到。'朕就传旨骆驼首领郝尚图等人将留下的二十日口粮照原数分载运过来补给兵丁。

"现在八十天满了，克鲁伦离京一千九百里，原来议定粮车日行三十里，已走过八十天了，应过了克鲁伦快到土喇了。于成龙等人粮米不但未到土喇，克鲁伦也没见到一粒粮食。这么看，他们一日也就走了十里或者十五里而已。

"噶尔丹一听朕亲征就从克鲁伦河逆流逃走了，朕率领大兵穷追五天，再想向前追剿，粮食却没有运到，朕不得已才率兵返回。

"西路粮运也全部延误了。土喇地方也没运到一颗粮食。西路大兵遇到厄鲁特噶尔丹，把他打得大败，他的子女、牛羊都被我们缴获了，还算幸事，若不将噶尔丹打得大败，形成与他相持的局面怎么办？误事非轻！

"现今西路大兵因粮米匮乏都向中路来了。厄鲁特归降的二千余人，他的子女人口很多，已命于成龙快速运米七千石前来。他只将千余石米让刘暟、宋大业等运过拖陵，其余全然未到。朕走了八十余里，粮车尚未见一辆，问起沿途倒毙牲口，都说是运粮马骡。朕看他驻扎的地方，不按驿站选择有水草之处，都是在无水之地妄行驻扎。不但兵丁，就算他们运粮的夫役也很缺乏。

"现在朕的官兵只给了七日口粮，到喀伦才能将米补上。他们这些运粮大臣、官员无一人先到的，就是汉官宋大业也没让满洲官员同行，只让他自己运米前来。

"两路大军粮务关系甚属重大，迅速给于成龙传令将粮饷迅速运来。不要误了军需。若仍迟延，粮米不快速运来，那于成龙等人就算误上加误了。"

皇帝在按数学的方法计算于成龙每日应行里程。他已有了个特别明显的说法"他所提出的说法朕没有不同意执行的"。事实上最要紧的"那句"就被他否决了。

加快速度疯狂拼命追赶前军，已没有机会按部就班寻找有水草的驿站驻扎了。如果那样不知还要绕出去多远。牲口的死亡就是明证，皇帝心里恐怕是很清楚的。

　　但缺粮情况的确非常严重，宋大业目睹了大批饥饿的随军夫役仿佛堕入鬼道一般嶙峋，很多倒在地上僵硬死去。关键时刻，他们的口粮很有可能被他们服侍的士兵主人攫取。战争是残酷的。

　　五月二十一日，被派去接应西路军的宋大业刚起营就在道旁见到了七八个死去的人。这里没有水，茫茫沙漠戈壁只有一种叫作答勒苏的野草，牛马都不吃。晚间，四顾无人，野火照亮漆黑的天幕。

　　五月二十二日，继续北行的宋大业开始见到成批投降的厄鲁特人。男人们耳朵上带着大铜环，女人们双辫分垂，大多穿着绿布长袍，有的年轻人骑着马快跑，有的妇人手中牵着三四匹马。有的五六岁的女孩骑乘高头大马驰骋，还有的骑着骆驼。男男女女都带着狐皮大帽子，蹬着皮靴。

　　皇帝近侍关保传出口谕，令于成龙乘自己的马速到乌喇尔儿[1]见驾。又命令同知韦国佐[2]奉命将运来的一百石米留在席喇布里图驿站，等大兵到时散给兵丁。韦国佐也是运粮大军中的佼佼者，但看他运来粮食的数量就知道路途之上的艰苦卓绝。

　　五月二十三日，支援西路军的宋大业运粮队终于赶到克鲁伦河。河水清浅，曲折如带。深的地方没过了战马的肚子。宋大业看到克鲁伦南北岸的美景，别有一番感慨。

　　于成龙、李钠、喀拜受命分别驻扎拖陵、苏德图、拖陵与苏德图之间，散发两路大兵米粮。除去已过拖陵米粮，刚到拖陵的米粮就暂时留在拖陵。前边再需要取用等明珠发文后运往。已出喀伦未到拖陵的米粮停止前行，到哪就在哪留下存贮起来，用于赈济穷困的蒙古人或别有用途。于成龙为御营人口分发七日米粮，大学士伊桑阿奉命监督。

---

①　乌喇尔儿：又名乌喇而即。

②　韦国佐：奉天人，北路捕盗同知。

回程除没有军情，吃饭却没有任何变化。于成龙供给粮食的情况直接决定着大军是否能全身而退。

后营大臣被命令不准丢弃疲乏马匹，必须从容调养，务必让它们到家。皇帝说喀喇芒鼐①以前草长得很茂盛。步行仆从也被皇帝想起，要求也须加意抚恤，不要丢下一人。过去很多驿站并没有按皇帝的话给他们饭。现在要求如遇到步行仆从务必给饭，酌量发给米粮再打发他们出发。

仆从的生存问题是在马匹之后被想到的，他们处在这个队伍的最底层。生命始终在危险的边缘游走。我们不会忘记宋大业描述的夫役在帐篷外大雨中哀号的情景。

随着于成龙所派宋大业等人粮食的到来，西路军缺粮困难迅速缓解。克伦河边建起五六座粮食大营，灯火之光互见，刁斗之声相闻。这个地方开天辟地以来从未有过此番景象。

五月二十五日，大军驻扎塔尔奇喇。传来前方消息：噶尔丹之妻阿奴体胖健壮，头戴元狐帽，手执长枪，身着锁子甲，甲内着土黄色战袍，下着绿绫裤，极骁勇，在军中指挥调度，在昭莫多被清军鸟枪击中而死。皇长子奉命回京，发放军粮事务则移交明珠、于成龙两处办理。

因为征剿噶尔丹取得的胜利，皇帝赢得了扎萨克及蒙古各部尊敬。他们和清廷的关系将更加紧密。

皇帝开始接受扎萨克及蒙古各部首领跪拜谢恩，迎献酒浆、酥酪、礼品等，每日里蒙古汗王、贝勒、台吉等来到行宫外行庆贺朝拜礼的人很多，有时连坐立的地方都没有。胜利者欢欣鼓舞。这是康熙盛世的一个高光时刻。

五月二十八日，皇帝驻扎察罕诺尔。于成龙带来的银两被用来赏赐修道、凿井、监督放牧人员，并准备交割米粮、银两等物资。

"……阿霸垓两旗、阿霸哈纳尔两旗、蒿齐忒两旗，以上六旗台吉一百四十三

---

① 喀喇芒鼐：又名喀拉芒鼐。

名，舅舅子孙三名应各赏银五十两；都统三名、副都统四名各赏银二十五两；参领四名、长史三名各赏银二十两，苏尼特两旗……

"一等护卫七名、佐领三十八名各赏银十五两；护卫三十五名、典仪三名、达尔汉一名、骁骑校二十四名各赏银十两；兵丁、附丁共二千二百零八人各赏银五两。士兵共赏银一万九千九百六十两……"均从于成龙带来的银两内动用。

尚书班迪从驿站快速前来监视行赏。于成龙余下的银两奉旨就地封存。员外郎帖图同部院选派的精干官员一二人被皇帝留下管理留在此处的银两、马匹、仆从人等，等候大军。这件事后来几乎被皇帝彻底忘掉，看银子的官员面临冻饿而死的窘境。

侍郎安布禄报"于成龙运的粮食过察罕诺尔的，命拨给后队官兵，其余全部拉回察罕诺尔。还没到察罕诺尔以及和尔博以南驿站留下的米粮也交于成龙等人运到察罕诺尔。或者应酌量收贮，命于成龙等人小心谨慎苦盖坚固，以防雨水浸湿霉烂。察罕诺尔离苏尼特阿霸垓部落很近，应酌量派六旗官兵轮班看守"。侍郎安布禄将议论后的粮食处理方法上奏皇帝。

"此处留下的人、牲口、银子、米粮很多，现只有帖图一人，命再留下跟随征讨的给事中能泰[①]、李沙会同料理。所留人马等后队兵到时，各自随他们主人。班迪、于成龙、李锅、喀拜等到达后，交接明白粮食再回京城。最终所余银两、米粮数量，命尚书班迪、于成龙等人汇报清楚存档。"

康熙皇帝依议。

于成龙运来的银两也开始发挥重大作用。皇帝当时听说于成龙带来银子极其兴奋的原因就在于此。

他要用实际利益鼓动追随他的人。

同日，皇长子胤禔向皇帝奏报和于成龙交割米粮的情况。

"大兵粮饷还能支持几天，臣一路上把粮饷的事和明珠商议，沿途梯次贮存，随大兵所到的地方支给。车辆、牲口都得到歇息，兵饷也不至于有误。圣谕甚是周详。臣等自克勒和朔运粮迎接大兵，共用米一千零十九石、面七千斤，除发给过往官兵及迎接西路军留在特勒尔济官兵外，余下的米面都给抚远大将

---

① 能泰：曾任户部侍郎，后任四川巡抚。康熙五十年，大学士萧永藻弹劾原布政使卞永式征收钱粮每两加派银一钱二分，送能泰等银二万二百两，计二万七千四百两，照律拟绞监候。有《四川巡抚能泰疏》。任四川巡抚期间曾主持修造泸定桥。

军官兵了。现在克勒和朔二千零二十四石五斗米、四百斤面，除给平北大将军官兵一千石外，余米一千石、面四百斤，再给抚远大将军官兵。两路大兵有了此米已能到达拖陵。

"拖陵三千一百石米，臣传文于成龙，让他令沿路运粮夸兰大将没到的米粮陆续在驿站停止；又派遣郎中噶礼将他遇见的运粮车在驿站停止。臣已将散粮事务交于成龙、明珠。二十六日从拖陵起行。"

奏折通过伊桑阿呈上去，皇帝看罢说："知道了。"

一妥二当，皇长子报告的消息让皇帝心安。

同日，费扬古报告二十二日接到于成龙米粮。奏折中说："臣派出前去迎接米粮的骆驼以及正卿辛保、侍读学士范承烈、总兵官毛来凤、郎中鄂奇等人自备骆驼二十九只，驮载赶送大兵的米粮本月二十二日已到。留在翁金的粮食由正卿辛保等人送往那拉特。粮食既到，此后无忧了，所以停派兵丁。"

五月二十九日皇帝宿于噶尔图。他通过兵部传旨于成龙：严禁使用官马驮运私物。

"朕回军以来，在沿路沙冈处见到后面运粮队的人所留拉车的牲口都很肥壮，至于挑拣带往前方的牲口大多疲惫瘦弱。有些自愿参加运粮和那些赎罪的人用官家的马匹驮载他们私人的东西，以致粮饷一粒也没按期到达克鲁伦。这都是因于成龙等人留下肥壮马匹在后边提供给那些人，那些人将肥壮马匹擅自驮运私物，耽误了官粮运输。朕在路上遇到这些人用肥壮马匹驮运私物，深恶痛绝，已将马追回散给兵丁使用了。将此情况发文让于成龙知道。"

这些所谓肥壮的马匹是在序列后部没有搏命参加冲刺的，只是排在前队的才有这个机会。它们看起来状态要好一些。特别是皇帝见到它们的时候已经距离皇帝发布命令缓行有了一段时间，这段时间营养补充略微从容些。

皇帝对于此次运粮的不完美开始借题发挥了。那些到达前方目的地的马匹都是搏命后将将待死的，他见到时当然瘦骨嶙峋疲弱不堪。皇帝这话的言外之意就是于成龙应更快一些赶到，责备的意味开始有了。皇帝命人没收这些马匹给战斗部队使用，到了将来，辨识和归还主人的烂摊子还是于成龙的。皇帝才不管这一套，他现在就是想发泄。

五月三十日，中路回程大军驻扎胡什克木。这次大军终于通过散沙地带，比来时容易多了，发现回程的路已被于成龙整修得很好了。

六月初一日，中路粮食终于接济上了西路军。

……欢声动地，求盐者无数。……午间极热，炎风大作。未时（下午1—3点）宋大业到达大将军费扬古的营盘和他见了一面。又应邀到孙思克将军营中。孙将军矍铄强健，和他座谈了很久。孙思克说："你到这来哪是运米啊，真是把我们性命送回来了。现在送一点粮食过来都让我们狂喜，不然就是送来一担金子，要它何用?！"当日，宋大业与礼部舒君策马南归，如释重负，一口气跑完六十里。

六月初四日，于成龙在拖陵见到了疾奔二百里归来的宋大业交接任务。米车绵延数里，拖陵于成龙帐房前人马极其喧闹。宋大业看见哥哥宋定业①随于成龙走过来，感觉哥哥病得厉害。这就是诗人陈奕禧诗中提到的刑部郎官。打仗亲兄弟，上阵父子兵。亲人重见心潮难平。

六月初六日，于成龙在大帐中命宋大业不要休息，次日用十五辆大车紧急载着患病的兵士七十余人回京，也许走快点儿，这些人不至于客死他乡，能救一个是一个，这其中也包括宋大业生病的哥哥宋定业，运官毛、刘、徐三人同行。将近一个月后，宋大业终于回到了京城。

六月初九日。康熙皇帝回到了皇城。京师城外，内务府、理藩院官员着朝服，持旌旗，号、鼓、大管、笛子齐鸣。他们走在皇帝前面迎接皇帝进宫。街道打扫得很干净。士兵站立一行守卫，大量百姓围观。皇帝急令不准驱散任何人。他要把胜利的荣耀分享给他的臣民。皇帝到太庙行三拜九叩典礼后进入宫内，前去谒见并问候皇太后。

六月初十日，给于成龙的旨意下达，考虑到边境外禾苗五月初被霜冻略微损坏了些，蒙古可能缺粮食，于成龙所运粮米供两路大兵还有剩余，余下粮米将被存贮察罕脑儿②，捐助的牲畜将被拒收。

"朕前年命于成龙在察罕脑儿耕田、修房、存粮。有现成房屋可以存贮粮

---

① 宋定业：字义存。

② 察罕脑儿：蒙古语，意为白湖，今张家口张北县囫囵淖。行宫在淖北，今名小宏城子。

食。如果不能运到那里就看情况留下来。今天应将米粮去向详细议论一下做好准备。"皇帝对索额图等人说。

这段话中暗含了一条极为重要的信息。早在两年前于成龙就已被安排着手在察罕脑儿屯垦建房。这是皇帝提前暗暗布下的一枚重要的棋子：深谋远虑，未雨绸缪。

"朕见来路仍有押解马骡的捐助人，向外赶路。现在大兵已撤回，粮食没用了，现在他们还在捐助，什么时候才算完？朕原下旨于成龙，捐助人员、车、马、骡与米粮都要送到土喇才算数，于成龙却说应在京城收取捐助的马、骆驼、骡子。"由此看来，在接受捐助骡马起算点这个问题上，于成龙与皇帝有着比较明显的区别。假若真的按照皇帝所讲的标准，还会有人捐赠骡马吗？是否允许参加捐助的问题，显然由京城决定更合理。

"朕令他八十日内运粮到土喇，他不但没运到，八十日内至克鲁伦的也很少。今天大兵已撤回，他们仍然在继续捐助还行吗？若不预定规矩，事后必然导致纷乱。"

这真是个极难把握的火候。在当时的通信只靠驿递狂奔的情况下，前方消息传到后方会需要很长时间。骡马在运粮路上不断累死，需要后方志愿效力者源源不断地捐助牲口来补充进去。那些得到消息不及时还在赶着牲口前来的人，跋涉了几十天，赶到大军时却得到已不再接受捐赠的消息，当时的心情会是怎样的尴尬和无奈。更何况那些参加运粮中途累死未到目的地的牲口便不算数，这个账，没法和捐赠人交代。难以启齿的活儿现在却需要于成龙布置下去。做官有时候极为难。这个事儿远不算完，皇帝将来还会拿此事对于成龙进行责难。

内大臣会议后向皇帝报告说："于成龙所运之米剩下很多，察罕脑儿有现成房舍，将粮米贮备大有裨益。应遵旨执行。应立即派其随行人员运至贮藏，房舍不够用则就近择地收贮，不要让雨水沾湿粮食。仓库交附近扎萨克小心看守。大兵已剿灭噶尔丹，那些粮米不用前运了。

"应停止捐助马、骡。那些已捐助的车辆、马、骡把米运到拖陵的算捐纳；没到拖陵的不算捐助。应行文于成龙，将运到拖陵的有多少，不到的有多少分清查明，开造清册，火速上报。那些没被批准为捐助的人员、马、骡，仍各发还给本人。"

二征噶尔丹运粮活动基本画上了句号，等待于成龙的是成堆的善后事宜。

六月十四日，二次征剿噶尔丹开始进入复盘阶段。大学士伊桑阿第一个受到康熙皇帝处罚。

呼什穆克驿站坐塘官员阿林等人喂养大军留下的六十匹马死了三十五匹，其余的也没恢复过来。内务府领的马死亡这么多，伊桑阿署理兵部事务却没对此进行弹劾，态度模棱两可，兵部事务也流于形式，日渐松懈，远不如从前。他很生气，传旨立即捉拿阿林、甘应选、白奇到京，责令这些人赔马。伊桑阿从宽免于革职，降三级，罚俸一年。极度疲惫的马匹要想恢复到原来状态势必很难，但阿林等人玩忽职守也是重要原因之一。

伊桑阿平日里在皇帝跟前指点江山，到了办理具体事物时却抓不到手上，眼高手低。

六月十五日，皇长子胤禔奏报自拖陵起行时已将粮务交清明珠、于成龙。从拖诺到边界地带共发放粮米四千一百七十九石。剩余一千六百一十三石，于成龙等平均分摊到空车上运到察罕脑儿。后边步行的仆从及各色人等，驿站中都给他们留了粮食。只恐后来再增加相关人员，所以交代喀拜将每个驿站中都增备了米粮。

六月十七日，于成龙奏报：臣奉旨与明珠在拖陵按平北大将军马思喀官兵、仆从、绿旗官兵、厄鲁特投降人员数发放米粮五百二十石，给抚远大将军费扬古相应人员发放米七百二十九石。拨大兵马骡数等回到京城再造册报告。

此时的于成龙承担了大军撤回的善后工作。

六月二十六日，于成龙的动向备受关注。因大将军费扬古报告军情奏章内容过于简单，康熙皇帝派出将军舒恕[①]、侍郎满丕赶赴归化，迅速查清各路大军回程及于成龙等人粮食接济情况。

七月初一日，皇长子胤禔上奏于成龙给发粮饷相关情况。

"……从边境至京师口粮命于成龙计算后发给，已安排好他们继续行军了。

---

① 舒恕：爱新觉罗氏，满洲正白旗人，武功郡王礼敦曾孙。

降将丹巴哈什哈等的家人到拖陵后，臣酌量拨给了他们牛羊、帐篷、锅等物，又恐他们到张家口后口粮出现问题，从于成龙处领取了五百两银子，交侍郎西喇①小心押护前往，暂时驻张家口外候旨。此事已处理完毕。打发他们出发时，丹巴哈什哈等人叩头谢皇帝恩典。

"臣遵旨行文于成龙等人，将有病仆从拨出车辆装载回京，其余步行仆从发给他们饭食，让他们拉车回京。那些因马匹损伤留下的盔甲等物品，都装上空车带回。那些竟然没有马匹的护军、骁骑、执事人员各给一匹马或骡子，让他们乘坐出发。八旗大臣、兵丁欢呼，谢皇帝恩，欢声震营。

"五月二十六日将发放粮食事务交割明珠、于成龙。我军中前锋、内府护军、执事人员没马匹的，酌情从于成龙处领取乘坐起程。

"各驿站遵旨供给病人及步行仆从饭食口粮，保证他们都能吃上饭，有依靠。这些人都说蒙父皇之恩才得以重生，无不欢欣鼓舞……"

七月初七日，明珠等奏报中路粮食援助西路军情况，看看于成龙为战役作了多大贡献吧：

"西路大兵来会集，需粮甚急。今依圣旨拨发内厩骆驼三十头、马百匹，加上诸王、大臣、官员帮助的马匹、骆驼、兵部之马三十一匹，向西路大军驮运。臣驻扎克勒河北，将按察使运官刘瞪等运来粮米一千七十石、白面七千斤，差侍郎阿尔拜②、员外郎达赖雅图等人押送迎接大兵。已分拨翰林院编修宋大业等陆续运来的二千零七十石米，都是两路大兵运到拖陵的三千五百零八石米、一万八千二百斤面中的。共计已给两路大兵一千二百四十九石。

"剩米一千六百石已运回察罕脑儿。拖陵至察罕脑儿各驿站贮存粮米一万零三百四十四石，自滚诺尔至和尔博各驿站存粮米七千五百九十三石，共有粮米一万七千九百三十七石。等督运中路大兵粮务左都御史于成龙等分发粮米事务结束后，另行核销。

"至于上驷院骆驼三十头中的十七头、马百匹中的二十一匹已交都司丁延祥运米；骆驼八头、马四匹交守备申天祉运米；剩骆驼五头、马七十五匹交给理牧

---

① 西喇：又名西拉，理藩院右侍郎，康熙三十二年至三十六年在任。

② 阿尔拜：曾任户部侍郎、吏部侍郎。

群事副都统达礼善①。诸王、大臣、官员捐骆驼十六头，马、骡三十一匹及侍郎阿尔拜带去兵部马三十一匹，交刘瞠运米。"

西路军得救了。一百六十多头牲口向西路军驮运粮食。在铁的事实面前，明智的人都不会为面子执拗到底。

先是于成龙在奏章中请示自己、侍郎李钶、通政使喀拜三人留下哪个给驻喀伦大军发粮，派何人进京计算米数核销、查清车上牲口、料理拉车人夫及派发回京的绿旗兵事务，才有了这道圣旨。

七月初九日，康熙皇帝在议政大臣会商后传旨于成龙、喀拜驻喀伦发给大军口粮，李钶回京。

同日，于成龙奏报捐助骆驼、马、骡数目及派发事宜。由此我们窥见了整个战争后勤补给的庞大规模，而这些都未计算在正规拉运粮食的牲口数量之内。这浩浩荡荡绵延百里的队伍动人心魄。

于成龙在奏疏中称："各方共捐助马、骡一万一千六百九十匹、骆驼六百三十头，由臣亲自收取并交三省官员汇集一处喂养。后因米车沉重，奏请皇上每车配四匹牲口牵拉，五千辆大车每辆加一匹，拨给五千匹；又增造大车五百辆，拨给二千匹。拨兵部一千匹马，拨八旗兵丁马、骡二千余匹。拨给牲口时都是从牲口中掺杂选给。

"至于捐助的六百三十头骆驼、所剩一千六百余匹马、骡，加各部院、八旗、江南等省大臣、官员所捐牲口、赎罪人的牲口掺杂一处，共有备选牲口四千七百余匹。

"臣在密云、古北口及十八盘岭、波七岭、森济图山②乃至沙漠中，见拉车牲口瘦弱到不能拉车，疲乏的很多，所以每个车队换给七十、八十、九十、一百匹牲口不等，和原来牲口替换拉车。经数次更换、掺杂，酌情派给，已不能分辨何人牲口到了拖陵，何人牲口没到拖陵了。"

这就是具体操作中的实际情况。

"臣又看到，捐助的骆驼都从和尔博站驮米解往克鲁伦等地，又从拖陵运回

---

① 达礼善：满洲正蓝旗人，那穆福之子，三等侍卫。

② 森济图山：又名森济图和洛，满语，为"窟窿山"之意。

剩下粮米，牵拉兵丁遗留下盔甲、炮弹等物品，牵拉西路炮车、宣化府炮车。

"给了这么多牲口就为米车使用，粮食却没紧随大军按时运到，是臣死罪。没有这捐助牲口，则粮米断然不能运到拖陵等处。

"伏地希望皇上智慧判断，对那些急公家所急捐助人的感情，加以天地高厚之仁，使之蒙受圣主洪恩。"

皇帝曾决定截止捐赠，可操作起来何其难也？

长途跋涉牲口早就混淆了。这些牲口负担沉重：粮食、大炮、鹿角、弹药、伤病人员等等，不一而足。几乎成了整个队伍的动力源。

于成龙据理陈述的上书中只写上了自己名字。他知道这些话极大可能招来闪电，所以决定自己顶着。

议政大臣似乎一直就是皇帝的回音壁。他们议论后说："让捐骆驼、马、骡就是要使军需供应无误。皇上已告诉于成龙，捐助人员、车马、骡与粮米都到土喇才算数。

"于成龙在京城就收了马、骡、骆驼，后来竟然兵粮延误。不到拖陵不能算。应给于成龙行文，将到拖陵和不到拖陵的情况迅速查明造册，报告上来。"

皇帝说："大兵没按朕愿望到达都是因粮食延误。于成龙说'要对这些捐助者加以天高地厚之仁，圣主洪恩'。粮食不按时到还加恩？！给于成龙行文，将到拖陵与不到拖陵的迅速开具清册报来。这奏章内仅有于成龙的名字没有其余大臣名字，要令运米的各位大臣一起查清再详细上奏。"

现在于成龙人生面临着最为揪心的考验。他想极力争取皇帝安慰那些有苦劳的追随者。此事在后来被当成于成龙市恩的罪状受到了痛斥。

真不知道他如何将皇帝的决定转达给那些因疲惫而濒于死亡的效力者。官员背后为难的窘境往往极为隐秘，很多内幕不为外人所知，古今不知有多少人黯淡对仕途的追求选择转身离去，并非所有人都能品出其中的况味。

于成龙受命将所带银两交由理藩院赏乌朱穆沁[①]、克西克腾[②]坐塘人员。有于成龙带来的饷银，皇帝的恩情得以挥洒自如：

"按赏阿霸垓等旗台吉官兵台吉每人五十两，都统、副都统每人二十五两，参领、长史每人二十两，一等护卫、佐领每人十五两，护卫、典仪、达尔汉、

---

①　乌朱穆沁：今内蒙古自治区锡林郭勒盟东北部地区。
②　克西克腾：今内蒙古自治区克什克腾旗地区。

骁骑校每人十两，披甲附丁每人五两标准赏二十三旗坐塘台吉官兵，动用于成龙带去的银两赏给。赏过的人员职名、银两数造册交给户部。"

于成龙运来的粮米也解决了东路大军的困境。李钠等留科图三千七十六石二斗粮食将被用来供给萨布素东路军等一千名士兵。

七月初九日，于成龙与靳辅的话题再次被提起。

事情起因是此前三日礼部提议给已故靳辅建祠享受祭祀。皇帝说："靳辅治河功劳仅有六七分，他做官不能说廉洁，也赶不上原总督范承谟[①]。应否建祠，问一问九卿的意见吧。"

"此事如是于成龙提出来的能准，现任河道总督董安国曾为靳辅下属，是靳辅同党，他说的话有准儿吗?! 汉人都是结党报仇，就批'知道了'，发出去吧。"

九卿心里马上全明白了。"知道了"这三个字在皇帝口中说出来能有一万种解读。

皇帝又把话延伸了一下，说道："靳辅之子靳治豫，现在由该部堂官保举。此次出兵，朕看他轻浮，一点儿也不厚重。这样的人竟然处处有人为他保举。"

阿兰泰启奏："靳治豫口才尚好。"

皇帝说："口才虽好，其人轻浮，那能顶什么事?"

有康熙皇帝这句话，靳治豫上升空间不大了。

皇帝对靳辅的态度影响到了他下一代身上。

七月二十九日，一则西路军运粮的消息引起人们关注，对理解于成龙运粮将会有很好的帮助。

"西安副都统席尔哈达与按察使囊吉里[②]一同运米五百石赶赴纳喇特[③]。副都

---

① 范承谟:（1624—1676），字觐公，号螺山，辽东沈阳人，汉军镶黄旗，大学士范文程次子。进士出身，曾任职翰林院，累迁至浙江巡抚。浙江四年，勘察荒田，奏请免赋，赈灾抚民，漕米改折，深得当地民心，后升任福建总督。三藩之乱范承谟拒不依附叛逆，被耿精忠囚禁，始终坚守臣节。康熙十五年（1676）范承谟遇害，追赠兵部尚书、太子少保，谥"忠贞"。

② 囊吉里:满洲正黄旗人，监生。康熙三十三年由工部郎中升甘肃按察使，康熙三十六年因误送军粮革职，后任山西布政使。

③ 纳喇特:亦名那喇特山。今新疆和静县西北，巩留、新源二县交界处。

统祖良弼①亲自等待巡抚副将杨林等人押解粮米前来，巡抚舒恕却卧病不起，昏昏沉沉不能处理事务。于是就和副将杨林共同商议运米二百石赶赴纳喇特，他们已向前走了四个驿站，不料六月十八日夜间遭到大风雨，驮米的驴子冻死了千余头。祖良弼在巴罕厄里根等候我们的官兵。

"侍读学士拉什今日报告，噶尔丹正沿翁金河逃去。为防其劫掠，应派理藩院贤能笔帖式一名乘驿马快速前往祖良弼那里，将此米粮分发官兵，剩下的全部烧毁后迅速回自己的防区。"

粮食就是军队的生命线，皇帝不想因大意让噶尔丹占到丝毫便宜。一场风雨就冻死千余头驴子，运粮事务何其艰辛。

八月初一日辰时，畅春园澹宁居。于成龙手下敢说真话敢讲直理的李钠这次一定会给皇帝留下深刻印象。

侍郎李钠此前书面上奏："臣与左通政喀拜在科图料理西路大兵分发粮米之事，奉命回京料理未完事宜。臣于七月十三日起行归来。

"科图存米三千零七十六余石，不知西路大兵驻科图几个月，科图所存米粮够与不够，有没有剩余。臣等用七百五十九辆车，二千八百三十五匹马骡、八百五十三名夫役，五百零一名士兵留科图备用。

"都御史于成龙堆贮在察罕脑儿米粮三千八百四十八石，堆贮奎宿粮米三千七百七十六石，运米兵丁、夫役吃剩谷米四千五百九十二石。

"奎宿等处所存米粮都是都御史于成龙亲眼看着堆贮的，交防守该地的扎萨克蒙古官兵小心守护。科图所存的乌喇将军萨布素官兵支剩米粮应交给都御史于成龙、左通政喀拜，用留在科图的大车装载运至察罕脑儿堆贮。空车仍交各自原管官员，牲口小心放养押解回京……"

"运粮全程有左都御史于成龙随行。

"总兵官岳升龙携副将王起龙等官兵及管兵官员事毕归来，京中没他们事务，应令官兵各归原驻地。驾车民夫与各行当工匠全部交地方官带回本地。陆续归来的武官、兵丁、夫役、工匠随到京城随令他们全部回家或原驻地。"

带去的粮食绝对够吃的，问题出在了前进速度上。

---

① 祖良弼：曾任副都统、福州将军。

这一次，李钠见到了端坐龙椅上的康熙皇帝。

皇帝问刚刚回京的李钠："喀伦之米可供两路兵几月？"

李钠："约可五月。"

皇帝问："西路兵既回，所余米粮甚多。剩下的粮食适合在哪里收贮，命议政大臣速议具奏。"他转脸向大学士们说道。

"尔等把粮食运到拖陵的马匹察明了吗？"皇帝又把这个问题抛了出来。

李钠脱下官帽跪奏："臣等在京未启行时，预先做了估计。兵丁每人要带八十日口粮，估计八十日内必须赶到土喇，所以把捐助的马匹只选择那些肥壮的收了。至于说马是何人所捐，什么毛色，并未记明。现在竭力查考，总也不得其法。"

这个李钠可真敢说话。

"臣等所运米原来打算直至土喇，现在仅到了拖陵。即使运到拖陵也是出于皇上格外的恩情，并非臣等敢希望到达的。

"臣等在路途上听闻皇上自拖陵统兵，身先士卒，日行八九十里。臣等米车赶运追不上大军，自知犯了死罪。今日能有机会一睹天颜，实在出乎意料。

"总之，米没有按时运到，是臣等之罪，还有什么可说的呢？"

康熙大军在苏德图时，李钠改用驮马运输，距离康熙大军仅约百里，康熙得知噶尔丹在克鲁伦河后，取胜心切，连续加速前进，李钠自然就追不上了。

李钠的意思：不是臣等慢，是皇上走得太快了。

"当时在京捐马、骆驼时，臣等都在一起，等出了关，就各自分开扎营。至于后续补充的马、骡，于成龙怎么让人捐赠的，臣就不知道了。

"何况捐纳都是因同一件事而起，同一件事却要定出二三种标准能行吗？臣以为，后来捐赠可以根据标准不够数量的，都应让他们把缺的数量补足。这样就能够一视同仁，达到公平……"

李钠告辞退出。

皇帝环顾大臣们说："这个李钠，素来倔强，不肯让人。"

竹筒倒豆子有啥说啥，连皇帝都气乐了：怎么会这么倔？！

皇帝当家不容易，会过日子，但好多方法可操作性不强，有些办法做臣子的没法执行。乱赏赐肯定不对，这么庞大漫长的军事行动还能汤汤水水的分清，谈何容易。

八月初八日，于成龙在奏折中说："科图存的三千零七十六石二斗米内，先给抚远大将军及驻扎科图官兵，又发给大将军随行官兵。发给总兵官岳升龙标下官兵共三百二十一石，发给黑龙江将军萨布素七月十六日到八月十六日一个月口粮四百九十一石，还剩米粮二千零六十四石。问乌喇兵再支几月米，将军萨布素说'臣不能预定。等一月结束后再支'。眼前科图拉米车的夫役及绿旗兵配给由京城准备的一百四十日口粮已将发放完成。或再给乌喇将军官兵数月口粮，或与剩的米粮一起存在科图暂时等候乌喇将军，或将粮食运回察罕脑儿堆贮，都等候部里决定。"

皇帝回复道："科图的黑龙江将军萨布素官兵口粮给至十月初一日，归途行粮不必支给他们。他们就快坐在粮堆上吃回去了。押车人夫、绿旗兵丁吃的如果没有了，也在剩的米粮中酌情发给，不要让他们粮食匮乏。此事命于成龙等人在八月内料理完成。事毕回京。"

八月二十日，于成龙等人再奏报发粮及贮粮完成情况。

于成龙等人在奏折中说："黑龙江将军官兵、仆从共一千二百三十三人，自八月十六日起，至十月初一日止共发给四十五日口粮三百六十九石九斗。剩一千八百九十四石米于本月十二日自科图运回，堆贮察罕脑儿。"

九月初二日，朝廷围绕此次北征捐纳事务再次激烈讨论。

李辉祖认为：捐纳的钱粮应各省均派。一下引出皇帝的一大片议论。于成龙再次成为焦点。

下边的内容各位应好好读一读。这对于了解这位皇帝很有帮助。此一时彼一时，真真难以琢磨。

皇帝说："朕曾经出外巡行，对外省之事无不洞察。地方官员即使将自己的钱用来支持国家应急事务，事后仍然会摊派给民间，因此让百姓更加苦恼。朕所以这次北征准备动用正项钱粮。于成龙建议要让各省均匀捐助，以为既不拖累百姓而且对事有益。现在看来，捐助确实算不得善政。"

伊桑阿等人启奏："皇上的见识确实很对。捐助一事，开始时大家认为对一时紧急事务有益。皇上本意就不准备使用各省捐助。有的是京官的亲戚写信请托的。地方官都以为这是个不小的拖累，实在不能说是善政。"

张玉书等人启奏："这些官员先在库内动用银子，最后必然摊派从民间补还。不过在先后之间罢了，百姓何曾能免除拖累？皇上真是洞见万里。"

皇帝："这捐助数目，有的省多，有的省少。此奏折发回，另行商议后上奏。"

如果看出征之前的表态，皇帝连国库的银子都不想用，光要使用自己的私房钱。你看到这个地方就知道那不过就是晃了一下。最后银子还是要各省均摊。

九月初四日，中路督运都御史于成龙、通政使喀拜在科图拨给大军口粮事务完成后回京复命。

同日，他们在奏章中说："臣等督运粮米二万七千石，给过中西两路满洲绿旗官兵、拉车人夫及绝粮诸人一万八千多石外，剩八千一百九十六石五斗。

"所剩粮米堆贮奎宿三千六百六十石七斗；给过三省拉车人夫及绿旗兵后堆积贮存小米四千五百六十石八斗。堆贮察罕脑儿粮米四千五百二十九石零三斗、小米四十七石。以上大米、小米共一万二千八百零六石三斗。

"粮米都是小心堆贮。粮米上边用一层空布袋、二层席、二层布油单，共五层，紧紧拴紧系牢；下边用破车和松木板垫起。两处堆贮粮食的地方周围掘五尺宽、六尺深壕沟。

"这些粮米臣同理藩院尚书班迪亲自交苏尼特、阿霸垓等旗台吉、祁他特①、都统毕玛喇等人小心看守。"

所有的余粮都被妥善保管起来防雨、防潮，这些很有可能成为再次出征时的军粮。

次日，接费扬古报告：厄鲁特噶尔丹在达兰土鲁②出现。

康熙帝准备带精干力量以试鹰为名到宣化府附近地区等待战机。这是第三次征剿噶尔丹的起点。

九月初六日，尚书班迪向皇帝报告用于成龙所带银两给赏和受赏人谢恩

---

① 祁他特：孝端文皇后（皇太极皇后）之兄寨桑之孙。内大臣。

② 达兰土鲁：今新疆维吾尔自治区哈密市伊吾县达兰图勒。

情况：

"臣等遵旨，查修道、监牧、凿井、两阿霸垓、两阿霸哈纳尔、两蒿齐忒、两苏尼特及坐塘两乌朱穆秦克西克腾十一旗人数，共赏银二万四千九百四十两，已从都御史于成龙处支用。"

班迪还在奏章中详细描述了受赏官兵欢呼雀跃，赞颂皇帝雄图伟略，建立丰功伟绩的场景。

九月十八日辰时。大学士伊桑阿、阿兰泰、王熙、张玉书、李天馥等人被传到乾清门，就于成龙运米之事议论，这些人本来是同意于成龙意见的，被皇帝毫不留情地否了：

"议政大臣、九卿的议论，不只不妥当，而且和朕旨意违背。捐纳原为对军务有好处。此番出征若于成龙运米不耽误，噶尔丹怎么会脱逃？大兵又怎么会到拖诺必须返回？现在于成龙虽说自认运米不到之罪，但对捐纳之人则一概请求准许施行，这不过是要让大家感恩，沽名钓誉而已。

"此番捐纳银两不过三四百万，朕如果将此银给还众人，那这些人必然怨恨于成龙不能成事，断然不会议论到朕身上。

"连年旱涝，百姓很苦，读书的进士、举人得不到提拔使用，那些捐纳之人必至苛派小民，扰害地方，断不能做清廉好官。如此怎能不贻害百姓？宁让捐纳之人怨朕，要想贻害天下之民，朕必不肯为。

"如果捐纳合乎惯例还能推行。比如知县捐纳同知，同知捐纳至道台。可这里边因捐纳优先使用的人太多。这些人对军务无用，岂可越级补授官职？"

不是亲耳听到真不敢相信这是皇帝在大庭广众中说的话。

政策的设计应具有先导性。军情紧急，战争动员是特殊事件，属于特事特办。现在说这番话的环境已不再是军情紧张时可比。他好像并不在乎国家信用，非常任性。

义正词严高大上的表白很厉害。捐纳会影响到辛苦读书的举子的进步，这当然立即就占领了道义的制高点。至于捐助的钱粮牲口到底有没有用，皇帝心里非常清楚。

没有一次性将噶尔丹消灭显得不够辉煌，皇帝把这个不辉煌的原因都推到于成龙身上。

下边就是他最常见的风格了。他感到大臣们没有积极呼应他的话，很不满意。他要找人出这口气。第一个被拉出来责备的是熊赐履。

"熊赐履自认为读书人,怎么不议论议论此事?"

下边就是列举证据来论证捐纳的不合理性。如此庞大,绵延近百里的队伍中,这样的例子不难找。

"至于因犯罪被流放的,都是犯过大错的,万不可宽恕,所以才被发配到黑龙江。如果这些人此次卖力气,对军务有益,朕也会宽恕他的罪过。

"比如宜思孝[①]等人,车上载着鸡鹅,就知道供给饮食,悄悄住在喀伦,逗留不进,这怎么能赦还?宋大业虽是汉人,竟然赶到了克鲁伦地方,哪有旗人不能向前赶到的理儿?这些人畏惧退缩不敢向前,显然可见。议政大臣、九卿等人都畏惧于成龙而不敢说话,朕若不言,还有谁说这话?立即传议政大臣、九卿等并于成龙,让他们都知道朕的旨意。"

皇帝对运官不满,特别是旗人运官。

伊桑阿等传会议大臣、九卿并于成龙等至午门转达皇帝旨意。

申时(下午3—5点),伊桑阿等进乾清宫启奏:"臣等传议政大臣、九卿并熊赐履、于成龙等谕以圣旨。议政大臣、九卿等人都免冠叩首启奏:'臣等竟没有看到这一层,今天听闻圣谕,方知此前会议甚为荒谬。臣等惭愧无地,乞将此事发回另议。'"这种格式化的认错道歉的语言几乎是规定套路。

"熊赐履启奏:'臣实无知,与满洲九卿会议雷同。此乃臣之庸劣,识见不到,无可辩解。'"

熊赐履这实际上就等于没认错:臣的答案和大家不幸相同而已,纯属巧合。但皇帝点他名了,他不表态肯定是过不去的。

下边该说到于成龙等人如何表态了。

"于成龙等启奏:'臣等运米不到以致误事,在外边就应当正法。臣等人能活着回到京城都是因皇上圣恩,还有何分辩的呢?'"

于成龙也承认没有追上战斗部队,但这个表态和捐纳的合理性与否并没有直接的关系。

皇帝听完说:"朕在先因捐纳之事未完善才要动国库内正项钱粮。于成龙坚持自己的看法说'如开捐纳之例,对紧急事务有益',因此才这样做。现在看终

---

① 宜思孝:正白旗副都统。

究无益。

"如果能对军务有益，就能到原来所指定的地点，则捐纳之中就算有不合惯例的，朕也准许。可是像原学士布达理①，他是包衣佐领手下的人，行事很坏，朕已三次查抄他家产。如此之人，岂能让他通过捐纳赎罪吗？"

"于成龙总想取悦众人，朕断不能让他称心如意。"

又来了，这个情节就像小孩子斗气了。国家大政方针，执行前是经皇帝同意的，到现在却几乎全盘否了，变成了和于成龙的邀买人心的斗争。概念就暗暗地被换掉了。

"捐助的银两都照原数发回。捐助的马匹，只有河南马匹能用。山东拉运的人拖延着不往前走，以至于管河南粮车的布彦图等人连夜越过次序竟然先到，足见他们畏惧徘徊。这次捐纳如果是加级、纳监以及优先使用等符合惯例的都准许施行。那些连续捐纳越级提升的一概不准。交议政大臣、九卿等再议后详细启奏。"

康熙皇帝虽不是神，但他有权威。

他一言九鼎：把在战争中使用过的银子原数退给捐助人，这事儿就当没发生过，不算数了。

皇帝就一句话的事。

九月十九日，于成龙将再次踏上征程。皇帝出发巡幸塞北前往宣化府路过昌平，令左都御史于成龙赶赴归化城办理西路粮务。

"中路的粮米都已安全贮藏起来了，于成龙、李钠、喀拜到那里去也没有事可做，西路运粮事务还没有安排好，让他们自备马匹，明日就出发，经过朕驻扎的地方，然后赶赴归化城一同办理西路军粮务。"

一波未平一波又起，第三次远征不像第二次那样仪式感十足，就在这不经意之间徐徐拉开了帷幕，但这次前进的方向指向西北。于成龙先期被派了过去。

粮食的事情刚议论完，大臣就上奏还有十三万银子在察罕脑儿，看守的士兵快坚持不住了。这就是实际问题。

---

① 布达理：满洲镶黄旗人。

追歼噶尔丹的计划也逐步成熟了。

九月二十九日早晨，喀喇巴尔哈孙①。皇帝将议政大臣召入，通报噶尔丹前往波罗乌纳罕、空根渣巴哈等处过冬的消息，确定乘其穷途末路，一鼓作气予以消灭。

"于成龙带来的十三万余两捐纳银子，现在察罕脑儿贮存。护守此银的是四名汉人官员、五十名兵丁；喀喇沁沙木巴喇锡公旗一名官员、十五名兵丁，驻扎在那里。现在天气严寒，粮食快用完了，请下旨更换官兵。"尚书班迪的一道奏折提醒了皇帝。

"现在天气严寒，官兵难于守护，应将此银令于成龙使用留下的骆驼驮运，由原守卫官兵沿途护送至独石口，向守口章京、驿站员外郎交割明白，让他收下贮藏。那些护送此银的官兵，就让他们各回本处。"议政大臣的意见得到批准。

关外，那些士兵也许还没有冬装，如果不是及时报告上来，这些人很有可能守着银子冻饿而死。

十月十四日，于成龙等人奉旨日夜兼程赶到归化城白塔②迎驾，并向皇帝请示运粮事宜。

"尔等上次运粮耽误了日期，罪在不赦。朕今天准许尔等通过军前效力救赎罪过。把尔等能捐几头牲口，能运多少粮米等事与西路运粮的几个大臣一同商议后启奏。"

这皇帝可是太厉害，不光是一顿批评，还要求于成龙等人捐献以争取再次效力的机会。这就是他口口声声反对却抬手动脚都离不开的捐纳。

这次皇帝根本没商量，大车运粮这种堂皇的方式也被无情抛弃了。皇帝在实践中学聪明了，他却不可能因自己过去的主观武断进行自我批评。

他用努力批评别人来掩饰自己。这看上去很有趣。

于成龙感谢皇帝"不计前嫌"："臣等幸蒙皇上宽恕，让臣等继续效力赎罪。臣等虽万死不能报皇恩于万一。眼下王国昌等十几名官员都在大将军费扬古军

---

① 喀喇巴尔哈孙：今河北省张家口市张北县。

② 归化城白塔：今内蒙古呼和浩特旧城东的辽代万部华严经塔。

前效力，请皇上让兵部将他们调回商议此事。"

皇帝："嗯。兵部速调这几个人回来议事。"

王国昌等人赶到后，捐运粮牲口的数量确定下来：于成龙愿准备骆驼四十头；李铈、喀拜各愿准备骆驼三十头；王国昌、喻成龙、辛保、范承烈各愿准备骆驼二十五头。

官大多捐，官小的少捐一点，依次减等。完全在意料之内，其他人也志愿效力，于成龙这些老搭档重新集结起来。这种积极态度是皇帝最希望看到的，皇帝的超强信心就是这样逐渐养成的。

十月二十三日，于成龙等人受命将粮米运给喀喇穆冷 [1] 费扬古大军。

于成龙等上奏："臣等奉皇上旨意，却没能按时将粮米运到军前，都该当死罪，蒙皇上没有严惩臣等，仍让臣等效力赎罪，臣等粉身碎骨都不能报答。现在大将军费扬古率兵驻扎喀喇穆冷，臣等愿竭尽全力将湖滩河朔仓 [2] 三千五百石粮米运去。粮米到位后应交何人？请皇帝明示。"

于成龙等人的表态挺好：不是再建奇功，而是戴罪立功。台阶又宽又平，舒舒服服地伸到了皇帝脚下。

这种表态皇帝听了格外气顺：你们认错就好。

皇帝回复说："运去那么多米没有用。尔等只要运过去一千五百石就大有益处了。粮米运到后就交给将军费扬古。那些运米骆驼如再带回来，正好赶上寒冷时，一定会造成损伤，也交给将军费扬古，让他在水草好的地方饲养。现在天气很冷，运送粮米也是件困难的事情，朕也很清楚。你们做的事就是朕的事啊。"

这就形成了良性互动。

皇帝还是体贴的。最后一句话更是让当臣子的听了心头一热。皇帝心里过意不去，就从感情上拉了这几个人一把：你们不容易，你们做的事就是朕的事。"岂曰无衣，与子同袍。"

十一月十九日，于成龙等人奉命利用运粮米的便利条件坐塘侦察敌情。这

---

[1] 喀喇穆冷：意为黑水河，今音为西拉木伦，内蒙古自治区包头市达尔罕茂明安联合旗境内的召河。

[2] 湖滩河朔：今内蒙古自治区呼和浩特市托克托县，又名脱脱城、托托城。

是运粮大军新的职能，让他们提供的信息给大军行动长上眼睛，这条触须毕竟伸出了很长。这道旨意是皇帝在哲固斯台①发出的。

先是于成龙等人自备马、驼、车辆从湖滩河朔装载一千五百石米粮运往喀喇穆冷。于成龙等人借助运粮米的便利还要承担就近帮助侦察敌情的工作。

因此，于成龙等人运粮米到喀喇穆冷交付大将军后，自喀喇穆冷起各自分驿站负责侦察。侍读范承烈在第十四站，侍郎李铈在第十三站，都御史于成龙在第十二站，原侍郎王国昌在第十一站，大理寺正卿喻成龙在第十站，光禄寺正卿辛保在第九站，左通政使喀拜在第八站，等到替换的官员到了相关驿站后才返回。

这很有点烽火台的意味了。

这里插一段下河受灾的情况。这次还多了安徽泗州。

十二月二十四日，接替傅腊塔的两江总督范承勋在奏折中描述了百姓所遭受的水灾之苦：

"……民田房屋一应财物，皆被本年之水冲毁淹没，困苦不堪。今民人仍于河堤上搭盖草棚以居，至今农田尚存水，麦子未得以耕种。察其情形，似愁苦饥饿至极。又安徽所属泗州，地势低洼，亦均被水冲，被灾情形与淮、扬无异。……但过年后，民人又将窘迫，无以资生。……若不免钱粮，始行征收，则非但不得钱粮，且必致民人流移……"

朱批："尔所奏都知道了。"

这种知道只能是书面上的"了解"，到快过年的时候，田野里的洪水还没有消退，不知圣明的皇帝是否为朝廷内耗错过修河窗口而产生丝丝内疚。

康熙三十六年（1697）

于成龙六十岁。

---

① 哲固斯台：今内蒙古自治区鄂尔多斯市达拉特旗吉格斯太镇的大红奎村附近。

康熙三十六年正月初二日，于成龙等人运粮米到达喀喇穆冷情况被费扬古奏报给皇帝。

这是个特殊的新年，内地百姓正在欢度节日，于成龙等人正在遥远的边疆。

费扬古在奏章中说："于成龙等人将湖滩河朔的粮米自十一月十二日开始陆续起运，他亲自来来往往监督。共运米一千五百石到达喀喇穆冷。

"运米骆驼共一千零五头，包括于成龙三十五头，侍郎李钠、通政司通政喀拜等人各三十头，侍郎王国昌、喻成龙、正卿辛保、侍读学士范承烈等各二十五头。臣计算部落佐领人数多少情况，将牲口分给他们，让他们在水草好的地方小心牧放。"

费扬古奏章写得很周到，但意味深长。一是粮食到了，足以见得骆驼运粮的方法就是好；二是见识了于成龙勤奋负责的态度；三是报告皇帝这几个人认捐的牲口全到位了。他们的态度比较老实：请皇帝放心吧。

正月初五日，于成龙等人奉命速往宁夏押运两路大军粮米。

这段描述极其详细地将清军的配置罗列出来，每头牲口身上的配重都一清二楚。这情景和电影中看到的是有区别的。

如果对古代军事感兴趣，这段描述应好好看看，脑补。

每两个人就四头牲口，各种工具、帐篷，整个队伍之庞大令人震惊。

"此次兵丁的行李须按比去年春季兵丁行李轻一点进行估算。康熙三十五年进讨噶尔丹时每名兵丁按跟随一名仆从计算，每人给四匹马，四人算作一朋，每一朋合二间帐篷、二口锣锅①，再加上四个锛斧，铁锹、铁镢头各一柄。"大学士阿兰泰奏报。

"一朋共八口人，拴带八十日的口粮四石二斗，以十五斤计算重量，就有六百三十九斤有余。一朋有四副盔甲，共重一百二十斤；二间帐房，连上立桩、二根梁柱重五十斤；箭二百二十支，重二十二斤。大、小锅共二口，重十五斤。锛、斧、锹、镢头重九斤，加上四个栳斗②、皮稍马③等杂物，重一百二十斤，

---

① 锣锅：是军中用具。锅、锣两用：白天烧饭，晚间报更。

② 栳斗：用柳条编成或木制的打水盛粮器具，亦称笆斗。

③ 皮稍马：即皮制马褡子。可搭于肩头或驴、马背上的长形厚布袋，中间开口，两端皆可盛物。

连米共重九百七十五斤。

"一朋有十六匹马，士兵本人和仆从骑坐八匹，剩下的八匹，每匹原以驮载一百二十一斤多计算后，每朋还需要多给一匹骡子，所以每匹牲口以驮一百零七斤计算。

"现在宁夏所有三千兵丁还照从前每人一名仆人，每四人合为一朋。帐房、锣锅，加上锛、斧、锹、镢等物品，都按从前方法带过去。上次各带八十日口粮，这次带一百日口粮，比较从前多带了二十日口粮。每朋增发粮食仓斛一石六斗，重量增加了一百六十斤。

"现在按减轻驮子重量考虑，那么兵丁每人以五匹马计算，一朋有二十匹马，每匹马平均驮载，每匹马需要驮九十四斤多一点。一口人按每月给仓斗二斗计算，六千人所需百日之粮共仓斛四千石。

"从大同赶赴宁夏的大臣、官员，以及在宁夏的大臣、官员本身有披甲仆人跟随，共一千三百五十五人。每人每月按仓斗二斗计算，一百日共需粮米九百零三石二斗。

"从大同赶赴宁夏的士兵有二千人，在大同的新满洲护军二百人每人已拨给四匹马，这些人都应增发一匹马变成每人五匹马。宁夏的西安兵有八百人，每人仅有三匹马，这八百士兵都应增发两匹马，也都让他们各有五匹马。这些增发的马匹从大学士朱都纳在宁夏喂养的五千匹马中拨给。每名各拴带百天的口粮，共需粮食仓斛五千石。

"肃州一路，将军博济①共有两千士兵，孙思克有绿旗兵一千人，共三千人。博济两千名士兵拨给的牲口已会议决定不再议论，孙思克的绿旗兵在先准备了六千人，马六千匹，每天八升料，可喂四十日。现在只用了一千绿旗兵，则他们所拴带的百日口粮，应在前边喂养的绿旗兵马匹之内令将军孙思克酌量拨给。此一路满洲官兵、仆从，加上绿旗兵共有五千六百二十口人。

"那些绿旗官兵、仆从数目原来没有申报，大概按三百人计算，共计五千九百二十口人，应随身携带百日口粮。一口人以每月仓斗二斗计算，需要仓斛三千九百四十六石。这两路人马应随带的百日口粮，共计

---

① 博济：博霁，巴雅拉氏，满洲镶白旗人，《清史稿》《钦定八旗通志》等书均有传。自护卫授銮仪使，擢为镶白旗都统，康熙二十四年授江宁将军。康熙四十七年卒，赐祭葬。

八千九百四十六石。

"两路的口粮都用宁夏兵押运。一头骆驼以驮载仓斛一石二斗计算,重一百八十斤,需骆驼七千四百五十六头。骡子每头按驮载仓斛八斗计算,重一百二十斤,需骡子一万一千一百八十二头。马每匹以驮载仓斛六斗计算,重九十斤,需马匹一万四千九百一十匹。每匹驴子以驮载仓斛四斗计算,重六十斤,需驴子二万二千三百六十五头。

"此两路人马随带的百日口粮驮运的牲口,应从京城押解来的一千一百一十头骆驼、三千六百十七头骡子及大学士朱都纳所喂养的五千匹马内拨给兵丁。剩余的马匹从于成龙等人那里不合规定人员在宁夏捐助的三千头牲口,各部官员所买的牲口,地方官捐助的牲口中拨用驮运粮米。牵拉这些粮米驮子让他们拨出一千名绿旗兵。

"于成龙、王国昌、喻成龙、李钠、喀拜、辛保、范承烈等人都愿意效劳运送粮米,那宁夏两路随运的粮米都应交给他们运输。旨意下达时,让他们火速赶往宁夏,将押运粮米、绿旗兵丁所需口粮、派出管理官员等事务,会同督抚共同料理。一头牛按供八十口人吃,一只羊算十五口人吃,现在把所买的牛羊按总数押送过去即可。"

皇帝下旨:总督及甘肃巡抚之中让一名官员来宁夏理事,另一名官员去肃州理事。其他的就按你们说的办吧。至此,皇帝开始放权,让于成龙等人全权负责督运。

正月十一日,于成龙等人押解的一千五百石米,费扬古请求动用八石四斗粮食发给留守的百名士兵。皇帝看罢奏报回复道:"省着点用。"

正月二十一日,于成龙、王国昌、李钠、喻成龙、辛保、范承烈、喀拜七人,再次出征督运的请求得到批准。

替换于成龙的官员到了前方,于成龙刚回到保安州,兵部使臣带着圣旨到了,下达了让于成龙等人与吏部尚书库勒纳监押骆驼、骡子前往宁夏的圣旨,并催促于成龙火速回京见驾。又是一路狂奔一路颠簸。

正月二十四日,于成龙等人回京见驾,表示愿戴罪立功,再次出征。

皇帝问:"尔等既然说情愿效力,今天还是请求运粮吗?"

于成龙等答道:"皇上从前交付臣等运输粮米的重任,奈何臣等疏忽平庸以致贻误军机，现在议论起来还不胜畏惧，哪里敢再请求。如果蒙皇上的恩德让臣等效力而不追究过去的罪过，臣等怎敢不竭尽心力运输粮米，以保证大军供应为己任。"

皇帝说："命于成龙等七人为朕督运粮米。"

问答没有试探，只是将已确定好的内容梳理了一下，所有的一切早就被明确了。

又说道："尔等骑乘的瘦马可在八旗官马中各自挑选二十匹肥壮的马匹带去。其他效力的官员或五匹或十匹，也准许他们更换肥壮马匹后带过去。"

官员需要跑来跑去进行协调，精壮的马匹配置既是必需又是相应的待遇。

二月初二日，于成龙等上奏："此次运米都用牲口驮运，如只有臣等七人，前前后后恐怕不能管理好。请皇上准许臣等将部院官员及旗人官员酌量带过去，那些情愿效力的人也让他们随行分管押运。至于牵骆驼驮着粮米走远路这些事，蒙古士兵很熟悉，请调取他们并让他们专门担负此任。"

皇帝说："旗人官员以及效力的那些人准许带往大同。现有察哈尔兵一百六十名，尔等经过他们驻地可带他们前去。如有用蒙古兵之处再来向朕报告。"

于成龙等人又说："臣等七人前后鱼贯而行，请让肥马走在前边。"

皇帝说："马聚在一处必定导致受伤。让肥马走在前边很对。不过负重远行终究管不了什么事情。这些尔等应加以考虑。让驮二百斤的牲口都以驮载一百斤为标准。至于运输方法，照坐塘邮递这种方法办为好。"

于成龙等人又说："转运粮食所经过的地方全是蒙古部落，如果对他们有所调遣，满文汉字难以互通，于机要事务不便。请准许臣等带理藩院两名章京，两名笔帖式，五名拨什库，以及盖好印章的空白勘合、火牌①随行，以便随时遣用。"

皇帝说："在蒙古这地方，理藩院官吏很有用，多带些去。"

于成龙对未来使命的预先估计很详细，与皇帝沟通也十分顺畅，于成龙的请求一概照准，有的方面皇帝还酌情增加了力量。最大的看点就是这次用牲口驮粮已彻底达成共识。

---

① 勘合、火牌：是差役、官员在办差需要叨扰驿站要持的邮符。邮符是驿站间传递公文时的凭证，是加盖骑缝半印的空纸，编有字号。

二月初三日，于成龙进宫之前恐怕未曾预料到这顿雷神火炮。

当时，于成龙等人为运米事务再次进入行宫向皇帝汇报、请示：

"臣等所运的粮米差不多有九千石，用骆驼驮负需七千余头，用马、骡子驮负需要万余匹，牵万余牲畜需要的人很多。臣等商议过，只拨给一千名绿旗兵，人不够用。请皇上将附近地方的鄂尔多斯人多派给臣等，让他们牵拉牲口。"

皇帝说："朕知道了。尔等可将鄂尔多斯贝勒管辖的官员一起带过去。"

于成龙又启奏皇帝说："臣等商议，仅让准备定量的牲口运粮米，牲口疲乏没替换的。臣等愿意酌情多准备一些马以待不时之需。"

皇帝说："可让该督抚、布政使酌量多准备。"

于成龙等人奏事完毕走出了行宫。

皇帝喊于成龙回来。这次是要单独谈话了。

皇帝问他："尔等何日起程？"

于成龙："臣等待愿意效劳的运粮官到了一起同行。"

康熙皇帝等的就是于成龙这句话，他马上开火了。

皇帝说："你这样想就荒谬了。臣子应以国事为重，勤勉效力，不应当提携拉扯自己的朋友。现在军务紧急，你应率先出发，其他人让他们陆续随往。一定要等众人同行，能不耽误事吗？"

上边还好，算就事论事，下边就是上纲上线，火力全开了。

"你从担任巡抚一直到河道总督，办事总是看人，到后来总理运输粮米事务仍然如此。

"你从前在治河工地上，曾带过去二百多人，到现在朕都没用。你想任意提携人，能行吗？！"

皇帝没拐弯子，这是把话挑明了，让人彻底凉凉。这话的意思很明显：跟事情做得好赖没关系，就是因他们是追随你的人，朕全撂下了，都不用。人才不人才这得看朕爱用不爱用，你听明白没有？

"从前你运粮已很失策了。人有优劣，马有肥瘦，如果人马都合适，你身先士卒带领催赶前行自然早到克鲁伦，不至于耽误事。你迟迟而行，非要和大家一起到达，差点耽误了国家大事。"

皇帝把耽误运粮大事的原因归结为于成龙左顾右盼想照顾到所有人。

"你还说过，杀了我于成龙，那些自愿捐助、效力的人也不能不用。你这话岂不是在沽名钓誉吗？你一生的品行都在这玷污了。

"朕此前对你屡次申斥，你竟然不改，这是为什么?！"

皇帝下令轰赶志愿效力者那件事情发酵了。

通过皇帝的话可知，于成龙当时没有心情愉快地领旨。他不忍心，这不是给不给这些人奖赏的问题，这些志愿追随者离开队伍很有可能会死于归途。

他说不出来这句话。特别是他讲的杀了他这些人也不能不用这句话激怒了皇帝，言外之意就是于成龙自己顺情说好话，无形中显得皇帝无情无义。

如果不是通过这段话，这段隐秘的史实将会无声地沉淀到岁月之河的泥沙之下，永远不能见到天日。

对于此事的处理似乎各有道理。皇帝有皇帝的苦衷，总得有个截止日期吧。有言在先似乎不现实，但何时截止，怎样妥善实现软着陆，皇帝似乎失于粗疏。

烫手的山芋一把扔到执行人的怀里，反正就这样了，你看着办去吧。

真不知道于成龙最终如何把这些人劝返，这些人回京的漫漫长途之中又会有怎样的哀怨。

历史的真相有时候就是这样缺乏温度。都说"慈不掌兵"，现在真不知道对这话该有个怎样的判断。

皇帝缓和了口气，循循善诱，交心般谈到了自己。

"朕于国家大事只是放空自己寻找适当的时机，断不会固执己见。朕的用兵之道也是如此。一天之中，军机千变万化。朕统率大兵到克鲁伦时，也是看反贼形势随机应变，并非预先有个固定主意。

"孔子不是说过吗：'毋意，毋必，毋固，毋我。'[①] 圣人应当没错吧。你于成龙就知道固执己见。从前你运粮就因等着众人误事，今天又要候齐同行，这不过是扶助你同党，想让他们感激你恩情的意思。

"殊不知用人之权做臣子的不能专有。朕今天用人，如果有人保举官员，也尽量在其中按俸禄补用。就是那些朕平常了解很深的官员，朕也要按他效力情况酌情提拔。不然，就都按俸禄提拔。

---

① 毋意、毋必、毋固、毋我：语出《论语·子罕》，意为不能凭空猜测主观臆断，对事情不能绝对肯定，不能拘泥固执，不要自以为是。

"朕是天下之主，用人尚不肯任意而行。做臣子的想要任意妄为，能行吗?！大抵说来，想要提携人的到后来自己肯定会犯下罪过。"

于成龙对皇帝说："臣过去愚昧无知，任意妄行，今天听闻皇上圣训，臣实在无言以对。以后再不敢为了提携他人而自己犯下死罪了。"

说罢，于成龙脱下帽子给皇帝叩头，然后才出了行宫。

无言以对。这大概还是康熙三十三、三十四年风波的延续。

皇帝坐在高高的宝座上俯视群臣时更多的是考虑平衡的问题：你再好也不可能都提你推荐的人，别人不干了。

二月初五日，于成龙等人临行前就运粮事宜请旨。还不错，康熙皇帝这次倒是对刚刚结束的那次北征督粮做了比较公允的评价。

皇帝对他们说："上次中路粮食虽没运到土喇，还是运到了哆罗克等处，因此西路军没挨饿。西路的粮食虽没运到翁金，但他们路途遥远，还都情有可原，所以朕宽恕了你们。如果无可原谅，朕岂能宽容尔等到今天？"

不错，甘肃按察使囊吉里因没能按要求将粮食运到翁金已在三个月前被革职。皇帝并非吓唬人。

于成龙等人顿首谢恩，又启奏皇帝："臣等七人都愿意前进效力，应让谁走在前边？"

皇帝说："若定先后，则会瞻前顾后，也许会导致迟延。军粮事属重大，尔等根据情况确定吧。"

皇帝又对于成龙等人说："这次所运之米或随大兵后，或与大兵一同进发，借大军力量照料，你们可与大将军费扬古一起商量着办。"

这次他明显减少了细节的安排。这是自信的象征。凡事不撒手，谨慎到患得患失，只能是对未来担忧的表现。

同日，大将军费扬古手下阿南达报告在哈密擒获噶尔丹之子塞卜腾巴儿珠尔①，这消息对清廷极为有利。噶尔丹妻子阵亡，儿子被俘，每个打击都是致命的。

---

① 塞卜腾巴儿珠尔：又写作塞卜腾巴勒珠尔，噶尔丹之子。被俘时年仅十四岁，康熙授其为一等侍卫，还将宗室之女嫁给了他，后封为镇国公额驸。

二月十五日，于成龙在大同府阳和城^①行宫拜见皇帝。

"噶尔丹年过六十，命在旦夕。他妻子被我们杀了，不久前他儿子也被我们抓获。朕今天亲统六军，三次出征征剿，谅他终究会被抓到，再不能猖獗。你先去宁夏候驾，途中如果遇到塞卜腾巴儿珠尔，好好看看他。至于你们的牲口要加以爱护，缓缓而行，不要急驰。"皇帝说。

很明显，这次不再是拼命前行了。

皇帝闲庭信步，甚至有闲心让于成龙参观一下战俘。战争形势确实发生了质的转变。

二月十九日，费扬古再次被告诫不要轻易动用于成龙运到的粮米。

"……现在噶尔丹如此潦倒，断不敢对我们用兵。万一有噶尔丹前来的消息，必须火速报告朕。朕从宁夏袭击他的后方。如有噶尔丹属下来投降，或派使节来，应问清楚原因，火速报告朕。"皇帝在怀仁县这样下旨。

"察哈尔兵、黑龙江兵口粮吃完后，且不要动用于成龙等人运过去的粮米。可酌量从归化城取米分发。如取粮太难，可在于成龙送去的一千五百石粮食内节省着使用五百石，剩下的不得轻动。"

为什么同样是粮食，却要费扬古食用归化存粮？估计这有两个原因，一是保证存粮的新陈代谢，而是减少于成龙粮食装卸。

这样做的目的很明显，那就是当噶尔丹出现时能让部队快速前出迎击，粮食以最快速度投送到战斗部队。

二月底，于成龙进入宁夏，因汉中粮草运输困难，于成龙火速赶赴汉中接应。此事虽未见于正史记录，却有于成龙过汉中留坝县张良庙，捐资修缮，两年后题写"神仙相国"匾额的传说。从时间分析，如传说属实，这是一次速来速去的催粮活动。

---

① 阳和城：即今大同市阳高县。史有"京畿肩背，神京门户"之称。雍正年间始称"阳高"。有明长城遗址。

三月十五日，粮草从宁夏启程。西安副都统受命率三百甲兵护卫于成龙，护卫军务也由于成龙管理。

三月十七日，于成龙受命讨论运粮策略。皇帝当时驻扎安旁边①这个地方。

"噶尔丹窘迫中向东逃窜也说不定。应派出满洲绿旗兵携带百日口粮，赶到郭多里巴儿哈孙②侦探并进行围堵防御。可让粮米顺黄河而下，分头行动时用骆驼、骡子驮运。让马思喀和于成龙商议后上奏。"皇帝在议论当前形势时对几个议政大臣说道。同时，皇帝嘱咐将此话题传文询问一下宁夏参赞各位大臣。

马思喀与各位参赞大臣商议后完全同意皇帝策略，只对一些细节进行了补充："派出西安兵、王化行③兵和京城前锋兵外，请求带马驮运八门子母炮④，每门炮派一名章京、一名骁骑校、十名披甲士兵。驮运炮药、炮子的十六头骆驼，从协理上驷院事副都统达礼善带来的骆驼内挑选膘肥体壮的，命他们带百日口粮三月十九日起程。

"今日于成龙才能到这里。等他赶到后再将运输粮米的事另行商议后上奏。"皇帝看后说，"先不要出兵。马的膘头如何，粮食怎样运输还没说明。行文于成龙询问。"

连出兵时间都能向后推迟，皇帝变化是明显的。更有底气，更稳重。

不久，于成龙等人的意见来了："宁夏所有三千士兵及大同赴宁夏大小官员、

---

① 安旁边：安边城东，今陕西省榆林市定边县安边镇。

② 郭多里巴儿哈孙：郭多里（今蒙古国达兰札达加德东南）、巴儿哈孙（今蒙古国诺木冈东北）一带。

③ 王化行：即殷化行，本籍陕西沁水。明末迁咸阳靳里村，中武举人，康熙九年中武进士，康熙十三年平定三藩任守备，驻陕西宁羌州，康熙十四年任陕西火器营守备，屡立战功，成为一代名将。康熙十五年到康熙二十年，转战陕西、四川，再因功升任汉中城守营副将。康熙二十二年任直隶三屯营副将。康熙二十三年再授都司金书兼管副将事；康熙二十六年调任台湾镇总兵。任期至康熙三十年。后任襄阳镇总兵，康熙三十二年改调宁夏镇总兵。康熙三十五年随大军平定朔漠。隔年4月，请求恢复本姓殷，后升广东提督。1700年海南岛黎人叛乱，因贻误军机革职问罪。后免革职，以原品休致。康熙四十九年卒。

④ 子母炮：当时最小的轻型火炮。改进自明朝佛朗机炮，由一门母炮和若干子炮组成，故称子母炮。有纯铸铁和铸铁镶木把之分，前者利城防，后者便野战。母管呈直筒，后有敞口装弹室。炮身长8.5尺、重85斤，配子炮四个。炮尾加一木柄，木柄后部俯曲，用铁链固定于四轮平板车上。

披甲、仆从每人每月口粮按仓斛二斗供给计算，一百日口粮共需五千石米。总兵王化行一千官兵、仆从需米七百石。臣七人外，运米章京及理藩院章京、笔帖式、拨什库应给口粮一百八十石。如以二百前锋、八百宁夏兵及王化行兵一起算，一共二千名士兵，需给二千三百九十七石六斗七升八勺米。

"现在运米都是用尚书库勒纳等押解来的骆驼、骡子，但它们还没到，使用捐赠的牲口又不合惯例。牲口现在到了四百头。从学士朱都纳①喂养的五千匹牲口中派给士兵，不足的马匹及采买马匹的确切数量还不清楚。"可见皇帝亲自安排的库勒纳的马、骡还没到位，使用捐赠牲口又没有皇帝的批准，只能等待其他马匹的到来。

"四川陕西总督吴赫②准备的八千五百多匹马在平凉等处喂养，等全部到达后挑膘肥体壮的驮载粮食和大兵一齐起程。臣等问了总督吴赫，他说粮米陆续运来。"

于成龙建议："至于说驮的米多就必须给牲口配鞍架，这样装上卸下才方便。到了卸米的地方也不至于粮食被雨水沾湿。此事请皇上交给总督吴赫迅速备办。至于说押解到的骆驼、骡马，恐怕有瘦弱损失的，应让该总督准备四百辆三匹牛拉的大车。"

鞍架又是于成龙提出的运粮神器。装卸方便，便于苫盖，节省了很多铺垫的工夫。做大臣的大脑飞速转起来，主观能动性积极性调动起来，心情舒畅了，往往脑洞大开，有出人意料的上佳表现。

皇帝命议政大臣集中商议。议政大臣同意于成龙意见："总督吴赫火速运粮到宁夏备办鞍架。既然用骆驼、骡马运米就不必备车了。将军马思喀等进兵运粮的事，就等到皇上驾到宁夏再议，于成龙所称以骆驼、骡马驮米与大兵一齐起程之事也等到宁夏再议。"

康熙皇帝下旨："准备三百辆三匹牛拉的大车。其他依议。"

---

① 朱都纳：内阁学士，康熙五十七年，因其子朱天保陷入拥立二阿哥为皇太子案，免死革职。

② 吴赫：曾任甘肃巡抚、川陕总督、兵部右侍郎。康熙三十六年皇帝赐"宁静致远"书法，碑刻藏于西安碑林。

三月二十五日，于成龙在宁夏觐见皇帝。当时皇帝正自横城①渡黄河，驻扎河畔，遣官祭黄河之神。想那雄浑的澎湃之声必然豪壮了这君臣的万丈雄心。

于成龙等人奉召进入行宫报告："运米事务关系重大，或者紧随大兵，或者另外想办法将粮食运过去，伏候皇上指示后遵照执行。"

皇帝说："粮米随大军运往，重负载，路途远，牲口肯定疲惫不堪。不如通过驿站传递运输，牲口轮番休息。

"鄂尔多斯现已准备了四个月粮食，现有的骆驼又自愿请求效力。命他们设置一百个驿站传递运输，应该非常便利。设立驿站一事，从宁夏至郭多里巴儿哈孙大概有一千二百里，从郭多里巴儿哈孙至伊黑倭罗巴罕倭罗需要走九天。你们计算一下这些路程，酌情进行设置。"

路径方法设计现在更加科学合理，于成龙的鞍架神器也可以充分发挥作用，每到一处驿站只需将鞍架安装在新换马匹上即可，省去了频繁装卸的时间。即使放到地上，粮食也不会直接触地，避免了潮湿发霉。

于成龙对皇帝说："去年运米，奉旨每石粮运到前方加一斗米的损耗，现在请求加五升损耗。"

皇帝同意，说："运过去的粮米多多益善。"

这样的交流是顺畅的。效率高，君臣已高度默契了。

皇帝又问于成龙等人："现有几只船？每船能装多少粮食？一次可运几石米？"

于成龙回答："去年有百余只船，到现在还在河里，被水浸泡损坏也说不好。请交给总督吴赫迅速修整。船有未到的抓紧取来。一船可装三十石粮，今有船百只，那一次可运米三千石。"

于成龙非常熟悉情况，事先已对此次觐见做好了充分的准备。心中有数才有底。百余只大船列队航行于黄河之上，场面将何其壮观。

皇帝说："尔等将船装不完的粮食用牲口驮运。三千兵减去五百人则牲口绰绰有余，驮运起来也会悠然自如。尔等共有二千五百名士兵的口粮需要带过去。迅速修船不得迟误。

"至于说装米的口袋特别重要。口袋式样要小，质地要结实。结实就不会抛

---

① 横城：今宁夏回族自治区银川市兴庆区黄河大桥北侧。

撒粮食，小则易于驮负。尔等快速告诉该总督，让他做好准备。"

皇帝这次也坚持了小快灵原则，这完全是勤于思考善于总结经验的结果。

这一天，大将军费扬古将出使噶尔丹的员外郎博什希奏折通过快马呈送给了康熙皇帝。消息太重要了。

博什希的奏折中描述了自己经过很多曲折之后在二月十五日亲自见到噶尔丹的情况：噶尔丹坐在野外的一块岩石上，让博什希坐得远远的，有两个人夹着他膝盖坐在两旁，不准博什希近前。交流的话语是通过人传人进行的。说完几句话就乘马而去。

噶尔丹保持了高度的戒备心理。他害怕博什希是皇帝派去刺杀他的人。

博什希还转述了皇帝派出的另一位使臣察哈代见到噶尔丹及手下丹济拉的情况。通过他的描述可知，皇帝通过释放吴尔占扎卜之母、达尔扎哈什哈之妻子离间噶尔丹集团的工作已奏效。噶尔丹手下丹巴哈什哈、察罕什达尔哈什哈已被康熙皇帝授职为内大臣；在京的沙克珠木亦做了内大臣，随驾而行；所有投降朝廷的厄鲁特人都被好好爱护；如果有离散之人皇上还会派人各处寻觅。上述消息更让噶尔丹五雷轰顶。

使臣阿旺丹津描述了见到噶尔丹后的情况。

他向噶尔丹转达了中华皇帝口谕："你以追喀尔喀为借口而来犯我，你理屈、我理直，所以老天保佑我击败你。你虽是我敌人，而朕不以击败你为喜。你现在已无路可去了。天下君王没有大过朕的。如果你倚靠朕必得生路。你如果来归降，朕宽恕你的罪过，而且会给你恩宠养育。你如果不想投降，难道朕会让你这样逍遥自在吗？"

听完皇帝的旨意，噶尔丹再次陷入沉默，问道："中华皇帝大致想要怎样？"

阿旺丹津回答："你投降就不夺你的可汗封号，给你恩宠，让大家都有生路。"

丹济拉将阿旺丹津拉到无人之地问："中华皇帝提过我吗？"

阿旺丹津说："中华皇帝不时向我说你丹济拉相貌伟岸身材高大。"

丹济拉说："我曾对噶尔丹说应当归降已有一两次了，他不听我话。看他的样子也怀疑我。你试着跟他说说，如果要归降就让我作为使臣前往。"

阿旺丹津在噶尔丹处六天，竭力劝谕噶尔丹，但看不出他有投降的意思。

种种信息表明，噶尔丹内部已出现了严重的分歧。特别是丹济拉的动摇已成为战胜噶尔丹的最大利好。

康熙皇帝正马不停蹄地加紧布局，形成对噶尔丹的围剿态势。

闰三月初二日。于成龙受命将粮米运至白塔^①。此日，皇帝登上宁夏南门巡视城防，检阅投诚将士。

皇帝对内大臣福善^②、索额图等人说："大兵行期暂缓。粮米应先运至白塔。尔等会同运米左都御史于成龙，将所有船只除留渡口备用的，其余全部装上粮米运过去。

"此地水手操船运米不太熟练。黑龙江兵熟悉驾船，可派二百士兵过去，让他们率领本地水手，趁着此时分两次装运粮米。士兵们带四个月口粮，到白塔再散给他们。让他们各自带粮很有好处。"

于成龙等人集中商议后上奏："皇上谋划没有遗漏，臣等只能遵照执行，没其他议论了。除留下二十只船在渡口备用，其余一百零三只大小船，一次可载米三千石。应将于成龙等随军驿递来的粮米全部装船，再将将军马思喀士兵带的四个月口粮酌量分拨装船，运送两次。"

报告上去，皇帝说："可以。"

皇帝问于成龙："尔等怎样调度装运米的船只？"

于成龙回答："请让臣用十五只船，交给一名地方官和臣手下随行官员二名一同看押，以便约束水手。将运米船只分为六队：头队喻成龙，二队范承烈，三队王国昌，四队辛保，五队李锅，六队喀拜。臣在全队前后亲自总督。

"军粮都到宁夏再散给。臣等赶骆驼、马匹到白塔，各自收集所运的粮米从陆路运往。"

皇帝："米粮之事关系紧急。尔等应把粮食多多带过去。至于随驾大小官员，还有那些家道殷实的人，除各带口粮外，有愿意将官米或者数石或者数斗量力携带的，让他们各自携带，到白塔再分发给兵丁。

"传朕话，把愿意带米的人数和能带的粮米数量报告上来。"

---

① 白塔：今内蒙古自治区巴彦淖尔市磴口县西部。

② 福善：内大臣，领侍卫内大臣，一等公爵，加太子少师，太子太保。谥号"恭懿"。入祀贤良祠。

在早先，皇帝把二十名新满洲人派给于成龙，让他量才使用。这时于成龙请示说："皇上给臣的二十个新满洲人应在何处调用？他们的口粮从何处支给？"

皇帝说："此二十人可让他们摇船运米。至陆路后再量才使用。他们的口粮就装在船上带过去。至于你们所带的旗人官员和情愿效力的人很少，恐怕不够差遣。现在负责采买牲畜的都察院御史顾素等人以及随驾的部院官员没什么事干，就让他们押运米粮。去年运米的人，你们也报上来一起带过去。"

这一段时间的记录内容有个特点，就是皇帝和于成龙彼此间的互动记载得多了一些，有了来言去语。像过去那样，只有皇帝自己在滔滔不绝训诫的情况减少了。

特殊历史背景下，皇帝对待臣下的姿态也进行了调整。这种情况应引起大家思考：到底哪一种风格的记述才更符合历史的本真？

闰三月初四日，厄鲁特降人额林陈哈什哈称噶尔丹现在萨克萨特呼里克。噶尔丹手下丹济拉和女婿拉思伦已经动摇。

闰三月十一日，于成龙奉命开始管理设置驿站转运粮饷事宜：能者多劳，更多的具体事务一件一件摞上来。于成龙的承受能力和多方指挥的本领可见一斑。皇帝把事情交给他放心。

"朕曾经和鄂尔多斯贝勒松阿喇布①商议转运粮饷及随大军安排驿站的事。他对朕说：'现在正有青草，我带来的三千兵足够运粮安排驿站用。'朕看应将白塔以外的运粮、安设驿站的事务交给松阿喇布同于成龙等人商议而行，白塔以内的运粮安站事务交给总督吴赫管理。西安副都统阿兰泰三百士兵也交给于成龙。

"马思喀的兵如只自带一个月的口粮，则其余三月以及随大军所运的粮食为数众多，船运一次未必能完，势必要再运一次，大兵岂能干等那么久。应令马思喀的士兵各带两月口粮外，剩下的米用船装运过去，再装不尽就让大小官员每人都用牲口拴带而往。

"如果再有剩下的，令于成龙竭力运到白塔。在此期间十二天的口粮从众人拴带的粮食中取用。随军传递运送的粮食运到哪里，停在何处，让大将军费扬

---

① 松阿喇布：又名宋喇卜，鄂尔多斯贝勒。

古、议政大臣和于成龙等人会商确定后详细上奏。"

于成龙汇报给皇帝说:"噶尔丹已困窘已极,臣等根据皇上指导教授,进兵、运米肯定不会延迟。请圣上令马思喀将军的士兵拴带两个月共二千零一十五石粮食,大兵从白塔以外开始拴带二千零一十五石二斗,于成龙等人随大军运输一个月的粮米一千零七石六斗,共计五千零三十八石粮食。

"费扬古带领的一百名黑龙江兵……西安副都统阿兰泰的三百士兵……拴带两月口粮共二百六十四石八斗,三个月口粮为三百九十七石二斗,让于成龙运过去。

"运米官员、军校、坐塘章京、笔帖式五个月……应加上损耗多带一千九百石粮食。……用船装运过去的粮米是三千零二十二石八斗。

"先用船装,装船之后还有剩余那就命大小官员用牲口拴带。如果再有多余的就让于成龙等人驮运。那些用船运载的粮米应由七名地方官员、两名于成龙那里的官员看押前进。

"从白塔开始陆运,需拨牲口四千五百匹,预备三头牛拉的大车三百辆带过去。每两辆车合用三个人,所需的夫役四百五十口人。口粮、饭锅、帐篷加上雇佣费用,照去年中路运粮的惯例交由该运粮总督发放。派出看管粮船的七名地方官口粮就从那地方管理粮车人的口粮中带去。

"粮米应运到何处,留在何地,请让大将军和参谋与于成龙会同商定。发给大兵剩余骆驼也交于成龙,由他率领二千二百五十名鄂尔多斯士兵将米传递运输前进。"

"安设驿站之事从于成龙带来的理藩院司官中派出一名,率领鄂尔多斯七百五十名士兵随将军马思喀前往。按他指定地点设置。自宁夏至白塔共设十站,这些驿站交总督吴赫料理之外,自白塔以外至额黑阿喇儿①共五十站,每站设置一台,每台设十五名鄂尔多斯兵,马二十匹,再安排或参领或骁骑校官员一名。

"这些人都是蒙古人不懂满文,每台将通满文的章京或笔帖式安排一名,让他们管。设置驿站事务让于成龙与松阿喇布共同商议而行。"

不修改,也不斧正,皇帝直接点头通过了。众望所归,完全进入了高速顺

---

① 额黑阿喇儿:又作厄黑阿喇儿。

畅运转的轨道。

同日，西安副都统阿兰泰奉命率西安兵三百人驻扎在于成龙等运米停留等候的地方，进行防护。

闰三月十二日。皇帝命副都统阿兰泰买的一万五千只羊跟随马思喀军队前进。剩余一千五百只羊，随着皇帝大军前往，用来给他人作为口粮之用。想一想那成片随军前进的羊群，尘土飞扬，让人感到古代战争确实具有独特的风貌。

能写蒙古字的官员在连夜抄写皇帝亲自改定的给噶尔丹、丹济拉、厄鲁特台吉寨桑哈什哈及部落众人、策妄阿拉布坦等四道圣旨共百余张，十三日即向以上各处派发。

这四份公告大同之中有小异，完成了拉拢同盟军，恫吓瓦解噶尔丹的多项使命，这是真正的心理战。

在实力允许的情况下，康熙皇帝要不战而屈人之兵。

于成龙奉命提供给丹济拉使者丹济扎卜等人回去乘坐的马匹、骆驼，还要求挑肥壮的。这是暗暗秀了一把肌肉。此举将加速让丹济拉倒向己方。

闰三月十三日，议政大臣被批准从于成龙、朱都纳等处调拨马骡、骆驼。这次于成龙接受的捐助牲口又不少，而且派上了用场。看看情况：

"……总督吴赫采买的平凉、靖宁州所有的满洲绿旗兵的马共有九千五百五十四。副都统阿兰泰等人采买、捐助平凉等地方的所有七十头骆驼、一百八十七匹马、九十九头骡子，尚书库勒纳等人押解到的一千一百三十七头骆驼，都御史于成龙等捐助来的四百头骆驼，除了拨给大将军伯费扬古十头骆驼，拨给进发的士兵一千零七十九头骆驼外还剩四百四十八头骆驼。"这是议政大臣上报的统计数字。

"库勒纳等人押解到的三千六百三十一匹骡子，于成龙等处捐助一千四百六十匹马、六十七头骡、驴，共计剩下五百一十八头骆驼、一万四千九百二十七匹马、骡，六十七头驴。"

议政大臣提议："随驾从京城骑官马前来的侍卫、护军、执事等人都带两个月口粮，从库勒纳等人押解到的骡子中每人拨给一头，等到白塔把那些膘肥体壮的让于成龙领走，那些瘦弱的发还给库勒纳等人。"

这当然不是于成龙担负事务的主体部分。

马匹比人还多，让人见识了古代战争机动性的真相。

闰三月十四日，于成龙上书配合进剿大军起运粮米："大兵十七、十八日出发，请从二十日陆续起运粮米。补充捐赠的牲口虽有二千余头还没有全部收到，但已从尚书库勒纳等人押解来的三千六百头骡子中拨给骑官马的侍卫、护军、执事人员各一匹。

"如运输粮米，四千五百头牲口还不够，请用宁夏绿旗兵马匹充数补足，捐赠人员的马到了再由宁夏总督收取补还兵丁。数目另行向兵部报告。"

一切都是为了胜利。这些替换来替换去的牲口恐怕再也没办法回到原主人的手上了。

于成龙在上次出征归来时曾经向皇帝汇报过这种情况。特殊情况特殊处理，如果再追求丝文不乱恐怕是不容易了。

"大行不顾细谨，大礼不辞小让。"

大敌当前，顾不了那许多了。

闰三月十五日，尧甫堡①。于成龙、喀拜奉命前往察罕托海保护骆驼、马匹，皇帝特地拨给他们五只船让他们渡河。

从宁夏启程，粮食开始按计划用牲口驮载。西安副都统奉命率三百甲兵护卫于成龙，护卫军务也由于成龙管理。

闰三月十六日，于成龙在黄河之流穆河②渡口迎驾。

皇帝站在黄河岸边屏退左右大臣，也不许侍卫等任何人靠近，手抚于成龙肩膀和他密谈了很长时间，其他人都不知道他们谈论了些什么内容。

这是于成龙一生中最荣耀、最难忘的时刻。

皇帝的亲密举动震惊了在场的所有人。这还是那个高坐在大殿宝座之上的康熙皇帝吗？从他那拒人千里之外的视角看殿上伏地叩头的臣子而不产生凌驾于众生之上的高大感很难。

---

① 尧甫堡：今宁夏回族自治区石嘴山市平罗县姚伏镇。
② 流穆河：即柳陌河，在惠威堡。《平定朔漠方略》写作"柳穆河"。《（乾隆）宁夏府志》载："柳陌河在平罗县城北三十里。"亦作流穆河，即今平罗县二闸乡新村东之黄河河段。

皇帝与臣子空间上的物理距离是需要刻意保持的。很多警惕的目光时刻监视着接近皇帝的人。

闰三月十七日，于成龙向皇帝启奏运粮计划并得到批准。"等于成龙，找于成龙问"成为主题词。这一段时间于成龙在皇帝心中的分量也好信任度也罢，再次恢复直隶巡抚时期水平，甚至有过之无不及。

闰三月二十日，于成龙等人将六队的粮米全部装船，派郎中常有、守备林之本同七名地方官前后管辖，从黄河顺流而下浩浩荡荡扬帆起运。

闰三月二十一日，于成龙将奉命会同明珠犒赏鄂尔多斯士兵。这是一个非常特殊的搭档。

"鄂尔多斯贝勒松阿喇布率领士兵随驾很劳苦，你带着学士黄茂①带着银子过去，会同左都御史于成龙赏赐鄂尔多斯士兵，一定要让他们都得到恩惠。"皇帝在石台②西北黄河西岸对明珠说。

闰三月二十三日，费扬古准备拨于成龙所运米粮给黑龙江士兵的请求遭到驳回。

到达此地的费扬古在奏章中说："黑龙江一百官兵的马匹赶往大同喂养，今年春天赶回才一半。今天即使是派人去取也不能赶上大军起行。如果这些马不能及时赶到，那黑龙江官兵就不能拴带四个月的粮米。因此上请求用他们现有的所有牲口尽力拴带，等遇到于成龙时再支给他们粮米的缺额。"

皇帝说："黑龙江兵如果用于成龙所运的粮米补给，那费扬古、马思喀肯定会为此争执。这支军队如果没有用处就不用了。让议政大臣集体商议报告上来。"

议政大臣们商议的结果居然是："于成龙所运的粮米都有定额没有剩余的，大将军费扬古既然称黑龙江兵不能拴带四个月粮米，那就让这支军队停留在将军舒恕那里。如果他们已出发就让他们返回。"整个部队因粮食的问题干脆被取消了参战资格。

同日，费扬古请求辞去大将军职务只想参加战斗的折子也被驳回。费扬古

---

① 黄茂：康熙三十六年由通政使升内阁学士兼吏部侍郎，康熙三十七年奉命教养蒙古，允许中原汉民前往开垦耕种。

② 石台：今宁夏回族自治区石嘴山市惠农区附近。

表达的意思和于成龙等人类似：上次征剿功亏一篑，噶尔丹逃掉了，自己有责任，但皇帝没有追究，很惭愧。这次为了报效皇帝当个普通的将军就行，上阵杀敌，戴罪立功。

费扬古是在谦虚吗？还是在耍小性子？都不是。这是表示无条件地效忠皇帝。

闰三月二十四日，于成龙等人从白塔出发陆运军粮。

于成龙、喀拜前往伊克俄罗木①，监视鄂尔多斯兵丁渡河，头队粮米刚刚到达，二队粮米也随后到了，立即命鄂尔多斯贝勒松阿喇布、贝子根都什希卜、贝勒汪舒克、公爵杜棱、贝勒顾禄什希卜、王东罗卜等人与属下现有兵丁分六队，均匀配搭，跟随管运粮米的各位大臣陆续进发。

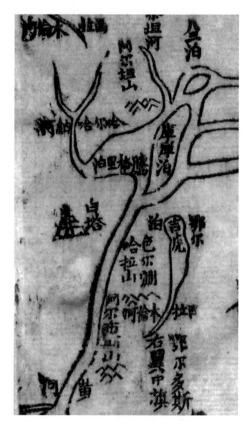

《内外蒙古全图》中的黄河渡口

闰三月二十六日，郎中硕色传旨将驾车的牛交给总理运粮事务于成龙等人。马、骆驼、骡子、驴、牛，畜力品种齐、数量大，真是个奇观。

四月初一日，于成龙受命在船站外设置蒙古驿站。

这一天，皇帝在狼居胥②驻地行宫到大路边观看八旗枪手、绿旗兵出发。

西汉大将霍去病远征漠北曾在此筑坛祭天祈祷成功，此地于是成为讨伐敌人取得胜利的象征，成为华夏民族行伍之人的最高荣誉之一。

"此地到两狼山③有一百二十里，中途没有水源，应在于成龙粮食运到之前

---

① 伊克俄罗木：今内蒙古自治区鄂尔多斯市鄂托克旗伊克布拉格附近。

② 狼居胥：今内蒙古自治区巴彦淖尔市临河区狼山镇附近。

③ 两狼山：今内蒙古自治区巴彦淖尔市五原县西北黄河北岸，亦名狼山。

集中军中骆驼将粮食送过这无水之地。现在官米用一头骆驼驮一石粮食到两狼山，大臣、侍卫、官员、执事家境殷实的，本人可不用出征。

"查一下这些人能用的骆驼，用来驮运粮食。押运粮食的不必另给马匹骑乘，就让他们骑驮米的骆驼前去。"

皇帝也开始注意发挥后方官员的作用了。有钱的出钱，有牲口的出牲口。原则性和灵活性相结合。出东西就行，人不用去。我们要对这些话高度注意。后边，于成龙再任河道总督时，一个级别较低的官员提出了类似建议遭到皇帝严厉斥责，并命令有司衙门论罪。这需要连起来对比着读才有趣味。

经查，大小官员能用来驮运粮食的骆驼共三百二十六头。

下边，他的话题变得有些沉重了。

西路军的骸骨足以唤醒他对于成龙中路运粮的肯定。

没有于成龙，多少士兵虽没有死在敌人刀剑枪弹之下，却会因缺粮活活饿死。

这种心灵上的肯定总算来了。

皇帝又说："朕从宁夏一路走来看见有不少死人的骸骨，这是因去年西路军运送粮食不力，导致有人饥饿死亡。

"中路进兵，各驿站都备了粮食，供士兵、仆役、商贩食用，所以人不至于饿死。

"此次进兵关系重大，凡事不得不周详筹划。朕已派人去宁夏取五百石粮食。这些粮食到了就留在这里。湖滩河朔有粮食，大臣、侍卫、官员、执事、护军等人宁夏支给他们的两月米吃到这，让他们到那带吃的再往前走。剩下的粮食也留在这里，留个大臣驻扎在此管辖。

"这些米就让所留大臣从驿站陆续运输，每个驿站酌量留米，等回师士兵、差役、商贩缺粮，给他们煮粥吃就不至于挨饿了。上驷院一千四百余匹马也留这，在水草好的地方放养肥壮。等回师士兵有缺马的给他乘坐，那样其他在此逗留的瘦马也能回去了。"

进退有法，粮食问题始终是重大课题。

"命鄂克济哈仍驻守宁夏，凡飞马报告的事由边境外新设驿站递送，跑的路程短就不误事了。总督吴赫管的船站那照常设驿站。命船站以外设蒙古驿站。"

议政大臣建议船站外驿站设置交于成龙办理。留守驿站官员发四个月口粮。

这样一路接续下来，通信和后勤补给都有了着落。

同日，于成龙奉命供给各驿站肥壮马匹。

由于值守驿站的鄂尔多斯士兵用的马大多瘦弱，飞马报事速度迟缓。于成龙遵旨拨每个驿站五匹肥壮马匹。这就使驿站能够保证传令兵士以最佳状态最快速度完成使命。

皇帝在给皇太子的圣谕中谈到进兵和运粮情况，一切顺利：

"……米全由水路顺黄河运来，除途中吃掉的外，自初一日起计算好四月口粮发给士兵前进。马匹骆驼肥壮，士兵都很健壮。

"……送米到两狼山的骆驼都安全到了那里，初五日就到了。拟于初六日在此留宿一日后渡河，马匹骆驼派众人由陆路前往……"

四月初二日，于成龙行文兵部，请求处分鄂尔多斯相关官员：吃饭领东西来得快，运粮干事溜号儿。

于成龙这次有点恼了。兵部直接就在皇帝那里参了这些官员一本。

兵部向皇帝报告："督运于成龙行文说'鄂尔多斯六个部落士兵定额三千，除七百五十人驻守驿站，剩余士兵二千二百五十名。'

"经查，贝勒顾禄什希卜旗下五百名士兵有三百七十五人不到位；贝子根都什希卜旗下三百名士兵有一百二十九人不到位；王董罗卜旗下二百名士兵有七十五人不到位。向各部询问都说没有来的意思。公爵杜棱旗下三百五十名士兵缺六十人，向公爵杜棱询问，他说是派他们回去取粮。赏银时，杜棱的士兵如数都在。等于成龙起身出发之后，杜陵又派回六十人取粮。

"粮食是大兵急需，关系重大。王爷董罗卜、贝勒顾禄什希卜、贝子根都什希卜所派运米士兵竟然不够数。公爵杜棱把所有士兵带来领赏银，却又派回去六十人，玩弄军中大事。

"根都什希卜从前因带兵缺员被建议革去贝子，皇上令等到京城再议之外，应革去董罗卜、顾禄什希卜、杜棱的王、贝勒、公、部落长官名号，相应称号给该继承的人世袭。命各旗火速差人前去催促不到位兵丁，被派回的士兵火速归来。"

皇帝这次并没有急着处理，说："这事姑且先放一下，催促那些士兵到来后再向朕报告。"

估计是大敌当前，鄂尔多斯人是重要的团结力量，他们毕竟和自己的八旗有别，缓一缓，先催，实在不行再说。

四月初五日，于成龙等奉命商议预备的牲口给驿站运粮，粮食将用来备粥给回来兵役、贸易人等食用。

四月初五日，于成龙接到皇帝旨意，代替皇帝赏赐蒙古官兵并举行大阅兵。外藩的统领们全部跪倒听他宣读圣旨。记载中说，于成龙身穿明亮铠甲，队列整齐严肃，旌旗辉煌，不怒自威。阅兵后于成龙带队再次出发。

前边就是没有水草的二百里戈壁。探子回报说这是北进的唯一通道。于成龙听前方大军正忍受饥饿，立刻派守备林之本快速向前运粮，同时侦察哪里水草好些。

林之本夜晚行军失去了向导，就让军士围成圈坐在地上，等待天亮。一会儿，启明星从东方出来了，于是他们就向着星星出来的方向走，忽然就走到了黄河边，于是到水边饮马做饭。吃罢饭，远远望见西北山峰的影子，蒙古士兵说这就是两狼山。

林之本于是率领众人向山影方向加快行军了一整天，傍晚见到了水草。第二天仍然向山的方向前进，途中掘地挖出了泉水。

这个地方很难找到水源，只有这眼泉水取之不尽，能供几千人马饮用：后边人马可避开干涸的戈壁到这个好地方来。

林之本立即向于成龙报告，于成龙将指挥大营迁到了这里。从这里出发三天就能越过两狼山，长驱到达费扬古大将军的营地。

四月十五日，费扬古派人驾小船飞速报来的胜利消息到达康熙皇帝在布古图[①]驻地：

"逆寇噶尔丹三月十三日于阿察阿穆塔台[②]死亡。丹济拉、诺颜格隆、女婿拉思伦携噶尔丹尸骸及噶尔丹之女钟齐海[③]等三百户来降。

---

① 布古图：应为今乌拉特前旗西山嘴一带。
② 阿察阿穆塔台：今新疆阿勒泰山。
③ 钟齐海：噶尔丹的女儿，嫁鄂齐尔图汗之孙，噶尔亶多尔济为妻。噶尔亶多尔济被杀，后被康熙皇帝差人押解回京，仍予以厚待。

"噶尔丹之死乃天助我也，要先谢上天。"行宫外排开香案，皇帝率皇长子及文武大小官员对天三跪九叩。之后皇帝进入行宫，群臣在行宫外行庆贺礼。

皇帝命于成龙加速前行。他要让军队胜利后全身而退。

四月十六日，于成龙及大军取用外的骆驼、骡子将被分群送回京城。旨意是皇帝在萨察莫墩①驻扎下达的。

于成龙运粮使用的骆驼四百五十一头、骡二千三百二十九头，侍卫、护军、执事人员取用骡子四百四十九头，库勒纳等喂养的马骡、骆驼和朱都纳的马匹一百五十八匹，都将汇聚到于成龙那里，不准损失缺少，分群送至京城。

同日，皇帝在给皇太子的上谕中描述了沿黄河下行至吴喇忒时两岸蒙古官员百姓叩拜、欢庆、奉献情景。于成龙的心情想必也会豁然开朗，欢欣鼓舞。

四月十八日，消息传来：噶尔丹闰三月十三日已死，当日焚尸。丹济拉携噶尔丹之女钟齐海及壮丁四百、人口千余，马四百匹，骆驼一百五十头到达巴雅恩都尔。

四月二十二日，费扬古奏报与于成龙配合处置丹济拉情况。这一天，皇帝在济特库②驻扎。

费扬古报告说："臣等率领黑龙江兵、察哈尔兵四月十三日至郭多里巴儿哈孙。次日，宁夏大兵赶到，运米都御史于成龙等人还没到。

"臣等原应等于成龙一起商量把米放到什么地方储存，但丹济拉派来报告的齐奇尔寨桑说：'噶尔丹已死，丹济拉等携噶尔丹尸体及其女儿钟齐海以及下属来降，住在巴雅恩都尔，本来想立即前来，但因马匹太瘦弱，下属大部分没有马骑，步行又没粮食吃。'

"……臣士兵口粮计算用来收降丹济拉，日期足够了。因此让于成龙等将所运之米贮存郭多里巴儿哈孙，以备回师大军和投降的流寇使用。

"万一用兵时间长了用粮食，臣再给于成龙送信让他们用得到休息的人马火

---

① 萨察莫墩：今内蒙古自治区鄂尔多斯市杭锦旗沙日召附近。

② 济特库：今内蒙古自治区包头市东河区沙尔沁镇沙尔沁村，又称纪特库。

速运到臣指定的地方。"

　　到了后来，康熙皇帝并没有杀掉俘获的噶尔丹之子塞卜腾巴儿珠尔，还赏了他个侍卫的官职，他以这样一种高姿态宣示了自己的强大。

　　四月二十五日，山西巡抚倭伦将奉命把湖滩河朔存贮米五千石尽量装载顺流而下，到保德州按低于市场价格粜出赈灾。

　　山西灾情严重，米价腾贵。

　　皇帝在喀喇苏巴克①发出的这个旨意宣告了战时状态的结束，也是于成龙粮食保障充分的重要标志。

　　五月初一日，运粮队到达郭多里巴儿哈孙。这时恰好大将军费扬古文书到了，运粮队不必向前走了。于成龙就将运粮队驻扎在此。

　　次日，费扬古回复兵部咨文时称："……都御史于成龙运输粮米第一运贮存到郭多里巴儿哈孙以备回师大军和投降的厄鲁特人食用；其余二分就留在现在运到的地方。至于派回的一千一百余官兵、仆从两月口粮可到归化城边上，分出一月口粮交于成龙等，在郭多里巴儿哈孙收贮备用。口粮缺额等他们到归化后支取仓粮带回。"

内蒙古自治区巴彦淖尔市西北山脉

①　喀喇苏巴克：今内蒙古自治区包头市土默特右旗双龙镇附近。

皇帝看后说："好。传檄于成龙等人知道。"

不久，于成龙奏报："……已令官兵将一分内一千多石粮米运至郭多里巴儿哈孙，所剩两分米留于船站、两狼山。侍郎李锸、左通政喀拜率领运来的两队粮米已停止向前运输。"

据宋荦所记载：三个月后因米粮很多，于成龙命军士挖壕筑城防护。城高六尺，壕深九尺，城南、北有门，设置了能开合的栅栏作为防护。

于成龙因粮设城，后人称此地为"于城"①。

五月十七日，康熙皇帝已回到京城。他对议政大臣们谈起用兵及运输粮饷感受，算个总结。这无形中也是对于成龙运粮的高度肯定。其中的很多信息极其重要。有助于我们了解几次征剿中粮食供应保障的情况。

"上次西路军进兵，将军博济、孙思克等专管军务，不参与拉运粮草，只是责成地方的巡抚等官员转运，造成后来粮饷迟误，士兵受困挨饿，以至道路上都有饿死的士兵。前段时间朕从白塔到船站，见到还有遗骸，派向导沿途掩埋了。

"朕统领大兵从中路进军，多方筹划督催粮饷，一直到凯旋，也没一个士兵挨饿，而且把粮食支给西路士兵，让他们全部回来了。朕还命沿途各驿站多存米粮，连跟着部队做买卖的商人都不缺乏食物。这次宁夏进军，办理粮饷事务按条理展开后才传旨进兵。所以一直等到回兵供应都很充足，一点都没延误。

"朕又看到塞外运粮最困难。唐、宋以及明嘉靖年间都曾在西部边疆用兵，不知当时用的是什么转运粮饷方法。

"朕这次宁夏用兵，没有用车辆，使用的骆驼、马匹、骡子、驴，都是从京城发过去的，恐怕不够，又动用了国币帑银进行采买预备，所有的东西都由官家运输，一点也没有拖累百姓。"

经验和教训都有。这次的确很成功。至于上一次粮食运输只讲到西路军的失误，其他瑕疵和不足没有提到。

皇帝对此次运粮的决策已有力证明了他曾经进行过深刻反思。这是极其难能可贵的。

战争的胜利是无可置疑的，在这种情况下其他东西就不再重要了。

五月二十三日，于成龙、索额图按皇帝命令迅速研究余粮存贮办法，各路

---

① 于城：今蒙古国南部达兰扎达嘎德东南附近。

军马有序撤回。

不久于成龙、索额图上奏：“船站有米二千四十三石，侍郎李铴有米一千五百五十一石，两狼山有米五百二十三石，于成龙等运到郭多里巴儿哈孙米有一千一百十六石。

“等大兵回郭多里巴儿哈孙后，将郭多里巴儿哈孙米、两狼山米令于成龙同大兵运至船站；索额图、李铴米一同收囤黄河以内三十里的鄂尔多斯达赖布喇克，交鄂尔多斯王、贝勒、贝子、公、台吉拨官兵轮班看守。就在此项粮米中，按月照数支给留驻船站大臣、台吉、额驸官兵。”

于成龙拟定的对在京捐马、宁夏加捐人员使用办法共计六款，不同级别的官员需要捐赠多少头马匹骆驼才可以在什么样的情况下起用为什么级别的官员，非常细致。不久，议政大臣会议后即将符合惯例的这份三千字左右的实施细则呈递给了皇帝。

五月二十四日早晨，皇帝到畅春园内澹宁居听政。

大学士伊桑阿、阿兰泰、王熙、张玉书，学士韩菼、顾藻、徐嘉炎、三宝、杨舒、席尔登、罗察等人上奏恳请皇上崇上徽号纪念战争的彻底胜利。

六月初二日，诸王、贝勒、贝子、公、文武满汉官员及远近士、民都赶赴畅春园，力请皇帝接受尊号。

无疑，作为统一的多民族国家的捍卫者，征剿噶尔丹的胜利是康熙皇帝人生中的高光时刻之一。皇帝本人的血性与智慧得到了淋漓尽致的发挥，他为他的王朝赢得了光荣与安宁，成为后世津津乐道的美谈。

于成龙作为重要历史人物有幸参与这一重大历史事件，成为皇帝缔造旷世辉煌的重要推手。

从某种意义上说，于成龙的生命际遇与康熙皇帝密不可分。有这样的皇帝才会出现这样的臣子。这是鱼和水的关系。

读者兴许会因本书如此多记述了皇帝，感到作者似乎在阿谀这位活跃在三百多年前的皇帝。实质上，就封建王朝“家天下”的本质来说，整个的政治制度不允许史官将过多的目光投向臣子。

很多时候，如果抽出与皇帝有关的所有记述，必然造成人物活动的莫名其妙，更不用说理清整个事件的来龙去脉。我们需要把"水"的情况交代清楚。

于成龙的名字高频率出现在皇家史料中本身就体现了他在特定历史时期的重要性，更何况他还经常发生与皇帝的互动呢？

六月十三日辰时，河道总督董安国因奏请治河资金与从前于成龙所估计资金数量有差距，皇帝把矛头对准了董安国，认为董安国在治河工程上不亲自巡查，所有事都依赖冯佑①。冯佑是靳辅所推荐的人，唯知营利谋私，断不肯秉公尽职。

董安国的河道总督生涯已在他不知不觉中走向了终点。

他每天坐在衙门里连治河工地都不去，他所做的压缩开支但还要扩大工程的提议到底依据什么？他究竟把两河治成了什么样子？

答案很快就会到来。

六月十九日，大将军费扬古奏请暂驻察罕脑儿打探丹济拉、伊拉古三库图克图动向："官兵所带吃剩之米，尚可坚持一个月零七日。察罕脑儿至郭多里之间有二十二三日路程，除路上用仍可剩十四天米粮。

"于成龙等人奉旨在驿站供商贩及绝粮的人吃饭之余还有未用的百余石米，都已在军中。如果使用这个粮食供给官兵，就能吃到二十天。"

粮食足够。

六月二十一日辰时，户部尚书马齐、兵部尚书开音布提请为设置驿站的人员论功，写了折子呈递给皇帝。

皇帝看完唤满洲大学士伊桑阿、阿兰泰近前，说："设置驿站人员大功告成，理应论功。但他们驿站中使用的都是官马，应看一下马匹死亡多少一起议论功劳。去年冬天更换他们设立的人员，也已过了一冬，至今尚在驿站，很是劳苦，这些人要从优论功。"

阿兰泰启奏："此前设置驿站用的都是官马，现在这些人用的都是自己捐助的马匹骆驼，而且时间这么长。皇上的旨意很是得当。"

---

① 冯佑：绍兴人，康熙二十一年任邳州州判，二十五年任高邮州同，二十八年任山清里河同知，二十九年任邳睢灵璧同知，官至通省河道。

阿兰泰用适当的方式提醒皇帝，这两次看守驿站的情况是不同的。上次只出人力，自家没有搭马匹骆驼，这次是又出人力又出财产。而且这次赶在冬天，坚持时间长，奖赏肯定应有所区别。

于成龙安排的驿站位置在最北边，环境更恶劣。

皇帝听完后，环顾了一下大学士说："跟随于成龙运粮人员虽已有两次经历但从来没有一次能坚持到最后的，这里边还有投机钻营的人，如果把他们和设置驿站的人员一样论功。朕断然不能答应。你们记住。"

皇帝是很精明的人，现在就开始精打细算对将士的奖励问题了。他手攥得比较紧。他现在的一番话给大臣们留下了深刻印象，直接给了某些人打压于成龙的强烈暗示。

兵部开始非常苛刻地为于成龙所属运粮队论功行赏，最后这种苛刻发展到了连皇帝自己都看不下去的地步。

于成龙和他的运粮队、驿站能不能得到应有的奖赏？不久即见分晓。

七月十六日，戌时，殿试阅卷官大学士伊桑阿等人将策试天下贡士[①]的答卷选择了十卷送进乾清宫向皇帝请旨。

到了决定金榜题名最终排序的关键时刻了。

皇帝在灯下逐一详细阅览，在看第一卷李蟠[②]关于皇帝治河工程策论内容的应对时，环顾阅卷大臣说："此科考题较难，所以对治河问题的回答不能条理清晰流畅。"

治河成为殿试题目，估计大出贡士们意料之外。题有点偏，这科卷子不好答。但决定考题的是皇帝，他认为所有人都应明白治河的事儿。

伊桑阿启奏："此项题目很难，所以全答不好。"

皇帝说："治河确实不容易讲。这就好比用兵，如果不先机制胜，彻底详查，那断然不行。"

皇帝随即问阅卷官张鹏翮："你进京时河流形势如何？"

张鹏翮启奏："臣离开皇上日子太久了，想要瞻仰皇上天颜的心情过于殷切，

---

① 贡士：清朝时，会试中试者统称贡士。

② 李蟠：字仙李，号根庵，又号莱溪，江苏徐州人。

所以来不及详细看。"

张鹏翮是清代名臣、治河专家。康熙九年进士及第,仕康熙、雍正二朝。历任刑部主事、苏州知府、兖州知府、河东盐运使、通政司参议、大理寺少卿、浙江巡抚、兵部右侍郎、左都御史、刑部尚书、江南江西总督、河道总督、户部尚书,雍正元年任文华殿大学士,时人称其为"遂宁相国"。雍正三年于任上病逝,享年七十七岁。谥"文端"。

皇帝并没有轻易放弃这个话题,问张鹏翮:"治河之法如果换了你写,你怎么答?"

这就是两头堵。他到底要考考这个青年才俊。

张鹏翮很聪明,爽快地回答:"臣对于河工事务确实不知,不敢妄对。皇上惦念国计民生,两次亲临阅视,河上的情形都在皇上的洞察之中。"

这就是所谓的藏拙,果断回避了自己不擅长或非常敏感的话题。

皇帝这个话题没有就此打住。他接着问张鹏翮:"你看靳辅和于成龙这两个人治河怎么样?"

题是越来越难答了。且看张鹏翮怎样过关。

张鹏翮回应道:"于成龙勤勉慎重,治河很好。靳辅在任时,河没有发生冲决的祸患。"很显然,他回避了下河的灾难。

皇帝也听出了张鹏翮称赞靳辅很有节制,用了巧劲儿,马上跟进评论道:"于成龙的好处都是墨守靳辅的成规的缘故。"

不过,这个话题皇帝马上发现有点扯远了,就此打住。他赐各位阅卷大臣坐下,开始逐一评论李蟠、汪士铉[1]、严虞惇[2]等被评为前十名进士的考卷。

七月十九日,为庆贺剿灭厄鲁特噶尔丹及太和殿落成投入使用,皇帝诏告天下,这是重大历史时刻,于成龙成为亲自参与缔造辉煌的人:

"朕君临天下,日夜操劳,勤求治理,唯恐一人得不到安顿,未曾歧视中外,轻动兵戈,远伐异域。厄鲁特噶尔丹向来与七旗喀尔喀同在大清任职进贡。后因两国关系破裂动武,喀尔喀汗等被其击败,进入大清境内要求依附。噶尔

---

[1] 汪士铉:字文升,号退谷,又号秋泉,长洲(今江苏苏州)人。

[2] 严虞惇:字宝成,号思庵,江苏常熟人。

丹竟然借口追击，侵入我国边境，横行逞狂。朕屡颁旨意令其悔悟自新。但此狡猾贼寇不知省悟，更加嚣张，其阴谋难以捉摸，真有逼近边塞，窥伺中原倾向。

"朕思此寇包藏祸心，倘不即行扑灭，他日必沿边设防，加重百姓困苦。哪如及时声讨，及时连根拔除。于是昭告天地、祖宗、社稷，亲统禁旅，不畏勤劳，三出塞外。去年夏，贼盘踞克鲁伦河，自觉难以抗拒，连夜仓皇逃走。朕亲自追至土喇河，西路大兵在贼人后方拦截，在昭莫多将其击败，贼人大受挫折。冬月，朕又赶到鄂尔多斯，收抚投降兵将，断绝其外援，贼人更加困窘。机不可失。

"今年春天，朕西巡边境，从宁夏出塞，遣发大兵，两路进剿。青海乌思藏人等先后忠诚效力；哈密国人俘虏贡献噶尔丹之子到朕行在。噶尔丹穷迫已极，一听朕大军压境，无计可施，就在阿察阿穆塔台饮药自尽。朕的对敌谋略与最终结果正好符合。自此敌寇彻底肃清，边境永久安宁。朕为民除害不得已而用兵，到现在能让天下臣民知道了。"

诏书详细梳理了清廷远征噶尔丹始末，介绍了康熙皇帝本人发动这三次征剿行动的心路历程，是这一重大历史事件的官方总结。

恰逢太和殿竣工投入使用，皇帝豪情满怀："协气集于九重，观瞻肃于万国。……上答郊庙、社稷之灵，下协中外人心之望。……建宸极而巩皇图，永庆平成之治。……"

作为一代帝王，康熙皇帝深切体会到了"会当凌绝顶，一览众山小"的人生豪迈。

同时，皇帝对参加征剿全体官兵进行了赏赐。"于中西两路随征、押运、牧马、安站、掘井、修路、守粮兵丁，俱赏银两。"

对因战伤残人员给予抚恤恩赐。五岳、四渎[1]、历代帝王陵寝及先师孔子故里都派官员祭祀。内外大小官员都有封赠。……皇帝要达到普天同庆的效果。

跟着于成龙参加征剿噶尔丹，最后有什么赏赐？想必大家都比较感兴趣。不妨看看。

---

[1] 四渎：星官名，属井宿，共四星，一星在双子座内，三星在麒麟座内，即麒麟座 17 号、13 号、ε 星。古人认为它们与我国的四条大河对应，故名。《晋书·天文志》："东井南垣之东四星曰四渎，江、河、淮、济之精也。"

七月二十七日，理藩院启奏：

"……中西两路随征押运米车、牧马、安站、掘井、修道及看守米粮，在军中没得过赏钱的，每人每年各赏银六两，给三年。已得赏的，每人每年各赏银六两，给二年。中路押运米车、看守牧马、掘井、修道兵，两喀喇沁、两翁牛特、两乌朱穆沁、两阿霸垓、两阿霸哈纳、两苏尼特、克西克腾出征兵三千四百七十四名，在军中每名给过银五两，应每人赏六两，给二年。计银四万一千六百八十八两。

"随西路大将军队出征归化城两旗鄂尔多斯、六旗三吴喇忒、毛明安、四子部落共兵一千七百三十九名，每人赏银六两，给三年，计银三万一千三百二两。随大将军进发，在西路安驿、守护米粮、看守牧马、掘井鄂尔多斯六旗、三吴喇忒、喀尔喀达尔汉亲王四子部落、毛明安共兵九百四十名，每人赏银六两，给三年，计银一万六千九百二十两。

"皇上第二次驾幸鄂尔多斯，自李苏设站至大将军军前共二十三驿，归化城二旗吴喇忒三旗、喀尔喀达尔汉亲王旗、毛明安旗共出兵一百五十名，军中每名给过银五两，应每人赏六两，给二年，计银一千八百两。……"

十八两白银大致分三年给清。感兴趣的朋友可以算算清廷打这场战争花费多少银子。

九月初六日，厄鲁特丹济拉等来降。于成龙归来后他们竟还有一次见面的机会。

丹济拉是噶尔丹的左膀右臂，是厄鲁特的领袖人物之一，地位影响仅次于噶尔丹。噶尔丹身亡后，他携带噶尔丹尸骸及噶尔丹之女钟齐海几经辗转流浪终于来降。

皇帝因丹济拉是名人，后来授其散秩大臣。其子多尔济塞卜腾授一等侍卫。全部安插张家口外，后将其编入察哈尔。

九月二十四日，都察院左都御史于成龙等完成运米事务后回到京城。

于成龙启奏："因鄂尔多斯驿站马匹瘦弱，就在运米马匹中每驿站选给五匹，帮他们飞驰报信。经过驿站奔驰使用都瘦弱损坏了。鄂尔多斯王董罗卜说此马若从远方赶回来，路途上倒毙的一定很多。请暂时留在水草好的地方牧放，等马肥壮后再调运回来。所以这些马匹暂时留在鄂尔多斯。

"臣等运米骆驼、马匹，因行路遥远，也都瘦弱了。除部分选用外，其余仍请交兵部太仆寺① 喂养。"

皇帝下旨：和兵部太仆寺会议后来奏。

于成龙与兵部太仆寺商议结果："运米牲口，除从前选择补偿八旗兵丁自备马匹缺额外，其余无残疾的拨给直隶驿站，照例估价后报兵部。骆驼交太仆寺喂养。有残疾的交运米官员折价，交户部。"

于成龙交旨完成。皇帝对他说："你们辛苦才得以大获成功。"特命赐茶给于成龙。

于成龙说："臣等并没什么功劳，拿获噶尔丹，都是皇上指点方针策略英明，和臣等无关。"

"功成身退天之道。""谦尊而光，卑而不可逾。"② 于成龙的谦虚是发自内心的。他对皇帝的崇敬也是发自内心的。没有内心如此强大的皇帝，取得这场战争的完胜是不可想象的。此时的皇帝，心态平和愉悦，毫不掩饰自己对臣下的夸奖。

皇帝命侍卫吴达禅带于成龙来到关押噶尔丹手下大将军丹济拉的地方。

吴达禅指着于成龙对丹济拉说："这就是运米消灭你们的都察院左都御史于成龙。"

丹济拉低下头欠了欠身，看起来手足无措，有些恐惧。

十一月初八日，吏部请求确定中路、西路督运于成龙、王国昌等人罪责。皇帝曾经有过责备这几个人的话，吏部就要落到实处。但是，此时皇帝又反悔了，直接制止了这种不公正的行为。

"于成龙、王国昌、李铟、喀拜、辛保、范承烈、喻成龙等人此役都有效力之处，从宽免除论罪。命吏部讨论这些人的功劳及奖赏。"

---

① 太仆寺：中国古代中央机构之一，秦、汉九卿中有太仆，掌车马之官。唐代为九寺之一。明掌牧马，属兵部，并于滁州设立南京太仆寺。清代因之，皇帝出巡，扈从车马杂物皆为其总管。设卿、少卿、员外郎。

② 谦尊而光，卑而不可逾：谦虚使得地位高的人更加光彩，使地位低的人显得品德高尚不可逾越。见《易经》。

皇帝一百八十度逆转：将这些人论罪于理不公，难于服众。

于成龙等七人入宫谢恩。七人启奏："臣等平庸无能，运输粮米多有延误，自认为难逃罪责，哪敢说自己对军需有功？皇上功盖古今，气量等同天地，保全臣等性命并要赏赐臣等。有如此特殊待遇，这真是从来没有过的好运气。臣等拜谢皇上恩典，怀着惶恐的心情表达感谢。"

不久，兵部上奏："中路、西路、宁夏三路大军粮米能够运到都因皇上神机果断，指示周详，这样才成就如此伟大功勋。运米官员有何功劳？不过皇上感念这些人效力，特降恩惠，准许这些人论功。"

功劳归于皇帝，做臣子的没有功劳可言。这并非兵部拽文，这就是当时那个时代的真实情况。

"于成龙、安徽巡抚李钶、甘肃巡抚喀拜、山东巡抚王国昌、督捕侍郎喻成龙、刑部侍郎辛保、内阁侍读学士范承烈等总督运务大臣，应加四级。

"至于三路运米、垫道官员中有专管一件事的，有兼管两件事的；有效力一次的，有效力两次的；有前往效力的，有捐助骆驼、马匹、车辆的。效力多少不同，所到之地有远有近，不便一概论功。应将中西两路运米、垫道官员分为四等，宁夏运米官员分为两等论功。扈从御营官员与运粮米的人等同论功。

"运米同时参与垫道的应看他们到了哪里，加一等论功。效力两次的，以其中一次到达的最远驿站论功外，另外一次不论是哪个项目效力都加一等论功。监押三路银、米、缎、茶车辆及牧马、看守粮米人员虽非专管运米，但他们亲身效力，也应以他们到达地方论功。运米、垫道官员内有因公所急捐助车辆、骆驼马匹的，视捐助数目论功。"

档次分得很细致。军队中有专门负责考勤的文职人员。如此庞大的军事行动头绪繁多，记录就是将来论功的依据。

这论功行赏并不像后代想象的稀里糊涂，模糊概念，有些做法的细致程度甚至值得后人效仿。

量化了指标，有据可查，这样的结果更容易让人服气。

"运官噶礼在众人未到之初运米先到，奉旨准许优先提拔任用，将同噶礼一起抢先到达的二等功都按一等论功。"

皇帝许诺的现在要兑现了。噶礼跑得最快，到得最及时，重赏。

"原巡抚布彦图、原副都统色赫、布政使刘暟、赞善大夫宋大业、鸣赞①萨克苏都是奉旨记名官员，在二等功劳的也都按一等论功。论功时，看他们到达的地点分等。"

我们在文中多次引用了宋大业的文章内容。他在送粮途中很卖力气，并且有受到皇帝接见的荣宠。这次也受到奖励，不久后他升为右赞善，最终还做了内阁大学士。

"评为一等功劳的：扈从御营阿达哈哈番柏天佑②等八人，中路从第三十驿站至第三十九驿站专管运米的庐凤道、佟毓秀③、守备盛天祉等五十一人，中路第二十三驿站至第二十七驿站既运米又垫道的正黄旗佐领李树德④、河南学道张仕可⑤、饶州府同知李育德⑥等四十人，西路第三十驿站至四十八驿站运米御史勒贝、礼部员外郎郭瑮⑦等二十八人。

"自宁夏运米到郭多里巴儿哈孙等地方的，到目的地的有参领郭朝桢、佐领于起凤⑧等二十二人。以上一等功人员应升职务有缺就升任，没有空缺的应加四级，等应升任职务出缺时使用。有功需要外放的按守御所千总使用，曾革职降

① 鸣赞：古代文官。明、清鸿胪寺为鸣赞官，掌行礼时傧导赞唱，从九品。
② 柏天佑：宁远参将柏世爵孙，陕西总督柏永馥子，历任参将、副都统。
③ 佟毓秀：字钟山。襄平（今辽宁辽阳）人，汉军正蓝旗人。仕至甘肃巡抚，善画山水。康熙二十七年任云南巡抚。
④ 李树德：辽宁铁岭人，汉军正黄旗人，陕西提督兼管四旗汉军官兵昂邦章京（将军），世袭一等阿思哈尼哈番兼一等拖沙喇哈番，李思忠曾孙。曾任山东登州总兵官、山东巡抚、福州将军、镶白旗汉军都统。
⑤ 张仕可：字惕存。江苏镇江丹徒人。张九徵的四子，康熙六年榜眼张玉裁、文华殿大学士张玉书弟。贡生。康熙十一年顺天乡试第二名。康熙十五年进士。历任行人司行人、礼部主事员外郎、刑部郎中、河南提学佥事、署理湖南布政使等职。有《文稿》《小学直解六卷》《楚辞通释序》，是王阳明思想学术的重要推介者。
⑥ 李育德：李树德弟。曾任饶州同知、四川按察使（康熙五十三年）、解马道员。
⑦ 郭瑮：字子灿，长白山布尔哈屯人。曾祖父南济兰，清初自乌喇率二十五人归降，赏鞍马，编入满洲镶红旗第三参领第六佐领，任世管佐领。郭瑮由监生考试翻译中式。康熙十一年补翰林院笔帖式。二十五年升内阁中书。二十九年差往芜湖榷税。三十二年四月升户部主事。三十四年十月升礼部员外郎。三十八年七月升太仆寺少卿。四十四年秋扈从康熙帝巡边。四十五年升都察院右副都御史兼管太仆寺事。四十九年四月任云南巡抚，十月升云贵总督。五十年七月赐孔雀翎。五十五年五月卒于任，十月谕祭，谥"恪勤"。
⑧ 于起凤：镶黄旗汉军，荫生，辽东人。康熙十六年任临高县知县，后任广东佐领。

级的恢复原官原级效力。"

这种品内升级以及优先选派提拔任用的情况和现在一般无二。这种严格对号入座的奖励和戏剧中官员抬手就杀人，皇帝开口就封个大官的情形差别很大。古代干事儿并非如有些人想象的那么没谱和随意。

"闲散人员授五品顶带加身、获二等功的：扈从御营通政司左参议鲍复盛[①]等六人，中路自第二十五驿站至二十九驿站专管运米的监察御史顾素[②]、郎中甘文炳[③]等四十一人。

"中路自第十六驿站至第二十二驿站运米兼管垫道于成龙之子阿达哈哈番于永裕[④]等四十人，自宁夏运粮至船站的阿达哈哈番吴会、督捕司务德明[⑤]等二十三人。以上二等功劳人员中，以现任职务加三级候缺，考中职务在补任新官之日加三级功外放的，按卫千总使用。"

"革职效力人员给六品官顶带加身、获三等功劳的：扈从御营銮仪卫治仪正张国勋[⑥]等三人，中路第十六驿站至第二十四驿站专运粮米的济东道台朱士杰[⑦]、开封府知府张国卿[⑧]等四十六人，中路自第八驿站至第十五驿站运米、垫

---

① 鲍复盛：山西应州（今应县）人，字克广。通满汉文。以荫生康熙十年授太仆寺他赤哈哈番（博士，同品级笔帖式）。康熙十三年升礼部主事。后任监察御史。康熙三十七年御营通政司右参议，次年升左参议。

② 顾素：瓜尔佳氏，镶黄旗人，鳌拜侄，曾任监察御史。

③ 甘文炳：曾任许州知州。康熙二十八年倡议捐资重修许昌关帝行宫（庙）。现存《创建关帝行宫挑袍碑记》。

④ 于永裕：字桂宝，于成龙次子，康熙十六年周氏生。乾隆十九年卒，终年七十八岁。初袭祖父于得水三等阿达哈哈番世职，任康熙皇帝御前侍卫。曾参加征剿噶尔丹并立功。其子于宗瑛中进士后因作"一见官花喜欲狂，吾家从此继书香。果能得遂平生志，不负当年来鹤祥"诗而名世。

⑤ 德明：似为卦勒察·德明，隶满洲镶黄旗，世居长白山。康熙五十五年为户部主事，升任山西巡抚。雍正五年接替赛尔图，担任清朝刑部尚书，后改户部尚书，加赠太子少保衔。

⑥ 张国勋：山阴人。顺治十八年武进士，曾任乐清城守、浙闽副将、广州水师总兵官、广东左路水师总兵官。

⑦ 朱士杰：字直庵，奉天辽阳人，镶白旗人，荫生，康熙九年任鄞县知县。曾后任衡永郴道守备，参与平定吴三桂叛乱，修治石鼓书院。康熙二十八年任天津兵备道，建宜亭，倡议捐金维持育黎堂运转。

⑧ 张国卿：奉天人，监生，曾任卢氏县知县，康熙二十八年修魁星楼。康熙三十七年任开封府知府。

道的东昌府知府侯居广①、安庆副将韩世臣②、候缺同知李梅等七十二人，西路第十六驿站至第二十三驿站运米御史色德礼③等十八人。

"以上三等功劳人员现任官职加二级候缺，考取职务补任新职务时加二级。罢职随旗上朝的也加二级功劳，外放的按营千总使用。"

"革职后效力人员给七品官顶带加身、获四等功劳的：扈从御营直隶巡抚标下千总李进等二人，中路自第八驿站至第十五驿站专运粮米的博兴县知县陈之琦④等十八人，中路第六驿站至第七驿站运米又垫道的守备张龙贵⑤等五十四人，西路第十三驿站至第十五驿站运米员外郎桑额等四十二人。

"以上人员按现任官加一级，候缺。考取职务补任时各加一级功；外放按营把总使用。生员准入国子监，革职效力的给八品官顶带加身。"

"至于中、西、宁夏三路专管垫路，押护米车、守米、牧马的员外王登魁⑥、佐领吴汝翼、游击郭荣、副将刘官统⑦、张文焕⑧及候缺、革职、有功外放人员、贡生、监生、生员、兵夫、工匠、闲散人等个人情况不同，效力情况也不同。或加级或记功，或按营千总、把总使用，或给顶带加身，请求逐项详尽报告，不遗漏纤毫，使得完备。

"至于应论功的官员内捐助马、骡二匹的，记一次功；捐八匹的加一级；捐骆驼一头算作捐马二匹，或者捐车八辆算作捐牛四头；或捐羊四十只算作捐马一匹；有多捐的照所捐数目论功。如此各按效劳程度论功，那凡效力、急公家之所急的官员就没有不蒙受皇上浩荡恩典的了。"

---

① 侯居广：广东总兵官侯袭爵子，汉军镶红旗人。吏部考功清吏司员外郎，康熙四十五年任四川按察使，康熙四十八年任山东布政使司布政使。

② 韩世臣：字容斋，北直人，由行伍任安庆镇协。

③ 色德礼：佐领伊尔格尼孙，他塔拉氏，镶红旗人，监生。曾任第十三佐领。

④ 陈之琦：山西临汾人，监生。

⑤ 张龙贵：字云峰，襄垣县虒亭镇大池村人。清浙江抚标中军参将，赐"武德将军"。

⑥ 王登魁：字阶三，辽东广宁人，贡监，康熙二十八年任汝州知州。康熙三十四年主持编纂《汝州全志》，在汝上莲社有诗文唱和。

⑦ 刘官统：河南夏邑人，武进士、福建诏安营守备刘超凤之子。康熙九年中武进士，后任直隶三屯营副将，参与北征噶尔丹，康熙三十八年升山东登州总兵，参与弹压文登士兵哗变。康熙四十二年为陕西宁夏总兵官。

⑧ 张文焕：字灿如，甘肃宁夏人。康熙三十年辛未科武状元，授头等侍卫。康熙四十二年任大同镇总兵。进剿噶尔丹时，三战皆捷，以功升提督，康熙五十二年至康熙五十九年署云贵总督。康熙六十年至康熙六十一年再任云贵总督。两次任云贵总督达十年。

重点来了。

奏章送入，皇帝看后说："运米事宜，虽是朕指挥，但于成龙效力数次最多，应加四级，再授给他拜他喇布勒哈番[1]，世袭。恢复色黑（色赫）副都统之职。布彦图按侍郎使用。其他按你们说的办吧。"

如何奖赏于成龙，皇帝心里有数。

皇帝此次开金口公允评价了臣子在这场战争中发挥的作用。这些话只能由皇帝自己说。兵部、吏部都不能也不敢讲这话，于成龙本人也不可能讲。做臣子的抢功甚至居功自傲，自古以来结局都不好，这几乎是个铁律。

于成龙完成了督运粮饷的使命，如释重负。时时刻刻如履薄冰，如临深渊的时光总算有了个截止。躺在自家炕上好好睡睡大觉那就是最好的享受。

宋大业回京后去畅春园向皇帝报到谢恩之后也径直回家去了。而于成龙以地位和责任来说他未必有多长时间和家人团聚。

想当初多少人曾替于成龙担心。

国家有大事，于成龙别无选择，他只有对朝廷对皇帝的忠诚，说一句"报效君王的时刻到了"就一头扎运粮事务里边去。这期间皇帝斥责有之，荣宠有之。他都表现出宠辱不惊的沉稳状态，这是作为国家重臣的基本素质。

他表现出超强的抗压、抗击打能力。担当大任确实需要有一副铁肩膀。

铸造小钱在直隶引起通货膨胀，这是古代货币发行问题的重点案例。于成龙参与了钱法[2]合议并在皇帝垂询时态度明确地支持将制钱做大做重一点。

十一月初十日，临清关监督陈彤扬[3]请求增炉铸钱的事引起皇帝高度关注。

皇帝说："朕不久前去陵上时，看到钱法很坏，使用小钱的很多，兑换小钱的量也很大，竟然没有旧钱及两局所造的钱，这实在对百姓不利。今年庄稼大丰收粮价却仍然很贵，当地人都说因钱贱所以米贵。""朕又问他们'小钱从何而来？'都说从山东来的多。如此看来，自古钱法就很困难。

"早些年科尔坤、佛伦管钱，曾题请将钱的式样改小，朕每次都说，钱改小易、改大难，钱价贱，物品价格就会飞涨。后来众人再三请求，朕方才准许施

---

① 拜他喇布勒哈番：清顺治四年定名。乾隆元年定汉字为骑都尉，满文如旧。

② 钱法：中国古代关于金属铸币的法规，包括金属铸币的铸造、流通、收藏以及长短钱等方面的立法。

③ 陈彤扬：字赓载，山西翼城人，岁贡。

行。现在果真和朕说的一样。

"不但尔等曾和他们一同议论，《起居注》里想必也记载了。尔等这就会同九卿，将钱法怎样方能最好明确商议后详细上奏。陈彤扬提请增添铸钱炉的事也一起议一下。"

次日辰时，乾清门。皇帝在审阅大学士、学士们拿上来的折子时问："钱法的事九卿意见确定了吗？"

九卿认为，钱的样式不宜改小。只有将这种又薄又小的制钱和私铸的铅钱严禁使用，钱法自然就能顺利施行了。

皇帝说："朕的意思是仍照过去的形制铸钱，现在铜价已贱了，把制钱价格降低一点才行，否则似乎难以施行。先等一下看他们怎么议论吧。"

十一月十二日辰时，于成龙在接受皇帝问询时表达了应坚定整治小钱的主张。

先是原甘肃巡抚郭洪因未在皇帝巡幸宁夏时请安，等皇帝回銮后才到宁夏，又没有迅速赶到行宫而是等皇帝回宫那天才请安，枷号鞭责后被流放至黑龙江。朝堂上的气氛一下子变得肃杀起来。

一位封疆大吏的官场生命因请安的事被终结了。怠慢了皇帝，郭洪算摊上了大事。当然，很有可能他早就被皇帝盯上了，请安的事不过是个由头而已。

接着，高阳县张三强盗案出现刑讯逼供以致屈打成招造成冤案，皇帝要求三法司会同吏部追究直隶巡抚沈朝聘失察草率之责。直隶巡抚沈朝聘近期屡次因年老体衰思路不清办事不力受到皇帝责备，差事快保不住了。沈的浮沉与传主于成龙不久后将发生关联。

关于铸钱形制大小的结论来了。

十一月十三日辰时，皇帝到乾清门听政。尚书马齐奏报九卿关于铸造私钱一事的会商结果："……专管官员未察出，或被上司察出，或被旁人揭发，发生一起降二级，二起降四级调离使用，三起革职为民，其余官员按这个规定查处。"

皇帝说："私铸钱的事若不将专管官员治罪，谁还肯缉拿？"又问："众人意见有将制钱略加扩大的吗？"

伊桑阿启奏："众人的意思，略微加大一点固然好，只是觉得不好办。"

皇帝转过脸来问佛伦："过去说钱应铸得小点，不是你的意见吗，你现在怎么说？"

佛伦启奏："确实是。真能严禁铸造私铸，小钱自然就行不通了。"

皇帝又问熊赐履："你的意见呢？"

熊赐履启奏："一时之间将制钱扩大也难。"

一众大臣都强调了改钱的困难。

皇帝又问于成龙："你怎么看？"

于成龙启奏："小钱现在民间流通，家家都有，回收好似不容易。"

皇帝又问："将制钱改小对吗？"

于成龙启奏："皇上早已洞察，臣等还有什么可说的。"

于成龙的回答非常干脆，完全同意皇帝的判断。铸小钱不对。看他的语气，既然都无话可讲就等皇帝一句话，改大点不就行了吗？为什么如此强调整治的难度呢。

皇帝又问："汉人九卿的意见都一致吗？"

王熙启奏："都统一。把制钱扩大虽好，只是小钱一时之间回收困难。如果内外特派官员访拿，那些铸私钱的自然就消失了。"

皇帝说："这议论的结果等朕详细看过后发出去。"

康熙钱币以漂亮著称，希望上边这段史实能引起钱币收藏爱好者的兴趣。

跟随于成龙督粮的官员陆续得到提拔。

十一月二十二日辰时，乾清门。因贯善所任赞善职位出缺，伊桑阿等人同管翰林院事阿山将编修宋大业等五个人职务姓名誊写在绿头签上向皇帝推荐。

皇帝说："推举的都挺好，宋大业去年中路运粮有效力的地方，命升补赞善。刘暟、宋大业于众人未到之时先到，将他们这些人交吏部论功。"

因和伊桑阿议论革职浙江巡抚线一信，皇帝再次谈到直隶巡抚沈朝聘，在此释放了一个很重要的信号。

"……沈朝聘初任直隶巡抚时居官很好，现在身染疾病，懒惰健忘。朕听政这么多年，凡用人之处，善则任之，变了就革退，并不会因朕曾经褒扬过就会庇护。"

十一月二十五日辰时，山东布政使张峋因供应北征中路粮草马骡等事务中不向百姓摊派被皇帝钦点为浙江巡抚。

几天后，即十二月初五日，候补按察使刘暟因去年在中路出兵时运粮功绩显著升为山东布政使。

十二月初十日，兵部关于给于成龙管理人员论功的奏本被驳回，因为连皇帝都实在看不下去了：没有这么偏心打压人的。

的确，兵部在故意打压于成龙。

"于成龙设置驿站的人员只加级是非常可怜的。这些人去年至今还没人换。不光在驿站时间长，还更替着在杀虎口养马，搬运粮米，所有的飞马报信毫无迟误过，比西路兵丁更加劳苦。再有，于成龙运粮人中的革职者应复原官，让他们随着所属各旗上朝。将此本发回，命另议。"皇帝居高临下审视全局，这次议论还是比较公允的。

十二月二十日，康熙皇帝再为于成龙鸣不平。

开始是兵部将湖滩河朔等处三路坐塘人员论功结果向皇帝报告。

皇帝看了说："西路坐塘有罪人员都恢复原品级随旗上朝，现任情愿效力人员反而只有加级，你们给的功劳轻。重新商议上奏。"

兵部重新论功后，呈送给皇帝审阅。

"这里边捐助马匹情愿前去的论功还是不够。原四川巡抚噶尔图等人这些革职之人都恢复了原品级，而现任官员情愿效力前去坐塘，从去冬至今都没人更换，太劳苦了。该部只给加一级，你们所议结果不当。"

说到这里，皇帝干脆笑着把话挑明了："朕凡事都要个公道。西路武官把他们干的事儿向大将军费扬古申诉，大将军递到部里边请功。于成龙给他们一起参与运粮的人员申诉，却没人为他们说话。

"朕若不说话，谁还为这些人说话啊！要说效力的，那些人才真是效力很大的啊！"

皇帝说到这儿显然情绪有些激动，"朕以为这些人仍应按升任的职务，如果出缺优先使用，朕看也没什么不行的。"这个表态可是不同寻常，运粮队中的功臣在任用时马上有了优先权。兵部尴尬了。这就是搬起石头砸自己的脚。

伊桑阿等人启奏："圣谕太公道了。按他们所效的力，应升职务出缺优先任用太恰当了。"

这就是比较，兵部对于费扬古和于成龙完全是两个态度。到底这些人心里在捣什么鬼，皇帝心里明镜一样。

十五、总督衔兵部尚书兼右都御史管直隶巡抚事

他创造了分段施工大兵团作战的治河奇迹，他请求为新河赐名"永定"，表现出极高情商。他不动声色招安了纸糊套匪徒。他慈悲为怀留下不少绿林人士的脑袋。他憨直进言力图挽救百姓爱戴的官员。

康熙三十七年（1698）

于成龙六十一岁。

春天，于成龙奉命扈驾巡幸五台山。因他是候补，在随行大臣中没有站班位置，皇帝命他在内大臣班内就座，早晚陪伴左右等候垂询。其间几次赏赐他御膳、果品，受到的恩赐不能一一详尽记述。

这是一次极不平常的扈驾：北征的胜利来之不易，于成龙居功至伟，皇帝要把对他的鼓励给所有人看。

二月二十一日，康熙巡幸五台山归来，经保定、清苑、新安，经霸州苑家口，在固安县驻足后回京。固安是于成龙的家乡，这一次他不可能有机会回家看看。有更重要的事情要做。途中，于成龙陪皇帝实地考察了浑河水灾情况。

这才是带着于成龙巡游的真正目的！由前河道总督、直隶巡抚陪同视察灾情正合适。

一场声势浩大的治河工程即将拉开帷幕。

二月二十五日，皇帝与皇太后巡幸畅春园。

皇帝对大学士等人说："山东巡抚李炜①，居官不善。山东发生饥荒，百姓没有东西吃，卖儿卖女，李炜竟然不向朕报告。等言官弹劾，他才写奏章上报。朕乃国家之君，国计民生每天挂念于心，详加思考。李炜身为巡抚却不知抚恤百姓，命革去他的职务。"

兴许是带于成龙等人视察直隶水灾时那凄凉惨景仍然挥之不去，皇帝就是在畅春园这样风光秀丽的地方，伸手打落了山东巡抚头上的乌纱。

这声炸雷之后，浑河治理事务摆上了日程。

大军未动，粮草先行，征剿噶尔丹出了经验，大规模水利工程首先应该考虑到的是粮食问题，如何平抑可能引发的粮价上涨。

"修筑浑河必然民夫云集，人多需要的谷米就多，粮价就会被抬高。派户部曾经保举过的两名司官在遭受水灾沿河的保定、霸州、固安、文安、大城、永清、开州、新安等州县截留山东、河南漕粮，每个地方运过去一万石存在信安②、柳岔③，等粮价飞涨时平价售出。信安、修河等地旗人庄屯上的存粮也要同时平价卖出。"皇帝对大学士等人说。

于成龙陪伴皇帝巡幸畿辅时的身影终于在皇帝议论的语言中出现了。

"霸州、新安等处这些年发水时，浑河与保定府南河经常泛滥。旗、民的庄田都被淹没了……

"朕此番巡幸直隶见霸州、大城等州县田地尽被水淹，民间甚苦。高处的田地虽有收成，被水淹过地方的民生必然窘迫。朕屡次免除连年钱粮，但地一旦被淹，小民还是毫无生计，朕不忍见闻。因此和于成龙商议，浑河、清河虽汇流一处，如果妥当修筑堤防，也不至于泛溢。"

于成龙一路都在和皇帝商议治河之策：浑河与南河的洪水汇流就是泛滥的主要原因。没水不行，水太多了也不行。

---

① 李炜：字峻公，号浣庐，祖籍山东，因始祖立有军功占卜定居武清县邱家庄。由内阁中书任江西饶州府同知，升户部山东司员外郎，转任兵部车驾司郎中。历任分巡东兖道、粤东臬司、湖北藩司、安徽藩司。康熙三十五年升山东巡抚，康熙四十一年卒。

② 信安：今河北省廊坊市霸州市信安镇。

③ 柳岔：今河北省廊坊市霸州市东段乡附近。

治理的总原则就是像现代医学那样给这两条河做个分离手术。

"朕后来问原御史郝维谦^①和地方百姓，都说：'自从两条河流汇流一处至今，民田就都遭了水淹，皇上只要让这两条河各自流去，民田自然就没有水患了。'

"朕早些年把筑堤的事委派给户部郎中沙木哈^②，他认为这是白白浪费钱粮，毫无裨益，也就中止下来了。现在看来，此河若不疏浚，朕就是爱恤百姓，免除他们的钱粮又于事何补？"

这个沙木哈的雷人之语里里外外透着无情与无奈，桀骜不驯的浑河彻底击溃了他的精神。从这个人身上，我们领略到了另外一种思潮，与积极进取背道而驰。这是打着顺其自然幌子明目张胆的不作为。

"现在于成龙闲居。"于成龙督运粮饷时用的是左都御史的衔，因为他当时还处在丁忧状态。

"命于成龙前去视察浑河，王新命前往视察保定府南河（清河）。怎样修整治理才能让两条河分流，详细勘察、绘图、商议后向朕报告。

"等他们两人踏勘回来，速速动工。希望百姓能永久受益。

"你们立刻传旨，令他们抓紧成行。"

派出去考察拿治河方案的人够分量：两位原河道总督——于成龙和王新命，他们都有过统领全国治河的经验。

"农人耕种刚开始，不要用百姓劳力。派旗下壮丁，准备器械，给他们银子、粮米，让他们修筑。"

皇帝这次似乎考虑得很多：百姓农忙不宜耽误，那就全用旗人丁壮。于成龙直隶巡抚时期就反复上书请求动用旗人修河，虽阻力很大但成果丰硕。那么用旗人修这条河到底能不能行？皇帝想让旗人修河到底是什么动因？他有些牌还没有真正亮出来。

"他们前去，经请示后可酌量带过去部院衙门主管官员、笔帖式。十天之内出发。"

勘察河道的人员阵容比较庞大。两条大河的勘察绘图以及治河初步方案的制订，事务很专业，工作量也确实不小。

---

① 郝维谦：直隶霸州人，举人。
② 沙木哈：满洲正白旗人，马木山之子，历任户部郎中、陕西甘山道、四川按察使、福建布政使等职。

二月二十七日，直隶巡抚沈朝聘因年老多病请求退休，历史再一次将于成龙推到前台。他将再次创造被历史永远铭记的辉煌。他将把自己永远书写在大地之上。

辰时，皇帝到畅春园内澹宁居听政。

各部院衙门官员面奏后，大学士伊桑阿启奏："臣等遵旨将巡抚李炜、沈朝聘任职的事情询问九卿。九卿们说'沈朝聘居官原本很好，但现在年龄衰老，为病所困，所以办事模糊，让他以现品级退休，真是皇上体恤下属的仁德'。"

皇帝说："直隶地方甚属紧要，过去做过总督的人不知可否补用巡抚？"他的话指向性很强，算单刀直入。

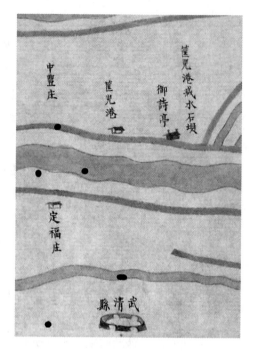

《运河全图》局部

王熙奏曰："可以。直隶系紧要之地，过去曾设总督一员、巡抚二员。"

皇帝说："朕看于成龙初次做直隶巡抚时民间并无灾伤，做河道总督时河堤从未被冲决，委派之事无不称职。命以总督衔补授直隶巡抚。"

康熙七年，清朝取消了直隶山东山西河南的总督设置，这次任命虽是巡抚，但加以总督官衔，于成龙再一次回到直隶。

浑河在直隶地面，于成龙做直隶巡抚多年，方方面面情况熟，官员百姓心中威信高，基础好，直隶巡抚一职方便调动人财物，同时能加强对事务的统领。

于成龙扈驾出巡其实就是皇帝默默为接替沈朝聘做准备。那个时候就有了初步意向。

于成龙任都察院左都御史兼汉军都统时就已是正一品，如果只授予直隶巡抚衔等于低职高配。官员可以很明显地感觉到，都叫直隶巡抚，这一次分量可要大多了。

顺治十八年，清王朝首设直隶总督，时任都察院左副都御史苗澄转任直隶总督。康熙三年，直隶总督还加上了兵部尚书衔。

于成龙离开直隶已九年了。他首任直隶巡抚时主持修建的城墙好多已荒废。百姓盼望于大人归来。

据宋荦记载："直隶百姓听到于成龙回来任职都欢欣鼓舞，虽许说不出为什么这样高兴。豪强们都奔走相告、互相提醒'千万不要以身试法啊。'"

人的名儿树的影儿，威望才是最金贵的软实力。治理国家贵在得人。

三月初二，直隶巡抚于成龙、原河道总督王新命奉命查勘浑河、清河出发前夕，进宫请求康熙皇帝训示。

皇帝对他们说："清河源于太行山脉，汇合漳河、子牙河、滹沱河、易水河等几条河。水势虽大，但如将堤岸修筑坚固遏制河水，就算水灾之年也可不用担心。

"漳河支流经大城县进入子牙河，湍急强悍。数年以来，文安、大城等地屡遭水患都是因此河，你们要详细勘察。

"浑河发源于马邑①，源头很细微，每遇大水之年就会横流泛滥，淹毁民田。朕详细考虑其中缘故，是由于浑河淤积的泥沙多，遇到春天水少，保安以下居民引浑河水浇田，造成沙砾壅堵垫高河身，等淫雨连绵时节洪水暴发，河水避高就低，四处弥漫，导致田地冲毁淹没。"

皇帝谈话层次感很强，事务的轻重缓急讲得非常清楚。浑河就在京师身旁，一不小心就很有可能威胁皇城安全。

"尔等只有挑开淤积泥沙，靠岸向下挖宽深五六尺的沟渠，让河水通畅下流，就应当不会漫堤了。尔等须详细视察报告上来。筑堤和疏浚工程完毕之后再设立河夫，派官员监视，及时疏浚，趁干旱的年头努力挖去淤积的泥沙，这样就不会有水灾的祸患了。"我们看，这个时候皇帝还没有将河道的合理选址放在首位。

于成龙等启奏："皇上洞察治河事务，天语指示，臣等才得以明白。等臣等踏看后遵照上谕尽心修治。"启奏后，于成龙等人退出。

---

① 马邑：今山西省朔州市东北部。

三月初五，辰时。直隶巡抚于成龙兼任兵部尚书。皇帝在畅春园澹宁居听政时，吏部提出直隶巡抚于成龙兼任官衔的事。

皇帝说："于成龙原来就兼兵部尚书，命仍兼尚书衔。"

他把于成龙的待遇给得很满。

至此，于成龙官职就变成了"总督衔、兵部尚书兼右都御史管直隶巡抚事"。

到了雍正元年，李维钧[1]任直隶总督，此后直隶设置总督官职成为常态。

也因这次履新治理了浑河，以后的直隶一把手除管理军务、粮饷、关隘外，还要加上河道事务。

上任就来活儿。三月十三日，辰时。畅春园澹宁居。工部题请被水冲决的武清县洰儿港[2]运河堤岸应令官员赔修。皇帝直接就把活儿派给了于成龙。

原修河官员真是得谢天谢地了。

"洰儿港堤岸属直隶管，巡抚于成龙刚看过河道，就让于成龙修治。"

原来修的运河堤冲坍了，再让那原本负责的官员修也好不到哪里去：于成龙能者多劳吧。

为了解这条浑河，不妨回顾一下。

这是一条让后代文人学者在称呼它时颇费周折的河流。从远古时期开始，这条大河依靠太行山落差，不断冲击下游，逐渐形成了"北京湾"冲积平原。辽、金、元、明、清时期，因政治中心向北方迁移，大兴土木，上游山西森林被砍伐破坏，水土流失加剧，泥沙逐渐增多，下游河道不断淤积，游走无定。明嘉靖年间到康熙三十七年，浑河仅在京南固安县境内就有过九次改道。

那个时候没有完善的预警机制，裹挟着大量泥沙的浑河水毁坏大量田地房屋不说，不知有多少生命会在睡梦中结束。

浑河当时几乎是不受控制的自然状态，朝廷眼睁睁看着它今天这里明天那里，想上哪里就去哪里。

---

[1] 李维钧：浙江嘉兴人，康熙三十五年由贡生选授江西都江县知县，此后历任知县、知州、刑部员外郎，江南道监察御史、直隶守道。雍正元年二月擢直隶巡抚；雍正二年十月升授直隶总督，加兵部尚书衔。

[2] 洰儿港：今天津市武清区大碱厂镇筐儿港。

康熙八年，浑河水冲开堤坝涌入京城竟然冲塌了午门一角，浑河质疑了皇城的坚固性，可见水势凶猛。

青年皇帝登上紫禁城墙环绕一周查看水势。大水二十多天方才退去。这肆虐不羁的浑河给这位年轻的皇帝留下了太多不好的印象。

再看康熙三十一年十月二十三日，皇帝对浑河曾有过一段相关论述："……浑河河道数十年前还在南苑，之后逐渐南迁到离南苑不远的县城与村落间。河道现在分为二股，一股流入新安，一股流入霸州，离京师越来愈远了。朕幼年曾听当地百姓说'元朝欲引浑河水通达京城却没实现'，想来一定难度很大。"

那个时候皇帝还腾不出手来治理这条浑河，这个别名"无定"的河流渐渐远离了京城向南边的良乡、固安、霸州、文安移了过来。

于成龙从出发到完成勘察仅用了半个月，这只勘察队伍必然是紧锣密鼓马不停蹄。

三月十六日辰时，直隶巡抚于成龙组织绘就的浑河图形呈上畅春园澹宁居皇帝的龙书案。

"三条河都看过了？"皇帝问。

于成龙启奏："潘各庄①旧河形，东南虽还有旧痕迹，但潘各庄左近与向西一带或是沙岗，或都已耕种，加之比中间旧河遗迹长数十里。"

这条旧河道就被否了。理由很简单，河道早已失去原有规模，还种上了庄稼，修治难度大，而且修治长度多了几十里。

"臣同钦天监安多等自霸州进入定河，自卢沟桥起直至霸州药王庙还能由水路丈量。自霸州大堤乘马至苑家口②，后乘船至信安。

"由信安到丁字沽③看到里郎城④，走旧河形，一路丈量到永清。

"固安至张协⑤有旧堤一道，虽损坏，约有七十里尚可帮修，且路近二十里，水流也在此。此处能挖掘。"解题思路非常清晰。功夫下到了。

---

① 潘各庄：今河北省保定市涿州市潘各庄村。
② 苑家口：今河北省廊坊市霸州市苑家口。
③ 丁字沽：今天津市红桥区附近。
④ 里郎城：今河北省廊坊市永清县里澜城村。
⑤ 张协：今北京市房山区张谢村。

这种实际踏勘的功夫远非一般人可比。计划的修治线路是实实在在走出来的结果。两相比较工程量大小、修治后的预期效果一目了然。

于成龙从修治下河起，就注重对河流原有故道的研究与勘察。他认为治河没有一劳永逸的方法，故道是大自然的选择，有其规律性，改造自然就要尊重自然，一味高筑堤坝会带来不可预知的后果，疏筑兼施之法不易伤民，易工易成。后期还要设置河道官员，注意堤坝的培护与修治。

按常理他当时说了不少话。官方的记录中却不太可能大量找到他的语言，不可能看到他打开巨幅河图指点着要害之处向皇帝解说自己的构想。

即使看到这几句话，我们也能领略他的建议含金量有多高：利用旧有河道一是能将南流的浑河牵牛一样拉回固安北部向东流去，避开霸州文安这样的低洼地带，实现与南河分离，优化水网布局；二能大量节省人力物力财力；三是这条河离京城的距离不远不近，正合适。

"沿途百姓听皇上要拨大笔银子疏浚河道，家家户户都感激皇上，欢声载道。都说'圣主拯救水患中的百姓，不只田亩能耕种，将来也有了生计，现在的饥民还能通过雇工养家糊口'。臣等亲眼见到遭灾贫民捞取水藻度命，那种痛苦比下河还要严重。"

于成龙这段话信息量很大。首先是用百姓的呼声坚定皇帝治河的决心，士民百姓的呼声很关键，很重要，他断然要向皇帝反馈；再讲治河一举两得，灾民以工代赈通过出工挣点钱养家糊口，度过饥荒。到最后还是强调修河的必要：下河百姓惨，浑河流域的百姓更惨。皇帝曾经讲过他曾目睹百姓捞食水藻，心有戚戚然。这次于成龙再次把这个悲惨细节讲给皇帝，一定会让皇帝心绪难平：这河必须得治！

百姓捞食水草，真是惨不忍睹。某些古代历史时期在想象中被拔高了。

果然，于成龙的话引发了皇帝的强烈共鸣："朕经过遭遇水灾地方也见百姓以水藻为食，朕还曾亲口品尝，如此艰苦，朕所目击。因此命你在汛期雨水到来之前，紧急疏浚河道修筑堤坝，让百姓田亩得耕。不必计算吝惜钱粮。"

君臣的治河决心达到完全统一，这是顺利完成工程的重要基础。

皇帝这次是动了感情，他也把他的所见所闻说出来，自然也会对于成龙产生强烈的鞭策作用。山东巡抚漠视百姓疾苦，隐瞒真情，必然会激怒刚从直隶亲睹民间疾苦回来的康熙皇帝。

百姓捞食水藻这种惨状对于每个未彻底泯灭人性的皇帝都不啻一记重拳。交流真情实感的过程就是统一意志的过程。

下边就是压担子。干，而且要快。

于成龙说："臣等离京前请旨，皇上就已洞悉浑河水势……

"'再有，当地人相传河中有猪龙这说法都是虚伪荒诞的。尔等前往视察明白回来上奏。待治河工程完成，设立疏通河道的夫役及巡查官员，让他们专门管理，自然没有忧虑了。'

"臣等人遵旨沿河踏勘，水流、沙滩的情况均和上谕相同，即使长久从事治河事务的人员也不能考虑到这种程度。臣等平庸低劣，没有别的启奏的了，只有遵照皇上旨意行事了。"

这又是君臣的互相激励机制在起作用了。这样的表述让皇帝精神抖擞，干起来也更有劲儿。

皇帝问："郎城河口与霸州相距几里？"

于成龙回答："有六十余里。"

皇帝又问："用哪里的人工夫役？"

于成龙答道："如果使用旗下的民夫，则除近处的三旗，其他五旗离得太远，民夫也少，难以快速竣工。若交给分修的各位官员，让他们自己寻找民工，不光能找到很多民工，灾民也能借此度日。"注意于成龙表达自己见解的方法，他只是将另外一种思路呈递给皇帝，选择权在皇帝，孰优孰劣一目了然。

"朕准备使用旗下民夫，唯恐耽误百姓干农活罢了。"皇帝解释自己当初想法的动因，言谈话语之间表达了这样一个意思，朕可不是偏向旗人。京师周边是旗人最为密集的地区，皇帝也许当时考虑在治河的同时为这些人谋一些福利。毕竟他还要经常耐心地倾听来自周边皇亲国戚的"知心话"。

于成龙答道："如果雇佣民工，那穷苦百姓就能度日，况且遭灾的地方也无田地可耕。那些未遭灾的地方，此时也不至于妨碍耕种。"

言简意赅。于成龙的意见可以给国家带来多方面的收获，比让单纯的旗人群体在治河工程中得个实惠挣个小钱更能打动皇帝的心。

这是极其精彩的一段对话。于成龙能臣本色凸显。

《清史稿》中隐去了这样的对话，而只有皇帝动议使用旗丁修河避免耽误百姓耕种的暖心之语。这是维护统治阶级的写作方法。但通过这段描述就知道真正的治河主力还是当地百姓。

于成龙将调动人力资源与赈灾综合考虑，显示出其思路开阔，统筹谋划的超强水平，这就是以工代赈的典型应用。

皇帝问："大堤从张家庄开始修筑？"

于成龙答："大堤从卢沟桥筑起，现在鹅坊①等处都让水淹了。"

皇帝问："六月前能大功告成吗？"这个时间点很关键，再迟雨季就到来了，不光难以施工，工程也很难在当年发挥效能。

于成龙答："如果让参与治河的官员每人分一里工程，那就官多夫足，六月以内似乎能完工。"

单看于成龙的谋划就让人对工程充满信心。一个官员只负担一里路的治河工程，一声呐喊就完了。我们看到了于成龙的典型风格，简练、有力。这对后人解决困难是一种很好的启发。

这就算立下了军令状：话虽短，事情大，到时候皇帝会要账的。弓之所以没有拉到十分，用了似乎二字，就是因为这是一次从没有过的治河方略，"选才量地，刻期分挑"考验的是超强的管理能力，影响到最终结果的因素很多，包括那些自然界的不可抗力。确定就是确定，不确定就是不确定，于成龙讲话分寸感极强，从不讲过头的大话。

皇帝问："用多少钱粮？"

于成龙答："丈量时因风大，尺寸都不太准。挑土筑堤约需钱粮三十余万，拦河坝与各岸决口应用的物料以及河夫工钱所需钱粮还不包含在此数。等工程分派确定后再以确切数目上奏。夫役工钱饭钱臣未敢定，等待圣上裁定。"

风大，尺子拉不直，因此尺寸不太准，有误差，用多少钱粮也只有大致的估计。这与无中生有的"浮冒丈尺"有本质不同。有的时候不准确才是准。

皇帝说："命你会同工部迅速商议确定后详细上奏。"

注意，于成龙的重磅建议来了。

于成龙启奏："前时承蒙皇恩惦记饥民，唯恐粮食价格飞涨，截留八万石漕

---

① 鹅坊：今北京市大兴区鹅房村。

粮运至霸州等八州县，等米价昂贵时奏明朝廷平价粜出。现在正是青黄不接之时，臣请求将此米立即平价售出救济贫民。若等到麦秋就无用了。

"臣已嘱咐天津道范时崇 [1] 和钦差官不必另雇船，立即用漕船将粮食运至新安县，如此一来粮食不至于有损耗，况且新安离通州很近，运力容易达到。

"臣蒙皇上特殊恩情，现在年纪已衰迈，报答皇上的时光已不多了。有应奏之事如若畏惧不言，就辜负了皇上的知遇之恩。"

皇帝安排截留漕运本来是要在修河人工汇集粮价上涨时平抑物价的。于成龙的建议是马上开始平价售粮，救济灾民，而且已经开始行动。等到修河开始时再这样做就晚了。

思考问题不是为治河而治河，办事根本在救百姓。这就是于成龙对忠诚的理解。

下边所讲虽与治河似乎没有关联，但于成龙是直隶巡抚，向皇帝汇报这些情况是他义不容辞的责任。民心可贵，民意难违。

于成龙："臣同西洋人安多等人勘察旧河时，走到永清县交界，百姓都皆拦路哭诉'原知县盛时芳 [2] 廉洁爱民，我们曾屡次请愿保留，冒犯天威。现在听说知县犯了斩罪，我们坐卧不安，并非敢保住他的功名，只是希望大人转奏皇上饶他死罪，让他能够回家，那我们这些士民就仰戴无边皇恩了。我们原打算叩阍，但家里贫苦没有路费'。

"这些人伏地跪求微臣转奏，没一个不是流泪恳切的。这些都是西洋人安多等人一同见到的。"

于成龙在民间威望太高了，人们把他当成了能挽救清官性命的活菩萨。这么多人哭泣恳求，可见盛时芳很得民心。

"还有保定府原知府王兴元 [3] 案件，实际是在他前任时发生的事，而且是发生在大赦前。王兴元到任就已向巡抚报告明白。沈朝聘却在上书中声称事发大赦后，并没有分清楚前任、后任，所以被判有罪。"

皇帝问："王兴元官当得如何？"

于成龙答道："臣等人前往湖广审案时，王兴元是黄州府知府，那时丁忧在

---

[1] 范时崇：字自牧，沈阳人，汉军镶黄旗人，荫生。

[2] 盛时芳：康熙二十八年至三十七年任直隶永清知县。

[3] 王兴元：奉天人，康熙三十五年任。

家。人们都说他官当得很好。"

于成龙对事认真，是谁的事情就是谁兜着，本来跟人家没关系硬要按上去也不行，不公平。前官的事情他这个后官也要管起来。对于这个官员的判断也是来源于民意基础。

皇帝说大赦那就执行这个大赦。该纠正的要纠正，而不是把事情推出去。事不关己高高挂起，如果一顿推诿，涉案人员的命运就是另一个样子了。

看来有些人弹劾沈朝聘在直隶巡抚后期年老昏聩并非空穴来风，这就是个比较典型的案例。

下边还有呢：

"霸州游击万世泽①因马上步下射箭不好，皇上曾问公（公爵）福善'万世泽官当得如何，你知道吗？'当时臣正侍候在圣上身边，因皇上没问臣，所以没敢擅自回答。"朝廷的规矩很大，皇帝没提问就不允许说话。并非皇帝抛出一个问题就允许抢答。

"后来，公（公爵）福善询问大家，大家都说不知道时，臣对福善公爵说：'我做巡抚时万世泽正好是霸州游击，体恤士兵爱护百姓，捕盗勤奋谨慎。前年参加运米征剿，万世泽随队前往时曾经用米汤灌进垂死的跟随夫役口中，患病的十余人都被他调养救活，交还了原来的主人。'

"公（爵）福善因皇帝已有旨，也就没敢把臣的话向圣上启奏。

"这次臣经过霸州，官军向臣哭诉，祈请臣转奏，臣私下想，皇上圣德，罪恶滔天的重犯还要刑罚减等不曾有一人抱屈，因此启奏请皇上知道。"

因为错过了最佳窗口，于成龙对万世泽的好印象没能让皇帝及时了解。现在有机会了，赶紧跟皇帝说，这就是有责任感。

皇帝点了点头，以上几人都因此得以从宽处理。

救人一命胜造七级浮屠，万世泽的善举被于成龙看在眼里，记在心中，现在管用了。做人要积德啊。

于成龙向皇帝汇报时言谈话语间出现了个外国人的名字，这个人不光参与了浑河勘察，还成了目击百姓请愿情景的旁证。简单了解一下这个叫安多的西洋传教士。他和南怀仁一样对康熙皇帝有很大影响。因为他也即将和一项伟大

---

① 万世泽：湖北孝感人。

的水利工程联系在一起。我们不妨简单看看他的情况。

安多原名安托万·托马斯（Antoine Thomas），1644 年生于比利时那慕尔，比于成龙小六岁。安多 1660 年加入耶稣会，先在学校接受数学和天文学培训，七年后被派往中国传教。康熙二十一年安多从澳门登陆。那一年于成龙做江宁知府。

康熙二十七年南怀仁去世，安多继任钦天监，成为康熙皇帝的科学顾问，康熙皇帝多次就道德和宗教问题向他咨询。安多在地图测绘、河道测量方面取得了巨大成就。后来，康熙四十一年他主持测定了大地经线 1° 弧长，为全国舆地测绘工作奠定了基础。他的《测量高远仪器用法》较明朝同类著述多有更新，体现出康熙时代宫廷数学的实用倾向。

康熙三十七年三月，直隶巡抚于成龙等"往视浑河、清河"，安多跟随前往霸州等地测量并"以浑河图形呈览"，为浑河治理作出贡献，也让古代河道治理增加了更加科学的测绘计算方法。

康熙三十七年至三十八年，安多还曾受命前往南河于成龙处绘制黄河图形。

安多 1709 年在京逝世，葬在南怀仁墓地附近。

三月二十七日，于成龙被皇帝召见，当他赶到内廷，皇帝刚写完"龙飞凤舞"四个大字，于成龙非常喜欢，立即请皇帝把这幅书法作品赐给他当传家宝。

这也许本来就是皇帝特意为于成龙写的。写这几个字的时间不早不晚，正合适，而且来见他的人还叫于成龙，正与题写的内容吻合。看来不是一般的巧合所能解释的。于成龙怎么能够放过这个难得的好机会呢。

那天皇帝心情大好，竟然让于成龙当场也得写几个字：君臣互动开始了。

皇帝深厚的汉学底蕴有目共睹。那些在他跟前侍讲的大学士经常被他问倒、考倒、训斥、责备，相关记录很多。这些记录有力衬托了康熙皇帝的才高八斗。

这时皇帝走下了神坛，变得非常和蔼可亲，如同好朋友在笔会上切磋书法艺术。皇帝知道于成龙能写大字，就催促于成龙动笔。

于成龙对皇帝说："臣的字怎么敢在圣上面前写。"于成龙的谦虚既有针对自己书法水平的，也有对于自己身份的清醒认识。他这种主动保持距离，处于谦下位置的本能反应是正确的。

皇帝于是就又令他写字。皇帝的话不能来回来去说，那是圣旨。考验于成龙情商时到了。于成龙恭恭敬敬地写下四个大字"天下太平"呈给皇帝。

这一君一臣要向对方表达的祝愿全在这笔墨之间了。

当天，皇帝又赐于成龙"柏台清肃"四字以及一部自己抄写的《金刚经》：临写非常成功的作品本身也是艺术品。他还赐予于成龙一本《畅春园记》。

"柏台清肃"中的"柏台"指的就是御史台，是说于成龙左都御史干得好，是明确的肯定。《畅春园记》则是皇帝的原创散文：拿回去好好品读字里行间蕴含的思想吧。感兴趣的读者可以很容易查找到这篇文章。

四月，于成龙去直隶上任前进宫向皇帝辞行。

朝廷很快拨发了三十万两帑银，命于成龙开凿更改浑河河道，使浑河从固安县北部向东南直达湖淀，由天津入海。

此次修河资金到位速度很快，很及时。这是个非常值得注意的现象。

于成龙治河历史中，修河资金几乎每次都会成为卡脖子的掣肘因素。这固然与康熙即位前期用兵多，自然灾害频发造成国库吃紧有关，皇帝精打细算，朝廷相关部门百般刁难从中盘剥也是个很突出的问题。到了康熙三十八年，皇帝曾经因工部刁难克扣治河资金大发雷霆。此是后话。

这次钱来得这么快，估计有几个方面的原因：北征结束，资金储备上的后顾之忧解除，让皇帝放心花钱；二是皇帝亲眼看到浑河泛区百姓生活的惨景，触动很大；三是皇帝通过近两年征剿噶尔丹经常与于成龙近距离互动，对于成龙的一些顾虑彻底解除转而高度信任；四是治河参与者有一部分是皇帝指定的旗下壮丁，属于皇帝心中的近卫力量，所以皇帝给起钱来格外爽快；五是浑河治理事关京师安全，浑河河道入清之后的逐渐南移就与朝廷受命在卢沟桥附近的上游主动引导有关。此河得治则京师更加安全。

资金是治河顺利进行的保障。

时值炎热夏天，于成龙选拔人才丈量土地，在严格规定的期限内动工。整个工程一个月就大功告成。周围百姓的田地房屋都没有受到侵害，大家聚族欢庆。于成龙却因日夜在两岸奔忙已劳累到了极点。

简单说就是又快又好。以浑河的危害历史、危害程度、治理难度而言，这么短的时间内就达到了预期的治理效果，本身就是中国古代治河史上的奇迹。

至于说百姓利益则得到很好保护。这可不是一个可有可无的信息。能做到这一点与于成龙精心谋划有关：重新启用固安北部浑河故道而非另起炉灶重新开河，避免了征迁这些麻烦事。假如百姓的田庐被破坏能得到妥善安置和处理吗？就当时的历史条件来讲肯定很难。

于成龙干事用的是巧劲儿。

六月十七日，于成龙正式增设直隶保定府理事同知一员，驻府城办事的题请获批。当时于成龙正在治河工地奔忙。直隶其他事务一样也没落下。其劳累程度可知。据《保定府志》记载，理事同知专职管理有关府城驻防旗人地亩案件。理事同知厅署在魏上坡路西。

七月十六日，于成龙在上书中向皇帝报告浑河疏浚工程完成情况：良乡县张家庄① 至东安县狼城河② 长二百里，两岸筑堤约束河水出三角淀至西沽入海。北岸大堤自狼城河口起上至张庙场③ 长二万七千一百六十二丈五尺，共计一百五十里。由张庙场以上沿河五里地势高峻没有大堤。又沿河二十里至立垡④ 积沙成堤，上行与卢沟桥石堤相接。南岸堤自狼城河口起上至拦河坝长二万七千三百七十五丈五尺，总计一百五十二里。由拦河坝沿河西至高店三十四里。

浑河由卢沟南流到固安折向东方，北堤就像跑道里圈，因此北堤比南堤短了二里路。

于成龙请求皇帝为新河赐名并下旨建河神庙。想来这个念头并非于成龙一时心血来潮。"浑河""无定河"名称中强烈的负面暗示也就是我们说的负能量恐怕早已为两岸士绅百姓所诟病。这一次，于成龙启动了与旧河那灰色悲惨的旧名称彻底告别的程序。这件事体现了他深厚的人文情怀。他不仅治理了河流，他还要给百姓以信心，给百姓以美好的希望。他治河之余，还把给新河命名作为治河的有机组成部分来推进。

---

① 张家庄：今北京市房山区长阳镇张家场村。
② 狼城河：又名安澜城河或郎城河，亦名琅川淀，在东安县南七十里。后为永定河占据，为东淀咽喉，今河北省廊坊市安次区境内。
③ 张庙场：今北京市房山区张谢村以东。
④ 立垡：今北京市大兴区黄村镇立垡村。

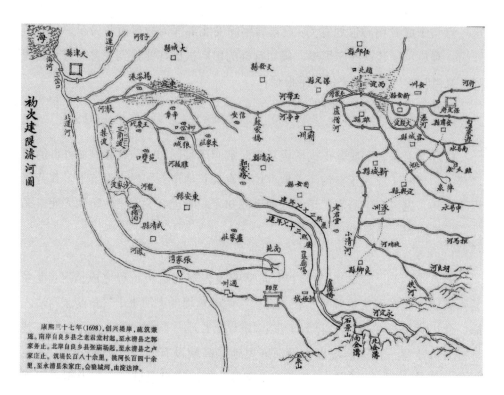

初次建隄濬河圖

海河三岔口
縣津天
南運河
河孒子
縣城大
縣安文
縣卲任
口北頭
縣冠澤
河府
州安
港岔塲
淀東
河亭王
河亭中
盧僧河
縣邨
定與大
縣城容
縣廟省
永安南
河獄
堤渡
三角淀
託慶王
單平
城狼
莊家朱
蘇家橋
縣清永
州霸
縣城新
縣典定
泉洋
久雜
口寶苑
河板雅
梨園務
縣安圍
小清河
河馬振
定慶少
河龍
縣安東
老君堂
州永
河晴坡
河良胡
曲家溝
縣清武
莊家盧
建年七十三照廢泉務
建年又十三照廢泉務
河府河
苑南
縣柳良
撫河
河文永
灣家張
州通
卲京
城板
石景山
南金溝
兆金溝
黑泉山

康熙三十七年(1698),创兴堤岸,疏筑兼施。南岸自良乡县之老君堂村起,至永清县之郭家务止。北岸自良乡县张庙场起,至永清县之卢家庄止。筑堤长百八十余里,挑河长百四十余里,至永清县朱家庄,会狼城河,由淀达津。

《永定河全图》

新河开通那天,河水顺渠而下,皇帝非常高兴,改掉了浑河这个名字,赐给这条河一个新名:"永定河",并下令建庙立碑。永定河自此四十多年没有发生大的迁徙。虽清代中后期依然偶有洪涝,但河形总体被稳定在现址,堪称奇迹。

京南曾有"于成龙为民诓驾治浑河"的民间传说,情节曲折轻松,极具喜剧色彩,整个故事寄托了百姓的美好理想和乐观精神。"东有西湖二景,西有太子三公,南有牛头马面,北有玉带两条"的"诓驾民谣"更是在永定河两岸流传至今。这一切都已成为宝贵的非物质文化遗产。

于成龙为民请命敢于担当勤奋有为的道德风范也永远成为永定河文化的不朽灵魂,在中华民族发展史上闪耀着绚烂的人文光彩。

有意无意之间,于成龙与永定河永远联系在一起:正如苏东坡之与苏堤,李冰之与都江堰。种种机缘在特定的时空完美相遇,并非牵强追求的结果。

文化的强大魅力以至于此。

至于说是于成龙拟好名字之后由皇帝批准，还是皇帝灵机一动妙笔生花拟就都没有什么太大关系。事情干得好，百姓真正得了实惠，再加上这么一改名，这绝对算人文历史上的一段佳话。

于成龙到朝廷复命。"赏赐百千强"：皇帝赐给他一顶东珠凉帽和亲笔书写的纸扇、对联、匾额、绫子横幅。

文化产品的奖励惠而不费，一举多得，被皇帝运用得炉火纯青。所有臣子都会清楚这种赏赐比金银更宝贵。

这一年还有一项工程不能被忽略。虽然规模不能与永定河治理相提并论，但对当地百姓却非常重要。

本年，保定潴龙河堤高阳县境段在布里村①决口了，于成龙率众修治了潴龙河南堤自蠡县东绪口村②至任丘县界止六十二里，北堤布里村至安州冯村③四十二里，使潴龙河顺利入淀。为纪念于成龙，百姓称此堤为"于堤"，据传旁边的"于堤村"④因此得名。

七月二十三日。兵部复议于成龙赞皇县⑤请增兵驻防提请，议不准行。皇帝驳回兵部的意见，同意了于成龙请求：在赞皇县增设一名守备、一名千总、两名把总及四百名骑兵。

赞皇增加兵力？那里出了什么事？很快会真相大白。

于成龙就像个杂技中表演转盘子的高手，治理永定河的同时在暗暗谋划另一件大事。通过时间点上看，他刚回直隶就把此事与治河齐头并进安排上了。

看了下边的史料记载，我们隐隐感到，统领全国治河的重任又快到于成龙肩头了。

同日，皇帝再议一直悬而未决的下河问题又来了。

---

① 布里村：今河北省保定市高阳县布里村。
② 东绪口村：今属河北省保定市高阳县东绪口村。
③ 冯村：今河北省保定市安新县冯村。
④ 于堤村：今河北省保定市高阳县于堤村。
⑤ 赞皇县：今河北省石家庄市赞皇县。位于河北省西南部，太行山中段东麓。

工部在答复皇帝关于下河问题的垂询时说：漕运总督桑格等人对开浚下河做出的估计，应准许施行。

皇帝对大学士等人说："下河入海之处，朕虽没来得及亲自看，但朕曾听说盐城一带地势极低，海水反而高出地面，修建大闸没有益处。水性下流即使不疏浚也势必决开一道口子流进大海。明代在入海口设大闸，遇上河水高就打开闸门让河水流入大海；河水与海面持平时，则关闭闸门以抵御海水。

"朕从前虽特命于成龙、开音布修治此处却毫无益处。桑格官做得不错，但在此事上没有经验，靠空想他很难做出筹划。一定是熟悉水性并清楚知道地形地势的人才能提出中肯的意见。

"尔等去问九卿和淮扬等地在朝为官的，议论后提出明确意见再详细报告给朕。"

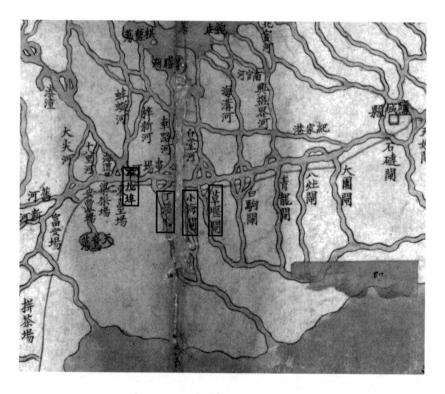

《黄河下游闸坝图》局部

他不想推倒自己原来的说法，但他在心里颠颠倒倒的总在想一个人。

他又开始让大学士们问淮扬等地在朝为官的人的意见，"君从故乡来，应知故乡事"，但这些人还敢说话吗？

乔莱的例子不远，汤斌的例子也是活生生的。你总要有个意见，但这个意见说不清哪天就成了拉帮结伙的证据。

七月二十七日，于成龙阐述自己关于下河治理的意见。有些细节看来需要和皇帝核对一下。

大学士等人上奏说："关于开浚下河问题，臣等奉旨向九卿及在朝淮扬人询问。他们都说开挖疏浚下河有益。然而此事关系重大，应令漕运总督桑格会同两江总督、巡抚商议后形成确切的意见再启奏皇上。"

转了半天，九卿和淮扬人的意见和十几年前一般无二。这还用问吗？只是这意见能有几分影响到治河呢？

皇帝转脸看着于成龙问："你的意见呢？"

于成龙启奏皇帝说："姚二沼、船厂、芦坝①等高邮湖以南入长江的百里河道如果开挖疏浚，对长江的分流和百姓有益。"

"你与开音布都疏浚过这条河，怎么最终没看到益处？"

于成龙启奏："这条河臣没有开挖疏浚过，孙在丰曾经开挖过下河也不是这姚二沼河。在此之前下河的盐城都被水淹没了，仅留下了一座空城。自从开挖下河以来，盐城百姓都能够建造房屋，以耕种为生，很是有益。只因近年连发大水，才导致百姓田地房产又被淹没。"

茬子没找到，看看皇帝怎么说吧，挺有趣。

皇帝没接着于成龙的话头向下讲，准确说是跳开了，但仍然没有停下对下边臣子的指斥，只是角度换了一个："朕巡幸五台山回京因要看看浑河、清河才从霸州归来。浑河、清河交汇后从霸州城南流过。朕原准备沿河修筑堤岸，没想到在霸州询问地方百姓时听他们说'浑河原来走的是固安县，后来因迁徙汇合了清河流到霸州，两条河水势浩大，以致泛滥成灾'。朕于是改变了最初想法，完全是按百姓的意见在固安县开河，这样事情才能成功。朕不固执己见了，

---

① 芦坝：今江苏省仪征市境内。

尔等做总督、巡抚的也能像朕这样不再固执吗？"

这是很有意思的一段表白，假如真正听取民意，会起到了很好的效果。

"不过浑河河道很短，易于修治。南边省份地形低洼，水势浩瀚，难于修筑，不能和浑河相比。今天如果开挖疏浚姚二沼等河，尔果能保证对百姓有益吗？"又来了，还是让你打包票。

于成龙答道："水性年年变异而非固定不变。臣何敢永远保它没有祸患。"

这于成龙可真是憨直性子，实话实说。

皇帝说："治河工程紧要，必须派熟谙地形水性之人。能确切知道利与害究竟如何，才对百姓有益。"

一切都是似曾相识，皇帝的话让人有时光穿越的感觉，一切还在原点打转。

"桑格为人处世还是能斟酌着办的。就让九卿议论，令桑格与总督、巡抚会同他们一起确切勘察，形成决定后再详细向皇上报告吧。"于成龙推荐了其他官员上手。

皇帝说："那就按九卿的意思办吧。"

治河事大，自知年岁已大，无力再赴江淮，于成龙向皇帝推荐了桑格。

于成龙这样的答复似乎让皇帝有些寂寞。

真是不动声色干大事。

七月二十八日，于成龙上书报告招安山贼李斗情况——这就是于成龙调骑兵进入赞皇的原因。这是于成龙的典型风格。

直隶真定赞皇县有一座山叫纸糊套[①]，也叫"枳固套""子午套"。

明朝末年，国家空虚资财匮乏，朝廷就开始裁撤天下营兵，赞皇有四百余营兵因此转家为民。这些人不会干农活，有些人干脆啸聚山林到纸糊套落草为寇，号称"义兵"。

后来，"义兵"杀进了县城。刚上任一个多月的山东籍知县宋德成[②]见贼人冲进县衙，并不屈服，与儿子宋昌龄大骂贼人，全部遇害。

宋德成夫人姜氏[③]投井自杀被"义兵"捞出。"义兵"逼她吃东西，姜氏大

---

① 纸糊套：今河北赞皇嶂石岩国家地质公园。
② 宋德成：字元修，山东临清人。明万历戊午举人，为赞皇县令月余，为寇所杀。
③ 姜氏：山东临清人。

骂："等官兵剿灭你们，把你们剁成肉酱做成干我再吃。"用发簪刺瞎了自己的一只眼求死，"义兵"大怒，杀了她。

李自成攻陷北京，绰号"紫金梁""一顶奎""草上飞"等人从山西过来为他们出谋划策。听到李自成失败，这些人就逃跑或者潜伏了下来。有些人后来又和"义兵"争夺纸糊套地盘被歼灭，"义兵"势头更大。

顺治四年，这些人杀了知县武光前[①]。于北溟作直隶巡抚时曾着手招抚。典史赵璋、千总安克笃[②]奉命前去说服。最后诸生[③]张琴[④]拿自己做人质，这些人才接受招安被编入民间户籍。如此平静了十几年。

李廷臣本来是李自成的人，过去曾因报仇杀过人。早先，他做乡约也算奉公守法。

康熙三十年夏天干旱，秋天又遭遇雹灾，到处都是逃荒的人，李廷臣开始向朝廷发难。那些从前被编入民间户口的营兵又依附在他身后上山做起了强盗。

此时于成龙离开直隶已有一年。

李廷臣有长子李斗、次子李星做左膀右臂，成员安子亮、吴兰、冯进贤、尚德、龚玉柱、李显、聂二、李如章、杨自成、陈保、张山、刘甘、甫保三、张黄臣、李大蟒、杨迈等都很有名。这些人呼唤同类祸害村庄。

知县史长昆[⑤]处理这些人过于严酷，这些人大怒，开始公开与官方抗衡。有个韩姓官员被他们抓住后剥皮食肉。后来聚集党羽上千人，有时白天就公然大肆抢劫。

知县史长昆、王毓珆[⑥]、周冕[⑦]都没制服他们，以致养痈遗患。这些人后来干脆去唐山县[⑧]抢劫官库。时任唐山县知县是刑部侍郎王士禛的三儿子王启

---

① 武光前：辽东人。

② 安克笃：字友于，多膂力智略，以武庠授本县千总。

③ 诸生：明清两代称已入学的生员为诸生。

④ 张琴：字大绅，体貌魁梧，怀慨好义，武庠生。

⑤ 史长昆：字子雅，山东武定乐陵人，康熙五年丙午科举人，康熙十五年丙辰科进士，康熙二十五年到任赞皇，康熙三十二年离任。

⑥ 王毓珆：平阳人，监生，康熙三十二年任。

⑦ 周冕：建昌人，举人，康熙三十四年任。

⑧ 唐山县：今河北省邢台市隆尧县西部原尧山县的曾用名。

访[1]。这个占山为王的武装割据势力活动地域比邻京津，影响较大。

朝廷解决了北方噶尔丹叛乱后没有了后顾之忧，而且现在于成龙又回到了直隶，解决纸糊套问题的时机成熟了。

皇帝曾当面问于成龙："这些草寇占据险要地势进行抢劫不少年了，你看怎样整治最妥当？"

于成龙答道："武力清剿只能白白伤害良民，贼人则会因追捕四散奔逃，不如仍用招抚的方式。"

皇帝说："可以。"

于成龙和候补参议道李毓桂[2]奉命赶赴赞皇县。知县成永健[3]仁慈而有智谋，被任命为先锋。他借鉴了从前的经验教训，用"朝廷不会杀人"的话去说服李斗等人。

七月十七日，于成龙终于将李斗等人招安。

后来，皇帝巡幸畅春园时，于成龙带领李斗等人向皇帝谢恩，并且接受皇帝的训示。

再后来，于成龙会同兵部商议后将李斗、安子亮等十八人安置在江南沿河等处当兵，其余追随者没有惩罚。这些主要成员全被安排到远方，效果等同于连根拔起，后续管控风险大大降低。

于成龙在纸糊套的王家坪、野草湾、了丝坡、马峪、五口等村建了军营并派重兵看守。

这是于成龙为巩固胜利成果严防治安形势反弹而采取的强大措施。一环套一环，丝丝入扣。

李斗投降前一日，于成龙刚向皇帝报告了浑河治理竣工的消息。这是一天一个大喜讯，举重若轻。

于成龙在七月二十八日的上书中说："赞皇县地处崇山峻岭之中，三省交界

---

① 王启访：生于康熙元年正月，字思远，一字全道，号昆仑山人，行十八，任唐山县知县，候补知州。

② 李毓桂：汉军镶红旗人，荫生，三十八年升任直隶巡道。

③ 成永健：江苏盐城人，字乾人，号毅斋。康熙三十三年进士。官直隶赞皇知县，后任福建南安知县，康熙五十一年至雍正五年任山东日照知县，重教育，创"六一书院"。后日照县一科考中八名举人，一名副榜，"八个半举人"传为佳话。作诗能反映社会现实，有《毅斋诗稿》。

之地，山贼藏身已久。皇上怜悯他们无知，没有立即加以诛杀，命候补参议道李毓桂等人推心置腹进行招降安抚，容许他们改过自新。贼首李斗等人听到皇命归降投诚，于本月十七日赴臣的衙门接受安抚。已行文兵部。"

于成龙把招安李斗说得非常轻松。李毓桂、皇命是上书中重点强调的主题词。从行文中就能领略于成龙的为官品德：为人低调，不事张扬，自己在整个活动中怎样指挥谋划几乎只字未提。

一年后，也就是康熙三十八年的十二月初九日，皇帝在乾清门听政时披露了招抚李斗期间的一个极其隐秘的细节，戏剧性较强。

"去年于成龙任直隶巡抚时，朕听闻赞皇县出了盗匪警报，派遣三名侍卫到贼人巢穴打探消息。朕当时命奉差侍卫分路前进侦探消息。

"于成龙不知朕有密训就向朕报告'这些人不从正路走却绕道而行，最后不知道去哪里了'。于成龙对朕派出的人员尚且不徇情，各地方官果真都像他这样不徇情面揭发报告，奉差官又怎么能胡作非为？"

皇帝暗地里派出侦察人员的诡秘行踪引起了于成龙的高度警觉，他立即将这一异动报告皇帝。当时朝廷有随时武力解决问题的准备，毕竟纸糊套是朝廷头疼很多年的老问题。但连作为前线总指挥的于成龙都不掌握三个特使的动向，皇帝的独特个性可见一斑。三个大内侍卫侦探李斗动向之余甚至不排除有皇帝赋予的其他使命。

当然，如果招安活动演变成剧烈的武力征剿，甚至出现走漏风声等其他问题，这三个人的行踪就真的不是小事儿了。

于成龙作为前线总指挥及时将这种异动报告皇帝，也可看出他做事确实严密慎重。

在报告招安李斗情况同日，于成龙关于另一案件的提议促成皇帝下决心赦免了一百多人死罪。皇帝非常重视于成龙的意见。

刑部等衙门向皇帝请旨："抢夺宁乡县①临近县城村庄的安守荣、刘虎等五百余名山贼，官兵进剿时自行投诚，但他们聚众抢劫、杀伤兵民，安守荣、刘虎等十四人应立即枭首示众，其余贺之荣等一百九十四名贼犯应照律立即斩首，未抓获的李雾等二百一十二人应在拿获后判决结案。"

---

① 宁乡县：此指山西宁乡县，民国三年，因与湖南省宁乡县重名，遂改称中阳县。

皇帝说："案件涉及人犯众多且都有投降情节，从宽赦免宽恕，可以吗？"如果照准刑部的提议，二百零八人立即人头落地。杀还是不杀？

伊桑阿启奏："案内人员确实众多，如果能得到赦免，那这个洪恩只能由皇上做出决断。"

皇帝说："赞皇县山贼是于成龙招抚的，尔等会同九卿、于成龙确切商议，今天就详细奏报上来。"

皇帝听罢于成龙与大学士的商议反馈后说："安守荣等人是立即出来投降的，既然赞皇县山内招降的贼首已宽免，命将安守荣等十三人发往奉天安插，其余人等宽大免罪吧。"李雾等二百一十二人也被免于缉拿。

九月初四日，拟将朱成格^①、吴禄礼^②授予山东按察司副使道职位，三年满后，山东巡抚保奏他们时按郎中应升职缺补用的提请呈上皇帝案头。

"于成龙在奏章里曾经请求将他们安排参政道这个职位了吗？"

"是。吏部商议后准备安排副使道这个职务。"噶礼启奏。

伊桑阿："前者沿河一带曾授这些官员作为分司官员派过去督理河道。"

皇帝说："既然先前在黄河等处有派出这级别官员的惯例，那就都照惯例执行吧。"

皇帝此时很关注于成龙的意见。既然于成龙建议过，而且合规矩，那好，给。

于成龙重视教育不怕得罪有钱有势的权贵。这次是上书给涿州、房山县学争取权益。

九月初八日辰时，皇帝在行宫。大学士伊桑阿，学士噶礼、辛保、温达呈上奏折本章来请旨。其中有户部给直隶巡抚于成龙奏章的答复：

"于成龙说'相关官员曾将涿州、房山县所属二十顷零十亩地拨给玉泉山种稻田的庄头赵三元等人耕种。这些土地并非闲田，原是县学的田亩，请仍将土地归还给县学。'应不用商议。"

户部说的不用商议，到底是无条件归还还是这个建议根本不用搭理呢？后者。

---

① 朱成格：镶蓝旗人，后由吏部郎中任永定河南岸同知。
② 吴禄礼：又名乌鲁礼或乌禄礼，转正白旗人，后由吏部郎中转任永定河北岸分司同知。

皇帝的态度可就比较鲜明了：

"这地是户部司官与地方官会同踏勘拨给的，竟将县学田亩错误地当成闲田，太不合情理了。

"行文该巡抚于成龙查出，仍旧归还县学。调查处理把土地误拨给他人的官员。"

不光土地要归还，还得追责：二十多顷田地就这么硬生生地从县学手里夺过来给私人耕种，怎么能用"误拨"就轻轻避开责任呢。

马上查查到底怎么回事！

县学田产可贴补教学支出，各地皆然。没有于成龙站出来替县学说这个话，看户部的态度，要回土地有点费劲。

县学的教谕看于大人回直隶了，上书官府讨要田地的胆色一下子就壮了起来。不然那个庄头赵三元他们敢不敢惹得另说。他应该不是个普普通通种水稻的庄头，背后兴许站着更大的人物。

九月十二日，于成龙一项影响深远的题请得到批准。皇帝盛京拜谒陵墓途中正驻扎在布尔哈毕喇①。直隶巡抚于成龙建议在直隶永定河南岸、北岸设立分司，各派一名官员。上文的朱成格、吴禄礼经于成龙保奏分别补用为南、北岸同知。这个提议非常具有远见，这是永定河河道署的前身，将直接影响到永定河和很多与治理此河相关人员的命运。

后来，该机构办公位置设立在固安县迎薰门外南关，一直保持到清末。这是专业化治理永定河的起点。

于成龙为巩固赞皇一带山区整治成果，提议向固关②增兵。九月二十七日，皇帝在吉林乌喇出巡途中批准了这个请求。

于成龙奏折中说："固关按国家制度设有七百余名士兵。经过历年裁撤、抽调现仅剩骑兵、步兵二百零七名。除分头防守各关口还有骑兵三十七名、步兵

---

① 布尔哈毕喇：吉林长春市九台区境内。

② 固关：明朝京西四大名关之一（其余三关是居庸关、紫荆关、倒马关），号称"京畿藩屏"。位于石家庄西南。初修于明正统二年，时称"故关"，在今平定县娘子关镇旧关村。嘉靖二十二年西迁十里筑新城，取"固若金汤"之意，改称"固关"，其后修复了关城两侧的长城。《吕氏春秋》所指"天下九塞"之一。

七十三名。防守地域广，兵力单薄，不足以进行防御。现在既然增设了参将，自然应当酌量增加士兵。请将王家坪裁撤后剩下的九十名骑兵全部拨给固关。并增设一名千总、一名把总管辖。"

于成龙要求的是合理配置兵力：这些兵不用另招收，只是将其他地方裁撤的士兵合理利用起来。这是赞皇招抚的善后事宜，是整个事件处理的有机组成部分。善始善终，善作善成。

九月，于成龙题请"在追缴赃银过程中如遇大赦，请将追缴期限扣除大赦时间一年"。刑部准许了这个题请。这成为此项事务的一个补充规定。相关情况将有据可查。

康熙三十七年，于成龙出面平息了宣化百姓大规模叩阍请愿事件。

事情缘起是，于成龙首次担任直隶巡抚时曾上书免除了长芦盐场给宣化的"盐引"以减轻百姓负担。从那时起宣化人吃盐都是通过本地自相贸易获得的，吃多少买多少。

康熙三十七年，也就是文章现在叙述到的这个时间点，宣化商人为了维护自己的利益上告到朝廷里要求恢复长芦盐引制度。此提议对朝廷极具诱惑性：商人得利，国家收税。

皇帝看出问题没那么简单，由收钱变免易，由免变收难。为慎重起见，派户部官员前去调查询问情况，也带有透风捎话试探风险评估排查的意思。

这些钦差为了成全这"两全其美"的好事，故意袒护商人支持"盐引"，百姓的感受被无视了。消息一出，立即引发宣化人叩阍情愿。

这是一次大规模群体性事件，朝野震动。

于成龙上书坚决反对恢复"盐引"，维护宣化百姓利益。皇帝最后依从了他的主张，事态得以平息。

事件再一次证明：不放空自己，带有成见走过场式的民意调查害处多多。每个头脑冷静的官员都应引以为戒。

宣化人感念于成龙的恩德，就在草市东边给他建了生祠祭祀保佑他，赞誉于成龙为"本朝第一贤抚"。

十月初四日，皇帝命在太学、察罕七罗^①、拖诺山、昭莫多、狼居胥山等处立碑刻铭纪念征剿噶尔丹胜利。于成龙也因参与北征督粮而永载史册。

十一月初三日，于成龙增派永定河治河官员的请求得到批准。

此日，皇帝从关外回京，在宁远州王保河^②驻扎。

于成龙在上书中说："永定河水流湍急，又经常出现河道淤积的情况。必须派多名官员因时制宜，才能收获治理的成效。应照黄河、运河的先例，在候选、候补人员内挑选熟悉治河事务的去工地效力。"

没有一劳永逸的治河方法，后期的培护、疏浚都至关重要。永定河因此有了专业的治理机构，人员也到位了。光叫"永定"不行，还得有让河流永定的措施。你前脚起名"永定"，后脚哗啦一下泛滥了，岂不开了天大的玩笑。

十一月十五日，于成龙、王新命等人奉召到太和殿见驾，皇帝刚刚巡幸归来。

"总漕桑格等人要修下河，尔等就议论同意施行。果真如你们商议的那样修治，一定能保证水去田出，于民有益吗？朕先前曾命开音布、孙在丰、王新命等专管开挖疏浚下河事务，这些人都奏称大有裨益，不久就又溃堤决口，没能管用。

"今天尔等急急忙忙商议说准许施行，怎么不详细责问一下从前开挖疏浚河道的人？况且你们并无确切见到和实际根据，只按桑格奏请就草率提出，能说是对政务尽心吗？"

皇帝的责备马上就有了回应。萨穆哈等人启奏："臣等无真知确见，只照桑格所奏商议准许施行，的确太荒谬了。应询问开音布等人的事也没有考虑到。皇上见解的确如此：毫无成功把握就急急忙忙议定修治疏浚，终归无益。"

重大国家工程慎重是必要的。但疏浚下河的必要性似乎是不用讨论的问题。同意疏浚就认为意见草率也没有什么道理。九卿只看皇帝的口风而没有详细表

---

① 察罕七罗：又名察罕七老图，明代称迤都，为大漠南北交通要地。在今蒙古国苏赫巴托省达里干嘎南。康熙三十五年康熙亲征噶尔丹过此，亲撰铭文刻于山石。康熙《皇舆全览图》标有"察罕七老碑"。"察罕七老图"蒙古语意为"有白石"，汉名白石山。

② 王保河：今辽宁省葫芦岛市绥中县王宝镇。

达同意或反对的理由。

皇帝对于成龙、王新命说："尔等都曾担任治河事务，都曾奏称治理下河大有裨益，现在河堤又崩溃损坏了，为什么?!"

于成龙启奏："臣于当年二月开始担任治河事务，十一月离任，在臣任内朝廷并未拨发帑银疏浚修理下河。"

他这是指自己担任督理高宝按察使期间的事。

他马上追问道："你当河道总督时难道也没修过吗？"皇帝似乎很健忘。

于成龙启奏："皇上让臣修的是上河，未让臣治下河。"

王新命启奏："臣任内拨发帑银开挖疏浚下河之后曾上奏水去田出，现在堤坝又溃决损坏，洪水淹了田亩，这是没有给百姓永远的利益。皇上谕旨太恰当了。"

王新命的话也很有意思，我修了，管事了。但后来维护不到位，现在堤坝又垮了，所以叫没给百姓永久利益。因此，修下河的必要性不必论证，修了肯定管事，水去田出。

皇帝看着九卿说："治河工程事关紧要，朕如果不详细审查就依了你们，河堤不久又要溃败损坏了。每次疏浚河道都对百姓财力物力有损伤，河道所遇到的村落也都遭到废弃，如果难以久远，白费国帑。"九卿退出。

九卿复议漕运总督桑格等人奏请修理下河的芒稻河、白土河①等处需拨发帑金以及接受捐纳的事，按惯例准许施行。

总漕桑格也遇到了严重资金问题，钱不能及时到位工程就可能迟误。这个回复也摆上了皇帝的案头。这段能作为背景资料，有助于加深对于成龙后来所经历类似事件的理解。

看看皇帝的神议论："开挖疏浚下河……现在看不过是白费银子罢了。……如果通过此次开浚大水全部消退，民田全被恢复，百姓生计得到帮助，朕对于钱粮绝无吝惜，只有拨发帑金，令其兴工而已。至于说捐纳，断断不宜允许施行。就是山西陕西所捐的银米，到现在事务还未明晰。

"如果下河真像桑格所说疏浚开凿，敢保证水退田出，有益于民，那就用身

---

① 白土河：又名白塔河，今浙江省扬州市江都区。

家性命保证。那朕就下令开挖疏浚。御史吴甫生①相关条奏说得很恰当，把他的奏疏发给九卿详细询问。此前督促疏浚的再查一下典籍的记录，然后确切议论后上奏。"

今年，下河地区水患频仍，大水漫过堤岸，田地多被淹没，百姓没有收获，连吃饭都十分困难。

十月二十五日，海州、山阳、安东、盐城、高邮、泰州、江都、兴化、宝应、寿州、泗州、亳州、凤阳、临淮、怀远、五河、虹县、蒙城、盱眙、灵璧等州县及受灾各卫所的康熙三十八年一切地丁银米、漕粮全部奉旨免除。

赋税免除力度大，覆盖地域广，这只有一种解释：黄淮遭遇了重大灾害，一片汪洋！

十一月二十七日，辰时。乾清门。工部尚书萨穆哈向皇帝反馈下河疏浚征求意见的结果："臣等遵旨询问侍读学士李铠②等十六人淮扬河道情形，这些人都说离家年头太久了，河道情形实在不知道。"一问三不知，讨论一点都不热烈。

不再是于成龙担任安徽按察使和靳辅辩论那个时候的情形了。

那时乔莱等人慷慨激昂陈述观点，希望打动皇帝拯救家乡父老。后来，皇帝给这些人扣上结党的帽子，言者有罪，乔莱后来也落得在西山脚下每天研读《易经》终老。

都学乖了：离家年头多了，不知道，真不知道，众口一词。麻利儿全闪了。一下子什么麻烦都没有了。皇帝两头堵，总有跟他们算账的那天。

皇帝对自己的慎重是怎样解读的呢？

"治河事务关系民生，与漕运攸关，怎么能不再三详细审查？河道总督董安国不久前上奏水太大，如果修治得当，现在正是冬天，怎么会水势太大?！"

皇帝质问的声音不高但足以让一众大臣警醒。有些人心里肯定是替董安国

---

① 吴甫生：吴景祉之子，字宣臣。康熙甲戌进士，选庶吉士。散馆后改御史，掌京畿道，兼登闻院事。吴甫生"立朝謇谔，不事阿谀，而河工一疏，尤觇风裁"。时权臣桑格疏称，白土河等处河工，需费二十五万两，议开捐纳。吴甫生上《敬陈河工难易利弊疏》提出一套奖惩考核办法。疏上后，引起朝廷重视，解决了河工痼疾，一定程度上堵塞了官员营私舞弊的漏洞，而地方百姓受惠不少。

② 李铠：字公凯，号惺庵。

打了个冷战: 董大人悬了, 悬喽。

这议论非常吓人。估计听到的人会倒吸一口冷气。下河百姓要是听到这番话不知是什么感想。

萨穆哈等人附和皇帝的话更雷人: "圣上所说的太对了。现在并非雨水季节, 大水从哪里来的?! "

九卿出了宫门。

国家这么大, 气候南北差距大, 穿着棉袍皮袄就怀疑南方下雨发大水, 这不是掩耳盗铃吗? 不像现在的有图有真相, 这就是我们现在所说的历史局限性。

董安国的折子把皇帝弄得糊里糊涂。他是想故意卖个破绽撩挑子吗?

直觉告诉人们事情可没那么简单: 这么重大的事情开不得半句玩笑。修河费劲不假, 难道连眼神都出了毛病, 至于连水大小都看不出来吗?!

"今天金都御史王绅已弹劾河道总督董安国。正值隆冬, 正该水退, 而董安国竟上奏涨水了。再看他上奏的各项事务, 根本不熟悉治河事宜, 不称职。"

这个王绅可是真敢说话, 还是下河之争时大发议论 "罢免靳辅, 任命于成龙治河, 上河下河就都治理了" 的那个王绅。也是曾经认为河流应顺其自然, 不必每年急急慌慌花钱费力封堵修治的王绅。

此次弹劾虽及时, 但他这次真的掌握黄淮的实际情况吗? 董安国真敢拿这样的大事蒙骗皇帝吗? 读到后来自然得见分晓。

伊桑阿等启奏: "董安国这个人不妥, 他办的事都不恰当。" 跟进也太快了。

董安国的差事就这么完结了。

皇帝终于按捺不住: "于成龙母亲病势如何, 尔等听说了没有? "

伊桑阿奏: "于成龙因母亲痊愈写了谢恩表章, 本子今天才递进来。"

皇帝: "于成龙原任总河, 现在河上的工程都是他没做完的事, 他手下效力的人也多。

"现在直隶地方没什么艰巨的事务, 永定河工程已告竣, 至于疏浚漳河, 谁都能做。

"解除董安国职务, 命于成龙补授。

"速召于成龙来京见朕, 详细商议治河事务, 命他通过驿站骑快马紧急赴任。董安国未完结的各项钱粮及修筑工程都要逐一跟于成龙交接明白。这个旨意传达给九卿知道。"

皇帝一句话就把董安国职务轻轻地拿了。皇帝忍了很久了。多日的犹豫不决被终结了。

通过言谈话语之间可知，于成龙的母亲病重期间皇帝还曾下旨慰问，这才会有母亲病好之后于成龙的上表谢恩。

看来是黄淮吃紧——于成龙被要求以最快速度赶到任上。首任河道总督时期于成龙提出来的治理方法在永定河上成功实践。皇帝充分肯定了永定河治理经验，他希望于成龙把这个做法复制到黄淮治理上去。

"至于修治下河事务，必须将上游汇合起来到下流宣泄，要全部详细勘察明白，才能斟酌确定。如果应加以修治，来年二月进行也不迟。按修永定河的办法多派京师官员分工委派，同时兴工，希望能快速疏浚。如果仅仅把事情交给河上的专管官员，必然会拖延时间，对事情终究没有好处。"

永定河治理也让康熙帝开拓了思路，这种大兵团分段施工的方法有时间效率方面的极大优势。

我们必须把伊桑阿等人的话写在下边，其中大有文章："下河事务关系重大，而且又精细，必须皇上亲临看视才能做得适宜。皇上圣谕中说治河必须审视上流，真是至理名言。如果下河勘察确定后动工，只把事务交给河上的主管官员，拖延时间，必不能有成就。多派京官，各分地界，同时兴工，皇上的见解太好了。"

全方位地赞美皇帝是保留曲目，更要紧的是这个人出了个馊主意：他认为皇帝必须亲自视察亲自部署才能有成绩。

这里边意思太多了。于成龙被委任河道总督了，马上又是新的翱翔姿态。伊桑阿的意思再明显不过：治河这事别又是你于成龙大权独揽，你得听皇上的。这双铁鞋就算给于成龙穿上了。

伊桑阿这些人也有可能是摸透了皇帝干事的规律，反正他不看看不放心，他不放心就不拍板，不拍板你就白着急。倒不如来个爽快的：皇上过去看看不就得了吗！

直隶巡抚于成龙升任，官位空缺。十一月三十日，吏部把学士布泰等人的职务姓名开列出来等皇帝选择任命。

直隶巡抚非同寻常，皇帝不会轻易给人。

皇帝说:"于成龙曾经上奏推荐李光地官当得很好,这巡抚的缺就调李光地过去补上。"

在人事任命方面,皇帝对于成龙的目光很信服。

那么于成龙当时到底是怎样推荐李光地的呢,可巧此事后来被旧事重提,暂且放下。

十一月三十日,于成龙向皇帝当面请示由永定河周边州县直接拨付河兵钱粮,优化永定河后续管理。

于成龙说:"永定河河兵所用钱粮如按绿营兵支付惯例,还需要官员给守、道官员行文,耽误时间太长,容易误事。

"今后河兵钱粮、工料银子,应命永定河分司就近使用房山、霸州、文安、大城、雄县、任丘、安肃、定兴、固安、永清、东安、武清等州县地丁钱粮,预备工料,直接交给河兵才不致延误。剩下的钱粮各州县仍照常解送给守道衙门。"

皇帝说:"好,钦此。"

此后的一段时期,永定河分司每年将有三万两的定额修河经费从上述州县藩库支取。石景山一带拨款则根据修河工程由工部派官员踏勘估算后拨付。康熙朝后期开始,这笔费用被清廷大幅缩减。

河道是国家的血脉,河道的状态是国家整体实力的一个缩影。有兴趣的读者可以延伸研究思考。

这就是于成龙办事的极简模式:少兜圈子,节省时间,减少损耗。他帮继任者打通了永定河后续工程物资保障方面的堵点。分司干事可就痛快多了。

通过于成龙解决工程尾欠的问题的上书我们知道,在康熙年间就已经出现了"承包""保修"等现象。商人承揽建筑工程,造预算,核减,检验质量后拨款。商人还承诺建造完粮仓后的保修事务。历史的嬗变是悄无声息展开的,但蛛丝马迹总还能找到。为深入了解下边的事件,需要将时间退回到三年前。

康熙三十四年,皇帝曾下旨截留三万零六百石漕粮供应守陵官兵。这才有了蓟州、遵化、丰润三州联合请求建粮仓存储,前任直隶巡抚沈朝聘上书请建粮仓避免皇粮被浸湿霉烂的事情。

三十七年十一月间，于成龙再次上书皇帝反映工部屡次核减蓟州、遵化、丰润三州建米仓工料款问题：这几乎让事情干不下去了。几个回合下来，费用还是被工部砍掉八百多两银子，但无论如何是拨下来了。

　　三十七年十二月初六日，皇帝下旨：让工部知道。

　　三十七年十二月初七日，工部行文蓟州、遵化、丰润三州要求上报支给守陵官兵后剩余粮食的数量和每个粮仓储粮数目。

　　康熙三十八年二月二十四日，三州将相关情况上报工部。

　　工部向皇帝汇报说："先前，直隶巡抚于成龙为储蓄支付守陵官兵后剩余漕粮建了二十二座每座五间的仓房。自康熙三十四年到康熙三十七年，余粮五万六千四百八十九石九斗有零，大约每间仓房存储五六百石粮食。前边的粮食没有用完后边粮食又来了，如果没有仓房存储粮食会浸湿霉烂，请求及时建仓。

　　"于成龙既然称建仓房的工料款屡次被工部驳回、削减，那就应让该巡抚将费用核查削减节省使用。等到建仓工程结束后将仓房尺寸、使用工匠夫役数目、需用物资材料的数目造册来工部报销。"

　　三月十四日，皇帝下旨依议。

　　三月二十七日，密云县人季有贤、王成上书承揽建仓房六十间、大门一座、围墙一道。三年之内如有损坏坍塌包修补。康熙三十八年十一月初一日动工，次年十月初二日完工。

　　康熙四十一年三月初四日，工部报告："该项工程审核削减白银八百两零三钱，实际报销一万二千八百五十四两三钱零一分。"

　　皇帝下旨：依议。

　　这是个落实工程款的公务活动。钱在削减之后总算拨到了承建商人的手里。

　　时间再次回到康熙三十七年最后一个月。

　　三十七年十二月，黄淮确实遭遇了罕见冬季大洪水。皇帝也急眼了，再次要求任命于成龙河道总督的圣旨中必须强调"六部不得掣肘"。

　　真做得到吗？生命已倒计时的于成龙还能甩开膀子大干一场吗？他还能在黄淮重现永定河的辉煌吗？

十二月初一日，乾清门。总河于成龙上前就带走官员前往治河工地等事务请旨。皇帝招来大学士伊桑阿、阿兰泰，学士顾藻、徐嘉炎等十三人到跟前来：

"朕听到淮扬河水泛涨，清江百姓所居之地都已有水了。固然因洪泽湖，实际是黄河洪水强盛的缘故。淮河水力可敌黄，则黄河水就不能灌入运河。今淮河势弱，不能抵住黄河，于是全部流入运河，再加上黄河水灌入。这两条河相距太近，清江浦就在中间，这一带才泛溢受灾，这是必然的。淮河水三分进入运河，七分进入黄河，漕运水道才安全。"

皇帝又像说绕口令一样讲了一番黄河淮河水势相抗的大道理之后，把注意力转移到了运道之上。言谈话语之间流露出独特的冷峻。

"河道情形，若不知其中原委，就不能明悉。皇上洞察河道情形，深知其中原委，所以对河水泛溢的缘故知道得最详细。"伊桑阿等人的话除盛赞皇帝外缺乏实质性内容。

于成龙启奏："大墩堤如果在当初修筑时稍长数丈，就能抵御洪水。清江浦洪水泛滥，确实是因洪泽湖水全流入运河，黄河水倒灌所致。皇上洞察得实在是对。"

皇帝："朕过去巡视治河工地，曾到过此堤，步行了十五里，详加查看。现在寰宇升平，海内宁谧，只有这治河工程，关系运道民生。朕数十年来夙夜挂念，留心研究，所以河道情形熟悉已久。上游得到治理，下游自然得到治理了。"

他刻意强调了"自然"一词，下河地区的专项治理仍然被皇帝置于次要位置。这种思想要在一年以后被叩阍的百姓再次反复围堵后才能有所转变。让皇帝真正检讨治河方略上存在的疏失绝非易事。

王熙启奏："煌煌天语，真是直达事物原委的至理名言。"皇帝登基之时就已走在前列的老臣，再次把对皇帝的颂扬说到极致。

"桑格所奏开挖疏浚下河一事，朕没有立即允许施行，正是对他有益。桑格居心平和，为人诚实，遇事却不免迟钝，容易被人欺瞒。如此纷繁的事务你让他怎么能成功？于成龙屡次委派大事，还能勉力成功。"

皇帝拖延原来是因看出桑格根本不可能干成此事。没让他干就是对他的"爱护"。

"皇上用人随才器使。""人之才能不同，有的人适合做缓事，有的适合做急事。皇上知人，圣明已极。"伊桑阿、阿兰泰跟进说道。

"治河工程，经常有紧急事务。给于成龙诏书内须加入'各部不得掣肘'的话，让他相机料理才不会误事。

"治河事务浩大繁杂，于成龙年岁渐老，一身难以兼顾。奉天府尹徐廷玺曾在治河工程上任事，还算懂得其中事务。命他立即通过驿站骑快马前来，紧随于成龙前往，协助办理治河事务。他府尹的职务速安排好人选报告朕。"

假如看到皇帝赋予于成龙如此大权力并且还为他配备了得力助手，我们必然会对黄淮治理充满信心。

于成龙免冠叩头启奏："皇上浩荡殊恩，下令各部院不得掣肘，使河工紧急事务便于料理。如果浪费钱粮，耽误工程，臣甘心领罪。"

皇帝开始回顾治河工程，痛斥工部，真可谓字字诛心。话不多却真正是挖到了做事不成的总根源。

皇帝说："大凡治河工程所需钱、粮都是从工部取得。每件事他们都要接受贿赂，贪财肥己，以致治河工程总也没有成效。"

皇帝把工部的所作所为看得清清楚楚：吃拿卡要，耽误了治河的宝贵时机。治理永定河时一下子拨下三十万两白银，皇帝给力，于成龙号召力强，工部不敢拖延，使得整个工程进行顺畅。人吃马喂，没有强有力的经济支撑，如何能在两个月之内完成这样浩大的工程？

皇帝下面要明晰责任了，他要避免一篇糊涂账。

皇帝说："修筑堤工关系钱粮，董安国所修工程未告竣的甚多，如不预先分别明晰，一定导致新旧河臣都当成自己任内所修，钱粮难免混淆。将来就是查核也没有真凭实据。

"朕的意思是特派大臣率贤能司官快速前往，会同总漕桑格，将已完未完工程和所用钱粮数目逐一丈量、查核、造册报告朕知道。则董安国、于成龙等人就不致彼此推诿了。"

皇帝又看着于成龙说："朕从前巡视河工时见五空桥建造闸口，好处大吗？"

于成龙启奏："五空桥改建闸口，如果运河天妃等闸得到修理，粮船就能由五空桥的月河环绕通过了。"

关于治河，皇帝说法中唯一的重大变化就是更重视部门协调。对于治理黄淮的烂摊子，皇帝想到了北征运粮的巨大成功，二次北征他在圣旨中就明确要求于成龙总理运务"各部不得掣肘"。很明显，皇帝对各部在于成龙管理事务上一再掣肘心知肚明。即使没有明珠案，这种掣肘也是家常便饭。

不久，皇帝命户部尚书马齐、督捕侍郎喻成龙、工部侍郎常绶①前往河工监督董安国与于成龙交割治河事务。

于成龙的健康问题在皇帝的言谈话语之间正式被提了出来。当他被皇帝提拔为镶红旗汉军都统时皇帝还说于成龙身体壮健。身体壮健是这职务人选的重要条件之一。

短短八年之后，于成龙的身体就被繁重政务摧垮了。北征和治河消耗了他大量精力。他在关键时刻亲力亲为，抽刀断柳，策马狂奔，累得差点瘫倒在永定河大堤之上。

精力体力大幅度透支使得他刚过六十岁就来到了生命历程的折返点。

十二月初二日，于成龙题请修筑安次县孙家坨②附近永定河大堤：

"先前臣曾向皇上口头上奏'从朱家庄③向东直到孙家坨修堤二十余里'。皇上曾下旨'依议'。此事记录在案。臣看到朱家庄东面地势低洼，南面则被泥沙淤垫抬高，北面地势低洼，河水向北漫流。河道距离村庄很近。应自朱家庄大堤直到孙家坨修筑二十余里堤坝来阻挡漫流的河水。

"那个地方土质比较好，不必打夯修筑。除按已修堤岸尺寸进行修筑，孙家坨以南所有高冈都开挖加宽。工程分段进行，将河水引入狼城以东的清河。永定河与清河的交汇处关系紧要，动工时应雇佣招募附近州县的民夫。"

皇帝下旨："依议。"

这是永定河下游治理的善后工作，也是很容易被忽略的细节。于成龙上书意在推动工程早日实施。

于成龙担忧永定河下游的未完工程，尤其是下游的通畅问题。王新命将奉

---

① 常绶：满洲正红旗人。康熙三十二年由工部郎中、内阁学士兼礼部侍郎，同年升经筵讲官，再升工部右侍郎，康熙三十七年升工部左侍郎。康熙四十三年巡盐长芦。任内洁己率属，行事果敢，被誉为"铁面御史"。后任理藩院侍郎。

② 孙家坨：今河北省廊坊市安次区孙坨村。

③ 朱家庄：今河北省廊坊市永清县朱庄村。

命负责永定河后续工程，此是后话。

我们看到，前边皇帝曾首肯于成龙的有关上书，现在这个上书只是细化了相关内容，大概是为了给皇帝提个醒：皇上，既然已有决策那就抓紧修吧。

十二月初二日，尚未赴任河道总督的于成龙请示拨付修筑永定河南岸费用得到批准。

"臣等看到永定河北岸沙堤自卢沟桥起至张客村①已修筑。南岸沙堤因旧河口还没有修筑拦河坝未修沙堤。等旧河口拦河坝修成之日再堆修沙堤。这项工程用银仍向附近守道取得即可。谨题请旨。"

皇帝下旨："依议，钦此。"

永定河还有部分后续工程，需要动用银两。于成龙就近向州县取得银两物资的动议皇帝非常爽快地批准了，他的继任者将从中极大受益。

皇帝要在于成龙南行赴任之前尽量解除他的后顾之忧。

于成龙上任，最需要的是得力帮手。他准备将那些历练成熟的治河官员全部带走，一场人才争夺战开始了。

十二月初七日，皇帝到乾清门听政。有几件事与于成龙有关。

一是吏部回复直隶巡抚于成龙奏请保定府添设通判，驻易州，请在岁贡马泰②、中书绰奇③、笔帖式常保和雄延四人中挑选提拔一名官员。拟同意。

皇帝问："绰奇怎么样？"

伊桑阿、阿兰泰启奏："绰奇这个人可用，擅长办事。"

皇帝说："那就让绰奇补授吧。"

下边就是于成龙抢人才的事儿了。

"于成龙即将起行，想把监督修治永定河的官员都带走。朕对他说：'你都带走，这边的河道怎么办？如果都换成新人，各项事务肯定出差错，干事儿合适不了。'"皇帝对大臣们说道。

"朕又对治河分司的吴禄礼说：'你是留下来监护新河的人，有在治河工程上干得好的，应当和他（于成龙）争论留下来，否则恐怕你后边干事就艰难了。'

---

① 张客村：今北京市大兴区庞各庄镇章客村。

② 马泰：字枝山。

③ 绰奇：满洲镶白旗人，后任户部员外郎、左通政、福建巡抚、甘肃巡抚、工部尚书等职。

吴禄礼跟朕说'臣的意思也要留下他们'。"

"开始是于成龙想要把监修永定河分司的吴禄礼、朱成格都带走,朕对吴禄礼说:'你都想带走,永定河今天虽说大功告成,但要等到一两年后才能稳定下来。那些监修熟练的官必须留下一人,带一个人去。'这样才把吴禄礼留下。"

做皇帝的背后教于成龙的手下跟于成龙争竞抢人,倒是真有趣。于成龙想要把下河治好的紧迫感和决心都在这抢人大战中表露无遗。复制永定河治河辉煌很重要的是人才问题。当时参与治河的不少人因为才华出众得到了提拔。皇帝一再说不准掣肘,他自己就先开始在于成龙背后泄劲了。掣肘之源就是他。

于成龙要加快速度飞翔。

伊桑阿启奏:"于成龙只顾现修的河工,所以要把人都带走。真都带走,这边的河怎么办,留下一人在此太对了。"

下边与于成龙有关的议论也很意味深长。

皇帝对大学士等人说:"运河一带黄河水与淮河清水交汇之处十分紧要,处理得宜则其他地方易治。

"前些日子于成龙也说大墩^①紧要,此处修筑坚固才没有后顾之忧,说得极对。治河事务深奥微妙,不走访当地人不行,全听当地人的话也不行。比如过去的天妃闸^②用闸板挡水,开启闸板后能行船,要五六百人牵拉才能过闸。现在水势已平缓,船只不用牵拉就可坦然前行,因时而异啊。"

伊桑阿、阿兰泰:"皇上所见极是。访问地方之人,就是想知道情况。他们说的也不过是一己之见,未必全能彻底知道。有时候对于他们那个地方稍微有点好处,就说有益。"

王熙也发表了类似的见解。

这实际是有关问计于民的一段议论。被调查人的私心往往左右他们的表达。更何况有人已在被调查之前对被调查者进行了"教导"。

十二月十四日。马齐等监督董安国、于成龙交接治河事务的官员出发前进宫请求皇帝训示。

---

① 大墩:黄淮交汇处。

② 天妃闸:旧在今江苏淮阴县西南旧县东。明万历六年河臣潘季驯移通济闸于甘罗城南泰山墩北。因在天妃庙口,故名。清乾隆十年移建于县东草坝下北岸堤内,即今址。

皇帝对他们说："……董安国很少亲自勘察，导致现在河道崩溃败坏。尔等前往审核视察治河工程，要看看已修的有几处，未修的有几处。只有公平查明，于成龙、董安国交接才会容易。"

分清责任。董安国卸任了，他还要为自己经手过的工程担责。这样就避免前后两任官员互相推诿，你说我，我说你，最后一笔糊涂账。

金、元、明三代，均在卢沟桥南浑河岸边建有河神庙，只是后来荒废了。修治永定河后，康熙皇帝下旨在旧址台基之上重新修建了河神庙。

为保证庙宇香火不断，避免搅扰百姓，于成龙捐出俸禄购买土地二顷零二十亩，并准许庙里的僧人开垦荒山坡地五顷，自行收租，充当运作费用。同时，永定河笔帖式邬索柱也捐助了香火地一顷。解除了庙宇后续管理经费的后顾之忧。

后续的永定河管理者也为延续河神庙动过不少脑筋，但思路大都沿用了于成龙的这种筹资模式。

十二月十六日，康熙皇帝写下《永定河神庙碑文》。刻碑立石是向民间公开宣传的重要方式。碑文是永久性公告。这篇碑文透露了一些和《清史稿》不同的内容。碑文大意是：

"朕为万民劳心，对于农田水利等各项事务时常深切讲求，总的来说就是效法前人开挖疏浚之法，因势利导，谋求可行之策，期望最后能有成效。只希望天下响应，乐享其成。

"这永定河起初无定，主要因它发源于太原天池，经朔州、马邑，汇合燕云的各条河流，过怀来后，在两山夹峙之间顺流而下到都城南边。因土质疏松被水冲激，善于改道决口，毁坏田野房屋，给百姓带来祸患和痛苦。朕很为这条河发愁。虽频繁免除钱粮，放赈救灾，但灾害发生的报告和过去一样多。

"为让河道永固，保卫堤坝，抵御洪水，朕咨询百姓变通疏浚的办法，特地命直隶巡抚于成龙总理此事。聚集夫役估量物料，拨发帑银，确定日期，向河神祈祷后才动工。

"百姓带着土筐和铁锹不招自来，应者云集。浩浩荡荡的湍急河水因此有了归宿，横流的波涛于是偃旗息鼓。很高兴这条新河能够储蓄，能够平息。

"从宛平的卢沟桥到永清朱家庄与狼城河汇合注入西沽东流入海。长二百余里，宽十五丈。工程始于康熙三十七年三月二十六日（辛丑），五月二十六日（己亥）竣工。自此之后，蓄洪泄洪互相补充，高岗下洼有序，百姓能安心聚族居住生活。

"看现在天气，今秋收成不错。这岂是人力可为，也有赖神的保佑，应进行祭祀，好给朕的百姓带来福分。因此赐河名字为'永定'，并封河神。

"新庙熠熠生辉，红色装饰着高大的殿宇。朕大书匾额来答谢神灵，不只是报答神灵礼数有加，让大家知道水利可兴，水患可去，如果勤于民事，神仙必会保佑；更要激励朕的官员们对每条河渠、堤堰都尽心。因此立碑记录下这件实事，让后人作为借鉴，并知道永定河的由来。"

我们来梳理一下这个碑到底透露了哪些极其重要的永定河治理信息。

康熙皇帝在动用修河人力上说全用"旗丁"，避免影响百姓彼时即将到来的芒种秋种，这是《康熙实录》里记录的情景。动用旗人分担治河事务是于成龙早在担任直隶巡抚期间提出的诉求，想当年朝廷反对的声音很高。有兴趣的读者可翻回到康熙二十六年四月三十日那段记述。

如果河堤坚固，河道通利也就不存在改道泛滥之事了。被启用的固安北部的旧河多年淤积破败不堪，按皇帝对疏浚的具体要求，一百五十余里的河道内沿两侧河堤都要挖出宽深五尺的沟槽导流，这个工程量很不小。问题是机械按这个数据开沟势必河水不能下泄：有很多部位需要面对河道内淤积的沙地，那些地方真不知要挖下去几个五尺。还要防止开挖后沙丘滑坡，重新堵塞沟槽。

这个工程远远没有想象得这么简单。

皇帝一语道破永定河治理之所以又快又好这个奇迹的天机："庶民子来，畚锸云集。"意思就是平民百姓不招自来，带着土筐、铁锹，像云一样聚集。这才是历史的真相！这就是皇帝让于成龙总理治河的玄机所在。"子来"就是不请自来。由此我们能清楚知道，直隶百姓在参与修筑永定河这一历史性工程时投入了多么巨大的热情，沿岸百姓志愿参与河工。于成龙勤政爱民的崇高威望是百姓支持工程的强大动因。

试问哪个人在直隶能够一呼百应？皇帝把关心平民百姓生活的话说到位了，然后命你雨季前完工，剩下就看你于成龙的了。如不是看到于成龙北征中一呼百应的号召力，皇帝断然不能这样轻松说让旗人壮丁修河，那还不误事！

皇帝心中有底，但又不明说出来，只是把担子放于成龙肩头。

如果皇帝下令百姓修河算加重负担，说不好还得给干得好的效力者什么恩惠，这样一来就不一样了。效果达到了，有这么多百姓支持，足以证明皇帝德被天下。他把这个情况写在石碑上，很高兴很有信心地展示百姓对王朝的支持和拥戴。

永定河之所以成为古代治河史上的奇迹也是直隶百姓勤劳与汗水的结晶。

康熙皇帝在碑文中讲道：水利可兴，水患可去，如果勤于民事，神仙必然会保佑，体现了他刚健自信的进取精神。正因如此，他创造了中国古代的盛世辉煌。

大家注意，这个治河的总时长只有两个月，不多也不少，速度之快令人惊讶。于成龙在皇帝面前说的六月雨季到来前能完工，就在六月前完工了。

言必行，行必果。

"……建立河神庙不只是表达了祈愿，更是让大家知道水利可兴，水患可除。为百姓勤勉做事，神灵必然护佑他。以此勉励官员，一条渠一条堰，都应尽心。以此为石碑揭幕，记录此事，提示后人，让大家知道永定河从何时开始。"

落款：康熙三十七年岁次戊寅冬十二月十六日。

康熙皇帝此时充分认识到人在改造自然中的主观能动性，勤于为百姓做事是赢得神灵支持的重要原因。他积极进取的态度难能可贵。

十二月，刑部鉴于直隶巡抚于成龙已经添设理事同知，决定："今后，凡是旗、民互相状告，除去案件本身情节严重或是涉及较为重要的官员不便发回的仍留在（刑）部审理外，斗殴、赌博、讨租要债、争夺田产等小事不必押解到刑部，一概交给理事同知审理，详细报告巡抚后完结就可以了。"

我们可以看到这是一种重大的转变。于成龙在乐亭、在通州任职的时候，凡是涉及旗人的案子必须押解到刑部处理，还发生过旗人故意隐瞒户口属性"钓鱼式"坑害于成龙的事。若不是魏象枢仗义执言，恐怕于成龙的仕途还能不能顺利走下去都是问题。于成龙在直隶建议设立理事同知，使得审理调节一般纠纷的机关下移，除去降低了行政成本，提高了办案效率之外，更接地气，处理得好更能起到教化惩戒警示作用。刑部自然从此长出一口气：赶紧回去该找谁找谁审吧，多大个事，跑到京城来，闹不闹啊。

十二月十九日，于成龙上书请示截留漕米供给沧州官兵得到皇帝批准。

户部在答复皇帝时说："已升任河道总督的直隶巡抚于成龙上书中'截留漕米七千石支给沧州驻防官兵'。户部查此处士兵粮米向来是给银两自行采买，户部认为该巡抚所题截留漕米意见不用议论（应照旧例执行）。"

皇帝下旨："这沧州截留漕米的事就照于成龙所奏的执行吧。"

直接给兵米能避免价格波动因素的影响，于成龙几次提到这个益处。户部照例不准，皇帝也没有说户部按惯例办事不对，只是做出了准许的决定。于成龙是个实干家，兴利除弊成为他政务工作的常态。

这是累计长达六年间两任直隶巡抚，被百姓称为"于青天"的一代名臣于成龙以直隶巡抚身份写下的最后一份奏折。他在任期间的事迹被百姓演绎相传，清官色彩浓郁，内容传奇丰富，成为民间文学富矿，衍生出了多种民间艺术形式，传承至今。

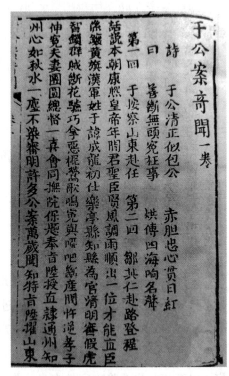

清嘉庆刻板《于公案奇闻》书影

十六、兵部尚书兼都察院右都御史总督河道提督军务

"朕有钱。""都是你们工部百般勒索。"皇帝把治河官员当成提线木偶。贻误战机。于成龙站在泥水里督促修治。你们谁有于成龙强势？于成龙临终的三个遗憾。康熙皇帝问：这是谁的坟？

据宋荦记载，接受总河任命时，于成龙身体虚弱，饭量每天减少，或许是因得到了皇帝过分的荣宠，或许是只有鞠躬尽瘁才能实现河道安宁的初心使然，因此他没有极力推辞。

于成龙也许早就清醒意识到，这就是他的人生宿命。

十二月二十六日于成龙到任。除夕那天就从济宁启程开始巡视河工。中国人自古重视除夕，这是合家团圆的日子。但这样的特殊时刻和家人团聚与下游百姓人命关天的治河事务无法相比，于成龙毫不犹豫地整装出发。

想必那些跟随前往的官员在缓缓走过的山川田野河流景色中耳边不时响起过年鞭炮的脆响，心中都会别有滋味：于大人都豁得出去，你我还有什么可说的，走吧。

于成龙再次进入忘我状态，此情此景让人想到他刚刚被提升为安徽按察使时的情景：还有几天就到除夕了，他没有等过完年再走的意思，更不用说这合家欢聚的幸福时光。

康熙三十八年（1699）

于成龙六十二岁。

康熙三十八年正月三日，于成龙赶到彭城①，从那开始直到清江浦②，他细致查看了防洪工程。他叹恨河堤完全是今非昔比了。筑起拦黄坝后，黄河河底一天高似一天；只要周桥大闸一打开，下河水就会冲毁堤坝。土堤也好，石堤也罢，没一个完整的。这是真正的烂摊子。

于成龙仰天长叹："所有治河的方法没有一劳永逸的，即使有方法也不过是补足缺点挽救弊端而已。依黄淮两条河流的险要程度讲，一年不补救，就会堤坝崩溃河水汪洋四出，就算花费千万人工，穷尽多年之力也难达到过去水平，说的就是今天这个情况吧。"

于成龙深感治河事务常态化的必要性。他离开的这些年河堤已面目全非，破败吓人。恐怕只有他自己才知道忧心如焚的滋味。他想到自己的年龄和身体状况，怎会不发出一声浩叹。

临行前皇帝的话言犹在耳，于成龙每日忧虑不堪。他只能将考虑到的危急之处先行采取补救措施，然后等待皇帝旨意。皇帝没有给他放开手脚大干的权力，他的生命也开启了倒计时。

这年春天，刚到任的于成龙开挖疏浚了裴家场、烂泥浅③等引河，并视情况封堵了唐埂④等四处大坝节制湖水。开挖了陶庄⑤引河，引导黄河在淮河北岸前行。奉旨在清口外上游建造了一座挑水坝。这座挑水坝历时六年竣工，后来被称为"御坝"，地点在今淮安市淮阴区玉坝村附近。

与此同时，于成龙对高家堰大坝进行大修，但直到于成龙去世，工程也并未完工。

---

① 彭城：今江苏省徐州市。
② 清江浦：今江苏省淮安市，是"中国运河之都"江苏省淮安市主城区清河、清浦两区的古称。清江浦于1415年开埠，明清时期是京杭大运河沿线享有盛誉、繁荣的交通枢纽、漕粮储地和商业城市。
③ 烂泥浅：今江苏省淮安市西南方向废黄河故道。
④ 唐埂：今江苏省淮安市洪泽区塘埂村附近。
⑤ 陶庄：今江苏省淮安市淮阴区陶庄。

正月二十一日，皇帝下旨吏、户、兵、工四部准备南巡。讲到南巡原委时他特别指出：

"黄、淮河为患，冲决的消息经常听到。朕惦记百姓生活艰苦，曾屡次派大臣督促修治，不吝惜数百万帑金，务使百姓早日安稳，多年以来却未成功。现在水势仍然横溢，浸泡漫过城乡，淹没田园，以致很多百姓失业。"皇帝在做检讨吗？否。用国家的钱救百姓并非天经地义，而是完全出于皇帝恩惠，下河遭灾的责任完全在于臣子。

"奉差之人拿不出适宜百姓的上策。大臣都请朕亲临指示，以图一劳永逸。现在是春季，雨水较少，正适宜研究疏浚之法，让大河安澜……"

圣旨中拿不出适宜百姓上策的人指的是谁？有一个算一个。这是为了充分论证皇帝南巡的必要性。

康熙三十八年二月初三日。河道总督于成龙动身赶往山东北界迎驾，但他刚赶到济宁就接到圣旨："河道总督不必远来接驾，让他在朕看治河工程的地点等候。"

"于成龙去年见过朕才出京，你今天又见到了朕。你去告诉他'朕身体很好。朕也问他好。河工关系紧要，他不必来迎。他到了济宁和亲自接着朕一样。让他火速回去，到朕要看的河工上去，从哪里开始看就在哪里等'。"皇帝派来的官员说。

又说道："朕赐他的东西很多，你先将鹿尾带回去赏给他吃，等朕到那见到他再给他其他赏赐。"

官员传达了皇帝旨意，于成龙谢恩，接受了赏赐，但依然赶往山东北界迎接皇帝的到来。

二月十六日，河道总督于成龙已赶到杨家园①龙舟中见驾，同时前往御舟的还有漕运总督桑格。

皇帝很高兴，对于成龙慰劳有加。就在龙舟中赐于成龙御膳。又赐给他鹿

---

① 杨家园：今山东省德州市德城区杨家圈村。

尾、糟①好的雉鸡各一盒。

　　"原总河董安国、原河道冯佑已把治河工程弄得如此破败不堪，本应严加治罪。让他们在运口②、陶家庄、王家庄③等处开挖疏浚引河、筑挑水坝④、缕堤⑤、戗堤⑥等工程赎罪。"二月二十一日至二月二十八日，皇帝利用七天时间，安顿好随行游览的皇太后，专程阅视黄河以南、高家堰、归仁堤⑦等工程。不看不知道，一路走来皇帝头皮发麻，倒吸一口冷气。

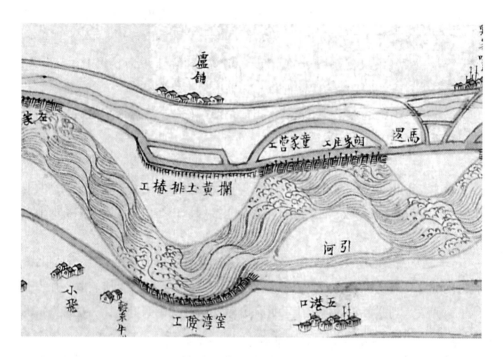

《全黄图》局部

---

① 糟：糟淹，糟腌。用酒或糟加盐及其他调味品腌制食品。
② 运口：黄、淮河交汇处。
③ 王家庄：今江苏省淮安市淮阴区王家庄村。
④ 挑水坝：堵口时为减轻堵口施工的压力，筑挑水坝将主流从决口处挑回原来的河道，下游将形成回流，有助于淤滩固堤。
⑤ 缕堤：临河处所筑的小堤。因连绵不断形如丝缕，故名"缕堤"。缕堤堤身低薄，仅可防御寻常洪水，特大洪水时不免漫溢。
⑥ 戗堤：正堤外面加帮的支撑堤。其顶低于正堤顶，顶面叫戗台，也称马道。
⑦ 归仁堤：今江苏省宿迁泗洪县境内，今有归仁镇。明潘季驯始建。取"克己复礼，天下归仁"得名。

董安国把河堤整成这个破败的样子，光革职还不算完：事情干砸了别想走人，局部给点事接着干，朕看他表现。

皇帝的盛怒马上就释放了出来。

三月初一日，于成龙受命分派跟随效力官员疏浚黄河并绘制清口修治地图。此时，皇帝正率领大臣视察高家堰大堤。

抵达清口时，于成龙请求毁掉拦黄坝，皇帝同意了他的请求。

康熙三十五年黄河决口，苏北里河、下河地区成为泽国，高邮、宝应等七州县哀鸿遍野。董安国认为是黄河海口段的老河道淤浅所致，所以云梯关①外筑起一道长六百余丈的挡水堤，称"拦黄坝"，希望借此束水刷深河口。他让人在马家港开挖引河一千三百余丈，引黄河水从云梯关外马家港由南潮河东流入海，形成新的尾闾河道。因新开尾闾河道狭窄曲折，黄河下流泄水不畅，上流愈益壅遏，引发上游频繁溃决，致使清口淤垫，洪泽湖水泛滥，再次泄入下河高、宝七州县。此坝刚筑好不久童家营②就决口了。这边刚堵住，时家码头③相继又开了口子。

于成龙深深了解到这一点，特意请求拆除拦黄坝，堵塞马家港，让黄河重新回故道下行入海。

《全黄图》中的新旧中河

---

① 云梯关：今江苏省盐城市响水县境内。
② 童家营：今江苏省盐城市阜宁县童营村附近。
③ 时家码头：今江苏省淮安市涟水县附近。

高家堰关帝庙。

河道总督于成龙、漕臣桑格、府尹徐廷玺、江苏巡抚宋荦跪在御座的西侧，大学士、尚书、侍郎等大臣跪在御座的东侧聆听皇帝训示。

皇帝拿出河图指示给各位大臣看，并对大家说："朕昨天想到个好办法，说给于成龙听了，于成龙听后很高兴。朕大概的意思就是先治理上河，引水冲刷河道里淤积的泥沙。朕已详细指示给他看了。

"朕留心研究治河事务，亲自访查很久了。这次一路走来，朕坐在舱外审视黄河水，见到黄河河床渐渐高起。登上大堤用水平尺测量，知道河床要比田地高。行至清口、高家堰则发现洪泽湖水面低于黄河水，以致河水逆流入湖。湖水无法排出，泛滥到兴化、盐城等七州县，这就是灾害产生的原因。

"治河上策以深挖疏浚黄河为紧要，各位大臣却并没有人谈到这个办法。果真能深浚黄河底部，那么洪泽湖水就能注入黄河，七州县则再无泛滥祸患，民间田地也就自然干涸而出了。不治理源头，只治理下游，最终是没有益处的。"

皇帝是很有想象力的。从理论上讲，既然沙子淤堵抬高了河床，可以束水冲沙，让河道疏浚。

"今天朕又亲自看视了下河通海口及射阳湖一带被泥沙淤积的地方。

"于成龙带来效力人员众多，可迅速分派，合力开浚下河。蓄积的洪水倘能稍微下泄就会有益。

"至于黄、淮河交汇的地方，过于平直，所以黄河水经常逆流进入淮河。应将黄河南岸接近淮河的堤坝向东拖长二三里，加以修筑使之坚固。淮河接近黄河的堤坝也向东弯曲拓展修筑，使之斜着汇合。那黄河之水就不至于倒灌进入淮河了。

"河水流速不急就无法冲刷河底的泥沙。朕详细访问得知，如果河道平直则水流自然加快，水流加快自然泥沙被冲走，河道自然加深。

"应把清口以西那几个弯尝试疏浚调直。如果有益，就逐渐将上游弯曲河道每年加以调直，也许能使黄河之险自行消除，河底逐渐加深，洪泽湖水排出，七州县的水患就可逐渐平息了。清口应修地方，命于成龙等人绘制图形呈上来观看。"

同日，河道总督于成龙、漕运总督桑格、协理河务徐廷玺等人接到了务必

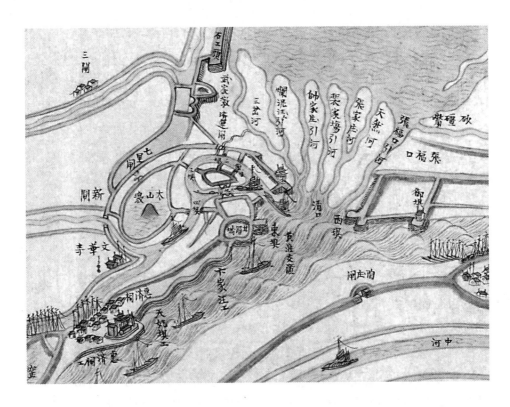

《全黄图》局部

将水灾消除的旨意。

皇帝说："……归仁堤、高家堰、运口等处，见各堤岸愈来愈高而水势愈来愈大。此并非水大之故，皆因黄河淤积太高，以致年年泛滥。

"……若将清河至惠济祠①埽湾由北岸开挖，引导其从惠济祠后入运河，运河再向东斜入惠济祠后交汇，黄河水自然不会倒灌。"

康熙皇帝擘画精细，足见对治河用情之专。

"……将黄河各险工阻挡水流的弯转处开直，让水流直行冲刷泥沙。若黄河冲刷深下去一尺，各河之水就会浅一尺。冲刷下去一丈，则各河之水就会浅一丈。如此冲刷下去，那水就会在地皮下流动，堤坝也就能不用了。不但运河没有漫流忧患，下河淹没的祸患似乎能永远平息了。

---

① 惠济祠：古淮阴著名祠院，于码头镇北二里许，紧靠运河、二河、张福河交汇处。原名"天妃庙"亦称"铁鼓祠"，俗称"奶奶庙"，始建于明正德二年。乾隆十六年，乾隆皇帝南巡建行宫于祠左，仿内府坛庙修葺并改名"惠济祠"。

"拦黄坝弯曲，马家港窄狭，即使将时家码头封堵修筑，如淮河水不能畅流，山阳南岸韩家庄 ① 等处险工还是很令人担忧的。"

他的眼前似乎出现了黄河重回地皮之下流淌的情景，众河水平面下降，河道永远太平。

"今应将清口以西坝台添加挑水坝，比东坝台还要加长，将清口包裹在内。选择洪泽湖水深之处开挖平直使之成河，让湖水流出。黄河弯曲之处直接开挖引河，使各处险工不受冲击。

"拦黄坝应毁。时家码头决口等黄河水流稳定，汰黄堤修筑成功时再进行封堵。至于修建归仁堤，专门为了防御毛城铺等处涨水冲决堤岸，在此拦阻使之仍然回归黄河。此堤也应酌量修筑。"

"尔等是河臣，治河事务是尔等专责。务必将各州县水灾尽行消除，才不辜负朕南巡解救百姓的情意。若挑挖引河，原有工程仍令各官员加速修治，不可懈怠疏忽。

"下河现有的积水务必疏浚导引使之流出入海。等引河竣工，黄河水回归故道，再将下河、串场河、射阳湖、虾须沙沟一带挖通引积水流出归海，希望能让河道永无冲决祸患。"

这是非常明确的疏浚下河的指令，距康熙二十五年过去了足足十二年。

但这样说过就能开工疏浚了吗？继续阅读便知，没那么简单。

皇帝滔滔不绝。没有治河官员的声音，这些人好像都成了哑巴一样。这或许是被修饰过的内容。

皇帝好强上进，会使平板仪测水位。他像个工程师，指点着治河细节。

这种降维越位到一线指点办事细节的方法历来争论较多。但要承认，这位皇帝比那些糊里糊涂的昏庸帝王不知要强多少。

同日，于成龙、徐廷玺受命拆开拦黄坝，新河口也不必堵塞，时家码头也不必关龙门，等汰黄堤筑成时再定。

傍晚，于成龙、协理河务府尹徐廷玺、江苏巡抚宋荦、费扬古等人在御舟聆听皇帝训示。大学士伊桑阿、阿兰泰，尚书马齐，侍郎常绶、喻成龙、李

---

① 韩家庄：今江苏淮安市淮安区韩家庄。

楠[1]，总漕桑格等人在场。

"……朕的意见是这样，对不对，你们直言向朕报告。不要认为是朕说的就必然正确。朕也是一时的意见，也不能保证一定对……

"如将上河修筑坚固，则下河就不治而愈了。应将清口之西坝台添加个挑水坝，并修筑坚固，加长西坝台使它超过东坝台，将清江口安置在里边，选择洪泽湖水水深之处挖直成河使湖水流出。黄河弯曲之处直接开挖引河使各危险的地方不受冲击。

"董安国、冯佑让河道荒废败坏到了极点，各项工程责令他们赔偿修理来赎罪。"

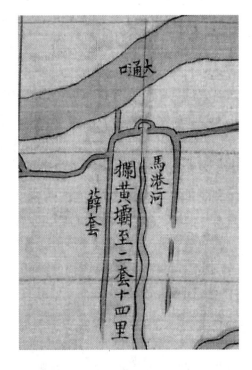

《南河图》中的大通口

非常罕见地出现了皇帝表面上摆平自己位置的话语。但他的每一句话都是板上钉钉的语气，臣子们即使有自己的见解，能够拿出来探讨的胆子还不知在哪里。

前任河道官员给于成龙留下的是个烂摊子，皇帝亲眼见到了，何尝不是痛苦万分。他只有通过加重对相关官员的处罚力度来宣泄自己的不满。

皇帝再次谈到了下河的疏导下泄这曾经被无数次争来争去的话题。

于成龙等人心里真是欲哭无泪：十数年岁月蹉跎，下河治理曲折反复，百姓遭罪啊。

---

① 李楠：又名李柟，字倚江，号木庵，兴化人，康熙八年进士，因试卷上有水迹被改成第二。康熙三十年任内阁学士兼礼部侍郎，面陈家乡灾情，获得豁免。康熙三十四年任工部侍郎，康熙三十六年任浙江学政，生母去世，丁忧。康熙三十八年皇帝第三次南巡，李楠前往宿迁迎驾，获准骑马伴驾巡视归仁堤，随行二十余里。六月丁忧期满任户部左侍郎。康熙三十九年六月升左都御史，康熙四十二年伴驾第四次南巡，康熙四十三年因病回乡，卒，享年五十八岁。有《大远堂奏议》《大远堂文集》《药圃诗集》《律例集解》。

"下河现有积水不得不引出流入大海。将串场河、射阳湖、虾须、沙沟一带开挖通畅，引导积水流出入海。那些拦黄坝应挖开拆除。时家码头暂缓堵筑，等黄河水流安稳一些，汰黄堤修筑完成之日再将时家码头决口堵塞住。

"至于归仁堤，人们都说那是保护明代皇陵的，这都是胡说。三四十里路长的大堤如何能保护明代皇陵。修此堤是因水涨之时，毛城铺等处流过来的洪水至归仁堤被拦回，仍回归黄河的意思。此堤也应酌情修筑。至于说运河，很少有不顶事时，治理起来很容易。

"尔等如果开挖引河，那些原来就在进行的工程照旧由各位官员修治防护，不可怠慢疏忽。开挖完引河，黄河水流入故道再将下河、串场河、射阳湖、泾河、虾沟、沙沟，挖开数处泄出洪水入海。"

这是非常具体的疏浚下河的旨意。对于不熟悉治河事务的人恐怕有些枯燥，于成龙这些治河大臣在聆听的时候恐怕连一个字都不会落下。这是多年纠结后皇帝再次做出的决定。

"邳州、清河、桃源、安东、山阴、宝应、高邮、江都、泰州、兴化、盐城等州县百姓困苦已极，如要进行赈济，穷苦百姓占不到实惠，殷实人家反而能进行冒领购买。每个州县或截留一万石漕粮，或截留数千石漕粮，到时候在时价基础上降价售出，则穷苦的百姓才能有些好处。

"差派一名部里的官员到邳州粜卖粮食，其余地方的粮食责成总漕桑格、总河于成龙会同地方大臣委派地方官出卖，这样进行救治，估计百姓就不至于流离失所，河道永远也不会被冲毁。朕的意见是这样，是否妥当，你们直言上报。"

陪同团阵容强大。书面的旨意也有了。

这样大量引述皇帝发号施令的文字，断然不是拼凑内容，就是要让读者穿越回去，体会一下做治河大臣的感觉。

史料如果不是出于表现皇帝无所不能的目的，倒真正表现了皇帝的性格。

每天追在皇帝身后，伸长耳朵听皇帝教诲，看皇帝手把手教你做事。至于说主观能动性这东西，你可能想多了。唯一能够肯定的是大臣做不了主。什么时候干、怎样干都得听皇帝的。这是家天下的特点。

三月初二日，于成龙等官员受命截留漕粮平抑当地物价。

"……这被水淹地方的粮食价格上涨很多，民生维艰。朕看到百姓伴着深深洪水，用度十分减省。"皇帝通过户部传旨给于成龙等人说。

"考虑截流十万石漕运粮食，在高邮、宝应、兴化、泰州、盐城、山阳、江都等受灾的七州县各留一万石，按现时价格卖出去，剩下三万石留在邳州八千石，宿迁、桃源、清河、安东四个县各留五千五百石，低于市价卖出。

"各州县需要卖出的米就近交给漕运总督和河道总督于成龙。邳州派去一名主管官员前去监视。再截流十万石米，存储在扬州、淮安。这应留的漕运粮食，不管在什么地方，粮食就近截留。"

董安国的上书中对于洪水的描述不是在说谎！

下河百姓又都被泡在洪水之中了，百姓吃粮也发生了极大困难。

皇帝因为亲眼看到才开始平抑粮价救济。假如没有亲眼看到，马上就斥为荒谬。大学士们也会随即发表一番冬天哪来大水的高论。

盲目自信和主观臆断，真的于事无补。

三月初三日，黄河大堤上河道总督于成龙陪同皇帝巡视。皇帝要求将王公堤①增加高度宽度，修筑坚固……

这里甚属险要，那里也甚属险要。险要成了常用语和关键词。

每天眼前都是滚滚的洪流和百姓如菜色的哀求面孔，不知奔走了一天的皇帝晚间尚能枕上安眠否？

三月初四日，于成龙在淮安府总漕衙门出来后奉命给相关官员传达了一道非常特殊的旨意。看来当时于成龙得到了单独召见。

皇帝竟然想出了这么个找钱的道。注意，这不是在开玩笑，钱，成了难题！

皇帝通过河道总督于成龙传旨给大学士伊桑阿、阿兰泰等人："直隶广平府知府石佳彝②，为官年头多，操守好，生活用度节俭，命补授他为两淮运使。"

皇帝对石佳彝的评价很高，不过醉翁之意不在酒，向下看，重点来了。

---

① 王公堤：在山阳县西北黄河南岸，今江苏省淮安市。

② 石佳彝：奉天人，贡生，汉军镶红旗。

"正项钱粮之外，他每年应得的银子数，留够自己使用的，剩下的银子押送到治河工程上来。两浙、长庐、两广、河东、福建这五处运使，也照着这样，应得的银两，留够自己使用的，剩下的押运到治河工程这里来。如果有不给自己所得银两却向商人摊派的，从重治罪。"

皇帝开始打下属臣子的主意了。为了筹集资金，这次皇帝竟也开始启动捐纳，他要让点到的六位官员掏钱治河。

让石佳彝拿钱的旨意最有意思：不是因你贪婪让你掏钱，是因你节俭，钱反正你也花不了。这次给你提个官，省下的钱就修河算了。

这里就有个问题出来。皇帝每天都在说户部的银子足够，那修河到底有没有银子？日子过到趁个官员提拔跟他要节省下来的银子修河这份儿上，太细了，太会过了！偌大的国家，办大事靠动小心眼儿能行吗？这几个官员能挤出来多少钱？

真让人对这个皇帝捉摸不清。这么大的国家工程硬生生弄出了喜感。

同日于成龙等人被要求在皇帝到达前挖成王家营、陶家庄引河，放水时还要写折子报告。

字数少，内容含量不见得少。

这引河就是减压河，看来上游堤坝吃紧，又要泄洪保坝了。

三月初六日，御舟停泊高邮，皇帝对于成龙说："朕昨天在界首镇①用水平尺测量，河水比湖水高五尺八寸。湖水似乎不能越过此堤进入运河，前边高邮不知情况如何。但挡湖的石堤被水淘汰损坏。朕看石料被人搬去和损坏的地方不少。

"此处工程甚属紧要，修筑起来也不太难。派贤能官员迅速检查修筑。今后检查工程，发现有需要修筑的地方就照此办理。"

皇帝就像个细心的管家，看事儿真细致。看来董安国在日常管理上也不太严密。

跟着于成龙的下属官员会迅速得到于成龙指令：赶紧派人弄去！

---

① 界首：今江苏省扬州市高邮市界首镇附近。

三月初七日，于成龙得到皇帝手谕，要求他加速修缮清水潭①石堤并疏浚高邮段黄河。这里边还有个十分蹊跷的细节。

皇帝在扬州，亲笔书写旨意给于成龙："朕在距清水潭九里的地方用水平尺测量，河水比湖水高二尺三寸九分。这一带抵挡湖水的石堤很是要紧，应当加速修造。朕到了高邮，见河水向湖内流去，河水好似比湖水高一尺多，趁黄河水还不深，应从速修理这段运河。"

不久，皇帝又收回了此件手谕。

走一路，布置一路。旨意言之凿凿却旋即收回。

皇帝精力充沛，能力不强的大臣只剩接漫天飞舞的圣旨，早蒙了。没有三头六臂可真不行，这大官不是好当的。

于成龙的三头六臂在哪里？接下来便知。

三月十一日，岁贡马泰向于成龙传达皇帝的旨意，当时皇帝御舟泊新丰②。

"朕从淮南一路详察河道。经测算，高邮以上黄、运河水比湖水高四尺八寸，从高邮至邵伯镇③才看到河水与湖水齐平。"

皇帝出巡携带了测量仪。他多次向治河官员通报水位的确切数据。这些数据意在作为治河的参考，但这并非常数，而是一个经常变动的数值。

"应将高邮以上湖边堤岸、高邮以下黄运河东堤都修筑坚固。有月堤的地方照旧保留。有应修的堤岸仍然按旧堤形势修筑坚固。"

"邵伯没有对着湖水的堤岸，河与湖合而为一，不必修筑堤岸，任他流淌即可。高邮东岸的滚水坝④、涵洞都不必使用。将湖水、河水均从芒稻河⑤、人字河⑥引出，流归长江。进入长江的河口如果有浅的地方，责令挖深。

"这样修治，湖水、河水都流归长江。各河的水既然不流进下河，下河自然

---

① 清水潭：今江苏省扬州市高邮市清水潭村。

② 新丰：今江苏省扬州市宝应县新丰村。

③ 邵伯：今江苏省扬州市江都区仙女镇北。

④ 滚水坝：即低溢流堰。是一种高度较低的拦水建筑，其主要作用为抬高上游水位、拦蓄泥沙。主要原理是将水位抬高到一定位置，当涨水时多余的水能自由溢流向下游。因此，除了满足取水的工程要求外还要满足冲沙的要求。

⑤ 芒稻河：今江苏省扬州市区东南部。芒稻河旧以芒稻山（今已无此名）得名，后人以河道弯曲似蟒，又名蟒导河。

⑥ 人字河：在今江苏省高邮市境内。

不必深挖疏浚了。"

于成龙等命人迅速记下皇帝旨意的要点，马上展开河图进行标注，太细了。
皇帝从一个极端走向另一极端。

具体到滚水坝、涵洞这样的技术层面，这样的文字应是基层汇报上去的施
工设计才算正常。

皇帝指挥得这样细并非共同商议的结果，往往出自个人胸臆，很容易束缚
官员办事手脚。不按旨意施工就是抗旨，皇帝肯定会按旨意要账。假设有不同
意见确实需要修改，这折子怎么写？需要多大胆子敢写？需要多少时间才能走
完程序？很耽误事。

看到本书结尾的读者会从这陪王伴驾的荣宠里读出紧迫：于成龙生命时钟

《全黄图》局部

的倒计时已开启，嘀嗒作响，留给他实操的时间已非常稀少而珍贵了。

到淮安时，于成龙向皇帝请示削减河堤护险民夫，这还是要解决治河队伍专业化的问题。

原来，沿淮河的徐州等衙门，苦于黄河灾害，都按原额设置了河兵。每次遇到黄河泛滥，河兵就不够用了。那就再按田地亩数加派夫役协防、接替河兵，一来二去就成了惯例，以至每年耗费百姓钱财数百万两白银。

于成龙考虑到毕竟涨水时间短闲暇时候多，少不了奸猾小吏从中渔利中饱私囊，造成水患之痛外又有百姓创伤得不到恢复的痛苦。所以请求皇帝恩准免除。

皇帝此次非常痛快地答应了。

这既是经济账又是效率账。

第二天，于成龙接旨："河道总督不必跟随圣驾了。"

皇帝大队人马开始南巡去了。这样也无形中给了于成龙落实皇帝旨意的时间。分兵派将，调动物资……大量实际的工作要做。

三月十五日，于成龙所画河图与皇帝所画暗合，引发皇帝感慨。

此日皇帝在苏州府城内驻扎。他对大学士等人说："朕巡视检阅河道，见所筑堤防颇为可观，承修官员很卖力气……

"朕的意思准备暂留毛城铺、高家堰等处减水坝，将高邮州以北减水闸坝尽行堵塞，增高东岸堤防，修筑坚固，使西来的河水，不能泛滥漫堤。下河之水归流入海，河道、湖泊就都露出来了，到那时怎样引导疏浚，再作定夺。

"至于邵伯以南，河湖合流，奔江归海，想必不至于被冲决。其他地方的河道，朕也保证没有忧虑。只有黄河工程，看其形势，尚难决定，应当慢慢考虑。

"朕在舟中曾绘制了一张径直开挖疏浚黄河图样，与于成龙呈览的图样对照观看，就像事先商量过一样吻合，朕船上的人都感到惊讶。"

就算这样，皇帝能让于成龙放开手脚大干一场吗？他放心吗？

"朕此行见山东百姓生活仍似往年一样，江南百姓就不及从前了。"

江南百姓在水灾中的凄凉生活，几年过去水平不升反降，救苦救难的事业在年复一年的讨论中被无情耽搁。

一次次看着在赈灾和赦免钱粮旨意下达后成片跪倒在大路两旁山呼万岁的百姓，皇帝心中救世主般的感觉是否打了折扣？

伊桑阿等人启奏："确实如此，江南百姓实在是不如从前了。"真难为他了，什么议论都要附和赞叹一番，难度着实不小。但他说话的重点不是慨叹民生，下边的话才是这位大学士的重点：

"至于皇上所讲的河道情形太熟悉明白了，臣等刚能稍微领悟治河工程的事情，在此时都被穷尽了，这真是自古从没有过的。"

皇帝："这些情节朕曾对于成龙说过，尔等也可问问总督张鹏翮、巡抚宋荦等人。"

对河道治理事务这样熟悉，亲自测量布置细节的皇帝的确少见。

皇帝投入了很多精力。据他本人说，河图每天放在龙书案边随时观看，这样用功真是难能可贵。

他绝非糊涂皇帝。他有强烈的进取心，很勤奋，但是理论还是要结合实际才能成功。

于成龙开展治河活动的社会背景怎样，黄淮河下游的百姓在过着怎样的生活？读了下边的文字你可能对于成龙、汤斌、乔莱等人为百姓鼓与呼多一些了解。漠视百姓的疾苦，不倾听他们的呼声，无异于掩耳盗铃。

三月十八日，一道耐人寻味的旨意从皇帝下榻的苏州府织造衙门发出。

皇帝要求吏部、户部、礼部草拟告示广而告之：

"……军民人等，怀挟私怨，受人指使，擅自到朕驻扎处所告状的，一概严禁不准。仍照冲突仪仗例严加治罪。

"尔部立即传朕旨意给扈从大小官员人等，并行文该督抚在各州县、城市乡村遍张告示，备行晓谕。务令亿兆百姓全部知晓。不辜负朕体恤惠爱的情意。"

为官员百姓越级上告专门发个旨意，说明江南积累的社会问题很多。叩阍的人员分布到各阶层。

一开始，皇帝遇到百姓或者江南官员叩阍兴许感到新鲜：竟还有这等事?!毕竟自己一言九鼎，每到此时，江南的官员心中无不一凛，后背发凉。被告的官员战战兢兢地等待着皇帝的雷霆万钧，这种震慑作用不言自明。

但时间久了，皇帝深感自己仿佛被水草缠住了手脚，江南旖旎的湖光山色一下变得寡味起来。后来实在是应付不清，因此上一概禁止。

两天后，淮扬康熙三十四年到三十六年这三年的积欠钱粮被免除，二十万石漕粮被奉命截留用以平抑粮价。紧接着，康熙三十七年受灾程度为七成的淮扬、海州、高邮等九州县未免钱粮，灾民拖欠地丁漕项等银十九万两，漕粮米麦等项共十一万石均被免除。

这是当地百姓受灾严重的真实反映。

从前，于成龙曾启奏推荐官员补授两淮运使，皇帝现在将这个权力交给张鹏翮、宋荦。

于成龙的病情引起了康熙皇帝的高度专注，这一举措表明，已经开始给于成龙卸担子，未雨绸缪，避免于成龙不能支撑时交接匆忙。

淮安市江南河道总督署

派遣黄淮河工的都是些什么人？不看不知道，一看惊呆了。

三月二十七日，议及赦免沿途管理夫役官员内停发俸禄、罚俸、革职留任的人员的话题时，皇帝说："这个提议太不妥当了。现在管理夫役的尚书席尔达、乾清门侍卫马武等人都在这里，如果交给他们来详查，很快就得到实数。如果行文督抚让他们详查，有的可能会捏造姓名送来。

"于成龙的属下有数百人（是这种情况），都送来，都宽恕吗？这个提议不能说是无意提出的。询问尚书席尔达商议后上奏。"

这则信息透露了被皇帝惩罚发到于成龙手下干苦活累活效力赎罪的官员竟然有几百人。于成龙为什么要把在永定河工程中表现出色的官员带过来，我们现在可能明白了八九分。

下边也是与成龙治河有关的背景材料，不妨看看。

四月初三日，回程途中的皇帝住进了苏州织造衙门。

清晨，皇帝登上华山观景。这时与美景不和谐的一幕发生了。

下河盐城、泰州、兴化等州县饥民邓美芝等五十人，沿途叩阍请求皇帝赈灾。按赈灾惯例，官员给每人每月米七斗五合进行安抚。后来请求赈灾的越来越多。

皇帝都让宋荦按这个标准依次发食粮安抚。

皇帝传旨："百姓来接驾，恐怕践踏麦苗，总督巡抚再次传令禁止吧。"

下河灾难之重由此可见。各级官员怎么会不尽力减少灾民给皇帝添堵呢。堵不过来了。惨。

四月十三日，回銮驻跸江宁织造衙门，这是一个有着很多故事的所在。

此日，于成龙陪皇帝、皇子亲临演武场观看官兵操练射箭。

检阅完毕，皇帝对河道总督于成龙说：

"朕看江宁、苏州绿营旗下的好多官兵骑马射箭不合格。将这些人也全派到治河工地效力。你立即会同两江总督、巡抚商议后上奏。"

不久，两江总督张鹏翮等报告说：江南总督手下标兵，江苏、安徽巡抚手下标兵共一千零五十四名赶赴治河工地效力。

这种安排就是对这些训练不努力士兵的惩戒。去河上做苦工就知道练射箭比挖河痛快多了。

派给于成龙的不是精干力量，都是这等不合格的士兵与各方面的戴罪之人。

射箭不行，修河就干得好吗？

四月二十日，皇帝在金山①驻跸时于成龙到京口②陪驾。

皇帝这时才突然发现于成龙身体问题已很严重。

皇帝惊讶地问于成龙："你怎么这样瘦弱？"

于成龙答道："臣脾弱，吃不下东西。"

皇帝说："朕有药，等着拿来给你。"

于成龙随皇帝登船来到金山江天寺。

康熙二十三年皇帝曾在秋天登临金山，上接苍冥，下连洪流，江天一色的美景让皇帝心旷神怡，赐山寺名"江天寺"。那一年于成龙任江宁知府，得到了皇帝召见，此后一路破格提拔。

一晃十八年过去了。故地重游的皇帝和于成龙都会生发出光阴易逝的感慨。

此日，皇帝将一首自己创作的《阅河诗》赐给于成龙。诗中写道：

> 淮黄疏浚费经营，
> 跋涉三来不惮行。
> 几处堤防亲指画，
> 佇期耕稼乐功成。

如标题所写，皇帝的情怀在诗中得以抒发。能做到这个地步的皇帝不多。

诗到了于成龙手中，对他的期望、激励的意思传达到位了。

除这首诗外，皇帝还赐于成龙书写在绫子上的"澄清方岳"四个大字、字二幅、对联一副。

这天，皇帝先派姓海的侍卫，后来又派姓武的侍卫向于成龙传旨："药还没

---

① 金山：今江苏省镇江市西北。

② 京口：今江苏省镇江市辖区。

有取到。御书匾、诗盖上印了，但还没有干。你就在这个地方找一间清净屋子，好好休息，明早来取。"

身负重任的于成龙需要躺着等待药物了。

每天皇帝都在督促修河，于成龙拿什么修？于成龙陷入迷宫般的困局之中。

四月二十二日。河道总督于成龙等人口头上奏说："时家码头急需堵塞，但因钱粮不足，户部回复皇上时说'让董安国、冯佑赔偿修理'。董安国、冯佑他们这些人眼下开挖引河筑堤等项工程钱粮尚且不足，如果用来堵塞时家码头工程，他们的钱和粮食修筑恐怕一时难以让工程开工。

"他们用来赔偿修理工程所用的钱粮，应由户部进行核查计算。臣等另外请示钱粮，以便立即动工修建。"

皇帝不想花钱，拿这么重大的工程就当玩笑一样。让于成龙找前任治河官员要钱赔修，这钱怎么要？

看于成龙的报告就知道，就算和董安国等人要钱，要多少，连个数都没有。那这工程到底着不着急？

惩戒对负责工程的官员能形成震慑，但远水不解近渴。这个决定直接能把于成龙这些人急死。

皇帝更有意思：这个钱没有，那你用捐赠的钱。这就是皇帝的双重标准。

咬定钢牙反对捐赠，可自己迟迟不想拿钱。到现在还是先要捐赠的钱。

于成龙倡议捐纳实属无奈：百姓水深火热，河工等不起，办法自己想。那些守不住底线的不良官员怎么会不拼命搜刮民财。

皇帝说："董安国等人要赔偿的钱粮，让户部和他清查核算清楚，你们立即动用捐赠的钱粮堵塞时家码头，如果成功就给那些捐赠修筑工程的人员论功，就像给那些运粮的人员论功那样。"

这有点要出神笔马良的戏剧效果了。

他问河道总督于成龙、协助办理河道的府尹徐廷玺："引河的挑水坝建了吗？"

于成龙回答说："清河县陶家庄，旧河里的水流离岸太远，加上物资还没有运到，等大点的水流稍近引河时再进行建筑。"

皇帝又问："戗堤你们建筑了吗？"

于成龙回答说："一是因物资没到，二是因离堤太远，还没有修筑。"

物资不到，钱不到，还没有修。于成龙的憨直又来了。于成龙不是神仙，画饼不能充饥。

皇帝对于成龙说："这个堤不管远近必须修，朕已指示了高和宽：高五尺，底部宽两丈，顶宽七八尺来遏制水头。董安国等人只有在引河修筑成功之后才能够赎罪，如果不成功，怎么能赎罪？"

必须修。必要性再次论证了一遍。皇帝一转脸又把这事按在董安国头上。

他没接于成龙的茬：你说没物资，别找朕。于成龙你找董安国去。

估计于成龙心里一阵寒意。这可怎么弄？

皇帝对于成龙提出的迫切问题视而不见，又对于成龙说：

"如果有洪水漫过堤顶，大堤内有积水的地方要立即打上排桩进行加固。每个减水坝都要堵住。将堤防建筑坚固是最要紧的。

"如果发现治河官员做事懒惰，不留心防范，轻的立即惩处，重的在惩处后驱逐、斥责。不准姑息纵容，耽误治河工程。"

江南一行，让皇帝终于知道了减水坝的负面作用：堵，全堵。如果靳辅地下有知岂不要吓得翻个身。

皇帝对于成龙等人说："运河东岸石砌工程残缺的照过去进行补修。土质夯筑堤岸内有积水的地方，要下埽培筑。减水坝都要堵塞坚固，用心防护。越坝更是紧要，也要培筑防护。淮安府泾河、涧河必须挑浚挖深通畅，不要放任河道淤积抬高。至于人字河，有狭窄处也要看情况进行开挖……

"泄水的旧河口都要修砌涵洞让百姓浇灌田地。堤岸单薄的要酌情培筑，戗堤必须进行修筑。朕已指给你们了，至堤顶高五尺、堤底宽二丈、堤顶宽七八尺，能遏制洪水就足够了。至于说治河官员有不留心进行防范的须严加惩处。切不可姑息纵容，以致耽误治河工程。"

概括一下就是干事，干事。谁不干事不听话就办掉。严厉的措辞让江南治河官员畏惧。

次日皇帝和大学士的一段对话，再次透露了江南水灾的严重。

皇帝对大学士伊桑阿等说："朕因淮河屡次水患，亲临巡视。朕目击了百姓田地房屋被淹没的苦恼，深加抚恤。朕已截留了漕运粮食来救济民生。同时免除百姓积累的钱粮欠账来纾解百姓困苦。……朕看百姓糊口维艰，还怎么能缴纳赋税？应打破常规。"

一声浩叹。

四月二十三日，扬州湾头闸①。于成龙、协理河务徐廷玺陪同皇帝视察河道，议论治河措施，君臣商议了很久。

于成龙向皇帝报告说："芒稻河水流太急，船靠近不了龙舟。"

皇帝："那就等朕到河口再定，尔等到那里去侍候着吧。"

于成龙步行了三里路左右，到闸口等候圣驾到来观看水势。这三里路对于身体虚弱的于成龙已成为巨大考验。

皇帝说："看情况前去观看问题不大，只是返回就困难了。尔等酌情考虑哪里应修，哪里应疏浚就开始动工，朕就不必前去观看了。"

皇帝问于成龙："你的马在何处？"

于成龙回答："臣的马在邵伯。"

皇帝问："有船吗？"

于成龙答："船在后面。"

皇帝对于成龙说："朕有快船给你坐。"

于成龙随即登上龙舟。皇帝命太监梁九公赐给于成龙御膳，又赐给他各种果品，此后沿途之上又有很多次恩赐，不能一一尽述。

四月二十四日，于成龙等在氾水②陪皇帝看河，聆听皇帝的治河旨意。

"运河东岸要再加高加宽。再也不必开减水坝了。涵洞与金湾滚水坝原有的河身，民间取水浇灌田地，照例开放。

"减水坝要堵塞坚固、用心防守。至于新加的堤岸可选你带来的官员，每人分五十丈或六十丈让他们注意防守。西堤土、石各种工程及高家堰工程都要加速办理。下河的田地不过一二年就能干涸露出了。"

皇帝又说："运河东岸有一段大堤工程，修得太好了，朕已赏给你们一支箭。朕拿着这支箭对大臣们说'这样的官员，朕不奖励，那怎么能够服众？'"

看看皇帝对减水坝的态度吧。回顾前文，孰是孰非一目了然。

① 湾头闸：今江苏省扬州市广陵区湾头镇附近。

② 氾水：即氾水镇，位于江苏省扬州市宝应县西南部十八公里许处。

四月二十七日，于成龙奉命将黄河及高邮等处河道弯曲处取直并迅速修建陈家庄①挑水坝。次日，皇帝渡过黄河到达桃源县北三十里崔镇②。

皇帝在黄河乘小船视察新下的埽时，对河道总督于成龙说："黄河弯曲的地方都应挑挖一道引河，乘势将河道取直。高邮等处运河的越堤弯曲应取直。"

同日，皇帝坐船经过清口时让郎中朱成格等人传旨："这南岸所堆石块现在如果不让收起来，恐怕水大时被激流冲走，迅速收起来。"

皇帝上到南岸，传旨说："这南岸如果不修挑水坝，重新开挖引河，河水必然不能通畅。"

朱成格等人上奏说：

"前些时候，在接驾之前于成龙等人亲自前来看过修建挑水坝的位置。如果选在陈家庄修挑水坝，恐怕清河县东关危险。在陈家庄以下二里多，对着引河嘴以上一里的地方应修筑挑水坝，已打过桩了。"

皇帝又问："应加速修筑，怎么迟了？"

朱成格等人回答说："挑水坝的尾堤如果不连着南大坝，水涨时恐怕洪水从挑水坝尾部冲进来，挑水坝难以立足。况且应修筑的堤岸离得很远，所需材料太多，一时准备不齐，所以就迟了。"

皇帝又说："从朕指点打桩的地方修二三十丈的挑水坝，将主流引向北边到引河通畅流出。尾堤就在陈家庄旱地上修筑，高五尺。水涨时如果从陈家庄南任由洪水流过去也没有妨害。此事关系紧要，朕的旨意交尔等传达。"

四月二十八日。于成龙等人被要求迅速疏浚清口。旨意是停泊于宿迁县治河嘴③的御舟上发出的。

"清口宜加速开挖疏浚。徐廷玺去扬州查看永安④各处石砌工程和东西两岸工程、堵塞减水坝工程。各位官员要用心防守，不得粗心大意。"

在此地，皇帝赐给于成龙御书"乐休祉"三个字，又赐给徐廷玺"慈惠之师"

---

① 陈家庄：今江苏省淮安市淮安区陈家庄。
② 崔镇：今江苏省宿迁市泗阳县崔庄附近。
③ 治河嘴：支河口，今江苏省宿迁市宿城区支河口村附近。
④ 永安：永安闸，今江苏省扬州市高邮市永安村附近。

四个大字。

"乐休祉"，休祉就是福祉。三个字意思是让于成龙好好将养。但现在，在河道总督这个职位上，特别是满怀着报答皇帝忠诚的于成龙，还有机会享受这种养怡之福吗？

送给于成龙的还有一副皇帝亲自撰写的对联：

> 北抵天山，帷幄运筹能足食；
>
> 南澄方岳，官箴洁己望安澜。

官箴就是为官的座右铭。对联高度赞扬了于成龙北征立下的不朽功勋，表达了他对于成龙在治河事务上再次建功的期许。

四月二十九日，于成龙送驾到皂河口①北边。皇帝派王太监通过驿站骑马来到于成龙船上传旨："皇上问你，赐的药可有益处吗？"

于成龙回答："有益，臣病已好些了。"

王太监又说："皇上问你药还够服用多少日子？"

于成龙回答："还可服用一月的。"

紧接着，于成龙再次接圣旨："河道总督就不必远送了，速回工地上做事去吧。"

于成龙返回了清江。

五月初二日，于成龙打苇子增收资金贴补治河的建议得到批准。当时，皇帝在山东济宁微山县大王庙。

于成龙曾在四月上书力陈征用河夫扰民，请求予以变通；建言利用好官家苇荡增加收入，进而收到实际效果。

他在上书中说："河道连年破敝损坏，百姓糊里糊涂修筑，让皇上殷切思虑，巡幸江南时不惜花费国帑，并亲自指点传授修治方略。免除抚恤的圣旨频频下达。截留漕运平价卖粮，无非是皇上爱民如山的深厚情谊。

---

① 皂河口：今江苏宿迁市西北四十里皂河镇附近。

"臣等才能平庸愚钝，蒙皇上特殊恩典，再次将治河重任交给臣等。现在发现有对工程无益却拖累百姓的事情不得不向皇上报告。

"臣等看到，江南黄河、运河这两条河，在额定河营兵和民夫参与修筑治河工程之外，每年额定派发徐州下属邳州、睢宁、宿迁、桃源、清河、山阳、安东、宝应各州县夫役共六千九百五十名，协助河兵一起修筑堤坝防御洪水。

"臣等反复去查看治河工地，那些州县的官员、百姓纷纷向臣等诉说每年派夫的痛苦和拖累。臣等走访百姓得知，每年派一名民夫需要耗费白银二十两，到治河工地上的却不是拿老幼充数就是刚到就逃走了。

"究其原因，都是因治河上的恶棍包揽，折扣肥己，导致只是有每年派夫的拖累，却不能收到每年派夫的实效。臣等怎么敢轻易议论裁减民夫？只是因不抓紧变通终究不能取得实际效果。

"臣等再三筹划商酌，不如将徐州下属州县民夫全部裁撤掉，将每名民夫改为征收五两银子，编入正项钱粮征收，以治河银子名义一起征收后解送到治河工地。只是每年的民夫裁撤后需要增设战备守御的士兵三千零三十名。派一名游击、两名守备、两名千总、四名把总管理。

"每到秋天洪水暴发之时，分清轻重缓急分拨士兵前去抢救。把裁撤民夫的银两用来充实俸禄、兵饷，对于百姓来说乐于缴纳这个银子，对于治河也有实际的效果。"

这就是个变换方式方法的问题。按于成龙的算法能节省下很多治河费用，分摊到百姓头上的负担自然就减轻了，还能解决一部分资金问题。

军人毕竟更整齐年轻，工作效率高，哪里出了问题就去哪里，避免了浪费人力，针对性也更强。

"臣等看到，山阳等地官家水荡出产苇子、柴草，每年派出民工割伐，相关官员运到两河工地用于每年抢修工程。日久天长产生了弊端。

"有人借口装运误期或雨淋霉烂，或说野火焚烧，或说被海潮淹没，因此拖欠累累。现在查明，各苇荡每年应按标准收获柴草一百一十八万多捆。

"请皇上责成游击等管理人员每到九月霜降以后派士兵开采。按定额限期开采完成，运输储藏到水口，调拨给各营的疏浚船只，交给守备官兵运到各工程上收藏使用。

"每年柴草价值二万六千余两白银。除添凑供给官兵饷银外还能节省一万五千二百余两。如果洪水情况允许，批准执行，对于治河工程，百姓生活都有好处。"

围绕给朝廷增收百姓减负，于成龙很动脑筋。到滩涂湿地收割芦苇是一般人注意不到的增收途径。于成龙视野很宽，头脑很灵活。

他很了解皇帝，所谓的不计花销的说法来得比较痛快大气，实际落实到具体事务上，精打细算是必须的。

五月初四日，因为治河资金始终无法到位，于成龙不得不再次向皇帝进言开捐纳迅速筹集资金治河。他出去后，皇帝开始发作。先是于成龙从兵部得到转达的要求他革职开除弓马本领不合格官兵的旨意。这是个非常严厉的惩罚，而且这个旨意非常不容易执行。于成龙刚来，还没来得及组织训练这些新的下属，这个可能广泛招怨的活儿就扣在他头上。他连个整顿提高这群人的时间都没给。

这天，皇帝在白嘴①泊舟。他登岸进入黄顶帐篷。

检阅完河督标下官兵射箭，对兵部尚书席尔达说："朕观沿河官兵甚是平庸低劣。给于成龙传令'将不及格的革职开除'。"

紧接着，于成龙应急捐纳观点的支持者两江总督张鹏翮遭到皇帝申斥。这是变相申斥于成龙的意思，皇帝要找个出气筒发泄一下。张鹏翮恐怕没有思想准备。

"于成龙想要开捐纳筹钱，他的奏章你见到过吗？哪一条能让施行？"

皇帝问话有奥妙。这似乎是个反问句。他在等待这个后起之秀回应。因他对张鹏翮过去反对捐纳的事情还有印象。

实质上，这个提问用意并非讨论，而是强化自己的看法。

张鹏翮启奏："给事中、御史都是向皇上建言献策的官员，藩台、臬台都是地方大员，这些职务不便捐纳，此外应能准许施行。"

张鹏翮是同意于成龙意见的。他所提到的高级官员当然不适合，也不可能通过捐纳的手段授予。

皇帝没想到张鹏翮现在竟然也同意于成龙的见解，失落之余就是恼怒，马

---

① 白嘴：今山东省济宁市任城区白咀村。

上开炮了。

他举出张鹏翮曾在上书中认为捐纳可能带来弊端的事情，直接质问张鹏翮：

"你曾经条奏开列捐纳则举人进士都会受到阻滞，得不到升迁转任。今天又说应施行，怎么回事?!"

张鹏翮是主管地方的大员，这次他也实实在在看到了河工的危急："河道修理整治事关紧要，权宜一时也未尝不可。"

张鹏翮很好地解释了自己意见的转变。

治河要紧，必须马上动手。但没有钱粮怎么办，这只是权宜之计而已，并非自己喜欢这么搞。

皇帝的话锋紧追不舍："如果开捐纳，你能保证在五六月雨水到来之前一定能竣工吗?"

皇帝论证的逻辑看似有理，但实质上在把捐纳和根本不可能完成的事建立了必然联系。

意思很明显：你们不是说着急吗？那好，捐纳不要紧，工程必须在五六月雨水到来之前完成，而且你同意你就下保证，完不了拿你是问。

进入五月了，天神也不敢保证。再说，张鹏翮现在也不是于成龙河道总督的角色，他拿什么替别人担保。

论证进行不下去了。皇帝完胜。

张鹏翮启奏："此事臣不敢保。"

皇帝一把就抓住张鹏翮的小辫子，结结实实一顿痛斥：

"你身为总督、尚书，所有事都应当直言不讳。瞻看人情顾面子，做出这么模棱两可的议论，有失做大臣的体统。"

皇帝下边的议论可就不是光针对张鹏翮了，张鹏翮听后脊背一定会冒凉气。他一下子明白了自己是个什么身份。

"你们这些汉人对人情面子习以为常，满洲人就全不这样。朕这个人平常就出言无私，是就是，非就非，从来没有看面子徇私情的话。"

这次皇帝斥责的是全部汉人了。当然张鹏翮就是距离皇帝最近的汉人。事情发展到这一步，他做梦都不会想到。

随后，皇帝看着起居注侍郎阿山等人说：

"你们都知道朕刚才与于成龙当面议论治河，他并不说治河事务，只是一味地向朕说捐纳和推荐官员的事,奏称参领、佐领等官如果捐纳,就能提拔为部、院郎中、员外。真要是这么做,殷富的就都捐纳成为部院官员了,旗里的事务谁能管理?

"于成龙人虽明白,也能办事,然而屡次启奏这两件事,实在是不妥当。

"张鹏翮畏惧于成龙,瞻徇情面,还奏称捐纳可行,荒谬至极。作为人臣,操守纵然极廉洁,若心怀顾忌畏惧,遇事因循守旧,廉洁又有什么好处?!"

张鹏翮免冠、顿首,谢罪。他能做的只有这个了。

江南百姓更加危险了。雨季即将来临,之前的大水还没有泄下去,皇帝见到于成龙时还在大谈技术细节,指点于成龙具体操作。

于成龙最关心的是怎样快些开工。官场多年,他未尝不知道捐纳的副作用。对反对的声音他并非听而不闻,他现在心急如焚的是钱粮物资的来源。他要救江南百姓性命。

皇帝总是绕过最关键的问题,还怪于成龙不配合他讲技术。

张鹏翮也忧心忡忡。他也认为捐纳是救急的手段,是权宜之计。和皇帝讲话不是开学术研讨会,皇帝的一顿雷神火炮,他除了低头认罪外别无选择。

这个人未来将作为于成龙的继任者。他能有所成就,皇帝让他绕过户部工部截留江南钱粮是主要原因。当然,这不是本书讲述的主要话题,有兴趣的读者可自己研究"后于成龙时代"的历史记录。

五月十五日,于成龙将山清盱眙河营守备改为里河守备,同时添设高家堰河营、中河河营守备各一员的提请得到准许。

于成龙增加河防专业力量的动议得到了回应。旨意是皇帝回城行走到通州崔家楼①时下达的。

"治河工程朕看不难。担任差事的时时防护堤岸,竭诚效力,加意奉公,怎么能不成功? 总而言之,河底让它冲刷得极深,直奔到海,各条河流都从清口入海,高邮等处不发水灾,下河也就无忧了。"五月十八日,结束南巡回到京城的康熙皇帝在乾清门听政时感慨道。

远在南方的于成龙则在奋力办事。他要替皇帝解开一道道死结。

---

① 崔家楼:北京市通州区潞城镇崔家楼村。

康熙三十八年于成龙满文奏折副本

　　五月，于成龙上书请求添设河兵并准许民间捐助修河。这于成龙可真执着，可见资金问题已经迫在眉睫。

　　"黄河、运河两河过去派出帮河兵修河的夫役是来自徐州的六千九百余名民夫，大多老幼人员充数，很多人都逃走或者旷工。请皇上按派夫的旧标准，改为每名民夫征收五两银子，用以添设河兵每月口粮。"

　　这次的叙述比他在江南见到皇帝时说的更简练：修河的人战斗力太差了，根本干不了事，赶紧换主意吧，皇上。

　　他说："皇上亲自视察治河工程，指点传授治河方略，决心进行大规模整修。

　　"臣以为需要银子数量浩繁，请准许为国事着急的人员捐款。如果皇上准许，修筑的堤坝坚固，疏浚的河道又深又通畅，大功告成之日，自然论功，让百姓知道皇上寸功必酬。

"现在河段应修程度不一，如不酌情定下规章，效力人员就会观望不前。下边是臣开列的丈量、论功的条款……"

于成龙此时似乎完全低下头去不计后果自顾自一路说下去，无视了皇帝的不满。他很清楚皇帝的态度，但现在他竟然连实施细则都拟好了，毫无顾忌地给皇帝呈递过来。

雨季一步步走近，危险就在面前，于成龙也已没时间考虑自己的祸福得失了。他的生命也开始了倒计时。

救江南百姓要紧！他的眼前好像浮现了漂在水面的百姓尸首，耳边出现了江南百姓老老少少男男女女的无助哀号。

他忘掉了个人荣辱与生死。

五月二十日，对总河于成龙提议为修河开捐纳一事，九卿这次没有反对，而是准许执行。

同意的人多就行吗？这些人可能忽略了权重问题。皇帝有一票否决的权威。

"于成龙这个人很优秀，还能勉力报效，凡委派给他的事也能顶事，只是做人有偏差。朕当面跟他讲过了，现在于成龙上奏又提议开捐纳，他还想有所为吗?！"

皇帝的话翻译一下就是，于成龙你想干什么?！

皇帝开始举例说明自己晋升官员都是按规矩来的。

"内庭供奉的张英、励杜讷、高士奇等人，朕从未稍微偏向他们，都是按俸禄资历升迁。张英为人诚实，不事交往，你们也都知道。这样的人朕要授给他个大学士，还怕众人认为朕有偏向。"

皇帝不忘把鞭子甩向其他大臣："张鹏翮、傅腊塔等人议论布喀、吴琠案件，左顾右盼，模棱两可，并不下结论，难道这不是都要有所为吗？

"这个折子朕详细看看再发给你们。"

于成龙出这个主意就是要有所为。只是这个办法对事不对人：解决修河资金匮乏问题，解决资金到位迟缓问题。

皇帝说留下细看意思就是撂下了，现在不同意。

九卿也着急，那边着急治河，这边就搞理论研究。不同意也行，那就抓紧拨银子吧。

皇帝就是不开金口。

时间和机会就这样被一天天拖没了。防汛准备的最佳窗口已经慢慢关上了。

五月二十五日，于成龙关于题请为修河而开捐纳一事再次拿上乾清门皇帝议政的朝堂，九卿的意见还是同意。

皇帝这次的态度似乎有所松动：

"这个奏章内称，三品以上的准许通过捐纳赎死罪，三品以上犯死罪的未必多，这些案子都是朕亲自办理的，朕难道不知道吗？于成龙上奏认为不少，这和朕的意见不合。"

如果公正地说，死刑犯人能捐纳赎命的人员太多才是问题，占比小所带来的副作用就小。

"那些府、道以上的官员革职的也未必有多少，这种人的数目，尔等交给刑部察明详细上报，再为定夺。"

如此看来，皇帝好像原则同意了于成龙的提议。他开始要求摸清相关人员的底数，看看到底能捐出来多少银子。

于成龙的意思：这些人反正皇帝杀他们的意思不大，干脆让他们拿银子换脑袋，留他们一条命，让他们给人间干点正事。

五月二十九日，于成龙向皇帝汇报黄河里河水势未涨，各项工程平稳进行。

于成龙在清口出水口处加固大墩，使洪泽湖水十成有七八成进入黄河，只有一两成进入运河承载漕运。鉴于靳辅时期所修的中河逼近黄河堤岸，对黄河大堤构成严重威胁，且两河距离狭窄不便筑堤，于成龙于桃源盛家道口 [①] 至清河，放弃中河下段，开凿了一段长六十里的河道，命名为"新中河"。进一步解除了黄河对运河的干扰。

五月起，于成龙开始督促佟世禄组织堵塞康熙三十六年六月即被冲塌决口的时家码头。

---

① 盛家道口：今江苏省宿迁市泗阳县盛庄附近。

他派淮扬道薛晋①前往察看，时家码头仍有决口七十一丈，估算人工物料及雇佣民夫需银十万九千八百余两。五月派淮安府山阳同知佟世禄②前往管理收取工料。

于成龙在牌文③中对佟世禄说："时家码头决口，向上请示钱粮是你这个厅官的职责。"

佟世禄在给于成龙的回复中说："时家码头是下官管理的地方，今天行文中既然命下官与员外郎赫硕滋④共同封堵修筑，这正是下官需要勤勉作为时，怎么敢推诿责任，苟且偷安。"

到底这个佟世禄还是让资金拖出了事。

预算银子十万余两，一年多时间资金仅到位三分之二。决口封堵也没有完全合龙。这才是治河的真相。这段资料信息量很大。

封堵自五月二十七日开始动工下埽。六月二十八日，杨家码头⑤决口。于成龙当面告诉封堵时家码头官员停工。十一月初六日，时家码头封堵工程复工。至康熙三十九年十一月二十四日，共领取工程款六万七千三百五十六两，堵筑决口五十一丈四尺。决口近三年的时家码头堤防，佟世禄等人用了二百二十八天，剩余十九丈六尺。

于成龙去世后，张鹏翮继任河道总督后，交赵泰甡⑥、夏宗耀⑦继续封堵。后因张鹏翮命佟世禄赔偿修理大堤，引发佟世禄叩阍事件。

康熙四十三年九月十六日，两江总督阿山⑧奉命彻查佟世禄案，亲自前往时家码头大堤勘察后向皇帝汇报说：于成龙命佟世禄所修筑的五十一丈四尺封堵决口的大堤工程安然无恙，并无修后被冲毁之处。

---

① 薛晋：陕西延安人，刑部侍郎、安徽巡抚、湖南布政使薛柱斗之子。曾任淮扬道道台。

② 佟世禄：字季廉，奉天人，汉军正黄旗人。

③ 牌文：清代官府下行文书。凡六部行文各道、府以下，各省督抚行文司、道以下，司道行文府、厅以下，府厅行文知县以下，直隶州知州行文所属知县以下，州县行文各杂职，均用牌文。

④ 赫硕滋：曾任理藩院员外郎、河工员外郎等职。后改礼部尚书。

⑤ 杨家码头：今江苏省盐城市阜宁县杨码村附近。

⑥ 赵泰甡：字鹿友，山东胶州人，康熙二十四年进士，康熙三十一年任金华知县，康熙三十四年组织纂修《金华县志》。后任湖州同知。

⑦ 夏宗耀：山安同知。

⑧ 阿山：伊拉哩氏。满洲镶蓝旗人。

佟世禄没事，张鹏翮想要把责任硬按到人家头上，那就是张鹏翮的问题了。

此事使张鹏翮的威信受到了很大的影响，大臣纷纷要求惩办张鹏翮，但康熙帝却宽恕了他。

不要以为于成龙已去，就能把责任都推给于成龙。治河责任重大，于成龙属下干事的直接责任人还在。

这佟世禄看看向一般上级反映不管事，便咬牙瞪眼破头撞金钟，直接采取了拦驾告御状的极端手段。

佟世禄若不拼死叩阍，那恐怕他就得死在这段工程上了。

康熙三十八年，于成龙上书皇帝请求修筑云梯关下游的马家港大堤。东堤由达古礼负责，西堤由冯大奇①负责。堵口工程合龙后，康熙三十九年六月初六日再次漫水决口。

于成龙去世后，继任河道总督张鹏翮弹劾冯大奇等赔偿修筑。后改派金玉衡②修筑决口五十二丈，于康熙三十九年十月初八日开工，次年二月合龙时又被冲垮。张鹏翮这个于成龙的继承者也在封堵马家港时遭遇了重大挫折。

堤防之凶险脆弱诚如于成龙所言。

现在，于成龙满脑子都是怎么尽快开工治河，一而再再而三上书出主意措办钱粮。

于成龙远在千里之外，皇帝脸色难看不难看他根本看不到，但迟早听到皇帝对此事的议论。

他现在恐怕没有时间顾忌这些了。

同日兖州府知府陈于豫③因起解犯人超越时限被问责，虽不是他任期内发生的事情，皇帝也没有同意陈于豫恢复原职，而是命他到于成龙处治河工地效力。

---

① 冯大奇：江南徐州人，监生。

② 金玉衡：字静庵，镶蓝旗人，曾任台州同知，康熙四十九年组织纂修《衢州府志》。

③ 陈于豫：字伊水，号卧山，康熙十四年中举，康熙二十七年进士，朝考已入词林但因江南人多遭裁汰。后补内阁中书舍人，有才干，受王熙、明珠器重。调主事，升兖州府知府，境内为之一正。任山西汾州知府，因解流犯逾限发河工效用。旋以张鹏翮有不法事，适帝南巡，陈于豫伏道上书，讼张数款，康熙帝不悦，张伏罪，释不下问，陈于豫亦因触犯皇上而归乡。排难解纷，剖公断直，未有不闻言而折服者。时东鲁侩枭流贩私盐荼毒四方，畏公威独不敢入境。一时逆理之徒皆潜踪敛迹。

这个陈于豫意外地成了在治河工地上与于成龙有过交集的历史人物。皇帝不经意之间在遥远的南方埋了个响雷。

到了康熙四十四年，陈于豫在皇帝南巡视察黄河途中拦御驾告发河道总督张鹏翮，而且开列了好几条罪状对张鹏翮进行弹劾，一下子成了朝野关注的焦点人物。

张鹏翮向皇帝认罪，但皇帝念张鹏翮治河有成效而就没有深究，冲撞御驾的陈于豫却被发回了老家。

康熙四十六年，皇帝巡视黄河时见陈于豫著有《河防一览纂要》流行于世，很是赏识，赐陈于豫一副对联："两川风景同三月，千里江山入一家。"

知道陈于豫不简单时，陈于豫报效国家的黄金期已过去了。这千里江山入的不是陈于豫家。

冯唐易老，李广难封。这也是他的宿命，人生际遇如此，有时完全不可捉摸，因你面对的那个能够决定你命运的人不可捉摸。

六月初三日，于成龙自主选取治河官员的大胆提议得到皇帝准许。皇帝对待他的态度似有转化，怎么回事？只有一个解释，汛期来了。

河道总督于成龙上书说："治河下属如果出缺，请按直隶选拔捕盗同知的方法停止由吏部铨选，由臣等选择谙练河务、人地相宜的官员保举，再经吏部查核使用。"这个提议比较大胆但事出紧急，吏部、皇帝先后同意了他的请求。

让我干活，我挑人，别让成堆门外汉和赎罪的犯人来。他又开始要用人自主权。于成龙没有时间特别顾忌皇帝那不愉快的脸色了。

还好，皇帝也有紧迫感了。他实在该有紧迫感了：拖延症敌不过未来的滔滔洪水。

时间已来到了六月初六日，现在恐怕没有人比于成龙更懂得孔夫子"逝者如斯夫，不舍昼夜"的深意了。皇帝传旨速截留漕运银两拨给于成龙修堤。

漫长的热身终于要结束了。

于成龙要治河的银两。他心里此时恐怕正在忍受他人无法承受的煎熬，硬着头皮捐纳也好，火线提拔用人也好，都是变相挤对皇帝早日拨款开工。

于成龙在奏折中说："董安国应赔的银两，如果等追缴完成之后再修河，恐怕会耽误工程，请皇上拨附近地方的银子三十万两。"

言简意赅，直奔主题，这就是于成龙风格。

时间已进入六月，雨季马上就来：皇帝，这堤到底是修还是不修。兜圈子，转弯子，这个钱不能使，那个钱不能要，但说一千道一万，没钱干不了，时间不等人。

于成龙就要皇帝的一句话。

皇帝也稳不住劲了，洪水不会对他客套，历史不会对他客套，百姓更会对他有评价。到底做个守财奴还是救民于飘溺，这道题已非答不可了。

皇帝："河道最为紧要。如果交给部里商议，再从部内解送银两，肯定会耽误工程。立即拨付两淮盐课①银三十万两，速行发往。"

这句话总算来了。

骑快马赶到淮安也需要十天半个月。于成龙望眼欲穿，心急如焚，满怀焦虑。

六月十五日，河道总督于成龙题请淮安卫守备②马怀仁③不熟悉运粮事务，请皇帝将他调离，担任其他职务。

人员的正常流动是必要的，人尽其才，物尽其用。待在不适合的岗位上对所有人都不是什么好事。

皇帝说："马怀仁曾跟随中路出兵，人材矫健，只是稍微有点狂，遇上直隶有缺补用吧。"

于成龙的这个提议也唤起了皇帝对这个人的注意，结局总的来说还不错。

六月十八日，于成龙被允许挑选跟随其效力的官员防守河道。

"黄河、运河关系紧要。正值伏汛期涨水之时，于成龙年岁大了，恐怕不能来往巡查。"皇帝开始对大学士等人说。

"现在跟随于成龙效力的官员很多，让他酌情挑选了报告上来，把治河工程危险的堤段分给这些人防守，在大堤住所里住过雨季，不时巡查看守。工部派一名贤能、能跑路的章京明天速去传旨给成龙，并将水势看明白，回来向朕

---

① 盐课：朝廷征的盐税，是古代不少朝代重要的财政收入。
② 守备：明清两朝的官职名。城市镇守武官管理营务执掌粮饷，清初四五品官。
③ 马怀仁：宣化府人。

禀告。"

皇帝真着急了。这些将被派到河堤上防守的官员马上要体验战战兢兢的感觉了。

不知有多少人要在压城欲催的黑云下默念老天保佑，阿弥陀佛了。

六月二十七日，皇帝下旨："今年运河滚水坝已堵塞，水势必然宏大。该河道总督要遵照朕前边的旨意，不时谨慎防备，务使堤岸坚固。"

这道旨意讲得比较原则，细节少了些。康熙皇帝也做了自我调整。再成篇大套讲课，时间不允许了。

七月初六日，于成龙推荐李隆祖[1]担任高邮州判被准许。皇帝命于成龙督促芒稻河、人字河抓紧时间动工。

起先，吏部否了于成龙因高邮州判等职务出缺，请示将李隆祖等人补授的提请。

"李隆祖修堤岸很牢固，就许用这一个。其他人依吏部议。"皇帝说。

"前段时间派去绘制河图的董殿邦[2]已回来了，看他所绘的河图，将朕亲自看过指点下桩的地方已动工。听说那些地方还没动工就看到了好处，督促修筑的人知道能有成绩办事更加踊跃了。"

没有动工就已见到了好处，这董殿邦是怎样构思的？皇帝不断增强着自己的自信心。

"至于朕所命修治的芒稻河、人字河至今尚未动工，殊不知这两条河断不能迟缓。现在金湾堤[3]减水坝都已闭塞了，这两条河如果经过修治即使发大水也能从这条河流到江里，不至于散漫横流。

"如果工程延迟，发大水时没有地方宣泄，民房田产都会被淹没，把这个写清楚，迅速行文让于成龙知道。"

---

① 李隆祖：汉军正黄旗人。

② 董殿邦：正黄旗包衣出身，辽海人，生于顺治十八年，康熙十五年袭爵二等阿达哈哈番，后任内务府总管。历官会计、营造两司员外郎、郎中，奉旨特补光禄寺少卿，仍兼郎中事；旋以慎刑司掌印郎中代内务府总管兼管奉宸苑印；补放畅春园总管，总理三陵内务府总管，总理畅春园西花园事务。乾隆四年因事革职。享年八十四岁。

③ 金湾堤：江苏省扬州市广陵区金湾河。

我们只能通过这些角度从侧面了解于成龙在黄淮施工的情况。现在看一些皇帝指点过的工程率先启动了。还有一些地方没有开工。

皇帝着急也只能是原则上讲重要性。措辞分寸感很强。

七月初十日，工部笔帖式常寿①被派遣去治河工地给于成龙传旨。我们看到，于成龙的身体即将被繁重的事务摧垮：

"朕派去画河图的董殿邦七月初三日回来时，朕问他'你身体面色好吗？'董殿邦说你面色消瘦。你如今身体可好吗？饮食何如？

"朕观看河图，要紧应修的有两处。在南方时朕曾当面告诉你人字河、芒稻河要紧急开挖。朕听说至今尚未动工，甚属迟误。归仁堤、便民闸②等河口都已堵住了。毛城铺以下各河口尚未堵塞。如将便民闸等河口堵塞，毛城铺等河口流出的水从何处排泄，一定会漫流到各地，百姓就会受到很大伤害。此两处关系紧要。要速加议论报告上来。"

七月十七日，河道总督于成龙关于"邵伯更楼、高邮九里等处七月初一日被水冲决"的报告飞马传入京师。

于成龙不是神。皇帝担心的事终于来了。

皇帝对大学士等人说："朕考虑到各处闸坝都已被闭塞，如果大水一至必定泛滥成灾。朕几次告诉于成龙迅速开挖疏浚芒稻河、人字河，到今天这两河竟然没有开挖疏浚，最后的结果就和朕说的一样。

"迅速给巡抚宋荦行文，让他亲自赶赴扬州、淮安收留遭灾百姓。江西巡抚马如龙从前上奏说江西连年丰收，今年也已收获。行文马如龙，让他迅速运十万石粮食到扬州、淮安交给宋荦。或者是煮粥，或者赈济，看情况行事。"

消息到皇帝手中用了十七天。皇帝有旨意再传到黄淮河工于成龙的手中又是十七天。皇帝在京城遥控着江南，指令时效性很差，严重滞后。古代生产力水平之低现代人是难于想象的。"舟已行矣而剑不行"。古代官吏在这个方面很为难。

"将在外，君命有所不受"的意思就是皇帝给操办具体事务的官员最大的机

---

① 常寿：曾任工部侍郎，雍正年间出使罗布藏丹津被抓。后任江宁将军、礼部尚书。
② 便民闸：今江苏省宿迁市泗洪县境内。

动权，便宜行事。因信息不通，这往往又会引发信任危机。不少皇帝听信远方的大臣要造反的流言谗言谣言诛杀自己曾经依仗的左膀右臂就是例证。

现在皇帝最不愿看到的情况发生了。他怪于成龙没按他的话立即动手，但最宝贵的时间就耽误在他自己的手上。确认董安国没有说谎用去了很久，终于咬紧牙关从国库里拨银子又用去了很久。

六七月间，滚滚乌云考验着治河官员的承受力，他们只能徒唤奈何。拿手一指河道就治理完成的神话没有现身。

真正冷酷的是泛滥的洪水，给犹豫不决善财难舍的皇帝以迎头痛击。

这年秋天进入汛期，因大堤年久失修颓败不堪，不能抵挡浩瀚的洪水，泛滥的险情层出不穷，大修中的六坝毁损严重。于成龙日夜奔驰在大堤上，虚弱的身体过于劳碌，加上酷暑之中满心焦虑，进食很少，事情繁多，因病卧床不起。

七月二十三日，于成龙疏浚凤凰桥、董家沟等处建议得到批准。

"运河中的各个水坝都被堵塞封闭了。整个运河的水都从金湾三闸进入人字河、芒稻河，下游水势湍急来不及宣泄以至洪水漫过堤坝成灾。眼下上游水势都已消退。只有高邮、邵伯的水势每天看着都是满满的。"字里行间充满了紧迫。

"请从凤凰桥①到王家庄②，疏浚深通使河水直达湾头河。又从董家沟③开始到朱家桥④，对旧有河道也疏浚深通直达八港口，那样漫涨的河水就能逐渐消退了。"

"每天看着都是满满的"，这个描述让他忧心忡忡，形势极其严峻。

江南百姓在战栗中等待。

七月二十四日，于成龙再次受皇帝赏赐药物，同时到达的将有一道圣旨。

---

① 凤凰桥：今江苏省扬州市邗江区凤凰桥附近。
② 王家庄：今江苏省扬州市广陵区王庄附近。
③ 董家沟：今江苏省扬州市广陵区董家庄。
④ 朱家桥：今江苏省扬州市广陵区朱家桥。

《全黄图》局部

　　"总河于成龙，你派来送船的佐领佟世毅①到了。朕问起你的病状和赐给你药的情形。佟世毅说'药在五月就吃完了，很有效'。朕曾经跟你说过，药服用完了就向朕启奏，你怎么没有启奏？

　　"今年夏天刚过去，秋天汛期正长，正是劳心费力时。湿热的暑气熏蒸，跋涉在泥水里，即使年轻力壮的营养不好尚且不行，何况你是上了年纪的人。现在把从前赐给你的药封包牢固了交给你儿子，通过驿站骑马快速给你送过去。

　　"你把河道工程上危险与不危险的地方，明白地写个折子交给去的人带回来向朕禀报。"

　　皇帝心里最柔软的那部分再次被触动。这个时候他好似自己忘了自己的身

---

① 佟世毅：汉军镶红旗人，佟国璋之子，佟世能之兄。

份。于成龙正在暑热潮湿泥泞之中为自己为朝廷为百姓搏命。他责备于成龙没有在药物服用完之后主动向自己上书索取。可于成龙怎么会主动向他索取呢？飞驰而来的都是皇帝十万火急的催办指令和充满指责的话语。

于成龙还有机会休息吗？药物还能解救于成龙积劳成疾衰弱至极的身体吗？

康熙皇帝此时显得有些无助，有些怅然，他此时恨不得自己飞到江南去。

江南危矣，百姓危矣！

七月二十六日，工部表面上是还在和董安国较劲，实际是在和于成龙较劲，拿江南百姓的生命开玩笑。这种天塌不管的冷血令人震惊。

工部在答复皇帝关于于成龙上书的询问时说："时家码头曾由河道总督上书，请示拨付帑银以预先备料堵塞。工部认为，按惯例应责令曾经负责修理防护的官员赔偿修理。几次商议答复，记录在案。

"现在河道总督于成龙并没有按规定责令董安国等人赔偿修理，怎么能提请动用国帑进行修筑？！仍然应让该总督迅速按惯例督促赔偿修筑，待完工之日报告工部即可。"

这次反倒是皇帝让步了："时家码头最为紧要，如果有修筑机会，担心耽误的话，该河道总督不管是哪项钱粮，都可以先动用修理。完工时再将动用的数目明白报上来，让那些原来修理的人赔偿补足。"

工部依然在那里迈着四方步，说着老套子的官话，不紧不慢地传递着公文。

只要自己在文字上挑不出纰漏，哪怕他洪水滔天。

我们此时此刻从文字中感到了皇帝的急切，不知此时他有没有对接受伊桑阿的建议巡行江南有些追悔？

因董安国等赔修困难、工部又迟迟不拨款，于成龙请求使用捐纳筹集治河资金的建议又来了。

这次皇帝照例很生气，怒火发在敲边鼓的同知罗京等人身上。

闰七月初六日，皇帝听政。有一条奏折内容让皇帝很不悦。

九卿会商河道总督于成龙请求增加捐纳数目，有应升的职缺立即使用。九卿这次没有批准。九卿就在皇帝身边，对皇帝的思想动态掌握得最准，这次商议的结果并不出乎皇帝预料。

九卿同时动议处罚这个叫罗京^①的治河同知。因他附和于成龙的见解，出了个主意：捐纳的人不用去治河工地，拿钱就行，活儿由能干的人干。这样一来参加捐纳的人肯定就多。这是要走极简模式。

大家势必不会忘记三征噶尔丹时，皇帝在宁夏同意捐赠人不参与军事行动的情节。此一时，彼一时。皇帝这次不同意，就得钱到位，人也得到位。不然怎么看出你是真心报国？

罗京的建议和于成龙只是角度不同。一个说捐钱多的那就任用快点，一个说光给钱就行，连工地都不用去，不用害怕有危险，这样捐钱的人就多就快。

皇帝现在仍然不同意于成龙的动议，他按捺着怒火没有对于成龙发作。这个罗京就没那么幸运了。

九卿建议将罗京等人各降二级调离使用。那意思很清楚：你算老几！你才多大的官啊，这事还轮不到你们发言。

皇帝说："捐纳对官方是个玷污，如果国家有紧急公务或用兵之际，迫不得已才进行捐纳。现在已过了夏秋发洪水时，并无紧急事务。那些工程命动用户部钱粮。

"现今山西大同等处捐纳的事尚未结清，岂能再开捐纳？"

"那些进士怎么不进行捐纳呢？有品格的人断然不干这事。从前盛京运米时大小官员都捐纳，就是因能加级，就算没钱也通过借贷救公家的急。现在主事通过捐纳成了员外，员外通过捐纳成为郎中。如果那些应升任官员的职务缺额用捐纳那些人，有钱之人得到升用，部院衙门那些年头长的干练官员，都得不到升迁了。

"现在因先前使用了那些参加运粮、坐台的人，所以部院各衙门的办事官员比从前差远了。官职的罢黜提升鼓励惩戒，都是皇帝的事，怎么能转移到臣下手中？此事断不可行。将朕的旨意传谕九卿。

"修理河工系国家大事，同知这样的小官，怎么能参与议论？罗京等人交给吏部严查惩处。"

看来提出类似动议的不只罗京自己。

不合皇帝的胃口，烦人。

---

① 罗京：会稽人，由中翰累官吉安知府，勤政爱民，有善政，康熙三十六年任外河同知。

皇帝这段话听起来义正词严。大致有几个要点。现在过了雨季了，事情不急了，捐纳便不用开了。

闰七月真的躲过了今年的洪涝灾害了吗？于成龙这一众官员难道是在瞎着急吗？聪明的皇帝大概忘记了冬天里董安国上的洪涝奏章了。

说参加捐纳的人都是品行不端的人，为了自己的名声，皇帝口不择言，太伤众了。国家有急难险重事务时，多少人上手都不觉多，多少钱都不够用。过了急难险重的激流就把帮忙的一棍子打死，这个皇帝可真是心里有啥说啥，半点都不怕得罪人。

曾经一些名家大儒也反对捐纳，他们不会考虑什么是燃眉之急。至于说同知连说话的权利都没有，说话的同知本人未必没有自知之明。他们在可能到来的洪涝灾害面前发出的声音现在几乎等同于在向朝廷嘶哑着嗓子呼救。

闰七月，随时有可能暴发特大洪水。如果皇帝这次下决心动用户部的银子修河的话，那么于成龙等人咄咄逼人的激将法就真算起作用了。于成龙何尝看不出捐纳可能带来的负面作用呢？

闰七月十二日，九卿拟同意总河于成龙准备将捐纳银两交库一事。这样就算真正纳入了国家财政管辖，就可以抓紧时间动用了。

皇帝说："从前开捐纳都是捐纳人亲自去修河工地，如果不亲身参加修河，只将银子交库，库内难道缺银子吗？何况各处捐纳的事到现在还没有处理完，现在又只交银两，之后必定很难弄清楚。应不准许把银子交库，其他的按你们的意思办吧。"

从上述文字可知，捐纳已开始了，而且是采用了罗京等人的办法：捐钱的人未必熟悉治河事务，到工地干不了事还碍手碍脚，让那些熟悉治河劳作的人具体操作没有什么不好。

皇帝感情上不认可。他希望两全其美。他甚至向大学士发出了神一般的质问：难道库里缺银子吗？

下边的这事也和于成龙有关。事起直隶巡抚李光地弹劾永定河分司吴禄礼把修堤未完钱粮捏造估计一事。

皇帝说："吴禄礼为人迂阔无能，朕过去曾想补授他内务府职位，结果他各种躲避。做了步军统领衙门主事后，又求于成龙保举做了永定河河道同知。

"永定河河工弊端都是从这些人而起。这事让尚书萨穆哈去审，和汉人一名大臣同往。

"朕将李光地补授巡抚时，也曾问过于成龙。于成龙微笑着答复朕：'只能看他日后怎么做事，这岂能预知呢。'他肯定是对李光地有自己的看法才那么说。"

伊桑阿启奏："李光地做官也没什么不好，当学差时很好。只是此人软弱，直隶这个地方不合适他。"

皇帝点了点头。

四天后的闰七月十六日，李光地因整治直隶蝗灾不力被吏部拟定给予降二级调用。康熙皇帝特许从宽，降级留任。这直隶也真是多灾多难。

闰七月二十二日，于成龙关于芒稻河等处治理的建议得到准许。此时，皇帝巡幸塞外到达伊苏河岸之杨树沟①。

于成龙上书说："臣等遵旨查勘，芒稻河闸下游通向长江河道宽阔，应于河闸旁的西岸另开河口宣泄洪水。至于归仁堤，如不宣泄恐怕难以保证坚固。

"臣等看白洋河原有胡家沟作为出水口，请于此处大堤内侧挖河，在遥堤②建闸，两旁各筑一道迎水坝来抵挡水势。如遇到黄水泛涨，立即下埽不让黄河水冲到闸口。等黄河水退去再拆掉埽，开闸放出清水。

"扬州所属的东堤虽已打入签钉排桩，仍不足以抵御洪水，建议加厚到顶宽四丈、底宽十二丈。高家堰一带石砌工程应加筑宽厚。徐州等处的遥堤、缕堤都应加土培厚，待黄河河道冲刷深了之后再将毛城铺等处闸坝关闭。"工部、皇帝先后同意了这个题请。

八月二十二日，于成龙将受命清理治河官员。

吏科给事中汪煜③上书说："治河工地的官员甚为紧要。请将保举推荐的通判以上官员，全部随推荐手本见驾。再有，近来抽签到事务繁多剧烈的边疆以及被弹劾应停止提升的官员，往往巧借参与治河工程希望企图规避。

---

① 杨树沟：今河北省承德市滦平县红旗镇杨树沟村。

② 遥堤：指筑在缕堤以外，距河岸较远处用以防范特大洪水的堤。

③ 汪煜：字寓昭，号平斋，钱塘人。康熙二十四年进士。在京期间与戏剧家洪昇友善。

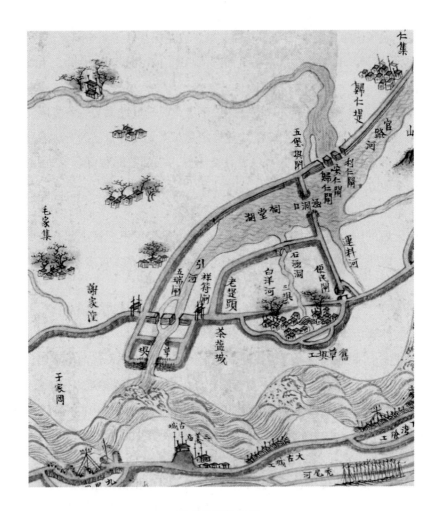

《全黄图》局部

　　"请下令吏部详查，不准他们留在治河工地补充使用。治河工地新旧人员不下数千。命河臣于成龙将实在效力人员报吏部核查外，其余挂名的责令回旗回籍，不得留在治河工所。"

　　吏部、皇帝先后同意了这个提议。

　　不断被皇帝发配来的河工人员，捐纳的人员，提拔的人员，三股治河队伍人员构成庞杂。历史与现实问题被叠加起来。

　　于成龙面前是滚滚的洪水，站在他背后的却并非一支战斗力超强的铁军。

　　吏部上书的这个年轻官员机会把握得很好，他的话并非没有道理。需要调理的问题太多了。整个清王朝如同历史上的所有王朝一样，不可能完成官场弊病的彻底整治。

官员队伍的管理是人类社会的永恒命题。

九月十三日，回到京师的康熙皇帝评价于成龙治河。

皇帝拿出绘制的河图对大学士伊桑阿等人及九卿说："今天下无事，四海太平，最重要的只有治河。河道不治，淮扬一带百姓就将被淹没，那让人何以忍受？

"朕前时曾亲临审视，知道现在洪水得不到整治，都是因洪泽湖。洪泽湖水太大，既不能宣泄，再加上黄河、运河合并，水势浩瀚，必然泛滥。过去原有归仁堤在远处抵御，这个方法最好，现在这个堤已被淹没不知道在哪里。

"靳辅就是修筑减水坝，名为减水，洪水四处奔流漂荡冲决很多。他只顾上河，而不顾下河，那怎么能治理好？

"以朕的意思，只有把黄河河道引向稍北的地方，使它不能和清水混合，洪泽湖通过疏导排泄，使之向下流。完全用清水来冲刷沙土的淤积，这样一来洪水自然没有不能治的。今年雨水不大尚且如此，其他时候雨水再大更当如何？"

束水冲沙固然是理想的刷深河道的方法，但是以黄刷黄，以沙刷沙，又不疏浚下河海口，这只不过是把泥沙从上游冲到了下游而已，这才是下河河道淤积的根本原因。

"朕从前曾手谕于成龙，可是他只筑堤修补，改河的事没有研究过。前边董安国开了引河，但他放水太早，导致难以流出。今天或引导黄河向稍北的地方，或将董安国所开引河加以疏浚，尔等将这张图与九卿一起商议出结果详细上奏。"

皇帝对靳辅的认识再次发生了变化。他也开始认为靳辅减水坝是近些年河道淤滞的主要原因。同时他对于成龙提出了现阶段不可能完成的动作。

过去，于成龙曾经力主疏浚下河，遭到否定。皇帝让他不准动靳辅的做法。现在，于成龙全副精力都在根据皇帝的旨意防范河道溃决，皇帝又提出疏浚的话题。前前后后对照皇帝的治河观点，摇摆得很厉害。

九月十四日，大学士、学士们同意皇帝改移黄河的主张，提出应移文总河于成龙令他快速加以疏浚引河。

皇帝转脸问工部右侍郎李楠："你是那边的人，一定知道得更详细。这样修筑疏浚行吗？"

李楠回答："这样修治很好。"

皇帝说："靳辅、董安国、于成龙等人只知道筑堤防水，至于说改变河身北流，使清水通流，并没有谈起过。如果不让清水通流，即使修筑堤岸，黄河水终究会倒灌，哪能防御得了。"

九月十七日，前因捐纳银两未获批准入库，于成龙再次上奏截留山东、江苏两省库银五十万两用于修河。

乾清门。部院各衙门官员面奏后，大学士伊桑阿、王熙、吴琠①，学士李录予②、钱齐保③等八人拿奏折请旨。其中有于成龙请求拨款修河的事。

于成龙在奏折中说："治河紧要，祈求将附近山东、江苏地方库银五十万拨给臣及时修治。"

皇帝说："此银命立即发给。如果交给部里商议又会迟缓。如此看来之前提议的捐纳有什么益处？国家如有仓促的军机大事不得已才令捐纳，怎么能在太平年月施行呢？"

拖了将近九个月，能拿到银子最快也得十月中旬了，能够组织起人马修河应在十一月份左右。

这种办事方法固然出于慎重，但过分警觉，犹豫不决，莫衷一是，小气吝啬都是造成这种拖延症的原因。换言之，皇帝直到九月才恋恋不舍发令拨款就是于成龙这些大臣执着提议捐纳的原因。

永定河两个月能成，下河却不能成，对比何其强烈。

九月二十九日，于成龙题请将原侍讲吏部侍郎多奇④等有点修筑经验的人派到黄河工地上赎罪。

北征噶尔丹，多奇奉差修独石口道路不力被吏部严察。吏部拟定将多奇革

---

① 吴琠：字伯美，号铜川，沁州人。顺治十六年进士，知确山县。累官保和殿大学士，兼刑部尚书，居官清介，谥号"文端"。有《思诚堂集》二卷传世。

② 李录予：字山公，介休人，大兴籍，康熙九年进士。

③ 钱齐保：完颜氏，镶红旗人，世居兆佳，墨古德后裔。曾任礼部侍郎、大学士。

④ 多奇：时任吏部右侍郎。

职送刑部，皇帝决定从宽免罪。

后来这多奇又惹事了。他放牧喂养军马时懈怠、玩忽职守、不谨慎这几样毛病都占了。马匹倒毙，耽误了军务，一下子判了个斩立决。皇帝念他人还算朴实，免了他一死。

皇帝说："朕看于成龙请求赎罪的官员不多，派这些人到治理黄河工地上顶不了什么事。现在永定河正在修治，让这些人去那里赎罪有什么不行，交刑部商议后上奏。"

这很有点像现在劳动改造立功赎罪的劲头儿。一些大臣总反映于成龙手下这种赎罪的人太多，这次皇帝本人给了个比较中肯的结论。每个大官员手下都会有一些赎罪的人，并非于成龙个人身上才有的现象。

这些人赎罪的地点和事项有的是朝廷指定的，是判决的结果，有些恐怕还要自己找机会。

于成龙的长子于永裕世袭了阿达哈哈番，在禁卫军做侍卫。

十月初八日，皇帝把于永裕传到乾清门，让侍卫马武传旨说："皇上问：'听闻你父亲病了，是真的吗？'"

于永裕告诉马侍卫："父亲病得很重。"

皇帝命于永裕骑快马前去探视后将父亲的病情回来报告。

过了几天，于成龙的奏折到了。他没敢请求退养，只请皇帝恩准两个月病假休息治疗。

不久，皇帝派出人去问候他，并选派太医院御医李颖滋和内阁主管写票签的笔帖式张文彬两人带着御赐药物通过驿站飞驰南下，限他们加急七日内抵达清江。

在当时交通条件下，只用七天就从京城抵达清江，堪称神速。

于成龙服下药稍稍好了些。

十月十七日，于成龙在永定河工程中使用过的笔帖式齐苏勒①得到提拔。此

---

① 齐苏勒：又名齐素勒。字笃之，纳喇氏，满洲正白旗人，清朝大臣。自官学选天文升为钦天监博士，迁灵台郎。后为内务府主事，授永定河分司。雍正元年授河道总督，雍正四年授兵部尚书、太子太傅。雍正七年卒，雍正八年京师贤良祠成，入祀。

前，皇帝刚刚在现任管理永定河工王新命陪同下巡查过永定河后续工程。

"永定河河工笔帖式齐苏勒之前任职钦天监挈壶正①，由于成龙指名推荐，补授为河工笔帖式。齐苏勒为人很优秀，很明白，熟练知悉治河事务。朕沿途问他河工上的事，他全都知道。这也是勤勉强记的缘故。立即授予主事职务，协助分司料理河工事务。"

这个被于成龙点名要到永定河治河工地上的笔帖式，从永定河起飞，勤勉努力，到了雍正元年就做了河道总督，后又任兵部尚书、太子太傅。

于成龙凭一双慧眼在众多年轻官员中发现了他。他也凭着用心勤勉做事没有辜负于成龙的期望。

十月十九日，于成龙准备使用正项钱粮修理董安国曾经疏浚的引水河道、挑水坝的提议，九卿商议拟准许施行。这是重大转变。

皇帝对大学士等人说："原河道总督董安国疏浚的引河及挑水坝使用正项钱粮修理。修成让他核销钱粮；不成不准销算。"

这就是原则同意了。过去是董安国必须自己掏钱干事赎罪，现在干事花的是朝廷的钱，皇帝的怒气看来下去了很多。时间耽误得够长了。

鉴于给事中张睿②上奏"中河之水由仲家闸口流出直冲湖口，清河之水难出，黄河之水反而易于流入"，皇帝说："现在于成龙只是修筑河堤，不以排出清河之水为要务。尔等再商议一下。命于成龙亲自到仲家闸详细看看，商议后报告上来。"

他在此处又有一段议论，不妨看看。从这段话中我们能了解淮扬水灾的严重、古代办公效率的低下：

"古代的圣主如果有一人受苦，自己就感到很痛苦。现在淮扬数万之众都遭了水灾，朕于心何忍？百姓没有田产，就算年年赈灾也属于无益之事。若百姓有田产，那即使向他们征取钱粮，他们也心甘情愿，并不会有怨言。"

---

① 挈壶正：官名。唐司天台属官有挈壶正，秩正八品上，掌漏刻孔壶，考中星昏明，击钟鼓报时。宋、辽、明、清钦天监沿置。明、清挈壶正为从八品。

② 张睿：字涵白，号劬斋，淮安府山阳县（今江苏淮安）人，康熙十八年进士，授户科给事中，后升任户科掌印给事中。改太仆寺少卿。康熙四十年任光禄寺卿；康熙四十一年任大理寺卿、都察院左副都御史、陕西乡试正考官。康熙四十三年，任刑部右侍郎。

历史若不是放在整个事件纵轴上看，便不能知道人的言行有怎样的意义。皇帝没能深刻反思。当然，让他主动把责任背在自己身上也不符合历史的真实。

天大旱时皇帝上《罪己诏》，里边陈述自己的不足之处并请求上天的惩罚，饶恕百姓，更多的当然还是表明自己是天之骄子，有扛这事的权力。

"河道总督事事迟误。现在已快要入冬了，如果行文于成龙，让他在商议后上奏就到春天了。可叹这黎民百姓将何以为生！"

"凡修河和体恤拯救百姓的地方，尔等既是国家大臣，也应留心料理。"这个"也"字透露出很多隐微信息。

皇帝感到了光阴飞逝。如果不看其他只看这句话，于成龙真成了误国的罪人。

十月二十日辰时，九卿报告皇帝河工事务的旨意已移文于成龙。

"从前靳辅在高邮开减水堤，在运河开滚水坝后，水势虽分开，但河身渐渐淤高，下河反遭水患。董安国所开浚的引水河，因不等大水到时就决口放水，因水势小所以不流通。现在如果将清水出口稍移向东，使清水流通，则黄河之水必得畅达，不至于倒灌，清水自然没有阻滞了。这样修理而河道得不到治理，朕不信。"

那于成龙到底在干什么？从下边这个奏章可以很明白看到他在江南奋死扑救的艰辛。

也是在十月二十日，于成龙报告应急处置两河险工情况的上书呈送到了身在京城的皇帝面前。他每天都在指挥抢险：

"臣看到淮安、扬州、徐州三府所属黄河、运河，河流、湖泊都关系到运输通道和百姓生命安危，关系重大。全依仗着堤岸高大宽厚才能捍卫堤防抵御洪水。一切险工、埽台狭窄，堤岸低矮削薄、残缺不全的情况并非今天如此，早就应加修培筑使之高大宽厚了。凡有黄河水直冲的弯曲之处都应当根据情况开挖引河来分散激流的冲击。

"臣在三十三年担任治河总督时，早就已踏勘清楚，写了折子向上陈奏。此事记录在案。虽原治河总督董安国请求朝廷下拨帑银修筑，却尚未成功。

"臣去年冬天再次蒙皇上选拔任用担任河督，又一次来治理两河。到任之初就会同钦差大臣、协助办理治河事务的府尹徐廷玺从徐州直至海口，黄河、运河，河流、湖泊都走到看遍了。又承蒙皇上亲临两河勘察阅视，凡应修筑的地方都一一指点给臣。

"臣照皇上旨意，应当立即行文治河道、厅各处，分别轻重缓急，详细加以确定估算。但考虑到工程紧急，如果按惯例先对工程估算后上报，待批准后再行修筑，公文往返需要时间，必然导致耽误工程。

"臣等将从前已踏勘明白之处斟酌出最危险、最急迫的，一方面拨发帑银动工，或者发文让那些急公好义的人赞助修筑，然后陆续写表章报告工程估价情况。

"这些工程正紧急修筑，不料又发生了秋季洪水，再加上阴雨连绵。堤根和取土的坑塘大多被洪水淹没。人员夫役虽多，但土筐铁锹无从使用，取土艰难。因此，工程不能一起告竣。

"现在霜降已过，水势渐渐消减下去了，如勒令督催官员增加招募人员夫役，趁时机协力加紧修筑，能指日完工。只是加修或新修石料、砖料都需要从远处备办，准备好尚需时日。

"年内抢修的工程，如徐州的郭家嘴、吴家庄，邳州、睢宁的三官庙、戚字堡①，以及宿迁、桃源、山阳、淮安的烟墩②、朱家庄③、老坝口④等工程最险要，臣等都不拘泥于先例事先做了预防，加修戗堤，抢筑埽台，不惜工、料、钱、粮，得以保证平稳。"

不拘先例，于成龙已不顾一切地打破那些公文往来的规矩套子了。所有能用的办法于成龙都毫不犹豫用了；所有必须承担的责任于成龙都担起来了。疾病缠身的他尽可能把河工部署写得清晰明白，想必他也听到了自己生命倒计时的声音。

任劳任怨，敢于担当。他在用最绚烂的光彩点亮他人生的最后里程。

太悲壮了。

十月二十三日，于成龙将减水坝改为滚水坝的动议得到准许。

---

① 戚字堡：邳州地名。

② 烟墩：在桃源。

③ 朱家庄：在桃源。

④ 老坝口：山阳境内。

减水坝需要在洪水超出河道承受能力时人为提闸泄水分洪，滚水坝则能自动排泄超出堤坝承受能力的洪水，而且集防洪蓄水功能于一体。到现在我们在大江大河中还常能见到滚水坝的影子。

于成龙上书中说："运河是粮船的重要通道，也是下河七州县的上游。高家堰六个减水坝流出的水都进入了运河，水势浩大，河窄难容。前河道总督靳辅在高邮南北建了五座大小减水坝，虽堤岸保持了坚固无恙，但下河各城均受水患。"虽语言极其克制，但一针见血。

"皇上南巡阅视时命臣等大修堤岸，关闭减水坝，下游的小麦等庄稼幸得收获。现在汛期洪水暴发，高邮、邵伯等处都被洪水漫堤冲垮。臣等酌情打开两座减水坝，上下游堤岸才得以保全。

操 合 营 苇

清《鸿雪因缘图记》之苇营合操插画

"总是因高邮河道与山阳、宝应河道平等。一下子涌进来高邮、宝应各个湖泊的水，打开减水坝就会伤害民田，关闭减水坝就会伤及堤岸。

"请将高邮的减水坝都改为滚水石坝。水大就听任其自己漫过去保护堤岸工程。水小就以它来涵蓄水源补充运河河道。茆家围等六处大坝，也请改为滚水坝，方式与归仁堤五堡的滚水坝相同。至于高家堰一带石砌工程，年久坍塌损坏。请全部加高五尺，以免每年不时修补。"

这滚水坝是个自动调蓄的水利设置，省去了往来公文传递贻误战机，这是于成龙务实高效办事的一个典型案例。

皇帝同意了于成龙的建议。

黄河汇合淮河入海，入海口两岸泥沙淤积成为沙滩，长有几百里。接近沿海，芦苇荡辽远宽阔疏于防范。

康熙三十八年，因需要保护治河工程所需物资，兵部尚书于成龙向朝廷提议在苇荡左右布置军队，即所谓左右营。左营在海州灌口①西边，右边军队在黄河为间②南边。在现有樵兵的基础上增设了马队，起到了防御河道，抵御海盗侵扰的巨大作用。

十一月初九日，辰时。皇帝在乾清门与大臣商议于成龙上书题请事务。

于成龙题请：黄河之水较洪泽湖水高一尺，准备将高家堰大堤增修一尺二寸。

"现在正是河水干枯之时，估计水高一尺就进行大坝增修，倘若明年春天河水泛涨，那现在整修的又没有用了。"皇帝对臣下说。到底是增修的尺寸不够还是等到看看湖水到底涨多高再修呢。他的意思很明显，先不修。因为他另有谋划。

马齐："确实如此。春天黄河涨水，洪泽湖水不上涨。"

于成龙本意是要趁枯水期动工，这样取土开掘更容易些，但被皇帝认为对来春水位估计可能不准而轻易否决。那意思就是放下。他现在满脑子都是改移清口的想法。

"对洪泽湖口如何修治避免黄河水倒灌，使运河畅通无阻，洪泽湖水宣泄但

---

① 灌口：今江苏省连云港市。

② 为间：今江苏省阜宁县旧黄河尾间。

不致越过堤坝？朕想堵塞现今清口，改移到东边开口，来宣泄洪泽湖水，黄河水倒灌不了则河道就真正得到修治了。

"尔等同九卿详细商议，去询问江南官员。事关重大，不可草率商议回复朕，商议出最得当的办法才好。

"芒稻河、人字河开挖疏浚到达长江，分泄湖水，也很有益处。朕南巡至分水的龙王庙，见那里将水势分流极有条理。如何将洪泽湖水也照此分流，使它不致泛溢，尔等明日或后日阅览河图，同众人从容详细商议后上奏。"

皇帝又要开始新一轮的治河理论研讨会了。这次他特别强调了从容计议，不准草率回复。意味深长。

冬天的江南水势消退，皇帝的心理压力变小，治河的紧迫感没有了。而且他要求臣下保持踏步的姿态很明显是有意而为。

他已知悉于成龙健康状况出现了严重问题。开始在心里做新的人事安排的构想。

冬天，于成龙拨款并派官员对高家堰工程进行大修。工程分为三段：从武家墩①南头到小黄庄②；小黄庄到周桥；周桥至棠梨树。并开始筹划封堵六坝决口。

十一月十一日，于成龙将黄河河道移位的建议来了，同时到来的还有病休两个月的请求。他实在坚持不住了。

于成龙在奏章中说："以清江浦西为界，黄河水高出淮河水一尺，淮河水高出运河水七尺，运河水高出平地七尺。总起来看淮河水高出运河西堤外的平地一丈四尺。"

但皇帝议论的重点是改移清口。

"朕以为今天只有将清口从淮河下游沿武家墩，从清江浦向北另行改道移动。河身留八九十丈宽空地，两旁坚筑石堤，使清水通畅流去。这是应当紧急商议的。

"清水居高临下就容易排出。黄河水也不致倒灌。石堤之间就是河身，不用

---

① 武家墩：今江苏省淮安市淮阴区武家墩。
② 小黄庄：今江苏省淮安市淮阴区小黄庄。

疏浚。就算涨水，高也不过与运河齐平，怎么能泛滥越过高家堰呢。只是这样改动，朕怕另外有所妨碍不能永久，所以就稍微踌躇了一下。尔等明确商议了详细报告上来。"

于成龙等人在上书中说："邵伯更楼、高邮九里等处漫堤决口处，臣已令主管官员先将高邮九里缺口堵塞修筑。请示将邵伯更楼缺口原有涵洞及堤内原有河道挖宽挖深，于河东筑成土堤约束河水南下进入长江，能宣泄运河骤涨洪水，并能坚固东西两岸堤根。"

"再查，运河一带河身淤垫增高，皆因高家堰大堤工程未完，黄河水倒灌，清口淤积堵塞，湖水不能流出。现在应优先开挖烂泥浅等处，引清水敌住黄河水并补充运河水。如高家堰一带工程告成，那清水自然就流出来了。"

工部拟同意上述意见。

关于坚固修筑高家堰堤岸来约束淮河水使之冲刷黄河，或改移清口到清江浦左右，或另行疏浚河道来通过船只等建议，工部建议皇帝下旨命于成龙亲自勘查快速商议后详细报告。

皇帝："凡做事机不可失。前者噶尔丹盘踞克鲁伦，因机不可失，朕即刻征讨，这才建功。不过河道治理的事，和此事稍有不同。这样改道疏浚，还恐怕另有妨碍，效果不能永远。所以朕有些犹豫。若真对运河通道有益，让淮扬百姓能够生计得安，朕立即拨发帑银快速修理，断断不会吝惜金钱。"

皇帝想让大臣们确定改移清口，这个办法是自己反复推演过的，大臣们却说等于成龙亲自勘察议论后定，皇帝才有了机不可失的议论。皇帝听了似乎有些不耐烦。

皇帝是捉摸不定的。内心的纠结通过和大臣的交流隐隐透露出来。

他再次声明自己并不吝惜钱财，难道皇帝知道大家在心里议论他吝惜钱财吗？有点此地无银的意味。

与每次他都要拉上一些坚强的支持者一样，这次也不例外，他需要强化自己心中的那个判断。他需要有人背书。

他转过脸问侍郎李楠："你是扬州人，知道那边的地理形势，这样修理行吗？"

李楠："改移清口很好。不但对运河通道有益，淮扬数百万生灵可免于泛溢忧患。皇上真是有天地好生之心。"

李楠大概是只要修河便是好事的想法，反正皇帝问得比较笼统，所以在支持皇帝下决心治河上毫不犹豫，态度坚决。

皇帝又把阶下侍班的给事中张睿叫到跟前来，问他对改移清口的意见，话锋尖锐了："你是淮扬本地人，把你知道的告诉朕。"

张睿答道："皇上的旨意公允恰当，清口这样改移一下，肯定有益。只是治河工程重大，臣虽有自己的一管之见，也没敢向皇上陈奏。"

这个说法比较客观。张睿知道这不是个能随便放炮的议论。这个说法代表了九卿的普遍心态。

皇帝说："河工关系重大，高家堰堤岸纵然多方坚固修筑，清水也不能流出。现在只应当商议改移清口到其他地方，两岸都用石头坚固修砌，让清水流通。"这和于成龙的想法是有区别的。

"朕南巡时曾告诉于成龙另开清口，他也说淮河水可从武家墩向清江浦改移。此事命于成龙和徐廷玺会同河道各位官员亲自去清口查看，到底应当改移到什么地方，立即详细商议，年底前详细报告上来。"这里他用了"立即"两个字。到年底报上来，扣除信息往来时间，那就是让于成龙马上说清口改移的位置，而不是说该不该移。

趁枯水期加高高家堰大堤的动议就被皇帝轻轻放下了：你要是改清口那就议一议。

吏部报告皇帝河道总督于成龙因病向皇帝请假进行调理。这下提醒了皇帝，于成龙那边亲自勘察恐怕有困难。

皇帝下旨："于成龙准给假期两个月调治。河工事务令徐廷玺暂时办理。要紧的事仍然要与于成龙商量而行。"

十一月十三日，为改移清口，一幅立体展示相关地域地形地貌的木制河图在大殿上被皇帝展示给臣子。于成龙也将在不久看到这个"艺术品"，让他欣赏这个艺术品与实际情景像不像不是主要目的，重点是清口新位置的选定。于成龙病了，不能前去观看，那就看看这个吧。

皇帝对大学士等人说："河图绘于纸上看起来地形难辨高下。朕要将清口位置改移，所以命人雕刻了一座木质的河图模型，看起来更容易明白。"

他命侍卫捧出木图，命大学士伊桑阿、马齐走到前边来，一一指点着给他们讲解。伊桑阿、马齐等看后，深为惊异。

这是幅看起来更加形象的立体地形图。

皇帝说："派侍郎常绶前去治河工程上，会同于成龙议论清口应否改移，详细看看。如可移动，需用多少钱粮，让他大致估计一下。如果于成龙等人说清口不便改移，仍要修高家堰，所用钱粮也让他们大致估计一下。年底前速回向朕报告。河图你们捧出去，让九卿一起看看。"

虽皇帝这时又把话头收回了一些，高家堰也能修，但大家听得很清楚：议清口的事。

九卿看罢对皇帝自然又是一番颂扬。

十一月二十九日。于成龙关于补授苏礼[①]、江玉成、赵宏图[②]等人官职的题请被准许。这里边也有个曲折的过程。

吏部认为于成龙奏折中提到的江玉成、赵宏图并非治河工地的效力官员，不予批准。

"于成龙在奏折中说他们熟练河道事务，就照他所请补授吧。"这是专业人员，皇帝最后拍了板。

十二月初十，工部因于成龙奏折中的什么词就要否掉一项大工程？看看康熙朝的文字狱。有人专门盯着这个。

工部将否决于成龙题请修筑高家堰等处损坏堤坝的答复意见向皇帝请旨。

皇帝看了看，说："淮安、扬州等处堤岸，本朝创建者不多。堤坝上石块旧基础，都是明朝所修，我朝只是进行了修补，让他更高大宽厚。

"现在你们因于成龙奏折中有'明季修筑'等话就驳回，反而会耽误他修筑大堤的时间。这有何关系?! 该部只根据他里边的一句话就驳回，朕觉得很不妥。这个奏折发还工部，重新商议后上奏。"

把高家堰功劳给明朝，请问你于成龙把我朝，把皇帝的功劳摆在哪儿了?! 否他! 不过，既然皇帝说这样表达没问题。

那就再议议？

---

① 苏礼：正蓝旗人。

② 赵宏图：奉天人，监生，康熙三十八年河工效力，四十一年升仪征县丞，六十年任介休知县等职。

连人家明朝修的高家堰石堤都不承认也确实不像话。偌大的防洪工程当成了小孩子的文字游戏。皇帝这次比较大度。不过有些话分谁说，他表态了也就没事了。

十二月十七日，于成龙对清口改移的意见被工部侍郎常绶带回来了。

辰时，乾清门。皇帝看见被派遣前去治河工地的工部侍郎常绶等人在大殿台阶下站立，就把他们招到跟前。

常绶等将所商议的修河奏章呈递给皇帝观看。

皇帝问："你们把带去的改移清口河图给于成龙等人观看，他们说什么？"他非常关心于成龙对他指导创作的木制河图的反应。

常绶答道："于成龙等见到皇上所制的河图，深感惊异。都说'皇上留心治河事务，耗费了很多精力。现在又周详地绘图，指示臣等，臣等不知怎样欢愉了，于是向皇帝谢恩'。"

"于成龙等人还说'遵照皇上的旨意将清口改移位置，清水自然是容易排出。只是洪水泛滥时两边堤岸如果被冲开决口，保护起来比较困难，如果将高家堰减水坝堵塞后加高培厚修筑应有好处。就算改移清口位置的工程，也未必能一时完工，这高家堰现在不能不加以修理'。"

于成龙等人的态度非常明确，他们没有附和皇帝高家堰可暂不修的意见。他们讲的道理很简单，改移清口是个大工程，不是一天两天的事，这中间高家堰万万不能忽视保护工作，因此上用了不得不修这样的措辞。当然，这中间非常委婉地告诉皇帝，改移后的清口两侧大堤防护问题非常严峻，不能只盯着泄水速度快这个优点。整个意见表达得很讲究。

至于那木雕河图，虽未必很精确，但于成龙等人更感慨的是皇帝对治河事业的关切。这就是对着木雕和看着烟波浩渺的洪泽湖议论问题的本质不同。

皇帝又问："那里人民的意见是什么？"

常绶启奏："有说黄河向北移相距稍远点更好的。于成龙等人则说不便北移，再北移中河必然会废弃损坏。他们自己选择了北移的地址。"

这是于成龙等人对待民意倾向比较理性的态度。一般百姓对治河的研究远不如这些专业人士下的功夫更大，而且他们的意见往往被切身利益所左右。

于成龙等人的意见与他的意见略有出入，皇帝要问清楚为什么解题答案和自己不同。

皇帝问："自何处北移？"

常绥答："准备自清河县东部边界处改移。"

皇帝："如果在清河县附近，那就是中河的尽头，中河怎么能被废弃损坏？"显然，皇帝对这种差异不满意。朕说的地方怎么了?！干吗给朕改地方？

皇帝又问："现今工程进展如何？"

常绥："现今各工程都停止了，于成龙说：'钱粮都已分给负责修筑的各位官备办，物料至今一点也没到，银子早已花完了。'看于成龙的样子，也非常忧虑。"

于成龙给出的解释听起来让人很泄气，但这就是慢热的代价。

皇帝说："工程快速竣工对运道、民生才有裨益。"这个道理没毛病，但快起来谈何容易。

"于成龙平素任用人员就偏执，只要一经他荐举的，即使这个人后来改了品行，他还坚持说好，大概是把别人心里想得和自己一样了吧。

"跟随他前去的那些人，平素有好名望的没几个，希望能侥幸投机的挺多。

"动不动就支领百余万钱粮，准备物料还能拖延。这样就又要拖上一年了。"

于成龙反馈的意见与皇帝预想的有距离，他需要释放一下。

在这个年代，参与治河还算不得多么高大上的事，这是皇帝通过苦累惩罚官员的场所。现在，皇帝又开始把工程进展缓慢的事落实到用人这个层面上纲上线地拔高了。

皇帝特别讲到了于成龙看谁都像"好人"这事。

于成龙在这一点上与皇帝区别很大。皇帝是怀疑一切。这是他的地位和经历决定的。于成龙是心无芥蒂，与人为善，很有点像"常不轻菩萨"。

他需要干事，他需要有强有力的人帮他干事。

纵观于成龙一生，他看人的准确性很高，他推荐的官员不少为清王朝作出了巨大贡献，因贪腐无能倒台的十分罕见。

作为上级，举荐德才兼备的下级是天职，是责任，不是恩惠。他压制人才，无视人才甚至毁灭人才才是真正的渎职，是道德上的犯罪。

于成龙提醒了皇帝。他问道："于成龙等人以为将清口改移位置，清水固然容易宣泄，遇到洪水时新修筑的堤岸难保无忧，必须将高家堰减水坝全部堵住并予以加固才有益处。不知上游泗州那边会不会受害？"

马齐启奏："如果下游堵住，上游必然决堤受灾。今年上游的泗州已报告发生水灾了。"

皇帝："最早将河道汇流到清口的计策不错。洪泽湖原是陆地，于此处筑堤蓄水与山东峄山湖、南旺湖道理相同。大水年份用来蓄水，大旱之年排出湖水帮助漕运。

"那时黄河低洼，所以洪泽湖水一是抵挡黄河水，一是为运河补水。现在黄河泥沙淤积抬高河床，不但黄河水反高于清水，清水流不出去，黄河水反而会倒灌进来。于是洪泽湖底也渐渐被淤积抬高，比地面高出足有一丈，水面浮在上面了。这就是清口所以淤塞的原因。

"你们会同九卿形成明确的意见。你们商量此事时，因治河工程事关重大，心怀顾忌和畏惧，恐怕有不敢说话的。务必让大家各抒己见，有话直说不要隐瞒。对就按着办，不对也不加以指责。让大家明白朕的意思。"

皇帝这次事先讲明不会因言获罪，安慰那些心存顾忌的大臣，只不知皇帝会不会言出必行。

次日，也就是十二月十八日，再议于成龙改移清口位置建议。大学士等人支持将清口移位。

给事中陈诜①、侍郎李楠接受了皇帝询问。他们支持于成龙深挖移位清水河道及高筑高家堰堤坝策略。

他们的意见被预先誊写在折子上呈皇帝预览。

皇帝说："河身应深挖疏浚，人所共知，不过很难得法。朕也在留心此事。现在永定河虽小，但和黄河情况相仿。朕准备在那里尝试一下借水流冲刷疏浚的方法，让河底变深。

"十月间，朕去视察永定河时曾让李光地等人将河道收窄，将两岸大堤修坚固。若此方法在永定河行之有效，那就将此法用在黄河上。否则就应当另外设法，怎么能轻举妄动呢？九卿内如有淮安、扬州人，让他们各抒己见报告上来。"

---

① 陈诜：字叔大。浙江海宁人。康熙十一年举人。历官刑科掌印给事中、贵州巡抚、工部尚书、吏部尚书。曾疏论黄、淮水利，请复天妃闸旧制，又请贵州开垦田地六年后始行起科，皆得准行。康熙六十一年卒。谥"清恪"。

这是一个容易被历史忽略的重大细节，康熙皇帝亲自指挥在北方的永定河上搞起了希图一劳永逸的"束水冲沙"试验。实验结果证明，泥沙太多，水流不稳定，永定河在山区积攒的势能到了固安、永清一带就已消耗殆尽，根本无法刷深河道，还造成了下游入淀的泥沙快速堆积，沙丘高度甚至超过了河道堤坝高度，后任直隶巡抚李光地不得不在永清郭家务另开新河。这次实验在固安县以东形成了连片的高达十几米的沙丘，为后期永定河的治理增加了难度。

侍郎李楠上奏说："皇上要改移清口位置这实在是良策。但不加修高家堰大堤，只恐高家堰大堤决口，则淮安、扬州一带难保没有祸患。请将高家堰大堤迅速增修。"

治水实实在在是一项复杂的系统工程。

皇帝问："高家堰如果进行修筑，那水涨时泗州一带能保证没有问题吗？"

李楠回答："高家堰如果加修，那水涨时泗州一带必然稍微有些水患。只是淮安等处更为重要。"

皇帝说："洪泽湖水势浩大，势必不得不将高家堰增修。那就等到加筑高家堰之后再看看清水能否由清口排出吧。至于邵伯冲决的地方，如果不预先进行修筑，明年春天就更让人焦虑了。"

皇帝接着说："若将高家堰减水坝堵塞关闭，改建滚水坝，将土堤加高加厚，那湖水必然水位增高。黄河水大，湖水又不能排出之时，高家堰大堤工程就危险了，泗州等处必被水淹。

"于成龙修葺高家堰堤预备物料，惑于属下那群小人，将银一百八十万两全都分派下去，木料等物资迄今还没运到。他只知道偏向他喜欢的人，想让那些人捐纳补官。朕此番亲临视察河道，和他商量办理的事时，他就要用他喜欢的人修筑，别的什么都不考虑。"

"他属下能有什么人才，谅他们难以成事。现在不得已又给了他五十万两，派遣董讷等前往修筑高家堰。你们这些大臣，尚且知道自我爱惜……"

皇帝这时发出了神一样的质问。他责怪于成龙把银子全发出去了。

他指点了那么多地方需要修筑，每天十万火急地催办。但修河物资人员都得花钱，都需要时间。修河备办物料迟误，责任现在也全落实到于成龙头上。

现在看，淮扬地区已经被于成龙完全动员起来了，一百八十万两白银就像给淮扬地区注入了兴奋剂。

皇帝的责问是他心情急迫的具体反映。

至于说修河人员的素质不高，皇帝不满意也怪不得于成龙。被派去修河在那个时代还算不上是什么高大上的活儿。好多人都是皇帝亲自发到治河工地戴罪效力的人员。

事实上，如果让于成龙自己点名挑选，好多人做梦也别想加入进来。

皇帝又给于成龙送人来了。于成龙那里真不缺这样的人。

十九日，皇帝对大学士等人说："江南浙江学臣张榕端^①、张希良^②做官很平常，现在治河工地分头管理需要人，就让他们去那里效力吧。以后，让各省前学差去协助办理治河事务。"

这些前学差都是管教育的老夫子，不少人很有名望。但大多已年纪大了，恐怕好多人走路都要拄拐杖。他们一生最大的精力用来钻研书本上的学问，十有八九没有接触过治河事务，更谈不上有指挥人马干事的能力。

皇帝是要这些研究学问的老夫子去体验生活吗？还是闲暇时间给治河的民夫讲讲四书五经？皇帝现在的举措从实际效果上看谈不上是支持于成龙治河。

河工的官员们见了这些官员免不了又是声声叹息：你说给这些老先生派点什么事呢。

也是在十二月十九日这一天，还有个比较残酷的话题。于成龙将受命立即遣返那些捐献钱粮来到治河工地上的效力人员。

前文已说到，皇帝否决了大臣的意见，执意要这些人到工地上亲自参加劳动捐纳才算数。现在看皇帝是真后悔了：人全给朕发回去！

这些人经手的钱粮还没结账就得哄赶回去，那儿一天也不让待了。

皇帝有的时候思考问题很是理想化。现在也着急了。

于成龙却不能这样草率从事，他是干具体事务的官员。他紧急提请皇帝批准这些人把事情交代清楚再予以遣返，被户部断然拒绝。

倒是皇帝这次比较冷静，听从了于成龙的建议："于成龙那边的人员中需

---

① 张榕端：直隶磁州人，字子大，一字子长，号朴园，别号兰樵、张子。

② 张希良：湖北黄安人，字石虹。

要遣返回去的人不少。那些还有钱、粮没有报销结算完的，准许他们暂时留在那里。"

这就避免了一堆糊涂账。人走了账对不上，找谁去？

皇帝一会儿认为于成龙效力人员多是个优势，一会儿又觉着他使用这些人有问题，纠结了又纠结。

十二月十九日，于永裕回京复命。皇帝把他传到内庭，询问得很细致周到。过了几天，皇帝传旨赐给于成龙一斤朝鲜人参、二斤辽东人参。

他又传旨于永裕："清江那边无人照看，你带人参去照看你父亲。清江地势低湿，睡不了热炕，需要好好调理。等到你父亲身体强健那天你再回京吧。"

十二月二十一日，九卿向皇帝汇报治河工程最新进展情况："工部侍郎常绶上书说：'拟将清口改移位置到武家墩，但现在各种工程用物料还没有齐备，恐怕明年雨水前不能完工。高家堰必须加高加厚，并开挖两道引河。邵伯更楼、高邮九里两处决口现在还没有堵塞完工。因此地关系运河河道，请派工部堂官前去督促。'"此时，皇帝正在南苑围猎。

皇帝下旨派范承勋、王鸿绪、王掞①、田雯②、布雅努③、喻成龙、顾藻④、寿鼐⑤、王绅、高裔⑥去督促工程进度。

这是一个重大转变，皇帝再也不教下属和于成龙抢人才动小心眼了。他曾在于成龙即将上任的时候要求于成龙复制永定河治河模式，分人分段动工，但他

① 王掞：顺治二年生。字藻儒，一作藻如，号颛庵、西田主人，江南太仓（今属江苏）人，明代首辅王锡爵曾孙。
② 田雯：字紫纶，一字子纶，亦字纶霞，号漪亭，自号山姜子，晚号蒙斋。山东德州人，田绪宗之子。
③ 布雅努：正黄旗人，满族。监生入官。康熙二十四年由刑部郎中升任山西按察使，康熙二十六年由山西布政使升任陕西巡抚。康熙三十九年由侍郎任正黄旗第十六佐领。诰封光禄大夫、兵部左侍郎。
④ 顾藻：江苏长洲人，字懿朴，号观庐。
⑤ 寿鼐：曾由内阁侍读学士升内阁学士兼礼部侍郎、都察院左副都御史、工部营缮司郎中。康熙四十年乞休，皇帝允之。
⑥ 高裔：直隶顺天府宛平县人，康熙十五年丙辰科进士，官至大理寺卿。有孝名。曾为康熙太子胤礽的老师。

后来的种种表现所呈现的效果似乎与他的话背道而驰。现在他看出了形势危急。

分段修理工程派董讷、王梁[1]、朱宏祚、江有良[2]、王起元[3]、宫梦仁、线一信[4]、陈汝器、王日藻、卫既齐、李应鹰、马世济、高承爵[5]、金鋐[6]、杨雍建[7]去。

这批人的战斗力比较强，都经过实际事务的历练，算得上精兵强将。这大兵团作战的办法来得太迟了。

工部动议于成龙去实地踏勘划清曹县[8]与考城县[9]堤防工程职责分工事宜。皇帝毫不犹豫就否了：这样的事也让他亲自去，你们怎么想的?! 这个事件说的是兰考一带治河的事。

工部奉命议论巡视北城监察御史的奏疏后回复皇帝说：

"该御史称，山东河堤北岸只有单县、曹县两个县，共有一百九十里河防。其中单县六十里，曹县一百三十里。应分头负责修筑。从戴家楼[10]到仪封县[11]交界处大堤工程三十里，长五千余丈，是河南考城县地面。历来分头修筑没有错乱过。康熙二十五年将考城县三十里险工划归曹县。十余年来，曹县代考城县修筑，官员百姓都很困苦。

"朝廷专门设置河道防御官员就是各自担责。河南设置了一名通判、一名主簿，专门驻守考城县，负责河南境内的两河修筑。山东设置了一名同知、一名主簿专门驻曹县负责山东省两河堤防工程。

---

① 王梁：曾任杭严道，康熙二十三年由贵州贵西道升云南按察使，康熙二十五年任山东按察使司按察使，后升任江西布政使司布政使，康熙二十六年任漕运总督。
② 江有良：辽宁奉天人，汉军正白旗人，康熙二十六年至三十一年任安徽巡抚，康熙三十一年任广东巡抚。
③ 王起元：汉军镶黄旗人。康熙二十五年由内阁学士升广西巡抚。
④ 线一信：汉军正白旗人。
⑤ 高承爵：字子懋，号一庵，隶汉军镶黄旗，铁岭人。
⑥ 金鋐：直隶宛平人。顺治九年进士，庶吉士，康熙元年任四川按察使司按察使。后任福建巡抚、浙江巡抚。康熙二十三年主持修纂《福建通志》。
⑦ 杨雍建：字自西，号以斋，海宁盐官人。
⑧ 曹县：今山东省菏泽市曹县。
⑨ 考城县：今河南省开封市兰考县。
⑩ 戴家楼：今山东省菏泽市曹县戴楼村。
⑪ 仪封县：今河南省开封市兰考县仪封镇。

"现在考城县三十里堤防工程推诿给曹县，那驻考城县的通判、主簿还干什么？再有，曹县额定夫役三百六十四人。曹州、定陶、金乡、城武协同治河夫役六百二十二人，每年负责修筑一百三十里大堤工程。有了险工尚且需要协调，现在又增加了考城的三十里工程而夫役不增加，怎么能没有迟误？恐有顾此失彼之忧。

"请皇上给治河总督于成龙和协理河工徐廷玺下旨，会同山东巡抚王国昌、河南巡抚李国亮①亲自到治河管区划清管理疆界，将这三十里治河工程按康熙二十五年前那样仍然划归考城县官民负责修筑。希望能让两省官员百姓在修筑堤防工程时相安无事，治河工程也不至于被耽误。"

工部说："臣等了解到治河总督正在治河工地察看紧要之处，该御史说的不太紧要，等到治河总督闲暇之时会同山东、河南两巡抚详细勘察确定上报后，工部再议即可。"

皇帝下旨："这事情让河南巡抚、山东巡抚派官员共同勘察议定后上奏。"

这跨省的纠纷确实需要重量级官员剖分清楚，北城监察御史看清了这一点，才有了上述动议。工部说于成龙现在太忙，皇帝则更知道现在派于成龙亲自踏勘显然不现实了。

本年，于成龙与徐廷玺主持修治高邮段运河东西堤坝。巡视至山阳县时，河道总督于成龙上奏将河道总督署驻地的清江书院改建为学宫，称清江文庙，又称山阳县学。

于成龙将山阳县学的一名正九品训导调过来管理学宫。清江学宫从此正式纳入官学序列。

山阳训导叫何绪，他的儿子叫何式朝。何式朝从小就很聪明，但逢考试却发挥得不好，困于场屋。后来因当了贡生才被授予州同知。

有一次，何式朝跟父亲到山阳学宫去时，正巧赶上河道总督于成龙在那里。于成龙看到何式朝，问答之间感到他与众不同，就把他留到治河工地效力。后来，何式朝因治河差事完成得很不错，被授予了县丞的官职。

---

① 李国亮：奉天海城人，字朗庵。康熙十一年举人，官都察院右副都御史、河南巡抚。所至兴教育、赈灾、治水、清理冤狱、整顿漕运，以兴利除弊为己任，有善政。后因荐举失人，部议革职，以原品致仕。

这一年，于成龙在给皇帝的上书中说，邳州沂河水稍大时，下游骆马湖就会泛滥成灾，淹没田地房屋，完全是上游缺乏节制的结果。他提议沂河两岸筑堤一万八千一百八十丈，并在宽八十丈的罗口建一座闸，这样既可防御水患，也可将罗口分流出的河水仍旧补充进运河，有利漕运。"诚为两利无害"，于成龙做出了这样的判断。上书送入朝廷后很快得到了皇帝批准。沂河两岸的万丈长堤也在这一年如期修筑完成。

康熙三十九年（1700）

于成龙六十三岁。

正月初六日，于成龙带病赴济南考核官兵。

于成龙蒙皇恩给假调养。

正月里他又收到了皇帝要求考核官兵的圣旨。于成龙因有病没能亲临考核现场。他考虑到皇帝已宽限了很多时间，于是在正月初六日赶赴济南，强拖病体，逐一对官员进行了校验。

于成龙病体一路颠簸，加上事务缠身，来往路途大概只能躺在车子里了。

考核现场，于成龙总不能躺着检视官员，他还要把腰板尽量坐得直一点，考核甚至还有临场问答等内容。这等劳碌对于成龙来说太过繁重，给了于成龙病体最后一记重击。

正月二十二日，对于成龙等治河大臣"治河缓慢"，有言官比皇帝更激动，提出的整治措施更加激进。这道奏疏就像皇帝亲自安排的一样及时。这个言官就是浙江道御史廖腾煃①。

---

① 廖腾煃：字占五，号莲山，福建省三明市将乐县人。康熙八年中举，历任休宁知县、府尹、太常寺少卿、光禄寺正卿、通政史司左右通政使、都察院右副都御史、户部侍郎等职。两度主持"典试"，"所取皆孤寒知名之士"，朝野好评。康熙五十年任都察院右副都御史，康熙皇帝知他"公明可任"，派他去福建查办该省陆路提督蓝理"为官贪酷"案。回京后，以户部侍郎之职奉命往山东主办祭告、犒军，"所至勤恪尽职"。后告老还乡，客死浙江衢州清湖，享年七十六岁。

他在上书中说："原河道总督董安国浪费治河工程银子不下四五百万两。于成龙任期内花费银子也将近二三百万两。到现在治河工程没有一处报告竣工。对治河官员追赔的款项也没一个交清的。请严格制定考核成绩的办法，商议确定工程限期。

"应将管理河道的各个官员全部革职，勒令他们在半年内进行赔偿修理。那些分管的道台官员，各降四级督促赔修，待工程完工后复职。如在期限内不能完工，那就将承修官员革职，分管道台级官员降四级调离使用，河道总督降一级留任。未完工程仍然让他赔修。追缴索赔银两也勒令限定半年追缴完成。如果在限期内不能完成，分管道台级官员又没进行揭发举报，河道总督又没有进行弹劾，按徇私舞弊论处。待圣旨下达则作为定例永远遵照执行。

"修理大堤工程的人员虽说分派了一定的丈数。然而地名繁杂，一定要划分出界限，用石桩做标志，这样才可能避免互相推诿。

"命河道总督委派能干官员将现在所修堤岸详细丈量，在接连交界的地方各立石桩，上边刻上号数，下边刻上修筑人的姓名。那些旧有的堤岸，刻上'旧堤'字样，也立石桩编号。"

皇帝下旨："依议。"现在皇帝也认为是治河官员压力不够，欠鞭策。

责任细化到人。这个动议恰逢其时，很好地呼应了皇帝急切的心情，非常有针对性。

直到本年的二月初三日，于成龙终于接到河道总督印信，正式接管治河事务。

真是奇了：干了快一年了才有印信。

于成龙在给皇帝的奏章中说："臣一介平庸、愚鲁之人，蒙皇上多次特殊恩典，又委以河工重任。不料去年秋河水泛涨，来来往往奔忙，偶患呕吐下泄的疾病，恐怕贻误公事，所以启奏皇上请求批准臣两月假期以便尽心调养。

"皇上降恩，派遣臣子于永裕前来看望臣，又命御医从遥远的京城赶来给臣诊治，赐给臣药物、人参等东西。臣服用后感到精神清爽了不少，希望能痊愈。几次写奏折谢恩。"

言语之间可见于成龙已病势沉重了。

"臣于康熙三十九年正月初六日从浦口回济南考察四营官兵，其中有应革职的官兵，臣在另一份奏章中讲明。

"康熙三十九年二月初三日，准协理河道府尹徐廷玺派桃源同知孟时芳①、里河营守备郝溢移送圣上颁发给臣总督河道的关防印信和相关文书，臣随即摆设香案，向皇宫方向叩头，接印，正式接管相关事务。至于具体治河事务等到臣抵达浦口时，查清楚有应做的事务，逐一进行。"

于成龙对自己的病情的表述尽量轻描淡写。皇帝也看到了，当然心里有数。

至于说自己履行职务的时间点，于成龙表述得非常清楚，这里边有责任划分的问题。于成龙这样写自然是有道理的。

二月十一日早晨，于成龙的治河队伍将再次迎来一个老学究。

"福建省学道汪薇②考核中得了个'中平'，拟将他任命为政事方面的道台。"吏部的题请中有这样的内容。

这样他管理的事务就不仅仅局限于较为单纯的学界了，发展空间更大，算重用。

"朕听说汪薇官做得特别平常，命他去于成龙河工处效力。"皇帝看到汪薇这个中游靠下的考核成绩，马上把视察永定河冲沙试验时的不满引燃了。他直接否了吏部的提议。

这可不是奖赏的意思。又给于成龙送去个老学究。治河工地有点像养老机构了。

接着，皇帝谈到了永定河现任治河官员，他干脆用了个"不堪"来表达他的不满：治河工程有什么难的，治河官员勤而且廉，肯定会成功。

二月十五日，于成龙返回清江，一病不起。

二月二十一日辰时，九卿拟同意尚书范承勋等人挑浚高家堰下的东河来运输筑堤石料石灰等物资的题请。这是于成龙很早就提出的动议，到现在还停留在论证阶段。皇帝以细节不够清楚为由责令范承勋责问工部堂官。

江苏巡抚宋荦赈济淮扬饥民的奏章也到了。皇帝批准截留二十万石本年度

---

① 孟时芳：浙江人，康熙三十一年任。
② 汪薇：字思白，号棣园。歙县人，康熙乙丑进士。

漕粮备赈。

此时，病榻上的于成龙生命的至暗时刻终于不可避免地到来了。

大幕开始徐徐降落。

二月二十三日，于成龙把永裕叫到跟前说："我病入膏肓了，人参灵芝都没有效果了。赶紧誊写好奏章送到朝廷去，请皇帝另选贤能官员吧。"

奏章写好，于成龙趴在枕头上叩头，送走了奏章。

半夜里，他呕吐不止，到天亮还如此。

于成龙把永裕叫到跟前说："我生命不济事了，快写表章向皇帝谢恩吧。"

他告诉永裕只谢皇恩，治河上的情况要实话实说。草稿完成后，于永裕读给父亲听。于成龙让他进行修改，一共改了三遍才算完成。

于成龙在临终给皇帝的上书中说：

"兵部尚书兼都察院右都御史、总督河道、提督军务、拜他喇布勒哈番加十级臣于成龙，为'圣恩未报，臣命难以延续'等事上奏。

"臣出身微贱，生逢盛世。蒙皇上豢养隆恩，历任三十余年。屡次让臣参与国家大事，臣未效寸功，却多次因过错耽误国事。仰承圣恩宽厚，不加抛弃排斥，屡次委以重任。

"再次任命臣为治河总督是康熙三十七年十二月十六日。履任之际，正值河道极其敝坏之时，到此时臣很惭愧，自己才识短浅，补救无术。蒙皇上关切河道，惦记百姓挨饿受淹，不惜万机操劳之余，亲临巡视，指授方略和修治疏浚机宜。臣与协理河臣徐廷玺得以遵奉圣旨举行。

"至如黄、运两河，自从有了拦黄坝就开始宣泄不畅，以致河身淤垫，处处搁浅淤阻。又因高（家）堰工程未完，不能容蓄湖水，黄流倒灌，清口淤塞。因此臣与徐廷玺一至清江，即遴选委派效力治河官员，合力挑挖烂泥浅等处引河。同时于运河两岸签钉排桩，加筑堤岸以抗御桃汛，漕船因之得以幸运地快速通行。

"等到伏秋，雨汛水势较往年更厉害，臣又上奏说明应开坝减泄洪水。虽有洪水冲溃决口情况，如黄河任家堂、运河邵伯更楼、高邮九里运口、文华寺等处，臣亲驻工所，不久已陆续堵筑完工。

"惟有邵伯决口，因高邮堤防单薄卑矮，湖水泛涨，而全湖水势由高邮、宝应各个湖泊东入运河，水势湍急汹涌，决口又宽又深，用料浩大繁多，现在正进行封堵。

"至于高（家）堰工程，现有钦差部院诸臣督理分修，看情况责成专门官员修筑，但用料繁多，一时难以快速汇集，现在也在分头购运。

"臣正希望会同诸臣协力督催竣工，对上宽慰圣明的皇帝日夜忧思勤劳，对下尽微臣愚鲁的报效热忱。怎奈积劳成疾患病日久，病体日渐深重羸弱，形神衰惫，就像害怕被风吹倒一样。

"念及治河工程重大，并非臣患病之躯躺卧在床上所能料理。臣已于本月二十四日誊写了告病奏折，敬请笔帖式肯得福呈送皇上请求休假。

"臣将奏折叩拜发出之后，感念皇上对臣特殊的恩情超乎想象。皇上对臣知遇之恩超出他人，即使臣肝脑涂地，也不能报答。现忽然因病恳切推辞，再不能为皇上效力奔驰，真是有负皇上委任至意。臣心惶惧难安，只有自己感伤哭泣。

"今夜呕吐不止，服药无效，淹淹（奄奄）一息，危在旦夕。只是臣禀性憨直笨拙，至愚至陋，君恩未报，大工未完，母年衰迈，孤子无依，忠孝两亏，死难瞑目。惟有抱病在九泉之下，发誓来生报恩了。

"臣谨伏枕上叩谢天恩，口授臣子阿达哈哈番于永裕，誊写奏疏报告皇上，并嘱咐臣子于永裕、于永世①等世代效犬马之劳，仰报皇上深恩而已。

"除委派外河同知罗京、里河营守备郝溢，将总督河道关防印信一颗、王命旗牌十面，及公文书卷等项物品移送协理河臣徐廷玺清楚收下，办理事务，臣署名的所有文书，一并移送代为上缴。臣昏沉之际，语无伦次，即使再用贴黄怕也表达难尽，伏祈皇上睿鉴，敕部施行。臣谨慎上书，等待皇帝旨意。"

写完表章，于成龙又嘱咐于永裕说："此事不可造次，等我快不行了再交上去吧。"

于成龙还对自己的生命抱有一丝希望，如果自己侥幸好转，这封奏疏就显得十分唐突。连这样的事都要十拿九稳，直到生命的最后时刻，于成龙做事还

---

① 于永世：于成龙第三子，康熙三十九年初袭父拜他喇布勒哈番世职。雍正十二年兼署正红旗汉军副都统，雍正十三年广州镶红旗协领任满。至乾隆元年升任正白旗汉军副都统，署镶红旗汉军都统。乾隆元年四月，出守泰陵，后因疾退。

如此慎重。

于成龙又对于永裕说："我深受皇恩却完全没能报答。只有三件事没有了结：一是工程未完中途因病荒废了；二是你祖母年纪八十岁了，我却不能侍养她到终老；三是你祖父母的坟墓过去曾经修造，却无力完全修好，这是我心里埋藏的愧疚。

"其他就没有事了……"

这天晚上，于成龙一直呕吐，天快亮时就闭目不语了。

杰出人物也会有谢幕的一天，夕阳开始缓缓沉到地平线下，留下漫天霞光，留下亲友们泪光凝视里的无限怀想。

康熙三十九年二月二十七日，一代廉吏能臣于成龙去世。

于成龙奋斗劳碌了一生，留下了多少丰功伟绩，朴素的民本思想贯穿一生，北达天山、南澄方岳。昨日来如风雨，今朝去似微尘。

怎么可能没有遗憾呢？剩下的事就交由后来者吧。人生如此而已。

千里之外的京城还要等上一段时间才能听到于成龙去世的消息。

三月初六日，于成龙去世的消息传到京师。得到消息前，皇帝还在和一众大臣表达对于成龙捐纳、不听朕的旨意等等的不满。

"淮扬一带百姓遭受水患时间太久了，亟待拯救。这是你们这些人的专门责任，应各自尽力。"皇帝对工部尚书萨穆哈说。工部到底负什么责任？萨穆哈听到皇帝的话恐怕心里会快速梳理。皇帝现在对谁是可靠的抓手产生了疑问。

"朕现在看治河工地的各位大臣，一有大堤被冲决只想的是如何获利。工程延迟数年，只是白白浪费钱粮，对治河没有任何好处。

"这种弊病的根源都在你们工部。现在凡有新工程上报就怕你们不许办，随即就派人去工部谋求。你们很少不受请托的。这种弊端不根除，治河工程如何能有成绩！"

治河官员队伍不行，负责资金保障的工部不行。皇帝的责问字字诛心。他在复盘，反思问题到底出在哪里。

萨穆哈等人上奏："臣等自当遵旨竭力严禁。"

皇帝说："岂止严禁他人，就是你们这些人也应悔改。"

一点客气都没留。

皇帝对大学士等人说："从前于成龙虽屡次上报治河事务，朕询问从治河工地上来的人，都说邵伯决口尚未堵塞。朕让于成龙修理的芒稻河、人字河等处也总没修。

"于成龙这个人还是可用的，也有功绩。但这些年来徇情为人，做得很不好。朕去年南巡时，派遣侍卫海青召于成龙到江天寺，谆谆告诫他以留心河工为要务。没想到他没有提到如何治河、如何救民，只是执意向朕请示使用捐纳的事。朕从这一点就看到于成龙在治河工程上不能有成就了。"

皇帝依然对于成龙建议捐纳筹资治河的事耿耿于怀。

"靳辅担任河道总督时，对河道进行了长时间的治理，虽下河的人对他有些怨恨，然而你不能说他对运河无益。朕三次巡幸江南，第一次时见到河道尚未荒废败坏。去年到那时，见水势较前时更加凶险。

"朕听到今年水势更是汹涌上涨，已到高邮了。先前桑格上奏说清口之水已向外流。朕曾下旨，黄河水不久就要倒灌了。现在询问从那里来的人，果真像朕说的那样。

"去年冬天朕巡查永定河，下旨修筑挑水坝。他们遵照朕的旨意修筑，水得以通流。于成龙不遵指示，所以迄今尚未告成。

"你们将朕指示修筑的地方，工程现在完成与否，查明后上奏。"

同日，于成龙病逝消息快马抵达京城。康熙听到噩耗，甚为悼念。这个猝不及防的消息让皇帝局促无措。他不愿相信自己亲信倚仗的一代能臣廉吏，真就这样溘然长逝了。

不久，工部把起草的治河工程的上谕呈给皇帝看。

皇帝说："朕开始要把上谕给于成龙，现在于成龙已故，就暂时存放到工部衙门，等补授治河总督后再给吧。"

刑部侍郎常绶、理藩院员外郎赫硕滋、费扬古曾被派往治河工地与于成龙会商高家堰增修事宜，但这个动议被皇帝搁置了。现在皇帝旧事重提，赫硕滋只能实事求是地帮皇帝回忆当时的情况了。

三月初九日，皇帝问赫硕滋："你们从前说高家堰可修，等到看了王鸿绪所奏的又说不能修，你们现在怎么说？"

言谈话语之间就要拿常绶、赫硕滋、费扬古开训。

赫硕滋上奏："当时臣等会同于成龙、徐廷玺，并召集府、厅官员议定，'乘冬月洪水退去，将高家堰修筑坚牢'。那个时候如果就开工，肯定有成效了。

"今年水势浩大，实在不能修了。"

皇帝说："去年，朕站在河堤上告诉你在开挖疏浚的引河那里下排桩，你有成效吗？"

赫硕滋上奏："皇上所指示的，臣已转告董安国的儿子了。至于说臣回来后，不知道他具体怎么做的。"

赫硕滋受命回京，自然不能现场指挥。他把事务责成他人代理，这次被皇帝抓住，他的霉运开始了。

皇帝说："朕派出的各个大臣都认为高家堰不能修，你还是认为能修，现在拿府、厅这样的小官的话当托词，你这是什么诚意？朕亲自指示你修钉排桩，你转派给别人，你管什么？！"

皇帝议论的重点在高家堰的责任，赫硕滋等人当时支持于成龙增修的提议，皇帝肯定不能轻易放过他，至于说引河事务转托的事不过是个否定他的由头。

皇帝环顾大学士等人："赫硕滋，朕巡视河道时，曾命他随从前往。虽他言辞清爽，口齿巧利，但对于正务，毫无用处。他不过是模棱两可，把责任推卸给别人。而且他自恃利口，作为上司，把作为大臣的权责任意摆弄。不能再让他到治河工地上去了……"

常绶、费扬古被拿出来责问不太适合，那就只能赫硕滋了。

"……朕此次南巡，曾告诉于成龙，邵伯、更楼等处大堤尺寸都应当更加坚固。他没有修筑坚固，以致更楼堤岸冲决。现在漕臣桑格报告说运道里的船只被水损坏了二十余只，这和朕预料的一样。"

"命常绶、费扬古迅速通过驿站快马前去，会同治河工地上的各个大臣将黄河水入清口的地点能否下埽堵塞，清江闸口应不应彻底关闭，引河怎样开挖疏浚，更楼决口怎样修治，详细商议后上奏，不得拖延。"

常绶上奏："皇上指示黄河应开挖引河修筑挑水坝，此工程在高家堰管工大臣之中交给何人修造，恭请钦点。"

常绶非常细心，他吸取了赫硕滋刚才的教训。用谁不用谁皇帝说了算。

皇帝说:"派范承勋、王鸿绪监修……"

九卿出去后,皇帝余怒未消,环顾大学士等人说:"赫硕滋就依仗一张利口,太让朕失望了。今天朕在大家面前申饬他,就是要让他自己感到惭愧……"

皇帝郁闷、懊恼,情绪很差。

赫硕滋这次推脱被皇帝申斥后,并没有打起精神做事,仅过了一年他就因治理永定河不力被判处绞监候。

于成龙的遗奏摆上了皇帝案头。同日,另一位立下汗马功劳的大臣孙思克也去世了。

"于成龙做人很勤劳谨慎。凡提拔他担任的职务,他都实心办事,不怕勤劳。他效力年头很久了,功绩卓著。前段时间因他患病,朕派遣太医调治,现在听到他溘然长逝,朕心里十分悲哀。怎样从优抚恤,你们商议了之后上奏。"皇帝这样对吏部的官员说。

悲哀这种感情是真实的。

治世能臣的离去开始在皇帝的心中作痛了。虽大睁着眼睛以示坚强,但心里依然会一热:曾经百姓两次拦驾叩阍为其留职的芝麻县令;曾让御船抬过河桥的知州小吏;曾经在江宁特赏的古都知府;曾经大战九卿的安徽按察使;曾经叱咤风云的直隶巡抚;曾经斩枝铺路的运粮御史;曾经柳陌河口与他抵肩密语的征战功臣;曾经永定河畔的奔驰老者,曾经共谋治河大业的一代河督,皆已恍如昨日。

于成龙已成为不可触摸的过往。

皇帝随即派遣头等侍卫仪都额真①、领侍卫壮大②布尔赛③,宗人府郎中瓦尔达④,礼部笔帖式巴什等人通过驿站骑马飞速赶到于成龙灵柩所在的清江官舍宣读祭奠诏旨,并命他们亲自护送于成龙的灵柩北归。

---

① 仪都额真:又名伊都额真,官名。满语音译。仪都汉义为"值班"或"该班",额真汉义为"主子",合则为"领班"。雍正元年以后改称伊都章京,定其汉名为"班领"。
② 壮大:即八旗护军营内下级武官。
③ 布尔赛:满洲镶黄旗人。
④ 瓦尔达:满洲正白旗人,副都统。

三月初十日，皇帝对大学士等人说："治河工地的钱粮朕很不清楚。于成龙突然病故，江南江西总督张鹏翮操守好，着调补河道总督。"

还没有到最后的审计阶段，工程都在进行中，这里的不清楚是没有反馈到皇帝这里的意思。

三月十四日，新任总河张鹏翮希望撤回被派遣或受罚的河工效力人员，并请求原总督王新命同往。

"王新命并不熟悉河务，不适合。现在河工处正在修理清河，四五月间就可成，待工完日再行定夺。彼处效力官员可着撤回。"

他提醒张鹏翮，最主要的是治河需要廉洁，国家的钱一分一厘都不能白花：

"高家堰现正差大臣督修，你就不要参与了。……现今钱粮已分给了各工程，人员物料尚未运到，帑金耗费全没着落，你到任后严格检查一下详细报告朕。"

三月十七日，工部认为应令徐廷玺将任内钱粮事务交代明白后回京。至于那些在治河效力人员应将所管工程、完工与否、钱粮清楚与否，交代清楚后立即发回。

治河的张鹏翮时代开始了。他要用自己的一套人马。

四月初五日，康熙皇帝派遣头等侍卫仪都额真、领侍卫壮大布尔赛，宗人府郎中瓦尔达，礼部笔帖式巴什谕祭于成龙亡灵，康熙亲写祭文大意是：

"朕弘扬伟业建立功勋，都是凭借勤劳的大臣；百姓安宁，政事得宜，都是倚仗济事的能才。如果始终忠诚勤劳，朕的宠爱就会不分存亡。特殊的恩典特别丰沛，卓著功绩更加显扬。

"你于成龙品质朴素诚实，身负才华干练坚强。在州郡早早树立了名声，不久就提拔为观察到了江淮。辅助治理河工，不轻易附和他人；追随你的人很多，朕在心中挑选了你。

"到直隶任巡抚有为有守；在都察院统领官员风纪慎重又勤勉。统辖汉军禁旅，担负河防重任。多方效命声名赫赫，所有的职务都非常适宜。沙漠用兵，总领粮饷，崎岖跋涉，不畏艰辛。事定之后叙功，从优加封你世职。

"再次任命你为直隶巡抚，就是要施展你治理畿辅的新策。朕忧虑浑河淤积抬高，想要让你再现往日治河的成就。你能听从朕的旨意，审时度势，每日奔忙，废寝忘食，因筹划此事至于精力枯竭。

"养病才两个月，就起身前往河工。朕希望你能成功，岂料你却辞别人世。朕十分震惊，痛悼不已，破格给你恩典。特派专门官员，通过驿站飞驰到你官舍祭奠，并护送你灵柩回京。

"呜呼！抵御灾害祸患，朕正惦念河渠的安危；鞠躬尽瘁，你却突然魂归九泉。河道尚未安澜，朕对你怀念更加殷切。祭祀宴席已摆下，你的灵魂就好好享用吧。"

于成龙继配夫人周氏因伤心过度，于四月十三日去世，距离于成龙去世只有一个月有余，令人叹息。

五月十六日，礼部拿上来给原总河于成龙赐"谥号"以及祭奠的题请。
皇帝说："于成龙效力已很多了，命赐给谥号。"
五月十七日，给予已故河道总督于成龙祭奠、安葬。赐谥号："襄勤。"

皇帝命王顼龄[①]执笔撰写了《河总督于成龙祭文》，大意是：
"你那样杰出，天生英秀。时刻自警自励，完成艰巨使命，器局那样恢宏。

"最初担任州郡长官，成就了良吏的声名。等到升任安徽臬司，审判案件堪称公平。治河工程，始终如一，态度鲜明。提升直隶巡抚，你毅然担起了重担。守法奉公，惠及百姓，监察官吏。你深合朕的心意，朕特授你太子少保官衔。提升左都御史，忠诚卫护圣命和法纪执行。让你执掌卫护京师的禁旅，军队事务管理得有条不紊。

"河防工程出现险情，让你前去治理。三年之间你勤勉报效，尽力竭诚，劳累得几乎跌倒。朕亲统领六军，你押运粮饷有功，朕赐你可世袭的爵位。再次巡抚直隶，展现了你新的谋划；督促治理黄淮，还是实现你前任时的运筹。

---

① 王顼龄：字颛士，又字容士，号瑁湖，晚号松乔老人，江南华亭（今上海松江）人。康熙十五年进士，十八年举博学鸿儒，试一等，授编修，与修《明史》。历任侍讲、侍讲学士，四十二年官礼部右侍郎，五十二年晋工部尚书，五十七年授武英殿大学士。雍正年间加太子太傅。卒谥"文恭"。著《世恩堂集》。

"工程刚刚开始，正期待黄淮安澜，你忽然抱病，没想到你竟溘然长逝。想你的一生，历尽辛劳，让人心疼。

"九泉虽远，你的忠心气概却未泯灭。朕派专门官员吊唁，护送你灵柩回家。到你灵棚之下，直让人无限伤情。朕亲自祭奠你，不用他人代替。眷属和故旧将把你记在心中。你的灵魂应还没有昏昧，那就享受浸过花椒的酒浆吧。"

康熙三十九年五月二十七日，于成龙灵柩进入京城，停放到自家庭院治丧。

六月初四日，新任河道总督张鹏翮上奏拦黄坝已经尽行拆去……水势畅流冲刷淤沙，十几天时间深达三丈，宽几百丈有余，洪水滔滔入海，奔涌向前无可阻挡……

皇帝于是将拦黄坝更名为大通口。

历史充分验证了于成龙下河治理方略的正确。

七月初四日，皇帝慨叹于成龙治河奋发勉励。

皇帝看过张鹏翮奏章后，对刑部侍郎常绥、费扬古说："……于成龙监修河务曾经站立在淤泥中，竭力督催进度，所以人们都奋发勉励。但他偶然离开工地，属员们就贪图安逸，无所顾忌了……"

八月二十四日，于成龙与夫人周氏被安葬在京城西山杨家庄西边于得水墓地附近。因后世子孙无力迁坟回固安老家，这里便成为于成龙后世在京城的最终归宿，后获准于所赐宅邸内建祠祭祀。

八月二十五日，皇帝再次派遣礼部左侍郎觉罗三宝到于成龙墓前宣读祭奠诏旨。

十月初六日，皇帝同意张鹏翮将旧中河上段与于成龙治理的新中河之下段合为一河，如此一来运粮船就能通行无阻了。

"从前于成龙奏称将中河改道，朕那时屡次告诉他这样做恐怕还不方便。今天，张鹏翮所议中河事宜很恰当。命按此办理。"皇帝慢了一拍，但总还是做出了最后决策。

康熙三十九年十二月十九日，皇帝再谈于成龙治河，慨叹他威望过人。

"……于成龙为修下河曾屡次上书请示，如果不得当，朕都不应允。这并非能看面子的事。朕对于奏章一定做到是非昭然，一点可疑的地方都没有方才准许施行。即使日后有失误，朕自己承担，断然不会推给他人。这样的事，谅记注官都详细记载了。

"于成龙在世时最有声势，交往也广泛。就是你们这些大臣，谁能与之抗衡？凡于成龙上奏的事于情理不相符合，朕都要追问到底，不准施行。

"现在，张鹏翮所奏的事全都合理……朕并非偏向张鹏翮……"

皇帝很认真地解释他对于两任河工态度的微小差异，他知道大家心里对此都有个问号。

同样一件事，同样的动议，皇帝似乎想通了什么。

"朕看治河工程不成，所有弊端都发源于工部。大凡治河工程的钱粮都从该部取得。每遇到有事就行贿，贪图肥己，以致工程总无成效。张鹏翮也曾当面上奏，武官凭借吃空饷，文官依赖加征火耗，到了治河官员，别无所获，只有侵占治河工程钱粮，所以治河事务没有成效。

"现在，张鹏翮所用的钱粮都不是从工部支取的，因此就没有工部掣肘。自到任以来一文不肥己，正项河银都实用于河工，此河事所以得有成效……"

皇帝言谈话语之间比较实事求是。皇帝在治河上对于成龙的支持总体停留在口头上，有时甚至连声援都谈不上。

于成龙先是陪着皇帝转来转去，然后百般不清楚怎么修谁出钱，他连展开的时间都没有，奈何。

张鹏翮将于成龙前期所做的准备工作当成自己的起点：干事方法不用太请示，修河物料历经百折千回也到位了。新官上任，就有了风卷残云的畅快感觉。

他应该感谢他的前任为他所做的大量铺垫。但愿于成龙的惯性作用消失后，他还能如他的名字一样展翅飞翔。

康熙三十九年十二月初十日，"兵部尚书兼都察院右都御史、总督河道、提督军务、拜他喇布勒哈番加十级，谥襄勤"于成龙墓前石碑竖了起来。

康熙皇帝再次亲自撰写了碑文。碑文大意是：

"朕观览诗书，读到《皇华》《四牡》这样的篇章让朕叹息。作为国家大臣，驰驱王事，没有时间休息，就是因王命在身。皇帝会根据情节宠爱他。去世了，要追录他旧时功劳向无数人宣扬，这也自然而然。

"于成龙器局恢宏，才力强大敏捷。从州县做官时，朕就看重你的为人。让你掌握大郡，不久就提拔你做了江淮的臬台。治理下河你坚持自己的意见，朕更嘉奖你。后命你巡抚直隶，一展才华和胆略。等到晋升到御史台兼领都统，风纪更整肃，军政也得到治理。

"那时朕经常惦念河防，能去的只有你。还没彻底大功告成，你就因守孝解除了官职。等到朕大漠亲征，你总理粮饷。大事平定后叙功，给你从优加封世职。不久，因直隶地处要冲，命你前去巡抚。正好借重新回到过去曾做事的地方，来安慰八郡百姓歌咏赞叹的思念之情。

"下河灾患不宁，报告灾情更加严重了。朕考虑到救民，仍旧把这个重任交给了你。希望收到成效，延续你从前的功劳。朕南巡看视，亲授方略。你不停奔走，日夜在河岸上抢修。因过于疲劳，热病再次发作。朕派遣御医赐药慰问病中的你，又在你去世后派专门官员护送你的灵柩，对你进行优抚。根据你的德行事迹给你加封谥号襄勤。

"呜呼！《诗经》中不是说吗？公家的事没有完结那一天。现在的国事，最急的就是修治河渠。朕现在翻看你的遗书，深为感伤。你是因勤于官事而死，所以援引古代臣子对公家事业矢志不移的意思来给你赐号。将朕的话刻在石碑上，使你永远在后世享受荣耀。"

康熙四十年三月二十一日，皇帝告诫张鹏翮要像于成龙那样重视高家堰防洪地位。

皇帝通过郎中王进楫告诫张鹏翮："……高家堰如被冲决，淮扬一带都不能保全，祸患就太大了，况且你所修的这些工程也就没有用处了。过去于成龙担任河道总督时候，没有堵塞唐埂六坝，并非没有看见，就是考虑到上边的原因才没有做。今天断断不可不慎加防护……"

一晃三年过去了。

康熙四十二年，皇帝驾幸潭柘寺①，途经京西杨庄村，看到远处有一处坟茔，皇帝问："这是谁的坟？"

侍卫马武答道："这是原总河于成龙的坟。"

皇帝随即派遣镶红旗宗室普济、头等侍卫马武再次到于成龙杨庄墓前祭酒。

此时此地，那个勤劳能干的耿介之臣的面影一定会长久浮现在康熙皇帝脑海里吧。

奈何斯人已去，空留满目青山。

康熙四十二年，宋荦为记录于成龙生平事迹拜访了于成龙的继母宛老夫人，只得到了宛老夫人赠送给他的于成龙生前所写一两篇个人记录。

宋荦感慨，襄勤公（于成龙）千古伟人，一生竟没有留下属于个人的著述，他拿到的文字不过是他自己担任的官爵和受到的皇帝宠遇而已。至于那些好的

现保存于北京市石景山区博物馆的于成龙墓志

---

① 潭柘寺：位于北京西部门头沟区东南部的潭柘山麓，距市中心三十余公里。始建于西晋永嘉元年，寺院初名"嘉福寺"，清代康熙皇帝赐名为"岫云寺"，但因寺后有龙潭，山上有柘树，故民间一直称为"潭柘寺"。

谋略、办事的密计都没有记录。

他一生只是勤勉做事，树碑立传的事并不在他的关注之中。

宋荦惊讶地发现于公去世后于家清贫冷落，八十四岁的宛老夫人生活非常艰辛，于是宋荦等人开始按时量力对于家进行周济。一代廉吏能臣，总督与都统加身，遗属生活却清贫如此，令人唏嘘感叹。十年后，宋荦所编写《如山于公年谱》在山东巡抚李树德的捐资下得以刊印。

雍正八年，于成龙入贤良祠享受祭祀。

于成龙生于清崇德三年七月初五日，卒于清康熙三十九年二月二十七日，享年六十三岁。原配李氏、继配周氏均诰赠一品夫人，两人都是于成龙的贤内助。周氏生于顺治三年七月二十七日，卒于康熙三十九年四月十三日，享年五十五岁，与于成龙合葬。

于成龙子嗣五人，长子永祯死于乐亭抗匪，次子永裕世袭于得水的三等阿达哈哈番加军功三级；三子永世世袭于成龙拜他喇布勒哈番；四子永禧候选通判，五子永禄未入仕。长女嫁长垣县县丞董廷佐，次女嫁京营守备赵世晟。

据资料记载，1937年京西于氏墓地被盗，当时看到于得水、于成龙地穴均为简单夹棺葬。1943年在杨庄村西修路，穿坟地而过。1966年3月，于氏墓地的擎天柱和九通驮龙碑完好，但很快擎天柱、驮龙碑被砸毁，碎块垒了猪圈。1969年拓展杨庄大街，墓址无存，建成街心公园。

尊敬的读者，这部古代人物传记到这里该向您说再见了。但愿本书能够让您了解这位生活在三百多年前的风云人物。了解他的思想境界，为人处世，了解他人生始终不懈奋斗的艰苦历程。相信这些叙述能给您有益的启示。

人的生命是有限的。从出生那一刻开始，所有人就不得不面临死亡这样的最终归宿。光阴像一把利器，平等地收割了所有生命。古今多少人探讨生命的意义，感喟时光无敌。

子在川上曰："逝者如斯夫。"

陈子昂叹曰："前不见古人，后不见来者，念天地之悠悠，独怆然而涕下。"

生身父母无法选择，会遇到什么时代无法选择，甚至你的工作环境，你的上下级都可能是你被动接受的……是随波逐流，还是积极有为？所有人都要做出回答。

"天行健，君子以自强不息。地势坤，君子以厚德载物。"这是人间大道，

今杨庄大街特钢宿舍楼北墙角处，仅存一残损的龟趺石座

也是于成龙人生的忠实选择。

他纯任自然，没有矫饰，没有欺瞒。朗朗乾坤，坦坦荡荡。他没有做过出格的事。他有高度的自制力，这是他能在不胜寒的高处长时间展翅飞翔的坚实基础。

忠诚，廉洁，担当，耿介，智慧，善良，勇敢……他集多种美德于一身，对父母、对家人、对朋友、对同僚、对百姓、对上级、对国家都能坦诚相待，无私奉献。所到之处，于成龙受到了广泛赞誉。他的仰慕者甚至赞誉他"天生伟人"。

郭棻在文章中赞誉于成龙说："乐亭之民信之矣！通州之民益信！江宁之民信之矣！畿辅之民信而又信！况缙绅之想望风采也，僚属之欣承楷模也，乌有不信者耶。"

这所有的品格之中最难能可贵的莫过于他始终把百姓疾苦挂在心上。他千方百计为百姓多争取一些生存空间，千方百计带给他们公平与温暖。

中国古代优秀文化精神中，民本思想占据了于成龙人格构成中非常突出的部分。他有关百姓的感慨已成为流传千古的经典；他为百姓所做的一切，也已化为民谣、戏曲等艺术形式永远流传。

假如地位、官爵是衡量人本事或成就的一把标尺，但这标尺也绝非唯一，如果失去这个支撑，他将失去灿烂辉煌的依据。

于成龙有强烈的进取心。他的生命没有被荒废、被挥霍掉。他从青年时代发奋读书，到晚年担任国家重要使命鞠躬尽瘁，无一不是在苦干实干巧干，一步步上升。

"青山遮不住，毕竟东流去。"他让自己的人生得到了最尽情的绽放。偶然之中饱含必然。

他也经历过挫折，挫折的次数也可谓不少。他的抗击打能力很强，他对待挫折的态度很积极，应对措施很科学。高温高压，让他化作光彩夺目的金刚石。

一次次的挫折过后是一次次"轻舟已过万重山"的高歌猛进——越磨砺越光芒说的就是他。

于成龙是个传奇，他把自己活成了一言九鼎，"振臂一呼，应者云集"的领袖状态。

青少年时代他只是很努力，很好强，也未必敢想他最后竟然能飞到这样的高度。他从来不曾刻意讨好他人，他也没有暗地中拉帮结伙。只是"桃李不言，下自成蹊"：百姓也好，同事也好，朋友也好，仰慕他，追随他，围绕他。

他的人气指数并不来源于哗众取宠。他是用他的憨直感染他人。憨直是人们对他的印象，这憨直背后有着强大的各方面实力特别是人格魅力支撑。

于成龙是个启示。他是在有限的人生道路上活得饱满活得精彩的典范。

很遗憾，他没能像人们期待的那样长寿。他不能决定个人寿命，我们所有人都不能；他也没像大家所期待、所断定的那样更上层楼做更大的官，那从来也不是他孜孜以求的人生目标。

仿佛是他的宿命，他的足迹停留在治河任上，人生谢幕那一刻，也成就了他人生最后的高光时刻。

记住他，他活着时，百姓、亲人、朋友曾觉着有他那么好。

斯人在时，美名远扬。

斯人远去，泉水犹香。

附　录

祭于成龙

爱新觉罗·玄烨

朕惟熙载^①亮工^②，端借^③劳臣之力；宁民敷政，允资^④济事之才。苟忠勤无间于始终，斯宠赉不渝于存殁^⑤。殊恩特沛，懋绩^⑥弥彰。尔于成龙秉质朴诚，负材强干。早树声名于州郡，旋擢观察于江淮。佐理河工，不苟附和；粤从外服^⑦，简在朕心。拥上谷之旌旄，有为有守；领中台^⑧之风纪，克慎克勤。辖羽林之禁兵，膺河防之重寄。扬历^⑨多效，委任皆宜。一自沙漠用兵，总领馈饷^⑩，间关^⑪跋涉，不惮艰辛。事定酬庸^⑫，优加世职。于是节钺再试，良质畿甸之新猷^⑬；昏垫为忧，俾就决排之往绩。尔能祗承朕命，审度机宜，驰驱而寝食俱忘，筹划而精力倍竭。养疴两月，即起行河。冀厥功之有成，讵斯人之云谢！朕心震悼，越格敷恩。特遣专员，驰酬官舍，并令护视还尔之丧。呜呼！御灾捍患，朕方轸念于河渠；尽瘁鞠躬，尔遽归魂于泉壤。安澜未底，怀旧弥殷。几筵用陈，灵其歆享！

注释：

① 熙载：弘扬功业。出自《书·舜典》。

② 亮工：谓辅佐天子以立天下之功。语本《书·舜典》："钦哉，惟时亮天功。"孔传：

"各敬其职，惟是乃能信立天下之功。"

③ 端借：真的是借助。

④ 资：借助。

⑤ 存殁：活着的和死去的人。

⑥ 懋绩：大功绩。

⑦ 外服：古王畿以外的地方，所谓五服、九服之地。后指京都以外的地区及边远蛮荒之地。

⑧ 中台：即尚书省。秦汉时尚书称中台，谒者称外台，御史称宪台，合称三台。这里指于成龙任都察院左都御史。

⑨ 扬历：谓显扬贤者居官的治绩。后多指仕宦的经历。

⑩ 馈饟：粮饷，也指运送粮饷。饟，同饷。《史记·高祖本纪》："镇国家，抚百姓，给馈饟，不绝粮道，吾不如萧何。"

⑪ 间关：形容旅途的艰辛，崎岖、辗转。

⑫ 酬庸：犹酬功；酬劳。南朝梁江淹《封江冠军等诏》："开历阐祚，酬庸为先。"

⑬ 新猷：新的谋略。指建功立业。

于成龙碑文

爱新觉罗·玄烨

兵部尚书兼都察院右都御史、总督河道、提督军务、拜他喇布勒哈番加十级，谥"襄勤"于成龙碑文：

朕览篇什①，至于《皇华》②《四牡》③之章，用增叹息。盖为人臣者，驰驱王事，不遑宁处④以奉简书。而上尝述其情以宠之。则于其殁也，追录旧劳，宣示无极，固其宜也。

尔于成龙器局恢宏，才力强敏。自历州县，朕重其人。俾⑤握大郡之章，旋长江淮之臬。曩者下河抗议，朕益嘉之。命抚邦畿，用展干略。洎乎晋陟柏台，兼领都统，风纪弥肃，戎政亦修。时朕已廑念河防，往哉维汝。施功未竟，以服解官。及朕大漠亲征，尔总理馈饷。事平议叙，世职优加。旋以畿甸要区，申命往抚。方倚襄帷之重茬，用慰八郡之歌思。而河患不宁，告灾益甚。朕念救民，仍以付汝。冀收后效，以续前劳。

昨朕南巡，亲授方略。尔奔走无斁^⑥，夙夜河干。况瘁既深，疾疢^⑦遂作。朕遣医赐药慰问于病中，专官护丧优恤于身后。易名^⑧象行，谥以"襄勤"。

呜呼！《诗》不云乎？王事靡盬^⑨。今者王事，河渠是亟。省览遗疏，朕为怆然。盖庶几勤其官以死者，故援古人臣矢志靡盬之义以赐之。勒我训辞，俾永有光于后祀。

康熙三十九年十二月初十日立

注释：

① 篇什：《诗经》的《雅》《颂》以十篇为一什，后用篇什指诗篇。

②《皇华》：《诗经·小雅》中的篇名。《序》："《皇皇者华》，君遣使臣也。送之以礼乐，言远而有光华也。"《国语·鲁语下》："《皇皇者华》，君教使臣曰：每怀靡及，诹、谋、度、询，必咨于周。"后因以"皇华"为赞颂奉命出使或出使者的典故。

③ 四牡：《诗经·小雅·四牡》。是描述为王事奔波的人的辛勤与思家情绪的诗歌。共五章，每章五句，交互使用赋和兴手法，叙事抒情，表达了奔波在外的辛劳和不能在父母身边奉养的遗憾。

④ 不遑宁处：遑：闲暇。宁处：安居，安处。没有闲暇时过安宁的日子。指忙于应付繁重或紧急的事务。

⑤ 俾：使。

⑥ 无斁：不知疲倦，不厌倦。

⑦ 疾疢：热病。这里指代疾病。

⑧ 易名：指古时帝王、公卿、大夫死后朝廷为之立谥号。《礼记·檀弓下》："公叔文子卒，其子戍请谥于君，曰：'日月有时，将葬矣，请所以易其名者。'"

⑨ 王事靡盬：公事没有止息。

重修乐亭县魁星阁记

于成龙

魁宿主文章，灿然丽天。现则人文蔚起，而治登彬雅。凡郡邑建学必祀魁星，所以遵古帝王与贤育才遗意也。

乐邑有魁星阁由来久矣，曩者英俊杰出，树骏流重，鳞鳞济济，号称极盛。迩来风雨飘摇，仅存基址，举向之巍然重然者竟付之丘墟而已。士之策贤画、登天府者，三十年中二三见焉。虽士之奋发登庸亦不专依夫天象，但既缺此阁，值人文之否，世俗之间，未必不以此阁有无而生怨尤焉。

余于士民觑留之明年，岁在壬子，正值宾兴之际，人皆谓此阁兴废，关人文盛衰。乐邑古称彬礼让之遗，带河滨海，必有负如河如海之奇；而云勺岛、月坨又具月露风云之秀。余忝司牧，何弗因天地之灵秀而一为助发耶?! 爰捐俸金，谋诸绅士，共为协赞而重构兹阁。鸠工庀材，营始于年仲春之下旬，落成于孟秋之中旬。

是役也，诸生姚子延嗣实董厥事。复将文昌帝君重塑于阁下并妥而祀之，制称粗备。阁在文庙之东南城上，于方为巽，主文明。与魁宿同谐，与北斗同临。兹者魁光灿灿于上，帝君穆穆于下，一堂喜起，四座生辉。新庙奕奕，高阁巍巍；瑞霭缤纷，云汉徘徊。彩笔高挥于七曲，绿袍近映夫三台。

自兹已往，兴起斯文：鸿鸿飞凤，举科甲连云；为名世辅，为王国桢。愿我邦人勿惮苦辛，益励厥修。无负此心，有光斯阁，再造一新，庶于乐亭有小补云。

后之君子鉴余微恍，因时补葺，任重沉沦。爰志岁月，勒之贞珉。以告同心，重不朽云。

瑞麦志

张一跃

天下无不可干旋之气运，有不易感动之人心。气运听之自天，人心操之自上。为上者狼戾自用，置民生于膜外，则人心拂郁，而两间之戾气应焉。水旱、螟螣、氛侵、雹雾皆戾征也，而气运为之一衰。为上者慈祥恺悌，以亲民为心，尽亲民之职，则人悦服而两间之和气应焉。条风、甘露、嘉禾、瑞谷皆和征也，而气运为之一盛。乖和之应，盛衰之理，岂不以人哉！

邑父母于公之任乐邑，在康熙七年，时承凶荒之后。抚字为怀，劳来安集，失业之民为乐生，政声四达，美不胜书。上宪廉公循吏，亟以州务委署，两地福星，同心爱戴。

未几，以州治逃人，诖误失职，邑民遑遑，如失父母。匍匐叩阍，情迫借寇。天子念切民依，亟允所请。众喜再获怙，欢舞如狂。

公自复任，省刑薄赋，禁奸弭盗，勤恤民隐，视前有加。如上司往来供应烦费，旧派民间，里役乾没，岁靡不赀。公首革之，一切出诸私囊，而民无加派之苦矣。

凡邑滨海，圈剩余田，抛荒且多。公责令认耕，躬亲劝课，宽其徭赋，邑无不垦之土矣。城内恶少，游赌成群，渐为盗窃，公有厉禁，于诸巷口遍置栅栏，每夜亲巡，邑无夜吠之犬矣。

外城西南角，被水冲塌，公捐赀备置灰石，备砌完固。内城颓圮尤甚，公捐赀倡诸绅矜、铺户，佣民筑作不烦里闾。未数月而告竣，邑有城守之固矣。

文昌楼旧在东城南角，久颓未修，砖石木植，荡然无存。公重建之，巍然壮丽，文风丕振，士子雍雍向学矣。

里催为民害，历年滋久，公其弊，一旦革去，令民自封投柜，欢然乐输，民无赔累之苦矣。此皆公治迹之彰明较著者，其他未易枚举。公亦只自尽其亲民之心，而人心慰，则天意通，为之降祥，为之呈异。

康熙乙卯，乐邑四郊，麦穗以三岐五岐告者，日夕踵至。倘亦和气之感召，符其自然者耶?! 田叟野老，初则骇之，继而歌之，咏之，咸归德于公。

公不自以为德，乃曰：适然而夫畿东数十州邑，永属数州邑，何独不适然于此也！德之致祥，理无可疑，惟公不自满，假之一念，则有未易量者。

盖祥不以物而以人：麦岐叠秀，物之祥也；麟趾踵生，人之祥也。天降大祥，有开必先，以是重膺简任，大昌厥后。为国家绵福祚于无疆者，端于公之身与公之子孙是赖。请拭目俟之矣！

公讳成龙，字振甲，镶红旗荫生。

通州重建儒学记

张士甄

三韩于公以仁、恕、廉、勤由乐亭令擢知通州事，……之内获上信。天子亲识其廉能，竟名于屏，特加奖谕。今者复允江南督臣于公之请，晋知江宁府事。命下之日，闻者欢忭，谓朝廷知人之明，我公循良之效兼而有之。

先是，京师畿辅有地震之异，城垣民居以颓圮。大成、明伦堂殿，委诸草莽；六经之阁、启圣乡贤名宦之祠，鞠为砾场。公下车之始，废者莫不兴，敝者莫不改，违者莫不正。朔望瞻谒圣庙，周视而叹曰："吾不忍坐视学官之废，而不仔□是役乎！"于是尽捐其俸余，与同事诸君子竭力劳□，鸠工命日，民乐趋之。经始于辛酉九月，讫工于壬戌五月。

告成之日，视庙蠹然、楼阁翼然、堂宇岧然。觚稜于云，丹艧耀日。公率国学诸徒用释奠礼，子弟骇奔，父老□篡，礼成而退。

学正徐君等踵门而请曰："愿有托也，以无忘我公之功。"予少游于学，今虽仕宦，犹然学之，老博士弟子也，其何敢辞？

余□古者井田之制既定，党有序，而乡有庠，八岁入小学，十五入大学，其秀异者移乡学于庠序，移国学于少学。诸路岁贡，士于天子。行周能耦则别之以□，然后受命焉，此□所谓工以纳言，□而一，飏之承之庸之者也。

春令出民，里胥坐于右塾，邻长坐于左塾；冬民毕入，妇人相从，夜绩歌咏，余子在序室。民之在野、在邑无非学也，无非教也，岂惟是哉？□□恒于斯，受成恒于斯，《诗》不云乎："矫矫武臣，在泮献馘。"或以先友处乎内；或以惩贷治于外。亦皆乡人之子弟，由俊秀而升之者也。学□而文武之道举矣。

圣天子以滇黔荡平，崇奖儒术，慨然思见尧舜禹汤之盛，而通学之复建适当其时，可不谓知所先后哉？！且公自莅政以来，不□弃吾民，而陶以礼乐术，以诗书均赋役也。制役必缘税，制税必缘亩，护善良也；淫检蠹民者，尽坐以法，躬化理也；讼庭自清，竭诚感也。甘泽屡降，嘉禾遍生，宜乎德被于寰区，而宠膺于帝眷也。

予故因徐君之请，书我公之绩，并述先王之学政及所望于今者，使归而刊石焉。

康熙二十一年岁次壬戌秋八月吉旦立石

襄勤公墓志之铭

王士禛

卓荦^①于公，国之宝臣。天生伟人，媲^②周甫申^③。如彼乔岳^④，千仞嶙峋。如彼巨海，孰测其津。圭璋特达^⑤，庭列九宾^⑥。不介而孚，孚于帝宸^⑦。拔自群寮，为人司命。遂建节楼^⑧，抚我郊甸^⑨。鼎铸神奸^⑩，不若潜遁。魑魅腾逊，其走踆踆^⑪。枹鼓^⑫稀鸣，矫虔^⑬用悛^⑭。犬卧生氄^⑮，桑麻蓁蓁^⑯。爰简行河，沸郁^⑰孔殷。胼胝手足^⑱，隤竹负薪^⑲。北鄙^⑳陆梁^㉑，以劳至尊。六师顺动，捷如鬼神。公实总统，以饷大军。万车沙碛^㉒，如雷隐鳞^㉓。逾^㉔狼居胥^㉕，瀚海^㉖之滨。扫穴犁庭^㉗，克集大勋。庙略指授，秘不得闻。入赞帷幄，出属橐鞬^㉘。关中萧何^㉙，河内寇恂^㉚。饮至明光^㉛，宠赉^㉜便蕃^㉝。细侯^㉞重来，甘棠之阴^㉟。獯猃^㊱磨牙，如犊服驯。再筹^㊲河渠，赍^㊳志未信^㊴。公志伊何^㊵，唯君舆^㊶亲。殁而犹视，丹心不泯。纶綍^㊷煌煌，易名襄勤。冢象祁连^㊸，大鸟墓门^㊹。我作铭诗，载之贞珉^㊺。大书深刻，垂千万春。

注释：

① 卓荦：卓越。

② 媲：媲美，能与之比美的意思。

③ 甫申：周朝仲山甫、申伯这两个人的合称，意思是贤良的辅佐之臣。

④ 乔岳：高山。乔，高大的；岳，山峰。

⑤ 圭璋特达：形容德才卓绝，与众不同。西汉戴圣《礼记·聘义》："圭璋特达，德也。"

⑥ 九宾：指公、侯、伯、子、男、孤、卿、大夫、士。《周礼·秋官·大行人》郑玄注："九仪谓命者五：公、侯、伯、子、男也；爵者四：孤、卿、大夫、士也。"

⑦ 宸：指屋宇，深邃的房屋；北极星（北辰）的所在、星天之枢。后借指帝王所居，又引申为王位、帝王的代称；也指代天宫，天帝所居。

⑧ 节楼：唐代州县迎接节度使设节楼，以存放"旌节"。

⑨ 郊甸：城邑外百里及二百里之内。泛指郊畿，也泛指城外郊区。

⑩ 鼎铸神奸：比喻揭露恶人面目，使人们识别它。典故源于《左传·宣公三年》："昔夏之方有德也，远方图物，贡金九牧，铸鼎象物，百物而为之备，使民知神奸。故民入川泽山林，不逢不若。螭魅罔两，莫能逢之，用能协于上下以承天休。"

⑪ 踆踆：谦退。出自《文选·张衡》："怪兽陆梁，大雀踆踆。"刘良注："陆梁、踆踆，皆行走貌。"

⑫ 枹鼓：鼓槌和鼓。也指报警之鼓。喻指军旅。

⑬ 矫虔：诈称上命强夺他人财物。《书·吕刑》："罔不寇贼，鸱义奸宄，夺攘矫虔。"孔颖达疏："矫称上命以取人财，若己固自有之。"

⑭ 悛：停止，止息；后悔做过某事。《说文》："长恶不悛。"《左传·隐公六年》："康犹不悛。"《左传·成公十三年》："其有悛乎？"

⑮ 犬卧生氄：犬不吠夜，足下生氄。意思是狗晚上不叫，总是趴着，脚下都长了毛，比喻社会安定。

⑯ 蓁蓁：草叶茂盛，泛指植物茂盛。

⑰ 沸郁孔殷：形容情绪高涨。孔，多么。殷，殷切。

⑱ 胼胝手足：手脚上磨出老茧，形容经常地辛勤劳动。同"胼手胝足"。

⑲ 隤竹负薪：隤，放倒。砍倒竹子，背负薪柴。形容不停劳碌状。

⑳ 鄙：郊野之处，边远的地方。边疆。

㉑陆梁：跳跃奔走的样子，"陆梁进退，与天命争衡"。又为嚣张，跋扈意。

㉒沙碛：沙漠。不生草木的沙石地。

㉓辚：象声词，车行走时的声音，如"车辚辚，马萧萧"。

㉔逾：越过，超过。逾分（过分）。逾越。逾恒（超过寻常）。

㉕狼居胥：今蒙古国首都乌兰巴托东肯特山。曾有西汉大将霍去病登狼居胥山筑坛祭天以告成功之事。后来封狼居胥成为华夏民族武将的最高荣誉之一。

㉖瀚海：原本指的是"海"，即北方的大湖，明代后指广大戈壁沙漠。

㉗扫穴犁庭：庭：龙庭，古代匈奴祭祀天神的处所，也是匈奴统治者的军政中心。犁平敌人的大本营，扫荡他的巢穴。比喻彻底摧毁敌方。

㉘櫜鞬：藏箭和弓的器具。《左传·僖公二十三年》："（晋文公）对曰：'……其左执鞭弭，右属櫜鞬，以与君周旋。'"

㉙萧何：（前257—前193），西汉初年政治家、宰相，西汉开国功臣之一。

㉚寇恂：（？—36年），字子翼，上谷昌平（今北京市）人，东汉开国名将，云台二十八将第五位。

㉛明光：明光殿，为汉代宫殿名，后泛指宫殿。

㉜宠赉：指帝王的恩宠与赏赐。

㉝便蕃：亦作"便烦""便繁"。频繁；屡次。

㉞细侯：汉代郭伋，字细侯，茂陵人，曾任并州太守，与百姓们广结恩德。到任后巡行部属达西河郡。有几百个小孩，每人骑了一根竹竿做的马，在道路旁迎拜。他们问太守什么时候才可以回来？郭伋计算了一下，把回的日子告诉了他们。郭伋巡视回来，比预定的时间早了一天。郭伋恐怕失信，就在野亭里停下，等到了约定的日期才进城，可以说是守信用到极点了。

㉟甘棠之阴：给后人留下一片浓荫。

㊱猰貐：古代神话中一种吃人的野兽。这里比喻阴险凶恶的人物。

㊲筦：同"管"。

㊳赍：怀抱着，带着：赍恨。赍持（拿着）。赍志而殁（志未遂而死去）。

㊴信：同"伸"，实现的意思。

㊵伊何：为何人，为什么。

㊶君舆：也称皇舆，皇帝的车马，指代皇帝。

㊷纶綍：《礼记·缁衣》："王言如丝，其出如纶；王言如纶，其出如綍。"后因称

皇帝的诏令为"纶綍"。

㊸冢象祁连：指汉武帝下诏把霍去病墓修成祁连山的样子。

㊹大鸟墓门：《艺文类聚》卷九十引吴·谢承《后汉书》："杨震卒，未葬，有大鸟五色，高丈余，从天飞下，到震棺前，举头悲鸣，泪出沾地，至葬日，冲升天上。"后以此典称颂亡者德高望重，节操高尚。

㊺贞珉：石刻碑铭的美称。

译文：

卓越的于公，你是国家那珍宝般的重臣。你天生伟人，堪比仲山甫、申伯等贤能之臣。你像那巍峨高山嶙峋千仞，又像那宽广海洋，谁能推测出他的远深。

德才卓绝，与君交往的都是国家才俊。用不着介绍，人们就敬服你，皇帝对你也如此信任。你在众多官员中脱颖而出，手握重权，可以决定他人命运。

建起迎接于公仪仗的节楼啊，你做了京畿重地的抚臣。使恶人露出本相，让他们觉得还不如偷偷逃遁；妖魔鬼怪飞腾着逃跑，踢踢踏踏是他们的慌乱足音。报警的锣鼓很少再响，敲诈勒索的坏人开始革面洗心。太平日子里狗趴得足底生了毛，田野上百姓庄稼长得那么好。

接受皇命治理河道，你情绪高涨充满信心。手脚磨出了老茧，忙忙碌碌你如此辛勤。北部边疆敌人嚣张挑衅，给至尊皇帝带来艰辛。

六军一起出动，迅捷快速惊吓鬼神。于公实际是总的统领，督运粮草给那前方大军。上万辆粮车沙漠奔走，车轮滚滚如雷声隐隐。大军越过狼居胥，一直打过大漠纵深。彻底荡平噶尔丹叛乱，于公你立下了卓越功勋。皇帝亲自给你传授战略，秘密交谈他人不得听闻。

虎帐内你运筹帷幄，出帐外携弓箭统领大军。论德才你比得上关中萧何、河内寇恂。到明光殿畅饮庆功酒，皇帝赏赐厚重频频。信守承诺你像细侯重视按时到来，留给后人一片片美德浓荫。穷凶极恶的敌人早先磨尖牙齿，现在怎么像牛犊那么温驯。

再次管理治河事务，谁能安慰你壮志未酬的心。鞠躬尽瘁究竟为了什么？于公心里只有皇帝圣君。人已逝去还大睁双眼注视啊，赤胆忠心何时都未沉沦。皇帝颁下的旨意辉煌无比，称扬你的廉能，赐号"襄勤"。

坟墓修成祁连山那连绵之状，五色大鸟飞到墓门发出声声悲音。于公啊，我为你做了上边的铭和诗，都记载到那高大的白玉碑身。大大的字啊深深地刻，于公，你的美名永垂青史万古长春。

诗二首

于成龙

其一

缭绕飞空短笛声，高天露下共凄清。

愁来江汉人何处，望里关山月倍明。

万里孤云随绝漠，十年羸马更长征。

谁知一曲终宵怨，霜雪无端两鬓生。

其二

古寺荒凉草木平，十年人到倍伤情。

满城黄叶飞秋色，虚阁寒涛夹雨声。

赋税何劳频仰屋，关山行看会休兵。

依然故国音书绝，潦倒风尘白雁横。

摘自《白山诗选》

重修清端襄勤两于公祠记

吕燕昭

康熙三十四年，江宁府居民建祠于聚宝山之麓，肖像祀故两江总督于清端公。公讳成龙，山西永宁人。起家广西罗城令，累迁至福建布政使，举清官第一。遂膺节钺，晋督两江，薨于位。赠太子太保，江宁既以感慕遗德，立祠其后。圣祖仁皇帝、高宗纯皇帝①巡幸江宁，亦有御书匾额悬于祠内，以褒旧勋焉。

先是，公巡抚直隶时有属吏与公同姓名者，汉军镶红旗人也。公雅知其廉且才可大任。及移节吴中，即专疏焉守江宁。自郡守不十年，历直隶巡抚、河道总督是焉——于襄勤公。

襄勤之薨也，郡人追思其德，一如追思清端者。且以清操伟绩后先相望，而顾实由清端焉。礼宜从祀，遂设襄勤木主②于清端祀一堂，配享百有余年于兹矣。

余承乏守郡，以时修谒祠宇，躬亲俎豆，乃见清端像前列襄勤主，而清端之主木缺；襄勤主存而像未设，其姓名又同混合焉——势所必至也。

今造清端主，以依像补其坠失则可，若因主而塑襄勤像，失之诬罔则不可。况清端公有炳焕万古斯昭，固不虞据襄勤之主乎！计惟别室以祀，庶几襄勤之祔于公祠者，不至有时而废绝。此守土者之责也。

爰捐俸鸠工，修葺圮坏，重造清端公主于像前。复筑旁舍，移奉襄勤木主于中。讫事，书兹石，勒置祠壁，俾修祀典者有所考，且识余景仰两公之为人，不啻郡人之爱戴不能忘也。至两公之世系、官位、勋绩之详具。

授朝议大夫、江宁知府新安吕燕昭撰。

注释：

① 圣祖仁皇帝、高宗纯皇帝：即康熙皇帝、乾隆皇帝。

② 木主：亦即载木主，系最早的故人替身物，人们用木简单剥雕成人形木偶，无字无图案，以象征死者，用以长久祭拜。经过长时间演化，最终称"神主""神位"，上面开始书写或雕琢文字，以及图案。

呈于公成龙

乔崇烈

维帝建极洪化成，
天下刑措歌由庚①。
惟河不治娱蛟鲸，
山盐江泰高宝兴。
帝尤念之心怦怦，
岁捐岁赈恩莫京②。
海口不浚民不生，
我公衔命来东瀛。
治河使某③穷心兵，
曰田可夺民可阬④。
如虎负隅孰敢撄，
公持其须人为惊。
两议敕下询九卿，
佥⑤曰河使议莫更。
乃召面折声如镤⑥，
明日帝复咨殿楹。
与九卿议还同声。

家公珥笔殊荦荦⑦，
十万不值鸿毛轻。
会帝顾问乃摅⑧诚，
四不可议文峥嵘。
河使语塞双目瞠，
诏下卒如公议行，
到今比户炊香秔⑨。
治畿辅除强劼寇⑩。
庄头十百人狰狞，
小者搏击大者烹。
执法不屈称公明，
豺狼窜伏周道清。
产蝗闭口皆南征，
农民千仓万箱盈。
公饭脱粟蔬蔓菁，
诏加少保彰殊荣。
曰都⑪曰俞⑫一德赓⑬，
贤奸一一咨公评。
黜陟自此民惬情，
南台拜命帝鉴衡。
天下共庆君子亨，
嘉谟⑭入告销未萌。
衮职⑮无阙廷无争，
拔茅尽得兰与蘅。
一时大吏罗国桢⑯，
贪墨或化为廉贞。
妇乐其织农劝耕。
鲂鱼拨剌尾不赪，
东南余孽腾阴精，
堤防岁决忧圣明。

帝曰钦哉汝往营，

赐正一品顿地纮^⑰。

南天父老襁负迎，

可怜七载穿双睛，

乃今始得瞻三旌。

安澜从此休编氓，

岂惟贱子依幪帡^⑱。

四隩^⑲既宅水既平，

盐梅^⑳在鼎需和羹。

注释：

① 由庚：出自《诗经·小雅》。出处逸篇名。《诗经·小雅·由庚序》：《由庚》，万物得由其道也。后因以由庚为顺德应时之典。

② 京：大。

③ 某：此处指靳辅。

④ 阬：同"坑"。

⑤ 仐：都。

⑥ 镛：大钟。

⑦ 茕茕：孤立的样子。

⑧ 摅：抒发。

⑨ 秔：粳。

⑩ 劶：强，强盗。

⑪ 都：美好。

⑫ 俞：安。

⑬ 赓：延续。

⑭ 嘉谟：良谋。

⑮ 衮职：衮同"衮"，衮职即指皇帝。

⑯ 国桢：国家支柱，比喻能担负国家重任的大才。国家栋梁。

⑰ 地纮：古谓地有八纮。唐柳宗元《铙歌鼓吹曲·泾水黄》："顿地纮，提天纲。"比喻能稳定局势的决定力量。

⑱ 幪帡：庇护。

⑲ 四隩：四方。

⑳ 盐梅：盐味咸，梅味酸，均为调味所需。用伊尹说商汤典故，赞美于公为当代
伊尹。

抚直奏稿·序

郭 琇

窃闻哲后纳言，良臣进说，相得益彰。故化流政举①，史简垂休②焉。《书》
曰："尔有嘉谟嘉猷入告于尔后③求言之"，诏也。子舆氏④曰："谏行言听⑤，
膏泽下于民⑥"，听言之益也。李文靖⑦曰："人主当使知四方艰难"，进言之心
也。为上、为德、为下、为民，孰不以言哉？虽然，亦顾其遭遇何如耳。

唐魏徵⑧劝太宗行仁义，封德彝⑨非之，谓"迂阔而不足为"。太宗毅然纳
徵言。贞观之初，斗粟十钱，断狱四百。湛恩汪濊⑩，化泽翔洽。论者远比成
康，近拟文景。太宗乃叹曰：惜不令封德彝见之！於戏，懿矣！使非君明如太
宗，臣良如魏徵，在上者必犹豫而不果行，在下者必沮丧而不更进，乌由⑪臻
此哉！是可知咸有一德，君臣道合，为兴业之根柢⑫，致治之权舆⑬也。

余每粤稽⑭古名臣，未尝不景企⑮徽风，赞述亮节，辄翠然⑯而高望曰：
使当吾世而觏止⑰，虽为执鞭亦所忻慕。然古人之所以得此者，则亦极难矣。

盖一介四知，名节稜稜，非廉不威也。观时审势，哲谋炳炳，非时不断也。
弱不扛鼎，钝不追骏，非才不济也。日中必彗⑱，操刀必割，非敏不成也。山
崩而色不变，麋兴而目不瞬，又其胆足而气定也。数者皆备而后可以见信于同
列，而后可以进言于大廷，而后可以施泽于闾左⑲。

有不行，行则良法美意；有不言，言则崇论弘议。如贾太傅⑳之《十策》，
陆宣公㉑之《奏章》、富郑公㉒、朱文公㉓之《条议》，洵金石不磨而椒苣㉔维
馥矣。顾安得当吾世而俨然觏之乎？

洪惟我振翁于老公祖，德才峻伟，气节挺拔，治行卓越，古罕其俪。诚天之珠斗，地之岱宗，人之威凤也。襄者令乐亭为金清惠公所知，牧潞河^㉕为于清端公所知。一荐而五马，再荐而二千石，可不谓懿乎？

宋陈述古^㉖在经筵荐司马温公^㉗等三十人，后皆为名臣。人美其剡章^㉘曰：古灵荐稿。美述古乎？美司马诸人之受知于君子也！公之受知于两公，厥美讵有逊乎？

不宁此也，公守江宁，丕绩茂登，颂声藉甚。甲子冬，六飞南巡，采听舆歌，无异张堪^㉙之在渔阳，黄霸^㉚之在颍川。就行在，特擢为安徽七郡三州按察使，是又受知于尧舜矣。旋而复简任治河。公拯溺心殷，持议语切，慷慨披陈至勤。圣主之畴咨，公卿之风议，而謇謇俊概，谔谔昌言^㉛，蜚声彤陛，倾动鹓班^㉜，不知递代名臣孰可举似也。

未几，特简中丞，填辅畿辅。受知愈深，图报则愈挚；仔荷愈重，节才则愈彰。两载以来，允矣。赤县澄清，黔黎保乂^㉝。已钟鼎可铭，简编可纪，岂不麟麟炳炳耶？凡此者，皆公之立德立功也。

厥初，实无一不本于立言。往闻公疏每达公车，当宁^㉞为之动容，在廷为之倾听，熙熙然竞相传颂。六曹无有格而不行者。即间以例沮旋，奉明纶悉如公指。以视贾、陆诸君子不更为奕奕也乎？其德传，其功传，其言亦宜以传。

顷者，当事诸大夫汇公疏草，请镂梨枣^㉟昭示吏民，阅三月而告竣，乃贻一册于余，嘱为之序。

余襄^㊱备员内阁，得公奏章莫不手披心识。兹且喜窥全豹，如对金縢^㊲之篇矣。帙中首载公陛辞时奏对语，甚详，纶綍春温，訏谟石画，舜典、汤命不足云古。继载新谕，褒美丕绩，特晋官衔，用以风历^㊳群工，鼓舞后效。煌煌昭备，猗欤休哉！君恩如天，臣节似水。奇逢胜典，往牒所希，即此已足以寿金石、光竹帛矣。矧^㊴六十一章，又皆本仁祖意，开诚布公，喬喬煌煌^㊵也耶。

窃读明晁瑮^㊶《名臣奏议序》云："继自今上自九曹，下逮百司，有能取诸名臣之所已试者，择善以从，则法相因而事易治，道相继而政自通"，信斯言也。读公疏稿者，当不徒扬扢^㊷感颂焉而已矣。

康熙岁在丁卯菊月中浣治。年家眷弟清苑郭棻顿首谨序。

注释：

① 化流政举：教化得以风行，政事得以兴办。

② 休：美善。

③ 尔有嘉谟句：你有好的策略就要进来告诉我。谟，策略、计谋；猷，道理。

④ 子舆氏：即曾参（前505—前436），字子舆，春秋战国时期鲁国南武城（现在山东嘉祥，一说山东平邑）人，是被鲁国灭亡了的鄅国贵族后裔。是孔子的得意门生。

⑤ 谏行言听：听取臣下的谏言并付之行动。

⑥ 膏泽下于民：使百姓得利益。膏泽比喻恩惠，如《孟子·离娄下》："谏行言听，膏泽下于民。"

⑦ 李文靖：李沆（947—1004），字太初，洺州肥乡（今河北邯郸）人。北宋时期名相、诗人。有"圣相"之美誉，史称其为相"光明正大"，王夫之称其为"宋一代柱石之臣"。《全宋诗》录其诗三首。

⑧ 魏徵：（580—643），字玄成，钜鹿郡人，唐朝政治家、思想家、文学家和史学家，因直言进谏，辅佐唐太宗共同创建"贞观之治"的大业，被后人称为"一代名相"。

⑨ 封德彝：（568—627），本名封伦，字德彝，渤海蓨县（今河北景县）人。唐朝宰相，出身渤海封氏，智识过人。宇文化及败亡后，归顺唐朝，渐得唐高祖李渊信任，拜中书令，封密国公，结为亲家。唐太宗即位后，拜尚书右仆射。贞观元年（627），病逝，追赠司空，谥号为明。贞观十七年（643），阴持两端之事暴露，追夺封赠，改谥号为"缪"。

⑩ 湛恩汪濊：指恩泽深厚。

⑪ 乌由：无由。没理由。

⑫ 根氐：根底，根本。

⑬ 权舆：本指草木初发，引申为起始。

⑭ 粤稽：查考，考证。

⑮ 景企：仰慕。

⑯ 翚然：翚通"皋"。高远貌。

⑰ 觏止：相遇。语出《诗经·召南·草虫》："亦既觏止，我心则降。"

⑱ 日中必彗：太阳到中午正好晒东西。比喻做事应该当机立断，不失时机。出自《六韬·文韬·守土》。

⑲ 闾左：古代平民聚居之地。古代二十五家为一闾，贫者居住闾左，富者居于闾

右，秦代指主要由雇农、佃农等构成的贫苦人民。

⑳贾太傅：贾谊（前200—前168），世称贾太傅、贾长沙、贾生。洛阳（今河南洛阳东）人。西汉初期的政论家、文学家。

㉑陆宣公：陆贽（754—805），字敬舆。苏州嘉兴（今浙江嘉兴）人。唐朝著名政治家、文学家、政论家，为溧阳县令陆侃第九子，人称"陆九"。《全唐诗》存其诗。有《陆宣公翰苑集》及《陆氏集验方》传世。

㉒富郑公：富弼（1004—1083），河南洛阳（今河南洛阳东）人，字彦国。至和二年，与文彦博同任宰相，在位七年，唯务守成，无所兴革。英宗时，召为枢密使，封郑国公，旋出判河阳。熙宁元年，请神宗对边事"二十年口不言兵"。次年，复为相，以反对王安石变法，出判亳州，后退居洛阳，上书请废新法。元丰六年病死，年八十。

㉓朱文公：朱熹，字元晦，又字仲晦，号晦庵。为官之外钻研学术、著书立说、讲学论道。一生著述七十多部，凡四百六十卷。

㉔椒茝：花椒与香草，比喻美好的事物。

㉕潞河：通县河流名，文中指代通州。

㉖陈述古：陈襄，字述古，号古灵先生，生于宋真宗天禧元年，侯官（今福州闽侯县）人，与陈烈、周希孟、郑穆称为"海滨四先生"，他们开创理学学术先驱，积极倡导儒学。更是强调学以"养心""明诚"为主，倡行"节用养廉"，并著有大量文献，留给后人宝贵遗产。

㉗司马温公：司马光（1019—1086），字君实，号迂叟，陕州夏县（今山西夏县）涑水乡人，世称涑水先生。北宋政治家、史学家、文学家。主持编纂了中国历史上第一部编年体通史《资治通鉴》。历仕仁宗、英宗、神宗、哲宗四朝，官至尚书左仆射兼门下侍郎。元祐元年（1086），去世，追赠太师、温国公，谥号"文正"。从祀于孔庙，称"先儒司马子"；从祀历代帝王庙。

㉘剡章：削牍写成奏章。泛指写奏章。

㉙张堪：字君游，南阳宛（今河南南阳）人，光武帝刘秀拜为郎中，再拜蜀郡太守。当时光武帝派吴汉征公孙述，因粮草不足欲退兵，张堪力谏止之。平公孙述后，汉军入蜀，张堪先入城，检阅府库，收其珍宝，悉条例上报，秋毫无私；慰抚官民，蜀地百姓大悦。后任渔阳太守，教民致富，外抗匈奴，颇有政绩，卒于官。

㉚黄霸：（前130—前51），字次公，淮阳阳夏（今河南太康）人，西汉大臣，事汉武帝、汉昭帝和汉宣帝三朝。汉宣帝五凤三年（前55），出任丞相，封建成侯。甘

露三年（前51），谥号"定侯"。黄霸善于治理郡县，为官清廉、外宽内明，文治有方，政绩突出，后世常将黄霸与龚遂作为"循吏"的代表，并称为"龚黄"。

㉛謇謇、谔谔：忠正直言。

㉜鹓班：朝官的行列。

㉝乂：乂安，治理、安定。

㉞当宁：皇帝临朝听政，后以泛指皇帝。

㉟镂梨枣：雕版，版的材质为梨木或枣木板，故云雕版为"镂梨枣"。

㊱曩：曾经。

㊲金縢：金封的密书。喻皇帝极机密的旨意。

㊳风历：风励。用委婉的言辞鼓励、劝勉。

㊴矧：况且。

㊵斋斋煌煌：美善，明盛的样子。

㊶晁瑮：直隶开州（今濮阳）人。明嘉靖二十年（1541）进士，授翰林院检讨，官至国子监司业。家富藏书，藏书楼曰"宝文堂"。工词赋，有《晁氏宝文堂书目》三卷，广泛著录元、明时话本、小说、杂剧和传奇，为研究我国古代小说史、剧曲史提供有价值的资料。喜刻书，所刻之书，有饮月圃、百忍堂等版。

㊷扬挖：扬抑。褒贬，评说。

抚直奏稿·序

赵之鼎

今之直隶，古之畿辅也。京师惟大，京兆得而专制之。左冯翊①，右扶风，太守亦得而分治之。不设方伯，不建连帅，其权比于藩镇制府焉。

汉张敞②、唐韦弘机③、宋包文拯递著声绩、舃奕④百古，大抵廉生威、公生明也。史册所传微匪一二，而惠泽鸿庞⑤，风猷峻厉，至今脍炙人口。

闻之古云：左史记言，右史记勋，记人君也。而人臣之徽勋亮节远犹辰告，亦得并登汗简。独是三君子者，其行班班，其言寥寥，是职何故欤？

考其当时，皆得专兵，皆得征聘名士，皆得整治豪右。有不行，行则风雷震动矣，无俟请于九阍[⑥]也，无须咨诸两制也。盖其所行即其所言尔，疏奏文告皆不之传。

后世则不然，有言责者无官守，有官守者无言责，功名声誉遂岐其途。试取古名臣奏议读之，坐而言，起而见诸行者，能有几耶？即贤如贾董，忠如魏陆[⑦]，岂不恳恳恻恻，謇謇谔谔，可歌可颂，而其间亦拒纳相半耳。

故为人臣者，毅然而行，不顾利害，不识忌讳者则有之，慨然而言，辄邀听纳，悉见施行者，古今常不多觏焉。

汉光武哲主也，弘农可问，河南、南阳不可问。当时，公卿将相未闻此语。惟陈留小吏附会计之书而言之，彼垂绅载笏纡朱拖紫者，岂系乏人。或攒眉于不可言，或乍舌于不敢言，是以无言。以其言之不行耳。惟其无言，则言之者贵矣。惟其言而不行，则行之者荣矣！

振翁于老公祖，世胄人杰，方读书稽古时，即慨然以弘济为念。迨筮仕乐亭，见民间疾苦如痌瘝[⑧]乃身。有不克行者即言于太守，不得则言于监司台使，再不得则言于填抚中丞，必行而后快。金清惠公[⑨]常称之为"济世弘才"。

嗣是牧潞河，其事益难言，其言益难行。公不以为难，潞河之民赖以遂其生。于清端公常称之为"斯民保障"。为令为牧十余年间，知无不言，而言无不得。所慊慊[⑩]者间有不得于六曹耳。

及守江宁，东南都会，弊薮奸聚，蛇蟠虎踞，公曰：是不可以口舌争也，毅然行之耳。既行而后言，则器无所忌，而肘无或掣。江左之民又赖以遂其生。

及承特简为观察使，公曰：吾可以遂吾行矣。吾可以咇[⑪]吾言矣。

未几，又拜督理疏浚下河之命，公曰：此七邑民命攸系也，势难先行而后言。于是言于治河之大臣，不得则又言于司空，再不得则言于当宁。诚所谓恳恳恻恻、謇謇谔谔者耶。

公之所以断断出此者，岂有他哉？无非仰体圣主珍恤民隐之至意，期于帑藏无繁费，闾阎无劳扰。乃言：底可绩耳。推是心也，可以燮谐[⑫]六府，可以节钺方州，宁只欲拯此七邑已也。

未几，而果拜填抚畿辅之命。公官畿东最久，地方利病、民生忧乐，洞若观火。况曩之言而不克行与知而不克言者有概于中，且匪伊朝夕矣乎？陛辞时，承圣主恩隆意美，奖勉备至，遭逢为盛。乃者玺书特褒官衔宠晋，公之感激图报抑又何如也?!

抵冰檗之操，持山岳之体，勤宵旦之劳，殚图筹之智，如是者二载。千里之氓登于衽席，沐浴咏歌，诚乐不可支已乎！百城之吏禀其觌画，旬宣黾勉，诚文武为宪已乎！下民允怀，上帝降康，雨阳时若，丰年穰穰。公亦可以上答庙堂，俯慰黎庶，树丰绩，留永誉也夫！

然而未艾也，兹者梓其疏稿，勒为一编，嘱余为序。余受而卒业，不禁忻慕而祷颂焉。懿矣乎嘉言，其孔彰已。

昔人有名臣言行之录，有名臣奏议之编，有名臣经济之集，公之疏稿足备三义。何则?公之言皆公之行也，公之奏议皆公之言也，公之言行皆经济之实也。立德立功立言，胥于是乎在矣！

康熙丁卯菊月下浣之吉治。年家眷弟玉川赵之鼎顿首谨序。

注释：

①冯翊：三国魏改左冯翊，置冯翊郡，长官称冯翊太守，是古代出入秦晋的关隘和交通要道，素有"三秦通衢""三辅重镇"之称，为兵家争夺的战略要地。

②张敞：(前?—前48)，字子高，西汉茂陵（陕西兴平）人。张敞以太中大夫事宣帝，官终豫州刺史。廉吏能臣。

③韦弘机：名机，以字行，唐代大臣，雍州万年人。贞观十二年，撰成《西征记》，为朝散大夫，累迁殿中监正。唐高宗显庆年间，任檀州刺史，司农少卿，兼知东都营田。上元中，迁司农卿兼将作监，为唐高宗建造了上阳宫、宿羽宫、高山宫等离宫。仪凤中，机坐家人犯盗，为狄仁杰所劾，免官。永淳中，将复本官，检校司农少卿事，会卒。

④炰奕：光耀，显耀。

⑤惠泽鸿庞：惠爱与恩泽宏大。

⑥九阍：九天之门，此处喻指朝廷。

⑦贾董、魏陆：贾谊、董仲舒、魏徵、陆贽。

⑧痌瘝：痌，痛苦、恐惧；创伤、溃烂。瘝：疾病、疾苦。

⑨金清惠公：即前直隶巡抚金世德。

⑩慊慊：心不满足貌；不自满貌。诚敬貌。

⑪ 鬯：通"畅"。

⑫ 燮谐：协调而使之和谐。

抚直奏稿·序

熊赐履

壬戌、癸亥间，于公北溟以清望重臣总制两江，一时长吏咸争自擢拔，而其中循卓尤著者，则维江宁旧太守于公振甲。振甲之守江郡，实北溟荐之也，故其感奋益力而砥砺益严。

予也疴卧石城，罕与世接。北溟念齐安一日之旧，常常过从。振甲以北溟故亦特为加礼，而予因得周旋于二公间。无何，甲子初夏，北溟以劳瘁卒于官，江南为之罢市。而予与振甲则尤抱斯人之痛者也。

是年冬十月，恭遇至尊巡幸至金陵，访知二公之治行。予适蒙宣召，亦为之极口二公，夫予岂有私焉？清问之下无敢不正对耳！

逾月，至尊回銮，加赐北溟恤典特优，而振甲亦有上江观察之擢矣。

乃未数月，复由观察特进金宪，巡抚畿辅。盖畿辅素号称难治，务在得人，而又为北溟过化之地，是天子俨然以待北溟者待振甲矣。

振甲陛辞之日，侃侃面陈，亦欲以北溟之治畿辅者报皇上。迫抵任之后，兴利除弊，弭盗安民，诸所设施实无一不步趋北溟。

天子闻之，大为嘉悦。顾左右曰：两于成龙果相若也，朕心用慰矣！于是特诏吏部加官保衔以示优眷。良驷文镠之锡，便蕃不绝，海内争传而荣之。

夫二公之操履同，干济同，其姓名恰同，而特被恩遇则又同。两贤并峙，辉映接踵。将千载之下颂圣主知人之哲，而予亦得猥托于荐贤为国之谊，斯其庆幸为何如哉！

虽然，予因之有所感矣。

学者一行作吏，委身事君，上则知有宗社，下则知有生灵而已，他何计焉？至于升沉显晦，类有天焉以主之，而非人力之所得与！

况圣明在上，洞照幽隐，黜阿奖墨，事理皎然。如二公者，孤踪介操可质鬼神。初何尝借资于声援之助，而仕途腾达，一岁九迁，恩礼之隆至为史册所罕见。彼回邪狂惑之子，终日纷挐，希心诡遇。究其所获，果孰与二公？然后知圣天子转移振作之微权，诚非寻常之所可测识，而重叹夫营营逐逐者之竟何为也！

今振甲将梓其《抚直疏议》以行世，而特嘱弁语于予。予固雅悉二公之颠末，遂飏言简端以志盛美，且为士类示劝云。

康熙丁卯日躔星纪之次，澴川熊赐履谨题于秦淮精舍

抚直奏稿·序

胡献徵

大中丞于公抚畿匝二稔[①]，德泽翔洽，声绩焄奕。退迩听睹者，若景星卿云之辉绚，日观珠斗之乔岩也。上信下从，致勤圣天子玺书晋崇秩，休嘉显烁，可不谓隆乎？遡考祁姚之代，博徵炎午之朝，所称喜哉、起哉，若鱼若水者，曩今盖不相让，晚近庸足述也。

虽然，皋禹无谟，畴章厥勋；贾董无策，畴藏[②]厥学。斾常[③]固有铭也，金石固可勒也，而竹册可无纂著也哉？公之树峻流鸿也，岂不自谓为政不在多言乎？而子舆氏曰：谏行言听，膏泽下于民。然则言也者，亦公之基而德之舆也。古人故列为三不朽，况有德必有言，闭之而莫可闭，彰之而斯益彰耶？

我公抚畿诅徒以言，匪徒以言！慷慨入告，剀切敷词，靡非为民请命为国宣猷[④]也。二稔以来，盖已仁言稠叠，硕论斐娓焉。

唐陆宣公俊猷亮节，匪第以言，而《奏议》一编，册府艺苑珍若天球大贝。岂悉崇辞？其人重，故其言重；其言传，故其功与德传。而一心一德之休，上恪下被之盛，斯以鬌鬌而悠悠已。

公之《奏疏》，寿之梨枣，洵不可缓。

献徵以弇谫⑤备员，明刑简，孚明允，深想弗称弗第，行不敢越畔，而言亦不敢越俎。早夜黾皇⑥，兢兢乎期，以仰体圣主清问；五听三宥⑦，为闾阎洒沉淡灾⑧。舒郁释懑，犹恐弗胜，安有涓埃足资采择者。日侍函席，承公爰咨不倦。每论一事利病，昭晰兴革。构画及疏草成，则恺恻⑨溢于行墨，殷恳蕴于楮牍⑩，实有上感宸听而下求民瘼者矣。

今政和民宁，贪残不梍⑪而止，良茂不旌而劝。治效彰彰，且恭逢圣主嘉惠，畿辅蠲⑫租肆赦，因感帝心降康，有千有年。八郡百邑，胥登衽席。

语云："太和在成周宇宙间。" 兹其时哉？于是请以《抚直奏疏》付之剞劂。

公曰：是不可以示人也，余遭遇圣明，特达有知，迁擢为不次，即鞠躬尽瘁，捐糜顶踵莫可报称万分之一。况所陈请多奉特旨允行，尧仁如天，舜德如日，华封⑬人之言则可纪也，是乌可栩栩示人哉！

献徵与同事诸君子进而言于公云：翼翼小心，谦谦大德，洵可拜服。信如公言，则《尚书》有《典》而无《谟》矣也，史册有纪而无传矣！是《奏疏》也，正所以宣扬主德而晓谕民听尔。《诗》不云乎，"辞之辑矣，民之洽矣；辞之怿矣，民之莫矣。"⑭公何逊谢之有！

公感于斯，始辑成帙。畿之缙绅、先生、文学、作者且序且赞：珠玉在前矣！

献徵受国殊恩，席家余荫，仕学双劣，岂敢操翰掞藻⑮，形秽贻诮。然巨室之构不弃杗栌⑯，他山之采不遗碖硱⑰。献徵之受公陶铸者盖非浅（甚少），故不避巴俚，缀言编末。

闻之先正有云：后人读朱文正公集，以讲解经义诸篇为理学宗旨，不知文公一生学问都在进呈劄子与在外调教案牍中。於乎，智言哉！揽公《疏稿》者其谓之何？

时管理直隶刑名、监理驿传事务、巡道佥事、署吏胡献徵顿首拜撰。

注释：

① 稘：通"期"，周年。

② 蒇：完成。

③ 旂常：王侯的旗帜。

④ 宣猷：施展谋划与方略。

⑤ 弇谫：狭窄、浅薄。

⑥ 亀皇：思考，思索。

⑦ 五听三宥：五种审案的方法，三种宽恕犯人的理由。

⑧ 洒沉淡灾：昭雪冤狱，淡化灾祸。

⑨ 恺恻：恻隐之心。

⑩ 楮牍：奏章，公文。

⑪ 柅：挡住车轮不使其转动的木块。

⑫ 蠲：免除。

⑬ 华封：圣贤。

⑭ 辞之辑矣……莫矣：语出《诗经·大雅·板》，政令如果协调和缓，百姓便能融洽自安；政令一旦坠败涣散，人民自然遭受苦难。

⑮ 揆藻：铺张辞藻。

⑯ 枕栌：喻并非栋梁之材。

⑰ 碻硪：落石。

抚直奏稿·序

朱宏祚

尝闻千里之畿，天子自治之，厥政果安在哉？《禹贡》①首纪冀州曰：厥土惟白壤，厥赋惟上上，厥田惟中中②。又曰：五百里甸服，百里赋纳总。二百里纳铚，三百里纳秸服，四百里粟，五百里米③。辨土宜量，财赋分道里而已。所谓班朝、治军、莅官、行法者则王朝所行于九州者也，而畿以内统是焉。亶乎④畿甸之綦⑤重也哉！

汉唐以后其制屡更，天子不自治，特遣公卿或持斧衣绣，或设纛建牙，开府之权于是乎最要，而承流宣化，钱谷、兵刑厥有攸司，巡抚中丞实是统之。

我朝开国四十余年，他官间有更置，惟督与抚无大变易者，惟其人不惟其官也。迩者，圣天子嘉意治行，澄叙时举，廷推之官，其慎其难，荷特简者常十之三焉。

乙丑，直隶抚军缺，举皆无当，九卿凛然。时今中丞于公以江南廉使奉命治河，面陈疏浚海口要务，谔谔侃侃，为朝右所钦慕，众欲推毂而例难越及，不无嗛嗛。

一日，上顾谓辅臣曰："按察使亦可用以巡抚乎？"对曰："凡出睿简，安有例拘?!"于是，我公受此宠命。

濒行，入辞。上褒美备至。谆谆以"奉公守法，洁己率属"相诚勉。且念畿辅盗源未弭，豪强肆割，非大刈之不可。旋指灰车一役病民为甚。公感激图报久以自矢，当斯天威咫尺，披肝胆，沥忧恫，盖知无不言而言无不尽也。媲于古君臣，咨俶岂不更休哉。

受事之日，文武将吏夙懔风裁，无不精白恪谨，思左右自效，稍稍表见，洵吏治民风丕变之大机会也。公廉正有峻标，而咨询利弊劝谕僚属，仁义之言蔼然春温。

宏祚以天津道监司忝受廷推来，总理钱谷未及一稘也。方瞿瞿然思不胜任，何克以寸壤细流为高深之助欤？然备员中外，窃自砥砺，不欲贻讥素餐。凡畿内田亩之变迁，财赋之赢绌，民生之忧乐，官评之臧否，向之所为有概于中，口缄而不敢开，眉攒而不可为者，至此则无不获倾吐于公前矣。公复斟量重轻，权衡难易，次第入告，悉见施行。畿之民途歌巷噎所为感颂皇仁者，则亦群咏乐只君子也。

两载之间，凡章疏达政府，文牒至六曹，三事大夫竞取而读之，如见贾太傅诸策、陆宣公诸奏议者。然古云："立德、立功、立言"为三不朽。於戏！公其备矣乎？史简载其嘉谟，海寓传为硕画。于时绎思昔人辑古名臣奏议，每恨其少，致叹当其时者，不为汇成一编昭示来许，若有余憾。

宏祚与诸君子间言于公，请出两年章奏，梓而存稿。公不谓然，至再三始付剞劂⑥。仁言利溥，嘉猷孔彰。自是编出，贾董晁陆不得专美于前矣。览者谓：是为公之言乎？抑为公之功与德乎？当必有定论也。

敬为弁言⑦，爰缀鸿制云。

注释：

①禹贡：中国古代名著《尚书》(一作《书经》，简称《书》)中的一篇，是先秦最富于科学性的地理记载，囊括了对各地山川、地形、土壤、物产等情况。

②厥土惟白壤，厥赋惟上上，厥田惟中中：那里的土是白壤，那里的赋税是第一等，也夹杂着第二等，那里的田地是第五等。

③五百里甸服句：国都以外五百里叫作甸服。离国都最近的一百里缴纳连秆的禾；二百里的，缴纳禾穗；三百里的，缴纳带秸的谷；四百里的，缴纳粗米；五百里的，缴纳精米。

④亶乎：确实。

⑤綦：极。

⑥剞劂：雕版，刻印。

⑦卮言：自然随意之言。一说为支离破碎之言。

直隶巡抚中丞于振甲荣膺宫保·序

郭 莱

粤稽古名臣，勋代显融，声称烜奕，后之称述欣慕者率谓际昌，期邀荣遇，故身宠而名以章，时命盖綦隆也。否则，谓明扬有人，延誉有地：王谢之兰玉不风而自馨，许史之门墙①不援而自升也。於戏！是讵善论古人者耶？

《说命》②曰：若济巨川，用汝作舟楫；若岁大旱，用汝作霖雨。倚毗③维殷己。曰：启乃心，沃朕心。信任维挚己。信之挚，倚之殷，奚复俟。誉言之曰：至耶。

汉唐而后，名弼硕辅见信于其君者，或以旧德，或以伟略。至若信其为清忠，信其为孤介，司马温公、李邺侯④而外，殆鲜其俦欤？故虽盛名，骏烈如杜征，南人犹疑之，矧也其它。

近代以来，多以公卿出镇方州，曰：制府，曰填抚。皆特遣，皆廷推。而填抚为重，得一人临轩而命之，玺书以敕之，大抵戒以整躬率下，覃惠蒸生，以敉⑤宁我疆土。尔惟汉光武命任延⑥守武威，戒之曰：善事上官，无失名誉。信之乎？疑之乎？论者曰：非信也。使延生平能孤介自持，信友获上，光武哲主也，安有是命？

由兹以论，凡锡钺建牙，乘骢持斧者，虽建丰功，竖奇绩，为人主所褒赏，荣也，而非信也。遏竿牍绝苞苴，为人主所奖，尚信也，未挚也。若乃拔诸风尘而跻之台司，试之银钜而畀⑦之节钺，恳恳乎信其德也，信其才也，犹以为可感激而光宠也，况乎信其德、信其才，而特信其为孤介自持者耶？于古有之，尚论者为之表章；于今有之，持衡者为之推毂已。

我国家建都燕蓟，千里之畿，东抵溟渤，南邻黄漳。晋云拥于西，宣漠屏其朔视。古三辅特为雄胜，而监司者六道也，守者七郡也，牧者、令者百余州邑也。视十三省部特为繁剧。大京兆治京师，九逵⑧而外，设中丞填抚之。开国迄今膺是任者无虑数十，才节著闻，指不胜屈。推振甲于公称最焉。

丙寅夏缺员，铨曹列中外大僚启事。上重其选，不即遣。顾谓政府诸臣曰：按察使可简乎？对曰：可。于是当宁特简公焉。三辅人士贵游朝右者，闻者欢动。不宁三辅人士，公卿庶尹亦莫不颂我皇上之知人善任也。

於戏！公之膺兹宠命也，以媲古名臣之际昌，期邀荣遇，身显而名章者，谁谓古今人不相及也。余则知公之致此，殆有度越古人者矣。

公起家乐亭令，邑濒海，多伏莽，椎埋抄掠时时见于境，延及邻邑。公销弭之不已，出奇捕获，数百里皆有宁宇，不独四履也。字厥良氓，不翅慈母之煦煦如赤子。民德之。会以它事干考功，例议镌职。乐亭民无老稚，群走而排抚军门，请留贤令。闻于朝，得视事如故。

会永宁北溟于公来抚畿内，亦廉洁孤介人也。知公贤，引例荐迁通州。守州去春明才一舍，当两京子午冲，神丛奸薮⑨，前此不克治。公摘剔如拉朽，不数月，声闻溢辇下。

时北溟公已总制两江矣。知公贤，又破例表迁江宁太守。郡之繁倍于通也。至则风清江浒，雷动钟麓。比之龚黄之在颍渤焉。甲子，上南巡江淮，采舆谣，褒励逾涯，特擢为江南按察使。

於戏！公自筮仕以迄观察，盖无地非盘根错节，无日非饮冰茹蘖也。至是则秉宪南邦，庶足以酬廉介之庸为百尔风乎？无何而有疏浚海口拯救维扬民溺之役。上以为非公不可，公复以廉使拜命于行在矣。

疏海与治河事同而势异，与河臣议不协，陈言于阙下，下九卿衡量可否。时余为稼部，卿与公往复论海口形势。公侃侃訚訚有如指掌，谙练不让潘叶二公，而孤介过之。余之心仪者，非伊朝夕也。故知公之度越古人也。

抚畿匝岁，民如衽席卧，吏如冰上行，豪右如狐兔，奸崔符⑩如秋箨帚⑪，政绩班班，揆之于昔，有张释之⑫之劲节而不钩距；有赵广汉⑬之威重而不深竣；有包孝肃之清严而不致笑。比河清也，猗欤，洵度越古人矣哉。

丁卯，廷臣推公往总制两江。上谓公抚畿有成绩，勿辄迁也。旋念公扬历者久，不以制两江，非所以奖廉能广崇厉，特谕吏部加公为太子少保。

以抚军而加宫保，异数也。以金宪⑭而加宫保尤异数也。伏读制词，崇奖备美。可以垂讽百尔。至有云孤介自持者，大哉王言。洵知公之深，信公之挚乎?

古人云:"陛下知臣，臣不孤矣。"公其为之何。昔孔子曰:"不信乎朋友，不获乎上。"子夏曰:"信而后谏，信而后劳其民。由公观之，乐亭之民信之矣! 通州之民益信! 江宁之民信之矣! 畿辅之民信而又信! 况缙绅之想望风采也，僚属之欣承楷模也，乌有不信者耶。此由下而上焉者。

乃者，圣天子之信公，宣诸殿陛，庸第⑮在廷信之，外僚信之。即间左蚩蚩者氓亦莫不信之。又自上而下焉者矣。

公于此，感纶綍之焜煌，快公卿之推服，听八郡之涂歌，而巷哤岂不怿然大有以自信乎哉!

畿之总理钱谷者为少参徽荫朱公，总理刑名者为宪金存仁胡公，将制锦称贺，问言于余，以余曾与公共事江左，其信公有素也。敬序其实如此。

於戏! 天下后世尚安敢谓予言不信也。

注释:

①许史之门墙:许史，汉宣帝时外戚许伯和史高的并称。后借指权门贵戚。

②《说命》:是傅说拜相以后与武丁之间的对话记录。《说命》共三篇，记载在我国最早的一部史学文献儒家经典《书经》上。在中华民族文化发展史上，被史学家称为儒学的起源。

③倚毗:倚重亲近。

④李邺侯:即李泌，(722—789)，字长源。祖籍辽东郡襄平县（今辽宁辽阳)，

生于京兆府（今陕西西安）。唐朝中期著名政治家、谋臣、学者，北周太师李弼的六世孙。达成"贞元之盟"。累官至中书侍郎、同平章事，封郧县侯，世称"李郧侯"。博涉经史，精究《易象》，善属文，尤工诗。有《李泌集》二十卷，有作品入选《全唐诗》。

⑤牧：安抚、安定。

⑥任延：（？—68），字长孙，南阳宛（今河南南阳）人，东汉官员。汉明帝刘庄即位，授予他颍川太守。永平二年（59），刘庄召他到学校，接着任命他为河内太守。任职九年，病逝。

⑦畀：给予，付与。

⑧九逵：四通八达的大路。

⑨薮：聚集。

⑩萑苻：盗贼。

⑪箨：笋壳。

⑫张释之：字季，堵阳（今河南南阳方城）人，西汉法学家，法官。升任廷尉，严于执法，当诏令与法律发生抵触时，执意守法，公正不阿。时人称赞"张释之为廷尉，天下无冤民"。汉景帝即位后，因张释之曾弹劾时为太子的景帝"过司马门不下车"，将释之谪为淮南国的国相。

⑬赵广汉：字子都，涿郡蠡吾县（今河北博野县）人，西汉颍川郡太守。疾恶如仇，铁腕治理治安，处置豪强，京兆为之政清，吏民赞不绝口。手段残酷，颇类法家，身后也遭到许多正统儒家知识分子的批评。

⑭金宪：金都御史的美称。明代以后，用此称呼居多。

⑮庸第：何止。

巡抚直隶中丞振甲于公寿·序

郭 棻

古者天子之畿内，方千里不设方伯，不建连帅，天子自治之，未尝不治。

汉以后乃设京兆尹，左冯翊右扶风，皆得专兵柄，得治豪右，得惩辟名士，权与三公埒则①。是畿内者，四国之所具瞻也，万族之所翕聚也。治畿内即以治方州矣，畿内治则方州可以治矣。

甚矣夫，为天子治畿内者之重得其人也！汉张敞，唐韦弘机，宋包拯，非其人乎？史册所传三君子之治行固夥，而于其为京兆尹，为洛阳留守，为河南尹则娓娓焉。盖重畿内，因以重畿内之人也。

我国家建鼎燕京，京亦名府连辅弼，郡而八地，广袤千余里。沧海环左，太行拥右，枕居庸襟河济，诚雄以胜乎！京兆尹第治京师，它郡非所隶，故设中丞以填抚之，或二或三，近则专领，旧多开府乎东垣。

十年前，天子巡幸畿辅，睹榆关以西远千三百里始得望见执斧钺、建棨戟者，南不数百里即抵大河，河朔隶中州道里，诚不均。命抚军移节保定，以表率文武将吏。若农桑，若贡赋，若讼狱，若稽学校，若讨军实，缉逋逃，靖奸盗，任实重以钜，而胜任而愉快者率戛戛乎其难②之。

曷难乎尔耶？八郡在日月光际，朝廷有大恩泽首先承之，而应声之呼，不时之征亦首先应之。力役车牛往往疲于奔命。且八郡半牧屯，王侯将相采地，绿畴白版，民无什一。所有者碗确③斥卤，棘深烟冷，无复桑麻燕雀也。而岁时窘之：三年而波臣游木杪，五年而祝融烧云根。而兵时窘之：百里而挽钟以当石，十里而策人以当马。横索索，其鬻儿大嚼嚼其剐肉。而市有虎，而里有恶少，抑又窘之。鲜衣怒马，联肩抗臂，狐凭鬼丛者霍家奴与卫家奴。恫疑而虚喝，飞啄而择肉，莫可谁何。

於戏！窘于岁，窘于兵，天也，人无如天何；窘于胥与吏，窘于市虎与恶少，人也，人讵无如人何？然而竟无如之何矣。

三年以前，当宁遣大臣规察畿辅，意主治豪强，一时凛然，犹之乎震雷疾风也。过则已焉。

今年春，上命廷臣会推巡抚中丞，循例具名以上。皇上特简我振甲于公，盖人望所属也。畿人闻命，手加额上，谓得贤中丞也。何则？畿人习知公之德与才也。

公筮仕乐亭令，循绩大著，前抚军特表为潞河守。

潞河为东南冲馗，天庾④所在，百货辐辏，奸宄丛杂，多豪有才者阴主之，守匪其人，往往挠公而瘉⑤私，故必择县令之贤且才者以任之。公膺是职，柔不茹，刚不吐，强不击而角自崩，奸不襹⑥而魄自落。声绩轶前后焉。邻邑之人闻而想望之曰：安得于公长一郡，领一道，吾属胥归餅襁⑦中也。远州之人闻而亦叹慕之曰：安得于公建牙畿甸，吾属共登衽席上也。盖祷词希冀，未可必得之辞耳。

未几而公擢江宁去，潞河之人如失慈母。在江宁，砥砺有司，调剂兵民，开济尤大。想望而叹慕之者又不第百里千里之人也已。

甲子冬，上巡行南国，翠华所届，闻营营者⑧颂公休德，如比丘⑨呗佛名。宸衷特为简在。会江南臬司缺，破格优畀，退迩饱怡。

泊⑩上幸淮扬，下河七州县以水灾来告，遮道犯清跸，特遣扈从大臣往审视，果如民言。上恻然轸恤，议疏海道，因移公以廉使董厥工。下河之民欢声震地。

公于是陆乘单骑，水泛小舠⑪，历相形势，询悉民情，得其要领，慨然曰："吾可以代圣主活此七州县邑之民矣。导水不侔⑫于壅流，濬⑬河不侔于筑障，掘此数抔土放乃积潦，则自分沟塍，斯显民居乃宅，水衡可勿縻⑭也，茂月可无稽也。"下河之民家祷而户颂之。

无如所议有牴牾⑮于其间也，公乃密疏入告。上因召公及总河大臣敷陈黼座⑯前，两不相下。嗣下廷臣集议，犹豫未决。迨大司空再往咨江淮之民，遂有暂辍之议。公得仍简江南臬司，江淮之民虽不即藉公而出昏垫，亦得公还而布明允。独畿甸之民曩所为想望而叹慕者徒托诸空言耳。

无何，畿辅需人，廷推上，不及公也。上特简公以填抚吾畿甸。

於戏！庆忭⑰矣哉！公陛辞即以三事陈请，悉见允纳。上复谕曰：畿民无他虐苦也，苦于崔苻不靖，豺虎横噬。尔勿畏强御，力为剪除。豪强除则盗自清，可一举两得也。公受命唯唯，期以三月报政。

荣戟初临，案牍委积，不十日而颓若画一⑱。属僚咸竭蹶而恐不及，八郡之民于其始至，莫不凛凛然曰："公廉而有威，将无霆轰而电灼乎？"吏兢兢⑲从冰上行，公绝不立威也。诚谕守令如师之训弟，临莅士氓如父母之爱婴儿。

月余一檄，实封，下巡道，启视之，皆八郡豪强名籍。前此人之所切齿腐心而无敢谁何者，鲜不在其捕逮中，即掖廷给事亦不之贷，又何有于卫霍家奴也耶！按其罪状悉置于法。远迩快服。

《汉书》有云：弘农可问河南，南阳不可问，亦其人愧悢瞻顾⑳不足有为耳。

公之赫然而若搏兔如此，则张纲之埋轮㉑，李膺之破柱㉒，董宣之收公主㉓，参乘奴㉔又奚足云也。

数载以来，偷儿暴客畿北多于畿南，大都倚豪右为三窟，人不敢问。自公除强之令行，遂遍八旗庄户于保甲，互恫连讯，盗无收纳处，獐惶鳖缩，非东走齐鲁即西走云晋，畿人几乎路不拾遗。昔龚遂治渤海，使民卖剑买犊，亦匝岁事也。乌有如公之神速者哉。

至若车牛之役，岁省民间数万金，民自颂圣天子之仁恩也。非公慷慨直陈，何克臻此。於戏！是皆公功德之见于三月内者，而将来且不可穷也。则向者畿人之想望叹服以为未可必得者，今竟何如乎？

七月五日，为公揽揆初度，八郡官僚黄绶斗食以上，为公称觞，征言于余，以为酌者之辞，其祷祝忭舞之情溢于毫楮。

余曰：今日之握符绾绶者，大抵乐上官之宽缓而不乐其清严，公清严如是，而何以得此于诸大夫也？静言念之，乃得其故矣。

夫士君子入官，未有不欲矫矫自好者，有所驱迫，有所指麾，而苦节难贞矣。公以廉自矢，即以廉历属州牧邦伯，孰不思比媺㉕。悬鱼㉖而追综拔薤㉗者，其祷祝忭舞之情溢于毫楮也。固宜诸大夫试飏㉘余戋戋之言，以为公寿。公当不以为谀也。

注释：

① 埒则：同等。

② 戛戛乎其难：困难，费力。

③ 硗确：指土地坚硬瘠薄。

④ 天庾：庾，粮堆。这里指皇家粮仓。

⑤ 瘝：病。

⑥ 褫：剥夺。

⑦ 帡幪：帐幕，引申为覆盖、庇荫。

⑧ 蚩蚩者：百姓。语出《诗经》"氓之蚩蚩"。

⑨ 比丘：僧人、和尚。

⑩ 洎：及、到。

⑪ 小舠：小船，弯如刀形。

⑫ 侔：谋求。

⑬ 濬：同"浚"。

⑭ 縻：牵系、束缚。

⑮ 牴牾：不顺，抵触。

⑯ 黼座：帝座。

⑰ 庆忭：喜乐。

⑱ 颣若画一：颣，直。就像画一个直的笔画一样简单。

⑲ 虩虩：恐惧。

⑳ 懧懧瞻顾：懧懧，劣弱貌，喻因为害怕而左顾右盼。

㉑ 张纲之埋轮：东汉顺帝时，朝政十分腐败。大将军梁冀和宦官曹节曹腾等勾结，横行不法，无法无天。老百姓被逼得活不下去，只好纷纷起来反抗，举行起义。汉顺帝听从谏议大夫周举意见派周举、杜乔、张纲等八个大臣分头去各地视察。他到了洛阳都亭，就把他的车毁了，把车轮埋在地下，不继续前行了。有人问他："你怎么啦？"张纲气呼呼地说："豺狼当道，何必去查问狐狸？"于是，他就上书弹劾大将军梁冀。张纲惩办了一批贪官污吏，广陵很快就安定下来。纲病死在广陵，年仅三十六岁。后来，"张纲埋轮"这一典故，用来表示抨击权贵，无所畏惧。

㉒ 李膺之破柱：李膺字元礼，颍川襄城人。宦官张让弟张朔为野王令，贪残无道，至乃杀孕妇，闻膺厉威严，惧罪逃还京师，因匿兄张让舍第，藏于柱中。膺知其状，率将吏破柱取张朔，付洛阳狱。受辞毕，即杀之。自此诸黄门常侍皆鞠躬屏气，休沐不敢复出宫省。帝怪问其故，并叩头泣曰："畏李校尉。"

㉓ 董宣之收公主：董宣（生卒年不详），字少平，陈留郡围县（今杞县）人，东汉光武帝刘秀时期官员，湖阳公主的仆人白天杀了人，因为躲进公主府，官吏无法逮捕。等到公主外出的时候，又叫这个仆人陪乘。董宣就在夏门亭等候，他见到公主的车走过来，就勒住马纽叫车停下来，用刀画地不准再走，大声责备公主的过错，喝令仆人下车，当场杀死。

㉔ 参乘奴：陪乘或陪乘的人。古代乘车，尊者在左，御者在中，一人在右陪坐，称"参乘"或"车右"。

㉕ 嫙：美。

㉖ 悬鱼：《后汉书·羊续传》："府丞尝献其生鱼，续受而悬于庭；丞后又进之，续乃出前所悬者以杜其意。"后以"悬鱼"指为官清廉。

㉗追综拔薤：薤，多年生草本植物，地下有鳞茎，鳞茎和嫩叶可食。后以"拔薤"喻打击豪强。

㉘飏：大声念诵。

归田稿·序

于成龙

谢文正①公德业文章彪炳史册，梨洲黄先生②既为之传，而九征诸君复序其《归田稿》八卷，所以尊奖称美之者至矣。康熙丁卯夏，公七世孙薇居为天雄郡③丞，循例来保阳④，迭掌要囚，廷谒间，出袖中一编，再拜曰："钟和先文正公占巍科，历仕成、弘、正、嘉四朝，两入中书省。当武宗时，与河南、长沙同心辅政，忤逆珰瑾，被谗斥，几陷死地。偶幸不殒，归老于杏山草堂。赋诗见志，念不忘君。其素心倡和之作，实与雪湖、晦庵、守溪、西涯诸公相为鼓吹。文献之不亡，繄⑤此之故。今全集罹兵燹，不可复得。仅搜得《归田稿》八卷，刻而传之。庶文正公之手泽，可借此吉光片羽以垂不朽也。敢乞一言，以弁其端。"

余以文正公立朝大节人人知之，可不具论。惟是抒写性灵形诸歌咏，布在天下耳目，如膏粱绮谷，其谁不厌饫被服？而此《归田》一集，正所谓啜其珍而裼⑥其华者也。遂乐为之序以归之。

时在康熙丁卯仲夏谷旦。

特加太子少保、巡抚直隶等处地方，管辖紫荆等关宣府一镇地方、密云等关隘，赞理军务兼理粮饷，都察院右佥都御史，三韩于成龙撰。

注释：

①谢文正：谢迁，字于乔，号木斋，浙江绍兴府余姚县人。明代中期著名阁臣。

②梨洲黄先生：即明末清初思想家黄宗羲。

③ 天雄郡：即河北邯郸大名县。北宋时这座古城仍为大名府治，也称天雄郡。

④ 保阳：保定府又称金台郡。因保定城位于保定府河之阳，故又有保阳郡之称。

⑤ 緊：惟，是。

⑥ 褪：衣服敞穿。

新建金台驿馆记

于成龙

保阳一群路当豫楚诸省之冲衢，缙绅往来栖止无所，咸宿逆旅。不惟湫隘卑陋，抑且贩夫庸奴混迹其间，非所以重皇华①而尊使客也。

兹清苑邵令，特置公馆一区。不劳民力，不费公帑，凡用度悉捐俸资。此四十余年历任守令所不经意之事。邵令毅然为之，毫无吝惜。转瞬之际，即已告竣。由斯以往，凡衔命而馆与请告而归者，燕息②有地，无复穷途之叹。

邵令之所为，较之传舍③视其官而止知掊克④以营私者，实为迥异，深可嘉尚。

此后历年久远，倘居官非人，以致风雨飘摇，榱楹⑤颓圮，则本院又不无厚望于后之贤守令矣。

注释：

① 皇华：使者。

② 燕息：歇息。

③ 传舍：驿站、旅馆、饭店。原为战国时贵族供门下食客食宿的地方。指把官衙当成旅店的官员。

④ 掊克：搜刮，聚敛。

⑤ 榱楹：榱，架屋承瓦的木头，方形的木头叫榱。楹，厅堂前屋的柱子。

图书在版编目（CIP）数据

于成龙全传 / 孙东振，陶文冬著 .—北京：作家出版社，2022.10（2023.7 重印）

ISBN 978-7-5212-1965-4

Ⅰ.①于… Ⅱ.①孙… ②陶… Ⅲ.①于成龙（1617-1684）—传记 Ⅳ.① K827＝49

中国版本图书馆 CIP 数据核字（2022）第 127891 号

于成龙全传

作　　者：孙东振　陶文冬
责任编辑：张　平
装帧设计：意匠文化·丁奔亮
出版发行：作家出版社有限公司
社　　址：北京农展馆南里 10 号　　　邮　　编：100125
电话传真：86-10-65067186（发行中心及邮购部）
　　　　　86-10-65004079（总编室）
E-mail:zuojia @ zuojia.net.cn
http://www.zuojiachubanshe.com
印　　刷：三河市北燕印装有限公司
成品尺寸：170×240
字　　数：850 千
印　　张：50.75
版　　次：2022 年 10 月第 1 版
印　　次：2023 年 7 月第 2 次印刷
ISBN 978-7-5212-1965-4
定　　价：128.00 元（全二册）